A.C. DONAUBAUER
Risse – Buch 4

Risse -
Der Orden: Buch 4

von A.C. Donaubauer
Aus dem Englischen von A.C. Donaubauer

Erstveröffentlichung als ebook März 2017
Taschenbuch
2. Auflage

Herausgeber & Copyright © 2019:
    Astrid Donaubauer-Grobner
    Waltenhofengasse 3/3/3302
    1100 Wien, Österreich

Englische Originalausgabe:
    Rifts – The Order: Book 4

Die Autorin online:
    www.ac-donaubauer.com
    www.facebook.com/acdonaubauer

Cover: Biserka Design

Lektorat: Jürgen Donaubauer
Korrektur: Hilde Ohrlinger

Druck: CreateSpace,   ein   Unternehmen   von
Amazon.com
Februar 2019

ISBN 978-3-904142-03-8

Für Heidi. Danke, dass du mein Leben wieder bereicherst.

Lass uns beim nächsten Mal keine 15 Jahre warten...

KAPITEL 1

Eine unangenehme Ankunft

Enric stand an Deck, versunken in die Betrachtung des Sonnenuntergangs. Staunend ließ er die farbenprächtigen Schichten aus Rot, Orange und Gelb, die Eindrücke von Licht und Schatten zwischen den Wolken und die Spiegelungen auf der ruhigen Meeresoberfläche auf sich wirken. Solche Sonnenuntergänge kannte er nicht von zuhause; er überlegte, weshalb sie hier wohl um so vieles spektakulärer erschienen. Vielleicht ließ sich zu diesem Thema irgendwo ein Buch auftreiben.

Es war schon eine Weile her, seit er sich das letzte Mal die Zeit genommen hatte, einen Sonnenuntergang zu beobachten. Sonnenaufgänge, ja. Er war Frühaufsteher, und seine Schlafzimmerfenster waren jahrelang in die entsprechende Richtung ausgerichtet. Aber er hatte kaum jemals Sonnenuntergänge beobachtet. Es gab immer Arbeit zu erledigen, auch wenn er, seit er mit Eryn zusammenlebte, weitgehend aufgehört hatte, bis spät in die Nacht zu arbeiten. Sie war ein besonderer Anreiz für ihn, seine Arbeit pünktlich niederzulegen, ein Grund, nach Hause zu kommen.

Jetzt gerade schlief sie in ihrer Kabine. Pe'tala hatte mehrmals dabei zugesehen, wie sie sich übergeben musste, und sie dann mit ein wenig Magie schlafen geschickt - und ihre Proteste dabei mitten im Satz zum Verstummen gebracht. Eryn war zu überrascht gewesen, um sich rechtzeitig zur Wehr zu setzen, und einfach schlaff in sich zusammengesunken. Zumindest würde er nicht derjenige sein, der später dafür bezahlen musste.

Die Aussicht darauf, zwei schwangere Frauen auf die lange Reise nach Takhan mitzunehmen, hatte ihm Sorgen bereitet, auch wenn bislang alles gut gelaufen war.

1

Das war eine Erleichterung, da die Reise nicht besonders vielversprechend begonnen hatte. Während Junar froh gewesen war, in der bereitgestellten Kutsche Platz nehmen zu können, hatte sich Eryn wenig erbaut darüber gezeigt, dass man von ihr erwartete, ebenfalls darin zu reisen. Sie hatte zu argumentieren versucht, dass die frische Luft gut für sie und das Kind sei, doch Pe'tala hatte erklärt, dass ein mehrstündiger Ritt durch eine fremde Umgebung auf einem Pferd, mit dem sie nicht vertraut war, in ihrem derzeitigen Zustand keine besonders schlaue Idee war. Ein unkonzentrierter Augenblick könnte zu einem kleinen Fehler führen oder das Pferd mochte aufschrecken - realistische Möglichkeiten, wenn eine Bergkatze daneben herlief - und einen Sturz und eine Verletzung zur Folge haben. Ein paar Minuten lang hatte er sich die Diskussion angehört, dann entschied er einzugreifen. Keine von den zwei Möglichkeiten, die er Eryn für ihre Reise nach Bonhet angeboten hatte, beinhaltete die Option von ihr auf einem Pferderücken: entweder wach oder schlafend.

Mit einem bösen Blick war sie schließlich wenig erfreut in die Kutsche gestiegen. Junar hatte sich irritiert gezeigt, weil Eryn nicht mit ihr in der Kutsche fahren wollte, und so hatte die Reise dann also begonnen: mit drei beunruhigten Männern, einer genervten Heilerin und zwei mürrischen schwangeren Frauen.

Vern hatte ursprünglich ebenfalls geplant, in der Kutsche zu reisen und die Zeit zum Lesen zu nutzen, hatte sich jedoch eines Besseren besonnen, als das Gezanke der beiden Frauen begann. Enric konnte ihm das kaum zum Vorwurf machen. Er selbst hätte sich dem ebenfalls nicht zwei Tage lang freiwillig ausgesetzt.

Irgendwann hatte Junar zu weinen begonnen, wozu sie in letzter Zeit verstärkt neigte, und Orrin hatte darum gebeten, die Abreise um ein paar Minuten zu verschieben, damit er sie trösten konnte. Eryn bedachte er währenddessen mit verärgerten Blicken.

Es war auch nicht eben hilfreich, dass Eryn es für nötig befand, den anderen zu erklären, genau dies sei der Grund, weshalb sie nicht zwei Tage lang mit dieser Frau auf begrenztem Raum festsitzen wollte.

An diesem Punkt hatte Vern Enric einen flehenden Blick zugeworfen und sich erkundigt, ob es noch zur Diskussion stand, Eryn schlafen zu schicken. Enric hatte ihm erklärt, dass er dies gerne jederzeit versuchen könnte. Er selbst war absolut nicht willens, nach ihrem Erwachen ihren Zorn zu erdulden.

Daraufhin war Eryn natürlich wütend auf Vern. Somit war die Gruppe recht verstimmt aus der Stadt abgereist.

Mehrere Male mussten sie anhalten, damit Junar sich immer wieder ihres Frühstücks entledigen konnte. Dies hatte ihre geplante Ankunft an ihrem Ziel am Abend um etwa eine Stunde verzögert.

Der zweite Tag war unkomplizierter verlaufen. Junar hatte entschieden, sich tagsüber mit ein paar Scheiben Brot zufriedenzugeben, um ihren Magen vom Rebellieren abzuhalten. Am

Abend hatte sie dann drei Portionen des Eintopfs, den der Wirt in Bonhet serviert hatte, verschlungen, um die magere Kost während des Tages wieder wettzumachen.

Eryn hatte sich immens überrascht gezeigt, wie sehr sich Bonhet seit ihrem letzten Zwischenstopp während ihrer ersten Reise nach Takhan vor etwa neun Monaten verändert hatte. Mehr Menschen, mehr Gebäude und eine allgemeine Geschäftigkeit, die es vor einigen Monaten noch nicht gegeben hatte.

Enric hatte sie mit auf einen Spaziergang durch das Dorf genommen, ihr die Gebäude gezeigt, die er errichten hatte lassen, und war mit ihr zum Zählhaus sowie den Anlegestegen spaziert.

Sie war erfreut, wie die Arbeiter mit ihm umgegangen waren: mit Respekt, aber ohne die automatische Ehrerbietung und Bewunderung, die sein Rang bei den meisten Menschen zuhause in der Stadt Anyueel auszulösen pflegte. Dass sie nicht ständig an die Wichtigkeit und den Reichtum von Magiern erinnert wurden, hatte zur Folge, dass die Leute auf dem Land einen etwas nüchterneren Umgang mit ihnen pflegten. Es half womöglich auch, dass ihre Reisekleidung nicht so elegant und prächtig war wie ihre übliche Aufmachung. Das, was sie derzeit trugen, wirkte praktisch und war staubig nach einem langen Tag auf der Straße. Sie waren also nicht auf den ersten Blick als *reiche Magier* zu erkennen.

Nach dem Abendessen bestiegen sie das Schiff, da es wenig Sinn ergab, im Wirtshaus zu übernachten. Das würde sie nur eine ganze Nacht an Reisezeit kosten. Sie konnten sich ebenso gut in den Kabinen an Bord zur Ruhe begeben.

Eryn hatte bereits vor dem Betreten des Schiffes etwas blass gewirkt. Offensichtlich war ihr der letzte Aufenthalt auf einem Schiff noch gut in Erinnerung. Enric hatte ihr erklärt, dass es sich diesmal um ein größeres Exemplar handelte als beim vorangegangenen Mal. Das bedeutete, dass es nicht ganz so anfällig für leichten Wellengang war und somit weniger schaukeln würde.

Es dauerte weniger als eine Stunde, bis Eryn ihr Abendessen wieder hervorgewürgt hatte.

Junar schien erstaunlicherweise nicht einmal ansatzweise unter Seekrankheit zu leiden - eine eher unerwartete Entwicklung, da sich ihr Magen in den vergangenen paar Monaten nicht eben kooperativ gezeigt hatte. Vern schien ebenfalls immun zu sein gegen das Schaukeln und verbrachte den Großteil seiner Zeit damit, Bilder anzufertigen von allem, was er sah, die Besatzungsmitglieder zu ersuchen, ihm Dinge zu zeigen und zu erklären, und zu lesen.

Ganz anders war es um Orrin bestellt. Seine Haut hatte eine leicht grüne Färbung angenommen. Doch da weder Enric, Pe'tala, Vern, noch Junar irgendwelche Anzeichen von Unwohlsein ob des ständigen Auf und Ab des Schiffes zeigten, war er fest entschlossen, nicht als Einziger - abgesehen von Eryn - Schwäche zu zeigen. Wenn man ihn darauf ansprach, erwiderte er, alles sei prima. Pe'tala und Vern hatten beide angeboten, ihn bis zur Ankunft in Takhan schlafen zu schicken, doch davon wollte er nichts hören und bestand weiterhin darauf, dass alles in Ordnung sei.

Der Wind war günstig, also sollten sie die Stadt am nächsten Tag in den frühen Morgenstunden erreichen.

Enric drehte sich um, als er bemerkte, wie Pe'tala an Deck kletterte. Sie nickte ihm zu, als sie ihn erblickte und trat neben ihn, um sich an die Reling zu lehnen.

"Eryn schläft noch. Ich werde sie bis zum Morgen in diesem Zustand halten, dann haben wir das Meer hinter uns gelassen und sind auf dem Fluss."

Er nickte. "Danke. Ich gebe zu, dass ich froh bin, dass du diejenige bist, die es tut. Sonst wäre *ich* derjenige, der ihren Ärger abbekommt."

Sie lächelte. "Heiler sind daran gewöhnt, sich um solche unbeliebten Dinge zu kümmern. Anderen zu helfen ist nichts, das uns immer nur Dankbarkeit einbringt."

"Nicht einmal von anderen Heilern?"

Sie schnaubte. "*Besonders* nicht von anderen Heilern. Heiler sind die schlimmsten Patienten, die du dir vorstellen kannst. Sie denken, sie wüssten alles besser und bräuchten keine Hilfe. Und wenn sie doch bereit sind zuzugeben, dass ein wenig Hilfe eine gute Idee wäre, versuchen sie dir zu erklären, was die richtige Herangehensweise ist."

Er lachte leise. "Dann ist es ja gut, dass Heiler nicht so oft Hilfe benötigen."

Sie nickte. "Das ist in der Tat ein Glück. Andernfalls müssten wir den Preis für ihre Behandlung erhöhen, da sie besonders anstrengend sind."

"Gilt das auch für dich, oder bist du dir dieser Sache besser bewusst?"

Pe'tala grinste. "Natürlich gilt das auch für mich. Ich bin schlimmer als die meisten. Kannst du dir vorstellen, ich müsste zugeben, dass ich auf Hilfe in einem Bereich angewiesen bin, in dem ich als sehr fähig gelte? Ich habe Mitleid mit jedem Heiler, der mich behandeln muss."

Enric betrachtete sie nachdenklich. "Es ist gut, dich lächeln zu sehen, Tala", sagte er sanft. "Das ist schon seit einer Weile nicht mehr vorgekommen. Ich werde den Eindruck nicht los, dass du besorgt und rastlos bist. Das ist aber nicht deine übliche Ungeduld mit der Welt im Allgemeinen, sondern etwas anderes. Und du hältst Abstand zu Eryn, obwohl du sie beobachtest, wenn du denkst, niemand bemerkt es. Was ist los?"

Sie biss sich auf die Lippe und ließ den Kopf hängen. "Es scheint, als müsste ich in deiner Nähe etwas vorsichtiger sein. Ich bin nicht daran gewöhnt, dass Menschen ihrem Umfeld so viel Aufmerksamkeit schenken."

"Rede mit mir", beharrte er. "Es hat mit Eryn zu tun, dessen bin ich mir fast sicher. Ist mit ihr und dem Kind alles in Ordnung?" Seine Stimme klang leicht besorgt.

4

Mit einem Kopfschütteln streckte sie ihre Hand aus und drückte seine, als er sie ergriff. "Nein, Enric, ich verspreche dir, dass mit den beiden alles in Ordnung ist. Und lass mich dir sagen, wie sehr es mich berührt, dass du und Lord Orrin so besorgt seid um das Wohlergehen eurer Gefährtinnen. Von Kriegern hätte ich das nicht wirklich erwartet. Es scheint, als wäre ich dem gängigen Vorurteil zum Opfer gefallen, dass Kämpfer nichts als unsensible Barbaren sind. Ich hätte es besser wissen müssen."

Erleichtert atmete er aus. "Gut. Worum sorgst du dich denn nun?"

Pe'tala zog ihre Hand zurück und wandte sich von ihm ab, um ihren Blick in die Dunkelheit zu richten. "Es gibt da etwas, das Eryn nach unserer Ankunft in Takhan erfahren wird. Es wird eine Überraschung werden, aber keine angenehme, wie ich vermute. Bereite dich darauf vor, dass ihr diese Neuigkeiten, die sie erfahren wird, beträchtlichen Kummer bereiten werden."

"Welche Neuigkeiten?", verlangte er stirnrunzelnd zu wissen.

"Es steht mir nicht zu, dir das zu sagen. Ich kann sehen, dass du dich sorgst, aber bitte bedränge mich nicht. Du wirst es in weniger als einem Tag erfahren. Das verspreche ich."

Enric nickte langsam. "In Ordnung, ich werde deinen Wunsch respektieren. Nur noch eine Frage, dann werde ich damit aufhören: Hat es etwas mit ihrem Vater zu tun?"

Sie warf ihm einen scharfen Blick zu. "Du bist gefährlich scharfsinnig, Enric. Es wäre wirklich beruhigend, wenn du hin und wieder einmal Unrecht hättest, weißt du."

Er lächelte freudlos. "Das ist zuweilen eine Bürde. Aber ich danke dir für die Warnung. Und auch dafür, dass du dich um sie kümmerst. Ich werde nun versuchen, etwas zu schlafen; anscheinend sollte ich morgen gut ausgeruht und wachsam sein."

"Gute Nacht, Enric. Schlaf gut."

Er kletterte die Stufen hinab und öffnete die erste Tür rechts, hinter der Eryn friedlich, wenn auch nicht ganz freiwillig, schlummerte. Neuigkeiten über ihren Vater. Und keine, die sie schätzen würde. Wie bedauerlich, dass ihre zweite Ankunft in Takhan wohl nicht viel angenehmer verlaufen würde als ihre erste.

* * *

Langsam öffnete Eryn die Augen und starrte in zwei Gesichter, die auf sie hinabblickten. Enric und Pe'tala. Beide traten einen Schritt zurück, als sie sich langsam aufsetzte. Die Erinnerung kehrte zurück, und sie warf Pe'tala einen erzürnten Blick zu.

"Du hast mich schlafen geschickt, einfach so!"

Mit einem Schulterzucken lehnte sich die andere Frau gegen die Tür. "Ja, das habe ich. Du warst zu stolz, um dem zuzustimmen, und ich hatte nicht die Absicht, mir die ganze Nacht hindurch von deinem Würgen den Schlaf rauben zu lassen. Somit habe ich uns beiden einen Gefallen getan. Du brauchst mir nicht zu danken."

"Ja, sicher. Dir zu danken war genau das, was mir durch den Kopf ging…", murmelte sie und stand vorsichtig von der Pritsche auf, um sich zu strecken.

"Sieh zu, dass du dich anziehst und wäschst, Liebste", warf Enric ein. "Wir sollten in kaum mehr als zwei Stunden in Takhan eintreffen, also möchtest du zuvor vielleicht noch etwas essen."

"Zwei Stunden? Das bedeutet, dass wir nicht länger auf dem Meer sind", sagte sie erleichtert.

Er nickte. "So ist es. Der letzte Teil der Reise sollte recht entspannt verlaufen."

"Wie geht es den anderen?"

"Gut soweit. Orrin weigert sich noch immer zuzugeben, dass er seekrank war. Junar geht es nicht schlimmer als sonst, und ich glaube, Vern hat mittlerweile so ziemlich alles gezeichnet, was er an Bord gefunden hat."

Eryn nickte und sah die beiden dann abwechselnd an. "Warum geht ihr nicht schon rauf an Deck? Hier drin ist es ein wenig eng, wenn ich mich waschen und anziehen soll, während ihr zwei mir im Weg steht. Hinaus mit euch."

Sie sahen einander an, dann öffnete Enric die Tür und ließ Pe'tala als Erste hinausgehen.

Sobald sie allein war, setzte sich Eryn wieder auf das Bett und atmete langsam aus. Nur noch zwei Stunden, bis sie wieder zurück in Takhan war. Zwei Stunden, bis sie Malriel gegenübertreten musste. Der Frau, die dafür gesorgt hatte, dass Eryn gegen ihren Willen schwanger wurde. Der Frau, die vor neunundzwanzig Jahren ihren Gefährten betrogen hatte und unvorsichtig genug gewesen war, sich von einem anderen Mann schwängern zu lassen. Von einem Mann, wo Eryn nicht einmal wusste, ob sie mehr über ihn wissen wollte. Es zählte nur, dass sie ihr etwas genommen hatte, das für Eryn immens kostbar gewesen war: die Familie, die sie in Haus Vel'kim gefunden hatte. Rechtlich gesprochen war sie noch immer ein Mitglied des Hauses. Aber da Ved'al nun nicht ihr Vater war, entstammte sie nicht deren Linie und hatte damit nicht mehr das Recht, zur Familie zu gehören.

Der Gedanke an Malriel ließ ihr Herz schneller schlagen. Um sich wieder zu beruhigen, zwang sie sich, die Augen zu schließen und gleichmäßig zu atmen. Stress war nicht gut, weder für sie noch für das Kind.

Als sie wenige Minuten später an Deck ging, gekleidet in die dünnere Kleidung, die sie hier während ihres ersten Besuchs erstanden hatte, fand sie Vern vor, wie er auf den Stufen saß und etwas zeichnete.

"Laut Enric hast du bereits alles gezeichnet, was es auf dem Schiff gibt. Fängst du jetzt wieder von vorne an?", scherzte sie.

Er blickte auf und grinste sie an. "Glücklicherweise muss ich das nicht. Anders als auf See, gibt es hier Landschaft, also bin ich nicht länger auf die Gegenstände an Bord beschränkt."

"Hast du schon gefrühstückt?"

Er nickte. "Ja. Vor zwei Stunden. Nicht jeder verschläft den halben Tag."

"Ich wurde von einer Magierin schlafen geschickt! Das war nicht meine Schuld!", protestierte sie.

"Oh, ich verstehe - unter normalen Umständen stehst du ja so früh wie nur möglich auf", schnaubte er und setzte seine Arbeit fort.

"Warum rede ich überhaupt mit dir?", murmelte sie und ging weiter zu Enric und Orrin, die im Stehen die weiten, felsigen Kämme betrachteten. Das waren die Ausläufer der Berge, die sie vor kurzem passiert hatten. Es gab kaum Vegetation, da der langsame Übergang in die Wüste bereits begonnen hatte.

Orrin drehte sich um und nickte ihr zu, als sie neben ihn trat. Er hatte ebenfalls leichtere Gewänder angelegt. Junar hatte ihnen allen ein paar Garnituren angefertigt, damit sie etwas für die ersten Tage in Takhan hatten, bevor sie einen hiesigen Schneider aufsuchen konnten. Den Stil der Kleidung hatte sie nicht angepasst, nur die Dicke des Stoffs. Somit würde er also noch immer fremdartig erscheinen, selbst wenn man die blonden Haare außer Acht ließ.

"Wo ist Junar?", fragte sie und sah sich um.

"Unter Deck", antwortete der Krieger. "Sie ist erst vor ein paar Minuten aufgewacht und macht sich fertig." Er betrachtete sie. "Du wirkst angespannt."

Ihr Gesicht verdüsterte sich. "Ich bin nicht besonders angetan von der Aussicht, schon so bald wieder auf die Königin der Dunkelheit zu treffen."

Orrin zog die Stirn in Falten. "Die was?"

"Königin der Dunkelheit. Malriel", erklärte sie.

"Charmant", murmelte er und schüttelte den Kopf über sie.

"Warum sollte ich auch? Sie ist es auch nicht. Ich hoffe nur, sie taucht nicht am Hafen auf", knurrte sie.

Enric dachte, dass die Chancen dafür eher schlecht standen, sprach es aber nicht aus. Sie war sich dessen wahrscheinlich ohnehin ebenso bewusst wie er.

Vern trat neben sie. "Können wir die Sache mit der Begrüßung noch einmal durchgehen? Ich verwechsle das ständig."

Enric nickte und streckte seine Hand aus, um es vorzuzeigen. "Zwei Männer, die einander formell grüßen, verschränken ihre Finger. Das gilt auch für Frauen."

Vern verschränkte seine Finger wie angeleitet mit Enrics und nickte dann. "In Ordnung. Und dann gibt es da noch die informellen Begrüßungen. Männer haben keine spezielle Begrüßung vertrauter Art, sondern drücken ihre Zuneigung mit irgendwelchen Gesten aus, nach denen ihnen gerade der Sinn steht. Das kann ein Schulterdrücken, ein Schlag auf den Rücken oder was auch immer sein. Mit gemischten Geschlechtern ist es aber anders, nicht wahr?"

Enric stimmte zu. "Ja. Wenn Männer und Frauen einander formell grüßen, küsst der Mann die Hand der Frau, und zwar so." Er ergriff

Eryns linke Hand und drückte seine Lippen auf ihre Knöchel. "Pass aber auf, dass es nicht zu lange dauert, oder es könnte als zudringlich aufgefasst werden. Die informelle Begrüßung zwischen Männern und Frauen besteht in einem Kuss auf beide Wangen. Bei zwei Frauen wird es ebenso gemacht."

Vern nickte. "Danke, Lord Enric."

Er hob beide Augenbrauen. "Wie war das?"

Der Junge schloss für einen Moment die Augen, dann seufzte er. "Danke... Enric."

Eryn grinste. "Ah ja, es scheint, als hättest du die Zeit, die ich mehr oder weniger im Winterschlaf verbracht habe, darauf verwendet, dich an den Umgang ohne Titel anzupassen."

Enric seufzte. "Ja, allerdings scheint unser junger Freund hier das als beträchtliche Bürde zu empfinden. Er zuckt jedes Mal zusammen, wenn ich ihn auffordere, mich ohne den Titel anzusprechen."

Sie sah den Jungen an. "Denk einfach daran, dass er nicht länger ein Mitglied des Ordens ist und es ihm somit nicht mehr zusteht, so angesprochen zu werden. Er ist nicht mehr dein Vorgesetzter, bloß ein Magier, den du zufällig kennst."

Er schnaubte. "Ja, sicher. Ein Magier, in dessen Fall mir beigebracht wurde, ich solle ihm aus dem Weg gehen, ihm nicht direkt in die Augen sehen, ihn nicht ohne Aufforderung ansprechen und besonders darauf achten, ihm stets mit dem Respekt zu begegnen, der ihm zusteht."

Enric wirkte bestürzt. "Das hat man dir beigebracht?" Er wandte sich zu Orrin um und zog eine Augenbraue hoch.

"Mich brauchst du nicht anzusehen", meinte der Krieger und zuckte die Schultern. "Ich sage den Leuten nicht, sie sollen dir nicht in die Augen sehen oder ihren Mund halten, wenn sie etwas Sinnvolles zu sagen haben, egal, wie wichtig du bist. Das muss er wohl von seinen Lehrern haben."

"Kindern wird beigebracht, sie sollen mir aus dem Weg gehen und den Augenkontakt mit mir vermeiden?", fragte er mit einem verstörten Gesichtsausdruck. Das war wahrlich eine unangenehme Enthüllung. Verwirrt schüttelte er den Kopf. "Warum?"

Orrin dachte kurz nach, dann sagte er vorsichtig: "Es gibt Geschichten darüber, wie du deine Schulkollegen verprügelt und ihnen recht grausame Streiche gespielt hast."

"Damals war ich jünger als Vern!", protestierte er verärgert. "Die Kinder, denen man jetzt beibringt, sie sollen gefügig vor mir kauern, waren damals noch nicht einmal geboren!"

"Diese Art von Junge warst du? Wirklich?" Eryn runzelte die Stirn. "Warum habe ich von all den Geschichten, die ich bisher gehört habe, einen ganz anderen Eindruck gewonnen? Darin geht es um einen faulen, respektlosen, missverstandenen Jungen mit einer Tendenz, seine Frustration durch *Poesie* zum Ausdruck zu bringen, nicht mit seinen Fäusten. Wie ist es möglich, dass dieser zerstörerische Aspekt, dass du andere Kinder verprügelt hast, dabei verlorengegangen ist?"

Er sah sie verlegen an. "Das ist alles eine Frage der Präsentation, Liebste. Ich musste schon hart genug daran arbeiten, dass du mich magst und akzeptierst, auch ohne dass du über meine dunkle Vergangenheit Bescheid weißt."

Orrin grinste. "Keine Sorge, Eryn, das war nur während der ersten ein oder zwei Jahre, nachdem er zum Orden kam. Lass es uns als Anpassungsprobleme betrachten."

"Ja", schnaubte Enric. "Nachdem du mich zwischen die Finger bekommen hast, hatte ich kaum noch Kraft übrig, um sie an meine Kollegen zu verschwenden. Du hast mich nach dem Unterricht so viele zusätzliche Trainingsstunden absolvieren lassen, dass ich am Ende des Tages mehr oder weniger ins Bett gefallen bin."

"Das hat doch gut funktioniert, oder etwa nicht? Aus dir ist ein außerordentlich guter Kämpfer geworden, und du hast gelernt, deine Frustration mit Worten anstatt Gewalt auszudrücken", grinste der Krieger.

Enric sah Vern an. "Wer hat dir gesagt, du sollst den Blick abwenden?"

Der Junge dachte einen Augenblick nach, bevor er sagte: "Mein Lehrer in Politischer Strategie, Avlin."

"Avlin…" Enric überlegte, weshalb ihm dieser Name vertraut vorkam, dann verzog er das Gesicht. "Ah…"

Orrin nickte. "Ja, er. Als ihr Kinder wart, hast du ihn mehrere Stunden lang in einer Truhe eingeschlossen. Zweimal."

Eryn schüttelte den Kopf über ihren Gefährten. "Während ich also im Alter von… was? - dreizehn? - zur Heilerin ausgebildet wurde, warst du die Geißel deiner Kollegen? Und die sinnvollste Idee, damit umzugehen, war, dir *noch mehr* Kampffertigkeiten beizubringen?" Sie seufzte und sah ihren vormaligen Kampftrainer an. "Warum hast du *ihn* nicht ein paar Stunden lang in eine Truhe gesperrt, um ihm eine Lektion zu erteilen?"

"Ich sehe, dass wir sehr unterschiedliche Ansätze bei der Kindererziehung verfolgen", erwiderte der Krieger vorwurfsvoll. "Es einem Kind mit gleicher Münze heimzuzahlen, bringt nicht viel. Ihn auf diese Weise zu bestrafen hätte ihn nur noch mehr verärgert und außerdem das Problem mit seiner überschüssigen Energie nicht gelöst. Kämpfen erfordert Disziplin, also diente es mehr als einem Zweck, dass er viel Zeit dafür aufwenden musste. Damit blieb ihm kaum noch Zeit oder Energie, um andere zu quälen, und er war gezwungen, Kontrolle und Zurückhaltung zu erlernen."

Eryn nickte und grinste Vern an. "Nun, du siehst, es ist also heutzutage sicher genug, ihm in die Augen zu sehen und ihn ohne Titel anzusprechen. Es scheint, dein Vater hat ihn für uns gezähmt."

"Ich schätze es nicht, wie du das ausdrückst", seufzte ihr Gefährte. "Sagen wir eher, er hat mir dabei geholfen, weniger destruktive Ventile für meine Energie und Frustration zu finden."

Sie nickte. "Wenn dich diese Formulierung glücklicher macht, wer bin ich, um sie dir zu verwehren?"

"Schade nur, dass dieser Ansatz bei dir nicht funktioniert hat", bemerkte Orrin. "Dich zum Kämpfen zu veranlassen hat deine Frustration nur *verstärkt*."

"Ja", knurrte sie. "Und es musste mir ein Kind einpflanzt werden, damit man mir gestattet, diese Zeitverschwendung zumindest für eine Weile zu unterbrechen."

"Wir könnten hinterher immer noch ein weiteres bekommen. Daraufhin würde man dich sogar noch länger verschonen", warf Enric beiläufig ein.

"Kaum", schnappte sie. "Mir ein paar Monate ohne Kampftraining zu erkaufen würde mir ein paar weitere *Jahre* einer anderen Art von Belastung einbringen. Stell dir vor, wir stehen mit einem Unruhestifter wie Vern da, der Gefangenen magische Kampfkunst beibringt und antike Stadtpläne mit Zeichnungen von nackten Frauen verunstaltet!"

"Ich dachte, ich sei harmlos?", lachte besagter Unruhestifter.

"Ich habe meine Meinung geändert. Du bist nun offiziell ein schlechter Einfluss. Sieh einfach nur zu, dass du nichts anstellst, für das ich als höchstrangige Ordensmagierin verantwortlich gemacht werde, solange wir in Takhan sind. Und du gewöhnst dich besser daran, Enric ohne seinen Titel anzusprechen. Das würde sonst wirklich seltsam wirken", warnte sie ihn.

Pe'tala trat neben sie und deutete zum Horizont. "Seht, das dort ist meine Heimatstadt", sagte sie mit einem Anflug von Stolz in der Stimme.

Vern warf einen kurzen Blick auf die Aussicht vor ihm, bevor er zurück zu den Stufen rannte, wo er seinen Zeichenblock samt Stift liegen hatte. Hektisch begann er zu zeichnen, während die anderen einfach nur in die Betrachtung der Silhouette der fernen Stadt versunken waren.

Enric bemerkte Pe'talas angespannte Haltung. Der bevorstehenden Ankunft blickte sie eindeutig nicht mit Freude entgegen.

* * *

Sie standen nebeneinander an der Reling und sahen zu, wie die Landungsstege vorbeidrifteten. Dieses Mal war ihnen aufgrund der Größe ihres Schiffs ein anderer Platz zugewiesen worden.

Ein langsames Lächeln breitete sich auf Eryns Gesicht aus, als sie die kleine Gruppe von Leuten an der Anlegestelle warten sah. Valrad, Vran'el und Kilan. Erleichtert sah sie, dass Malriel nicht unter ihnen weilte. Sie war erfreut, dass keine größere Menge an Menschen versammelt war, die zu begrüßen eine Ewigkeit gedauert hätte. Und doch verspürte sie einen kleinen Stich der Enttäuschung darüber, dass sich Ram'an nicht unter den Anwesenden befand.

Sie beobachtete ihre Reisegefährten und lächelte über deren Erstaunen, als sie die fremde Stadt zum ersten Mal erblickten, die ungewöhnlichen Eindrücke rundherum in sich aufnahmen.

Als das Schiff endlich vorn und achtern mit schweren Tauen gesichert war, wurde die Landungsbrücke angelegt, damit die Passagiere von Bord gehen konnten. Beinahe im Laufschritt ging sie voraus und zog beide Vel'kim-Männer gleichzeitig in eine stürmische Umarmung. Für einige Augenblicke hielt sie sie fest an sich gedrückt, bevor sie zur Seite trat. Sie war nicht die Einzige, die es eilig hatte, sie zu begrüßen.

Pe'tala näherte sich gemäßigteren Schrittes und lächelte ihre Familie an. Zuerst umarmte sie ihren Vater, dann ihren Bruder.

"Tala, mein Kind", sagte Valrad zärtlich und strich ihr eine Haarsträhne hinter das Ohr. "Es ist gut, dich wieder hierzuhaben, wenn auch nur für kurze Zeit."

"Es ist gut, zurück zu sein", lächelte sie und lehnte sich in die Berührung. "Du würdest nicht glauben, wie kalt es dort ist."

"Das kann ich durchaus, wenn ich mir ansehe, wie blass du geworden bist", erwiderte ihr Vater mit einem Nicken. "Ganz eindeutig gibt es dort nicht genug Sonnenschein."

"Die Vel'kim-Mädchen sind zurück in der Stadt", grinste Vran'el und zwinkerte Eryn zu. "Die Leute sollten sich besser gut verstecken."

Eryn wandte sich sodann Kilan zu und lachte, als er sie an sich zog, um ihre Wangen zu küssen. "Wie ich sehe, passt du dich den hiesigen Gebräuchen an, Botschafter."

"Das sollte ich auch; man erwartet immerhin von mir, auf diese Weise meinen Respekt für mein Gastgeberland zu zeigen", grinste er.

Enric, Orrin, Junar und Vern waren in der Zwischenzeit ebenfalls dazugestoßen, und nachdem Enric die drei Männer begrüßt hatte, stellte er ihre Reisegefährten vor.

"Orrin", sinnierte Valrad und musterte den Kämpfer von oben bis unten. "Der Mann, der Eryn zum Kämpfen gezwungen hat - trotz ihrer Abneigung dagegen."

Der Krieger, dem der kühle Ton eindeutig nicht entgangen war, nickte. "Ja, das wäre dann wohl ich", antwortete er langsam. "Aber ich hoffe, dass du mich nicht allein darauf reduzieren wirst."

Eryn schluckte und trat neben Orrin, um seinen Arm zu ergreifen und beschwichtigend zu drücken, während sie den Mann ansah, den sie bis vor kurzem für ihren Onkel gehalten hatte.

"Er ist seitdem zu einem engen Freund geworden, Valrad. Jemand, der mich nie im Stich gelassen hat, wenn ich einen Rückzugsort oder eine Stimme der Vernunft brauchte." Sie grinste und gab ihm einen freundlichen Schubs. "Sozusagen der Vater, den ich nie wollte."

Sie sah, wie sich Valrads Augen bei ihrer letzten Bemerkung verengten und fragte sich, weshalb diese Begrüßung so unerwartet angespannt verlief. Eilig konzentrierte sie sich nun anstatt auf Orrin auf seine Gefährtin und stellte Junar vor, die daraufhin mit mehr Wärme willkommen geheißen wurde.

Als Vern vortrat, grinste Valrad breit.

"Und das muss Vern sein, der junge Mann mit diesem unglaublichen Talent in Kombination mit einer Neigung zum Heilen.

11

Ich habe das Buch gesehen, das du illustriert hast, und ich kann es kaum erwarten, dich meinen Kollegen vorzustellen. Sie waren begeistert, als sie erfuhren, dass du ebenfalls herkommen würdest."

Vern war offensichtlich überwältigt von der herzlichen Begrüßung, die sich so maßgeblich von der unterschied, die seinem Vater gerade zuteilgeworden war. Er benötigte ein paar Augenblicke, um seine Stimme wiederzufinden.

"Danke, ich bin sehr froh, dass ich die Chance zu diesem Besuch habe. Und ich freue mich, dich kennenzulernen. Ich habe viel von dir gehört", sagte er schließlich und hob seine Hand für die formelle Begrüßung.

Enric legte ihm eine Hand auf die Schulter. "Man wartet üblicherweise darauf, dass die andere Person ihre Hand zuerst anbietet, sofern er oder sie älter ist als du oder einen höheren Status bekleidet."

Der Junge schluckte und lächelte den älteren Mann nervös an. "Es tut mir leid, es scheint, dass es noch einiges gibt, was ich zu lernen habe."

Valrad lachte und verschränkte ihre Finger. "Keine Sorge, mein junger Freund. An Kleinigkeiten wie diesen stoße ich mich nicht."

Eryn zog die Stirn in Falten, als sie sah, wie Vran'el einen Blick über ihre Schulter warf und plötzlich angespannt wirkte. Langsam drehte sie sich um und hielt an der unwirklichen Hoffnung fest, dass sie sich nicht gleich Malriel gegenüberfinden würde.

Das Glück war ihr nicht hold.

Das Oberhaupt von Haus Aren kam näher. Ihr Gesicht wirkte selbstsicher, obgleich ihre Bewegungen einen Hauch von Vorsicht verrieten. Enric war der Erste, den sie erreichte, und sie zog ihn an sich, um ihn mit einem Kuss auf jede Wange zu begrüßen.

"Enric, mein Lieber. Ich bin so froh, dass du hier bist. Ich schätze es wirklich sehr, was du tust", lächelte sie.

Er nickte ihr kurz zu. "Das glaube ich gerne. Und doch sollst du wissen, dass ich mit deinen Methoden keineswegs einverstanden bin", sagte er milde. "Aber das ist ein Gespräch für einen anderen Zeitpunkt."

Malriels Gesichtsausdruck wirkte leicht angestrengt, und sie begrüßte nun Orrin, Junar und Vern. Schließlich wandte sie sich Eryn zu, die sich vollkommen versteift hatte.

"Theá", sagte die ältere Frau sachte. "Willkommen zurück in Takhan."

Eryn spürte, wie Zorn sie gleich einem heißen Speer durchzuckte. Das Lächeln, der Name, mit dem sie nicht angesprochen werden wollte, diese Beiläufigkeit trotz der Dinge, die sie getan hatte.

Als Malriel nähertrat, um ihre Wangen zu küssen, reagierte Eryn reflexartig auf diesen Annäherungsversuch. Ihre Faust schoss hervor und traf mit einem dumpfen Geräusch auf dem Kinn der älteren Frau auf. Malriels Kopf wurde von dem Aufprall gewaltsam zur Seite geschleudert. Sie stolperte mehrere Schritte rückwärts, und der Schock stand ihr ins Gesicht geschrieben.

"Du niederträchtige, hinterlistige, böswillige Kreatur!", schrie sie.

Um sie herum war es still geworden. Alle Leute in Sichtweite schienen mitten in ihrer Tätigkeit innezuhalten, um zu der unglaublichen Szene hinzustarren, in der das mächtige Oberhaupt von Haus Aren von einer Frau geschlagen wurde, die wie eine etwas jüngere Version ihrer selbst aussah.

Eryn verspürte eine Welle aus Vergnügen, Erleichterung und Schwindel darüber, Malriel einmal ihrer Überlegenheit beraubt zu sehen. Diese Situation hatte sie nicht unter Kontrolle.

"Meine Güte", seufzte Vran'el und sah zu Enric auf. "Du solltest wohl besser eingreifen, würde ich sagen."

Der blonde Magier schüttelte langsam den Kopf und murmelte: "Nein. Malriel hat das herausgefordert. Ich habe keinerlei Absicht, ihr zu helfen. Sie hat das durchaus verdient." Und es war eine fabelhafte Gelegenheit für Eryn, ihren Ärger herauszulassen anstatt ihn in ihrem Inneren einzusperren. Dass sie dabei auch ihre neu erworbenen Fertigkeiten in unbewaffnetem Kampf zum Einsatz bringen konnte, war ein willkommener Nebeneffekt.

Sie sahen zu, wie sich Eryn ihrer Mutter erneut näherte. Malriel hob abwehrend die Hände.

"Malthea, das ist nicht die richtige Art und Weise, mit unseren Problemen umzugehen!"

"Für mich funktioniert das momentan ganz fantastisch", zischte Eryn und verpasste ihr einen harten Tritt in den Magen, der sie über den Rand des Stegs und mit einem lauten Platschen in den Fluss beförderte.

Sie beobachtete, wie sich das Wasser um Malriels Kopf schloss und sie verschluckte. Dann atmete sie aus und kehrte zu ihrem hingerissenen Publikum zurück, ohne sich umzublicken.

"Ich gehe davon aus, dass sie schwimmen kann? Nicht, dass ich die Absicht hätte, sie zu retten, falls sie es nicht kann", kommentierte sie trocken.

Valrad schloss seine Augen und schüttelte langsam den Kopf. "Kein guter Start", murmelte er.

Vran'el nickte. "Nein, aber nicht gänzlich unerwartet, würde ich sagen. Wenngleich ich diesen... körperlichen Aspekt nicht kommen sah, muss ich zugeben." Dann wandte er sich an Kilan. "Würdest du wohl Orrin, Junar und den jungen Vern zu deiner Residenz begleiten, Kilan?"

"Was ist mit Eryn und Enric?", fragte Junar und legte ihrer Freundin schützend den Arm um die Schultern.

"Sie werden mit uns nach Hause kommen. Es gibt da etwas, das wir besprechen müssen", antwortete Valrad anstelle seines Sohnes. "Ich möchte euch alle gerne einladen, euren ersten Abend in Takhan mit uns zu verbringen und mit meiner Familie und mir zu Abend zu essen. Ich bin sicher, ich muss euch nicht sagen, dass ihr bis dahin bei Kilan in fähigen Händen seid", schloss er mit einem unbehaglichen Lächeln.

Sie sahen zu, wie sich Malriel aus dem Wasser zog. Als sie stromabwärts des Schiffes eine eiserne Leiter emporkletterte, klebten ihre nassen Kleider an ihrem schlanken Körper, und ihr langes, dunkles Haar war an ihren Kopf geklatscht. Zurück an Land, schloss sie die Augen, und einen Moment später begann Dampf aufzusteigen, als sie sich mit Magie trocknete. Eine Minute später war kein Anzeichen mehr von ihrem Sturz in den Fluss sichtbar, und sie kehrte zurück, ihr warnender Blick auf ihrer Tochter.

Orrin ergriff Eryn's Oberarm und knurrte: "Das ist kein verantwortungsbewusster Einsatz der Dinge, die ich dir beigebracht habe. Jemanden zu attackieren, der aufgrund deines Zustands Skrupel hat, zurückzuschlagen, ist keine besonders noble Herangehensweise an die Kunst des Kämpfens."

Sie fletschte die Zähne, als sie zurückfauchte: "Dazu kann ich dir nur sagen, dass mir das vollkommen gleichgültig ist. So richtig gleichgültig."

Sie sah, wie Valrad ob dieses Austauschs die Stirn runzelte und befreite ihren Arm aus Orrins Griff.

"Warum sollen wir mit euch kommen? Ich würde lieber ein kühles Bad nehmen und mich dann irgendwo hinsetzen und für eine Weile entspannen", meinte sie dann, während sie Malriel im Blickfeld behielt, falls sich eine weitere Gelegenheit für einen gut gezielten Tritt ergab.

"Das werde ich euch sagen, wenn wir zuhause sind", sprach Valrad ruhig und griff nach ihrer Hand. "Das ist nichts, was ich in der Öffentlichkeit besprechen möchte."

"Wird diese scheußliche Person auch kommen? Falls ja, brauchst du mit mir nicht zu rechnen", knurrte sie.

Er seufzte. "Ja, Malriel wird uns begleiten. Und nein, du kannst dich nicht weigern mitzukommen." In seinem Ton schwang unmissverständlich eine Warnung mit. "Enric, ich würde deine Unterstützung schätzen."

Enric nickte langsam. Es schien, als hätten sie nun gerade einmal den harmlosen Teil hinter sich und würden sich nun dem stellen müssen, wovor Pe'tala gegraut hatte.

* * *

Eryn wartete, bis Malriel auf einem der Kissen im Vel'kim Hauptraum Platz genommen hatte und ließ sich dann dort nieder, wo sie am weitesten davon entfernt war, während sie ihr giftige Blick zuwarf. Enric glitt auf den Sitz neben ihr, und Valrad setzte sich auf das Kissen auf ihrer anderen Seite. Vran'el stellte auf dem niedrigen Tisch vor ihnen ein Tablett mit Gläsern, Wasser und Saft ab, dann ließ er sich zwischen seinem Vater und Malriel nieder. Pe'tala hatte sich dagegen entschieden, sich der Gruppe anzuschließen und lehnte stattdessen an einer Wand in der Nähe des Ausgangs.

Enric hob fragend eine Augenbraue, während er sie ansah. Fluchtgedanken? Sie warf ihm ein müdes Lächeln zu.

Valrad ergriff Eryns Hände und nahm sie zwischen seine eigenen, größeren. Er wartete, bis sie ihren Blick von Malriel abwandte und ihn ansah, bevor er das Wort an sie richtete.

"Eryn, mein Mädchen, Pe'tala hat mich informiert, dass du dir mittlerweile im Klaren bist über die Bedeutung der Krankheit, die dein Sohn geerbt hat."

"Ja." Sie schluckte hart und warf der Frau ihr gegenüber einen weiteren hasserfüllten Blick zu. "Es bedeutet, dass Malriel von Haus Aren in ihrem Lebensbund kaum mehr Rücksicht gezeigt hat als bei allem sonst, was sie tut. Sie war nicht nur untreu, sondern auch noch leichtsinnig genug, sich im Zuge dieser Affäre, betrunkenen Begegnung oder was immer es sonst war, schwängern zu lassen."

Malriel öffnete ihren Mund, um etwas darauf zu entgegen, schloss ihn aber wieder, als Valrads Blick sie zum Umdenken veranlasste.

Eryn runzelte die Stirn. "Ich sehe nicht wirklich, warum du derjenige bist, der mit mir über ihren Fehltritt redet. Das an den Bruder des Mannes zu delegieren, dem sie das angetan hat, ist wirklich ein Tiefpunkt, sogar für sie. Aber ich schätze, das was sie tut, sollte mich nicht länger überraschen."

"Eryn", sagte Valrad eindringlich, "bitte hör mir einen Augenblick zu! Das ist wichtig. Du hast Recht. Es war nicht richtig, dass sie dies hinter Ved'als Rücken getan hat, aber sie war nicht die Einzige, die Schuld daran trägt."

Sie versuchte ihre Hand zurückzuziehen, doch der ältere Mann hielt sie fest. "Wenn du mir jetzt den Namen ihres Bettpartners sagen willst, damit ich meinen Ärger gleichmäßiger verteile anstatt ihr allein die Schuld zu geben, dann bin ich sehr enttäuscht von dir. Es kümmert mich nicht, mit wem sie ins Bett gegangen ist. Er hat keinerlei Bedeutung für mich."

Valrad schloss die Augen und drehte seinen Kopf für einen Moment zur Seite.

Der Gedanke traf Enric wie eine Faust in den Magen, und mit einem scharfen Atemzug sog er die Luft ein. Sein Blick sprang zu Pe'tala, die ihm einmal zunickte; sie hatte erraten, dass es ihm klargeworden war.

Eryn drehte sich zu ihm, als sie seinen Schock durch das Geistesband wahrnahm. "Was?"

Er schüttelte nur den Kopf und errichtete rasch eine Barriere, damit er sie nicht länger ablenkte und beunruhigte.

"Eryn", sagte Valrad sodann, sein Gesicht ernst, seine Kiefer aufeinandergepresst. "Das ist von erheblicher Bedeutung für dich. Für uns alle. *Ich* war der Mann, mit dem sie ins Bett ging, als du gezeugt wurdest."

Sie erstarrte, ihr Blick verständnislos auf ihn gerichtet. Da waren... Worte. Sie verstand die Bedeutung jedes einzelnen davon, aber zusammen ergaben sie keinerlei Sinn.

"Verzeihung?", fragte sie höflich.

"Diese Knochenkrankheit, die dein Sohn geerbt hat", erklärte er mit bekümmerter Miene, "wurde innerhalb unserer Familie schon seit vielen Generationen weitergegeben. Sie wird allerdings nicht an alle Männer vererbt - nur an einen von vier. Nicht an Ved'al. Aber an mich. Und ebenso an deinen Sohn." Er suchte in ihrem Gesicht nach einem Zeichen, dass sie begriffen hatte, nach irgendeiner Gefühlsregung. "Eryn? Verstehst du, was ich dir sage? Ich bin dein Vater, und zwar nicht nur rechtlich gesprochen. Du bist von meinem Blut, meine Tochter."

Ihr Kopf sank vorwärts, bis ihr Kinn auf ihrer Brust ruhte. Ihr Atem beschleunigte sich. "Nein. Das bist du nicht. Ich weigere mich zu glauben, dass du deinem eigenen Bruder so etwas angetan hättest. Nicht *du*. Du bist anständig. Das würdest du nicht tun."

Sie sah auf seinem Gesicht den Schmerz, den ihre Worte ausgelöst hatten, und erst da wurde ihr eindeutig klar, dass er die Wahrheit gesprochen hatte. Die Pein, die diese Erkenntnis mit sich brachte, raubte ihr beinahe den Atem, und einen Moment lang bekam sie keine Luft. Enrics Arm um ihre Schultern presste sie an ihn, und sie spürte seine Lippen auf ihrer Schläfe. Sie benötigte einige Sekunden, um zu erkennen, dass seine Stimme Worte formulierte.

"Es tut mir so leid, Liebste."

Sie schluchzte leise und vergrub ihr Gesicht in ihren Händen.

Nach mehr als einer Minute flüsterte sie: "Ausgerechnet! Mir ist klar, wie *sie* so etwas tun konnte, aber *du*?" Ihre Stimme wurde schriller. "Er war dein Bruder, verdammt! Wie konntest du nur? Dabei hast du die Rolle des freundlichen Onkels so gut gespielt, als ich zum ersten Mal herkam", rief sie aus, während eine Träne ihre Wange hinabrollte. "Ein Pech für dich, dass Malriel mir diesen Fruchtbarkeitstrank verabreicht hat, oder ich hätte das niemals erfahren!"

Valrads Kopf zuckte zu Malriel, und er starrte sie an. Seine Stimme donnerte durch das Haus, als er wütend knurrte: "Du hast *was* getan?"

Malriel zuckte zusammen, als wäre sie geschlagen worden und presste ihre Lippen aufeinander. Weder bestätigte, noch bestritt sie es.

Enric sah Pe'tala überrascht an. "Du hast ihm nichts davon erzählt?"

Sie schüttelte den Kopf. "Nein. Das ist nichts, was man mit einem Vogel schickt. Man weiß nie, wer diese Nachrichten abfängt und liest."

"Ich schwöre dir, Eryn, dass ich davon nichts wusste. Und auch, dass ich keinen Verdacht hegte, ich könnte dein Vater sein. Es wurde mir erst klar, als Pe'tala mir die Ergebnisse ihrer Untersuchung übermittelte."

Eryn schüttelte den Kopf und stand auf. "Ich muss hier raus", murmelte sie und stolperte beinahe, als sie hastig über die großen Kissen kletterte, hin zu der Treppe, die zum Ausgang führten. Valrad versuchte ihr Halt zu geben, aber sie wich vor ihm zurück. "Fass mich nicht an!", schnauzte sie ihn an und rannte auf die Stufen zu.

Enric sprang auf und versuchte ihr zu folgen, doch Pe'tala versperrte ihm den Weg und schüttelte den Kopf.

"Nein. Lass *mich*."

Widerstreitende Gefühle huschten über sein Gesicht. Als sie hörten, wie die Tür unten geöffnet und kurz darauf zugeschlagen wurde, umfasste Pe'tala seinen Arm und fügte eindringlich hinzu, "Bitte?"

Schließlich nickte er und zwang sich dazu, zu bleiben wo er war.

"Vran'el?", rief sie. "Bels Teehaus in einer halben Stunde."

Als ihr Bruder wortlos nickte, rannte sie los, um Eryn einzuholen.

*   *   *

Plötzlich geblendet vom hellen Sonnenlicht taumelte sie kurz, bevor sie ihre Augen mit ihrer Hand beschattete und den Weg hinunterzulaufen begann, der von der Straße zum Gebäude hin anstieg.

Sie hielt kurz inne, als sie die Straße erreichte, die entlang des Vel'kim-Anwesens verlief. Dann entschied sie, sich keine Sorgen darüber zu machen, wohin sie ging, solange es nur weit genug fort war.

Eine Hand auf ihrer Schulter ließ sie aufschreien und herumwirbeln, bereit, einen weiteren Schlag auszuteilen, falls es sich um Malriel oder Valrad handelte. Aber es war Pe'tala, die vor ihr stand, ihr Gesicht grimmig und entschlossen.

"Komm", befahl sie nur und umfasste Eryns Oberarm, um sie in eine Richtung zu drängen, die gemäß Eryns vager Erinnerung ins Stadtzentrum führte.

"Lass mich los", befahl sie und versuchte ihren Arm zu befreien, doch die jüngere Frau hielt daran fest und zog sie mit sich.

"Nein. Du hörst jetzt damit auf und kommst mit mir. Ich kann dich wohl kaum allein, ohne einen einzigen Goldstreifen und mit kaum mehr als lückenhaftem Wissen über die Stadt herumlaufen lassen. Wer weiß, wo du landen würdest."

Eryn lachte etwas zu laut, ihre Stimme bitter, als sie sagte: "Meine besorgte *kleine Schwester*, wie immens rücksichtsvoll von dir, dass du dich um mich sorgst."

Pe'tala hielt an und drehte sich zu ihr, starrte ihr in die Augen und trat so nahe an sie heran, dass sich ihre Nasen beinahe berührten.

"Da hast du verdammt Recht, du Idiotin! Ein Monat war eine lange Zeit, um die Bürde dieses Wissens allein zu tragen. Ich sorge mich sehr wohl, und das habe ich getan, seit ich diese Erkrankung bei deinem Kind gefunden habe. Oder dachtest du, es wäre ein Zufall, dass ich gerade eben beim Ausgang Stellung bezogen habe, als du davon erfahren hast?" sagte sie streng. "Jetzt hör auf, Schwierigkeiten zu machen. Zumindest bis ich dich an einen Ort gebracht habe, wo wir reden können. Da du beträchtlich stärker bist als ich, bin ich auf deine Kooperation angewiesen. Hörst du?"

"Reden - mit *dir*?"

"Ja, mit *mir*. Glaub mir, jetzt gerade bin ich genau die Person, mit der du reden *willst*. Wie ich Vran'el kenne, ist er mit den jüngsten Entwicklungen sehr wahrscheinlich zufrieden, also würdest du ihn nur erwürgen wollen, wäre er hier. Dabei zählt es nicht, dass du ihn im Allgemeinen lieber magst als mich. Und Enric würde dich nur im Arm halten und sich dein Gejammer anhören, bevor er dir erklärt, wie sich die Situation auf eine Weise analysieren lässt, damit alles vorteilhaft erscheint."

Eryn blinzelte und starrte sie nur an.

"Kommst du nun?"

Pe'tala wartete einen Moment lang, und als keine Antwort kam, setzte sie ihren Weg flotten Schrittes fort, ohne den Arm der anderen Frau loszulassen.

Eryn wusste nicht, wie lange sie so marschiert waren, bevor Pe'tala neben einem Teehaus anhielt, dessen weiße Zelte die Kissen auf dem Boden vor der Sonne schützten.

"Hinsetzen", befahl sie und hob eine Hand, um einen Kellner herbeizurufen. Sie wies ihn an, die Tische um sie herum zwecks Privatsphäre freizuhalten und bestellte eine Kanne Tee mit dem Hinweis, sie so lange aufzufüllen, bis er das Gegenteil gesagt bekam. Dann sank sie neben Eryn nieder, streckte ihre Beine aus und seufzte erschöpft. "Es sieht so aus, als wäre deine Ankunft in Takhan nie eine erfreuliche Angelegenheit, was?"

Eryn atmete aus, lehnte sich zurück und schloss die Augen. "Nein, ich will mich nur irgendwo im Dunkeln verkriechen…" Ihre Stimme verstummte. Sie öffnete die Augen wieder, als sie Pe'talas Hand auf ihrer spürte.

"Deine Hand ist kalt, und dein Herz schlägt schneller als es unser kurzer Weg hierher rechtfertigen würde. Du stehst unter Schock. Ich werde etwas dagegen tun, da dies sonst für dich und das Kind gefährlich werden könnte. Hörst du?" Ihre Stimme klang ruhig, doch dahinter war Entschlossenheit.

"Warum fragst du mich das immer wieder?"

"Weil Verwirrung ein Schocksymptom ist. Entspann dich jetzt. Und errichte bloß keinen Schild oder etwas in der Art, oder ich werde den nächsten Magier, den ich des Weges kommen sehe, packen und ihn dazu veranlassen, dass er mir hilft, dich zu überwältigen, einfach nur, damit ich dir eins überbraten kann."

Langsam schüttelte Eryn den Kopf und spürte, wie angenehme Wärme ihre Haut durchdrang, als Pe'tala Magie durch ihre Handfläche sandte. "Du hast wirklich ein Händchen für Patienten. Kein Wunder, dass sie sich ständig über dich beschweren."

18

Pe'tala öffnete ihre Augen wieder und lächelte müde. "Unsinn. Sie beschweren sich zwar, doch in Wahrheit sind sie insgeheim entzückt. Wenn sie einander treffen, tauschen sie Schauergeschichten über meine Behandlungen aus. Ich leiste praktisch einen zusätzlichen Dienst an der Gemeinschaft, indem ich für Gesprächsthemen sorge."

Eryn atmete aus und bemerkte, dass ihr das Denken nun wesentlich leichter fiel. "Was nun? Rede ich mir nun all meinen Gram und Kummer über meinen letzten Schicksalsschlag von der Seele, damit du meinen Schmerz mit dem Balsam schwesterlichen Mitgefühls lindern kannst, oder wie läuft das?"

"Ein interessantes Bild", meinte die jüngere Frau mit einem schwachen Lächeln, "aber keines, das wirklich mit unseren Vorlieben übereinstimmt, nicht wahr? Lass uns stattdessen versuchen, gemeinsam verärgert zu sein."

Eryn seufzte und nickte. "Sicher, warum nicht? Ich verstehe wohl, weshalb *du* verärgert bist."

"Nein", erwiderte Pe'tala scharf. "Das kannst du nicht. Noch nicht. Aber das wirst du vielleicht, wenn du einmal für eine Minute den Mund hältst und mich dir ein wenig über mich erzählen lässt." Sie hielt inne, als der Diener eine Kanne aus Metall mit dampfend heißem Tee und zwei Gläsern brachte. Die Griffe wirkten so zerbrechlich, als würden sie jeden Moment abfallen, wenn man sie nur falsch ansah. Als er sich wieder zurückgezogen hatte, lehnte sie sich vor, um ihnen beiden Tee einzugießen und lehnte sich dann mit dem Glas in einer Hand wieder zurück, um fortzusetzen. "Ich war sehr jung, als meine Mutter mit einem Händler davonlief. Vier Jahre alt, um genau zu sein. Ich weiß, dass der Lebensbund zwischen ihr und meinem Vater kein besonders liebevoller war, aber ich habe ihr dennoch niemals verziehen, dass sie mich auf diese Weise zurückließ. Es gibt Möglichkeiten für eine Frau, sich von einem Mann zu trennen, ohne daraufhin jeglichen Kontakt zu ihren Kindern abzubrechen. Jedenfalls scheint es, als waren wir nichts anderes als eine Bürde für sie - es gab für uns keinen Platz in ihrem neuen Leben." Sie legte eine kurze Pause ein und starrte in ihr Glas, bevor sie fortfuhr. "Im vergangenen Monat habe ich zu überlegen begonnen. Ich hätte meinen Vater niemals für den Typ Mann gehalten, der eine Affäre mit einer Frau beginnt, die mit einem anderen Mann verbunden ist. Besonders nicht mit der Gefährtin seines Bruders, und nicht während er selbst an eine Frau gebunden war. Aber nachdem ich hiervon erfahren habe... Ich habe begonnen, mich zu fragen, ob meine Mutter ebenfalls davon wusste und daraufhin beschloss, ihn zu verlassen."

Eryn schluckte. Das also waren die Gedanken gewesen, die Pe'tala im letzten Monat beschäftigt hatten, während sie in einem fremden Land weit weg von ihrer Familie und ihren Freunden festgesessen hatte, ohne mit jemandem reden zu können.

"Ich wünschte, du hättest mir davon erzählt. Das war eine lange Zeit, in der du damit allein warst."

Sie schüttelte den Kopf. "Nein. Es stand mir nicht zu, das mit dir zu teilen. Und ich war verärgert mit Vater und wollte, dass er mit eigenen Augen sieht, welchen Schmerz dir seine Taten vor so vielen Jahren bereiten würden." Sie sah auf und in Eryns Augen. "Es war seine Strafe. Und Malriels. Obwohl ich erwähnen sollte, dass er mich darum gebeten hat, dir nichts davon zu sagen. Er hat niemals von mir erwartet, dass ich seine Drecksarbeit erledige."

"Sag für den Augenblick besser nichts Nettes über ihn", meinte Eryn und zog eine Grimasse.

Pe'tala lächelte. "Also gut, ich werde das für den Moment vermeiden. Es gibt noch ein paar andere Gründe für mich, um böse auf ihn zu sein, also lass uns zuerst darüber sprechen. Eine Sache ist die Wahl seiner Liebhaberin. Ich meine, wie konnte er sich jemals zu so einer Frau hingezogen fühlen?" Ihr Gesicht verzog sich missbilligend. "Sie ist selbstsüchtig, rücksichtslos und nicht gerade zimperlich, wenn es um die Methoden geht, derer sie sich bedient. Welche Art von Mann findet solche Qualitäten anziehend? Ich gebe zu, dass sie sehr hübsch ist. Aber ich hätte niemals gedacht, dass mein Vater oberflächliche Reize ansprechend genug fände, um über das hinwegzusehen, was darunterliegt. Ich möchte ihm gerne zugutehalten, dass er jung war, aber das fällt mir sehr schwer. Dann frage ich mich immer wieder, wie gut ich meinen Vater wirklich kenne. Wie du bereits sagtest, ist es kalt und herzlos, seinem Bruder so etwas anzutun. Niemals hätte ich ihn als diese Art von Mensch eingeschätzt. Und schlussendlich ist da der absolut lächerliche Gedanke, dass ein vollständig ausgebildeter Heiler es nicht zuwege bringt, einem ungeplanten Kind vorzubeugen. Also bitte. Wie dumm kann man sein? Das passiert Halbwüchsigen, die entweder zu sehr im Moment gefangen sind, um einen klaren Gedanken zu fassen, oder die nicht verstanden haben, wie man eine Schwangerschaft vermeidet. Aber doch keinem erwachsenen Mann. Immerhin hatte er sich zu dieser Zeit bereits einen Namen als Heiler gemacht!"

Eryn wartete auf einen weiteren Grund, den sie als maßgeblich betrachtet hätte, aber er war nicht unter den angeführten gewesen.

"Und dann bin da noch *ich*", wagte sie sich vor.

Pe'tala rieb sich über das Gesicht und schüttelte den Kopf. "Nein, Eryn. Du wirst das womöglich nicht glauben, aber du warst keiner der Gründe für meinen Ärger. Du hast das ebenso wenig verschuldet wie ich. Und weißt du, nachdem ich dich besser kennenlernen und diesen Schlamassel mit Ram'an hinter mir lassen konnte, habe ich mich entschieden, dass du keine *dermaßen* große Plage bist. Ich war überrascht von der Arbeit, die du in deinem Königreich geleistet hast. Und wie du dem Orden weiterhin entgegentrittst und ihn drangsalierst anstatt einfach das zu tun, was sie wollen, dich zurücklehnst und an der Seite deines mächtigen und reichen Gefährten ein Leben ohne Sorgen führst. Und ich gebe zu, dass deine Probleme mit Malriel es mir wesentlich erleichtert haben, dir zu verzeihen, dass du wie sie aussiehst."

"Wie ungemein großzügig von dir", murmelte Eryn.

"Was soll ich sagen? Für diesen Charakterzug bin ich bekannt", sagte sie, bevor sie wieder ernst wurde. "Es macht mir nichts aus, dich als meine Schwester zu haben. Ich hatte Spaß in Anyueel, und du hast dafür gesorgt, dass ich problemlos akzeptiert wurde. Obwohl es einiges an Entschlossenheit von meiner Seite erforderte, dass Rolan nicht mehr vor mir zurückscheute aufgrund meiner mächtigen Familienbande, nämlich du und Enric." Sie lachte vor sich hin, als sie sich daran erinnerte. "Ich schwöre dir, er hat Blut geschwitzt, als wir zum ersten Mal bei euch zuhause zum Abendessen eingeladen waren."

Eryn lächelte leicht bei der Erinnerung an den Abend. "Ja, er wirkte, als wäre ihm unbehaglich zumute."

Beide leerten ihre Gläser, und Pe'tala füllte sie wieder auf.

"Die Zeit, die du mit Ved'al verbracht hast, deine Erinnerungen an ihn, das ist etwas, das dir keine unangenehme Enthüllung wegnehmen kann, weißt du", sagte sie dann. "Er war ebenso sehr dein Vater wie... nun, wie es unser Vater nun ist. Er hat dich großgezogen und dich zu der Person gemacht, die du heute bist."

"Ich weiß", seufzte Eryn. "Aber der Gedanke, dass all das eine Lüge war... Das mag recht grausam klingen, aber ich bin froh, dass er all das nie herausgefunden hat, dass er diesen Tag nicht erleben musste. Wie soll ein Mann darauf reagieren, wenn er erfährt, dass sein einziges Kind nicht von ihm, sondern von seinem Bruder ist?" Ausdruckslos starrte sie in ihre Tasse.

Sie sahen auf, als eine Gestalt neben ihrem Tisch stehenblieb. Eryns Augen wurden schmal, als sie ihn nach ein paar Augenblicken erkannte. Ram'an. Er wirkte überrascht, sie zu sehen, fing sich aber rasch wieder.

"Eryn. Pe'tala", sagte er langsam. "Das kommt... unerwartet."

Eryn antwortete nicht, sondern starrte ihn nur an. Er sah verändert aus. Dünner, mit mehr Linien um seinen Mund und auf seiner Stirn. Es schien, als bliebe ihm in seiner Position als Oberhaupt eines Hauses nicht viel Zeit für sich selbst. Oder zum Schlafen.

"Ram'an", antwortete Pe'tala höflich, ohne aufzustehen. "Auf die Gefahr hin, unfreundlich zu wirken - würde es dir etwas ausmachen, uns für den Moment alleinzulassen? Wir führen hier ein sehr persönliches Gespräch und würden etwas Ungestörtheit schätzen. Ich bin sicher, wir werden einander bald wiedersehen. Entweder Malriel oder mein Vater werden sehr wahrscheinlich ein Willkommensessen veranstalten."

Er blinzelte, dann nickte er. "Aber natürlich. Und ja, die Einladungen wurden bereits verschickt. Dann sehe ich euch also in zwei Tagen." Eryn bemerkte seinen raschen Blick auf ihren Bauch, bevor er sich abwandte und auf eine Gruppe aus Kissen am anderen Ende des Teehauses zuging. Also hatte er offensichtlich von ihrer Schwangerschaft gehört. Gut so.

"Und ich dachte schon, dieser Tag könnte nicht noch unangenehmer werden", murmelte sie und versuchte zu ignorieren, dass er noch immer nahe genug war, dass eine Drehung ihres Kopfes reichte, um ihn zu sehen.

Pe'tala blickte gezielt auf das Armkettchen an ihrem Handgelenk. "Ich hatte den Eindruck, dass ihr als Freunde voneinander geschieden seid?"

Eryn nickte und spielte mit dem Schmuckstück. "Das hatte ich auch gedacht. Aber unsere Korrespondenz war am Anfang frostig und ist nach einer Weile vollkommen abgebrochen." Sie zuckte mit den Schultern. "Allerdings bereitet mir das nach dem, was ich heute erfahren habe, keine großen Sorgen mehr."

"Ladies", erklang Vran'els Stimme hinter ihnen.

Pe'tala seufzte und drehte sich um. "Das war keine halbe Stunde, Vran."

Er zuckte die Achseln und quetschte sich zwischen sie. "Das macht nichts. Ich dachte mir, dass es besser wäre, euch durch mein verfrühtes Auftauchen zu verstimmen als voller Sorge zuhause zu warten." Er hob einen Finger, um dem Kellner zu signalisieren, er möge eine weitere Tasse bringen. Dann sah er sie beide abwechselnd an. "So. Tala, mein Schatz, ich weiß, dass du schon eine Weile davon gewusst haben musst. Und Eryn, meine Liebe, ich verstehe, weshalb das für dich nicht eben ein tröstlicher Beginn für deinen Aufenthalt hier war. Aber ich muss sagen, dass ich sehr erfreut bin, dass ihr beide es offenkundig geschafft habt, gut genug miteinander auszukommen, um füreinander da zu sein, wenn es Probleme gibt." Er griff nach Pe'talas Glas und leerte es. "Und wenngleich diese Sache im Moment wie schlechte Nachrichten und ein Schock erscheinen mögen, so..."

"Vran?", unterbrach ihn Pe'tala, "Halt einfach die Klappe, ja?"

Eryn verdrehte die Augen. "Du hattest Recht. Viel zu heiter. Entsetzlich."

"Was?", fragte er verdutzt.

"Wir sind noch immer beim schmerzhaften Teil, wo wir unsere Gedanken austauschen, weshalb wir über Valrad verärgert sind", erklärte Eryn.

"Verärgert?" Seine Verwirrung verstärkte sich. "Weshalb solltet ihr verärgert über ihn sein? Was würde das ändern?"

"Meine Güte", seufzte Pe'tala. "Kannst du nicht einfach wieder gehen? Dieses Gespräch verlief wesentlich sinnvoller vor deiner Ankunft."

Vran'el nahm ein Glas vom Kellner entgegen und schüttelte den Kopf. "Sicher nicht! Mir scheint, als benötigt ihr hier dringend ein wenig positiven Einfluss."

"Versuch jetzt bloß nicht, mir gegenüber positiv zu sein", knurrte Eryn. "Wenn du mir etwas Nettes mitteilen willst, dann sag mir, dass niemand außer uns jemals von diesem jüngsten Familiendrama erfahren wird." Sie beobachtete, wie Vran'els Miene plötzlich betont ausdruckslos wurde. "Vran'el? Warum habe ich das Gefühl, dass du mir gleich etwas sagst, das mir überhaupt nicht gefallen wird?"

Er räusperte sich, dann füllte er mit übertriebener Sorgfalt sein Glas aus der Kanne auf dem Tisch nach, eindeutig, um Zeit zu schinden.

"Vran'el!", bellte sie. "Hör auf herumzuspielen und sprich mit mir! Wer außer uns weiß sonst noch davon?"

"Bislang niemand", sagte er langsam. "Aber du erinnerst dich sicherlich, dass Männer, die in Haus Vel'kim hineingeboren werden, für ihre Hingabe und Zuneigung, was ihre Nachkommen betrifft, bekannt sind?"

Sie nickte und bedeutete ihm fortzufahren.

"Vater plant, dich bei der nächsten Senatsversammlung als seine leibliche Tochter anzuerkennen, zusätzlich zu seinem Status als dein rechtlicher Elternteil."

"*Was?*" Eryn starrte ihn an, ihr Mund sperrangelweit offen. "Du musst ihn aufhalten! Das wird für keinen von uns gut aussehen!"

Vran'el bedachte sie mit einer Miene, die sie als sein Juristengesicht kennengelernt hatte: geringfügig nachsichtig mit einem Hauch von ehrwürdiger Überlegenheit. "Ich fürchte, ich kann deinem Wunsch in dieser Angelegenheit nicht entsprechen. Er nähme es nicht gut auf, würde ich mich in dieser Sache ungebeten einmischen. Und er hat Recht, es ist nur korrekt und angemessen, dass er für seine Taten öffentlich Verantwortung übernimmt."

"Ihr seid beide irre geworden!", rief sie aus. "Ich bin dagegen!"

"Siehst du, er ist das Oberhaupt deines Hauses. Wenn er also entschlossen ist, das zu tun, sind deine Einwände eher nutzlos, fürchte ich", meinte er schulterzuckend.

"Was ist mit Malriel? Ich kann mir nicht vorstellen, dass sie so einer Sache zustimmt", wandte Eryn eindringlich ein. "Sie kann und wird ihn aufhalten, oder etwa nicht?"

"Nein, Herzblatt, sie wird es nicht einmal versuchen", seufzte er. "Aren Frauen sind ein streitsüchtiger Haufen, aber sie sind nicht dumm und vermeiden es, sich auf einen Kampf einzulassen, wenn sie wissen, dass sie ihn nicht gewinnen können. Lehn dich also wieder zurück und trink noch ein Glas Tee; du kannst nicht verhindern, was in zwei Tagen passieren wird. Du kannst dir das Ganze allerdings ansehen. Senatsversammlungen sind die meiste Zeit über öffentlich zugänglich, wie du dich sicher erinnerst."

"Ich will nicht, dass irgendjemand davon erfährt! Warum ist er so begierig darauf, seine Schande mit der Welt zu teilen? Welcher Mann tut so etwas?", stöhnte sie.

"Einer, der es nicht als Schande, sondern als Privileg betrachtet, mit einer weiteren Tochter beschenkt zu werden, würde ich meinen", erwiderte er milde. "Eine Haltung, die ich teile." Er ergriff Pe'talas Hand und drückte sie. "Eine Schwester war bisher ein Segen, und eine zweite ist nun sogar ein noch größerer." Er setzte dazu an, auch ihre Hand zu ergreifen, aber sie wich ihm aus.

"Nicht", zischte sie, "hör auf! Du verstehst wirklich nicht, weshalb mich das aufregt, oder? Für dich sind wir einfach nur eine große, glückliche Familie, wo sich nichts verändert hat, da ich ohnehin in euer Haus adoptiert wurde?"

"Eryn", beschwor er sie, "wir haben dich geliebt, bevor wir davon erfuhren, und das tun wir noch immer. Du hast einen Vater verloren, als du noch ein Kind warst - warum siehst du nicht, welch ein Wunder es ist, dass du einen anderen gefunden hast und akzeptierst es einfach?"

"Weil diese Situation das Ergebnis aus Untreue, Lügen und Betrug ist! Wie würdest du reagieren, wenn du herausfändest, dass Obal nicht *deine* Tochter ist? Sag mir bloß nicht, du würdest das für gut befinden, weil deine Tochter mit einem weiteren Vater gesegnet wäre!"

Er zog eine Braue hoch. "Das ist wohl kaum ein angemessener Vergleich. Ich bin immerhin noch am Leben. Natürlich wäre ich darüber nicht erfreut. Aber Ved'al ist bereits seit langer Zeit tot, und somit ist niemand mehr da, der darunter leiden könnte."

"Ich leide darunter, verdammt!", fauchte sie. "Ich will einfach nur etwas Zeit, um mich an diesen Alptraum zu gewöhnen, bevor jeder darüber redet." Sie zwang sich, ruhig zu atmen und sich wieder zurückzulehnen. "Ich habe mich darauf gefreut, dich und deinen Vater wiederzusehen, das habe ich wirklich. Die Aussicht darauf war mehr oder weniger das einzig Positive daran, dass ich schon so bald wieder hierher herkommen musste. Und jetzt würde ich dich am liebsten erwürgen, weil du dermaßen starrköpfig in deinen Ansichten bist. Ich wünschte, ich könnte mich einen Monat lang vor Valrad verstecken! Beim bloßen Gedanken an das Abendessen, zu dem er uns heute Abend eingeladen hat, dreht sich mir der Magen um!"

"Eryn, bitte", versuchte er es erneut, "das soll keine Bürde für dich sein. Alles, was er sich wünscht, ist die Chance, auch dir ein Vater zu sein."

"Ich brauche keinen Vater", schnappte sie. "Ist das so schwer zu verstehen? Ich hatte einen Vater, und der ist tot! Was ich brauche und was ich letztes Mal, als ich hier war, sehr geschätzt habe, ist ein Freund, ein Onkel, jemand, dem ich vertrauen kann! Aber das ist er nicht länger! Wie kann ich ihm jemals wieder vertrauen, nachdem ich herausgefunden habe, wie er nicht nur seinen Bruder, sondern auch seine eigene Gefährtin behandelt hat?" Sie stand auf und warf ihm einen finsteren Blick zu. "Ich habe nicht die Absicht, ihm als seine große Chance zur Wiedergutmachung seiner Taten von damals zu dienen. Ich brauche ihn nicht - ich will einfach nur meine Ruhe."

Ihr Blick landete auf Ram'an, der sie von seiner entfernten Ecke des großen Zelts aus interessiert beobachtete. Ihre Augen verengten sich. Diese Gelegenheit war so gut wie jede andere. Sie nestelte an ihrem Armband herum, bis sie es geöffnet hatte, marschierte auf ihn zu und schleuderte es in seinen Schoß.

"Hier. Ich will es nicht mehr. Es sieht so aus, als hätten du und ich sehr unterschiedliche Vorstellungen von Freundschaft. Du hast deine Seite nicht erfüllt, und ich habe es satt, darauf zu warten, dass du zur Besinnung kommst. Hören wir doch damit auf, uns zu verstellen. Enric ist bestrebt, deinem Haus wieder auf die Beine zu helfen; du brauchst mich nicht dafür, um öffentlich zu demonstrieren, welch dicke Freunde unsere Häuser sind."

Er blinzelte und schickte sich an aufzustehen, hielt aber inne, als sie herumwirbelte und davonstapfte.

Vran'el setzte ebenfalls dazu an, sich zu erheben und ihr zu folgen, aber Pe'tala seufzte und hielt seinen Ärmel fest, um ihn zurückzuziehen. "Lass sie gehen. Du hast gerade all meine Bemühungen zunichtegemacht, und zwar so richtig. Überdies muss ich sagen, dass ich manchen Dingen, die du von dir gegeben hast, nicht zustimme. Das ist kein Anlass zur Freude, sondern ein mächtiger Schock. Und anders als wir beide hatte sie noch keine Zeit, sich daran zu gewöhnen. Versuch beim nächsten Mal, etwas rücksichtsvoller zu sein."

Er starrte seine Schwester an. Von ihr anlässlich eines Mangels an Mitgefühls gescholten zu werden passierte nicht oft. Üblicherweise war es umgekehrt. Er hob seine Hände und ließ sie dann hilflos wieder sinken.

"Ich wollte ihr nur zeigen, dass sie willkommen ist, dass sie bei uns ein Zuhause hat. Dass sie eine von uns ist", sagte er, seine Miene verblüfft. "Es scheint, als hätte ich das ziemlich vermasselt."

"Wenn man bedenkt, dass sie gerade aufgesprungen und davongelaufen ist, dann kann man das wohl behaupten, ja", bemerkte sie mit scharfer Zunge.

"Wo bleibt die Rücksichtnahme, wegen der du mich gerade gemaßregelt hast?", knurrte er.

Sie wollte soeben darauf antworten, schloss aber ihren Mund wieder, als sie sah, dass Ram'an langsam auf sie zukam. Sein Blick war auf das silberne Armband in seiner Hand, das Eryn ihm gerade entgegengeworfen hatte, gerichtet. Mit gerunzelter Stirn blieb er vor ihnen stehen.

"Was ist los?", fragte er schlicht.

"Ich hatte nicht den Eindruck, dass ihr derzeit miteinander redet, also bin ich nicht der Ansicht, dass dir eine Antwort zusteht", antwortete Pe'tala kühl, seufzte aber, als sie die Sorge auf seinem Gesicht sah. "Sieh einfach nur zu, dass du die nächste Senatsversammlung nicht versäumst. Das sollte deine Frage ausreichend beantworten." Sie ließ ihren Blick an ihm auf- und abwandern. "Und du solltest hin und wieder auch einmal schlafen und deine Ernährungsgewohnheiten überdenken. Du siehst furchtbar aus. Das war ein professioneller, kostenloser Rat von deiner freundlichen Heilerin aus der Nachbarschaft." Dann erhob sie sich und ließ einen halben Goldstreifen auf den Tisch fallen, um den Tee zu bezahlen. "Wenn ihr mich nun entschuldigt, ich muss sicherstellen, dass Eryn unbeschadet bei der Botschafterresidenz ankommt, oder Enric wird mir das Fell über die Ohren ziehen. Dass er nicht länger an die Einschränkungen gebunden ist, die der Orden seinen Magiern auferlegt, macht ihn nicht gerade *weniger* gefährlich."

Ram'an blickte ihr nach, als sie davonging, dann sah er auf Vran'el hinab, der ebenfalls nicht besonders glücklich wirkte.

"Weißt du", sagte er langsam, "die beiden friedlich beieinander sitzen zu sehen war kein Anblick, den ich in naher Zukunft erwartet hätte. Dass deine Ankunft zu irgendeiner Art von Eskalation führen könnte, war der nächste Schock. Aber dass Eryn wütend auf mich ist, während Pe'tala mich wie ein menschliches Wesen behandelt, wirft mich komplett aus der Bahn. Ich weiß nicht, was in Haus Vel'kim vor sich geht, aber ich bin fest entschlossen, die Senatsversammlung in zwei Tagen zu besuchen. Außer du verspürst den Wunsch, dich mir mitzuteilen?", fügte er beiläufig hinzu.

Vran'el schüttelte den Kopf. "Nein. Ich kann nicht. Du wirst warten müssen, so wie auch alle anderen."

Ram'an nickte langsam. "Also gut - das respektiere ich selbstverständlich. Solltest du deine Meinung ändern, wartet bei mir zuhause stets eine Flasche Wein."

Vran'el lächelte dünn. "Du bist schamlos."

"Und du bist besorgt, und das ist etwas, das ich schon lange nicht mehr gesehen habe. Lass mir eine Nachricht zukommen, wenn ich etwas tun kann."

"Danke. Ich schätze das Angebot, auch wenn ich es derzeit nicht annehmen kann." Er stand auf. "Schönen Tag noch, Ram'an."

Ram'an sah zu, wie der Erbe von Haus Vel'kim in Richtung seiner Residenz davonging. Das war interessant. Pe'tala war Eryn gefolgt, er aber nicht. In welchen Schwierigkeiten sie auch immer steckten, es schien sich dabei um etwas Gröberes zu handeln.

KAPITEL 2

Konfrontation mit Valrad

Enric kämpfte gegen den Drang an, im Hauptraum der Botschafterresidenz auf und ab zu schreiten. Stattdessen stand er vor einem der großen Fenster und sah hinaus. Unglücklicherweise gewährte es ihm keinen Ausblick auf die Straße, sondern auf den begrünten Innenhof mit seinen Obstbäumen und dekorativen Sträuchern. Der Anblick war erheblich angenehmer als die staubigen Straßen, besonders während des Tages, doch seine Bedenken waren im Augenblick kaum ästhetischer Natur.

Er wusste, dass Eryn bei Pe'tala und Vran'el war, also gab es keinen Grund zur Sorge. Theoretisch. Sie würde sich wohl kaum irgendwelchen Ärger einhandeln. Doch der Gedanke, sie so unglücklich ganz ohne ihn irgendwo dort draußen zu wissen, beunruhigte ihn.

Kilan und Orrin saßen beide auf den Kissen auf dem Boden in der Mitte des Raumes und beobachteten ihn. Er hatte ihnen allen die Nachricht nach seiner Ankunft vor weniger als einer halben Stunde mitgeteilt. Junar hatte sich sofort zu sorgen begonnen und war drauf und dran gewesen, sich auf die Suche nach Eryn zu machen, ungeachtet dessen, dass sie die Stadt nicht kannte und es die heißeste Zeit des Tages war. Vern hatte es geschafft, sie zu überzeugen, dass Eryn in guten Händen war und sie dann in ihr Schlafzimmer begleitet, damit sie sich ausruhen konnte. Womöglich mit einem sanften Magieschub, um ihre Anspannung zu lösen.

Enric sah auf sein Handgelenk hinab und bemerkte erleichtert, dass sich die Symbole darauf zu verdunkeln begannen. Das bedeutete, dass sie sich der Residenz näherte. Endlich.

Nur Minuten später hörte er, wie die Tür im unteren Stockwerk geöffnet wurde. Er eilte zu der Treppe und sah Eryn und Pe'tala eintreten. Er ermahnte sich, dass es wenig hilfreich wäre, wenn er nervös und besorgt wirkte. Daher wartete er oben an der Treppe auf sie anstatt ihnen einem ersten Impuls folgend entgegenzustürmen.

Als beide Frauen bei ihm angekommen waren, zog er seine Gefährtin in eine zärtliche Umarmung, küsste sie auf die Schläfe und hielt sie fest, bis sie sich kurz darauf befreite.

"Wein", murmelte sie. Enric sah Pe'tala fragend an, und sie nickte.

"Ein Glas. Nicht mehr", stimmte sie zu, bevor sie sich zu den beiden Männern setzte. "Und etwas Gehaltvolleres für mich, wenn du so gut wärst."

Kilan setzte dazu an aufzustehen, aber sie rollte mit den Augen. "Bleib sitzen, Kilan. Der große und mächtige Lord wird es sicher hinbekommen, mir ohne deine Hilfe etwas zu trinken zu servieren. Ich habe ihn schon dabei beobachtet. Er ist recht gut darin, wenn man bedenkt, dass er ein reicher Barbar ist, der es nicht einmal vermochte, sich selbst zu verköstigen, als er das erste Mal hierherkam."

Enric schenkte ihr ein Glas ein und lächelte in sich hinein. Diese Frau hatte ein Talent dafür, angespannte Situationen aufzulockern, indem sie sich über jemanden lustig machte. Oder solche Situationen auszulösen, indem sie genau das tat - wie auch immer man es betrachten wollte.

Er drückte Eryn ein Glas süßen Weins in eine Hand und ergriff ihre andere, um sie mit sich zu den Sitzkissen zu ziehen. Jetzt, wo sie wieder an seiner Seite war, war ihm wesentlich wohler zumute.

"Hat er euch schon über das neueste Drama informiert?", fragte Pe'tala die Männer, während sie das Glas von Enric entgegennahm.

Orrin nickte und klopfte auf den Platz neben sich, damit Eryn sich zu ihm setzte. Er legte ihr einen starken Arm um die Schultern und zog sie an sich, um ihr einen Kuss auf die Schläfe zu drücken, genau wie ihr Gefährte es davor getan hatte.

Pe'tala seufzte. "Weißt du, ich vermute stark, dass dies der Grund ist, weshalb mein Vater vorher etwas gefühllos mit dir umgegangen ist, Orrin."

Der Krieger runzelte die Stirn. "Verzeihung?"

"Diese unkomplizierte Wärme zwischen euch, die mehr nach väterlicher Zuneigung als nach normaler Freundschaft aussieht. Du musst wissen, dass Gastfreundschaft in meiner Kultur ein ungeschriebenes Gesetz ist, eine Lebensweise. Die Art und Weise, wie er dich heute behandelt hat, war ein Bruch damit, und ich möchte dir verständlich machen, weshalb er sich so verhalten hat."

"Das ist nicht nötig", versicherte ihr Orrin.

Sie nahm einen großzügigen Schluck von der klaren Flüssigkeit und verzog einen Moment lang das Gesicht, während sich der Alkohol seinen Weg den Hals entlang brannte. "Oh, glaube mir, das ist es doch. Von einem Mann in seiner Stellung wird erwartet, dass er als

Vorbild dient. Wenn diejenigen mit den entsprechenden Mitteln zu ihrer Verfügung keine Gastfreundlichkeit zeigen, von wem können wir es dann erwarten?"

"Was genau willst du mir damit sagen?", erkundigte sich der Krieger mit missmutiger Miene. "Dass er eifersüchtig auf mich ist?"

"So etwas in der Art vermute ich, ja", stimmte sie zu. "Siehst du, Kinder werden in meinem Haus als etwas ungemein Wertvolles erachtet. Vel'kim Männer sind gefragt als Väter, weil sie ihren Kindern sehr ergeben sind, auch wenn das nicht immer unbedingt auch für ihre Gefährtinnen gilt", fügte sie düster hinzu. "Der Gedanke an eine Tochter, die ihm nicht nahe steht - die sich sogar weigert, ihn als ihren Vater anzunehmen - ist zweifellos eine immense Bürde für ihn. Und dann dich mit ihr zu sehen, wie du sie maßregelst, als ob es das Natürlichste der Welt wäre, und zu beobachten, wie sie genau wie eine starrköpfige Tochter darauf reagiert, war wahrscheinlich ein wenig zu viel für ihn."

"Dann ersuchst du mich also darum, Abstand zu Eryn zu halten, solange dein Vater in der Nähe ist?", fragte er ruhig, sein Blick ausdruckslos.

"Nein, das ist es nicht, worum ich dich ersuche. Ich würde es nicht wagen, so etwas Dämliches vorzuschlagen. Ich sehe nicht, weshalb auch nur einer von euch vorgeben sollte, dass ihr einander weniger wichtig seid als es der Fall ist. Und das nur, weil mein Vater eine unrealistische Vorstellung davon hat, dass seine lang verschollene Tochter sich ihm einfach so in seine Arme werfen würde."

Orrin entspannte sich sichtlich. "Gut. Das hätte ich nämlich nicht gut aufgenommen."

Pe'tala lachte leise. "Ja, den Eindruck hatte ich auch. Ich bin nicht in den Kampfkünsten ausgebildet, und ich denke, dass du mir an Stärke erheblich überlegen bist. Ich versuche möglichst, dich nicht zu verärgern, wenn es sich vermeiden lässt."

Kilan grinste. "Kluges Mädchen."

"Ich weiß", grinste sie zurück.

"Solche Überlegungen haben dich aber nicht davon abgehalten, Lord Tyront zu provozieren", betonte Orrin.

"Wie ich schon sagte, ich tue es nur, wenn es sich nicht vermeiden lässt. An diesem Tag bei der Ratsversammlung gab es keine Möglichkeit, es zu vermeiden. Ich bin ein Verfechter des Ansatzes, Dummheit mit Missbilligung zu begegnen. Wie sonst sollen sie von ihren Fehlern lernen?", meinte sie achselzuckend.

Enric beobachtete Eryn, wie sie in ihr Glas starrte. Abgesehen von der Bestellung ihres Getränks hatte sie kein einziges Wort geäußert. Pe'tala folgte seinem Blick, dann räusperte sie sich.

"Nun, Eryn, ich schätze, du und ich werden uns nun daran gewöhnen müssen, einander als Schwestern zu bezeichnen, ohne es wie eine Farce oder eine Beleidigung klingen zu lassen. Obwohl ich natürlich sehen kann, warum dir das schwerfallen wird. Ich bin die

Jüngere, Hübschere und sehr wahrscheinlich auch die Talentiertere von uns beiden."

Eryn blinzelte und sah auf. "Eines von drei. Nicht schlecht für den Anfang", murmelte sie. "Aber zumindest hast du jetzt ein weibliches Vorbild, zu dem du aufblicken kannst. Womöglich schaffen wir es sogar, gemeinsam an ein paar deiner charakterlichen Defizite zu arbeiten, die hängengeblieben sind."

Enric bedachte Pe'tala mit einem dankbaren Blick dafür, dass sie Eryn neckte, um sie aus ihrer Lethargie herauszuholen. Sie zwinkerte ihm zu.

Vern betrat den Raum, in seinen Armen seine Katze.

"Ram'an ist aufgewacht", presste er zwischen zusammengebissenen Lippen hervor. Sein Gesicht war eine Maske des Schmerzes dank der Katzenkrallen, die sich in seine Schulter gruben. "Er ist nicht glücklich."

Kilan schüttelte den Kopf. "Noch eine Katze. Zumindest ist die von der Größe her etwas kompakter, obwohl sie nicht gerade von der anschmiegsamen Sorte zu sein scheint."

"Ram'an ist normalerweise sehr wohlerzogen und manierlich", betonte Vern empört und sog scharf den Atem ein, als die Katze ihren schmerzhaften Griff verstärkte. "Jetzt gerade ist er einfach nur desorientiert und verängstigt."

"Er ist nicht desorientiert oder verängstigt, wenn er auf meine Schuhe pinkelt", knurrte Orrin.

"Das hat er schon seit Wochen nicht mehr getan!", protestierte Vern. Erst jetzt schien er die beiden Frauen zu bemerken. "Oh, ihr seid zurück." Sein Blick fiel auf das Weinglas in Eryns Hand. Entschlossen setzte er die protestierende Katze ab und ging zu ihr, um es ihrem Griff zu entziehen.

"Bist du verrückt geworden? Das ist nicht gut für dein Kind!" Er wandte sich Pe'tala zu. "Und du siehst einfach nur zu anstatt einzugreifen!", rief er vorwurfsvoll aus.

Eryns Blick wurde streng. "Gib das zurück! Und zwar auf der Stelle! Pe'tala hat mir ein Glas gestattet, und das brauche ich wirklich dringend. Bring mich nicht dazu, es mir zurückzuholen. Das würde dir nicht gefallen."

Wortlos griff Vern nach einem Wasserkrug vom Tisch und verdünnte den Wein, bevor er ihn zurückreichte.

"Nervensäge", murmelte sie, nahm das Glas aber entgegen.

Vern nahm neben Pe'tala Platz. "So, dann seid ihr zwei also wirklich Schwestern. Das ist keine besonders große Überraschung, wenn ihr mich fragt. Fieses Temperament, sarkastisch..." Er schwieg, als ihm beide Frauen böse Blicke zuwarfen.

Sie wandten sich um, als sie das plötzliche Fauchen der Katze vernahmen.

"Ah ja", seufzte Enric und erhob sich. "Urban ist endlich erwacht. Jetzt werden wir also sehen, wie sich die beiden vertragen. "Versucht euch nicht zu viel zu bewegen, das könnte sie erschrecken. Ich werde

Urban lähmen, falls sie zu dem Schluss gelangt, dass Ram'an gerade die richtige Größe für ein Häppchen zwischendurch hat."

Die Bergkatze schlich in den Hauptraum, beschwerte sich lauthals und ignorierte den kleinen roten Kater vollständig, obwohl er weiterhin fauchte und knurrte.

"Deine Katze ist nicht besonders angetan davon, wieder zurück in Takhan zu sein, was?", kommentierte Kilan.

Enric schüttelte den Kopf. "So scheint es wohl. Wahrscheinlich erinnert sie sich daran, wie heiß es hier ist. Ihr üblicher Lebensraum besteht immerhin aus schattigen Wäldern. Aber zumindest zeigt sie soweit keinerlei räuberische Absichten gegenüber Verns kleinem Freund. Noch nicht."

Laut maulend zog Urban zwei Kreise um die Kissen, bevor sie hinter Pe'tala stehenblieb, um an ihren Haaren zu schnuppern.

"Ja, mein Mädchen", gurrte die Frau und kraulte die haarige Wange, die sich ihr entgegenstreckte. "Ja, ich bin auch hier. Keine Sorge, Kätzchen, heute Abend kannst du durch die Gärten der Vel'kim-Residenz streichen. Und in einer Woche wirst du über die der Aren Residenz herrschen."

"Kätzchen", murmelte Kilan mit einem Seitenblick. "Ihre Schultern sind so hoch wie meine Knie, und sie sagt *Kätzchen*."

"Du bist so schlimm wie mein Bruder Vran'el", kicherte sie. "Seine vierjährige Tochter zeigt keinerlei Angst, während er auf Zehenspitzen herumgeht, solange die Katze in der Nähe ist.

"Das Abendessen heute", sagte Eryn ruhig. "Ich würde lieber nicht hingehen."

"Aber natürlich wirst du hingehen", warf Pe'tala ein, bevor Enric antworten konnte. "Eine Aren zeigt keine Angst, und eine Vel'kim weicht keiner unangenehmen Pflicht aus. Dazwischen bleibt nicht viel Raum zum Verstecken. Besonders nicht vor meinem… *unserem* Vater. Er mag meist nicht danach aussehen, weil er so freundlich und harmlos wirkt, aber behalte im Hinterkopf, dass er immer noch zu den fünfzehn wichtigsten Männern in diesem Land gehört. Sollte er zu dem Schluss gelangen, dass die einzige Möglichkeit, dich zu sehen, darin besteht, dass du aus der Botschafterresidenz aus- und in sein Haus einziehst, dann liegt das durchaus in seiner Macht."

Eryn starrte sie an. "Das würde er nicht tun!"

"Darauf würde ich mich nicht verlassen. Er ist bekannt dafür, dass er auf gewisse Maßnahmen zurückgreift, wenn er sie als angemessen erachtet. Einmal bestrafte er mich für Ungehorsam, indem er dafür sorgte, dass einen ganzen Monat lang jedes einzelne kränkliche Kind jünger als zwei Jahre, das einen Heiler benötigte, zu mir geschickt wurde. Hinterher wollte ich meinen Kopf nur noch in einem Loch im Boden vergraben und nie wieder herausziehen. Zu diesem Zeitpunkt war ich fünfzehn, und damals war es mit meiner Geduld noch nicht so weit her wie heute."

"Ja, genau", murmelte Vern. "Geduld ist auf jeden Fall deine am stärksten ausgeprägte Tugend..." Er zuckte zusammen, als sie ihn am Ohrläppchen zog.

"Keine Achtung für ältere Leute, mein Junge. Und das, obwohl du in diesem spießigen Orden aufgewachsen bist."

Er hob die Schultern. "Das sei Eryns schlechter Einfluss, wurde mir gesagt."

"Unsinn. Für diese Ausrede bist du etwas zu alt. Du bist dabei, ein Mann zu werden, also stehst du besser dazu, dass du frech und schwierig bist. Das ist besser als zu sagen, dass dein Charakter aus dem Einfluss einer älteren Frau resultiert. Zumindest, soweit es Mädchen betrifft." Sie sah ihn nachdenklich an. "Du bist doch an Mädchen interessiert, oder?"

Schockiert starrte er sie an. "Was? Aber natürlich bin ich an Mädchen interessiert! Ich fühle mich definitiv nicht zu *Jungs* hingezogen!", rief er entsetzt aus.

Ihre Augenbraue wanderte nach oben. "Du kannst dich wieder beruhigen. Ich wollte nichts in dieser Richtung andeuten, ich habe nur gefragt. Und mit deiner Reaktion auf diese Frage solltest du etwas sorgsamer sein. Mein Bruder fühlt sich zu Männern hingezogen, und im Gegensatz zu deinem Heimatland akzeptieren wir hier diese Art der persönlichen Vorliebe."

Vern erstarrte. "Vran'el? Zu *Männern*?"

Enric atmete hörbar aus. "Ich sehe schon, dass wir uns mit dieser Sache etwas früher befassen hätten sollen, um dir Gelegenheit zu geben, dich an den Gedanken zu gewöhnen. Vern?" Er wartete, bis der Junge sich ihm zuwandte. "Ich betrachte Vran'el mittlerweile als Freund. Er war eine große Hilfe, als wir ihn brauchten und ist ein intelligenter und warmherziger Mann. Ich würde es nicht gut aufnehmen, wenn ich sähe, dass du ihn aufgrund seiner persönlichen Neigungen bezüglich seiner Partnerwahl respektlos behandelst. Habe ich mich verständlich ausgedrückt?"

Vern nickte langsam und schluckte. "Ja, L...Enric."

"Lenric?", gluckste Kilan. "Es scheint, als hättest du Schwierigkeiten damit, seinen Titel wegzulassen, junger Mann."

"Das scheinen nicht die einzigen Schwierigkeiten zu sein, in denen ich derzeit stecke", seufzte er und beobachtete, wie seine Katze dem größeren Tier nachstellte, eindeutig verdrossen darüber, ignoriert zu werden.

* * *

Eryn atmete tief ein, als Enric an die Tür der Vel'kim Residenz klopfte. Die Sonne war am Untergehen und badete die helle Fassade in warmes, oranges Licht. Es dauerte nur ein paar Augenblicke, bis Valrad die Tür öffnete.

Seine Augen wanderten über die Gruppe, und seine Schultern schienen sich zu entspannen, sobald er Eryn erblickte. Offensichtlich hatte er befürchtet, sie würde nicht kommen.

Sein Lächeln wuchs in die Breite, und er trat beiseite, um seine Gäste eintreten zu lassen. Fröhlich bot er ihnen eine große Schüssel mit kühlen, feuchten Handtüchern an und erkundigte sich, ob Kilan ihnen den Brauch erklärt hatte, nachdem sie in der Botschafterresidenz eingetroffen waren. Junar bestätigte es und nahm das feuchte Tuch dankbar entgegen, um sich damit über Stirn und Hals zu wischen.

Als Valrad sich Eryn zuwandte, um ihr das nächste anzubieten, wurde seine Miene besorgt.

"Guten Abend, Kind", sagte er sanft. "Ich hatte gehofft, dass du kommen würdest. Trotz des aufreibenden Tages, den du hattest."

"Ja, sicher", sagte sie ruhig und rieb über ihr eigenes Gesicht, ohne ihn anzusehen. Sie hielt inne, als sie seine Finger an ihrem Kinn spürte, die ihr Gesicht zu ihm anhoben.

"Du siehst blass aus, mein Mädchen", sagte er, nachdem seine Augen über ihr Gesicht gewandert waren. "Pe'tala sagte mir, dass sie heute eine Schockreaktion bei dir heilen musste. Du wirkst noch immer nicht, als hättest du dich vollständig erholt. Würde es dir etwas ausmachen, wenn ich einen Blick auf dich werfe?"

Eryn zwang sich dazu, nicht vor seiner Berührung zurückzuweichen. "Ja, um ehrlich zu sein, würde es das. Da du der Grund für meine derzeitige Stimmung bist, wäre es mir lieber, wenn du nichts tätest, dass irgendeine körperliche Nähe erfordert, wenn es *dir* nichts ausmacht."

Valrad presste die Lippen aufeinander und ließ seine Hand von ihrem Gesicht sinken. "Ich verstehe, dass du kaum Zeit hattest, um mit dieser neuen Situation zurechtzukommen. Ich kann warten."

Er bot Enric, Orrin und Vern jeweils ein Handtuch und sah dann auf Urban hinab, die begonnen hatte, seine Beine zu beschnuppern.

"Sieh an, sieh an, euer Biest ist noch beträchtlich gewachsen, seit ich sie das letzte Mal sah", bemerkte er. "Vran'el wird darüber nicht besonders erfreut sein."

Als sich alle erfrischt hatten, erklomm er ihnen voran die Stufen und begann eine zwanglose Unterhaltung. "Das ist die typische Anordnung einer Residenz in Takhan", erklärte er den Neuankömmlingen. "Der Eingangsbereich und die Lagerräume sind alle unten, da es dort während des Tages kühler ist. Wir sind sehr darauf bedacht, unsere Wände zu isolieren, um so viel Hitze wie nur möglich abzuhalten. Der Hauptraum befindet sich im ersten Stock, ein großes, mittig gelegenes Zimmer, das als Zentrum des Familienlebens und für soziale Zusammenkünfte dient. Die Anzahl der Korridore und Zimmer hängt vom Reichtum und den Vorlieben des Hauses ab. Unsere sind etwas weitläufiger als die meisten, da mein Großvater vor zwei Generationen einen ganzen Flügel hinzugefügt hat. Zu dieser Zeit war es noch immer üblich, dass der Großteil der Familie unter einem Dach lebt. Vom Hauptraum aus kann man die Terrasse betreten. Aufgrund der Lage im ersten Stock ist sie üblicherweise höher ausgerichtet, sodass man über Stufen in die Gärten gelangt."

Sie erreichten die oberste Stufe, und Vern bemerkte: "Dieser kleine Tisch zwischen den Kissen ist der einzige?"

Valrad nickte. "Das ist er in der Tat. Der in Kilans Gebäude wurde speziell angefertigt gemäß Ram'ans Anweisungen, als Eryn und Enric das erste Mal hier waren. Allerdings wurde mir gesagt, dass der aktuelle Botschafter ihn heutzutage kaum noch nutzt."

Enric nickte. "Das sagte er mir ebenfalls. Er überlegt sogar, ihn irgendwo einlagern zu lassen."

Vran'el kam aus der Küche, in seinen Händen eine große, dampfende Schüssel. Sein Gesicht verzog sich zu einem breiten Grinsen, als er sie erblickte, verwandelte sich aber rasch zu einem schockierten Ausdruck.

"Eure Katze! Bitte sag mir, dass sie jetzt vollständig ausgewachsen ist?" Seine Stimme war am Rande der Panik. Urban stellte die Ohren auf und trottete auf ihn zu, woraufhin er einen Schritt nach hinten wich.

"Bleib, wo du bist, du Monster!", befahl er und schloss die Augen, als sie seine Anweisung ignorierte und ihn stattdessen zweimal umrundete, um zuerst an seinen Beinen zu schnüffeln und dann liebevoll ihre Seite an ihm zu reiben.

Pe'tala lachte, als sie das Zimmer von der angrenzenden Küche her betrat und nahm ihm die Schüssel aus den Händen. "Gib mir das, du armseliges Exemplar von einem Mann, bevor du unser Essen auf den Boden fallen lässt und wir uns mit kalter Verpflegung zufriedengeben müssen. Geh besser und hol Eryns Gericht."

Eryn blinzelte bei dieser Szene, die so viele vertraute Elemente enthielt, die aber in der aktuellen Kombination so seltsam erschienen. Vran'el, der sich vor Urban fürchtete, Vern, der Fragen stellte, Valrad, der die Rolle des gutmütigen Führers übernahm, Pe'talas amüsante Sticheleien. Pe'tala und Vran'el hatte sie in der Vergangenheit nicht oft gemeinsam gesehen, besonders nicht in solch entspannter Stimmung. Solange Eryn hier war, hatte sich Pe'tala von ihrem Heim ferngehalten. Sie erkannte, dass die beiden miteinander auf die gleiche Weise umgingen, wie jeder von ihnen mit ihr selbst. Wie mit Geschwistern. Sie schob den Gedanken zur Seite und sah in Valrads Richtung. Es schien, als hätte er sie gerade angesprochen.

"Ich habe gefragt, ob ich dir etwas zu trinken bringen kann, Eryn."

"Saft, danke", antwortete sie und folgte Enric zu den Kissen, um sich hinzusetzen.

Orrin half Junar, sich neben ihr niederzulassen.

"Also, das ist ja alles recht gemütlich und so", seufzte Junar, "aber das Hinsetzen und Aufstehen ist mit meinem Umfang doch eine Herausforderung."

Eryn lächelte, fest entschlossen, den anderen den Abend nicht zu verderben. "Aber zumindest sieht es drollig aus, falls dich das tröstet."

"Das tut es nicht, und ich freue mich schon darauf, *dich* in ein paar Monaten auszulachen", erwiderte ihre Freundin.

Vran'el kehrte mit einer kleineren Schüssel aus der Küche zurück und platzierte sie in der Mitte des Tisches neben der größeren. Dann bedeutete er Enric, zur Seite zu rutschen, damit er neben Eryn sitzen konnte.

"Herzblatt, ich möchte mich für heute entschuldigen. Ich scheine es fertiggebracht zu haben, dir eine schwierige Situation noch weiter zu verschlimmern. Es tut mir leid. Wirst du einem Narren verzeihen, der zu sehr in seiner eigenen Welt gefangen war, um Rücksicht auf deine Gefühle zu nehmen?"

Sie lächelte, als er seine Stirn gegen ihre lehnte. "Das werde ich. Vorausgesetzt, dass du uns ein halbwegs anständiges Mahl bereitet hast, versteht sich. Essen ist bei mir in letzter Zeit ein großes Thema."

Er lachte. "Dann habe ich nichts zu befürchten. Du weißt, wie selbstbewusst ich bin, wenn es um das Kochen geht. Ich war besonders vorsichtig beim Würzen der Gerichte. Ich erinnere mich noch von Intreas Schwangerschaft her, dass ihr Magen empfindlicher war als vorher."

Als sich Vran'el wieder zurücklehnte, um ihre Schüssel zu füllen, bemerkte sie, wie Vern sie mit einem ungehaltenen Stirnrunzeln betrachtete. Fragend zog sie eine Augenbraue hoch und seufzte, als er rasch wegsah. Sie war nicht in der Stimmung, sich mit irgendwelchen anderen Sorgen als ihren eigenen zu befassen. Das musste bis später warten.

Sie lehnte sich vor, um die Wasserschüssel zum Händewaschen zu benutzen, dann schob sie sie weiter zu Junar.

Sobald alle bereit waren, ihr Mal zu beginnen, beobachtete Vran'el, wie sie ihre Schüsseln aufhoben und wartete, bis der letzte von ihnen den ersten Bissen geschluckt hatte, so wie es von einem guten Gastgeber erwartet wurde. Dann begann er ebenfalls zu essen.

"Was sagst du, kleine Schwester? Habe ich zu viel versprochen?", erkundigte er sich dann und seufzte, als sie bei der Anrede zusammenzuckte. "Daran solltest du dich besser rasch gewöhnen, Eryn. Ich habe die Absicht, dich regelmäßig so anzusprechen."

Ihr Lächeln wirkte etwas angestrengt, als sie antwortete: "Ich würde Pe'tala nicht ihres Kosenamens berauben wollen, also warum benutzt du nicht einfach meinen Namen?"

Pe'tala schnaubte. "Keine Sorge meinetwegen. Er hat damit begonnen, mich *Baby-Schwester* zu nennen. Ist das zu fassen? Ich musste fünfundzwanzig Jahre alt werden um herauszufinden, dass ich nicht nur die Jüngere von zwei, sondern die Jüngste von drei bin, und das erste, was diesem Unmenschen von einem Bruder einfällt, ist, mich als *Baby* zu bezeichnen."

"Weshalb beschwerst du dich?", grinste Vran'el. "Immerhin passt es endlich zu deinem Benehmen."

"Großartig", seufzte Eryn und verspürte Unbehagen ob dieser natürlichen Akzeptanz der Tatsache, dass sie einfach so ein weiteres Familienmitglied dazubekommen hatten. "Wie nett von euch, euren Gästen eine Vorstellung der Vel'kim Geschwister des Verderbens angedeihen zu lassen."

Die Bezeichnung brachte Pe'tala zum Lachen, und Vran'el grinste. "Vel'kim Geschwister des Verderbens. Gefällt mir. Du weißt aber, dass dich das ebenfalls miteinschließt?"

"Kinder", schalt Valrad, "versucht euch zu benehmen. Wir haben Gäste, und ich fürchte, ihr vermittelt ihnen keinen besonders guten Eindruck."

Enric lächelte. "Keine Sorge, sie kennen Eryn nun schon seit einer Weile und sind einiges gewohnt."

Orrin nickte. "Ja. Vor nicht allzu langer Zeit verspeiste sie ihr Frühstück in meinem Bett und verteilte überall Krümel."

Enric sah, wie sich Valrads Lippen leicht verspannten. Das war das einzige äußerliche Anzeichen seiner Betroffenheit über dieses weitere Beispiel darüber, wie nahe dieser Mann seiner Tochter stand.

"Nun, dann iss doch einfach als Gegenleistung dein Frühstück in *ihrem* Bett", meinte Pe'tala mit einem Schulterzucken.

"Das gestaltet sich etwas schwierig", scherzte er. "Ihr Bett ist immerhin auch das Bett meines Vorgesetzten."

Eryn lächelte. "So ein Pech aber auch, was, Orrin?"

"Du warte nur. Wenn deine Schonzeit in ein paar Monaten vorbei ist, bist du mir wieder für dein Kampftraining ausgeliefert", erwiderte er.

Pe'tala kaute nachdenklich, dann sagte sie: "Ich habe überlegt, ebenfalls Kampfstunden zu nehmen."

Mehrere erstaunte Augenpaare konzentrierten sich auf sie.

"Was ist? An einem Ort, wo jeder sonst mit dem Schwert umgehen kann, bin ich die einzige Magierin, die es nicht kann", erklärte sie und grinste, als sie hinzufügte: "Und mir hat sehr gut gefallen, wie Eryn heute mit der Königin der Dunkelheit verfahren ist. Ich habe es genossen, als sie in den Fluss getreten wurde. Das war sozusagen ein künstlerischer Akt. Das hat mich sehr beeindruckt."

"Ein künstlerischer Akt?", meinte Valrad mit einem missbilligenden Stirnrunzeln. "Ich denke nicht, dass eine derartige Glorifizierung von Gewalt eine angemessene Haltung für eine Heilerin ist, Tala. Und ich bin nicht damit einverstanden, dass du dies erlernen möchtest." Sein Blick ruhte kurz auf Eryn, um eindeutig zu vermitteln, dass er alles andere als glücklich damit war, dass ihr dies aufgebürdet wurde und sie ihr Training fortsetzen würde müssen.

Orrin wechselte einen wissenden Blick mit Enric und setzte sein Mahl fort.

Pe'tala stellte ihre leere Schüssel sorgsam auf dem Tisch ab und sagte sanft: "Ich bin eine erwachsene Frau, Vater. Wenn ich mich entschließe, mir eine Fertigkeit anzueignen, die mir ermöglicht, mich besser an die Gebräuche des Ortes anzupassen, an dem ich mich eine Zeit lang aufhalte, dann werde ich genau das tun. Unabhängig davon, ob du zustimmst. Ich würde Orrin fragen, ob er willens wäre, mich zu unterrichten, doch da du ihn bislang nicht besonders freundlich behandelt hast, werde ich das wohl nicht in deiner Gegenwart tun." Zum Ende hin war ihre Stimme merklich abgekühlt.

Valrad schloss einen Moment lang die Augen. Als er sie wieder öffnete, war seine Miene zu der üblichen Ruhe und Gelassenheit zurückgekehrt.

"Lass uns dies zu einem anderen Zeitpunkt besprechen, Tala", sagte er milde. Er wandte sich Vern zu. "Möchtest du mich morgen in die Klinik begleiten, junger Mann? Es gibt da ein paar Leute, denen ich dich gerne vorstellen würde, darunter auch der Mann, der dich ersucht hat, die Illustrationen für sein Buch anzufertigen."

Vern lächelte und nickte eifrig. "Das wäre fabelhaft, gerne!"

Dann sah er Eryn an. "Und du, Eryn? Wirst du uns begleiten? Iklan und Sarol fragen mich immer wieder, wann du vorbeikommen wirst", fragte er vorsichtig.

Eryn schüttelte den Kopf. "Nicht morgen, nein. Es gibt da die eine oder andere Sache, um die ich mich morgen kümmern möchte." Sich zum Beispiel an einem ruhigen Ort einzuschließen, ohne irgendjemanden von ihnen sehen zu müssen. "Ich werde später vorbeikommen. Ich kenne mich dort ja aus. Aber danke der Nachfrage", fügte sie höflich hinzu. In seinen Augen konnte sie sehen, dass dies den Stich nicht linderte, dass sie ihm gesagt hatte, sie würde die Klinik bald genug aufsuchen, aber nicht mit *ihm*.

Vern stellte seine Schüssel sorgsam auf dem Tisch ab, sein Gebaren seltsam unbeholfen.

Enric sah ihn an und musste ein Grinsen unterdrücken. Er wartete darauf, dass man ihn fragte, ob er noch einen Nachschlag wollte, bestrebt allerdings, genau diesen Eindruck zu vermeiden.

Glücklicherweise war Vran'el ein rücksichtsvoller Gastgeber. "Darf ich dir noch eine Portion anbieten, Vern?"

Der Junge gab vor, über die Frage nachzudenken, bevor er langsam nickte. "Danke, das wäre nett."

Vran'el füllte die Schüssel erneut und reichte sie Vern. Leichte Falten bildeten sich zwischen seinen Augen, als der Junge den Blickkontakt mit ihm vermied.

Als Vern fertig war, richtete sich Eryn auf. Jetzt, wo das Essen vorbei war, konnte sie weniger angenehme Angelegenheiten zur Sprache bringen. Nun, *noch* weniger angenehme. Der Abend war schon bislang nicht eben glatt verlaufen.

"Ich habe von deiner Absicht erfahren, in zwei Tagen vor dem Senat eine offizielle Erklärung abzugeben", wandte sie sich an Valrad.

Er wappnete sich sichtlich und nickte. "Ja?"

Sie ermahnte sich zur Achtsamkeit. Es wie eine Forderung zu formulieren würde ihn kaum dazu bewegen, in ihrem Sinne zu reagieren. Es musste eine Bitte sein.

"Ich fühle mich damit nicht wohl. Ich würde dich ersuchen, diese Sache vorläufig für dich zu behalten."

Valrads Augen wanderten über ihr Gesicht, dann schüttelte er langsam den Kopf. "Nein, Eryn. Ich fürchte, das kann ich nicht tun. Ich werde diese Angelegenheit bei der nächsten Senatsversammlung öffentlich bekannt machen. Von da an wirst du nicht nur im rechtlichen Sinn, sondern auch als meine leibliche Tochter anerkannt werden. Das ist die richtige Vorgehensweise."

Eryn atmete aus. Sie hatte wirklich gehofft, dass er ihrer Bitte Folge leisten würde, also lösten seine Worte Ärger und Frustration in ihr aus. Sie fing Enrics warnenden Blick auf. Offenbar spürte er dies durch das Geistesband.

"Valrad", sprach sie in ihrem vernünftigsten Tonfall. "Ich schätze deine sehr verantwortungsbewusste und ehrliche Herangehensweise im Umgang mit dem, was sich ergeben hat, doch es gibt ein paar Erwägungen, die Haus Vel'kim zum Schaden gereichen könnten."

"Und welche wären das?", fragte er sanft.

"Das würde ein schlechtes Licht auf dich als gegenwärtiges Oberhaupt des Hauses werfen, auf deinen Bruder, der damit als nichtsahnender, betrogener Gefährte dasteht, und schlussendlich auch auf mich als meines eigenen Onkels..." Sie brach rechtzeitig ab, bevor sie etwas von sich gegeben hätte, das auf jeden Fall als Beleidigung aufgefasst worden wäre.

"Deines eigenen Onkels *was*?", fragte Valrad leise, aber sein Blick war stechend geworden.

Sie starrte in seine braunen Augen. Braun. Wie die von Ved'al. Der Bruder, den er so kaltherzig betrogen hatte, indem er sich einer körperlichen Beziehung mit seiner Gefährtin hingegeben hatte.

"Bastard", sagte sie langsam und verspürte dunkle Genugtuung über den aufflackernden Schmerz in seinen Augen. "Meines eigenen Onkels *Bastard*. Ist es das, was du der Welt mitteilen willst, Valrad? Dass du nicht nur ein fürchterlicher Bruder und untreuer Gefährte warst, sondern auch ein nachlässiger Heiler, der es nicht geschafft hat, eine ungeplante Schwangerschaft zu verhindern?" Sie sah, wie Pe'tala kurz ihre Augen schloss und sie dann wieder öffnete, um ihr einen finsteren Blick zuzuwerfen. Ganz eindeutig schätzte sie es überhaupt nicht, dass ihre eigenen Worte dazu verwendet wurden, ihrem Vater auf diese Weise Schmerz zuzufügen.

"Achte auf deine Worte, mein Mädchen", knurrte Valrad.

Eryn sprang von ihrem Platz auf, ihre Hände zu Fäusten geballt. "Ich bin nicht *dein Mädchen*! Von *dir* brauche ich mir nichts vorschreiben zu lassen!"

Valrad stand ebenfalls auf. "Damit liegst du falsch", erwiderte er streng. "Ich bin das Oberhaupt deines Hauses, das allein verpflichtet dich, auf mich zu hören. Und ich bin dein Vater, ganz egal, wie ungehalten du darüber momentan sein magst."

"Du bist *nicht* mein Vater", zischte sie. "Ved'al war mein Vater! Dein Abenteuer zwischen den Laken mit Malriel macht keinerlei Unterschied für *mich*! Deine Schuldgefühle und fehlgeleiteten Wiedergutmachungsversuche kümmern mich nicht! Wenn du etwas Gutes tun willst, behalte diese ganze Sache für dich, anstatt uns alle der Lächerlichkeit preiszugeben!"

"Wenn das Bekanntwerden der Tatsache, dass du meine Tochter bist, für dich eine Frage der Lächerlichkeit ist, dann fürchte ich, wirst du lernen müssen, damit zu leben", entgegnete Valrad verärgert. Seine Stimme war ruhig, doch das pulsierende Blutgefäß an seinem Hals zeugte von dem Aufruhr in seinem Inneren.

Pe'tala und Enric sprangen gleichzeitig auf.

"Eryn und ich werden einen Spaziergang im Garten unternehmen", verkündete Enric und zog sie mit sich, zerrte sie halb zur Terrassentür hinaus und weit genug fort, damit sie außer Hörweite waren.

Er wollte sie zurechtweisen, doch als sie schwer atmend vor ihm stand und aussah, als würde sie jeden Moment in Tränen ausbrechen, seufzte er einfach nur resigniert und zog sie an sich.

Ihr Gesicht in seiner Schulter vergraben, atmete sie seinen Duft ein, spürte, wie die Nähe zu ihm sie tröstete und beruhigte.

"Ich will nach Hause", flüsterte sie.

"Ich weiß", antwortete er, während er Malriel und den König im Stillen verfluchte, weil er ihrem Wunsch nicht nachkommen konnte.

"Ich will dort nicht wieder hinein", sagte sie daraufhin und sah zu ihm auf.

Er seufzte. "Ich fürchte, wir müssen. Wir können jetzt schlecht gehen. Das alles ist schon unangenehm genug für Junar, Orrin und Vern. Wir sollten sie an ihrem ersten Abend in einem fremden Land nicht einfach sitzenlassen."

Müde nickte sie. "Also gut. Dann bringen wir das hinter uns. Lass uns nicht länger als nötig bleiben, in Ordnung?"

Er schüttelte den Kopf. "Nein, nur noch eine Stunde, dann können wir uns verabschieden, ohne Anlass zur Verärgerung zu geben."

Sie lachte, ihr Ton leicht hysterisch, als sie erwiderte: "Ja, verärgern wollen wir definitiv niemanden, nicht wahr?"

Als sie zum Hauptraum zurückkehrten, waren Valrad und Vern verschwunden.

"Vater zeigt Vern gerade seine Bibliothek", erklärte Vran'el.

"Ja", fügte Pe'tala hinzu, "um euch beiden Gelegenheit zu geben, euch zu beruhigen."

"Ich bin ruhig", sagte Eryn kalt.

"Sicher, das kann ich sehen", bemerkte ihre Schwester säuerlich. "Ruhe geht in sanften, beruhigenden Wogen von dir aus."

"Ach, halt die Klappe."

Enric drängte sie dazu, sich wieder hinzusetzen und ein paar Schlucke von ihrem Saft zu nehmen.

"Vran'el?", fragte sie dann.

"Ja, Herzblatt?", fragte er vorsichtig.

"Ich habe eine Frage bezüglich einer rechtlichen Angelegenheit."

"In Ordnung. Heraus damit. Aber ich muss dich warnen: Falls du meine Hilfe in Anspruch zu nehmen gedenkst, um Vater einsperren zu lassen, muss ich ablehnen", lächelte er nur halb im Scherz.

"Jemandem einen Schwangerschafts- oder Fruchtbarkeitstrank, oder wie auch immer sonst sich das nennt, zu verabreichen, ist illegal, nehme ich an?"

Er nickte langsam. "Ja, das ist es."

"Welche Bestrafung zieht das im Allgemeinen nach sich?"

Zweifelnd sah er sie an, während er langsam den Atem entweichen ließ. "Zum einen müssen die Kosten ersetzt werden, die das Aufziehen des Kindes mit sich bringt, sofern es jemand anderer als dein Gefährte war, der diese ohnehin tragen müsste. Dann muss üblicherweise noch eine zusätzliche Schadenersatzzahlung an die Mutter des ungeplanten Kindes geleistet werden."

"Nur monetäre Strafen?" Eryn zog die Stirn in Falten. "Das kann sie sich problemlos leisten. Und Enric ist reich genug, somit würde es keinerlei Unterschied für uns machen, egal, wie viel sie zahlen müsste. Wie sieht es mit persönlichen Einschränkungen wie Arrest, Ausgangssperre oder Blockade ihrer Magie für eine gewisse Zeit aus?"

"Eryn", seufzte Vran'el, "du hast so gut wie keine Chance, dass sie verurteilt wird. Du würdest beweisen müssen, dass sie es getan hat. Nach all der Zeit, die vergangen ist, ist das unmöglich."

Sie schüttelte den Kopf. "Na gut, dann wird die Anschuldigung einfach nur dazu dienen, ihren Ruf zu schädigen. Auch wenn ich es nicht fertigbringe, dass sie verurteilt wird, werden die Leute doch sehr wohl wissen, dass sie es getan hat. Sie werden in Zukunft wahrscheinlich zweimal überlegen, ob sie mit ihr irgendwelche Geschäfte abschließen. Mein Entschluss, keine Kinder zu haben, war immerhin bekannt. Und dass ich so kurz nach ihrer Abreise aus Takhan schwanger geworden bin, ist ein recht offensichtlicher Hinweis auf ihre Schuld."

Sie drehte ihren Kopf, als sie Enrics Stimme vernahm.

"Nein."

"Nein? Es ist nicht offensichtlich?", fragte sie nach, ihre Brauen verwirrt zusammengezogen.

"Nein, du wirst das nicht tun. Du wirst Malriel nicht beschuldigen, dass sie dir ein Kind eingepflanzt hat", stellte er klar.

Sie blinzelte. "Warum nicht?" Dann verfinsterte sich ihr Blick. "Sag mir nicht, dass du dein Haus beschützt?"

"Das nicht." Seine Miene war ernst. "Nicht mein Haus, sondern meinen Sohn. Ich will nicht, dass er mit dem Eindruck heranwächst, dass er uns von seiner Großmutter aufgezwungen wurde." Er sah ihr in die Augen, und sie konnte die Entschlossenheit dahinter erkennen. "Du magst noch immer nicht besonders glücklich darüber sein, aber ich bin es schon. Und ich werde nicht zulassen, dass er glaubt, er wäre für uns irgendetwas anderes als ein Geschenk, ein Segen. Das steht nicht zur Diskussion."

"Ich stimme zu, Herzblatt", fügte Vran'el leise hinzu. "Er hat Recht. Deinen Sohn damit aufwachsen zu lassen, ist die Rache an Malriel nicht wert. Nicht auf diese Weise. Finde einen anderen Weg, es ihr heimzuzahlen."

Sie sah zu Junar hin, die schützend eine Hand auf ihren Bauch gelegt hatte. Ihr Gesichtsausdruck war besorgt und eindringlich. Somit stand sie also ebenfalls auf Enrics Seite.

Orrin seufzte. "Das Kind kommt zuerst, Eryn. Das muss es. Wirklich, du würdest das bereuen."

Eryn rieb sich mit beiden Handflächen über ihr Gesicht und ließ sich besiegt in die Kissen sinken. "Irgendwelche anderen Vorschläge, wie ich mich an ihr rächen kann?"

Junar lächelte. "Wie wäre es, wenn du sie noch einmal in den Fluss beförderst? Oder in etwas, wo sie nicht nur nass, sondern auch schmutzig wird? Wie einen Misthaufen oder so etwas in der Art?"

Eryn starrte sie kurz an, dann grinste sie. "Netter Anfang, aber nicht widerwärtig genug. Allerdings könnte ich mich mit einer Grube voll mit giftigen, stechenden Kreaturen anfreunden." Dann wurde sie wieder ernst und sah Pe'tala an.

"Wie halte ich mir Valrad vom Leib?"

Pe'tala betrachtete sie nachsichtig. "Gar nicht. Er wird dich mürbe machen. Ein Grund, weshalb Vel'kim Männer gute Väter sind, ist ihre Entschlossenheit in Kombination mit ihrer Geduld. Er wird dir ein wenig Zeit gewähren, um dich an die neue Situation zu gewöhnen und dir die Chance geben, zu ihm zu kommen. Solltest du das nicht tun, wird er an dich herantreten."

Eryn starrte sie an. "Dann sitze ich also in der Falle? Willst du mir damit etwa sagen, es gibt keinen Ausweg?"

"Doch, Schwester, den gibt es: Gib auf und lass zu, dass er dir ein Vater ist. Nichts weniger als das wird er akzeptieren."

Sie schluckte hart und schüttelte den Kopf. "Es kümmert mich nicht, was er akzeptiert. Ich werde mich von ihm zu nichts drängen lassen." Sie warf Pe'tala und Vran'el einen skeptischen Blick zu. "Warum akzeptiert ihr all das einfach so? Warum seid ihr nicht verärgert? Warum seid ihr nicht auf *meiner* Seite?"

"Das sind wir, Herzblatt", sagte Vran'el traurig. "Bedauerlicherweise bist *du* es nicht."

Eryn knirschte mit den Zähnen und sah Pe'tala an. "Also gut, er ist sentimental und nicht ganz klar im Kopf. Was ist mit dir? Warum diese Bereitwilligkeit, mich als deine Schwester zu akzeptieren? Du warst immerhin kurz davor, dieses Haus dem Erdboden gleichzumachen, als mich dein Vater damals adoptiert hat. Und damals dachtest du noch, ich wäre bloß deine Cousine."

Pe'tala zuckte mit den Schultern. "Nun, was kann ich sagen? Vielleicht wollte ich ja tief in meinem Inneren immer eine Schwester, wer weiß? Und vielleicht, aber nur vielleicht, denke ich, dass du nach deinem Ärger mit der Königin der Dunkelheit einen richtigen Elternteil verdienst, einen, dem *du* wichtiger bist als seine eigenen Interessen. Habe ich erwähnt, dass ich die Bezeichnung wirklich toll finde? Es ist eine so zielgenaue Beschreibung."

Eryn schüttelte den Kopf. "Es ist also kein Einziger von euch bereit, in dieser Sache meine Wünsche zu respektieren? Wirklich?"

Vran'els Augen wurden eng. "Du wirst dich doch jetzt nicht von uns ebenfalls zurückziehen?"

Sie sah ihn an. Hier sprach der Jurist, bemerkte sie, nicht der Cousin oder Bruder.

"Nein, selbstverständlich nicht", lächelte sie und spürte, wie ihr Herz ein wenig brach bei dem Gedanken, dass sie zu ihm von nun an ebenfalls eine gewisse Distanz würde aufrechterhalten müssen.

Er studierte sie. "Tu das nicht, Eryn", beschwor er sie, sein Blick stechend. "Das ist keine Fehde."

Sie wandte den Blick ab. Nein, das war es nicht. Aber es würde *Diplomatie* daraus werden, die Kunst, Dinge anders erscheinen zu lassen, um alle Beteiligten ausreichend hinters Licht zu führen, damit ein Krieg verhindert werden konnte.

"Natürlich nicht, Vran", murmelte sie, "Was für ein Gedanke."

Ihr Blick fiel auf Junar, und das stille Verständnis in den Augen ihrer Freundin veranlasste sie, wieder wegzusehen. Das erschwerte ihr sonst nur, sich zu verstellen.

KAPITEL 3

Schulden begleichen

Enric überprüfte ein weiteres Mal die Transportpapiere für die Güter, die mit ihnen auf dem Schiff eingetroffen waren, um sicherzugehen, dass die Listen alles enthielten, was er bestellt hatte. Ein Ballen violetter Seide war bislang das Einzige, was verlorengegangen war.

Kilan hatte ihm für den Morgen sein Arbeitszimmer angeboten, da es eine Sache gab, um die sich Enric kümmern wollte. Eine, die aufgrund ihrer eher delikaten Natur etwas Ungestörtheit erforderte.

Er hatte von dem kurzen Zusammentreffen am Vortag zwischen Eryn, Pe'tala und Ram'an im Teehaus erfahren, und auch von Eryns spontaner Entscheidung, ihm sein Armband zurückzuwerfen. Eine harsche Geste, und wohl keine, über die er besonders erfreut war, sinnierte Enric.

Ram'an war der Besucher, den er nun jeden Moment erwartete. Enric hatte ihm gestern Nachmittag eine kurze Nachricht zukommen lassen und kurz darauf eine Bestätigung für das Treffen heute erhalten. Die Residenz war im Moment still, wenn man bedachte, wie viele Menschen derzeit darin wohnten. Junar und Orrin waren bei einem Schneider, Vern war mit Valrad in der Klinik, und Kilan war mit jemandem in einem Teehaus verabredet. Außer ihm selbst befand sich nur Eryn in der Residenz.

Nach dem aufreibenden Tag, den sie hinter sich hatte, war Eryns Nacht ebenfalls nicht gerade friedvoll verlaufen. Stundenlang hatte sie wachgelegen, und die kurze Zeit, in der sie in einen unruhigen Schlaf abgedriftet war, hatte sie sich hin und her gewälzt. Erst in den frühen Morgenstunden, als sich der Tag bereits ankündigte, war sie schließlich von etwas übermannt worden, das eher einer Ohnmacht als Schlaf nahekam.

Er vernahm das Klopfen und bewegte sich rasch in Richtung der Eingangstür, um Ram'an Zutritt zu gewähren. Er wollte nicht, dass Eryn aufwachte und sich nur wenige Augenblicke nach dem Aufstehen unvermutet seinem Besucher gegenüberfand. Kurz hatte er überlegt, das Treffen in die Arbil Residenz zu verlegen, die Idee dann aber wieder verworfen, da er Eryn derzeit nicht alleinlassen wollte.

Nach dem Öffnen der Tür benötigte er einen Augenblick, um den Mann wiederzuerkennen, den er eingeladen hatte. Ram'an sah verändert aus, und nicht zu seinem Vorteil. Er hatte an Gewicht verloren, und in seinem Gesicht zeigten sich Furchen, die vor ein paar Monaten noch nicht vorhanden gewesen waren. Es schien, als hätten der Tod seines Vaters und die Anstrengung, die die Übernahme seines Hauses mit sich brachte, ihren Tribut gefordert.

"Ram'an", nickte er und streckte seine Hand für die formelle Begrüßung aus. "Danke, dass du gekommen bist. Bitte tritt ein."

"Enric", nickte der andere Mann. "Deine Nachricht war ziemlich kurz gefasst, aber ich gehe davon aus, dass du mich nicht so kurz nach eurer Ankunft hier treffen würdest wollen, wenn es nicht wichtig wäre."

Enric reichte seinem Gast ein feuchtes Handtuch und wartete, bis er Gesicht und Hände abgewischt hatte, bevor er ihm voran die Stufen emporstieg.

Nachdem Ram'an das Arbeitszimmer betreten hatte, schloss er die Tür und bedeutete ihm, sich zu setzen.

"Was kann ich dir zu trinken anbieten, Ram'an?"

"Wasser wäre angenehm, danke."

Enric schenkte ihnen beiden ein Glas ein und stellte eines davon vor seinem Besucher ab, bevor er hinter Kilans Schreibtisch Platz nahm.

"Bevor wir zu dem kommen, weswegen du mich sehen wolltest, lass mich dir zu dem Kind gratulieren, dass ihr erwartet. Ich gebe zu, dass ich etwas überrascht war, dass du es fertiggebracht hast, ihre Meinung über das Kinderkriegen so rasch zu ändern." Sein Blick enthielt eine Spur von Argwohn. "Zumindest gehe ich davon aus, dass du in der Lage warst, ihre Meinung zu ändern?"

"Der Gegensatz dazu wäre, dass ich sie gezwungen habe, schwanger zu werden?", fragte Enric geradeheraus.

"Ich gebe zu, dass mir dieser Gedanke kam, ja", gab Ram'an ruhig zu.

"Ich bin nicht so tief gesunken, nein."

"Bedeutet das, sie wollte Kinder haben?", erkundigte sich der Rechtsgelehrte erneut.

Enric spitzte die Lippen. Ein Mann des Gesetzes war also offenkundig nicht willens, sich mit ausweichenden Antworten zufriedenzugeben. Zumindest dieser hier nicht.

"Diese Behauptung ginge wohl ein wenig zu weit", sagte er achtsam.

"Ach ja?" Ram'an verengte seine Augen. "Sagst du mir damit, dass sie dieses Kind nicht wollte, aber dass du nicht derjenige bist, der für seine Empfängnis verantwortlich ist?" Er dachte kurz nach, dann versteifte er sich und atmete tief ein. "Malriel."

"Ich würde gerne betonen, dass ich keinerlei Anschuldigung dieser Art ausgesprochen habe", stellte Enric teilnahmslos klar.

"Aber natürlich nicht. Sag mir, weshalb ich hier bin."

Enric schob die Transportpapiere in seine Richtung.

Ram'an sah darauf hinab und runzelte die Stirn über die Liste, die verschiedene Arten von Wein, Stoffen, Gewürzen, Kräutern, Holz und Erz beinhaltete.

"Ich fürchte, ich kann dir nicht ganz folgen."

"Eine Schuld zwischen uns, die noch nicht beglichen wurde. Das erledige ich hiermit."

Er beobachtete, wie sich auf dem Gesicht des anderen Mannes zuerst Verständnis und dann Schock ausbreiteten. "Eine Schiffsladung von Gütern... Oh nein. Das ist doch wohl nicht dein Ernst?"

"Doch. Eine Ladung meiner Güter im Austausch für eine Umarmung", bestätigte Enric und zog seine Brauen hoch, als die Liste zu ihm zurückgeschoben wurde.

"Ich sagte dir schon, dass ich nicht erwarte, dass du diese Bedingung erfüllst. Ich wollte nur sehen, wie verzweifelt du damals wirklich warst und hoffte, dich als knauserig hinzustellen. Ich hatte nicht damit gerechnet, dass du diese Bedingung tatsächlich ehrst." Er kam auf die Beine und wandte sich zur Tür. "Und ich werde diese Waren nicht von dir annehmen. Ich verlange von einem Mann keine unanständig hohe Summe, damit er der Frau, die er liebt, beistehen kann. Guten Tag, Enric. Ich gehe davon aus, dass ich dich morgen im Senat sehen werde", sagte er kühl.

"Ram'an, warte bitte", seufzte Enric.

Der dunkelhaarige Mann atmete geduldig aus und drehte sich sichtlich widerwillig um.

"Wir wissen beide, dass du derzeit nicht in einer Position bist, wo du dir leisten kannst, eine Warenladung Güter von dir zu weisen, die einen sehr guten Preis erzielen wird. Mir wurde gestattet, sie zusätzlich zu dem bereits ausgeschöpften Handelskontingent zwischen unseren Ländern herzubringen, da die Waren nicht dafür gedacht sind, Gewinn für mich zu lukrieren. Ich könnte sie hier nicht einmal verkaufen, selbst wenn ich wollte. Damit würde ich die Bedingungen verletzen, unter denen ich sie hergebracht habe. Du nimmst sie also entweder an, oder ich kann sie ebenso gut auf der Straße verschenken."

"Ich kann sie nicht annehmen. Deine Geste mag nobel sein, aber es wäre eine Schmach für mich, sie zu akzeptieren", sagte Ram'an leise. "Du hast Recht, momentan bleibt mir nicht viel, mein Haus steht am Rande des Ruins. Aber ich habe immer noch meinen Stolz.

Ich werde einen anderen Weg finden, um mein Haus wieder auf Kurs zu bringen."

Enric seufzte. Stolz. Natürlich. Das war kaum eine große Überraschung. Er selbst hätte sehr wahrscheinlich ähnlich reagiert.

"Dann lass mich dir stattdessen ein Angebot unterbreiten. Du wirst die Waren von mir annehmen und sie als Darlehen betrachten, das dir ermöglichen wird, deinen derzeitigen Zahlungsverpflichtungen nachzukommen." Mit einem dünnen Lächeln fuhr er dann fort mit etwas, wovon er wusste, dass er dem Mann ihm gegenüber damit ermöglichte zuzustimmen. "Ich tue das nicht aus reiner Herzensgüte. Ich werde Haus Aren für einige Zeit übernehmen, und Haus Vel'kim ist im Moment der einzige Verbündete, bei dem ich sicher sein kann, dass er mir erhalten bleibt. Deinem Haus dabei zu helfen, dass es sich wieder erholt, wird mir deine Gunst einbringen. Und für Haus Aren ist ein starker Verbündeter wesentlich nützlicher als ein schwacher. Sehen wir zu, dass du zu beiderseitigem Nutzen wieder auf die Beine kommst."

Ram'an starrte ihn an, eindeutig hin- und hergerissen. Enric wartete geduldig, bis er zustimmend nickte.

"Gut. Dann wirst du die Rückzahlung in Angriff nehmen, sobald du es dir leisten kannst. Lass dir damit ruhig Zeit. Wie ich schon sagte, meine Interessen sind in deinem Fall nicht finanzieller Natur."

"Ich werde eine formelle Vereinbarung vorbereiten, damit wir die Bedingungen unserer Abmachung in schriftlicher Form haben", seufzte das Oberhaupt von Haus Arbil. "Ich werde einen Boten schicken, sobald ich fertig bin, damit du den Inhalt genehmigen kannst."

"Nicht nötig. Da ich willens war, dir die Waren unentgeltlich zu überlassen, werde ich mit jeglichen Bedingungen zufrieden sein, die du als angemessen erachtest."

"Dann schätze ich, dass alles, was für mich noch zu tun bleibt, ist, dir zu danken."

Enric schüttelte den Kopf. "Dazu besteht kein Anlass. Ich denke, ich habe klargestellt, dass ich es nicht aus reiner Wohltätigkeit tue."

Ram'an brachte schließlich ein Lächeln zustande. "Natürlich nicht. Einen Moment lang entfiel mir, dass du ein harter, nüchterner Geschäftsmann bist, auf nichts anderes als seinen eigenen Vorteil bedacht."

"Gib dich nicht dem Irrtum hin, ich wäre nachgiebig, weil ich dich nicht trete, während du auf dem Boden liegst", erwiderte Enric milde. "Auch ich habe meinen Stolz."

"Diesen Fehler würde ich nicht machen. Eryn hätte keinen schwachen Mann akzeptiert."

Gut, dachte Enric. Er hatte schon überlegt, wie er dieses Thema zur Sprache bringen konnte.

"Wegen Eryn. Ich gehe davon aus, dass du keine Hoffnungen mehr hegst, sie für dich zu gewinnen, jetzt wo wir nicht nur in ein Band dritten Grades eingetreten sind, sondern auch ein gemeinsames Kind haben werden."

Ram'an funkelte ihn an. "Nein, Ich bin kein Narr. Ich weiß, wann ich besiegt bin."

"Vortrefflich. Dann kann ich dich ja bedenkenlos darum ersuchen, die Dinge zwischen euch wieder in Ordnung zu bringen. Nach dem gestrigen Tag könnte sie einen weiteren Freund hier gut gebrauchen."

"Gestern, ja…" Ram'an nickte langsam. "Ein ziemliches Chaos, wie es scheint. Ein heikles Thema für Haus Vel'kim, das ihnen erhebliche Sorgen bereitet. Ich kann mir vorstellen, dass Eryn mit dieser ganzen Sache alles andere als glücklich ist. Besonders, da die gesamte Angelegenheit morgen im Senat enthüllt werden wird."

Enric kniff die Augen zusammen. "Du weißt darüber Bescheid?"

"Aber natürlich. Diese Art von Neuigkeit lässt sich in einer Stadt wie dieser kaum geheim halten."

Beide Männer betrachteten einander einige Augenblicke lang, bevor Enric langsam den Kopf schüttelte. "Moment mal; ich denke, du versuchst mich dahingehend auszutricksen, dass ich dir davon erzähle! Pe'tala sagte mir, dass sie gestern im Teehaus auf dich getroffen sind. Clever."

"Nicht clever genug, wie es aussieht", seufzte Ram'an. "Dann werde ich wohl doch bis morgen warten müssen. Kannst du mir zumindest sagen, ob es schlechte Neuigkeiten sind? Die drei erschienen gestern im Teehaus reichlich aufgewühlt."

Enric verzog das Gesicht. "Die Schwierigkeit dabei ist, dass es davon abhängt, wen du fragst, ob die Antwort darauf ja oder nein lautet."

Ram'an öffnete die Tür des Arbeitszimmers und trat hinaus in den Korridor, der zum Hauptraum führte. "Nun gut, dann werde ich bis zur Senatsversammlung warten."

Enric verspürte eine Welle von Verdruss und Panik durch das Geistesband. Das konnte nur bedeuten, dass Eryn aufgestanden war und Ram'ans Stimme vernommen hatte. Sie wusste nichts davon, dass er das Oberhaupt von Haus Arbil gebeten hatte, heute herzukommen. Und soweit er das beurteilen konnte, war sie nicht eben angetan davon.

Langsam ging er auf den Hauptraum zu und gab ihr so genug Zeit, dass sie sich zurückziehen konnte, falls das ihr Wunsch war.

Im Hauptraum angekommen, war er überrascht, sie ruhig auf den Kissen sitzen zu sehen, in ihrer Hand ein Glas mit Tee. Ihre äußere Erscheinung verriet nichts von dem Aufruhr, den er in ihrem Inneren wahrnahm. Er war beeindruckt.

Sie gab vor, die beiden erst jetzt zu bemerken und stellte ihren Tee auf dem niedrigen Tisch ab, bevor sie sich mit einem höflichen Lächeln erhob. Enric kam nicht umhin zu bemerken, um wie vieles eleganter die Aufwärtsbewegung von den Kissen nun aussah verglichen mit vor ein paar Monaten. Er fragte sich, ob sie heimlich geübt hatte.

"Ram'an", nickte sie und ging auf ihn zu, während sie ihm ihre Hand für die formelle Begrüßung entgegenstreckte.

Sein Gast wirkte etwas verwirrt, erholte sich aber rasch, lächelte sie an und ergriff ihre Hand, um einen Kuss darauf zu drücken.

"Eryn. Es freut mich zu sehen, dass deine Stimmung heute besser ist", sagte er mit einem beiläufigen Lächeln.

Sie nickte. "Das ist die Schwangerschaft, weißt du. Ich bin deswegen noch anfälliger für extreme Stimmungsschwankungen als zuvor. Zumindest wurde mir das gesagt", erwiderte sie leichthin.

Enric beobachtete sie eingehend. Sie hielt Ram'an mit kühler Höflichkeit und belanglosem Geschwätz auf Distanz. Ungewöhnlich. Das war nicht ihre bevorzugte Vorgehensweise, um ihr Missfallen zum Ausdruck zu bringen, wenngleich kaum weniger effektiv, wenn man nach Ram'ans unbehaglichem Stirnrunzeln urteilte.

"Dann wird es ein noch größeres Abenteuer als bisher werden, dich um mich zu haben, meine Liebe", lächelte er und zwinkerte ihr zu.

Sie ignorierte die vertrauliche Geste vollkommen und wirkte einen Moment lang nachdenklich, bevor sie antwortete: "Das hoffe ich wohl nicht. Ich versuche, die Leute um mich herum dem so wenig wie möglich auszusetzen. Wenn du mich jetzt entschuldigst, Ram'an, ich muss mich für eine Verabredung fertigmachen. Es war nett, dich zu sehen."

"Ja", sagte er, leicht verdutzt, "das war es. Ich freue mich darauf, dich morgen zu treffen. Ich bin sicher, dass wir uns vor dem Dinner noch im Senat sehen."

Ihr Lächeln war kühl. "Natürlich." Damit drehte sich sie um und ging zurück zum Tisch, um ihre Teetasse aufzuheben, bevor sie sich in den Korridor zurückzog, der zu ihrem Schlafzimmer führte.

Ram'an starrte ihr nach, dann wandte er sich langsam zu Enric um. "Entweder ist sie wesentlich geschickter im Täuschen geworden, oder sie hat es irgendwie geschafft, ihren gestrigen Ärger auf mich innerhalb eines einzigen Tages in Gleichgültigkeit umzuwandeln." Er schüttelte den Kopf. "Ich hoffe sehr, dass ersteres zutrifft. Die andere Möglichkeit würde mich wahrhaft verstören."

Enric nickte. Er wusste sehr wohl, dass sie alles andere als ungerührt war. Aber vielleicht würde dieser Eindruck Ram'an dazu bewegen, sich mehr Mühe zu geben, die Dinge mit ihr wieder ins Lot zu bringen. Er begleitete seinen Gast nach unten zur Tür, um ihn zu verabschieden und kehrte dann ins Schlafzimmer zurück.

Er lehnte sich gegen den Türrahmen und verschränkte die Arme. Sie stand mit ihrem Tee vor dem Fenster und starrte blicklos in den kleinen Garten hinaus.

"Das war interessant. Deine kleine Darbietung hat Ram'an ziemlich beeindruckt und verunsichert. Ohne das Geistesband wäre womöglich sogar ich darauf hereingefallen", kommentierte er.

Sie drehte sich um und seufzte, als die kühle Fassade von ihr abfiel. "Ich habe beschlossen, dass ich nicht mehr länger ständig all die Leute anschnauzen und mit Gift bespucken kann, auf die ich gerade schlecht zu sprechen bin. Davon gibt es hier einfach zu viele, und alle von ihnen sind zufällig Oberhäupter von Häusern."

Er lachte vor sich hin. "Ja, du tendierst dazu, eine Abneigung gegen wichtige Leute zu hegen. Deine neue Herangehensweise besteht also in kühler und unnahbarer Höflichkeit? Ich gebe zu, dass dies gerade eben recht wirksam war, doch ich frage mich, ob das für *dich* der richtige Weg ist. Es erscheint mir nicht charakteristisch." Und zwar auf verstörende Weise, fügte er in Gedanken hinzu. Es fühlte sich falsch an, und er überlegte, wie verletzt sie wohl sein musste, um die Impulse, die die Interaktionen mit ihr so stimulierend, wenn auch nicht ganz gefahrlos machten, in ihrem Inneren einzuschließen.

Sie nahm einen Schluck aus ihrem Glas und setzte sich auf die niedrige Fensterbank. "Ich erinnere mich an ein Gespräch mit Malriel am Abend vor ihrer Abreise, als sie mir den Trank eingeflößt haben muss. Ich sagte ihr, dass ich keine Absicht mehr hätte, sie weiterhin zu hassen, weil ich mir damit nur selbst Schmerzen zufüge, und dass ich daran arbeiten würde, ihr gegenüber gleichgültig zu werden. Sie sagte, das sei sogar noch schlimmer als Hass, und ich beginne zu glauben, dass sie Recht hat. Nicht schlimmer, wohlgemerkt, das ist nur ihr Standpunkt. Ich denke, es ist endgültiger, mächtiger. Und es wird mir Frieden bringen."

Er schluckte. "Und diese Strategie beabsichtigst du nun sowohl bei Valrad und Ram'an, als auch bei ihr zu verfolgen?"

"Ja, das tue ich", bestätigte sie. "Vielleicht wird es Zeit, sich von dem legendären Aren Temperament zu verabschieden. Es ist nichts weiter als eine Bürde, eine Charakterschwäche." Sie ging auf ihn zu und lehnte ihre Stirn gegen seine Schulter. Als seine Arme sie umfingen, lächelte sie. "Es wird Zeit, erwachsen zu werden."

Seinen beunruhigten Gesichtsausdruck sah sie nicht. Das fühlte sich falsch an - als hätte sie sich entschieden, nicht länger sie selbst zu sein.

"Schade", murmelte er, "das war es, was mich zuerst an dir fasziniert hat. Ich würde es sehr vermissen."

Sie lachte leise. "Dann werde ich dir hin und wieder eine private Vorführung angedeihen lassen, wenn du den Eindruck hast, dass dein Leben sonst zu eintönig oder zu friedlich wird."

"Darauf werde ich zurückkommen", bemerkte er leichthin und fragte sich, wie gut es ihr wohl gelingen mochte, ihren Vorsatz umzusetzen. Nicht in dem Ausmaß, wie sie es erst vor wenigen Minuten demonstriert hatte, hoffte er.

*   *   *

Vern stürmte in den Hauptraum und ließ sich direkt neben Eryn auf die Kissen fallen. Er war gerade von seinem Besuch in der Klinik zurückgekehrt. Einem ausgedehnten Besuch; er war am Morgen aufgebrochen, und nun war die Sonne gerade am Untergehen.

"Du scheinst auf Wolken zu schweben", kommentierte sie und konnte nicht anders als zu lächeln, als er sie mit einem breiten Grinsen bedachte. "Ich gehe davon aus, dass du einen zufriedenstellenden Tag hattest?"

"Es war unglaublich", seufzte er, eindeutig müde, aber selig. "Das Gebäude ist so riesig! So viele Heiler! Und sie waren erfreut, ausgerechnet *mich* kennenzulernen! Kannst du dir das vorstellen? Sie alle haben das Buch gesehen, das ich Ram'an damals gab, und betonten, was für eine außergewöhnliche Arbeit es sei. Dann haben sie mir Fragen über das Heilen zuhause in Anyueel gestellt und mir eine Führung durch die gesamte Klinik gegeben! Sie haben dort so viele verschiedene Fachbereiche, dass ich mich gar nicht an alle erinnern kann! Ich habe sogar den Leiter der Klinik getroffen, habe aber seinen Namen vergessen. Er sagte, es wäre ihm ein Vergnügen, mich für die Dauer meines Aufenthalts hier dort arbeiten und lernen zu lassen! Ist das zu glauben? Ich werde dort arbeiten!"

Eryn lächelte ihn zustimmend an.

"Was ist das für ein Tumult hier draußen?" fragte Orrin, als er den Raum betrat. "Junar hat sich hingelegt, also seht besser zu, dass ihr etwas leiser seid."

"Entschuldige, Vater", meinte Vern mit einer Grimasse. "Ich habe mich wohl etwas hinreißen lassen."

Der Krieger lächelte und kam näher, um sich zu ihnen zu gesellen. "Ich schätze, du hattest einen erfolgreichen Tag mit Valrad?"

Das Gesicht des Jungen leuchtete erneut auf, und er setzte seine Schwärmerei fort. "Absolut! Ich schwöre dir, sie haben mich wie einen König behandelt! Dort gibt es eine enorme Bibliothek, und sie sagten, ich könne dort hingehen und sie nutzen, so oft ich will. Und sie haben dort ein Gasthaus, direkt in der Klinik, wo alle Leute, die in der Klinik arbeiten, kostenlos essen können, wenn sie dieses kleine, silberne Abzeichen haben. Sie nennen das Kantine, glaube ich. Das Gasthaus, nicht das Abzeichen. Und sie haben nach dir gefragt, Eryn", fuhr er fort. "Besonders ein recht unfreundlicher Heiler, dieser eine ohne Magie."

"Sarol", ergänzte sie mit einem Grinsen.

"Ja, genau, der. Und noch einer, eher jung, aber recht bedeutend. Ein Experte für Kopf-Sachen, glaube ich."

"Iklan womöglich?"

Er dachte kurz nach, dann nickte er. "Ja, das klingt vertraut. Sie wollten wissen, wann du vorbeikommst und warum du heute nicht dabei warst und was du gerade machst und..."

"Vern? Vergiss nicht, hin und wieder auch mal zu atmen", lachte sie.

"Pe'tala war auch dort", redete er weiter, nachdem er nach Luft geschnappt hatte. "Der unfreundliche Heiler war erfreut, sie zu sehen, glaube ich, wollte es aber nicht zugeben. Ram'ans Cousin, der Heiler, der die Zeichnungen wollte, war auch dort. Ich habe ihm meine Bilder gezeigt, und ich schwöre euch, er war beinahe eine ganze Minute lang sprachlos! Dann hat er die Bilder herumgezeigt, und alle waren mächtig beeindruckt und sagten immer wieder, sie hätten noch nie etwas Vergleichbares gesehen!"

Eryn lachte. "Gut, dass du Ohren hast, mein Junge, oder dein Grinsen würde rund um deinen ganzen Kopf verlaufen und die obere Hälfte einfach abfallen lassen." Seine gute Laune war ansteckend.

"Sie denken, ich sei brillant und ein Genie!", kicherte er, schwindelig vor Freude.

Sie zerzauste sein Haar. "Das bist du, Vern. Und es scheint, als wärst du genau an den richtigen Ort gekommen, wo die Leute das schätzen."

"Das haben sie! Und dein Vat… Valrad", korrigierte er sich hastig, "musste die Leute fortschicken und ihnen versprechen, dass er mich ein anderes Mal zu ihnen bringt, weil sie alle mit mir reden wollten! Wusstest du, dass er dort wirklich wichtig ist? Er hat den Laden früher geführt, ist aber freiwillig zurückgetreten, damit er sich mehr auf die Führung seines Hauses und die Arbeit mit Patienten konzentrieren konnte."

"Ja, davon habe ich gehört", erwiderte Eryn trocken. "Ich war schon einmal hier, wenn du dich erinnerst."

"Ja, genau. Natürlich", nickte er und schüttelte den Kopf über sich selbst. "Weißt du was? Sie haben mir einen Platz im Unterricht mit den Heilerlehrlingen angeboten!" Er fummelte ein Blatt Papier hervor. "Das ist eine Liste der Themen, die die Studenten im zweiten Jahr in den nächsten zehn Tagen durchnehmen, und ich kann einfach hingehen und mir anhören, was ihnen beigebracht wird! Wie erstaunlich ist das denn bitte?"

"Ziemlich erstaunlich", nickte sie. "Ich schwöre dir, wenn du es schaffst, hier vor mir als Heiler zertifiziert zu werden, werde ich dich erwürgen. Und du kannst dich nicht einmal verteidigen, weil die schwangere Lady nicht geschlagen werden darf", seufzte sie.

Er sprang auf. "Das erinnert mich an etwas!" Er rannte nach unten und kehrte kurz darauf mit einem schweren Buch unter dem Arm zurück. "Dieser Sarol-Typ hat das für dich mitgeschickt. Er sagte, da du jetzt ja zurück bist und Zeit hast, kannst du genauso gut etwas Nützliches damit anfangen. Er will, dass du das hier liest. Es geht um nicht-magische Diagnosen, glaube ich."

Eryn griff eifrig nach dem Buch. "Danke! Das ist großartig; es bedeutet, er will, dass ich mit den Vorbereitungen für die letzte fehlende Prüfung beginne!" Das würde ihr eine Beschäftigung verschaffen, endlich!

"Er ist wirklich unfreundlich, weißt du", kommentierte der Junge. "Ich frage mich, warum sich das alle gefallen lassen, sogar dein… Valrad."

Sie schluckte ihre Verärgerung über seinen erneuten Versprecher hinunter. "Weil er wirklich, wirklich, *wirklich* gut in dem ist, was er tut. Er hat nicht-magisches Heilen revolutioniert, hat es hier in eine echte Disziplin verwandelt, die mittlerweile so weit anerkannt ist, dass sogar Magier-Heiler darüber lernen müssen", erklärte sie. "Er ist auch ein Genie." Sie sah von ihrem Buch auf in sein skeptisches Gesicht. "Und genau wie dir werden deshalb auch ihm gewisse Eigenheiten zugestanden. Wenn er unfreundlich zu dir ist, bedeutet das, dass er dich mag. Wenn er dich nicht mag, macht er sich nicht einmal die Mühe, dich zu beachten."

Das brachte ihn zum Nachdenken. "Ich verstehe." Dann grinste er. "Das bedeutet dann womöglich, dass er mich mag. Er hat mich zweimal angeschnauzt!"

Sie kicherte. "Ein untrügliches Zeichen."

"Du siehst staubig, verschwitzt und erschöpft aus", meldete sich Orrin zu Wort. "Ich denke, du solltest ein Bad nehmen und dich dann für das Abendessen umziehen. Enric ist gerade in der Küche und bereitet es zu, also wird es bald fertig sein. Fort mit dir."

Vern gehorchte widerwillig und schlurfte davon.

"Wie geht es dir, mein Mädchen?", fragte er, als sie allein waren. "Du siehst noch immer nicht wie du selbst aus, obwohl ich sehen kann, dass dich Verns Enthusiasmus gerade eben aufleben hat lassen."

"Mir geht es soweit gut, Orrin. Danke der Nachfrage", lächelte sie. "Ich bin nur müde. Ich habe letzte Nacht weder besonders gut noch lange geschlafen. Vielleicht bitte ich Vern, dass er mir dieses Mal einen kleinen magischen Schubs gibt. Ich will morgen gut ausgeruht sein für diese verdammte Senatsversammlung." Ihre Miene verdüsterte sich.

"Bist du sicher, dass du dort hingehen willst? Ich hatte nicht den Eindruck, dass er sich von dir davon abhalten lassen wird, dem Senat seine Neuigkeiten mitzuteilen."

Sie schüttelte den Kopf. "Nein, das wird er nicht. Dessen bin ich mir bewusst. Aber es gibt das eine oder andere, das ich dort sagen möchte."

"Ach ja?", meinte er stirnrunzelnd.

"Ja." Erleichtert blickte sie auf, als Kilan den Hauptraum betrat. "Wo warst du den ganzen Tag über? Ich dachte, du wolltest nur jemanden zum Tee treffen?"

"Ursprünglich wollte ich das. Aber dann bin ich bei ihm zuhause gelandet und habe jede Menge Fragen beantwortet über die Neuankömmlinge, die bei mir wohnen."

Sie grinste. "Das hast du davon, wenn du Gäste aufnimmst. Nächstes Mal überlegst du besser zweimal, bevor du einwilligst."

"Ich konnte euch armen, gestrandeten Reisenden doch wohl kaum zumuten, auf der Straße zu schlafen, oder?", grinste er. "Stell dir nur die politischen Konsequenzen vor, hätte eines eurer beiden Monster einen Bürger aus Takhan als Imbiss verspeist."

"Dann lass mich dir zu deiner weisen Voraussicht gratulieren. Ich hätte gedacht, dass deine Gastfreundschaft eher etwas mit der Tatsache zu tun hat, dass Orrin und ich zufällig deine Vorgesetzten sind und du aus diesem Grund nicht gewagt hättest, unsere Anfrage abzulehnen. Aber offensichtlich lag ich damit falsch."

Kilan griff nach einem sauberen Glas und schenkte sich dunklen Fruchtsaft ein. "Zumindest bist du dir deines Fehlers bewusst. Enric kocht das Abendessen, nehme ich an?"

"Ja, das tut er", bestätigte sie. "Wie sieht es mit deinen eigenen Kochkünsten aus? Hast du die in den letzten Monaten verbessert?"

Er nickte. "Ich hatte keine andere Wahl. Erwachsene, die kein ordentliches Mahl bereiten können, werden hier ausgelacht. Frag mich, wie viel Spaß es macht, ganz allein ein formelles Dinner für dreißig oder vierzig Leute zuzubereiten. Ich habe beinahe den ganzen Tag in der Küche verbracht. Zusätzlich dazu, dass ich vorher jagen gehen musste, versteht sich." Dann lächelte er. "Aber zumindest wird das morgen kein Problem sein, da ich eine Anzahl an Helfern hier habe."

"Morgen?" Sie zog die Stirn in Falten. "Aber morgen ist doch das Willkommens… Oh nein. Nein! Bitte nicht."

"Nein was?", erkundigte sich Orrin.

"Das verfluchte Willkommensdinner", seufzte sie. "Es wird hier in der Botschafterresidenz stattfinden, so ist es doch?"

Der Botschafter nickte. "Ja. Sowohl Malriel als auch Valrad haben darum gebeten." Er warf ihr einen vielsagenden Blick zu. "Sehr wahrscheinlich, weil sie sichergehen wollten, dass *du* keine andere Möglichkeit hast, als daran teilzunehmen, weil es an dem Ort stattfindet, an dem du wohnst."

Sie stöhnte. "Aber das bedeutet, dass ich bis zum Ende dabeibleiben muss! Komm schon, warum hast du dich nicht geweigert?"

Er sah sie nachsichtig an. "Eine höfliche Anfrage von den mächtigen Oberhäuptern zweier Häuser verweigern? Ist das eine ernstgemeinte Frage?"

"Ich werde dir nicht beim Kochen helfen!"

"Das geht schon in Ordnung. Nach deiner Reaktion gerade eben hätte ich eher Angst, dass du den ganzen Haufen vergiftest", schnaubte er. "Aber da ich hier immer noch drei Männer zur Verfügung habe, zusätzlich zu Vran'el, der seine Hilfe angeboten hat, werden wir es irgendwie ohne dich schaffen."

Ihre Miene wurde bitter, und sie seufzte. All diese Leute hier an diesem Ort, ohne dass sie die Möglichkeit hatte, früh zu gehen. Es war ihr nicht einmal möglich, eine Unpässlichkeit als Anlass für einen frühen Rückzug vorzuschieben. Es waren einfach zu viele Heiler hier, die sich um alles kümmern würden, was auch immer sie als Vorwand benutzte. Und die würden natürlich sehr rasch herausfinden, dass es eine Ausrede war und sie vor den anderen bloßstellen. Wer hätte jemals gedacht, dass sich der Aufenthalt an einem Ort mit so vielen gut ausgebildeten, sachkundigen Heilern als dermaßen lästig erweisen würde?

KAPITEL 4

Die Verlautbarung

Eryn spürte, wie ihre Handflächen zu schwitzen begannen, als sie um die Ecke bog und die Senatshalle vor sich auftauchen sah. Das letzte Mal vor wenigen Monaten hatte sie sich hier der Abstimmung stellen müssen, die über das Ende des Verfahrens, dem Malriel sie unterworfen hatte, entschied. Die Entscheidung war zu ihren Gunsten ausgefallen. Nichtsdestoweniger hatte der Tag die unangenehme Enthüllung mit sich gebracht, dass sich Enric von Haus Aren adoptieren hatte lassen im Austausch dafür, dass Malriel davon Abstand nahm, Haus Vel'kim Schaden zuzufügen.

Malriel mochte es damals nicht fertiggebracht haben, dass man Eryn zwei Jahre lang in Takhan festhielt, doch sie hatte nur kurz darauf etwas ebenso Bemerkenswertes vollbracht: Enric und damit auch seine Gefährtin trotz ihres Widerstandes dazu zu veranlassen, dass sie für eine noch unbestimmte Zeitspanne nach Takhan zurückkehrten.

Nun zu genau diesem Gebäude zurückkommen zu müssen und zu wissen, dass eine weitere schaurige Angelegenheit im Zusammenhang mit dieser Frau anstand, war nervenaufreibend. Und doch musste sie anwesend sein und es ertragen. Vielleicht konnte sie die beiden aber dafür leiden lassen.

Sie konzentrierte sich darauf, ihre Atmung zu verlangsamen und damit ihren Körper zu entspannen, wenn auch ihr erster Impuls ihn dazu veranlassen wollte, sich zu verkrampfen. Sie wollte dort drin ihre Fassung behalten - das musste sie einfach. In der Vergangenheit hatte sie die Senatoren und die Triarchie mit gelegentlichen Kostproben ihres Temperaments beglückt, doch das stand heute außer Frage. Kein Aren Temperament mehr; es würde die Leute bloß an ihre Verbindung zu dieser widerwärtigen Frau erinnern, mehr noch als es ihr Aussehen ohnehin bereits tat.

Enric ging einen Schritt hinter ihr. Er hatte mit dem Gedanken gespielt ihr anzubieten, zur Botschafterresidenz zurückzukehren oder irgendwo anders als zur Senatshalle hinzugehen, doch er wusste, dass sie nicht fernbleiben konnte, egal, wie schmerzhaft all das für sie werden würde. Er an ihrer Stelle hätte sich ebenfalls nicht ausgeklinkt. Sie wirkte durchaus gelassen - sofern man sie nicht gut genug kannte, um die winzigen, weniger offenkundigen Anzeichen ihrer Körpersprache zu entziffern. Ihr leicht erhobenes Kinn, die fester als sonst aufeinandergepressten Lippen sowie ihre straffen Schultern deuteten auf einen inneren Aufruhr hin.

Vern, Orrin, Junar und Kilan begleiteten sie, und keiner von ihnen hatte ein einziges Wort gesprochen, seit sie zur Senatshalle aufgebrochen waren.

Sie hatten die Treppe erreicht, die zu einem der drei großen Portale mit den hohen Doppeltüren führten, und Eryn begann ohne erkennbares Zögern emporzusteigen.

Als sie die Halle betraten, waren die meisten der Senatoren bereits eingetroffen und unterhielten sich in gedämpfter Lautstärke. Malriel sprach mit Legara von Haus Finran, einer ihrer Verbündeten, die während der Verhandlung sehr offen in ihrer Unterstützung von Haus Aren aufgetreten war. Valrad war in ein Gespräch mit Uvel von Haus Tokmar, dem Vater vom Liebhaber seines Sohnes, vertieft. Er blickte auf, als die Gruppe aus blonden Leuten mit einer dunkelhaarigen Frau unter ihnen das Gebäude betrat.

Ihre Blicke trafen für einen Moment aufeinander, bevor Eryn den Kontakt unterbrach und ihre Augen über die Reihen besetzter und leerer Sitze gleiten ließ. Sie fand Ram'an ohne Probleme und zwang sich dazu, ihm kurz höflich zuzunicken, bevor ihre Aufmerksamkeit zu der ersten Reihe und damit der Frau gelenkt wurde, die einmal mehr an der ganzen Misere Schuld trug.

Malriel zeigte nach außen hin kein Anzeichen von Unbehagen, und doch war ihre übliche arrogante Haltung heute weniger stark ausgeprägt. Ihr graute also ebenfalls vor dem, was anstand. Der Gedanke daran vermochte Eryns Laune ein kleines bisschen zu heben. Schadenfreude war zuweilen eine hilfreiche Emotion, überlegte sie, wenn auch keine besonders attraktive.

Vran'el kam mit einem unglücklichen Lächeln auf sie zu.

"Nehmt hier hinten Platz. Die letzten beiden Reihen stehen den Besuchern der Versammlung zur Verfügung. Die Kunde über die anstehende Enthüllung hat sich noch nicht verbreitet", murmelte er, "somit wird es also rasch vorüber sein, da heute keine größere Menschenmenge anwesend ist."

Eilig kehrte er zum Platz neben dem seines Vaters zurück, als drei Personen die Halle betraten und zu dem Podium im Zentrum des Halbkreises, den die Sitze formten, zumarschierten.

"Sind das die Triarchen?", flüsterte Vern.

Enric nickte und erklärte leise: "Ja. Ihre Sitze sind dort auf dem Podium. Die Versammlung beginnt mit ihrem Eintreffen und ist vorüber, wenn sie sie für geschlossen erklären. Die Frau ist Torke'na, der Mann zu ihrer Linken Abrak und der andere ist Golir. Während des Verfahrens habe ich bei ihm gewohnt, da er praktisch der einzige Magier hier zu sein scheint, der stärker ist als ich."

Nachdem die drei Triarchen ihre Plätze eingenommen hatten, wurde es sogleich still.

Die Frau, Torke'na, saß zwischen ihren beiden Kollegen und räusperte sich.

"Senatoren, willkommen zur heutigen Versammlung. Vergeuden wir nicht unnötig Zeit, sondern wenden uns sogleich dem ersten Punkt zu: Malriels anstehender Abreise. Enric von Haus Aren, ich sehe, du bist anwesend. Gut."

Enric stand auf und überragte damit die sitzenden Senatoren.

"Ja, ich bin hier."

"Du wirst die Verantwortung für ein Haus übernehmen, Enric", sprach die Triarchin. "Wir möchten dir unseren Dank aussprechen für deine Bereitschaft, dies auf dich zu nehmen. Da du bislang noch keine Gelegenheit hattest, viel Zeit hier zu verbringen, wird sich diese Position zweifellos als Herausforderung für dich erweisen. Wir erwarten, dass du die Werte deines Hauses und auch dieses Senats, dessen Mitglied du bald sein wirst, wahrst. Im Gegenzug bieten wir dir unsere Unterstützung, solltest du ihrer bedürfen. Die Pflichten deiner neuen Stellung schließen mit ein, dass du das Wohlbefinden und auch die finanzielle Sicherheit der Familie sicherstellst und zudem in deiner Eigenschaft als Senator am politischen Prozess teilnimmst. Bist du willens, diese Rolle und alles, was sie miteinschließt, für die Dauer von Malriels Abwesenheit zu übernehmen?"

Enric nickte. "Ja, das bin ich."

"Nun gut." Dann wandte sie sich an Malriel. "Eine Woche ist wenig Zeit, um einen Mann aus einem anderen Land auf solch eine Rolle vorzubereiten."

Malriel lächelte selbstsicher. "Enric ist ein ungewöhnlich intelligenter und fähiger Mann. Ich habe keinerlei Zweifel, dass er seine Pflichten vorbildlich wahrnehmen wird. In den letzten paar Tagen meines Aufenthalts hier werde ich ihm alles an Informationen weitergeben, was möglich ist. Ich bin sicher, dass er den Rest rasch selbst herausfinden wird."

"Die Mitglieder deines Hauses werden ihm gegenüber einen Eid ablegen müssen. Haben sie dem zugestimmt?"

Sie nickte. "Das haben sie, ja."

"Dir ist selbstverständlich klar, dass sie diesen Eid freiwillig schwören müssen? Ich würde erwarten, dass sich dies für ein paar Mitglieder deines Hauses als Problem erweist, wenn man sowohl Enrics Herkunft als auch die Umstände bedenkt, unter denen er zu deinem Erben wurde", zeigte Torke'na auf.

"Ich habe es geschafft, sie davon zu überzeugen, dass diese Lösung allen anderen Optionen vorzuziehen ist."

Die Triarchin zog eine Augenbraue hoch. "Ja, ich kann mir denken, dass du das hast…" Es schien, als wäre sie von der Freiwilligkeit, mit der die Mitglieder von Haus Aren zugestimmt hatten, nicht restlos überzeugt. "Somit ist das wohl erledigt. Dann rücken wir also zum nächsten Punkt vor. Valrad, du hast um die Erlaubnis gebeten, dich heute mit einer Verlautbarung an den Senat zu wenden. Du hast das Wort."

Eryn hielt den Atem an, als das Oberhaupt von Haus Vel'kim sich von seinem Stuhl erhob und nach vorne in die Mitte des Halbkreises trat, um seinen Kollegen von Angesicht zu Angesicht gegenüberzustehen.

"Ich bedanke mich, dass ihr mich heute anhört, liebe Senatskollegen, liebe Mitglieder der Triarchie. Ich möchte euch heute etwas mitteilen, einen Umstand, mit dem ich selbst ebenfalls erst seit kurzem vertraut bin und der bedauerlicherweise zu beträchtlichem Unfrieden in meiner Familie geführt hat. Ich stehe heute hier vor euch, um die Verantwortung für meine Taten von vor mehreren Jahrzehnten zu übernehmen. Rückblickend waren diese schändlich, wenn ich mir allerdings das Ergebnis ansehe", sein Blick fiel auf Eryn, "dann schaffe ich es einfach nicht, sie auf die Weise zu bereuen, wie ich es zweifellos sollte."

In der Senatshalle war es still geworden; seine Kollegen hatten ihre angespannte Aufmerksamkeit auf ihn konzentriert. Sie warteten darauf, dass er fortfuhr; manche lehnten sich leicht nach vorne in der ungeduldigen Erwartung, dass eine Neuigkeit in Form eines kleinen, skandalösen Happens enthüllt wurde.

"Vor beinahe dreißig Jahren hatte ich eine Affäre mit Malriel von Haus Aren", verkündete er laut, sein Kinn herausfordernd gereckt. "Zu diesem Zeitpunkt war sie mit meinem Bruder Ved'al verbunden. Und ich mit meiner Gefährtin Genfra." Er hielt inne, als die Senatoren zu murmeln begannen.

Malriel saß still wie eine Statue, offensichtlich darauf wartend, dass nun alles an belastender Information enthüllt wurde, sodass sie es endlich hinter sich hatte.

"Der Grund, weshalb ich euch dies mitteile", fuhr Valrad fort, und das Gemurmel legte sich wieder, "ist, dass sich daraus unerwartete, wenn auch keineswegs unwillkommene Konsequenzen ergeben haben. Eryn, oder Maltheá, wie viele von euch sie kennen, ist *meine* Tochter und nicht die meines Bruders. Ich bin heute hergekommen, um meine Tochter vor euch allen offiziell anzuerkennen. Was seit ein paar Monaten mein ist Kraft des Gesetzes, ist nun auch mein durch Blutsbande. Hiermit beantrage ich die entsprechende Anpassung der maßgeblichen Dokumente in unseren Archiven. Ich werde dafür Sorge tragen, dass selbiges mit den medizinischen Informationen in den Archiven der Klinik geschieht."

Eryn spürte, wie ihr angesichts der vielen Augenpaare, die in ihre Richtung blickten und sie anstarrten, die Hitze in die Wangen schoss. Ram'ans Miene war bedrückt und mitfühlend, und sie schaute rasch wieder von ihm weg. Die Gesichter der anderen Senatoren zeugten von einer Reihe unterschiedlicher Empfindungen: von schlichter Überraschung, Mitleid, Schock, Missfallen über Ungläubigkeit bis hin zu dunkler Verzückung.

Sie zwang sich dazu, jeden einzelnen Blick zu erwidern, ihnen zu zeigen, dass es sie nicht kümmerte, was sie dachten.

Als das Gemurmel gerade erneut ausbrechen wollte, wandte sich Golir vom Podium der Triarchie aus an Valrad, und die Geräusche verstummten augenblicklich.

"Was hat dazu geführt, dass dieser Umstand aufgedeckt wurde? Welche Beweise hast du, um die Vermutung zu stützen, du seist Mattheás Vater?"

"Wenn du gestattest, würde ich meine Tochter Pe'tala ersuchen, diese Frage zu beantworten. Sie war diejenige, die auf den Beweis gestoßen ist."

Der Triarch nickte, und kurz darauf stand Pe'tala von ihrem Platz auf der anderen Seite der Senatshalle auf. Eryn war nicht einmal aufgefallen, dass sie anwesend war.

Die junge Heilerin ging auf ihren Vater zu, der zur Seite trat, um ihr Raum zu geben.

"Pe'tala", nickte Golir. "Kannst du die Behauptung deines Vaters bestätigen? Und falls ja, sei so gut und leg dem Senat deine Gründe dar."

"Senatoren, ich bestätige hiermit die Behauptung meines Vaters, dass Maltheá von Haus Vel'kim, die bis heute als Ved'als Tochter galt, stattdessen von Valrads Blut ist. Wie den meisten von euch bekannt ist, erwartet Maltheá derzeit ein Kind, einen Sohn. In Übereinstimmung mit der üblichen Vorgangsweise habe ich eine Untersuchung bezüglich vererbter Krankheiten und Fehlbildungen durchgeführt. Im Zuge dessen bin ich auf eine Knochenerkrankung gestoßen, die sowohl durch die mütterliche als auch die väterliche Linie vererbt werden kann, aber nur bei männlichen Nachkommen zur Ausprägung gelangt. Wenngleich sie von Frauen ohne äußere Anzeichen weitergegeben werden kann, trifft das bei Männern nicht zu. Sollten diese sie erben, ist das ersichtlich. Ved'al hatte diese Krankheit nicht und kann sie somit nicht an Maltheá und in der Folge an ihren Sohn vererbt haben. Enric von Haus Aren hat die Krankheit ebenfalls nicht, also kann sein Sohn sie auch nicht auf diesem Wege erhalten haben." Sie legte eine kurze Pause ein. "Valrad *hat* diese Krankheit geerbt."

Eryn bemerkte einige zusammengezogene Augenbrauen und ein paar nickende Köpfe. Pe'tala hatte die komplizierten Vererbungsregeln auf halbwegs verständliche Weise erklärt, doch die meisten waren vermutlich mit solchen Angelegenheiten noch niemals in Berührung gekommen und damit ein wenig überfordert. Die wenigen, die in der

Lage waren, Pe'talas Ausführungen problemlos zu folgen, waren sehr wahrscheinlich selbst Heiler.

Golir überlegte einen Moment lang, bevor er fragte: "Wie viele Familien vererben die Krankheit derzeit, soweit du das sagen kannst? Haus Vel'kim brüstet sich immerhin damit, solche Dinge im Auge zu behalten."

"Zwei", antwortete sie sofort und fügte dann mit einem Seitenblick hinzu: "Sofern Malriels Liebesleben zum Zeitpunkt von Maltheás Empfängnis nicht recht... abwechslungsreich war, würde ich davon ausgehen, dass Valrad derjenige war, der ihre Tochter gezeugt hat."

Das brachte ihr den einen oder anderen Lacher aus dem Publikum ein.

"Danke für deine Ausführungen, Pe'tala", entließ Golir sie und wandte sich dann an Malriel. "Malriel, bestätigst du, dass du zum Zeitpunkt von Maltheás Empfängnis Verkehr mit Valrad hattest?"

Sie nickte knapp.

"Hattest du zu dieser Zeit abgesehen von deinem Gefährten mit irgendwelchen anderen Männern Verkehr?"

Sie warf ihm einen verärgerten Blick zu, entschied sich aber, anstatt einer Bemerkung nur den Kopf zu schütteln.

Eryns Gedanken rasten. Der einzige Beweis, den sie hatten, war die Krankheit ihres Sohnes, die aber bereits geheilt war. Also war das Einzige, was Valrads Behauptung sonst noch unterstützte, Pe'talas Aussage. Eine Aussage, die sie nicht länger beweisen konnte...

"Das scheint die Sache abzuschließen. Valrad, die Triarchie anerkennt hiermit..."

"Warte!" Eryn schoss hastig von ihrem Stuhl hoch. "Ich ersuche um die Erlaubnis zu sprechen."

Golir nickte langsam. "Gewährt. Möchtest du vor den Senat treten?"

Sie schüttelte den Kopf. "Das wird nicht nötig sein." Sie hob den Kopf. "Ich stelle die von Valrad getätigte Behauptung in Frage." Sie konzentrierte ihren Blick auf Golir, sah aber aus den Augenwinkeln, wie sich einmal mehr sämtliche Gesichter zu ihr drehten. "Soweit ich das sehe, gibt es keinerlei Beweise, die die Behauptung, ich wäre seine Tochter, belegen."

"Du erkennst die an deinen Sohn vererbte Knochenkrankheit nicht als Beweis an?", fragte Golir milde.

Sie lächelte dünn und reckte herausfordernd das Kinn. "Es gibt keine Knochenkrankheit", verkündete sie ruhig.

Pe'tala fuhr von ihrem Platz hoch und rief mit einem mörderischen Blick aus: "Weil ich sie geheilt habe!"

Enric neben ihr schloss kurz die Augen, bevor er leise murmelte: "Eryn, tu das nicht. Bitte."

Sie ignorierte ihn und drehte stattdessen den Kopf, um Pe'tala kühl anzusehen. "Hast du das?"

Die jüngere Frau kniff die Augen zusammen. "Du bezeichnest mich doch nicht etwa öffentlich als Lügnerin?"

Der Geräuschpegel stieg an, da Eryn nicht darauf antwortete, sondern einfach geradewegs Golir ansah und darauf wartete, dass er entschied, wie weiter vorzugehen war.

Erschöpft stieß er den Atem aus. "Ich verstehe. Gibt es irgendwelche anderen Beweise, um deine Behauptung zu stützen, Valrad?"

Valrad schüttelte den Kopf. "Nein. Und es bedarf auch keiner anderen Beweise."

"Nicht für dich, doch Maltheá hat einen gültigen Einspruch erhoben. Mir fällt nur eine einzige Möglichkeit ein, um diese Sache zu klären", sinnierte er, und sein Blick wanderte zurück zu Pe'tala.

Sie fluchte und stand erneut von ihrem Platz auf. "Na schön, ich werde es tun!", schnaubte sie und stapfte zurück vor das Podium, während sie verhalten vor sich hin schimpfte.

Golir nickte, erhob sich von seinem Stuhl und stieg vom Podium herab. Er ergriff die Hand, die sie ihm reichte, und erst da begriff Eryn, was gleich passieren würde. Pe'tala hatte sich gerade einverstanden erklärt, sich einer Wahrheitssperre, oder einem Lügenfilter, wie es hier genannt wurde, zu unterziehen. Verflucht!

"Die Knochenkrankheit, von der du behauptest, sie bei Maltheás Kind entdeckt zu haben, war sie tatsächlich vorhanden?", fragte der Triarch ruhig, während er seine Handfläche gegen ihre gedrückt hielt.

"Ja", antwortete sie deutlich und für alle hörbar.

"Und ist gemäß deinen Kenntnissen die Erklärung, dass Valrad ihr leiblicher Vater ist, die einzig plausible, wenn wir davon ausgehen, dass Malriel zu diesem Zeitpunkt nicht mehr als zwei Sexualpartner hatte?"

"Ja", erwiderte sie erneut ohne zu zögern.

"Kannst du die Möglichkeit, dass Ved'al ihr Vater war, mit absoluter Sicherheit ausschließen?", beharrte er.

"In Übereinstimmung mit meinem Wissen, das den Kenntnisstand in diesem Fachgebiet zu einem hohen Grad widerspiegelt, kann ich diese Möglichkeit ausschließen, ja", bestätigte sie einmal mehr selbstbewusst.

Golir nickte zufrieden und ließ ihre Hand wieder los. "Danke." Dann wandte er sich dem Senat zu. "Sie hat die Wahrheit gesprochen. Findet von den anwesenden Heilern jemand irgendeinen logischen Fehler in der Argumentation, die uns hier dafür präsentiert wurde, dass Maltheá die leibliche Tochter von Valrad von Haus Vel'kim ist?"

Ein paar der Senatoren schüttelten die Köpfe.

"Dann erachte ich diese Angelegenheit als abgeschlossen. Valrad, die Stammbäume werden entsprechend angepasst. Der Senat erkennt dich als leiblichen Vater von Maltheá von Haus Vel'kim an."

Valrads erleichterter Seufzer war in der gesamten Senatshalle vernehmbar.

Eryn spürte, wie bei dieser Niederlage all ihre Kraft aus ihren Gliedern zu weichen schien, zwang sich aber dazu, aufrecht stehenzubleiben.

"Da gibt es noch eine Sache, die ich erfragen möchte", sagte sie, und einmal mehr ruhten alle Augen auf ihr. "Ich bin keine Expertin für eure Gesetze, doch ich gehe davon aus, dass es üblicherweise Konsequenzen gibt, wenn jemand ein Kommitmentband dritten Grades bricht?"

Golir nickte langsam. "Je nach den vorliegenden Umständen ist das möglich, ja", erwiderte er vorsichtig.

"Bestehen diese Umstände darin, wie einflussreich die Missetäter sind?", fragte sie kühn.

Das nahmen die anwesenden Senatoren keineswegs wohlwollend auf.

"Nicht gut", hörte sie Enric leise sagen. "Du machst dir hier kaum irgendwelche Freunde, wenn du ihnen unterstellst, mit den Reichen und Mächtigen zu nachsichtig umzugehen."

"Ich entschuldige mich", fügte sie rasch hinzu. "Das war respektlos, und ich habe Anlass zur Verstimmung gegeben, indem ich meinen Gefühlen freien Lauf ließ."

"Respektlos war es in der Tat", bestätigte Golir mit steinernem Blick, "doch es ist gut zu sehen, dass du deinen Fehler erkannt hast. Lass mich dich über die wahre Natur der Umstände aufklären, auf die ich mich bezog. Die Verletzung eines Kommitmentbands dritten Grades ist eine Angelegenheit zwischen privaten Beteiligten und führt nicht automatisch zum Eingreifen einer höheren Stelle. Sollte solch ein Eingreifen gewünscht werden, bedarf es dazu einen Kläger, einer geschädigten Partei, die eine Bestrafung oder Entschädigung anstrebt. Diese Beschreibung würde beispielsweise auf betrogene Gefährten zutreffen. Da sich keine der betroffenen Personen derzeit in einem aufrechten Lebensbund befindet, gibt es niemanden, der dazu berechtigt wäre, solch ein Ersuchen zu stellen."

"Da wäre ich", sagte Eryn langsam.

"Du wünschst deine Eltern wegen der Verletzung eines Kommitmentbands dritten Grades anzuklagen? Verstehe ich das richtig?" Golir zog bestürzt die Stirn in Falten.

Sie nickte, und er betrachtete sie einige Augenblicke lang, bevor er sprach: "Ich sehe nicht, wie du dich für den Begriff *geschädigte Partei* qualifizierst, Maltheá. Deine Umstände haben sich nicht verändert, du leidest unter keinerlei finanziellen Nachteilen, du bist nach wie vor ein Mitglied des Hauses deines Vaters, und es liegt keine Gefährdung politischer Bündnisse als Konsequenz aus dieser neuen Information vor."

"Das stimmt", entgegnete sie gelassen, "doch ich betrachte meine eigenen persönlichen Nachteile daraus, dass ich einer illegitimen Affäre entstamme, keinesfalls als weniger belastend als irgendwelche finanziellen Konsequenzen. Und der Ruf des Mannes, den ich trotz eures Erlasses noch immer als meinen Vater betrachte, hat ebenfalls gelitten."

"Ved'als Ruf, Maltheá, hat durch seine eigenen Handlungen wesentlich größeren Schaden erlitten als durch die seines Bruders und seiner Gefährtin", betonte Abrak.

"Ihr sagt also, dass ich nicht dazu berechtigt bin, eine Strafe für sie zu fordern?", fragte Eryn nach.

"Welche Art von Strafe hätte dir denn vorgeschwebt?", erkundigte sich Golir geduldig.

Sie überlegte kurz. "Was ist das strengste Urteil, dass es hier gibt?"

"Das für Hochverrat", erwiderte er milde.

"Dann soll es das sein, das nehme ich. Zweimal."

Diese Forderung löste unter den Senatoren eine Welle der Entrüstung aus.

"Maltheá", erklang Malriels Stimme in der hohen Halle, "du bist dir doch wohl im Klaren darüber, dass die Strafe für Hochverrat das *Todesurteil* ist?"

Eryn spitzte die Lippen und nickte dann langsam, bevor sie ihren Blick wieder auf Golir richtete. "Ich verstehe. In diesem Fall soll es nur einmal vollstreckt werden."

"Maltheá!", zischte das Oberhaupt von Haus Aren erneut. "Du würdest mich doch wohl kaum töten lassen!"

Eryn verdrehte die Augen und ergänzte: "Schon gut, schon gut, dann eben lebenslanger Arrest für Malriel."

Malriel warf ihre Hände in die Luft, Verbitterung und Ärger deutlich auf ihrem Gesicht erkennbar.

Golir schüttelte den Kopf über sie. "Das ist nun doch eine erheblich strengere Bestrafung, als wir für bloße Untreue als angemessen erachten, Maltheá. Und in diesem Fall wäre sie auch höchst unbequem, da wir Malriel auf eine sehr wichtige Mission entsenden, die den Frieden in unserem Land sichern soll. Ich gehe davon aus, dass du erkennst, dass ihre Inhaftierung dies erheblich erschweren würde", bemerkte er mit scharfer Zunge. "Dein Ersuchen um Bestrafung ist abgelehnt. Das wahre Opfer hier, wenn du diesen Begriff verwenden möchtest, ist Ved'al, und der weilt nicht länger unter uns und wird somit glücklicherweise niemals davon erfahren. Somit ist in diesem Fall keinerlei Entschädigung, weder in Form einer Geldstrafe noch von Inhaftierung, gerechtfertigt." Er seufzte. "Dies ist keine einfache Situation für dich, das verstehe ich durchaus. Jedoch ist die Bewältigung dieser Angelegenheit nichts, wobei dich der Senat unterstützen kann. Hierbei wird dir deine Familie beistehen. Trotz deiner wenig schmeichelhaften Versuche, mit denen du ihre Bemühungen, dich miteinzuschließen, verhindern wolltest. Du kannst dich glücklich schätzen, dass die Mitglieder von Haus Vel'kim tendenziell versöhnlicher gestimmt sind als andere."

Eryn schluckte und nickte kurz. "Ja. Glücklich. Klar." Sie spürte, wie der Ärger sich mehr und mehr seinen Weg an die Oberfläche bahnte. "Würde man es als ein weiteres Anzeichen von

Respektlosigkeit erachten, wenn ich die Versammlung vorzeitig verlasse? Ich verspüre ein dringendes Bedürfnis nach frischer Luft."

"Nein", antwortete Golir, "das würde es nicht. Du darfst dich entfernen."

Sorgsam schob sie den Stuhl zurück, obwohl sie ihn am liebsten aus dem Weg getreten hätte, und bewegte sich dann, anstatt hinauszustürmen, kontrollierten Schrittes auf die hohen Türen zu. Als sie draußen im hellen Sonnenlicht stand, schloss sie für einen Moment die Augen.

Das eben war alles andere als angenehm gewesen, doch es gab einen Sieg, den sie stolz für sich verbuchen konnte: Sie hatte die Kontrolle über sich behalten. Kein einziges Mal war sie emotional geworden, wenn man die respektlose Bemerkung außer Acht ließ, für die sie sich unmittelbar danach entschuldigt hatte.

Langsam nahm sie den Weg zurück zur Botschafterresidenz in Angriff. Es würde kaum länger als ein paar Stunden dauern, bis die meisten Menschen in der Stadt von der Enthüllung im Senat erfahren hatten. Das bedeutete, dass jeder einzelne Gast heute Abend darüber Bescheid wissen würde. Sie fragte sich, ob man dies hier als höfliches Gesprächsthema erachtete. Und weshalb auch nicht? Valrad war offensichtlich recht angetan davon, nun noch eine weitere Tochter zu haben. *Ihm* würde es wahrscheinlich nichts ausmachen, darüber zu sprechen.

Hinter sich vernahm sie hastige Schritte und ging ohne sich umzudrehen weiter. Sie waren nicht schwer genug, um zu Enric oder Orrin zu gehören, und zu leicht und dynamisch, um momentan die von Junar zu sein.

"Das war nicht besonders schmeichelhaft", beschwerte sich Pe'tala, sobald sie nahe genug war. "Obwohl ich zugebe, dass ich mit Schlimmerem gerechnet hatte. Du hast es ganz gut weggesteckt. Zumindest, wenn man deine Aren-Defizite in Betracht zieht."

Eryn drehte sich zu ihr. "Im Ernst? Du bist mir gefolgt, um mich zu beleidigen? Nach allem, was gerade passiert ist? Geh weg und lass mich in Frieden!" Zum Schluss hin war ihre Stimme lauter geworden.

Pe'tala sah sie an, dann nickte sie. "Gut. Ich war schon etwas besorgt über diese frostige, kontrollierte Nummer da drin."

"Hast du mich gerade provoziert, um... warum genau eigentlich?"

"Ich habe nur überprüft, ob der Ärger und die Frustration noch unter der Oberfläche brodeln, oder ob du sie bereits tief genug vergraben hast, dass sie deine Gesundheit gefährden." Sie zuckte mit den Schultern. "Es ist gut zu sehen, dass ein wenig Provokation ausreicht, um sie wieder zum Vorschein zu bringen. Ich denke, du solltest Iklan diesbezüglich aufsuchen. Er ist sehr gut bei ungeklärten Angelegenheiten. Ich bin sicher, er würde mit dir arbeiten."

Eryn zog verwirrt die Stirn in Falten. "Wovon redest du überhaupt? Was sollte ich denn bei Iklan?"

"Er kann dir helfen, mit deinem Ärger und was auch immer sonst noch in dir schwelt umzugehen."

"Mit meinem Ärger kann ich sehr gut allein umgehen, vielen Dank", knurrte Eryn. "Und ich erinnere mich genau daran, dich fortgeschickt zu haben."

"Das hast du. Und ich vergebe dir dafür. Nun komm."

"Wohin soll ich kommen? Ich gehe nicht zu eurer Residenz, nur damit du es weißt!"

"Ich hatte nicht die Absicht, das vorzuschlagen. Welche Missstände auch immer dir sonst an mir aufgefallen sein mögen, dämlich bin ich nicht. Aber wir werden auch nicht zur Botschafterresidenz zurückkehren. Dort herrscht zu viel Betriebsamkeit wegen der Vorbereitungen für das Dinner heute Abend. Daher wird es dort nicht besonders entspannend sein. Wir werden bei Haus Feral vorbeischauen. Intrea und Obal freuen sich sicher, uns zu sehen. Nun, Intrea zumindest. Obal mag dich noch immer nicht besonders, glaube ich. Wir können ihnen erzählen, wie es Erbàl so ergeht und in ihrem Garten sitzen. Sie haben einen recht netten, schattigen Garten." Ohne auf eine Antwort zu warten, griff sie nach Eryns Hand und zog sie in eine andere Richtung. "Und sie wissen noch nichts von dem, was heute im Senat verkündet wurde, also wird es für den Moment keine verfänglichen Gespräche geben."

Eryn seufzte und gab nach. Das letzte Argument war ein Gewinner.

* * *

Ein Diener öffnete die Tür der Feral Residenz, nickte, als er Pe'tala erkannte und trat zur Seite, um beide eintreten zu lassen. Nachdem sie die feuchten Handtücher beiseitegelegt hatten, folgten sie dem Mann die Stufen hinauf in einen weitläufigen Hauptraum mit einer Anordnung von farbenprächtigen Teppichen und Tapisserien an den Wänden.

Intrea saß auf den Kissen, auf ihrem Schoß etwas, das nach einem Zeichenblock aussah. Überrascht blickte sie auf, als die beiden auftauchten.

"Tala! Eryn!", rief sie und sprang auf, wobei sie Papier und Stift auf den Boden beförderte. Sie zog Pe'tala in eine stürmische Umarmung und küsste dann Eryn auf beide Wangen. "Das ist ein Anblick, den ich nicht für möglich gehalten hätte! Ihr beide gemeinsam im gleichen Raum - freiwillig!"

Eryn erinnerte sich, dass Pe'tala damals hier Unterschlupf gefunden hatte, als sie selbst in der Vel'kim Residenz Ram'ans Aufsicht unterstellt war.

"Ja, die Dinge haben sich ein wenig geändert", lächelte Pe'tala. "Wo ist meine Nichte?"

"Draußen im Garten. Sie spielt mit einem der Diener." Sie nickte zu ihrem Papier auf dem Boden. "Das verschafft mir ein wenig Zeit, um mich mit einem alten Hobby zu beschäftigen."

"Wir haben das Genie aus Anyueel mitgebracht, den klugen jungen Mann, der die Illustrationen in Ram'ans Buch erstellt hat", erzählte Pe'tala. "Du kannst dich mit ihm über das Zeichnen unterhalten."

Intrea verzog das Gesicht. "Ich fürchte, meine Bemühungen können keinesfalls mit dem konkurrieren, was ich von seiner Arbeit gesehen habe. Es wäre mir peinlich, ihm irgendetwas von meinen Zeichnungen zu zeigen."

"Das braucht es nicht", meinte Eryn kopfschüttelnd. "Er hatte noch nie zuvor Gelegenheit, sich mit jemandem zu unterhalten, der irgendeine Neigung oder ein Talent zum Zeichnen hatte. Ich weiß, dass er begeistert wäre."

"Dann werde ich es mir möglicherweise noch einmal überlegen", lächelte die Gastgeberin. "Sagt mal, ihr seid nicht zufällig gerade von der Senatshalle hergekommen, oder etwa doch?", erkundigte sie sich sodann neugierig.

"Weshalb willst du das wissen?", fragte Pe'tala ausweichend.

"Weil Vran etwas vor mir verheimlicht hat. Ich habe deswegen mindestens zwei Wochen lang auf ihn eingeredet, und er erklärte mir immer wieder, ich sollte auf die heutige Senatsversammlung warten." Sie sah beide abwechselnd an. "Ich vermute stark, dass es etwas mit einer von euch beiden zu tun haben muss, da die Senatsversammlung so kurz nach eurer Ankunft hier anberaumt wurde. Kommt schon, meine Damen, heraus damit!"

Eryn sah sie verdrossen an. "Ich hatte eigentlich gehofft, diese Geschichte ein paar Stunden lang hinter mir lassen zu können."

Intrea warf ihr einen erbarmungswürdigen Blick zu. "Oh, bitte - komm schon! Alle Senatoren und wer auch immer sonst noch bei der Versammlung war, wissen es - nur ich nicht! Ich habe jetzt schon so lange darauf gewartet!"

"Sag es ihr", seufzte Pe'tala. "Andernfalls wird sie keine Ruhe geben. Glaube mir, sie wird einfach weiter betteln und jeden Anstand über Bord werfen."

"Sag du es ihr doch. Ich will nicht."

"Also gut", seufzte die jüngere Frau. "Dann setzen wir uns hin und trinken erst einmal etwas. Intrea, du vernachlässigst deine Pflichten als Gastgeberin. Solange mein Hals trocken ist, kann ich nicht über die Neuigkeiten sprechen."

Intrea stürzte davon, sehr wahrscheinlich in Richtung Küche, und kehrte nur wenig später mit zwei Karaffen, einer mit Wasser und einer weiteren mit dunkelgelbem Saft, zurück.

"Tala, du weißt, wo die Gläser sind", instruierte sie und stellte ihre Ladung auf dem niedrigen Tisch inmitten der Kissen ab.

Pe'tala gesellte sich kurz darauf zu ihnen, stellte drei Gläser auf den Tisch vor ihnen ab und ließ sich Zeit, während sie allen etwas einschenkte.

"Das machst du absichtlich", beschuldigte Intrea sie. "Mach schon, Obal könnte jeden Moment hereinkommen."

"Eryn ist die Tochter meines Vaters", sagte Pe'tala schlicht und einfach.

"Was meinst du damit, seine Tochter? Natürlich ist sie das, er hat sie adoptiert. Wir reden doch nicht etwa davon, dass...?"

"Sie das Kind seiner Liebe ist, einer sündigen Nacht zwischen ihm und Malriel entsprungen? Genau das."

"Musstest du das so formulieren?", seufzte Eryn.

Ihre Schwester zuckte mit den Schultern. "Wenn dir nicht passt, wie ich es ausdrücke, hättest du es wohl besser selbst tun sollen." Sie wandte sich wieder an Intrea. "Vater hat es heute im Senat verkündet und seine illegitime Tochter anerkannt."

"Typisch Vel'kim", nickte Intrea und sah dann Eryn an. "Du scheinst darüber überhaupt nicht glücklich zu sein."

"Das bin ich auch nicht."

"Das ist sie nicht", bestätigte Pe'tala. "Zuerst hat sie versucht, die Beweislage in Zweifel zu ziehen, woraufhin ich mich bereiterklären musste, meine medizinischen Erkenntnisse unter dem Einfluss eines Lügenfilters zu wiederholen", erklärte sie mit einem vernichtenden Blick zu Eryn. "Dann hat sie versucht, ihre eigenen Eltern dafür verurteilen zu lassen, dass sie das Band dritten Grades verletzt haben. Ihre erste Wahl bezüglich Bestrafung war die *Todesstrafe*."

Intrea starrte sie an. "Das kommt mir etwas harsch vor", sagte sie langsam.

"Ich wusste nicht, dass es dabei um die Todesstrafe ging", seufzte Eryn. "Golir sagte bloß etwas über eine schwere Strafe für Hochverrat, und das klang gut für mich."

"Du hast eingelenkt, indem du gesagt hast, du wolltest sie nur für Malriel", betonte Pe'tala. "Da wusstest du bereits ganz genau, worum es ging."

"Das habe ich nie gesagt", wehrte sich Eryn. "Ich sagte nur, ich würde sie nur einmal anstatt zweimal nehmen, und Malriel ging einfach davon aus, dass sie damit gemeint war."

"Das hast du auch. Du hast sie dabei angesehen."

"Na und? Immerhin habe ich das dann noch abgeschwächt, oder?"

"Ja, zu lebenslanger Inhaftierung", schnaubte Pe'tala.

"Was sie ebenfalls nicht bewilligt haben. Worüber genau beschwerst du dich also?"

"Über deine ungesunde Haltung gegenüber deinen Eltern im Speziellen und deiner Familie im Allgemeinen. Du hast nicht nur Malriel und Vater öffentlich zurückgewiesen, sondern indirekt auch mich, indem du mich mit deiner Anzweifelung meiner Aussage als unzuverlässig hingestellt hast."

Eryn stöhnte. "Du hast diesen Versuch im Keim erstickt, also beruhige dich wieder!"

"Kinder, haltet die Klappe! Beide", meldete sich Intrea zu Wort. "Von eurem Gezanke bekomme ich Kopfschmerzen."

"Du wolltest es so", meinte Pe'tala und zuckte mit den Schultern.

"Ja, das stimmt. Und nun will ich, dass ihr die Klappe haltet und mir ein wenig Zeit gebt, diese Neuigkeiten zu verarbeiten." Sie schüttelte den Kopf. "Malriel und Valrad. Wer hätte das gedacht?" Sie sah Eryn an. "Wann hast du davon erfahren? Du wirkst noch immer erschüttert. Doch wohl nicht heute während der Versammlung?"

"Nein, sie sagten es mir vor zwei Tagen direkt nach unserer Ankunft hier. Als ich das letzte Mal herkam, erfuhr ich von Malriel, und dieses Mal habe ich noch einen Vater dazubekommen, um das Set zu vervollständigen. Wie erfreulich", spottete sie.

"Ich verstehe, dass das nicht leicht für dich ist", meinte Intrea mitfühlend. "Soweit es allerdings Väter betrifft, ist Valrad sicher nicht das Schlimmste, was dir passieren hätte können. Vel'kim Männer sind dafür bekannt, sehr hingebungsvolle Väter zu sein - glaube mir, ich weiß, wovon ich spreche."

"Eryn lässt ihn nicht an sich heran."

Intrea zog eine Grimasse. "Das wird nicht einfach werden. Besonders nicht, da du sein Enkelkind erwartest."

Eryn schluckte die Bemerkung hinunter, dass ihre Schwangerschaft hier offensichtlich bereits allgemein bekannt war. Sie hatte immerhin die Gefährtin ihres Bruders vor sich. Natürlich wusste sie darüber Bescheid.

"Hast du dir bereits einen Namen überlegt?"

Sie schüttelte den Kopf, um anzuzeigen, dass das nicht der Fall war, dankbar, dass sie das Thema gewechselt hatten. "Es sieht so aus, als wäre dafür einiges zu berücksichtigen."

Pe'tala nickte. "Der erste Buchstabe muss ein V sein. Sehr wichtige Vel'kim Regel für Männer. Zum Glück sind wir für Mädchen davon abgewichen."

"Es ist nicht ganz so einfach. Enric besteht darauf, dass wir auch die Aren Regeln befolgen. Für Jungs bedeutet das, dass der Name eine Silbe vom Namen des Vaters enthalten muss."

Ein langsames Lächeln breitete sich auf Pe'talas Gesicht aus. "Meine Güte, und da fällt dir kein einziger möglicher Name ein, Schwester?"

Eryn warf ihr einen warnenden Blick zu. "Kannst du damit aufhören, mich so zu nennen? Das ist derzeit noch ein recht empfindliches Thema für mich, wie dir vielleicht klar ist."

"Nein", sagte die Jüngere schlicht. "Willst du nun von meiner Offenbarung hören oder nicht?"

"Warum nicht? Bedenke aber, dass es auch noch halbwegs annehmbar klingen muss. Die Bedingung stammt von Enric."

"Kein Problem. Was bekomme ich, wenn ich dir eine Idee liefere, die nicht nur alle Anforderungen berücksichtigt, die du erwähnt hast, sondern dich auch noch in die Lage versetzt, ein wenig Rache zu üben und gleichzeitig öffentlich deine Haltung zu bekräftigen?", lächelte Pe'tala.

"Dann werde ich von nun an davon Abstand nehmen, dich öffentlich des Lügens zu bezichtigen."

"Nein. Mach das noch einmal, und ich werde dir eine verpassen. Ich würde es jetzt gleich tun, aber schwangere Frauen haben hier einen gewissen Stellenwert. Außerdem bin ich eine Heilerin, die es besser wissen sollte, darum würde man mich besonders hart bestrafen. Nein. Mach mir ein anderes Angebot. Ein gutes zur Abwechslung."

"Weißt du was? Ich habe meine Meinung geändert. Dieses Kind wird ein Mädchen. Ihr Name wird Maltala sein, eine nette Kombination aus ihrer bösartigen Großmutter und ihrer nervenden Tante", schnappte Eryn.

"Na schön", meinte Pe'tala und verdrehte die Augen. "Sagen wir einfach, dass du mir einen Gefallen schuldest, falls du ihn verwendest. Bist du bereit?"

"So bereit ich jemals sein werde", erwiderte sie mit einem ungeduldigen Seufzer.

"Ich bin recht stolz darauf, musst du wissen. Sieh also zu, dass du mich angemessen lobst. Mein Vorschlag für den Namen deines Sohnes ist *Vedric*."

Eryn war darauf vorbereitet, eine ätzende Bemerkung von sich zu geben, doch stattdessen starrte sie Pe'tala mit offenem Mund an.

"Ich wusste, du würdest ihn mögen!", rief Pe'tala triumphierend aus.

"Das ist brillant", flüsterte Eryn. "Er hat einfach alles!"

"Das ist ein klein wenig gemein", kommentierte Intrea mit einem Stirnrunzeln. "Du würdest den Leuten damit mitteilen, dass du Ved'al immer noch für deinen wahren Vater hältst."

"Darum gefällt er ihr auch so gut", nickte Pe'tala.

"Du könntest stattdessen *Valric* nehmen", schlug Vran'els Gefährtin vor. "Das wäre weniger kontrovers."

Eryn schnaubte. "Nein. Ich liebe ihn. Das ist er. Das wird sein Name sein!"

"Denkst du, dein Gefährte wird zustimmen? Er findet ihn womöglich ein wenig... undiplomatisch", wagte sich Intrea vor. "Immerhin wirst du damit deine Eltern vor den Kopf stoßen. Die zufällig beide Oberhäupter eines Hauses sind."

Sie lächelte. "Dann habe ich ja Glück, dass die Mutter diejenige ist, die den Namen aussucht."

"Auch dort, wo du herkommst?", erkundigte sich Intrea.

"Nein", grinste Pe'tala. "Aber im Moment ist er so besorgt um sie, dass er nachgeben wird. Da bin ich zuversichtlich."

"Tala!" Ein dunkelhaariger Blitz schoss von der Terrassentür zu den Sitzkissen und sprang ihrer Tante geradewegs in die Arme.

"Ich grüße dich, Obal! Wie ich sehe, bist du noch immer so zügellos und unbändig wie damals, als ich fortging. Das befürworte ich. Bleib genauso, wie du bist, hörst du mich?"

Obal kicherte und schnappte sich irgendein Glas vom Tisch, hielt es in beiden Händen, während sie es mit gierigen Schlucken leerte. Dann bemerkte sie Eryn. Sie zog die Augenbrauen zusammen und sah sich im Zimmer um, bevor sie verwirrt fragte: "Wo ist Enric? Und Urban?"

"Enric trifft heute ein paar sehr wichtige Leute in einem großen Haus in der Stadt", erklärte sie und bemühte sich, von dieser Zurschaustellung von Gleichgültigkeit nicht verletzt zu sein.

"Der Senat", nickte das Mädchen weise.

Eryn blinzelte und drehte sich zu Intrea. "Weißt du, immer wenn ich versuche, meine Sprache soweit zu vereinfachen, wie ich es für ein Mädchen ihres Alters als angemessen erachten würde, endet es damit, dass ich ungebildet erscheine."

Intrea lächelte. "Sowohl ihr Vater als auch ihr Großvater sind beide Senatoren, Eryn. Natürlich ist sie mit diesem speziellen Wort vertraut. Versuche ihr zu erklären, weshalb es eine fabelhafte Idee wäre, ihre Sachen aufzuräumen, und sie wird dir vollkommene Verwirrung vorspielen, die darauf schließen lässt, dass sie nicht einmal unserer Sprache mächtig ist", fügte sie trocken hinzu.

Obals Augen wanderten zu Eryns Unterleib. "Du hast ein Baby da drin", erklärte sie nüchtern.

"Ja, das stimmt."

"Warum?"

Eryn warf Intrea einen eindringlichen Blick zu. "Soll ich darauf ausführlicher eingehen und sehen, wie fortgeschritten sie tatsächlich ist für ihr Alter? Ich verspreche, dass sie diese Information früher oder später nützlich finden wird."

"Ich denke, du missverstehst ihre Frage, Schwester. Obal weiß sehr genau, wie es dort hineingekommen ist. Was sie wissen möchte, ist, weshalb du ein Kind haben willst", grinste Pe'tala.

"Das weiß sie?" Eryn starrte beide Frauen an.

"Unterentwickelte Barbaren", seufzte die Heilerin und rollte mit den Augen. "Ja, sie weiß das. Ich habe die Geschichten gehört, die ihr euren Kindern erzählt, wenn sie fragen, woher Babies kommen. Ich war entsetzt."

Intrea lehnte sich eifrig vor. "Erzähl!"

"Eine Geschichte besagte, dass du zu einem Magier gehst, und er beschwört es mehr oder weniger in den Bauch der Frau hinein. Laut einer anderen, die ich hörte, ist der König dafür zuständig, sie als Gefälligkeiten zu gewähren", lachte Pe'tala.

"Vielbeschäftigter Mann, euer König", johlte Intrea und wischte sich eine Träne aus dem Augenwinkel. "Gut, dass er noch immer jung genug ist, um genügend Ausdauer dafür zu haben, dass er ein ganzes Land mit Kindern versorgen kann!"

Eryn schüttelte den Kopf. "Seid ihr fertig damit, mein Land lächerlich zu machen?"

"Nein, eine habe ich noch", meinte Pe'tala mit einem Kopfschütteln. "Ein Kind erklärte mir, sie hätten ihren kleinen Bruder bei der Bäckerei gekauft."

"Köstlich!", kicherte Intrea. "Ich frage mich, was dieser Bäcker sonst noch so verkauft hat. Sein Lagerraum muss ja eine Offenbarung sein!"

"Ich weiß, wie es geht", erklärte Obal. "Ein Mann tut es dort hinein, wenn ihn der Drang überkommt."

"Der Drang?", fragte Eryn schwächlich.

"Der Drang zur Fortpflanzung", nickte das Mädchen ernsthaft.

"Ach du liebe Güte."

"Sieh sie dir nur an", kicherte Pe'tala spöttisch, "ihre Ohren sind ganz rot! Es ist ihr peinlich, darüber mit einem fünfjährigen Mädchen zu sprechen. Du bist mir vielleicht eine Heilerin!"

Sie hielten inne, als sie hörten, wie die Eingangstür geöffnet und wieder geschlossen wurde.

"Großvater!", krähte Obal und hüpfte auf und ab. Und tatsächlich kam kurz darauf Enkil, das Oberhaupt von Haus Feral, herein und hob seine Brauen ob des unerwarteten Besuchs.

"Meine Damen", nickte er und küsste seine Enkelin, seine Tochter und Pe'tala auf die Stirn. Dann küsste er Eryns Hand.

"Wie geht es dir, Malth… Eryn?" fragte er vorsichtig. "Ich hatte den Eindruck, dass du bei deinem Aufbruch recht aufgebracht warst. Ich bin erfreut zu sehen, dass du mein Heim als einen Ort erachtest, an dem du dich erholen kannst", lächelte er. "Besonders, da du mit deiner Schwester gekommen bist. Es scheint, als hättet ihr einander schätzen gelernt in Anyueel."

"Ich hatte Mitleid mit ihr", meinte Pe'tala mit einem Schulterzucken. "Ich war immerhin die einzig zivilisierte Person dort in diesem rückständigen Land."

Eryn schnaubte. "Kaum. Immerhin ist Erbál ebenfalls dort."

Das entlockte sowohl Intrea als auch Enkil ein Lächeln. "Wie ergeht es meinem Sohn? Er schrieb, dass er die Umstellung auf eure Gebräuche als recht mühelos erlebt, wenngleich er sehr sorgsam mit dem sein muss, was er von sich gibt. Es scheint, dass es einige Einschränkungen in Bezug auf Gesprächsthemen gibt."

Sie nickte. "Ja, verglichen mit eurem Land stimmt das auf jeden Fall. Obwohl er das auf bewundernswerte Weise meistert."

"Wie ich höre, zeigte sich Sanaf als weniger… adaptionsfähig?", fragte Enkil, während die Andeutung eines Lächelns seine Lippen umspielte.

"Ja, so könnte man das wohl ausdrücken", gab Eryn zu.

"Was auch der Grund ist, weshalb du stattdessen Erbál für diese Position empfohlen hast, nehme ich an", meinte Intrea mit einem Augenzwinkern. "Das ist ein beachtlicher Gefallen, den du ihm und Haus Feral damit getan hast."

Eryn lächelte. "Ja, das sagte er mir. Es scheint, als hättet ihr bei der Verhandlung *versehentlich* für die falsche Seite gestimmt."

Dies schien Enkil leichtes Unbehagen zu bereiten, und er räusperte sich, dankbar für die Ablenkung, als Obal seine Aufmerksamkeit für sich beanspruchte.

"Sehr diplomatisch", murmelte Pe'tala neben ihr. "Gut, dass sie in deiner Schuld stehen und damit mehr oder weniger verpflichtet sind, dich zu mögen."

"Ich mochte sie bereits davor", meinte Intrea achselzuckend und erhob sich sodann, um ihren Vater zu fragen: "Ich werde dir die Wahl lassen, ob du lieber unsere Gäste unterhalten oder das Mittagessen zubereiten möchtest. Was auch immer du vorziehst."

Enkil vermied es recht offensichtlich, Eryn anzusehen, als er sagte: "Ich werde kochen."

"Gut", grinste seine Tochter, als sie ihn durchschaute. "Bereite genug für uns alle zu."

"Selbstverständlich", seufzte er und ging in Richtung Küche, während seine Enkelin an seinem Bein hing und immenses Vergnügen dabei empfand, mitgeschleppt zu werden.

"Ich habe ihn in Verlegenheit gebracht", meinte Eryn und verzog das Gesicht.

"Das geht schon in Ordnung", grinste Intrea. "Das wird ihm beim nächsten Mal helfen, sich daran zu erinnern, auf wessen Seite er steht."

"Ich habe nicht die Absicht, diese Erfahrung zu wiederholen, also wird es aus meiner Sicht kein nächstes Mal geben", erwiderte sie.

Pe'tala schnaubte. "Wenn man deine Tendenz, dich in Schwierigkeiten zu bringen, bedenkt, dann ist das eine recht kühne Behauptung."

"Für wann genau ist deine Abreise nochmal geplant?", knurrte Eryn.

"In fünf Tagen, Schwester. Noch fünf Tage voller Spaß und Intimität", neckte Pe'tala. "Ist das nicht großartig?"

"Ja", seufzte sie ohne großen Enthusiasmus. "Einfach großartig."

KAPITEL 5

Das Willkommensbankett

Eryn schlüpfte rasch in das Kleid, das Enric für sie auf dem Bett bereitgelegt hatte. Sie musste sich beeilen - die Gäste würden in weniger als einer halben Stunde eintreffen. Hierbei handelte es sich um eine Kultur, die zu frühes Eintreffen als Tugend erachtete, während sich vornehm zu verspäten unverzeihlich war. Das bedeutete, ein paar Leute würden irritierend überpünktlich auftauchen. Somit blieben ihr wahrscheinlich kaum noch mehr als zehn oder fünfzehn Minuten übrig, um sich hübschzumachen.

Sie hatte den Nachmittag mit Pe'tala bei Haus Feral verbracht, und da er überraschend angenehm verlaufen war, wenn man Enkils anfängliches Unbehagen in Betracht zog, war sie wesentlich später als geplant zurückgekehrt und musste sich nun beeilen.

"Das sieht nach einer Schlacht aus, und zwar nach einer, die du im Begriff bist zu verlieren", kam eine männliche Stimme vom Türrahmen. Vran'el.

Ohne sich umzudrehen rollte Eryn mit den Augen und fluchte, als sich zwei der Schulterträger wieder und wieder verhedderten und sich nicht dorthin schieben ließen, wo sie hingehörten. "Steh nicht einfach nur da und sieh zu, wie ich mich plage - hilf mir!" Sie verzog das Gesicht, als sie ihr Spiegelbild ansah. "Ich sehe aus wie das Opfer eines Raubüberfalls, ganz zerzaust und verknittert."

"Eher so, als hättest du gerade ein wenig Spaß zwischen den Laken hinter dir", hänselte er sie und trat näher. "Lass mich dir helfen."

Sie spürte seine warmen Hände auf ihrer Schulter, als er sie zu sich umdrehte. Wie immer sah er makellos zurechtgemacht aus. Sie ließ ihre Arme sinken und bemerkte, wie der Stoff um ihren Körper an seinen Platz rutschte, nachdem er hier und dort zupfte und ihn so anliegen ließ, wie die Schneiderin - in diesem Fall Junar - es angedacht hatte.

"So sieht es schon viel besser aus", lachte Vran'el leise. "Und nun setz dich. Es bleibt uns nicht mehr viel Zeit für deine Haare und dein Gesicht."

"Vergiss das Gesicht", instruierte sie ihn. "Arrangier einfach die Haare auf eine Weise, damit sie den Großteil des Gesichts verdecken. Auf diese Weise ist beides erledigt."

"Wirklich", seufzte er entkräftet. "Du bist vielleicht eine Nummer. Hör auf herumzuzappeln. Ich habe ein paar von Intreas Haarsachen mitgebracht, damit ich mich dieses Mal nicht mit Küchenzubehör zufriedengeben muss."

"Eryn, was genau soll ich mit diesem..." Verns Stimme verklang, als er in ihr Schlafzimmer kam und hinter ihr Vran'el stehen sah, wie er ihr Haar bürstete. "Oh. Verzeihung", sagte er steif. "Ich wusste nicht, dass du Besuch hast."

"Das hat sie nicht", erwiderte Vran'el schlicht. "Ich bin kein Besucher, sondern ihr Bruder."

Sie sah, wie sich der Kiefer des Jungen anspannte. Aus irgendeinem Grund schien er Vran'el nicht zu mögen, und sie fragte sich, ob es an dessen Vorliebe für Männer lag. Er hatte beim ersten Mal nicht besonders wohlwollend auf diese Neuigkeit reagiert.

Als sie das letzte Mal hier gewesen war, hatte sie einige Männer getroffen, die sich in der Nähe eines Mannes mit Vran'els Neigungen nicht besonders wohl fühlten. Oftmals verwechselten sie seine Freundlichkeit mit sexueller Anziehung, waren davon erschüttert und fragten sich, was an ihnen unmännlich genug erschien, dass sie wirkten, als wären sie für diese Art der Aufmerksamkeit empfänglich. Vran'el war sich dessen mehr als bewusst und spielte damit, um sich auf Kosten anderer seinen Spaß zu gönnen. Er hatte es bei Enric versucht, hatte mit ihm geflirtet, doch bald erkannt, dass der barbarische Fremdling selbstbewusst genug war, um sich daran nicht zu stören. Es war der Beginn einer Freundschaft gewesen.

"Ihr beide seid Männer, die das Schlafgemach einer Dame ohne Einladung betreten haben", seufzte sie. "Was brauchst du denn, Vern?"

"Es ist nichts, wirklich. Ich werde schon herausfinden..."

"Vern?", knurrte sie. "Heraus damit!"

Einen Moment lang sah er zu Vran'el hin, dann wandte er den Blick wieder ab, womöglich beschämt über das, was ihn hergeführt hatte. "Ich wollte nur fragen, ob du mir erklären kannst, wie man diesen seltsamen Gürtel hier bindet."

Vran'el gluckste. "Das ist kein Gürtel, mein Junge. Das ist eine Schärpe. Setz dich. Ich werde dir helfen, sobald ich mit Eryn fertig bin. Gib mir zehn Minuten."

Vern schüttelte rasch den Kopf. "Nein, das wird nicht nötig sein. Wirklich. Ich werde schon irgendwie damit fertig. Überhaupt kein Problem."

Beide sahen mit verwirrten Mienen zu, wie er sich hastig zurückzog und dann mehr oder weniger aus dem Schlafzimmer flüchtete.

"Weißt du", sagte Vran'el langsam, "das mag dir jetzt übermäßig sensibel vorkommen, aber ich habe das Gefühl, er mag mich nicht besonders."

Eryn teilte dieses Gefühl, wollte es aber nicht zugeben. "Er versucht einfach nur, sich an einen fremden Ort anzupassen. Das ist immerhin das erste Mal, dass er das Königreich verlassen hat."

"Was auch immer du sagst, Herzblatt", seufzte er, eindeutig nicht überzeugt. "Ich habe von Pe'tala erfahren, dass du den Nachmittag mit meiner Tochter verbracht hast."

"Ja. Ich glaube, wir sind dabei, Freunde zu werden. Ich habe heute eine Menge von ihr gelernt. Es gefällt ihr, mir Vorträge zu halten. Gelehrtenpotential, wie es im Buche steht."

"Ja, das ist mein Mädchen", lächelte er stolz. "Kürzlich hat sie ihre Faszination mit allem rund um Tiere entdeckt. Das wurde womöglich von eurer monströsen Katze inspiriert. Wo ist die Kreatur überhaupt? Ich gehe davon aus, dass ihr sie nicht hier bei den Gästen herumlaufen lassen werdet? Ein paar von ihnen könnten ein wenig nervös reagieren, wenn sie Platz nehmen und sich einem Raubtier gegenüberfinden. Auf Augenhöhe."

"Wie ungemein rücksichtsvoll von dir, dass dich das Unbehagen *anderer Leute* so beschäftigt", kicherte sie.

"Was soll ich sagen? Dass ich, anders als die meisten anderen in meiner Familie, kein Heiler bin, bedeutet nicht, dass mir meine Mitmenschen nicht am Herzen liegen. Jetzt schau nach unten. Weiter. Jetzt halte den Kopf genau so."

Enric lächelte, als er das Schlafzimmer betrat. Das Bild, das sich ihm präsentierte, war friedvoll und intim. Ihr älterer Bruder machte ihr die Haare mit fingerfertigen, erfahrenen Bewegungen zurecht, während Eryn so entspannt dasaß, wie es ihr in so einer Situation möglich war. Ein Teil ihres Gesprächs war an seine Ohren gedrungen, als er den Korridor entlang auf sie zugekommen war.

"Die monströse Katze wird heute Abend schlafen geschickt", erklärte er ihnen.

Vran'el schnalzte missbilligend mit der Zunge, als sie den Kopf hob, um ihren Gefährten anzulächeln.

"Ich sagte dir, du sollst den Kopf nach vorne neigen", schalt er sie.

Sie gehorchte und fragte: "Vern hatte Probleme mit seiner Schärpe. Hat er das irgendwie in den Griff bekommen?"

"Ja, ich habe ihm geholfen."

"Wie sieht es mit den anderen aus? Sind alle fertig und bereit, dass der Spaß beginnt?"

"Ja, das sind sie", bestätigte Enric. "Junar hat mich hergeschickt, damit ich nachsehe, ob du mit dem Kleid Hilfe benötigst, aber wie ich sehe, hast du die Träger allein in den Griff bekommen."

"Nicht ganz", meinte Vran'el darauf neckend, dann trat er vor sie hin, um seine Arbeit zu betrachten. "So können wir das lassen. Jetzt zum Gesicht. Wir werden nur ganz wenig mit den Augen machen, für den Rest bleibt keine Zeit." Er setzte sich auf das Bett und zog sie mit dem Stuhl zu sich. "Jetzt schließ die Augen und behalt sie geschlossen. Wenn du sie öffnest, während ich an dir arbeite, wirst du entweder meine Bemühungen zunichtemachen, oder es werden Sachen in deinen Augen landen, die dort nicht hingehören."

"Weißt du", sagte sie und behielt ihre Augen gehorsam geschlossen, "es gibt da eine Redewendung, dass Schönheit ihren Preis hätte."

"Was ist damit?"

"Ich habe mich entschieden, dass ich nicht wirklich willens bin, ihn zu bezahlen. Von nun an werde ich in all meiner Hässlichkeit bei diesen Anlässen auftauchen."

"Du wärst nicht hässlich, Herzblatt, sondern würdest bloß schlampig wirken. Hässlichkeit ist schwer zu verändern, sofern man nicht bereit ist, die horrenden Summen der kosmetischen Heiler zu bezahlen, aber Schlampigkeit ist nichts anderes als ein Mangel an Anstrengung. Das würde ein schlechtes Licht auf unser Haus werfen. Du magst im Moment nicht eben darauf bedacht sein, Vater eine Freude zu bereiten, aber da gibt es auch noch andere. Haus Vel'kim hat derzeit immerhin sechsundachtzig Mitglieder. Siebenundachtzig nach der Geburt deines Sohnes."

Erstaunt riss sie die Augen auf und brachte ihn damit zum Fluchen.

"Eryn! Deine Aufmerksamkeitsspanne ist wahrlich verstörend, es ist kaum mehr als Obal hinbekommt! Wie schaffst du es bloß, Menschen zu heilen? Schließ die Augen und behalt sie zu! Jetzt muss ich kleinere korrektive Maßnahmen setzen dank deiner Unfähigkeit, eine einfache Anweisung wie das Geschlossenhalten deiner Augen zu befolgen." Er seufzte. "Nicht, dass wir unter Zeitdruck stünden..."

"Sechsundachtzig Mitglieder?", wiederholte sie seine Worte. "Warum bin ich von denen niemals jemandem begegnet? Sind das etwa alles Cousins?"

"Die meisten von ihnen leben auf den Gutshöfen, die wir besitzen und stellen sicher, dass alles so läuft, wie es soll. Andere haben normale Berufe. Einige von ihnen sind natürlich Heiler. Ich bin sicher, dass du ein paar davon bereits in der Klinik getroffen hast, ohne dass dir klar war, dass sie zu unserem Haus gehören. Die Mitgliederzahl bleibt weitgehend stabil, da die Nachkommen der Männer normalerweise zu anderen Häusern gehören."

"Das ist eine durchschnittliche Größe für ein Haus hier", erklärte ihr Enric. Anhand der Richtung, aus der seine Stimme erklang, konnte sie erkennen, dass er noch immer irgendwo in der Nähe der Tür stehen musste. "Aren ist ein wenig größer, sie haben derzeit mehr als einhundert Mitglieder."

"Noch immer sammelst du alles an Informationen, das du finden kannst", lächelte Vran'el. "Ich wette, es ist absolut unmöglich, dass einem mit dir die Gesprächsthemen ausgehen. Eryn, du kannst deine Augen nun öffnen. Wir sind fertig."

Sie hörten Stimmen aus dem Hauptraum.

"Gerade rechtzeitig", nickte Enric und ergriff ihre Hand, um sie von ihrem Stuhl hochzuziehen. "Komm. Zeit, sich gesellig zu zeigen."

Das Lächeln, dass sie auf ihr Gesicht pflasterte, reichte nicht bis zu ihren Augen. Ein ganzer Abend mit Malriel, Valrad und Ram'an um sie herum. Das würde sehr wahrscheinlich zu mehr als einer Versuchung führen, sich *un*gesellig zu zeigen.

Nein, ermahnte sie sich. Zurückhaltung, Kontrolle und gelassene Höflichkeit. Das waren die Waffen ihrer Wahl.

*   *   *

Enric stellte seine leere Schüssel vor sich auf dem Tisch ab und lehnte sich zurück. Eryn saß ihm unmittelbar gegenüber. Sie hatte Vran'el und Junar gebeten, sich zu ihren beiden Seiten niederzulassen, um zu verhindern, dass ihr die drei ungewollten Gäste zu nahe kamen. Soweit hatte das ganz gut funktioniert. Wo auch immer Junar war, war Orrin nicht weit, auch wenn sich Valrad direkt neben seinen Sohn auf ihre andere Seite gesetzt hatte. Das hatte den Vorteil, dass sie ihrem Vater zwar näher war, als sie es vorgezogen hätte, er aber nicht in ihrem Gesichtsfeld war. Das erschwerte seine Versuche, mit ihr ins Gespräch zu kommen. Malriel saß näher bei Enric, und Ram'an hatte sich strategisch geschickt platziert - nahe genug, um sich mit ihr unterhalten zu können, jedoch weit genug entfernt, um sie in seinem Blickfeld zu haben. In einem Kreis, der aus etwa vierzig Leuten bestand und in Anbetracht dessen, dass Eryn ihm aus dem Weg zu gehen versuchte, war das eine beachtliche Leistung.

Die Getränke vor dem Abendessen hatten sie im Stehen zu sich genommen, so wie es in beiden Ländern Brauch war. Das erlaubte es den Leuten, umherzugehen und sich zu unterhalten, wie es ihnen beliebte. Eryn war ständig auf dem Weg von einer Gruppe zur nächsten gewesen, stets mit dem Blick auf die drei. Wenn einer von ihnen für ihren Geschmack zu nahe kam, entschuldigte sie sich und eilte zu jemand anderem hin. Zuweilen hatte es schon wie eine Art kurioser Tanz angemutet.

Kilan behielt den Essensfortschritt seiner Gäste im Auge, füllte Schüsseln nach und kam seinen Gastgeberpflichten überraschend poliert und methodisch nach. Es schien, als hätte er in den paar Monaten seit seiner Bestellung zum Botschafter darin ausreichend Anlass zum Sammeln praktischer Erfahrung gehabt.

Vern, der zwischen Valrad und Ram'an saß, hatte gerade seine dritte Portion verputzt und lehnte sich zufrieden zurück.

Als alle Gäste fertg waren, stand Enric gemeinsam mit Kilan auf, um sich um das benutzte Geschirr zu kümmern. Nun kam der schwierige Teil. Anders als während des Mahls bestand nun keinerlei Verpflichtung mehr, potentiell heikle Gesprächsthemen zu vermeiden.

Eryn erkannte dies ebenfalls und stand rasch auf, um den beiden Männern mit dem Tafelgeschirr zur Hand zu gehen, doch Vran'el fasste flink nach ihrem Arm und zog sie wieder zurück auf ihr Kissen.

"Nein, Herzblatt", meinte er kopfschüttelnd. "Eine schwangere Frau braucht nicht wegen des Geschirrs aufzustehen, wenn es nicht erforderlich ist. Es würde nicht nur ein schlechtes Licht auf Kilan und Enric werfen, sondern auch auf all die anderen Gäste, die über deine Schwangerschaft Bescheid wissen und dir zusehen anstatt dir das abzunehmen."

Widerwillig nickte sie und sank wieder zurück. Schade. Das wäre eine willkommene Gelegenheit gewesen, um für eine Minute oder zwei aus diesem Raum zu entkommen. Oder Gründe zu finden, noch ein wenig länger in der Küche herumzulungern. Wie ein Glas Saft, das versehentlich mit Absicht verschüttet worden wäre und aufgewischt werden musste. Besonders sorgsam selbstverständlich. Und Sorgsamkeit erforderte Zeit. Je sorgsamer man sich der Aufgabe widmete, umso mehr Zeit war dafür erforderlich. Und von schwangeren Frauen wurde in diesem Land erwartet, dass sie *sehr* sorgsam waren...

Sie wandte sich an Junar. "Wie war euer gestriger Ausflug zum Schneider? Ich habe vergessen nachzufragen."

Orrin neben ihr seufzte ausgiebig. "Ich wusste nicht, dass ein Gespräch mit einer anderen Person, die theoretisch die gleiche Sprache spricht, dermaßen viel Zeit in Anspruch nehmen, zu so vielen Missverständnissen führen und so viel Geduld erfordern kann."

"Wer von ihnen war schwierig? Euer Schneider oder Junar hier?", grinste sie.

"Beide in Kombination miteinander, würde ich sagen. Junar wollte Zeit sparen und schrieb meine Maße auf, damit sie damit arbeiten konnten. Es stellte sich heraus, dass unsere Einheiten zuhause nicht mit den hiesigen konformgehen. Zuerst rechneten sie also herum, um den Umrechnungsfaktor herauszubekommen, gaben dann aber bald auf und nahmen meine Maße noch einmal. Somit hat Junar jetzt also meine Maße in beiden Systemen. Dann wollte sie Anweisungen geben, wie meine Tuniken geschnitten werden sollten und schaffte es irgendwie, sie zu beleidigen, indem sie vorschlug, den Stoff näher an der Kante zu schneiden als hier aus irgendeinem Grund als ehrenhaft erachtet wird." Er hob seine Augen zur Decke und nahm einen Schluck von seinem Wasserglas. "Schlussendlich sind wir dann übereingekommen, meine Tuniken in dem gleichen Stil wie die von Enric schneidern zu lassen, nur eben in meiner Größe. Ich wusste, dass es Sinn macht, den gleichen Schneider zu benutzen. Das hat uns wahrscheinlich eine weitere Stunde des Erklärens, Gestikulierens, Deutens und Diskutierens erspart."

Junar zwischen ihnen hatte die Arme verschränkt und wirkte missmutig. "Das war so frustrierend! Sie haben hier für alles andere Namen! Ich komme mir vor, als müsste ich meinen Beruf hier noch einmal von vorne erlernen, bevor ich auch nur einen einzigen Stich setzen kann! Ich kann nicht einmal losziehen und mir Zubehör kaufen, weil ich nicht einmal weiß, wonach ich suchen soll!"

"Du könntest ebenso gut die Zeit bis zur Geburt damit verbringen, die Worte zu erlernen, die du brauchst", schlug Eryn vor. "Das wird dich beschäftigen, ohne dass du allzu viel herumlaufen müsstest. Ich kann versuchen, dir Bücher über das Schneiderhandwerk zu besorgen, wenn du willst. Oder einen Schneider dazu bringen, dass er ein paar Tage mit dir verbringt und dich einweiht. Bei der Menge an Geld, die wir für neue Kleider dort lassen, wage ich zu behaupten, dass das kein allzu großes Problem sein sollte."

Orrin warf ihr einen dankbaren Blick zu, als Junar langsam nickte. "Ich schätze, das könnten wir tun."

Als Enric und Kilan zurückkehrten, brachte jeder von ihnen mehrere Flaschen des dunklen, schweren Weins mit, der sich hier in Takhan derzeit so gut verkaufte.

Eryn beäugte die Flaschen und seufzte.

"Bist du irritiert, weil du keinen Wein trinken kannst, Herzblatt?", erkundigte sich Vran'el mitfühlend.

"Den mag ich am liebsten", nickte sie. "Ich vermisse ihn wirklich. Und zuzusehen, wie die anderen ihn trinken, macht es nicht gerade einfacher."

"Ich erinnere mich an Intreas Ungeduld, als sie ihr Pferd nicht länger reiten durfte. Sie ist eine recht fähige Jägerin, wie du dich sicher erinnerst. Somit war sie ziemlich gereizt, als sie einige Zeit weder reiten noch jagen durfte, das kannst du mir glauben. Das Erste, was sie tat, als sie wieder in der Lage war, ohne Schmerzen aufrecht zu sitzen, war, mir Obal in die Arme zu drücken und sich auf das nächste Pferd zu schwingen."

"Das stimmt keineswegs!", kam Intreas entrüstete Stimme von irgendwo in Malriels Nähe. "Ich hatte sie kaum zur Welt gebracht, da hattest du sie schon weggeschnappt und nahmst sie überallhin mit, wo du unterwegs warst. Du hast das Mädchen an dich gerissen von dem Moment an, als man sie dir zeigte. Dass ich sie dir hingeschoben hätte, ist eine groteske Behauptung, mein Lieber. Ich musste darum kämpfen, sie hin und wieder auch einmal für mich zu haben. Zum Glück musstest du sie zurückgeben, sobald sie Hunger hatte."

"Vel'kim Väter", lächelte Uvel von Haus Tokmar und zwinkerte Vran'el zu. Dann sah er Eryn an. "Es wird interessant sein zu sehen, wie sich unsere neueste Vel'kim Mutter anstellt."

"Womöglich werden wir bereits vor der Geburt wieder abgereist sein", lächelte sie. Zumindest hoffte sie das.

"Das wäre eine große Schande", sagte Legara, Malriels Freundin. "Ich bin sicher, wir alle würden sehr gerne einen Blick auf Malriels erstes Enkelkind werfen."

"Das wäre nicht die einzige Gelegenheit für euch, um das zu tun", erwiderte Eryn milde. "Wir würden hin und wieder zu Besuch kommen. Unser Sohn hat hier immerhin Familie."

"Regelmäßige Besuche wären unerlässlich", stimmte ein weiteres Oberhaupt eines Hauses zu. "Er wird immerhin der nächste Erbe von Haus Vel'kim. Je besser er sein eigenes Haus kennenlernt, desto einfacher wird es eines Tages für ihn sein, die Verantwortung von seinem Onkel Vran'el zu übernehmen."

Vran'el lachte leise. "Du planst aber weit voraus, Anfer. Mein Neffe hat noch nicht einmal einen Namen."

Pe'talas amüsierte Stimme warf ein: "Du irrst dich, Bruder. Erst heute hat sie einen ausgewählt."

Enrics Brauen wanderten überrascht nach oben. Hatte sie das?

"Es scheint, als wären das auch Neuigkeiten für den Kindesvater", bemerkte Ram'an und löste damit ein paar gutmütige Lacher aus.

"Nun?", drängte Vran'el sie, "Was wird es denn nun werden?"

Eryn schluckte und warf Pe'tala einen unglücklichen Blick zu. "Das würde ich hier und jetzt lieber nicht sagen, Vran."

"Unsinn", schnaubte er. "Warum denn nicht?"

Sie sah Enric an, der sie anlächelte.

"Ich gebe zu, dass ich ebenfalls neugierig bin."

Dann gab es also keinen Ausweg. Vielleicht war es sogar besser, es jetzt hinter sich zu bringen.

Sie nahm einen tiefen Atemzug, hielt einen Moment lang die Luft an und verkündete dann: "Sein Name ist Vedric."

Enrics Augen weiteten sich nur ein winziges Stück vor Überraschung. Am Tisch war es ruhig geworden. Sie wagte es nicht, Malriel oder Valrad anzusehen.

"Vedric von Haus Vel'kim", sagte Ram'ans nachdenkliche Stimme nach einer Weile in die Stille hinein, als wollte er den Klang des Namens testen. "Ein Name, der nicht nur die Namensgebungstraditionen der Häuser beider Eltern berücksichtigt, sondern auch dem Mann Tribut zollt, der Eryn aufzog und sie das Heilen lehrte. Eine Geste des Respekts. Eine gute Wahl, Eryn. Ich befürworte sie."

Eryn spürte, wie die Anspannung um sie herum sich beinahe augenblicklich löste. Ram'an hatte den anderen Gästen gerade eine Alternative zu Schock und Ungewissheit darüber, wie man reagieren sollte, gegeben. Nun konnten sie den unkomplizierten Ausweg nehmen und ihm zustimmen. Und es linderte den Stich für Malriel und Valrad, da es nun ein mögliches anderes Motiv dahinter gab als dem offensichtlichen, das darin bestand, ihre Bindung zu dem Mann zu demonstrieren, dem die beiden solches Unrecht angetan hatten.

"In der Tat", nickte Intrea. "Und wenn man bedenkt, dass er auf der anderen Seite des Ozeans aufwachsen wird, können wir uns glücklich schätzen, dass sie einen Namen gewählt hat, den wir ohne Probleme aussprechen können." Diese Bemerkung zog erleichtertes Gelächter nach sich.

"Enric, was denkst du? Bist du ebenfalls einverstanden?", fragte Pe'tala. In ihren Augen glitzerte es boshaft.

Er nickte und sah Eryn an. "Ja, das bin ich. Vedric. Gefällt mir." Er lächelte. "Nicht, dass du mir hier viel Gelegenheiten zum Einspruch gegeben hättest, ohne mein Gesicht zu verlieren", fügte er mit einem schiefen Grinsen hinzu.

"Nun, falls du nicht zugestimmt hättest, hätte sie sich einfach weigern können, vor der Geburt des Kindes nach Anyueel zurückzukehren. Solange sie hier ist, liegt die Wahl für den Namen des Kindes immerhin bei der Mutter", betonte Legara mit einem Schulterzucken.

"Wir bevorzugen im Allgemeinen einen etwas... kooperativeren Ansatz", erwiderte Enric sanft.

Ach ja? Seit wann? Eryns hochgezogene Augenbrauen stellten diese Fragen nicht weniger klar als Worte es vermocht hätten.

"Das scheint nicht der Eindruck zu sein, den deine Gefährtin hat, Enric", lachte Uvel.

"Kooperation ist normalerweise nicht die Wesensart, für die jene vom Blut der Aren bekannt sind", lächelte Amgil von Haus Roal. Das war das Haus, zu dem Sarol gehörte, erinnerte sich Eryn; das, mit dem sowohl Vel'kim als auch Aren verfeindet waren. Solch eine Bemerkung von diesem speziellen Oberhaupt eines Hauses war ganz klar eine Provokation.

"Ich ziehe es vor, für Durchsetzungsfähigkeit bekannt zu sein anstatt für Betrug", antwortete Malriel kühl. Das brachte ihn zum Schweigen und veranlasste einige der Gäste, ihren Blick in eine andere Richtung zu lenken oder Servietten zu ergreifen, um ein Grinsen dahinter zu verbergen.

Pe'tala stand auf und schlug die Richtung des Sanitärraums ein.

"Vern", sagte ein Mann in seinen frühen Vierzigern, "ich bin Belkim, Oberhaupt von Haus Turbar. Mein Haus ist was viele als Autorität für die feinen Künste bezeichnen würden. Wir haben in der Vergangenheit einige beliebte Künstler hervorgebracht, doch ich muss gestehen, dass ich deinesgleichen noch nicht erlebt habe, wenn es um das Zeichnen geht. Ich frage mich, ob du Interesse daran hättest, einen Nachmittag in der Turbar Residenz zu verbringen? Es gibt einige in meiner Familie, die dich gerne kennenlernen würden."

Verns Miene wandelte sich langsam von erstaunt zu entzückt. "Es wäre mir eine Ehre!"

Valrad lächelte. "Es scheint also, als würden die Heiler nun mit den Künstlern um deine Aufmerksamkeit buhlen müssen, Vern. Du solltest darauf achten, beiden genug Zeit zu gewähren, oder wir werden früher oder später beginnen, uns um dich zu streiten."

"Dann sollte ich wohl besser eine Zeitnische für mich reservieren, solange dich noch keine Gruppe vollständig vereinnahmt hat", warf Ram'an ein. "Vern, ich wäre sehr interessiert daran, dich zu testen. Ich weiß nicht, ob du vertraut bist mit unserer Gepflogenheit, junge Menschen auf ihre Talente und Neigungen hin zu testen?"

"Ich weiß, dass ihr es mit Eryn getan habt, also ja", nickte der Junge.

"Ja, genau", lächelte er und sah sie einen Moment an, bevor seine Aufmerksamkeit zu seinem Gesprächspartner zurückkehrte. "Damals fragte sie mich auch, in welcher Kategorie ich dich sehen würde, und ich muss sagen, dass ich etwas ratlos war mit dem Wenigen, das ich über dich wusste. Das bin ich noch immer. Würdest du zustimmen? Es wird nur etwa zwei Stunden deiner Zeit in Anspruch nehmen, und wir könnten uns dann bei einem Glas Tee über deine Ergebnisse unterhalten, da die von Haus Arbil ausgewertet werden."

Er grinste. "Das wäre fabelhaft! Das würde ich liebend gerne versuchen!"

"Ausgezeichnet. Die Ergebnisse werden üblicherweise an das Oberhaupt des Hauses übermittelt, doch da du keines hast, werde ich sie dir persönlich übergeben."

Pe'tala kehrte zurück, ihr Blick unmutig. "Vor dem Sanitärraum befindet sich eine gelbe Pfütze recht eindeutiger Natur, fürchte ich."

Vern stöhnte und verdrehte die Augen. "Das war Ram'an. Ich werde das sofort aufwischen."

Sämtliche Gäste verstummten und starrten zuerst den Jungen an, bevor ihre Blicke zu einem nicht wenig schockierten Oberhaupt von Haus Arbil schwenkten.

"Verzeihung", bemerkte er mit kaum verhüllter Entrüstung, "doch ich muss darauf hinweisen, dass diese Unterstellung recht unerhört ist. Ich habe keinesfalls *irgendetwas* in dieser Richtung verschuldet."

Eryn verspürte den übermächtigen Drang, in Gekicher auszubrechen und schaffte es, ihn zu unterdrücken. Etwa drei Sekunden lang. Ihr Blick kreuzte Enrics, dessen Gesicht zu einem breiten Grinsen verzogen war, und es brach einfach aus ihr heraus. Junar neben ihr lächelte, verspürte aber eindeutig mehr Mitgefühl sowohl mit Ram'an als auch dem Jungen, der sich über Eryns offene Belustigung schockiert und ein wenig verlegen zeigte.

"Was?", rief Vern aus, sein Gesicht dunkelrot. "Nein! Das meinte ich nicht! Ich wollte sagen…" Seine Stimme schien ihm den Dienst zu versagen ob der Erkenntnis dessen, was er soeben von sich gegeben hatte.

Enric kam ihm zu Hilfe. "Er sprach über seinen Kater. Er hat sein Tier hierher mitgebracht, und es scheint, dass es nicht allzu glücklich darüber ist, hier zu sein. Es tendiert dazu, seinen Unwillen durch seine Körperfunktionen kundzutun. Eine recht effektive, jedoch kaum besonders angenehme Methode."

Ram'an blinzelte einmal, dann nickte er und sah Vern an. Er brachte sogar ein Lächeln zustande. "Ich verstehe. Du hast deinen Kater nach mir benannt? War das bevor oder nachdem dir seine Tendenz zum Urinieren in beliebigen Örtlichkeiten bekannt war?"

"Vorher", platzte der Junge heraus, noch immer entsetzt von dem gesellschaftlichen Fehltritt, der ihm soeben unterlaufen war. "Ich schwöre dir, das war als Kompliment gemeint!"

"Dann werde ich es als solches auffassen", erwiderte er feierlich und zwinkerte Eryn zu, die sich in der Zwischenzeit die Tränen der

Erheiterung aus den Augenwinkeln wischte. Sie wandte den Blick ab und nahm einen Schluck Wasser. Sein Versuch, freundlich zu ihr zu sein, jetzt, wo sie ihm ihre Meinung gesagt und das Armband zurückgeworfen hatte, verärgerte sie. Dafür war es nun ein wenig spät.

Vern stieß erleichtert den Atem aus, dann stand er auf, um sich um die Pfütze seiner Katze zu kümmern.

"Ihr habt also nun zwei Katzen bei euch?", fragte Uvel.

"Ja", erwiderte Enric, "obwohl Verns Katze wesentlich kleiner, wenngleich ungleich bösartiger ist. Wir sehen sie hier nicht oft. Entweder versteckt sie sich oder lauert Urban auf. Der Junge scheint die einzige Person zu sein, die sie mag."

"Ist es in eurem Königreich üblich, dass Tiere bei euch in den Wohnräumlichkeiten leben?", erkundigte sich Koral, Oberhaupt von Haus Partém.

"Nein, üblich nicht", antwortete Orrin. "Eryn brachte dieses Biest mit, damit Vern daran das Heilen üben konnte. Die Katze sah ganz anders aus, als sie sie mitbrachte - ein lebloses, kleines Bündel aus rotem Fell über ihrer Schulter, ein halbes Ohr fehlte, und verschiedene abstoßende Infektionen kämpften darin um die Vorherrschaft, soweit mein Sohn mir berichtete. Vern hätte es eigentlich wieder freilassen sollen, doch die Katze fand einen warmen Ort mit regelmäßigen Mahlzeiten ansprechender als auf der Straße um ein paar magere Krümel zu kämpfen."

"Verständlich", nickte Vran'el. "Auf diese Weise sind wir auch zu Pe'tala gekommen. Au!", rief er aus, als ihn ein kleines, aber schweres Zierkissen voll ins Gesicht traf.

"Gut gezielt, Tala", kicherte Intrea. "Vran, das war wohlverdient", wies sie ihren Gefährten zurecht.

"Sie wirken nie wirklich erwachsen, wenn sie zusammen sind, habe ich Recht?", lächelte Enkil, Intreas Vater.

"Ich muss meine Kampfeslust am Leben erhalten", meinte Vran'el achselzuckend. "Eine Gefährtin, eine Tochter und zwei Schwestern - wie soll ein Mann sich hier behaupten, frage ich euch?", fügte er in gespielter Verzweiflung hinzu.

Eryn nahm die Veränderung in der Atmosphäre beinahe körperlich wahr. Es war, als hätten die Anwesenden nur darauf gewartet, dass sich eine Einleitung zu diesem speziellen Thema ergab, auf einen Hinweis darauf, dass die Betroffenen es akzeptieren würden, darüber zu sprechen. Und die Erwähnung von *zwei* Schwestern war genau dieser Hinweis gewesen. Sie wappnete sich, gemahnte sich, ihren Ärger unter Kontrolle zu halten und vorzugeben, dass sie sich mit der neuen Situation abgefunden hatte. Frohsinn würde nicht besonders glaubwürdig erscheinen nach ihrem Versuch, die Anerkennung heute im Senat zu verhindern, also würden ihre Schauspielkünste nicht allzu ausgefeilt sein müssen. Das bekam sie hin.

"Das war eine beträchtliche Überraschung, die du uns heute bereitet hast, Valrad", bemerkte Tanif, das Oberhaupt von Haus

Landred. Abgesehen von Ram'an war er der Jüngste, der diese Position bekleidete. "Eine noble Geste."

"Nicht vollkommen selbstlos", lächelte Valrad. "Wer würde schon zögern, eine Tochter wie Eryn für sich zu beanspruchen?"

Eryn zwang sich, das Kompliment mit einem kurzen Lächeln zu quittieren und wünschte, sie könnte es ihm zurück in seinen Mund stopfen. Sie sah, wie Malriel sie beobachtete. Womöglich wartete sie auf eine weniger beherrschte Reaktion. Nun, die würde sie nicht bekommen. Nicht heute.

"In der Tat", stimmte Uvel zu und sah Pe'tala an. "Wie geht es dir damit, plötzlich eine große Schwester zu haben?"

Sie zuckte mit den Achseln. "Ich hatte eine Menge Zeit, mich an sie zu gewöhnen, und zum Glück hat sie sich als weniger große Plage erwiesen als ich befürchtet hatte. Und sie hat mir die Bürde, einen Erben für das Haus bereitzustellen, von den Schultern genommen", lächelte sie.

"Prima", entgegnete Eryn, "das bedeutet dann, dass du deine Finger von meinem administrativen Leiter lassen kannst."

"Wohl kaum", lachte sie unbekümmert. "Dir damit Verdruss zu bereiten war von Anfang an ein positiver Nebeneffekt."

"Also hast du dir ein kleines Etwas aufgetan, um dir die Zeit in Anyuel zu vertreiben?", fragte Tanif mit einem vielsagenden Lächeln.

"Nicht nur zum Zeitvertreib", meinte Eryn kopfschüttelnd. "Soweit ich das mitbekommen habe, leben sie zusammen. Ich vermute stark, dass er der Grund ist, weshalb sie entschieden hat, vorläufig in Anyuel zu bleiben."

Valrad zog die Stirn in Falten. "Du denkst doch wohl nicht etwa daran, dieses Mannes wegen dorthin umzuziehen?"

"Das zu sagen ist noch ein wenig früh, Vater", seufzte Pe'tala. "Aber da ich ihn sozusagen ausprobieren kann, bis Eryn und Enric dorthin zurückkehren, werde ich wohl bis dahin eine Entscheidung getroffen haben."

"Ich befürworte die Aussicht keineswegs, dass du und deine Schwester in so weiter Ferne lebt", erklärte ihr Vater deutlich. "Wenn du ihm so zugetan bist, kannst du ihn ebenso gut hierherbringen."

"Er bekleidet eine wichtige Position in der Klinik, Vater. Ich werde ihn keinesfalls darum bitten, sie meinetwegen aufzugeben. Soweit ich gesehen habe, erledigt er seine Arbeit sehr kompetent. Eryn würde mir das Fell gerben, wenn ich ihn hierherlockte!"

"Ja, das würde ich", bestätigte sie. "Ich bin froh, dass sich das von selbst versteht und ich es nicht in Worte kleiden muss."

"Nicht, dass zu gezögert hättest, genau das zu tun", grinste Pe'tala.

"Nein. Ich habe gelernt, dass Direktheit der einzige Weg ist, um deine Aufmerksamkeit zu erlangen, wenn auch nicht deine Kooperation."

"Es ist gut zu sehen, dass du einen Mann gefunden hast, der dir für den Augenblick Gesellschaft leistet, Baby-Schwester", lächelte Vran'el.

"Obwohl ich ebenfalls jemanden vorgezogen hätte, der dich nicht von hier fernhält. Ich erwarte, dass du ihn hierherbringst, damit ich ihn begutachten kann. Ich muss sehen, ob er gut genug für dich ist."

"Baby-Schwester?", fragte Intrea und verzog das Gesicht.

Pe'tala bedachte ihn mit einem finsteren Blick. "Ja. Er hat begonnen, mich damit anzusprechen, um zwischen seinen beiden jüngeren Schwestern zu unterscheiden. Charmant, nicht wahr? Jedes Mal, wenn er es sagt, würde ich ihn am liebsten treten."

"Diese Haltung teile ich", murmelte Eryn. "Irgendwann dieser Tage werde ich dir in einer dunklen Straße auflauern."

"Zweier kraftloser Frauen kann ich mich durchaus erwehren", schnaubte er.

"Kaum", lächelte sie. "Ich bin stärker als du, und anders als du bin ich zudem in der Kunst des unbewaffneten Kampfes ausgebildet. Und solange dein Neffe in meinem Unterleib heranwächst, darfst du nicht zurückschlagen."

Er dachte kurz nach, dann nickte er widerwillig. "Das stimmt wohl. Besteht die Chance, dass ihr euren Hinterhalt bis nach der Geburt aufschiebt?"

"Warum sollte ich solch einen fabelhaften Vorteil aufgeben?"

"Ja, warum in der Tat", seufzte er.

"Du hast Glück, dass eine von ihnen bald wieder abreist", grinste Kilan. "Die beiden scheinen eine Handvoll für einen Mann."

"Das kannst du laut sagen", murmelte Enric. "Einige Wochen lang haben sie sich wie Kinder verhalten, bis sie sich auf eine Art Waffenstillstand einigten. Ich kann dir nicht sagen, wie froh ich bin, dass dieses Kind ein Junge sein wird. Ich könnte wirklich etwas Verstärkung gebrauchen, besonders falls Tala in Anyueel bleibt."

"Sagt der Mann, der mich zu *Familienessen* zwingt!", rief ihm Pe'tala ins Gedächtnis. "Wenn du Ruhe und Frieden willst, hör auf, deinen Einfluss geltend zu machen, damit ich Zeit mit dir verbringe, Ordenslord!"

"Ein verzweifelter Versuch, um dir einen gewissen zivilisierten Rahmen zu bieten, der dir ermöglicht, deine unterentwickelten Manieren zu verfeinern", erwiderte er mit einem süffisanten Grinsen. "Und ein Ordenslord bin ich nicht länger; wenn du mich also herausfordern willst, ist das deine Chance."

Sie zuckte geringschätzig die Schultern. "Nein, das werde ich nicht tun. Ich will dich nicht vor all diesen Leuten hier schlecht aussehen lassen. Du sollst immerhin eine Respektsperson sein, jetzt wo du ein Haus übernimmst."

"Das ist zu freundlich von dir", nickte er.

"Was soll ich sagen? Du bist eine Nervensäge, aber Familie ist nun einmal Familie."

"Wie ein weiterer Bruder, den du nie wolltest?", grinste er.

"Sicher doch. Vran'el hat eine weitere Schwester bekommen, und ich kann mich kaum von ihm überbieten lassen. Wenn du das Beste bist, das zu kriegen ist, dann werde ich mich damit wohl irgendwie zufriedengeben müssen."

"Deine Familie wächst derzeit recht rasant, Valrad", lachte Intrea.

Eryn spürte, wie sie sich entspannte. Dieses Geplänkel bot im Moment genug Unterhaltung für die Gäste, um sie davon abzuhalten, unbequeme Fragen zu stellen. Malriel, Valrad und Ram'an benahmen sich ebenfalls und versuchten die Situation nicht dahingehend zu nutzen, um sie dazu zu bewegen, sich in eine Unterhaltung verwickeln zu lassen. Vielleicht würde sich dieser Abend doch noch als erheblich weniger mühsam als befürchtet erweisen.

"Eryn, ich unterrichte morgen eine Gruppe Heiler im zweiten Jahr", wagte sich Valrad vor. "Ich denke, es wäre nett für sie, etwas über die Kräuter zu lernen, die in deinem Land heimisch sind. Ich kann dich morgen nach dem Frühstück abholen."

Oder vielleicht begann der mühsame Teil auch erst.

"Lieber nicht", sagte sie sorgsam, "ich habe meine Bücher und Illustrationen nicht dabei und hätte Angst, etwas zu verwechseln."

Vern, der gerade erst vom Entfernen des feuchten Flecks zurückgekehrt war, zog seine Augenbrauen zusammen. "Du? *Kräuter verwechseln?* Ich habe gesehen, wie du die Kräutersammler mitten in der Wildnis ohne Bücher und Notizen unterrichtet hast!"

Ihre Augen wurden schmal, und sie versuchte mit reiner Willenskraft, ihn zum Schweigen zu bringen. Oder dazu, bewusstlos zu Boden zu fallen.

"Du hast gerade einen prima Vorwand ruiniert", meinte Pe'tala und schüttelte den Kopf. "Jetzt muss sie ihm offen sagen, dass sie nicht die Absicht hat, Zeit mit ihm zu verbringen. Wie ungemein undiplomatisch von dir, Vern."

Vran'el verdrehte die Augen. "Ja, *du* bist auf jeden Fall die Richtige, um von Diplomatie zu sprechen, Tala", rügte er sie.

Valrads Gesichtsausdruck war gelassen; er zeigte keinerlei Anzeichen von Enttäuschung. Nicht, dass es einen Unterschied gemacht hätte. Sie auf diese Weise vor den anderen Gästen zu fragen, war keinesfalls der richtige Weg, um sie zur Kooperation zu bewegen. Es kümmerte sie nicht, was die dachten. Sie wandte sich nach rechts und unterhielt sich stattdessen mit Junar und Orrin.

KAPITEL 6

Eingewöhnung

Eryn kehrte mit zwei weiteren Büchern unter dem Arm von der Klinik zurück, ließ sie neben sich auf die Sitzkissen fallen und lehnte sich in Kilans Hauptraum zurück. Mit dem ersten, das Sarol ihr gegeben hatte, war sie bereits durch. Kommentarlos hatte er in seiner üblichen Reaktion, mit der er Leistungen als angemessen und selbstverständlich betrachtete anstatt als etwas, das irgendeines Lobes würdig war, das Buch zurückgenommen und ihr stattdessen zwei weitere hingeschoben. Er hatte sie informiert, dass er einen Zeitpunkt für ihr letztes Examen festgelegt hatte, und zwar in drei Wochen. Eryn hatte ihn gefragt, ob er nicht der Ansicht sei, dass dies womöglich etwas zu wenig Zeit für sie sein mochte, um sich auf ein Fachgebiet vorzubereiten, in dem sie über so gut wie keine Erfahrung und kaum Wissen verfügte. Er hatte sie nur angestarrt und erwidert, dass drei Wochen mehr als genug Zeit seien, wenn man sie nicht verschwendete.

Nun war ihre erste Woche in Takhan vergangen, und jeder Einzelne von ihnen war irgendwie beschäftigt gewesen. Enric hatte seine Tage mit Malriel in der Aren Residenz verbracht, sich über die Besonderheiten des Hauses informiert und darüber, was getan werden musste, um es am Laufen zu halten. Und woher er die Informationen bekam, die er benötigte - wen er fragen und wo er nachsehen konnte. Er war dazu übergegangen, stets ein Notizbuch mit sich zu führen, und nach ein paar Tagen war bereits mehr als die Hälfte der Seiten mit seiner Handschrift befüllt und beulte sich unter den kleinen Notizen, die er zwischen die Seiten steckte. Malriel hatte zudem begonnen, die fünfzig wichtigsten Mitglieder ihres Hauses zu versammeln und sie den Kommitment Eid zweiten Grades gegenüber ihrem vorübergehenden Vertreter ablegen zu lassen. Das bedeutete, dass nun etwa die Hälfte des Hauses durch Magie an ihn gebunden war. Für den Rest - Kinder, ältere Leute oder Erwachsene in Positionen, die nicht direkt mit den verschiedenen Unternehmungen der Familie in Verbindung standen - bestand keine Notwendigkeit zum Ablegen des Eids. Das hätte zu viel Aufwand bedeutet, wenn man bedachte, dass Malriel in ein paar Monaten bereits wieder zu ihrer Position zurückkehren sollte.

Vern war zu so vielen Zusammenkünften, Vorträgen, Abendessen und Orten des Heilens oder der Kunst eingeladen worden, dass Eryn ihn kaum zu Gesicht bekam. Immer wieder hatte er Nachrichten geschickt, mit denen er sich von Mahlzeiten entschuldigte, da er wieder einmal in irgendeine Residenz oder ein Gästehaus eingeladen worden war. Valrad hatte ihn in der Klinik so lange begleitet, bis er sich dort allein zurechtfand, und Intrea leistete ihm bei seinen Ausflügen in die Kunstwelt Gesellschaft. Vern war rasch in beide Kreise aufgenommen worden. Trotz seiner gelegentlichen Verwirrung darüber, wie in gewissen Situationen zu reagieren war, zeigte er sich klug und lernbegierig. Rasch war er mit einer Entschuldigung zur Hand, wann auch immer er unbeabsichtigt ein unangemessenes Verhalten an den Tag legte.

Orrin hatte einige Zeit mit den drei Mitgliedern der Triarchie verbracht, sich mit ihnen über die potentielle Bedrohung durch deren nördliche Nachbarn unterhalten. Ebenso darüber, welche Maßnahmen erforderlich wären, um die Stadt Takhan darauf vorzubereiten, dass sie sich verteidigen konnte.

Junar wiederum hatte die lokalen Märkte mit Kilan abgeklappert. Der zeigte ihr mehr als bereitwillig, wo sie verschiedenste Vorräte erwerben konnte. Ihre Spaziergänge hatten nie besonders lange gedauert, da Junar nun im siebten Monat war und es vermied, zu lange auf den Beinen zu bleiben. Sie kehrte auch regelmäßig zu der Schneiderei zurück, wo sie ihre Kleidung bestellt hatten. Dank Vran'els freundlicher Anfrage hatten sie sich dort bereiterklärt, all ihre Fragen zu beantworten, ihr deren Techniken zu demonstrieren und sie darüber zu informieren, wo sie den besten Preis für die von ihr benötigten Schneiderwaren bekam.

Wenn man bedachte, dass sie alle unter dem gleichen Dach lebten, hatten sie seit ihrer Ankunft erstaunlich wenig Zeit miteinander verbracht.

Eryn selbst war ebenfalls nicht untätig gewesen. Einige Male hatte sie Sarol in der Klinik getroffen und dort auch die Heiler besucht, die sie vor ein paar Monaten kennengelernt hatte. Sie alle waren ganz versessen darauf zu hören, wie es mit ihrer eigenen Klinik in Anyueel voranging. Somit gab sie immer wieder die Geschichte zum Besten, wie ein neues Heileroberhaupt eingesetzt worden war, von den Veränderungen, die Pe'tala umgesetzt hatte und wie mehr und mehr Patienten aus abgelegenen Gegenden in die Stadt kamen, seit sich die Kunde von den neuen Dienstleistungen verbreitet hatte.

Ein paar Mal war sie Vern und Valrad begegnet und hatte sorgfältig darauf geachtet, Letzteren in Gegenwart seiner Kollegen mit dem Respekt zu behandeln, der ihm als hochrangigem Heiler zustand. Aber Respekt und Höflichkeit waren auch alles, was sie ihm angedeihen ließ. Da war keinerlei Zuneigung oder Wärme, wenn sie mit ihm sprach, keine echte Freude in ihrem Lächeln, wenn sie auf ihn traf.

Mehr als einmal hatte er ihr angeboten, den Tag mit ihm zu verbringen und Patienten zu behandeln, so wie sie es vor ein paar Monaten praktiziert hatten. Doch sie hatte stets höflich abgelehnt und vorgegeben, dass sie die Zeit lieber für die Vorbereitung auf ihre Prüfung mit Sarol verwenden wollte. Zumindest war das ein zulässiges Argument.

Ram'an hatte ebenfalls wiederholt versucht, mit ihr in Kontakt zu treten. Er hatte Nachrichten geschickt, in denen er sie bat, mit ihm Tee zu trinken oder zu Mittag zu essen, wann immer es ihr passte. Ihn hatte sie ebenfalls höflich abgewiesen und ihn wissen lassen, dass ihr derzeitiger Arbeitsaufwand ihr nicht viel Zeit für soziale Interaktionen ließ.

Bei einem Dinner bei Haus Partém hatte sie ihn erneut getroffen. Er hatte sich erkundigt, wann sie aller Voraussicht nach mehr Zeit zur Verfügung haben würde. Darauf hatte sie geantwortet, dass dies schwer festzulegen war. Immerhin beabsichtigte sie nach dem Erlangen ihres Zertifikats in der Klinik zu arbeiten. Sie schlug vor, dass sie ihn kontaktieren würde, sobald sie mehr Zeit hatte, doch daraufhin zog er nur eine Augenbraue hoch und schüttelte kaum wahrnehmbar den Kopf. Ihm war ebenso klar wie Eryn selbst, dass sie keinerlei Absicht hatte, irgendetwas in dieser Richtung zu tun.

Seine Versuche sie einzuladen, als wäre nichts zwischen ihnen vorgefallen, verärgerten sie. Immerhin war er derjenige gewesen, der sie von sich gestoßen hatte - und zwar alles andere als subtil, nachdem er ihr zuerst versichert hatte, dass sie Freunde bleiben würden. Sie hatte sein Freundschaftssymbol akzeptiert, dann seinen Gesinnungswandel, und nun war es an ihm, ihre Reaktion darauf hinzunehmen. So einfach war das.

Die Leute, mit denen sie gerne Zeit verbrachte, waren Pe'tala, Vran'el und Intrea, wenn man ihre Freunde aus dem Königreich nicht mitzählte. Pe'tala und Intrea lächelten über ihre zuweilen recht frustrierten Kommentare über die Situation mit Valrad. Vran'el jedoch war nicht willens, diese zu tolerieren. Stets brach er neue Diskussionen vom Zaun, um sie davon zu überzeugen, dass der Umstand, dass sie tatsächlich Geschwister waren, ein Anlass zur Freude anstatt des Grams war.

Der Gedanke daran, dass Pe'tala in nur zwei Tagen wieder nach Anyueel aufbrechen würde, stimmte sie ein wenig traurig. Natürlich war es großartig, dass die Klinik sie zurückbekommen würde, da keiner der Heiler soweit ausgebildet war, dass er schwierige Fälle handhaben konnte. Und doch hatte sich Pe'tala in den letzten paar Wochen unerwartet als verwandter Geist erwiesen, besonders in den vergangenen paar Tagen, seit sie von Malriels Affäre mit Valrad erfahren hatte. Das fand sie beruhigend, besonders, da sie den Austausch mit Vran'el nicht länger als so unkompliziert wie früher empfand.

Seltsam, dachte sie. Niemals hätte sie gedacht, dass Unterhaltungen mit Valrad und Vran'el sich jemals als unangenehm erweisen würden.

Einen Anlass gab es allerdings, dem sie mit Freude entgegensah: Malriels anstehende Abreise am nächsten Tag. Nur noch ein weiterer Tag, dann war sie fort. Und zwar für eine ganze Weile. Eine Person weniger, die es zu vermeiden galt. An diesem Abend war sie zum Abschiedsdinner in der Aren Residenz eingeladen, wo sie natürlich gemeinsam mit Enric erwartet wurde. Die letzte Gelegenheit für die nächsten Monate, um mit ihr im gleichen Raum zu sein. Das war annehmbar; es war ein Opfer, das Eryn zu erbringen bereit war im Austausch dafür, dass sie sie für längere Zeit loswurde.

Das letzte Dinner, bei dem sie beide anwesend waren, das Willkommensbankett in der Botschafterresidenz, war überraschend harmonisch verlaufen. Seltsam nüchtern sogar, wenn man bedachte, welche privaten Themen in Gegenwart all der mächtigen Oberhäupter der Häuser diskutiert worden waren. Vran'el hatte ihr später erklärt, dass, wenngleich nicht alle Oberhäupter gut aufeinander zu sprechen waren, sie einander doch seit Jahrzehnten kannten. Und je weiter oben man in der Gesellschaft rangierte, desto weniger Leute fanden sich dort. Die Oberhäupter der Häuser waren an der Spitze, und dieser elitäre Zirkel war nicht eben besonders weitreichend. Sehr ähnlich einer Familie, die einander nicht immer schätzte, doch aus einem Gefühl der Pflicht heraus sicherstellte, dass man miteinander auskam.

Sie hatte davon abgesehen, ihm zu sagen, dass sie mit diesem Konzept mehr als hinreichend vertraut war. Er hätte es nicht besonders gut aufgenommen.

Malriels Abreise würde es erforderlich machen, dass sie in die Aren Residenz umzogen. Enric würde vom nächsten Abend an offiziell das Amt des Oberhaupts dieses Hauses übernehmen. Dieser Gedanke war nicht eben heiter. Malriels Zuhause mit all ihren privaten Besitztümern, das Haus, in dem sie ihr gesamtes Leben verbracht hatte. Und der Ort, mit dem Eryns früheste Erinnerungen verknüpft waren. Nach dem Entfernen der Gedächtnissperre, die Ved'al in ihrem Kopf platziert hatte, waren diese nun immerhin wieder zugänglich.

Und dann gab es da noch eine weitere Sache, um die sie sich kümmern musste: ein Gespräch mit Vern anlässlich seines Verhaltens Vran'el gegenüber. Was sie zuerst als Verlegenheit gegenüber dem fremdartigen Konzept von zwei Männern, die offen eine Beziehung führten, eingeschätzt hatte, wich einer subtilen Ablehnung. Nicht in der Art unfreundlicher Bemerkungen oder Spötteleien, sondern die Weigerung, irgendwelche Gefälligkeiten, Informationen oder Hilfe von Vran'el anzunehmen. Dazu kam noch, dass Vern Vran'els Gesellschaft mied, soweit es möglich war und jedem anderen rundherum mit einer Freundlichkeit und Offenheit begegnete, die einen offenkundigen Kontrast zu der angespannten Höflichkeit Vran'el gegenüber darstellte.

Vran'el hatte dies natürlich bemerkt, sich jedoch bislang nicht dazu geäußert. Normalerweise genoss er es, engstirnige oder voreingenommene Leute auf ihren Platz zu verweisen, doch Eryn wusste, dass er bislang um ihretwillen davon Abstand genommen hatte. Das allerdings machte es zu ihrer Verantwortung, etwas dagegen zu unternehmen.

Und das würde sie auch. Sobald Vern zurück war. Das Dinner heute Abend konnte er gleich als erste Gelegenheit zur Demonstration seiner neuadaptierten Einstellung Vran'el gegenüber nutzen.

Sie horchte auf, als das Geräusch der sich öffnenden und dann wieder schließenden Eingangstür ertönte. Enric konnte es nicht sein, der hatte seine Kleidung für das Abendessen mitgenommen und würde sich vor Ort umziehen anstatt zu diesem Zweck hierher zurückzukehren und dann wieder loszuziehen. Er hatte Kilan und Orrin beauftragt sicherzugehen, dass sie mitkam, wenn sie aufbrachen. Wo nur blieb sein Vertrauen?

Orrin und Vern betraten den Raum, beide wirkten erschöpft. Noch hatten sie sich nicht an die Hitze an diesem Ort gewöhnt.

"Wäre eine kleine Brise hin und wieder zu viel verlangt?", beschwerte sich Vern, schenkte sich ein Glas Wasser ein und nahm die Karaffe mit zu den Sitzkissen. "Ein winziges Lüftchen wäre mir schon genug! In den Straßen steht die Luft förmlich. Zumindest wurden die Häuser hier mit dicken Mauern erbaut, die die Hitze ein wenig abhalten."

"Nicht nur das", erklärte Eryn, "sie haben auch ein paar Tricks bei der hiesigen Architektur eingesetzt, um die Gebäude kühl zu halten. Dabei geht es darum, Öffnungen in der richtigen Größe und am richtigen Ort zu haben, um die Luftzirkulation sicherzustellen. Und natürlich die hellen Fassaden. Die reflektieren einen Gutteil des Sonnenlichts. Das ist alles, woran ich mich erinnere. Wenn ihr mehr wissen wollt, fragt Enric. Ich verwette alles, was ich besitze, dass er zumindest ein Buch über die hitzereduzierenden Eigenschaften westlicher Stadtarchitektur gelesen hat."

Orrin stürzte ein Glas hinunter und wandte sich dann um in Richtung des Sanitärraums. "Ihr beide solltet es euch nicht zu gemütlich machen. Wir sollten in kaum mehr als eineinhalb Stunden aufbrechen, und wir müssen alle noch baden. Ist Junar schon zurück?"

Eryn nickte. "Ja. Sie ist über etwas eingenickt, das aussah wie eine Tunika und ein paar Nähsachen, die ich noch nie zuvor gesehen habe. Ich denke, sie leidet unter der Hitze. Wir müssen sichergehen, dass sie immer einen Beutel mit Wasser mit sich führt, wenn sie nach draußen geht."

Er nickte knapp. "Ich werde dafür sorgen." Und weg war er.

Gut. Das bot ihr die Gelegenheit, dieses kleine Gespräch mit seinem Sohn in Angriff zu nehmen.

"Vern?"

Er öffnete seine Augen. Schweiß trocknete auf seiner Stirn. "Hm?"

"Da gibt es etwas, worüber ich mit dir reden muss. Ich bin nicht besonders glücklich darüber, wie die Dinge zwischen dir und Vran'el laufen."

Vern stöhnte. "Nein, nicht das schon wieder! Nicht du auch noch!"

Ihre Augenbrauen zogen sich zusammen. "Was meinst du damit, nicht ich auch noch? Hat Vran'el etwas gesagt?"

"Nein, aber deine furchteinflößende Schwester hat mir eine Tirade angedeihen lassen, bei der es mir die Sprache verschlagen hat. Und die meine Knie zum Schlottern gebracht hat."

"Das hat sie?" Wie praktisch. "Was hat sie gesagt?"

"Sie hat mir in ihrer unverwechselbar freundlichen Art gesagt, ich solle aufhören, mich eurem Bruder gegenüber wie ein vollkommener Schwachkopf zu verhalten, weil sie weiß, dass ich normalerweise nicht so bin." Er wirkte gequält. "Sie beabsichtigt, mich heute Abend während des Dinners genau zu beobachten. Und für den Fall, dass ich mein Verhalten ihm gegenüber nicht ändere, hat sie mir mit ein paar Dingen gedroht, die recht schmerzhaft klingen, zumindest das, was ich verstanden habe. Ich denke, eine Sache beinhaltete einen goldenen Gürtel und einen Pferdezaum oder etwas in der Art", schloss er mit gerunzelter Stirn.

Sie lächelte. "Gut. Das erspart mir die Mühe, dich selbst zur Kooperation zu bewegen. Obwohl ich keine schmerzhaften Drohungen ausgestoßen hätte. Noch nicht."

Er seufzte besiegt und nickte. "Dann vermute ich, dass ich heute Abend zwei Paar wachsamer Augen auf mir ruhen haben werde?"

"Du vermutest richtig, meine Junge. Sei also besser überzeugend." Einen Moment lang betrachtete sie ihn nachdenklich. "Kann ich dich etwas fragen? Warum magst du Vran'el nicht? Als ich mir euch beide zusammen vorgestellt habe, war ich überzeugt, dass ihr fabelhaft miteinander auskommen würdet."

"Pe'tala hat da eine Theorie." Er sah sie verlegen an. "Sie denkt, ich wäre eifersüchtig."

"Eifersüchtig?" Auf Vran'el? "Dann stört es dich also nicht, dass er…"

"Dass er Männer mag? Nein", meinte er und schüttelte langsam den Kopf. "Nicht wirklich. Ich meine, ich gebe zu, dass es am Anfang etwas überraschend kam. Und auch, dass jeder hier darüber Bescheid weiß und es akzeptiert. Ganz zu schweigen von seiner Gefährtin und seiner Tochter. Aber grundsätzlich tut er damit niemandem weh, also habe ich kaum das Recht, ihn deswegen zu verurteilen."

Sie lächelte, plötzlich erleichtert. Er war nicht engstirnig - nun, nicht allzu sehr - sondern bloß eifersüchtig.

"Warum solltest du auf ihn eifersüchtig sein?"

Vern wandte den Blick ab. "Ich weiß nicht. Ich meine, er ist von einem Tag auf den anderen zu deinem Bruder geworden. Und so behandelt er dich auch. Aus meiner Sicht fühlt sich das einfach nicht richtig an. Ich kenne dich doch schon viel länger als er!"

Eryn griff nach seiner Hand und legte sie an ihre Wange. "Idiot", sagte sie sanft.

"Nicht, ich bin verschwitzt…"

"Das macht mir nichts aus. Dein Vater hat uns gerade aufgetragen, ein Bad zu nehmen, also werde ich es ohnehin bald wieder abwaschen. Vern, du brauchst dich wegen Vran'el nicht zu sorgen. Du bist der erste richtige Freund, den ich in meinem Leben zu haben wagte. Und als solcher hast du dich in der Vergangenheit auch mehr als einmal bewiesen. Das werde ich niemals vergessen, egal, wie viele unerwartete Geschwister noch auftauchen mögen."

Er nickte. "So ziemlich das Gleiche hat auch Pe'tala gesagt. Sie meinte auch, dass ich mir nichts dabei denken sollte, da das auch älteren Leuten passiert, die es eigentlich besser wissen sollten. Sie denkt, *dein* Vater sei eifersüchtig auf *meinen* Vater, weil er dir so nahesteht. Glaubst du, sie hat damit Recht?"

"Ich weiß es nicht. So gut kenne ich Valrad nicht, aber es könnte eine Erklärung für sein Verhalten sein. Ich habe ihn noch nie zuvor so kühl jemandem gegenüber erlebt."

"Wird das noch zu einem Problem werden? Ich meine, Valrad ist sehr wichtig, nicht wahr? Aber wenn er Vater schlecht behandelt, würde das wohl *dich* wütend machen, und das will er wahrscheinlich vermeiden. Nun, *wütender.*" Er sah auf den Boden. "Weißt du, er war sehr gut zu mir und hat mir immens geholfen in den letzten paar Tagen."

"Du versuchst doch nicht etwa das, wovon ich glaube, dass du es versuchst? Lass es."

"Er ist ein guter Mensch, das sagen alle über ihn…"

"Vern", warnte sie ihn, "halt den Mund. Auf irgendwelche Versöhnungsversuche werde ich nicht gut reagieren. Weder von seiner Seite, noch von deiner."

Orrin kehrte vom Sanitärraum zurück. Er wirkte frisch und sauber mit den feuchten Haaren und seiner Kleidung ähnlich der Enrics mit der gleichen Kombination von hiesigen Schnitten mit einfachen Stoffen.

"Adrett", nickte sie anerkennend. "Das ging aber flott. Wie hast du es geschafft, dich innerhalb von wenigen Minuten halbwegs sauber zu kriegen?"

"Frauen", seufzte er. "In das Wasser hineinsteigen, sich mit Seife abschrubben, die Seife abspülen und sich abtrocknen ist eine Sache von Minuten. Mach schon, du bist als nächstes dran. Kein Herumtrödeln."

Sie erhob sich mit einem Glucksen. "Spar dir diese Vatermasche für deine Tochter auf. Für mich ist es ohnehin zu spät. Ich bin ein hoffnungsloser Fall."

"Und doch streiten sich die Leute um den Job", murmelte Vern, bevor er unter ihrem harten Blick zusammenschrumpfte.

"Du", sprach er seinen Sohn an, "hör auf, die schwangere Lady zu provozieren. Und du", meinte er und sah sie an, "geh dich waschen. Ich würde es ewig zu hören bekommen, wenn ich dich nicht pünktlich hinbringe."

Sie warf dem Jungen einen letzten vernichtenden Blick zu, dann ging sie davon, um sich fertigzumachen.

"Nun, Junge", hörte sie Orrin streng sagen, "bevor wir aufbrechen, müssen wir uns über dein Verhalten Vran'el gegenüber unterhalten."

Sie lachte, als sie Verns verzweifeltes Ächzen hörte.

"Komm schon? Im Ernst? Nicht du auch noch!"

* * *

Eryn stand inmitten der Menge, die sich auf dem Platz vor der Senatshalle versammelt hatte, um sich von Malriel, der großen Heldin, die sich so selbstlos zur Rettung ihres Landes aufmachte, zu verabschieden.

Zwei Diener banden Bündel an einem prachtvollen großen Pferd fest, sorgsam darauf bedacht, die Last gleichmäßig zu verteilen.

"Sagt mal", kam Vran'els Stimme von hinten, "ihr beiden habt nicht zufällig den jungen Vern ins Gebet genommen?" Es war eine zwanglose Frage, jedoch eine, die keinen Zweifel daran ließ, dass er die Antwort bereits kannte.

"Was?", schnaubte Pe'tala spöttisch, "die kleine Schwester und die Baby-Schwester sollen einen großen, starken Kerl wie dich vor einem sechzehnjährigen Jungen beschützen? Sei nicht lächerlich, Vran."

Eryn verbarg ein Lächeln und sah ihn an. "Wie kommst du bloß auf so eine Idee?"

"Sein vollkommen verändertes Verhalten gestern Abend bei dem Dinner, ebenso wie seine verängstigten Blicke in eure Richtung. Und das zufriedene Lächeln, das er jedes Mal von euch erhielt, wenn er etwas Freundliches zu mir sagte. Ich fühle mich davon ein wenig entmannt, um ehrlich zu sein", meinte er mit einem finsteren Blick. "Hört auf, mich zu bemuttern. Ich hätte ihn schon bald genug darauf angesprochen. Meine Toleranzgrenze war eben noch nicht erreicht."

"Unsere aber schon, also hör auf, schwierig zu sein", knurrte Pe'tala und beobachtete, wie Malriel auf sie zukam. "Und jetzt sei ruhig. Die Königin der Dunkelheit naht."

Eryn straffte die Schultern. Sie konnte und würde sich weder ärgern, provozieren noch sonst irgendwie reizen lassen, versprach sie sich selbst. Sie würde dieser Frau mit unbeteiligter Gleichgültigkeit begegnen.

"Begleite mich zu meinem Pferd, Theá, wenn du so gut wärst", sagte Malriel ruhig, als sie nahe genug war.

Eryn nickte brüsk und bewegte sich vorwärts. Als sie außerhalb der Hörweite der Menge waren, begann Malriel zu sprechen.

"Ich bin froh, dass du gekommen bist, um dich von mir zu verabschieden. Sollten die Dinge so richtig schieflaufen, mag das hier nun das letzte Mal sein, dass wir einander jemals sehen."

"Ich bin hier um sicherzugehen, dass du wirklich abreist. Es tut mir leid, falls das deine Illusionen zerstört", erwiderte Eryn ausdruckslos. "Und bezüglich deines Ablebens dort brauchst du dich keinen Bedenken hingeben. Das hier ist sicher nicht das letzte Mal, an dem wir aufeinandertreffen."

"Fällt es dir so schwer, den Gedanken zu ertragen, dass du mich womöglich ein zweites Mal verlieren könntest, mein Kind?", fragte Malriel mit einem trüben Lächeln, der Sarkasmus in ihrer Stimme unüberhörbar.

"Ich verlor dich bereits ein zweites Mal, als du mich beschuldigt hast, meinen eigenen Vater getötet zu haben", erwiderte Eryn. "Dass du lebendig hierher zurückkehrst, ist der Schlüssel dazu, dass ich wieder nach Hause zurückkehren kann. Wenn du mir dort oben stirbst, steckt Enric hier als Oberhaupt deines Hauses fest. Das wird nicht passieren. Wenn du irgendetwas Dämliches anstellst und sie veranlasst, dich umzubringen, werde ich dorthin reisen und deinen erbärmlichen Kadaver hierher zurückschleifen, um ihn in deinem Garten zu vergraben - nur damit ich jeden Morgen nach dem Aufstehen auf dein Grab spucken kann."

Malriel blinzelte, bestürzt über diese harschen Worte, die in einem Ton so seltsam frei von jeglicher Regung ausgesprochen wurden. Langsam nickte sie.

"Wie schade, dass wir uns einmal mehr auf solch unfreundliche Weise trennen." Ihre Augen wanderten nach unten zum Unterleib ihrer Tochter. "Ich wünsche dir für deine Schwangerschaft und die Geburt meines Enkels das Allerbeste, Theá. Ich freue mich schon darauf, ihn in ein paar Monaten in meinen Armen zu halten", sagte sie sachte und streckte ihre Hand aus.

Eryn trat einen Schritt zurück, um den Kontakt zu vermeiden. "Nicht. Lass uns ohne Heuchelei auseinandergehen. Das ist vielleicht nicht besonders freundlich, aber zumindest ist es ehrlich. Wir können ehrlich miteinander sein, wenn auch nicht mehr als das. Auf Wiedersehen, Malriel. Um deines Volkes willen wünsche ich dir Erfolg."

Damit wandte sie sich ab, ging davon und ignorierte den unerwarteten Stich des Bedauerns.

* * *

"Worauf weist eine Falte über der Nasenwurzel hin?", fragte Vern, auf seinem Schoß das schwere Buch.

"Reduzierte Aktivität in dieser Drüse, die ich reaktiviert und damit Junars Schwangerschaft bewerkstelligt habe", antwortete Eryn erschöpft. Seit einer Stunde stellte er ihr nun Fragen über die Symptome in dem Buch. "Legen wir eine Pause ein. Mein Kopf will nicht mehr."

"Zehn Minuten", gewährte ihr der Junge großzügig. "Du musst in zwei Tagen fit sein, und wir haben immer noch ein weiteres Buch, das wir durchgehen müssen."

"Ich weiß", meinte sie gähnend. Nur noch zwei Tage, bis Sarol sie in die Mangel nehmen würde. Sie hatte soweit all das Material durchgenommen, das er ihr zu lernen aufgetragen hatte - aber mit diesem Mann mochte sich gute Vorbereitung immer noch als unzureichend erweisen. Er war niemand, der halbe Errungenschaften würdigte.

Sie hatte ihn vorsichtig über die Möglichkeit eines erneuten Prüfungsantritts befragt, falls sie irgendwie versagte, doch er hatte sie einfach nur auf diese Weise angestarrt, die er immer dann an den Tag legte, wenn man ihn mit einem Konzept konfrontierte, das nicht seinem Weltbild entsprach. Daraufhin hatte sie mit anderen Heilern gesprochen und sich darüber informiert, wie hoch der Anteil derer war, die die Prüfung üblicherweise nicht bestanden. Die Antwort war nicht besonders ermutigend gewesen: Im Durchschnitt fielen sechs von zehn Personen beim ersten Mal durch. Das bedeutete allerdings, dass es tatsächlich einen zweiten Antritt gab; das zumindest war ein kleiner Trost.

Es war eine Schande, dass Pe'tala vor zweieinhalb Wochen wieder zurück nach Anyueel gereist war. Zweifellos hätte sie sich bei der Vorbereitung als enorm nützlich erwiesen, da sie diese Prüfung selbst erst vor ein paar Jahren erfolgreich abgelegt hatte.

Valrad hatte ihr ebenfalls seine Unterstützung angeboten, doch das hatte sie höflich abgelehnt. Lieber riskierte sie es, bei ihrem ersten Versuch durchzufallen, als auf seine Hilfe zurückzugreifen.

In den letzten drei Wochen hatte er sie weitgehend in Ruhe gelassen. Zuweilen hatte er ihr eine Einladung für ein Abendessen bei ihm zuhause zukommen lassen und sie nach ihrem Wohlbefinden gefragt, wenn sie einander zufällig über den Weg gelaufen waren. Glücklicherweise waren sie stets nur in Gesellschaft anderer Leute aufeinandergetroffen, niemals allein. Somit hatte er keinerlei Versuche gestartet, mit ihr über Persönliches zu sprechen. Von ihrer Unnahbarkeit war er zwar nicht besonders angetan gewesen, schien sie aber zu akzeptieren.

Als Eryn ihre Schwester zum Schiff begleitete, riet ihr Pe'tala, ihren starrköpfigen Entschluss, Valrad auf Distanz zu halten, aufzugeben. Egal, wie sehr sie sich gegen seine Versuche zur Wehr setzte, so würde er sie am Ende doch überwinden. Gegen seine Entschlossenheit hätte sie keine Chance. Sie hatte ihre Warnung wiederholt, dass ihr Vater noch ein wenig länger warten, dann aber Schritte ergreifen würde, um Eryn dazu zu zwingen, sich mit ihm und ihrer veränderten Beziehung auseinanderzusetzen. Sie hatte vorhergesagt, dass er womöglich nicht zur Tat schreiten würde, bevor ihre Prüfung vorüber wäre, aber danach...

Eryn schloss die Augen, um ihren Kopf von diesen Gedanken zu befreien. Sie waren eine unwillkommene Ablenkung von dem, worauf sie sich eigentlich konzentrieren sollte.

Vern hatte den gesamten Nachmittag darauf verwendet, sie zu prüfen um Bereiche aufzudecken, die sie sich noch genauer ansehen musste. Bislang hatten sich zwei herauskristallisiert.

Sie schätzte seine Bemühungen, besonders, da er begonnen hatte, Vorträge an der Klinik zu besuchen, sich regelmäßig mit Künstlern traf und sogar ein paar jungen Leuten seines Alters vorgestellt worden war, mit denen er gelegentlich ausging. Einer davon war ein Neffe zweiten Grades von Malriel, ein weiterer ein entfernter Cousin von Intrea. Ab einer gewissen Ebene schienen sie tatsächlich alle irgendwie miteinander verwandt zu sein. Kein Wunder, dass sie es für nötig befanden, vererbte Krankheiten im Auge zu behalten, dachte sie verstimmt. Das war das Ergebnis von Fortpflanzungskriterien, die sich auf magische Fähigkeiten und politische Vorteile konzentrierten. Aber solange Heiler verfügbar waren, die sich um jegliche unerwünschten Konsequenzen kümmerten, bestand für die Häuser nicht wirklich ein Anlass, ihre Herangehensweise an die Erhaltung ihrer Macht zu überdenken.

Malriel hatte von ihrer Verstrickung mit Enric sogar zweifach profitiert. Sie hatte nicht nur frisches Blut für ihr Haus gesichert, sondern es auch geschafft, ihn in dieses ganze Netzwerk der Macht miteinzubeziehen. Und das, wo Eryn gehofft hatte, sich genau davon zu befreien, indem sie sich von ihrem Haus lossagte. Bedauerlicherweise hatten ihre Handlungen Malriel stattdessen ermöglicht, ihre Klauen in Enric zu versenken.

Damals hatte es gewirkt, als hätte es Enric nicht allzu viel ausgemacht. Doch kürzlich hatte sich die ganze Angelegenheit als sehr bequeme Möglichkeit für Malriel erwiesen, um ihn nach Takhan zu holen, obwohl er es vorgezogen hätte, nicht zu kommen.

"Weißt du", sagte Vern in ihre düsteren Gedanken hinein, "ich muss zugeben, dass ich den Aufenthalt in der Aren Residenz unserer vorhergehenden Unterkunft vorziehe." Als sie ihn finster ansah, fügte er hinzu: "Ich weiß, dass es dir nicht besonders zusagt, Zeit hier verbringen zu müssen, weil es dich an Malriel erinnert. Soweit es allerdings Luxus und Bequemlichkeit betrifft, ist das hier fast jedem anderen Zuhause, das ich bislang gesehen habe, vorzuziehen. Die Gärten sind erstaunlich, besonders an einem heißen und trockenen Ort wie dem hier. Und dann ist hier alles so modern…"

"Ja", unterbrach sie ihn säuerlich, "weil sie dazu tendieren, Teile ihrer Residenz in regelmäßigen Abständen in die Luft zu jagen und sie deshalb erneuern müssen. Das ist also kaum ein Beweis einer offenen Geisteshaltung, sondern eher eine Frage der Notwendigkeit."

"Der Grund, weshalb sie es tun, macht kaum einen Unterschied, ob der Aufenthalt hier komfortabel ist, oder?", betonte er mit einem Achselzucken.

Das traf zu, wie sie gestehen musste. Aber eine positive Bemerkung im Zusammenhang mit Haus Aren löste eine automatische Reaktion in ihr aus, die darin bestand, mit etwas Negativem dagegenzuhalten.

"Was sind deine Pläne für heute Abend?", fragte sie dann. "Wirst du zur Abwechslung hier mit uns zu Abend essen, oder bist du wieder irgendwo eingeladen?"

"Ich bin eingeladen", antwortete er entschuldigend. "Aber ich kann dir noch zwei weitere Stunden widmen, bevor ich mich fertigmachen muss."

"Weißt du was?" Sie streckte sich. "Den Rest schaffe ich allein. Du solltest dich ein wenig entspannen, bevor du losziehst. Ich schätze, du wirst heute Nacht nicht allzu früh zurückkehren, und du legst dich mittags noch immer nicht hin."

"Ganz allein?" Er runzelte die Stirn. "Dich selbst zu prüfen erscheint mir nicht besonders effizient."

"Ich werde Enric oder Orrin ersuchen, mir eine halbe Stunde zu erübrigen, wenn es sein muss. Geh und amüsier dich oder mach ein Nickerchen; du nimmst dir im Moment nicht genug Zeit für dich selbst."

"Aber dein Examen…"

"Wird gutgehen. Ich werde das andere Buch noch vor dem Abendessen durchgehen. Ich denke, ich brauche jetzt eine längere Pause. Ich werde schneller müde."

Er lächelte. "Das kann ich mir vorstellen. Ist dir aufgefallen, dass sich schon eine Beule zu zeigen beginnt?"

"Junge, wenn es dir aufgefallen ist, denkst du nicht, dass ich meine Kleidung bereits an meinen wachsenden Umfang anpassen habe müssen?"

Er grinste. "Nun, wenn du es so sagst… Gut, dass du in Junars Hosen, die sie vor ein paar Monaten trug, schlüpfen kannst."

Sie schnaubte. "Wohl kaum. Als sie meine Größe hatte, waren wir noch zuhause, und es war kalt draußen. Jetzt sind wir in einem Land mit heißem Klima. Würde ich ihre Kleidung tragen, würde ich dahinschmelzen. Sie ist viel zu warm. Und Junar hatte nicht viele Hosen, sie ist die Art von Mädchen, die Kleider trägt."

"Gute Argumente, wie ich zugebe", nickte er großzügig.

"Vielen Dank", erwiderte sie trocken. "Jetzt geh und tu irgendetwas Unproduktives. Aber bring mir zuerst etwas zu essen. Obst wäre gut."

Er nickte und stand auf. "Sonst gibt es hier ohnehin nicht viel, womit man dich zwischen den Mahlzeiten verpflegen könnte. Das Gebäck, das die Leute dir ständig zum Probieren vorbeibringen, lehnst du ja immer ab."

"Ich versuche nicht, schwierig zu sein; die Sachen, die sie hier backen, sind für meinen Geschmack einfach nur zu süß. Irgendwie wird hier alles in größerem Maßstab gemacht, wenn es um das Kochen und Backen geht: Alles hier ist entweder würziger, süßer, fettiger oder schwerer zu kauen als zuhause."

"Mir schmeckt es. Ich finde, dass unser Essen zuhause vergleichsweise langweilig ist. Ich bringe dir deine Früchte." Er ging zur Küche und kehrte mit einer Schüssel gefüllt mit mundgerechten Häppchen zurück.

"Du bist der Beste, mein Junge", lächelte sie.

"Ich weiß", grinste er unbescheiden. "Es sind noch ein paar Stücke süßen Gebäcks übrig. Die, die Vran'el gestern vorbeigebracht hat. Da du sie nicht zu mögen scheinst, kann ich sie haben?"

"Sie gehören dir." Sie sah zu, wie er in die Küche zurückkehrte und, als er ein paar Minuten später wieder an ihr vorbeiging, einen Teller voll mit Gebäck mit in sein Zimmer nahm. Wäre die Welt gerecht, müsste er bei den Mengen an Nahrung, die er verzehrte, ein Dreifaches seiner Masse mit sich herumtragen. Aber nein, er wirkte nach wie vor schlaksig. Beschränkte er seine Nahrungszufuhr auf die einer normalen Person, würde er womöglich einfach verschwinden. In den letzten paar Wochen hatte er sich eine nette Bräune zugelegt und begonnen, sich im hiesigen Stil zu kleiden. Er kam auch mit Vran'el besser aus, besuchte regelmäßige Heilervorträge, pflegte den Kontakt mit verschiedenen Künstlern und verbrachte den Rest seiner Zeit, besonders die Abende, mit Leuten in seinem Alter. Alles in allem passte er sich denkbar gut an.

Junar hatte damit begonnen, Kontakt mit anderen schwangeren Frauen aufzunehmen, die sich im gleichen Stadium befanden und mehr oder weniger kurz vor der Geburt standen. Sie verbrachte eine Menge Zeit in der Klinik, um sich mit den in dieser Gegend üblichen Vorgängen rund um die Geburt eines Kindes vertraut zu machen. Sie hatte gelernt, wie man richtig atmete, um mit den Schmerzen fertigzuwerden und hatte Informationsabende besucht, wo neuen Müttern gezeigt wurde, wie man ein Kind handhabe, ohne ihm Schaden zuzufügen.

Enric war so beschäftigt damit, sich einen Überblick über die Besonderheiten des Hauses unter seiner Verantwortung zu verschaffen, dass sie ihn kaum mehr als zwei Stunden pro Tag vor dem Zubettgehen sah. Zumindest stellte er sicher, dass er das Nachtmahl stets gemeinsam mit ihr einnahm, auch wenn sie nicht irgendwo eingeladen waren.

Alles in allem hatten sie sich in der Aren Residenz eingerichtet und einen Lebensrhythmus gefunden, der funktionierte. Vern war nicht viel zuhause; Enric verbrachte beinahe seine gesamte Zeit in Malriels Arbeitszimmer; Junar war beschäftigt mit ihren Geburtsvorbereitungen und damit, den Schlaf nachzuholen, der ihr in der Nacht nicht vergönnt war; Orrin arbeitete an Trainingsplänen und dergleichen; und sie selbst verbrachte ihre Tage mit dem Lernen für das bevorstehende Examen. Grundsätzlich hatte jeder von ihnen eine Art von Routine, die kaum Überschneidungen mit den anderen, die unter dem gleichen Dach lebten, mit sich brachte. Das war irgendwie seltsam. Zuhause war es umgekehrt gewesen: Sie lebten an unterschiedlichen Orten, doch ihre Arbeit und Trainingsverpflichtungen sorgten für ständigen Kontakt.

Iklan hatte sie darum geben, ihre Erkenntnisse bezüglich des Geistesbandes mit ihm zu teilen. Es war ein beinahe vollständig unerforschtes Gebiet, und er war sehr begierig darauf, mehr darüber zu erfahren, besonders, da sie und Enric in solch kurzer Zeit so erhebliche Fortschritte in dessen Verständnis gemacht hatten. Sie hatte ihn um ein wenig Geduld gebeten und ihm versprochen, auf ihn zuzukommen, nachdem sie ihre Prüfung bei Sarol abgelegt hatte. Zumindest würde sie sich nicht langweilen, sobald ihre Tage nicht länger mit Lernen erfüllt waren.

Sie seufzte und nahm das Buch hoch, das sie noch durchzugehen hatte. Als sie gerade dabei war zu wiederholen, was Hautveränderung hinsichtlich Temperatur, Textur und Farbe bedeuten konnten, erschien Orrin am Treppenaufgang. Sie hatte die Eingangstür nicht einmal gehört.

"Du siehst nicht glücklich aus", kommentierte sie und klopfte auf das Kissen neben ihrem. "Komm, setz dich und teile deinen Kummer mit mir."

Er schnaubte und griff nach einem sauberen Glas, bevor er zu ihr ging.

"Meinen Kummer mit dir teilen? Brauchst du dermaßen dringend eine Pause vom Lernen?"

"Ich bin fertig mit dem Lernen, ich wiederhole nur ein paar Dinge um sicherzugehen, dass sie noch immer hier oben drin sind, wenn ich sie brauche." Sie tippte sich mit dem Zeigefinger gegen die Stirn. "Aber bislang sieht es gut aus. Ich fühle mich gut genug auf die Prüfung vorbereitet und kann mir sogar erlauben, mich morgen zu entspannen. Du unterbrichst also nichts Kritisches, wenn du dich mit mir armer, einsamer Seele ein wenig unterhältst", lächelte sie.

Er sah auf sie hinab und zog die Stirn in Falten. "Einsam... Ich schätze, wir waren in letzter Zeit alle recht beschäftigt."

"Das war nur ein Scherz, Orrin", lachte sie, konnte sich aber einer gewissen Überraschung nicht erwehren, dass dennoch zumindest ein Körnchen Wahrheit darin verborgen war. Sie erkannte, dass sie bislang mit niemandem über Valrads Beharren auf einer Versöhnung und Ram'ans Versuche, Zeit mit ihr zu verbringen, gesprochen hatte. Auch nicht darüber, wie sehr ihre Bemühungen, kühl, ruhig und gelassen zu erscheinen, wenn sie ihnen bei einer öffentlichen Gelegenheit begegnete, sie auslaugten. Vran'el war kein guter Gesprächspartner; er stand auf der Seite seines Vaters. Ihm anzuvertrauen, dass dies eine Belastung für ihre Nerven war, würde ihn nur dazu veranlassen zu wiederholen, dass es in ihrer Macht stand, dem ein Ende zu bereiten. Dafür müsste sie sich bloß mit ihrem Vater hinsetzen und ein langes, freundschaftliches Gespräch mit ihm führen.

"War es das?" Er seufzte und ließ sich neben sie sinken.

"Absolut", log sie und füllte sein Glas aus der Karaffe auf dem niedrigen Tisch vor ihr. "Sprich mit mir. Zeigt sich die Triarchie nicht kooperationsbereit bezüglich deiner Vorschläge, wie sich Takhan in eine Stadt verwandeln lässt, die bewaffnete Vergeltungsschläge austeilt?"

"Die Triarchie ist nicht das Problem. Die sind hinreichend zufrieden damit, mir die Planung zu überlassen, welche Verteidigungsfertigkeiten vermittelt werden sollten. Die Schwierigkeit liegt bei den Leuten, die sie erlernen sollen. Es gibt weitläufige Diskussionen darüber, wer dazu gezwungen werden soll, Kampffertigkeiten zu erlernen. Bei der letzten Senatsversammlung habe ich meine Ideen vorgestellt, und das Erste, worüber die Senatoren zu argumentieren begannen, war, weshalb ihre Häuser und die damit verbundenen Berufsgruppen davon ausgenommen werden sollten." Müde schüttelte er den Kopf. "Enric hat fünf Freiwillige von Haus Aren bereitgestellt, wobei ich allerdings den Verdacht hege, dass sie es nicht wirklich freiwillig tun, sondern von ihm dazu gedrängt wurden."

"Was ist mit Valrad?", fragte sie.

"Dem König der Heiler in dieser Stadt, wenn nicht sogar dem ganzen Land?", spottete er. "Was denkst *du* denn? Dass er mich nicht leiden kann, ist auch nicht gerade hilfreich. Und natürlich hat das keinen besonders guten Eindruck bei den anderen hinterlassen. Ich stehe immerhin mit Enric und dir in Verbindung, und wenn er als ein Freund diese Idee nicht unterstützt, von wem kann man es dann erwarten?"

"Es tut mir leid", sagte sie.

"Nein, das tut es nicht", entgegnete er. "Du denkst, dass Heiler nicht dazu angehalten werden sollten, Kampffertigkeiten zu erlernen, also gib nicht vor, du hättest deine Meinung darüber geändert, nur weil wir uns derzeit in einem anderen Land aufhalten."

"Das bedeutet nicht, dass ich nicht schätze, was du hier zu tun versuchst. Und nur weil er nicht will, dass Heiler Kampffertigkeiten erlernen müssen, bedeutet das nicht, dass er dagegen sein sollte, es denen beizubringen, die willens sind, es zu lernen. Freiwillig lernen, wohlgemerkt", betonte sie. Vielleicht sollte sie mit Enric ein Wörtchen darüber reden, dass er Leute einfach dazu verpflichtete, weil sie zufällig in das Haus hineingeboren worden waren, das er derzeit führte.

"Als wäre ich in einer Position, es irgendjemandem aufzuzwingen", seufzte er. "Und nach dem Mangel an Enthusiasmus im Senat zu urteilen, schätze ich, dass es nicht viele Leute geben wird, die bereit sind, es zu versuchen."

"Du könntest Enric fragen, ob er dir bei einer öffentlichen Demonstration zur Hand ginge. Ihr könntet einen Schaukampf oder etwas in der Art veranstalten", schlug sie vor.

"Nein, nicht wirklich. Ihnen etwas zu zeigen, das zu erreichen Jahre dauern würde, wäre nur eine zusätzliche Entmutigung. Ich wage zu behaupten, dass es der beste Weg wäre, den Senatoren klarzumachen, dass sie schlussendlich davon profitieren würden, wenn sie in der Lage wären, ihre Stadt zu verteidigen. Takhan ist der am dichtesten bevölkerte Ort in diesem Land. Sollte die Stadt also fallen, gäbe es nicht mehr viel zu erobern. Die vier anderen kleineren Städte sind nicht einmal annähernd so bedeutend."

"Was ist mit den anderen Häusern, die mit Haus Aren verbündet sind? Ist von denen auch keine Hilfe zu erwarten?"

"Eryn, wir sind hier noch immer Fremde. Leute, die seltsam aussehen im Vergleich zu dem, was man hier gewohnt ist, die sich zuweilen anders verhalten und von denen man nicht weiß, ob man ihnen trauen kann. Enric wird zu einem gewissen Grad respektiert, aber hauptsächlich aufgrund der Dinge, die er vor einigen Monaten als Botschafter vollbracht hat, nicht aufgrund seiner Erfahrungen in seiner derzeitigen Position. Soweit es die betrifft, könnte er massiv Mist bauen, und mit ihm verbündet zu sein, könnte sich dann als Problem erweisen. Im Moment sind alle um ihn herum recht vorsichtig. Zuerst wollen sie sehen, wie er seine neue Aufgabe bewältigt. Drei Wochen waren dafür nicht einmal annähernd ausreichend. Und bis sie entschieden haben, dass er seine Arbeit gut macht und es nützlich ist, mit ihm verbündet zu sein, gestaltet sich mein Auftrag ungemein schwierig." Er lächelte sie an. "Aber das ist nicht dein Problem. Du siehst besser zu, dass du uns keine Schande machst, weil du die Prüfung bei diesem magierhassenden Heiler in den Sand setzt."

"Vielen Dank für diesen kleinen Schubs", meinte sie augenrollend. "Als bräuchte ich jetzt gerade noch mehr Druck."

"Du machst das schon", versprach er und drückte ihre Hand. "Wie ergeht es dir sonst so? Wie benimmt sich dein Sohn bislang? Tritt er schon um sich?"

Sie lächelte und legte eine Hand auf ihren Bauch. "Dafür ist es noch ein wenig früh. Es werden wohl noch drei oder vier Wochen vergehen, bis es soweit ist. Bisher ist er noch zu klein, um sich danebenzubenehmen."

"Das wird sich bald genug ändern, ganz egal, ob er nach dir oder Enric kommt", lächelte er. Dann wurde er wieder ernst. "Wie ergeht es dir mit deinem Vater? Du hast noch immer nicht mit ihm gesprochen und gehst ihm aus dem Weg."

"Ich habe mit ihm gesprochen. Da gab es Abendveranstaltungen, wenn du dich erinnerst. Da wir uns in den gleichen Kreisen bewegen, kann ich ihm gar nicht aus dem Weg gehen."

"Das meinte ich nicht, und das weißt du auch", ermahnte er sie. "Was gedenkst du deswegen zu unternehmen? Du kannst ihn nicht die ganze Zeit über auf Abstand halten. Ihr werdet bald genug im gleichen Gebäude arbeiten. Und er ist der Großvater deines Sohnes. Er wird den Jungen gelegentlich zu Gesicht bekommen wollen. Dieses Kind wird immerhin der Erbe seines Hauses sein."

"Orrin", jammerte sie, "lass mich zufrieden! Im Moment habe ich andere Sorgen. Wie dieses sehr wichtige Examen mit einem Mann, der Magiern nicht eben wohlgesonnen ist, wenn du dich erinnerst?"

"Dann wirst du dich nach der Prüfung darum kümmern? Außerdem wäre da auch noch Ram'an. Eine weitere Situation, die der Auflösung bedarf."

"Ich verspreche nicht, dass ich mich nach dem Examen darum kümmere, aber ich werde dir wohl bereitwilliger als jetzt zuhören, wenn du darüber sprichst."

"Warum bemühe ich mich überhaupt?", seufzte er und schüttelte den Kopf.

"Das weiß ich nicht", erwiderte sie schulterzuckend. "Aber über dieser Frage kannst du ebenso gut woanders brüten, da ich dieses Buch hier noch ein letztes Mal durchgehen sollte. Ich habe die feste Absicht, morgen einen entspannten, ruhigen Tag zu verbringen, damit ich Sarol am Tag darauf gelassen und gefasst entgegentreten kann."

"Ja", nickte Orrin, "Ruhe und Fassung scheinen in letzter Zeit deine hervorstechendsten Eigenschaften zu sein."

"Spielst du darauf an, wie ich Valrad und Ram'an behandelt habe?", fragte sie misstrauisch. "Ich dachte, wir hätten uns geeinigt, dass wir dieses Thema für den Augenblick beiseitelassen."

Er erhob sich. "Wie du wünschst. Ich werde einen Spaziergang im Garten unternehmen, jetzt, wo die ärgste Hitze vorüber ist. Ich vermisse mein Arbeitszimmer wirklich", seufzte er. "Mein Schlafzimmer wird von meiner schlafenden Gefährtin belegt, und aus diesem Zimmer hier werde ich hinausgeworfen, weil du lernen musst."

"Armer Orrin", gurrte sie. "Wenn du versprichst, deinen Mund zu halten, darfst du auch hierbleiben."

"Danke, das ist zu freundlich", knurrte er und wandte sich in Richtung der Terrassentür, um nach einem Flecken Ausschau zu halten, wo er sich für eine Weile in Frieden niederlassen konnte

KAPITEL 7

Eine Idee

"So, morgen ist also der große Tag", lächelte Vran'el, während sie durch die Straßen spazierten. Es war später Morgen. Keiner von ihnen war ein Frühaufsteher, wenn es sich irgendwie vermeiden ließ.

"So ist es", bestätigte Eryn und blieb bei einem Springbrunnen stehen, um ihre Hände eine Minute lang einzutauchen, damit das Wasser ihre Haut kühlen konnte.

"Nervös?"

"Ein wenig", gestand sie. "Ich schätze, am Abend wird es noch schlimmer werden."

"Den meisten Heilern graut so richtig vor Sarols Prüfung", erklärte er. "Manche von ihnen beginnen so stark zu zittern, dass man sie mit Magie beruhigen muss, bevor sie hineingehen. Von allen Examen ist bei seinen die Durchfallsrate am höchsten."

Sie warf ihm einen kühlen Blick zu. "Vielen Dank, dass du mir das einen Tag, bevor ich ihm gegenübertreten muss, mitteilst. Das ist enorm rücksichtsvoll von dir. Sag mir, dass Pe'tala beim ersten Mal durchgefallen ist."

Er schüttelte den Kopf. "Nein, Herzblatt, ich fürchte, das kann ich nicht. Sie hat es beim ersten Mal gemeistert. Sie hat bei allen Examen sehr gut abgeschnitten. Das musste sie auch. Da war noch immer diese Angelegenheit mit ihrem Verehrer, die sie hinter sich lassen musste. Denjenigen, den sie gequält hat mit Bildern von Vögeln, die ihn verfolgt haben. Sie musste beweisen, dass sie eine fähige Heilerin war, und gute Prüfungsnoten waren ein wichtiger Schritt in diese Richtung."

"Dann wird sie mich also verspotten, falls ich durchfalle", seufzte Eryn und nahm einen Schluck aus ihrem Wasserbeutel.

"Das wird sie", bestätigte Vran'el unbekümmert. "Aber sorge dich nicht zu sehr. Vater sagte mir, dass Pe'tala recht fordernd war, als sie dich damals testete. Sie scheint es dir auf jeden Fall ungewöhnlich schwer gemacht zu haben, indem sie tief ins Detail ging. Und dennoch hast du bestanden."

"Ich gehe davon aus, dass er die Abschrift gelesen hat, die Pe'tala als Bestätigung für mein Durchkommen eingereicht hat?"

"Ja. Obwohl er keiner von denen war, die dieses kleine Detail zu verifizieren hatten. Sonst hätte man ihm unterstellen können, dass er ein klein wenig zu deinen Gunsten voreingenommen wäre. Schließlich unterzog eine seiner Töchter die andere einer Prüfung. Also sah er sich die Papiere an, nachdem die Gutachter damit fertig waren."

"Er kann sie sich einfach so ansehen?"

Er lachte leise. "Aber natürlich kann er das. Er ist sehr wichtig, musst du wissen. Der einzige Grund, weshalb er die Klinik nicht länger leitet, ist der, dass es nicht sein Wunsch ist."

Was ein Glücksfall für sie war, dachte sie.

Sie setzten ihren Weg fort, und Eryn entdeckte nicht weit entfernt einen weiteren Brunnen.

"Von denen habt ihr hier wirklich eine Menge herumstehen", bemerkte sie.

"Ja, das stimmt wohl. Wenn man bedenkt, wie warm es hier ist, ist es essentiell, dass wir den Leuten hier kühles, sauberes Wasser bieten. Die Becken haben unterschiedliche Farben. Dieses vor uns ist grün, was bedeutet, dass du deine Füße darin kühlen kannst, aber nicht daraus trinken solltest. Die roten sind zum Trinken gedacht, die blauen, um darin Gesicht und Hände zu waschen. Und die gelben sind seicht genug, damit Kinder hineinspringen und darin spielen und plantschen können, ohne sich der Gefahr des Ertrinkens auszusetzen."

"Praktisch." Sie überlegte kurz. "Welche Farbe hatte dasjenige, in dem ich mir gerade die Hände gewaschen habe?"

"Gelb. Du hast also keinerlei Gepflogenheiten verletzt", versprach er. "Ich hätte dich sonst gewarnt. Ich kann dich doch nicht schon wieder in irgendwelchen Ärger hineinstolpern lassen, nachdem du bei deinem letzten Besuch vor ein paar Monaten gerade einmal so entkommen bist."

"Das war wohl kaum meine Schuld!", protestierte sie.

"Nein, das war es nicht, soviel gestehe ich dir zu", nickte er.

Sie hielten an, als eine Gruppe Kinder im Alter zwischen sechs und sieben Jahren über die Straße lief.

"Was treiben die da?", fragte sie.

"Sie spielen", lächelte er. "Alle außer einem Kind verstecken sich innerhalb eines festgelegten Gebiets. Ein Kind muss eine Weile warten und beginnt dann, nach den anderen zu suchen. Der Letzte, der gefunden wird, ist in der nächsten Runde mit dem Suchen dran."

"Wirklich?" Erfreut lachte sie. "Wir haben fast das Gleiche gespielt, als ich damals ein Kind im Alten Königreich war. Lustig, wie wenig sich die Spiele, mit denen sich Kinder amüsieren, unterscheiden."

"Verstecken und suchen sind zwei sehr grundlegende Betätigungen, oder zumindest waren sie das, bevor es Städte gab. Ich könnte mir denken, dass es wohl nicht viele Länder gibt, wo Kinder dieses Spiel nicht in irgendeiner Variation spielen." Er lächelte, als sich die Kindergruppe zerstreute und in verschiedenen Gassen verschwand. "Hin und wieder bin ich ein wenig neidisch, wenn ich sie so beobachte. Es war ein lustiges Spiel. Wenn es allerdings Erwachsene spielen wollen, kommt das nicht so gut an. Schade. Ich wette, es gibt einige von uns, die diesen Drang zu spielen zuweilen noch verspüren." Er grinste. "Aber sofern nicht jemand einen sehr guten Grund dafür liefert, dass wir in der Stadt herumlaufen und uns voreinander verstecken, schätze ich, dass dies nicht so bald geschehen wird." Er hielt an und drehte sich um, als er bemerkte, dass Eryn nicht länger neben ihm herging.

Sie starrte ihn an, während ihre Gedanken rasten. Verstecken und suchen. Oder eine Variation davon. Wie... angreifen und verteidigen... oder sich einschleichen und entdeckt werden. War das möglich? Weshalb denn nicht? Selbst wenn die Idee neuartig und ungewöhnlich erschien, wären sie vielleicht sogar bereit mitzuspielen, wenn sie von einem der Besucher von der anderen Seite des Meeres kam...

"Eryn? Ist alles in Ordnung?" Vran'els Miene war beunruhigt, und er ergriff ihren Arm.

"Ja, vollkommen in Ordnung! Du hast mich gerade auf eine Idee gebracht, auch wenn mir noch nicht klar ist, ob sie dämlich oder brillant ist. Das muss jemand anderer entscheiden. Komm!" Sie griff nach seinem Ärmel und zog ihn mit sich.

"Wohin soll ich kommen?", fragte er, eindeutig verwirrt.

"Mit mir, um Orrin zu finden. Ich muss mit ihm darüber reden."

"Worüber?"

"Verstecken und suchen", sagte sie ungeduldig und zog ihn mit sich.

"Wenn eure Kinder es ebenfalls spielen, kennt er es bereits, glaube mir. Ich meine, er hat doch immerhin einen Sohn."

"Ich erkläre es gleich, komm einfach mit."

"Weißt du überhaupt, wo sich Orrin im Moment aufhält?", fragte er, offensichtlich nicht allzu angetan von ihrem Plan, den er nicht ganz nachvollziehen konnte.

"Entweder in der Aren Residenz oder im Senat, würde ich sagen. Aber falls er nicht zuhause ist, hat er sicher eine Notiz hinterlassen, wo er zu finden ist. Immerhin will er erreichbar sein, falls Junar ihn braucht."

"Das klingt verrückt. Weswegen schleppst du mich mit?", murrte er.

"Deswegen. Jetzt hör auf, schwierig zu sein und komm."

Er gab nach und folgte ihr zur Aren Residenz. Sie waren erst seit zwanzig Minuten gemütlich unterwegs, also hatten sie noch keine besonders weite Wegstrecke zurückgelegt.

"Orrin?", rief sie laut, nachdem sie Vran'el hineingeführt hatte.

"Was ist mit meinem feuchten Handtuch?", fragte er schmollend.

"Nur weil du aufgeregt bist, bedeutet das nicht, das du die gängigen Regeln der Gastfreundlichkeit außer Acht lassen kannst. Und deinen Gästen Gelegenheit zu geben, sich zu erfrischen, ist eine davon."

Ungeduldig verdrehte sie die Augen. "Du bist schon wieder mühsam! Dreh dich einfach um und nimm eines aus der Schale! Und du betonst ständig, dass wir jetzt Geschwister sind, was nahelegt, dass du dort, wo ich zuhause bin, nicht wirklich ein Gast sein kannst. Das bedeutet, dass du dir dein eigenes verdammtes Handtuch nehmen kannst. Orrin!", schrie sie erneut.

Enric erschien oben an der Treppe und sah auf sie hinunter.

"Er ist mit Junar in ihrem Schlafzimmer. Sie wollte ein wenig schlafen, was jetzt wahrscheinlich dank deiner sanften Erkundigung nach Orrins Aufenthaltsort vorüber ist", sagte er milde. "Hallo, Vran. Das war ein recht kurzer Spaziergang, oder habe ich die Zeit aus den Augen verloren?"

"Nein, das hast du nicht", seufzte er. "Es scheint, dass ihr eine Art Erleuchtung zuteilwurde, die nun sofort mit Orrin geteilt werden muss."

"Ach ja?", fragte Enric und sah seine Gefährtin an, die in der Zwischenzeit die Stufen erklommen hatte und neben ihm stand.

"Diese Möglichkeit besteht, ja", nickte sie und blickte zu dem Korridor, der zu Orrins und Junars Schlafzimmer führte, als sie von dort aus näherkommende Schritte vernahm.

"Orrin!", rief sie aus, als er plötzlich mit einem wenig erfreuten Gesichtsausdruck im Hauptraum auftauchte.

"Du hast Junar geweckt", sagte er anklagend.

"Das ist jetzt egal", winkte Eryn ab und ergriff seine Hände. "Ich habe womöglich eine Lösung für dein Problem."

"Mein Problem?", meinte er stirnrunzelnd. "Eine ermüdete und erschöpfte schwangere Gefährtin, die nachts nicht schlafen kann? Mir wurde gesagt, dass es nicht ratsam sei, sie mit Magie schlafen zu schicken. Es könnte das Kind beeinflussen und seine Entwicklung hemmen, wenn es zu oft gemacht wird."

"Nicht das! Das Kampftraining, das keiner beginnen will - ich habe eine Idee, wie man die Leute daran interessieren könnte! Du hattest Unrecht, es sind nicht die Senatoren, die du überzeugen musst. Die sind wahrscheinlich ebenso träge und unwillig neuen Ideen gegenüber wie unser Rat der Magier. Du musst dich direkt an die Leute wenden, die es lernen sollen, und ich habe vielleicht eine Idee, wie du das anfangen könntest."

Sein Interesse war nun eindeutig geweckt. "Wie?", fragte er bloß.

"Mit einem Versteckspiel!"

"Verzeihung?" Er sah sie misstrauisch an. "Warst du zu lange draußen in der Sonne?"

Sie ignorierte seinen Kommentar und fuhr fort: "Das Kinderspiel, wo sich die Meisten von ihnen verstecken, und sich einer auf die Suche macht. Vor ein paar Minuten haben wir eine Gruppe Kinder gesehen, die es in den Straßen gespielt haben, genau wie zuhause. Vran'el sagte, dass er sie manchmal beneidet, weil Erwachsene es nicht länger spielen und man es etwas seltsam fände, täten sie es doch!" Erwartungsvoll sah sie ihn an, aber er starrte nur verständnislos zurück.

"Ein Versteckspiel für Erwachsene", hörte sie Enrics nachdenkliche Stimme hinter sich, während er näherkam. "Eines, das nicht nur aus Verstecken, sondern auch aus Flucht und Gegenwehr besteht?", äußerte er vorsichtig.

"Genau!", strahlte sie, glücklich darüber, dass er verstand, worauf sie abzielte. "Es könnte zwei Teams geben, Invasoren und Verteidiger. Die Invasoren müssten einen bestimmten Punkt erreichen, beispielsweise die Senatshalle, damit sie die Stadt erfolgreich einnehmen können, und die Verteidiger müssten das verhindern, indem sie sie finden und fangen, bevor sie an diesem Punkt eintreffen."

"Das Fangen könnte mit schwachen Magieblitzen erfolgen", sinnierte Enric, offenkundig fasziniert von der Idee. "Es müsste Regeln geben bezüglich Schilden und Angriffen und so weiter. Sie könnten sich ihr Wissen über die Straßen zunutze machen. Natürlich müssten die Verteidiger das Spiel verlieren, oder die Botschaft, dass Kampffertigkeiten zur Verteidigung Sinn machen, ginge verloren."

"Ich bin noch nicht sicher, ob das vollkommener Irrsinn oder einfach nur genial ist", meinte Orrin, seine Stirn in Falten gelegt.

Eryn lachte. "Ich hatte gehofft, dass du mir das sagen würdest. Obwohl Enric davon recht angetan scheint."

"Orrin, Vern und du - ihr müsstet auf der Seite der Invasoren stehen", fuhr Enric fort, seine Augen blicklos, als spräche er mit sich selbst. "Ich als Oberhaupt eines Hauses muss ein Verteidiger sein. Sonst täte das dem Ruf, den ich hier aufbauen will, gar nicht gut. Wenn sie mich als Verteidiger ihrer Stadt sehen, wird mir das Pluspunkte einbringen…"

Sie schüttelte den Kopf über ihn. "Ein Politiker, durch und durch."

Enric blickte auf, und der Fokus kehrte in seine Augen zurück. "Eryn." Er küsste ihre Stirn. "Du bist wahrhaftig erstaunlich, eine Entdeckerin durch und durch. Orrin? Wir müssen uns zusammensetzen und Regeln für dieses Spiel aufstellen. Komm." In seinen Augen funkelte es, als er in Richtung seines Arbeitszimmers davonging.

"Wie es aussieht, gehört Enric eindeutig zu denjenigen, die es vermissen zu spielen", murmelte der Krieger und folgte dem jüngeren Mann.

Vran'el lachte vor sich hin. "Das lief prima, Herzblatt. Ich bin neugierig, womit sie aufwarten werden. Und ob es so funktionieren wird, wie du es erhoffst."

Sie drehte sich zu ihm um. "Würdest du mitspielen?"

"Ich? Auf jeden Fall. Und da ich bereits weiß, welche Seite gewinnen soll, werde ich definitiv den Invasoren beitreten", grinste er und zerzauste ihr Haar, "und Seite an Seite mit meiner kleinen Schwester kämpfen, um gemeinsam mit den Barbaren von jenseits des Meeres die Stadt zu bezwingen."

"Opportunist", seufzte sie, musste aber lächeln bei dem Gedanken daran, wie sie die Straßen von Takhan durchkämmten, sich in Nischen versteckten, um Ecken lugten und von einer Deckung zur nächsten rannten, um ihr Ziel zu erreichen.

"Das ist keine besonders respektvolle Art und Weise, mit deinem großen Bruder zu sprechen", schalt er sie. "Wenn du dich nicht benimmst, werde ich dich dem Feind opfern, damit ich zu den siegreichen Überlebenden zähle."

"Charmant", schnupfte sie. "Das ist die Art von Bruder, von dem jedes Mädchen träumt. Jetzt erinnere ich mich, weshalb ich dir den Respekt verweigere, den du so unbegründet zu verdienen glaubst."

Er lachte und rieb sich die Hände. "Ich hoffe, sie beeilen sich mit ihrer Planung. Ich will das tun, bevor du zu rund wirst, um daran teilnehmen zu können."

Sie nickte. Diese Hoffnung teilte sie.

* * *

Eryn schloss hinter sich die Tür des Raumes, in dem sie soeben das Examen abgelegt hatte und stieß den Atem aus, der sich anfühlte, als hätte sie ihn stundenlang angehalten. Vern wartete im Korridor auf sie und stand vom Boden auf.

"Und? Wie ist es gelaufen?", fragte er gespannt, seine Augenbrauen hochgezogen, seine Augen groß.

"Ich bin nicht ganz sicher", sagte sie erschöpft. Wo war all die Energie hin, die sie noch vor einer Minute durchströmt hatte? Womöglich verebbt, nachdem die Anspannung der Prüfung vorüber war.

"Aber du musst doch irgendein Gefühl haben, ob es gut gegangen ist oder nicht? Wie viele Fragen konntest du denn beantworten?", bohrte er nach, offensichtlich nun etwas besorgt.

"Ich weiß es nicht genau", meinte sie mit einem hilflosen Seufzer.

"Wie kannst du das nicht wissen?", beschwerte er sich.

"Ich sage das nicht nur, um dich zu irritieren, oder weil ich ungebührlich bescheiden bin, sondern weil ich keine Ahnung habe, was die Hauptfragen waren. Er hat so viele gestellt, und ich glaube, dass einige davon nur dazu gedacht waren, um zu sehen, wie detailliert mein Wissen ist. Ich weiß nicht, wie er die bewertet, ob sie genauso wichtig wie die Hauptfragen sind oder nicht. Falls ja, stecke ich in Schwierigkeiten. Falls nicht, habe ich wohl eine Chance."

"Sie haben dir also nicht gesagt, wie du dich geschlagen hast? Oder zumindest, ob du durchgekommen bist?"

"Nein, gar nichts. Sie wiesen mich an, vor der Tür zu warten, bis sie sich entschieden haben."

"Haben sie gesagt, wie lange das dauern wird?"

"Ein paar Minuten", antwortete sie.

"Wie viele sind da drin?"

"Drei. Also hoffe ich, dass die Diskussion nicht allzu lange dauern wird."

Er schnaubte. "Als ob drei Leute nicht endlos lange über eine Sache diskutieren könnten. Frag meinen Vater. Ein paar der Ratsversammlungen bestanden aus nichts weiter als Diskussionen zwischen zwei oder drei Leuten, während der Rest von ihnen entweder kurz vor dem Einschlafen war oder an die Decke starrte."

"Ich brauche etwas zu essen", verkündete sie und wandte sich in Richtung der Kantine.

"Nein!", rief Vern panisch aus. "Sie haben dir gesagt, du sollst hier warten, also kannst du nicht einfach davonlaufen!"

"Ich bin hungrig und erwarte ein Kind, also gehe ich davon aus, dass sie mir verzeihen werden, wenn ich ein paar Minuten lang weg bin", erklärte sie.

"Oder sie tun genau das nicht und werden so böse, dass sie ihre Meinung ändern und sagen, du wärst durchgefallen. Sofern sie überhaupt vorhatten, dich durchkommen zu lassen, versteht sich", fügte er hinzu. "Warte hier. Ich hole dir etwas zu essen. Irgendetwas Bestimmtes oder nur ein paar Früchte?"

"Keine Früchte, ich brauche jetzt etwas Gehaltvolleres. Sieh nach, ob sie..." Sie unterbrach sich und erstarrte, als sich die Tür hinter ihr öffnete und Sarol den Kopf herausstreckte.

"Wir sind zu einer Entscheidung gelangt. Komm herein."

Sie schluckte hart, warf Vern einen leicht panischen Blick zu und folgte dem Heiler zurück in das Zimmer, aus dem sie gerade herausgekommen war.

Die drei Männer vor ihr saßen an ihrem Tisch und sahen sie mit unlesbaren Mienen an.

Nicht gut, entschied sie augenblicklich. Wäre sie durchgekommen, würden sie womöglich lächeln.

In diesem Moment verzogen zwei der Männer ihre Gesichter zu einem breiten Lächeln und standen auf. Sarols Miene war die einzige, die sich nicht veränderte, doch er kam ebenfalls auf die Beine, als würde er sich widerwillig in das fügen, was seine Kollegen als angemessen zu erachten schienen.

"Eryn, wir gratulieren. Du hast dein letztes Examen bestanden und bist hiermit eine vollständig zertifizierte Heilerin in Übereinstimmung mit den Standards der Stadt Takhan."

Sie spürte, wie ihre Knie bei Sarols Worten vor Erleichterung weich wurden und entließ einmal mehr den Atem, den sie angehalten hatte.

Er hielt die silberne Nadel hoch, die jeder voll ausgebildete Heiler in der Klinik und überall sonst in den Westlichen Territorien trug. Eine kleine silberne Hand, von der Strahlen ausgingen - das Heilersymbol in dieser Gegend.

"Das hier identifiziert dich als vollständig ausgebildete Heilerin und gewährt dir Zutritt und kostenlose Verpflegung an jeder Heilerstätte in diesem Land. Sie befähigt dich auch dazu, Patienten zu behandeln und zu beraten, ohne dass die Anwesenheit eines weiteren Heilers erforderlich ist. Von nun an bist du eine von uns. Wir heißen dich in diesem noblen Beruf willkommen!"

Sie hob eine leicht zitternde Hand, um die Nadel in Empfang zu nehmen und starrte sie ein paar Sekunden lang an, bevor sie sie an ihre Tunika steckte, direkt über dem Herzen, wo sie hingehörte. Einmal hatte sie Valrads Abzeichen eine Stunde lang in der Kantine getragen, um dort kostenlos versorgt zu werden, und davon geträumt, eines Tages ihr eigenes zu erhalten. Dieser Tag war heute.

"Irgendwelche zeremoniellen Worte, die du loswerden möchtest?", fragte Sarol, eindeutig in der Hoffnung, dass dies nicht der Fall war.

Sie lachte und schüttelte den Kopf. "Nicht wirklich. Alles, was für mich im Moment zählt, ist, ob ich morgen hier zu arbeiten beginnen kann."

Ihre Stirn legte sich in Falten, als Sarol schluckte und einen Blick mit seinen Kollegen wechselte.

"Grundsätzlich ja. Allerdings ist die Bestimmung, dass du Patienten ohne Aufsicht behandeln darfst, noch eine Weile lang nicht effektiv, da du nicht wie alle anderen hier in Takhan ausgebildet wurdest. Wir haben noch nicht wirklich einen Einblick in deine praktischen Fertigkeiten gewonnen, also wirst du in den nächsten Wochen mit einem erfahrenen Heiler aus der Klinik zusammenarbeiten."

"Also gut", meinte sie schulterzuckend, "das geht schon in Ordnung. Dann schätze ich, dass ich einfach morgen früh herkomme, meinen Aufseher treffe und dann mit ihm arbeite."

Die drei Männer nickten, offensichtlich erleichtert. Womöglich darüber, dass sie die Einschränkung ohne Beschwerden akzeptiert hatte.

Als sie den Raum verließ, landete Verns Blick sofort auf ihrem Abzeichen.

"Du hast es geschafft!", johlte er und schlang seine Arme um ihren Hals.

"Deine Freude ist verständlich, junger Mann, aber versuch dich daran zu erinnern, dass dies hier ein Ort ist, den kranke und verletzte Menschen aufsuchen, um behandelt zu werden, wenn du kannst", sagte Sarol mit einer säuerlichen Miene und ging an ihnen vorbei. "Nun kommt, es ist Zeit für das Mittagessen. Ihr werdet mit mir essen." Und damit setzte er seinen Weg fort, ohne auf eine Antwort zu warten oder sicherzugehen, dass sie ihm folgten.

"Was für ein alter Griesgram", grummelte Vern.

"Das habe ich gehört", entgegnete Sarol mehrere Schritte vor ihnen, ohne sich umzudrehen.

"Verdammt", flüsterte der Junge.

"Und kein Fluchen! Ein wenig mehr Respekt für den Heilerberuf, junger Mann! Ich freue mich schon darauf, wenn *du* eines Tages dieses Examen bei mir ablegst", sagte der Heiler in einem Tonfall, der unausgesprochen Schreckliches versprach.

Eryn verzog mitfühlend das Gesicht, als Verns Antlitz unter seiner Bräune erblasste.

"Sein Gehör ist schon beachtlich, was? Komm, beeilen wir uns. Er mag es nicht, wenn man ihn warten lässt. Du kannst während des Essens versuchen, ihn dazu zu bringen, dass er dich mag."

Vern nickte schwach und folgte ihr, als sie ihre Schritte beschleunigte.

* * *

Eryn öffnete die Tür und ließ Kilan eintreten.

"Das wird auch Zeit!", rügte sie ihn, während sie nach der Schüssel mit den Handtüchern griff. "Ich bin am Verhungern!"

"Wann bist du das denn in letzter Zeit nicht?", murmelte er vor sich hin.

"Das war enorm ungalant", knurrte sie.

"Aber nicht wirklich unzutreffend, oder etwa doch?", lächelte er.

"Was es nicht weniger ungalant macht", konterte sie. "Nun hör auf, mich zu beleidigen und geh hinauf. Zuerst lässt du eine schwangere Frau auf dich warten, dann beleidigst du sie, weil sie hungrig ist. Dir ist schon klar, dass werdende Mütter hier ein sehr hohes Ansehen genießen? Wie wäre es, wenn du dich dieser kleinen Gepflogenheit anpasst?"

"Das machst du mir sehr schwer", gab er zurück. "Aber ich verspreche, dass ich daran arbeiten werde. Ich denke, ich werde bei Junar mit dem Üben beginnen." Rasch erklomm er die Stufen, als sie begann, ein weiteres kleines Handtuch zusammenzurollen, um es nach ihm zu werfen.

"Hast du etwa die schwangere Lady gereizt?", fragte Enric, als er den Raum betrat. "Das versuchen wir hier zu vermeiden."

"In eurer Situation ist das wahrscheinlich eine nützliche Überlebensstrategie. Ihr habt immerhin eine überdurchschnittliche Anzahl davon um euch herum", nickte Kilan.

"Ja", murrte Eryn hinter ihm, "und du wurdest eingeladen, um heute Abend meinen großen Erfolg zu feiern, also zwing mich nicht, dir wehzutun. Du kannst nicht zurückschlagen. Ich bin schwanger."

"Eine bequeme Ausrede dieser Tage", meinte der Botschafter und zuckte mit den Achseln.

"Bequem?", schnaubte sie. "Warum versuchst *du* nicht, alle paar Minuten einen verstimmten Magen zu heilen, wenn du etwas gegessen hast, das du vermeiden solltest und mit Kleidern zu kämpfen, die jedes Mal, wenn du sie anziehst, unbequemer werden?"

"Kilan?"

"Ja, Enric?"

"Halt die Klappe und setz dich. Nicht die schwangere Lady reizen. Das ist in diesem Haus zu einer wichtigen Regel geworden."

"Entschuldigung", murmelte er und ging auf Junar zu, die auf einem Kissen saß, um sie auf beide Wangen zu küssen. "Wie geht es dir so? Die Wartezeit kann bei dir nicht mehr allzu lange sein."

"Einen Monat noch", seufzte sie. "Und ich freue mich schon darauf, meinen Körper zurückzubekommen. Grundsätzlich teile ich ja gerne, aber nach der Geburt wird es einen Vater und einen großen Bruder geben, die beim Herumtragen mithelfen können."

Kilan zog eine Grimasse. "Und die Hitze macht es dir auch nicht gerade leichter, könnte ich mir denken."

"Reden wir bloß nicht von der Hitze", jammerte sie. "Wenn ich könnte, würde ich den ganzen Tag in einer Wanne mit kaltem Wasser verbringen. Das Wasser nimmt zumindest etwas von dem Gewicht weg."

"Nun, es ist nur mehr ein Monat. Vier kurze Wochen. Die werden rasch genug vorübergehen", versprach er.

"Ach, was weißt du schon?", grummelte Eryn und sah auf, als Enric und Orrin den Hauptraum betraten, in ihren Händen eine große, dampfende Schüssel und einige kleinere. "Endlich!", rief sie aus.

Vern folgte mit einem Arm voller Gläser und einem Wasserkrug.

Als sich alle die Hände gewaschen und abgetrocknet hatten, teilte Enric das Essen aus.

"Heute Abend fleischfrei?", fragte Junar.

"Ja", nickte Enric, "wir waren in den letzten paar Tagen nicht jagen, und es schadet nicht, es zuweilen wegzulassen."

Nachdem alle zu essen begonnen hatten, hob der Gastgeber ebenfalls seine Schüssel hoch.

"Wie geht es mit euren Plänen für das Invasionsspiel voran?", erkundigte sich Eryn. "Gibt es irgendwelche Fortschritte bei den Regeln, über die ihr gestern nachzudenken begonnen habt?"

Orrin nickte. "Wir haben nicht nur ein gesamtes Regelwerk erdacht, sondern auch die Mitglieder der Triarchie um ein Treffen gebeten, damit wir ihnen die Idee vorstellen und sehen können, ob es eine Chance gibt, dass sie zustimmen. Das erfordert einiges an Organisation, da ein paar Bereiche der Stadt dafür vorbereitet werden müssten. Wir dachten daran, bei Einbruch der Dunkelheit damit zu beginnen. Da sind weniger Leute auf den Straßen. Die essen entweder irgendwo zu Abend oder halten sich zu dieser Zeit in den Musikhäusern auf."

"Das war schnell", meinte sie anerkennend. "Ich bin neugierig, was die Triarchie dazu sagt. Aber da sie wollen, dass die Leute trainiert werden, sollten sie wohl keine Einwände haben."

"Nein, das erwarten wir auch nicht wirklich."

"Erzähl uns von deinem Examen. Dass du es bestanden hast, ist immerhin der Grund, weshalb wir hier beieinandersitzen", bemerkte Kilan. "Obwohl es mich ein wenig überrascht, dass Vran'el nicht hier ist."

"Er hätte seinem Vater davon erzählt, und dann wären entweder beide gekommen, oder Valrad wäre beleidigt gewesen, weil er nicht eingeladen wurde. Das kümmert mich zwar nicht wirklich, aber anscheinend kann es sich Enric nicht erlauben, so sorglos wie ich ein Oberhaupt eines Hauses vor den Kopf zu stoßen. Somit haben wir entschieden, die Einheimischen einen Abend lang fernzuhalten und uns auf unsere Landsleute zu konzentrieren", erklärte Eryn.

"Kein Problem für mich", meinte Kilan und zuckte mit den Schultern. "Jetzt erzähl uns von der Prüfung. Ist sie so beängstigend und schwierig, wie alle behaupten?"

"Das ist sie wohl, sofern man nicht gut genug vorbereitet ist. Sarol neigt dazu, das als persönliche Beleidigung aufzufassen. Aber da ich mehrere Wochen lang beinahe Tag und Nacht gelernt habe, habe ich es geschafft. Nicht mühelos oder mit außerordentlich gutem Ergebnis, aber das war auch nie wirklich mein Ziel." Sie lehnte sich vor, damit er ihr Abzeichen besser sehen konnte. "Sieh her, das ist mein neues Schmuckstück."

"Noch nie zuvor habe ich erlebt, dass sie Begeisterung für Schmuck zeigt", grinste Enric.

"Hübsch", nickte der Botschafter. "Ich gehe davon aus, dass du jetzt in der Klinik arbeiten willst?"

"Ja, das ist der Plan", bestätigte Eryn. "Obwohl sie trotz der Verleihung der Nadel noch nicht ganz von meinen praktischen Fertigkeiten überzeugt sind. Sie wollen mir eine Zeit lang bei der Arbeit zusehen, bevor sie mich ohne Aufsicht auf Patienten loslassen. Das bedeutet, dass ich im Laufe der nächsten paar Wochen mit einem eingesessenen Heiler arbeiten werde."

"Du wirkst trotz allem recht entspannt", kommentierte Vern.

Sie zuckte die Achseln. "Das bin ich auch. Ich weiß, dass mein Können beim Behandeln von Patienten ihrem Standard entspricht, also erwarte ich hier keinerlei Schwierigkeiten. Ich wäre überrascht, wenn sie wirklich darauf bestünden, mich mehrere Wochen lang zu überwachen. Ich wage zu behaupten, dass sie kaum länger als ein paar Tage benötigen werden, um sich davon zu überzeugen, was ich leisten kann. Ich bin ja keine Anfängerin mehr. Ich behandle immerhin schon seit fünfzehn Jahre Patienten." Dann grinste sie. "Vern hat es geschafft, Sarol zu verärgern, nachdem ich die Prüfung bestanden hatte. Zuerst hat er seine Freude über meinen Erfolg zu laut für Sarols Geschmack geäußert, und dann war sein Gemurmel darüber, dass Sarol ein alter Griesgram sei, so laut, dass er es gehört hat. Vern war beim anschließenden gemeinsamen Mittagessen recht wortkarg."

"Er meinte, er würde sich darauf freuen, mich zu testen", sagte der Junge grimmig. "Ich wette, *mich* wird er nicht beim ersten Mal durchlassen."

"Mich hat er auch nicht *durchgelassen*", erwiderte Eryn hochmütig, "ich habe es verdient. Das ist ein vollkommen verdienter und gerechtfertigter Triumph." Sie stellte ihre leere Schüssel beiseite.

"Möchtest du noch eine Portion?", fragte Enric.

"Nein, danke", lehnte sie ab. "Im Augenblick nicht. Ich denke, ich werde mir in ein oder zwei Stunden noch eine Schüssel holen."

Als alle aufgegessen hatten, räusperte sich Kilan. "Ich fürchte, es gibt da eine Angelegenheit, die ich ansprechen muss, auch wenn das hier eigentlich ein freudiger Anlass sein sollte." Er warf Eryn einen bedauernden Blick zu. "Ich habe heute einen Kuriervogel von Lord Tyront erhalten. Es scheint, als hätte er nun schon eine Weile darauf gewartet, von dir zu hören und ist nicht übermäßig erfreut darüber, dass du seine Anweisungen, an ihn zu berichten, ignorierst."

Ihr Gesichtsausdruck bezeugte ihr schlechtes Gewissen. "Er ist an dich herangetreten, damit ich ihm schreibe? Wirklich?" Oh Mann, das bedeutete, dass er wahrlich ungeduldig wurde.

"Nun, er hat nicht viele andere Möglichkeiten. Enric ist nicht länger ein Mitglied des Ordens, also kann er dich nicht wirklich dazu veranlassen zu schreiben. Mich kann er direkt in der Botschaft kontaktieren, und auch wenn ich dir nicht befehlen kann, deine Berichte zu schicken, kann ich zumindest *seine* Befehle weiterleiten."

"In Ordnung", meinte sie und verzog das Gesicht. "Ich werde ihm morgen schreiben. Das verspreche ich."

"Gut. Die Aussicht, dir regelmäßig seine Drohungen überbringen zu müssen, ist keine besonders angenehme", seufzte Kilan.

"Ich werde sicherstellen, dass sie sich darum kümmert", versprach Orrin. "Ich werde sie nicht schlafen gehen lassen, bevor ich den Bericht nicht in Händen halte."

"Du darfst nicht einmal sehen, was ich Tyront schreibe", sagte Eryn kritisch. "Hochrangige Ordensangelegenheiten."

Der Krieger zog eine Augenbraue hoch. "Ich sehe nicht, was du ihm zu berichten haben könntest, das zu vertraulich für mich wäre. Der Grund, weshalb er will, dass du ihm schreibst, ist nicht der, dass er befürchtet, etwas Wichtiges zu verpassen. Ich schreibe ihm immerhin regelmäßig, also ist er gut informiert. Er will, dass du im Gedächtnis behältst, wem du unterstellt bist. Und deine Weigerung, ihm zu schreiben lässt vermuten, dass genau das passiert."

"Ich sagte schon, dass ich ihm morgen schreiben werde, also lass mich heute Abend damit zufrieden", knurrte sie. "Ich will ja nicht angeben, aber heute Abend soll ich gefeiert werden."

Enric nickte. "Das sollst du in der Tat." Er erhob sich. "Wenn ihr mich für einen Moment entschuldigen würdet." Er ging in Richtung der Küche davon und kehrte wenig später mit einem Tablett zurück, das mit einem weißen Tuch abgedeckt war. Nachdem er es vor seiner

Gefährtin auf dem niedrigen Tisch platziert hatte, bedeutete er ihr, die Abdeckung zu entfernen.

Sie folgte der Aufforderung und schnappte überrascht nach Luft. "Brötchen!", rief sie dann aus und starrte gierig auf die Speise vor ihr. "Wie hast du das hinbekommen?"

Er lächelte über ihre Reaktion, froh, dass die Überraschung gelungen war.

"Ich bat Tyront darum, das Rezept zu besorgen und es mir mit einem Vogel zukommen zu lassen. Damit bin ich dann zu zwei verschiedenen Backstuben hier gegangen und habe sie eine Woche lang experimentieren lassen, bis eine davon mit einem Ergebnis aufwarten konnte, dass dem nahekommt, was wir von zuhause kennen."

Sie biss sich auf die Lippe "Und die sind alle für mich?", flüsterte sie.

"Nun, ja. Obwohl ich schätze, dass du wohl mit uns teilen wirst wollen, da du sie wohl kaum alle aufessen kannst, bevor sie schal werden."

"Das sind nur fünfzehn Stück", sagte sie langsam. "Wenn ich sie mit euch teilen muss, werden die sehr schnell weg sein."

Enric nickte feierlich. "Ich verstehe dein Dilemma. Dann ist es ja gut, dass ich zwei Tabletts mitgebracht habe. Eines zum Teilen, den Rest für dich."

Sie nahm seine Hand zwischen ihre beiden und drückte einen Kuss darauf. "Vielen, vielen Dank! Ich werde dich behalten. Wirklich."

Er schüttelte den Kopf. "Zumindest sind deine Bedürfnisse recht unkompliziert. Hätte ich gewusst, dass dich ein paar süße Brötchen für die Ewigkeit an mich binden, hätte ich sie dir früher besorgt."

"Ich habe mich bereits mit diesem Band dritten Grades recht eng an dich gebunden, wenn du dich erinnerst", schnaubte sie. "Was mich daran erinnert, dass ich Iklan versprochen habe, ich würde mit ihm über das Geistesband sprechen und wie wir damit zurechtkommen. Ich denke, es macht Sinn, dass du ebenfalls mitkommst. Immerhin bist hauptsächlich du derjenige, der die Sache mit dem Schild handhabt. Jetzt, wo ich nicht mehr für diese Prüfung pauken muss, sollte ich wieder in Kontakt mit der Außenwelt treten."

"Gut. Das bedeutet, dass du Ressourcen übrighast, um dich um diese kleine Angelegenheit mit Valrad zu kümmern. Und mit Ram'an, wenn du schon dabei bist", erwiderte er leichthin.

"Nicht", fauchte sie nur und warf ihm einen verärgerten Blick zu. Sie hatte keinerlei Absicht, auch nur einem von beiden zu nahe zu kommen.

Er nickte kurz. Das hier war ohnehin nicht der ideale Rahmen, um das zu diskutieren. Das Problem dabei war, dass sie nicht nur ihren eigenen Vater davon ausschloss, etwas zu feiern, worauf er zweifellos sehr stolz war, sondern auch Vran'el, und das war wahrhaft besorgniserregend. Unglücklicherweise ließ sie über dieses Thema nicht mit sich reden, sondern sprang einfach auf, um das Zimmer zu verlassen, schnappte nach ihm oder ignorierte ihn vollkommen, wann immer er dazu ansetzte.

Valrad wartete üblicherweise nach den Senatsversammlungen auf ihn, um sich mit ihm zu unterhalten und nachzufragen, wie es Eryn erging, wie sich das Baby entwickelte und ob sie es langsam genug anging. Er sorgte sich um seine Tochter, die es einfach nicht vermochte, ihm seine Affäre mit Malriel zu verzeihen. Noch immer klammerte sie sich an ihre Erinnerungen an Ved'al und war weit davon entfernt, einen anderen Mann als ihren Vater zu akzeptieren.

Soweit er das sehen konnte, vertraute sie sich auch niemandem sonst an. Junar durfte nicht unnötig belastet werden, Vern war kaum jemals hier, Orrin war mit seiner Gefährtin und seiner herausfordernden Aufgabe in Takhan beschäftigt, Vran'el war der Ansicht, dass sie ihren kindischen Widerstand aufgeben sollte, und er selbst schien stets auf Granit zu stoßen, wann immer er versuchte, das Thema anzusprechen. Er setzte sie nicht unter Druck nachzugeben, sondern einfach nur etwas bezüglich der momentanen Situation und ihrer Beziehung zu Valrad zu unternehmen, das ihr den Aufenthalt in der Stadt erleichtern würde. Es war immerhin nicht so, als könnte sie ihrem Vater in den kommenden Monaten vollständig aus dem Weg gehen.

Er sah auf, als Orrin seinen Arm ergriff.

"Verzeihung, wie war das?"

"In Gedanken versunken? Ich habe gefragt, ob wir den Wein jetzt servieren oder noch warten sollen?"

Wein klang jetzt gerade prima. "Servieren wir ihn jetzt. Ich könnte wirklich ein Glas vertragen."

KAPITEL 8

Der Aufseher

Eryn gähnte auf ihrem Weg von der Aren Residenz zur Klinik. Sie war heute früh aufgestanden, begierig darauf, ihren ersten Tag als Heilerin an der Klinik zu beginnen. Das silberne Abzeichen glänzte an ihrem Kragen, und sie kaute ein weiteres der süßen Brötchen, die Enric für sie besorgt hatte.

Der Gedanke an ihn löste leichte Schuldgefühle darüber aus, wie sie am Vorabend reagiert hatte. Als er vorgeschlagen hatte, sie solle sich mit der Situation mit Valrad auseinandersetzen, nachdem er ihr ihre Lieblingsbrötchen besorgt hatte. Aber andererseits war es auch kein besonders schlauer Zug von ihm gewesen, das Thema zur Sprache zu bringen, während sie versucht hatte, sich zu amüsieren.

Sie schob den Gedanken für den Augenblick beiseite. Die Klinik war nun in Sichtweite, und sie blieb stehen, um ihr Frühstück vollständig zu vertilgen. Es würde keinen guten Eindruck machen, wenn sie dort kauend auftauchte. Nachdem sie sichergestellt hatte, dass keinerlei Krümel an ihren Lippen, ihrer Tunika oder ihren Fingern klebten, setzte sie ihren Weg fort, ihre Schritte von freudiger Erwartung beschwingt.

Sie betrat den mittlerweile vertrauten Wartebereich für Patienten und fragte einen jungen Mann hinter dem Empfangstisch, wo sie erwartet wurde. Er lächelte sie an, gratulierte ihr zum am Vortag bestandenen Examen und schickte sie den Gang entlang zu einem Behandlungszimmer. Ihr Aufseher sei bereits dort und warte auf sie, informierte er sie.

Eryn nickte dankend und folgte seinen Richtungsangaben zu einer der Türen, die als Behandlungsraum beschildert waren. Direkt davor blieb sie kurz stehen. Sie hatte nicht wirklich darüber nachgedacht,

118

wen man ihr als Supervisor vorsetzen würde, doch selbst wenn es jemand von ausgesuchter Akribie war, würde sie höchstens ein paar Wochen mit ihm oder ihr durchstehen müssen.

Sie klopfte dreimal und wartete nicht auf eine Einladung, bevor sie eintrat.

"Guten Morgen, ich bin…"

Der Heiler im Zimmer sah von seinen Papieren auf, und sie starrten einander an.

Das hätte sie wirklich, *wirklich* kommen sehen sollen, dachte sie, während ihr Gehirn von einem Gefühl der Benommenheit übermannt wurde. Pe'tala hatte sie gewarnt, dass er etwas versuchen würde, sobald das Examen vorüber war.

"Guten Morgen, Eryn. Tritt ein", sagte Valrad ruhig und stand langsam von seinem Stuhl auf.

Sie schluckte hart. "Nein."

"Schließ die Tür, während wir das besprechen, wenn du so gut wärst."

"Da gibt es nichts zu besprechen", sagte sie kurz angebunden. Einen Moment später verspürte sie einen Windstoß, als er seine Hand hob, und die Tür entglitt ihrem Griff und schloss sich.

"Ich gebe zu, dass ich froh bin, einen Riss in dieser kühlen Fassade zu sehen, die du in letzter Zeit in meiner Gegenwart präsentierst", sprach er. "Gleichgültigkeit ist eine grausame Sache - sie verneint jegliches emotionale Engagement. Ärger ist zumindest ein Gefühl, ein Zugeständnis daran, dass etwas der Klärung bedarf."

Sie atmete ein und aus, um sich zu beruhigen, dann zwang sie sich, seinem Blick standzuhalten. "Ich verspüre im Moment keinen Wunsch, irgendetwas mit dir zu klären."

"Dann wirst du die nächsten paar Wochen, im Zuge derer wir unsere Arbeit gemeinsam verrichten werden, als recht mühsam empfinden, würde ich meinen."

"Ich verlange einen anderen Aufseher", sagte sie steif.

Sein Lächeln war berechnend. "Du bist hier nicht gerade in einer Position, um Forderungen zu stellen. Dass wir dir einen Prüfungstermin außerhalb des regulären Stundenplans sowie eine beschleunigte Abwicklung aller administrativen Vorgänge gewährt haben, waren Gesten guten Willens, denen die Leute hier zugestimmt haben, um *mir* entgegenzukommen. Dass du nun Forderungen stellst, würde man überhaupt nicht gut aufnehmen, soviel darfst du mir glauben."

"Dann also ein Ersuchen", knurrte sie. "Ich werde ein offizielles Ansuchen stellen, dass mir ein anderer Aufseher bewilligt wird."

"Das wäre eher sinnlos", sagte er streng. "Der Grund, weshalb du überhaupt beaufsichtigt wirst, ist, weil ich darum gebeten habe. Wenn du einen anderen Heiler verlangst, werde ich sichergehen, dass dies mit äußerster Sorgfalt und gebührender Überlegung behandelt wird. *Monate* mögen vergehen, bevor man eine andere Lösung auch nur in Betracht ziehen würde."

Sie spürte, wie ihre Schultern nachgaben. "Versuchst du mich etwa einzuschüchtern, Valrad? Bist du so tief gesunken?" Sie drehte sich um und wollte die Tür öffnen, erstarrte jedoch, als sie seine Worte hörte.

"Wenn du jetzt fortgehst, wird es dir nicht länger offenstehen, in der Klinik zu arbeiten", warnte er sie. "Erwäge gewissenhaft, ob dein Widerstand mir gegenüber dies wert ist. Ich werde dich nun für ein paar Minuten allein lassen, während ich mir etwas zu trinken hole. Triff eine Entscheidung. Es gibt keine Diskussion. Solltest du noch hier sein, wenn ich zurückkehre, dann betrachte ich diese Bedingungen als akzeptiert."

Hastig trat sie aus dem Weg, als er auf die Tür zuging und vermied jede Berührung mit ihm. Kurz darauf war sie allein in dem reinlichen Behandlungszimmer mit den weißen Wänden.

Ungläubig schüttelte sie den Kopf, lehnte die Stirn gegen die Wand und schloss für einen Moment die Augen. Zwei Optionen, eine weniger einladend als die andere. Entweder ging sie von hier fort, zeigte ihm damit, dass er sie nicht wie ein störrisches Kind behandeln konnte und bezahlte den Preis dafür, oder sie willigte ein. Den Preis, hier nicht arbeiten zu dürfen - war sie bereit, ihn zu bezahlen? War ihr Stolz solch ein Opfer wert?

Die andere Option war, ihn jeden Tag zu sehen, Seite an Seite mit ihm zu arbeiten, ihren Zorn zu unterdrücken. Schaffte sie das? War es das wert, hier als Heilerin willkommen zu sein? Sie hatten ihr gesagt, dass ihr Abzeichen ihr Zugang zu allen Heilerstätten in den Westlichen Territorien gewähren und ihr ermöglichen würde, überall zu arbeiten. Es schien, als galt das nicht für den einen Ort, an dem das Oberhaupt ihres Hauses mehr oder weniger das Sagen hatte.

In ihrer Vorstellung verbrachte sie die Tage in der Aren Residenz, wanderte ziellos durch Malriels Korridore auf der Suche nach Möglichkeiten, sich irgendwie zu beschäftigen. Sie wusste ohne jeden Zweifel, dass sie es inniglich bereuen würde, ginge sie jetzt von hier fort. Und doch war es so immens verlockend. Einfach nur, um ihren Standpunkt klarzumachen.

Aber hier und jetzt ihren Standpunkt zu behaupten war es nicht wert, die Konsequenzen tragen zu müssen, solange sie in Takhan festsaß. Ihre Verbindungen zur Klinik zu kappen wäre auch im Hinblick auf ihr eigenes Heilerzentrum in Anyueel kein besonders schlauer Zug.

Sie atmete aus und öffnete die Augen wieder. Es gab nur eine Option für sie. Sie würde bleiben und die Zusammenarbeit mit Valrad ertragen müssen. Diese kühle Fassade, die sie kultiviert hatte - davon würde er noch einiges zu sehen bekommen, dachte sie mit grimmiger Entschlossenheit und straffte ihre Schultern. Wenn er dachte, dass Zeit mit ihm verbringen zu müssen ihre Meinung darüber ändern würde, was er getan hatte, wie er seinen eigenen Bruder behandelt hatte, dann würde er bald herausfinden, dass es nicht ganz so leicht war, zu ihr durchzudringen.

Sie drehte sich um, als sich die Tür wieder öffnete und Valrad eintrat. Auf seinem Gesicht konnte sie seine Erleichterung über ihren Anblick ablesen.

"Ich bin froh, dass du dich zum Bleiben entschieden hast, mein Mädchen", lächelte er.

"Lass uns ein paar Regeln festlegen für die Zeit, in der ich mit dir arbeiten muss", sagte sie kalt. "Ich werde dich mit dem Respekt und der Höflichkeit behandeln, die dir aufgrund deiner Position hier in der Klinik und in meinem Haus zustehen. Ich werde meine Arbeit bestmöglich erledigen in Übereinstimmung mit meinem Können, meinem Wissen und meinen Fertigkeiten. Du wirst im Gegenzug davon Abstand nehmen, mich mit *mein Mädchen, meine Tochter* oder irgendwelchen anderen Koseworten anzusprechen, die dir in den Sinn kommen. Ich werde meine Mahlzeiten nicht mit dir einnehmen oder sonst außerhalb dieses Behandlungszimmers Zeit mit dir verbringen, sofern es nicht erforderlich ist, um meine Arbeit zu erledigen. Habe ich mich klar ausgedrückt?"

"Vollkommen", erwiderte er sanft. "Allerdings bist du, wie ich bereits zuvor betont habe, nicht in der Position, hier irgendwelche Forderungen zu stellen oder Regeln festzulegen. Ich werde dich weiterhin so ansprechen, wie ich es für angebracht halte. Außerdem werden wir zuweilen unsere Mahlzeiten gemeinsam einnehmen, da dies Teil des Respekts ist, der mir gemäß deinen eigenen Worten zusteht. Sähe man, wie du irgendwo allein sitzt anstatt mit mir zu essen, würden die Leute zu spekulieren beginnen. Das würde kein gutes Licht auf mich werfen. Weiters würde es sich auch für dich selbst als Nachteil erweisen, da dich die Leute mit großer Vorsicht behandeln würden, wenn man sieht, wie du dich mir entgegenstellst. Die Meisten werden versuchen, den Eindruck zu vermeiden, als würden sie sich auf deine Seite und damit gegen mich stellen."

Wie nur war ihr seine eiserne Entschlossenheit bei ihrem ersten Aufenthalt entgangen? Enric hatte sie gewarnt, dass ein Oberhaupt eines Hauses kaum an der Macht blieb, indem er sich stets nur freundlich zeigte, doch irgendwie hatte das nie in ihr Bild von ihm gepasst. Bis jetzt.

"Komm jetzt." Er stellte seinen dampfenden Becher auf dem Tisch an einer Wand ab und öffnete die Tür. "Lass mich dir unser System zur Aufbewahrung und Pflege von Patientendaten zeigen. Jetzt, wo du zertifiziert bist, hast du auf all diese Informationen Zugriff."

Sie ermahnte sich, ihre Frustration und ihren Zorn darüber, auf diese Weise ausmanövriert worden zu sein, nicht zu zeigen und folgte ihm hinaus in den Gang. Es sah aus, als hätte sie einen langen Tag vor sich.

* * *

Enric hielt die Ohren offen in Erwartung des Geräusches der Eingangstür. Er wusste, dass sie ihre Arbeit in der Klinik vor mehr als zwei Stunden beendet hatte, und dass der Weg hierher normalerweise nicht länger als fünfzehn Minuten in Anspruch nahm. Dass sie noch nicht zurück war, bedeutete sehr wahrscheinlich, dass sie das Bedürfnis verspürt hatte, für eine Weile allein zu sein.

In letzter Zeit zog sie die Abgeschiedenheit dem Umgang mit anderen Menschen vor. Er hatte eine recht klare Vorstellung davon, was der Grund dafür sein mochte, und doch hätte er es vorgezogen, wenn sie zu ihm gekommen und Trost bei ihm gesucht hätte, anstatt sich zu isolieren.

Er hatte gerade beschlossen, in den Teehäusern, in die sie sich während des Lernens zurückgezogen hatte, wenn sie das Bedürfnis verspürt hatte, das Haus zu verlassen, nach ihr zu suchen. Da hörte er, wie die Eingangstür geschlossen wurde und erkannte ihre Schritte, die die Stufen erklommen. Endlich.

Sie kam nicht in sein Arbeitszimmer, sondern ging gemäßigten Schrittes auf die Terrassentür zu und in den Garten hinaus, wie er mit gerunzelter Stirn bemerkte. Er stand von seinem Stuhl auf und sah aus dem Fenster, beobachtete, wie sie auf einen der größeren Bäume zu spazierte. Es war noch immer warm draußen, und sie wählte einen Flecken als Sitzplatz, der ihr ein wenig Schatten spendete.

Er entschied, sich zu ihr zu gesellen und zu sehen, ob er sie ermutigen konnte, mit ihm zu reden. Aus irgendeinem Grund blieb dafür neuerdings wenig Zeit. Haus Aren zu führen hatte sich für ihn als beträchtliche Herausforderung erwiesen, wenn man bedachte, dass er es gewohnt war, Macht auszuüben. Aber irgendwie schien die Dynamik hier anders zu funktionieren. Seine Anweisungen wurden nicht immer so prompt und sorgfältig ausgeführt, wie er es sich gewünscht hätte. Er musste noch eine Möglichkeit finden, wie er damit umging, ohne die Leute, die rechtlich gesprochen seine Familie waren, zu entfremden.

"Du siehst nicht gerade glücklich aus, Liebste", bemerkte er, als er sie erreicht hatte und beugte sich hinab, um sie zu küssen. Dann ließ er sich neben sie ins Gras sinken.

"Das bin ich auch nicht", bestätigte sie, ohne ihn anzusehen.

"Das hat nicht zufällig etwas damit zu tun, dass du heute deinen Aufseher getroffen hast?", wagte er sich vor.

Sie warf ihm einen scharfen Blick zu. "Sag mir nicht, dass du darüber Bescheid gewusst und versäumt hast, es zu erwähnen! Das würde ich jetzt überhaupt nicht gut aufnehmen", warnte sie ihn mit zu Schlitzen verengten Augen.

"Nein, das habe ich nicht", versprach er. "Aber ich hatte so ein Gefühl, dass Valrad diese Situation für seine Zwecke nutzen würde. Das wäre zumindest, was ich an seiner Stelle getan hätte."

"Du hättest mich warnen können", meinte sie mit einem finsteren Blick.

"Ich hätte mich irren können", meinte er und zuckte mit den Schultern. "Und selbst wenn ich es gewusst hätte, hätte ich dir nichts davon gesagt. Es hätte dich womöglich davon abgehalten, heute dort aufzutauchen. Ich denke, das ist eine gute Gelegenheit für dich, die Sache mit deinem Vater endlich zu bereinigen."

Sie schüttelte ihren Kopf über ihn, ihre Miene enttäuscht. "Hör auf damit. Ich mag es nicht, wie du mich deswegen ständig unter Druck setzt. Ich habe es satt, dass ich dauernd dazu gedrängt werde, etwas deswegen zu unternehmen. Ich will nicht! Ist das so schwer zu verstehen? Lass mich von nun an einfach zufrieden damit. Ich will von niemandem mehr ein Wort darüber hören. Und ich werde es ebenfalls nicht mehr erwähnen. Frag mich bloß nicht mehr danach, wie mein Tag war, wenn ich von der Klinik heimkomme, in Ordnung?"

Er hielt ihre Hand fest, als sie aufstand. "Eryn, es tut mir leid. Bleib noch ein wenig bei mir sitzen, ja? Ich habe mir Sorgen gemacht, als du nach der Arbeit nicht heimgekommen bist."

"Nein, ich will einfach nur allein sein. Lass mich los. Bitte."

Das tat er.

Sie sah ihn an. "Weißt du, weshalb ich nicht hergekommen bin, nachdem ich in der Klinik fertig war? Weil ich so ein Gefühl hatte, dass es nicht angenehm werden würde, mit dir darüber zu reden. Ich brauchte Zeit für mich selbst und blieb einfach eine Weile im nächstbesten Teehaus, wo mich niemand quält. Aber da du mich wissen hast lassen, dass stets jemand ein Auge auf mir hat, wusstest du das womöglich bereits."

Nun, damit hatte sie nicht ganz Unrecht, es folgte ihr tatsächlich jemand. Aber der Agent hatte seinen Bericht heute noch nicht abgeliefert.

Er beobachtete, wie sie zurück zum Haus ging und durch die Terrassentür verschwand. Er bedauerte es, zu ihr gegangen zu sein. Oder eher, seinen Mund geöffnet zu haben. War sie in letzter Zeit empfindlicher als zuvor aufgrund ihrer Schwangerschaft? Oder war er weniger rücksichtsvoll als sonst? Oder beides? Er rieb sich gedankenverloren über das Gesicht.

Vran'el hatte ihm erzählt, dass Eryn es auch vermied, mit ihm zu sprechen. Er war darüber ebenfalls besorgt. Mit Pe'tala tauschte sie noch immer Nachrichten mittels Kuriervögeln aus, doch es war schwer zu sagen, ob sie ihre Gedanken zumindest mit ihrer Schwester in weiter Ferne teilte.

Er zog in Betracht, ihre Habseligkeiten zu durchsuchen, um die Briefe zu finden, die Pe'tala zurückschickte. Die würden ihm zweifellos hilfreiche Einblicke gewähren. Beinahe augenblicklich verwarf er den Gedanken wieder. Eryn würde auf solch einen Vertrauensbruch nicht gut reagieren, wenn sie es herausfand. So wie auch er es an ihrer Stelle nicht täte.

Er sah zu, wie eine leichte Brise aufkam und sanft über die Blüten des Baumes strich, den Malriel dahingehend manipuliert hatte, dass er mehr als eine Art trug. Ein schwacher Hauch des süßen Dufts, den die verschiedenen Blüten verströmten, wurde in seine Richtung getragen und ließ ihn tief durch die Nase einatmen.

Es war bedauerlich, dass derzeit niemand zu Eryn durchzudringen vermochte. Seine Gedanken wanderten zu Ram'an. Der hatte in der Vergangenheit mehr als einmal vermocht, ihr Informationen zu entlocken, indem er schamlos die Fertigkeiten einsetzte, die mit seiner Ausbildung als Rechtsgelehrter einhergingen. Aber unglücklicherweise sprach sie auch mit ihm nicht.

Er seufzte. Wie schlimm mussten die Dinge tatsächlich stehen, wenn er sich nun wünschte, Ram'an stünde ihr wieder näher?

* * *

Eryn zwang sich, die Eingangstür sachte hinter sich zu schließen anstatt sie zuzuwerfen, damit Junar nicht davon geweckt wurde. Das war dieser Tage die Zeit, in der sie ihr zweites Nachmittagsschläfchen hielt. Sie tastete rasch ihre Hosentasche ab um sicherzugehen, dass sie genug Gold dabeihatte, um für eine Kanne Tee zu bezahlen und begab sich dann rasch auf den Weg, bog um die nächste Ecke, um außer Sichtweite der Aren Residenz zu kommen.

Sie wollte nicht, dass Enric ihr folgte. Es war immer noch warm genug draußen, dass sich so ein Marsch anstrengend gestaltete. Sie hatte kein bestimmtes Teehaus im Sinn, nur eines, das nicht an einer der größeren Straßen lag. Sie wollte niemandem begegnen, den sie kannte.

Nachdem sie zufällig eine Straße auswählte, bog sie um eine weitere Ecke und fand nicht weit entfernt ein Zelt, das klein genug wirkte, um nicht einer der bevorzugten Aufenthaltsorte der Reichen und Wichtigen zu sein. Sie entschied sich, es damit zu versuchen und fragte sich müde, ob es sich bei ihrem Glück wohl als exklusiver Geheimtipp für die Mitglieder der Häuser herausstellen würde.

Sie fand eine unbesetzte Insel aus Sitzkissen an dem Ende, das am weitesten von den Passanten entfernt war. Mit dem Rücken zu ihnen nahm sie Platz, um sich die größtmögliche Anonymität zu sichern. Sie hatte noch nicht besonders viel Zeit in Takhan verbracht, doch ihr Gesicht war bekannt aufgrund dessen, dass sie nicht nur die ehemalige Erbin von Haus Aren war, sondern auch von ihrer eigenen Mutter beschuldigt wurde, Ved'als Tod verschuldet zu haben. Und in letzter Zeit, weil das Oberhaupt von Haus Vel'kim öffentlich bekanntgegeben hatte, dass er ihr leiblicher Vater war.

Ein Kellner blieb neben ihr stehen, und ein Aufblitzen in seinen Augen verriet ihr, dass er erkannt hatte, wer sie war. Zumindest sprach er sie nicht darauf an, sondern erkundigte sich nur, was sie zu trinken wünschte. Sie nahm den Goldstreifen aus ihrer Tasche und fragte, wie viele Kannen Tee sich damit bezahlen ließen. Der Diener lächelte und informierte sie, dass sie damit etwa zwanzig Kannen bekommen würde.

Erleichtert nickte sie und bestellte sich für den Anfang eine Kanne. Sie hatte keine Ahnung, wie lange sie hier sitzen würde, doch zu wissen, dass sie nicht so bald auf dem Trockenen saß, war ein Trost.

Sie lehnte sich zurück und starrte zum Himmel empor, bemerkte, wie sich die Qualität des Lichts langsam zu verändern begann, um den herannahenden Abend anzukündigen. Die leichte Brise, die sie draußen im Garten des Hauses gespürt hatte, hatte ihren Weg nicht bis hierher zwischen die Gebäude gefunden.

Diese Abgeschiedenheit fühlte sich gut an, entschied sie. Sie war von anderer Art als die, die sie in letzter Zeit in Gegenwart der Menschen verspürte, die ihr nahestanden. Ehrlicher. Sogar Enrics Gegenwart war derzeit eine Belastung; da waren so viele Erwartungen von seiner Seite. Vern war ebenfalls nicht besonders angetan von all dem, besonders da Valrad die Rolle eines Mentors übernommen hatte und sie regelmäßig Zeit miteinander verbrachten.

Sie sackte in sich zusammen bei dem Gedanken, später nach Hause zurückkehren und in einem Bett mit ihrem Gefährten schlafen zu müssen. Und zu hoffen, dass er nicht mit ihr sprach oder sie berührte. Sogar von ihm umarmt zu werden fühlte sich neuerdings wie eine unzumutbare Forderung an; anstatt es zu genießen, erduldete sie es nur noch. Das war es wohl, was ihr an dieser ganzen Misere die größte Angst bereitete: das Gefühl, langsam von ihm fortzudriften.

Sie wünschte, sie hätte immer noch Vorbereitungsarbeit zu leisten. Das am Vortag bestandene Examen bescherte ihr plötzlich freie Nachmittage und Abende, für die sie keinerlei Verwendung hatte. Würde sie die von nun an vor sich hinbrütend verbringen, während sie sich in Teehäusern vor der Welt versteckte?

Heimweh versetzte ihr einen Stich, der sie schlucken ließ. Zuhause in ihrem eigenen Arbeitszimmer mit einer Tasse Tee und etwas zum Knabbern zu sitzen, die Katze zu ihren Füßen, vertraute Bücher ringsherum an den Wänden... Sie würde es sogar vorziehen, sich mit dem König anstatt mit Valrad herumschlagen zu müssen.

Sie fragte sich, wie die Dinge in der Klinik in Anyueel wohl liefen, ob Lord Poron, Rolan und Pe'tala es schafften zusammenzuarbeiten. Pe'tala hatte ihr geschrieben, und auch Lord Poron, um sie zu informieren, dass auch ohne sie alles glatt lief. Wo blieb sie bei all dem? Es war kein angenehmer Gedanke, so leicht ersetzbar zu sein, obwohl Pe'tala natürlich trotz ihrer Jugend eine fähige Expertin in ihrem Gebiet war. In einem Heilerhaus aufzuwachsen brachte offenbar diesen zusätzlichen Vorteil mit sich.

Heilerhaus. Haus Vel'kim. Valrad. Verärgert schob sie diese wiederkehrenden Gedanken beiseite und konzentrierte sich erneut auf die Klinik. Plia. Sie hatte ebenfalls geschrieben und Eryn wissen lassen, wie sehr sie sie vermisste und wie leer das Haus ohne sie war. Noch ein Stich der Sehnsucht durchzuckte sie. Sie fragte sich, wie wohl Plias Pflanzen auf dem Dach gediehen, ob sie noch immer so viel Zeit oben in ihrem neuen Glashaus verbrachte.

Sie schloss die Augen und stellte sich vor, sie säße auf einer Bank am Fluss zuhause in Anyueel, genau wie an dem Tag, bevor sie nach Takhan aufgebrochen waren. Enric war dazugekommen und hatte dort eine kurze Weile mit ihr gesessen. Das war bevor diese Leere zwischen ihnen entstanden war und zu wachsen begonnen hatte. Ihr hatte damals davor gegraut, nach Takhan zurückzukehren, doch rückblickend erschien ihr diese Zeit seltsam wonnevoll und sorgenfrei. Es war seltsam, wie sehr der Blick zurück die Dinge veränderte.

*   *   *

Mit einem Ruck fuhr sie aus dem Schlaf hoch und setzte sich kerzengerade auf. Es war Nacht, und sie war noch immer in dem Teehaus. Ihre Umgebung wurde langsam klarer. Jemand hatte sie zugedeckt, um sie vor der kühlen Nachtluft zu schützen. Sie schnappte nach Luft, als sie auf den Kissen ihr gegenüber einen Mann mit einem Buch auf seinem Schoß sitzen sah, während sein leicht neugieriger Blick auf ihr ruhte.

Ram'an. Oh nein.

"Eryn", lächelte er. "Willkommen zurück unter den Lebenden."

Sie unterdrückte die impulsive Reaktion, mit der sie ihren Unmut über seine Anwesenheit zum Ausdruck bringen wollte und nahm stattdessen einen Schluck von dem nun kalten Teerest in ihrer halbvollen Tasse.

"Ram'an", erwiderte sie mit einem höflichen Nicken. "Was beschert mir die Ehre deiner unerwarteten Gesellschaft?"

Daraufhin lachte er leise. "Bist du noch immer entschlossen, unbeteiligt zu wirken? Ich gebe zu, dass du besser darin wirst. Obwohl ich nicht denke, dass es besonders gesund ist, möchte ich anmerken." Er lehnte sich vor und schenkte ihr eine weitere Tasse Tee ein. Der hier war dampfend heiß. "Ich kam vorbei und fand dich schlafend vor. Da es am Abkühlen war und ich es nicht für ratsam für eine Frau erachte, in der Öffentlichkeit allein zu schlafen, entschied ich, mich eine Weile zu dir zu setzen und sicherzugehen, dass du nicht frierst."

Um ihren Schlaf zu bewachen, dachte sie und unterdrückte ein verächtliches Schnauben. "Wie lange habe ich geschlafen?"

"Ich bin nicht sicher, aber ich sitze jetzt seit zwei Stunden bei dir. Es scheint, als wärst du recht erschöpft gewesen", kommentierte er und legte sein Buch zur Seite.

Zwei Stunden allein mit ihm, und sie hatte es nicht einmal mitbekommen. Sie schob die Decke beiseite und hob ihre Hand zu ihren Haaren, um die paar Strähnen, die ihrem geflochtenen Zopf entkommen waren, hinter ihre Ohren zu streichen.

"Ich bedanke mich für deine Galanterie. Jetzt sollte ich besser los. Enric wird sich bereits sorgen, wo ich abgeblieben bin."

"Das ist nicht nötig. Ich habe ihm eine Nachricht zukommen lassen, dass du mit mir in einem Teehaus bist und dass ich persönlich für deine sichere Rückkehr zur Aren Residenz sorgen werde."

"Das ist sehr großzügig von dir", antwortete sie steif, "doch ich bin keineswegs außer Stande, meinen Weg zurück allein zu finden. Und da ich nicht nur in dem ausgebildet bin, was Orrin gerne als die Kunst des Kämpfens bezeichnet, sondern auch noch stark genug bin, um mich gegebenenfalls mit Magie zu verteidigen, sollte es kaum Gefahren geben, mit denen ich nicht fertig werde."

"Bist du so abgeneigt, auch nur ein paar Minuten mit mir zu verbringen, Eryn?", fragte er sanft. "Setz dich noch ein wenig zu mir. Ich würde gerne mit dir reden, und bislang hast du dich all meinen Versuchen diesbezüglich entzogen."

"Das liegt daran, dass ich kein Interesse daran habe, mit dir zu reden und auch nicht den Drang verspüre, irgendetwas zwischen uns zu bereinigen", bemerkte sie ebenso gelassen, stolz darauf, dass sie es geschafft hatte, ihm die Worte nicht entgegen zu spucken, so wie sie es vorgezogen hätte. Sie stand auf. "Ich danke dir für deine Rücksichtnahme, die dich veranlasst hat, dich zu mir zu setzen. Nächstes Mal würde ich es allerdings vorziehen, dass du mich weckst, solltest du mich jemals wieder in einer ähnlichen Situation vorfinden", sagte sie förmlich.

Er seufzte und nickte. "Wie du wünschst."

Sie ließ einen Goldstreifen auf den niedrigen Tisch fallen und sah ihn an, als er gluckste.

"Nein, meine Liebe, der Tee geht auf mich. Und das wäre ohnehin ein wenig zu viel. Du scheinst fest entschlossen loszulaufen, ohne auf das Wechselgeld zu warten." Er erhob sich ebenfalls. "Komm. Bringen wir dich nach Hause, da du dich nicht dazu bewegen lässt, mit mir zu reden. Es wird andere Gelegenheiten geben, wenn du weniger angespannt bist wegen der unangenehmen Überraschung, mit deinem Vater arbeiten zu müssen."

Sie schloss kurz die Augen. "Das scheint ja bereits die Runde gemacht zu haben."

"Ich stelle gerne sicher, dass ich gut informiert bin", meinte er achselzuckend. "Soweit ich höre, unterwirfst du ihn der gleichen eisigen Höflichkeit, mit der ich es zu tun habe."

"Würdest du es vorziehen, wenn ich dich beschimpfe und dann davonstürme wann immer ich dich sehe?", fragte sie.

Er dachte einen Moment nach, dann nickte er. "Tatsächlich denke ich, dass ich das würde. Es wäre authentischer. Ich sagte dir schon einmal, dass ich zwischen uns keine Diplomatie möchte, dass ich ehrliche Uneinigkeit bevorzuge."

Sie sah ihm in die Augen. "Wie bedauerlich für dich, Ram'an. Diplomatie ist alles, was ich im Moment anzubieten habe." Sie trat zur Seite, als er Anstalten machte, ihren Arm zu ergreifen. "Es war mein Ernst, als ich dir sagte, dass du mich nicht zurückzubegleiten brauchst. Ich schätze deine Bereitwilligkeit, würde es aber vorziehen, allein zu gehen. Ich wäre dir dankbar, wenn du das respektierst."

Er verzog das Gesicht. "So gerne ich dir in dieser Sache entgegenkommen würde, fürchte ich doch, dass es keine andere Wahl gibt. Ich habe Enric mein Versprechen gegeben, dich sicher abzuliefern. In dem unwahrscheinlichen Fall, dass du in irgendwelche

Schwierigkeiten hineinstolperst oder dich auf dem Rückweg verirrst, würde das die zerbrechliche Allianz, die ich mit Haus Aren aufrechtzuerhalten versuche, ernsthaft gefährden, wenn man bedenkt, dass dein Gefährte gegenwärtig dessen Oberhaupt ist. Wie soll er mir in geschäftlichen Angelegenheiten jemals wieder Vertrauen schenken können, wenn ich es nicht einmal vermag, ein so simples Versprechen einzulösen, wie dich nach Hause zu begleiten? Du würdest kaum die Chancen meines Hauses gefährden wollen, sich wieder zu erholen? Ich kann es mir derzeit nicht erlauben, Haus Aren zu verärgern. Noch verspüre ich den Wunsch dazu. Ich stünde also ewig in deiner Schuld, wenn du es auf dich nähmst, meine Präsenz noch ein wenig länger zu erdulden, damit ich es vermeiden kann, Enrics Zorn zu entfachen und damit mein Haus dem Untergang zu weihen."

Eryn zwang sich dazu, seine Theatralik mit einem kühlen Lächeln zu quittieren. Es schien, als gäbe es hier keinen Ausweg. "Aber selbstverständlich. Ich würde doch nicht wollen, dass der Niedergang deines Hauses auf meinem Gewissen lastet, weil ich darauf bestand, allein nach Hause zu gehen."

"Das ist sehr rücksichtsvoll von dir", meinte er mit einem spöttischen Grinsen und verbeugte sich, bevor er ihr seinen Arm bot. "Wäre es zu kühn, dir meinen Arm anzubieten? Ich frage mich, wie bestrebt du wirklich bist, höflich und unbeteiligt zu wirken."

"Nicht dermaßen bestrebt", sagte sie ruhig und setzte sich in Bewegung.

"Eryn?", hörte sie ihn hinter sich, ignorierte ihn jedoch. "Sofern du nicht im Geheimen einen Umweg planst, um mehr Zeit mit mir zu verbringen, ist das die falsche Richtung. Nicht, dass ich etwas dagegen hätte, wohlgemerkt."

Sie hielt an, fluchte lautlos und legte einen neutralen Gesichtsausdruck an den Tag, bevor sie sich zu ihm umdrehte.

"Dann geh voran", instruierte sie ihn mit einem angespannten Lächeln.

Eine Weile gingen sie schweigend nebeneinander her, bevor sich Ram'an vorantastete: "Du magst nicht willens sein, mit mir zu sprechen, doch das sollte dich nicht davon abhalten, mir zuzuhören, wenn ich es tue. Ich möchte mich gerne dafür entschuldigen…"

"Bitte nicht", unterbrach sie ihn mit erhobener Hand. "Ich will es nicht hören. Es gibt nichts, wofür du dich entschuldigen müsstest. Ich vergebe dir, was auch immer du falsch gemacht zu haben glaubst, sodass du deinen Drang, die Dinge wieder ins Lot zu bringen, zur Ruhe betten kannst."

"Welch elende Worte, die du mir da entgegenwirfst", murmelte er. "Mir ist klar, wie mein Verhalten, wie meine Nachrichten auf dich gewirkt…"

"Das war mein Ernst", presste sie zwischen zusammengebissenen Zähnen hervor. "Entweder hörst du sofort damit auf, oder ich werde dich abschütteln und allein nach Hause gehen. Das bekomme ich hin, glaube mir. Du erinnerst dich sicher an meinen speziellen Schild? Damit kann ich den gesamten Eingang in eine Gasse blockieren und dich zurücklassen."

Sie sah, wie sich seine Kiefermuskeln bei ihren Worten anspannten und wartete darauf, dass er zu einer Entscheidung gelangte. Ein paar Augenblicke später nickte er widerwillig.

"Wie du willst. Dieses Mal werde ich dir entgegenkommen. Lass mich dir aber versichern, dass ich diese Situation nicht so belassen werde, wie sie jetzt ist. Das ist inakzeptabel, und deine Weigerung, mir auch nur zuzuhören, schätze ich keineswegs."

"Das ist dein Problem, fürchte ich. Ich sehe keinerlei Anlass, irgendetwas zwischen uns zu verändern. Ich erachte die Situation zwischen uns als angemessen, wenn man unsere Vergangenheit in Betracht zieht. Jegliche Nähe oder sogar Freundschaft würde hinsichtlich der Umstände unnatürlich und seltsam anmuten." Sie setzte ihren Weg fort, ohne auf seine Antwort zu warten.

Er rannte ein paar Schritte, um zu ihr aufzuschließen und ging dann schweigend neben ihr her, bis sie die Aren Residenz erreichten.

"Gute Nacht, Ram'an", sagte sie höflich. "Danke, dass du dir die Mühe gemacht hast, mich nach Hause zu bringen. Ich werde Enric wissen lassen, dass du dein Versprechen gehalten hast."

Rasch ergriff er ihre Hand und presste sie im formellen Gruß an seine Lippen. Er verweilte etwas länger, als höflich war und hielt ihre Hand fest, als sie sie zurückzuziehen versuchte.

"Gute Nacht, Eryn. Es war nett, etwas Zeit mit dir zu verbringen, auch wenn du den Großteil davon verschlafen hast", lächelte er. "Beim nächsten Mal werde ich es dir nicht so einfach machen, dass du es vermeidest, mit mir zu sprechen oder mich auch nur anzuhören. Und glaube mir, es wird ein nächstes Mal geben."

Sie stieß die Tür auf, sobald er ihre Hand freigab und schloss sie einen Augenblick später hinter sich. Gegen die Innenseite der Tür gelehnt, stieß sie einen langen Atemzug aus. Oben im Hauptraum war Licht. Natürlich; Enric würde sich nicht vor ihrer Rückkehr zur Ruhe begeben. Sie schloss die Augen. Was für ein unangenehmer Tag. Aber das bedeutete, dass der folgende Tag nicht viel schlimmer werden konnte.

"Ram'an wollte nicht noch auf ein Glas Wein hereinkommen?", hörte sie Enrics Stimme von oben.

Sie sah zu ihm hinauf. "Nein."

"Ich gehe davon aus, dass du es ihm nicht angeboten hast."

"Richtig. Sag nicht, dass du das von mir erwartet hättest?", fragte sie mit einer hochgezogenen Augenbraue.

"Gastfreundlichkeit ist hier sehr wichtig, wie du weißt", seufzte er, entschied sich dann aber, das Thema fallenzulassen. "Eryn, ich denke, du und ich sollten uns zusammensetzen und reden."

Ihre Augen wurden schmal. "Nein. Ich denke, ich muss jetzt ins Bett. Ich bin einfach so in einem Teehaus eingeschlafen. Und falls noch irgendjemand das Bedürfnis verspürt, mit mir zu reden, werde ich ernsthaft zu üben beginnen, wie ich mich selbst ausschalten kann."

Sie erklomm die Stufen und ging an ihm vorbei zu dem Gang, an dessen Ende ihr Schlafzimmer lag. Ein dunkler, ruhiger Ort, wo sie sich einfach hinlegen und die Welt ein paar Stunden lang ausblenden, in seligen Schlaf fliehen konnte... Seltsam, wie sehr sich ihre Vorstellungen von Luxus verändert hatten.

KAPITEL 9

Der Gesundheitscheck

Eryn nickte, als Valrad sie informierte, dass es heute noch zwei weitere Patienten gab, bevor sie aufbrechen konnte, und dann die beiden Akten hochhielt, bevor er ihr die erste reichte. Bislang war er bei jeder einzelnen Behandlung, die sie durchgeführt hatte, anwesend gewesen.

Sie hatten nun seit etwa einer Woche zusammengearbeitet, und bislang hatte es sich als weniger unangenehm erwiesen, als sie befürchtet hatte. Zweimal hatte er versucht, mit ihr über zwischenmenschliche Angelegenheiten zu sprechen, doch sie hatte ihm eindeutig aber höflich zu verstehen gegeben, dass sie nicht die Absicht hatte, an einer Familienzusammenführung zu arbeiten. Er machte ihr Komplimente über ihre Arbeit; damit konnte sie leben. Es gefiel ihr sogar, da es sich dabei - was auch immer ihre persönlichen Schwierigkeiten waren - um Lob eines älteren, erfahreneren Heilers an eine jüngere Kollegin handelte.

Bisher hatten sie ihr Mittagessen zweimal gemeinsam eingenommen, einmal zusammen mit Sarol und Vern, und einmal mit Iklan, der sie noch einmal um ein Treffen bezüglich des Geistesbands bat. Sie hatte ihm versprochen, ihn so bald wie möglich zu besuchen, da sie zuerst Enric fragen musste, wann er Zeit hätte, sie zu begleiten.

Ein junges Mädchen von nicht mehr als zwölf Jahren kam herein und hustete mehrmals.

"Meine Güte", lächelte Eryn, "das klingt, als sollten wir einen Blick auf dich werfen."

Das Mädchen nickte und hob ihre Hand, damit die Heilerin sie ergreifen konnte. Ganz eindeutig waren ihr magische Behandlungen nichts Fremdes. Sie hatte noch nicht einmal ihre Eltern als Begleitung im Behandlungsraum dabei.

Eryn schloss die Augen und konzentrierte ihre Aufmerksamkeit auf den zierlichen Brustkorb. Die Lungen waren leicht entzündet, doch das Mädchen war früh genug gekommen, sodass man etwas unternehmen konnte, bevor schwerwiegendere Symptome auftraten. Die Heilung der Entzündung nahm nur ein paar Minuten in Anspruch.

"Trink viel Wasser und iss Gemüse und Obst, aber nicht zu viele Süßigkeiten für den Moment. Versuch auch, nicht zu viel herumzulaufen und geh früh zu Bett. Dein Körper muss sich von der Heilung erholen. Hast du das verstanden?"

Das Mädchen nickte gehorsam, dann kicherte sie.

"Was ist so komisch?", lächelte Eryn.

"Die Art, wie du redest", antwortete sie.

"Wirklich?" Die Heilerin zog in gespielter Verwirrung die Augenbrauen zusammen. "Das ist ganz schön seltsam, weißt du. Ich dachte immer, dass alle anderen hier komisch reden. Aber weißt du was?" Sie räusperte sich und fuhr dann fort, indem sie den lokalen Akzent mit den rollenden Rs und verlängerten Vokalen imitierte: "Ich arbeite daran, so zu klingen, wie die Leute hier. Was denkst du? Könnte ich als eine Takhanerin durchgehen?"

Das Mädchen lachte und nickte enthusiastisch. "Du klingst wie meine Großtante!"

"Wie alt ist deine Großtante?"

"Zweiundsiebzig", erwiderte das Mädchen.

"Dann war das kein großes Kompliment, glaube ich", seufzte Eryn und kehrte zu ihrer üblichen Sprechweise zurück. "Ab mit dir, meine Liebe. Und vergiss nicht, was ich dir gesagt habe. Was sollst du tun?"

"Wasser trinken, Obst essen und nicht herumlaufen", zählte das Mädchen auf.

"Nahe genug dran", sagte Eryn.

"Du bist nicht so schlecht im Umgang mit Kindern", lächelte Valrad. "Oder hast du diese neue Fähigkeit als Reaktion auf dasjenige entdeckt, das du selbst erwartest?"

Sie zuckte mit den Schultern. "Womöglich. Oder vielleicht ist Obal das einzige Kind in diesem Land, das mich nicht mag."

"Sie mag dich sehr wohl", widersprach er leise lachend. "Sie ist nur etwas eifersüchtig, weil Vran'el dir so zugetan ist. Und sie ist von Enric fasziniert, der ebenfalls zu dir gehört."

Eryn streckte sich und nickte zu der Akte hin, die er noch immer in der Hand hielt. "Das ist die letzte für heute?"

"Ja, das ist sie", sagte er langsam. "Ich denke, das hier bekommst du alleine hin. Es ist nichts weiter als ein Standard-Gesundheitscheck. Du weißt, wie die durchgeführt werden; wir hatten in dieser Woche drei davon. Für den Fall, dass du dich nicht erinnerst, was alles dazugehört, ist das kein Problem. In der ersten Schublade meines Tisches ist eine Liste, wo die Ergebnisse eingetragen werden. Geh sie einfach Punkt für Punkt durch."

"Mein erster Patient, den ich ohne Aufsicht behandeln werde? Sieh an, ich scheine es ja doch noch zu etwas zu bringen." Sie richtete sich auf. "Da du immer wieder erwähnst, wie zufrieden du mit meiner Arbeit bist, dachte ich, dass ein paar Wochen vielleicht ein wenig lang…"

"Nein", unterbrach Valrad sie nachsichtig und schüttelte den Kopf. "Es gibt keine Möglichkeit für dich, die Zeitspanne, die du unter mir zu arbeiten hast, zu verkürzen."

Sie stieß einen Seufzer aus und nickte resigniert. Natürlich nicht. Überwachung war immerhin nicht der primäre Zweck von all dem.

"Also gut. Dann kümmern wir uns um diesen letzten Patienten." Sie streckte ihre Hand nach der Akte aus, und Valrad überreichte sie ihr.

"Ich gehe in die Kantine und werde mir dort ein süßes Getränk genehmigen. Komm dorthin, bevor du aufbrichst."

Sie nickte und sah zu, wie er fortging, die Akte auf ihrem Schoß. Bevor die Tür sich schloss, hörte sie den Heiler sagen: "Sie ist jetzt frei, du kannst hineingehen."

Ihr Blick fiel auf den Namen auf der Akte, und sie unterdrückte ein Stöhnen. Ram'an, Oberhaupt von Haus Arbil. Verflucht! Es war wohl kaum ein Zufall, dass Valrad genau diesen Augenblick gewählt hatte, um sich ein nettes Getränk zu Gemüte zu führen. Und hatte er nicht etwas unruhig gewirkt, als er ihr die Akte gereicht hatte?

Einen Moment später wurde die Tür aufgedrückt, und er kam herein, auf seinem Gesicht ein breites Lächeln.

"Eryn." Er kam näher und ergriff ihre Hand, um sie zu küssen. "Einen guten Tag wünsche ich. Ich hörte, ich bin dein letzter Patient für heute, also können wir uns all die Zeit nehmen, die wir brauchen. Ist das nicht günstig?"

Ihr Lächeln zeigte zu viele Zähne, als sie antwortete: "Ja, ungemein günstig. Aber lass mich dir versichern, dass ich nicht mehr deiner wertvollen Zeit in Anspruch nehmen werde, als unbedingt nötig ist. Mir ist klar, dass du ein wichtiger Mann bist und zweifellos einen vollen Terminplan hast."

"Das ist wohl wahr, doch für seine Gesundheit sollte man sich genug Zeit nehmen, wie ich immer sage."

Sie zog ob dieser offensichtlichen Lüge nur eine Augenbraue hoch. Wenn man nach den Veränderungen an ihm urteilte, hatte er sich in letzter Zeit nicht annähernd genug Zeit für seine Gesundheit genommen. Nachdem sie seine Akte geöffnet hatte, warf sie einen Blick auf das Datum seiner letzten Routineuntersuchung.

"Du bist drei Monate zu früh dran", strich sie hervor. "Du solltest das einmal pro Jahr durchführen lassen. Obwohl ich das Gefühl habe, dass du ablehnen wirst, wenn ich dir anbiete, in drei Monaten einen neuen Termin zu vereinbaren."

"Du hast absolut Recht", nickte er. "Ich bin fest entschlossen, mich heute untersuchen zu lassen. Ich habe kürzlich eine recht anstrengende Zeit durchlebt, und man sagte mir, das hätte seine

Spuren hinterlassen. Interessanterweise war die Einzige, die gewagt hat, mir das ins Gesicht zu sagen, deine Schwester. Sie hat jedenfalls keine Angst auszusprechen, was sie denkt, das muss man ihr lassen." Er nahm Platz, als sie auf den Stuhl ihr gegenüber deutete. "Das ist eines der Dinge, die auch ich stets an dir bewundert habe. Bis vor kurzem."

Sie ignorierte seine letzte Bemerkung und ermahnte sich, ihn genau wie jeden anderen Patienten zu behandeln.

Sich in ihrem Stuhl zurücklehnend, ließ sie ihren Blick an ihm hinauf- und hinabwandern, während sie in ihren professionellen Modus schlüpfte.

"Pe'tala hat Recht, dein äußeres Erscheinungsbild hat sich in den letzten Monaten verändert", erklärte sie ruhig. "Dein Gesicht ist stärker gezeichnet, was auf unzureichende Zufuhr von Flüssigkeit und Nährstoffen, zu wenig Schlaf und ungenügende Bewegung hinweist. Außerdem hast du etwas mehr Gewicht verloren als dir guttut."

"Ja", gab er zu, "meine jüngsten Essgewohnheiten lassen einiges zu wünschen übrig, wie ich gestehen muss. Mein Bruder residiert derzeit auf einem unserer Anwesen, um dort ein neues Bewässerungssystem zu testen, und ich koche nicht gern für mich allein." Mit einem schelmischen Lächeln lehnte er sich vor. "Wenn du mir hin und wieder dabei Gesellschaft leistest, bin ich sicher, dass sich meine Ernährung rasch zum Besseren wandelt. Ich würde gesunde Mahlzeiten zubereiten. Davon könnten wir beide profitieren." Er nickte zu ihrem Bauch hin. "Was sagst du dazu?"

Sie atmete aus, entschlossen, sich nicht auf sein Spielchen einzulassen. "Das ist ein sehr freundliches Angebot, aber ein persönliches Interesse an deinen Ernährungsgewohnheiten ist etwas mehr Service, als die Klinik anbietet." Sie öffnete die Schublade, die Valrad erwähnt hatte, und zog ein Blatt hervor, in das Informationen einzutragen waren.

"Wie viele Stunden schläfst du derzeit?"

"Etwa fünf, würde ich sagen."

"Das ist zu wenig. Wie viel hast du vor dieser anstrengenden Zeit, die du erwähnt hast, geschlafen?"

"Ungefähr sieben."

"Besser. Versuch, dahin zurückzukehren. Der Schlafmangel tut dir offensichtlich nicht gut. Wie regelmäßig isst du?"

Er dachte einen Moment nach. "Ich versuche, zumindest einmal pro Tag zu essen, doch es gab Zeiten, da habe ich sogar darauf vergessen."

Sie blinzelte und zwang sich, nicht zu ihm aufzublicken. Seine Stimme klang angespannt. Sehr wahrscheinlich bezog er sich auf die Zeit nach dem Tod seines Vaters.

"Aber ich habe ein wenig von dem Gewicht, das ich verlor, wieder zugelegt, also bin ich auf halbem Weg zurück zur Normalität", sagte er ungezwungener.

Auf halbem Weg zurück? Das bedeutete, dass er noch dünner gewesen war?

"Wie viel Alkohol oder andere berauschende Substanzen nimmst du zu dir?"

"Jetzt trinke ich etwa ein oder zwei Gläser Wein pro Tag. Ich habe es reduziert. Vor nicht allzu langer Zeit war es eine Flasche pro Tag."

Einen Moment lang schloss sie die Augen. Zu viel Alkohol, zu wenig Nahrung und nicht genug Schlaf.

Sie sah auf, als sie seine amüsierte Stimme vernahm.

"Habe ich vermocht, deine nüchterne Fassade zu durchdringen, meine liebe Eryn? Gut. Obwohl Mitgefühl nicht das ist, was ich von dir will; du erinnerst dich vielleicht, wie wenig ich Mitleid schätze. Aber es zeigt mir, dass du mir nicht vollkommen gleichgültig gegenüberstehst, und das ist eine Erleichterung."

Eryn zog eine Augenbraue hoch, dann konsultierte sie erneut ihre Liste, fest entschlossen, ihn nicht an sich heranzulassen.

"Wie oft gehst du auf die Toilette?", erkundigte sie sich und fragte sich, weshalb es um so vieles seltsamer als bei anderen Patienten schien, ihn darauf anzusprechen. Wahrscheinlich, weil das wesentlich mehr war, als sie jemals über ihn erfahren wollte.

"Stuhl oder Harn?", fragte er.

"Beides."

"Ersteres etwa jeden zweiten Tag, zweiteres mehrmals pro Tag."

"Verspürst du dabei irgendwelche Schmerzen oder andere Unannehmlichkeiten?"

"Überhaupt keine, wie ich freudig verkünden kann."

"Irgendwelche anderen Probleme, Symptome, Schmerzen?"

"Ich habe das Gefühl, dass ich etwas rastloser bin, als es früher der Fall war. Und ich leide regelmäßig unter Kopfschmerzen, obwohl ich sie natürlich heile."

"Kann ich mir dein Herz ansehen? Das könnten Hinweise auf einen erhöhten Blutdruck als Reaktion auf die Veränderungen in deinem Leben sein." Sie hob ihre Hand, damit er sie ergriff. Das tat er sogleich und nahm sie zwischen seine beiden.

"Eine Hand ist ausreichend", sagte sie leise, während sie die Augen schloss.

"Ich weiß", erwiderte er, das Lächeln in seiner Stimme deutlich hörbar.

Sie konzentrierte sich auf seinen Brustkorb, beobachtete seinen Herzschlag und den Blutfluss.

"Etwas höher, als das bei einem Mann deines Alters der Fall sein sollte", sagte sie und öffnete die Augen, um eine Markierung auf der Liste zu setzen. Dann kehrte sie mit ihrer Aufmerksamkeit zu ihm zurück. "Ich werde mir jetzt deinen Kopf ansehen. Das beinhaltet dein Gehirn, die Augen, Ohren, Stirnhöhlen, den Mund samt Zähnen sowie deinen Hals."

"Sieh dir an, was auch immer du möchtest, meine Liebe. Ich gehöre ganz dir", grinste er.

Einmal mehr ignorierte sie ihn, ergriff seine Hand und begann die Bereiche zu untersuchen, die sie gerade aufgezählt hatte. Nach einigen Minuten öffnete sie die Augen wieder und beugte sich über ihr Blatt, um die Informationen einzutragen.

"Da drin sieht alles gut aus", erklärte sie ihm, nachdem sie alles aufgeschrieben hatte. "Nun zu deinen inneren Organen. Das Herz habe ich bereits gesehen, jetzt untersuche ich den Rest. Das wird eine Weile in Anspruch nehmen. Falls du dich dafür lieber hinlegen möchtest, lass es mich wissen."

Er schüttelte den Kopf. "Sitzen ist in Ordnung. Ich kann mich ausziehen, wenn das die Sache erleichtert."

Sie starrte ihn an. "Weshalb sollte das eine magische Untersuchung erleichtern, wenn du dich ausziehst? Hast du irgendwelche Verletzungen, Muttermale oder Ausschläge, die ich sehen sollte?"

Ram'an schien die Frage abzuwägen, dann grinste er anzüglich. "Die Möglichkeit besteht. Es gibt nur einen Weg, um sicherzugehen, nicht wahr?"

Kühl, ruhig und gelassen, wiederholte sie die drei magischen Worte, die ihr über die letzten paar Wochen hinweggeholfen hatten.

"Ram'an", sagte sie streng, "wenn du diese Untersuchung weiterhin als eine vergnügliche Zerstreuung behandelst, werde ich einen meiner Kollegen ersuchen, das zu übernehmen. Einen meiner *männlichen* Kollegen."

"Ich diskriminiere nicht zwischen männlichen und weiblichen Heilern", lächelte er, "mein Charme funktioniert bei beiden."

Sie stand auf und begann, auf die Tür zuzugehen, doch er griff flink nach ihrer Hand und zog sie mit einer bedauernden Miene an seine Lippen.

"Vergib mir, meine liebe Eryn. Geh nicht. Bitte. Ich werde mich benehmen."

Seufzend nickte sie und kehrte zu ihrem Stuhl zurück. "Also, du bist sicher, dass du dich nicht hinlegen möchtest?"

"Ja." Er nahm ihre Hand erneut in seine und wartete darauf, dass sie loslegte.

Einmal mehr schloss sie die Augen und spürte, wie seine Finger ihre zu streicheln begannen.

"Bitte hör damit auf. Es lenkt mich ab", murmelte sie.

"Natürlich."

Sie lenkte ihre Aufmerksamkeit auf seine Organe.

"Dein Herz schlägt zu schnell, dagegen sollten wir etwas tun", sagte sie leise.

Er lachte leise. "Ich versichere dir, dass es normalerweise nicht so übermäßig aktiv ist. Das liegt zum Großteil an deiner Nähe und deiner Berührung."

Langsam öffnete Eryn die Augen und schüttelte den Kopf. "Weißt du, ich denke nicht, dass du das hier mit mir tun solltest. Wirklich. Ich denke, es wird dir leichter fallen, mit einem anderen Heiler zu arbeiten."

"Angst, Theá?", lächelte er. "Du weißt doch, dass ich dich nur ein wenig necke, nicht wahr? Ich bin mir vollkommen im Klaren darüber, dass du nicht mehr verfügbar bist, dass du zu ihm gehörst. Aber wenn es dich davon abhält, deine Arbeit zu tun, werde ich aufhören. Ich verspreche es."

"Du hast bereits zuvor versprochen, dich zu benehmen, und doch nimmst du mich auf den Arm."

Er schüttelte den Kopf. "Das tue ich nicht. Ich reagiere noch immer auf dich. Das sollte dich aber nicht beunruhigen. Betrachte es als Kompliment. Keinesfalls stellt es eine Gefahr für dich dar."

Sie atmete aus. "Bringen wir das hinter uns. Sei einfach still und rede nur, wenn ich dich etwas frage, in Ordnung?"

"Wie du wünschst", nickte er und ergriff ihre Hand erneut. "Mach dein Ding."

Wieder schloss sie die Augen, und dieses Mal schaffte sie es, die Untersuchung all seiner Organe ohne Unterbrechungen oder Störungen durchzuführen.

"Deine Verdauung könnte etwas Hilfe gebrauchen. Versuch eine Zeit lang mehr rohes Gemüse zu essen. Und trink mehr Wasser." Sie hob ihre Finger an sein Gesicht und berührte seine Stirn und die Wangen. "Deine Haut fühlt sich trocken an, aber da sollte das Wasser ebenfalls helfen. Du hast einige Falten um die Augen und den Mund bekommen. Vorzeitig. Soll ich mich darum kümmern?"

Er lachte. "Lady Eryn bietet mir tatsächlich eine kostenlose kosmetische Korrektur an? Ich könnte mir vorstellen, dass ein paar deiner reichen Klientinnen zuhause vor Schock umfallen würden."

"Nimm es oder lass es", erwiderte sie kurzangebunden.

"Nun, wenn du es schon anbietest, werde ich deine Großzügigkeit auf jeden Fall akzeptieren."

Einmal mehr schloss sie die Augen, legte ihre Hand auf seine Stirn und korrigierte die oberflächlichen Fältchen ohne große Mühe.

"Das bedeutet, dass wir fertig sind", sagte sie sodann.

"Sind wir das?", lächelte er. "Ich scheine mich einer bestimmten Frage zu entsinnen, die mir deine Kollegen für gewöhnlich stellen. Ist es möglich, dass sie dir peinlich ist?"

Sie schluckte und gab vor, die Liste zu konsultieren. Er lehnte sich vor und zeigte auf eine leere Zeile auf der oberen Hälfte des Papiers.

"Natürlich nicht", erwiderte sie milde. "Ich versichere dir, das war nur ein kleines Versehen." Sie räusperte sich. "Hast du irgendwelche Probleme in Bezug auf deine Fähigkeit, eine... Erektion zu haben?" Sie sah, wie er grinste und hob ihren Zeigefinger, bevor sie ihn mit zusammengekniffenen Augen warnte: "Wenn du jetzt nahelegst, dass das nur mit meiner Hilfe feststellbar ist, werde ich dich hier hinaustreten. Im wahrsten Sinne des Wortes. Mit meinem Schuh in deinem Hintern. Das meine ich ernst!"

Er seufzte. "In Ordnung, dann tun wir das auf die erwachsene Art und Weise. Nein, in diesem Bereich habe ich absolut keine Probleme. Ganz im Gegenteil. Ich würde eher etwas benötigen, um seinen Enthusiasmus zuweilen etwas zu dämpfen. Hast du hier aus Heilersicht irgendwelche Anregungen?"

"Das ist nicht die erwachsene Art und Weise", knurrte sie. "Wir sind fertig. Endlich. Hinaus mit dir. Sofort!"

"Warte!" Er hob beide Hände mit den Handflächen nach vorne, als sie hinter sich griff, um das erste schwere Objekt, das sie fand, zu ergreifen. Einen Becher. Hastig sprang er auf und öffnete die Tür, versteckte sich dahinter und steckte nur seinen Kopf in den Raum.

"Iss morgen mit mir zu Mittag", schlug er vor. "Ich werde etwas Gesundes und Nahrhaftes kochen. Es ist deine Verantwortung als meine Heilerin sicherzugehen, dass ich mich an deine Anweisungen halte."

"Nein!", schrie sie und schleuderte ihm den Becher entgegen. Sie sah zu, wie er an der Tür, die Ram'an rasch geschlossen hatte, um dem Geschoss zu entkommen, in tausend Stücke zerbarst.

Sie schloss die Augen und vergrub ihr Gesicht in ihren Händen. So viel zu kühl, ruhig und gelassen. Das war das erste Mal seit ihrer Ankunft in der Stadt, dass ihre Zurückhaltung versagt hatte. Seinen Provokationskünsten war sie einfach nicht gewachsen.

Ihre Schultern begannen zu beben, als sie in Gelächter ausbrach. Überrascht von ihrer eigenen Reaktion bedeckte sie ihren Mund. Dieser Mann war eine verdammte Plage!

* * *

Junar saß im Hauptraum auf den Kissen und war offensichtlich mit dem Versuch beschäftigt, ein Stück Obst in die Unterwerfung zu starren.

Eryn grinste. "Gier gegen einen vollen Magen. Wer gewinnt?"

"Gier. Was sonst?", seufzte die Schneiderin und warf sich das süße Stückchen in den Mund. Es hatte nie wirklich eine Chance gehabt. "Du wirkst... anders. Hattest du einen angenehmen Tag in der Klinik?"

"Ich bin nicht sicher, ob es ein angenehmer Tag war. Nennen wir ihn seltsam. Und was meinst du damit, ich wirke anders?"

Junar dachte kurz nach. "Zur Abwechslung ist deine Stirn einmal nicht gerunzelt. Und du hast gelächelt. Das habe ich schon eine Weile nicht mehr gesehen."

"Ich lächle regelmäßig", protestierte Eryn.

"Nein, nicht wirklich", meinte die andere Frau und schüttelte den Kopf. "Da ist nur dieses falsche Lächeln, das du in letzter Zeit so häufig benutzt, das die Leute auf Abstand hält. Als du gerade hereinkamst, war da ein echtes. Erzähl mir von deinem seltsamen Tag. Was auch immer dich in gute Laune versetzt hat, muss erzählenswert sein." Sie klopfte auf das Kissen neben sich.

Eryn gab gutmütig nach. Vielleicht war es sogar ganz nett, ihr davon zu erzählen.

"Ich hatte gerade eine interessante Unterhaltung mit Ram'an über seinen Stuhlgang und seine sexuelle Leistungsfähigkeit."

"Du hattest *was*?", rief Junar aus. "Du grüßt ihn doch nicht einmal ordentlich, wenn du es vermeiden kannst!"

"Er kam heute zu seiner jährlichen Gesundheitsüberprüfung. Valrad teilte ihn als meinen letzten Patienten ein und verließ zum ersten Mal das Zimmer, während ich jemanden behandelte."

Der Blick der anderen Frau wurde ernst. "War das sehr unangenehm für dich? Aber da es deine Laune gehoben zu haben scheint, lautet die Antwort wahrscheinlich *Nein*."

Eryn schnaubte. "Zuweilen unangenehm genug, glaube mir. Er jedenfalls hatte eine Menge Spaß dabei. Ich war nicht so enthusiastisch und versuchte, ihn an einen anderen Heiler zu verweisen. Zweimal. Er gab weiterhin unpassende Bemerkungen und unangebrachte Vorschläge von sich und lud mich zum Essen ein."

"Und deine neue Strategie, mit der du dir ungewollte Personen mit kalter Teilnahmslosigkeit vom Leib hältst, hat bei ihm nicht funktioniert?"

"Nein", seufzte sie. "Er hat mich dazu gebracht, ihm einen Becher nachzuwerfen. Ich habe hinterher einige Zeit mit dem Aufsammeln der Scherben verbracht. Aber das war es wert. Es war befreiend."

"Natürlich war es das", lächelte Junar und drückte die Hand ihrer Freundin. "Du sperrst dein wahres Selbst in dir ein. Ihm hin und wieder die Gelegenheit zu bieten, einfach um sich zu schlagen, ist nötig, um nicht irre zu werden, denke ich. Ich hoffe, du hast daraus etwas gelernt", fügte sie streng hinzu.

"Dass ich willkürlich Töpferwaren zerstören muss, um glücklich zu sein?"

"Idiotin", seufzte Junar, aber es war kein wirkliches Feuer darin.

"Wo sind die Jungs?", erkundigte sich Eryn, um das Thema zu wechseln.

"In Enrics Arbeitszimmer, falls du Enric und Orrin meinst. Sie haben heute eine Nachricht von der Triarchie erhalten. Ihr kleines Spiel wurde bewilligt. Oder deines, soweit ich das mitbekommen habe. Sie sprechen gerade über die Details. Ich habe keine Ahnung, wo Vern ist. Womöglich blendet er die Kunstwelt mit seinem Talent", schloss sie mit einem stolzen Lächeln.

"Macht es dir etwas aus, wenn ich dich alleinlasse und zu den Männern gehe? Ich will sichergehen, dass ihnen klar ist, dass ich an dieser Sache teilnehmen werde. Immerhin war es meine Idee. Es sollte mir gestattet sein, teilzunehmen, findest du nicht?"

Junar grinste. "Absolut. Sieh nur zu, dass sie es bald veranstalten, oder du wirst zu rund sein, um die Straßen zu durchstreifen."

Eryn nickte und erinnerte sich daran, dass Vran'el etwas Ähnliches gesagt hatte. Dann warf sie einen Blick auf die leere Obstschüssel. "Willst du Nachschub, solange ich noch hier bin?"

"Nein, ich sollte nicht. Ich schwöre dir, mein Magen ist auf die Größe einer Faust zusammengeschrumpft. Ich esse etwas, dann bin ich nach drei Bissen voll, und ein paar Minuten darauf bin ich wieder hungrig."

"Das liegt daran, dass deine Tochter Druck auf deine Organe ausübt, um mehr Platz für sich selbst herauszuquetschen", erklärte die Heilerin.

Junar winkte sie fort. "Ach, lass mich zufrieden mit deinem Heilergerede! Geh und nerve deinen Gefährten. Und meinen. Mir fehlt die Kraft, es selbst zu tun."

Eryn stand auf und ging in Richtung des Korridors, der zu Malriels Arbeitszimmer führte. Durch die Tür hindurch vernahm sie eine angeregte Diskussion und klopfte kurz, bevor sie eintrat, ohne auf eine Einladung zu warten.

Enric lächelte, als er sie erblickte und trat auf sie zu, um ihr einen enthusiastischen Kuss auf den Mund zu drücken.

"Hallo du. Die Triarchie hat deine Idee bewilligt", erklärte er.

Sie nickte. "Ich weiß. Junar hat es mir gerade gesagt. Ich bin hier um euch mitzuteilen, dass ihr keine Chance habt, mich davon abzuhalten, dass ich bei dem Spaß mitmache."

Orrin lachte. "Wir hatten nicht die Absicht, irgendetwas in der Art auch nur zu versuchen. Wir brauchen dich dabei sogar."

"Ach ja?", fragte sie überrascht. "Weil allein mein überragendes Verständnis für Schlachtstrategien dazu beitragen kann, dass es ein Erfolg wird?"

"Du magst das vielleicht für einen Scherz halten, aber im Vergleich mit den Leuten hier sind deine Fertigkeiten weit fortgeschritten", betonte Enric.

"Kann ich ein Eindringling sein?", bat sie.

Ihr Gefährte nickte feierlich. "Auf jeden Fall. Ich hatte schon so ein Gefühl, dass es dir nichts ausmachen würde, auf meiner Gegenseite zu stehen."

"Wer wird sonst noch spielen?", fragte sie.

"Vern und Kilan. Obwohl Kilan noch nichts von seinem Glück weiß. Aber du als seine Vorgesetzte kannst es ihm befehlen, falls er denkt, er kann sich weigern", lächelte Enric. "Ich selbst, natürlich. Und Orrin."

"Vran'el hat sich auch gemeldet", fügte Eryn hinzu. "Das bedeutet womöglich, dass wir auf Neval und Intrea ebenfalls zählen können. Wie viele Leute brauchen wir, damit es funktioniert?"

"Für das Areal, das uns die Triarchie zugesagt hat, wären sechzig Leute gut. Das wären dann fünfzehn Paare auf jeder Seite", erklärte Orrin.

"Paare?", fragte sie nach. "Ist das eine der Regeln, die ihr euch ausgedacht habt?"

"So ist es", bestätigte der Krieger und reichte ihr ein Blatt Papier. "Hier ist der Rest davon. Was denkst du?"

Goldene Gürtel, um die verfügbare magische Stärke auf einen bestimmten Level zu reduzieren, damit stärkere Magier keinen unfairen Vorteil hatten. Zweiergruppen, die gemeinsam gegen Gegner kämpften. Wenn ein Teil eines Paars fiel, konnte der verbleibende mit einem anderen Einzelkämpfer eine neue Gruppe bilden. Schilde und Angriffe waren ohne Beschränkung erlaubt.

"Kann ich meine spezielle Barriere einsetzen?"

Beide Männer schüttelten den Kopf, und Enric antwortete: "Nein. Das wäre ein unfairer Vorteil. Und da es außerdem eine große Menge an Magie erfordert, würde der Gürtel das ohnehin verhindern."

"Und du wirst auf der Seite der Verteidiger kämpfen, nehme ich an?", wandte sie sich an ihren Gefährten. "Du hast so etwas erwähnt, als wir das erste Mal darüber sprachen. Politische Überlegungen. Das bedeutet womöglich, dass Kilan als Botschafter auch dabei gesehen werden sollte, wie er die Stadt verteidigt, anstatt versucht, sie einzunehmen, schätze ich."

"So ist es", bestätigte Enric. "Aber Orrin und Vern werden auf deiner Seite sein. Somit stündet ihr drei uns zwei gegenüber. Das sollte euch ermöglichen zu gewinnen. Jeder von euch wird sich mit einem Einheimischen zusammentun, damit ihr strategische Fertigkeiten mit dem Wissen um die Anordnung der Stadt kombinieren könnt."

Sie nickte. Das klang vernünftig. "Kann ich mir meinen Partner aussuchen? Ich denke, Vran'el wäre sonst recht unglücklich."

"Aber sicher", lächelte Enric. Er war froh, dass sie beabsichtigte, sich mit ihrem Bruder zusammenzutun. Ein wenig Spaß miteinander zu haben würde ihnen zweifellos guttun. Obwohl er es vorgezogen hätte, sie mit einem Heiler zusammenzuspannen, nur für alle Fälle.

"Ausgezeichnet!" Sie rieb ihre Handflächen aneinander. "Wann wird es denn stattfinden? Besteht die Chance, dass es möglichst bald passiert, damit ich noch halbwegs beweglich und in der Lage bin, meine Zehen zu sehen, wenn ich aufrecht stehe?"

"Heute in einer Woche", nickte Orrin. "Sofern sich dein Sohn nicht außerordentlich schnell entwickelt, sollte das kein Problem sein."

"Bislang hat er sich an die gängigen Richtwerte gehalten. Falls er es also fertigbringt, in einer Woche so stark zu wachsen, dann weiß ich mit absoluter Sicherheit, dass er es aus reiner Boshaftigkeit tut", schniefte sie. "Und das würde ich ihm zurückzahlen, sobald er alt genug ist, um peinlich berührt zu reagieren."

"Liebende Worte von einer werdenden Mutter", murmelte Orrin.

"Was soll ich sagen? Sie kommen von Herzen", lächelte sie. "Wenn ihr mich nun entschuldigen würdet, ich verspüre das Bedürfnis nach einem Brötchen. Oder drei. Haben wir noch welche?"

"Den Dienern wurde aufgetragen, den Vorrat niemals zur Neige gehen zu lassen", versicherte ihr Enric. "Eine Überlebensstrategie."

"Gut gemacht", nickte sie gnädig. "Das werde ich in liebevoller Erinnerung behalten, wenn ich in einer Woche Blitze auf dich loslasse." Damit drehte sie sich um und ging in Richtung der Küche davon.

Orrin schürzte die Lippen. "Heute ist sie wesentlich besserer Laune. Ich frage mich, weshalb."

"Ram'an hatte heute einen Termin für eine Untersuchung bei ihr. Es scheint, als hätte er es geschafft, sie aufzumuntern."

Der Krieger betrachtete den jüngeren Mann nachdenklich. "Er hat geschafft, was keinem von uns in letzter Zeit gelungen ist? Ist das gut?"

Enric seufzte. "Wahrscheinlich nicht. Aber im Moment nehme ich, was ich kriegen kann. Wenn er derjenige ist, der momentan zu ihr durchdringt, dann gedenke ich mir das zunutze zu machen."

"Und ihn dabei genau im Auge zu behalten, vermute ich?"

"Das versteht sich von selbst."

KAPITEL 10

Ram'ans Annäherung

Enric klopfte an die Tür der Arbil Residenz und wartete. Er war praktisch herbeizitiert worden, was ungewöhnlich war, da Ram'an keinerlei Autorität über ihn hatte und zudem nicht wirklich von der fordernden Sorte war. Sein Haus war momentan sehr stark vom Wohlwollen seiner Verbündeten abhängig. Und doch war die Nachricht nicht eben freundlich formuliert gewesen.

Es war vorwiegend Neugier, die Enric zum Herkommen bewogen hatte. Flüchtig hatte er mit dem Gedanken gespielt, mit einer scharfen Notiz zu antworten. Doch wenn Ram'an etwas tat, das nicht nur untypisch war für einen Mann mit einer üblicherweise durchdachten und diplomatischen Herangehensweise, sondern hinsichtlich der Geschäftsbeziehung ihrer Häuser auch als unklug erachtet werden konnte, lohnte es sich wahrscheinlich zuzuhören. Obwohl er einen Verdacht hatte, worum es gehen mochte.

Die Zusammenarbeit mit Ram'an hatte sich bislang angenehm und unproblematisch gestaltet. Er hatte sich als verlässlicher Geschäftspartner erwiesen, der nicht mehr versprach, als er liefern konnte oder wollte, und der die Vereinbarungen ehrte, die er einging. In den Jahren seit Enric begonnen hatte, seine eigenen Unternehmungen aufzubauen, hatte er das schätzen gelernt.

Wenn man den Zeitpunkt dieser speziellen Einladung betrachtete, ging es hierbei sehr wahrscheinlich um Eryn. Zwei Tage waren nun seit Ram'ans Termin bei ihr in der Klinik vergangen. Sie hatte dies kurz erwähnt, Enric aber keine Details verraten. Er war sorgsam darauf bedacht, sie nicht unter Druck zu setzen und hatte sich stattdessen mit Vran'el getroffen, der ihm mehr als bereitwillig die wenigen Dinge, die er von seinem Vater erfahren hatte, mitteilte.

Ram'an hatte um einen verfrühten Gesundheitscheck gebeten und mehrere Versuche benötigt, um Valrad dazu zu bewegen, diesen von Eryn durchführen zu lassen. Und zwar von ihr allein. Eingangs war Valrad abgeneigt gewesen, sie mehr oder weniger zu täuschen, damit sie ihren früheren Verehrer behandelte. Ram'an jedoch hatte herausgestrichen, dass die erzwungene Zusammenarbeit mit ihrem Vater auf jeden Fall eine größere Belastung für sie wäre als es eine halbe Stunde mit *ihm* sein könnte. Valrad hatte schließlich unter der Bedingung eingewilligt, dass sie, sollte sie sich weigern, die Untersuchung mit ihm durchzuführen, weder dazu gezwungen, gedrängt oder sonst irgendwie unter Druck gesetzt werden durfte. Es war an ihm, sie bei sich im Behandlungsraum zu halten. Und zwar ohne sie unter Einsatz seiner überlegenen magischen Kräfte zum Bleiben zu zwingen.

Als ihr Vater in den Behandlungsraum zurückgekehrt war, hatte sie gerade Bruchstücke von etwas aufgehoben, das einmal ein Becher gewesen war, bevor sie ihn gegen die Tür geschleudert hatte, wenn man von der Delle in Augenhöhe ausging. Somit hatte Ram'an also eine Reaktion ausgelöst und es vermocht, sie für einen kurzen Moment aus ihrer Schale der Unnahbarkeit und Zurückhaltung herauszuholen. Enric erinnerte sich an ihre Stimmung an diesem Tag, als sie von der Klinik zurückgekehrt war. Sie hatte Esprit und Tatkraft gezeigt und darauf bestanden, in das Spiel miteinbezogen zu werden.

Die Tür öffnete sich, und Ram'an nickte ihm zu, bevor er seine Hand zum formalen Gruß hob und seinen Gast eintreten ließ.

"Danke, dass du gekommen bist. Ich gebe zu, dass ich nicht sicher war, wie du auf die Formulierung der Nachricht reagieren würdest", begann Ram'an und fügte mit einem dünnen Lächeln hinzu: "Aber jemanden unter Druck zu setzen, um zu sehen, wo seine Grenzen liegen, hat sich als effektive Möglichkeit erwiesen, um die Leute besser kennenzulernen."

"Oder sie sich zu Feinden zu machen", erwiderte Enric höflich.

"Ich denke, es ist schon eine beachtliche Leistung, dass wir beide nach allem, was vorgefallen ist, in der Lage sind, ein vernünftiges Gespräch zu führen und sogar Geschäfte miteinander abzuwickeln. Dass eine kurze Nachricht, mag sie dir auch noch so harsch erscheinen, dich zu meinem Feind machen würde, bezweifle ich. Komm mit", sagte er, nachdem Enric das feuchte Handtuch benutzt hatte, um sich zu erfrischen, "lass uns in meinem Arbeitszimmer reden."

Er wollte dem Ganzen also eine formelle Note geben, sinnierte Enric und folgte ihm die Stufen hinauf in das geräumige, traditionell möblierte Zimmer, das Ram'an zum Arbeiten nutzte.

"Darf ich dir etwas zu trinken anbieten?"

"Nicht im Moment, danke."

"Dann nimm doch bitte Platz." Der Gastgeber umrundete seinen Schreibtisch und ließ sich auf seinem Sessel nieder. "Nachdem ich dich bereits ein wenig kennenlernen konnte, gehe ich davon aus, dass du es schätzt, wenn ich gleich zur Sache komme. Ich möchte über Eryn sprechen."

Enric nickte. "Davon ging ich aus."

"Natürlich. Sicher hast du davon gehört, dass ich sie in der Klinik besucht habe?"

"Ja, das habe ich. Es scheint, als hätte sie dir einen zerbrechlichen Gegenstand nachgeworfen."

Ram'an lächelte. "Das hat sie, ja." Seine Miene veränderte sich und wurde wieder ernst. "Und auf diese Leistung bin ich stolz. Mehr als einen Monat lang war sie jetzt distanziert und unempfänglich mir, und soweit ich das gehört habe, auch Valrad gegenüber. Für eine Frau mit dermaßen viel Aren Temperament ist das uncharakteristisch. In der kurzen Zeit, in der ich sie nun kenne, hat sie ihrem Unmut oder Ärger stets offen und ohne Zurückhaltung Ausdruck verliehen, sogar wenn sie hinterher Konsequenzen zu tragen hatte."

"Vielleicht hat sie ihre Gewohnheiten geändert", schlug Enric milde vor, wohl wissend, dass dies nicht die ganze Wahrheit war.

Der Jurist zog seine Augenbrauen hoch. "Wäre ich der Ansicht, du würdest dies tatsächlich glauben, wäre ich noch besorgter als ich es ohnehin bereits bin. Nein, das Temperament ist noch immer vorhanden, sie lässt es nur nicht heraus. Und das ist nicht gut für sie. Ich musste sie enorm provozieren, um diese Reaktion vor zwei Tagen auszulösen." Er wartete einen Moment lang, um zu sehen, ob Enric einen Kommentar dazu abgeben wollte. Als nichts kam, fuhr er fort: "Sie sitzt in Teehäusern, immer allein, und brütet vor sich hin. Sie sucht sich gerne abgelegenere aus, wo es weniger wahrscheinlich ist, dass sie auf jemanden trifft, den sie kennt. Und sie geht jedes Mal woanders hin, kaum jemals zweimal hintereinander an den gleichen Ort."

"Und doch scheinst du ihr immer wieder über den Weg zu laufen. Welch ein Zufall", bemerkte Enric mit einem eindringlichen Blick.

"Haus Arbil besitzt eine beträchtliche Anzahl von Teehäusern in der Stadt, sowohl bescheidenere als auch schickere Etablissements. Als ich sie zum ersten Mal wo sitzen und sich vor der Welt verstecken sah, begann ich Erkundigungen einzuholen. Und ich habe mit den Leuten in der Klinik gesprochen. Soweit ich das verstanden habe, verbringt sie niemals mehr Zeit als absolut nötig mit ihrem Vater und wirkt resigniert, wenn er es doch irgendwie schafft, sie zu einem Mittagessen mit ihm zu bewegen. Sie hat die Vel'kim Residenz schon seit geraumer Zeit nicht mehr freiwillig betreten, und meinen Quellen zufolge hat auch ihr Kontakt mit Vran'el erheblich darunter gelitten."

"Recht gründlich, deine Quellen", merkte Enric an.

Ram'an hob die Schultern. "Man versucht, die Dinge im Auge zu behalten. Wie auch die Tatsache, dass du schon seit einer Weile nicht mehr mit Eryn unterwegs gesehen wurdest. Kann es sein, dass sie sich auch vor dir zurückzieht?" Sein Blick wurde schärfer.

"Das geht dich überhaupt nichts an, würde ich meinen", entgegnete der blonde Magier.

"Man könnte sich wohl entschließen, das so zu sehen", nickte der Rechtsgelehrte.

"Du offensichtlich aber nicht", seufzte Enric. "Oder ich wäre nicht hier."

"Offensichtlich. Trotz der... ahem, Spannungen zwischen uns betrachte ich sie doch als Freundin." Er zog eine Schublade auf und entnahm ihr das silberne Armkettchen, das er Eryn am Tag ihres Kommitmentbands dritten Grades geschenkt hatte und das sie ihm am Tag ihrer Ankunft, nachdem sie von Malriels und Valrads Affäre erfahren hatte, wütend zurückgeworfen hatte. Er hielt es in der Hand und betrachtete es nachdenklich. "Ich bin fest entschlossen, sie dazu zu bewegen, dass sie es wieder trägt."

"Viel Glück dabei", grinste Enric spöttisch. "Sie dazu zu veranlassen, dass sie dir Becher nachwirft, mag allerdings nicht die richtige Methode sein, um das zu bewerkstelligen."

Ram'an zog eine Augenbraue hoch. "Das ist ein erster Schritt in genau diese Richtung", widersprach er. "Ich habe es geschafft, sie hinter dieser Wand der Distanzierung hervorzuholen, die sie um sich errichtet hat, wenn auch nur für einen kurzen Moment. Aber dessen bist du dir bewusst, ist es nicht so? Andernfalls hättest du von mir verlangt, ich solle mich von ihr fernhalten, vermute ich." Er legte das Armband wieder in die Schreibtischlade und lehnte sich dann zurück. "Ich habe mit meinem Cousin - dem Heiler, der mit Vern an diesem Buch über Geburt und Mutterschaft arbeitet - über Eryn gesprochen. Er denkt, sie könnte unter einer niedergeschlagenen Gemütsverfassung leiden, die daher rührt, dass man mit einer Situation überfordert ist. In ihrem Fall könnte dies das Ergebnis aus mehreren Ereignissen sein." Er nahm seine Finger zu Hilfe, um sie aufzuzählen. "Die ungewollte Schwangerschaft; die unvermutete Rückkehr hierher; ihre Entdeckung, dass der Mann, den sie als ihren Vater betrachtete, lediglich ihr Onkel war; ihre erzwungene Zusammenarbeit mit Valrad, der eine Versöhnung herbeiführen will. Und womöglich eine gewisse Vernachlässigung in ihrer Beziehung von Seiten ihres Gefährten, aber darüber kann ich nur spekulieren."

Enrics Starren wurde bedrohlich. *"Vernachlässigung in ihrer Beziehung von Seiten ihres Gefährten?"*

Ram'an seufzte. "Richte deinen Ärger nicht auf mich, weil ich eine allgemeine Theorie in Worte fasse."

"Aus meiner Sicht klang es nicht so, als würdest du von einer allgemeinen Theorie sprechen, sondern eine sehr spezifische Anschuldigung erheben", knurrte er.

"Dann bist du dir also absolut sicher, dass sie all die Aufmerksamkeit und Unterstützung erhält, die sie von dir benötigt?", fragte Ram'an leichthin. "Trotz der Herausforderung, als die sich die Führung von Haus Aren für dich erweist?"

Nein, musste Enric einräumen, dessen war er sich alles andere als sicher. Tatsächlich fühlte er sich mit der ganzen Angelegenheit überfordert. Er dachte, dass alles wieder in Ordnung käme, wenn er

Eryn nur dazu veranlasste, sich den Schwierigkeiten mit ihrem Vater zu stellen. Doch seine Versuche hatten sie stattdessen weiter von ihm selbst wegdriften lassen. Nun vermied sie es sogar so gut es ging, mit ihm allein zu sein. Und woher wusste Ram'an überhaupt von den Problemen bei Haus Aren?

"Ich werte dein Schweigen und die damit einhergehende Miene als abschlägige Antwort", bemerkte Ram'an.

"Du irrst dich", log Enric unverfroren, "zwischen uns ist alles in bester Ordnung."

"Ist das so? Wann hattet ihr das letzte Mal Geschlechtsverkehr, wenn ich fragen darf?"

Er schloss einen Moment lang die Augen und zwang sich, nicht auf sozial inakzeptable Weise zu reagieren. Er konnte es sich jetzt ebenso wenig leisten, die Kontrolle zu verlieren wie damals, als er als Botschafter hier war. Dass die Antwort nicht eben ermutigend war, half überhaupt nicht.

"Du darfst nicht", erwiderte er ruhig und schaffte es, seine Stimme gleichmäßig zu halten. "Daran solltest du kein Interesse haben. Du hast mir versichert, es läge nicht in deiner Absicht, ihr noch länger nachzustellen. Diese Frage, die ich ehrlich gesagt einfach nur unerhört persönlich finde, werde ich nicht beantworten."

Ram'an seufzte, dann rieb er sich die Augen. "Ah ja, die Prüderie deiner Leute... ich vergaß sie einen Augenblick lang. Ist das zu glauben." Dann betrachtete er Enric mit einem wissenden Lächeln. "Oder ist das nur eine Ausrede, damit du nicht zugeben musst, dass ich richtig liege? Ich glaube mich erinnern zu können, dass du dich recht gut an unsere Bräuche angepasst hast, als du das erste Mal hier warst."

Enric atmete aus und warf dem anderen Mann einen ungeduldigen Blick zu. "Weshalb bin ich hier, Ram'an?"

"Du bist hier, weil du hoffst, dass ich bei deinem kleinen Dilemma mit Eryn behilflich sein kann, könnte ich mir vorstellen", lächelte der dunkelhaarige Mann.

"Ich meinte: Was willst du? Ich weiß sehr genau, weshalb *ich* mich entschieden habe, deiner alles andere als freundlichen Einladung zu folgen."

"Ich möchte, dass du verstehst, dass etwas unternommen werden muss; so kannst du es nicht weitergehen lassen. Je länger du das tust, desto schwieriger wird es für sie, ihren Weg dort heraus zu finden. Diese ungeklärten Angelegenheiten werden nicht einfach so verschwinden, sobald dein Sohn geboren ist. Sie wird dann sogar noch weniger Ressourcen zur Verfügung haben, um sich damit auseinanderzusetzen."

"Interessante Worte von einem Mann, der eine dieser ungelösten Angelegenheiten verkörpert", gab Enric schneidend zurück.

"Oh, das stimmt. Deshalb gedenke ich auch, etwas dagegen zu unternehmen. Sie hat nun ihre Qualifikation erlangt, was bedeutet, dass ich mich nicht länger zurückhalten werde. Ich habe von diesem Spiel gehört, das du und Lord Orrin..."

"Orrin", warf Enric ein. "Wir verwenden unsere Titel hier nicht."

"Das Spiel, das du und dann eben *Orrin* plant. Ich möchte teilnehmen. Vorzugsweise in einem Team mit Eryn."

"Du bist mehr als willkommen. Aber erstens wird Eryn auf der Seite der Invasoren spielen, und das mag für ein Oberhaupt eines Hauses keine allzu attraktive Option sein; und zweitens hat sie bereits Vran'el als ihren Spielpartner auserkoren."

Ram'an zuckte mit den Schultern. "Auf der Seite der Invasoren zu spielen stellt keinerlei Problem für mich dar. Im Gegensatz zu dir besteht in meinem Fall kein Anlass, meinen Kollegen im Senat meine Loyalität unter Beweis zu stellen. Die Leute stellen nicht meine Hingabe an mein Land in Frage, sondern die Fähigkeit meines Hauses, seine Rechnungen zu begleichen", fügte er bitter hinzu.

"Deshalb hast du mich hergerufen? Damit ich dich für das Spiel mit ihr zusammenspanne?", fragte Enric nach.

"Das, und um zu sehen, ob du dir über das Problem im Klaren bist."

"Ich verstehe."

"Dessen bin ich mir noch immer nicht ganz sicher, aber bislang hast du dich als vernünftiger erwiesen, als ich gehofft hatte. Du willst deine Probleme mir gegenüber nicht eingestehen, was bis zu einem gewissen Grad nachvollziehbar ist, wenn man unsere Vergangenheit betrachtet. Allerdings hast du eindeutig erkannt, dass ich mich als hilfreich dabei erweisen kann, ihr zu helfen; auch wenn du das ebenfalls nicht in Worte kleiden möchtest."

"Ach wirklich", kommentierte Enric trocken.

"Ja. Andernfalls hättest du mich, wie bereits zuvor erwähnt, gewiss gewarnt, mich von ihr fernzuhalten und damit aufzuhören, sie zu verärgern. Doch das hast du nicht. Und ich bezweifle, dass du das im Moment beabsichtigst."

"Ich wage zu behaupten, dass dich das überzeugen sollte, dass ich mir *über das Problem im Klaren* bin, wie du es formuliert hast. Was nun?"

"Nun möchte ich, dass du mir dabei hilfst, Situationen herbeizuführen, wo ich Zeit mir ihr verbringen kann, ohne dass sie in der Lage ist, einfach so fortzulaufen. Wie Mahlzeiten bei euch zuhause, zu denen du mich einlädst, Treffen in Musikhäusern und so weiter. Öffentlich genug, dass sie das Gefühl hat, höflich sein zu müssen, aber nicht so dicht gedrängt, dass sie sich hinter anderen Leuten verstecken kann", erklärte Ram'an.

Enric nickte langsam. "Das kann ich einfädeln. Zumindest bis zu einem gewissen Grad. Wenn ich damit beginne, sie jeden Abend nach draußen zu zerren, wird sie bald streiken." Er betrachtete den anderen Mann nachdenklich. "Warum tust du das?"

Der Rechtsgelehrte warf ihm einen wohlüberlegten Blick zu. "Ich denke, das weißt du sehr genau."

"Ich weiß, dass du noch immer etwas für sie empfindest. Aber sie, und damit in der Folge auch mich, leiden zu sehen, könnte ebenso gut Balsam für deinen verletzten Stolz sein."

"Das wäre es wohl, gehörte ich zu der Sorte Mann, die es als angenehm empfindet, sich am Leid anderer zu ergötzen", erwiderte er kalt. Dann lächelte er freudlos. "Und dann besteht immer noch die Chance, dass du einem verfrühten Ableben zum Opfer fällst. In diesem Fall wäre es sicherlich nützlich für mich, wenn sie liebevolle Erinnerungen an mich bewahrt."

"Absolut charmant", knurrte Enric und erhob sich. "Würde ich deine letzte Aussage ernst nehmen, müsste ich mir noch einmal überlegen, ob ich eine Geschäftsbeziehung mit dir pflegen möchte. Und damit beginnen, jeden meiner Schritte sehr sorgsam zu setzen."

"Anstatt nur jeden einzelnen Schritt deiner Gefährtin zu überwachen, indem du ihr Beobachter nachschickst?"

"Ich sollte wohl besser damit beginnen, *dir* ebenfalls Beobachter nachzuschicken", schnappte Enric, befremdet von der Richtung, in die sich dieses Gespräch entwickelt hatte.

"Nur zu", meinte Ram'an achselzuckend und grinste, offenkundig erfreut darüber, dass er es geschafft hatte, diesen Mann aus der Ruhe zu bringen, der für seine Nerven aus Stahl bekannt war - besonders nachdem er während ihres letzten Aufenthalts in den Westlichen Territorien zwischen Eryn, Malriel und Malriels Mutter Malhora getreten war.

"Morgen Abend. Abendessen in dem Musikhaus, wo ich damals mit dir getanzt habe", warf ihm Enric kurz angebunden hin und ging zur Tür. Er erhaschte einen Blick auf Ram'ans ungehaltenen Gesichtsausdruck bei der Erinnerung an diesen kleinen Zwischenfall. Es war ein belangloser und auch eher kleinlicher Triumph, doch auf die war er in letzter Zeit stark angewiesen.

* * *

Eryn versuchte sich zurückfallen zu lassen, doch Enric hielt ihre Hand fest und zog sie mit sich.

"Komm schon, Liebste", seufzte er. "Wir waren schon ewig nicht mehr gemeinsam aus. Du hast dich mehrere Wochen lang unter deinen Büchern vergraben, und ich war in diesem Arbeitszimmer eingesperrt. Ich will ausgehen, Leute treffen, eine Mahlzeit einnehmen, die ich nicht selbst kochen musste, mit dir tanzen."

"Weißt du, deine Aufmunterungsversuche sind wirklich löblich, aber ich habe einen langen Tag hinter mir und würde mich viel lieber einfach nur zuhause hinsetzen, meine Beine hochlegen und faul sein", stöhnte sie.

"Du kannst dich hinsetzen, deine Füße auf meinen Schoß legen und im Musikhaus faul sein", versprach er.

"Worin genau liegt dann der Sinn, wenn ich dort hingehe und das Gleiche tue, was ich lieber zuhause machen würde?"

"Dass du wieder unter Leute kommst."

"Wir haben genug Leute zuhause! Eine ganze Familie, um genau zu sein! Du erinnerst dich? Diejenigen, von denen du meintest, sie sollten bei uns wohnen? Riesige, schwangere Frau; halbwüchsiger, schlacksiger Kerl, der eine Menge isst; und dann noch der mürrische Typ in seinen frühen Fünfzigern mit einer Narbe entlang einer Seite seines Gesichts?"

"Tu mir einfach den Gefallen und geh einen Abend lang mit mir aus, ja? Ich habe mich schon darauf gefreut, wieder mit dir zu tanzen."

"Wir haben in Anyueel getanzt. Mehrmals."

"Ich rede nicht von Ballsaal-Tänzen, sondern von denen, die sie hier haben. Die von der entspannten, unterhaltsamen Sorte. Ich erinnere mich genau, dass du die mochtest. Vran'el wird auch da sein." Und auch Ram'an, aber das war kaum ein Argument, mit dem sie sich dazu bewegen ließe, willig mitzukommen.

Sie erreichten das Gebäude und hörten erste Anzeichen von angeregten Gesprächen, die nach draußen drangen. Die großflächigen Fenster waren noch immer verhüllt, da die Sonne noch nicht weit genug gesunken war, als dass man die Abendluft hätte genießen können. Enric zog den farbenprächtigen Vorhang für sie zur Seite, damit sie eintreten konnte. Ihr Magen reagierte kurz darauf hörbar auf die sich vermischenden Gerüche der Gerichte in der Luft.

"Ich schätze, ich sollte dann wohl dafür sorgen, dass du rasch etwas zu essen bekommst", grinste er.

Sie nickte mit ihrem Kopf in die Richtung, wo Neval nun stand und ihnen zuwinkte, damit sie zu dem Tisch kamen, an dem er und noch zwei andere saßen. Einer davon war natürlich Vran'el. Der andere…

Sie erstarrte, als sie ihn erkannte.

"Was macht Ram'an hier?", fragte sie leise, während sich ihre Finger um den Saum ihrer Tunika krampften.

"Er hat ebenso wie wir das Recht, abends auszugehen", erwiderte er mit Bedacht. "Und unsere drei Häuser sind offiziell verbündet, also ist es kaum verwunderlich, dass wir gemeinsam am gleichen Tisch sitzen. Ganz im Gegenteil. Es schadet nicht, wenn ersichtlich ist, dass wir gut miteinander auskommen."

"Das ist entweder ein politisches Ränkespiel oder du versuchst mich dazu zu bewegen, dass ich ihm vergebe", brummte sie leise genug, damit sie keiner der anderen Gäste hören konnte. Enric ergriff ihre Hand und zog sie mit sich. "Ich bin mit keinem davon glücklich. Besonders, da jede dieser Optionen bedeutet, dass du mir das kleine Detail, dass er auch hier ist, absichtlich verheimlicht hast."

"Ich vertraue darauf, dass du dich gut benimmst", erwiderte er. "Das ist so ziemlich das Einzige, worauf ich mich bei dir in letzter Zeit verlassen kann." Augenblicklich bereute er seine Worte. Diese Formulierung hatte er so nicht beabsichtigt. Es zeigte, wie stark das Ausmaß seiner eigenen Frustration im Ansteigen begriffen war.

Während sie ihr Verhalten unter ungewöhnlich eiserner Kontrolle hatte, schien seine eigene immer öfter nachzulassen.

"Es tut mir leid, Liebste", seufzte er und hob ihre Hand, um einen Kuss darauf zu drücken. "Ich weiß, dass all das nicht einfach für dich ist. Ich versuche dir zu helfen, aber ich bin ratlos wie."

"Versuch nicht, mir zu helfen", sagte sie kühl. "Weder bin ich ein Opfer, noch ein Kind. Ich werde mit meinen Problemen allein fertig. Es wäre mir lieber, du würdest die Art und Weise respektieren, wie ich mich entschieden habe, mit meinen Angelegenheiten umzugehen."

Die darin bestand wegzulaufen, wenn es möglich war, und sich hinter eiserner Höflichkeit zu verstecken, wenn es nicht möglich war, dachte er, hütete sich aber, es in Worte zu fassen.

Als sie den Tisch erreichten, standen alle drei Männer auf, und Vran'el trat als Erster auf sie zu, um sie in eine Umarmung zu ziehen und dann ihre Wangen zu küssen.

"Guten Abend, Herzblatt! Es wird höchste Zeit, ein wenig Spaß zu haben, für alle von uns, würde ich sagen. Ich war so frei, bereits für euch beide zu bestellen. Heute Abend servieren sie ein Gericht, das ich schon einmal für euch gekocht habe. Es hat euch geschmeckt, oder zumindest habt ihr das vorgegeben", fügte er mit einem Zwinkern hinzu. "Natürlich werde ich hinterher darauf bestehen, dass ihr mir sagt, um wie vieles besser meine Zubereitung war."

Eryn lächelte. "Natürlich. Etwas anderes würde ich nicht wagen." Dann wandte sie sich Neval zu. "Hallo. Es ist schon eine Weile her."

Er nickte. "In der Tat. Viel zu lange, meine Liebe." Er ergriff ihre Hände, küsste sie auf beide Wangen und hielt sie dann auf Armlänge, ihre Finger noch immer in seiner Hand. "Lass mich dich ansehen." Seine Augen wanderten ihren Körper entlang und stoppten bei ihrem Bauch. "Sieh an, sieh an, es beginnt sich bereits zu runden. Nur ein wenig, aber da ist eindeutig eine Beule. Ist da drin alles in Ordnung?"

"Ja, alles ist prima. Danke der Nachfrage."

Ihre Haltung wurde etwas aufrechter, als sie sich zu Ram'an drehte, der sie mit diesem Ausdruck stiller Belustigung beobachtete, den er zuweilen aufsetzte.

"Guten Abend, Ram'an", sagte sie höflich.

"Guten Abend, meine liebe Eryn", lächelte er und ergriff ihre Hand, um sie zu küssen. "Wie steht es heute Abend um deine Laune? Muss ich mich in der Nähe des Essgeschirrs in Acht nehmen?"

"Ich entschuldige mich für meine extreme Reaktion beim letzten Mal", erwiderte sie steif. "Ich verspreche dir, dass so etwas nicht noch einmal vorkommen wird."

"Mach dir deswegen keine Sorgen. Es hat mir nicht allzu viel ausgemacht", versicherte er ihr.

"Dann wird dir wohl eine Menge Porzellan nachgeworfen?", erkundigte sich Neval verschmitzt.

Ram'an zuckte mit den Schultern. "Ich gebe zu, ich habe meinen Anteil abbekommen."

Eryn erinnerte sich an Vran'els Worte darüber, dass Ram'an ein Händchen für die Damen hatte und hatte keinerlei Schwierigkeiten, seine Aussage zu glauben.

Neval wandte sich ihr und Enric zu. "Ich bin so froh, dass ihr eingetroffen seid. Seit etwa fünfzehn Minuten sitze ich hier mit den beiden, und gesprächstechnisch war das Einzige, womit sie aufwarten konnten, Rechterei", beschwerte er sich.

"Ich denke nicht, dass dieser Begriff tatsächlich existiert, mein Schatz", lachte Vran'el leise.

"Nun, betrachte ihn ab sofort als eingeführt", warf Neval zurück. "Ich definiere ihn als den Mangel an stimulierenden Gesprächsthemen aufgrund des Studiums des Rechtswesens, wodurch kein anderes Interessensgebiet mehr vorhanden ist, auf das man zurückgreifen könnte, woraus sich wiederum ergibt, dass man vollkommen hilflos dazu gezwungen ist, jegliche Nicht-Rechtsgelehrten, die euch zufällig auf dem Hals haben, zu Tode zu langweilen."

"Nett", nickte Vran'el, "wenngleich ich fürchte, dass die Definition etwas zu lang sein mag, um es in irgendeines der Nachschlagewerke zu schaffen. Zudem handelt es sich dabei nicht um ein Laster, dem ausschließlich Juristen zum Opfer fallen. Ich wuchs in einem Heiler-Haus auf. Wir könnten ebenso gut den Begriff der *Heilerei* einführen, wenn wir schon dabei sind."

"Wahrscheinlich ließen sich solche Begriffe für jede einzelne Berufsgruppe festlegen", lächelte Enric.

"Nein", meinte Neval im Brustton der Überzeugung und schüttelte den Kopf. "Juristen und Heiler sind anfälliger als andere Fachleute, ausschweifend und ohne Rücksichtnahme auf andere Anwesende über ihre Arbeit zu sprechen. Ehrlich! Ich bin mit einem Juristen involviert, und seine Familie besteht zum größten Teil aus Heilern. Ich weiß, wovon ich spreche. Wann auch immer ich mit Pe'tala oder Valrad allein war, fühlte ich mich wie der größte Schwachkopf im gesamten Land, unfähig, auch nur jedes zweite Wort aus ihrem Mund zu verstehen."

"Du weißt, dass du es soeben geschafft hast, drei der vier Leute an unserem Tisch zu beleidigen?", zeigte Eryn auf und zog eine Augenbraue hoch.

Neval verzog das Gesicht. "Ich entschuldige mich. Ich würde noch nach einer Beleidigung für Enric suchen, aber hier bin ich etwas behutsamer, da sein Ruf recht furchteinflößend ist."

Enric seufzte in gespieltem Bedauern. "Die Geschichte meines Lebens - gefürchtet anstatt geliebt."

"Nicht gefürchtet, mein Freund", versicherte Vran'el ihm und tätschelte seine Schulter, "sondern respektiert und bewundert. Und ich wage zu behaupten, dass dir das mehr als einmal geholfen hat, deine Geschäfte auszuüben."

"Das ist wohl wahr", gab er mit einem Grinsen zu.

"Ich könnte mir auch denken, dass dir deine Größe nicht eben zum Nachteil gereicht", warf Neval ein. "Oder diese durchdringenden blauen Augen."

Vran'els Augenbraue wölbte sich nach oben. "Muss ich mir Sorgen machen, dass du deine Vorliebe für die großgewachsene, blauäugige, exotische Sorte Mann entdeckt hast?"

"Nicht mehr als ich das muss, würde ich meinen", grinste er zurück.

"Es sieht so aus, als hättest du bei der männlichen Bevölkerung von Takhan einen nachhaltigen Eindruck hinterlassen", bemerkte Ram'an.

"So scheint es wohl. Wenngleich offensichtlich nicht aufgrund meiner individuellen charakterlichen Eigenschaften, sondern lediglich dank derer, die meinem Heimatort gängig sind. Blonde Haare und meine Größe scheinen meine hervorstechendsten Reize zu sein", seufzte Enric.

"Vergiss nicht die blauen Augen", gluckste Vran'el.

"Ich würde meinen, dass es daran liegt, wie exotisch man erscheint gemäß den Standards des Ortes, an dem man sich gerade aufhält", behauptete Ram'an. "Als ich in Anyueel war, zeigten die Leute an mir ebenfalls beträchtliches Interesse."

"Nicht nur deshalb", entgegnete Enric und schüttelte den Kopf. "Ich erinnere mich, dass Sanaf zuhause wesentlich weniger gefragt war."

"Das war auch der Grund, weshalb er wieder zurückbeordert wurde", nickte Vran'el. "Exotisch zu sein ist also offensichtlich nicht alles."

"Sanaf wurde zurückschickt, weil sein Verhalten unangemessen und unerträglich war", stellte Eryn mit angewiderter Miene klar, als sie sich dessen entsann, wie er bei einem königlichen Bankett offen über ihr Ohnmachtsproblem im Schlafzimmer geplaudert hatte. Noch immer verspürte sie ein Echo der Peinlichkeit. "Er schaffte es, in recht kurzer Zeit eine beachtliche Menge wichtiger Leute zu verstimmen."

"Dich miteingeschlossen, kleine Schwester. Du warst immerhin diejenige, die ihn zugunsten von Erbál losgeworden ist. Sanaf ist übrigens letzte Woche hier in Takhan eingetroffen. Soweit ich gehört habe, sieht man ihn nicht viel unterwegs; wahrscheinlich bleibt er hinter verschlossenen Türen und leckt seine Wunden."

"Was lässt dich glauben, ich wäre diejenige, die dafür verantwortlich ist?", fragte sie unbehaglich. So viel dazu, unauffällig im Hintergrund die Fäden zu ziehen.

"Oh, bitte!" Neval rollte mit den Augen. "Der einzige Grund, weshalb er trotz seines Mangels an persönlichen Qualitäten und Training für die Position ausgewählt wurde, ist, dass er ein Mitglied des richtigen Hauses war, um *dich* und Enric zufriedenzustellen. Abgesehen von Haus Arbil, ist Haus Finran die einzige Familie, mit der derzeit beide eurer Häuser verbündet sind. Wenn er also zurückgerufen wurde, dann muss es daran liegen, dass er es *verabsäumt* hat, euch zufriedenzustellen. Und da wäre dann noch der Klatsch, versteht sich", fügte er als Nachsatz hinzu.

"Ihr erfahrt hier Klatsch aus Anyueel?", fragte sie ungläubig.

"Aber selbstverständlich!", rief Vran'el aus. "Tala schreibt mir, wenn du dich erinnerst. Sie weiß, wie sehr wir hier ausgesuchte kleine Happen an Informationen schätzen. Sie erzählte mir, dass du dich von Anfang an außergewöhnlich gut mit Erbál verstanden hast. Und auch von deinem kleinen Spiel mit Malriel, und wie du sie dazu gebracht hast, eine Woche früher als geplant abzureisen, indem du vor den Reichen und Mächtigen zu weinen begannst." Er lächelte seinen Liebhaber an. "Ich erinnere mich, wie ich Neval den Brief vorlas und wir uns vorstellten, wie du Tränen hervorpresst, um Malriel schlecht dastehen zu lassen. Wir konnten ewig nicht mit dem Lachen aufhören."

"Pe'tala versorgt euch wirklich mit solchem Getratsche?" Sie schüttelte den Kopf. "Das hätte ich nicht von ihr erwartet. Wovon hat sie dir sonst noch erzählt?"

"Von deinem Versuch, euren Rat zu überzeugen, der damit endete, dass du ein paar Tage lang die Pferdeställe ausmisten musstest. Und davon, wie Enric Pe'tala und ihren neuen Liebhaber zum Abendessen im Familienkreis eingeladen hat. Dann noch von Enric und Orrin, die von eurem Ordensführer für irgendetwas öffentlich bestraft wurden, aber sie konnte mir nicht sagen, wofür genau", zählte er auf. Dann lehnte er sich vor und sah Enric erwartungsvoll an. "Wofür wurdet ihr denn bestraft?"

Enric räusperte sich. "Das ist nicht wirklich ein Thema für eine halb-öffentliche Diskussion."

"Bedeutet das, du wirst mir ein anderes Mal davon erzählen?"

"Nein."

Vran'el stöhnte frustriert. "Ein Geheimnis! Und dabei schätze ich die so *überhaupt* nicht!"

"Weil du viel zu neugierig bist, mein Lieber", lachte Neval.

"Ebenso wie du!", schoss der Jurist zurück und wandte sich wieder an Enric. "Ich werde nicht lockerlassen, wohlgemerkt. Auf die eine oder andere Weise werde ich es herausfinden."

"Er würgte den König", informierte ihn eine ruhige Stimme. Vier erstaunte Augenpaare wandten sich Ram'an zu, zwei davon aufgrund der Absurdität der Behauptung, die anderen beiden vor Überraschung, dass er über dieses Stückchen Information verfügte.

"Was?", rief Vran'el aus.

"Leise!", zischte Eryn ihrem Bruder zu, dann drehte sie sich zu dem anderen Juristen, der nun im Zentrum der Aufmerksamkeit stand. "Woher weißt *du* davon?"

"Ich sorge gerne dafür, dass ich gut informiert bin, meine Liebe", meinte Ram'an und zuckte die Achseln.

"Warum hat er den König gewürgt?", flüsterte Neval, seine Augen geweitet.

"Weil er sich Eryn gegenüber Freiheiten erlaubte. Er sperrte sich mit ihr ein, allem Anschein nach, um ihren Fortschritt in den Kampfdisziplinen zu testen, in denen Orrin sie trainierte."

"Wie kannst du davon gehört haben?" Eryn starrte ihn leicht panisch an. Wenn diese Information ihren Weg sogar bis zu diesem weit entfernten Ort gefunden hatte, wer sonst wusste noch davon? "Und wer hat noch davon erfahren?" Sie sah zu Enric, der ebenfalls nicht eben begeistert wirkte, wie sein angespannter Kiefer und die schmalen Augen verrieten.

"Sorge dich nicht, meine Liebe. Ich habe es geschafft, mir eine recht umfassende Informationsquelle in eurer Stadt zu sichern", erklärte er gelassen.

"Nun, da du es diesen zwei Klatschbasen hier erzählt hast, wird es bald jeder wissen", knurrte sie und überlegte, wer ihn informiert haben konnte. Diener? Wie hätten die davon erfahren? Erbál? Sie würde eine kleine Unterhaltung mit ihm führen, um das herauszufinden. Nun, eine schriftliche Unterhaltung.

"Sie werden es nicht weitererzählen", sicherte ihr Ram'an zu. "Dein Bruder mag Geheimnisse nicht schätzen, jedoch nur, wenn man sie vor *ihm* verheimlicht. Es gefällt ihm durchaus, anderen etwas vorzuenthalten. Wissen ist ein Vorteil, den man nicht einfach so mit anderen teilt."

"Das ist wahr", gab Vran'el zu, dann wandte er sich zu Eryn. "Also, welche Freiheiten hat er sich bei dir erlaubt?"

Sie sah ihn beunruhigt an. "Müssen wir das wirklich ausgerechnet jetzt besprechen?"

"Nur diese eine Frage, dann werde ich das Thema vorläufig ruhen lassen", versprach er.

Seufzend nickte sie. Anhand seines Gesichtsausdrucks und der verbissenen Haltung konnte sie erkennen, dass er keine Ruhe geben würde, wenn sie ihm nicht antwortete. "Er küsste mich."

Sie sah Ärger in seinen Augen aufflammen. "Küsste dich? Ich gehe davon aus, dass wir hier über die zudringliche Art von Kuss sprechen? Von der Art, die eine Frau, die in einen anderen Mann verliebt und mit ihm verbunden ist, wohl kaum erwarten oder wünschen würde?"

"Ich dachte, nach dieser einen Frage sind wir fertig?", erinnerte sie ihn.

"Das ist noch Teil der ersten Frage", beharrte er.

"Ja, die zudringliche, ungewollte, ohne Zustimmung verabreichte Art von Kuss, die eine Frau in meiner Situation nicht wünscht. Und jetzt sind wir mit diesem Thema wirklich durch", erklärte sie entschlossen. Sie konnte sehen, dass er noch mehr sagen wollte, und auch, dass ihm diese Information überhaupt nicht gefiel. Doch er hielt sich zurück und nickte.

"Wie du willst. Irgendwann werde ich dich fragen, warum er das tat, aber nicht jetzt. Aber lass mich noch eines sagen: Es erfüllt mich mit ungeheurer Befriedigung, dass Enric es wagte, sich eurem König entgegenzustellen - willens, die Konsequenzen zu tragen. Ich kenne viele Männer, die vor so etwas zurückgeschreckt wären."

Eryn seufzte erleichtert, als das Essen serviert wurde. Nachdem sie ihre Hände in der Schüssel auf dem Tisch gewaschen hatte, begann sie gierig zu essen, ohne sich vorher abzutrocknen.

"Hungrig, was?", merkte Neval an. "Enric, du musst die Frau regelmäßig füttern. Aren Temperament, Schwangerschaft und Hunger sind eine Kombination, die für unbeteiligte Beobachter nicht eben gesund ist."

"Keine Sorge, Neval", lächelte Ram'an und sah sie an. "Dieses Temperament ist derzeit recht sicher unter Verschluss. Sie ist entschlossen, keinerlei Schwäche zu zeigen."

Eryn schluckte ihren Bissen und erwiderte ausdruckslos: "Es mag sein, dass ich das Privileg, mich zu öffnen, für Leute reserviert habe, die mir wichtig sind. *Du* magst somit außer Gefahr sein, nicht aber Neval."

"Das verwundet mich zutiefst, Theá", seufzte Ram'an und legte eine Hand über sein Herz. "Aber zumindest kann ich mich mit dem Wissen trösten, dass deine Schlagfertigkeit bislang keinerlei Schaden erlitten hat."

"Ich wäre dir sehr verbunden, wenn du mich nicht mit diesem Namen ansprechen würdest", gab sie scharf zurück. "Ich erinnere mich, dass ich dich darum bereits einige Male gebeten habe. Es scheint, dass deine Erinnerung den Schaden erlitten hat, vor dem meine Schlagfertigkeit verschont blieb."

Er nickte ernsthaft, nahm seine eigene Schüssel zur Hand und begann zu essen. "In der Tat, wie vergesslich von mir. Das Problem dabei ist, dass *Eryn* meiner Ansicht ein recht... unscheinbarer Name für dich ist."

"Passend für die Tochter eines Landheilers, die ich bin."

"Wohl kaum, meine Liebe. Du bist die Tochter zweier recht illustrer Leute in unserem Land, beide von ihnen Oberhäupter eines Hauses. Das gibt es hier nicht besonders oft. Aus offensichtlichen die Nachfolge betreffenden Gründen sollten diese keine Verbindung miteinander eingehen. Deine Herkunft ist etwas bemerkenswerter als bloß Tochter eines Landheilers, liebe Lady."

Eryn stellte die Schüssel, die sie in Rekordzeit geleert hatte, zur Seite und zwang sich, nicht auf ihn loszugehen. Irgendwie hatte sie das Gefühl, dass er das mit Absicht tat. Sie würde ihm nicht entgegenkommen.

"Versuchst du sie zu provozieren, Arbil?", fragte Vran'el misstrauisch.

Er hob seine Schultern. "Welchem Zweck sollte denn das wohl dienen? Sie lässt sich nicht mehr dazu herab, meinesgleichen ihren Unmut zu zeigen, wie es scheint."

Eryn atmete aus und sah ihren Bruder an. "Arbil?"

"Ja, Herzblatt. Wenn du ein Oberhaupt eines Hauses mit dem Namen seines Hauses ansprichst, ist das eine Möglichkeit,

Verstimmung oder Mangel an Respekt zu demonstrieren. In einem anderen Kontext mag es auch als freundliche Stichelei erachtet werden, abhängig davon, in welchem Verhältnis man zu der Person steht." Warnend hob er einen Finger. "Denk bloß nicht daran, Vater auf diese Weise anzusprechen. Das würde er gar nicht gut aufnehmen."

Sie zog eine Augenbraue hoch. "Und warum sollte mich das kümmern?"

"Nun, das Argument, dass man zu seiner Familie nett sein sollte, ist offensichtlich an dich verschwendet. Lass mich also betonen, dass er dein Vorgesetzter ist, solange du in der Klinik arbeitest."

Mit einem Schluck aus ihrem Glas spülte sie die ätzende Antwort auf ihrer Zunge mit dem Wasser hinunter. Als ob sie dafür einer Erinnerung bedurfte. Irgendwie schien es, als ob sie ständig in Situationen landete, wo die falschen Leute die Macht über sie hatten. Enric im Orden, und jetzt Valrad in der Klinik.

Ram'an räusperte sich, um Eryns Aufmerksamkeit zu erlangen. "Übrigens habe ich deinen jungen Freund getestet."

Enric unterdrückte ein Lachen, als er den Funken an Interesse sah, den sie mit Ungezwungenheit und vermeintlichem Überdruss zu überdecken versuchte. "Ja, das habe ich bereits gehört. Es scheint, dass du ihn zweimal testen musstest, weil beim ersten Mal irgendetwas schiefgelaufen ist. Ich schätze, du hast die Ergebnisse mittlerweile?"

"Es ist nicht wirklich etwas falsch gelaufen, ich war bloß vom Resultat verblüfft und konnte sein Profil keiner bekannten Kombination von Kategorien zuordnen. Ich zog in Betracht, dass mir beim Durchführen des Tests ein Fehler unterlaufen war, doch die Ergebnisse zeigten keinerlei Abweichung, als wir ihn wiederholten", erklärte er.

Sie wirkte verwirrt. "Was bedeutet das? Dass er eine Kuriosität ist?"

"Das könnte man so sagen, ja. Es gibt Menschen, die in mehr als eine Kategorie passen. Aber eine Tendenz zu mehr als zwei davon zu haben ist praktisch beispiellos. Der junge Vern passt zu *vier*, und ich bin nicht einmal sicher, ob der Test in seiner derzeitigen Ausprägung überhaupt in der Lage ist, *all* seine Fassetten zu beurteilen. Ich habe zwei meiner Cousins gebeten, sich seine Ergebnisse anzusehen und in Betracht zu ziehen, die Überprüfungsmethode anzupassen. Und vielleicht sogar eine neue Kategorie für Vern einzuführen. Er hat unglaublich vielseitige Fähigkeiten. So jemandem bin ich bislang noch nicht begegnet."

Eryn spürte, wie sie von einer Welle des Stolzes durchströmt wurde und ein wenig auftaute. Diese Leute hier, die sich selbst im Vergleich mit dem Alten Königreich als so überaus intelligent und fortgeschritten erachteten, waren über einen Jungen gestolpert, der ihre Wahrnehmung von Begabung auf den Kopf stellte.

"Weiß er schon darüber Bescheid?"

Ram'an schüttelte den Kopf. "Noch nicht. Ich hatte noch keine Gelegenheit, mit ihm darüber zu sprechen."

Enric lächelte. "Ich vermute einmal, dass er recht selbstgefällig darauf reagieren wird. In welche Kategorien passt er denn?"

"Heiler, Künstler, Anführer und Gelehrter. Ich habe bereits mit Orrin über die Eigenschaften gesprochen, die für einen Krieger als nützlich erachtet werden. Das mag eine weitere Kategorie sein, die wir in Zukunft miteinbeziehen. Wir werden sie womöglich sogar in ein paar Unterkategorien wie Kämpfer, Stratege und Analytiker oder etwas in dieser Richtung aufteilen."

"Dann sieht es so aus, als hätte euer Kontakt zu unserem Land auch hier bereits ein paar Veränderungen bewirkt", bemerkte Enric mit offenkundiger Genugtuung. Es tat gut zu sehen, dass sich die Dinge nicht nur zuhause zu verändern begonnen hatten. Die Leute jenseits des Meeres hatten an ihren neuen Freunden ebenfalls ein paar erwähnenswerte Merkmale entdeckt.

Neval war der Letzte, der seine leere Schüssel beiseitestellte. Kurz darauf erklangen die ersten Töne eines Liedes.

"Das ist ein sehr nettes, langsames und einfaches magisches Lied", lächelte Vran'el und nickte Enric zu. "Es sollte sogar für zwei Barbaren wie euch ohne nennenswertes Training in zivilisiertem Tanzen zu bewältigen sein."

"Absolut charmant", murmelte Enric, wandte sich aber seiner Gefährtin zu. "Was sagst du, Liebste? Wirst du einem Barbaren wie mir die Ehre dieses Tanzes erweisen?"

Sie nickte und hielt seine Hand, während er sie von den Kissen hochzog, dann folgte sie ihm auf die Tanzfläche. Sobald sie den Schild um den Tanzbereich durchschritten hatten, spürte sie die Wirkung der magischen Musik, wenngleich nicht so stark wie bei anderen Liedern, zu denen sie in der Vergangenheit getanzt hatte. Vran'el hatte Recht. Das hier war nett und einfach.

Enrics Arme fanden ihren Weg an ihre Taille. Langsam folgten sie der langsamen Melodie; ihre Glieder bewegten sich mehr oder weniger aus eigenem Antrieb, folgten den musikalischen Anweisungen, die wohl direkt durch ihre Ohren zu dem Teil in ihrem Gehirn vordrangen, das für magische Fähigkeiten zuständig war. Dieser Tage würde sie wohl Iklan einmal danach fragen.

"Wird er den ganzen Abend über an unserem Tisch bleiben?", fragte sie.

"Es ist eher so, dass wir an *seinem* Tisch sitzen, um genau zu sein. An diesem Ort gibt es keinen regulären Tisch für die Mitglieder von Haus Vel'kim oder Aren. Wir sind sozusagen seine Gäste", antwortete er und wappnete sich für ihre Reaktion.

"Seine Gäste. Ich verstehe", sprach sie, ihr Zorn nicht unverhohlen, aber doch eindeutig unter der dünnen Schale erkennbar. "Ich schätze, dieses kleine Detail musst du einfach zu erwähnen vergessen haben, als du mich dazu gedrängt hast, mich ausgehfertig zu machen."

"Wir müssen Kontakte knüpfen und pflegen, Eryn. Und Ram'an ist einer davon, ob uns das nun gefällt oder nicht."

"Ich habe nicht den Eindruck, dass du dem besonders abgeneigt bist, also gib nicht vor, es wäre irgendeine Art von Opfer für dich", sagte sie ausdruckslos. "Du *wolltest* ihn hier treffen. Warum konntest du mich nicht einfach zuhause lassen?"

"Weil es eine Weile her ist, seit wir gemeinsam ausgegangen sind und das hier eine nette Gelegenheit ist, um Leute zu treffen und wichtige Geschäftskontakte aufrechtzuerhalten", erklärte er. Er konnte sehen, dass sie ihm nicht glaubte und sehr genau wusste, dass er sie hergebracht hatte, damit sie sich Ram'an in einer Umgebung stellen musste, wo sie nicht einfach so verschwinden konnte.

"Wenn du mich weiterhin auf ihn zuschiebst, damit ich mich mit ihm versöhne, werde ich überhaupt nicht mehr mit dir ausgehen", drohte sie, während die Musik ihre Beine dazu veranlasste, den sanften Bewegungen des Tanzes zu folgen.

Enric nickte kurz um anzuzeigen, dass er verstanden hatte. Zumindest hatte sie ein halbwegs normales Gespräch über Verns Testergebnisse mit Ram'an geführt. Aber das war es ihm kaum wert, sie noch mehr von ihm zu entfremden.

"Es tut mir leid, Liebste", sagte er leise.

"Das sollte es auch. Hör auf, mich in Ram'ans oder Valrads Richtung zu schubsen. Ich meine es ernst."

"Was soll ich denn dann tun? Zusehen, wie du dich immer weiter von den Leuten um dich herum zurückziehst?"

"Ich ziehe mich keineswegs von den Leuten um mich herum zurück", wehrte sie sich.

"Natürlich tust du das!", knurrte er, nunmehr ebenfalls verärgert. "Du begrüßt mich nicht, wenn du heimkommst; du täuschst vor, bereits zu schlafen, wenn ich ins Bett komme, verkrampfst dich, wenn ich dich berühren will; und du wartest, bis ich mit dem Arbeiten begonnen habe, bevor du morgens aufstehst. Denkst du etwa, das ist mir nicht aufgefallen?"

Sie schluckte mühsam. Das ließ sich nicht abstreiten, er hatte Recht. Und nein, ihr war nicht bewusst gewesen, dass er bemerkt hatte, dass sie ihm in letzter Zeit aus dem Weg zu gehen versuchte.

"Von nun an werden wir morgens gemeinsam aufstehen", erklärte er und drehte sie einmal. "Gemeinsam frühstücken. Wir werden abends öfter gemeinsam ausgehen. Wenn du hin und wieder das Bedürfnis hast, allein zu sein, dann ist das in Ordnung. Wenn sich das allerdings zu einer täglichen Begebenheit entwickelt, werde ich dabei nicht länger zusehen. Wenn du nach der Klinik nicht nach Hause zurückkehrst und keine Nachricht hinterlässt, wo du zu finden bist, werde ich dich suchen kommen."

"Das ist absolut keine…", begann sie, wurde aber barsch unterbrochen.

"Hier gibt es keinen Raum für Diskussionen. Diesmal meine *ich* es ernst."

Sie schluckte die Worte, die sie ihm entgegenwerfen wollte, und sie beendeten den Tanz schweigend, bevor er ihre Hand ergriff, um sie zurück zu ihrem Tisch zu führen.

Die drei Männer beobachteten ihr Herannahen. Ihre Mienen verrieten eindeutig, dass sie den unangenehmen Austausch auf der Tanzfläche beobachtet, wenn auch nicht mitangehört hatten.

"Es scheint, als wäre ein unkomplizierter Tanz jetzt gerade nicht das Richtige für euch", stellte Vran'el trocken fest. "Das lässt euch offensichtlich zu viel Energie zum Denken. Komm, Herzblatt, den nächsten wirst du mit mir tanzen. Es ist ein nicht-magischer, also wirst du dich auf das, was du tust, konzentrieren müssen."

Sie warf ihm einen mürrischen Blick zu. "Vran, ich will wirklich nicht…"

"Ich bestehe darauf", sagte er schlicht und zog sie mit sich zurück auf die Tanzfläche.

Vran'el hatte Recht, musste sie zugeben. Dazu gezwungen zu sein, sich auf die Schritte zu konzentrieren, machte es so gut wie unmöglich, über unerfreuliche Wahrheiten nachzugrübeln. Ein paar Minuten Spaß, wenn auch nicht ganz frei von Anstrengung, waren eine willkommene Abwechslung von dem aufwühlenden Tanz mit Enric.

Während der nächsten paar Lieder wurde ihr gestattet, sitzenzubleiben und sich zu erholen. Enric legte ihr demonstrativ einen Arm um die Schultern und warnte sie mit einem Blick, zu bleiben wo sie war, anstatt ihm beiläufig zu entschlüpfen.

Neval war der Nächste, der sie zum Tanzen aufforderte. Ein weiterer ohne Magie, da er ebenfalls der Auffassung war, dass wahres Können beim Tanzen kaum erreichbar war, wenn Magie alles erleichterte. Als sie betonte, dass sie nicht wirklich irgendwelche Ambitionen dieser Art pflegte, wurde sein Blick nur spöttisch. Er ging in Richtung der Tanzfläche davon, zuversichtlich, dass sie ihm folgen würde. Was sie natürlich auch tat.

Sobald das nächste magische Lied erklang, zog Enric sie erneut auf die Füße. Sie spürte, wie sich ihre Kiefer vor Widerstand verkrampften, folgte ihm aber anstandslos.

Es war ein gemächlicher, schwermütiger Tanz mit einem Hauch von Melancholie. Er drückte sie an sich und küsste ihre Schläfe.

"Ich liebe dich", sagte er leise.

Sie ließ den Atem entweichen. Sie hatte nicht einmal bemerkt, dass sie ihn angehalten hatte. Ein Großteil der Anspannung, die sie verspürte, verließ ihre Muskeln.

"Ich weiß. Oder ich hätte dich bereits bei dieser Tür hinausgetreten", murmelte sie. Sein leises Lachen brachte sie zum Schmunzeln.

"Dann bin ich froh, dass ich diesem Schicksal entgangen bin. Das hätte keinesfalls gut für mich ausgesehen, da ich derzeit daran arbeite, mir den Ruf eines Mannes aufzubauen, mit dem man sich nicht anlegen sollte." Mit seinem Zeigefinger hob er ihr Kinn an und küsste sie leicht auf den Mund. "Wenn ich dich frühzeitig von den Strapazen dieses Abends befreie, versprichst du dann, dass du noch wach bist, wenn ich heute zu dir ins Bett schlüpfe?"

"Nur wach oder..."

"Ich gebe zu, dass ich mir ein wenig *oder* erhofft habe", nickte er.

Das brachte sie zum Lächeln. "Versuchst du mich zu bestechen, damit ich mit dir schlafe?"

"Oh, absolut. Das sollte dir zeigen, wie verzweifelt ich bin."

Sie dachte kurz nach, dann spitzte sie die Lippen. "Warum erhöhst du nicht noch um eine Massage, und wir kommen ins Geschäft?"

"Abgemacht."

Als sie wenig später an ihren Tisch zurückkehrten, verkündete er: "Meine Herren, meine Gefährtin ist aufgrund ihres Zustandes recht erschöpft. Ich werde sie nun nach Hause bringen."

Ram'an kam rasch auf die Beine.

"In diesem Fall möchte ich diese letzte Chance ergreifen und dich um einen Tanz bitten, meine Liebe." Er sah sich um. "Ich hoffe, du wirst mir dies nicht abschlagen, nachdem du allen anderen am Tisch einen gewährt hast."

Enric drückte ihre Hand. "Ich werde dich nicht drängen, wenn du es lieber nicht möchtest", murmelte er ihr ins Ohr.

Eryn lächelte höflich und sah Ram'an geradewegs in die Augen, als sie ihm antwortete: "Sei nicht lächerlich. Weshalb sollte ich denn nicht? Das tangiert mich überhaupt nicht."

Sie würde schon mit ihm tanzen, nur um ihm und ihrem Gefährten zu zeigen, dass es absolut nichts änderte, wenn sie mit ihm zusammentraf. Sie konnte mit ihm wie mit jedem sonst umgehen, für den sie keine besondere Zuneigung empfand: kühl, ruhig und gelassen.

"Das freut mich zu hören", lächelte der Jurist und nahm ihre Hand. "Der nächste ist ein weiterer magischer Tanz, ein gemütlicher. Das bedeutet, dass du dich nicht auf die Schritte konzentrieren musst."

Was sie wiederum in die Lage versetzte, sich während des Tanzens mit ihm unterhalten zu müssen, dachte sie verstimmt, folgte ihm aber, ohne ihren Unmut zu zeigen.

"Es scheint, als wärst du während eures letzten Tanzes in der Lage gewesen, deine Auseinandersetzung mit Enric zu bereinigen", erwähnte er zu Beginn des Tanzes. "Wenn ein Mann plötzlich ohne vorherige Anzeichen eines geplanten Aufbruchs verkündet, dass er seine Gefährtin nach Hause bringen muss, drängen sich hier gewisse Schlussfolgerungen auf."

Sie schaffte es, ihren Gesichtsausdruck nichtssagend zu belassen. Was für ein absurdes Thema zwischen ihnen beiden.

"Ich denke nicht, dass ich weiß, wovon du sprichst."

"Natürlich nicht", lächelte er unschuldig wie ein neugeborenes Kind. "Ich bewundere die enorme Willensstärke, die du an den Tag legst, Theá. Ich kann spüren, wie sehr es dich stört, dass ich dich im Arm halte, doch du stehst es durch mit dieser neuen, rühmenswerten Zurückhaltung, die dir in letzter Zeit so gute Dienste leistet."

"Und doch bist du bestrebt, mich dazu zu bringen, dass ich sie aufgebe", erwiderte sie mit einem dünnen Lächeln. "Ich frage mich, ob du das als Herausforderung betrachtest."

"Weniger als Herausforderung. Es bereitet mir eher Sorgen. Ich gebe zu, dass es mir nicht passt, dass du mir diese Gleichgültigkeit zuteilwerden lässt. Es ist wesentlich beruhigender, wenn du Gegenstände nach mir wirfst anstatt mich mit Kälte auszusperren. Es zeigt mir, dass noch etwas übrig ist, dass irgendwo in dir noch immer genug Zuneigung für mich vergraben ist, die dich Ärger auf mich empfinden lässt."

"Was der Grund ist, weshalb du mich zu provozieren versuchst."

"Genau. Eine wütende Reaktion ist besser als eine frostige. Aber was ich wirklich von dir möchte, ist ein wenig deiner Zeit und ein offenes Ohr, um über meine Gründe zu sprechen, weshalb ich dich so behandelt habe."

"Dann ist es ja ein Pech", antwortete mit gespieltem Bedauern, "dass ich keinerlei Absicht habe, dir hier entgegenzukommen."

"Das bedeutet, dass ich meine Versuche, dich zu provozieren, fortsetzen werde", warnte er. "Eines Tages wirst du entweder explodieren und in der feinen Aren Tradition, die wir alle kennen, ein Gebäude einstürzen lassen, oder du wirst einfach nachgeben, damit ich aufhöre, dich zu verfolgen. Mir wären beide Optionen recht, möchte ich anmerken. Selbst wenn du mir nicht zuhören möchtest, so würde es doch Wunder für meinen ramponierten Ruf wirken, würde bekannt, dass einer Aren meinetwegen das Temperament durchging."

"Nenn mich nicht Aren", rügte sie ihn mehr aus Gewohnheit als mit echtem Nachdruck.

Er zuckte mit den Schultern. "Ich könnte dir sagen, dass es mir leid tut, doch das wäre eine Lüge. Übrigens freue ich mich schon sehr auf das neue Spiel in ein paar Tagen. Ich höre, dass du auf der Seite der Invasoren stehen und versuchen wirst, die Stadt einzunehmen, die dir in letzter Zeit so viel Verdruss bereitet hat. Ich ebenfalls. Wir werden also mehr oder weniger Seite an Seite kämpfen."

"Welch ein Zufall", sagte sie mit einem Anflug von Ironie.

"Keineswegs, dessen darf ich dich versichern", grinste er. "Zuerst musste ich herausfinden, auf welcher Seite du spielen würdest, dann zu meinem Leidwesen erfahren, dass du bereits einen Partner gewählt hast, und dann musste ich mich noch für die gleiche Seite melden. Wie du siehst, war hierfür also ein gewisser Aufwand erforderlich."

Sie lächelte. "Ich schätze, du solltest sichergehen, dass ich mich nicht an deiner hinteren Flanke befinde. Ich könnte dich versehentlich mit einem Blitz treffen."

"So etwas würdest du nicht tun", behauptete er selbstbewusst. "Enric und Orrin müssen sicherstellen, dass die Invasoren das Spiel gewinnen, oder irre ich mich hier? Ich vermute stark, dass dies ein kleiner Trick ist, um die widerspenstigen Takhaner dazu zu bringen, dass sie sich bereiterklären, sich in den Kampfkünsten, die wir mehr als zwei Jahrhunderte lang vernachlässigt haben, unterweisen zu lassen."

"Und du denkst, dass deine Teilnahme maßgeblich ist, um das zu schaffen?", fragte sie liebenswürdig.

"Das könnte durchaus sein. Wärst du willens, dieses Risiko einzugehen?"

Eryn seufzte erleichtert, als die letzten Noten der Musik verklangen. "Vielen Dank für diesen Tanz, Ram'an", meinte sie mit einem aufgesetzten Lächeln. "Jetzt musst du mich aber entschuldigen. Ich wünsche dir einen angenehmen Rest des Abends."

"Gute Nacht, Theá. Ich sehe dich spätestens beim Spiel."

Sie nickte und dachte, dass dies eher die früheste als die späteste Gelegenheit für ein Wiedersehen mit ihm sein würde, wenn sie etwas mitzureden hatte.

KAPITEL 11

Das Spiel

Eryn streckte sich auf den Kissen im Aren Hauptraum und gähnte. Enric blickte von seinem Buch auf und lächelte. Sie wirkte entspannt - etwas, das er in den letzten paar Wochen seit ihrer Ankunft in Takhan nicht besonders oft erlebt hatte. Ihre Füße lagen auf seinem Schoß unter seiner Hand, während seine andere Hand ein Buch über die verschiedenen Einsatzmöglichkeiten magischer Schilde hielt.

"Wusstest du, dass die hier in der Lage sind, Schilde unterschiedlich einzufärben?", fragte er.

Sie schüttelte den Kopf. "Nein. Zu welchem Zweck?"

"Die natürliche Farbe einer magischen Barriere ist ein sehr blasses Blau, wie du weißt. Wird die Beschaffenheit des Schildes leicht verändert, wird das Licht anders reflektiert und verändert unsere Wahrnehmung der Farbe. Es funktioniert beinahe nach dem gleichen Prinzip wie das Verändern von Haarfarben mittels Magie, aber hier erscheint nicht das darunterliegende Objekt anders, sondern der Schild selbst. Orrin hat damit herumgespielt und ist auf eine sehr nützliche Einsatzmöglichkeit für unser Spiel morgen gestoßen."

Sie setzte sich aufrechter hin und lehnte sich fasziniert vor. "Das hat er? Wie?"

"Die Farbe des Schildes, der jeden Mitspieler umgibt, verändert sich mit der Anzahl der Treffer, die eingesteckt wurden. Wenn du also jemandem vom gegnerischen Team über den Weg läufst, kannst du erkennen, wie oft man ihn noch treffen muss, damit er aus dem Spiel ausscheidet."

Ihre Lippen verzogen sich langsam zu einem Lächeln. "Das bedeutet, dass es klüger ist, sich auf jemanden zu konzentrieren, der nur noch einen weiteren Treffer braucht, anstatt jemanden zu verfolgen, der noch zwei weitere einstecken kann."

"So ist es", bestätigte er, zufrieden damit, dass sie sofort mit einer Strategie aufgewartet hatte, wie sie sich diese neue Information zunutze machen konnte. Er fragte sich, ob sie es ihm danken würde, wenn er sie darauf hinwies, dass ihr Kampftraining und ihr Strategieunterricht offensichtlich gefruchtet hatten. Wohl eher nicht.

"So, was sind denn nun die Farben, die ihr morgen verwenden werdet?"

"Nein, das wirst du gemeinsam mit allen anderen erfahren. Keine unfairen Vorteile für eine Seite", meinte er kopfschüttelnd.

Beide horchten auf, als die Eingangstür energischer als gewöhnlich geöffnet und wieder geschlossen wurde. Wenig später erschien Vern, augenscheinlich durch irgendetwas aus der Fassung gebracht, im Durchgang.

"Du bist aber früh zurück, mein Junge", bemerkte Eryn. "Ich dachte, du spielst heute mit deinen neuen Künstlerfreunden?"

Der Junge wirkte unglücklich und ließ sich auf das Kissen neben ihr plumpsen. Dann griff er nach ihrem Wasserglas, leerte es in gierigen Zügen, füllte es aus der Karaffe auf dem Tisch wieder auf und drückte es in ihre Hand.

"Hier, trink."

Enric lächelte über diese fürsorgliche Geste. Er wusste, dass sie sich noch nicht vollständig an die erhöhte Flüssigkeitsaufnahme, die in diesem Klima nötig war, angepasst hatte. Sie gehorchte und nahm ein paar Schlucke, bevor sie ihm das halbvolle Glas zurückreichte.

"Was ist los, Vern?", fragte sie erneut.

Er trank das Wasser aus und seufzte. "Ich bin verwirrt. Unsicher. Irritiert. Ich hatte ein Gespräch mit dem Mann, der hier in Takhan so ziemlich als die oberste Autorität in Sachen darstellende Künste erachtet wird. Er sagte mir, ich hätte großes Potential, dass ich aber weit davon entfernt sei, es wirklich einzusetzen."

Eryn zog beide Augenbrauen hoch. "Wirklich? Als was betrachtet er deine aktuelle Arbeit? Kritzeleien?"

"Er sagt, ich mache nichts anderes, als die Realität nachzubilden. Dass ein richtiger Künstler aus dem schöpft, was in ihm steckt, nicht bloß daraus, was seine Umgebung vorgibt. Er mag sich äußere Einflüsse zunutze machen, aber nur als Inspiration, nicht als Model, das er nachbaut." Er sah auf das leere Glas in seiner Hand hinab. "Ich weiß nicht recht, was ich damit anfangen soll. Er zeigte mir Stücke, die er als großartige Kunstwerke betrachtet. Skulpturen, wo man kaum erkennt, was sie darstellen sollen, und Gemälde, die mir seltsam deformiert und mehr wie eine zufällige Anhäufung von Farben erscheinen als eine tatsächliche Bemühung, etwas abzubilden." Er seufzte und blickte hilflos auf. "Das ist nicht die Art von Kunst, die ich für mich sehe. Meine Leidenschaft ist, etwas anzusehen und es so auf Papier zu bringen, wie ich es wahrnehme. Ich mag es, wenn die Leute erkennen, woran ich gedacht habe, wenn ich etwas zeichne - ohne dass sie beieinanderstehen und diskutieren, ob das Ding in der linken unteren Ecke ein traumatisches Ereignis aus meiner Kindheit repräsentieren soll oder einfach ein Stück Obst ist, das ich aus einer Laune heraus entschieden habe, dazu zu malen."

"Sieh an", staunte sie. "Ich hatte keine Ahnung, dass es so kompliziert ist, ein Künstler zu sein. Er betrachtet deine Arbeit also nicht als tatsächliche Kunst, oder wie genau soll ich das verstehen?"

"So sieht es wohl aus, ja", knurrte er. "Obwohl er mir großzügig zugesteht, dass ich mich noch in einen Künstler verwandeln kann, wenn ich mit Herz und Seele dabei bin. Er meint, meine Arbeit sei nüchtern, unpersönlich und herzlos. Er sagte, ich solle das ausdrücken, was in mir drin steckt, und ich habe keine Ahnung, wie ich das tun soll. Ich dachte, das tue ich bereits." Müde erhob er sich. "Wenn ihr mich nun entschuldigt, ich werde mich ein wenig in den Garten hinaussetzen und darauf warten, dass mich die Inspiration übermannt und ich das künstlerische Talent entfesseln kann, das ich offensichtlich in mir einsperre."

Enric lächelte mitfühlend, sobald er fort war. "Es scheint, als hätte unser junger Freund im Moment mit einer Sinnkrise zu kämpfen."

Sie nickte langsam. "Offensichtlich. Das gefällt mir nicht. Wer ist dieser Mann, dass er sich ein Urteil darüber anmaßt, was Kunst ist und was nicht?"

"Die führende Autorität in dieser Gegend, wie es aussieht", bemerkte Enric. "Aber wer weiß? Vern könnte eine vollkommen neue Seite seines Talents entdecken, indem er seine bisherigen Bemühungen in Frage stellt. So eine Herausforderung tut ihm womöglich gut."

"Er wirkt niedergeschlagen. Das gefällt mir nicht."

Ja, sinnierte er, es war nicht angenehm, das bei jemandem mitanzusehen, der einem nahestand. Ihm erging es bei ihr nicht anders.

* * *

Eryn stand gemeinsam mit etwa einhundert anderen vor den Stufen zur Senatshalle und sah zu den beiden blonden Magiern auf, die darauf warteten, dass sich der Lärm legte, bevor sie sich an die Menge wandten. Etwa sechzig von denen, die um sie herum versammelt waren, so wusste sie, würden an dem Spiel teilnehmen, der Rest waren neugierige Zuseher. Vran'el und Vern standen neben ihr, Intrea und Neval nicht weit entfernt. Bislang waren die beiden Gruppen noch vermischt; man konnte noch nicht unterscheiden, wer auf welcher Seite kämpfen würde.

"Euch allen einen schönen Nachmittag", dröhnte Enrics Stimme. Sie vermutete, dass er ein wenig Magie einsetzte, um die Reichweite zu erhöhen. "Ich freue mich, dass sich so viele von euch entschieden haben, an unserem kleinen Spiel heute teilzunehmen. Die Vorgehensweise ist wie folgt. Zuerst werde ich euch eine kurze

Einführung in die Regeln geben, dann werdet ihr in eure Teams aufgeteilt, und jedes davon wird sich zu seinem Anführer begeben. Für die Verteidiger bin das ich, für die Invasoren Orrin. Für das Anlegen der Handfesseln und die vorläufige Koordination eurer Bemühungen haben wir vor dem Start zwei Stunden veranschlagt. Jetzt zu den Regeln." Er hob eine Hand mit zwei breiten, goldenen Handfesseln. "Jeder von euch wird ein Paar davon anlegen. Sie funktionieren auf die gleiche Weise wie die goldenen Gürtel, die ihr hier benutzt. Eure magischen Fähigkeiten werden auf einen Grundlevel reduziert, damit jeder Teilnehmer die gleiche Chance erhält. Weiters dienen sie dazu, euch als Mitglied eures jeweiligen Teams zu identifizieren. Die Goldenen sind für die Verteidiger, während die Invasoren silberfarbene Handfesseln tragen werden. Das sollte es euch ermöglichen zu erkennen, wen ihr angreifen und wem ihr beistehen sollt." Er ließ seinen Arm wieder sinken. "Jeder Teilnehmer kann zwei Treffer einstecken, der dritte befördert euch aus dem Spiel. Ihr dürft euch mit einem Schild schützen, bedenkt aber, dass ein einzelner Schild nur *einem* Blitz widerstehen kann. Schießen zwei Leute auf euch, werden sie euren Schutz durchdringen und euch treffen."

"Zählt das dann als einer oder zwei Treffer?", fragte eine Stimme aus der Menge.

"Für zwei", antwortete Enric. "Vorausgesetzt, sie treffen euch gleichzeitig. Entfernt ein Schuss euren Schild und erwischt euch der zweite erst im Anschluss, zählt es nur als ein Treffer. Wenn ihr daran arbeitet, das entsprechend zu koordinieren, verschafft euch das einen erheblichen Vorteil. Wir haben einiges an Arbeit in die Handfesseln investiert, sodass sie euch nun mit Informationen über eure Gegner und Verbündeten versorgen. Der Schild eines Spielers, der noch nicht getroffen wurde, erscheint grün. Ein hellblauer Schild zeigt einen Treffer an, und jemand mit zwei Treffern ist mittels einem roten Schild erkennbar. Das mag euch bei der Entscheidung helfen, auf wen man sich konzentrieren sollte. Schilde unterliegen keiner Beschränkung, ihr könnt euch also so oft schützen, wie ihr wollt."

"Nur mich selbst oder auch andere?", rief Intrea.

"Vorzugsweise auch eure Verbündeten, wenn es der Anlass erfordert. Wie die meisten von euch bereits wissen, bestehen die Teams aus Spielerpaaren. Ihr sollt euch selbst sowie auch euren Teampartner vor euren Feinden schützen."

"Was ist, wenn mein Partner ausgeschaltet wird?", wollte ein weiterer Spieler wissen.

"Dann wirst du alleine weitermachen und schauen, ob ein anderer Spieler von deiner Seite das gleiche Problem hat. In diesem Fall könnt ihr ein neues Zweierteam formen."

"Aber da ist nicht verpflichtend, oder?"

"Nein, das ist es nicht. Du kannst ebenso gut allein fortsetzen, wenn dir das ratsam erscheint. Bedenke nur, dass vier Augen mehr sehen als zwei, und dass es von unschätzbarem Wert sein kann, wenn dir jemand den Rücken stärkt", erklärte Enric. "Der Punkt, der gesichert werden muss, um das Spiel zu gewinnen, ist das Senatsgebäude", fuhr er fort und hob seinen Arm, um auf das Bauwerk hinter sich zu deuten. "Wenn es zumindest ein Angreifer schafft, die Stufen vollständig zu erklimmen, haben die Invasoren die Stadt erfolgreich eingenommen. Sollten es die Verteidiger schaffen, dies zwei Stunden lang zu verhindern, werden sie zu den Siegern gekürt. Gibt es noch Fragen?"

"Was ist mit denen, die drei Treffer eingesteckt haben?", fragte eine weitere Stimme.

"Ihre Handfesseln färben sich schwarz, und es steht ihnen keine Magie mehr zur Verfügung, bis sie den festgelegten Spielbereich verlassen haben. Was sie unverzüglich tun müssen. Der Grad an Magie im Spiel wird nicht hoch genug sein, um einer Person ohne Schild Schaden zuzufügen, aber es ist trotzdem kein besonders angenehmes Gefühl, von einem schwachen Blitz getroffen zu werden."

"Wie erkennen wir, wo das Spielfeld endet?", wollte Neval wissen.

"Orrin und ich werden euch das auf dem Stadtplan zeigen, sobald ihr aufgeteilt wurdet. Das ist Teil der Vorbereitung." Enric hielt nach weiteren Fragenden Ausschau und nickte dann. "Also gut, dann legen wir los. Diejenigen von euch, die eingeteilt wurden, um auf der Seite der Verteidiger zu spielen, kommen an meine Seite. Die Invasoren versammeln sich um Orrin. Wir werden euch an den Ort bringen, wo die abschließende Besprechung stattfinden wird." Er lächelte die Männer und Frauen um sich herum an. "Ich wünsche euch viel Glück. Möge das bessere Team gewinnen."

"Gib es einen Preis für die Gewinner?", fragte Kilan.

"Ja, mein Freund. Die Verlierer werden für die Gewinner ein aufwändiges Abendessen zubereiten. Wenn mein Team gewinnt, wird es in der Aren Residenz stattfinden. Sollte Orrin die Stadt einnehmen, werden wir es in der Botschafterresidenz mit dir als Gastgeber abhalten."

Das brachte ihm mehrere Lacher ein.

Kilan seufzte theatralisch. "Ich frage mich, warum ich kochen muss, wenn du uns ins Verderben führst?"

"Weil ich das Oberhaupt eines Hauses bin und nur dann Gastgeber für das Bankett sein möchte, wenn es zur Feier meines Sieges abgehalten wird", grinste er.

"Was ist mit meiner ehrfurchtgebietenden Position als Botschafter?", rief Kilan zurück.

"Nicht so imposant wie Oberhaupt eines Hauses, fürchte ich", erwiderte Enric mit einem höhnischen Grinsen.

Nachdem sich das Gelächter wieder gelegt hatte, begaben sich die Teilnehmer des Spiels zu ihren zugewiesenen Anführern, sodass einander bald zwei Gruppen mit jeweils dreißig Leuten gegenüberstanden.

"Gut", nickte Enric. "Werft einen letzten Blick auf eure Gegner und prägt euch ihre Gesichter ein. Sollten sie es irgendwie schaffen, ihre Fesseln vor euch zu verbergen, wäre es extrem hilfreich, wenn ihr wüsstet, ob ihr sie angreifen oder beschützen sollt. Orrin?"

"Ja?"

"Viel Glück. Du wirst es brauchen."

"Gleichfalls. Ich freue mich schon auf das Abendessen. Ich bin zuversichtlich, dass ich nicht derjenige bin, der es kochen wird."

"Träum weiter, alter Mann", warf Enric mit einem schiefen Grinsen zurück und zwinkerte seiner Gefährtin zu. Dann wandte er sich ab, um seine Gruppe zu dem Raum zu führen, wo er mit ihnen planen und schließlich entscheiden würde, wie an die Verteidigung dieses Orts heranzugehen war.

* * *

Orrin wartete, bis sich alle neunundzwanzig anderen Spieler in dem Raum, der ihren Ausgangspunkt bildete, versammelt hatten, dann räusperte er sich, um ihre Aufmerksamkeit zu erlangen. Er trat an eine großflächige Karte, die die Straßen der Stadt illustrierte und legte seinen Zeigefinger auf den Punkt, an dem sie sich derzeit befanden.

"Alle hergehört", donnerte seine Stimme durch das Zimmer. "Wir sind genau hier und wollen dorthin." Seine andere Hand deutete auf das Senatsgebäude im Stadtzentrum. "Der Trick ist, dort einzutreffen, ohne dass alle von uns ausgeschaltet werden. Die roten Linien hier markieren den Teil der Stadt, auf den wir beschränkt sind. Ihr seht, dass es sich hierbei etwa um ein Sechstel der Stadt handelt. Die Ränder des Spielfelds werden durch einen magischen Schild geschützt, den ihr nicht durchschreiten könnt, solange ihr die Handfesseln tragt. Sobald ihr dreimal getroffen wurdet, werden sich die Fesseln schwarz färben und euch erlauben, hindurchzugehen, was ihr dann auch so rasch wie möglich tun solltet. Ihr seid nämlich fast vollkommen schutzlos, da eure gesamte Magie sofort blockiert wird - sonst wärt ihr nicht in der Lage, die Barriere zu passieren. Theoretisch darf euch keiner der Spieler der anderen Seite angreifen, sobald sie die Farbe eurer Fesseln erkennen, aber es mag sein, dass Irrläufer herumfliegen. Im Gegenzug seid ihr ebenfalls dazu aufgerufen, Leute mit schwarzen Fesseln ungehindert vorbeizulassen. Sollte ich über irgendjemanden von euch etwas anderes hören, werde ich mit euch ein nettes langes Gespräch über Fairness führen."

Eryn unterdrückte ein Lächeln. Er behandelte diesen Haufen fremder Magier beinahe wie eine Klasse seiner jugendlichen Kampfschüler zuhause. Amüsanterweise verhielten sie sich auch nicht wirklich anders. Sie flüsterten miteinander, wenn er nicht hinsah, verfielen sofort in Schweigen, wenn er sich in ihre Richtung wandte und wechselten vielsagende Blicke.

"Grundsätzlich ist es ausreichend, wenn es nur einer von uns die Stufen hinaufschafft", fuhr er fort, "doch ich möchte es nicht ganz so knapp werden lassen. Wir haben sehr gute Chancen, dieses Spiel zu gewinnen. Die meisten von euch sind hier geboren und aufgewachsen, was bedeutet, dass ihr über hilfreiches Wissen bezüglich der Anordnung der Stadt verfügt. Die drei von uns aus dem Alten Königreich - Eryn, mein Sohn Vern und ich selbst - werden auf dieses Wissen angewiesen sein und im Gegenzug die taktischen Fertigkeiten einbringen, in denen wir ausgebildet wurden. Es sind drei von uns gegen zwei von ihnen. Sobald ihr Enric herannahen seht, geht ihm aus dem Weg. Seine eigenen taktischen Fähigkeiten sind ausgezeichnet, und es ist unwahrscheinlich, dass er auf irgendwelche Schliche oder Fallen hereinfällt, die ihr womöglich vorbereitet habt. Solltet ihr es dennoch versuchen wollen, rechnet damit, dass ihr ausgeschaltet werdet. Das gilt nicht für Kilan. Er hatte niemals ein besonderes Interesse an Taktik und wird keine große Bedrohung darstellen. Ich werde versuchen, Enric zu beschäftigen, damit er keine Gefahr für den Rest von euch darstellt." Er sah sich im Raum um. "Wie viele schnelle Läufer haben wir hier? Hebt die Hand."

Eryn beobachtete, wie Neval und sieben weitere die Hand hoben.

"Sehr gut. Das ist mehr, als ich erhofft hatte. Die Hälfte von euch wird die feindlichen Teams von der Route fortlocken, die ich freimachen will, die anderen vier werden zusehen, dass sie die Treppe zu unserem Ziel erklimmen. Bedenkt aber, dass einige von ihnen dort warten werden, um genau das zu verhindern. Ihr werdet euch selbst und vorzugsweise auch eure Partner mit einem Schild schützen müssen." Er ging zu einem Tisch mit dreißig Paar Handfesseln. "Alle davon wurden bereits mit den Eigenschaften verzaubert, die für das Spiel erforderlich sind. Das Einzige, was noch erledigt werden muss, ist, sie an eure individuelle magische Stärke anzupassen und damit auf einen einheitlichen Level zu bringen. Das sollte nicht mehr als eine Minute pro Person in Anspruch nehmen. Danach gehen wir die Regeln des Spiels noch einmal durch, bilden Paare, besprechen die Strategie, die wir anwenden werden und rüsten jeden von euch mit einem Wasserbeutel aus." Er zeigte auf Vran'el. "Du. Als Eryns Partner wirst du besondere Sorge dafür tragen, dass sie nicht verletzt wird, sich überanstrengt oder irgendwelchen anderen Schaden nimmt. Wenn sie außer Atem ist, wirst du eine Pause einlegen und bei ihr bleiben; sollte sie mehr Wasser benötigen, wirst du ihr deinen Beutel geben. Bist du dazu nicht bereit, werde ich einen Partner für sie finden, auf den das zutrifft."

Vran'el warf ihm einen finsteren Blick zu. "Ich *werde* mich um sie kümmern, keine Sorge. Dir ist schon klar, dass es meine Schwester ist, über die wir hier reden? Ich würde sie keiner Gefahr aussetzen, nur um ein *Spiel* zu gewinnen, Krieger!"

Orrin nickte. "Kein Grund, sich aufzuregen. Ich wollte nur sichergehen, dass sie in guten Händen ist."

"Jungs?", schaltete sich Eryn ein, die Hände in die Hüften gestemmt. "Ich wäre dankbar, wenn ihr nicht so tätet, als wäre ich nicht einmal anwesend. Ich werde mich um mich selbst kümmern. Ich habe mich nicht angemeldet, um eine Bürde zu sein, um die sich andere kümmern müssen! Also fangen wir endlich an. Teams müssen geformt, Fesseln verteilt, Regeln wiederholt und eine Strategie diskutiert werden, wenn ich mich richtig erinnere. Los, los, verschwenden wir keine Zeit! Dieses Spiel wird sich kaum gewinnen lassen, indem wir hier herumstehen und einander anfunkeln." Brüsk ging sie zu dem Tisch, nahm ein Paar Handfesseln hoch und schob sie sich auf die Handgelenke.

Orrin sah darauf hinab und seufzte. "Ich erinnere mich daran, dass ich dir versprochen habe, dir so etwas niemals wieder anzulegen", sagte er leise.

Auch ihr war dieser Tag noch gut im Gedächtnis. Es war nach dem Kuss des Königs gewesen.

"Ja, ich weiß. Aber ich wusste, dass ich sie tragen muss, wenn ich bei dem Spiel mitmachen will. Keine Sorge; das ist etwas ganz anderes. Ich kann damit umgehen."

Er nickte kurz, versiegelte die Nähte und senkte ihre magischen Kräfte damit auf einen Bruchteil dessen, was sie normalerweise zur Verfügung hatte.

* * *

Enric lauschte Iklans Antwort auf eine der Fragen, die er seinen Spielern gestellt hatte, und nickte anerkennend.

"Gut. Was passiert, wenn ihr euch mit einer Überzahl konfrontiert seht?", fragte er die Gruppe dann.

"Sie werden in der Lage sein, unsere Schilde zu durchdringen, wenn sie es schaffen, uns zu treffen", äußerte eine Frau in ihren späten Dreißigern.

"Genau. Wie sieht eure Vorgehensweise in diesem Fall aus?"

"Deckung suchen, vorzugsweise hinter einer Hausmauer", antwortete sie. "Und dann versuchen wir, sie abzuhängen. Außer, die Situation ist günstig für uns und wir können sie beschäftigen, ohne uns allzu großer Gefahr auszusetzen, dass wir getroffen werden."

"Gut gemacht", nickte Enric, zufrieden mit der Antwort. "Solltet ihr Gelegenheit haben, eine Überzahl zu beschäftigen, ohne euch selbst in Gefahr zu begeben, nutzt sie. Wenn ihr euch mehreren Gegnern gegenüberseht, auf welche werdet ihr euch dann konzentrieren?", fuhr er fort.

"Auf diejenigen mit einem roten Schild", antwortete dieses Mal Intrea. "Immer zuerst das einfachste Ziel ausschalten. Dann diejenigen mit einem blauen Schild, und wenn niemand sonst mehr übrig ist, werden die angegriffen, die noch immer grün erstrahlen."

"Was werdet ihr tun, falls ihr Orrin entdeckt?"

"Weglaufen und verstecken", meldete sich ein Mann Anfang Zwanzig zu Wort.

"Was noch, sofern es irgendwie möglich ist?"

"Wir versuchen, ihn in Richtung unseres mächtigen und klugen Anführers zu locken", lächelte Kilan und deutete auf einen Punkt auf der Karte. "Was dann genau hier wäre, wo du versuchen wirst, dich zu verschanzen und den Weg zu blockieren, da es recht wahrscheinlich ist, dass sie diese Route einschlagen."

"Sehr gut, Botschafter", grinste Enric. "Wir werden doch noch einen Kämpfer aus dir machen." Er wandte sich wieder an die Gruppe. "Worauf richtet ihr euer Hauptaugenmerk, wenn ihr auf eine Überzahl stoßt?"

"Ihnen so viel Schaden wie nur möglich zuzufügen, bevor sie uns aus dem Spiel befördern", sagte ein Mann, den Enric dunkel als Mitglied von Haus Sarol - mit dem sein eigenes Haus verfeindet war - in Erinnerung hatte.

"Richtig", bestätigte er. "Nun wendet euch eurem Partner zu, fasst euch an den Armen und überprüft, ob eure Handfesseln versiegelt und ordnungsgemäß verzaubert wurden. Versucht euren Partner mit Hilfe von ein wenig Magie von euch weg zu drücken, ohne eure körperliche Stärke einzusetzen. Es sollte nicht möglich sein, da ihr alle gleich stark sein solltet." Er sah zu, wie sie seine Anweisung ausführten, leistete Hilfestellung, wo sie benötigt wurde und deutete dann auf den Tisch mit den Wasserbeuteln. "Nun nimmt sich jeder von euch einen und befestigt ihn so an seinem Gürtel, dass er hält, wenn ihr laufen oder springen müsst."

Enric betrachtete seine Truppen und lächelte. Es war bereits vorbestimmt, dass sie verlieren würden, aber das bedeutete nicht, dass er Orrin den Sieg leichtmachen musste. Es gab immerhin kleine Siege, die es zu erringen galt. Wie seinen alten Lehrer aus dem Spiel zu entfernen. Und vielleicht sogar Ram'an, wenn sich die Dinge außerordentlich gut entwickelten.

*   *   *

Die Sonne war beinahe vollständig untergegangen, und die Abendluft hatte bereits merklich abgekühlt. Gut. Damit würde das Laufen wesentlich weniger mühsam werden. Das Zwielicht ließ die Gebäude um sie herum wie aus einem Meer von Schatten emporragen.

Eryn tat einen tiefen Atemzug und lächelte Vran'el an, der ihre Hand ergriffen hatte und zurücklächelte. Vern und Ram'an standen neben ihnen.

"Dann erobern wir mal eure Stadt, würde ich sagen", sagte sie leichthin und nickte in Richtung der Straße, die Orrin ihnen zugewiesen hatte.

"Auf jeden Fall, kleine Schwester", grinste ihr Bruder. "Geben wir ihnen eine Kostprobe der Vel'kim-Geschwister des Verderbens. Oder zumindest von den beiden, die sich derzeit hier aufhalten."

"Pass gut auf dich auf, hörst du?", ermahnte Vern sie mit besorgt gerunzelter Stirn. "Es ist besser, einen Treffer einzustecken als etwas zu tun, das dem Baby schaden könnte."

Eryn kniff ihn in die Wange. "Ich bin empört darüber, dass du denkst, du müsstest mich an diese Priorität erinnern, mein junger Freund. Kümmere dich lieber um dich selbst. Sieh zu, dass dich diese anmaßenden Ausländer nicht ausschalten, ohne dass du erheblich mehr austeilst als du einstecken musst."

"Ich - einer dieser anmaßenden Ausländer - stehe direkt neben dir. Technisch gesehen seid allerdings *ihr* die Ausländer hier", erwiderte Ram'an eine Spur vorwurfsvoll.

"Ich weiß. Das macht euren Haufen nicht weniger anmaßend, wenn ihr auf uns Barbaren herabseht", meinte sie mit einem liebenswürdigen Lächeln. Als Orrin das Startsignal gab, drehte sie sich um und zog mit Vran'el los, duckte sich mit ihm in die Seitengasse zu ihrer Linken.

"Wie lange wird es wohl dauern, bis wir auf die ersten Verteidiger stoßen?", flüsterte Eryn. Orrin hatte sie angewiesen, bei ihren Unterhaltungen vorsichtig zu sein, sie so sporadisch und leise wie möglich zu halten.

"Etwa zehn Minuten, würde ich sagen", antwortete er, warf aber einen raschen Blick um die Ecke, bevor er sich auf die offene Straße wagte, um zum Eingang der nächsten Gasse zu laufen. Eryn folgte ihm, gewissenhaft darauf bedacht, jegliche verräterischen Geräusche zu vermeiden.

"Wir sind recht nahe an der Grenze des Spielfelds", flüsterte Vran'el im Halbdunkel. "Das müssen wir stets im Hinterkopf behalten und zusehen, dass wir nicht in eine Sackgasse mit diesem Schild, den sie dort errichtet haben, gedrängt werden. Wenn wir dort von mehr als einem Paar in die Enge getrieben werden, ist es vorbei mit uns."

Sie nickte und folgte ihm, als er sich wieder in Bewegung setzte. Gelegentlich erspähte sie ein weiteres Team, das sich die Gasse rechts von ihnen entlangbewegte, konnte die beiden aber aus der Entfernung und in diesem Licht nicht identifizieren.

Verstohlen huschten sie durch die verlassenen Straßen. Bei ihren gelegentlichen Blicken nach oben bemerkten sie den einen oder anderen Kopf, der sie neugierig von einem Fenster aus beobachtete. Das für das Spiel freigegebene Gebiet unterstand einer dreistündigen Ausgangssperre, im Zuge derer es den Einwohnern freistand, entweder in ihren Häusern zu verweilen oder sie für diesen Zeitraum zu verlassen. Es schien, als hätten sich ein paar von ihnen entschlossen zu bleiben und die Geschehnisse zu beobachten. Sie waren vor herumfliegenden Magieblitzen gewarnt worden. Allerdings waren diese zu schwach, um größeren Schaden anzurichten und würden lediglich dazu führen, jemanden ein paar Schritte nach hinten zu stoßen.

Beide erstarrten, als sie wenige Minuten später von rechts die Geräusche vom Auftreffen erster Blitze auf Schilden vernahmen.

Vran'el bewegte sich instinktiv auf den Tumult zu, doch Eryn fasste nach seinem Ärmel und schüttelte nachdrücklich den Kopf.

"Das ist eine Ablenkung, die wir uns zum Vorwärtskommen zunutze machen können. Mit ein wenig Glück werden die anderen Verteidiger in der Nähe genau wie du von dem Lärm angezogen. Komm, hier entlang", beharrte sie und zog ihn mit sich in die Gasse, der sie zu folgen geplant hatten.

Vran'el duckte sich, als sie die nächste Ecke erreichten und warf einen abschätzenden Blick voraus. Flink zog er den Kopf wieder zurück und hielt zwei Finger hoch um anzuzeigen, dass sich ein einzelnes Gegnerpaar in der Straße aufhielt.

"Wie weit entfernt?", formten ihre Lippen lautlos.

"Ein paar Schritte", gab er ebenso geräuschlos zurück.

"Schilde aktiv?", erkundigte sie sich.

Er nickte.

"Grün?"

Erneutes Nicken.

Ihre Gedanken rasten, als sie ihre Möglichkeiten durchdachte. Wenn sie das nichtsahnende Paar attackierten, würde das zweifellos die Aufmerksamkeit weiterer Teams auf sie ziehen, sowohl die auf ihrer Seite als auch gegnerische. Es würde dann davon abhängen, wessen Verbündete zuerst eintrafen. Das war zu riskant für ihren Geschmack. Sie ergriff Vran'els Ärmel, zog ihn ein paar Schritte weit mit sich und führte ihn zu einer Nische, in der die sich verstecken konnten. So war es möglich, die beiden anderen vorbeiziehen zu lassen, sofern die sich nicht dazu entschlossen, genau diese Gasse zu betreten. In diesem Fall blieb immer noch die Option, sie als Erste anzugreifen.

"Falls sie hierherkommen", flüsterte sie, ihre Lippen an Vran'els Ohr, "schießen wir zuerst auf den Linken, der näher bei uns ist. Und zwar gleichzeitig, sodass unsere Blitze für zwei zählen."

Er nickte zur Bestätigung, und sie ergriff seinen Arm. Unter ihren Fingern spürte sie seine angespannten Muskeln, während sie eng an ihn gedrückt stand, damit sie beide in die schmale Nische passten.

Beide hielten den Atem an, als sie unweit zwei Paar leiser Schritte vernahmen. Die beiden flüsterten miteinander, doch es war zu leise, um die Worte zu verstehen. Sie warteten noch eine weitere Minute, bevor sie wieder aus ihrem Versteck hervortraten.

"Von nun an müssen wir auch hinter uns blicken", flüsterte sie. "Das ist der Nachteil dabei, sie vorbeiziehen zu lassen. Aber das bedeutet auch, dass sie noch nicht wissen, dass wir hier sind. Das verschafft uns den Vorteil der Überraschung, sofern wir es schaffen, ihn zu nutzen." Sie sah sich um und betrachtete entmutigt die offene Straße vor ihnen. "Gibt es eine andere Route, der wir folgen können? Die hier ist zu ungeschützt, es gibt keinerlei Deckung."

"Nicht auf dieser Seite der Straße", meinte Vran'el mit einer Grimasse. "Ich fürchte, wir müssen sie zumindest überqueren. Ich gehe zuerst, und du kommst nach, sofern es sicher ist", entschied er und bewegte sich vorwärts. Eryn griff rasch nach seiner Schulter und schüttelte energisch den Kopf. "Kein Aufspalten. Allein bist du ein leichtes Ziel, sogar für ein einzelnes Team." Sie deutete auf eine Gasse auf der gegenüberliegenden Straßenseite. "Das sind nicht mehr als zehn Schritte. Wir brauchen dafür nicht länger als zwei oder drei Sekunden. Los."

Ohne auf seine Zustimmung zu warten, umfasste sie seine Hand und zog ihn mit sich, um flotten Schrittes die Straße zu überqueren. Ein schriller Aufschrei entschlüpfte ihr, als ihr eingezogener Kopf nur knapp dem Kontakt mit einem Magieblitz entging. Allein Vran'els Schwung bewahrte sie davor, ihrem eigenen Impuls, in der Mitte der Straße stehenzubleiben, nachzugeben. Stattdessen wurde sie vorwärts in die verhältnismäßig sichere Gasse befördert, die sie angepeilt hatten. Dieses Mal war er derjenige, der ihre Hand festhielt, um sie mit sich zu ziehen.

"Lauf!", zischte er und zerrte sie mit einem Ruck in Richtung der nächsten Seitenstraße, wo er kurz darauf scharf nach rechts in die nächste kleine Gasse einbog und mit ungebremster Geschwindigkeit bis in das nächste Gässchen weiterrannte. Dort presste er sie gegen die Wand und bedeckte ihren Mund mit seiner Hand, um ihr Keuchen zu dämpfen.

Das Geräusch sich rasch nähernder Schritte zweier Personen drang an ihre Ohren.

"Auf den Linken", flüsterte Vran'el geschwind, und einen Augenblick später passierten zwei Leute, ohne nach links oder rechts zu blicken, ihre Gasse.

Eryn hob flink ihre Hand, errichtete einen Schild und entließ gemeinsam mit ihrem Partner einen Blitz. Er traf sein Ziel, und der grüne Schild des Läufers wandelte sich unverzüglich zu rot. Seine Partnerin, eine Frau in Eryns Alter, drehte sich beim Geräusch der Einschläge hastig um und blieb dann wie erstarrt stehen anstatt Schutz zu suchen. Vran'els Blitz schlug einen Moment vor Eryns ein, weshalb sich ihr Schild nur zu blau umfärbte, nachdem sie ein paar Schritte rückwärts gestolpert war und einen neuen errichtete. Mittlerweile hatte sich der andere von ihnen soweit erholt, um sich zu erinnern, dass er es vermeiden sollte, getroffen zu werden. Er versuchte, auf seine Partnerin zuzulaufen, doch Eryns Blitz ließ seinen roten Schild vollends zusammenfallen, und Vran'els darauffolgender ließ die Handfesseln um seine Handgelenke schwarz werden.

Die Frau starrte die beiden noch einen weiteren Moment lang an, dann wirbelte sie herum und begann zu laufen. Sie schaffte es gerade noch um die nächste Ecke, bevor Vran'els nächster Blitz dort auftraf, wo sie gerade eben noch gewesen war.

Eryn zwang sich, das triumphierende Lachen zurückzuhalten. Es würde nur dazu beitragen, ihren Gegnern ihren Aufenthaltsort zu verraten.

"Jawohl!", zischte sie stattdessen und stieß eine Faust in die Luft. "Einer ausgeschaltet!"

"Und eine weitere entflohen, die unseren Standort kennt", sagte Vran'el und dämpfte damit augenblicklich ihren Enthusiasmus. Sie sahen den Magier vor ihnen seufzen und bestürzt seine schwarzen Armschienen betrachten.

"Wisst ihr", meinte er mit einem ungehaltenen Blick auf die beiden, "ich hätte nicht gedacht, dass ich zu den Ersten gehöre, die das Spiel verlassen müssen. Ich schätze, Verfolgung ist nicht ganz so unproblematisch, wie ich dachte." Dann spazierte er in Richtung der nächstgelegenen Begrenzung des Spielfeldes davon.

Eryn zuckte mit den Schultern. "Nun, das bedeutet dann wohl, dass wir von hier abhauen sollten, bevor sie mit ein paar Freunden zurückkehrt."

"Ein vernünftiger Vorschlag, Herzblatt", stimmte Vran'el zu.

"Erinnerst du dich, wo es jetzt weitergeht?"

Er nickte. "Aber sicher. Wir haben nur einen kleinen Umweg gemacht, nicht weitläufig genug, dass wir wieder zurück müssten. Wir sollten uns nur bei der nächsten halbwegs sicheren Position wieder links halten, dann rechts, das sollte uns wieder auf Kurs bringen."

Sie fasste nach seinem Arm, um ihn zum Schweigen zu bringen und lauschte angestrengt. "Hörst du das? Ist es möglich, dass sie dermaßen rasch ein anderes Team gefunden hat?"

Vran'el starrte sie an. "Da hätten wir aber verfluchtes Pech."

Sie hörten, wie sich vorsichtige Schritte näherten, die dieses Mal eindeutig auf mehr als zwei Spieler hindeuteten.

"Schnell - dort drüben ist eine unebene Wand", trieb Vran'el sie an. "Klettere auf das niedrige Dach! Das wird sie nicht lange täuschen, uns aber einen unvorhergesehenen Schuss ermöglichen. Los!"

Sie drehte sich um und suchte hektisch nach der Wand, von der er gesprochen hatte. Zwischen Steinen, deren Abstand genug Platz bot, dass ihr Fuß darin Halt fand, begann sie sich sofort ihren Weg nach oben zu ertasten. Von unten spürte sie einen sanften Schubs und zog sich über die niedrige Kante des Dachs. Sie rollte zur Seite, um Platz zu machen. Kaum einen Augenblick, nachdem Vran'el sich neben ihr flach auf den Boden drückte, sahen sie, wie drei Leute unter ihnen die Gasse betraten. Eine von ihnen war die Frau von zuvor. Die anderen beiden waren Männer, einer kaum älter als Vern, der andere ein Heiler, an den sie sich von der Klinik her erinnerte.

"Los, auf sie!", stieß Vran'el aus, und beide schossen einen Blitz auf die Frau. Panisch sahen sich alle drei um, woher die Geschosse wohl gekommen waren. Doch erst als der Schild der Frau aufgelöst und ihre Armschienen schwarz waren, deutete sie mit ihrem Zeigefinger auf ihr Versteck und veranlasste damit die Geschwister, sich hastig zu ducken.

"Sie ist sozusagen aus dem Spiel ausgeschieden, wie kann sie also dennoch unsere Position verraten?", beschwerte sich Eryn und sog scharf den Atem ein, als ein Blitz knapp rechts von ihr an der Wand einschlug. "Das war knapp! Was jetzt? Die beiden haben noch immer grüne Schilde, und wir sind kaum geschützt und können nicht weglaufen, ohne uns verwundbar zu machen. Und sie kommen näher!"

"Wir haben zwei von ihnen aus dem Spiel genommen, ohne selbst auch nur einen einzigen Treffer abzubekommen! Das kriegen wir hin!", beharrte Vran'el. "Wir haben die verwundbarste Person bereits ausgeschaltet und ihre Übermacht auf die gleiche Anzahl reduziert. Verzweifle nicht, Herzblatt. Wir werden sie schlagen, obwohl wir dabei dank unserer unvorteilhaften Position hier oben wohl ein oder zwei Treffer in Kauf nehmen müssen."

Langsam atmete Eryn aus und zwang sich dazu, sich zu entspannen. Stress war jetzt nicht hilfreich; er blockierte die Fähigkeit zu klarem Denken.

"In Ordnung", sagte sie kurz darauf und klang nun ruhiger als zuvor. "Ich springe schnell auf und ziehe ihre Blitze auf mich. Gleichzeitig werde ich einen Blitz auf den Jüngeren losschicken. Du zielst ebenfalls auf ihn. Wenn wir Glück haben - oder ihre Koordination schlecht ist - schaffe ich es, einem Blitz auszuweichen, sodass ich nur einmal getroffen werde. Bereit? Jetzt!"

Sie sprang auf, wartete, bis Vran'el seine Hand hob und zielte, dann griffen beide an. Eryn ließ sich wieder zu Boden fallen; ihr Schild war nun blau.

Als ein weiterer Schuss auf die Steine neben ihr traf, schnappte sie nach Luft. "Haben wir es geschafft?"

Er nickte. "Der Junge braucht noch einen Treffer, der Ältere noch drei. Das machen wir noch einmal, nur dass *ich* dieses Mal aufstehe. Jetzt müssen wir den anderen von ihnen treffen, oder wir verschwenden einen Schuss. Los!"

Beim zweiten Mal funktionierte es ebenso gut. Vran'el steckte nicht mehr als einen Treffer ein, und der Schild des älteren Mannes war nun rot.

Sie sahen einander an und grinsten wie zwei Verrückte. Rasch sprangen sie auf, als sie das Geräusch sich hastig zurückziehender Schritte vernahmen.

"Auf den Älteren!", wies Eryn an, und zwei Blitze verfolgten ihn, von denen einer seinen Schild auflöste, bevor der zweite ihn vollkommen ausschaltete. Der jüngere Mann hatte sich umgedreht und musste mitansehen, wie sein Partner dem feindlichen Angriff zum Opfer fiel. Da er dabei nicht achtete, wohin er trat, stolperte er über einen Stein und stürzte mit dem Gesicht voran in den Staub.

Eryn schickte unverzüglich einen weiteren Blitz los. Vran'el folgte ihrem Beispiel und entfernte ihn damit ebenfalls aus dem Spiel.

"Meine Güte", lachte sie. "Das war fast zu gut, um wahr zu sein. Zuerst laufen sie panisch davon, dann stolpert der Zweite, solange er noch in Reichweite ist."

"Komm", trieb Vran'el sie an und kletterte die Wand wieder hinab. Unten wartete er, um sie aufzufangen, falls sie ihren Halt verlor. "Der Lärm könnte noch mehr unerwünschte Aufmerksamkeit erregt haben. Ich schlage vor, wir suchen uns einen einigermaßen geschützten Ort und nehmen uns ein paar Minuten Zeit, um wieder zu Kräften zu kommen."

Sie zog eine Augenbraue hoch. "Doch wohl nicht meinetwegen, hoffe ich? Ich brauche keine Pause."

"Bist du sicher? Das gerade eben waren ein paar recht ereignisreiche Minuten. Du solltest dich nicht überanstrengen! Das würde ich ewig zu hören bekommen - sowohl von Orrin als auch von Vater."

"Ja, ich bin sicher. Geh voran."

* * *

Intrea sah ihren Partner an und seufzte. "Weißt du, mit dir in einem Team zu sein, ist kaum eine große Herausforderung, mein Lieber. Wir schalten einfach einen armen Tropf nach dem anderen aus. Die wissen meist nicht einmal, wie ihnen geschieht."

Enric lachte leise, spähte um die Ecke und beobachtete, wie zwei Invasoren vom Ort der Straßenschlacht flohen, der sie gerade noch mit roten Schilden entkommen waren. Vier weitere murrten vor sich hin und schlurften mit schwarzen Handfesseln davon.

"Du willst eine Herausforderung, Intrea?", lächelte er. "Damit kann ich dienen. Komm. Suchen wir nach Orrin. Der wird es uns nicht halb so einfach machen."

"Gut. Wenn mein Schild am Ende des Spiels noch immer grün ist, wird es so aussehen, als wäre ich nichts weiter als dein Anhängsel gewesen, weißt du", seufzte sie.

"Ich verspreche dir, dass ich dich mit einem Blitz abschießen werde, falls dein Schild am Ende des Spiels noch immer diese für dich so beschämende Farbe zeigt", verkündete er feierlich.

"Ich kann mich darauf verlassen, dass du eine einfache und sogar noch beschämendere Lösung dafür findest…"

"Nun, dann sehen wir zu, dass Orrin ein paar Schüsse auf dich abgibt. Ich bin zuversichtlich, dass er dich nicht jedes Mal verfehlen wird."

Sie nickte und folgte ihm, nachdem er sich versichert hatte, dass die Straße vor ihnen frei von Angreifern war. Rasch querten sie die Straße und lauschten nach Schritten oder anderen Geräuschen, die auf herannahende Spieler deuteten. Aber sie vernahmen nur weit entfernte Blitze, die an Hausmauern und Schilden abprallten.

"Orrin treibt sich höchstwahrscheinlich bei der Hauptstraße herum, die vom Süden her zum Senatsgebäude führt. Was ist die sicherste Route dorthin? Vorzugsweise eine, bei der wir so wenig wie möglich offen angreifbar sind."

Intrea nickte nach rechts. "Hier entlang."

Enric überließ ihr die Führung und bemerkte zufrieden, dass sie ihn gut beobachtet hatte und die gleichen Vorsichtsmaßnahmen traf, wann auch immer sie um eine Ecke bogen oder sich für kurze Zeit auf offenes Gelände wagen mussten. Er arbeitete gerne mit Leuten, die eine schnelle Auffassungsgabe hatten. Der Gedanke führte ihn zu Eryn, und er fragte sich, wie es ihr erging. Durch das Geistesband hatte er den einen oder anderen Rausch des Triumphs empfangen, und dazwischen war sie einmal recht besorgt gewesen. Er hegte kaum einen Zweifel daran, dass sie sich noch immer im Spiel befand. Er wusste, dass sie bei Vran'el in guten Händen war. Ihr Bruder kannte die Straßen gut und war ein Jäger. Das bedeutete, dass er etwas von Tarnung und unauffälliger Fortbewegung verstand. Und Eryn schien stets über sich hinauszuwachsen, wenn man sie in eine Ecke drängte. Er war zuversichtlich, dass die beiden keine einfachen Ziele abgeben würden.

Intreas Griff um seinen Unterarm ließ ihn aufblicken.

Ihre Stimme klang aufgeregt, als sie flüsterte: "Sieh mal einer an, was wir dort drüben haben!"

Enric folgte ihrem Blick und grinste. Zwei wohlbekannte Gestalten hatten gerade eine Öffnung zu ihrer Rechten passiert.

"Wäre die Jagd auf zwei Vel'kims für dich eine akzeptable Alternative zu Orrin?", fragte er leichthin.

Sie kicherte. "Oh, auf jeden Fall. Und wer sagt, dass wir nicht beides tun können? Beginnen wir mit den beiden."

Er nickte. "Selbstbewusst. Das mag ich an einer Frau."

"Das ist mir aufgefallen. Oder du wärst kaum bei einer Aren gelandet." Sie setzte sich wieder in Bewegung. "Komm. Schalten wir unsere Gefährten aus!"

"Dir ist klar, dass wir das ewig zu hören bekämen?"

Intrea verdrehte die Augen. "Komm schon, ich kann nicht glauben, dass ein Mann mit deinem Ruf sich davor ängstigt, einen freundlichen Blitz oder zwei auf die Frau abzuschießen, die er so mannhaft erobert hat."

Er seufzte. Solch eine Herausforderung konnte er kaum ignorieren. Er bedeutete ihr, weiter die Gasse entlangzugehen, in der sie sich befanden. Damit bewegten sie sich parallel zu Eryn und Vran'el.

"Ein wenig schneller. Wenn wir sie überholen, können wir sie bei der nächsten Kreuzung erwarten und sie dort mit ein paar Blitzen überraschen. Wenn wir das gut abstimmen, sollten wir es schaffen, einen von ihnen auszuschalten. Beide haben bereits blaue Schilde."

Sie nickte und beschleunigte ihre Schritte. An der nächsten Ecke duckten sie sich und mussten nur ein paar Augenblicke warten, bis sich zwei Gebäude weiter rechts zwei Leute zielgerichtet durch die Dunkelheit bewegten.

"Jetzt!", befahl Enric. Zwei Blitze verließen ihre Handflächen, jedoch nicht exakt zur gleichen Zeit. Somit würde es nur als ein Treffer zählen, falls sie jemanden trafen. Nicht genug, um einen von beiden auszuschalten.

Mit ihren Blicken verfolgten sie die Flugbahn, und kurz darauf prallte der erste davon auf Vran'els Schild auf und entfernte ihn, sodass der zweite Angriff seine Farbe in Rot änderte. Sowohl er als auch Eryn duckten sich rasch hinter eine niedrige Wand.

"Schade", rief Intrea. "Ich hatte gehofft, dich ganz loszuwerden!"

"Intrea?", erklang Vran'els Stimme von der anderen Seite. "Natürlich bist du das! Du attackierst wahrhaftig deinen liebenden Gefährten und Vater deines einzigen Kindes? Das mutet doch etwas herzlos an, findest du nicht? Aber ich schätze, es war nur eine Frage der Zeit, bis wir beide uns auf unterschiedlichen Seiten eines Straßenkampfes wiederfinden. Du bist immerhin eine recht streitbare Frau!"

"Sagt der Mann, der versucht, meine Heimatstadt einzunehmen!", gab sie zurück und zog hastig den Kopf ein, als Eryn einen Blitz auf sie schoss.

"Enric? Bist du das mit Intrea?", rief Eryn. "Da ist diese Belustigung in meinem Kopf, die ganz eindeutig nicht von mir stammt."

"Gut gemacht, Liebste", erwiderte er.

"Dann macht ihr also tatsächlich gemeinsam Jagd auf eure Gefährten? Das ist wirklich seltsam, wenn ich das so sagen darf!", knurrte Vran'el.

"Sei nicht so ein Heuchler, Vran! Du wusstest sehr genau, dass eine realistische Chance bestand, dass wir einander auf diese Weise gegenüberstehen würden, als wir uns für verschiedene Seiten meldeten!", warf Intrea laut zurück.

Sie kicherte, als ein weiterer Blitz in ihre Richtung abgegeben wurde, dieses Mal von ihrem Gefährten.

"Wenn ihr einfach mit euren Armen hinter eurem Rücken hervorkommt, lassen wir vielleicht Gnade walten", rief sie.

"Ja, genau", hörten sie Vran'el schnauben. "Als würde ich den Fehler begehen, von deinesgleichen Gnade zu erwarten."

Sie vernahmen mehrere Treffer von Blitzen auf Schilden und einen Fluch von der anderen Seite des Gebäudes. Enric beugte sich leicht nach vorne, damit er eventuell einen Blick erhaschen konnte von dem, was dort vor sich ging. Er sah, wie sich Vran'el von seiner kauernden Position erhob, seine Armbänder schwarz. Einen Augenblick später sah er, wie ein Mann auf die Stelle zu rannte, wo er wusste, dass Eryn hockte, ihre Hand ergriff und sie mit sich zog. Ihm auf den Fersen war ein Paar, das er als Verteidiger erkannte.

Ram'an. Also hatte er es schlussendlich doch noch fertiggebracht, in einem Team mit Eryn zu sein. Durch das Geistesband verspürte er Verdruss und fragte sich, ob der Blitz, der Vran'el ausgeschaltet hatte, von einem Verbündeten oder einem Feind abgegeben worden war.

* * *

Eryn schluckte hart und legte noch ein wenig mehr an Geschwindigkeit zu, als ihr ein weiterer Blitz gefährlich nahekam und beinahe ihren Schild traf. Ram'an zog sie in ein Labyrinth aus Gassen und bog so flink um die Ecken, dass sie die wenige Orientierung, an der sie sich festgehalten hatte, rasch verlor.

Die Schritte ihrer Verfolger wurden schwächer, und Ram'an schob sie in eine Nische, drückte sich neben sie hinein und flüsterte in ihr Ohr: "Sei leise. Sie konnten uns nur dank des Geräuschs unserer Schritte verfolgen. Entferne deinen Schild, das Glühen verrät uns sonst."

Sie nickte und lauschte aufmerksam auf herannahende Schritte, sich der Arme, die sie umfingen, nur allzu bewusst. Sie versuchte sich zu befreien, doch er verstärkte seinen Griff und schüttelte den Kopf, als sie dazu ansetzte, sich zu beklagen. Mit zusammengebissenen Zähnen stand sie regungslos dort, gefangen in seiner unerwünschten Umarmung, und konzentrierte ihre Aufmerksamkeit auf die Geräusche um sie herum. Die Abenddämmerung war mittlerweile der Nacht gewichen. Somit war es beinahe vollkommen dunkel um sie herum, nur die Sterne spendeten ein wenig Licht.

Die Nächte waren hier heller als zuhause, sinnierte sie. Womöglich, weil es keine Wolken gab, die den Himmel bedeckten.

Nach ein paar unbehaglichen Minuten, in denen sie still dagestanden und jeglichen Lärm vermieden hatte, entspannte sich Ram'an sichtlich und zog seine Arme zurück.

"Das ist eine gute Gelegenheit, um einen Schluck Wasser zu nehmen", riet er ihr und nahm den Wasserbeutel von ihrem Gürtel, ohne auf ihre Zustimmung zu warten. Er wog ihn in seiner Hand. "Der ist noch immer voll, du musst mehr trinken - besonders in deinem Zustand."

Sie nahm ihn entgegen und trank ein paar Schlucke, um ihn zum Schweigen zu bringen. Sie hatte nicht die Absicht, hier in einer finsteren Gasse eine Diskussion mit ihm vom Zaun zu brechen. Und ganz Unrecht hatte er immerhin nicht.

"Ich gehe davon aus, dass du Vern an die Verteidiger verloren hast?", flüsterte sie.

"Ja. Klassische Gelehrtenhaltung: eine Menge Wissen, das hilfreich wäre, um das Spiel zu gewinnen, aber nicht viel Ausdauer, wenn es darum geht, denen davonzulaufen, die ihn daran hindern können, es einzusetzen. Wird er zuhause in Anyueel von seinen Kollegen schlimm schikaniert?"

Sie schüttelte den Kopf. "Nein. Furchterregender Vater."

"Ich verstehe. Deshalb ist seine Geschwindigkeit auch so ungewöhnlich schleppend für einen klugen Kerl", lachte er leise.

Sie trat aus der Nische, überprüfte sorgsam ihre Umgebung und drehte sich dann zu ihm um. "Ich danke dir dafür, dass du mich aus der Misere befreit hast, die du mir überhaupt erst eingebrockt hast, indem du sie in meine Richtung geführt hast. Viel Glück", fügte sie hinzu und wandte sich ab, um davonzugehen.

Seine Hand an ihrem Handgelenk hielt sie zurück, bevor sie auch nur einen Schritt getan hatte. "Warte! Was meinst du mit *viel Glück*? Du hast deinen Partner verloren und ich meinen. Wir sind jetzt ein Team. Keiner von uns hat irgendeine Chance, andere Spieler auszuschalten, wenn wir allein unterwegs sind."

Sie schluckte. Ausgerechnet mit *ihm* in einem Team? Ihr Gesicht blieb ausdruckslos, während sie das Stöhnen unterdrückte, das sich ihrer Kehle entringen wollte.

"Es gibt andere Dinge als das Ausschalten von Spielern, die ein Einzelner tun kann", betonte sie. "Als Ablenkung dienen, Teams von anderen weglocken, sie von einer strategisch vorteilhaften Position aus beschäftigt halten…"

"Eryn", sagte er geduldig. "All diese Dinge, die du soeben aufgezählt hast, fallen zwei Personen leichter als einer - mit dem zusätzlichen Nutzen, dass wir Leute aus dem Spiel werfen können. Komm, schließ dich mir an." Sein Griff wanderte von ihrem Handgelenk zu ihrer Hand, und er zog sie mit sich. Er hielt inne und sah sie an, als sie sich nicht bewegte. "Wirklich? Du würdest lieber riskieren, das Spiel zu verlieren, als mit *mir* zu kommen? Sei nicht starrköpfig, Theá. Du wirst sicher nicht den Anblick verpassen wollen, wie andere Leute auf mich schießen. Immerhin kannst du hinter mir Schutz suchen."

"Das ist ja recht rücksichtsvoll von dir, aber…"

"Du bist schwanger, und ich werde dich nicht allein und in der Dunkelheit in einer Stadt herumlaufen lassen, die du nicht besonders gut kennst", beharrte er streng. "Was ist, wenn du stolperst und auf deinem Bauch landest oder dir irgendwo den Kopf anschlägst und das Bewusstsein verlierst?"

Das brachte sie zum Schweigen. Da gab es kaum viel zu entgegnen, wenn er es so formulierte.

"Komisch, wie derzeit jeder zu glauben scheint, ich wäre hilflos ohne einen starken Mann, der mich beschützt", knurrte sie, ließ aber zu, dass er sie mit sich zog.

"Nicht nur derzeit, meine Liebe", korrigierte er sie. "Soweit ich gehört habe, warst du schon immer anfällig dafür, dir Ärger einzuhandeln."

Kurz erwog sie, seinen blauen Schild mit einem Blitz auf Rot zu ändern, einfach nur, um den Unmut auf seinem Gesicht zu sehen, entschied sich aber dagegen. Er hatte Recht. Wenn es hart auf hart kam, konnte sie ihn immer noch als Deckung benutzen.

* * *

Enric lächelte grimmig, als sie um die nächste Ecke bogen und drei Invasoren im Kampf gegen fünf Verteidiger vorfanden. Gemeinsam mit zwei leicht verängstigt wirkenden Frauen, deren Schilde bereits auf Rot reduziert waren, schoss Orrin Blitze. Bei der Überzahl, mit der sie sich konfrontiert sahen, war es nur eine Frage der Zeit, bis sie ausgeschaltet wurden. Rückzug war keine Option, die Barriere, die das Spielfeld beschränkte, schimmerte sichtbar in Orrins Rücken.

Der Krieger drehte kurz den Kopf und fluchte, als er Enric und Intrea erspähte. Nun waren es drei gegen sieben, und einer davon war ein gut ausgebildeter Krieger. Das waren schlechte Nachrichten.

"Er scheint mir etwas zu beschäftigt, um sich wirklich als Herausforderung zu erweisen", bemerkte Intrea, die Enttäuschung in ihrer Stimme unüberhörbar.

Enric lachte. "Du hast gerade einen sehr gefährlichen Fehler begangen, meine Liebe: Unterschätze diesen Mann niemals, besonders nicht, wenn er in eine Ecke gedrängt wurde. Komm, schließen wir uns dem Spaß an. Es mag sein, dass du diesen grünen Schild, der dir so zuwider ist, doch noch loswirst."

"Ja, genau", schnaubte sie, folgte ihm aber zur nächsten Ecke, die sie Orrin näherbrachte. "Das ist wohl kaum eine große Herausforderung", beklagte sie sich. "Sieben gegen drei!"

Einen Augenblick später wurde sie zurückgeworfen und starrte auf das rote Glühen, das sie umgab.

"Was war das denn?", rief sie aus.

"Das warst du, wie du Orrin unterschätzt und es versäumt hast, ordentlich in Deckung zu gehen", grinste Enric selbstgefällig. "Er erkennt eine Schwäche - dann nutzt er sie für sich. Ich hoffe, rot gefällt dir besser als grün. Die einzige andere Farbe, die jetzt noch verfügbar ist, ist nämlich schwarz."

"Sehr witzig", knurrte sie und kauerte hinter ihm, darauf bedacht, dass kein Körperteil hervorragte und ein Ziel für einen weiteren Angriff bot.

"Ich habe dich gewarnt", meinte er achselzuckend und verschaffte sich einen Überblick darüber, wie die Mitglieder seiner Gruppe um Orrin verteilt waren. "Ihre Aufteilung ist nicht ideal", murmelte er. "Sie sind mehr oder weniger alle vor ihm anstatt ihn zu umzingeln. Seine Deckung ist eingeschränkt, aber er nutzt sie auf bestmögliche Weise. Wenn er so weitermacht, kann er uns alle wer weiß wie lange in Schach halten und es den anderen erleichtern, das Senatsgebäude zu erreichen. Komm mit, wir sollten uns von der anderen Flanke nähern, wo er sich nicht so gut vor uns verstecken kann."

Er drückte sich an ihr vorbei und wandte sich dann nach links, um das Gebäude zu umrunden und eine Gasse zu betreten, die ihn näher an Orrin und seine beiden Helferinnen bringen würde. Intrea rieb sich die Hände und schlich ihm hinterher, eindeutig begierig auf ein Gefecht.

Die Geräusche von Blitzen, die auf Schilde trafen, wurden wieder lauter, und als sie einen raschen Blick aus der Gasse heraus tätigten, schlugen zwei Blitze in kurzem Abstand in Enrics Schild ein und färbten ihn blau.

Intrea pfiff anerkennend durch die Zähne. "Er ist wirklich ausgesprochen gut, wie es aussieht."

"Der Beste", seufzte Enric. "Wir haben ihn nicht umsonst zum Anführer der Krieger gemacht."

"Nächstes Mal will ich auf *seiner* Seite kämpfen", grinste sie.

"Danke für dieses Vertrauensbekenntnis", knurrte er.

"Nicht, dass du nicht ebenfalls ein recht beachtlicher Kämpfer wärst", fügte sie rasch hinzu, "aber er scheint sogar noch erstaunlicher zu sein."

"Kannst du dir deine Bewunderung solange aufsparen, bis das Spiel vorüber ist?"

"Entschuldige", meinte sie und verzog das Gesicht. "Was nun?"

"Ich erwäge ernsthaft, dich zu opfern, um ihn abzulenken", erwiderte Enric mit einem schelmischen Unterton.

"Das wagst du nicht!", fauchte sie.

"Provozier mich besser nicht", entgegnete er, bevor er seine Aufmerksamkeit wieder dem aktuellen Problem zuwandte. "Er hat bereits einen Treffer eingesteckt, und die anderen beiden Spielerinnen sind rot. Das bedeutet, dass sie diejenigen sind, die wir zuerst ausschalten müssen. Wenn er erst einmal allein ist, befindet er sich in einer rein defensiven Position, in der er keinen Schaden anrichten kann. Ich zähle bis drei, dann werden wir beide einen Blitz auf seine Kollegin rechts von ihm abschießen und sie aus dem Spiel nehmen. Bist du bereit?"

Sie nickte.

"Eins, zwei, DREI!"

Beide blickten um die Ecke, hoben ihre Handflächen und schickten zwei helle Magieblitze los. Während Enric sich sofort nach dem Abfeuern zurückzog, folgte Intrea seinem Beispiel nicht, sondern wartete um zu sehen, ob sie ihr Ziel getroffen hatten. Das erwies sich als schwerer Fehler. Gerade als sie triumphierend in die Hände klatschen wollte, flackerte ihr eigener Schild und verblasste sodann, bevor sich ihre Handfesseln schwarz färbten.

Enric lehnte sich mit dem Rücken gegen die Hausmauer und seufzte. "Wir warten NICHT und sehen zu, sondern gehen sofort wieder in Deckung."

"Er ist erstaunlich!", flüsterte sie und starrte ehrfürchtig auf ihre dunklen Handschellen hinab.

"Offensichtlich. Jetzt sieh zu, dass du fortkommst. Du kannst dort drüben hinausgehen, deine schwarzen Handfesseln sollten dich vor Angriffen bewahren. Die Barriere ist hinter Orrin - geh einfach hindurch. Ich denke nicht, dass das Spiel noch allzu lange dauern wird. Wir haben Halbzeit, und ich schätze, dass mehr als die Hälfte der Teams bereits ausgeschaltet ist."

Sie nickte und richtete sich auf. Vorsichtig trat sie in die Straße hinaus und warf einen weiteren bewundernden Blick in Orrins Richtung, bevor sie die Barriere durchschritt. Enric bemerkte, dass sie sich nicht weit entfernte, sondern als Beobachterin blieb um zu sehen, wie dieses Gefecht enden würde.

Mittlerweile stand es sechs gegen zwei, und Orrin hatte es geschafft, seine Position dahingehend zu verändern, dass er auch von der Seite, wo Enric lauerte, ein wenig besser geschützt war.

Enric schüttelte den Kopf, als er Intrea auf und ab hüpfen und in die Hände klatschen sah, als Orrin und die junge Frau neben ihm es fertigbrachten, einen weiteren Verteidiger auszuschalten. Diese Frau sollte eindeutig daran arbeiten, ein Zugehörigkeitsgefühl zu ihren Mitstreitern zu entwickeln, dachte er. Aber zumindest erkannte und schätzte sie beispiellose Fähigkeiten auf angemessene Weise, wenn sie ihr begegneten. Das zumindest sprach für sie.

Er kehrte wieder zum Kampf zurück. Fünf gegen zwei. Von seiner aktuellen Position aus konnte er allein nicht viel ausrichten. Ohne einen Partner, mit dem er seine Angriffe koordinieren konnte, würden seine Blitze lediglich den Schild entfernen. Dann blieb er darauf angewiesen, dass jemand anderer innerhalb von zwei Sekunden einen Glückstreffer erzielte, bevor der Schild wieder aufrecht war. Keine besonders vielversprechende Aussicht, besonders da Orrin sich gut verschanzt hatte. Er entschied, sich wieder zu den anderen fünf Angreifern zu begeben und zwei von ihnen mitzubringen, wenn er hierher zurückkehrte.

Als er die Ecke erreichte, hinter der sie sich versteckten, zogen sich seine Brauen zusammen. Es waren nur mehr drei von ihnen übrig. Unter ihnen Kilan und Iklan, der Heiler.

"Er hat noch weitere *zwei* von euch ausgeschaltet?", fragte Enric.

Kilan verzog das Gesicht. "Das hat er. Dieser Mann ist ein Alptraum! Ich wünschte, ich hätte bei seinem Unterricht vor zwanzig Jahren besser aufgepasst! Du hast auch einen Treffer eingesteckt. War er das?" Er nickte in die Richtung, wo Orrin und seine Partnerin kauerten.

"Ja. Er hat Intrea ausgeschaltet. Sie war noch bei voller Stärke", seufzte er.

"Es stand sieben gegen drei, und jetzt sind wir vier gegen zwei!", rief Iklan frustriert aus. "Wie macht er das bloß? Und er ist noch immer blau!"

Enric betrachtete die Farben der Schilde um sich herum. Er selbst war blau, Kilan ebenfalls, Iklan war bereits rot, und ebenso die vierte Person, eine Frau in ihren späten Dreißigern, die ratlos wirkte bezüglich der weiteren Vorgehensweise.

"Die beiden werden ihre Schüsse sehr gut koordinieren müssen, wenn sie Kilan oder mich mit einem Angriff ausschalten wollen. Das schaffen sie nur, wenn sie uns gleichzeitig treffen. Sonst reduzieren sie uns einfach nur zu rot. Bei euch beiden", er nickte zu Iklan und der Frau, "müssen sie weniger sorgsam sein. Da reicht es, wenn sie euch hintereinander treffen."

"Soll das heißen, dass du mich als Köder benutzen willst, weil meine Überlebenschancen abgesehen von deinen am besten sind?", fragte Kilan misstrauisch.

Enric grinste. "Und du sagst, du hast bei seinem Unterricht nicht aufgepasst, alter Freund. Ich bin fest davon überzeugt, dass es kein Problem gibt, dass sich nicht durch das Opfern eines Handlangers beheben lässt."

"Sollte es jemals ein nächstes Mal geben, werde ich in Orrins Team sein", meinte der Botschafter mürrisch. "Ich lehne es ab, als *Handlanger* bezeichnet zu werden."

Noch einer verloren, dachte Enric mit einem inneren Seufzer. Dass die Leute dermaßen gereizt darauf reagieren mussten, wenn man sie opferte...

"Also, was soll ich tun? Die Gasse im Laufschritt queren, damit ich ihr Feuer auf mich ziehe und ihr im Gegenzug auf sie schießen könnt?"

Iklan lächelte. "Klingt doch fabelhaft."

Kilan warf ihm einen Seitenblick zu. "Wo ist bloß dieses Mitgefühl, das man von Heilern erwarten würde?"

"In einer Situation wie dieser wohl fehl am Platz, würde ich meinen", erwiderte der Heiler gutmütig und klopfte dem Botschafter auf den Rücken. "Es war ein Privileg, an deiner Seite zu kämpfen. Jetzt geh und sei ein braves Ziel."

"Das habe ich davon, dass ich diese Stadt verteidigt habe. Wirklich", murmelte Kilan und tat ein paar beruhigende Atemzüge, bevor er Anlauf nahm und über die Straße hastete. Beinahe schaffte er es auf die andere Seite, doch da färbten zwei gut abgestimmte, akkurat gezielte Blitze seine Handfesseln schwarz.

Drei Blitze schossen von den Verteidigern auf die Deckung der Invasoren zu, und Orrin war nur einen Augenblick zu langsam, um der Attacke vollständig zu entgehen.

Drei gegen zwei, grübelte Enric.

"Wir haben ihn einmal getroffen! Er ist jetzt rot!", jubelte Iklan.

"Ja", rief Kilan von der anderen Seite der Straße und stupste unzufrieden seine schwarzen Handfesseln an, "fabelhafte Leistung. Ist doch völlig egal, dass ich aus dem Spiel geworfen wurde, weil ich zwei Treffer einstecken musste, während ihr im Gegenzug nur einen ausgeteilt habt. Aus meiner Sicht habt ihr mich verschwendet!"

"Trag es wie ein Mann, Kilan", hänselte ihn Enric, als der Botschafter auf die Barriere zuschritt. Den finsteren Blick, den ihm sein Freund über die Schulter zuwarf, bevor er den Spielbereich verließ, quittierte er mit einem Grinsen.

"Nicht übel, Orrin", rief Enric sodann. "Du hast meine Leute beeindruckt."

"Ich akzeptiere deine Kapitulation jederzeit", erwiderte der Krieger.

"Da sind immer noch drei von uns gegen euch zwei."

"Vorher stand es drei gegen sieben. So gesehen sind wir euch zahlenmäßig noch immer überlegen", warf Orrin zurück.

"Da hat er nicht ganz Unrecht", nickte Iklan ernst. "Wir könnten uns einfach zurückziehen."

Enric sah ihn mit hochgezogener Braue an. "Wirklich? Wir sollen uns von einem mächtigen Gegner, der in einer Sackgasse gefangen ist, einfach einschüchtern lassen? Wenn wir ihn jetzt nicht ausschalten, werden wir dafür in diesem Spiel keine Gelegenheit mehr bekommen. Wir wollen ihn aus dem Weg haben."

"Wir werden mit ihm untergehen", zeigte die Frau missmutig auf.

"Das Ergebnis des Spiels ist wichtiger als die Ambitionen eines einzigen Spielers", erklärte Enric und kam sich dabei ein klein wenig verlogen vor, da das beabsichtigte Resultat des Spiels bereits lange vorher festgelegt worden war. Und es würde nicht zu ihren Gunsten ausfallen.

"Also gut", sagte sie. "Was sollen wir tun? Dasselbe noch einmal? Ich laufe und werde getroffen, während du Orrin beseitigst?"

Enric schüttelte den Kopf. "Das wird kein zweites Mal funktionieren. Es hat beim ersten Mal nur geklappt, weil er es sich leisten konnte, einen Treffer einzustecken und gleichzeitig jemanden mit einem blauen Schild aus dem Weg zu räumen."

"Wie wäre es, wenn wir einfach abwarten?", schlug Iklan vor. "Können wir ihn nicht einfach hier festnageln, ohne irgendetwas zu tun?"

"Nicht gut", meinte Enric kopfschüttelnd. "Wenn es drei von uns braucht, um zwei von ihnen zu beschäftigen, dann ist das kein Verhältnis zu unseren Gunsten. Wir tun folgendes: Ihr beiden bleibt hier und schießt so rasch ihr könnt Blitze auf ihre Deckung. Ich werde mich ihnen annähern und versuchen, sie von ihrem Versteck aufzuscheuchen, damit ihr sie angreifen könnt. Um eine Sache würde ich euch allerdings ersuchen, nämlich darum, *mich* dabei nicht zu treffen."

Beide nickten eifrig. Ein Plan, der vorsah, dass nicht sie, sondern Enric sich aus der Deckung hervorwagte. Das klang gut.

"Bereit?", fragte Enric und wartete, dass sie nickten und zu schießen begannen, bevor er sich in Bewegung setzte. Langsam bewegte er sich vorwärts, geduckt, um sich seinen eigenen Leuten als weniger großes Ziel zu präsentieren. Das war einer der Nachteile, wenn man ungewöhnlich hochgewachsen war, sinnierte er. In Situationen wie diesen gab es mehr Fläche, die getroffen werden konnte.

Während seiner Annäherung an das Versteck hielt er seine Handfläche erhoben und schussbereit. Rasch sprang er zur Seite und wich knapp zwei Blitzen aus, die einerseits von hinten und andererseits von Orrin auf ihn zuschossen.

Er hörte, wie zwei weitere Schüsse hinter ihm auf Schilden auftrafen und ließ rasch einen Blitz auf den Krieger vor ihm los, bevor der sich wieder ducken konnte. Der Austausch war so schnell erfolgt, dass er keine Ahnung hatte, wer getroffen war und wer noch immer im Spiel verweilte. Sein eigener Schild schimmerte noch immer blau, also hatte er es offensichtlich unbeschadet überstanden.

Angespannt sah er, wie sich zwei Köpfe über das Versteck ein paar Schritte von ihm entfernt erhoben. Er hatte keine Chance, flink genug hinter eine schützende Struktur zu hechten, um direkt auf ihn gezielten Blitzen auszuweichen. Doch er erkannte sofort, dass dies kein Problem darstellen würde. Orrin hatte keinen Schild mehr, und die Armschienen um seine Handgelenke waren schwarz. Das Gleiche traf auch auf die Frau neben ihm zu. Er grinste breit und drehte sich zu seinen eigenen Leuten um. Erst da erkannte er, dass die beiden ebenfalls ausgeschaltet worden waren.

"Drei gegen sieben", seufzte Enric und schüttelte den Kopf. "Das fühlt sich nicht einmal wirklich wie ein Sieg an."

Orrin lächelte und drehte sich zu der Barriere um. "Gut. Es war auch keiner, wenn du dir die Widrigkeiten ansiehst."

"Zumindest bin ich *dich* losgeworden."

Der Krieger knurrte: "Das bist du, mein Freund, aber zu welchem Preis?"

Enric kam wieder auf die Beine und wandte sich um. Nun musste er einen Weg finden, den Invasoren noch mehr Schwierigkeiten zu bereiten, ohne ihren Sieg ernsthaft zu gefährden.

* * *

Ram'an hielt ihre Hand in seiner, während sie sich eine weitere Gasse entlangbewegten, die zum Stadtzentrum und damit dem begehrten Senatsgebäude führte. Als er abrupt zum Stehen kam, stieß sie beinahe mit ihm zusammen. Auf der anderen Seite der Gasse standen drei Verteidiger, die in ihre Richtung blickten.

"Lauf!", befahl Ram'an und zog sie in einem Spurt mit sich in eine andere Richtung, die sicherstellte, dass sie sich nicht in direkter Schusslinie befanden. Genau wie zuvor, bog er um einige Ecken, um außer Sichtweite ihrer Verfolger zu bleiben. Doch die hier waren besser darin, sie aufzuspüren als die vorigen. Er fluchte, als sie in eine weitere Gasse einbogen und sich der Barriere gegenübersahen, die das Spielfeld beschränkte.

Er blickte auf, dann drückte er Eryn rasch gegen eine Wand.

"Kletter hinauf, und zwar flink! Los!"

Wie zuvor mit Vran'el, hangelte sie sich nach Gefühl die Wand hinauf und erkannte bald, dass diese hier merklich höher war als die letzte. Sie keuchte, sobald sie oben angekommen war und schüttelte ihre Finger, um die Durchblutung wieder in Gang zu bringen. Ram'an landete nur wenig später neben ihr, sein Atem ebenfalls angestrengt.

Beide blieben auf dem Dach liegen und hielten die Köpfe gesenkt, um außer Sichtweite zu bleiben.

"Die werden recht bald herausbekommen, wohin wir uns verabschiedet haben", flüsterte Ram'an fast unhörbar. "Entweder drehen sie wieder um, oder sie versuchen uns zu verfolgen. An sich wäre uns jede dieser Möglichkeiten recht." Er hob seinen Kopf leicht an, um besser hören zu können, was unter ihnen vor sich ging.

Es war irgendeine Diskussion im Gang, deren genaue Worte sie allerdings nicht aufschnappen konnten.

"Können wir nicht jetzt zumindest einen von ihnen ausschalten?", schlug Eryn vor. "Sie befinden sich direkt unter uns, vollkommen schutzlos."

"Es könnte sein, dass sie versuchen, uns genau dahingehend zu provozieren, damit sie einen von uns ausschalten können", gab er zu bedenken und schüttelte den Kopf. "Zu riskant."

Das Geräusch eines Schuhs auf Stein drang zu ihnen durch, und Ram'an grinste breit. "Sie klettern hoch. Ausgezeichnet. Mach dich bereit. Wir werden den Ersten, der auftaucht, beide beschießen, und zwar möglichst gleichzeitig. Zwei von ihnen waren blau, einer rot, also würde keiner von ihnen im Spiel verbleiben, wenn wir ihn richtig erwischen."

Eryn wartete angespannt, während ihr Herz raste. Wenige Sekunden später sah sie, wie ein dunkelhaariger Kopf am Rand des Dachs auftauchte.

"Jetzt!", rief sie aus, und beide schickten einen Blitz auf den Weg, der den blauen Schild traf und ihn verschwinden ließ. Der Spieler stöhnte.

"Ich habe euch doch gesagt, wir hätten umkehren sollen!", beschwerte er sich bei den beiden anderen unter ihm.

Ram'an und Eryn sprangen beide nach vorne und sahen, wie einer der beiden verbleibenden Spieler an der Wand hing und missmutig zu ihnen aufblickte. Er hatte keine Möglichkeit, einen Schuss abzugeben, ohne gleichzeitig den Halt zu verlieren und zu fallen.

Mit zwei weiteren gut gezielten Blitzen wurde auch er ausgeschaltet. Damit blieb nur mehr einer, derjenige mit dem roten Schild. Er hatte beobachtet, wie seine beiden Kameraden gefallen waren. Bevor zwei weitere Blitze nach ihm geschossen wurden, rannte er los und wich beiden aus. Kurz darauf verschwand er um die Ecke.

Ram'an grinste, und in der Dunkelheit sah sie seine weißen Zähne aufblitzen. "Wir geben ein recht gutes Team ab, meine liebe Theá." Bevor sie etwas darauf erwidern konnte, drängte er sie: "Nun trink bitte etwas. Wir werden kurz rasten, bevor wir weitergehen." Er wandte sich von ihr ab, um seinen Blick über die Dächer um sie herum gleiten zu lassen. "Wir können nun zwischen zwei Routen wählen. Wir könnten uns auf den Dächern fortbewegen, wo unsere Gegner wohl kaum nach uns suchen werden. Allerdings sind wir so vor dem Nachthimmel leichter auszumachen. Was sagst du?"

Er wartete, während sie seine Worte erwog.

"Wie weit sind die Dächer voneinander entfernt? Wie gefährlich ist es, von einem zum nächsten zu steigen? Ich bin schon unter idealen Bedingungen nicht besonders geschickt auf den Beinen, und große Höhen in Verbindung mit Dunkelheit machen es auch nicht besser."

Er nickte. "Dann werden wir auf die Straßen zurückkehren." Er streckte die Hand aus und deutete auf ein großes, nicht allzu weit entferntes Gebäude. "Siehst du? Das ist das Senatsgebäude. Wir sind bereits relativ nah dran. Ich frage mich, ob du und ich es die Stufen hinaufschaffen könnten, ohne dass man uns ausschaltet."

Eryn presste die letzten paar Wassertropfen aus ihrem Beutel und schob den von Ram'an beiseite, als er ihn ihr hinhielt. "Warum müssen wir die Stufen nehmen?", meinte sie nachdenklich. "Ich meine, die Bedingung für den Sieg lautet nicht, dass man die Stufen hinaufsteigen muss. Man muss nur oben ankommen, oder? Wir könnten doch genauso gut von einer anderen Seite kommen."

Ein paar Augenblicke lang starrte er sie an, dann nickte er langsam. "In der Tat, du hast Recht."

"Ist es überhaupt möglich, an der Rückseite des Gebäudes hochzuklettern? Ich habe nicht die Absicht, eine rutschige, senkrechte Wand zu bezwingen."

"Es sollte machbar sein", antwortete er nachdenklich. "Das Gebäude ist recht alt. Somit gibt es jede Menge unebener Steine mit kleinen Spalten und Löchern, in denen man Fuß fassen kann. An der Basis ist das Gebäude breiter als an der Spitze, also müssen wir einfach nur von einem Stockwerk zum nächsten klettern." Sogar in der Dunkelheit konnte sie das Glänzen in seinen Augen erkennen. "Komm, lass es uns versuchen!"

Noch bevor sie etwas erwidern konnte, kam er wieder auf die Beine und zog sie ebenfalls hoch.

"Wie gelange ich wieder zurück auf die Straße?", fragte sie. "Hinunterzuklettern ist wesentlich schwieriger als hinauf", erklärte sie. "Und denk nicht einmal daran, mir vorzuschlagen, ich solle springen", warnte sie.

"Dann darf ich dir den herkömmlichen Weg anbieten, meine Liebe, der darin besteht, durch das Innere des Hauses zu gehen."

"Das Innere? Du willst also in den Lebensraum anderer Leute einbrechen?", meinte sie mit einem bestürzten Stirnrunzeln.

"Falls erforderlich, durchaus. Wir sind immerhin Invasoren mit dem erklärten Ziel, diese Stadt zu beherrschen", grinste er und ging zu einer hölzernen Falltür. "Aber um deiner Aversion gegen widerrechtliches Betreten Rechnung zu tragen, werden wir zuerst nachsehen, ob man uns freiwillig Zutritt gewährt."

Und tatsächlich vernahmen sie kurz darauf unter ihnen ein Rumoren, bevor die Tür angehoben wurde und ein bärtiger Mann Mitte Sechzig zu ihnen aufsah.

"Was treibt ihr denn hier oben?", fragte er finster. "Solltet ihr nicht dort unten unterwegs sein?"

"Ja, das sollten wir", nickte Ram'an. "Kann ich dich dazu überreden, dass du uns durch dein Haus nach unten gehen lässt? Die Lady an meiner Seite erwartet ein Kind und sollte in der Dunkelheit keine Wände hinabklettern."

"Was dich offensichtlich nicht davon abgehalten hat, sie die Wand im Dunkeln *hinauf*klettern zu lassen", schlussfolgerte der Mann, trat aber beiseite, um sie die an der Falltür befestigte Leiter hinuntersteigen zu lassen.

"Vielen Dank", sagte Eryn und bedachte den Mann mit einem Lächeln. Dann folgte sie Ram'an nach unten und durch einen gemütlichen Hauptraum hinaus auf die Straße.

Rasch verschwanden sie in der nächstgelegenen schmalen Gasse und setzten ihren Weg zum Senatsgebäude fort.

"Wie viele hast du aus dem Spiel entfernt?", fragte ihn Eryn leise.

"Drei. Du?"

"Vier, plus die zwei, die wir gerade eben vom Dach aus losgeworden sind. Das macht neun weniger. Nicht übel. Wenn wir davon ausgehen, dass auch die anderen ein paar ausgeschaltet haben, ist sicherlich noch etwa ein Drittel übrig. Soweit ich Orrin kenne, hat er allein wahrscheinlich zehn rausgeworfen", überlegte sie. "Ich frage mich, ob Enric noch im Spiel ist."

"Das werden wir wohl bald genug herausfinden. So, wir haben jetzt noch zwei weitere offene Straßen zu queren, bevor wir den Platz rund um die Senatshalle erreichen. Die Erste liegt bereits vor uns." Er warf einen raschen Blick um die Ecke, dann zog er hastig den Kopf zurück. "Deine Frage, ob Enric noch immer im Spiel ist, kann ich bejahen."

Sie schluckte. "Um die Ecke?", formte sie mit ihren Lippen.

Er nickte. "Ausschalten?"

Sie zog eine Grimasse und wackelte mit dem Kopf. "Schwierig."

"Würdest du gerne?", wiederholte er seine Frage grinsend.

Sie überlegte kurz, dann nickte sie mit einem Seufzer. *Ihn* aus dem Spiel zu werfen war der wahre Sieg, da das Ergebnis des Spiels ohnehin bereits vorherbestimmt war.

"Wie?"

Ram'an dachte ein paar Augenblicke lang nach, dann sah er sie an. "Eine kleine Ablenkung. Spiel einfach mit. Sobald ich es dir sage, schießt du auf ihn."

"Warte!", sagte sie unterdrückt, "Mehr Informationen!"

"Keine Zeit, er nähert sich rasch", flüsterte Ram'an eindringlich und zog sie mit sich auf die Straße hinaus. "Komm schon, Eryn!", sagte er laut und zog sie an sich, bevor er seine Arme um sie schlang. "Sag mir nicht, dass du niemals wissen wolltest, wie es wäre, mich zu küssen! Nur ein Kuss, und ich werde dich nie wieder belästigen, das verspreche ich!"

Eryn verdrehte die Augen und fragte sich, ob Enric tatsächlich auf so eine plumpe Vorstellung hereinfallen würde.

"Hey!", hörte sie ihn verärgert ein paar Schritte links von ihnen rufen. Offensichtlich also doch. Nun, in diesem Fall verdiente er es nicht besser.

"Jetzt!", befahl Ram'an, und beide rissen ihre Arme hoch, um jeweils einen Blitz auf den großgewachsenen Magier zu schießen. Der erkannte einen Moment zu spät, dass er hereingelegt worden war.

Beide Geschosse trafen ihn direkt, und er stolperte ein paar Schritte rückwärts, bis er an eine Wand stieß und erschöpft zu Boden sank.

Eryn und Ram'an spazierten auf ihn zu, beide mit einem Grinsen im Gesicht, wenngleich aus unterschiedlichen Gründen.

"Sieh einer an! Nun, Aren, es scheint, als hätten wir dich wie einen großen Baum gefällt. Ich denke, das ist ein sehr gutes Beispiel für die vorteilhafte Kombination zweier gleichzeitiger Blitze, die du zu Beginn erwähnt hattest, nicht wahr?", meinte Ram'an spöttisch lächelnd. "Ich sehe dich dann beim Senatsgebäude, wenn du unseren Sieg anerkennst." Damit ergriff er Eryns Hand und zog sie mit sich. Besorgt, dass sie ihn verletzt hatten, warf sie einen Blick zurück zu Enric. Der zwinkerte ihr zu, rappelte sich auf und warf einen verärgerten Blick auf seine Handfesseln, die sich schwarz verfärbt hatten.

Innerhalb weniger Minuten erreichten sie die Rückseite des Senatsgebäudes. Eryn nickte langsam. Die Wand sah durchaus bezwingbar aus, selbst wenn man ihren gewölbten Bauch und ihre Tollpatschigkeit im Dunkeln berücksichtigte.

Ram'an ließ seine Finger über die unebenen Steine gleiten und winkte sie zu sich heran, als er eine Route zum nächsten Stockwerk gefunden hatte, die sie seiner Einschätzung nach bewältigen können sollte.

"Du beginnst hier. Das ist groß genug für deinen Fuß. Dann greifst du nach diesem Stein, platzierst deinen anderen Fuß hier und drückst dich nach oben. Der nächste Griff ist dieser etwas dunklere Stein dort oben leicht rechts, und dann kommt der Spalt weiter links. Siehst du das? Von dort aus solltest du den ersten Stock problemlos erreichen können. Benutze nicht deine Arme, um dich hochzuziehen, sondern schiebe dich mit deinen Beinen hoch. Das erfordert wesentlich weniger Stärke und Energie. Ich werde hier warten, bis du sicher oben angekommen bist. So kann ich dich auffangen, falls du abstürzt. Bist du soweit?"

Sie nickte und tat, wie ihr geheißen.

"Nicht mit den Armen hochziehen! Setz deine Beine ein!", rief er ihr ins Gedächtnis, als sie sich abmühte.

Erleichtert atmete sie aus, als sie das erste Dach erreichte und kauerte sich hin für den Fall, dass sich Mitglieder der Gegenseite in der Nähe herumtrieben.

Ram'an war eine Minute später neben ihr.

"Du kannst das wirklich gut. Warum?", fragte sie.

Er zog die Schultern hoch. "Im Gegensatz zu Vern hatte ich keinen furchteinflößenden Vater und wurde als Junge oftmals von anderen gejagt. Klettern erwies sich als recht brauchbare Fertigkeit, wenn es darum ging, Verfolger abzuschütteln."

Sie bezwangen die nächste Wand auf die gleiche Weise, ebenso die darauffolgende, bis es nur mehr ein Stockwerk zu erklimmen galt. Ein letztes Mal wies er sie an, auf welche Steine und in welche Spalten sie ihre Hände und Füße platzieren sollte, dann lächelte er. "Das Spiel wird in ein paar Minuten vorbei sein. Es hat mir großen Spaß gemacht, das hier mit dir zu tun. Erinnere dich bitte daran, wenn ich dich das nächste Mal zum Tee einlade, in Ordnung?"

Sie blinzelte, überrascht, dass er diesen Moment auserkoren hatte, um ihren Widerwillen, Zeit mit ihm zu verbringen, anzusprechen. Ohne ihm zu antworten wandte sie sich der Wand zu, um das letzte Hindernis zu überwinden, das dem Sieg im Wege stand.

Als Ram'an kurz darauf neben ihr stand, umrundeten sie das oberste Stockwerk, in dem sich die Senatshalle befand, um zum Vordereingang und damit der obersten Stufe zu gelangen.

Sie bogen um die letzte Ecke und kamen überrascht zum Stillstand, als eine Gestalt auftauchte, die sich unter Blitzen wegduckte, die von unten auf sie zuschossen. Völlig außer Atem erreichte der Mann mit rot schimmerndem Schild die oberste Stufe, ließ sich darauf niedersinken und riss beide Hände nach oben, während er einen Triumphschrei ausstieß. Er hatte soeben das Spiel für die Invasoren gewonnen.

Ram'an seufzte und starrte den Mann an. "Schade. Wir waren nur ein paar Sekunden zu langsam, um die Ehre des Sieges für uns zu beanspruchen. Aber das hier ist auch keine üble Wendung."

"Weshalb?", wollte sie wissen.

"Weil dieser Mann hier", meinte er lächelnd, "dein Cousin zweiten Grades ist. Er ist ein Mitglied von Haus Aren. Dein Gefährte wurde von einem Mitglied seines eigenen Hauses besiegt. Die Ironie dabei gefällt mir. Es ist sogar noch besser, als wenn seine Gefährtin ihn besiegt. Es wird den Leuten hier das Gefühl geben, sie hätten etwas vollbracht."

Eryn dachte kurz nach, dann nickte sie. Er hatte Recht. Es war wohl besser, wenn ein Einheimischer statt einer Fremden das Spiel gewann. Damit wurde es zu einem Sieg der Takhaner.

* * *

Der Mann sah zu den beiden Personen auf, die hinter ihm auftauchten, dann entspannte sich sein Gesichtsausdruck, als er ihre silbernen Handfesseln erkannte.

"Was macht ihr denn hier oben?", fragte er sodann.

"Wir haben versucht zu gewinnen, doch du bist uns zuvorgekommen", sagte Ram'an und nahm neben ihm Platz.

Eryn setzte sich auf seine andere Seite. "Hallo. Ich habe gerade erfahren, dass du mein Cousin bist. Gute Arbeit, wie du die Stufen gestürmt hast, Cousin. Wie ist dein Name?"

"Derbel", erwiderte er. "Es freut mich, dich offiziell kennenzulernen, Maltheá, die lieber Eryn genannt wird. Ich habe dich bereits das eine oder andere Mal gesehen."

Sie sahen nach unten zu dem Platz vor dem Gebäude, wo sich nun jede Menge ereignete. Eine Anzahl von Fackeln und Laternen wurde entzündet, sodass dieser Teil der Stadt bald wieder so aussah wie auch sonst um diese Zeit. Die Spieler beider Seiten - sowohl aktive mit roten und zuweilen sogar blau schimmernden Schilden, als auch diejenigen, die bereits ausgeschaltet worden waren - kamen aus verschiedenen Richtungen zusammen, unterhielten sich angeregt und deuteten zu den Stufen hinauf, wo die drei Personen saßen und die Geschehnisse von oben beobachteten.

"Wie geht es dir mit dem neuen Oberhaupt deines Hauses?", überfiel Eryn plötzlich ihren nichtsahnenden Cousin.

"Er macht sich gut. Danke der Nachfrage", erwiderte er höflich.

"Eryn", lachte Ram'an und schüttelte den Kopf. "Welche Antwort hast du darauf erwartet? Er kennt dich nicht, und es geht hier immerhin um deinen Gefährten. Selbst wenn Derbel mit der Situation nicht zufrieden wäre, würde er wohl nicht ausgerechnet dir davon erzählen."

Sie zuckte mit den Schultern. "Mag sein. Ich wollte nur wissen, ob er eine größere Plage ist als Malriel."

Damit entlockte sie Derbel ein Lächeln. "Das hängt wohl davon ab, wie man es betrachtet. Er ist nicht ganz so furchteinflößend, aber wir sind noch immer dabei, uns an seinen Führungsstil zu gewöhnen."

Das klang nicht allzu vielversprechend, dachte sie und fragte sich, ob Enric sich dessen bewusst war, dass sich zumindest ein paar der Mitglieder seines Hauses mit der Veränderung nicht besonders wohl fühlten.

Ihre Augen verengten sich, als sich jemand von einer Seite näherte.

"Ist das Golir von der Triarchie?"

Ram'an nickte. "Ja. Eine große Ehre. Ich schätze, er ist gekommen, um uns offiziell die Stadt zu übergeben und die Bedingungen der Kapitulation mit uns zu verhandeln", scherzte er.

Sie sah, wie Enric von der anderen Seite des Platzes herannahte, vor den Stufen auf den Triarchen traf und mit ihm die formelle Begrüßung durchführte. Ihre Worte konnte sie allerdings nicht verstehen, dafür waren sie zu weit entfernt. Orrin gesellte sich kurz darauf ebenfalls dazu. Er lächelte und akzeptierte womöglich gerade die Gratulation zum gewonnenen Spiel.

"Das ist großartig", sagte Derbel, dessen Atmung sich langsam wieder beruhigte. "Mir gefällt die Aussicht von hier oben. Es ist, als wäre man kaum mehr als ein unbeteiligter Zuseher anstatt sich inmitten dieses ganzen Tumults zu befinden."

Eryn nickte. "Ich weiß, was du meinst. Nachdem ich die Straßen durchstreift habe, angegriffen habe und angegriffen wurde, geflohen bin, mich versteckt habe und schließlich hier heraufgeklettert bin, würde ich mich lieber zurücklehnen und hier oben ein kaltes Getränk schlürfen anstatt dort hinunter zu gehen."

"Wir könnten einfach hierbleiben", schlug ihr Cousin ohne große Hoffnung vor.

In diesem Moment blickten sowohl der Triarch als auch die beiden Gruppenleiter zu ihnen auf, und Enric hob seinen Arm und winkte sie nach unten.

"Sieht schlecht aus", seufzte Eryn und kam langsam wieder auf die Beine. "Sollen wir dich als Ehrung für den großartigen Sieg, den du errungen hast, auf unseren Schultern nach unten tragen?", bot sie mit einem breiten Grinsen an.

"Der Tag, an dem ich mich von einer schwangeren Frau auf ihren Schultern tragen lasse, wird wohl kaum ein besonders triumphaler sein", lachte er und begann den Abstieg.

"Er hat Recht, das würde seinen Ruhm beträchtlich schmälern", stimmte Ram'an zu und ging ebenfalls nach unten.

Eryn seufzte und folgte ihnen. Grundsätzlich war es nett gewesen, wenngleich die Zusammenarbeit mit Ram'an nicht gerade ihrer Vorstellung eines amüsanten Spiels entsprochen hatte. Enric auszuschalten hatte sich allerdings fantastisch angefühlt, musste sie zugeben.

Sie bemerkte, wie sich die vielen Gesichter auf dem Platz in ihre Richtung wandten, als sie die Stufen hinabstiegen. Unter den Invasoren brach spontaner Applaus aus. Sie stimmte mit ein, ebenso Ram'an. Derbel wirkte mehr als nur ein wenig verlegen ob all der Aufmerksamkeit, die ihm plötzlich zuteilwurde.

Eryn spürte einen schalkhaften Impuls in sich aufsteigen und entschied, dass dies genau die richtige Gelegenheit war, um sich ein wenig zu amüsieren. Ein paar Stufen bevor sie auf gleicher Höhe mit den anderen gewesen wäre, hielt sie an und räusperte sich. Dann veränderte sie die Luftströme, um ihren Worten eine größere Reichweite zu verleihen.

"Wir grüßen euch, Bürger von Takhan!", rief sie aus. "Eure Stadt wurde bezwungen, aber das bedeutet nicht, dass sich euer Leben, wie ihr es kennt, ändern muss. Wenn ihr eure Tribute bezahlt und uns auf die Weise verehrt, wie es uns zusteht, werden wir davon Abstand nehmen, euch zu misshandeln und zu demütigen! Sofern ihr euch uns nicht entgegenstellt, werden wir barmherzige Herrscher sein und euch in ein neues Zeitalter des Fortschritts und des Friedens führen!"

"Das ist eine beträchtliche Erleichterung", bemerkte Golir trocken. "Ich betrachte es durchaus als wünschenswert, wenn der Übergang der Herrschaft glatt und ohne jegliche Misshandlung oder Demütigung vonstatten geht."

Eryn nickte huldreich. "Es ist uns ein Anliegen, unseren neuen Untertanen Freude zu bereiten."

Enric griff nach ihrer Hand und zog sie neben sich. "Stehen mir als Vater deines Kindes unter diesem neuen Regime irgendwelche besonderen Privilegien zu?"

"Das hängt von deinem Verhalten ab, Untertan", erwiderte sie erhaben. "Aber solange ich mehr oder weniger unter deinem Dach lebe, werde ich dir eine gewisse Sonderbehandlung angedeihen lassen."

"Ich bin froh, das zu hören", nickte er. "Sehr großzügig von dir. Eine gewisse Milde ist eine durchaus attraktive Eigenschaft bei Eindringlingen."

"Ja, nicht wahr? Ihr werdet damit beginnen, uns eure Wertschätzung zu demonstrieren, indem ihr dieses Abendessen kocht, das du uns erst kürzlich versprochen hast."

"Unbedingt. Nicht einmal im Traum käme ich auf die Idee, mich da herauswinden zu wollen." Dann wandte er sich an ihren Cousin. "Gut gemacht, Derbel. Du wirst morgen Abend unser Ehrengast sein. Offensichtlich bedarf es eines Aren, um einen anderen zu besiegen."

Daraufhin verdrehte Eryn die Augen. "Ich bin froh, dass du dermaßen stolz auf dein neues Haus bist."

"Ich gehe davon aus, dass ich nun die Barriere um euer Spielfeld entfernen kann?", fragte Golir.

"Aber natürlich", nickte Enric. Er wartete, bis der Triarch die Barriere entfernt hatte, bevor er seine Handgelenke hob. "Und die Armfesseln, wenn du so gut wärst."

Als nächstes entfernte er Orrins Armschienen und verkündete dann: "Ihr könnt nun entweder zu mir oder zu Orrin kommen, um euch die Fesseln abnehmen zu lassen. Wir werden keinen Unterschied zwischen Invasoren oder Verteidigern machen, also ist es egal, zu wem ihr geht." Er wandte sich an Eryn, um zuerst ihre und dann Derbels Handfesseln zu entfernen. "Ihr beiden könnt helfen, dann geht es schneller."

"Fantastisch", seufzte sie und berührte Ram'ans Armschienen, als er sie ihr entgegenstreckte, damit sie sie öffnete. "So viel zu meinem neuen Status als uneingeschränkte Herrscherin", murrte sie. "Jetzt muss ich tatsächlich *arbeiten*."

"Wäre nicht ohnehin *ich* als Anführer der Invasoren der uneingeschränkte Herrscher?", warf Orrin ein.

Eryn schnaubte. "Wohl kaum! Wir können wohl kaum einen fremdländischen Barbaren über Takhan herrschen lassen!"

"Du bist auch eine fremdländische Barbarin", entgegnete er.

"Wohl wahr", gab sie zu. "Aber ich sehe nicht wirklich fremdländisch aus, also könnte ich damit durchkommen, die Position der grandiosen herrschenden Gebieterin einzunehmen."

Golir beobachtete diesen Wortwechsel mit einem zweifelnden Blick, dann meinte er langsam: "Warum überlasst ihr die Herrschaft über die Stadt nicht einfach der Triarchie, bis ihr euch darauf geeinigt habt, wer von euch beiden diese Aufgabe übernehmen soll?"

"Ein vernünftiger Vorschlag!", stimmte Eryn sogleich zu. "Ich befinde ihn für gut. Wir beauftragen dich hiermit, diesen Ort nach bestem Verständnis und gemäß deinen Fähigkeiten am Laufen zu halten."

Enric schüttelte den Kopf über sie. "Du kommst mir etwas leichtsinnig vor. Es wird wohl Zeit, dich ins Bett zu bringen."

Eryn lächelte, als sie Vran'el herannahen sah. "Hey, du!"

"Herzblatt", erwiderte er mit einem Lächeln. "Gut gemacht." Dann wanderte sein Blick zu Ram'an, und seine Augen verengten sich.

"Soll ich dir die Handschellen abnehmen, oder soll Neval das morgen übernehmen?", grinste sie.

Ihr Bruder hob seine Handgelenke, damit sie die Hemmnisse entfernen konnte und nickte dankbar. Er drehte sich um und wollte davongehen, blieb aber noch einmal stehen und wandte sich ihr zu.

"Vater weiß nicht, dass du an diesem Spiel teilgenommen hast. Bis morgen wird er es allerdings herausgefunden haben, und ich muss dich warnen, dass er davon nicht angetan sein wird. Sei einfach nur darauf vorbereitet, wenn du ihm in der Klinik begegnest, in Ordnung?"

Eryns Brauen zogen sich zusammen, als sie nickte. "Nicht, dass er irgendein Recht hätte, hier Einspruch zu erheben, möchte ich anmerken."

Vran'el lächelte, aber ohne jede Spur von Freude. "Herzblatt, ich fürchte, du hast vollkommen andere Vorstellungen als er, wenn es darum geht, welche Rechte er hat oder nicht hat. Seiner Ansicht nach ist er dein Vater, während du genau das fortwährend von dir weist. Es scheint, als stünde dir eine Situation bevor, in der sich das als massive Hürde erweisen wird."

Eryn bemerkte, wie ihre heitere Laune von der Aussicht gedämpft wurde, am nächsten Morgen einem verstimmten Valrad gegenübertreten zu müssen. Sich mit seinen Gefühlen herumschlagen zu müssen würde es umso beschwerlicher machen, weiterhin ruhig und gelassen zu bleiben.

KAPITEL 12

Therapie

Eryn bedeckte ihr Gesicht mit einem Kissen, als Enric die Vorhänge aufzog. Die hatte er extra anfertigen lassen, da so etwas in dieser Gegend nicht üblich war. Doch die Sonne ging hier so verdammt früh auf, dass auf diese Weise zumindest eine weitere Stunde Schlaf möglich war.

"Zeit aufzustehen, Liebste", verkündete er, viel zu wach für ihren Geschmack.

"Ich will nicht", jammerte sie. "Ich werde heute zuhause bleiben. Sag einfach, ich sei krank, in Ordnung?"

"Das ist kaum eine plausible Ausrede für eine Heilerin, würde ich meinen. Und es würde Valrad wahrscheinlich veranlassen hierher zu stürmen, um zu sehen, was dir fehlt anstatt dich vor seiner Gesellschaft zu bewahren. Zumindest gehe ich davon aus, dass es das ist, worum es dir geht?"

"Ich habe keine Ahnung, wovon du sprichst", beharrte sie starrköpfig.

"Dann hat das hier also nichts mit dem zu tun, was Vran'el zum Abschied über Valrad und dessen Einstellung zu deiner Teilnahme am Spiel gesagt hat?"

Sie seufzte und schob das Kissen von ihrem Gesicht. "Vielleicht. Nicht, dass es mich kümmert, was er zu sagen hat. Es ist nur so, dass die Zusammenarbeit mit ihm noch mühsamer als sonst ist, wenn er schlechte Laune hat."

Enric nickte langsam. Er war drauf und dran ihr zu sagen, sie solle sich mehr öffnen und ihrem Vater zeigen, was in ihrem Inneren vorging, doch er wusste, dass dies bei ihr nur Ärger auslösen würde. Somit schwieg er.

"Frühstück?", fragte er stattdessen. "Das klingt, als würdest du heute jede Menge Kraft brauchen."

Sie nickte und schob ihre Decke zur Seite um aufzustehen.

"Sind noch Brötchen übrig?"

"Erst heute Morgen wurde eine frische Ladung geliefert."

Ihre erleichterte Reaktion entlockte ihm ein Grinsen, und er sah zu, wie sie sich über eine Truhe beugte und eine Tunika und eine Hose herauszog. Er würdigte die Aussicht. Der Vorabend fiel ihm wieder ein, wo sie den Triarchen neckte und einmal mehr ihre leichtfertige Haltung einer Autorität gegenüber demonstriert hatte. Unglücklicherweise schienen ihre Sorgen sie nun wieder eingeholt zu haben. Er war etwas beunruhigt darüber, was Valrad wohl für nötig befinden würde, ihr mitzuteilen. Sie würde nicht gut darauf reagieren, wenn er in eine Rolle schlüpfte, die sie ihm nicht zugestand, bei der er aber davon überzeugt war, dass sie ihm zustand. Und ebenso wenig würde sie es schätzen, wenn er ihr erklärte, was sie nicht hätte tun sollen.

Das lehnte sie schon bei ihren Vorgesetzten im Orden ab, und bei einem Mann, gegen den sie erheblichen Groll hegte, würde sie es noch weniger begrüßen.

Auch überlegte er, wie die Tatsache, dass er ihr die Teilnahme am Spiel gestattet hatte, seine eigene Beziehung zum Oberhaupt von Haus Vel'kim verändern würde. Womöglich hatte Valrad auch ihm das eine oder andere zu sagen. Es schadete wohl nicht, sich darauf vorzubereiten und sich eine Strategie zurechtzulegen, wie sich mit der Situation umgehen ließ, ohne dass die Beziehung zwischen ihren Häusern in Mitleidenschaft gezogen wurde.

Wehmütig dachte er an die Geschäftsbeziehungen, die er zuhause unterhielt, wo persönliche Verbindungen als Hindernis betrachtet und daher so gut wie möglich vermieden wurden. Dieser Luxus wäre hier enorm hilfreich.

Eryn schlüpfte in ihre Kleidung und ging aus dem Schlafzimmer hinaus zum Hauptraum, wo die Diener bereits ihr Frühstück in Form einer großen Schüssel mit verschiedenen Früchten vorbereitet hatten.

Orrin saß bereits dort und nickte ihr zu, als sie eintrat.

"Guten Morgen."

"Gleichfalls", erwiderte sie und ließ sich auf das Kissen neben ihm plumpsen. "Schläft deine Gefährtin noch?"

"Ja. So wie meistens hat sie die ganze Nacht kein Auge zugetan und wurde dann in den frühen Morgenstunden von der Erschöpfung übermannt. Es wird Zeit, dass dieses Kind zur Welt kommt, wenn du mich fragst."

"Sie hat noch immer einen ganzen Monat Zeit", widersprach Eryn. "Es ist nicht gut für ein Kind, wenn es zu früh geboren wird. Ihr beide werdet also einfach noch ein wenig durchhalten müssen."

"Ich freue mich schon sehr darauf, wenn ich dir deine Worte in ein paar Monaten wieder zurückwerfen kann", seufzte er und stellte seine leere Schüssel beiseite.

"Besser nicht", riet sie ihm mit einem schiefen Grinsen. "Ich verspreche dir, dass ich nicht gut darauf reagieren werde."

"Nun, zumindest hast du mich gewarnt", nickte er und stand auf. "Ich muss los. Die Triarchen haben Enric und mich eingeladen, das gestrige Spiel zu besprechen." Er blickte auf, als Enric den Hauptraum betrat. "Können wir aufbrechen?"

Enric nickte. "Ja, ich bin bereit." Er ging zu Eryn, beugte sich zu ihr hinab und küsste sie auf die Stirn. "Auf Wiedersehen, Liebste. Wir sehen uns am Nachmittag. Lass mich wissen, wie dein Tag mit Valrad verlaufen ist, sobald du wieder zurück bist."

Widerwillig stimmte sie zu. "In Ordnung."

* * *

Eryn schloss die Tür zu ihrem üblichen Behandlungsraum und spürte sofort, dass sich die Stimmung im Zimmer gewandelt hatte. Valrad war über eine Patientenakte gebeugt und ignorierte sie nach ihrem Eintreten einige Sekunden lang. Als er ihre Anwesenheit schließlich zur Kenntnis nahm, lehnte er sich zurück und betrachtete sie ernst.

"Setz dich", befahl er.

Nun, dachte sie, zumindest würden sie es jetzt gleich zur Sprache bringen. Sie verschränkte die Arme.

"Ich würde lieber stehen, wenn es dir nichts ausmacht."

"Es macht mir etwas aus."

Sie presste die Lippen aufeinander und überlegte, wie sie es vermeiden konnte, sich ihm offen zu widersetzen ohne ihn gleichzeitig denken zu lassen, sie würde solch eine Behandlung einfach akzeptieren. Eine heikle Sache. Sie ging zu einem Tisch, der an der Wand ihm gegenüberstand und nahm dort Platz.

"Ich sitze", sagte sie ruhig und wappnete sich.

"Ich habe erfahren, dass du an diesem Spiel teilgenommen hast, das dein Gefährte und Orrin arrangiert haben."

"Das habe ich", bestätigte sie und verschränkte die Arme. "Und?" Sie sah, wie sich seine Kiefermuskeln anspannten.

"Ich bin damit nicht einverstanden."

"Dafür ist es nun ein wenig spät, meinst du nicht?", sagte sie leichthin und zuckte zusammen, als seine Faust krachend auf den Tisch vor ihm landete.

"Schweig!", donnerte er und blitzte sie an. "In deinem Zustand war das närrisch! Hast du eine Ahnung, was alles passieren hätte können? Auf Dächer zu klettern, zu laufen und herumzuspringen sind keine Aktivitäten, die für schwangere Frauen empfehlenswert sind! Du bist eine Heilerin, warum war dir das nicht klar? Warum hast du mein Enkelkind solchen Gefahren ausgesetzt?"

Sie starrte ihn an, wurde sich des Ärgers gewahr, den er ausstrahlte.

"Erstens bin ich, wie du selbst sagst, eine Heilerin", meinte sie gefasst. "Das bedeutet, dass ich das Risiko bewertet und entschieden habe, dass es nicht groß genug war, um nicht am Spiel teilzunehmen. Zweitens bin ich in der Lage, jeglichen Schaden zu heilen, der mir während des Spiels zustoßen hätte können. Und drittens ist dies kaum eine Angelegenheit, die *dich* in solch einem Ausmaß betrifft, da wir hier von *meinem* Kind sprechen. Ich habe hier das Sagen und bin auch für seinen Schutz verantwortlich."

"Kaum eine Angelegenheit, dich mich in solch einem Ausmaß betrifft", wiederholte er langsam ihre Worte. Er stand von seinem Stuhl auf, ging auf sie zu. Sie zuckte zusammen, als er sie bei den Schultern packte. "Mir ist durchaus bewusst, dass es dir nicht leichtfällt, dich an die jüngsten Veränderungen in deinem Leben anzupassen. Das bedeutet allerdings nicht, dass du ein grenzenloses Recht auf törichtes Verhalten hast", fauchte er. "Ich bin das Oberhaupt deines Hauses und dein Vater. Das bedeutet, dass es mir zusteht, verbindliche Einwände zu erheben, wenn ich deine Handlungen als unvernünftig erachte", betonte er, während er ihr geradewegs in die Augen starrte.

Eryn tat einen beruhigenden Atemzug und ließ die Luft langsam entweichen. "Das Oberhaupt meines Hauses magst du wohl sein, Valrad, aber das gibt dir wohl kaum das Recht, meine persönlichen Entscheidungen, die dich nichts angehen, zu beeinflussen oder Einspruch dagegen zu erheben."

"Ich bin auch dein Vater", wiederholte er, als sie diese Tatsache unkommentiert ließ.

"Nein", widersprach sie mit all der Gelassenheit, die sie aufzubringen vermochte. "Das bist du nicht. Du bist einer von vielen Männern, die eine Affäre mit Malriel hatten. Und das ist allein deine Angelegenheit. So viel gestehe ich dir zu, und im Gegenzug wirst du mir erlauben, mein Leben so zu führen, wie ich es für angeraten halte - ohne ungebetene Einmischung. Sollte ich hinsichtlich meiner Schwangerschaft deines medizinischen Rates bedürfen, werde ich dich darum bitten. Solange ich das nicht tue, wäre ich dankbar, wenn du ihn mir nicht aufzwingst."

Valrad schloss für einen Moment die Augen, als müsste er sich zwingen, seine Fassung nicht zu verlieren. Nachdem er sie wieder geöffnet hatte, schimmerte darin Entschlossenheit. Er nahm seine Hände von ihren Schultern und trat zurück.

"Eryn, ich habe jetzt lange genug dabei zugesehen, wie du dich weigerst, dich mit diesen neuen Umständen auseinanderzusetzen. Und ich habe deine Unnahbarkeit mir gegenüber erduldet. Weder ist das gesund, noch bin ich willens, es noch länger hinzunehmen. Solch eine Einstellung ist weder dir selbst zuträglich, noch deiner Familie oder deiner Beziehung. Ich verpflichte dich hiermit, Iklan zweimal die Woche zu treffen, bis er entscheidet, dass du in der Lage bist, diese Situation auf eine positivere Art und Weise zu handhaben."

Kurz dachte sie über seine Worte nach, dann zuckte sie mit den Schultern. "Seit ich hier zu arbeiten begonnen habe, treffe ich Iklan bereits häufiger als zweimal die Woche. Wir essen regelmäßig gemeinsam in der Kantine", erklärte sie.

Valrad starrte sie einige Sekunden lang an, dann blinzelte er. "Kann es sein, dass du mich falsch verstanden hast? *Ihn treffen* bedeutet, dass du in sein Behandlungszimmer gehst, dich eine Stunde lang mit ihm zusammensetzt und mit ihm an den Themen arbeitest, die dich belasten."

"Was?" Vollkommen verwirrt blinzelte sie. "Behandlungszimmer? Wofür? Ich bin kerngesund! Ich untersuche mich regelmäßig, und sowohl dem Kind als auch mir geht es gut. Wovon sprichst du? Und was lässt dich glauben, du könntest mir irgendeine Art von Behandlung aufzwingen? Nicht einmal im Zuge dieser vermeintlichen Vaterrolle, in die du mit so viel Begeisterung schlüpfst, stünde es dir zu, mich zu so etwas zu nötigen!"

"Vielleicht nicht als dein Vater", erwiderte er kalt, "aber als dein Vorgesetzter liegt das durchaus in meiner Macht, sofern ich der Ansicht bin, dass du dank deiner derzeitigen Geistesverfassung ungeeignet bist, Patienten ohne Aufsicht zu behandeln. Ich habe das bereits mit dem Oberhaupt der Klinik abgeklärt. Dein erster Termin mit Iklan ist heute nach deiner Schicht. Ich würde dir raten, ihn einzuhalten. Andernfalls könnte man dir dein Abzeichen wegnehmen."

Sie schnappte nach Luft und starrte ihn mit offenem Mund an. Ihre Hand schoss zu der silbernen Nadel über ihrem Herzen, umschloss das Schmuckstück besitzergreifend.

"Das würdest du nicht!", zischte sie.

Er zog eine Augenbraue hoch. "Zwing mich nicht dazu, dir zu beweisen, dass meine Drohungen ernstzunehmen sind, mein liebes Kind. Solltest du Zweifel an meiner Entschlossenheit hegen, dann sprich mit deinem Bruder und hör dir von ihm an, wie ich unangenehme Maßnahmen durchsetze."

Eryn spürte, wie ihr die Haare an ihren Armen zu Berge standen und fröstelte plötzlich trotz des warmen Zimmers. Ungläubig schüttelte sie langsam den Kopf, während ihre Handflächen über ihre Unterarme rieben.

"Warum?", wollte sie ermattet wissen. "Warum kannst du mich nicht einfach in Frieden lassen?"

Sie hörte, wie er ausatmete.

"Weil ich nicht länger zusehen kann, wie du diesen Schmerz in dir vergräbst, anstatt dich damit auseinanderzusetzen", sagte er sanft. "Du schadest dir damit. Und zwar erheblich. Du ziehst dich von den Leuten zurück, die dir nahestehen und verbringst mehr und mehr Zeit allein. Das ist eine gefährliche Entwicklung, der ich nicht länger zusehen werde. Du brauchst Hilfe, und wenn du sie nicht freiwillig akzeptierst, dann werde ich es dir befehlen. Das ist die Verantwortung einer Familie, Eryn. Wir kümmern uns um einander, ganz egal, ob du mich derzeit als deinen Onkel oder deinen Vater betrachtest."

"Wenn ich mich weigere", sagte sie langsam, öffnete ihre Augen und starrte auf den Boden, "wirst du mir die Befähigung entziehen? Denkst du nicht, dass mir das noch mehr Schmerz bereiten wird?"

"Ich weiß, dass es das wird. Aus diesem Grund hoffe ich, dass es sich für dich als starke Motivation erweist, mit Iklan zu arbeiten. So kannst du vermeiden zu verlieren, wofür du so hart gearbeitet hast", nickte er.

"Und mich zu zwingen ist deine Herangehensweise, um an unseren Familienbanden zu arbeiten? Wirklich?" Ungläubig sah sie zu ihm auf.

"Ja", antwortete er milde, "das ist meine Hoffnung."

Eryn blickte in seine braunen Augen, die denen seines Bruders - ihres Vaters - so sehr ähnelten.

"Ich hasse dich", sagte sie bedächtig und empfand düstere Freude an dem Schmerz, den sie bei ihm wahrnahm.

"Ich weiß. Aber dieses Problem hat sich nicht erst dadurch ergeben, dass ich dich zu Iklan schicke, sondern ist der Grund, weshalb ich es arrangiert habe." Er wandte sich um, ging die paar Schritte zu seinem Schreibtisch und nahm eine Patientenakte zur Hand, die er ihr reichte. "Nun nimm dir ein paar Minuten Zeit, um dich zu sammeln, bevor ich den ersten Patienten hereinrufe."

Sie klammerte sich an die Akte, als wäre es ein Rettungsring, der sie in den Gefilden der Realität treiben ließ und verhinderte, dass sie in den tiefen Wassern dieses absurden Traums versank, in dem sie sich gefangen fühlte. Sie zwang sich, gleichmäßig zu atmen und öffnete den Deckel, starrte die erste Seite eine Weile blicklos an, bis sich zuerst Buchstaben und dann Worte vor ihren Augen zu verbinden begannen.

Für den Moment musste sie das beiseite schieben, beschwor sie sich. Hier und jetzt die Gemütsruhe zu verlieren würde Valrad nur in seiner vollkommen falschen Annahme bestätigen, dass sie dringend irgendeine Art von Behandlung benötigte.

*   *   *

Eryn schritt den Korridor in der Klinik entlang, ihr Gesicht eine Maske der Starrköpfigkeit. Valrad war direkt hinter ihr. Offensichtlich vertraute er nicht darauf, dass sie ihre Verabredung mit Iklan einhielt und wollte sichergehen, dass sie ihn tatsächlich aufsuchte. Sie ignorierte ihn und stieg die Treppe zu dem Stockwerk empor, in dem sich der Behandlungsraum befand.

Er war einer von nur wenigen Heilern in der Klinik, die einen Raum für sich allein hatten, und noch dazu mit einer Assistentin, die in einem Vorzimmer saß, um zu regeln, wer eintreten durfte. Sie erinnerte sich an die junge Frau noch von ihrem ersten Besuch vor einigen Monaten.

"Ah, Eryn", lächelte sie. "Du kommst gerade richtig. Geh nur hinein. Iklan erwartet dich bereits. Valrad", nickte sie.

Eryn seufzte. Dann wandte sie sich der angezeigten Tür zu, öffnete sie ohne zu klopfen, ging hinein und schlug sie Valrad vor der Nase zu.

Iklan blickte von seinem Schreibtisch auf und lächelte. "Guten Tag, Eryn. Valrad wollte nicht noch kurz hereinkommen?"

"Nein", lautete ihre knappe Antwort.

Der Heiler nickte langsam. "Ich verstehe." Er erhob sich von seinem Stuhl, trat auf sie zu und küsste ihre Hand. "Dann nehmen wir doch Platz und sprechen darüber, wie das hier ablaufen wird."

Eryn blieb stehen und verschränkte die Arme. "Soweit ich es verstehe, beabsichtigst du, meine Verachtung für den Mann fortzuheilen, der sich selbst als meinen Vater bezeichnet", warf sie ihm vor. "Oder du willst es zumindest versuchen. Ich frage mich, ob deine Fertigkeiten den Untiefen meiner Abneigung gewachsen sind."

Iklan sah sie bestürzt an. "Deine Verachtung fortheilen...?" Mit einem empörten Gesichtsausdruck schüttelte er den Kopf. "Selbst wenn ich es könnte, würde ich Emotionen nicht einfach so verschwinden lassen! Sie sind ein Ausdruck erfüllter und unerfüllter Bedürfnisse und Wünsche; sie einfach so zu entfernen wäre leichtfertig und würde die Heilerprinzipien verletzen! Das wäre, als würde man den Schmerz einer Wunde lediglich betäuben, damit sie nicht länger unangenehm wäre, anstatt sie zu heilen." Als sie daraufhin erleichtert wirkte, wanderte seine Augenbraue nach oben. "Aber ich kann mir nicht vorstellen, dass Valrad dir zu verstehen gab, ich würde so etwas tun. Er weiß es besser."

Eryn seufzte und ließ sich auf die Kissen auf dem Boden fallen. "Nein, das hat er nicht, du hast Recht. Bei dieser Vermutung bin ich angelangt, als er mir sagte, ich müsse einen konstruktiveren Weg finden, mit meinen ungeklärten Themen umzugehen."

Sie beobachtete, wie er sich links von ihr niederließ; nicht zu weit entfernt, um es unpersönlich wirken zu lassen, aber auch nicht so nahe, als dass sie sich bedrängt fühlte.

"Ein Leiden zu heilen ist nicht der einzige Weg, sich darum zu kümmern", erklärte er ruhig. "Zuweilen muss es einfach von selbst heilen und benötigt nur einen behutsamen Schubs in die richtige Richtung."

"Abgesehen davon, dass ich mich selbst nicht als *leidend* betrachte, ist dies dann wohl vergleichbar mit Krankheiten, die man nicht vollständig heilt, sondern den Körper nur mit den richtigen Nährstoffen und Heilkräutern soweit stärkt, dass er sich aus eigener Kraft erholt und somit in Zukunft weniger anfällig ist?"

Darüber dachte er kurz nach, bevor er sagte: "So habe ich es noch nie betrachtet, aber ich schätze, das ist ein brauchbarer Vergleich. Nur dass ich nicht mit Kräutern oder dergleichen arbeite, sondern mit Worten." Ihr zweifelnder Blick brachte ihn zum Lächeln. "Ich kann sehen, dass du mit dem Konzept, mit Worten zu heilen, nicht vertraut bist?"

"Du meinst, indem man ein magisches Lied singt? Ich habe gehört, dass magische Musik dazu benutzt werden kann, um die Heilung zu beschleunigen."

Er schüttelte den Kopf. "Nein, Eryn, es ist nichts dergleichen. Hierbei kommt keinerlei Magie zum Einsatz. Wir werden *reden*."

Eryn fragte sich, ob er vielleicht unter der Hitze litt, weil er über Mittag zu viel Zeit draußen im Freien verbracht hatte, ohne sich vor der Sonne zu schützen.

"Du willst mich heilen, indem du mit mir redest?", fragte sie langsam. Das klang vollkommen durchgeknallt.

"Nicht ganz. Ich werde dir helfen, dich selbst zu heilen, doch vorwiegend wirst *du* diejenige sein, die mit mir redet. Der Gedanke ist, dass du mich dabei unterstützt, wenn ich dir helfe, dir selbst zu helfen."

Sie starrte ihn an. Das klang sogar noch bescheuerter. "Ich soll den Großteil des Redens übernehmen. Und all das zählt als *Arbeit*, für die man dich tatsächlich *bezahlt*?", fragte sie vorsichtig.

Sie blinzelte, als er in Gelächter ausbrach.

"Stell dir vor, das tut man tatsächlich", nickte er.

"Ich bin ein klein wenig skeptisch, um vollkommen ehrlich zu sein."

Er nickte. "Ja, das ist mir nicht verborgen geblieben. Und ich bedanke mich, dass du es so diplomatisch formulierst. Mir ist durchaus klar, dass du nicht freiwillig hier bist, dass dich dein Vater dazu gezwungen hat. Ich habe ihm davon abgeraten, doch er sagte, er sähe keinen anderen Weg, um dich dazu zu bringen, dass du zu mir kommst. Für ihn gestaltet sich all das natürlich einfach. Er denkt, er habe seine Pflicht erfüllt, indem er zusieht, dass du behandelt wirst. Mein Problem ist nun, dass ich eine immens unwillige Patientin habe, die überhaupt nicht mit mir zu arbeiten wünscht. Das macht die Sache erheblich schwieriger als bei bereitwilligen Patienten."

"Ich bin nicht deine *Patientin*", widersprach sie ihm. "Besonders, da ich das, was du hier tust, nicht ernsthaft als *Behandlung* betrachte."

"In Ordnung, dann lass uns einen anderen Namen für unsere Beziehung finden, was meinst du? Juristen verwenden gerne den Begriff *Klient*. Im Gegensatz zu einem Kunden hat ein Klient Anspruch auf absolute Vertraulichkeit, genau wie es auf einen Patienten zutrifft. Würdest du dich damit wohler fühlen?"

Kurz überdachte sie seinen Vorschlag, dann nickte sie zurückhaltend. "Also gut, dann halt Klientin. Lass mich etwas klarstellen, nur um sicherzugehen, dass ich hier nichts missverstanden habe. Ich komme zweimal pro Woche für eine Stunde zu dir und unterhalte mich mit dir, was deiner Ansicht nach einer Behandlung gleichkommt, die mich in die Lage versetzen soll, mit meinen ungelösten Problemen fertigzuwerden. Das wird so lange weitergehen, bis du mich als geheilt erachtest."

Er nickte. "So könnte man es wohl zusammenfassen, wenngleich deine Formulierung auf ein klein wenig Verbitterung schließen lässt."

Seine Bemerkung ignorierend fuhr sie fort: "Was passiert, wenn ich beim nächsten Mal nicht auftauche?"

"Dann bin ich dazu verpflichtet, dies dem Oberhaupt der Klinik zu melden, ebenso wie dem Heiler, der die Behandlung angeordnet hat, nämlich Valrad. Ich wage zu behaupten, dass Letzterer dich über die Maßnahmen informiert hat, die er zu setzen gedenkt, sofern du die Kooperation verweigerst."

Er würde ihr das Abzeichen wegnehmen, wie sie sich nur allzu deutlich erinnerte.

"Ausgezeichnet. Da wir die allgemeinen Voraussetzungen geklärt haben, können wir ja nun beginnen, nicht wahr?", schlug sie mit übertriebenem Enthusiasmus vor. "Wie gehen wir die Sache denn nun an?"

"Ich würde sagen, du erzählst mir von den Dingen, die dir derzeit durch den Kopf gehen", schlug er vor.

Sie nickte. "In Ordnung, das kann ich tun. Erst gestern kam ein Brief aus Anyueel an. Er war von Vyril, Lord Tyronts Gefährtin. Lord Tyront ist der Anführer des Ordens, aber ich glaube, das ist hier mittlerweile allgemein bekannt. Wie auch immer, seine Gefährtin arbeitet mit mir, oder eher für mich, da ich sie dafür bezahle, das Waisenhaus in der Stadt zu betreiben. Sie schrieb, dass alles fabelhaft läuft, dass die Bauarbeiten fertiggestellt wurden und die Unterrichtspläne und Organisation der Essensversorgung bislang gut funktionieren. Sie hat damit begonnen, auf Handwerker überall in der Stadt zuzugehen um nachzufragen, ob sie willens wären, Waisen als Praktikanten oder Lehrlinge aufzunehmen, sobald sie alt genug dafür sind. Wir denken beide, dass es eine Sache ist, Kinder in einer gesunden Umgebung aufwachsen zu lassen. Ebenso essentiell ist es aber, ihnen das Erlernen eines Berufs zu ermöglichen, damit sie sich hinterher selbst versorgen..." Sie unterbrach, als Iklan eine Hand hob.

"Eryn, als ich zu dir sagte, du sollst mir erzählen, was dir durch den Kopf geht, hatte ich eher an persönliche Angelegenheiten gedacht. Wie zum Beispiel, wie es dir damit ergeht, dass du erfahren hast, dass Valrad dein Vater ist, oder dass du trotz deines Entschlusses, keine Kinder zu haben, schwanger wurdest. Sachen dieser Art."

Sie sah ihn an, ihre Miene verdutzt. "Das sind aber sehr persönliche Themen", betonte sie.

Er entließ einen Seufzer und erwiderte: "Das ist die Art von Behandlung, die ich durchführe: die Auseinandersetzung mit persönlichen Angelegenheiten, die eine Belastung darstellen und beigelegt werden müssen."

Eryn zog die Stirn in Falten und ließ ihre Augen wandern, zuerst über die kostspielig wirkende Einrichtung, dann die vielen Bücher, die eine ganze Wand einnahmen. Über die beiden Dinge zu sprechen, die er gerade erwähnt hatte, war sicherlich nicht die Richtung, in die sie gehen wollte. Das ging ihn überhaupt nichts an.

"Nun, da gibt es eine Sache, bei der ein wenig Unterstützung hilfreich wäre", sagte sie dann. "Vran'el nennt mich ständig *kleine Schwester*. Das nervt mich. Ich habe schon mehrmals versucht ihm zu sagen, er soll das unterlassen, aber es scheint ihm nur noch mehr Spaß zu machen, wenn ich mich beschwere. Dann habe ich versucht, es zu ignorieren in der Hoffnung, dass es ihn irgendwann langweilt, mich damit aufzuziehen. Aber er redet mich noch immer damit an. Ich wäre dankbar, wenn du mit ihm darüber sprechen könntest."

Sie sah, wie Iklan langsam ausatmete. Er wirkte, als stünde seine Geduld auf dem Prüfstand. "Ich fürchte, das geht nicht ganz konform mit meiner Rolle. Meine Aufgabe ist es nicht, loszuziehen und deine Probleme mit anderen Leuten zu lösen. Es scheint, als hätte ich mich hier nicht eindeutig ausgedrückt, als ich es erklärte."

"Dann sag mir zumindest, was ich zu ihm sagen soll", verlangte sie.

"Das fällt ebenfalls nicht in meine Zuständigkeit."

"Was genau tust du denn dann eigentlich?", fragte sie frustriert. "Offensichtlich hast du weder vor, meine Probleme zu lösen, noch mir zu sagen, wie ich es selbst tun kann!"

"Ich kann dir keine vorgefertigte Lösung präsentieren, da es *meine* Lösung wäre."

"Aber deine Lösung ist doch sicher besser als überhaupt keine Lösung!", protestierte sie.

"Das ist die Frage. Eine Lösung, die für *mich* passt, muss nicht notwendigerweise auch der beste Weg für *dich* sein. Die ideale Lösung ist diejenige, die du selbst findest."

"Wäre ich dazu in der Lage, würden wir nicht über das Problem sprechen!", rief sie aus, vollkommen verwirrt, wohin das hier führen sollte.

"Hier komme ich ins Spiel: Ich werde dir die richtigen Fragen stellen, damit sie dich zu der Lösung führen, die aus deinem Inneren kommt und die eine zufriedenstellende Handlungsweise darstellt, auf die du dich einlassen kannst und deren Konsequenzen du zu tragen bereit bist."

"Die Lösung muss aus mir selbst kommen?", fragte sie verdutzt. "Warum sollte ich dich brauchen, um etwas herauszufinden, was ich ohnehin bereits weiß?"

"Weil uns nicht immer klar ist, dass wir in der Lage sind, auf diese Lösung zuzugreifen. Negative Gefühle, Blockaden und andere Hindernisse können uns davon abhalten. Die richtigen Fragen können dich dort hinführen."

"Warum brauche ich dich dazu? Ich kann mit meinen Freunden reden; die können mir *Fragen* stellen."

"Aus zwei Gründen: Erstens hat dich dein Vater zu mir geschickt, weil er sagt, dass du mit niemandem über deine Probleme sprichst - weder mit deinem Gefährten, noch mit deinen Freunden. Damit ist es also ausgeschlossen, dass sie dir Fragen stellen. Und zweitens werden nur sachgemäß formulierte Fragen zum gewünschten Ergebnis führen." Er stand auf, um zwei Gläser und eine Wasserkaraffe zu holen und sie zwischen ihnen auf dem niedrigen Tisch abzustellen. "Worüber wir allerdings sprechen können, ist, weshalb es dich so stört, mit *kleine Schwester* angesprochen zu werden. Das könnte etwas damit zu tun haben, weshalb du jedes Mal zusammenzuckst, wenn ich deinen Vater erwähne."

Das tat sie? Möglicherweise. Es versetzte ihr jedes Mal einen Stich des Ärgers, wenn sie hörte, dass jemand Valrad so bezeichnete.

"Ich denke nicht, dass ich mich dabei wohlfühle, mit dir darüber zu sprechen. Du hast mir zwar gesagt, dass mir als deiner Klientin Vertraulichkeit zusteht, doch ich weiß sehr wohl, dass dies nicht zutrifft, wenn Kollegen untereinander Fälle besprechen. Und ich weiß, dass Valrad dich danach fragen wird, wie die Dinge mit mir vorangehen. Ich wage zu behaupten, dass du deinem eigenen Vorgesetzten kaum die Stirn bieten wirst, indem du ihm eine Antwort verweigerst oder ihn anlügst."

"Es stimmt", gab er zu, "dass deine Situation ein wenig komplizierter ist im Vergleich zu meinen anderen Patienten. Normalerweise weigere ich mich, Familienmitglieder meiner Kollegen zu behandeln, um genau dieses Dilemma, das du erwähnt hast, zu vermeiden - besonders, wenn es um meine Vorgesetzten geht. Aus diesem Grund bin ich mit Valrad übereingekommen, dass er sich über den allgemeinen Fortschritt erkundigen mag, nicht aber über Einzelheiten. Die Themen, mit denen wir uns befassen, gehen ihn nichts an. Ich hoffe, dem kannst du zustimmen. Wenn du nicht das Gefühl hast, dass du mir vertrauen kannst, können wir ebenso gut hier und jetzt aufhören."

"Nun, wenn du es so sagst…", warf sie sofort ein.

"Warte. Das bedeutet nichts anderes, als dass wir einen anderen Heiler finden müssen, der mit dir arbeitet. Es heißt keineswegs, dass es dir freisteht, die Behandlung abzubrechen."

Mit einem enttäuschten Seufzen lehnte sie sich zurück. "Dann ziehen wir die Sache eben durch. Ich will nicht über Valrad, Malriel oder das Baby sprechen. Alles andere ist erlaubt."

Iklans Augenbraue wölbte sich nach oben. "Dass du all die Themen vermeiden möchtest, die dir zu schaffen machen, ist kein guter Ausgangspunkt für die Lösungsfindung, muss ich feststellen."

"Das sind persönliche Themen, und ich kenne dich nicht gut genug, um mit dir darüber zu reden."

Er nickte. "Ein nachvollziehbarer Einwand, den ich respektiere. Dann arbeiten wir also an diesen Themen, sobald du mich besser kennst. Erzähl mir davon, wie du dich bislang an das Leben in Takhan gewöhnt hast."

Erleichtert nickte sie. Das war ein harmloses Thema, über das sie ihm erzählen konnte so viel oder wenig sie für angeraten hielt.

* * *

Enric und Orrin standen in Malriels Arbeitszimmer und starrten auf die Kiste, die auf dem Schreibtisch stand. Sie war mit Nachrichten gefüllt, die während ihres Treffens mit der Triarchie geliefert worden waren.

"Das ist ja eine Menge zum Durchlesen", bemerkte Orrin, drehte sich um und wollte aus dem Zimmer gehen.

Enric fasste ihn rasch an der Schulter, um ihn aufzuhalten. "Gut erkannt, Orrin. Umso mehr schätze ich dein großzügiges Angebot, mir dabei behilflich zu sein."

"Ich erinnere mich nicht, solch ein Angebot gemacht zu haben", knurrte er.

"Hast du das nicht?", sagte Enric in gespielter Verwirrung. "Dann werde ich großzügig über dieses Versäumnis hinwegsehen und vorgeben, du hättest es angeboten."

"Du bist nicht mehr mein Vorgesetzter. Ich muss das nicht tun. Theoretisch", fügte der Krieger bedachtsam hinzu.

"Das ist durchaus wahr", nickte Enric. "Und doch leben du und deine Familie unter meinem Dach und profitieren von meiner Großzügigkeit. Noch dazu unter einem sehr komfortablen und luxuriösen Dach, wie ich erwähnen sollte."

"Ja, diese Kleinigkeit ist mir auch gerade wieder eingefallen", seufzte Orrin und griff nach einem Stuhl, um sich vor dem Stapel an Nachrichten niederzulassen. Er nahm die erste davon zur Hand und öffnete sie ungeduldig.

Enric lächelte, nahm auf der anderen Seite des Schreibtisches Platz, griff in die Kiste und nahm eine Handvoll Nachrichten heraus.

Die nächste Stunde verbrachten sie lesend. Dann stand Enric auf und ging in die Küche, um den Wasserkrug aufzufüllen.

"Ich hätte nie gedacht, dass unser Spiel so eine Reaktion hervorruft", bemerkte Orrin nach seiner Rückkehr. "Die meisten Teilnehmer waren begeistert, ganz egal, ob sie auf der Seite der Gewinner oder der Verlierer gespielt haben. Sie drängen dich dazu, noch ein weiteres zu organisieren, und zwar bald. Diejenigen, die nicht so glücklich sind, wollen auch ein weiteres Spiel, teilen dir aber mit, was ihrer Ansicht nach an den Regeln geändert gehört. Dann sind da noch Briefe von Leuten, die nicht daran teilgenommen haben, aber unbedingt beim nächsten Mal dabei sein wollen. Wieder andere verlangen, dass wir auch Nicht-Magier in das Spiel miteinbeziehen - wie auch immer das funktionieren soll." Er sah Enric an. "Ich denke, wir haben unser Ziel nicht nur erreicht, sondern sind darüber hinausgeschossen. Der Großteil von ihnen will in magischen Kampffertigkeiten trainiert werden, damit sich ihre Chancen erhöhen, länger im Spiel zu bleiben." Er lehnte sich zurück und lachte leise. "Unglaublich. Und Eryn war diejenige, von der die Idee stammt, dank der die Leute jetzt Schlange stehen, um Kampftraining zu erhalten. Wie seltsam ist das denn bitte? Übrigens war ich sehr zufrieden damit, wie sie im Spiel abgeschnitten hat", fügte er hinzu. "Immerhin hat sie den mächtigen Lord Enric zur Strecke gebracht."

Enric nickte. "Wenn auch nicht ganz allein, wohlgemerkt. Aber von uns Ausländern war sie die Einzige, die bis zum Schluss im Spiel verblieb und es sogar die Treppe zur Senatshalle hinaufschaffte. Das hatte ich keinesfalls erwartet." Er hob einige der geöffneten Nachrichten hoch. "Du hast übrigens einen beachtlichen Eindruck bei den Einheimischen hinterlassen. Die Kunde unseres kleinen Scharmützels, im Zuge dessen du eine mehr als doppelt so große Übermacht aus dem Weg geräumt hast, hat sich wie ein Lauffeuer verbreitet. Ich habe hier auch einige Anfragen für Trainings. Alle verlangen ausdrücklich nach dir." Er schüttelte den Kopf. "Nicht, dass ich Zeit oder Lust hätte, irgendwelche Kampftrainings abzuhalten, aber ich gebe zu, dass mich das ein wenig bekümmert."

"Wenn du willst, reserviere ich dir eine Stunde oder zwei pro Woche für ein wenig zusätzliches Training", grinste Orrin. "Als Gefälligkeit für meinen rücksichtsvollen Gastgeber."

"Zu gütig", erwiderte Enric mit einem wenig aufrichtigen Lächeln.

"Was ist denn nun der nächste Schritt? Planen wir ein neues Spiel oder trainieren wir sie zuerst?"

Enric schürzte die Lippen, während er diese Frage wälzte. "Ich denke, wir sollten das Datum für ein weiteres Spiel festsetzen. Es sollte die Leute motivieren, sich in ihr Training hineinzuhängen, wenn sie eine Chance sehen, ihre neuen Fertigkeiten in nicht allzu ferner Zukunft einsetzen zu können. Wie viel Zeit brauchst du, um sie in Kampf und Strategie zu unterweisen? Wären vier Monate realistisch?"

"Das hängt davon ab, was ich ihnen beibringen soll. Mit Schilden sind sie hier sehr fortgeschritten, allerdings nicht zu Kampfzwecken. Aber das lässt sich rasch erlernen. Sie sind auch damit vertraut, wie man magische Blitze schießt. Damit bleibt allerdings noch, ihnen beizubringen, wie man sein Ziel auch trifft. Was wahrscheinlich die meiste Zeit in Anspruch nehmen wird, ist Strategie. Davon verstehen sie hier so gut wie überhaupt nichts, wenn man von denjenigen absieht, die regelmäßig auf die Jagd gehen. Einige davon haben sich im Spiel recht wacker geschlagen."

"Das Problem ist, dass du nur ein einzelner Mann bist, was die Anzahl der Leute einschränkt, die du effektiv trainieren kannst. Ich fürchte, dass die Nachfrage nach deinen Diensten nach dem gestrigen Tag höher ist, als du bewältigen kannst. Das bedeutet, dass wir eine Auswahl treffen müssen und damit unweigerlich diejenigen verärgern, die nicht darunter sind."

Orrin nickte langsam. "Das stimmt wohl. Allerdings könnte ich ein paar von denen nehmen, die schneller lernen und mehr Talent haben, und mich darauf konzentrieren, sie für einen kurzen Zeitraum über mehrere Stunden pro Tag auszubilden. Ein Intensivprogramm sozusagen. Die könnten mir dann helfen, die anderen zu trainieren."

"Eine vernünftige Herangehensweise, so machen wir's." Er warf einen Blick in die Kiste, in der sich noch immer etwa fünfzig Briefe zum Durchlesen befanden. "Ich denke, die schaffen wir in der nächsten Stunde. Dann sollte ich mich in die Botschafterresidenz zu

Kilan und seinen zahlreichen Helfern begeben, um dieses Abendessen vorzubereiten."

Der Krieger grinste. "Absolut. Wir müssen doch den Eindruck vermeiden, dass der große Anführer sich vor den niederen Aufgaben drückt, nicht wahr?"

Enric sah auf, als Eryn im Türrahmen erschien. Sie wirkte nicht eben glücklich.

"Andererseits könnte ich die restlichen Nachrichten auch dir überlassen und mit meiner liebreizenden Gefährtin einen netten Spaziergang im Garten unternehmen."

"Aber sicher doch", beschwerte sich Orrin, wandte sich aber gehorsam wieder der Kiste zu. "Zumindest muss ich heute nicht kochen oder servieren", murmelte er.

Enric küsste sie auf die Stirn und griff nach ihrer Hand, um sie hinaus in den Garten und zu einem angenehm schattigen Plätzchen unter einem Baum zu führen. Am Morgen hatte er sie gebeten, ihn wissen zu lassen, wie ihr Tag mit Valrad verlaufen war. Nach ihrer Miene zu urteilen würde das keine besonders heitere Erzählung werden.

"Wie ist es gelaufen?", fragte er vorsichtig.

"Nicht gut", murrte sie. "Er sagte mir, er sei verärgert, weil ich trotz meiner Schwangerschaft an dem Spiel teilgenommen hätte. Und als ich ihm erklärte, das ginge ihn nichts an, hat er Druck auf mich ausgeübt."

"Druck? Wie? Und zu welchem Zweck?"

"Ich muss mich zweimal die Woche mit Iklan zwecks einer sonderbaren Art von Gesprächsbehandlung treffen, oder er wird mir mein Abzeichen wegnehmen und mich somit von der Arbeit in der Klinik ausschließen."

Er zog die Stirn in Falten. "Seltsame Gesprächsbehandlung? Was meinst du damit?"

"Ich soll zu Iklan gehen und mit ihm über meine Probleme reden."

Enrics Brauen wanderten nach oben. "Über Probleme zu sprechen ist kein unüblicher Weg, um damit fertig zu werden, aber nicht gerade das, was ich unter einer Behandlung verstanden hätte. Warum brauchst du dafür einen Heiler?"

"Genau!", rief sie aus und warf die Hände in die Höhe. "Es findet überhaupt keine Heilung statt! Nicht einmal Magie kommt zum Einsatz! Er hört nur zu und stellt mir Fragen. *Ich* bin diejenige, die redet, und er wird dafür bezahlt. Ich frage mich, ob ich so etwas auch zuhause anbieten soll; es klingt nach leicht verdientem Geld."

"Was genau dein Ziel im Leben ist", konnte er sich nicht verkneifen mit einem breiten Grinsen anzumerken.

Das entlockte ihr ein Lächeln. "Nun ja, das ist ein Rückschlag. Aber die Leute bei uns zuhause würden auf so etwas niemals einsteigen, oder? Ich meine, die Idee dahinter scheint zu sein, mich so lange zum Reden zu ermutigen, bis ich über eine Lösung stolpere, die offenbar die ganze Zeit über in mir gesteckt hat!"

"Eine interessante Herangehensweise", bemerkte er vorsichtig, darauf bedacht, einerseits ihre negative Einstellung nicht zu unterstützen, aber gleichzeitig zu signalisieren, dass er ihren Unmut verstand.

"Ja", schnaubte sie, "auf die gleiche Weise, wie ein schlecht gestimmtes Instrument *interessant*, aber keineswegs ansprechend ist. Ich traue diesem vermeintlichen Heilerprinzip nicht. Du bist doch das Oberhaupt eines mächtigen Hauses - du kannst mich dort doch sicher herausholen?"

Er seufzte, betrübt, dass er ihre Bitte ablehnen musste. Sie kam kaum jemals mit einem Problem zu ihm, und nun musste er sie abweisen.

"Es tut mir leid, Liebste, ich fürchte, das kann ich nicht tun. In der Klinik habe ich so gut wie keinen Einfluss, das ist eine Vel'kim-Domäne. Und selbst wenn ich welchen hätte, würde das der Beziehung zwischen unseren Häusern überhaupt nicht guttun. Ich würde mich in interne Vel'kim-Angelegenheiten einmischen. Oder Heiler-Angelegenheiten, wenn man es aus diesem Winkel betrachten möchte. Dabei kann ich nur verlieren und würde auch noch Schaden anrichten." Er nahm ihre beiden Hände in seine. "Wie wichtig ist es dir wirklich, in der Klinik zu arbeiten? Du weißt, dass du nicht hingehen musst, dass es dir freisteht zu machen, was du willst. Ohne Einschränkung. Du könntest sämtliche Bibliotheken durchackern, die du in der Stadt findest, ein neues Handwerk erlernen, die Gesetze hier studieren - was auch immer dich interessiert. Wenn du das Gefühl hast, dass du es nicht länger erdulden willst, wie dich dein... wie dich Valrad behandelt, musst du das auch nicht. Sofern du damit leben kannst, nicht mehr in der Klinik zu arbeiten, versteht sich", schloss er mit seiner ursprünglichen Frage.

Sie ließ Kopf und Schultern hängen. "Es ist mir wichtig. Sehr sogar. Ich wünschte, es wäre anders."

"Dann fürchte ich, dass du dich nach den Anforderungen richten musst, die dir ermöglichen, weiterhin dort zu arbeiten", sagte er sanft. Er war froh über ihre Antwort. Heilen war noch immer die eine Sache, in die sie etwas zu investieren bereit war, etwas, das Sinn ergab und wofür es sich zu kämpfen lohnte. Es hätte ihm enorme Sorgen bereitet, hätte sie es einfach aufgegeben. Und es bestand immer noch die Chance, dass diese ungewöhnliche Behandlungsmethode, auf die man hier zurückgriff, funktionierte.

KAPITEL 13

Verns Frustration

Enric erfreute sich an einem Gefühl der Zufriedenheit, ein in letzter Zeit seltener und daher kostbarer Gemütszustand. Er saß unter einem Baum in den Aren Gärten, einen Arm um Eryn gelegt, während beide jeweils in einem Buch lasen. Er war dazu übergegangen, sich über die Pflege und Versorgung von Neugeborenen zu informieren, sie über magische Musik.

Die Sonne hatte bereits einiges an Kraft verloren und näherte sich dem Horizont, doch sie würde ihnen noch eine Weile genug Licht zum Lesen spenden. Sein Blick wanderte zu ihren Handgelenken, auf denen die Kommitment-Symbole aufgrund ihrer Nähe zueinander dunkel hervortraten.

Als seine Gedanken nicht länger bei dem Text vor ihm verweilen wollten und zu wandern begannen, schloss er das Buch und ließ es auf seinen Schoß sinken. Seine Erinnerungen kehrten zum Vorabend zurück, als Kilan und die Verteidiger in der Botschafterresidenz ein ausgiebiges Abendessen für sechzig Personen veranstaltet hatten.

Es war eine fröhliche Veranstaltung gewesen, wo sich die lebhaften Unterhaltungen ausschließlich um das Spiel drehten. Erzählungen aus der Schlacht über mutige Taten, riskante Manöver, Verwirrung, heftige Zusammenstöße, knappem Entkommen und neu entdeckte Verstecke wurden ausgetauscht. Die Erzählung, wie Orrin beinahe im Alleingang sechs Spieler besiegt hatte, war eine Sensation. Intrea hatte sich während des Abendessens einen Platz neben dem Krieger gesichert und ihn mit ihrer Bewunderung überschüttet, indem sie sein kämpferisches Können bewunderte und ihn so lange bedrängte, bis er ihr versprach, beim nächsten Spiel ihr Partner zu sein. Die Frage, ob es überhaupt ein weiteres Spiel geben würde, war nicht einmal ernsthaft aufgeworfen worden. Es wurde einfach als die natürlichste Sache der Welt behandelt, dass eine dermaßen phantastische Veranstaltung kein Einzelfall bleiben konnte.

Vran'el hatte in Enrics Ohr gemurmelt, dass er den Verdacht hegte, Intrea hätte Gefallen an Orrin gefunden und dass er hoffte, sie würde sich benehmen und ihre Hände von ihm lassen. Immerhin war er drauf und dran, in ein paar Wochen erneut Vater zu werden. Als sie nach mehreren Gläsern Wein dazu übergegangen war, Orrin etwas häufiger als angemessen zu berühren, hatte Vran'el sie zwecks eines kleinen Gesprächs zur Seite genommen und dann sichergestellt, dass sie nicht länger neben dem Krieger saß.

Beide blickten zur Terrassentür, als sie verärgerte Schritte vom Hauptraum her vernahmen. Kurz darauf kam Vern in den Garten gestürmt. Er wirkte aufgebracht und marschierte, sobald er sie erblickt hatte, entschlossen auf sie zu.

"Niemals wieder werde ich mich von irgendjemandem Künstler schimpfen lassen!", donnerte er. "Diesen Begriff betrachte ich von nun an als Beleidigung!" Er stampfte mit seinem Fuß auf. "Ich bin so zornig, ich wünschte, ich könnte auf etwas einprügeln!"

Enric lächelte und erhob sich. "Komm her."

"Nicht auf dich!", rief der Junge entsetzt aus. "Vorzugsweise auf etwas, das nicht wesentlich härter zurückschlägt!"

"Das werde ich nicht", versprach er. "Du schlägst zu, während ich lediglich ausweiche und einstecke. Keine Scheu, das wird dir dabei helfen, diese destruktive Energie loszuwerden. Es ist nicht gesund, so etwas in seinem Inneren aufstauen zu lassen."

Vern war bezüglich dieses Angebots sichtlich hin und her gerissen. Wenn es ein Ziel gab, das es aushalten würde, wenn man ihm einen Hieb verpasste, dann war es der großgewachsene, ausgebildete Kämpfer vor ihm. Und doch war dieser Mann nicht nur ein wenig zu wichtig, um einfach so für Zielübungen zwecks Aggressionsbewältigung herzuhalten, sondern es würde womöglich selbst ein versehentlicher Treffer von ihm multiple Knochenbrüche mit sich bringen.

"Na, wie sehr fürchtest du dich tatsächlich vor mir? Zu sehr, um mich zu schlagen, selbst wenn ich mich nicht wehre?", lächelte Enric.

Eryn grinste, als diese Bemerkung Vern dazu veranlasste, sich aufzurichten und zu einem Schlag auf Enrics Kinn anzusetzen. Der ging allerdings ins Leere, als sich der Kämpfer darunter hinwegduckte.

Die nächsten Schläge fing Enric mit seinen Handflächen ab, wich ein paar weiteren aus und ließ sich dreimal treffen - sehr wahrscheinlich, um dem Selbstvertrauen des Jungen etwas Gutes zu tun.

Nach etwa zwanzig Minuten sank Vern ins Gras, erschöpft von der Übung, während Enric noch nicht einmal schneller atmete.

"Danke. Das habe ich jetzt wirklich gebraucht", seufzte der Junge und ließ sich zurückfallen, sodass er mit Blick gen Himmel im Gras lag.

"Ja, den Eindruck hatte ich auch", bemerkte Enric trocken. "Und jetzt heraus mit der Sprache."

"Ich habe euch doch von diesem einen Künstler erzählt, dem großartigen und allseits bewunderten Elwoi, wenn ihr euch erinnert."

"An den Namen erinnere ich mich nicht, aber das ist doch derjenige, der dir erklärt hat, dass keine große Gefahr bestünde, dass du dein enormes Potential in nächster Zeit mal ausschöpfst, oder?", vermutete Eryn.

"Genau der, ja", seufzte Vern. "Ich hatte heute eine weitere Diskussion mit ihm, noch dazu vor seinen ergebenen Bewunderern. Ich sagte ihm, dass ich einige Zeit über seine Worte nachgedacht hätte; darüber, dass ich abbilden soll, was in mir vorgeht, um meinem Inneren Ausdruck zu verleihen. Ich fragte ihn, ob er nicht der Ansicht sei, dass meine Auswahl der Motive dies zu einem gewissen Grad widerspiegelt, oder die Art und Weise, wie ich sie darstelle. Ich meinte, dass die Dinge, die ich zeichne, sich erheblich unterscheiden, je nachdem, ob ich verstimmt bin oder glücklich und entspannt. Darauf erwiderte er, ich hätte nichts von dem verstanden, was er mir zu vermitteln versucht hat. Er warf mir vor, ich würde meine Kunst nicht ernst nehmen; dies ginge schon allein aus der Tatsache hervor, dass ich mich entschieden habe, mein Heilertraining fortzusetzen anstatt meine gesamte Aufmerksamkeit den Künsten zuzuwenden."

Eryn setzte sich auf, ihr Körper angespannt. "Warte, was war das? Soll das heißen, er will, dass du mit dem Heilen aufhörst? Sag mir, wo ich diesen wie-war-noch-sein-Name finden kann, dann werde ich ein sehr kurzes und sehr überzeugendes - weil schmerzhaftes - Gespräch mit ihm führen!"

"Nein, das wirst du nicht", entschied Enric ruhig und legte ihr einen Arm und die Schultern, damit sie sich wieder zurücklehnte. "Das ist Verns Angelegenheit; du kannst nicht einfach vorpreschen und seine Probleme für ihn lösen. Das gehört zum Erwachsenwerden dazu. Und selbst wenn er sich dazu entschließen sollte, das Heilen zugunsten der Kunst aufzugeben, so bleibt dir nichts anderes übrig, als es zu akzeptieren. Wenn ich mir allerdings seine Laune betrachte, scheint dafür im Moment keine allzu große Gefahr zu bestehen", schloss er ironisch und nickte Vern zu, damit er fortfuhr.

"Ja, genau das ist es, was Elwoi will. Er behauptet, ich müsse mich zwischen dem Heilen und dem Zeichnen entscheiden. Sonst würde ich in keinem der beiden Bereiche Großes vollbringen, wenn ich mich nicht für einen davon entscheide und dann all meine Zeit und Mühen hineinstecke. Er ließ allerdings keinen Zweifel daran, welchen er als den Würdigeren erachtet. Anstatt Bilder über die detaillierte Funktionsweise des menschlichen Körpers zu zeichnen soll ich daran arbeiten, mich selbst auszudrücken, etwas zeichnen, das meine Fantasie anregt - ein abstraktes Konzept wie Liebe oder dergleichen", knurrte Vern, und ein Teil des Ärgers kehrte in seine Stimme zurück. Abrupt setzte er sich auf und ließ seinen wütenden Blick herumwandern. "Liebe! Ich werde ihm verdammte Liebe geben!", schrie er. Plötzlich konzentrierte sich sein Blick auf Eryn. Sein Blick ruhte kurz auf ihr, dann schüttelte er den Kopf. "Du bist im Moment nutzlos, zu trübsinnig." Dann sah er Enric an. "Du."

"Ich?" Seine Stimme klang halb überrascht, halb amüsiert. Seinen vormaligen und zukünftigen Vorgesetzten mit ein paar Hieben zu attackieren schien Wunder für sein Selbstvertrauen gewirkt zu haben.

"Ja. Du bist doch verrückt nach ihr, oder etwa nicht?"

"So könnte man das durchaus ausdrücken", erwiderte Enric mit einem langsamen Nicken, neugierig, in welche Richtung das hier gehen würde.

"Gut. Dann konzentriere dich darauf und gib mir deine Hand. Denk an was auch immer an ihr dir ein wohlig warmes Gefühl vermittelt", befahl er und wartete darauf, dass Enric sich von diesem Tonfall erholte und schließlich nickte, bevor er seine Hand hob, damit der Junge sie ergreifen konnte.

Er verspürte warme Magie, die von Verns Finger in seine Handfläche floss und sich in seinem Körper ausbreitete. Dies war nicht der forschende, konzentrierte magische Impuls eines Heilers, wenn er versuchte, eine Verletzung oder Krankheit aufzuspüren, sondern eine allumfassende Woge, die sich auf nichts Bestimmtes konzentrierte, sondern alles in sich aufnahm. Nach kaum mehr als einer Minute öffnete der Junge die Augen wieder, in denen es nun entschlossen funkelte. Ohne ein weiteres Wort sprang er auf und stürmte davon.

Langsam schüttelte Eryn den Kopf. "Das war seltsam. Sogar für seine Verhältnisse. Hast du eine Idee, was er vorhat?"

"Wenn ich von seinem Ausruf von wegen *verdammte Liebe geben* ausgehe, würde ich vermuten, dass er drauf und dran ist, etwas zu zeichnen. Obwohl ich mich frage, ob es in seinem derzeitigen Gemütszustand überhaupt möglich ist, sich auf diese spezielle Emotion zu konzentrieren, ohne sie dabei in etwas weniger Ansprechendes zu verzerren."

"Sollen wir ihm nachgehen, um sicher zu sein, dass er nichts Dummes anstellt?", fragte sie dann.

Er lachte leise. "Einem Künstler voll nervöser Energie nachgehen? Nein, danke. Er ist ein vernünftiger Junge, ich vertraue darauf, dass er sich selbst und anderen kein Leid antut. Lass uns hier sitzenbleiben und den Abend genießen. Orrin ist heute Abend mit dem Kochen dran."

Eryn nickte widerstrebend und ließ sich zurücksinken, bis sie an ihn gelehnt war. "Ich weiß. Du hast Recht." Dann grinste sie. "Nie im Leben hätte ich jemals zu erleben gehofft, dass Orrin eine Mahlzeit für mich kocht. Vielleicht können wir die Diener morgen nach Hause schicken und ihm auch das Putzen überlassen?"

"Das ginge womöglich ein wenig zu weit, Liebste. Aber lass mich wissen, falls du es versuchen willst. Dabei würde ich zu gerne zusehen."

* * *

Junar gähnte und streckte sich so weit es ihr runder Bauch ermöglichte. "Ich denke, es wird Zeit für mich ins Bett zu gehen. Ich kann meine Augen kaum noch offenhalten." Ihr Blick wanderte zu dem Korridor, in dem Verns Zimmer lag. "Wie lange ist er jetzt schon da drin? Er hat nichts gegessen! Das ist praktisch noch nie dagewesen!"

"Mehr als sechs Stunden lang", sagte Enric. Eryn konnte hören, dass auch er ein wenig besorgt war.

Orrin stand auf und zog seine Gefährtin auf die Füße. "Als ich vor etwa drei Stunden hineinging, war sein Zimmer ein Durcheinander aus Farbe und Papier, und er grunzte nur irgendetwas in meine Richtung, das ich nicht verstanden habe. Es klang nicht menschlich."

"Farbe?", fragte Eryn stirnrunzelnd nach. "Ich wusste gar nicht, dass er malt?"

"Die Künstler haben ihn dazu gebracht, es auszuprobieren, also hat er sich die Materialien besorgt", erklärte sein Vater.

Wie auf Kommando drehten sich alle Köpfe, als sie ein Schlurfen von Verns Zimmer her vernahmen. Kurz darauf erschien eine erschöpfte, farbverschmierte, zerzauste Kreatur, die einer Figur aus einem Kinderalbtraum glich.

"Ist noch etwas zu essen übrig?", krächzte er.

"Ich denke, es versucht zu kommunizieren", flüsterte Eryn. "Das klang beinahe nach Worten!"

Verns trüber Blick konzentrierte sich auf sie, dann schüttelte er schwach den Kopf. "Idiotin", murmelte er.

"Jetzt erkenne ich ihn", grinste sie. "Natürlich ist noch etwas zu essen übrig. Wenn du nicht mit uns isst, bleiben normalerweise genügend Reste, um eine durchschnittliche Familie zu versorgen. Es steht in der Küche, mittelgroße Schüssel."

Er nickte und trottete mit neugefundener Vitalität in die Richtung, in der sich die versprochene Nahrung befand.

"Sollen wir gehen und…?", wagte sich Junar vor.

"Wir sollten wirklich nicht…", meinte Eryn und verzog das Gesicht.

"Und das werden wir auch nicht", warf Orrin scharf ein. "Obwohl…"

Enric verdrehte die Augen, und einen Augenblick später schimmerte eine Barriere vor dem Gang, in dem Verns Zimmer lag.

"Spielverderber", grummelte Eryn.

Vern kehrte mit der großen Schüssel in seinem Arm zurück. Offensichtlich hielt er sich nicht mit Besteck auf, sondern aß direkt mit den Fingern aus der Servierschüssel. Er blinzelte, als er den Schild bemerkte, der den Weg zu seinem Zimmer blockierte.

"Was ist denn hier los?"

"Ich habe tapfer die Meute zurückgehalten, die dazu angesetzt hat, dein Zimmer zu erstürmen, um sich das Werk anzusehen, an dem du in den letzten paar Stunden gearbeitet hast und das du uns gerade zeigen wolltest, *bevor* du dich hinsetzt und dich vollstopfst", erklärte Enric mit einem nicht eben freundlichen Lächeln.

Vern schluckte den Bissen, den er noch im Mund hatte und stellte die Schüssel mit einem schweren Seufzer auf dem Tisch ab. Mit einem letzten sehnsüchtigen Blick darauf kehrte er dahin zurück, wo er sich die letzten Stunden eingesperrt hatte. Der Schild flackerte und verschwand einen Augenblick bevor seine Stirn dagegen gestoßen wäre.

"*Wir* zumindest hätten den Jungen nicht vom Essen abgehalten", stichelte Junar.

"Nein, ihr wärt einfach ohne Erlaubnis oder Vorwarnung in das Zimmer eines halbwüchsigen Jungens gestürmt. Das ist nicht gerade ungefährlich. Aber wenn du dir meine Worte nicht zu Herzen nimmst, wirst du das noch bald genug selbst herausfinden", entgegnete Enric.

Ungeduldig warteten sie auf Verns Rückkehr und blickten erwartungsvoll auf die Leinwand, die er mit der Rückseite zu seinem Publikum vor sich hielt.

"Also?", forderte Orrin ihn auf.

"Wenn ich es euch zeige, werdet ihr mich dann in Frieden essen lassen?", drängte der Junge.

"Ja!", erwiderten sie einstimmig.

Vern drehte sich daraufhin zur nächstgelegenen Wand, lehnte das Bild dagegen und stürzte sich dann geradezu auf die Schüssel auf dem Tisch. Dann drückte er sie fest an sich, als befürchte er noch einen weiteren Versuch, ihn von seinem verspäteten Abendessen abzuhalten.

Eryn blinzelte und ging langsam auf das Bild zu. Es war… farbenprächtig. Das war der erste Eindruck. Ungewöhnlich, wenn man bedachte, dass seine Zeichnungen in der Vergangenheit weitgehend schwarz oder in Schattierungen von Grau gehalten waren. Gelegentlich gab es ein paar Farbflecken, wie bei den Illustrationen, die er für die Bücher der Kräutersammler angefertigt hatte.

Je länger sie es ansah, desto klarer wurde die Struktur, die Logik dahinter. Etwas, das wie eine Ansammlung zahlloser Äste und Zweige in verschiedenen Größen wirkte, ging vom Zentrum des Bildes aus und erstreckte sich in alle Richtungen.

"Was ist das?", flüsterte Junar ehrfürchtig.

"Das Netzwerk von Blutgefäßen im menschlichen Körper", antwortete Eryn leise.

"Wirklich?", fragte die Schneiderin überrascht. "So sieht das aus? Erheblich bunter als ich vermutet hätte."

"Nein", widersprach Eryn, "nicht genau so, das ist mehr eine…" Sie brach ab, als ihr die Worte fehlten.

"Eine stilisierte Darstellung", erklang Verns Stimme von den Kissen. Die Worte waren aufgrund seines vollen Mundes kaum verständlich.

"Ja, das", nickte Eryn. "Er hat die Natur der Sache eingefangen, ohne sich an jedes kleine Detail zu halten, und sie sich damit zu eigen gemacht." Ihre Brauen zogen sich zusammen. Manche Bereiche wirkten in ihrer Farbverteilung zu organisiert, um nichts anderes als die ballistische Herangehensweise eines Künstlers zu sein, der Farbe auf einem verfügbaren Untergrund verteilte. Sie wandte sich dem Jungen zu. "Das hier sind Areale, in denen Aktivität stattfindet, habe ich Recht?"

"Ich dachte, du wolltest mich essen lassen!", klagte er, stand aber, ohne die Schüssel loszulassen, von den Kissen auf und ging zu ihnen.

"Das hast du alles gesehen, als du Enrics Hand ergriffen hast?", staunte Eryn und ging vor dem Bild in die Hocke, um die Linien mit ihrem Finger nachzufahren, ohne die noch immer feuchte Farbe zu berühren. "Aktivität im Gehirn, und auch eine Menge im Brustkorb und Unterleib", sagte sie ruhig. "Geringe Aktivität in den Armen… überhaupt keine in den Beinen. Bemerkenswert." Sie stand wieder auf und betrachtete Vern ehrfurchtsvoll. "Weißt du, mein Junge, dass du wahrscheinlich die einzige Person in diesem und auch in unserem Land bist, die so etwas erschaffen hätte können? Es ist unglaublich!"

"Ich gebe nicht vor, alles zu verstehen, was ich hier sehe, aber dieses Werk hier spricht eindeutig von beträchtlichen Fähigkeiten und Auffassungsgabe", stimmte Enric mit ein.

"Es ist wunderschön", nickte Junar und wischte sich eine Träne aus dem Augenwinkel fort. "Solch ein Talent!"

Orrin nickte nur. Es lag nicht in seinem Wesen, Lob lediglich als eine Wiederholung dessen auszusprechen, was andere bereits von sich gegeben hatten.

"Was machst du nun damit?", wollte Eryn wissen.

"Ich werde damit zu Elwoi gehen und es ihm vor die Füße werfen. Und dann womöglich verbrennen. Ich weiß es noch nicht", meinte Vern mit einem Schulterzucken, bevor er sich eine weitere Ladung in den Mund schob.

Vier bestürzte Gesichter starrten ihn an.

"Was?", rief er mit vollem Mund aus.

"Du wirst nichts dergleichen tun, du Schwachkopf!", sagte Eryn scharf. "Du kannst es ihm zeigen, aber dann wirst du es wieder herbringen!"

"Aber das wäre eine grandiose Geste!", protestierte er.

"Denk dir eine andere aus!" Sie schüttelte den Kopf und blitzte ihn an. "Anzünden! Ich muss wohl träumen!", murmelte sie, abgestoßen von solch einer ungeheuerlichen Idee. "Du hast soeben sämtliche Besitzansprüche auf diese Kreation verloren. Jetzt gehört sie *mir*, und solltest du zulassen, dass sie irgendeinen Schaden nimmt, werde ich dir bei lebendigem Leib die Haut abziehen", drohte sie.

"Hast du gerade mein Gemälde gestohlen?", fragte Vern mit finsterem Blick.

"Du wolltest es *verbrennen*! Also ja! Du kannst es dir aber ausleihen, um es diesem hochnäsigen Künstler mit seiner beschränkten Weltsicht zu zeigen", fügte sie großzügig hinzu.

"So schnell geht es, dass man hier enteignet wird", brummte der Junge, erhob aber sonst keinen Einwand dagegen.

"Was kümmert es dich? Es ist immerhin nicht so, als hättest du es behalten wollen. Ich allerdings sehr wohl. Wann planst du, diesen Mann aufzusuchen? Ich komme mit, nur um sein Gesicht zu sehen", verkündete Eryn.

"Morgen Nachmittag, nach meinem Unterricht in der Klinik."

"Ausgezeichnet. Du kannst mich nach meiner Schicht abholen, und wir gehen gemeinsam hin. Vergiss nicht, das Gemälde am Morgen mit in die Klinik zu nehmen. Ich schätze, wir werden es für ein paar Stunden entweder in meinem Behandlungszimmer oder in deinem Klassenzimmer stehenlassen können, ohne dass ihm etwas zustößt." Sie rieb sich die Hände und ging in Richtung ihres Schlafzimmers davon. "Verfluchte Künstler", grummelte sie unterdrückt.

Vern schluckte rasch den Bissen in seinem Mund, dann wandte er sich Enric zu.

"Wegen heute Nachmittag…", begann er, sein Gesichtsausdruck verzagt.

"Was ist damit?", fragte Enric milde.

"Mein Verhalten hat womöglich etwas unangemessen angemutet."

"Dir sei vergeben. Betrachte die Konfiszierung deines Gemäldes durch meine Gefährtin als ausreichende Entschädigung dafür, dass ich deinem künstlerischen Jähzorn ausgeliefert war."

Vern nickte, offenkundig erleichtert, und kehrte einmal mehr zu den Kissen zurück, um endlich in Frieden zu essen.

* * *

Eryn zuckte zusammen. Eine Ecke der Leinwand schrammte die Wand entlang, als Vern achtlos von seinem Korridor in den Hauptraum einbog.

"Gib das her, du Barbar!", schnauzte sie ihn an und entriss das Gemälde seinen Händen. Akribisch untersuchte sie den Teil, der mit der Wand in Kontakt gekommen war und ließ erleichtert den Atem entweichen, als sie keinen Schaden entdecken konnte. "Ich werde es tragen. Du behandelst mein Eigentum nicht mit dem Respekt, den es verdient."

"Ja, genau", seufzte der Junge und verdrehte die Augen. "Bist du soweit? Ich muss in weniger als einer halben Stunde in der Klinik sein."

"Ich ebenfalls", nickte sie und eilte die Treppe hinunter zur Eingangstür.

Sie gingen die hellen, sonnigen Straßen entlang, beobachteten die Leute um sich herum, die auf dem Weg zu ihrem Arbeitsplatz waren, die Diener, die Einkäufe für ihre Arbeitgeber erledigten und ein paar Glückliche, die Zeit und Muße hatten, draußen unter einem Teehaus-Zelt zu sitzen.

Als sie die Klinik betraten, wollte gerade Dikea, eine Heilerin für dringende Verletzungen, an ihnen vorbeieilen. Eryn hatte sie kennengelernt, als Valrad sie einander bei ihrem ersten Besuch in Takhan vorgestellt hatte. Doch sie hielt inne, als sie die beiden erblickte.

"Guten Morgen, ihr beiden. Was habt ihr denn da? Eine Kleinigkeit, um diesen Ort hier ein wenig freundlicher erscheinen zu lassen?"

Sie trat vor Eryn und bedeutete ihr, die Leinwand umzudrehen, damit sie einen Blick auf das Bild werfen konnte. Eryn gehorchte und grinste, als die andere Frau nach Luft schnappte.

"Unglaublich!", flüsterte Dikea und sah Vern an. "Du hast das geschaffen?"

Vern nickte nur.

"Das ist… das Blutgefäßsystem des menschlichen Körpers!", rief sie aus. "Was sind die orangen und gelben Bereiche? Die haben eine bestimmte Bedeutung, denke ich."

"Aktivitätslevel, wenn der Körper dem Gefühl der Liebe ausgesetzt ist", erklärte Vern verlegen vor sich hin murmelnd.

"Wie bemerkenswert!"

"Du wirst besser diesen habsüchtigen Blick los. Es gehört *mir*", betonte Eryn.

"Du hast es gekauft? Verdammt!"

"Nein, ich habe ihn enteignet. Das ist wesentlich billiger", grinste sie.

"Kann ich es dir abkaufen?", flüsterte Dikea, ihre Augen weiterhin auf das Bild gerichtet.

"Keine Chance", meinte Eryn mit einem Kopfschütteln.

"Belnar, Urbel!", rief Dikea dann laut, und kurz darauf streckten zwei genervt wirkende Heiler ihre Köpfe aus ihren Behandlungszimmern.

"Ich sagte dir doch schon, dass ich es nicht mag, wenn du… Was ist das?", begann sich der Erste, ein Mann in seinen späten Dreißigern, zu beschweren, bis sein Blick auf die Leinwand fiel. Der Rest seines Körpers folgte dem Kopf in den Gang hinaus, und er näherte sich mit zusammengekniffenen Augen.

"Faszinierend", sagte er langsam.

Der zweite Heiler, in Mann in Eryns Alter, kam ebenfalls näher, seine Augenbrauen erstaunt nach oben gezogen.

"Das ist es in der Tat", stimmte er zu und nickte. Dann sah er Vern an. "Verkaufst du es?"

"Nein", antwortete Eryn. "Es gehört mir."

"Verkaufst *du* es dann?", wiederholte er seine Frage an Eryn gerichtet.

"Nein. Es wird auch weiterhin mir gehören."

"Du benutzt dieses Wort wirklich oft", schnaubte Vern. "Mir, mir, mir. Wie ein Kind, das ein Spielzeug verteidigt!"

"Nun, da sich die anderen Kinder versammeln und versuchen, es mir wegzunehmen, denke ich, dass ich das klarstellen sollte", entgegnete sie mit einem Schulterzucken. "Jetzt geh mir aus dem Weg - meine Schicht beginnt in ein paar Minuten, und ich wage zu behaupten, dass die Entschuldigung, dass ich von euch überfallen wurde, nicht besonders gut ankommen wird." Sie drängte sich an ihnen vorbei und marschierte rasch zu dem Behandlungsraum, den Valrad üblicherweise nutzte. Das Bild hielt sie dabei zu sich gedreht. So war es vor neugierigen Blicken geschützt, und niemand sonst würde sie aufhalten.

"Wir treffen uns in der Kantine nach deinem Unterricht", rief sie Vern über ihre Schulter zu.

Valrad wandte sich von dem Kasten, den er gerade nachfüllte, ab und begrüßte sie. Ihre Interaktionen waren nicht eben wärmer geworden, seit er sie dazu gebracht hatte, vor zwei Tagen den ersten Termin mit Iklan wahrzunehmen. Während sich Eryn davor zumindest an die Regeln grundlegender Höflichkeit gehalten hatte, sprach sie mittlerweile nur mehr dann mit ihm, wenn es absolut unumgänglich war.

Ohne ihn zur Kenntnis zu nehmen, lehnte sie das Bild gegen einen Kasten und ging zu Valrads Tisch, um eine Patientenakte vom Stoß auf der einen Seite des Schreibtischs zur Hand zu nehmen, zu öffnen und die letzten paar Behandlungen zu überfliegen, die diese Person in der Klinik erhalten hatte.

Valrad hatte in der Zwischenzeit das Gemälde hochgehoben und umgedreht, damit er es sich ansehen konnte. Sie hörte, wie er überrascht nach Luft schnappte.

"Unglaublich! Ich muss wohl nicht wirklich fragen, wer das gemalt hat", sagte er und starrte auf das Bild. Sein Gesichtsausdruck war fasziniert, während seine Augen den verschiedenen Linien folgten, die sich von der Abbildung eines Herzens im Zentrum des menschenförmigen Labyrinths aus ineinander verschlungenen Linien verzweigten. Nach ungefähr drei Minuten gründlicher Betrachtung sah er Eryn an. "Weshalb hast du dieses Bild mitgebracht? Falls er es verkaufen will, wäre ich bereit, ihm einen sehr guten Preis dafür zu bieten. Vorzugsweise, bevor zu viele meiner Kollegen es erblicken."

Sie ignorierte ihn und ging zur Tür, um den ersten Patienten hereinzuholen.

"Wirklich, Eryn?", seufzte ihr Vater. "Wie lange soll das noch so weitergehen? Du kannst mich nicht auf ewig ignorieren."

Nein, dachte sie, und lächelte, als eine junge schwangere Frau Mitte Zwanzig eintrat, aber sie konnte es versuchen.

* * *

Nach drei Stunden stieß sich Valrad von der Wand ab, an der er mit verschränkten Armen lehnte. "Das ist genug. So kann es nicht weitergehen. Auf diese Weise werden wir keine Arbeit erledigen. Nach jedem Patienten wartet mindestens ein Heiler vor unserer Tür, der sich das Bild ansehen und ein Kaufangebot dafür abgeben will. Ich werde mit dem Heilen weitermachen, während du es nach draußen bringst, damit sie es nach Herzenslust angaffen können. Andernfalls werden wir diesen Berg niemals durcharbeiten." Er klopfte auf den Stoß an Patientenakten, der seit dem Morgen in der Tat nicht merklich geschrumpft war. Nach jeder Behandlung verloren sie ein paar Minuten, wenn ein weiterer Heiler hereinschlüpfte, um sich das Meisterwerk anzusehen, über das alle sprachen.

Wortlos stand Eryn von ihrem Stuhl auf und ging zum Gemälde, um es aufzuheben und der Anordnung Folge zu leisten.

"Eryn?"

Sie blieb stehen. Unglücklicherweise konnte sie es sich nicht leisten, seine Anweisungen zu ignorieren. Er war noch immer ihr Vorgesetzter. Mit dem Rücken zu ihm wartete sie.

"Wir werden unser Mittagessen gemeinsam in der Kantine einnehmen. Wir treffen uns dort."

Mit einem knappen Nicken gab sie zu verstehen, dass sie den Befehl verstanden hatte und verließ dann das Behandlungszimmer. Hinter sich hörte sie sein bekümmertes Seufzen. Als sie in den Korridor hinaustrat, blinzelte sie. Mindestens zehn Heiler standen dort an die Wand gelehnt und drehten sich in ihre Richtung, als sie auftauchte. Ihre Augen sprangen sofort zu der Leinwand in ihren Händen.

"Was geht hier vor? Eine Party, von der mir niemand erzählt hat?", fragte sie gereizt.

"Wir sind hier um zu sehen, ob Dikea übertrieben hat", sagte ein Heiler und nickte zum Bild hin.

"Im Ernst? Habt ihr keine Arbeit, die ihr erledigen solltet?", schnaubte sie.

"Ich habe mehr als genug zu tun", schnappte eine Frau in ihren späten Fünfzigern und nickte ihr zu. "Jetzt dreh es um, damit ich wieder zu meiner Arbeit zurückkehren kann."

Eryn ließ ihren Blick den Gang entlang wandern und schüttelte dann den Kopf. "Nicht hier. Ihr blockiert den Patienten den Weg zu den Behandlungsräumen." Entschlossen ging sie voran, bis sie das Zimmer erreicht hatte, wo die Patientenakten gelagert wurden, und öffnete die Tür. Das hier wirkte geräumig genug, entschied sie, und trat ein. Sie lehnte das Gemälde gegen ein mit Akten gefülltes Regal und zog sich dann zurück, damit die Heiler es betrachten konnten.

Sie lächelte, als sie mehrere leise Pfiffe, beeindruckte Kommentare und erstaunte Ausrufe vernahm. Es schien, als hätte Verns im Ärger geschaffenes Paradestück einen beachtlichen Eindruck in den hiesigen Heilerkreisen hinterlassen.

"Dikea sagte, es gehört dir", meinte ein Heiler und wandte sich Eryn zu. "Stimmt das?"

"Ja, das stimmt", bestätigte sie und wartete auf das unvermeidliche Angebot, das zweifellos jeden Moment kommen musste.

Und tatsächlich wurde es kaum drei Sekunden später ausgesprochen. "Einhundert Goldstreifen."

"Einhundert und zwanzig", warf eine weitere Stimme näher bei der Tür ein.

"Zweihundert!", kam von einer weiteren.

Eryn hob die Hände und sagte ruhig aber nachdrücklich: "Ihr könnt damit aufhören, ich werde es nicht verkaufen!"

"Dreihundert!"

"Nicht einmal für eintausend Goldstreifen! Jetzt gebt endlich auf und kehrt zu eurer Arbeit zurück!", beschwor sie sie. Dreihundert Goldstreifen! Vern würden womöglich die Augen aus seinem Kopf fallen, wenn er davon erfuhr. Und er hatte das Gemälde verbrennen wollen! So viel zu seiner normalerweise vorhandenen Vernunft.

"Wo hält sich der Junge eigentlich derzeit auf?", fragte einer der Heiler beiläufig.

Eryn schüttelte den Kopf. Sie würden doch wohl kaum den Unterrichtsraum stürmen, um ihn zu belagern, oder etwa doch? Andererseits hatten sie gerade bis zu dreihundert Goldstreifen für ein Bild von ihm geboten.

"Er besucht einen der Vorträge der Heilerlehrlinge im zweiten Jahr", erklärte sie in der Hoffnung, dass dies helfen würde, sie endlich loszuwerden. Sie würde es einfach Vern überlassen, sich mit ihnen zu plagen. Er war immerhin der Grund, weshalb sie sich so verhielten. Den Gedanken, dass es auch etwas damit zu tun haben mochte, dass sie selbst vorgeschlagen hatte, das Gemälde mitzunehmen, damit sie später nicht zur Aren Residenz zurückkehren und es holen musste, schob sie beiseite.

Sobald alle fort waren, schloss sie die Tür und wollte sich gerade dagegen lehnen. Beinahe augenblicklich wurde sie erneut von drei Heilern aufgestoßen, die sich unbedingt ansehen wollten, was aktuell zum wichtigsten Gesprächsthema im gesamten Gebäude geworden war.

Eryn unterdrückte ein Stöhnen, trat beiseite, setzte sich dann auf den Boden und wappnete sich, die nächsten Angebote abzulehnen.

* * *

Vern hob seinen Arm und winkte ihr zu, als er sie in die Kantine kommen sah. Er saß an einem Tisch mit Valrad. Wie praktisch, da Letzterer sie angewiesen hatte, heute mit ihm zu Mittag zu essen.

Beinahe alle Augen in dem geräumigen Saal wanderten augenblicklich zu der Leinwand in ihren Händen. Sie bedachte die Heiler mit feindseligen Blicken, die als Warnung dienen sollten, sie nicht mit weiteren unwillkommenen Angeboten zu belästigen, wo sie nichts weiter als ein ruhiges und friedliches Mahl einnehmen wollte. Nun, so ruhig ein Mahl mit Vern oder so friedlich ein Mahl mit Valrad eben sein konnte.

Sie nahm neben ihnen Platz und lehnte das Gemälde gegen die Kissen zwischen sich und Valrad, sodass es als praktische Barriere diente.

"Du wirst nicht glauben, was heute passiert ist!", platzte der Junge heraus und schob das Essen, das sie bereits für Eryn bestellt hatten, in ihre Richtung.

"Lass mich raten", lächelte sie. "Ein konstanter Strom an Heilern hat ständig den Unterricht gestört, um dich wegen deines Gemäldes zu drangsalieren. Habe ich Recht?"

"Woher weißt du das?", fragte er, verdrossen darüber, dass er sie nicht verblüffen konnte.

"Weil ich sie selbst dorthin geschickt habe, als sie mir immer weiter auf die Nerven gingen. Stell dir vor - sie haben mir unvorstellbare Beträge dafür angeboten!", lachte sie. "Einer ging bis dreihundert Goldstreifen - ist das zu glauben?"

Vern kicherte. "Wenn du das schon unvorstellbar findest, warte bis du hörst, was sie mir angeboten haben!"

Sie zog ihre Augenbrauen hoch. "Mehr als dreihundert?"

"Sie gingen hinauf bis fünfhundert!", flüsterte er und beobachtete vergnügt, wie sie die Augen aufriss. "Und das, obwohl ich ihnen immer wieder sagte, dass es mir nicht mehr gehört! Und weißt du, was am umwerfendsten war? Das letzte Angebot kam vom Oberhaupt der Klinik - er wurde herbeigerufen, weil er die Heiler davon abhalten sollte, dass sie ständig den Vortrag unterbrachen, hat dann aber die Chance ergriffen, selbst für das Gemälde zu bieten! Wie unglaublich ist das denn bitte?"

"Absolut unglaublich!", rief sie aus. "Was auch immer die Künstler von dir denken mögen, die Heiler sind eindeutig hingerissen von deinem Talent, mein Junge."

Vern seufzte. "Ja. Es scheint recht eindeutig, an welche Gruppe ich mich halten werde."

"Sei nicht traurig darüber, dass du diese Künstler loswirst, Vern", sagte sie und lehnte sich vor, um ihre Lippen tröstend auf seine Stirn zu pressen. "Wenn sie dich nicht schätzen, verdienen sie es nicht besser. Und so wie es im Moment aussieht, könntest du schon allein damit reich und berühmt werden, indem du deine Werke an die Heiler verkaufst. Es ist ein Glücksfall, dass die meisten von ihnen reicher zu sein scheinen als gut für sie ist und sie bereit sind, übertriebene Preise zu bezahlen, was?"

Das erinnerte ihn an eine weitere Sache. "Als ich ihnen sagte, dass dieses Gemälde nicht zum Verkauf steht, begannen sie zu bieten auf was auch immer ich als nächstes male! Kannst du dir so etwas vorstellen? Einige von ihnen waren sogar bereit, im Voraus zu zahlen - für etwas, das ich noch nicht einmal gemalt habe!"

"Es scheint, als hättest du es vermocht, mit deinem künstlerischen Stil zur Interpretation des menschlichen Körpers die Vorlieben einer recht spezifischen Gruppe an Menschen anzusprechen", lächelte Valrad. "Nicht-Heiler mögen ebenfalls fasziniert sein von dem, was sie sehen, doch Heiler können es zusätzlich dazu auch intellektuell verstehen. Ich muss zugeben, dass ich selbst ebenfalls bereit wäre, einen großzügigen Preis für dieses Bild zu bezahlen. Was hat dich dazu veranlasst, es zu erschaffen?"

Vern sah ihn verlegen an. "Ärger und Trotz, soweit ich mich erinnere."

"Das kommt nicht ganz unerwartet", nickte der Heiler verständnisvoll. "Werke, die große Energie ausstrahlen, erfordern fast immer Energie, um sie zu kreieren. Energie, die aus Emotionen kommt. Wenngleich das Bild nicht unbedingt von der Sorte ist, die ich mit *diesen* Emotionen in Verbindung gebracht hätte. Es scheint etwas ganz anderes abzubilden, sofern ich mich nicht sehr irre?"

Der Junge nickte. "Das war es, was ich in Enrics Körper wahrnahm, als ich ihn bat, an Eryn zu denken."

"Liebe also", nickte Valrad und lächelte Eryn an. "Ich kann verstehen, warum du dich nicht davon trennen möchtest. Man könnte es als sichtbaren Beweis seiner tiefen Zuneigung zu dir betrachten."

Sie blinzelte und wandte den Blick ab. Das war eine feinsinnige und charmante Beschreibung, und sie war irritiert darüber, dass er derjenige war, der solch ansprechende Worte dafür fand. Sie wollte sich von nichts, das er von sich gab, berühren lassen.

"Warum hast du das Bild mitgebracht?", fragte er dann den Jungen, offensichtlich in dem Bewusstsein, wie gering die Chancen auf eine Antwort standen, wenn er sich damit an Eryn wandte.

"Ich wollte es Elwoi zeigen und ihm mitteilen, dass meine Art von Kunst nicht das ist, was er für mich angedacht hat. Ich wollte ihm das Bild vor die Füße werfen und es in Flammen aufgehen lassen, aber Eryn meint, das darf ich nicht", schloss er aufgebracht.

"Es in Flammen aufgehen lassen?" Valrads Miene drückte blankes Entsetzen aus, und er starrte zuerst den Jungen, dann das Bild neben sich an. "Natürlich nicht! Das wäre eine abscheuliche Tat!", rief er aus, seine Augen geweitet bei dem Gedanken, solch ein Werk zu zerstören. "Sie hat absolut Recht damit, es dir zu verbieten!" Er lehnte sich zurück und murmelte kopfschüttelnd: "Es in Flammen aufgehen lassen - unglaublich!" Dann lehnte er sich wieder vor. "Wirst du in naher Zukunft ein weiteres Bild malen? Hast du irgendeines der Angebote auf zukünftige Arbeiten akzeptiert?"

"Nein, das könnte ich nicht", protestierte Vern. "Ich meine, ich weiß nicht einmal, ob ich es jemals wieder hinbekomme, so etwas zu erschaffen! Wie ich dir schon sagte, war es das Ergebnis aus Ärger und Trotz. Was ist, wenn ich diese Gefühle niemals wieder verspüre?"

Eryn schnaubte. "Du bist fast siebzehn, glaube mir also, wenn ich dir sage, dass es noch mehr als einen Anlass für dich geben wird, dich so richtig zu ärgern."

"Was ist, wenn beim nächsten Mal nicht ein spezifischer Drang zum Malen, sondern zum Schleudern zerbrechlicher Gegenstände an Wände ausgelöst wird?", argumentierte er.

"Dann wirst du eine Möglichkeit finden, das den Heilern als ein weiteres Meisterstück zu verkaufen", grinste sie.

"Sehr amüsant", knurrte Vern. "Ich habe hier eine ernsthafte Schaffenskrise, und du machst dich über mich lustig! Aus diesem Grund wäre es gut, Künstler um mich zu haben, mit denen ich über so etwas reden kann - die verstehen, was ich durchmache und könnten mir raten, was ich tun soll."

"Kannst du nicht einfach mit einem oder zwei von ihnen befreundet bleiben, ohne dich diesem Elwoi-Typen zu unterwerfen?"

Valrad schüttelte den Kopf. "Das ist nicht wirklich machbar, fürchte ich. Elwoi's Autorität ist immens. Er würde Sanktionen über jeden Künstler verhängen, der jemanden unterstützt oder auch nur den Kontakt mit Leuten pflegt, die er nicht gutheißt."

Eryn schluckte ihren letzten Bissen und stellte die leere Schüssel zur Seite. "Es tut mir leid, mein Junge. Wie bedauerlich, dass es hier offenbar nicht hauptsächlich darum geht, dein Talent zu entwickeln, sondern darum, dich jemanden unterzuordnen, der dir seine Standards aufzwingen will anstatt dich du selbst sein zu lassen. Weißt du, die denken, sie seien uns hier weit voraus, aber in manchen Bereichen ziehe ich das ernsthaft in Zweifel."

Das brachte ihn zum Lächeln. "Nun, beim Heilen müssen wir uns hier ebenfalls anderen unterordnen."

"Aber dabei geht es darum, Qualitätsstandards einzuhalten und Leben und Gesundheit zu schützen anstatt den Machthunger einer einzelnen Person zu unterstützen", widersprach sie und warf Valrad einen kritischen Blick zu. "Nun, meistens zumindest."

Ihr Vater zog eine Augenbraue hoch. "Du unterstellst mir doch wohl nicht etwa, ich würde meinen Einfluss hier auf irgendeine Art missbrauchen, oder etwa doch?"

Eryn hob ihr Kinn und setzte dazu an, ihm eine Antwort zu geben, die er keineswegs schätzen würde, doch Vern sprang auf und zog sie mit sich hoch.

"Aber natürlich würde sie nicht im Traum daran denken, so etwas Respektloses zu behaupten", versicherte er dem hochrangigen Heiler. Während er das Gemälde mit seiner freien Hand umfasste, zerrte er sie mehr oder weniger mit sich. "Ich fürchte, wir müssen jetzt wirklich los. Es gibt Dinge, um die wir uns kümmern müssen. Wie zum Beispiel uns einen gewissen einflussreichen Künstler zum Todfeind zu machen und so. Auf Wiedersehen, Valrad."

"Auf Wiedersehen, Kinder", erwiderte der Heiler und beobachtete, wie sich die beiden zurückzogen, während Eryn verärgert mit Vern flüsterte.

"Manchmal kommt es mir wirklich vor als wäre ich der Erwachsene von uns beiden", beschwerte sich Vern, sobald sie das Gebäude verlassen hatten. "In letzter Zeit hast du den Leuten die kalte

Schulter gezeigt, und bei den wenigen Gelegenheiten, wo du dich entschließt, du selbst zu sein, passiert das in den ungelegensten Situationen. Was hättest du dabei gewonnen, dich ihm in einem Saal mit all seinen Kollegen entgegenzusetzen, frage ich dich?"

Sie blieb stumm und wusste sehr wohl, dass er vollkommen Recht hatte. Das machte die Sache nicht besser.

"Keine schlagfertige Antwort?", schnappte Vern.

"Nein", murrte sie. "Nur, dass mir das nicht passiert, wenn *du* nicht dabei bist."

"Dann ist das also meine Schuld?", rief er empört aus.

"Das habe nicht gesagt, oder?"

"Lustig, genau so klang es aber für mich."

"Hör auf, mich zu schikanieren und gib mir das Bild, bevor du es gegen die nächste Wand schmetterst oder dich entschließt, es zu verbrennen!"

Er rollte mit den Augen, drückte ihr aber die Leinwand in die Hand und setzte sich in Richtung der Künstlerakademie in Bewegung.

"Weißt du überhaupt, ob er zu dieser Tageszeit dort ist?"

"Ja, ich bin recht zuversichtlich. Üblicherweise beglückt er zu dieser Tageszeit seine Untergebenen mit seiner Weisheit."

"Dann platzen wir also in einen Vortrag, eine Rede oder etwas in der Art hinein?", murmelte sie. "Brillant. Warum ihm unter vier Augen entgegentreten, wenn es auch vor einer Menge Leute geht?"

"Das sagst gerade du", grollte Vern. "Wer von uns beiden provoziert Lord Tyront laufend vor dem Rat der Magier?"

"Dazu kann ich nur sagen, dass ich ihn auch außerhalb der Ratsversammlungen provoziere!"

"Darum geht es hier wohl kaum."

"Spar dir deinen Ärger für die Künstler auf anstatt ihn an mich zu verschwenden", seufzte sie.

"Davon habe ich genug für euch alle übrig, keine Sorge", schnappte er und beschleunigte seine Schritte. Damit war Eryn zum Laufen gezwungen, um ihn einzuholen.

"Du sollst die schwangere Lady nicht auslaugen", wies sie ihn an.

"In deinem Fall brauchen wir eine Regel, die mich davor bewahrt, von dir ausgelaugt zu werden", seufzte er, wurde aber wieder langsamer, damit sie sich nicht so abmühen musste. Eine Weile setzten sie ihren Weg schweigend fort, während Eryn sich neugierig umsah. Diesen Teil der Stadt hatte sie in der Vergangenheit nicht wirklich besucht. Er wirkte älter, aber nicht weil er schäbig oder nicht ordentlich instandgehalten wurde, sondern eher, als hätten sich die Leute hier gegen Modernisierungen gewehrt, um die alten Strukturen und Stile am Leben zu erhalten.

"Wie viele Künstler gibt es eigentlich?", fragte sie dann.

"Einige. Aber nicht alle davon sind in der bildenden Kunst aktiv. Es gibt Maler, Bildhauer und Architekten, wenngleich Letztere eher als Außenseiter betrachtet werden."

"Weil sie etwas Praktisches tun?"

"Mehr oder weniger. Sie brauchen abgesehen von den Eigenschaften ihrer Materialien noch zusätzliches Wissen, was bedeutet, dass sie eine Menge Berechnungen und dergleichen durchführen müssen. Damit sind sie eher Handwerker als Künstler."

"Welche anderen Künstler gibt es noch? Du sagtest *bildende* Kunst. Was treibt der Rest? Musik machen?"

"Da wäre das, ja. Und natürlich die literarischen Künste."

"Wie das Schreiben von Gedichten, nehme ich an?"

"Nicht nur, aber auch. Gedichte, Lieder, Texte, wundervoll formulierte Reden für besondere Anlässe, Geschichten und so weiter", erklärte er.

Sie nickte. "Ich erinnere mich, dass man mir von Leuten erzählt hat, die für Geld Kommitment-Eide verfassen, aber das wird nicht gerne gesehen. Ich schätze, ich weiß jetzt, an welche Leute man sich zu diesem Zweck wendet. Das ist es?", fragte sie, als sie vor einem reichlich verzierten Gebäude standen, in dessen Fassade zahlreiche Säulen, Nischen, Farben und Skulpturen integriert waren. "Das schreit ja förmlich *Künstler*."

Er nickte lediglich, und seine Miene wurde grimmig, als er auf das mittlere der drei Eingangsportale zumarschierte.

"Drei? Im Ernst?", murmelte Eryn und folgte ihm hinein.

Vern war offensichtlich bereits einige Male hier gewesen. Er benötigte keine Zeit, um sich zu orientieren, sondern schien genau zu wissen, wohin er wollte. Zwei Treppenaufgänge und drei Korridore später standen sie vor einer weiteren riesigen Tür in der Größe der Eingangsportale. Die Künstler hatten eindeutig eine Vorliebe für gewaltige, imposante Strukturen.

Vern nahm einen tiefen Atemzug, dann stieß er die beiden Flügel ohne anzuklopfen auf. Eryn fragte sich flüchtig, ob man das wohl hier als ebenso unhöflich betrachten würde wie zuhause, doch ein Blick auf die schockierten Gesichter des etwa fünfzig Leute umfassenden Publikums vermittelten ihr den Eindruck, dass dies tatsächlich der Fall war. Definitiv.

Auf einer Plattform sah sie einen großen, dünnen Mann, dessen langer dunkler Bart erste Anzeichen von Weiß zeigte. Er war in dunkelrote Gewänder gekleidet, die viel zu warm für dieses Klima wirkten. Das musste wohl Elwoi sein.

Als er sich von der unsanften Überraschung dieser unhöflichen Unterbrechung erholt hatte, verengten sich seine Augen, und er begann mit schriller Stimme und einem Gesichtsausdruck, als hätte er soeben in eine saure Frucht gebissen, zu sprechen: "Junger Vern, ich weiß nicht, wie die Gepflogenheiten an dem Ort sind, wo du herkommst, doch hier..."

"Verzeih mir mein ungezogenes Benehmen, Elwoi", grinste Vern spöttisch, "aber da du nie müde geworden bist, mir die barbarische Natur meiner Heimat vor Augen zu führen, kann das kaum eine große Überraschung für dich sein."

"Wenn das die Art und Weise ist, wie du uns unsere großzügige Bereitschaft vergelten willst, mit der wir dir unsere Türen geöffnet haben, kannst du gleich wieder umdrehen und…"

"Mach dir darüber keine Sorgen", unterbrach Vern ihn abermals und ließ ein wenig Magie in seine Stimme fließen, um sie eindrucksvoller klingen zu lassen. "Nach dem heutigen Tag habe ich nicht die Absicht, deine heiligen Hallen jemals wieder mit meiner Anwesenheit zu besudeln."

Eryn bemerkte, wie die Blicke des Publikums in gespannter Aufmerksamkeit von einem Sprecher zum anderen sprangen. Offenkundig war es kein alltäglicher Anblick, dass ihr mächtiger Oberkünstler von einem halbwüchsigen Jungen herausgefordert wurde.

"Ich bin hergekommen, um dich zu informieren, dass ich deine Forderung, ich müsse mich zwischen dem Heilen und der Kunst entscheiden, als unangemessen erachte. Und dass ich nicht die Absicht habe, mich von dir zu irgendetwas in dieser Art drängen zu lassen. Das Einzige, wovon du mich abhalten kannst, ist, meinen Kontakt mit deiner elitären Institution aufrechtzuerhalten, aber das ist auch schon alles. Du kannst mich ebenso wenig davon abhalten ein Künstler zu sein wie du mich vom Heilen abbringen kannst."

Er wandte sich zu Eryn um und streckte seine Hand aus, damit sie ihm das Gemälde reichte. Das tat sie, wenngleich recht widerwillig. Sie vertraute noch immer nicht vollständig darauf, dass es unversehrt bleiben würde. Seine Finger schlossen sich um den Rahmen, und er hob es hoch über seinen Kopf, damit es alle sehen konnten.

"Das kommt heraus, wenn ich Liebe male!", schrie er. "Es ist eine Kombination dessen, was ich sehe und weiß, und ich habe nicht die Absicht, mich dafür zu entschuldigen oder meine Art mich auszudrücken so zu verändern, dass du das Gefühl hast, du hättest mich erfolgreich in eine deiner Gussformen gepresst! Wenn ich die Wahl treffen muss, ob ich bei den Heilern oder bei dir bleibe, dann ist das keine wirkliche Wahl! Die Heiler schätzen meine Kunst, bitten mich um Illustrationen, wollen *deswegen* und nicht *trotz dem* mit mir arbeiten! Du verlangst, dass ich etwas aufgebe, das ebenso ein Teil von mir ist wie die Kunst, und das kannst du nicht! Dazu hast du einfach kein Recht! Und weißt du was? Die Heiler haben mir für dieses Gemälde hier fünfhundert Goldstreifen geboten! Ich habe keine Ahnung, wie viel ihr normalerweise für eure Arbeit verlangt, aber für mich ist das eine Menge Gold. Und es zeigt mir, dass sie mich schätzen." Er ließ seine Arme mit dem Gemälde sinken und wirkte plötzlich seltsam klein, nun, wo er all die verärgerten Worte losgeworden war, als hätten diese ihn mächtiger erscheinen lassen. "Ich verabschiede mich nun. Mögest du Erfüllung darin finden, dir selbst anstatt den Künsten zu dienen und diejenigen loszuwerden, die das ablehnen."

Damit drehte er sich um und ging wieder hinaus, ließ den Saal in vollkommener Stille zurück. Erst als sie das riesige Portal durchschritten hatten, schien Elwoi seine Stimme wiederzufinden.

"Du wirst hier nicht hereinstürmen und…"

Verns Schritte verlangsamten sich nicht einmal, als er Eryn das Gemälde in die Hand drückte, beide Arme hob und ohne sich umzudrehen die schwere Tür unter Einsatz von Magie mit einem massiven Donnern schloss.

Sie folgte ihm schweigend hinaus ins Freie, nicht sicher, ob er im Moment reden wollte. Vor dem Gebäude blieben sie stehen. Der Junge drehte sich zu ihr um, seine Miene unsicher.

"Wie fandest du das eben?"

Sie blinzelte, dann grinste sie. "Ich denke, das war absolut, total und unendlich brillant!" Sie lachte. "Hast du ihre Gesichter gesehen? Und besonders das des großen Meisters? Zuerst war es weiß wie Schnee, dann hat es sich zu knallrot gewandelt!"

Vern kicherte nun ebenfalls. "Ich dachte für einen Moment, dass seine Augen aus den Höhlen springen würden, so wie sie hervorgetreten sind."

"Ja", nickte Eryn eifrig, "wie ein Fisch!"

"Und jetzt?", fragte der Junge. "Ich will noch nicht nach Hause. Lass uns etwas unternehmen!"

"Wie viel Geld hast du bei dir, mein Junge?"

"Drei Goldstreifen", antwortete er.

"Fabelhaft. Das bedeutet, dass wir in einem Teehaus ordentlich feiern können. Du wirst etwas für Erwachsene trinken, während ich mich wohl an etwas halten sollte, dass meinem Passagier nicht schadet", grinste sie und rieb ihren Bauch.

KAPITEL 14

Unerwartete Konsequenzen

Eryn nickte Iklans Assistentin verdrossen zu und wurde angewiesen, geradewegs zu ihm hineinzugehen. Dies war nun ihr zweites Treffen mit ihm, und sie war keine Minute früher hier als unbedingt erforderlich. Sie hatte einen weiteren mühsamen Tag der Zusammenarbeit mit Valrad hinter sich, im Zuge dessen sie jeglichen Austausch, der nicht für ihre Arbeit notwendig war, vermieden hatte. Zumindest aber hatte sie die Erinnerung an Verns Zusammentreffen mit Elwoi am Vortag sowie an die darauffolgenden drei Stunden, die sie gemeinsam im Teehaus verbracht hatten, aufgeheitert.

"Guten Tag, Eryn", grüßte der Heiler sie heiter, als sie sein Büro betrat und sogleich zu seiner gemütlichen Sitzgruppe weiterging. "Was kann ich dir zu trinken anbieten?"

"Was auch immer du trinkst", antwortete sie und nahm kurz darauf ein großes Glas mit dunkelgelbem Saft entgegen.

"Wie geht es dir heute?", fragte er, als beide Platz genommen hatten.

"Sehr gut. Außerordentlich gut sogar", lächelte sie enthusiastisch. "Ich habe viel über das nachgedacht, was du mir letztes Mal gesagt hast. Vieles ist klarer geworden. Ich habe jetzt einen überschaubaren Weg vor mir, der mir helfen wird, die Probleme mit meiner Familie schlussendlich hinter mir zu lassen. Ich weiß jetzt, was ich zu tun habe."

Überrascht sah Iklan sie an. "Ist das so? Ich wäre sehr interessiert, mehr über diesen Weg zu hören, wenn du bereit wärst, mir davon zu erzählen."

Sie nickte. "Aber natürlich. Es ist an sich recht simpel, und doch war die Erkenntnis eine Erleuchtung! Ich muss mich mehr öffnen,

232

damit aufhören, mich gegenüber den Menschen, die mich lieben, so kalt zu geben. Und ich muss mit Valrad reden, dieses ganze Missverständnis aufklären, mir anhören, was er zu sagen hat, und ihm sagen, wie es mir selbst mit all dem geht."

"Das sind ganz erstaunliche Fortschritte, die du in nur ein paar Tagen gemacht hast, muss ich zugeben", meinte der Heiler mit einem ermutigenden Lächeln. "Nach nur einem Termin ist dies dermaßen beachtlich und ungewöhnlich, dass ich nicht wirklich anders kann als mich zu fragen, ob dies nicht ein wenig zu gut ist, um wahr zu sein. Es würde dir sicher nichts ausmachen, all dies unter dem Einfluss eines Lügenfilters zu wiederholen, nicht wahr? Nur um meiner professionellen Integrität Genüge zu tun, wenn ich zu deinem Vater gehe und ihn informiere, dass du meiner Beratung nicht länger bedarfst."

Eryn warf ihm einen verletzten Blick zu. "So wenig Vertrauen hast du in mich, Iklan? Und doch verlangst du von mir, dass ich dir meine persönlichsten Geheimnisse und Sorgen anvertraue. Ist Vertrauen nicht etwas, das in beide Richtungen gehen sollte? Wo ist *dein* Vertrauen in *mich*, frage ich dich?"

Er bedachte sie mit einem liebenswürdigen Lächeln. "Netter Versuch, Eryn, doch du bist nicht die erste... Klientin, die versucht, mich vorzeitig davon zu überzeugen, dass meine Dienste nicht länger benötigt werden. Lass mich meine Frage wiederholen: Wie geht es dir?"

"Es geht mir gut, danke. Und dir? Wie läuft es so im Redetherapie-Geschäft? Du wirkst ein wenig müde, weißt du."

"Nun, ich bedanke mich für die Nachfrage, doch wir sind nicht hier, um über *mich* zu sprechen." Er nahm einen Schluck von seinem Glas, bevor er fortfuhr: "Ich erinnere mich daran, dass du mir sagtest, du hättest keinerlei Absicht, über Valrad, Malriel oder dein Kind zu sprechen. Ich habe mich gefragt, ob du wohl bereit wärst, stattdessen über Ram'an zu reden."

Nein, nein, nein! Sie nahm ebenfalls ihr Glas hoch, um ein wenig Zeit zu gewinnen und sich zu ermahnen, kühl, ruhig und gelassen zu bleiben.

"Ram'an. Du meinst das Oberhaupt von Haus Arbil?"

"Genau den", lächelte Iklan nachsichtig. "Also?"

"Sicher, überhaupt kein Problem. Reden wir über ihn. Wie ich höre, arbeitet er hart daran, sein Haus geschäftlich wieder ins Spiel zu bringen. Wusstest du, dass er ein recht geschickter Kletterer ist?"

"Tratsch war es nicht, was ich im Sinn hatte, als ich dieses Thema vorschlug", seufzte der Heiler. "Ich möchte, dass du mir sagst, wie du mit ihm auskommst."

"In Anbetracht unserer Probleme in der Vergangenheit komme ich sehr gut mit ihm aus. Wenn wir aufeinandertreffen, können wir wie zivilisierte Menschen miteinander sprechen. Eine beachtliche Leistung, die von beiderseitiger Reife großen Ausmaßes spricht, wenn du mich fragst. Und Enric kommt ebenfalls gut mit ihm aus. Enric tätigt einiges an Geschäften mit seinem Haus, sowohl als Repräsentant von Haus Aren als auch in seiner eigenen Kapazität als Geschäftsmann."

"Und wieder weichst du geschickt einem Versuch aus, mit dem ich dich dazu bewegen wollte, über deine Gefühle zu sprechen", seufzte er. "Besonders elegant fand ich, wie du zu seinem Umgang mit deinem Gefährten umgeschwenkt bist, um das Hauptaugenmerk von dir selbst abzulenken. Allerdings muss ich dir sagen, dass allgemein bekannt ist, dass die Dinge zwischen dir und Ram'an nicht ganz so unkompliziert stehen, wie du es mir weiszumachen versuchst. Er wurde mehrfach bei Versuchen beobachtet, dich zu Mahlzeiten und zum Tee einzuladen, doch stets weist du ihn mit einem Lächeln ab."

"Allgemein bekannt? Also Tratsch? Iklan, ich bin schockiert!", rief sie in hämischer Entrüstung aus. "Ich dachte, solch unzuverlässigen Informationsquellen gegenüber wärst du abgeneigt!"

Er rieb sich über sein Gesicht und seufzte. "Du bist fest entschlossen, mir das hier so schwer wie möglich zu machen, habe ich Recht? Lass mich dir aber versichern, dass du mich auf diese Weise sicher nicht zur Kapitulation bewegen wirst. Dies wird einzig und allein dazu führen, dass sich die Zeitspanne, die wir miteinander verbringen, verlängert." Ihre entmutigte Miene brachte ihn zum Lächeln. "Bin ich etwa gerade auf eine Möglichkeit gestoßen, dich zur Kooperation zu bewegen, Eryn? Indem ich dir in Aussicht gestellt habe, dass du früher davon befreit sein wirst, zu mir kommen zu müssen?"

Sie zuckte mit den Schultern. "Oh, aber warum denn? Das ist ein wirklich ansprechender Raum mit gemütlichen Sitzgelegenheiten, und du servierst einen sehr guten Saft. Warum würde ich denn aufhören wollen, hier hin und wieder für eine nette kleine Unterhaltung vorbeizukommen?", erwiderte sie leichthin.

"Wie du wünscht. Wir können ebenso gut die gesamte Dauer deines Aufenthalts in Takhan dafür nutzen. Ich bin sicher, dass es deinem Vater nichts ausmachen wird. Ah, ja", lächelte er breit. "Da war das Zucken wieder. Sag mir, meine Liebe, weshalb es solch eine Reaktion in dir auslöst, wenn ich ihn als deinen *Vater* bezeichne?"

"Weil es womöglich nicht stimmt", antwortete sie und verschränkte die Arme.

"Wie darf ich das verstehen? Dass du entschieden hast, ihn nicht als solchen anzunehmen?"

"Eher, dass ich überzeugt bin, dass es sich bei all dem um einen Fehler gehandelt haben könnte. Pe'tala könnte sich irren; ein kleiner, verständlicher Fehler. Sie ist nur ein Mensch, und Menschen machen immerhin Fehler", fügte sie großzügig hinzu.

"Ist das so?", bemerkte Iklan milde. "Ich frage mich, wie deine Schwester auf solch eine Aussage reagieren würde. Wie ungemein interessant. Wenn ich sie als deine *Schwester* bezeichne, zeigst du keinerlei Anzeichen einer körperlichen Reaktion, obwohl es das Ergebnis der gleichen Umstände ist, die Valrad zu deinem Vater machen. Siehst du? Du hast schon wieder gezuckt. Du versuchst es zu unterdrücken, doch da gibt es kleine Signale, wenn man weiß, worauf man achten muss und darauf wartet."

"Hör auf, mich auf diese Weise zu beobachten! Das mag ich nicht", krächzte sie.

"Die Macht der Gewohnheit, fürchte ich. Eine recht nützliche in meinem Beruf, wie du dir wohl denken kannst. Zuweilen kommunizieren Menschen mit ihrem Körper wesentlich ehrlicher als mit ihrer Stimme, musst du wissen. Aber lass uns zu dem zurückkehren, was du sagtest. Du denkst, es könnte auf einem Irrglauben basieren, dass Valrad als dein leiblicher Vater anerkannt wurde?"

"Ja. In meiner Kindheit wurde mir mehr als einmal gesagt, wie ähnlich ich meinem Vater in Bezug auf meine Intelligenz bin, und dass ich seine Nase hätte. Valrads Nase sieht vollkommen anders aus."

Iklan lehnte sich zurück und betrachtete sie eine Weile. "Du versuchst dir hier deine eigene Realität zu basteln, um vor der zu fliehen, die du unwillig bist zu akzeptieren. Das ist ein Weg, mit Schmerz umzugehen - die Weigerung zu glauben, dass die Umstände, die ihn verursacht haben, nicht wirklich existieren. Unglücklicherweise ist das kein gesunder Ansatz, um damit durchs Leben zu gehen. Wenn du dir das genau betrachtest ohne die Dinge fortzuschieben, die du nicht sehen willst, wirst du erkennen, dass deine Argumente aus Heilersicht nicht stichhaltig sind. Pe'tala mag ein Mensch sein, doch sie ist eine außergewöhnliche Heilerin, besonders wenn man betrachtet, wie jung sie noch ist. Das war ihre Art, mit ihren Schwierigkeiten in ihrer Jugend umzugehen - indem sie vorzügliche Leistungen anstrebte, um sich selbst und den Leuten um sich herum etwas zu beweisen. Was deine Ähnlichkeit mit Ved'al anbelangt, so wird Intelligenz bis zu einem gewissen Grad dadurch bestimmt, wie wir aufgezogen werden. Sie hängt davon ab, ob Wachstum und Entwicklung erlaubt und gefördert werden, und nicht von bloßer Vererbung. Und was deine Nase betrifft, so bist du dir sicher darüber im Klaren, dass die Regeln der Vererbung nicht nur die Generation unmittelbar davor betreffen, würde ich vermuten."

"Ich will das nicht hören", sagte sie knapp und sah aus dem Fenster.

"Natürlich nicht. Meine Worte sind eine Bedrohung für diesen Käfig aus ignorierten Tatsachen und Wunschdenken, den du um dich errichtet hast. Du fliehst vor der Wahrheit, anstatt dich damit auseinanderzusetzen. Ich erinnere mich an den Kommitment-Eid deines Gefährten. Er erwähnte etwas von einer Neigung zum Davonlaufen, wenn ich mich nicht irre."

"Das war etwas vollkommen anderes!", protestierte sie.

"War es das?", lächelte er. "Wenn du das sagst, meine liebe Eryn."

"Spar dir deine Gönnerhaftigkeit!", schnappte sie.

Iklan stieß einen schweren Seufzer aus. "Es stimmt, was man sagt. Heiler sind tatsächlich die schlimmsten Patienten, die es gibt."

"Erstens erinnere ich mich daran, dass wir übereingekommen sind, dass ich nicht deine *Patientin* bin, und zweitens ist es wohl kaum sehr professionell von dir, mir zu erklären, ich sei schwierig, oder?"

"Du hast natürlich recht. *Klientin*, nicht Patientin in deinem Fall. Was deinen zweiten Einwurf betrifft, würde ich nicht behaupten, dass unsere Beziehung den üblichen Kriterien entspricht. Du *möchtest* schwierig sein, und ich lasse dich lediglich wissen, dass du damit Erfolg hast. Das ist wohl kaum eine Beleidigung für dich, sondern ein Kompliment, oder liege ich hier falsch?"

Das traf zu, wie sie zugeben musste. Sie war frustriert, weil sie gezwungen war, hierherzukommen als Bedingung dafür, dass sie weiterhin hier arbeiten konnte. Und sie war nicht willens, als einzige darunter zu leiden.

"Sag mir, wie du dich fühlst, wenn du hörst, wie jemand Valrad als deinen Vater bezeichnet", kehrte er zum aktuellen Thema zurück.

Sie stöhnte. "Können wir nicht doch lieber über Ram'an reden? Ich denke, ich wäre jetzt dazu bereit."

Iklan lächelte zufrieden. "Aber sicher doch. Was auch immer du wünschst."

* * *

Eryn verließ die Klinik und seufzte, als sie gegen das Sonnenlicht blinzelte.

"Hallo du", erklang Verns Stimme hinter ihr, wo er im Schatten gegen die Wand gelehnt stand. "Bist du fertig für heute?"

"Hallo, mein Junge. Warum bist du noch immer hier? Warst du nicht schon vor zwei Stunden fertig?"

Er zog die Schultern hoch. "Ja, das war ich, aber einige Heiler haben mir aufgelauert und wollten über mein Gemälde reden. Ich musste mich hinter Türen verstecken und in Nischen ducken, um es endlich heraus zu schaffen. Ich wusste, dass dein Gespräch mit Iklan ungefähr um diese Zeit herum enden musste, also entschied ich, auf dich zu warten. Da gibt es etwas, das ich dich fragen wollte."

"Dann heraus damit."

"Mir ist aufgefallen, dass die Leute ständig flüstern und murmeln. Und wenn ich näherkomme, hören sie sofort damit auf. Weißt du, was da vor sich geht? Außerdem werfen sie mir seltsame Blicke zu."

Eryn nickte langsam. "Ich weiß, was du meinst. Ein paar der Heiler haben mich merkwürdig angelächelt und einige Patienten vielsagend angestarrt; ich hatte den Eindruck, dass sie etwas sagen wollten, es ihnen aber am Mut fehlte."

"Schade, dass du nicht mit Valrad redest", seufzte der Junge. "Er hätte dir sicher sagen können, was los ist. Allerdings hättest du auch Iklan fragen können."

Sie seufzte. Ja, das hätte sie in der Tat gekonnt. Aber jetzt war sie nicht in der Stimmung, deswegen zu ihm zurückzukehren.

"Gehen wir nach Hause. Ich verspüre das Bedürfnis nach einem kühlen Bad und etwas Süßem - vorzugsweise ein Brötchen. Oder zwei."

Vern nickte und setzte sich in Richtung der Aren Residenz in Bewegung.

"Siehst du?", flüsterte er. "Hier draußen sehen uns die Leute ebenfalls an!"

Sie sah sich um und erkannte, dass er Recht hatte. Neugierige Blicke folgten ihnen, manche davon geringschätzig, andere anerkennend. Was war hier bloß los? Dies konnte wohl kaum eine verspätete Reaktion auf seine Haarfarbe sein? Vern war derzeit weder die erste noch die einzige blonde Person aus dem Königreich, und mit Sicherheit war man hier mittlerweile an Kilan gewöhnt.

Beide stießen einen Seufzer der Erleichterung aus, als sie die Residenz erreichten. Rasch flüchteten sie in das kühle, schattige Gebäude und schlossen die Tür hinter sich, um der Hitze zu entkommen. Mit kalten, feuchten Tüchern wischten sie sich den Schweiß von Gesicht und Nacken, bevor sie die Stufen zum Hauptraum erklommen.

Überrascht blinzelten sie, als sie Enric auf den Kissen sitzen sahen, auf seinem Schoß ein Buch. Zu dieser Tageszeit war er für gewöhnlich in seinem Arbeitszimmer beschäftigt anstatt den frühen Nachmittag gemütlich mit einem Buch zu genießen.

"Gut, die Heiler sind zuhause", lächelte er. "Setzt euch ein wenig zu mir, wenn ihr so gut wärt."

Trotz des freundlichen Gesichts klang seine Stimme ernst.

"Stecken wir in Schwierigkeiten oder etwas in der Art?", fragte Eryn misstrauisch; ihre Worte spiegelten die Sorge auf Verns Gesicht wider.

"Nicht von meiner Seite", meinte er langsam.

Die beiden tauschten einen argwöhnischen Blick, dann gingen sie zu ihm und nahmen Seite an Seite ihm gegenüber Platz.

Enrics zog eine Augenbraue hoch. "Ich werde euch nicht wie unartige Kinder schelten, also ist es nicht nötig, den größtmöglichen Abstand zu mir zu halten. Komm her, Liebste, und lass mich dich zumindest begrüßen." Er hob eine Hand, um sie neben sich zu ziehen. Vorsichtig griff sie danach.

Seine Lippen streiften ihre, lange genug, um ihr zu zeigen, dass er ihre Nähe genoss, jedoch kurz genug, um Vern nicht in Verlegenheit zu bringen.

"Ich weiß nicht, ob es dir bewusst ist, doch es hat einen beachtlichen Eindruck bei der hiesigen Kunstwelt hinterlassen, wie du dich Elwoi gestern entgegengestellt hast", wandte sich Enric an den Jungen.

"Was?", fragte Vern perplex, seine Augen halb zugekniffen.

"Deiner Reaktion entnehme ich, dass dem nicht so ist", kommentierte Enric knapp.

"Welche Art von Eindruck? Gut oder schlecht?", fragte Eryn neugierig.

"Das hängt wohl davon ab, mit wem du sprichst, würde ich sagen. Es scheint, als ob eine Aufspaltung in zwei Gruppen erfolgt wäre: eine für Elwoi, die andere gegen ihn. Offenbar hat unser junger Freund hier versehentlich einen Aufstand angezettelt."

"Ich?", rief Vern entsetzt aus. "Aber... aber ich sagte ihm doch bloß, dass ich nichts mehr mit seiner Akademie zu tun haben wollte! Niemals habe ich irgendjemanden dazu aufgerufen, sich gegen ihn aufzulehnen oder sich ihm entgegenzustellen! Wirklich!"

Eryn nickte. "Er hat Recht; er hat keineswegs versucht, eine Rebellion oder etwas in der Art anzuzetteln. Ich war dabei. Er hat ihnen nur das Bild gezeigt und verkündet, dass er mit ihnen fertig sei, dass er sich lieber an die Heiler anstatt an diese engstirnige Meute halten wollte."

"Ich sage nicht, dass er es beabsichtigt hat", erklärte Enric ruhig. "Allerdings scheint bereits seit einer Weile beträchtliche Verbitterung unter der Oberfläche dieser ehrenwerten Institution zu brodeln, und Verns Auftritt gestern hat offensichtlich eine heftige Reaktion ausgelöst. Soweit ich gehört habe, haben sich einige Künstler - besonders jüngere, die das Gefühl hatten, ihre Ideen und Techniken seien abgelehnt worden, weil sie nicht Elwois Geschmack entsprachen - entschieden, die Akademie zu verlassen und ihre eigene Institution zu gründen."

"Warum?" Vern schüttelte seinen Kopf, seine Augen weit aufgerissen. "Ich meine, ich verstehe das alles nicht!"

"Dein Ruf ist dir hierher vorausgeeilt, Vern", legte Enric dar. "Dank des Buchs, das du Ram'an mitgegeben hattest, war dein Name bereits weithin bekannt, als wir zum ersten Mal herkamen. Sowohl die Kreise der Heiler als auch die der Künstler hatten deine Arbeit bereits begutachtet und freuten sich darauf, mehr davon zu Gesicht zu bekommen. Dein Talent war unbestritten. Die Heiler sahen den großen Vorteil eines Heilers, der in der Lage ist, akkurat und kunstfertig Illustrationen anzufertigen und gleichzeitig *versteht*, was er zeichnet. Du weißt, wonach du suchen musst, worauf du dich konzentrieren musst. Die Kombination von Magier, Heiler und Künstler ist eine Sensation für sie, wie du zweifellos bereits bemerkt hast. Die Künstler sehen sich allerdings einem Dilemma gegenüber. Sie sehen sich gezwungen, jemanden, den sie als Handwerker erachten, in ihren elitären Zirkel aufzunehmen, wo sie doch bestrebt sind, sich von der rauen Realität loszulösen, mit der du so untrennbar verwoben bist."

"Warum haben sie mich dann überhaupt dorthin eingeladen?", beschwerte sich der Junge.

"Aufgrund deines Talents. Sie hatten kaum eine andere Wahl. Dich von Anfang an abzulehnen hätte sehr schlecht ausgesehen, sowohl aus Sicht der Künstler selbst, die vorwiegend der Ansicht sind, dass Talent ungemein wichtig ist, und auch in den Augen der Außenwelt.

Sie wären dadurch in beträchtliche Erklärungsnot geraten und hätten einiges erläutern müssen, da es dafür keine sozial akzeptierten Gründe gab. Die bloße Ambition, aus eigennützigen Gründen einen bestehenden Status zu bewahren und somit neue Impulse und Ideen abzulehnen, wird hier nicht gerne gesehen. Und das wäre deren einziges Argument gewesen." Dann lächelte Enric und schüttelte den Kopf. "Die Tatsache, dass die Heiler gestern so unglaublich begeistert von dem Bild waren, das du in die Klinik mitgebracht hast, trug auch nicht eben dazu bei, die Wogen zu glätten. Die Geschichte, dass man dir fünfhundert Goldstreifen dafür geboten hat, hat sich in Windeseile verbreitet. Das ist weitaus mehr, als ein Künstler hier üblicherweise für ein Gemälde erhält, und viele Künstler haben sich zu wundern begonnen, ob eine Bindung an Elwoi nicht mehr Schaden als Nutzen bringt. Und zuletzt noch der nicht unwichtige Punkt, dass viele von ihnen dich persönlich bewundern und nicht damit einverstanden sind, wie du behandelt wurdest." Er lächelte, als Vern offenkundig unbehaglich schluckte. Sein Gesicht hatte alle Farbe verloren. "Keine Sorge. An sich ist das nicht deine Schuld. Du hast vermocht, einige Leute zu inspirieren, und nicht nur durch deine Kunst, sondern durch deine mutigen Handlungen. Für jemanden deines Alters ist es eine beachtliche Leistung, klar zu seinen Überzeugungen zu stehen und den Willen zu zeigen, die daraus entstehenden Unannehmlichkeiten in Kauf zu nehmen."

"Woher weißt du das alles?", fragte Eryn voller Verwunderung. "Ich meine, wir waren erst gestern dort, und du hast gerade aufgrund von Verns Handlungen die Geschichte und Politik der Kunstwelt analysiert!"

"Die Künstlerakademie hat viele Mitglieder. Einige davon gehören zu Haus Aren. Tatsächlich haben sogar fast alle Häuser bildende Künstler, also hat sich diese Neuigkeit rasch verbreitet. Die Leute haben sich zu fragen begonnen, ob die Interessen der Akademie tatsächlich auf die Förderung der Künste abzielt. Wenn ein außergewöhnlicher Künstler wie Vern auf diese Weise behandelt wird, scheint das nicht der Fall zu sein. Das wiederum hat viele Nicht-Künstler zum Nachdenken angeregt."

"Was wird jetzt passieren?", flüsterte Vern. "Ich habe im Alleingang eine Stätte der Kunst zerstört! Nach nur eineinhalb Monaten Aufenthalt hier! Sollte ich noch länger bleiben, werde ich womöglich die ganze Stadt in Schutt und Asche legen!"

Enric lachte leise. "Wohl kaum. Ich kann nicht mit Sicherheit vorhersagen, was passieren wird, aber es gibt nur eine beschränkte Anzahl von Optionen. Wenn Elwoi klug ist, wird er die Art und Weise, wie er die Künstler bremst, neu überdenken. Damit könnte er höchstwahrscheinlich seine Position retten und eine offene Revolte zwischen seinen Anhängern und denjenigen, die sich zum Verlassen der Akademie entschlossen haben, vermeiden. Er würde einen Teil seines Einflusses verlieren, aber soweit ich das sehen kann, lässt sich das ohnehin nicht vermeiden."

"Was ist, wenn er nicht klug ist?", wollte Vern mit gerunzelter Stirn wissen.

"Dann wird er um jeden Preis versuchen, an seiner Herrschaft festzuhalten und behaupten, dass die Prinzipien der Künste nicht durch die Wenigen korrumpiert werden, die ihren Geist niemals verstanden haben und somit ohnehin entbehrlich sind", meinte Enric achselzuckend. "Das wird voraussichtlich entweder zu einer Auseinandersetzung, offenen Feldschlacht oder was auch immer Künstler einander sonst antun, führen. Oder es kommt zur Gründung einer zweiten akademieartigen Institution, die in den kommenden Jahren fortwährend den Status der ersten herausfordern wird, indem sie sich um die talentiertesten Künstler sowie reichsten Sammler und Gönner bemüht."

Der Junge bedeckte sein Gesicht. "Ich schwöre, das wollte ich nicht! Ich habe eine Meuterei losgetreten!", stöhnte er.

Eryn nickte. "So sieht es wohl aus, mein Junge. Obwohl mir mein Bauchgefühl sagt, dass dies nicht unbedingt schlecht sein muss. Ohne die entsprechenden Voraussetzungen hättest du so etwas nie auslösen können." Das erinnerte sie an ein ähnliches Gespräch mit Ram'an vor einigen Monaten, als er auf genau dieses Argument zurückgegriffen hatte, um ihr zu erklären, weshalb sie beim Tod ihres Vaters eine Rolle gespielt haben mochte, jedoch nicht dessen Ursache war. Das hatte ihr damals geholfen, und sie konnte sehen, dass es auch Vern zum Nachdenken brachte.

"Würdest du Vern und mich für einen Moment entschuldigen, Liebste? Es gibt da eine geschäftliche Angelegenheit, um die ich mich gerne kümmern würde."

Sie zog die Stirn in Falten. "Geschäftliche Angelegenheit? Zwischen dir und Vern?"

"Ja." Ohne weitere Erklärung stand er auf und sah den Jungen an. Der wirkte ebenso verblüfft, erhob sich aber ebenfalls. "Ich verspreche, es wird nicht lange dauern."

Enric ging zu seinem Arbeitszimmer und schloss die Tür, nachdem Vern eingetreten war.

"Es geht um dein Bild", begann Enric. "Ich habe heute einige Nachrichten erhalten. Die meisten davon waren von Heilern, die mich beschwören, ich möge Eryn überreden, sich von dem Bild zu trennen und es an sie zu verkaufen."

Vern blinzelte überrascht. "Wirklich? Das ist absolut bescheuert, die Leute hier sind einfach nur irre! Zuhause kümmert es niemanden, was ich treibe, und hier kann ich sie mir nicht vom Hals halten!"

"Das bringt mich eher zu der Frage, wer hier tatsächlich bescheuert ist - die Leute hier, die deine Arbeit schätzen oder diejenigen zuhause, die sie nicht beachten", bemerkte Enric trocken und trat an seinen Schreibtisch, um eine kleine, robust wirkende Holzschatulle etwa so lang wie sein Unterarm hochzuheben. "Hier, das ist für dich. Gib acht, es ist schwer."

Vern runzelte die Stirn, offenkundig verwirrt. "Was ist da drin?"

"Fünfhundert Goldstreifen als Bezahlung für das Gemälde."

Rasch griff Enric nach der Schatulle und bewahrte sie vor dem Absturz, als sämtliche Kraft aus Verns Armen entwich.

"Das verstehe ich nicht... ich meine, ich habe es ihr geschenkt!"

"Nein, sie hat es dir weggenommen; es hat dich nur einfach nicht genug gekümmert, als dass du es zurückverlangt hättest. Aber jetzt, wo wir gesehen haben, was der offene Markt dafür hinlegen würde, ist das nicht länger akzeptabel. Das ist der Preis, den der Höchstbieter bezahlen wollte", zeigte er auf. Mit einer Hand die Schatulle haltend, fischte er mit seiner anderen in seiner Tasche und zog einen einzelnen Goldstreifen hervor. "Und damit sind es fünfhundert und eins. Ich habe ihn somit offiziell überboten und dein Werk hiermit vollständig und ordnungsgemäß erworben."

"Das musst du nicht nun, wirklich nicht!", beharrte Vern und trat einen Schritt zurück, um sich von der Schatulle, die für ihn solch ein Stein des Anstoßes war, zu distanzieren.

"Doch. Und du solltest an deiner Einstellung arbeiten, wenn es darum geht, eine Bezahlung für deine Kunst anzunehmen."

"Aber doch nicht von *dir*! Und nicht solch eine Summe!"

Enric schüttelte den Kopf; seine Miene wirkte gequält. "Wie ist es nur möglich, dass du es geschafft hast, Preise und Bedingungen mit den Apothekern zu verhandeln, mein Junge? In diesem Moment ist mein Vertrauen in deinen Geschäftssinn nicht gerade unerschütterlich. Jetzt nimm die Schatulle und verzieh dich", befahl er streng. Seit er mit Eryn zusammen war, dachte er, schien er nichts anderes zu tun, als Leuten Geld aufzudrängen, die es nicht haben wollten: zuerst und wiederholt seiner Gefährtin, dann Ram'an mit der Schiffsladung an Gütern, und jetzt Vern.

Beunruhigt von dem Tonfall, gehorchte Vern beinahe automatisch. Er ließ ein wenig zusätzliche Stärke in seine Arme fließen und nahm die Kiste entgegen, trug sie durch den Hauptraum und zu seinem Schlafzimmer.

Eryn warf ihrem Gefährten einen mäßig neugierigen Blick zu, als er zurückkehrte und sich neben ihr niederließ. "Ich gehe davon aus, dass die schwere Last, die Vern gerade zu seinem Zimmer geschleppt hat, in etwa - lass mich überlegen - fünfhundert und einen Goldstreifen ausmacht?"

Er grinste. "Du kennst mich mittlerweile recht gut, Liebste. Er hat sich gewehrt - ist das zu glauben? Das muss dein Einfluss sein. Die Zeit, die er mit dir verbracht hat, muss dem armen Jungen den Eindruck vermittelt haben, dass Geld etwas wahrhaftig Schmutziges ist. Ich gehe aber dennoch davon aus, dass dir meine Vorgehensweise genehm ist?"

Sie nickte. "Ja, das ist sie. Ich gebe zu, dass mir etwas mulmig zumute war, nachdem ich erfuhr, wie viel man dafür zu bezahlen bereit war. Immerhin habe ich es ihm praktisch gestohlen. Du hast also mehr oder weniger mein Gewissen beruhigt."

"Nur mehr oder weniger?"

"Ja. Jetzt bist *du* derjenige, dem ich fünfhundert und einen Goldstreifen schulde", stellte sie klar.

"Erlaube mir, sie dir zum Geschenk zu machen", lachte er und legte einen Arm um ihre Mitte.

Nach kurzer Überlegung stimmte sie zu. "Ich bin heute großzügig gestimmt, also werde ich es annehmen. Ich gewähre dir das Privileg, eine unanständige Geldsumme für etwas auszugeben, das keinem anderen Zweck dient, als betrachtet zu werden."

"Es stimmt mich froh, dass du deine Freude daran entdeckt hast, nette Dinge zu kaufen."

Sie seufzte. "Das ist dein Einfluss. Ich driftete ab in ein Meer aus Dekadenz und Verdorbenheit."

Enric warf den Kopf zurück und stieß ein tiefes, dunkles Lachen aus. "Ausgezeichnet! Mein unheilvoller Plan trägt endlich Früchte!"

Eryn sah ihn ein paar Sekunden lang an, dann stand sie auf. "Meine Güte. Und *du* willst wirklich ein Kind großziehen? Ich erschaudere bei dem bloßen Gedanken."

"Was?", rief er ihr nach, als sie in Richtung Küche davonspazierte, zweifellos, um sich ein weiteres Brötchen zu schnappen.

KAPITEL 15

Politik

"Wie ist übrigens dein zweites Treffen mit Iklan verlaufen?", erkundigte sich Enric, als sie Seite an Seite mit ihren Frühstücksschüsseln auf der Terrasse saßen, ihr Blick auf die üppigen Aren Gärten gerichtet.

Sie zog kurz die Schultern hoch und schluckte ein Stück Obst. "Ermüdend. Wieder einmal. Er wollte, dass ich über Ram'an rede."

"Und, hast du?"

"Zu Beginn nicht, doch dann zwang er mich dazu."

Er zog beide Augenbrauen hoch. "Ach ja? Wie hat er das geschafft und wie lange brauche ich, um es zu erlernen?"

"Umwerfend komisch", erwiderte sie. "Er hat nicht aufgehört, mir mit Valrad auf die Nerven zu gehen und warum es mir nicht passt, wenn die Leute ihn als meinen Vater bezeichnen. Irgendwann habe ich aufgegeben und Ram'an als das geringere Übel hinsichtlich Gesprächsthemen akzeptiert", seufzte sie.

"Und?"

"Und was? Du willst mich doch wohl nicht etwa dazu bewegen, dir Einzelheiten dessen zu offenbaren, was in dieser immens vertraulichen Beziehung zwischen Heiler und Klientin ausgetauscht wurde, oder etwa doch?"

Enric schnappte nach Luft, und seine Augen weiteten sich in gespieltem Entsetzen. "Das würde mir nicht einmal im Traum einfallen! Niemals! Außer, du verspürst den Drang, es mir mitzuteilen...", fügte er beiläufig hinzu.

"Du bist wirklich neugierig", beschuldigte sie ihn.

"Das stimmt", gab er unverhohlen zu.

"Ich habe ihm nur gesagt, dass ich Ram'ans Stimmungsschwankungen satthabe, dass ich sein Verhalten verstörend finde und mich nicht darauf verlassen kann, dass er weiß, was er will. Und dass all dies der Grund dafür ist, dass ich ihn auf Abstand halte. Das war es auch schon."

"Wirklich? Das ist alles?", fragte er milde. "Keinerlei Bedauern von deiner Seite?"

"Überhaupt keines", behauptete sie.

"Gut für dich", nickte Enric und glaubte ihr nicht ein Wort.

"So ist es. Es gibt keinen Grund für irgendwelche Versuche, meine Gefühle offenzulegen oder so etwas in der Art." Sie erschauderte. "Ich glaube nicht, dass ich mich selbst gar so gut kennenlernen möchte, wie er das für angeraten hält."

"Furchterregend, ich weiß", grinste er. "Ich weiß genau, was du durchmachst."

Ihre Augen verengten sich. "Indem du dich selbst oder mich kennenlernst?"

"Ich schätze, das ist eine dieser Fragen, die man als Mann wohl besser mit entsprechendem Taktgefühl beantwortet, wenn man sich einer schwangeren Frau gegenübersieht."

"Idiot", knurrte sie und stand auf.

"Warte. Ich werde dich zur Klinik begleiten. Heute findet eine Senatsversammlung statt, und wir haben fast den gleichen Weg."

"Geht es um ein bestimmtes Thema oder ist es nur wieder derselbe alte Trott?"

"Tatsächlich stehen dieses Mal sogar zwei Dinge an, was die Sache recht interessant machen sollte. Der Senat wird heute die Angelegenheit mit den Künstlern besprechen."

Eryn zog ihre Brauen zusammen. "Der Senat? Wirklich? Warum?"

"Weil die Künstler bis zu einem gewissen Grad durch öffentliche Mittel gefördert werden. Wenn die Akademie drauf und dran ist auseinanderzubrechen, muss man sich damit auseinandersetzen."

"Ihr könnt sie aber nicht zwangsweise wiedervereinen, wenn sie das nicht wollen?"

"Nein, ich denke nicht. Die Mitgliedschaft in der Akademie war schon immer freiwillig."

Erleichtert stieß sie den Atem aus. Abgesehen davon, dass die Leute auf Verns Seite die Guten sein mussten - und somit für die derzeitige Akademie nur noch die Seite der Bösen übrigblieb - hatte sie aus irgendeinem Grund eine Schwäche für Rebellen.

"Und das zweite Thema?"

"Kampftraining. Orrin hat die Zeit seit dem Spiel damit verbracht, die Freiwilligen auf die vielversprechendsten Kandidaten hin zu überprüfen, die er dann dazu ausbilden kann, dass sie ihm beim Training der anderen unterstützen. Jetzt hat er eine Liste mit sechs Leuten, mit denen er arbeiten will."

"Auf welche Weise betrifft das den Senat?", wollte sie wissen.

"Solange sie freiwillig trainiert werden wollen..." Ihre Augen verengten sich. "Nein. Sicher nicht. Sag mir nicht, dass du gedenkst, etwas gegen die Freiwilligkeit zu unternehmen?"

Schwermütig stieß er den Atem aus und wünschte sich, er hätte den Mund gehalten. Natürlich würde sie seinen Vorschlag nicht unterstützen, besonders wenn man bedachte, dass sie derzeit selbst gegen das verpflichtende Kriegertraining zuhause ankämpfte, um sich selbst und die anderen Heiler und unwilligen Nicht-Krieger davon zu befreien.

"In Ordnung, dann sage ich es nicht."

Verärgert sah sie ihn an, entschlossen, mit Vran'el darüber zu sprechen. Er war ein Senator eines Heilerhauses, also würde er sicher wissen, wie sich dem ein Riegel vorschieben ließ. Er würde im Zuge der anstehenden Versammlung davon erfahren. Sie fragte sich, ob solch ein Vorstoß Vran'el schlussendlich dazu bewegen würde, sich gegen ihren Gefährten zu stellen.

* * *

Eryn winkte, als sie Vran'el im Eingangsbereich der Klinik entdeckte. Ihr Lächeln wandelte sich zu Besorgnis, als sie seinen Gesichtsausdruck bemerkte. Er wirkte alles andere als glücklich.

Sie verabschiedete sich von dem Heiler, dem sie heute aufgrund von Valrads Anwesenheit im Senat zugeteilt worden war, und ging auf Vran'el zu. Sein Blick legte nahe, dass die Versammlung nicht besonders angenehm verlaufen war.

Im Laufe des Morgens hatte er ihr eine Nachricht zukommen lassen und sie gebeten, mit ihm ein Teehaus zu besuchen, sobald sie mit ihrer Arbeit fertig war.

"Lass mich raten", äußerte sie vorsichtig, "Enrics kleiner Einfall hinsichtlich verpflichtendem Kampftraining passt dir überhaupt nicht."

"Nein, das tut er nicht", nickte er, seine Miene entschlossen. Er wirkte ungewöhnlich ernst, und sie überlegte, ob das die Seite war, die jene Leute kannten, die in einem berufsbezogenen Rahmen mit ihm zu tun hatten. Der Rechtsgelehrte - ernst, zugeknöpft, kritisch. Seine übliche heitere Freizeithaltung war womöglich seine Art, dies auszugleichen, mutmaßte sie.

Er ergriff ihren Arm und führte sie hinaus in die frühe Nachmittagssonne. Dann wandte er sich nach links, schlug die Richtung ein, in der sie wusste, dass sein zweitliebstes Teehaus lag. Seine Nummer eins war für einen geruhsamen Nachmittagsspaziergang zu weit von der Klinik entfernt.

Als sie ihr Ziel wenig später erreichten, seufzte Eryn erleichtert und sank auf eine schattige Sitzinsel nieder.

"Fruchtsaft", sagte sie, als Vran'el gerade nach ihrem Wunsch fragen wollte. Daraufhin nickte er knapp und hob einen Finger, um einen Kellner herbeizurufen und ihre Getränke zu ordern.

"Wäre er nicht erheblich größer und stärker als ich, dann schwöre ich dir, würde ich ihn erwürgen!", fauchte er ohne Einleitung.

Sie nickte. "Wem sagst du das. Ich versuche die Heiler zuhause vom verpflichtenden Kampftraining zu befreien, und er versucht hier das gleiche verdammte System einzuführen."

"Vater ist ebenso verärgert, besonders da es ihm extrem zuwider ist, dass du gezwungen wirst, dich dem gegen deinen Willen zu unterziehen. Die gesamte Versammlung hindurch hat er deinen Gefährten mit Blicken durchbohrt." Er zog eine Augenbraue hoch. "Du hättest mich wenigstens warnen können, dass er heute so etwas vorschlagen wollte. Offensichtlich wusstest du darüber Bescheid."

"Ich habe auch erst heute davon erfahren, und zwar bevor ich zur Arbeit aufgebrochen bin. Dir zu diesem Zeitpunkt eine Nachricht zukommen zu lassen wäre kaum besonders sinnvoll gewesen, da du ohnehin wenig später davon erfahren hättest. Wie haben die anderen Senatoren reagiert? Sag mir, dass sie ihm Gegenstände nachgeworfen, ihn ausgelacht oder ihm sonst irgendwie ihre offenkundige Ablehnung demonstriert haben."

"Das lässt sich kaum einschätzen. Es gab natürlich eine Menge Gemurmel, unglücklicherweise jedoch war die Entrüstung nicht so ausgeprägt, wie ich es mir gewünscht hätte. Ich weiß von zwei Häusern, die sehr wahrscheinlich gemeinsam mit uns dagegen stimmen werden, aber bei den anderen ist es schwer zu sagen. Besonders, da ich nicht sicher bin, wie streng sich manche der Häuser an ihr Bündnis mit Haus Aren halten, jetzt wo Malriel fort ist. Ich habe keine Ahnung, wie viele Kontakte Enric hier geknüpft hat, ob die alten Allianzen noch intakt sind, oder ob er sogar neue geschmiedet hat. In seinem Fall würde mich das nicht einmal wirklich überraschen."

"Was wirst du jetzt unternehmen? Hoffen, dass genug Gegenstimmen zustande kommen?", wollte sie ungeduldig wissen.

"Nein", erwiderte er mit einem vehementen Kopfschütteln. "Ich werde auf die Jagd nach Gegenstimmen gehen, und dabei benötige ich womöglich deine Unterstützung." Er lehnte sich vor und ergriff ihre beiden Hände. "Die Frage ist nun, ob dies eine Belastung für deine Beziehung zu Enric darstellen könnte. Ich werde nicht zulassen, dass du deswegen leiden musst."

Sie lächelte. "Nein, glaube mir, das wird kaum einen Unterschied machen."

"Bist du dir da komplett, total, absolut sicher?"

"Lass es mich so sagen: Unsere Beziehung hat es überstanden, dass ich versuche, aus dem Orden auszutreten, seit man mich dazu gebracht hat, mich ihm anzuschließen, dass ich seine Befehle wiederholt ignoriert habe und dass er sich von Malriel adoptieren hat lassen. Ich bin *sehr* zuversichtlich, dass es keinen Keil zwischen uns treiben wird, wenn ich mein Haus im Kampf gegen einen Antrag unterstütze, bei dem bekannt ist, dass ich absolut dagegen bin." Sie drückte seine Hände. "Aber ich danke dir, dass du dich darum sorgst, Vran."

Er lächelte erleichtert. "Gut. Ich gebe zu, das sind gute Neuigkeiten. Sicher wird es sich als hilfreich erweisen, dass ich jemanden an meiner Seite habe, der mit solch einem System Erfahrung hat und den Leuten erzählen kann, dass es nicht ganz so großartig ist, wie Enric uns weismachen will."

"Wie gehen wir denn nun vor? Sollen wir von Tür zu Tür wandern und die Leute zu überzeugen versuchen, dass es eine fabelhafte Idee wäre, gegen Enric zu stimmen?"

"Mehr oder weniger. Obwohl wir uns diese Mühe bei Roal wohl sparen können; die werden nichts unterstützen, was ein Aren vorschlägt. Haus Tokmar ist dasjenige, zu dem Elwoi gehört, und da Enric für die neue Akademie stimmen wird, wird er im Gegenzug ihre Stimme verlieren. Ich bin zuversichtlich, dass Anfer von Haus Ulverd mit uns stimmen wird. Das wären dann vier, wenn man unser Haus mitzählt."

"Was bedeutet, dass wir noch drei weitere Häuser überzeugen müssen", schlussfolgerte Eryn.

"So ist es. Ich werde heute Abend mit einer netten Flasche Wein bei Haus Ordel vorbeischauen und herauszufinden versuchen, wo sie in dieser Sache stehen. Ursprünglich sind sie mit Haus Aren verbündet, doch ich kann sie möglicherweise umstimmen. Bei Haus Finran stehen die Chancen allerdings eher schlecht."

Eryn zog die Stirn in Falten, dann biss sie sich auf die Unterlippe, als sie sich an den Grund dafür erinnerte. "Das ist Sanafs Haus, nicht wahr? Und nachdem ich veranlasst habe, dass er hierher zurückgeschickt wird, werden sie mein Haus nicht unterstützen. Das ist so kurzsichtig! Warum spielen erwachsene Menschen dermaßen dämliche Spielchen anstatt sich darauf zu konzentrieren, wie sie ihrem Land am besten dienen können? Wirklich! Es ist, als hätten wir es mit Kindern zu tun!"

"Das ist die menschliche Natur, Herzblatt", meinte Vran'el schulterzuckend. "Kein Haus kann es sich wirklich leisten, zu viele andere gegen sich zu haben, oder es steht bald allein." Er hielt kurz inne, dann atmete er tief ein, bevor er vorsichtig fortfuhr: "Ich versuche wirklich, dich mit all diesem politischen Getue zu verschonen, doch es besteht die Chance, dass ich dich zu Haus Arbil schicken muss, damit du mit Ram'an sprichst."

Eryn erstickte beinahe an ihrem Fruchtsaft und kämpfte mit einem Hustenanfall. Als sie sich gefangen hatte, blitzte sie ihn an. "Ich soll *was* tun?"

"Ich kann es noch nicht mit Sicherheit sagen, doch falls ich es nicht schaffe, genügend Häuser zu überzeugen, werde ich an Haus Arbil herantreten müssen. Ich bin überzeugt, dass es einen erheblichen Unterschied macht, ob ich dort auftauche oder du."

"Komm schon!", jaulte sie. "Schick mich zu einem anderen Haus! Ich werde ihnen farbenfrohe Geschichten darüber erzählen, wie sehr ich unter Orrins erbarmungsloser Knute zu leiden hatte. Ich werde Geschichten von grausamen Foltern, Kerkerzellen und was auch immer du sonst noch willst erfinden, aber schick mich nicht zu Ram'an!"

"Erstens ist Orrin hier mittlerweile so etwas wie eine Ikone, also würde es unserer Sache nicht helfen, wenn du versuchst, ihn schlecht aussehen zu lassen", stellte er klar. "Und zweitens sollte die besagte Sache wichtiger sein als dein persönlicher Stolz! Hast du mir nicht gerade eben erklärt, dass erwachsene Leute sich darauf konzentrieren sollten, ihrem Land zu dienen anstatt dämliche Spiele zu spielen?"

"Du hast leicht reden, aber das hier ist nicht einmal mein Land, und du bist nicht derjenige, der einen Mann besuchen soll, dem du lieber aus dem Weg gehen würdest!", begehrte sie auf.

"Nichtsdestoweniger ist er ein Mann, der noch immer für deinen Charme empfänglich ist und der nun schon seit einer Weile versucht, sich mit dir zu versöhnen." Sein Lächeln war unnachgiebig. "Er hat mich sogar aus dem Spiel geworfen, damit er mit dir in einem Team sein konnte."

Eryn starrte ihn an. "Was? Das glaube ich nicht!"

"Das kannst du mir durchaus glauben; ich erinnere mich genau, woher dieser Blitz kam, und zwar von keinem seiner Verfolger. Für diese Kleinigkeit wird sich eines Tages eine passende Gelegenheit zur Vergeltung ergeben. Aber nicht jetzt. Mach dir im Moment noch keine Sorgen, Herzblatt. Wenn es sich vermeiden lässt, wirst du nicht zu ihm gehen müssen. Freunde dich aber mit dem Gedanken an, falls ich es nicht schaffe, all die Stimmen zu erlangen, die ich benötige. In Ordnung?"

Sie ließ sich nach hinten sinken und stöhnte. "Also gut! Aber du siehst besser zu, dass du bei den anderen Häusern so überzeugend wie nur irgendwie möglich bist! Versprochen?"

"Ich verspreche es feierlich", nickte er. "Hättest du diesbezüglich gerne ein Kommitment ersten Grades?", bot er an und hob seine Handfläche.

"Nein, nicht nötig. Sagen wir einfach, du schuldest mir einen riesigen Gefallen, falls du es nicht vermagst, mich davor zu bewahren, dass ich dort hingehen muss, in Ordnung?"

Er verdrehte die Augen. "Also gut; ein riesiger Gefallen. Als Jurist bin ich mir der Gefahr, die solch ein unspezifisches Versprechen mit sich bringt, durchaus bewusst, doch ich gehe davon aus, dass du mich nicht allzu sehr leiden lassen wirst, wo ich doch dein geliebter Bruder bin."

Sie lächelte unheilvoll. "Sicher, *Bruder*, verlass dich darauf getrost."

* * *

Den ganzen Weg von der Aren Residenz zu Ram'ans geräumiger Bleibe über fluchte Eryn verhalten vor sich hin. Vran'els Nachricht war nach dem Abendessen eingetroffen. Er hatte von guten und schlechten Nachrichten geschrieben. Die guten waren, dass er alle erforderlichen Stimmen gegen Enric gesichert hatte - bis auf eine einzige. Und die schlechte Nachricht war, dass Arbil das einzige Haus war, bei dem er es noch nicht versucht hatte.

Sie ließ Enric wissen, Vran'el hätte nach ihr geschickt, also keine Lüge im eigentlichen Sinn. Sie hatte sich nicht die Mühe gemacht, sich in Schale zu werfen; das wäre nur als mißverständliches Signal angekommen.

Als sie um die nächste Ecke bog, kam das Gebäude in Sichtweite. Sie blieb stehen, um noch einmal die Dinge durchzugehen, die Vran'el für sie aufgeschrieben hatte, damit sie im Namen von Haus Vel'kim ein Angebot unterbreiten konnte. Sie zog die Nachricht aus ihrer Tasche um sicherzugehen, dass sie nichts verwechselt hatte und setzte ihren Marsch dann fort, entschlossen, diese Verpflichtung so rasch wie möglich hinter sich zu bringen. Gleichzeitig fragte sie sich, wie erfolgreich sie mit solch einer Haltung wohl tatsächlich sein konnte. Falls das hier nicht funktionierte, war es zur Gänze Vran'els Schuld, entschied sie.

Sie folgte dem breiten Weg zum Eingang und klopfte viermal, halb in der Hoffnung, dass niemand die Tür öffnen würde. Aber nur allzu rasch wurden Schritte hörbar, und die Tür wurde von dem Mann geöffnet, dem sie ganze sechs Wochen ausgewichen war, nur um sich nun allein mit ihm in seiner Residenz wiederzufinden. Wie ironisch.

Ihr Anblick ließ seine Augenbrauen nach oben wandern, während er einen Schluck von dem Weinglas in seiner Hand nahm und sein Blick an ihr entlangwanderte.

"Unerwartet, jedoch nicht unwillkommen. Komm herein, liebe Eryn", sagte er höflich und trat zur Seite, um sie eintreten zu lassen. Sie nickte, froh darüber, dass er von jeglicher Begrüßung Abstand nahm, die eine Berührung erfordert hätte. Er reichte ihr ein feuchtes Handtuch, obwohl es draußen bereits dunkel war und soweit abgekühlt hatte, dass das Abwischen von Schweiß kaum mehr nötig war.

Als sie das Handtuch zurückgelegt hatte, erklomm er ihr voran die Stufen, durchquerte den Hauptraum und trat auf die Terrasse hinaus. Sie folgte ihm und bemerkte, dass niemand sonst anwesend war. Sie hatte gehört, dass er mit seinem Bruder zusammenlebte und fragte sich, ob der Mann an diesem Abend unterwegs war.

Der Garten sah fast genauso aus, wie sie ihn von ihrem ersten Besuch hier in Erinnerung hatte, als er ein Abendessen für sie gekocht hatte. Oder eher gemeinsam mit ihr.

In den Bäumen hing eine Vielzahl an Laternen, deren gedämpftes Licht eine gemütliche Atmosphäre erzeugte. Sanft wiegten sie sich in der leichten Brise, und sie zog ihre dünne Weste ein wenig fester um sich.

Mit seinem Weinglas in der Hand lehnte er hinter ihr an der Wand und beobachtete sie neugierig, während sie ihren Blick über den Garten wandern ließ.

"Was bringt dich zu dieser späten Stunde zu mir, Eryn? Es muss recht wichtig sein, wenn du freiwillig allein in mein Haus kommst, könnte ich mir denken", bemerkte er pointiert.

"Ich brauche deine Unterstützung. Es geht um Enrics Antrag im Senat", sagte sie rasch bevor ihr Mut sie verlassen konnte. Er hatte Recht. Hierherzukommen war alles andere als leicht gewesen, und dass er sich dessen bewusst war, würde die Sache nicht eben einfacher für sie machen.

Ram'an zog beide Brauen hoch und trank den letzten Rest seines Weins. "Du willst also, dass ich deinen Gefährten unterstütze?", meinte er mit milder Belustigung.

Ihr Lächeln war bitter. "Ich bin nicht hier, um dich darum zu bitten, dass du ihn unterstützt. Ich will, dass du gegen ihn stimmst."

Das brachte ihn zum Lächeln. "Du willst, dass ich dich dabei unterstütze, dass Enrics Vorbringen abgewiesen wird?"

"Genau. Haus Vel'kim ist mit seiner Vorgehensweise nicht einverstanden. Wir haben es bislang geschafft, fünf Häuser zu überzeugen. Aber irgendwie habe ich das Gefühl, dass du das bereits weißt."

Er lächelte. "Ich bin also deine letzte Option. Die letzte fehlende Stimme."

"Ja", zwang sie sich zuzugeben. "Wenn du es nicht tun willst, dann sag es jetzt gleich. Ich würde es schätzen, wenn wir jegliche Spiele oder Demütigungsversuche von deiner Seite vermeiden könnten. Es würde Zeit sparen."

Langsam stellte er sein leeres Glas auf einem kleinen Beistelltisch ab und verschränkte die Arme. "Was bietet mir Haus Vel'kim für meine Hilfe an?"

"Das Vergnügen zu sehen, wie ich mich öffentlich gegen Enric stelle?", schlug sie vor.

Sein Lächeln wurde dünn. "Was lässt dich glauben, ich würde mir genug aus dir machen, um meine Stimme dermaßen billig herzugeben?"

Sie atmete bedächtig aus. Damit hatte er sie effektiv auf ihren Platz verwiesen. "Wir wären bereit, unseren Anteil an Wein aus dem Osten mit euch zu teilen."

Ram'an spitzte die Lippen. "Die Hälfte?"

"Ein Viertel. Für ein Jahr."

Er nickte. "In Ordnung. Noch etwas?"

"Die Benutzung unserer Besitztümer im Norden für die nächste Generation während der Sommermonate."

Darüber dachte er kurz nach, dann schüttelte er den Kopf. "Wir haben bereits ein ähnliches Arrangement mit Haus Partém."

"Ein Anteil von zehn Prozent unserer Beerenernte für die nächsten fünf Saisonen."

"Nein. Unsere eigenen Büsche tragen ausreichend Früchte."

Sie seufzte. "Können wir dir etwas anderes anbieten, dass dein Interesse weckt?"

Jetzt lächelte er. "Ja, da gibt es eine Kleinigkeit, hinter der ich nun schon eine Weile her bin. Allerdings handelt es sich dabei um etwas, das mir nicht Haus Vel'kim gewähren kann, sondern *du*."

Ihre Haltung versteifte sich. "Sprich weiter."

Er beobachtete sie eingehend, als er seine nächsten Worte wählte. "Ich will noch immer diesen einen freiwilligen Kuss."

"Was?", rief sie aus. "Bist du von allen guten Geistern verlassen? Ich weiß nicht, wie viel Wein du heute Abend bereits konsumiert hast, aber offensichtlich mehr als du verträgst!"

Er lachte, und sie spürte, wie die Hitze ihres Ärgers bei seinen nächsten Worten wuchs. "Ich kann dir nicht sagen, wie sehr es mich erleichtert, dass dich mein Vorschlag genug provoziert hat, dass du zumindest für kurze Zeit wieder du selbst bist."

"Ich hätte wissen müssen, dass es zwecklos ist, hierherzukommen und mit dir wie mit einem erwachsenen Menschen reden zu wollen", schnappte sie und ging auf die Terrassentür zu. "Gute Nacht, *Arbil*."

Sie schaffte es gerade noch stehenzubleiben, bevor sie gegen den Schild gerannt wäre, der ihr den Zugang zum Haus versperrte.

"Nicht so schnell, Theá", schnurrte er. "Ich versuche nun schon seit einer Weile, etwas Zeit mit dir zu verbringen und werde dich nicht bereits nach kaum mehr als fünf Minuten wieder fortlassen."

"Lass. Mich. Hinaus."

"Du bist bereits draußen, wenn du mir meine Detailverliebtheit verzeihst. Ich fürchte, das ist eine Berufskrankheit", grinste er.

"Dann eben hinein!", presste sie zwischen zusammengebissenen Zähnen hervor.

"Nein, lass uns noch ein wenig hierbleiben. Ich finde es hier sehr angenehm. Sogar ein wenig romantisch mit den Laternen, meinst du nicht?", fragte er gesellig, als führten sie eine ungezwungene Unterhaltung über das Wetter.

"Weg mit dem Schild, oder ich werde…"

"Ja?", fragte er interessiert.

Anstelle einer Antwort hob sie ihre Hand und gab einen Schuss auf ihn ab, einen, der ihn in die Knie zwingen oder vielleicht sogar ausschalten würde. Rasch errichtete er eine weitere Barriere vor sich und hielt ihrem Angriff mühelos stand.

"Sieh an", staunte er, "hier ist es endlich, all das Temperament, das ich in letzter Zeit so vermisst habe. Abgesehen von dem zerschmetterten Becher im Krankenhaus, versteht sich."

Mit einem hasserfüllten Blick drehte sie sich um in der Absicht, das Haus zu umrunden anstatt zu durchqueren, wurde aber ein paar Schritte später von einer weiteren Barriere aufgehalten.

Panik. Ohne Vorwarnung brach sie hervor und wurde mit jeder Sekunde mächtiger. Sie zwang sich zu regelmäßigen Atemzügen, um sich unter Kontrolle zu halten. Sie wandte sich um, ging zu ihm zurück, vergrub ihre Finger in der Vorderseite seines Hemds und zog sein Gesicht nahe an ihr eigenes. "Lass mich gehen. Sofort. Oder ich schwöre dir…"

"Aber du hast noch nicht vollbracht, weshalb du gekommen bist", lächelte er und lehnte sich leicht nach vorne, sodass sich ihre Nasen berührten.

Ihre Panik stieg weiter, und sie schluchzte und verpasste seiner Brust einen Schubs, der ihn fortstoßen sollte, während eine Träne ihre Wange hinablief.

"Theá", sagte er besänftigend, seine Miene nicht länger amüsiert und neckend, sondern ernst und besorgt. "Es tut mir leid. Ich gestehe, dass ich Spaß daran hatte, dich zu provozieren, aber ich wollte dich nicht zum Weinen bringen. Komm her." Er zog sie an sich, schlang seine Arme um sie und drückte sie an seine warme Brust.

Sie versuchte, ihre Aufregung durch bewusstes Atmen in den Griff zu bekommen und schalt sich selbst eine Närrin, weil sie ihm solch eine Schwäche zeigte, verfluchte ihren instabilen Gefühlszustand. Anstatt sie zu beruhigen, ließ seine Nähe die Tränen nur noch reichlicher fließen. Sie konnte seine Seife riechen, seine warmen Lippen an ihrer Schläfe spüren, nahm die sanften Bewegungen wahr, mit denen er sie tröstend wiegte. Ungebetene Bilder von ihnen beiden auf den Kissen eines Teehauses, wo sie über fleischlose Ernährung gesprochen hatten, tauchten auf. Dann weitere, als er ihr zeigte, wie man einen Schild einsetzte, um Haarfarben zu verändern, wie man Medizin mit Magie versetzte und dann sogar noch eines, als sie Kinder waren und er in genau diesem Garten die Namen der Pflanzen rezitierte, die er für sie gelernt hatte. Der Schmerz ob der Dinge, die hätten sein können - eine wertvolle Freundschaft, die sie in Ehren gehalten hätte, wäre er nach ihrem Abschied vor ein paar Monaten nicht so kalt geworden - schnürten ihr die Luft ab, und sie schluchzte noch heftiger, spürte seinen soliden Körper an ihrem bebenden.

Er schwieg, hielt sie nur fest, seine Wange gegen ihre Schläfe gedrückt, während eine Hand ihren Rücken streichelte, und ließ sie weinen.

Sie vergrub ihr Gesicht an seiner Schulter, nicht länger besorgt, dass sie schwach und erbärmlich wirken musste. Dafür war es nun ohnehin zu spät. Seine Umarmung wurde ein wenig fester, und seine Hand wanderte von ihrem Rücken zu ihren Haaren, streichelte ihren Hinterkopf.

Nach einer Weile begann ihr Schluchzen zu verebben, und er hielt sie fest, bis sie ihren Kopf hob und zurücktrat, ihr Blick von ihm abgewandt.

"Ich entschuldige mich", sagte sie steif. "Das war unangemessen."

"Nein, Theá", erwiderte er kopfschüttelnd, seine Stimme sanft. "Diese Flucht hinter eine Wand aus eisiger Distanz hat jetzt ein Ende. Da ist so viel Schmerz, und ich weiß, dass ich einen Teil davon verschuldet habe. Ich denke, du bist nun bereit, mir zuzuhören. Das schuldest du mir, und auch dir selbst. Komm, setz dich zu mir." Er griff nach ihrer Hand und zog sie mit sich zu den Stufen, die von der Terrasse hinunter in den Garten führten. Dann ließ er sich auf einer davon nieder. "Setz dich", befahl er, als sie seinem Beispiel nicht folgte, und hielt weiterhin ihre Hand fest.

Sie sah zu ihm hinab, unsicher, was sie tun sollte.

"Ich frage mich, warum du es mir niemals leicht machst", seufzte er und zog langsam, aber unnachgiebig an ihrer Hand, bis sie neben ihm saß. "Nun lass uns dieses längst überfällige Gespräch führen, mein liebes Kind." Mit seinem Daumen wischte er eine trocknende Träne von ihrer Wange, bevor er begann: "Manchmal denke ich daran zurück, als ich dich hier in diesem Garten bei deiner Kommitment-Zeremonie übergeben musste." Sein Tonfall war nun betrübt. "Ich dachte, die Welt würde untergehen und mein Herz vor Pein zerspringen. Er hat seine Rache gut gewählt."

"Ram'an, wir müssen nicht..."

"Nein, bitte. Du sollst es hören", sagte er beharrlich und nahm ihre andere Hand, als sie Anstalten machte, wieder aufzustehen. "Das Einzige, was noch schmerzhafter war, als zuzusehen, wie du dich an Enric bindest, war der Gedanke daran, dich überhaupt nicht mehr in meinem Leben zu haben. Aus diesem Grund gab ich dir das Armband, ein Zeichen der Freundschaft meines Hauses und der meinen. Ich verspürte den Drang, dich irgendwie an mich zu binden, sei es auch nur auf so einfache Weise. Dann gingst du fort, und die Leere in meinem Inneren schien zu wachsen. Als der Schmerz beinahe unerträglich wurde, begann ich zu trinken. Aber nach einer Weile ließ sich selbst damit der Schmerz nicht mehr vollständig beseitigen. In einem meiner lichten Momente entschied ich, dass es weniger wehtun würde, ein schmerzendes Glied abzutrennen als die Pein zu ertragen. Ich entschloss mich, den Kontakt zu dir abzubrechen, dich aus meinem Leben zu eliminieren so gut ich konnte, indem ich dich so lange von mir stieß, bis du dich zurückzogst. Um mir selbst die Chance zu geben, dich zu vergessen."

Sie hüllte sich in Schweigen, spürte, wie weitere Tränen hinter ihren Augenlidern brannten, doch sie schaffte es, sie zurückzuhalten.

"Unglücklicherweise hielt mich das nicht davon ab, an dich zu denken. Und dann hatte ich nicht damit gerechnet, dass du dermaßen bald und für solch lange Zeit hierher zurückkehren und wieder in meinem Leben präsent sein würdest." Er lächelte. "Als ich dich am Tag deiner Ankunft mit Pe'tala und Vran'el in diesem Teehaus sah, war es, als wärst du nie wirklich fort gewesen. Plötzlich warst du wieder da, und ich erkannte, dass es wesentlich weniger schmerzhaft ist, Zeit *mit* dir zu verbringen als *ohne* dich. Meine Entscheidung, die Freundschaft wegzuwerfen, die du akzeptiertest nach allem, was wir durchgemacht hatten, verfolgte mich." Er spielte mit ihren Fingern. "Es war ein schrecklicher Fehler, den ich seit deiner Rückkehr wiedergutzumachen versuche. Kannst du einem verdammten Narren verzeihen, meine liebe Theá, und seinem gequälten Herzen ein wenig Erleichterung verschaffen?"

Sie blickte in seine warmen braunen Augen, die ihren Blick ohne zu blinzeln erwiderten, während er auf ihre Antwort wartete.

Langsam ließ sie ihren Atem entweichen und nickte. Sofort verspürte sie ein Gefühl, als wäre eine schwere Last von ihr genommen. Das Atmen fiel ihr plötzlich ein wenig leichter, die Bürde auf ihren Schultern schien nun etwas weniger erdrückend als zuvor.

Ein breites Lächeln zog seine Mundwinkel nach oben, und er hob ihre Hände, um einen Kuss darauf zu drücken.

"Ich danke dir." Dann schob er eine Hand in seine Tasche und zog etwas Dünnes, Silbernes hervor. Das Armband, das sie ihm entgegengeschleudert hatte, als sie ihm vor sechs Wochen wieder begegnet war.

Fragend zog er die Augenbrauen hoch. "Darf ich?"

Erneut nickte sie und hob ihr Handgelenk, damit er es befestigen konnte. Hatte er es die ganze Zeit über bei sich getragen für den Fall, dass sich eine Gelegenheit ergab, es ihr zurückzugeben? Jedenfalls fühlte es sich gut an, es wieder zu tragen. Sie hatte sich in diesen paar Monaten so sehr an das Kettchen gewöhnt, dass sie es vermisst hatte, sobald es fort war. Als sie spürte, wie sich das Metall an ihrer Haut leicht erwärmte, blickte sie zu ihm auf.

"Hast du gerade...?"

"Das Metall mit ein wenig Magie verstärkt, damit du es nicht so einfach wieder abnehmen kannst? Meine Güte, würde ich so etwas tun?", grinste er.

Ihr Blick wanderte zum Himmel empor, erstaunt darüber, dass dieser Besuch so gänzlich anders verlaufen war, als sie erwartet hatte.

Mit einem schiefen Grinsen wandte sie sich ihm zu. "Ich schätze, dass du mit meinem Haus gegen Enrics haarsträubende Idee stimmen wirst, jetzt, wo wir wieder Freunde sind?"

Seine Lippen kräuselten sich. "Das, meine liebe Theá, hängt davon ab, ob du der kleinen Bedingung zustimmst, die ich zuvor erwähnt habe."

"Ram'an", stöhnte sie und bedeckte ihr Gesicht. "Wie kannst du so etwas nur sagen? Ich trage das Kind eines anderen Mannes unter meinem Herzen!"

Seine Brauen zogen sich zusammen, als fehlte ihm für dieses Argument jegliches Verständnis. "Ja, mir ist bewusst, dass du ein Kind erwartest. Warum sollte mich das stören? Deine Schwangerschaft bekommt dir ganz ausgezeichnet, du bist sogar noch hinreißender als zuvor - du strahlst richtiggehend."

Einige Augenblicke lang starrte sie ihn an, dann blinzelte sie und legte verlegen eine Hand auf ihren leicht gerundeten Bauch. Es überraschte sie, wie gut sich das Kompliment anfühlte.

"Findest du das wirklich? Ich fühle mich aufgebläht und klobig."

Er beugte sich nach vor und ergriff erneut ihre Hände. "Sag mir nicht, dass dir dein Gefährte keine Komplimente darüber macht, wie wunderschön du derzeit bist? Wie deine Haut schimmert und deine Augen glänzen?"

"Ich…" Sie atmete aus. "Im Moment sehen wir uns nicht besonders oft. Er muss sich in Haus Aren um einiges kümmern. Und im Senat. Und ich arbeite in der Klinik…"

Ram'ans Lippen wurden schmal, sein Blick eindringlich und sogar verärgert. "Also vernachlässigt dich dieser gelbhaarige Idiot."

Sie schüttelte den Kopf und begann zu sprechen. "Nein, es ist nur so, dass…" Sein Zeigefinger auf ihren Lippen unterbrach sie.

"Warum gewährst du mir nicht diesen Kuss, um den ich gebeten habe, und wir bestrafen ihn, indem wir seine Pläne bei der nächsten Senatsversammlung vereiteln?"

Er hatte ihr gesagt, dass sie wunderschön war, dass sie strahlte. Das hatte sie schon eine Weile nicht mehr gehört. Enric war aufmerksam und liebevoll, doch Komplimente waren in letzter Zeit rar gewesen. Und die vermisste sie wirklich, besonders jetzt.

Und sie benötigte Ram'ans Stimme.

Warum erschien es ihr nun wesentlich akzeptabler, sich von ihm küssen zu lassen als bei ihrem letzten Aufenthalt in den Westlichen Territorien? Womöglich, weil es irgendwie noch immer schmeichelhaft war, dass er das Interesse an ihr nicht vollständig verloren hatte.

"In Ordnung", hörte sie sich sagen und spürte, wie sich ihr Herzschlag vor Unbehagen beschleunigte. Es fühlte sich nicht wirklich korrekt an, aber auch nicht so falsch, wie es der Fall sein sollte.

Ein Lächeln breitete sich auf Ram'ans Gesicht aus, und sachte hob er ihr Kinn mit seinem Zeigefinger an.

"Was, jetzt sofort?", schluckte sie und lehnte sich überrascht zurück.

"Aber selbstverständlich *jetzt sofort*", lachte er leise. "Ich will dir keine Zeit geben, dich später eines Besseren zu besinnen."

Er ergriff ihre Hände und zog sie näher. "Sei nicht nervös, Theá. Ich werde keine Grenzen übertreten. Ein Kuss, nichts weiter. Keine Magie, kein Berühren unangemessener Stellen, und du entscheidest, wann er endet."

Bedächtig ließ sie den Atem entweichen und nickte. Das klang vernünftig.

Er legte ihre beiden Hände an seine Brust, als wollte er es ihr erleichtern, ihn fortzuschieben, und nahm sie in die Arme, bevor er seine Lippen auf ihre senkte. Seine Berührungen waren leicht, als wollte er ihr Gelegenheit geben, ihre Meinung zu ändern und sich zurückzuziehen. Als sie nach ein paar Sekunden keinerlei Anstalten in diese Richtung machte, öffnete er ihren Mund, und ihre Zungen trafen in einem langsamen Tanz aufeinander.

Sie war überrascht, wie angenehm es sich anfühlte. Ohne jede Bedrohung, sanft, freundlich. Er schmeckte auf nette Weise nach süßem Wein, und seine Lippen waren geschmeidig und zärtlich. Da war ein warmes Gefühl in ihrem Bauch, die Freude darüber, als Frau bewundert zu werden. In seinen Liebkosungen lag keinerlei Forderung, er nahm nicht mehr, als sie zu geben bereit war.

Ganz eindeutig wusste er, was er tat - keinerlei Unbeholfenheit, nur geschickte Kunstfertigkeit.

Als sie ihren Kopf leicht zurücklehnte, um den Kuss zu beenden, hielt er sofort inne und zog sie stattdessen in eine Umarmung, streichelte ihren Rücken und lehnte seine Wange gegen ihre. Es fühlte sich seltsam freundschaftlich an, als würde er sie trösten.

Nachdem er sie wieder freigegeben hatte, sah er sie nachdenklich an. "Geht es dir gut?"

"Ja", antwortete sie und nickte langsam. Es war zu freundlich gewesen, als dass dabei sexuelle Spannung aufgekommen wäre, und doch ein Kuss, den bloße Freunde nicht einfach so miteinander tauschen würden.

"Das war nett", gab sie zu und suchte in dieser seltsamen Situation nach Worten.

Er lächelte und schüttelte leicht den Kopf. "Das klang sehr überrascht. Ich bin gekränkt." Dann fügte er mit einem Augenzwinkern hinzu: "Es gibt noch mehr, wo das herkommt. Als Gentleman sollte ich dir wohl anbieten, dass ich jederzeit zu deiner Verfügung stehe."

Sie konnte nicht anders als grinsen. "Das ist sehr rücksichtsvoll von dir, danke. Also habe ich deine Stimme, Oberhaupt von Haus Arbil?"

"Sie ist dein, Eryn von Haus Vel'kim", erwiderte er förmlich mit einer leichten Verbeugung. "Gewährt und bezahlt. Komm zurück, wenn du noch mehr Gefälligkeiten benötigst", fügte er mit einem selbstgefälligen Schmunzeln hinzu.

* * *

Eryn trat hinaus auf die Straße vor dem Arbil Anwesen und fuhr zusammen, als eine Stimme leise ihren Namen nannte.

"Du hast mich erschreckt", beschwerte sie sich, als Enric sich ihr näherte.

"Es tut mir leid, das war nicht meine Absicht." Nachdem er sie erreicht hatte, runzelte er die Stirn und drehte ihr Gesicht zu einer der zahlreichen Straßenlaternen. "Du hast geweint." Es war keine Frage, nur die einfache Feststellung einer nicht ganz so einfachen Tatsache.

"Ja, das habe ich. Was machst du hier?"

"Ich habe Ärger, Frustration, Panik und schließlich Verzweiflung durch das Geistesband verspürt und bin zur Vel'kim Residenz geeilt", erklärte er mit einem Hauch von Vorwurf und sah, wie sie zusammenzuckte. "Stell dir nur meine Überraschung vor, als ich erfuhr, dass du entgegen meiner Annahme nicht bei Vran'el warst. Er sagte mir, wo du bist. Ich war gerade drauf und dran hineinzustürmen, als deine Gefühle weniger intensiv wurden und schließlich sogar ins Positive umschlugen." Er hob ihre Hand und betrachtete das silberne Armband mit dem Arbil Wappen darauf. "Ich schätze, das bedeutet, dass die Angelegenheit zwischen euch beiden bereinigt ist?"

Sie schluckte und nickte.

Eine seiner Brauen wanderte nach oben. "Warum nehme ich leichte Schuldgefühle wahr, Liebste?"

Keinesfalls konnte sie ihm von dem Kuss erzählen. Nicht jetzt. Womöglich niemals. Vor nur wenigen Minuten hatte es sich so harmlos angefühlt, doch jetzt, wo sie vor ihm stand und seine warmen Arme sie umfingen, hatte es sich plötzlich zu etwas anderem gewandelt: zu Betrug.

Sie hatte einer Sache zugestimmt, die zu gewähren sie kein Recht hatte, etwas, das nur dem Mann direkt vor ihr zustand. Warum hatte sie so etwas bloß getan? Wo waren diese Gedanken, diese Schuldgefühle kurz zuvor gewesen, als sie sie gebraucht hätte? Warum war ihr Gehirn nur so nervenaufreibend träge, und warum waren ihre Gefühle plötzlich so mächtig, wo sie es doch mehrere Wochen lang geschafft hatte, sie unter Verschluss zu halten? Wollten sie verlorene Zeit aufholen oder war sie nun in ein Schwangerschaftsstadium eingetreten, das ihr Gehirn beeinträchtigte? Aber ihrem Zustand die Schuld zu geben war zu einfach, zu feige, oder nicht?

Nicht, dass sie sich im Moment besonders mutig fühlte. Zumindest nicht mutig genug, um ihm davon zu erzählen. Es würde ihn verletzen, und das wollte sie nicht. Was sollte sie außerdem sagen? Dass sie sich von einem Mann hatte küssen lassen, der vor nicht allzu langer Zeit noch versucht hatte, sie ihrem Gefährten wegzunehmen und der zugegeben hatte, dass er noch immer in sie verliebt war, damit sie Vran'el dabei helfen konnte, Enrics Pläne für verpflichtendes Kampftraining zu durchkreuzen?

Zu viel Denkarbeit für den Moment, wo so wenige Ressourcen dafür vorhanden waren.

Sie schob diese Lawine an Gedanken beiseite und schlang einfach nur ihren Arm um Enrics Mitte.

"Du weißt, dass ich dich liebe, nicht wahr?", murmelte sie in seine Schulter.

Seine Arme umfingen sie augenblicklich und drückten sie an ihn. Das fühlte sich richtig an. Ihr Körper fügte sich an den seinen, als ob er dort hingehörte. Sie fragte sich, ob das schon immer der Fall gewesen war, oder ob sie sich einander angepasst hatten.

"Ja, das weiß ich", seufzte er. "Aber wenn ich von dem Aufruhr in deinem Inneren ausgehe, bin ich nicht sicher, ob diese Aussage nicht nur eine Ablenkung von meiner Frage sein soll, warum du dich schuldig fühlst. Tatsächlich scheint das Gefühl nach meiner Frage sogar stärker geworden zu sein."

Dämliches, idiotisches Geistesband, fluchte sie lautlos. Dass sie ständig darauf vergaß, ihre Gefühle abzuschirmen, damit er nur die wirklich stark ausgeprägten wahrnehmen konnte, war auch nicht eben hilfreich.

"Warum bist du heute Abend hergekommen? Warum bist du ihm so lange aus dem Weg gegangen, nur um dann zu ihm…" Seine Stimme verstummte allmählich, als sich ihm eine mögliche Erklärung eröffnete. "Vran'el hat dich hergeschickt", sagte er langsam. "Damit du Ram'an überredest, im Senat gegen meinen Vorschlag zu stimmen. Aus diesem Grund war er auch so kühl und distanziert, als er die Tür öffnete und mich informierte, wo du bist!"

Sie nickte und sah zu Boden. Warum hatten sie jemals gedacht, sie könnten solch einen Versuch vor ihm verheimlichen? Besonders, wenn sie und ihr verfluchtes Geistesband involviert waren, sinnierte sie.

Er seufzte. "Dann schätze ich, dass ich jetzt weiß, woher deine Schuldgefühle kommen: von der Verschwörung gegen mich."

Sie blinzelte. Das kam nun wirklich ausgesprochen gelegen. Zählte es als Lüge, wenn sie ihm nicht widersprach? Womöglich. Verheimlichen war eine Art Lüge, oder? Lügen ohne Worte…

Vielleicht konnte sie Wiedergutmachung leisten, indem sie ein kleines Detail mit ihm teilte. "Ram'ans Stimme war die letzte, die er braucht um sicherzugehen, dass dein Antrag morgen im Senat abgewiesen wird", informierte sie ihn.

Er zuckte mit den Schultern, offenkundig unbekümmert. "Das ist nicht weiter schlimm."

Sie starrte zu ihm auf. "Ach nein?"

"Nein", meinte er und schüttelte den Kopf. "Ich rechne nicht damit, dass die Senatoren so einer Sache zustimmen. Das wäre eine zu radikale Veränderung. Aber es ist eine nette Möglichkeit, um sie an den Gedanken eines Kampftrainings und die anstehenden Diskussionen darüber einzustimmen. Mein wahres Ziel ist es, sie zu veranlassen, dass sie das Training der einhundert Magier, die sich freiwillig dafür gemeldet haben, dauerhaft finanzieren."

Eryn schloss kurz die Augen. Nein. Das war einfach nur grausam. Das bedeutete, dass sie sich für etwas küssen hatte lassen, das ein nachsichtiger Beobachter wohl als *noble Sache* bezeichnet hätte, nur um hinterher herauszufinden, dass es ohnehin keinen Unterschied gemacht hätte. Der Plan, den sie so eifrig verhindern wollten, war nicht einmal derjenige, den er wirklich umsetzen wollte. Verflixt!

"Du wirkst verärgert", kommentierte er.

"Das passiert, wenn ich mit meiner eigenen Dummheit konfrontiert werde", murmelte sie.

"Was war das?"

"Vergiss es", seufzte sie. "Gehen wir nach Hause. Ich brauche ein Bett. Und ein Brötchen."

* * *

Enrics ungerührte Miene ließ seinen Mangel an Enthusiasmus erkennen, als Ram'an in sein Büro geführt wurde. "Ich habe nicht viel Zeit. Was willst du?"

"Ich weiß", erwiderte sein Besucher unerschüttert, ohne auf die harsche Begrüßung verstimmt zu reagieren. "Aus diesem Grund bin ich hier."

"Verzeihung? Diese Bemerkung entzieht sich meinem Verständnis."

Ram'an nahm ungefragt Platz und lehnte sich zurück. "Ich bin hier, weil du dir eindeutig nicht genug Zeit für gewisse Dinge nimmst. Du vernachlässigst deine Gefährtin."

Enrics Haltung versteifte sich. "Ich sehe nicht, weshalb dich das irgendetwas…"

"Halt den Mund und hör zu", schnappte Ram'an, die Irritation klar in seinen Augen erkennbar. "Ich habe meinen Anspruch auf Theá aufgegeben, und ein Beweggrund dafür war, dass ich eine echte Verbindung zwischen euch sehen konnte. Aber ich habe sie nicht aufgegeben, damit ich jetzt zusehen muss, wie du sie vernachlässigst."

Enric starrte seinen Besucher an und atmete schwer aus. Was für eine bizarre Situation. Aber ihm erneut zu erklären, dass es ihn nichts anging, schien irgendwie nicht richtig, wenn die Warnung darauf abzielte, sich besser um Eryn zu kümmern.

"Du hast deinen Anspruch auf sie nicht freiwillig aufgegeben, weil du zur Vernunft kamst, sondern weil du keine andere Wahl hattest. Geben wir uns diesbezüglich keinerlei Illusionen hin. Also, was vermittelt dir den Eindruck, ich würde sie vernachlässigen?", fragte er gefasst.

"Dass sie mir gestern Abend erlaubte, sie zu küssen - etwas, wozu ich sie niemals zuvor bewegen konnte. Und ich hoffe, du würdigst es, dass ich gekommen bin, um dir davon zu erzählen und damit einen weiteren Schlag ins Gesicht riskiere. Denk gut darüber nach, bevor du deine Fäuste sprechen lässt."

Enric kämpfte verzweifelt gegen den Ärger, den Zorn, der prompt in ihm aufstieg. Ärger auf Ram'an, der nicht eben gedämpft wurde durch den Umstand, dass es schien, als hätte Eryn die Aufmerksamkeit dieses Mannes begrüßt. Und auch darüber, dass man ihm gesagt hatte, es sei seine eigene Vernachlässigung gewesen, die sie dazu bewegt hatte.

"Fahr fort", presste er zwischen zusammengebissenen Zähnen hervor.

"Gut. Ich bin froh, dass wir in der Lage sind, dieses Gespräch für den Moment fortzusetzen, ohne auf Gewalt zurückzugreifen", nickte Ram'an, behielt aber den Blick auf Enrics verkrampfte Hände gerichtet. "Sie kam zu mir, um mich um einen Gefallen zu ersuchen, und ich sagte ihr, dass ich als Gegenleistung dafür einen Kuss verlangte. Erst als ich ihr sagte, wie schön sie sei, stimmte sie zu. Es scheint, als würde sie von dir nicht das Gefühl vermittelt bekommen, sie sei attraktiv, jetzt, wo sie dein Kind in sich trägt. Ich weiß nicht, wie die Gebräuche in deinem Land diesbezüglich aussehen, doch hier behandeln wir eine schwangere Frau wie die Göttin, die sie ist. Wir achten die reichliche Gabe, die wir von ihr empfangen, indem wir den

Boden unter ihren Füßen anbeten." Er warf Enric einen harten Blick zu. "Normalerweise ist es nahezu unmöglich, eine werdende Mutter dazu zu bringen, sich von einem anderen Mann küssen zu lassen, weil sie in dieser Phase ihres Lebens keinerlei Mangel an Aufmerksamkeit von Seiten ihres Gefährten erleidet oder das Bedürfnis verspürt, sich diese an anderer Stelle zu suchen. Aber nicht Eryn. Das macht mich wütend. Sie verdient mehr als das."

Enric kämpfte darum, die Kontrolle zu behalten, sich an den Gedanken festzuhalten, die er brauchte, um diese Unterhaltung fortzuführen anstatt stets nur das Bild vor sich zu sehen, wie Ram'an Eryn in den Armen hielt und sie küsste.

"Ich kann sehen, dass dich das enorm verstört", bemerkte Ram'an mit einem selbstgefälligen Lächeln. "Gut. Das sollte es auch. Aber lass mich dich zumindest ein wenig beruhigen, damit du schneller zu kohärentem Denken zurückkehren kannst: Es war kein leidenschaftlicher Kuss, ich habe die Sache freundschaftlich gehalten, wie eine intime Umarmung. Ich bin nicht von der Sorte Mann, die Jagd auf verletzliche Frauen macht, was auch immer sonst du von mir denken magst. Eryn war selbst immens überrascht, wie stark es sie danach verlangte gehalten zu werden - so sehr, dass sogar die Nähe eines Mannes, dem sie bis gestern so weit wie möglich aus dem Weg ging, willkommen war."

Enric schloss die Augen. Ein Gefühl der Schmach ließ ihn schlucken. Schande ob seines eigenen Versäumnisses, und dass es des Mannes ihm gegenüber bedurfte, um ihn darauf aufmerksam zu machen. Seine Gedanken kehrten zu Ram'ans Beschreibung des Kusses zurück. *Freundschaftlich* hatte er gesagt. Wie freundschaftlich konnte der Kuss wohl gewesen sein, wenn dabei eines anderen Mannes Zunge das Innere des Mundes seiner Gefährtin gekostet hatte? Ein paar Mal atmete er tief ein und aus, um sich davon abzuhalten, seinem Besucher einen *freundschaftlichen* Hieb auf seinen Kiefer zu verpassen.

"Ich werde regelmäßig nach ihr sehen", fuhr Ram'an fort. "Das sollte dich auf Trab halten, hoffe ich. Einer Sache kannst du dir sicher sein - sollte sie Aufmerksamkeit und Nähe suchen, wird sie beides bei mir finden, wenn du erneut versagst. Ich wäre entzückt, deinen Sohn als den meinen großzuziehen", fügte er sachlich hinzu.

"Lass uns nicht ganz so weit in die Zukunft planen", sagte Enric. Ihm war bewusst, dass er provoziert wurde und war fest entschlossen, nicht darauf einzusteigen.

Ram'an lächelte. "Wie du wünschst. Es liegt in deinen Händen, das zu vermeiden."

"Warum erzählst du mir all das? Ich hätte nicht gedacht, dass du ein Interesse daran hättest, meine Beziehung mit Eryn aufrechtzuerhalten, sondern eher, dass dich jeder Riss, der sich darin zeigt, in Begeisterung versetzt."

"Diese Frage habe ich selbst letzte Nacht einige Zeit lang gewälzt. Und ich bin zu einem Schluss gelangt. Sie in ihrer Beziehung unglücklich zu sehen - nein, das ist so nicht richtig; sagen wir *unzufrieden* - hat mir nicht auf die Weise Befriedigung verschafft, wie ich es erwartet hätte. Vielleicht hat sich die Art meiner Gefühle für sie zu wandeln begonnen. Versteh mich nicht falsch; ich werde sie womöglich immer lieben. Aber eines Tages mag es die Liebe eines Freundes sein." Dann stand er auf. "Jetzt muss ich los. Ich sehe dich in zwei Stunden im Senat. Wenn ich mich richtig erinnere, gilt es deinen Antrag zu besprechen. Eine Sache noch: Ein Haus zu führen ist anstrengend, das weiß ich selbst sehr genau. Wenn du allerdings lernst, gewisse Aufgaben zu delegieren, wirst du sehen, dass genug Zeit bleibt, um dich sowohl deinem Haus als auch deiner Gefährtin zu widmen. Ich musste auf dem harten Weg lernen, dass eine Person nicht ausreicht, um sich um alles zu kümmern. Und das sollte auch nicht so sein. Die Mitglieder eines jeden Hauses müssen wissen, dass sie gebraucht werden und dass ihre Beiträge wichtig sind. Ich habe gehört, dass manche Mitglieder von Haus Aren mit deinem autoritären Führungsstil unzufrieden sind. Sie sind an eine kooperativere Herangehensweise gewöhnt. Was du hier führst, ist eine Familie, nicht der Orden. Sie haben einen Anteil an dem hier, sogar einen größeren als du selbst, weil sie hineingeboren wurden. Du bist ein Fremdling, der ihr Haus übernommen hat und zu streng und unnahbar ist. Aber damit für heute genug der ungebetenen Ratschläge von meiner Seite."

An der Tür klopfte es, und Eryn trat ein. Sie erstarrte, als sie die beiden Männer beieinanderstehen sah.

"Ah, da bist du ja", meinte Ram'an mit einem breiten Lächeln und trat auf sie zu, um ihre Wangen zwischen seine Hände zu nehmen und ihre Stirn zu küssen, als hätte er sie schon immer so begrüßt. Er drehte sich zu Enric um. "Ich habe mir die Freiheit genommen, deinen Diener zu ersuchen, dass er sie ruft." Seine Aufmerksamkeit kehrte zu Eryn zurück, und er ergriff ihre Hände. "Theá, meine Liebe, ich habe deinem Gefährten von gestern Abend erzählt und von dem Kuss, zu dem ich dich bewegt habe. Ich habe ihn gewarnt, sich besser um dich zu kümmern und ihm gesagt, dass ich mich versichern werde, dass er es auch tut."

"Du hast *was*?", flüsterte sie ungläubig. Ihr Magen zog sich zusammen, und trotz der Wärme war ihr plötzlich kalt.

"Sorge dich nicht, er scheint es ganz gut aufgenommen zu haben, wenn man bedenkt, dass ich noch immer aufrecht stehe. Ich fordere mein Glück noch weiter heraus und lade dich für morgen zum Mittagessen ein. Nein", meinte er und schüttelte den Kopf, als er sah, dass sie Einspruch erheben wollte. "Eine Absage werde ich nicht akzeptieren. Ich komme zur Mittagszeit zur Klinik, um dich abzuholen." Er küsste sie noch einmal auf die Stirn, dann ging er und schloss die Tür hinter sich.

Eine gefühlte Ewigkeit lang standen beide dort und starrten einander schweigend an. In der Vergangenheit hatte er nicht besonders gut darauf reagiert, wenn ihr jemand zu nahe gekommen war, aber das hier war das erste Mal, dass sie es willentlich geschehen hatte lassen. Sie schluckte und versuchte seine Stimmung einzuschätzen. Er stand steif wie eine Statue, und langsam begann Angst in ihr hochzukriechen.

Dann ging er langsam um seinen Schreibtisch herum und blieb vor ihr stehen, sah mit gerunzelter Stirn auf sie hinab. Böse mit ihr zu sein wäre falsch, entschied er und schob seinen Ärger beiseite.

"Ich hätte nie gedacht, dass ich den Tag erleben würde, an dem *er* mich warnt, dich besser zu behandeln. Und noch weniger hätte ich gedacht, dass es gerechtfertigt sein würde." Er nahm ihre Hand und hob sie zu seinen Lippen. "Ich habe dich vernachlässigt. Mein Ehrgeiz, dieses politische Spiel hier gut zu meistern hat dazu geführt, dass ich deine Bedürfnisse aus den Augen verloren habe."

"Es tut mir leid", flüsterte sie.

Seufzend schüttelte er den Kopf. "Das braucht es nicht. Ich wage zu behaupten, er hätte den Versuch dich zu küssen nicht aufgegeben, bis du eines Tages nachgegeben hättest. Ich bin nur froh, dass er sich dir nicht aufgezwungen hat. Und ich bin mehr als verwundert, dass er gekommen ist, um mich davon in Kenntnis zu setzen und mich zu warnen. Auf recht effektive Weise, wie ich hinzufügen möchte." Er beugte sich hinab, um ihre Lippen zu küssen. "Du bist eine Augenweide, Liebste. Jeden Morgen, an dem ich neben dir erwache, danke ich den Sternen dafür, dass sie mich mit dir und dem Wunder, das du mir bescherst, gesegnet haben. Erinnere mich daran, dir das öfter zu sagen, in Ordnung?"

Sie schluckte und schloss kurz die Augen, um die Feuchtigkeit zurückzuhalten, die zwischen ihren Lidern hervorquellen wollte. Dumme überempfindliche Gefühle. Sie nickte und lehnte den Kopf gegen seine Schulter. Die Erleichterung führte beinahe dazu, dass ihre Knie unter ihr nachgaben.

"Und jetzt will ich wissen, was der wahre Grund ist, weshalb du dich von ihm hast küssen lassen." Seine Stimme war ruhig, und er trat zurück, damit sie ihn ansah. "Ich denke nicht, dass meine Vernachlässigung allein ein stichhaltiger Grund dafür ist, dass du herumläufst und dir diese Aufmerksamkeit an anderer Stelle suchst. Ich würde meinen, dass ich meine Einwände dagegen, dass dich andere Männer küssen, mehr als deutlich gemacht habe. Was hat er gesagt, dass dich zur Zustimmung bewogen hat?"

Sie schüttelte den Kopf. "Nicht viel. Es ist wirklich lächerlich."

"Warum überlässt du dieses Urteil nicht mir?"

Eryn schluckte und verzog das Gesicht. "Er hat mich davor gewarnt, ihm zu unterstellen, dass er noch immer etwas für mich übrig hätte. Das hat mich hart getroffen. Ich meine, ich will nicht, dass er so an mir hängt, wie er es früher tat oder vielleicht noch immer tut, aber der Gedanke daran, dass er mich überhaupt nicht mehr mögen könnte, war irgendwie schmerzhaft."

"Du fühlst dich noch immer schuldig", seufzte er. "Weil er vergebens auf das Mädchen wartete, das man ihm versprach, als er noch ein Junge war."

Sie nickte. "Ja, ich denke schon. Ich weiß, dass es nicht rational ist, nicht meine Schuld. Dass ich mir nichts vorzuwerfen habe, weder wegen dieses dämlichen Brauches hier, noch dafür, dass mein Vater mich fortbrachte. Aber dennoch..."

"Dass du ihm gestattet hast, dich zu küssen, war also..."

"...wie ein Beweis, dass er mich noch immer mochte", vollendete sie seinen Satz verlegen.

Enric legte seine Hand an ihre Wange. "Das tut er. Und zwar sehr. Mehr als mir recht ist, muss ich zugeben. Aber er scheint einen Weg gefunden zu haben, mit seinen Gefühlen umzugehen, der es ihm erlaubt, auf dich aufzupassen, obwohl er seinen Anspruch auf dich aufgab. Er will dir ein Freund sein. Und er weiß, dass dies nur mit meiner Zustimmung möglich ist. Aus diesem Grund hat er mir davon erzählt."

"Und du akzeptierst das?", fragte sie vorsichtig.

Er lächelte. "Ich hätte wohl kaum zugelassen, dass er dich in meiner Gegenwart dazu drängt, morgen mit ihm zu Mittag zu essen, wenn das nicht der Fall wäre. Aber es ist ein vorsichtiges Einverständnis. Sollte er dich noch einmal küssen, dann *werde* ich ihm wehtun. Und zwar so richtig."

"Du sagst, er hätte seinen Anspruch auf mich aufgegeben. Warum hat er mich dann überhaupt geküsst?"

"Einerseits, um seine Neugier zu befriedigen, würde ich meinen. Und möglicherweise um zu sehen, ob er es schafft, dich dazu zu bewegen. Du bist momentan angreifbar, nicht nur aufgrund deiner Probleme mit ihm und Valrad, sondern auch dank deines im Allgemeinen instabilen emotionalen Zustands durch deine Schwangerschaft. Ich schätze, dass er über Nacht zu einer ähnlichen Schlussfolgerung gelangt ist. Seinen Erfolg hat er nicht seinen eigenen Handlungen, sondern *meinem* Versagen zugerechnet, sonst wäre er wohl nicht gekommen, um mich dafür zu rügen."

Sie legte den Kopf schief und sah ihn an. "So wie du die Sache darstellst, tragen alle außer mir selbst die Schuld an diesem Kuss."

Enric hob eine Braue. "So weit würde ich nun nicht gehen. Ich schätze es keineswegs, dass du anderen Männern erlaubst dich zu küssen, ganz egal, welche Gründe du zu haben glaubst, um es zu rechtfertigen. In Zukunft hoffe ich, dass du dies im Hinterkopf behältst, oder ich werde deiner Bewegungsfreiheit gewisse Beschränkungen auferlegen. Ich bin sicher, dass du die weder als angenehm noch zumutbar empfinden wirst."

Schweigend nickte sie. Es war kein guter Zeitpunkt, um ihm zu widersprechen. Die Drohung sagte ihr nicht zu, und sie wusste, dass es keine leere war. Doch sie hatte keinerlei Absicht, sich von Ram'an oder sonst irgendjemandem mehr küssen zu lassen, also weshalb dagegen ankämpfen? Und da Enric die Situation mit bewundernswerter Zurückhaltung bewältigt hatte, verspürte sie nicht den Wunsch, sich ihm entgegenzustellen. Es würde ein falsches Signal senden.

"Gut. Und dieses Schuldgefühl, dass ich gestern wahrgenommen habe, war offensichtlich wesentlich berechtigter, als ich dachte", meinte er trocken und hob ihr Kinn, um sie zu küssen. "Möchtest du mit zum Senat kommen und zusehen, wie mein Vorschlag abgeschmettert wird?"

Sie lächelte, erleichtert darüber, dass die Stimmung wieder etwas an Unbeschwertheit gewonnen hatte. "Ob ich das möchte? Was für eine Frage! Ich kann kaum jemals mitansehen, dass deine Pläne durchkreuzt werden und werde einfach das Wissen ausblenden, dass du nicht einmal geplant hattest, diesen speziellen umzusetzen."

"Kleine Siege, was?", grinste er.

"Sie sind so schwer zu erringen, also nehme ich jeden, den ich kriegen kann. Besonders gegen dich."

Er schüttelte den Kopf. "Ich frage mich, ob wir eines Tages auf der gleichen Seite stehen werden, sodass *meine* Siege gleichzeitig auch *deine* sind."

Sie stellte sich auf die Zehenspitzen und küsste seine Wange. "Oh, wäre das nicht unglaublich langweilig, mein Schatz?"

KAPITEL 16

Durchbruch

Eryn nahm einen Schluck von dem Tee, den sie kaltwerden hatte lassen, damit er während der heißesten Zeit des Tages bekömmlicher wurde. Vern saß auf den Kissen neben ihr, Ram'an ihr gegenüber.

Letzterer war, genau wie er es am Vortag in Enrics Arbeitszimmer versprochen hatte, in der Klinik aufgetaucht, um sie zum Mittagessen abzuholen. Vern war bei ihr gestanden und hatte einer Diskussion zwischen ihr und Dikea gelauscht, in der es um die ordnungsgemäße Versorgung von gebrochenen Knochen ging. Somit hatte Ram'an seine Einladung ausgedehnt, damit sie auch Vern miteinschloss.

Darüber war Eryn froh. Nach dem Kuss vor zwei Tagen, dem dann gestern noch dieses kurze und sehr seltsame Aufeinandertreffen gefolgt war, fühlte sie sich in Ram'ans Gegenwart etwas unbeholfen. Vern war ein praktischer Puffer.

"Also, Vern", grinste Ram'an den Jungen an, "du hast dich ja in der hiesigen Kunstgemeinschaft als recht zerstörerisches Element erwiesen. Ich habe zwei Cousins zweiten Grades, die anwesend waren, als du mehr oder weniger die große Halle an der Akademie mit diesem eindrucksvollen Bild, über das noch immer alle sprechen, gestürmt hast. Ich frage mich, ob ich es mir wohl selbst einmal ansehen könnte?"

"Diesbezüglich musst du mit Eryn reden. Sie bewahrt es in ihrem Schlafzimmer auf."

"Ein Ort, zu dem man mir in absehbarer Zeit wohl keinen Zutritt gewähren wird", scherzte der Jurist mit gespielter Verzweiflung.

"Ich wusste nicht, dass du das noch immer versuchst", warf Vern ungewohnt unverfroren zurück.

Ram'an sah ihn überrascht an, dann lachte er. "Das tue ich nicht. Ich nehme es zur Kenntnis, wenn ich verloren habe. Sind die Künstler übrigens schon an dich herangetreten?"

Der Junge schüttelte den Kopf. "Nein. Warum sollten sie?"

"Die Entscheidung des Senats in ihrer Angelegenheit war recht vielversprechend, und ich hätte erwartet, dass sie versuchen würden, dich als Unterstützer für ihre Sache zu gewinnen."

Interessiert lehnte sich Eryn vor. "Welche Entscheidung?"

"Die Künstler, die sich abgespalten haben, baten den Senat um die Erlaubnis zur Gründung ihrer eigenen Akademie", erklärte er. "Gleichzeitig hat Elwoi uns ersucht, jeglichen Versuchen in genau diese Richtung einen Riegel vorzuschieben."

"Nun?", erkundigte sich Vern neugierig. "Wie sieht das Ergebnis aus?"

"Der Senat entschied, dass den Künsten als solchen am besten gedient sei, wenn eine vielfältige Entwicklung begünstigt wird. Das bedeutet, dass wir gegen das von Elwoi beantragte Verbot und zugunsten einer zweiten Akademie gestimmt haben. Die Triarchie bestand allerdings auf einer kleinen Ergänzung. Sie wollten, dass sich die beiden Seiten zuerst gemeinsam an einen Tisch setzen, um über eine mögliche Lösung zu diskutieren, die allen entgegenkommt und von der alle profitieren."

Eryn schnaubte. "Netter Versuch. Ich wage zu behaupten, dass solch eine Lösung nicht besonders wahrscheinlich ist, oder? Warum sollten die rebellierenden Künstler zustimmen, sich Elwoi zu unterwerfen, wenn sie ihre eigene Akademie haben können?" Dann seufzte sie. "Natürlich - die Gründung einer neuen Institution erfordert Geld, so ist es doch? Geld, dass sie wohl nicht einfach so zur Verfügung haben."

"Geld ist auf jeden Fall ein Punkt", stimmte Ram'an zu, "jedoch ist Elwoi derjenige, dem es Sorgen bereitet. Es gibt öffentliche Mittel, mit denen die Akademie gefördert wird, und eine zweite würde bedeuten, dass er die Hälfte der Unterstützung, die er derzeit bezieht, verlieren würde. Somit wird er versuchen, die Gründung einer weiteren Akademie zu verhindern. Außerdem entstammen einige der Künstler, die sich von der Akademie abspalten wollen, den Häusern, was bedeutet, dass eine gute Chance auf zusätzliches Geld von wohlhabenden Sponsoren besteht."

Langsam nickte sie, während sie diese neuen Informationen überdachte. "Dann gehst du also davon aus, dass es passieren wird? Es wird eine zweite Institution für Künstler geben?"

"Es sieht wohl ganz danach aus, ja", lächelte der Jurist. "Ich wäre sehr überrascht, würde Elwoi es fertigbringen, die abtrünnigen Künstler wieder an sich zu binden."

"Und wo steht Haus Arbil bei all dem?", erkundigte sich Eryn beiläufig.

Ram'an sah Vern an und lächelte. "Auf der Seite der Rebellen natürlich. Wie könnten wir jemals solch ein althergebrachtes

Lehrmodell unterstützen, das Künstler davon abhält, sich selbst zu verwirklichen?"

"Ich gehe davon aus, dass deine beiden Cousins ebenfalls keine Anhänger von Elwoi sind?", fragte sie mit einem leisen Lächeln.

"Nein, das sind sie nicht", gab er zu. "Allerdings trifft das auf einige Häuser zu, die mit meinem verbündet sind, also war das kein ganz unproblematischer Weg. Aber auch Haus Aren musste sich von gewissen Bündnissen emanzipieren, um in Übereinkunft mit den neuen erhabenen Werten zu handeln, die es nun repräsentiert."

Eryn blinzelte. "Das klang jetzt sehr diplomatisch. Bedeutet das, dass Enric die eine oder andere Allianz beendet hat?"

"Offen gesagt, ja. Legara von Haus Finran trat vor der Abstimmung an ihn heran. Du erinnerst dich womöglich an sie? Sie ist Malriels Cousine und Freundin. Sie war diejenige, die damals bei deiner Verhandlung unbequeme Fragen stellte."

Sie nickte mit hochgezogener Nase. "An sie erinnere ich mich sehr wohl, ja."

"Sie teilte Enric mit, dass Malriel diesen Bruch in der Akademie nicht gebilligt hätte, und dass sie hoffte, er wäre sich bewusst, worin seine Pflicht bestand - nämlich darin, bei der Abstimmung Malriels Standpunkt zu vertreten."

"Oh Mann", lachte sie. "Ich wette, das hat er nicht besonders gut aufgenommen. Er mag es überhaupt nicht, wenn man ihm Vorschriften macht."

"Er war... höflich. Er bedankte sich und erklärte ihr, dass er eine recht klare Vorstellung davon hätte, wo seine Pflichten lägen. Dann stimmte er gegen Elwoi. Ich könnte mir denken, dass Legara sich darauf freut, Malriel eher früher als später wieder zurück in Amt und Würden zu sehen, wenn du mich fragst."

Da war Legara nicht die Einzige, fügte Eryn für sich hinzu. Sie selbst wollte ebenfalls nicht, dass Enric sich allzu sehr an seine neue Machtposition gewöhnte.

"Enric sagte mir, dass Haus Aren ebenfalls ein paar Künstler hat. Weißt du, wo die stehen? Auf der gleichen Seite wie ihr Oberhaupt, oder ist er dabei, sich gegen seine eigenen Leute zu stellen?"

"Diesbezüglich hat er Glück", erklärte Ram'an, "weil er in Haus Aren sowohl konservative als auch fortschrittliche Künstler hat. Somit entfremdet er sich nicht von allen. Allerdings hätte er keine Entscheidung treffen können, die alle von ihnen zufriedengestellt hätte. Aber wenn man seine Verbindung mit Vern betrachtet, sollte es kaum jemanden überraschen, dass er für die Rebellen gestimmt hat. Nicht einmal Legara."

"Sag das nicht so!", stöhnte Vern. "Ich will nicht der Grund für den Bruch zwischen den Künstlern sein! Warum konnten die sich nicht einen anderen Zeitpunkt dafür aussuchen?"

"Was ist das Problem, mein junger Freund?", lächelte Ram'an. "Sagt dir die Rolle nicht zu, die du in ihrem scheinbar lange überfälligen Unterfangen, für ihre Überzeugungen zu kämpfen, gespielt hast?"

"Nein! Überhaupt nicht!"

"Und weshalb nicht, wenn ich fragen darf? Man würde meinen, dass so vielen als Inspiration zu dienen eine große Leistung ist, auf die du stolz sein kannst", bemerkte der Jurist.

"Das klingt jetzt seltsam, aber ich habe das Gefühl, als sollte ich ihm dankbar sein. Aber dass ich ihm so viel Ärger beschert habe, macht die Sache nicht einfacher für mich", erklärte der Junge niedergeschlagen.

Eryns Augen drohten aus den Höhlen zu treten. "Dankbar? Elwoi? Soll das ein Scherz sein? Wofür? Dafür, dass er dich respektlos behandelt und beleidigt hat?"

"Ohne ihn hätte ich dieses Bild nie erschaffen! Er hat mich auf eine Weise herausgefordert, die mich verärgert und damit in die Lage versetzt hat, einen neuen künstlerischen Stil in mir zu erwecken! Dank ihm habe ich eine neue Möglichkeit des Ausdrucks für mich entdeckt. Ich habe das Gefühl, dass ich ihm etwas schulde, und damit ist mir nicht wohl. Dass ich ihm all diese Probleme verursache, erhöht diese Schuld nur noch."

Sie wollte ihm gerade sagen, dass dies kompletter Unsinn war, hielt sich aber zurück, als sich Ram'an nach vorne lehnte.

"Vern, abgesehen vom Verhalten einer Person gibt es da noch einen weiteren Aspekt, den es zu berücksichtigen gilt: die Absicht dahinter. Zuweilen entsteht eine günstige Situation daraus, wenn Menschen Maßnahmen ergreifen, um dir zu schaden. Dabei handelt es sich um nichts weiter als Zufälle, die somit kaum Anlässe darstellen, um der Person hinter den Handlungen dankbar zu sein. Aus rechtlicher Sicht unterscheiden wir hier zwischen Absicht und Ergebnis. Eine Person, die Schaden verursacht, ohne dies zu beabsichtigen - sagen wir, indem sie aus Sorglosigkeit einen Unfall verschuldet - wird weniger hart bestraft wie jemand, der Schaden verursachen *wollte*."

"Du willst damit also sagen, dass ich Elwoi keinerlei Dankbarkeit schulde, weil er eigentlich beabsichtigte, mich zu unterdrücken anstatt meine Entwicklung zu fördern?", sinnierte Vern.

"So ist es", bestätigte Ram'an. "Und ich wage zu behaupten, dass nicht viele andere Künstler in der Lage gewesen wären, diese Situation so für sich zu nutzen, wie du es vermocht hast. Die Meisten hätten sich seinen Forderungen unterworfen und eine Disziplin für sich gewählt. Du hattest die Ressourcen, den Mut und das Talent, um das Hindernis zu überwinden, diese Barriere zu zertrümmern, die er zu errichten versucht hat. Stattdessen hast du es zu einer Chance für dich gewandelt, an der du wachsen konntest."

Eryn nickte anerkennend. "Ich stimme allem zu, was er sagt. Gut dargelegt, Rechtsgelehrter."

"Ich danke dir vielmals, *Heilerin*", erwiderte er.

268

Vern überlegte, während er an seinem Tee nippte. "Ich denke, damit kann ich arbeiten", entschied er dann. "Der Gedanke, dass ich ihm nichts schulde, ist ein recht verlockender, muss ich gestehen."

"Dann würde ich empfehlen, dass du daran festhältst. Ich würde meinen, dass nicht einmal Elwoi selbst auf die Idee käme, für sich zu beanspruchen, dass er dir in dieser Hinsicht weitergeholfen hat", riet Ram'an.

"Danke", meinte der Junge mit einem ernsten Nicken. "Das war eine große Hilfe. Ich fühle mich jetzt wesentlich besser - erleichtert. Es ist wirklich nützlich, dass ihr beide euch jetzt wieder mögt. Die Mittagsmahle sind so jedenfalls angenehmer als in der Klinik, wo Eryn Valrads Blick meidet."

"Ich habe niemals aufgehört, sie zu mögen", lächelte Ram'an.

"Dann hattest du jedenfalls eine komische Art, das zu zeigen", entgegnete Eryn.

"Kinder... seid nett zueinander", seufzte Vern.

Sie lachte. "Selbstverständlich, weiser und mächtiger Vern, Auslöser von Revolutionen, aktuelle Sensation der Kunst- und Heilerwelt, verehrter..."

"Wisst ihr was? Jetzt wo ich darüber nachdenke, geht lieber wieder aufeinander los. Warum sollte ich als eure Zielscheibe herhalten müssen, nur um den Frieden zwischen euch zu bewahren?"

"Um dieses zerbrechliche Einvernehmen zwischen dem ehrenwerten Oberhaupt von Haus Arbil und mir selbst zu bewahren?", schlug sie vor.

"Ein zerbrechliches Einvernehmen würde ohnehin nicht besonders lange überleben", grinste er.

"Das ist durchaus ein Argument", nickte Ram'an.

"Wisst ihr was? Ich denke, ich werde jetzt nach Hause gehen. Ich habe nicht das Gefühl, dass meine Schwangerschaftsprivilegien hier angemessen berücksichtigt werden." Sie setzte zum Aufstehen an, hielt aber bei Ram'ans nächsten Worten inne.

"Ich habe veranlasst, dass dieses Teehaus die Backwaren besorgt, von denen du derzeit so angetan bist. Brötchen nennst du sie, glaube ich."

Sie spitzte die Lippen, dann sank sie wieder in die Kissen hinter sich zurück. "Nach reiflicher Überlegung habe ich nun entschieden, dass es womöglich doch keine so große Zumutung ist hierzubleiben..."

"Gut. Ich war zuversichtlich, dass du zu diesem Schluss kommen würdest", lächelte er und hob einen Finger, um einen Kellner herbeizurufen und ihn zum Servieren der Brötchen aufzufordern.

"Eine schwangere Frau mit Essen zu bestechen ist übrigens gemein", knurrte sie, doch ihre Augen blieben auf den Gebäudeeingang gerichtet, durch den der Kellner verschwunden war.

"Warum?", meinte Vern achselzuckend. "Enric betreibt das nun schon seit einer Weile, und da er im Moment der Einzige in der Residenz ist, der Sex hat, ist es eindeutig ein erfolgreicher Ansatz."

Eryns Kopf drehte sich ruckartig in seine Richtung, und ihr Mund stand weit offen. "Was?", stammelte sie peinlich berührt, ihre Wangen knallrot.

"Nun, eine Zeit lang war es um euer Schlafzimmer herum ruhiger, doch in letzter Zeit scheint die Bestechung wieder zu funktionieren", erklärte er.

"Was soll das heißen, *ruhiger*? Sag mir nicht, dass du uns *hören* kannst?", zischte sie schockiert.

"Ihr tendiert dazu, das Fenster offenzulassen, wenn ihr zu Bett geht, und ich mache das auch. Beide gehen in den Garten hinaus", legte er dar. "Keine Sorge - ich denke nicht, dass Vater und Junar euch hören können, ihr seid nicht direkt *laut*. Nun, zumindest nicht im Normalfall."

Eryn schloss die Augen, atmete langsam und bedächtig, um ihr Unbehagen in den Griff zu bekommen. Er hatte sich sehr rasch an die Einheimischen angepasst, wenn es um die offene Art und Weise ging, wie sie über Sex sprachen, soviel musste sie ihm lassen.

"Ich schätze, ich bin wohl die Einzige hier, die dieses Gesprächsthema als höchst unangemessen empfindet?", murmelte sie.

Ram'an nickte lächelnd. "Das trifft sicher zu. Ich finde es höchst unterhaltsam. Es scheint, dass du dich erst daran gewöhnen musst, eine Unterkunft mit anderen zu teilen - mit all den Höhen und Tiefen, die es mit sich bringt."

"Das ist nicht wahr! Zuhause leben wir mit Plia in einem Haus…", begann sie, doch ihre Stimme verebbte. Hatte das Mädchen sie beide ebenfalls gehört? Der Gedanke war erschreckend. Womöglich hatten sie sie für den Rest ihres Lebens traumatisiert! Andererseits waren die Türen robust, und es war normalerweise zu kalt, um die Fenster in der Nacht offenstehen zu lassen. Außerdem zeigten sie ohnehin nicht in die gleiche Richtung.

"Denkst du gerade darüber nach, ob ihr eurem Hausgast irgendwelche unerwarteten akustischen Vorstellungen beschert habt, liebe Theá?", fragte Ram'an mit einem neckenden Grinsen.

Vern lachte. "Versuch dich einfach nur zu erinnern, ob sie an den darauffolgenden Tagen morgens den Blick abgewandt hat."

"Ihr seid Idioten, und zwar beide!", fluchte sie. "Ich beginne daran zu zweifeln, ob es überhaupt eine solch große Menge an Brötchen gibt, die es wert wäre, eure Gesellschaft zu ertragen!"

Gerade als sie erneut aufstehen wollte, dieses Mal von Ärger angetrieben, erschien der Kellner mit einem Tablett, auf dem einige Stücke der begehrten Backwaren arrangiert waren.

Sie seufzte. "Das ist wirklich ein schlechter Zeitpunkt. Vielleicht nur ein ganz Schnelles…"

"Wirklich erstaunlich", meinte Ram'an überrascht und sah zu, wie sie herzhaft hineinbiss. "Ich habe noch nie gesehen, dass Backwaren solch eine Wirkung haben. Noch dazu gibt es keinerlei magischen Schutz dagegen." Er hob ein Brötchen hoch und inspizierte es neugierig. "Eine hervorragende Waffe. Ich werde zusehen, dass sie überall dort vorrätig sind, wohin ich dich in den nächsten Monaten ausführen werde."

"Du skrupelloser Halunke", meinte sie zwischen zwei Bissen.

* * *

"Guten Tag, Eryn", lächelte Iklan und bedeutete ihr, Platz zu nehmen. "Fruchtsaft für dich?"

Sie nickte. "Ja, das wäre gut, danke."

"Wie geht es dir heute?", fragte er, während er ihre Getränke vorbereitete.

"Mir geht es gut, danke der Nachfrage. Und dir?"

"Ebenfalls. Benimmt sich dein Sohn anständig? Wie weit bist du denn nun schon?"

"Im fünften Monat. Er hat vor kurzem begonnen, sich bemerkbar zu machen. Hin und wieder spüre ich seine Tritte", lächelte sie und legte eine Hand auf ihren Bauch. "Unglücklicherweise scheint er ein Frühaufsteher zu sein, genau wie sein Vater. Er tritt mich am liebsten morgens."

"Ja, es ist erstaunlich, welche Dinge von unseren Vätern an uns weitergegeben werden, nicht wahr?", sagte er und setzte sich, dann reichte er ihr den Saft in einem hohen Glas.

"Und schon sind wir wieder zurück bei dem Thema, über das zu reden du mich ständig drängst", meinte sie. "Sehr elegant."

"Keineswegs, das möchte ich dir versichern. Darf ich dir zu deiner Versöhnung mit Ram'an von Haus Arbil gratulieren?"

"Woher weißt du davon?", fragte sie misstrauisch.

"Du wurdest gestern mit ihm und Vern in einem Teehaus gesehen."

"Ich sehe, dass Klatsch hier ein ebenso beliebter Zeitvertreib ist wie bei mir zuhause", sagte sie und verdrehte die Augen.

"Eine zutiefst menschliche Eigenschaft, fürchte ich", lächelte er. "Der Austausch von Informationen stellt eine eng verwobene soziale Struktur sicher."

"Natürlich - besonders für diejenigen, die das Material dafür liefern, was?"

"Nicht unbedingt, wie ich zugebe. Aber betrachte einfach deinen Beitrag dazu als gute Tat für den Rest von uns. Du bist dafür bekannt, dass dir so etwas am Herzen liegt. Auch stimmt es mit den Werten deines Hauses überein, somit kannst du zufrieden sein, dass du beiden Idealen dienst", grinste er.

"Ich bin nicht sicher, dass ich damit einverstanden bin, dass du dafür bezahlt wirst, dich über mich lustig zu machen", schnappte sie.

"Das würde ich nicht wagen. Eine Aren zu verhöhnen ist immerhin gefährlich. Und ich hänge sehr an meinem Arbeitszimmer. Es wäre eine Schande, wenn es über mir einstürzen würde", erwiderte er schulterzuckend.

"Sehr witzig", murmelte sie.

"Du hast meiner Einschätzung deiner Beziehung zu Ram'an nicht widersprochen, also nehme ich an, dass ich richtig lag."

"Ja, wir haben uns wieder vertragen." Sie hob ihr Handgelenk an, damit er das silberne Armband sah. "Und er hat die Gelegenheit ergriffen, das für jeden sichtbar zu machen."

"Und das stört dich? Du warst so sehr darauf bedacht, höflich und korrekt im Umgang mit ihm zu erscheinen, wenn ihr euch in der Öffentlichkeit begegnet seid, dass viele glauben werden, die Gerüchte darüber, dass ihr nicht gut miteinander auskommt, wären falsch gewesen."

"Nein, ich schätze, es macht mir nichts aus. Immerhin halbiert sich damit die Anzahl der Menschen, die ich vermeiden will", fügte sie trocken hinzu.

Iklan lehnte sich vor. "Nun bist *du* aber diejenige, die zu diesem Thema zurückkehrt. Das möchte ich nur hervorstreichen, bevor ich fortfahre."

"Du bist schrecklich starrköpfig, weißt du das?", seufzte sie. "Dann lass sie schon heraus, die Weisheit, die du mir mitteilen willst."

"Ich möchte gerne mit dir über Sicherheit reden."

Sie runzelte die Stirn. "Sicherheit? Wie die Tür abzuschließen, bevor man zu Bett geht - oder was meinst du damit?"

"Nein, nicht diese Art von Sicherheit. Ich meine die innere, die dir Stabilität gibt und dafür sorgt, dass du dir deiner selbst sicher bist."

Sie verschränkte die Arme. "Was ist denn damit?"

"Die Entdeckung eines massiven Geheimnisses wie das, mit dem du bei deiner Ankunft hier konfrontiert wurdest, hat eine große Auswirkung auf eine Person. Es ist ein Trauma, etwas, womit man sich auseinandersetzen muss. Eine Möglichkeit wäre, darüber zu sprechen."

"Was ich eindeutig nicht getan habe. Ich bin also was - geschädigt? Weil ich mich dazu entschlossen habe, mein Leben weiterzuführen ohne mich von diesen verstörenden neuen Fakten aus der Bahn werfen zu lassen?"

"Das stimmt; du hast es vermieden, damit umzugehen und dich stattdessen entschlossen, all das zu unterdrücken. Das ist ebenfalls eine normale menschliche Reaktion. In deinem Fall allerdings dauert dies nun schon etwas länger an, als natürlich oder gesund ist. Es wird Zeit, dass du dich dem bald stellst, um unangenehme Langzeitfolgen zu vermeiden. Lass uns aber zu der Sache mit der Sicherheit zurückkehren. Die menschliche Wahrnehmung derselben hängt sehr stark von dem Wissen ab, wer und was wir sind, woher wir kommen und wem wir vertrauen können. Die Enthüllung eines großen Geheimnisses kann zu Verwirrung in einer oder mehrerer dieser Fragen führen und damit verändern, wie sicher wir uns in uns selbst fühlen. Oder wie wir uns selbst bis zu diesem Zeitpunkt wahrgenommen haben."

"Dann verliere ich mich also in der Ungewissheit, außerstande, mich daran zu erinnern, wer ich zu sein glaubte, irre in der Dunkelheit herum in der Hoffnung, mich selbst wiederzufinden?", meinte sie zweifelnd. "Das entspricht nicht ganz dem Bild, das *ich* von mir habe, muss ich sagen."

Er studierte sie. "Das ist ein anderes Thema - unsere eigene Wahrnehmung von uns selbst und wie uns andere sehen - aber keines, das ich im Moment in Angriff nehmen möchte. Lass mich dir eine Frage stellen, und ich fordere dich dazu heraus, wahrhaft darüber nachzudenken und mir dann ehrlich zu antworten. Sofern du den Mut dazu aufbringst."

Sie nickte. "Sprich weiter." Clever, dachte sie. Dass er es wie eine Herausforderung formulierte, machte ihr eine Weigerung beinahe unmöglich.

"Wer warst du, bevor du zum ersten Mal nach Takhan kamst?"

Wie angewiesen, erwog sie die Frage mit Bedacht. "Eine Heilerin. Enrics Gefährtin. Eine Ordensmagierin. Eine Waise. König Folrins Untertanin."

Zufrieden nickte Iklan. "Gut. Manches davon ist unverändert geblieben, manches nicht. Eine Heilerin bist du noch immer, wenngleich die Testergebnisse enthüllt haben, dass deine wahre Stärke nicht primär in diesem einen Bereich liegt, sondern allgemeiner anwendbar ist. Enrics Gefährtin… das ist ein weiterer interessanter Punkt, da dir nach deiner Ankunft hier zwei Fakten zur Kenntnis gebracht wurden: dass du ursprünglich für jemand anderen bestimmt warst, und dass dein nicht-magisches Kommitment mit Enric hier nicht ganz so bedeutend war wie in deinem Land. Weiters wurde in Frage gestellt, zu welchem Land du gehörst, da deine Mitgliedschaft in einem mächtigen Haus dies in Zweifel zog. Und zuletzt noch die bedeutendste aller Veränderungen: dein Status als Waise. Die Begegnung mit Malriel war der erste Schock, doch du hast ihn gut weggesteckt. Dass du in Haus Vel'kim eine Familie fandest, war sehr hilfreich im Umgang mit dieser Situation, könnte ich mir vorstellen. Valrad und Vran'el waren dir eine Stütze und schlossen dich bereits zu Beginn in ihr Herz, auch wenn Pe'tala sich offenbar als eine etwas größere Herausforderung erwies."

Eryn blinzelte. Das war eine Menge gewesen. Sie starrte den Heiler eine Zeit lang an, dann schluckte sie. "Was du damit also sagen willst, ist, dass meine gesamte Identität in Frage gestellt wurde, als ich damals herkam?"

Er spitzte die Lippen. "Das ist eine zulässige Möglichkeit, ja. Was sagst *du*? Du kamst mit dem Wissen her, dass Malriel tot sei und dass Ved'al dein Vater war. Im Lauf von kaum mehr als einem halben Jahr musstest du entdecken, dass deine Mutter noch immer sehr lebendig und dein Onkel dein leiblicher Vater ist. Deine Wahrnehmung von dir selbst wurde innerhalb weniger Monate ein zweites Mal verändert. Das ist eine immense Bürde."

"Und du sagst mir, dass ich damit nicht besonders gut umgehe, unterstelle ich mal", meinte sie ausdruckslos.

"Weder steht es mir zu, noch ist es mein Wunsch, über dich zu urteilen, Eryn, sondern ich möchte dir helfen. Du erinnerst dich an meine Worte von zuvor, welche Faktoren unsere Wahrnehmung von Sicherheit beeinflussen?"

Sie überlegte kurz. "Woher wir kommen und wer wir sind."

"Und wem wir vertrauen können", fügte Iklan hinzu. "Ja. Das Problem ist, dass die Dinge, die du erfahren hast, alle drei Aspekte verändert haben. Zuerst dachtest du, du wärst eine Waise, was dein Bild darüber beeinflusst hat, woher du kommst und auch einen Teil dessen, wer du bist. Das bist du nun nicht länger. Und was Vertrauen betrifft... Du hast Valrad vertraut in der Gewissheit, er sei dein Onkel, auf dessen Liebe und Unterstützung du dich verlassen konntest. Dieses Vertrauen ist nun fort, sowohl in ihn und auch in *dich selbst*. Korrigiere mich, sofern ich falsch liege, doch womöglich hast du dich auch zu fragen begonnen, in was und wen du sonst noch Vertrauen hattest, das nun nicht mehr so sein könnte, wie es schien. Die nagende Frage, ob die Menschen, die dir nahestehen, auch wirklich sind, was sie zu sein scheinen."

Eryns Atmung beschleunigte sich und ihr Herzschlag hämmerte in ihrem Hals. Eine Hand war auf ihrem Bauch zum Liegen gekommen, die andere umklammerte das Saftglas.

"Stopp", flüsterte sie. "Ich will davon nichts weiter hören."

Iklan lehnte sich nach vorne und sah ihr geradewegs in die Augen. "Die Frage, ob du dir selbst und deiner Urteilsfähigkeit noch länger trauen kannst, wenn sie dich veranlasst hat, all diese Unwahrheiten zu glauben."

"Ich sagte STOPP!", schrie sie und sprang auf, presste ihre Finger fest genug zusammen, sodass das Glas darin in zahlreiche Scherben zersprang, die in ihre Handfläche stachen und dann, nass mit den Resten des Safts und Spuren von Blut, zu Boden fielen. Sie lief zur Tür und konzentrierte sich darauf, das Brennen des Safts in ihren Wunden zu ignorieren und nicht zu stolpern.

Iklan stand ebenfalls auf, seine Miene besorgt. "Eryn! Warte! Komm zurück! Ich verspreche dir, dass ich das Thema ruhen lassen werde! Eryn!", rief er ihr ein letztes Mal nach, als sie bei der Tür draußen war.

Eryn spürte einen festen Griff um ihren Arm und versuchte sich zu befreien, doch Iklan hielt sie fest. "Nein, so kann ich dich nicht davonlaufen lassen."

Sie wandte ihr Gesicht ab, als Tränen ihre Wangen hinabliefen. Sie würde nicht wieder mit ihm dort hineingehen, und dazu konnte er sie auch nicht zwingen.

"Ich werde dich nach Hause bringen. Nein", meinte er und schüttelte den Kopf, als sie versuchte, seine Hand fortzuschieben. "In deinem momentanen Zustand werde ich dich nicht allein dort draußen herumlaufen lassen. Komm", wies er sie an und zog sie mit sich.

* * *

Enric sah auf und ließ seinen Stift auf die Nachricht fallen, die er im Begriff war zu schreiben. In der Mitte des Blattes breitete sich ein Fleck aus und ließ seine Worte unleserlich werden. Ein Stich der Verzweiflung, einer gewissen Verlorenheit, hatte ihn aus dem Nirgendwo überfallen und ließ ihn nun langsam ausatmen und einen Schild errichten, mit dem er ihre Emotionen blockieren konnte. Als der Eindruck weitgehend abgeebbt war, stand er auf. Er wusste, dass sie im Moment ihre dritte Verabredung mit Iklan hatte. Es kümmerte ihn nicht, welche großartigen Resultate sich Iklan von der Folter versprach, der er sie offensichtlich aussetzte. Er würde sie dort herausholen.

Die Eingangstür öffnete sich gerade, als er die Stufen hinabstieg, und Orrin trat ein. Beim Anblick von Enrics grimmiger Miene hielt er an.

"Was ist passiert?"

"Eryn", erwiderte Enric nur und drückte sich an ihm vorbei zur Tür hinaus. Ohne ein weiteres Wort wandte sich Orrin um, folgte ihm hinaus und zog die Tür hinter sich zu.

Nach wenigen Minuten flotten, schweigsamen Marschierens hob der Krieger seinen Arm, um auf zwei Gestalten zu zeigen, die sich in ihre Richtung bewegten.

Enric erkannte Iklan mit seinem Arm um Eryns Taille und ihrer Hand in seiner, als wollte er sie davon abhalten, von ihm fort und davonzustürmen. Er beschleunigte seine Schritte noch weiter bis er sie erreichte, dann zog er sie in seine Arme, erleichtert, dass sie ihn nicht fortstieß, sondern nur ihre Stirn an seine Schulter lehnte. Sie wirkte elend und ausgelaugt.

Sein kalter Blick landete auf Iklan. Er zwang sich dazu, ruhig zu sprechen. Der Heiler sah ebenfalls besorgt aus. Und er war auf dem Weg gewesen, sie nach Hause zu bringen. Das war rücksichtsvoll von ihm.

"Was geht hier vor?"

"Ich fürchte, ich bin heute ein wenig zu weit gegangen. Ihre Versöhnung mit Ram'an scheint diese stählerne Abwehr erheblich geschwächt zu haben. Sie ist offensichtlich nicht mehr in der Lage, den Schmerz so einfach und effektiv fortzusperren wie zuvor", erklärte Iklan. "Das ist an sich keine schlechte Sache", fuhr er fort, "da es ein Zeichen dafür ist, dass wir nun mit der eigentlichen Arbeit anfangen können und die Heilung beginnen kann. Doch ich hätte mir gewünscht, diese Barriere aus Sarkasmus und Distanz ein wenig sanfter zu überwinden. Sie benötigt jetzt eine gewisse Zeit zur Erholung. Und jemanden, dem sie vertraut und der keinerlei Forderungen stellt oder sie sonst irgendwie unter Druck setzt."

Enric nickte und wollte sie fortbringen, doch sie versteifte sich und drehte ihren Kopf zu Iklan. "Sag Valrad nichts davon."

Bedauernd seufzte der Heiler. "Eryn, meine Liebe, glaube mir, wenn ich dir sage, dass er bereits Bescheid weiß. Das ist noch immer *seine* Klinik, ganz egal, wer jetzt in seinem alten Arbeitszimmer sitzt. Wenn etwas passiert, erfährt er davon, besonders wenn es darum geht, dass seine Tochter in Tränen aufgelöst durch die Gänge geführt wird."

Bestürzt starrte sie ihn an, dann wandte sie sich in die Richtung, aus der Enric und Orrin gekommen waren und machte sich nicht einmal die Mühe, ihren Unmut auszudrücken.

"Eryn?"

Sie hielt inne, sah den Heiler aber nicht an.

"Ich hätte gerne, dass du zu mir kommst, wenn du dich dazu in der Lage fühlst, zu deinen Aufgaben zurückzukehren. In Ordnung?", fragte Iklan sanft.

"Ist das eine Empfehlung oder eine Anweisung?", fragte sie ausdruckslos.

Er seufzte. "Eine Anweisung, fürchte ich. Ich denke nicht, dass du einer bloßen Empfehlung folgen würdest."

Enric nickte dem Heiler kurz zu, dann drehte er sich um, damit er seine Gefährtin aus der Hitze in eine angenehmere Umgebung schaffen konnte. Orrin folgte ihnen, seine Kiefermuskeln angespannt.

Als sie die Aren Residenz erreichten, schob Enric ihr die Haarsträhnen, die ihrem geflochtenen Zopf entkommen waren, hinter die Ohren. "Möchtest du dich ein wenig hinlegen, Liebste?"

"Nein." Sie schüttelte den Kopf und sagte dann zu seiner Überraschung: "Ich muss mit jemandem reden."

"Natürlich. Wir können…", begann er, hielt aber inne, als sie verneinte.

"Nein, Enric. Nicht mit dir." Ihr Blick konzentrierte sich auf Orrin. "Mit ihm."

Er konnte sehen, wie sie zusammenzuckte bei dem Stachel des Schmerzes, den sie durch das Geistesband von ihm empfing, bevor er einen Schild errichten konnte. Sofort nahm sie seine Hände zwischen ihre und drückte sie gegen ihre Wange.

"Nein, bitte fühl dich jetzt nicht abgewiesen", bat sie ihn eindringlich. "Du stehst mir zu nahe, ich brauche jemanden mit einem gewissen Maß an Abstand."

Langsam atmete er aus. Gut. Zumindest lag es nicht daran, dass sie ihm nicht genug vertraute. Dann nickte er.

"In Ordnung, Liebste." Er beugte sich vor und küsste sie auf die Stirn. "Ich bin froh, dass du endlich bereit bist, überhaupt zu reden, egal mit wem."

Diese Aussage ließ Ärger in ihr aufblitzen. "Und genau das ist der Grund, weshalb ich jetzt gerade nicht mit *dir* reden wollte. Das ist genau die Art von Erwartung, von der Iklan wollte, dass du sie vermeidest."

Sie hatte Recht, erkannte er überrascht. Hatte er in der Vergangenheit durch solche kleinen Anmerkungen wie dieser unbeabsichtigt Druck auf sie ausgeübt, ohne auch nur zu bemerken, welche Erwartungen er damit zum Ausdruck brachte?

Er zog seine Hand zurück und rieb damit über sein Gesicht. "Du hast Recht. Es tut mir leid. Ich schätze, es ist tatsächlich besser, wenn du mit Orrin redest", gab er mit einem Seufzen zu. "Warum geht ihr nicht in den Garten hinaus, sucht euch einen schattigen Fleck, und ich bringe euch beiden etwas zu trinken und sehe zu, dass euch niemand stört?"

Mit einem erleichterten Lächeln nickte sie und drehte sich zu Orrin, der ihre Hand ergriff und mit ihr die Stufen hinaufging.

Seit sie auf der Straße aufeinandergetroffen waren, hatte er kein einziges Wort gesprochen. Er wartete, bis sie im Schatten eines der größeren Bäume Platz genommen hatte, bevor er ihr befahl: "Rede."

"Was ist mit diesem Druck, dem man mich nicht aussetzen soll?", lächelte sie schwach.

"Gilt nicht für mich", schnaubte er. "Das ist mein üblicher Tonfall mit dir. Es würde dich bloß verunsichern, wenn ich jetzt unerwartetes Mitgefühl zeigte. Du würdest nicht ausgerechnet mit mir reden wollen, wenn du das im Moment bräuchtest."

Da hatte er nicht ganz Unrecht, musste sie gestehen. Im Augenblick wollte sie kein Mitgefühl, sondern jemanden, dem sie vertrauen konnte; der gesunden Menschenverstand zeigte, ohne aber den Anspruch zu erheben, sie in irgendeiner Form heilen zu wollen - anders als der Mann, der offenbar noch immer als inoffizieller Leiter der Klinik galt.

Aus dem Augenwinkel sah sie Enric, wie er aus dem Haus trat, in seinen Armen ein Tablett mit zwei Wasserkrügen und Gläsern. Er ließ seinen suchenden Blick durch den Garten wandern, bis er sie entdeckte und ging dann gemütlich in ihre Richtung. Nachdem er das Tablett zwischen ihnen im Gras abgestellt hatte, kehrte er ohne ein Wort zum Haus zurück.

Als Enric aus ihrem Blickfeld verschwunden war, wandte sie sich wieder Orrin zu.

"Iklan sagte heute ein paar Dinge, die mir wirklich nahegegangen sind." Sie seufzte. "Dinge, bei denen mir nicht klar war, dass sie noch immer solche Macht über mich haben."

Orrin zog seine Augenbrauen hoch und wartete darauf, dass sie weitersprach.

"Iklan erklärte mir, wie die Wahrheiten, an die wir glauben, formen, wer und was wir sind. Oder wer wir zu sein glauben." Sie spielte mit einem Grashalm, sah zu, wie er sich unter ihren Fingern bog und verdrehte. "In meinem Leben gab es nicht viele Wahrheiten, und diejenigen, die ich hatte, waren recht simpel. Bevor ich nach Anyueel gebracht wurde, gab es drei davon: Ved'al war mein Vater, der mich bedingungslos liebte und die einzige Person in meinem Leben war, der ich absolut vertrauen konnte. Die zweite Wahrheit war, dass meine Mutter tot war. Und die letzte, dass ich meine magischen Fähigkeiten um jeden Preis geheim halten musste, weil sonst etwas Schreckliches passieren würde." Sie lächelte wehmütig. "Nachdem ich in eure Stadt kam, brauchte es einige Monate, bis ich erkannte, dass die Konsequenzen daraus, dass meine Magie aufgedeckt wurde, nicht *dermaßen* furchtbar waren."

Das brachte den Krieger zum Lächeln, doch er kommentierte es nicht.

"Dann war da Enric. Praktisch von Anfang an betrachtete ich ihn so ziemlich als meinen größten Feind, und dann stellte sich heraus, dass ich ihm erlaubt hatte, mich während der Nacht der Ungezwungenheit mit ins Bett zu nehmen. Ich fühlte mich wie die größte Närrin auf der ganzen Welt. Ich meine, wie dumm muss eine Frau sein, um unwissentlich mit dem einen Mann zu schlafen, bei dem sie sich lieber selbst töten als sich von ihm anfassen lassen würde? Und dann hat er sich als menschliches Wesen erwiesen anstatt des Monsters, als das ich ihn mir ausmalte. Eine weitere Wahrheit, die sich aufgelöst hatte."

"Allerdings eine unangenehme", murmelte er.

"Ja, aber dennoch eine von mehreren konstruierten Tatsachen, auf denen mein Bild von der Welt und mir selbst basierte. Dann war da noch der große, böse Orden. Von vielen seiner Aspekte bin ich noch immer nicht besonders begeistert, aber das macht sie nicht zu schlechten Menschen, weil sie eine Weltsicht haben, die beinahe ausschließlich auf Konflikte und Kampf beschränkt ist. Und doch gab es darin einen Platz für das Heilen; und für mich. Mein Vater hatte Unrecht. Mit diesem Gedanken fühle ich mich noch immer unwohl, und ich schätze, aus diesem Grund stelle ich mich auch so oft gegen Tyront. Vielleicht will ich noch immer beweisen, dass mein Vater mit dem Orden Recht hatte, damit ich mich nicht der Tatsache stellen muss, dass er falsch lag. Meine Erinnerung an ihn ist alles, was ich habe; ich will nicht dazu gezwungen sein, das, was ich über ihn weiß, in Frage zu stellen. Und doch sind so viele Dinge um mich herum passiert, die mir keine andere Wahl lassen." Sie pausierte, um die beiden Gläser mit Wasser zu füllen, reichte Orrin eines davon und nahm ein paar Schlucke, bevor sie fortfuhr.

"Zuerst erfuhr ich, dass er bezüglich Malriel gelogen hatte, dann erfuhr ich von den Dingen, die er getan hatte, bevor er von hier floh… Und schlussendlich der größte Schock von allen: dass er nicht einmal mein leiblicher Vater war. Weißt du, meine erste Reise hierher enthüllte auch ein paar angenehme Wahrheiten. Abgesehen davon, dass meine Mutter eine machthungrige, hartherzige Königin der Dunkelheit ist, fand ich eine Familie. Einen Onkel und einen Cousin, die mich in ihrer Familie willkommen hießen, als wäre ich nie fort gewesen. Und jetzt ist selbst das verpufft." Sie wischte eine Träne fort und war dankbar, dass Orrin seinen Beschützerinstinkten soweit widerstand und davon absah, ihr Trost anzubieten. Das war es im Moment nicht, was sie brauchte.

"Das Schlimmste ist wahrscheinlich, dass ich mich zu fragen begonnen habe, weshalb Ved'al mich mit sich von hier fortgenommen hat. Was ist, wenn ihm klar war, dass ich nicht von ihm abstamme?

Womöglich wollte er sich nur an Malriel und seinem Bruder rächen? Vielleicht nahm er mich nicht deshalb mit, weil er mich so sehr liebte, sondern weil es eine bequeme Möglichkeit war, um die beiden leiden zu lassen?" Sie zog ihre Knie an sich und umschlang sie mit ihren Armen, erkannte aber, dass diese Position mit ihrem runden Bauch nicht mehr so bequem war wie früher.

"Welchen Unterschied würde das machen?", meinte Orrin achselzuckend.

Sie starrte ihn an. "Was für eine Frage ist das denn? Es würde einen erheblichen Unterschied machen!", rief sie aus.

"Hattest du auch nur ein einziges Mal in deinem Leben das Gefühl, dass er dich nicht so liebte, wie ein Vater es sollte?", fragte er.

Einen Moment lang überlegte sie, dann schüttelte sie den Kopf. "Nein. Im Gegenteil. Ich war mir stets sicher, dass ich das Allerwichtigste in seinem Leben war."

"Na bitte. Selbst wenn er sich darüber im Klaren war, dass er nicht dein leiblicher Vater war, hatte er es dennoch in sich, die Tochter eines anderen Mannes wie seine eigene zu behandeln. Das wäre auf jeden Fall ein Zeichen von beträchtlicher Großzügigkeit." Er lehnte sich vor, sein Blick eindringlich. "Verns eigene Mutter schaffte es nicht, genug Liebe für ihren Sohn aufzubringen, um in der Nähe zu bleiben und für ihn da zu sein. Falls es Ved'al also in sich hatte, dich auf diese Weise zu lieben, obwohl er wusste, dass er nicht dein leiblicher Vater war, solltest du dankbar sein anstatt seine Zuneigung zu dir in Zweifel zu ziehen."

Eryn schluckte und fühlte sich plötzlich klein. Er hatte Recht, erkannte sie. Ved'al hatte sie tatsächlich geliebt; das war nicht nur eine Rolle, die er viele Jahre lang gespielt hatte. Kinder waren in solchen Dingen intuitiv, sie waren nicht so einfach hinters Licht zu führen, weil sie noch immer engen Kontakt zu ihren Instinkten hatten ohne Angst, ihnen Glauben zu schenken - anders als Erwachsene, die Tatsachen oft beiseiteschoben, wenn sie sie nicht rational zu erklären vermochten.

"Das sehe ich ein", nickte sie. "Aber wenn eine Wahrheit nach der anderen vor meinen Augen verschwindet wie der Morgentau, muss ich mich fragen, wie klug es überhaupt noch ist, irgendjemandem oder irgendetwas zu vertrauen. Ich habe nicht gerade großartiges Urteilsvermögen bewiesen, wenn es darum geht, Unwahrheiten, Lügen, Täuschung und andere schmutzige Tricks zu durchschauen. Wer weiß, was sonst noch alles nicht stimmt, an das ich im Moment glaube? Soweit ich weiß, könntest du ein Krimineller sein, der mittellose alte Witwen um ihre Ersparnisse betrügt oder nachts in Häuser einbricht, um Wertsachen zu stehlen!"

Orrins Gesicht verzog sich zu einer entsetzten Grimasse. "Daran nehme ich Anstoß! Zumindest am Betrügen von Witwen. In Häuser einzubrechen erfordert zumindest ein gewisses Maß an Fertigkeit bezüglich Beweglichkeit und List", meinte er.

Das brachte sie zum Lächeln. "Na gut - dann eben keine Witwen. Aber du weißt sicher, was ich meine? Das Gefühl, dass ich nicht einmal mir selbst mehr trauen kann ist einfach nur... erschütternd."

"Nun, niemand kann sich stets sicher sein, ob sämtliche Einschätzungen stimmen, musst du wissen", seufzte er. "Aber du bist auch von ein paar Menschen umgeben, bei denen sich dein Urteil als korrekt erwiesen hat, oder liege ich hier falsch? Abgesehen von mir selbst und der kriminellen Karriere, die du vermutest, sind da für den Anfang noch Vern, Junar und Plia. Und ich denke, dass auch Vyril und ihre Arbeit für das Waisenhaus bislang nicht enttäuscht haben. Dann gibt es da noch einige Ratsmitglieder, die du sofort als unangenehm und dumm erkannt hast - was sich als zutreffend erwiesen hat. Jedes falsche Urteil, das wir abgeben, ist eine Gelegenheit, für das nächste Mal etwas dazuzulernen und kein Grund, unsere Urteilsfähigkeit zu bezweifeln."

Sie seufzte und schüttelte den Kopf über ihn. "Warum scheint alles was du sagst so logisch und korrekt, dass ich nicht weiß, wie ich dir widersprechen soll?"

"Weil ich weise und über jede Schwäche erhaben bin", lächelte er. "Versuch dich daran stets zu erinnern."

"Über jede Schwäche erhaben, Orrin? Wirklich?", lachte sie. "Zumindest leidest du nicht unter falscher Bescheidenheit."

"Warum sollte ich auch? Allwissenheit macht das unnötig."

"Beweise es, oh allwissender Orrin. Welche Geheimnisse kennst du?"

Er schenkte ihr ein stilles Lächeln. "Wie wäre es damit, dass mein Sohn Kerzen zu dir geschmuggelt hat, als du noch eine Gefangene warst, damit du deine Zelle erleuchten konntest?"

Sie schnappte nach Luft. "Wie...?"

"Ich betrachte dein Erstaunen als zulässigen Beweis für meine Allwissenheit, vielen Dank", nickte er, eindeutig sehr zufrieden mit sich.

"Warum hast du ihn dann nicht aufgehalten?", fragte sie verwirrt.

"Es brachte dich dazu, ihn zu mögen, ein wenig aufzutauen. Und das wiederum führte dazu, dass du auch *mich* ein wenig mehr mochtest, da es unwahrscheinlich war, dass so ein reizender, fürsorglicher Junge wie er solch einen grauenhaften Vater hat. Vern und ich hatten stets eine gute Beziehung zueinander, also hat die Tatsache, dass er mich mochte, zweifellos auch deine eigene Einstellung mir gegenüber beeinflusst."

"Du bist tatsächlich hinterhältig! Mir war nur nicht klar, wie sehr!", rief sie aus.

"Siehst du?", grinste Orrin. "*Mich* hast du richtig eingeschätzt. Es gibt also immer noch Hoffnung für dich. Willst du noch ein paar weise Worte von mir hören, wie du mit Valrad umgehen sollst?"

Sie verdrehte die Augen. "Verschone mich. Ich brauche jetzt dringend etwas zu essen."

"Komisch, dieser Tage enden eine Menge Gespräche mit dieser Aussage."

"Sagt der Mann, dessen Gefährtin nun jeden Tag ein Kind zur Welt bringen könnte", stichelte sie.

Er stand auf und zog sie auf die Füße. "Komm, besorgen wir dir etwas zu essen. Das wird dich zumindest für kurze Zeit vom Reden abhalten."

KAPITEL 17

Die neue Akademie

Enric zog beide Augenbrauen hoch, als der Diener, der gerade an die Tür seines Arbeitszimmer geklopft hatte, verkündete, dass Valrad, das Oberhaupt von Haus Vel'kim, hier war, um ihn zu sehen. Er bat darum, den Besucher hereinzuführen. Eryn war in der Klinik, wo er auch Valrad vermutet hätte.

"Enric", lächelte Valrad, als er eintrat und dem jüngeren Mann mit herzlicher Zuneigung auf die Schultern klopfte. Trotz der gutgelaunten Geste strahlte er eine gewisse Nervosität aus.

"Valrad", lächelte Enric und bot ihm einen Sitzplatz sowie etwas zu trinken an. "Was führt dich um diese Tageszeit zu mir, wo ich eher damit gerechnet hätte, dass du dich um die Kranken und Leidenden kümmerst?", fragte er leichthin.

"Was denkst *du* denn, was mich zu dir führt, mein junger Freund?"

"Müsste ich raten, würde ich sagen, dass es Eryns recht bekümmerten Aufbruch von der Klinik mit Iklan gestern betrifft."

"Und diese Vermutung wäre absolut zutreffend", nickte der Heiler mit einem müden Lächeln. "Ich gebe zu, dass ich nicht erwartet hatte, dass sie heute zur Arbeit erscheint. Ich habe arrangiert, dass sie einem Kollegen von mir assistiert, solange ich mich allein mit dir unterhalte."

"Sie weiß also nicht, dass du hier bist?", fragte Enric.

"Nein. Und es wäre mir recht, wenn du davon absehen würdest, es ihr gegenüber zu erwähnen", seufzte er. "Bislang hat sie nicht besonders gut darauf reagiert, wenn ich an irgendeinem Aspekt ihres Lebens Interesse gezeigt habe. Somit denke ich, dass du uns beiden Ärger ersparst, wenn du meinen Besuch für dich behältst."

"Wie du wünschst."

"Ich danke dir. Ich bin gekommen, um mit dir darüber zu sprechen, wie es ihr geht. Iklan gibt natürlich keine Informationen an mich weiter. Zwischen Heiler und Patientin besteht Vertraulichkeit, wenngleich ich gestehe, dass ich diese im Moment wirklich gerne beiseitelassen würde. Aber man erwartet von mir, dass ich mich wie ein Vorbild verhalte, und somit würde es nicht nur ein sehr schlechtes Bild auf mich werfen, wenn ich es täte, sondern auch meine Chance auf Versöhnung mit Eryn zunichtemachen, sobald sie davon erfährt."

"Deshalb bist du also zu mir gekommen, um mich darum zu ersuchen, persönliche Informationen mit dir zu teilen?", fragte Enric mit finsterem Blick. "Ich fürchte, ich muss dir sagen, dass ich ebenfalls nicht gewillt bin, ihr Vertrauen auf diese Weise zu verletzen."

"Dessen bin ich mir bewusst, Enric, und würde dich auch niemals um so etwas bitten. Würdest du einer Bitte wie dieser zustimmen, wärst du nicht der Mann, den ich mir für meine Tochter wünschte", bemerkte Valrad ruhig. "Ich bin gekommen, um dich zu fragen, wie es ihr geht. Ob gestern jemand hier war, um sich gut um sie zu kümmern. Und wie sich mein Enkel entwickelt."

"Es geht ihr besser als noch vor ein paar Wochen. Die Versöhnung mit Ram'an hat geholfen - es war gut, dass er so beharrlich war." Obwohl er selbst sehr gut auf diesen verfluchten Kuss verzichten hätte können, dachte er. "Orrin und ich waren gestern beide hier, also war sie nicht allein." Er lächelte, und sein Gesichtsausdruck wurde weicher. "Und deinem Enkel geht es gut. Er ist gesund und stark. Erst kürzlich hat er seine Mutter zu treten begonnen."

Valrad lächelte mit unverkennbarem Stolz. "Das ist gut zu hören." Dann schloss er für einen Moment die Augen, verbarg seinen Kummer hinter seinen Augenlidern. "Es ist schwierig, einige Stunden pro Tag mit ihr zu verbringen, ohne mit ihr über solche Dinge sprechen zu können. Es gibt so vieles, das ich ihr gerne sagen, ihr erklären möchte. Aber jedes Mal, wenn ich es versuche, wendet sie sich ab oder verlässt den Raum. Ich warte darauf, dass Iklan irgendein Wunder vollbringt, damit sie mich nur ein kleines bisschen weniger hasst - genug, damit sie sich zu mir setzt und mir zuhört, wenn sie schon nicht mit mir spricht." Er hielt kurz inne und öffnete die Augen wieder. "Ich hatte den Eindruck, dass die Dinge zwischen dir und Eryn eine Zeit lang etwas angespannt waren."

Wie rasch sich doch gewisse Dinge verbreiteten, dachte Enric zynisch. Er fragte sich, ob er das Tratsch oder Spionen zu verdanken hatte.

"Wir hatten schwierige Zeiten zu überwinden, doch jetzt geht es uns gut. Ehrlich."

Erleichtert nickte der Heiler. "Ich bin immens froh, das zu hören. Sie braucht Leute um sich herum, denen sie vertrauen und die sie bedingungslos lieben kann. Ich hatte Sorge, dass ihre Beziehung zu dir ebenfalls unter diesen Belastungen gelitten haben könnte."

"Nichts Dauerhaftes", versicherte ihm Enric.

"Gut, gut." Dann wurde Valrads Blick ernst. "Da gibt es noch eine weitere Sache, die ich ansprechen möchte. Es betrifft dieses Kriegsspiel, das von dir und Orrin organisiert wurde."

Ah ja, dachte Enric, nun waren sie schließlich bei diesem Thema angelangt.

"Eryn sagte mir schon, dass du ihre Teilnahme daran missbilligt hast."

"Das habe ich und tue ich noch immer. Es war gefährlich, und ich bin überrascht, dass du zugestimmt hast. Ich hätte erwartet, dass du darauf bestehst, dass sie sich zu ihrem eigenen Besten davon fernhält."

"Ich habe es in Betracht gezogen", erwiderte Enric. "Aber ursprünglich war es ihre Idee, und nach langer Zeit war dies das Erste, wobei sie irgendeinen Enthusiasmus zeigte. Also entschied ich mich dagegen, sie davon abzuhalten. Sie war zu Beginn nicht erfreut, als sie entdeckte, dass sie schwanger war, hat sich aber gut daran gewöhnt und würde dem Kind keinen Schaden zufügen. Außerdem hat ihr Bruder auf sie aufgepasst. Nun, zumindest solange, bis Ram'an ihn losgeworden ist. Aber er hätte ebenfalls nicht zugelassen, dass ihr etwas passiert." Er sah aus dem Fenster. "Dieses Baby ist höchstwahrscheinlich meine einzige Chance, jemals Kinder zu haben, Valrad. So grausam es auch klingen mag, wenn man die Umstände bedenkt, unter denen sie schwanger wurde, so kann ich mich doch glücklich schätzen und hätte das Leben meines Sohnes nicht riskiert, wenn ich es als gefährlich erachtet hätte. Eryn ist eine erfahrene Heilerin, und jeder einzelne Teilnehmer an diesem Spiel verfügte über grundlegende Heilerkenntnisse, falls sie Hilfe gebraucht hätte. Zusätzlich dazu ist da noch das Geistesband, das mir erlaubt hätte, jegliche Probleme beinahe augenblicklich zu bemerken. Eryn war sicher, dass das Spiel keinerlei Gefahr barg, und ich habe ihr diesbezüglich vertraut. Zuweilen mag sie etwas sorglos sein, wenn es um ihre eigene Sicherheit geht, doch ich habe niemals gesehen, dass sie jemand anderen in Gefahr gebracht hätte." Abgesehen von dem kleinen Tumult in dem Gasthaus, als sie ein Zimmer mit Plia geteilt hatte, erinnerte er sich grimmig, entschied sich aber, dies unerwähnt zu lassen. Immerhin wollte er hier einen Standpunkt vertreten.

Valrad lehnte sich zurück. "Vergib mir, dass ich dein Urteil in Frage gestellt habe, Enric. Ich kann sehen, dass du über all das gründlich nachgedacht hast. Ich wollte dich nicht kränken."

"Das hast du nicht. Ich kann verstehen, dass du um ihr Wohlergehen besorgt und frustriert darüber bist, dass sie dich nichts dazu beitragen lässt. Aber ich bin zuversichtlich, dass dies nur eine Frage der Zeit ist. Zu gegebener Zeit wird sie lernen, mit ihrer Beziehung zu dir umzugehen."

"Ich danke dir. Selbst nachdem ich zwei Kinder aufzog, hat es sich doch als Herausforderung erwiesen, plötzlich herauszufinden, dass ich noch eine erwachsene Tochter habe. Ich war schon aus Sicht eines *Onkels* nicht glücklich mit dem, was ihr in Anyueel widerfuhr, doch jetzt, wo ich den Standpunkt eines Vaters eingenommen habe, wiegen sie sogar noch schwerer. Es wäre die ganze Zeit über meine Verantwortung gewesen, sie vor all dem zu bewahren."

"Ich habe sie beinahe von dem Moment an beschützt, als sie die Stadt betrat", beruhigte ihn Enric. "Und ebenso Orrin. Trotz der Tatsache, dass sie eine beachtliche Unruhestifterin ist, hat sie ein Talent dafür, die Beschützerinstinkte der Menschen um sie herum zu wecken. Nun, zumindest bei denen, die sie nicht erwürgen wollen." Schlechte Wortwahl, entschied er sofort. Erneut musste er an den Mann in dem Gasthaus denken, der genau das versucht hatte.

"Ihre Wächter haben sie beschützt?" Valrad zog eine Augenbraue hoch. "Das ist etwas schwer zu glauben, wenn ich das so direkt sagen darf."

"Seit dem Augenblick, als ihre wahre Haarfarbe entdeckt wurde, war sie wichtig, und sogar noch mehr, als ihre magischen Fähigkeiten ans Licht kamen. Wir waren sehr bestrebt, dass ihr nichts zustieß." Kurz zog er in Betracht, ihrem Vater zu erzählen, wie sie beim Test ihrer magischen Stärke den Schild fallen hatte lassen und sich damit beinahe um ihr Leben gebracht hatte, entschied sich aber dann dagegen. Womöglich würde er sich nicht darauf konzentrieren, dass Enric ihr das Leben gerettet hatte, sondern darauf, dass sie verzweifelt genug gewesen war für einen Versuch, es zu beenden.

"Ihr zwingt sie noch immer dazu, das Kampftraining gegen ihren Willen fortzusetzen, ist es nicht so?"

"Nicht seit wir von dem Kind erfahren haben. Aber ja - hinterher wird sie das Training wiederaufnehmen müssen."

"Daran nehme ich ganz entschieden Anstoß", erwiderte Valrad nachdrücklich und verschränkte die Arme.

Enric seufzte. "Dagegen kann ich nicht wirklich etwas unternehmen. Ich bin derzeit nicht einmal ein Mitglied des Ordens, solange ich mich um Haus Aren kümmern muss. Aber Eryn selbst arbeitet daran. Sie drangsaliert den Rat der Magier damit, Heiler vom Kampftraining zu befreien, und nach ihrer Rückkehr wird sie genau diesem Rat beitreten. Ich wäre sehr überrascht, wenn sie nicht eines Tages nachgeben würden, und sei es nur, damit sie den Mund hält."

"Und du würdest sie in dieser Sache unterstützen?", fragte Valrad misstrauisch. "In ihrem Sinne abstimmen, vorausgesetzt, ihr pflegt den Brauch, solche Angelegenheiten mit einer Abstimmung zu entscheiden?"

"Absolut. Du vergisst, dass ich mit ihr leben muss", lachte er leise. "Du kennst den Ruf des legendären Aren Temperaments besser als ich."

Das brachte den Heiler zum Lächeln. "Das ist wohl wahr. Wenngleich ich davon ausgehe, dass du damit mehr Erfahrung aus erster Hand hast als ich. Aber ich bin froh, dass dieses Training womöglich in ferner Zukunft kein Thema mehr sein mag. Ich gehe davon aus, dass sie den Rat mürbe machen wird."

Enric nickte. "Ich ebenfalls."

Valrad stand auf. "Ich danke dir, dass du mich empfangen hast, Enric. Du hast mich bezüglich gewisser Angelegenheiten beruhigt. Übrigens wird Haus Vel'kim die neue Künstlerakademie unterstützen, indem wir ein altes Gebäude spenden, das wir schon seit einer Weile nicht mehr nutzen. Es liegt nicht zu weit vom Stadtzentrum entfernt, ist recht geräumig und sollte ein nettes Quartier für sie abgeben. Ich hätte gerne, dass du dieses kleine Detail Eryn gegenüber erwähnst, sollte sich eine Unterhaltung in diese Richtung ergeben."

Enric nickte. "Das werde ich. Wenn man bedenkt, dass wir die derzeitige Künstlersensation in dieser Stadt unter unserem Dach beherbergen, wage ich zu behaupten, dass dieses Thema eher früher als später zur Sprache kommen wird."

Der Heiler wandte sich in Richtung der Tür, zögerte dann aber. "Wegen dieser Sache mit dem verpflichtenden Kampftraining, das im Senat zur Abstimmung gebracht wurde…"

"Ja?"

"Ich hoffe, du verstehst, weshalb Haus Vel'kim sich dagegen gestellt hat."

Enric lächelte. "Ich wäre unendlich schockiert gewesen, hätte dein Haus so etwas unterstützt."

"Ich wollte nur sichergehen, dass unsere entgegengesetzten Standpunkte bezüglich des Kämpfens aus deiner Sicht keine Gefahr für die Bindung zwischen unseren Häuser darstellt. Und selbst wenn dies der Fall ist, hoffe ich, dass du dich darauf besinnst, dass Eryns Wohlergehen immer noch ein Anliegen ist, das wir teilen."

"Keine Sorge deswegen, Valrad. Ich komme von einem Ort, an dem es nicht gern gesehen wird, wenn Privates und Geschäftliches vermischt werden. Ich kann unterscheiden, ob du die Werte deines Hauses vertrittst oder mir persönliche Missachtung entgegenbringst."

"Ich bin froh, das zu hören, mein Freund. Auf Wiedersehen."

Enric sah dem Oberhaupt von Haus Vel'kim nach und lehnte sich dann nachdenklich zurück. Ihr Vater hatte sich also dazu entschlossen, eine aktivere Rolle dahingehend einzunehmen, dass Eryns Interessen geschützt wurden. Bis zu einem gewissen Grad hatte er das Recht dazu, doch es mochte sich dennoch als Hindernis erweisen. Besonders, wenn man bedachte, dass das Kind, das Eryn unter ihrem Herzen trug, der Übernächste in der Erblinie für die Position des Oberhaupts von Haus Vel'kim war. Sehr wahrscheinlich würde er an der Erziehung des Jungen seinen Anteil haben wollen. Perfekt. Eryns Reaktion darauf konnte er sich nur zu gut vorstellen.

* * *

"Eine Nachricht aus Anyueel", verkündete Enric und ließ das Papierröllchen in ihren Schoß fallen. "Sie ist an dich adressiert. Königliches Siegel."

Sie atmete tief ein und nahm das Papier hoch, um es zu entrollen. Er beobachtete, wie ihre Augen die Zeilen entlanghuschten, bevor sie enttäuscht ausatmete und die Nachricht zusammenknüllte.

"Würdest du mir sagen, worum es geht?", forderte er sie auf.

"Nur eine abschlägige Antwort auf eine Anfrage, die ich dem König geschickt habe. Ich bat ihn, mich vorläufig aus dem Orden zu entlassen, da ich begonnen habe, mich politisch zu engagieren, indem ich Vran'el dabei half, die Stimmen für den Senat zusammenzutragen. Ich schrieb ihm, dass ich in Betracht ziehe, den Sitz meines Bruders im Senat für eine Zeit lang zu übernehmen, und dass dies sicher den gleichen Interessenskonflikt nach sich ziehen würde wie in deinem Fall."

Überrascht wanderten seine Brauen nach oben. Sie im Senat für Haus Vel'kim, gemeinsam mit ihrem Vater? Freiwillig?

"Du denkst allen Ernstes darüber nach, politisch aktiv zu werden? Du? Wirklich?", fragte er.

Sie schüttelte den Kopf. "Nicht wirklich. Aber ich dachte, es wäre ein wirksames Argument."

"Ich schätze, er war nicht besonders begeistert von deiner Anfrage?"

Sie knurrte. "Das ist noch gelinde gesagt. Sein allererstes Wort anstatt eines Grußes war *Nein*. Dann schreibt er, dass ich mich Kraft seines königlichen Befehls aus dem Senat heraushalten soll und dass der Austritt aus dem Orden weder jetzt noch jemals in Zukunft eine Option für mich sein wird, sofern es ihn betrifft."

Mit einem nachsichtigen Lächeln schüttelte Enric den Kopf über sie. "Was hast du denn erwartet? Eine ehrenhafte Entlassung mit den besten Wünschen für deine Zukunft? Du bist seine beste Chance, dass er uns in absehbarer Zeit wieder zurückbekommt."

"Ich dachte mir, es wäre einen Versuch wert", erwiderte sie achselzuckend und kraulte die große braune Katze, die faul auf den Kissen ausgestreckt neben ihr lag.

"Nun, zumindest bescherst du ihm Unterhaltung. Ich würde meinen, dass er Vergnügen daran findet, von dir zu hören."

"Gut", seufzte sie. "Ich würde doch nicht wollen, dass ihm langweilig wird. Wer weiß, auf welche Ideen er sonst käme."

"Ich habe heute mit Kilan zu Mittag gegessen. Er lässt dir Grüße bestellen und meinte nebenbei sehr behutsam, dass Tyront und der König immer wieder erwähnen, in welch unregelmäßigen Intervallen du an sie berichtest."

"Und deshalb hat er dich gebeten, mich auf den rechten Weg zu führen?"

"Nein, für so eine Bitte ist er viel zu realistisch. Ich denke, er brauchte nur ein mitfühlendes Ohr, dem er seinen Kummer mitteilen konnte."

Die Eingangstür unten wurde schwungvoll geschlossen, und kurz darauf kam Vern herein, der förmlich überquoll vor Aufregung.

"Die neue Akademie wurde offiziell gegründet!", rief der Junge aus.

"Was? So rasch?", staunte Eryn. "Ich dachte, Elwoi wollte sich mit den Künstlern zusammensetzen und verhindern, dass sie ihm davonlaufen?"

"Das tat er auch, aber sie haben ihn mehr oder weniger zur Tür hinausgelacht, als er mit seinen Vorschlägen ankam", schnaubte Vern. "Er sagte, er sei bereit, ihnen mehr Mitspracherecht zu gewähren im Hinblick auf das, was sie machen wollten, ihnen erlauben würde, neue Dinge zu versuchen - bis zu einem gewissen vernünftigen Ausmaß, wie er es formulierte."

"Lass mich raten", meinte Eryn mit einer Grimasse. "Er dachte an sich selbst, wenn es um die Entscheidung geht, was als vernünftiges Ausmaß gilt?"

"Du hast es erfasst. Sie erklärten ihm, sie würden lieber die Hälfte der Förderung nehmen, die der Senat den Künsten zugesteht, und damit tun, was sie selbst für richtig halten. Ihr neuer Anführer schwor, dass er sich und seine Anhänger niemals wieder Elwois engstirniger Herangehensweise an die Künste aussetzen würde. Und dann gründeten sie noch am gleichen Tag die neue Akademie."

"Das klingt für mich, als ob sie schon vor dem Treffen wussten, dass es zu keiner Einigung kommen würde", grinste Eryn.

"Das ist eine vertretbare Annahme", lächelte Enric. Das war eine ausgezeichnete Gelegenheit, um Valrads Großzügigkeit zu erwähnen, und noch besser wäre es, wenn Vern das tat. Weniger verdächtig. "Haben sie sich schon um die ganzen organisatorischen Angelegenheiten gekümmert?"

Vern nickte. "Noch nicht um alles, aber zumindest die grundlegenden Dinge, denke ich. Vran'el und Ram'an waren dort, um ihnen die Dokumente zu übergeben."

Eryn spitzte die Ohren. "Welche Dokumente? Und warum die beiden?"

Der Junge gluckste. "Was, das weißt du nicht?"

"Was weiß ich nicht?", wollte Eryn wissen.

"Haus Vel'kim hat der neuen Akademie eine sehr großzügige Schenkung in Form eines Gebäudes gemacht. Vran'el war dort, um offiziell die Besitzurkunde zu übergeben, und Ram'an hat ohne Bezahlung seine Dienste für Rechtsfragen zur Verfügung gestellt, da er es sich im Moment nicht wirklich leisten kann, mit Gold auszuhelfen."

Sie schluckte. Verdammt sollte er sein. Valrad hatte also etwas Nettes getan für die Leute, die Vern unterstützten und schätzten. Gut für sie. Das bedeutete aber nicht, dass sie ihn deswegen mögen musste, oder? Wer konnte schon sagen, welche politischen Vorteile er im Gegenzug erlangen mochte. Womöglich wollte er nur sein Bündnis mit den anderen Häusern festigen, die die neue Akademie ebenfalls unterstützten. Wer konnte schon behaupten, es sei eine selbstlose Geste?

Iklans Worte darüber, dass sie ihre eigene Realität erschuf, wenn ihr die Fakten nicht zusagten, fielen ihr ein, und sie verfluchte ihn für den Einfluss, den er nach nur drei Verabredungen auf sie hatte.

"Das war... großzügig", zwang sie sich zu sagen.

Vern zog eine Augenbraue hoch. "Meine Güte, das muss jetzt aber schmerzvoll gewesen sein!"

Sie warf ihm einen kühlen Blick zu. "Ich habe keine Ahnung, wovon zu redest." Dann stand sie auf. "Wenn ihr mich nun entschuldigen würdet."

Enric sah ihr nach, als sie in Richtung ihres Schlafzimmers davonging, dann wanderte sein Blick zu Vern.

"Es tut mir leid", murmelte der Junge. "Man sollte meinen, dass ich dazugelernt hätte."

"Ja, das sollte man wohl", bemerkte Enric ohne jedes Mitgefühl. "Aus diesem Grund wirst du ihr nachgehen und zusehen, dass sich ihre Laune wieder bessert. Ich habe nicht die Absicht, deinen Mangel an Feingefühl auszubaden. Solltest du darauf hinweisen wollen, dass ich derzeit nicht dein Vorgesetzter und damit theoretisch nicht in einer Position bin, dir irgendwelche Befehle zu erteilen, dann lass mich dir den gleichen Grund zur Kooperation aufzeigen, der schon bei deinem Vater so gut funktioniert hat: Die Nächte hier sind kalt, besonders, wenn man draußen auf der Straße schlafen muss."

Verstimmt stand Vern auf, murmelte etwas darüber, wie minderjährige Magier unverhältnismäßiger Nötigung ausgesetzt wurden und setzte sich in die Richtung in Bewegung, wohin Eryn kurz zuvor verschwunden war.

"Was?", knurrte sie, als sie das Klopfen an der Tür vernahm.

"Ich bin's", hörte sie Verns gedämpfte Stimme. "Kann ich hereinkommen? Bitte? Enric wirft mich sonst aus dem Haus, wenn du nicht mit mir redest. Und wie du dich sicher von der Expedition her erinnerst, bin ich nicht besonders gut darin, draußen zu schlafen. Biiiiiiitte?"

Das brachte sie zum Lächeln. "Dann komm schon herein, du weicher, verwöhnter Stadtjunge."

Mit einem Gesichtsausdruck profunder Erleichterung öffnete er die Tür. "Danke. Ich habe mich wirklich an diese noble Unterkunft gewöhnt, weißt du."

"Es ist unwahrscheinlich, dass er dich wirklich hinausgeworfen hätte, wenn du mir nicht gefolgt wärst", seufzte sie.

"Ich werde dich nicht beim Wort nehmen und es riskieren, den großmächtigen Lord Enric zu verärgern. Es gibt einen Grund dafür, dass ihm die Leute zuhause aus dem Weg gehen, weißt du."

"Steh deinen Mann, mein Junge", seufzte sie.

"Ich würde lieber zuerst lange genug leben, um zu einem Mann *heranzuwachsen*, wenn es dir nichts ausmacht", warf er zurück und ließ sich neben sie auf das Bett fallen. "Kann ich dich etwas fragen?"

"Was ist, wenn ich nein sage?"

"Dann würde ich trotzdem fragen. Es ist eine höfliche Phrase, auf die du mit einem Angebot antworten sollst, ich möge dir alles anvertrauen, was mich beschäftigt. Wir sollten dich wirklich in irgendeine Art von Lady-Training schicken. Grundlegende Höflichkeit und all das."

Sie rollte mit den Augen. "Natürlich darfst du mich fragen, was auch immer dir auf dem Herzen liegt, mein Freund!", zwitscherte sie mit gezwungener, hoher Stimme.

"Ja, sehr gut. Damit bleibt uns nur noch übrig, an der Glaubwürdigkeit zu arbeiten, aber im Moment nehme ich, was ich kriegen kann. Man hat mich gebeten, an der neuen Akademie zu unterrichten."

Eryn setzte sich auf. "Ach ja? Das sind fabelhafte Neuigkeiten! Warum wirkst du deswegen so unglücklich? Das ist ein großartiger Beweis ihrer Bewunderung, würde ich meinen."

"Ja, das ist es", seufzte er und warf ihr einen gepeinigten Blick zu. "Aber ich erinnere mich an gewisse Erfahrungen mit dem Unterrichten, die ich vor nicht allzu langer Zeit gemacht habe, wo alles vollkommen schiefgegangen ist. Ich meine, die Heiler habe ich beinahe in die Flucht geschlagen, als ich in deiner Abwesenheit ihr Training übernahm! Was ist, wenn das Gleiche mit den Künstlern passiert? Sie sind gerade erst von einem Ort geflohen, jetzt haben sie nicht mehr viele Möglichkeiten!"

Darüber lachte sie. "Komm schon, sie werden schon nicht vor dir davonlaufen! Ich denke, du hast aus deinen Fehlern gelernt, oder etwa nicht? Ich erinnere mich, dass die Heiler meinten, du seist zu fordernd, dass du ebenso viel von ihnen verlangt hättest wie von dir selbst. Was doch eine Menge ist, wenn man bedenkt, dass du ein verdammtes Genie bist. Berücksichtige das einfach nur bei deinem nächsten Unterricht."

"Hilf mir", flehte er. "Erkläre mir, wie das Unterrichten funktioniert. Was muss ich beachten? Ich meine, ich bin jünger als jeder einzelne Künstler dort. Wie schaffe ich es überhaupt, dass sie mir zuhören?"

"Vergiss dein Alter, Junge. Sie haben dich zum Unterrichten eingeladen, weil du deine Fähigkeiten über jeden Zweifel hinweg unter Beweis gestellt hast, also würde ich meinen, dass sie mehr als bereit sind, dir zuzuhören. Was das Unterrichten als solches betrifft... ich muss gestehen, dass ich auch keine Expertin bin. Ich habe nur unbeholfen versucht, das weiterzugeben, was mir mein Vater beibrachte. Aber es ist nicht so, als hättest du niemanden um dich herum, den du fragen könntest. Dein Vater unterrichtet seit mehr als zwei Jahrzehnten Kämpfer, und Ram'an unterrichtet Juristen. Warum fragst du nicht die beiden? Du bist von so viel Fachkenntnis umgeben, also greif darauf zurück."

Vern sah sie nachdenklich an. "Weißt du was? Du hast Recht! Trotzdem würde ich noch immer gerne hören, was du für wichtig hältst. Die Heiler mögen es, von dir unterrichtet zu werden, also hast du es offensichtlich richtig gemacht, wenn auch nur zufällig anstatt absichtlich."

"Vielen Dank, dass du es so ausdrückst", sagte sie, nahm sich aber kurz Zeit, um seine Frage zu überdenken. "Ich finde es hilfreich, nicht zu viel Information auf einmal zu vermitteln, und sie Dinge selbst ausprobieren zu lassen, wenn es möglich ist. Es zu hören ist eine Sache, es selbst zu tun ist das, wo man es wirklich versteht. Ich habe keine Ahnung, ob das auch für die Künste zutrifft. Was genau willst du ihnen überhaupt beibringen?"

"Zeichnen. Es scheint, dass sich ihre Ausbildung bislang nur auf kreative Techniken konzentriert hat, aber nicht auf das, was Elwoi als das *Kopieren der Realität* bezeichnet. Einige von ihnen sind jedoch bestrebt, genau das zu erlernen."

"Wie kann eine Gesellschaft Wissen weitergeben, ohne die Dinge ordentlich wiederzugeben?", überlegte sie.

"Nun, Bilder zu Erklärungszwecken wurden bisher immer nur von Handwerkern erstellt. Und aus diesem Grund war die Qualität auch nicht immer so brillant. Ich will hier nicht auf Handwerker hinabsehen", fügte er hastig hinzu. "Es ist nur so, dass ihre Stärke meist nicht im Zeichnen liegt, sondern in der Fähigkeit, die sie für ihr Handwerk benötigen."

"Wann soll dein Unterricht denn beginnen? Müssen an dem Gebäude viele Bauarbeiten durchgeführt werden?"

"Kaum. Sie beziehen bereits einen Teil des Gebäudes. Ich wurde gebeten, in ein paar Tagen zu beginnen. Denkst du, du könntest zu meiner ersten Stunde kommen? Ich wäre wesentlich weniger nervös, wenn du dabei wärst. Und wenn du als Nicht-Künstlerin verstehen kannst, was ich ihnen sage, dann bedeutet das wohl, dass ich es richtig mache."

Sie nickte, gerührt von der Bitte. "Sicher doch, sag mir einfach nur, wann ich wo sein soll, und ich werde in der Klinik Bescheid geben, dass ich an diesem Tag nicht arbeite."

Für einen kurzen Augenblick umarmte Vern sie, die Erleichterung auf seinem Gesicht unverkennbar. "Ich danke dir vielmals! Wirklich, ich schätze das sehr! Dann werde ich jetzt warten, bis Vater nach Hause kommt und ihn dann ersuchen, seine Weisheit mit mir zu teilen." Er verdrehte die Augen. "Meine Güte, das wird ihm so richtig gefallen!" Er sprang auf und warf ihr noch einen weiteren flehenden Blick zu. "Könntest du nur ganz kurz nach draußen kommen und ganz beiläufig an deinem furchterregenden Gefährten vorbeigehen - ihm vielleicht ein Lächeln zuwerfen, damit er sieht, dass ich deine Laune von verärgert zurück zu freundlich verändert habe?"

Eryn lächelte. "Also gut, du Riesenfeigling. Obwohl ich verspreche, dass er dich nicht auf die Straße setzen wird, damit du dich allein durchkämpfst. Ich würde es nicht zulassen. Und selbst in diesem unwahrscheinlichen Fall würden dich Ram'an oder Vran'el bei sich aufnehmen."

"Ich versuche hier für meine Zukunft vorzusorgen, Eryn", seufzte er. "In ein paar Monaten ist er wieder mein Vorgesetzter, und es wäre mir recht, wenn er mir ein gewisses Wohlwollen entgegenbrächte."

Mit einem Kopfschütteln stand sie auf. "Dann bist du also nicht feige, sondern nur hinterlistig? Ich frage mich, ob das viel besser ist. Aber wer bin ich, um über dich zu richten?"

"Ja, genau", schnaubte er und öffnete die Tür für sie, bevor er dem Kissen auswich, das in seine Richtung geflogen kam.

KAPITEL 18

Eine erste Annäherung

Eryn atmete tief ein und klopfte an Iklans Tür. Seine Assistentin hatte ihr mitgeteilt, dies wäre eine gute Tageszeit dafür ihn aufzusuchen, da er während dieser meist seinen Papierkram erledigte.

"Herein", hörte sie seine Stimme hinter der geschlossenen Tür, drückte die Klinke nach unten und trat ein.

Er lächelte, als er sie erblickte. "Ah, Eryn. Komm herein. Ich hatte dich bereits gestern erwartet, als ich hörte, dass du wieder arbeitest." Die Rüge war milde, aber unmissverständlich.

Sie schloss die Tür hinter sich und ging zu seinen Sitzkissen. "Ich weiß. Ich war gestern noch nicht wirklich in der Lage, dich aufzusuchen. Ich brauchte noch etwas Zeit zum Nachdenken."

"Und, hast du das getan?", fragte er sanft, stand von seinem Stuhl auf und ging zu ihr. "Nachdenken, meine ich."

"Ja, das habe ich." Sie sah ihn an. "Ich habe entschieden, dass ich Valrad ein paar Dinge sagen muss."

Iklan zog bei dieser Äußerung seine Augenbrauen hoch. "Ich verstehe", sagte er langsam und verbarg sorgsam seinen Enthusiasmus über diese unerwartete Entwicklung.

"Ich will es allerdings nicht allein tun. Und ich weiß nicht einmal, ob es eine gute Idee ist. Oder ob die Dinge hinterher noch schlechter stehen werden."

"Es ist eine gute Entscheidung, mit ihm zu sprechen. Ich würde mich natürlich nicht einmischen. Außer, du bittest mich ausdrücklich um meine Unterstützung. Und du kannst mich jederzeit auffordern, euch beide alleinzulassen. Sind diese Umstände für dich annehmbar?"

Sie blinzelte. Das war nun doch etwas spezifischer, als sie sich im Moment festzulegen bereit war. Aber sie konnte ihre Meinung schließlich noch immer ändern.

"Das klingt gut, ja", meinte sie mit einem langsamen Nicken. "Dann schätze ich, du lässt mich wissen, welcher Zeitpunkt dir gut passen würde, und dann werden wir sehen, ob Valrad verfügbar…"

Iklan lächelte und ging zur Tür. "Oh nein, Eryn, das ist unnötig kompliziert."

Entsetzt schnappte sie nach Luft, als sie ihn mit seiner Assistentin sprechen hörte. "Lauf schnell nach unten und finde heraus, ob Valrad jetzt verfügbar ist, wenn du so gut wärst. Sag ihm, seine Tochter würde gerne mit ihm sprechen."

"Was? Jetzt sofort?", rief sie aus, als er zurückkehrte und die Tür schloss.

"Sicher doch, weshalb denn nicht? Du kannst es ebenso gut gleich erledigen. Warum hinausschieben?", fragte er achselzuckend.

"Ich muss erst noch vorbereiten, was ich ihm sagen will!", protestierte sie mit brüchiger Stimme.

"Keine Sorge, Eryn. Ich bin zuversichtlich, dass dir die richtigen Worte einfallen werden. Ich habe nicht den Eindruck, dass du sonst um Worte verlegen bist."

"Du hättest mich zuerst fragen sollen!", stöhnte sie und überlegte ernsthaft, ob es wohl machbar war hier abzuhauen, bevor Valrad eintraf.

"Verzeih mir", erwiderte Iklan mit einer Versöhnlichkeit, die nicht eben überzeugend wirkte.

Sie verengte die Augen. "Das hast du absichtlich getan! Damit ich keine Chance habe, meine Meinung zu ändern!", unterstellte sie ihm.

In gespielter Überraschung zog er die Brauen hoch. "Sag mir nicht, dass es deine Absicht war, dir diese Möglichkeit offenzuhalten? Das würde auf eine gewisse Unsicherheit hindeuten."

"Natürlich fehlt es mir an Sicherheit!", jammerte sie. "Das ist der Grund, weshalb ich hier bin!"

"Eine sehr wertvolle Erkenntnis", nickte er. "Und ich bin überzeugt, dass das Gespräch mit Valrad ein hilfreicher Schritt sein wird, um ein wenig davon wiederzuerlangen." Er drehte sich um, als ein Klopfen an der Tür ertönte. "Ah, Valrad! Es ist sehr freundlich von dir, dass du so schnell gekommen bist. Bitte schließ die Tür hinter dir, diese Sache erfordert Ungestörtheit."

Eryn atmete mehrmals tief ein und aus. Er war unerwartet rasch eingetroffen.

"Natürlich." Valrad tat, wie von ihm verlangt, dann nickte er seinem Kollegen zu. "Iklan." Als nächstes wandte er sich Eryn zu. "Wäre es dir recht, wenn ich mich zu dir setze, mein liebes Mädchen?"

Eryn schluckte eine Erwiderung auf *mein liebes Mädchen* und bedeutete ihm, auf den Kissen Platz zu nehmen. Das tat er auch, sorgsam darauf bedacht, ihr nicht zu nahe zu kommen und sie damit in die Enge zu treiben. Iklan hatte sich unterdessen hinter seinen Schreibtisch und damit aus dem unmittelbaren Blickfeld zurückgezogen.

"Du wolltest mich sehen, Eryn?", fragte Valrad sanft, sein Blick eindringlich.

"Ich... ja. Es gibt da etwas, das du hören solltest. Und vielleicht können wir dann zu einem weniger schmerzvollen Umgang miteinander finden", antwortete sie steif.

"Das wäre mir sehr angenehm." Er lehnte sich zurück und wartete darauf, dass sie fortfuhr.

Eryn betrachtete ihn eine Weile, studierte seine Gesichtszüge. Sie hatte ihn schon seit einer ganzen Weile nicht mehr angesehen, stets darauf bedacht, seinen Blick zu meiden und ihn zu ignorieren. Er sah noch immer so aus wie das letzte Mal, als sie hier gewesen war, wirkte vielleicht etwas beunruhigter als sie ihn kannte. Aber weshalb hätte die Enthüllung ihres wahren Verwandtschaftsverhältnisses auch seine Erscheinung verändern sollen, fragte sie sich. Es hatte sich in ihrem eigenen Inneren so vieles verändert, dass sie womöglich aus irgendeinem närrischen Grund erwartet hatte, dass sein Äußeres diese Veränderung widerspiegeln würde.

"Ich bin wütend auf dich", begann sie und spürte, wie sich ihr Herzschlag beschleunigte. "Du bist nicht der Mann, für den ich dich gehalten habe. Ich habe dir vertraut, und du hast dich als nicht vertrauenswürdig erwiesen. Das tut weh. So richtig. Und ich bin auf mich selbst wütend. Weil ich mich in dir geirrt habe, dir vertraut habe. Das hat dazu geführt, dass ich an den Menschen zweifle, die mir nahestehen. Und an mir selbst. Das tut sogar noch mehr weh. Ich war kurz davor, die Leute von mir zu stoßen, die ich liebe, weil ich mich fragte, ob verletzt zu werden nicht ein zu hoher Preis dafür ist, jemanden zu vertrauen."

Sie sah, wie er schluckte und sich die Muskeln in seinem Kiefer anspannten, doch er blieb stumm, wenngleich es ihm sichtlich Mühe bereitete.

"Ich will, dass du verstehst", fuhr sie fort, "dass ich einen Vater hatte. Sogar den besten, den ich mir wünschen konnte. Ich habe eine Menge liebloser Männer gesehen, die ein Kind, und besonders eine Tochter, als nichts weiter als ein Ärgernis betrachteten. Aber nicht mein Vater. Er war gut zu mir, unterrichtete und beschützte mich. Er gab mir das Gefühl, wertvoll zu sein. Mir kommt es nun so vor, als würde man von mir erwarten, ihn durch dich zu ersetzen, mehr oder weniger von einer Woche zur nächsten. Als sollte ich nun frohlocken, dass ich den einen Vater bequem beiseiteschieben kann, um bereitwillig einen reicheren, einflussreicheren anzunehmen. Ich brauche keinen anderen Vater. Ich will keinen."

"Was willst du denn, Eryn?", fragte Valrad sachte. "Sag es mir, und wenn ich kann, werde ich es dir geben."

"Ich will das zurück, was wir vorher hatten. Ich will meinen Onkel zurück. Ich will deinen Bruder als meinen Vater betrachten dürfen, nicht dich." Ein leichtes Beben erschütterte ihre Stimme.

Bedauern sprach aus seinen Augen, als er seufzte und sich zurücklehnte. "Nicht das, Eryn. Das kann ich dir nicht geben. Ich kann niemals dazu zurückkehren, dein Onkel zu sein. Es wäre falsch. Es tut mir leid, mein Kind." Mit einem Stoßseufzer schüttelte er den Kopf.

"Ich weiß, dass Ved'al der einzige Vater war, den du jemals kanntest. Und ich bin ihm ewig dankbar, dass er dich auf diese Weise großzog, dich zu der selbstbewussten und fähigen Frau machte, die du heute bist. Und doch war es eine Rolle, die meine hätte sein sollen. Schon immer." Er lehnte sich wieder vor und legte sanft eine Hand auf ihre. "Dein Wohlbefinden ist nun meine Verantwortung, und ich bin nicht dein Onkel, Eryn. Es ist inakzeptabel für mich, dir ein väterlicher Freund zu sein, wenn ich in Wahrheit dein Vater bin. Das könnte ich nicht ertragen."

Eryn zog ihre Finger unter seiner Hand weg und wandte sich ab. "Das ist bedauerlich. Es scheint, als stünden unsere Wünsche im Widerspruch zueinander. Wie es aussieht, ist hier kaum ein Kompromiss möglich." Ihre Stimme war wieder steif und kühl geworden.

"Ich erwarte nicht von dir, dass du Ved'als Erinnerung einfach so beiseiteschiebst", versicherte ihr Valrad. "Es würde mich sogar betrüben, wenn du es könntest. Das würde bedeuten, dass deine Bindung an ihn nicht besonders stark war. Ich verstehe auch, dass du beinahe die Hälfte deines Lebens ohne einen Vater verbracht hast; und dass es keine Kleinigkeit ist, jemanden an Ved'als Stelle zu akzeptieren. Aber das ist etwas, das du und ich mit der Zeit bewerkstelligen können. Ich liebe dich, Eryn. Und ich bin stolz darauf, dass ich dich mein nennen darf. Kann ich dir eine Geschichte erzählen, mein Mädchen? Von drei jungen Leuten, die es so vortrefflich fertigbrachten, einander so unglücklich wie möglich zu machen?"

Vehement schüttelte sie den Kopf und kämpfte sich in eine stehende Position. "Ich kann nicht. Es tut mir leid. Es ist nur… ich kann nicht. Nicht jetzt." Sie verspürte das dringende Bedürfnis, von hier wegzukommen, nach draußen zu fliehen, wo es keine Wände und frischere Luft gab.

Valrad nickte enttäuscht, brachte aber ein Lächeln zustande. "Dann eben ein anderes Mal. Ich kann sehen, dass du noch nicht bereit bist, mich anzuhören." Er stand ebenfalls auf und hielt ihre Hand fest, als sie zu gehen versuchte. "Eryn", sagte er eindringlich, "lass uns nicht auf diese Weise auseinandergehen. Bitte lauf nicht vor mir davon."

Ohne ihn anzusehen blieb sie stehen und wartete darauf, dass er kundtat, was er wollte. Seine Finger um ihre fühlten sich warm an.

"Ich möchte dir sagen, wie froh ich darüber bin, dass du dich entschieden hast, heute mit mir zu sprechen. Von diesem Moment an möchte ich dich im Zusammenhang mit deiner Arbeit von jeglicher Überwachung freistellen. Du bist von nun an eine Heilerin mit vollen Rechten und Pflichten."

Ihr Kopf wirbelte zu ihm herum, ihre Augen weit vor Überraschung. "Wirklich?"

"Ja." Er warf einen kurzen Blick in Iklans Richtung. "Auch werde ich dich nicht länger dazu verpflichten, Iklan aufzusuchen, wenn du das nicht wünschst. Ich denke, dass du noch immer von seiner Hilfe profitieren würdest, doch diese Entscheidung überlasse ich dir. Es wird keinerlei Konsequenzen von meiner Seite geben, falls du dich dagegen entscheidest."

Sie blinzelte, unsicher, ob sie ihn richtig verstanden hatte. War sie soeben von den beiden Maßnahmen entbunden worden, die er ergriffen hatte, um sie zur Kooperation zu bewegen?

"Warum?", war alles, was ihr einfiel.

"Weil ich sehe, dass bereits gewisse Veränderungen in die richtige Richtung stattgefunden haben, mein Mädchen. Und ich fürchte, dass es unserer Beziehung mehr schaden als nützen würde, sollte ich dich weiterhin drängen." Er lächelte. "Es steckt einfach zu viel Aren in dir. Wirst du morgen Abend zu mir zum Essen kommen? Mit Enric und deinen Freunden?"

Sie dachte kurz nach, bevor sie ihm antwortete. Seine Einladung abzulehnen, wo er ihr auf diese Weise entgegengekommen war, wäre wohl undankbar. Sie nickte und empfand die Zustimmung als weniger große Bürde als sie erwartet hätte. Seine Geste hatte sie offenbar auf genau die Weise beeinflusst, die er sich erhofft haben musste.

"Danke." Er hob ihre Hand für einen kurzen Moment an seine Wange, bevor er sie wieder losließ. Sein Lächeln wirkte nun wesentlich ungezwungener.

Sie nickte ihm flüchtig zu und ging hinaus, unsicher, was sie aus diesem Gespräch soeben machen sollte. Das, was sie zu verändern gehofft hatte, blieb unverändert - Valrad ließ sich nicht zu der Einsicht zu bewegen, dass es kaum eine Chance gab, dass sie ihn mit allem, was dazu gehörte, als ihren Vater akzeptierte. Und doch hatte sich ihre Situation in der Klinik eindeutig verbessert. Das zählte immerhin auch etwas.

* * *

Enric beobachtete sie sorgsam und versuchte, irgendein Anzeichen von Ärger oder Resignation zu finden, doch sie wirkte gefasst und sogar noch immer ein wenig überrascht. Bei Letzterem erging es ihm ähnlich. Sie hatte sich mehr oder weniger freiwillig mit ihrem Vater unterhalten, war von seinen Bedingungen zur Arbeit in der Klinik befreit worden und hatte sogar einem Abendessen bei ihm zuhause zugestimmt. Er konnte sich auch nicht daran erinnern, während ihres Aufenthalts in Iklans Arbeitszimmer irgendwelche besonders starken Gefühle wahrgenommen zu haben, somit war es offensichtlich ein befreiendes, wenn auch nicht unbedingt angenehmes Gespräch gewesen.

Er ermahnte sich, keine unbedachten Bemerkungen von sich zu geben, wie dass es auch höchste Zeit war, sich um diese Angelegenheit zu kümmern und dergleichen. Das war die Art von Druck, die sie ihm in der Vergangenheit übelgenommen hatte.

"Ich freue mich schon auf den Besuch", sagte er beiläufig. "Ich habe den Eindruck, dass Urban die Vel'kim Gärten attraktiver findet als unsere. Immerhin sind sie weitläufiger."

"Nicht nur das. Valrad hat auch ein paar Kräuter dort gepflanzt, von denen sie recht angetan ist und in denen sie sich entweder herumrollt oder die Spitzen abknabbert", erklärte sie. "Ich muss mir ansehen, welche sie mag. Vielleicht kann ich Plia bitten, sie aufzuziehen und dann in unserem Garten einzupflanzen."

Er hatte die Aren Gärten *unsere* genannt, dachte sie. Offenkundig fühlte er sich bereits so richtig zuhause in der Aren Residenz. Sie fragte sich, ob sich das als problematisch erweisen würde, wenn es darum ging, hier wieder abzureisen. Vielleicht waren die Bedenken, die der König und Tyront über ihre mögliche Absicht nicht zurückzukehren hegten, nicht so unbegründet, wie sie gedacht hatte.

"Der Senat hat eine Nachricht von Malriel erhalten", sagte er in ihre Gedanken hinein und beobachtete ihre angespannte Reaktion, und wie sie versuchte, ihr Interesse mit einem ungezwungenen Schulterzucken herunterzuspielen.

"Sie ist also noch immer gesund und munter."

"Darauf deutet wohl alles hin, ja", bemerkte er und verbarg seine Belustigung.

"Und? Was schreibt sie? Befinden wir uns bereits im Krieg mit ihnen oder sind sie dort aus irgendeinem Grund von ihrer warmen und herzlichen Persönlichkeit angetan?"

"Es war nur eine kurze Nachricht - du weißt, wie beschränkt die Tragekapazitäten dieser Vögel sind. Sie berichtete, dass die Verhandlungen noch nicht begonnen hätten, dass sie sich lange für die Vorbereitungen Zeit ließen und darauf bestünden, sie zuerst besser kennenzulernen und zu sehen, ob sie vertrauenswürdig wäre."

"Die Zeit und den Aufwand hätte ich ihnen ersparen können", schnaubte Eryn. "Keineswegs kann man ihr vertrauen. Absolut und definitiv nicht. Wenn du mich fragst, war es ein Risiko, sie dorthin zu schicken. Außer…" Ihre Augen verengten sich. "Kann es sein, dass die Westlichen Territorien einen Krieg *wollen*?"

Enric seufzte. "Dein Vertrauen in deine Mutter ist nicht eben überwältigend."

Demonstrativ sah sie auf ihren runden Bauch hinab, dann zurück zu ihm, eine Augenbraue hochgezogen. "Was du nicht sagst."

"Nein, sie wollen keinen Krieg. Sie wissen nicht einmal, wie man einen führt. Wen hättest du denn an ihrer Stelle geschickt, rein um der Diskussion willen?"

"Ich weiß es nicht. Jemanden mit einer weniger kampflustigen Einstellung, denke ich. Einen Diplomaten."

"Malriel kann durchaus umgänglich sein, wenn sie es darauf anlegt. Du hast sie bei mehr als einem gesellschaftlichen Anlass erlebt. Denk nur daran zurück, wie rasch sie die reichen und wichtigen Leute in Anyueel um den Finger gewickelt hat."

"Das mag mit Leuten funktionieren, die sie als neuartig empfinden und ihre exotische Sprechweise schätzen. Und es ist immerhin nicht so, als wären einige nicht mehr als begierig gewesen, sich auf ihre Seite zu stellen, nachdem ich sie zuvor verärgert hatte. Oben in diesem nördlichen Land hat sie keinen dieser Vorteile auf ihrer Seite."

Er lächelte. "Und doch ist sie eine erfahrene Verhandlerin, Politikerin und Geschäftsfrau - auch wenn sie sich im Umgang mit dir nicht eben mit Ruhm bekleckert hat. Ein Oberhaupt eines Hauses zu entsenden signalisiert überdies, dass diese Angelegenheit als gebührend wichtig erachtet wird. Noch dazu ist sie von den Oberhäuptern, denen ich begegnet bin, auf jeden Fall eines der bemerkenswertesten. Dass sie auch attraktiv ist und das einzusetzen weiß, mag auch eine Überlegung zu ihren Gunsten gewesen sein", fügte er hinzu.

Eryn warf ihm einen düsteren Blick zu. "Ich schätze es keineswegs, dass du diesen letzten Punkt betont hast. Überhaupt nicht."

"Du bist doch wohl nicht etwa eifersüchtig?" Mit einem breiten Grinsen lehnte er sich erwartungsvoll vor.

"Du willst nicht, dass ich eifersüchtig bin, glaube mir", sagte sie gereizt und verschränkte die Arme. "Und welcher Mann bei klarem Verstand würde außerdem seine Gefährtin für eine ältere Version ihrer selbst eintauschen?" Eine Version, die theoretisch älter war, dies aber keineswegs in ihrem Erscheinungsbild widerspiegelte, fügten ungebetene Gedanken hinzu. Eine gewandtere, elegantere, gerissenere und erfahrenere Version ihrer selbst. Und eine, die momentan keinen runden Bauch vor sich hertrug, weniger auf den Hüften hatte und nicht von ständigen Gelüsten nach süßen Brötchen geplagt wurde, die nur noch weitere Rundungen verursachen würden.

"Kein Mann bei klarem Verstand würde dich jemals eintauschen, Liebste, ganz egal, wer zur Auswahl stünde", lächelte er und beugte sich zu ihr, um sie zu küssen, hielt ihren Arm fest, als sie sich abwenden wollte. "Nein, kein Schmollen. Ich gebe zu, dass es mir guttut, dass du zur Abwechslung einmal diejenige bist, die sich darum sorgt, mich zu verlieren. Normalerweise bin *ich* derjenige, der von dieser Möglichkeit verfolgt wird."

"Stets darauf bedacht, es dir rechtzumachen", murmelte sie und ließ zu, dass er seine Lippen auf ihre senkte.

"Sie hat noch etwas geschrieben. Sie bat darum, ihrer Tochter herzliche Grüße zu bestellen und hofft, dass es ihrem Enkel gut geht."

"Hat sie in letzter Zeit sonst noch jemanden adoptiert?", fragte Eryn liebenswürdig. "An eine Tochter erinnere ich mich nicht - nur an einen Sohn, wenn ich mich nicht sehr irre."

Er hatte nicht wirklich eine besonders enthusiastische Reaktion erwartet, fragte sich jedoch, ob hier tatsächlich Abneigung aus ihr gesprochen hatte, oder ob sie stattdessen besorgt war und es damit überspielte. Er hoffte auf Letzteres. Das würde bedeuten, dass noch immer Hoffnung darauf bestand, dass sich die beiden Frauen eines Tages versöhnen würden. Bislang hatte sie sich wieder mit Ram'an vertragen und mit ihrem Vater einen vielversprechenden Schritt in die gleiche Richtung gemacht. Warum also sollte dies nicht auch mit Malriel möglich sein?

"Wirst du Iklan weiterhin aufsuchen?", änderte er das Thema. "In seiner professionellen Funktion, meine ich. Ich gehe davon aus, dass du ihn gelegentlich als Kollegen treffen wirst."

Sie zuckte mit den Schultern. "Ich weiß es nicht. Im Moment nicht. Ich gebe zu, dass er bis zu einem gewissen Grad hilfreich war. Aber unsere Zusammenkünfte waren nicht eben besänftigend. Ich habe nichts dagegen, ihn jetzt eine Weile nicht sehen zu müssen. Übrigens will er mit uns beiden über unser Geistesband reden. Er hat es seit meiner Prüfung nicht mehr erwähnt, doch das hatte zweifellos etwas damit zu tun, dass ich plötzlich zu seiner Patie... äh, Klientin wurde."

"Dann schlage ich vor, du vereinbarst einen Termin mit ihm. Berücksichtige dabei aber meine Senatsversammlungen. Am Nachmittag geht es bei mir normalerweise leichter."

Sie nickte. "Das werde ich." Dann lehnte sie sich zurück und blickte zur Decke empor. "Was denkst du, weshalb er mich von beidem befreit hat?"

Er benötigte einen Moment, um ihrem Gedankensprung zurück zu ihrem ursprünglichen Thema zu folgen. "Du hättest es an seiner Stelle nicht getan?"

"Ich weiß es nicht. Mir kommt es aus seiner Sicht nur etwas riskant vor. Ich hätte diese Gelegenheit ebenso gut nutzen können, um nichts mehr mit ihm zu tun haben zu müssen. Er hätte mich von der Arbeit mit ihm befreien und mich dennoch verpflichten können, Iklan weiterhin zu sehen. Das wäre immer noch eine Geste guten Willens gewesen."

Enric nickte. "Das stimmt. Dabei hätte er dich aber immer noch zu etwas gezwungen, das du nicht willst. Und offensichtlich erachtet er deinen Fortschritt als zufriedenstellend genug um anzunehmen, dass du den Rest ohne Zwang handhaben kannst. Dich entweder von Iklan oder ihm selbst zu befreien, wäre eine halbherzige Geste gewesen. Im Umgang mit ihm habe ich nicht den Eindruck gewonnen, dass er ein Mann halber Maßnahmen ist. Ein wenig wie Orrin. Wenn er etwas als richtig erachtet, kümmert er sich darum. Einfach und geradlinig."

"Ja, ein Mann mit Prinzipien", murmelte sie. "Schade, dass er die damals nicht hatte, als er die Gefährtin seines Bruders schwängerte."

"Hat er dir darüber irgendetwas erzählt? Von den Umständen?"

"Er wollte", seufzte sie, "aber ich wollte es nicht hören. Eines Tages vielleicht. Aber nicht jetzt."

Beide sahen auf, als Junar hereinwatschelte. Sie wirkte müde und litt sichtlich unter der Hitze. Enric stand rasch auf, um ihr beim Hinsetzen zu helfen, indem er sie sanft auf die Kissen neben Eryn sinken ließ.

"Du wirkst erschöpft", merkte er mitfühlend an und drückte ihr ein Glas kühlen Wassers in die Hand.

"Ich kann nicht schlafen, kann nicht mehr als ein paar Minuten am Stück irgendwo hingehen, und meine Füße sehe ich auch nicht mehr. Ich kann gar nichts mehr tun", seufzte sie unglücklich. "Es ist Zeit, dass dieses Kind zur Welt kommt. Das ist mein Ernst." Ein weiterer herzzerreißender Seufzer folgte. "Ich kann nicht einmal mehr auf dem Bauch liegend schlafen. Das ist meine liebste Schlafposition, war es schon immer. Aber in letzter Zeit habe ich ohnehin nicht viel geschlafen, also ist das wahrscheinlich egal. In der Nacht tritt sie mich wie verrückt, und während des Tages ist es zu heiß, um mehr als die paar Minuten zu schlafen, die ich ergattere, wenn ich zu erschöpft bin, um die Augen offenzuhalten." Sie sah zu Enric auf. "Und jetzt habe ich mich auch noch in einen Jammerlappen verwandelt!", fügte sie hinzu.

"Keine Sorge, Junar", lächelte er und drückte ihre Hand. "Du machst das ganz wunderbar, wir sind alle stolz auf dich. Ein wenig Jammern steht dir durchaus zu."

"Jede zusätzliche Woche, die deine Tochter in dir verbringt, lässt sie stärker und gesünder werden", legte Eryn ohne viel Mitgefühl dar. "Was bedeutet, dass du dir eher wünschen solltest, sie so lange wie möglich dort drin zu behalten."

Beide Köpfe drehten sich in ihre Richtung. Enric war von ihrem mangelnden Einfühlungsvermögen sichtlich nicht angetan, Junar war einfach nur verärgert.

"Sagt die Frau, deren größte Unannehmlichkeit es bislang war, dass sie Lust auf Backwaren verspürt", beschwerte sie sich. "Hör auf mit deinem Heilergerede, oder ich werde dir etwas nachwerfen! Die Regeln im Umgang mit schwangeren Frauen treffen in meinem Fall nicht zu. Ich bin viel mehr schwanger als du!"

"Nun, falls sich deine Tochter an den Plan hält, sollte sie in etwa einer Woche kommen", warf Enric ein. "Eine Woche hältst du sicher noch durch, Junar. Ergreif einfach die Chance, uns alle noch ein paar weitere Tage lang für jeden auch noch so kleinen Wunsch herumzukommandieren", lächelte er. "Schwangerschaftsprivilegien tendieren dazu zu verschwinden, wenn die Schwangerschaft vorbei ist."

Sie lächelte schelmisch. "Wenn du es schon vorschlägst... Ich hätte wirklich gerne eines von Eryns Brötchen, falls diese gierige Person etwas übriggelassen hat von der heutigen Lieferung."

"Ich muss davon überhaupt nichts für dich übriglassen. Sie gehören *mir*!", schnaubte Eryn.

Enric stand rasch auf, um die beiden zu versorgen. Zumindest eine von ihnen hatte es bald hinter sich, ihre Last in dem heißen Klima herumzuschleppen. Kurz überlegte er, ob sich die Situation dadurch wirklich verbessern würde, schob den Gedanken aber rasch beiseite. Dafür war es nun ohnehin etwas zu spät. Immerhin war *er* derjenige gewesen, der darauf bestanden hatte, dass sie alle gemeinsam hier einzogen.

* * *

Eryn schluckte, als sie den Hügel hinaufgingen, wo die Vel'kim Residenz ein friedliches und doch beeindruckendes Bild abgab mit dem Sonnenuntergang, der im Hintergrund leuchtete. Sie waren gemütlichen Schrittes dahinspaziert, damit sich Junar dabei nicht überanstrengte. Auf dem Weg hierher hatte sie einen ganzen Wasserbeutel geleert und vor ein paar Minuten erwähnt, dass eine Toilette in absehbarer Zeit wirklich hilfreich wäre.

"Ist alles in Ordnung?", fragte Enric sie leise und drückte ihre Hand.

Eryn nickte unbehaglich und brachte sogar ein wackeres Lächeln zustande. "Alles perfekt."

"Gut. Ich würde nicht wollen, das du bei der ersten Gelegenheit die Flucht ergreifst. Dein Gesichtsausdruck erinnert mich etwas an den, den du bei unserer ersten Kommitment-Zeremonie hattest", erwiderte er nur halb im Scherz.

"Ich bin freiwillig hier, wenn du dich erinnerst. Ich bekomme das hin", versprach sie und lächelte, als Urban voraustrottete, um das Haus herum, damit sie durch die Terrassentür hineingehen konnte. "Ich hoffe, sie erschreckt nicht denjenigen, der das Essen zubereitet. Das könnte zu unnötigen Verzögerungen führen."

Er nickte. "In Vran'els Fall ist das eine recht realistische Gefahr. Er ist noch immer scheu in ihrer Nähe."

Sie zog eine Augenbraue hoch. "Ich dachte, das sagt man nur bei Pferden?"

"Sieh dir an, wie er zur Seite tänzelt, um Abstand zur Katze zu halten. Das erinnert mich in der Tat an ein nervöses Pferd", meinte er schulterzuckend.

Sie waren noch immer einige Schritte von der Eingangstür entfernt, als diese von Vran'el geöffnet wurde.

"Der Schrecken, in den mich eure Katze soeben versetzt hat, kostet mich zehn Jahre meines Lebens!", beklagte er sich. "Es gibt behutsamere Wege, eure Ankunft anzukündigen."

Eryn zuckte mit den Schultern. "Warum die Mühe machen? Das scheint doch auch gut zu funktionieren. Ist das deine Tochter, die ich im Hintergrund kreischen höre? Ich bin sicher, sie wird dich vor der großen, bösen Katze beschützen, wenn du sie ganz lieb darum bittest."

Er rollte mit den Augen und sah Junar an, die nach dem kurzen Anstieg schwer atmete. "Komm, Junar, du wirkst erschöpft. Gibt es irgendetwas, das ich tun kann, um dich glücklich zu machen?"

Enthusiastisch nickte sie, und in ihrer Stimme schwang ein leicht dringlicher Unterton mit. "Ja, das kannst du. Ich muss wirklich, wirklich, wirklich euer Badezimmer benutzen."

"Das klingt *tatsächlich* dringend. Lass mich dich zum nächstgelegenen geleiten, meine Liebe", erwiderte Vran'el galant und nahm ihren Arm, den Orrin gerade freigegeben hatte, um sie wegzuführen.

Enric griff hinter sich, verteilte die feuchten Handtücher und erklomm dann als Erster die Stufen zum Hauptraum hinauf, wo Vran'els Tochter versuchte, der Bergkatze habhaft zu werden. Urban achtete darauf, stets außerhalb ihrer Reichweite zu bleiben und bewegte sich rasch, sobald das Mädchen zu nahe kam.

"Obal, du musst mit dieser Katze etwas sanfter umgehen. Sie mag es nicht, wenn du so schwungvoll mit ihr herumtollst. Komm und setz dich, bevor sie dir den Kopf abreißt", wies Intrea an und klopfte auf die Kissen neben sich. Als sie die anderen Besucher erblickte, lächelte sie.

"Da seid ihr ja! Ich versuche euer Haustier vor Obals gierigen, klebrigen Händen zu beschützen", seufzte sie und stand auf, um jeden von ihnen auf die Wangen zu küssen.

Obal hob den Kopf und grinste breit, als ihr Blick auf Enric fiel und sie veranlasste, sich von der Katze abzuwenden, zu ihm zu laufen und ihm ihre erhobenen Arme entgegenzustrecken, damit er sie auffing und hochhob.

"Es ist gut zu sehen, dass sie mich noch immer mehr mag als Urban", grinste Enric und setzte sie auf seiner Hüfte ab.

Das Mädchen war im Begriff, seine Hand zu seinen Haaren zu heben, als sie innehielt und Orrin und Vern anstarrte.

"Und so rasch verfliegt ihre Faszination mit deinem hellen Haar", lachte Eryn und nahm auf den Sitzkissen Platz.

Valrad trat durch die Küchentür und lächelte.

"Guten Abend euch allen", strahlte er bei ihrem Anblick. "Das Essen wird nun jeden Moment fertig sein. Bitte setzt euch und lasst mich wissen, was ich euch zu trinken bringen kann. Ram'an wird als Letzter eintreffen, und das sollte jede Minute passieren."

Enric ließ sich neben seiner Gefährtin nieder und veränderte seinen Griff um Obal, damit sie auf seinem Schoß zum Sitzen kam.

"Ram'an hat er ebenfalls eingeladen?", flüsterte Eryn ihm zu. "Warum?"

"Um dir das Gefühl zu geben, dass du unter Freunden bist und dich leichter entspannen kannst, würde ich vermuten", murmelte er. "Stört es dich? Ich dachte, du und Ram'an kommt nun gut miteinander aus?"

"Das tun wir auch. Es hat mich nur überrascht, das ist alles."

Intrea sank neben Eryn auf die Kissen und beteiligte sich an der leisen Unterhaltung. "Valrad hat Ram'an schon immer gemocht, obwohl die Sache mit Pe'tala und dann seine Versuche, dich an ihn zu binden, diese Zuneigung in der Vergangenheit etwas belastet haben. Aber jetzt haben seine beiden Töchter mehr oder weniger andere Männer an ihrer Seite, und Ram'an scheint dir dabei geholfen zu haben, diese Phase der Abschottung von den Menschen um dich herum hinter dir zu lassen. Das hat die Spannungen erheblich abgemildert", erklärte sie.

"An so eine Phase habe ich keine Erinnerung", sagte Eryn steif, verstimmt darüber, dass dies selbst für Leute, die ihr nicht dermaßen nahe standen, so offensichtlich gewesen war. Aber vielleicht hatte Vran'el ihr davon erzählt.

"Aber natürlich nicht", lächelte Intrea mit einem Augenzwinkern und deutete dann mit ihrem Kinn auf ihre Tochter, die sich noch immer an Enrics Arm festhielt, aber nun interessiert Vern musterte. "Es sieht so aus, als hätte sich ihr Interesse an dir nun auf einen jüngeren Mann verlagert. Sie hat wirklich eine Vorliebe für blonde Männer."

"So schnell wird man dieser Tage ausgetauscht", seufzte Enric.

"Sehr richtig", nickte Eryn. "Vergiss das bloß nicht."

"Für dich gilt das nicht", knurrte er. "Du kannst mich nicht austauschen."

Junar und Vran'el betraten den Raum, die Schneiderin mit erleichterter Miene. Als ein Klopfen an der Eingangstür ertönte, führte Vran'el sie zu Orrin.

"Darf ich dir deine liebreizende Gefährtin zurückbringen, Orrin? Das sollte Ram'an sein."

Wenig später vernahmen sie von unten tatsächlich Ram'ans Stimme. Als die beiden zurückkehrten, begrüßte Ram'an zuerst die Frauen, dann die Männer, bevor er sich neben Intrea niederließ.

Als Vran'el und Valrad sodann zwei dampfende Schüsseln hereinbrachten, eine davon größer, die andere kleiner, war Eryn die erste, die sich nach vorne lehnte, um ihre Hände zu waschen, begierig darauf, mit dem Essen zu beginnen.

"Hungrig, Herzblatt?", grinste ihr Bruder und stellte die kleinere Schüssel und einen Stapel Essgeschirr vor ihr ab.

"Du sollst die schwangere Frau nicht piesacken", knurrte sie. "Füttere sie lieber."

"Beide von ihnen", stimmte Junar mit ein. "Füttere beide. Es gibt hier mehr als eine von uns, die für zwei essen muss."

Valrad lachte und begann die Schüsseln zu füllen. Die beiden werdenden Mütter versorgte er zuerst.

"Mein Bruder lässt euch alle grüßen", teilte Intrea ihnen mit. "Er sagt, seit Eryns Abreise es ist recht ereignislos in Anyueel. Er bat mich um den neuesten Klatsch über sie."

"Er fragt nach Klatsch? Das geziemt sich wohl kaum für seine noble und gewichtige Stellung als Botschafter, oder?", fragte Eryn zwischen zwei Bissen.

"Ebenso wenig, wie es sich für dich geziemt, mit halbvollem Mund zu sprechen, du hochwohlgeborene Barbarin", grinste Junar.

"Du nennst *mich* allen Ernstes eine Barbarin?", prustete Eryn. "Du bist selbst eine - du wurdest sogar im Königreich geboren, während ich erst in Obals Alter dorthin kam."

"Ich rede nicht davon, wo du aufgewachsen bist, sondern über deine Tischmanieren", warf die Schneiderin zurück.

"Momentan gibt es nicht viel Tratsch über mich, würde ich meinen", bemerkte Eryn und wandte sich wieder Intrea zu.

"Die eine oder andere Sache. Dass du deinen Gefährten aus dem Spiel geworfen hast, zum Beispiel - mit Ram'an. Und wie du mit deiner neuen Familiensituation umgehst. Oder eher nicht damit umgehst."

Eryn knirschte mit den Zähnen. "Wie ich nicht damit umgehe? Ich bin heute Abend hier, oder etwa nicht? Das sollte zeigen, dass ich mich an die Umstände anpasse."

Vran'el zuckte mit den Schultern. "Es ist ein Anfang. Nach so vielen Wochen einen Abend mit deinem Haus zu verbringen, ist ein Anfang, aber nicht der ganze Weg, Herzblatt."

Enric schüttelte beinahe unmerklich den Kopf, um dem anderen Mann zu signalisieren, er möge aufhören, sie zu ermahnen.

"Ich würde sagen, dass auch Verns versehentliches Lostreten einer Revolution ein gutes Thema für Klatsch abgeben sollte", schlug er vor, um das Gespräch von seiner Gefährtin wegzulenken.

"Auf jeden Fall", nickte Intrea eifrig. "Ich kann kaum glauben, dass all das wirklich passiert." Sie sah den Jungen an. "Ich freue mich so richtig auf deine erste Zeichenstunde in drei Tagen. Ich habe mich dafür angemeldet und kann es kaum erwarten! Ich habe Vran'el dazu verpflichtet, sich zu dieser Zeit um seine Tochter zu kümmern."

Vern verzog das Gesicht. "Erwarte nicht zu viel. Meine letzte Erfahrung mit dem Unterrichten war nicht unbedingt angenehm." Er wandte sich an Ram'an. "Ich wollte dich diesbezüglich noch um ein paar Tipps bitten. Eryn sagte mir, ich solle sie nicht mit zu viel Information auf einmal überfordern und sie Dinge ausprobieren lassen um zu sehen, ob sie es verstanden haben. Vater sagt, dass das Zusammenspannen von stärkeren mit schwächeren Studenten eine gute Möglichkeit ist, damit sie voneinander lernen, falls ihnen der Ansatz des Lehrers nicht immer zusagt."

Ram'an kaute nachdenklich, dann schluckte er und nickte. "Ich habe keinerlei Erfahrung damit, Kunst zu unterrichten, doch bei der Rechtskunde sind einige Techniken möglich. Trage nicht zu viel auf einmal vor, sondern lass sie ebenfalls etwas beitragen. Manchmal wissen sie bereits einiges. Wenn ihnen gestattet wird, das auch zu zeigen, hilft das ihrem Selbstbewusstsein. Gib ihnen nicht die gesamte Information, ohne sie dafür arbeiten zu lassen. Lass sie die Dinge selbst herausfinden; auf diese Weise bleibt es länger in ihren Köpfen. Lass sie ohne Unterbrechung diskutieren und sieh zu, was dabei herauskommt. Natürlich musst du ihnen hinterher sagen, welche ihrer Lösungen die richtige war."

Vern nickte und lehnte sich aufmerksam vor. "Sie Dinge selbst herausfinden lassen; in Ordnung, das verstehe ich. Sie diskutieren und Sachen probieren lassen. Sonst noch etwas?"

Der Jurist zuckte mit den Achseln. "Nur Offensichtliches, wie dass du mit den einfachen Sachen beginnen und dich zu den anspruchsvolleren Bereichen vorarbeiten solltest. Oder regelmäßig ihre Fortschritte überprüfst und sie zum Stellen von Fragen ermutigst, falls etwas unklar ist. Soweit ich gehört habe, ist Elwoi kein Lehrer, der Fragen willkommen heißt oder freundlich darauf reagiert. Meiner Ansicht nach ist das ungemein bedauerlich, weil Fragen eine sehr effiziente Lernmethode sind. Versuche deine Studenten dazu zu ermutigen, dass sie dich fragen, und zeige deine Wertschätzung für ihre Fragen. Behandle sie nicht gönnerhaft - das ist eine Haltung, die im Allgemeinen nicht gut angenommen wird, besonders nicht, wenn wir dein Alter betrachten. Sei allerdings auch darauf vorbereitet, autoritär aufzutreten, falls es erforderlich ist. Sollte zum Beispiel jemand eine Frage stellen und andere darüber lachen, dann musst du das augenblicklich unterbinden. Das ist Gift für jedes konstruktive Lern- und Arbeitsumfeld. Wenn dich ein Student kritisiert, betrachte es nicht als persönliche Beleidigung, sondern als Chance, etwas dazuzulernen. Solange du zu den Lücken in deinem Wissen stehst, ohne dich dafür zu schämen, können sie nicht als Waffe gegen dich eingesetzt werden."

Eryn lächelte anerkennend. Darunter waren ein paar hilfreiche Vorschläge gewesen, die sie selbst für ihren Unterricht bei den Heilern einsetzen konnte, sobald sie wieder zurück in Anyueel war.

Obal, die noch immer auf Enrics Schoß saß, fütterte ihn mit Bissen aus ihrer eigenen Schüssel.

"Gewöhn dich bloß nicht daran", warnte ihn Eryn. "Bald wirst du derjenige sein, der das Füttern übernimmt."

Er hob seine Schultern. "Wir könnten deine Nichte dafür anheuern. Sie macht das recht gut."

"Wenn wir gerade von meinem Enkel sprechen", meldete sich Valrad zu Wort und stellte seine leere Schüssel beiseite. "Wie geht es ihm? War bei deiner letzten Routineuntersuchung alles in Ordnung?"

Eryn blinzelte verwirrt. "Es geht ihm gut, ja. Ich überprüfe das regelmäßig."

Der Heiler zog seine Stirn in Falten. "Aber du gehst doch auch zu den Routineuntersuchungen, oder etwa nicht? Mütter, selbst wenn sie Magierinnen und sogar Heilerinnen sind, sollten diese Überprüfungen nicht auf eigene Faust durchführen."

"Nun…"

Valrad atmete langsam aus und warf ihr einen vorwurfsvollen Blick zu. "Wann hat Pe'tala das letzte Mal einen Blick auf dich geworfen? Einen eingehenden?"

"Das ist noch nicht so lange her. Das war, bevor wir nach Takhan aufgebrochen sind."

"Das ist beinahe zwei Monate her! Komm", wies er sie an, bevor er aufstand und seine Hand ausstreckte. "Das sollte jeden Monat durchgeführt werden!"

"Was, hier? Jetzt? Nein! Und woher soll ich denn wissen, wie ihr die Dinge hier handhabt? Ich sagte dir schon, ich sehe regelmäßig nach dem Baby, und ich bin nicht gerade eine Anfängerin, wie du weißt!", protestierte sie.

"Ich verstehe", nickte Valrad, seine Arme nun in seine Hüften gestemmt. "Dann gehe ich davon aus, dass du nicht nur die lebenswichtigen Funktionen des Kindes überprüft hast, sondern auch, ob mit der Nabelschnur und der Plazenta alles in Ordnung ist?"

"Eryn", hörte sie Enrics Stimme neben sich. Ein dezent warnender Unterton schwang darin mit. "Widersetze dich nicht aus Prinzip in dieser Angelegenheit. In dieser Sache werde ich keine Nachlässigkeit dulden. Jetzt steh auf und lass ihn einen Blick auf dich werfen."

Mit verärgerter Miene wandte sie sich ihm zu. "Seit wann bist du derjenige, der entscheidet, welche Maßnahmen im Zusammenhang mit dem Heilen ergriffen werden?"

"Seit mein Kind in dir heranwächst", erwiderte er und sah Valrad an. "Wird das lange dauern?"

"Nein, nur zwei Minuten, wenn alles in Ordnung ist."

"Das kann ich morgen in der Klinik tun!", widersprach sie. "Das muss wohl kaum jetzt gleich sein!"

"Oder du kannst es jetzt gleich erledigen und dir die Peinlichkeit ersparen, dass ich dich morgen zur Klinik begleite um sicherzugehen, dass du dich auch tatsächlich darum kümmerst", lächelte Enric mit zusammengekniffenen Augen.

"Du bist verärgert", flüsterte Obal mit weit aufgerissenen Augen.

"Nicht deinetwegen", versicherte er ihr und ließ seinen Gesichtsausdruck weicher werden. "Ich muss nur ein wenig streng mit deiner Tante sein, damit sie sich gut um das Baby in ihrem Bauch kümmert."

"Sie kümmert sich nicht gut darum?", rief das Mädchen aus, eindeutig schockiert ob solcher Nachlässigkeit.

"Oh, perfekt", murmelte Eryn und stand mühsam auf, "bring sie nur gegen mich auf."

Sie kletterte über drei Beinpaare, bis sie vor Valrad stand. "Dann bringen wir es hinter uns, wenn es unbedingt sein muss."

Er nickte und zeigte auf ein Kissen zwischen sich und Ram'an. "Setz dich." Er reichte ihr seine Hand, um ihr das Hinsetzen zu erleichtern und ließ sich dann neben ihr nieder. Die anderen um sie herum verstummten und sahen zu, wie der Heiler seine Hand auf ihren runden Bauch legte.

Er sah zu ihr auf und lächelte, als er unter seiner Handfläche eine leichte Bewegung spürte. "Dein Sohn hat mich gerade getreten."

"Ja", grinste sie spöttisch, "das kann ich ihm kaum verdenken."

Aus Vran'els Richtung hörte sie ein Kichern und war zufrieden mit dem Mangel an Belustigung in Valrads Gesicht, bevor er seine Augen schloss, um sich auf die Untersuchung zu konzentrieren. Getreu seinem Versprechen war er nach kurzer Zeit fertig und nickte.

"Alles ist perfekt. Ich hoffe, du wirst dich von nun an regelmäßig darum kümmern. Ich werde diesbezüglich Erkundigungen einholen." Dann wandte er sich Junar zu. "Und was ist mit dir, meine Liebe? Wann hat ein Heiler zuletzt einen Blick auf deine Tochter geworfen?"

"Letzte Woche", antwortete sie folgsam und tätschelte dann Verns Hand. "Ganz zu schweigen von meinem sehr beflissenen persönlichen Heiler. Er untersucht mich jeden Tag."

Eryn verdrehte die Augen und überlegte kurz, ob sie auf ihren Platz neben Enric zurückkehren wollte, entschied sich aber dann, dass es die Mühe des Aufstehens nicht wert war, da sie im Moment nicht besonders angetan war von ihm.

"Wie ich höre, wurde das Datum für das nächste Spiel für in etwa zwei Monaten angesetzt", erkundigte sich Intrea beiläufig und zwinkerte Orrin zu. "Ich hoffe, du erinnerst dich noch daran, dass du versprochen hast, dich beim nächsten Mal mit mir zusammenzutun, Orrin."

Der Krieger grinste breit und nickte. "Ich würde es nicht wagen, darauf zu vergessen. Du warst bei dem Abendessen recht nachdrücklich."

Eryn sah, wie Junar bei diesem Austausch leicht die Stirn runzelte. Womöglich fragte sie sich, ob das Bestreben einer anderen Frau, die Straßen mit ihrem Gefährten zu durchwandern, ein Anlass zur Sorge war.

"Schade, dass du nicht in der Lage sein wirst, an diesem Spiel teilzunehmen", seufzte Ram'an an Eryn gerichtet. "Ich fand dich beim letzten Mal recht nützlich."

Enric sah auf, als Vran'el aufstand und sich auf den Platz setzte, den Eryn aufgegeben hatte.

"Ich habe eine Rechnung mit ihm zu begleichen", murmelte Vran'el leise genug, damit nur Enric ihn hören konnte. "Ich will mich mit dir zusammenschließen. Es kümmert mich nicht, auf welcher Seite ich stehe, ich will nur auf derjenigen sein, die es mir ermöglicht, ihn zu jagen. Er wird dafür bezahlen, dass er mich aus dem letzten Spiel geworfen hat, damit er meine Partnerin stehlen konnte."

Enrics Lächeln zeugte von einem gewissen Genuss. Da war auch noch die Winzigkeit, dass Ram'an erst kürzlich seine Gefährtin geküsst hatte. Von seiner Seite galt es somit ebenfalls ein wenig Rache zu üben.

"Abgemacht."

Ram'an schluckte und lehnte sich zu Eryn. "Warum habe ich das Gefühl, dass ich gerade zum Abschuss freigegeben wurde?"

Sie folgte seinem Blick und betrachtete die beiden Männer auf der gegenüberliegenden Seite des Tisches, deren Mundwinkel von der Andeutung eines Lächelns umspielt wurden, während ihre Augen entschlossen glänzten.

"Weil du eine beachtliche Auffassungsgabe hast, würde ich meinen. Aber du kannst dich immer noch vom nächsten Spiel fernhalten", schlug sie vor.

Er seufzte resigniert und schüttelte den Kopf. "Nein, das kann ich nicht wirklich tun. Ich würde wie ein Feigling dastehen, und, was noch schlimmer wäre, sie würden nur auf die nächste Gelegenheit warten, um es mir heimzuzahlen."

"Dann stelle dich deinem Verderben, du tapferer Mann", lachte sie leise. "Unter diesen Umständen macht es mir nicht wirklich etwas aus, dass ich nächstes Mal nicht in einem Team mit dir bin, um ehrlich zu sein."

"Wann wird das Training beginnen, Orrin?", wollte Intrea wissen. "Zwei Monate sind immerhin nicht besonders viel Vorbereitungszeit."

"Für sechs Leute wird es in drei Tagen beginnen. Die werden mir dann dabei helfen, die anderen auszubilden, die Interesse gezeigt haben. Das wird in etwa drei Wochen sein", erklärte der Krieger. "Die Zeit wird für die Dinge ausreichen, die ich als besonders nützlich erachte. Es wird keinen unbewaffneten Kampf geben, nur magische Schläge und Schilde, und so ziemlich jeder hier verfügt diesbezüglich bereits über Grundkenntnisse. Ich werde es jedem Teilnehmer überlassen, ein wenig zusätzliche Arbeit zu investieren, wenn es um Ausdauer und Geschwindigkeit geht. Immerhin ist es ebenso nötig, vor den Gegnern davonlaufen zu können wie sie zu treffen."

"Warum musste ich dann so viel Zeit auf Schwertkampf und unbewaffneten Kampf verwenden, wenn die Leute hier deiner Ansicht nach auch ohne das auskommen?", beschwerte sich Eryn.

"Erstens bist du stark genug, um auch ohne zusätzliches Training beinahe jeden anderen in einem magischen Kampf zu besiegen. Und zweitens ist Schwertkampf eine Voraussetzung, um ein Mitglied des Ordens zu sein. Das lässt sich nicht umgehen. Nun ja", korrigierte er sich mit einem Blick auf ihren Unterleib, "zumindest nicht dauerhaft. Außerdem bleibt da noch die Kleinigkeit, dass du auch in der Lage sein musst, dich ohne den Einsatz von Magie gegen Nicht-Magier zu wehren." Er drehte sich zu Intrea. "Die Regeln für das nächste Spiel werden sich allerdings ein wenig von denen vom letzten Mal unterscheiden. Mit verbesserten Fertigkeiten kommen auch neue Herausforderungen."

Eifrig klatschte sie in die Hände. "Nichts, das du und ich nicht meistern können, da bin ich mir ganz sicher!"

Junar warf ihr einen beunruhigten Blick zu, blieb aber stumm.

Vran'el ergriff Junars Hand und drückte sie. "Intrea, meine Liebe, hör auf, mit Junars Gefährten zu flirten."

Intrea lächelte entschuldigend. "Entschuldige bitte. Ich habe keinerlei Absicht, ihn in Versuchung zu führen, ich bin nur ein wenig ausgelassen."

"Nicht, dass du eine Chance gegen sie hättest, wohlgemerkt", lächelte Vran'el.

Sie nickte und zwinkerte. "Ich weiß. Andernfalls wäre das Flirten viel zu gefährlich. Tief in meinem Inneren bin ich immerhin ein schüchternes Mädchen."

Eryn schnaubte, woraufhin Intrea ihre Augenbrauen hochzog. Wenn der Abend weiterhin so verlief, mochte er sich sogar als erfreulich erweisen, dachte sie.

KAPITEL 19

Zeichenstunde

"Was ist denn hier los?", flüsterte Vern entsetzt, als sein Blick auf die Menschenmenge vor dem Gebäude fiel, in dem er seine erste Zeichenstunde abhalten sollte.

"Ich habe keine Ahnung", erwiderte Eryn, ebenso überrascht von dem Tumult. "Das müssen mindestens zweihundert Menschen sein. Wie viele Leute hast du auf deiner Liste?"

"Fünfzehn, glaube ich."

"Sie sind hier, um die Veränderung mitanzusehen", ertönte Ram'ans Stimme hinter ihnen.

Beide drehten sich um.

"So wie du, offensichtlich", bemerkte sie trocken.

"Selbstverständlich. Es ist bekannt, dass ich mit Vern befreundet bin, also erwartet man von mir Eindrücke aus erster Hand, wenn man mich danach fragt."

"Ja, ich weiß genau, wie das ist", schnaubte Vern und warf ihr einen vielsagenden Blick zu.

Sie rollte die Augen himmelwärts. "Jetzt komm schon, du bist doch wohl nicht noch immer verärgert, weil ich dich nicht herbeigerufen habe, bevor ich Lord Tyront ausschaltete? Das war vor einer Ewigkeit!"

"Und doch wusstest du sofort, wovon ich rede. Das betrachte ich als Anzeichen für ein schlechtes Gewissen", meinte der Junge höhnisch. Als sein Blick zu den versammelten Leuten zurückkehrte, wurde seine Miene allerdings wieder ernst. "Das setzt mich jetzt ein klein wenig unter Druck. Die sind alle gekommen, um sich meine Stunde anzusehen? Wie soll ich denn so unterrichten können?"

Ram'an zuckte mit den Schultern. "Das ist der Nachteil dabei, wenn man eine lokale Berühmtheit ist, mein junger Freund. Bist du bereit? Ich denke, du sollst bereits in wenigen Minuten beginnen."

Sie bemerkten Intrea, die ihnen aufgeregt zuwinkte, während sie näherkam. "Da bist du ja! Komm, wir warten drinnen schon alle auf dich." Sie sah sich um. "Ist das nicht erstaunlich? Sie sind alle hier, um sich deine erste Unterrichtsstunde anzusehen! Das ist eine großartige Möglichkeit, um Interesse an der neuen Akademie zu generieren." Sie küsste Ram'an, Eryn und Vern auf die Wange und ergriff dann die Hand des Jungen, um ihn mit sich in das Gebäude zu ziehen.

Eryn sah sich beeindruckt um. Es war eindeutig ein altes Gebäude, aber das war für Künstler kaum ein Grund zur Beschwerde. Ganz im Gegenteil - es verlieh dem Ort Charakter. Ein gewisses Maß an Restaurierungsarbeit musste geleistet werden, doch nichts, das dringend war oder die Nutzung des Gebäudes unmöglich machte.

"Wegen der ganzen Zuschauer haben wir bezüglich des Raumes, den wir heute benutzen wollten, umdisponiert", erklärte Intrea. "Jetzt sind wir im größten Saal, den wir hier haben. Diejenigen, die sich nicht als Teilnehmer gemeldet haben, werden allerdings stehen müssen. Wir haben nicht einmal annähernd genug Sitzplätze für alle." Sie drehte sich um und zwinkerte Ram'an zu. "Nicht einmal für das mächtige Oberhaupt von Haus Arbil, fürchte ich."

"Das ist kein Problem für mich, ich erwarte keine Sonderbehandlung", erwiderte besagtes Oberhaupt.

Vern nickte nur. Ihm war offenkundig nicht ganz wohl in seiner Haut. Die Aussicht auf solch ein riesiges Publikum half nicht eben, seine Nerven zu beruhigen.

Sie folgten Intrea in einen großflächigen Saal, wo einige Leute dabei waren, Sitzbänke in ordentlichen Reihen zu arrangieren.

Vern zögerte und wirkte besorgt. "Was machen die da?"

"Sie bereiten den Raum für die Stunde vor", antwortete Intrea, verwirrt von der Frage. "Warum? Passt das so etwa nicht?"

"Aber so haben sie doch keinerlei Platz zum Zeichnen!", warf er aufgewühlt ein und trat eilig vor, um die Leute von ihrem Tun abzuhalten. "Nein, das geht so nicht! Ich halte hier keine Rede; ich unterrichte!", rief er aus, verschwunden jede Spur seiner Nervosität, als er begann, in verschiedene Richtungen zu deuten und zu erklären, welche Abstände er zwischen den Sitzen und den Reihen wollte.

"Seht euch an, wer plötzlich die Kontrolle übernimmt", lächelte Ram'an.

"So kennen wir das von Elwois Stunden", meinte Intrea, ihre Schultern hilflos hochgezogen. "Wir gingen davon aus, dass es so aussehen muss. Hat er wirklich gesagt, dass die Leute *zeichnen* sollen? Während seines Unterrichts?", fuhr sie fassungslos fort.

"Natürlich will ich, dass ihr zeichnet!", grollte Vern hinter ihr. "Ich sehe hier keinerlei Zeichenmaterialien. Bringen die Leute sie selbst mit oder wird die Akademie sie bereitstellen?"

Intrea schluckte und ihre Lider flatterten. "Wir haben nicht erwartet… also… Würdet ihr mich kurz entschuldigen? Ich glaube, ich muss noch ein paar Materialien holen…" Hastig machte sie sich davon.

"Elwoi ist ganz offensichtlich niemand, der es schätzt, wenn seine Studenten irgendwie von seinen Worten der Weisheit abgelenkt werden", lachte Ram'an leise.

Vern schüttelte den Kopf. "Nein, das ist er wahrlich nicht. Er sagt ihnen immer, sie sollen zuhause üben. Er reagiert nicht gut darauf, wenn jemand nicht an jedem seiner Worte hängt. Einmal habe ich einen seiner Vorträge besucht, und das war alles andere als angenehm. Ich machte den Fehler, ihn mit einer Frage zu unterbrechen und wurde beinahe aus dem Zimmer geworfen. Ich glaube, es war damals nur mein Status als ignoranter Barbar, der ihn eine gewisse Nachsicht zeigen ließ."

"Es mag sein, dass sie von deinem neuen, unerwarteten Unterrichtsstil am Anfang etwas überwältigt sind", warnte ihn Eryn. "Das solltest du vielleicht berücksichtigen. Sie könnten ein wenig überrascht reagieren, wenn du sie anweist, Papier und Stift zur Hand zu nehmen."

"Ich weiß", nickte der Junge. "Aber dagegen kann ich nichts machen. Ich habe nicht die Absicht, eine Stunde lang zu reden und zu hoffen, dass etwas hängenbleibt."

Sie sahen zu, wie einige Leute in die Halle spazierten. Manche suchten sich einen Platz in den vorderen Sitzreihen, andere verblieben im hinteren Teil.

"Ich zeige den Teilnehmern besser, wo sie sitzen sollen", seufzte Vern und trottete davon.

"Warte!", rief Eryn ihm nach. "Ich bin eine davon! Das bedeutet, dass du ebenso gut mit mir anfangen kannst!"

Er nickte und bedeutete ihr, in der zweiten Reihe Platz zu nehmen. "Ich möchte dich hier in der Mitte haben. Sieh zu, dass du Fragen stellst, um den anderen zu demonstrieren, dass so etwas willkommen ist, in Ordnung?"

Ram'an zog sich nach hinten zurück, wo die anderen Zuschauer versammelt waren und zwinkerte ihr zu.

Vern positionierte sich vor dem Podium, das dort für ihn aufgestellt worden war - und ignorierte es vollkommen. Offensichtlich wollte er seinen Zuhörern zeigen, dass er nicht die Absicht hatte, von oben herab mit ihnen zu sprechen.

Ein paar Minuten später eilte Intrea auf ihn zu, in ihren Armen eine Anzahl an Stiften und Schreibblöcken. Vern instruierte sie, die Zeichenmaterialien an den für die Studenten vorbereiteten Plätzen zu verteilen. Als sie fertig war, räusperte sich Vern und erhob seine Stimme.

"Wir werden nun unsere Stunde beginnen. Ich würde diejenigen von euch, die teilnehmen, ersuchen, zu mir zu kommen und sich vorne hinzusetzen. Die anderen ersuche ich freundlich, den

Geräuschpegel auf einem Niveau zu halten, der es meinen Studenten ermöglicht, mich zu verstehen."

Einige Leute lösten sich aus der Menge und kamen nach vorne, um sich auf die Bänke zu setzen, auf denen Intrea die Zeichenmaterialien verteilt hatte. Die Zuschauer hinten kamen zur Ruhe, sodass nur noch ein gelegentliches Flüstern vernehmbar war.

Eryn betrachtete die anderen Teilnehmer eingehend. Sie bildeten eine Mischung aus Männern und Frauen verschiedenen Alters und unterschiedlicher Erscheinungsbilder. Abgesehen von Intrea kannte sie keinen einzigen von ihnen. Aber dafür war sie sehr gut mit dem Lehrer bekannt, ein Vorteil, den die anderen nicht hatten.

Sobald alle Platz genommen hatten, nahm Vern einen tiefen Atemzug und begann zu sprechen: "Willkommen zu unserer ersten Zeichenstunde. Mein Name ist Vern, aber ich denke, ihr wisst wahrscheinlich alle, wer ich bin." Er hielt kurz inne, atmete aus, hob seine Arme und ließ sie dann wieder fallen, als wüsste er nicht wirklich, wie er weitermachen sollte. Die Sekunden verstrichen, dann seufzte er. "Wisst ihr, das ist meine erste Zeichenstunde", sagte er aufrichtig. "Ich habe darüber nachgedacht, wie ich das in Angriff nehmen soll, habe mit Leuten geredet, die im Unterrichten erfahrener sind als ich und habe etwas vorbereitet, von dem ich hoffe, dass ihr davon profitieren werdet. Ich kenne die Art von Unterricht, die ihr gewohnt seid, aber ich muss euch sagen, dass er nicht meinem bevorzugten Format entspricht. Es fühlt sich sehr stark nach den Geschichtestunden an, die ich zuhause über mich ergehen lassen musste."

Eryn sah um sich herum ein paar Leute lächeln. Sie schienen sich für seine offene Herangehensweise zu erwärmen.

"Die Unterrichtsstunden, die ich sowohl zuhause als auch hier beim Heilerunterricht in der Klinik am meisten mag, sind die, wo ich einsetzen kann, was ich gerade gelernt habe. Und das ist es auch, was ich mit euch tun werde. Sollte etwas unklar sein, fragt bitte. Sollte ich zu schnell sein, bremst mich ein. Sollte etwas zu schwierig sein, lasst es mich wissen. Klar soweit?" Er ließ seinen Blick über die Gesichter vor sich wandern und wartete auf zögerliches Nicken, bevor er in die Hände klatschte. "Ausgezeichnet! Dann legen wir los, würde ich sagen!"

Er hob einen Stift auf und hielt ihn hoch, sodass ihn alle sehen konnten. "Wir werden mit etwas beginnen, das euch vertraut ist - ein schlicht zu handhabendes Werkzeug. Für das Zeichnen ist ein so präzises Instrument wie ein Stift nützlich. Auch wenn ihr normalerweise die Arbeit mit einem Pinsel oder etwas in der Art vorzieht, werdet ihr gerade am Anfang feststellen, dass ein Instrument mit einer dünnen, steifen Spitze hilfreich ist. Das Erste, was wir versuchen werden, mag euch vielleicht lächerlich elementar vorkommen, doch ich hoffe, ihr werdet verstehen, weshalb wir es tun sollten. Wenn nur eine einzige Farbe zur Verfügung steht, ist es erforderlich, besonderes Augenmerk auf die Unterscheidung von hellen und dunklen Schattierungen zu legen, um ein realistisches Bild zu erschaffen. Das bedeutet, unsere erste Übung wird in der Arbeit mit verschiedenen Arten von Schatten bestehen. Es gibt dunklere und hellere, und die können aus Punkten, Schraffuren, Kreisen, Streifen, Wellen und so weiter bestehen. Hinterher werden wir mit grundlegenden Formen weitermachen und schließlich die Formen mit den Schattierungen kombinieren, um unsere ersten einfachen Zeichnungen zu erstellen. Gibt es dazu irgendwelche Fragen?"

Die Studenten sahen einander an, dann schüttelten sie die Köpfe.

Vern nickte zufrieden. "Also gut. Beginnen wir damit, wie das Papier vor euch positioniert werden muss, damit eure Perspektive nicht verzerrt ist und wie ihr euren Stift halten solltet, damit ihr möglichst flexibel zeichnen könnt und dennoch die nötige Stabilität habt."

Rasch sah er zu Eryn hin und lächelte erleichtert, als sie zustimmend nickte. Bislang hatte er seine Sache gut gemacht. Er hatte ihnen einen Eindruck davon vermittelt, was sie erwartete und seine ersten Übungen so gewählt, dass niemand die Flucht ergreifen würde, weil sie zu komplex klangen.

Tatsächlich war sie sogar gespannt darauf auszuprobieren, was er gerade erklärt hatte. Es hatte interessant geklungen. Sie hatte eigentlich erwartet, nur zu seinem Nutzen dabei zu sein, um ihm beim Überwinden seiner Nervosität zu helfen, anstatt tatsächlich selbst von der Stunde zu profitieren. Sie beobachtete, wie er das Papier vor sich positionierte und lauschte dann seiner Erklärung darüber, wie die Ausrichtung anzupassen war, je nachdem, ob man lieber saß oder stand.

"Kann ich die stehenden Positionen auslassen?", rief Eryn und bemerkte, wie die Leute um sie herum trotz Verns vorheriger Einladung zum Stellen von Fragen entgeistert reagierten.

"Nun, was auch immer die schwangere Aren glücklich macht. Wir würden doch nicht wollen, dass ein Gebäude über uns einstürzt, nicht wahr?", erwiderte Vern mit einem Grinsen, das seine Studenten augenblicklich dazu veranlasste, sich zu entspannen. Ihnen war nun klar, dass Unterbrechungen tatsächlich nicht die Reaktion auslösen würde, die sie von Elwoi gewohnt waren.

* * *

Vern ließ sich auf die Kissen des Teehauses fallen, in das Ram'an bestanden hatte, sie nach der Stunde auszuführen. Intrea begleitete sie und sank elegant neben ihm nach unten. Ram'an ergriff Eryns Hand, um ihr beim Hinsetzen behilflich zu sein.

"Du warst einfach erstaunlich!", rief Intrea aus, ihre Augen weit vor Verwunderung. "Ehrlich, das war das erste Mal in meinem Leben, dass ich den Kunstunterricht tatsächlich genossen habe! Und das sage ich wirklich nicht bloß, damit du dich gut fühlst. Ich habe jetzt seit mehr als einem Jahrzehnt Vorträgen gelauscht, über theoretische

Konzepte gelesen und auf andere Ressourcen zurückgegriffen, und ich hätte nicht gedacht, dass es auch nur annähernd erfreulich sein könnte, über Kunst zu lernen!" Sie blätterte die Seiten ihres Blocks durch und besah sich einmal mehr die Zeichnungen, die sie während der Stunde angefertigt hatten. "Ich kann nicht glauben, dass ich all das geschaffen habe!" Sie lehnte sich in Eryns Richtung und streckte die Hand aus. "Lass mich deine Sachen sehen!"

Eryn war etwas zurückhaltender und drückte die Skizzen an sich. "Ich fürchte, ich habe mich nicht gerade mit Ruhm bekleckert", erwiderte sie. Tatsächlich war sie sogar recht zufrieden mit ihren Bemühungen. Doch nach einem flüchtigen Blick darauf, was die anderen zuwege gebrachten hatten, erkannte sie recht rasch, dass zusätzlich zum Beherrschen der Techniken auch ein gewisses Talent hilfreich war. Ein Talent, mit dem sie eindeutig nicht aufwarten konnte.

"Unsinn! Du hast das prima gemacht", versicherte ihr Vern. "Du kannst deine Ergebnisse nicht mit denen der anderen vergleichen, sondern mit dem, was du vorher zeichnen konntest. Du warst dort als Einzige keine Künstlerin. Wärst du in der Lage, dermaßen mühelos mit den anderen Schritt zu halten, hätte mich das wahrhaft erstaunt. Und wir müssten außerdem die Genauigkeit von Ram'ans Test in Frage stellen, weil er dich sonst als außergewöhnlich talentierte Künstlerin identifizieren hätte müssen."

Ram'an deutete auf ihren Block. "Darf ich?"

Sie verstärkte ihren Griff. "Nein."

Sie fluchte und versuchte, den Block festzuhalten, als er ihre Finger gnadenlos loseiste. "Warum fragst du mich überhaupt, wenn du meine Antwort ohnehin ignorierst? Ich hasse es, wenn Leute das tun! Es ist, als hättest du bereits eine Entscheidung getroffen und wolltest mir nur die Illusion einer Wahl geben!"

Ram'an gab vor, ihre Worte kurz abzuwägen, bevor er den Block mit einem letzten Ruck aus ihrem Griff befreite. "Das ist eine recht präzise Zusammenfassung, ja. Jetzt lass mich sehen, was du zustande gebracht hast."

Er inspizierte die verschiedenen Übungen zum Schattieren und ihre geometrischen Formen, bevor er zu ihren ersten Versuchen, beides zu kombinieren, kam. Dann blätterte er zu einer weiteren Seite und betrachtete ihre Skizzen eines Wasserglases, einer menschlichen Hand und ein paar weiterer eher kläglicher Zeichnungen von Blättern und Blüten.

"Nicht übel, Theá. Nichts, was sich nicht mit ein wenig Übung ausmerzen ließe. Wie Vern schon sagte, können die Bemühungen einer Anfängerin kaum mit denen von ausgebildeten Künstlern mithalten." Ohne sich mit der Frage an Eryn aufzuhalten, ob es ihr recht war, reichte er die Zeichnungen an Intrea weiter.

"Warum nennst du sie manchmal Theá, aber dann wieder Eryn?", fragte Vern neugierig. "Sie mag es nicht, wenn man sie mit ihrem alten Namen anredet, aber trotzdem tust du es. Warum?"

Ram'an lächelte. "Zu Beginn wollte ich ihr damit klarmachen, dass sie nicht zum Königreich gehört, sondern zu uns, zu mir. Doch nach einer Weile wurde es zu einer Art intimen Anrede. Und Eryn ist noch immer der Name, den Ved'al ihr gab, um uns davon abzuhalten, sie zu finden. Ich habe keine besonders angenehmen Erinnerungen daran. Nur manchmal spreche ich sie damit an, um ihr entgegenzukommen. Aber nicht immer. Wenn mir danach ist, spreche ich sie mit Theá an. Es ist ohnehin der schönere Name, und einer, der besser passt."

"Das ist Ansichtssache", meinte Eryn augenrollend und schnappte sich dann Intreas Block, um einen Blick auf die Zeichnungen darin zu werfen. Wie sie erwartet hatte, waren die erheblich ausgefeilter als ihre eigenen Bemühungen. Sie starrte auf die Skizze einer Hand und staunte über den realistischen Effekt, den die Schattierung bewirkte. Intrea hatte definitiv kein Problem damit, Verns Anweisungen in die Praxis umzusetzen. Seufzend klappte sie den Block wieder zu und gab ihn zurück.

"Intrea hat Recht, mein Junge. Deine Stunde war richtig gut. Dein Unterrichtsstil fühlt sich sehr natürlich an, als würde es dir keinerlei Mühe bereiten, dein Wissen weiterzugeben."

Er schnaubte. "Keine Mühe? Schön wär's! Eine Woche lang habe ich jede Nacht mehrere Stunden lang damit verbracht, mich auf diese Stunden vorzubereiten. Ich meine, ich hatte keine Ahnung, wie ich die Dinge, die mir natürlich und vernünftig erscheinen, erklären sollte. Ich habe mit Künstlern gesprochen, sie gebeten, etwas für mich zu zeichnen und erst so herausgefunden, wo ich anfangen muss, wo die Probleme wirklich liegen."

"Dass du gut vorbereitet warst, macht deinen Erfolg nicht weniger bemerkenswert", bemerkte Ram'an gelassen. "Ganz im Gegenteil. Es zeigt Kommitment für deine Aufgabe und dass du nicht willens warst, das Schicksal oder den Zufall über deinen Erfolg entscheiden zu lassen."

Vern strahlte bei dem Kompliment.

"Das erinnert mich daran, dass ich selbst noch ein paar Abende der Vorbereitung vor mir habe", seufzte der Jurist. "Viele der geschäftlichen Vereinbarungen mit den Häusern müssen dringend neu verhandelt werden. Einige davon sind kurz vor dem Auslaufen und bedürfen der Erneuerung, während ich bei anderen mehr als froh bin, sie loszuwerden."

"Verhandlungen?", fragte Vern beiläufig. Eryn grinste breit und ließ sich von seinem anscheinend kaum mehr als höflichen Interesse nicht in die Irre führen.

"Ja", nickte Ram'an. "Konditionen für Kontingente, Lagerkosten, Wiederverkauf, Rohmaterialen, Fertigprodukte, Lieferung, Preise und all diese zweifellos immens faszinierenden Details, die ein junger Mann deines Alters ungemein ermüdend findet."

"Das würde ich nicht sagen", erwiderte Vern langsam, offenkundig auf der Suche nach den richtigen Worten, um noch etwas anzuhängen.

Eryn erbarmte sich. "Ram'an, Vern ist sehr interessiert daran, sich grundlegende Fertigkeiten des Geschäftslebens anzueignen. Würdest du in Betracht ziehen, ihn zu deinen Verhandlungen mitkommen zu lassen? Nur zu Lernzwecken. Er wird nicht im Weg sein, das verspreche ich." Sie zwinkerte Vern zu.

Ram'an zog die Schultern hoch. "Sicher, ich habe nichts dagegen. Wenn du das wirklich als unterhaltsamen Zeitvertreib betrachtest, tu dir keinen Zwang an." Das Glänzen in Verns Augen faszinierte ihn. "Du bist ein seltsamer junger Mann, weißt du das?"

Der Junge prustete. "Wenn ich jedes Mal ein Goldstück bekäme, wenn das jemand zu mir sagt, wäre ich recht wohlhabend."

"Du *bist* recht wohlhabend", kommentierte Eryn trocken. "Ich erinnere dich daran, dass dich Enric einigermaßen großzügig für dieses Bild entlohnt hat, das ich dir weggenommen habe, damit du es nicht verbrennen kannst. Ich würde meinen, dass fünfhundert Goldstreifen für einen Jungen deines Alters ein beträchtliches Vermögen sind."

Intreas Augen wurden groß. "Solch eine Summe hat er dir tatsächlich bezahlt, obwohl ihr das Bild bereits gehörte?"

"Ehrenhafter Enric", murmelte Ram'an ironisch.

"Das ist er durchaus", stimmte Intrea mit einem Seitenblick auf den Rechtsgelehrten zu. "Noch immer eifersüchtig auf ihn, Ram'an? Es wird Zeit, dass du dir eine nette Frau suchst und daran arbeitest, deinem Haus Erben zu bescheren, würde ich meinen."

"Eine herausfordernde Aufgabe", entgegnete er gutmütig. "Du hast dich immerhin von Vran'el wegschnappen lassen. Somit sind die guten Mädchen nun alle vergeben."

Eryns Augenbraue wanderte nach oben. Flirtete er tatsächlich mit Intrea?

Die Künstlerin lachte. "Du alter Charmeur! Glaube mir, du wärst nicht glücklich, müsstest du mit mir leben. Ich denke, unser derzeitiges Arrangement, die eine oder andere Nacht miteinander zu teilen, ist gut, so wie es ist."

"Was?", rief Eryn aus und ließ beinahe ihre Tasse fallen. "Ihr zwei tut *was*? Allen Ernstes?"

Intrea zuckte die Achseln. "Sag mir nicht, dass es dich schockiert. Du bist dir über die Art der Beziehung zwischen deinem Bruder und mir im Klaren, und Ram'an ist ein erwachsener Mann mit Bedürfnissen. Auch wenn unser letztes Mal schon eine Weile her ist, nicht wahr? Es war vor deiner Reise nach Anyueel, wo du Eryn kennengelernt hast. Jetzt, wo du sie nicht länger verfolgst, könnten wir wieder einmal zusammenkommen, wenn du möchtest."

Ram'an nickte und lächelte. "Das wäre mir ein besonderes Vergnügen."

"Hört auf damit, ihr zwei!", zischte Eryn. "Wie könnt ihr nur ein... ein... nun, ihr wisst recht genau, was ihr gerade vereinbart habt, während ein halbwüchsiger Junge zuhört? Wirklich jetzt!"

"Ich habe nicht den Eindruck, als wäre Vern hier das Problem", lächelte die andere Frau. "Er ist kein Kind mehr. Wie alt bist du, mein Junge? Sechzehn?"

"Siebzehn", korrigierte er sie.

"Siebzehn ist mehr als alt genug. Er ist sehr wahrscheinlich selbst bereits sexuell aktiv", meinte sie schulterzuckend.

Daraufhin schoss ihm das Blut ins Gesicht und färbte es rot.

"Oder vielleicht auch nicht", lachte Ram'an verhalten. "Aber deswegen würde ich mir keine Gedanken machen, mein junger Freund. Du bist berühmt und exotisch, schon das allein wird es dir erleichtern, Partnerinnen für vergnügliche Stunden zu finden."

Eryn atmete langsam aus. "Ich kann nicht glauben, dass ich das tatsächlich höre. Hört auf, ihn in irgendwelche Affären drängen zu wollen! Er ist noch nicht einmal mündig! Ihr seid nicht diejenigen, die die Konsequenzen zu tragen haben, falls er unabsichtlich ein Mädchen schwängert!"

"Ich weiß durchaus, wie man das vermeidet!", protestierte Vern. "Ich bin ein ausgebildeter Heiler, weißt du? Und ich habe bei der letzten Nacht der Ungezwungenheit mit dir an dieser vorbeugenden Maßnahme gearbeitet, wenn du dich erinnerst?"

"Es ist ja gut und schön, wenn du das bei anderen tust, aber es gibt Gelegenheiten, bei denen du zu sehr im Moment gefangen sein magst, um rational zu handeln", widersprach sie ihm.

"Eryn - hör auf, ihn zu bemuttern! Auch wenn der Drang dazu im Moment stark ist, weil du derzeit emotional auf das Austragen deines Kindes eingestellt bist", seufzte Intrea. "Du kannst ihn nicht davon abhalten, intime Beziehungen zu verfolgen. Und das solltest du auch nicht; es ist nicht gesund, sich diese elementaren Bedürfnisse zu verwehren. Sieh dir an, was es mit Ram'an gemacht hat. Nun, zumindest bevor er wieder zu essen begann und du seine Falten weggeheilt hast."

"Hey!", wehrte sich Ram'an. "Das weise ich von mir! Es gilt ebenso zu bedenken, dass ich ein paar beträchtliche Veränderungen in meinem Leben meistern musste und mich nicht ausschließlich ein Mangel an sexuellen Begegnungen belastet hat."

"Hört auf!", fauchte Eryn. "Warum können die Leute dieses Thema nicht dort belassen, wo es hingehört - im Schlafzimmer?"

"Wie die Geräusche, die deinem eigenen Schlafzimmer zuweilen entkommen?", grinste Ram'an, als er sich auf das bezog, was Vern bei einer früheren Gelegenheit erwähnt hatte.

"Das hat sich erledigt", erwiderte sie steif.

Vern nickte. "Das stimmt. Ich kann sie nicht mehr hören, aber wann auch immer ich am Abend im Garten unterwegs bin, zeigt ihr Fenster recht eindeutig, ob es irgendwelche nächtlichen Aktivitäten gibt oder nicht. Sie schließen es jetzt, bevor es zur Sache geht."

"Vern!", klagte Eryn und schloss verzweifelt die Augen. "Ich bewundere wirklich, wie schnell du dich an diesen Ort angepasst hast, aber wenn du nicht aufhörst, über mein Liebesleben zu reden, werde ich dir eins überziehen! Und zwar so richtig!"

"Verzeih", grinste er entschuldigend.

"Warum kommst du nicht einmal bei mir vorbei, Vern?", bot Ram'an ihm zwanglos an.

"Um mehr empörende Details über mich in Erfahrung zu bringen?", bemerkte Eryn säuerlich.

"Zur Vorbereitung auf die Verhandlungen, zu denen er mich begleiten wird", erklärte der Jurist mit einem Zwinkern in Verns Richtung, das seine harmlose Antwort Lügen strafte.

"Ja, sicher doch", schnupfte Eryn.

"In Ordnung, wir werden dir und deinen verstaubten Ansichten entgegenkommen und das Thema wechseln", seufzte Intrea. "Schwangerschaftsprivileg. Ich entsinne mich, dass dir die derzeit sehr wichtig sind. Wie laufen die Dinge mit deinem Vater im Moment? Das gemeinsame Abendessen verlief letztes Mal regelrecht harmonisch, obwohl ihr beide in der Nähe des jeweils anderen eher behutsam wart."

"Themenwechsel", fauchte Eryn erneut.

"Dir kann man es einfach nicht recht machen", seufzte Intrea in gespielter Verzweiflung.

KAPITEL 20

Hilfe für Haus Arbil

Eryn war die Einzige, die aufblickte, als Ram'an sein Arbeitszimmer betrat, in seinen Händen ein großes Tablett mit heißen und kalten Getränken, Backwaren und Früchten.

"Hier. Da brauchen wir eine größere Menge und einen besseren Preis. Sei aber vorsichtig bei der Qualität; wir bekommen jetzt zweite Wahl; lass dir nicht einreden, dritte Wahl zu akzeptieren."

Vern zog nur eine Augenbraue hoch, als wollte er mit einem Blick vermitteln, was er sich nicht in Worte zu kleiden traute: Was denkst du, mit wem du hier redest?

Nach Enrics flüchtigem Lächeln zu urteilen, schien die Nachricht angekommen zu sein.

"Bezüglich der Beeren können wir im Moment nicht wirklich etwas machen. Die Vereinbarung ist noch zwei weitere Jahre lang gültig. Aber das sollte man für später im Hinterkopf behalten. Womit wir allerdings arbeiten können, sind die Stoffe. Die werden an jeden größeren Schneidersalon verkauft, und auch an ein paar kleinere. Der Preis ist seit mehr als zehn Jahren nicht mehr angepasst worden." Enric schüttelte den Kopf.

"Was genau machen sie da?", murmelte Ram'an neben Eryn.

"Dein Haus retten. Soweit ich das mitbekommen habe, sind da ein paar recht unvorteilhafte Vereinbarungen mit anderen Häusern unterzeichnet worden", antwortete sie.

Vern schnaubte. "Das ist vielleicht eine Untertreibung! Im Ernst, wer übernimmt die Verhandlungen für diese Familie?"

"Mein Cousin Alben. Mein Vater mochte ihn sehr gerne, also gewährte er ihm eine verantwortungsvolle Position. Nicht eben zu unserem Vorteil, wie sich herausstellte."

"Das kannst du laut sagen", erwiderte Enric und sah auf. "Entweder ist er sehr schlecht in dem, was er tut, oder er wird von den anderen Häusern bezahlt, um Verträge auszuhandeln, die für dein Haus unvorteilhaft sind. Du solltest wohl eine Zeit lang seine Ausgaben überwachen. Sollten sie sein offizielles Einkommen übersteigen, ohne dass er Schulden anhäuft, mag eine kleine Unterhaltung über Loyalität der Familie gegenüber angeraten erscheinen."

Ram'an nickte ernst, eindeutig nicht besonders angetan von der Idee, doch ebenso wenig gewillt, einem Mann zu widersprechen, der sich solche Mühe machte, ihm über diese schwierigen Zeiten hinwegzuhelfen.

"Wie gut sind eure Stoffe?", erkundigte sich Vern. "Hast du Muster oder so etwas?"

"Es sind die feinsten, die du bekommen kannst", erwiderte Ram'an stolz. "Obwohl Haus Landred dem Irrtum zu unterliegen scheint, ihre Produkte könnten mit unseren konkurrieren."

"Dann ist Junar sicher daran interessiert, einen Blick darauf zu werfen. Sie probiert gerne neue Dinge aus. Sie musste sozusagen die Regeln des Schneiderns neu erfinden, um Eryn auch ohne ein Kleid halbwegs weiblich aussehen zu lassen."

Ram'an nickte. "Dann werde ich ihr ein paar Ballen zum Geschenk machen."

Vern schüttelte den Kopf. "Nein."

"Nein?"

"Du wirst ihr ein paar gratis Muster zur Begutachtung schicken. Sie ist eine Geschäftsfrau. Sollten sie ihr zusagen, werden wir in Verhandlungen mit ihr eintreten. Wenn sie mit feinen Stoffen aus den Westlichen Territorien zurückkehrt, wird bald jede reiche Person in Anyueel sie haben wollen. Vertrau mir", erklärte der Junge. "Sämtliche Schneider und Näherinnen werden bald versuchen, mit dir in Verbindung zu treten."

"Aber ich bin nicht sicher, ob wir in der Lage wären, genug für all diese Aufträge zu produzieren! Wir müssten die Produktion erweitern, die Flachs- und Baumwollplantagen vergrößern und mehr Tiere für die Wolle anschaffen!"

Enric lächelte. "Gut. Falls die Nachfrage größer ist als das Angebot, wirkt sich das positiv auf den Preis aus."

Ram'an sah Vern erstaunt an. "Du bist wirklich gut in alldem. Ich wette, du wirst bald von einem Haus adoptiert werden."

Eryn lächelte. "Und dafür gibt es nur eine logische Wahl, nicht wahr?"

Drei Stimmen sagten gleichzeitig: "Aren", "Arbil", "Vel'kim".

Die drei Magier starrten einander an.

Vern lehnte sich zurück und lachte laut auf. "Nicht ganz so offensichtlich, wie du dachtest, was, Eryn?"

"Nein", gab sie zu. "Und das überrascht mich etwas. Er ist ein Heiler und steht mir sehr nahe. Wie kommen Haus Arbil und Aren überhaupt auf den Gedanken, sie wären eine Konkurrenz?"

"Ein Heiler mag er wohl sein, doch das ist nicht das Einzige, worin er sich auszeichnet", legte Enric mit aneinandergelegten Fingerspitzen dar. "Haus Aren ist ein sehr reiches und mächtiges Haus, das ihm bei der Entwicklung seines Potentials zur Seite stehen könnte, ganz egal, welchem Pfad er sich zu folgen entschließt. Ressourcen welcher Art auch immer wären keinerlei Problem."

"Reichtum und Macht sind nicht die wichtigsten Überlegungen, würde ich meinen", warf Ram'an ein. "Fast alle Häuser können als reich bezeichnet werden, wenngleich mein eigenes im Augenblick offensichtlich eine schwere Zeit durchmacht. Aber unsere Produkte sind sehr gut, und ebenso unsere Beziehungen. Mit euren Häusern ist er bereits durch seine persönliche Beziehung mit euch beiden verbunden. Ich könnte ihm weitere wertvolle Möglichkeiten bieten - zusätzlich zu denjenigen, die ihr ihm kaum verwehren würdet, nur weil er einem anderen Haus als einem von euren beitritt. Und selbstverständlich ist da auch noch die Sache mit der Zuvorkommenheit unter den Häusern. Vern wird mir dabei behilflich sein, mein Haus vor dem Ruin zu bewahren, also denke ich, dass mir die Chance gewährt werden sollte, mich dafür zu revanchieren, in dem ich ihm eine einflussreiche Position und einen Platz in meiner Familie anbiete."

Vern räusperte sich. "Entschuldigung? Darf ich dazu auch etwas sagen?"

Ohne ihn anzusehen schüttelte Eryn den Kopf. "Nein. Du bist der Preis. Der Preis hat kein Mitspracherecht. Außer du sagst, dass Vel'kim die einzig mögliche Wahl für dich ist. Dann darfst du etwas dazu beitragen."

"Fabelhaft", murmelte er. "Diese Entscheidungsfreiheit, die du für dich selbst als so wichtig erachtest, ist offenkundig nichts, das du mir ebenfalls zugestehen möchtest."

"Nicht, wenn du die falsche Entscheidung triffst. In diesem Fall bedarfst du einer starken Hand, die dich führt", grinste sie.

"Euch allen ist schon klar, dass ich nicht plane, länger als ein paar Monate lang hier in Takhan zu bleiben, oder? Somit würde das Haus, welchem auch immer die hohe Ehre zuteil würde, mich in seinen Kreis zu adoptieren, ohnehin schon bald ohne mich auskommen müssen. Und vergessen wir nicht, dass ich bereits zu einer Familie gehöre. Mein Vater würde kaum besonders erfreut darauf reagieren, träte ich einer anderen Familie bei."

Das schien die Situation erheblich zu entspannen.

"Es scheint also, als bliebe der Preis weiterhin außer Reichweite", lächelte Ram'an.

"Ja", seufzte Eryn, "das kommt davon, wenn man dem Preis eine Stimme zugesteht. Aber nur zu eurer Information: Er gehört mir. Ich würde nicht zulassen, dass er irgendeinem anderen Haus beitritt."

"Er gehört dir?", fragte Enric mit hochgezogenen Brauen. "Nicht nach meinem Dafürhalten. Dass du seine Vorgesetzte bist, bedeutet nicht, dass er dir *gehört*."

"In deinem Fall scheint das aber durchaus so funktioniert zu haben", wies Ram'an hin.

"Ja", bestätigte Eryn mit einem boshaften Lächeln. "Und die Leute betonen immer wieder, dass ich die typischen Charakterzüge einer Aren zeige. Warum sollte ich also nicht auch ihrer Vorliebe für wesentlich jüngere Männer frönen? Malriel hatte immerhin eine Affäre mit dem König. Sie ist beinahe doppelt so alt wie er, also sollten die zwölf Jahre zwischen Vern und mir überhaupt nicht ins Gewicht fallen."

"Meine Güte", murmelte Vern mehr zu sich selbst. "Dunkle, bodenlose Abgründe tun sich auf."

"Vern", meinte Enric mit einem Lächeln, das keinerlei Heiterkeit beinhaltete, "solltest du dich jemals entscheiden Haus Vel'kim beizutreten, werde ich dafür sorgen, dass du es bereust."

Ram'an rieb sich die Hände. "Gut. Damit scheidet ein Haus aus, und ich wage zu behaupten, dass Aren ebenfalls nicht mehr im Rennen ist, da er euch nun wohl kaum mehr beitreten würde, nachdem du ihn auf diese Weise bedroht hast. Das macht mich dann wohl zum Sieger, denke ich. Natürlich nur theoretisch."

"Kannst du mich überhaupt noch bedrohen?", fragte Vern und wandte sich mit nachdenklicher Miene Enric zu. "Du bist derzeit kein Mitglied des Ordens und damit auch nicht länger mein Vorgesetzter."

Enric lächelte. "Das ist wohl wahr. Aber lass mich dich noch einmal daran erinnern, dass dies nur vorübergehend ist. Was auch immer du denkst, dass du jetzt ohne jede Furcht sagen oder tun kannst, könnte dich später einholen, wenn ich zurück in Anyueel und damit dem Orden bin."

"Schon gut. Es war nur eine theoretische Frage, nichts weiter", versicherte ihm Vern eilig.

"Gut. Dann bin ich froh, dass wir diese *theoretische* Sache klären konnten. Wir sollten besser zu diesem Schlamassel hier zurückkehren. Da ist noch immer ein Stoß an Vereinbarungen, die wir durchgehen müssen. Eryn, du siehst erschöpft aus - leg dich eine Weile hin und gönne meinem Sohn etwas Ruhe. Du lenkst uns ohnehin nur von unserer Arbeit ab. Ram'an, ich wäre dir dankbar, wenn du dich darum kümmern könntest."

Eryn setzte zu einem Protest an, spürte aber dann, wie Ram'ans Hand die ihre ergriff und sie vom Stuhl hochzog. "Nein, Theá, er hat Recht. Du bist nicht an diese Hitze gewohnt, und mit dem Baby muss dein Körper mit mehr Anstrengung fertig werden als sonst. Komm und lass mich dich ein wenig verwöhnen."

Sie seufzte und sah gierig zu dem Teller mit den Früchten hin. "Können wir den mitnehmen?"

Er lachte leise. "Lass ihn den beiden. Ich werde dir einen anderen, größeren Teller nur für dich allein zurechtmachen."

* * *

Enric hörte, wie die Eingangstür ins Schloss fiel und stand auf, um in den Hauptraum zu schlendern. Das musste Eryn sein. Sie war die Einzige, die noch nicht zuhause war.

Und tatsächlich tauchte sie wenig später oben an der Treppe auf. Ihr Atem ging schwer, und sie stützte ihre Hände auf den Oberschenkeln ab.

"Kann es sein, dass diese Stufen mit jedem Mal, wo ich sie erklimme, steiler und steiler werden?", keuchte sie.

"Nein, Liebste", lächelte er und nahm ihre Hand, um sie sanft mit sich zu den Sitzkissen zu ziehen. "Ich glaube nicht wirklich, dass die Stufen daran irgendeine Schuld trifft."

"Wie schafft es Junar derzeit, sie hinaufzusteigen, frage ich mich", seufzte sie und nahm mit einem dankbaren Lächeln ein Glas kühlen Wassers entgegen, bevor Enric neben sie sank.

"Willenskraft, könnte ich mir vorstellen. Oder Starrköpfigkeit." Er beobachtete, wie sie sich zurücklehnte und sich ihr Atem langsam wieder normalisierte. "Wie war dein Tag?"

"Interessant. Wir mussten heute drei abgebrochene Zähne heilen. Ein paar Jungs gerieten in eine Schlägerei und haben einander ordentlich wehgetan. Gebrochene Knochen und Zähne, Bissspuren, geschwollene Augen und Lippen, das ganze Spektrum. Dann hatte ich ein Mittagessen mit Sarol, und schließlich lernte ich noch von Vern, wie man die Proportionen des menschlichen Gesichts und der Hände anlegt. Ich werde langsam besser. Die Schattierungen gestalten sich noch immer als Herausforderung für mich, da ich ständig den Winkel des Lichts berücksichtigen muss, aber alles in allem waren meine Zeichnungen eindeutig als Teile des menschlichen Körpers erkennbar."

Enric zog eine Augenbraue hoch. "Das ist deine Errungenschaft für heute? Ich kann ein Gesicht als solches erkennbar machen, indem ich nicht mehr als zwei Punkte für die Augen, eine gerade Linie für die Nase und eine Kurve für den Mund verwende."

Sie blitzte ihn an. "Danke für die Ermutigung."

"Es tut mir leid", entschuldigte er sich und küsste ihre Stirn. "Hast du die Zeichnungen dabei, damit ich einen Blick darauf werfen kann?"

"Unten neben der Handtuchschüssel. Ich habe vergessen, sie mitzunehmen, als ich die Aufgabe des Treppensteigens in Angriff nahm. Nächstes Mal lernen wir, wie man die verschiedenen Formen von Nasen, Augen, Ohren und Mündern zeichnet. Das sollte helfen, die Gesichter individueller zu gestalten." Sie seufzte mit unverkennbarer Verstimmung in ihrem Gesicht. "Intrea hat natürlich wieder geglänzt. Übrigens hat sie uns in ein paar Wochen zu einer privaten Zusammenkunft bei sich zuhause eingeladen. Sie sagt, es ist nicht wie ein Abendessen, sondern eher wie in einem Musikhaus mit

Essen, Musik, Tanzen und alldem. Ich frage mich, ob ich mit so etwas wie einem Ball rechnen sollte."

Er schüttelte den Kopf. "Nein, von diesen Anlässen habe ich gehört. Sie sind wesentlich weniger förmlich als die Bälle, die wir kennen. Es geht dabei nur darum, sich zu amüsieren, keinerlei gesellschaftliche Verpflichtungen."

Mit gespitzten Lippen nickte sie. "Das klingt nicht einmal so übel."

Enric erinnerte sich an etwas und fischte in seiner Tasche herum. Dann zog er einen kleinen Nachrichtenzylinder eines Vogels hervor. "Für dich von Pe'tala."

Eryn lächelte und entrollte eifrig den kleinen Papierstreifen. Ihre Augen folgten der winzigen Schrift. Zweimal lachte sie leise, dann ließ sie die Nachricht sinken.

"Gibt es Neuigkeiten?", fragte Enric neugierig.

"Die Leute haben begonnen, Pe'tala jetzt mit *Lady* anzusprechen. Das passt ihr überhaupt nicht, und sie sagt ihnen immer wieder, sie sollen damit aufhören. Aber niemand hört auf sie. Das ist so wie mit mir und dem Namen *Malthe\u00e1* hier. Oh, und Rolan wurde zu einem Lord erklärt." Sie sah Enric an, der durch die Zähne pfiff und die Nachricht nachdenklich betrachtete.

"Was?", forderte sie ihn auf.

"Das ist das erste Mal, dass ein Magier zu einem Lord gemacht wurde, ohne dass er über überdurchschnittliche Stärke verfügt und ohne dass er ein Mitglied des Rats der Magier ist. Siehst du nicht, was das bedeutet? Das ist der erste Schritt dahingehend, dass Macht im Orden gewährt wird, ohne dass dies von bloßer magischer Stärke abhängt."

Eryn blinzelte, dann nickte sie langsam, als sie erkannte, dass er Recht hatte. "Und ohne jede Verbindung zur Disziplin des Kämpfens", ergänzte sie ungläubig.

Er schüttelte den Kopf. "Ich hätte niemals gedacht, dass sie solch eine Veränderung innerhalb so kurzer Zeit umsetzen würden." Er sah sie an. "Der König und Tyront müssen dabei zusammengearbeitet haben. Tyront hätte das ohne die Unterstützung des Königs nicht fertiggebracht, und der König hätte es nicht ohne Tyront auf seiner Seite geschafft."

Eryn nickte langsam, dann biss sie sich auf die Unterlippe. "Was denkst *du* über all das? Ich meine, deine magische Stärke war der Grund, weshalb du dermaßen rasch so weit nach oben gelangt bist. Diese neue Herangehensweise an die Verteilung von Macht im Orden mag früher oder später dazu führen, dass die Legitimität deiner Position in Frage gestellt wird."

Darüber lachte er nur. "Das ist unwahrscheinlich. Ich habe mich in der Vergangenheit mehr als einmal über jeden Zweifel erhaben gezeigt. Meine magische Stärke mag mir zu meiner Position verholfen haben, aber das hätte nicht gereicht, um sie zu behalten."

Sie schluckte und begriff erst jetzt, dass ihre Andeutung, seine Kräfte wären alles, was ihn für seinen Rang als Nummer zwei im

Orden qualifizierte, nicht eben schmeichelhaft war. "Ich wollte damit nicht sagen…"

"Das ist schon in Ordnung, ich weiß, was du meintest", versicherte er ihr und zerzauste ihr spielerisch das Haar.

"Wie hätten sie dich außerdem ersetzen können? Sie hätten dich kaum deines Ranges entheben können, selbst wenn du den Anforderungen nicht gerecht geworden wärst, oder doch?", fragte sie stirnrunzelnd.

"Nicht offiziell, nein. Aber Tyront wäre dazu übergegangen, die anspruchsvolleren und heikleren Aufgaben jemand anderem zu übertragen und mich als nichts anderes als einen Strohmann zu behandeln. Er hätte den Anschein aufrechterhalten, aber mehr nicht."

Plötzlich kam ihr ein weiterer Gedanke, und sie hob ruckartig ihren Kopf. "Aber *ich* habe nicht wirklich etwas getan, um meine Position zu verdienen, nicht wahr? Das bedeutet, dass sie mich im Laufe derzeit davon befreien…" Sie unterbrach sich, als Enric nachsichtig den Kopf schüttelte.

"Die Chancen dafür stehen nicht gut, Liebste. Rolans Erhebung in den Rang eines Lords ist nichts, das in absehbarer Zeit zu einer alltäglichen Begebenheit werden wird. Für diese Auszeichnung musste er hart arbeiten, und es mögen Jahre vergehen, bis es das nächste Mal geschieht. Ich vermute stark, dass Vern der nächste Kandidat ist, den man früher oder später zum Lord erklären wird. Für den Moment ist also magische Stärke noch immer der übliche Weg, Macht zuzugestehen. Und bis sich das ändert, wage ich zu behaupten, dass du den Orden und den König überzeugt haben wirst, dass dein Rang mehr als gerechtfertigt ist."

"Ich habe keinerlei Absicht, das zu tun!", protestierte sie.

"Eryn", seufzte er und nahm ihr Gesicht behutsam zwischen seine Handflächen, "du hast diese erstaunliche Barriere entdeckt und kurz darauf herausgefunden, wie man sie durchdringt, ohne dass du die Disziplin des Kämpfens überhaupt als deiner Zeit wert erachtest hättest. Du hast das Heilen im Königreich eingeführt und es uns ermöglicht, freundschaftliche Beziehungen mit einem Land aufzunehmen, zu dem wir drei Jahrhunderte lang keinerlei Kontakt hatten. Ich glaube ernsthaft, dass es nicht viel gibt, das du anstellen könntest, um sie auf den Gedanken zu bringen, dir stünde dieser hohe Rang *nicht* zu." Ihre niedergeschlagene Miene brachte ihn zum Lächeln. "Und ich wette, es gibt außer dir keine einzige Person, die auf solch eine Aussage eine dermaßen bestürzte Reaktion zeigen würde. Bedenke, was du in wenig mehr als einem Jahr alles verändert hast. Ich frage mich, wie der Orden in zwanzig Jahren aussehen wird, wenn du weiterhin solche Veränderungen vorantreibst."

"Wesentlich weniger auf das Kämpfen ausgerichtet, wenn *ich* etwas mitzureden habe", erwiderte sie leise.

"Zweifellos", lächelte er.

"Was ist mit Verns Vorbereitungen für Ram'ans Verhandlungen?", schwenkte sie zu einem anderen Thema um, unwillig, noch länger über den Orden zu reden. "Ram'ans erste Reaktion darauf, dass Vern dich mitgebracht hat, damit ihr euch gemeinsam die ursprünglichen Vereinbarungen anseht, war nicht eben begeistert."

Enric zuckte mit den Schultern. "Natürlich nicht. Jemanden diese Dokumente sehen zu lassen, der kein Mitglied seines Hauses ist, birgt ein gewisses Risiko, und noch dazu, wenn es sich dabei um das Oberhaupt eines anderen Hauses handelt. Aber Ram'an ist kein Narr; er weiß, dass ich, und somit Haus Aren, mehr zu gewinnen haben, wenn er wieder auf die Beine kommt als wenn sein Haus untergeht. Er kann nur davon profitieren, wenn ich ein Interesse an den Verhandlungen zeige. Und obwohl ich ihn zu den Treffen mit seinen Geschäftspartnern begleiten könnte, würde das seine Glaubwürdigkeit enorm untergraben. Wie praktisch, dass wir Vern mitschicken können."

"Vern…", sagte sie langsam. "Weißt du, seine Fähigkeiten werden zuhause nicht wirklich gewürdigt, aber hier sind die Leute recht beeindruckt von dem, was er alles kann. Ich frage mich ernsthaft, ob er dazu zurückkehren will, bloß ein Heiler in Anyueel zu sein. Sie haben ihm hier fünfhundert Goldstreifen für ein einziges Bild angeboten. Er könnte hier bequem leben, wenn er auch nur eines oder zwei pro Jahr verkauft! Er braucht nicht einmal zu arbeiten, falls ihm das müßige Leben eines Künstlers eher zusagt!"

Sie blickte auf, als sie sein leises Lachen hörte. "Was ist daran komisch? Ich sorge mich wirklich, dass ich ihn verlieren könnte!"

"Was lässt dich glauben, dass Wertschätzung für ein Talent und Intelligenz ihn eher vom Arbeiten abhalten als dazu ermutigen würden? Ausgerechnet du! Du müsstest ebenfalls nicht arbeiten - dein Gefährte ist zufällig stinkreich, wenn du dich erinnerst."

Das war ein Argument, musste sie zugeben.

"Weißt du, was sie an dem Tag sagten, als du erfuhrst, dass du nicht das Oberhaupt der Heiler sein würdest, nachdem du und Vern die Ratshalle verlassen hattet? Ich glaube nicht, dass ich dir davon erzählt habe."

"Nein, was?", fragte sie neugierig.

"Lord Aldon meinte, dass, wenngleich es noch nicht klar war, wer das Oberhaupt der Heiler sein sollte, er keinerlei Zweifel daran hegte, dass wir gerade seinen Nachfolger aus der Halle gehen sahen, sobald er alt genug ist."

Das brachte sie zum Lächeln. "Damit würde man ihn ganz sicher zum Lord ernennen, wenn sie bereits die Position des Verwaltungsleiters der Klinik als wichtig genug dafür erachten."

"Absolut. Orrin würde vor Stolz zerplatzen."

"Das sollte er ohnehin, ganz egal, ob Vern zum Lord gemacht wird oder nicht. Seine arme kleine Schwester wird es ganz schön schwer haben, sich solch einem Bruder ebenbürtig zu zeigen."

Er legte eine Hand auf ihren Bauch und lächelte, als er einen sanften Tritt unter seinen Fingern spürte. "Ich könnte mir denken, dass unser Sohn ebenfalls ein paar Erwartungen auf sich ruhen haben wird mit solchen Eltern."

Eryn seufzte. "Wenn er ein Krieger werden will, bekomme ich einen Wutanfall."

"Ich frage mich, ob er diese Entscheidung überhaupt selbst treffen wird können - oder die, wo er leben will", erwiderte Enric ernst. "Nach Vran'el ist er immerhin der nächste in der Reihe, um Haus Vel'kim zu führen."

"Nur solange Pe'tala keine Kinder hat", korrigierte sie ihn. "Ich habe große Hoffnungen, dass sie diese Pflicht erfüllen wird."

Er nickte nur. Ganz so einfach war es nicht, wie er wusste. Selbst für den Fall, dass Pe'tala Kinder bekam, gab es keine Garantie dafür, dass sie wieder nach Takhan zurückkehren wollte. Und auch wenn sie es tat, würde Malriel versuchen, ihren Enkel in die Finger zu bekommen. Wenn Pe'tala Haus Vel'kim einen Erben bescherte, wäre sein eigener Sohn somit eines weit entfernten Tages als Erbe für Haus Aren verfügbar. Zumindest theoretisch.

KAPITEL 21

Das Feuer

Eryn drehte sich im Schlaf um. Ihr Traum von einem Ritt durch kniehohes Gras wandelte sich, sodass sie sich plötzlich in der Palastküche in Anyueel wiederfand. Essen war gerade am Verbrennen, und sie fand sich als Köchin vor, die ein Abendessen für zweihundert Ballgäste vorzubereiten hatte. Sie wedelte dunkle Rauchschwaden fort, die aus einem Backrohr mit einer enormen Torte darin drangen.

"Eryn!", befahl eine scharfe Stimme.

"Es tut mir leid", murmelte sie mit geschlossenen Augen, "das bekomme ich hin, wirklich, ich kann…"

Mit einem Ruck erwachte sie und spürte, wie sie in eine sitzende Position bugsiert wurde. Enrics Hände lagen auf ihren Schultern, sein Gesicht ungewöhnlich munter und alarmiert für diese nächtliche Stunde.

"Wach auf, Eryn! Wir müssen hier raus", wies seine schneidende Stimme sie an. Erst da gewahrte sie, dass dieses Kratzen im Hals nicht bloß ein Überbleibsel des Schlafes, sondern ein Aspekt der Realität war, um den ihr Gehirn einen neuen Traum gesponnen hatte.

Sie begann zu husten und versuchte die Quelle des Rauches, der in ihr Schlafzimmer zu driften begonnen hatte, zu lokalisieren.

"Feuer?", fragte sie und presste schützend die Hände auf ihren Bauch.

"Ja", antwortete er bloß und zog sie in eine stehende Position hoch, bevor er sie mit sich zum Hauptraum zog, wo Urban verwirrt und mitleiderregend jammernd auf und ab lief. Abgesehen von dem Rauch, der in Richtung der Terrassentüre zog, war auch hier kein Anzeichen von Feuer erkennbar.

"Orrin!", schrie Enric laut. Er verstärkte seine Stimme mit Magie und erreichte damit eine Lautstärke, die Eryn zusammenzucken und die Hände auf ihre Ohren pressen ließ. Noch zweimal wiederholte er seinen Ruf, während er die Terrassentür aufriss, sie nach draußen brachte und der Katze pfiff, damit sie folgte.

Gierig saugte sie die frische Luft ein und merkte, wie ihr nach den ersten paar Atemzügen schwindelig wurde.

Er wartete, bis ihre Schritte sicherer geworden waren, dann zeigte er auf einen Baum, der weit genug vom Haus entfernt und damit außerhalb der Gefahrenzone war. "Geh dorthin und warte! Das ist mein Ernst!", fügte er mit einem durchdringenden Blick hinzu und rannte dann zurück ins Haus, ohne auf ihre Antwort zu warten.

Orrin trat, in seinen Armen Junar, aus dem Korridor, in dem ihr Schlafzimmer lag.

"Raus!", bellte Enric und deutete auf die Terrassentür und den dahinterliegenden Garten. "Wo ist Vern?"

"Ich weiß es nicht!" Der Blick des Kriegers flog zum anderen Korridor, der zu Verns Zimmer führte. Der Rauch schien dort seinen Ursprung zu haben. Seine Augen wurden weit, und Enric konnte die Agonie auf seinem Gesicht sehen, als er erstarrt dortstand, zerrissen zwischen dem Drang, seine Gefährtin und sein ungeborenes Kind in Sicherheit zu bringen und zu seinem Sohn zu laufen.

"Geh!", befahl Enric. "Ich hole ihn." Er rannte in Richtung von Verns Zimmer, während er mit Windstößen Rauchschwaden aus dem Weg blies. Energisch fasste er nach dem Türgriff und wollte ihn hinunterdrücken, doch er gab nicht nach. Mit einer Welle von Magie verstärkte er die Muskeln in seinem Arm und seiner Schulter und versetzte der Tür einen gewaltsamen Stoß, woraufhin ein Teil davon samt Türrahmen absplitterte.

Vern lag bewusstlos vor der Tür auf dem Boden, barfuß mit zerknittertem Nachtgewand. Enric bückte sich rasch, hievte ihn hoch und warf ihn sich über die Schulter, bevor er zurück in den Hauptraum und zur Terrassentür hinaus rannte. Dort wartete Orrin, drauf und dran, zurück ins Haus zu eilen. Mit verengten Augen und angespanntem Kiefer betrachtete er die schlaffe Gestalt über Enrics Schulter.

"Ist er…?"

"Ich weiß es nicht", erwiderte Enric und eilte auf den Baum zu, unter dem Eryn und Junar warteten. Junar presste beide Hände auf ihren Mund, ihre Augen tränenverhangen. Erleichtert bemerkte er, dass Eryn es geschafft hatte, die anfängliche Panik, die er in ihrem Gesicht gesehen hatte, niederzukämpfen und in den Heilermodus zu wechseln, als er bei ihr ankam. Ruhig bedeutete sie ihm, den Jungen im Gras abzulegen und streckte ihre Hand aus, damit Enric ihr beim Hinknien half. Dann beugte sie sich über Vern, platzierte ihre flache Hand auf seinem Brustkorb und schloss die Augen.

Orrin, dessen Atem keuchend ging und auf dessen Stirn trotz der kalten Nachtluft Schweißperlen glänzten, wollte sich gerade an ihre Seite begeben. Enric fasste nach seiner Schulter, um ihn aufzuhalten. "Nein. Stör sie nicht." Als der Krieger dazu ansetzte, ihn beiseite zu schieben, verstärkte er seinen Griff und meinte eindringlich: "Orrin, wenn es eine Person auf dieser Welt gibt, der du das Leben deines Sohnes anvertrauen kannst, dann ist es diejenige, die jetzt in diesem Moment vor ihm kniet!"

Der ältere Mann schloss die Augen und ließ mit elender Miene seinen Kopf sinken.

"Kümmere dich um Junar", befahl ihm Enric leise. Es würde ihm guttun, jemanden zu umsorgen anstatt einfach nur herumzustehen und hilflos zuzusehen.

Eryn kniete noch immer regungslos im Gras, ihre Hand auf Verns Brust. Obwohl die Dunkelheit das Sehen erschwerte, schien er doch zu atmen.

Nach einer Zeitspanne, die sich nach einer Ewigkeit anfühlte, aber kaum mehr als ein paar Minuten umfasst haben konnte, öffnete sie die Augen wieder und suchte Orrins Blick. Sie lächelte ihn an.

"Er kommt wieder in Ordnung", versprach sie. "Er ist nun nicht länger ohnmächtig, sondern schläft. Ich würde ihn jetzt nicht wecken, er muss noch ein wenig rasten." Sie erwähnte nichts von der Menge an besorgniserregenden Substanzen in seinem Blut, die auf das Einatmen des Rauchs zurückzuführen waren. Und ebenso wenig, dass ein paar weitere Minuten in diesem Zimmer seinem Gehirn bleibenden Schaden zufügen oder ihm sogar das Leben hätten kosten können. Alles, was im Moment zählte, war, dass er lebte und sich wieder erholen würde.

Orrin lehnte sich gegen den Baum, stieß erleichtert den Atem aus und wäre beinahe in die Knie gegangen. Er drückte Junar an sich und vergrub sein Gesicht in ihrem Haar.

Sie sah Enric an, der sie nachdenklich betrachtete. Ihm war bewusst, dass sie nicht alles in Worte fasste, was sie wusste. Sehr wahrscheinlich spürte er durch das Geistesband, wie aufgewühlt sie war. Sie war zuversichtlich, dass es von außen nicht erkennbar war.

Beide drehten sich zum Haus um. Die Säulen aus Rauch, die von der Terrassentür und zwei offenen Fenstern aufstiegen, wirkten vor dem Nachthimmel beinahe weiß. Vom Hinsehen allein ließ sich nicht sagen, wo das Feuer ausgebrochen war.

"Wir sollten uns darum kümmern", sagte Eryn entschlossen und kämpfte sich wieder auf die Füße.

"Wir?" Enrics Kopf zuckte zu ihr, und er trat ihr in den Weg, als sie Anstalten machte, zur Terrasse zurückzukehren. "Wir werden sehr wohl etwas dagegen tun, aber dieser Begriff schließt dich nicht mit ein!" Als sie den Mund öffnete, um ihm zu widersprechen, hob er einen Finger vor ihr Gesicht. "Wenn du es wagst, jetzt schwierig zu sein, binde ich dich an diesem Baum fest! Du wirst sicher nicht in das brennende Haus gehen und dich selbst und unser Kind in Gefahr bringen!" Er nickte zu Verns ausgestreckter Gestalt hin. "Du wirst hierbleiben und dich um Junar und Vern kümmern, während Orrin und ich nachsehen, wo das Feuer ausgebrochen ist."

Sie seufzte und nickte. Ihr war klar, dass es wenig Sinn hatte, mit ihm zu diskutieren. Selbst wenn sie nicht schwanger gewesen wäre, hätte er sie nicht mitgenommen, doch in diesem Fall musste sie ihm zustimmen. Das Kind hatte Vorrang.

"Orrin?", rief Enric scharf. Ihm war bewusst, dass er die Führung übernehmen musste, um den Krieger aus seinem Zustand des Schocks und der Orientierungslosigkeit zu reißen, mit dem er derzeit kämpfte. "Deine Familie ist jetzt in Sicherheit. Sie haben eine Heilerin bei sich. Komm mit, ich brauche deine Hilfe, um das Feuer zu löschen. Ich bekäme es ewig zu hören, wenn ich Malriel die Residenz halb niedergebrannt zurückgäbe", bemerkte er trocken, während er zur Terrassentür zurückkehrte. Orrin küsste Junar auf die Stirn, umarmte Eryn rasch und warf dann einen letzten Blick auf seinen Sohn, bevor er folgte.

"Wir sollten uns zunächst in die Richtung von Verns Zimmer bewegen", erklärte Enric. "Dort war der Rauch am dichtesten. Wir errichten besser einen luftdichten Schild, der uns erlaubt, drinnen zu atmen ohne umzukippen. Wir müssen jederzeit Sichtkontakt aufrechterhalten, falls einer von uns die Hilfe des anderen benötigt. Mit dem Schild können wir einander nicht hören. Wenn wir das Feuer sehen, werden wir es in einem weiteren Schild einschließen und mittels Luftmangel ersticken lassen." Er wartete, bis Orrin nickte, dann errichteten beide eine Barriere, die jeden von ihnen vollständig umschloss und einen beschränkten Vorrat an sauberer Luft enthielt, bevor sie das Haus betraten.

Beide wandten sich Verns Zimmer zu und folgten dem Rauch, der mit jedem Schritt dichter wurde. Enric deutete in Richtung eines Gästezimmers am Ende des Ganges direkt neben dem Raum des Jungen. Dort schien das Feuer seinen Ursprung zu haben. Als sie die Tür von Verns Zimmer passierten, starrte Orrin einen Moment lang auf das zersplitterte Holz, und sein Kopf schwang zu Enric herum. Der schüttelte nur den Kopf um anzuzeigen, dass dies kein guter Zeitpunkt für Erklärungen war, bevor er den Weg fortsetzte.

Behutsam betrat Enric das unbewohnte Gästezimmer und sah sich um. Es war ungünstig, dass er nichts hören konnte und der dunkle, wogende Rauch ihm die Sicht beinahe vollständig versperrte. Das machte es ihm fast unmöglich, den Ursprung des Feuers aufzuspüren, sofern er nicht beabsichtigte, den Raum blind zu durchwandern, bis er darüber stolperte. Sorgsam trat er nach vorne, wo sich ein Fenster befinden sollte und fand es nach wenigen Augenblicken. Er griff durch seine Barriere hindurch, öffnete es und sah zu, wie der Rauch in die kühle Nachtluft hinauswehte. Nach einem tiefen Atemzug, der es ihm ermöglichen würde, die Luft ein paar Sekunden lang anzuhalten, ließ er den Schild um sich herum fallen. Dann sandte er einen mächtigen Windstoß aus, der den Großteil des Rauchs aus dem Fenster schob und in einer Ecke des Zimmers auf einem dekorativen Beistelltisch die überraschend kleine Flamme enthüllte. Orrin errichtete rasch einen Schild um das Feuer und beraubte es so des Sauerstoffs, den es zum Brennen benötigte. Dann trat er neben Enric und schloss ihn mit sich in seinem luftdichten Schild ein.

"Komm, wir müssen hier raus", befahl der Krieger. "Das Feuer ist keine Gefahr, der Rauch aber sehr wohl. In meinem Schild ist nicht mehr genug frische Luft übrig."

Sie drehten sich um und gingen den Weg zurück, den sie gekommen waren. Nachdem sie auf die Terrasse hinausgetreten waren, ließ Orrin den Schild verschwinden und wandte sich mit einem mörderischen Blick an den jüngeren Mann. "Warum war Verns Tür beschädigt?"

"Später", versprach Enric und nickte zu den Stufen hin, die nach unten zur Eingangstür führten. "Aus den Lagerräumen kommt noch mehr Rauch. Gleiche Vorgehensweise wie zuvor", meinte er und errichtete einen weiteren Schild, bevor er sich wieder hineinbegab, den Hauptraum durchquerte und vorsichtig die Stufen hinabstieg.

Wenig später winkte Orrin ihn zu sich und gestikulierte, dass er das Zimmer mit dem zweiten Brand gefunden hatte. Kurz darauf war dieser ebenfalls mit Hilfe eines kleinen Schildes gelöscht.

Enric ging zur Eingangstür und ließ den Rauch entweichen, dann kehrte er zurück und hob etwas auf, das wie ein feuchter Lappen aussah und einen stechenden, fremdartigen Geruch verströmte. Er sah sich um, fand einen unbeschädigten Tonkrug und stopfte den Lappen hinein. Das musste sich jemand genauer ansehen.

"Wo ist Verns Katze?", fragte Enric.

Orrin zog verdrossen die Stirn in Falten, eindeutig begierig, wieder zu seiner Familie zurückzukehren. "Im Moment ist der Kater meine kleinste Sorge, um ehrlich zu sein. Womöglich ist er davongelaufen."

"Ich will deinem Sohn nicht erklären müssen, dass wir nicht nach seiner Katze gesucht haben, während wir im Haus waren. Und Eryn ebenfalls nicht." Mit dem Krug unter seinem Arm drehte sich Enric um und kehrte zu Verns Zimmer zurück. Die Luft begann sich langsam zu klären. Er sah sich im Raum um, warf einen Blick hinter ein paar Truhen, unter den Tisch und schließlich unter das Bett, wo er etwas entdeckte, das von der Größe her einer Straßenkatze aus Anyueel entsprechen mochte. Es bewegte sich nicht. Er ließ sich flach auf dem Boden nieder, griff unter das Bett und zog das weiche, bewegungslose Bündel hervor. Es atmete nicht. Er sandte einen Schub erkundender Magie in den Katzenkörper, doch es gab keine Reaktion. Das Herz schlug nicht, und es war auch keine andere Aktivität erkennbar.

Er drehte sich um und blickte zu Orrin, der die tote Katze in seinen Armen anstarrte, dann den zerbrochenen Türrahmen.

"Jemand wird dafür bezahlen", sagte Orrin leise. In seiner Stimme vibrierte unterdrückter Zorn.

Enric nickte langsam. "Ja", stimmte er ebenso ruhig zu. Wenn man das tote Tier in seinen Armen in Betracht zog und auch Eryns

Emotionen, nachdem sie Vern geheilt hatte, hätte Vern ebenso leicht das gleiche Schicksal wie sein Haustier ereilen können, wenn er nur kurze Zeit später aus dem Zimmer befreit worden wäre.

* * *

Eryn sah die beiden Männer zurückkehren und stieß erleichtert den Atem aus. Sie waren Magier, Krieger, erwachsene Männer mit gesundem Menschenverstand, die sich mit Schilden gegen jegliche Gefahr, die ihnen dort drin auflauern mochte, schützen konnten. Und doch hatte es sie zutiefst besorgt, die beiden in ein brennendes Gebäude gehen zu sehen.

Enric trug eine Art Bündel in seinen Armen, das er hinter einer Gruppe von Büschen und damit außer Sichtweite platzierte. Dann kam er gemeinsam mit Orrin, der etwas unter seinem Arm trug, das wie ein dunkler, runder Topf aussah, auf sie zu.

"Wir haben uns um alle Feuer gekümmert. Die heutige Nacht werden wir in der Vel'kim Residenz verbringen müssen. Solange noch immer Rauch im Haus ist, können wir hier nicht bleiben", verkündete Enric.

Eryn nickte erleichtert. Es fühlte sich im Moment ohnehin nicht nach einem besonders sicheren Ort an. Sogar die Aussicht darauf, mit Valrad unter einem Dach zu nächtigen schien attraktiver, als in das Bett zurückzukehren, aus dem sie vor kurzem aufgejagt worden war.

Orrin ging in die Hocke, um seinen Sohn vorsichtig in seine Arme zu nehmen und stand wieder auf, sein Gesicht eine Maske angespannter Ausdruckslosigkeit. Enric legte Eryn und Junar jeweils einen Arm um die Hüfte und führte sie durch den Garten neben dem Haus, damit sie auf ihrem Weg zur Straße das Haus nicht durchqueren mussten. Urban folgten ihnen nervös und stieß gelegentlich ein klagendes Heulen aus, das unheimlich durch die Nachtluft hallte.

Als Valrad wenige Minuten später seine Tür öffnete und die Gruppe in ihrer Schlafbekleidung erblickte, wandelte sich seine verschlafene Miene im Bruchteil einer Sekunde zu hellwach.

"Was ist passiert?", fragte er und wandte sich sogleich Orrin und der Last in dessen Armen zu. Er legte eine Hand auf die Stirn des Jungen, schloss die Augen und rief kurz darauf überrascht aus: "Er schläft!"

Eryn nickte. "Ich habe ihn bereits geheilt. In der Residenz ist ein Feuer ausgebrochen, und er hat den Rauch eingeatmet."

"Ein Feuer?", rief Valrad aus und wollte weitersprechen, doch Enric schüttelte leicht den Kopf und nickte zu den beiden Frauen an seiner Seite.

"Dürfen wir den Rest der Nacht in deinem Haus verbringen? Unseres muss gereinigt und gelüftet werden, bevor wir dorthin zurückkehren können. Ich würde es im Augenblick vorziehen, in deiner Residenz zu bleiben anstatt in der des Botschafters." Er wusste, dass Kilan sie ebenfalls aufgenommen hätte, doch er zählte darauf, dass wer auch immer dies getan hatte, bei einem erneuten Versuch dieser Art mehr Vorsicht an den Tag legen würde, wenn dabei ein weiteres Haus involviert wäre.

"Aber selbstverständlich! Kommt herein!" Er trat beiseite, dann rief er laut: "Vran'el!"

"Könntest du einen Blick auf Eryn und Junar werfen? Nur zur Sicherheit?", bat Enric, als er sie die Stufen hinauf in den Hauptraum führte.

"Das werde ich, keine Sorge", versicherte ihm der Heiler und ergriff Junars Hand, bevor sie sich auf den Kissen niederlassen konnte. "Nein, meine Liebe, du wirst dich nicht hinsetzen. Sobald ich sichergestellt habe, dass mit dir alles in Ordnung ist, solltest du dich hinlegen. Du brauchst Ruhe; all das muss eine schreckliche Belastung für dich gewesen sein." Ohne auf ihre Antwort zu warten schloss er seine Augen und sandte einen warmen Energieschub in ihren Körper. Kaum eine Minute später öffnete er die Augen wieder und lächelte sie an. "Mit dir und deiner Tochter ist alles in Ordnung, Junar." Er drehte sich um, als ein zerzaust aussehender Vran'el, bekleidet mit nichts anderem als einer hellen, dünnen Hose, in das Zimmer schlurfte. Die plötzliche Helligkeit ließ ihn über seine Augen reiben, dann blinzelte er beim Anblick der unerwarteten Besucher.

"Vran, gut. Bitte bring Junar zu einem der Gästezimmer und sieh zu, dass Orrin Vern in eines legt, das gleich anschließt."

"Was ist passiert?", fragte er verwirrt.

"Später, Sohn." Valrad wandte sich Eryn zu, als Vran'el Orrin und Junar fortführte. "Nun zu dir, mein Mädchen. Ich gehe davon aus, dass du bereits einen Blick auf dich selbst geworfen hast, doch in Situationen wie diesen raten wir davon ab, dass sich Heiler selbst behandeln." Er hielt ihr seine Hand entgegen, damit sie sie ergriff. Er hütete sich davor, ihre Zustimmung als gegeben vorauszusetzen.

Sie schluckte. Sie hatte nichts dergleichen getan. Immerhin war sie selbst nicht verletzt worden und hatte ihre Aufmerksamkeit auf Vern konzentriert. Mit einem Seufzer hob sie gehorsam die Hand, um sie in Valrads zu legen, und sah zu, wie sich seine Finger um ihre schlossen, bevor sie die vertraute, warme Empfindung des Eindringens von Magie durch ihre Haut verspürte.

"Euch beiden geht es ebenfalls gut", meinte er erleichtert und atmete aus, während er ihre Hand weiterhin festhielt. "Komm mit mir. Ich werde dich zu deinem Zimmer für heute Nacht bringen."

Eryn zog ihre Augenbrauen hoch. "Du schickst mich zu Bett? Dafür bin ich ein wenig zu alt."

"Soeben habe ich Junar ins Bett geschickt, und sie hat dir ein paar Jahre voraus", argumentierte er.

"Ja, aber sie ist in ihrem letzten Monat und kann kaum noch aufrecht stehen, ohne kurz darauf zu ermüden", konterte sie.

Sie spürte, wie sich Enrics Arm um ihre Schultern legte. "Du solltest dich hinlegen. Nimm Urban mit. Sie ist noch immer nervös und scheu."

Tatsächlich streifte die Katze rastlos durch den Raum und fand offenkundig keinerlei Trost in der vertrauten Umgebung. Nicht einmal die Gärten vermochten im Moment ihr Interesse zu wecken.

Eryn betrachtete ihn einen Moment lang, dann nickte sie langsam. Es bestand keinerlei Zweifel daran, dass Enric mit Valrad und Vran'el über das Feuer reden würde, und er wollte sie nicht dabei haben, wenn er das tat. Das bedeutete sehr wahrscheinlich, dass er ihr zu ihrem eigenen Besten Informationen vorenthielt. Wie sie das hasste! Doch solange sie dabei war, würde er nicht reden, also nickte sie pflichtbewusst und ließ sich von Valrad zu einem Zimmer führen, das verdächtig weit vom Hauptraum entfernt war. Wohl um zu vermeiden, dass irgendwelche Gesprächsfetzen an ihr Ohr dringen konnten.

Sie ließ sich von den beiden Männern zu Bett bringen und tätschelte das Fell der Katze, als diese die Decken beschnüffelte. Enric drückte einen raschen Kuss auf Eryns Stirn, dann legte Valrad für einen kurzen Moment seine Hand an ihre Wange, bevor beide den Raum verließen und die Tür schlossen.

Eryn lauschte, bis ihre Schritte weit genug entfernt waren. Kurz darauf schob sie die Decke beiseite, lehnte sich zu Urban, die auf dem Boden neben dem Bett saß, und schickte sie flink mit einem Energiestoß schlafen. Dann schwang sie die Beine aus dem Bett und lächelte mit grimmiger Entschlossenheit. Enric musste wahrhaft abgelenkt sein, wenn ihr Mangel an Widerstand keinerlei Misstrauen in ihm geweckt hatte und er damit rechnete, dass sie sich einfach so fügte.

Sie öffnete die Tür so geräuschlos wie sie konnte, dann überprüfte sie den Gang und erstarrte, als sie sah, wie Orrin aus einem der Zimmer links von ihr trat, wo entweder Junar oder Vern rasten mussten. Er wandte sich in Richtung des Hauptraums und setzte sich dann mit seinem üblichen forschen Schritt in Bewegung.

Sobald er um die Ecke gebogen war, schlüpfte sie zur Tür hinaus und folgte ihm auf Zehenspitzen, während sie sich gegen die Wand presste, die den Korridor vom Hauptraum trennte. Sehen konnte sie zwar nichts, doch sie war ohnehin zum Zuhören gekommen.

Ein Klirren von Gläsern deutete darauf hin, dass entweder Valrad oder Vran'el ihren Gästen etwas zu trinken servierte.

"Danke", hörte sie Orrin murmeln.

Eryn platzierte einen Schild um den Bereich in ihrem Gehirn, der Gefühle durch das Geistesband übermittelte. Sie wollte nicht entdeckt werden, bevor sie erfahren hatte, was Enric so offensichtlich vor ihr verbergen wollte.

"Nun erzählt", instruierte Valrad mit besorgt klingender Stimme.

"Ich wurde wach, als Urban heulte und an der Tür kratzte", begann Enric. "Als ich sie öffnete, roch es verbrannt, und weckte sofort Eryn. Nachdem wir uns um Eryn und Junar gekümmert hatten, kehrte ich zurück, um Vern zu holen, da nichts von ihm zu sehen war." Einen Moment lang hielt er inne, bevor er mit ernster Stimme fortfuhr: "Seine Tür war versperrt. Ich musste sie gewaltsam öffnen."

Einige Sekunden lang sprach niemand, dann fragte Vran'el: "Könnte er sich selbst eingesperrt haben? Ich meine, er ist immerhin ein heranwachsender Junge. Privatsphäre ist in diesem Alter ausgesprochen wichtig."

"Nein", hörte sie Orrin mit absoluter Gewissheit antworten, "im Normalfall tut er das nicht, nur wenn er über irgendetwas verärgert ist. Ich betrete sein Zimmer ohnehin niemals unaufgefordert."

Eryn schluckte bei der Schlussfolgerung, die sich daraus ergab.

"Du denkst also, jemand muss ihn eingesperrt haben", fasste Valrad ihre eigenen Gedanken in Worte. "Weshalb? Der Junge ist ein Magier, er hätte sich mit Magie befreien können."

"Nicht in dem Zustand, in dem er wahrscheinlich war, als er die Tür erreichte. Als ich ihn fand, war er auf dem Boden zusammengebrochen", erwiderte Enric. "Nach meiner Rückkehr in sein Zimmer fand ich seine Katze unter dem Bett. Sie war tot."

Eryn schlug sich beide Hände vor den Mund, damit ihr kein Ton entweichen konnte. Das also war das Bündel gewesen, das Enric aus dem Haus getragen und hinter den Büschen versteckt hatte!

Die Männer im Raum waren verstummt, und ihre eigenen Gedanken rasten. Vern war während eines Feuers in seinem Zimmer eingeschlossen gewesen. Seine Katze war tot, und sein eigener Gesundheitszustand hatte sich ebenfalls nicht als unkritisch erwiesen. Jemand hatte ihn töten wollen. Bei dem Gedanken zog sich ihr Magen zusammen und alles begann sich zu drehen. Sie lehnte sich gegen die Wand und schloss einen Moment lang die Augen, während sie daran arbeitete, aufrecht zu bleiben.

"Ich wusste, ich hätte deiner untypischen Kooperationsbereitschaft nicht trauen sollen, als wir dich zu Bett schickten", erklang Enrics Stimme genau vor ihr.

Sie öffnete die Augen und sah ihn an, während sie schluckte.

"Du wirst besser darin, deine Emotionen abzuschirmen, aber der Schock gerade eben war zu stark für deinen Schild." Er seufzte und schüttelte den Kopf. "Was mache ich nur mit dir?"

Sie straffte die Schultern und drückte sich an ihm vorbei, um in den Hauptraum zu gehen, wo sich ihr drei missbilligende Gesichter zuwandten.

"Ich werde dir sagen, was du tun wirst. Du wirst diese ungemein faszinierende Unterhaltung fortsetzen, die ihr gerade hattet. Ich habe keinerlei Absicht, in dieses Zimmer zurückzukehren, in das du mich abschieben wolltest. Mit dem, was ich soeben erfahren habe, bezweifle ich ohnehin, dass ich besonders gut schlafen könnte." Sie nahm zwischen Vran'el und Orrin auf den Sitzkissen Platz.

"Ich denke nicht, dass du das im Moment hören solltest, Eryn", widersprach ihr Gefährte.

Verärgert wandte sie sich ihm zu. "Behandle mich nicht wie ein Kind, Enric! Du und Tyront habt mir diese Position der Nummer drei aufgezwungen, also fängst du besser damit an, mich miteinzubeziehen. Wie soll ich jemals andere führen können, wenn du glaubst, du müsstest mich vor der großen, bösen Realität dort draußen beschützen? Außerdem bin ich hier derzeit die Ordensmagierin mit dem höchsten Rang. Du hast keinerlei Autorität über mich."

"Damit hat sie nicht ganz Unrecht", stimmte Vran'el ruhig zu. Sogar Orrin nickte, wenngleich widerwillig. Ganz eindeutig war er nicht allzu angetan davon, dass seine Beschützerinstinkte gerade von Vernunft im Zaum gehalten wurden.

"Damit bin ich alles andere als glücklich", meinte Enric.

"Das verlange ich auch nicht", erwiderte Eryn schulterzuckend. "Was ich allerdings schon verlange, ist, dass du aufhörst, mit zweierlei Maß zu messen. Jemand wollte Vern etwas antun. Ich bin seine Vorgesetzte, und das bedeutet, dass ich für ihn verantwortlich bin. Bring mich nicht dazu, Tyront zu schreiben, damit er diese Tatsache bestätigt. Du weißt ebenso gut wie ich, dass er hier auf meiner Seite stehen wird."

Unzufrieden presste Enric seine Lippen aufeinander, nickte aber und setzte sich hin.

"Wenn Vern in seinem Zimmer eingesperrt war", meldete sich Vran'el zu Wort, "dann gehe ich davon aus, dass das Feuer kein Zufall war."

"Nein", bestätigte Enric. "Wir haben zwei brennende Stofffetzen gefunden, die mit irgendeiner stinkenden Flüssigkeit durchtränkt waren. Das Feuer hat sich Dank der Steinkonstruktion des Hauses nicht besonders weit ausgebreitet, aber es gab eine Menge Rauch, der sich als ebenso gefährlich erwiesen hat."

"Hast du diese Stofffetzen noch?", erkundigte sich Valrad. Als Enric nickte, fuhr er fort: "Die sollte sich jemand genauer ansehen. Ich empfehle, dass du die Metallarbeiter kontaktierst und siehst, ob sie feststellen können, worin sie getränkt waren. Sie verwenden verschiedene Substanzen zum Ätzen und Reinigen von Metall, viele davon gefährlich."

"Du denkst aber nicht, dass dies Elwois Werk sein könnte, oder?", sinnierte Eryn. "Er ist der Einzige, der mir derzeit einfällt, der einen Nutzen davon hätte, wenn Vern... ihr wisst schon... aus dem Rennen wäre."

Orrins Miene hatte sich noch weiter verdüstert. "Das gedenke ich herauszufinden."

"Nein, das wirst du nicht", befahl Enric ihm scharf. "Wir werden die Triarchie darüber informieren und sehen, was sie entscheidet. Du wirst dich da heraushalten." Er gedachte seine eigenen Untersuchungen durchzuführen, und Orrin würde sich dabei womöglich eher als Hindernis denn als Hilfe erweisen.

"Bedauerlich, dass du nicht länger in einer Position bist, mir Anweisungen zu erteilen", warf der Krieger unbeeindruckt zurück.

"Ich aber schon", knurrte Eryn. "Und er hat Recht. Halt dich von Elwoi fern. Das ist ein Befehl!"

"Wir reden hier von meinem Sohn, der gerade...", begann er und wollte aufstehen, doch Eryn warf ihm einen zornigen Blick zu.

"Es geht nicht nur um *deinen* Sohn, Orrin! Wer auch immer das getan hat, brachte damit auch meinen Sohn in Gefahr, also hör auf, dich hier als verzweifelten Vater aufzuspielen!", zischte sie und sah zufrieden zu, wie er sich zurück in die Kissen sinken ließ.

"Eure Katze hat euch gewarnt, als sie den Rauch bemerkte", meinte Vran'el daraufhin nachdenklich. "Wer auch immer es also geschafft hat, euer Haus unbemerkt zu betreten, beide Lappen zu platzieren und anzuzünden sowie Vern einzusperren, muss ein Magier gewesen sein. Es ist allgemein bekannt, dass ihr mit einer riesigen Wildkatze lebt, also wäre es für einen Eindringling viel zu gefährlich gewesen, hätte er sich nicht mit einem Schild schützen können."

"Das ist keine allzu große Hilfe, fürchte ich", seufzte Valrad. "Hier in der Stadt leben mehr als vierhundert Magier. Dieses Kriterium engt den Kreis der Verdächtigen nicht gerade ein. Und ich könnte mir denken, dass derjenige, der dahintersteckt, womöglich jemand anderen angeheuert hat, um diesen Plan auszuführen."

"Wir werden also die Triarchie darüber informieren und dann sehen, ob uns jemand sagen kann, worin die Stoffe getränkt waren. Was kommt danach?", fragte Eryn.

"Ich werde den Schaden an der Residenz beurteilen und so rasch wie möglich beheben lassen. Dann werde ich wohl Wachen anheuern. Ihr müsst von nun an vermeiden, allein unterwegs zu sein - sowohl tagsüber als auch nachts. Keine einsamen Spaziergänge mehr durch die Stadt. Wir wissen nicht, ob Vern tatsächlich das beabsichtigte Ziel war oder ob es sich dabei um ein Versehen oder um einen Zufall handelte. Ich will hier keinerlei Risiko eingehen", erklärte Enric.

"Die Reparaturarbeiten werden zumindest ein paar Tage in Anspruch nehmen. Ich hätte gerne, dass ihr bis dahin hier bei uns bleibt", bot Valrad an. "Ihr könnt eure Wachen hier postieren, obwohl mich ein weiterer Versuch dieser Art überraschen würde. Ihr seid nun immerhin gewarnt und werdet Vorsichtsmaßnahmen treffen."

"Danke", nickte Enric. "Ich schätze dieses Angebot und nehme es gerne an."

Eryn schluckte, erhob aber keinen Einspruch. Natürlich war es nur logisch hierzubleiben. Das bedeutete aber nicht, dass sie davon angetan sein musste, vorläufig unter dem gleichen Dach wie Valrad festzusitzen.

* * *

Eryn gähnte und blickte von ihrem Buch auf und hin zu Verns schlafender Gestalt auf dem Bett vor ihr. Trotz der turbulenten Nacht war sie früh aufgewacht, und Enric hatte darauf bestanden, dass sie heute zuhause blieb und sich Vran'els liebevoller Sorge anvertraute. Enric selbst war aufgebrochen, um den Papierkram zu holen, den er von der Aren Residenz benötigte, und mit dem Baumeister zu sprechen, den Valrad ihm empfohlen hatte.

Ihre Gedanken kehrten zu dem Gespräch zurück, das sie vor nur wenigen Stunden im Hauptraum geführt hatten. Sie waren übereingekommen, Junar nicht über die Funde im Zusammenhang mit dem Feuer zu informieren, um ihr unnötigen Stress zu ersparen. Das Baby war bereits überfällig, und zusätzliche Belastungen würden ihr nicht guttun.

Vern allerdings musste sehr wohl informiert werden, einerseits über den Tod seiner Katze und andererseits über die Gefahr für sein eigenes Leben. Orrin hatte darauf bestanden, das selbst in die Hand zu nehmen, doch Eryn hatte Einspruch erhoben und dieses Mal auch Unterstützung von Enric erhalten. Zur Abwechslung. Schließlich hatten sie den Krieger überzeugen können, dass er im Moment kaum in einer Gemütsverfassung war, die es ihm erlaubte, solch eine Nachricht gefasst und mit Einfühlungsvermögen zu überbringen. Er hatte nachgegeben, wollte aber zumindest anwesend sein, wenn Vern davon erfuhr.

Sie beobachtete, wie sich der Junge kaum merklich bewegte - eine zuckende Hand, dann murmelte er etwas Unverständliches, bevor er schließlich die Augen öffnete und ein paar Sekunden lang zur Decke emporstarrte. Langsam setzte er sich auf und sah sich um, bis sein Blick auf Eryn landete.

"Eryn? Wo sind wir?" Ohne auf ihre Antwort zu warten sprang er auf und sah zum Fenster hinaus. "Das sind die Vel'kim Gärten! Was tun wir hier?"

Sie nahm einen tiefen Atemzug, stand von ihrem Stuhl auf und klappte ihr Buch zu. "Es gab ein Feuer. Komm, besorgen wir dir etwas zu essen, dann erzähle ich dir den Rest."

"Ein Feuer?" Er erstarrte. Seine Augen verengten sich, als er sich zu erinnern versuchte. "Da war Rauch, aber irgendwie…"

"Komm mit", wiederholte sie und erinnerte sich an ihr Versprechen Orrin gegenüber, dass er dabei sein durfte, wenn sie Vern ins Bild setzte. "Dein Vater will dich sehen; er ist etwas besorgt."

"Geht es allen gut? Wurde jemand verletzt?", fragte er mit weit aufgerissenen Augen.

"Warum gehen wir nicht in den Hauptraum hinaus und schauen…"

"Du weichst meinen Fragen aus!", beschwerte er sich und wurde mit jeder Sekunde aufgewühlter. "Rede mit mir! Da ist doch irgendwas!", verlangte er.

Eryn wappnete sich und ging zur Tür hinaus, zuversichtlich, dass er ihr folgen würde. Das tat er auch, allerdings bettelte und bedrängte er sie den ganzen Weg zum Hauptraum über. Dort warteten Vran'el und Orrin auf sie. Orrin stand auf, sobald er die beiden erblickte, und ohne ein Wort zog er seinen Sohn in eine feste Umarmung.

Vern erwiderte die Umklammerung. "Es geht dir also gut", seufzte er erleichtert. "Was ist mit Junar?"

Sein Vater nickte. "Junar geht es gut."

"Enric? Und den Katzen?"

"Mit ihm ist alles in Ordnung", antwortete Eryn. In diesem Moment spazierte Urban durch die Terrassentür herein, durchquerte den Raum träge und drückte ihren Kopf gegen Eryns Oberschenkel.

"Da bist du ja", gurrte Vern und bückte sich, damit er die braune, pelzige Wange kraulen konnte. Dann sah er sich um. "Wo ist Ram'an? Ich schätze mal, er versteckt sich irgendwo. Wenn ich an die letzten paar Male zurückdenke, als wir ihn in eine neue Umgebung brachten, kann man wohl sagen, dass er sich nur schwer an fremde Orte gewöhnt. Ich sehe besser mal, ob ich ihn hervorlocken und zum Essen bewegen kann. Habt ihr eine Ahnung, in welchem Zimmer ich mit der Suche beginnen sollte?"

"Vern", sagte Eryn behutsam, "setz dich doch einen Moment zu mir."

Seine Augen verengten sich. "Wo ist meine Katze?" Er schluckte, als er ihren mitfühlenden Gesichtsausdruck sah. "Eryn?", fragte er leise. "Wo ist Ram'an? Bitte sag mir, dass ihm nichts zugestoßen ist."

Sie nahm seine Hand zwischen ihre beiden und sah ihm in die Augen. "Es tut mir so leid, Vern. Das kann ich nicht. Er hat nicht überlebt. Enric fand ihn in deinem Zimmer unter dem Bett. Er hatte zu viel Rauch eingeatmet."

Der Junge starrte sie an. "Ram'an ist tot?", flüsterte er nach ein paar Augenblicken, während sich Tränen in seinen Augenwinkeln sammelten.

Sie nahm seinen Arm und führte ihn zu den Sitzkissen, drückte ihn sanft nieder und setzte sich neben ihn. Dann wartete sie darauf, dass er sprach.

Er starrte auf den Boden und machte sich nicht die Mühe, gelegentliche Tränen, die seine Wangen hinabliefen, fortzuwischen. Als Orrin auf seiner anderen Seite Platz nahm, schloss er die Augen und lehnte sich zurück.

"Er war ohnehin nur ein Straßenkater. Nichts, das besondere Trauer rechtfertigen würde. Wer vermisst so eine Kreatur schon? Ich meine, er hat ständig irgendwo hingepinkelt, wenn er unzufrieden war. Und mir die Krallen hineingerammt, wenn ich mit ihm gespielt habe. Er schlief immer in meinem Bett, sodass ich mich wie ein Haken krümmen musste, wenn ich seine Krallen nicht wieder zu spüren bekommen wollte…" Er lehnte sich wieder vor und vergrub schluchzend sein Gesicht in seinen Händen.

Eryn schluckte hart und kämpfte gegen die Feuchtigkeit an, die sich zwischen ihren Augenlidern staute. Soweit sie es beurteilen konnte, war dies das erste Mal, dass er ein Lebewesen verloren hatte, das ihm nahestand. Die Tatsache, dass es sich dabei um eine Katze handelte, machte kaum einen Unterschied. Es war eine Kreatur, die ihm nahe war, die er aufgenommen und um die er sich gekümmert, mit der er sogar seinen Schlafplatz geteilt hatte. Es war ein Freund gewesen, der nun fort war, allein und voller Angst an einem dunklen Ort verstorben.

Orrin sah seinen Sohn an, dann Eryn, ratlos, wie er reagieren sollte.

"Wir werden dir einen anderen Kater besorgen", murmelte er.

Sie erschauderte. Diese Aussage war einfach nur kolossal falsch.

Langsam ließ Vern seine Hände sinken und starrte seinen Vater an. "Was? Einen anderen? *Einen anderen?* Du meinst... ich soll ihn einfach ersetzen als wäre er ein zerbrochener Teller?" Entgeistert schüttelte er den Kopf und sprang auf. "Ernsthaft, wie kannst du nur so etwas sagen?" Er stürmte davon, hielt nur kurz inne, um sich umzusehen, unsicher, in welcher Richtung das Zimmer lag, aus dem er gerade gekommen war. Vran'el deutete wortlos in die richtige Richtung und ging dann langsam zu den Sitzkissen.

"Das ist nicht besonders gut gelaufen", fasste er das Offensichtliche in Worte.

"Nein", bestätigte Eryn und warf Orrin einen finsteren Blick zu. "Das hat jemand so richtig vermasselt. Du schlägst ihm vor, ein anderes Haustier zu nehmen? Wirklich? Was hättest du ihm gesagt, wenn *ich* letzte Nacht umgekommen wäre? Dass du ihm eine neue anstrengende Freundin besorgen wirst?"

"Es war eine Katze, die gestorben ist", rief der Krieger frustriert aus, "Nicht *du*!"

"Es war ein lebendiges, fühlendes Wesen, das ihm sehr am Herzen lag!", warf sie zurück. "Das kannst du nicht einfach so ersetzen!"

Orrin atmete aus und schloss einen Moment lang die Augen. "In Ordnung, ich habe das nicht sehr geschickt angepackt. Und wir konnten ihm nicht einmal von der versperrten Tür erzählen und ihn zur Vorsicht gemahnen."

"Nein", schnappte Eryn nach ihm, "weil du ihn in die Flucht geschlagen hast!"

"Eryn", seufzte Vran'el, "lass das sein. Er hat es nicht mit Absicht getan, er wollte ihn bloß aufmuntern. Nicht besonders effektiv, wie ich zugebe, doch er wollte Vern wohl kaum fortjagen. Zeig also bitte etwas mehr Mitgefühl."

"Sicher", seufzte sie. "Tollpatschigkeit ist um so vieles leichter erträglich als Bösartigkeit..."

Orrin warf die Hände in die Luft. "Was soll ich denn deiner Ansicht nach tun? Du scheinst ja die Expertin im Umgang mit solchen Situationen zu sein. Dann teile deine Weisheit mit mir! Wie soll ich deiner Meinung nach vorgehen?"

"Jetzt redest du vernünftig", lächelte sie ohne jede Spur von Humor. "Du wirst ihm in sein Zimmer folgen, ihm sagen, dass dir dieser herzlose Vorschlag leidtut und dass du verstehst, dass er traurig ist. Überlege dir etwas Nettes, das du über diese scheußliche Bestie sagen kannst. Und sieh zu, dass es glaubwürdig ist!"

"Hast du die arme, verstorbene Katze gerade als scheußliche Bestie bezeichnet?", schnaubte Vran'el. "Das geht aber nicht ganz konform mit dem Mitgefühl, von dem du willst, dass Orrin es zeigt."

"Mitgefühl ist etwas, das man zeigt, wenn die trauernde Person anwesend ist. Ich denke, das habe ich gut genug hinbekommen." Sie nickte in Richtung des Korridors, in den Vern verschwunden war. "Jetzt bist du dran."

Orrin verdrehte die Augen und stand langsam auf, um seinem Sohn zu folgen. "Plötzlich ist sie eine Diplomatin. Wundervoll."

KAPITEL 22

Ein Neuankömmling

Enric streckte sich träge und sah zum Fenster hinaus. Valrad hatte ihm als vorläufigen Arbeitsplatz einen Raum zur Verfügung gestellt, dessen Aussicht weniger angenehm und beträchtlich ablenkender war als die von Malriels Arbeitszimmer. Das Fenster gewährte einen Überblick über die ferne Straße und die Menschen, die am Eingang des Vel'kim Geländes vorbeigingen. In der Aren Residenz hatte ihm eine Drehung seines Kopfes einen Ausblick auf üppige Gärten beschert. Es war erstaunlich, wie rasch er sich daran gewöhnt hatte, dort zu leben und zu arbeiten, wenn man bedachte, dass er dreizehn Jahre seines Lebens im selben Quartier verbracht hatte. Das war bevor er die beiden Häuser in Anyueel gekauft und Eryn die Bergkatze von ihrer Kräutersammlerexpedition mitgebracht hatte.

Er genoss das Leben in Takhan. Die hiesigen Gewohnheiten bezüglich Essen, Möblierung, Kleidung, Musik und sogar das Klima sagten ihm zu, ebenso wie die Leute und ihre Bräuche. Zumindest die, denen er bisher begegnet war. Er dachte an Anyueel und war überrascht, dass es nicht viele Dinge gab, die er wirklich vermisste. Da war Tyront, obwohl bei Enrics Abreise noch immer eine gewisse Spannung zwischen ihnen geherrscht hatte. Dann noch ein paar seiner Kollegen, darunter Lord Poron mit seiner entspannten Sicht der Welt, die sein fortgeschrittenes Alter und seine Erfahrung mit sich brachte.

Er hatte beinahe alles und jeden, den er schätzte, mit nach Takhan genommen. Zuhause gab es nun nicht mehr viel, auf das er nicht verzichten konnte. Seine Gedanken wanderten zum Orden und seinem hohen Rang, und er unterzog beides einem Vergleich mit der Position, die er hier bekleidete. Oberhaupt eines Hauses und Senator. Kaum weniger eindrucksvoll als Nummer zwei des Ordens, sinnierte er, und hier war er weder einem unmittelbaren Vorgesetzten, noch einem allmächtigen König unterstellt. Die Vorstellung, diese Stadt zu seinem Zuhause zu machen, war immens verlockend, allerdings keine, die er sich leisten konnte zu verfolgen - so viel war ihm klar. Bald genug würde er nach Anyueel zurückkehren müssen, da Eryn im Gegensatz zu ihm nicht vom Einfluss des Ordens befreit war. Zum ersten Mal konnte er ihren Widerstand dagegen, weiterhin ein Mitglied bleiben zu müssen, zur Gänze nachvollziehen. Das waren unter Umständen gefährliche Gedanken, und er wusste, dass er sie für sich behalten musste. Er würde zu seiner vormaligen Position im Orden zurückkehren und konnte es sich nicht leisten, dass seine Loyalität in Zweifel gezogen wurde. Der König und Tyront waren sich seines Bestrebens, Eryn zumindest für eine Weile von ihnen fernzuhalten, hinreichend bewusst.

Er konzentrierte seine Aufmerksamkeit wieder auf die Papiere vor ihm. Briefe, Listen und Berichte von seinem neuen Frachtunternehmen in Bonhet. Dank der Kommunikationsmöglichkeiten, die ihm zur Verfügung standen, nämlich Kuriervögel und die Übermittlung von Briefen per Schiff, war er in der Lage, seine Geschäfte sowohl im Königreich als auch in den Westlichen Territorien am Laufen zu halten.

Er atmete aus und schob sich von seinem Tisch weg. Es war ihm unmöglich, sich zu konzentrieren. Seine Gedanken kehrten immer wieder zurück zu Vern und der Gefahr, in der er erst kürzlich geschwebt hatte. Eryn hatte zugegeben, dass es ihn das Leben kosten hätte können, wäre er nur ein wenig länger in diesem Raum gelegen.

Vran'el hatte ihm davon berichtet, wie der Junge über den Tod seiner Katze in Kenntnis gesetzt worden war, wie hart es ihn getroffen hatte. Dabei war er sich zu diesem Zeitpunkt noch nicht einmal der Gefahr, in der er selbst geschwebt hatte, bewusst gewesen. Davon hatte Orrin ihm dann ebenfalls erzählt und ihn gewarnt, von diesem Moment an nirgendwo mehr allein hinzugehen. Sie hatten einige Wachen angeheuert. Ein paar davon zur Überwachung des Hauses selbst, und ein paar weitere, die Eryn, Junar und Vern aus sicherer Entfernung im Auge behalten sollten - möglichst ohne dabei selbst gesehen zu werden.

Laut Orrin hatte Vern auf den Gedanken, jemand wolle ihn womöglich töten, eher entrüstet als verängstigt reagiert. Eine überraschend todesverachtende Haltung von einem Jungen mit so wenig Neigung zur Kunst der Verteidigung, musste er zugeben.

Ein Klopfen ertönte an der Tür, und er erteilte die Erlaubnis zum Eintreten.

Vran'el steckte seinen Kopf herein. "Ein Bote ist hier für dich. Er ist außer Atem, und es scheint eher dringend zu sein. Du kommst wohl besser."

Enric kam sofort auf die Beine. In Gedanken ging er die Liste durch, wo sich seine Leute aufhielten. Eryn war in der Klinik, Vern ebenfalls. Außerdem hatte Junar dort auch einen Termin für eine

Kontrolluntersuchung. Orrin unterrichtete magische Kampfmethoden. Theoretisch konnte die Nachricht jeden von ihnen betreffen.

Der Bote stand im Hauptraum und stürzte gierig ein Glas Wasser hinunter, das Vran'el ihm gereicht hatte.

"Enric von Haus Aren", keuchte der Kurier, "deine Anwesenheit wird bei der Akademie der Künste erbeten; dort gibt es eine dringliche Angelegenheit!"

Akademie der Künste? Aber Vern sollte sich doch in der Klinik aufhalten.

"Welche Art von dringlicher Angelegenheit?", fragte Enric, während er auf dem Weg zur Eingangstür zwei Stufen auf einmal nahm.

"Orrin, er bedroht Elwoi!", rief ihm der Bote nach.

Enric fluchte und beschleunigte seine Schritte mit Hilfe von Magie. Somit war es also die *alte* Akademie, zu der er gehen musste, nicht die neue, wie er ursprünglich angenommen hatte.

Dieser verdammte Narr! Es war töricht von ihm gewesen, sich darauf zu verlassen, dass Orrin wie befohlen Zurückhaltung übte, wenn ihn schon in der Vergangenheit ein Befehl niemals davon abgehalten hatte, das zu tun, was er als würdig und recht erachtete. Damit würde sich Eryn auseinandersetzen müssen. Immerhin handelte er einem direkten Befehl zuwider, den sie ihm erteilt hatte. Er überlegte kurz, ob sie dem gewachsen sein würde, Orrin für seinen Ungehorsam zu bestrafen, schob den Gedanken aber beiseite. Im Moment galt es sich um Dringenderes zu kümmern. Wie einen Ordensmagier davon abzuhalten, dass er einen Künstler ermordete, den er im Verdacht hatte, dass er nach dem Leben seines Sohnes trachtete.

Als das Gebäude in Sichtweite kam, standen drei Leute davor. Kaum hatten sie ihn erblickt, zeigten sie mit dem Finger auf ihn und winkten ihn eilig heran. Offenkundig handelte es sich hier um das Empfangskomitee.

Sobald er in Hörweite war, schrien sie: "Komm, schnell!", und eilten ihm voraus in das Gebäude und zu einem Saal. Dort vernahm er eine Stimme, die seiner Erinnerung nach schon immer eine Neigung zum Schreien gezeigt hatte. Dieses Mal schwang eine tieferliegende Schärfe mit, die drohend durch den kuppelförmigen Raum hallte.

"Orrin!", rief er verärgert, als er eintrat und die Szene vor sich erfasste. Stühle waren nach hinten umgeworfen worden, und zwar in einem so verdächtig regelmäßigen Muster, dass es wohl von einer Magiewelle verursacht worden sein musste. Einige Leute, deren fließende Roben auf Künstler hindeuten, standen bewegungslos und mit großen Augen an eine entfernte Wand gepresst, wahrscheinlich zu verängstigt, um sich zu bewegen und gleichzeitig unwillig, auch nur einen einzigen Augenblick des Dramas vor ihren Augen zu verpassen.

Im Zentrum der Halle stand Orrin wie eine Verkörperung bitterer Vergeltung. Er hielt Elwoi am Hals gepackt und hob ihn langsam in die Luft. Die Füße des Künstlers hatten bereits den Kontakt mit dem

Boden darunter verloren. Wild trat er um sich, während seine Hände krampfhaft an der starken Hand des Kriegers kratzten, damit er seinen Griff lockerte, doch seine Bemühungen waren vergebens. Elwois Gesicht begann sich bereits violett zu verfärben.

Orrin reagierte nicht auf Enrics Schrei, sondern hievte den Mann noch ein wenig höher.

Ohne Zögern hob Enric seine Handfläche und zielte auf seinen ehemaligen Kampftrainer. Einen Moment später traf der Blitz sein Ziel und warf sowohl den Angreifer als auch dessen Opfer zu Boden, sodass sie ein paar Schritte weit auf dem glatten, polierten Steinboden dahinschlitterten.

Orrin landete auf dem Rücken und stöhnte, während Elwoi heftig hustend rückwärts und auf allen Vieren von seinem blonden Angreifer fortkroch. Enric fühlte sich an eine zurückweichende Spinne erinnert.

"Meine Güte", hörte er Vran'els Stimme hinter sich. Ihm war nicht einmal aufgefallen, dass ihm der Jurist so dicht auf den Fersen gewesen war.

Enric ging langsam auf den liegenden Krieger zu und sah mit verschränkten Armen auf ihn hinab. "Narr", sagte er nur, mit wesentlich mehr Beherrschung als er im Moment verspürte.

"Du!", keuchte Elwoi aus einer Entfernung, die ihm wohl sicher erschien, und zeigte mit dem Finger auf Orrin. Seine andere Hand umklammerte seinen Hals. "Ich werde dafür sorgen, dass dich der Senat in den Kerker wirft! Dafür wirst du bezahlen, du Rohling! Es kümmert mich nicht, wie mächtig und einflussreich deine Freunde sind, oder was auch immer dich dazu bewogen hat, so etwas zu tun, du…"

Enric schloss einen Moment lang die Augen, dann unterbrach er. "Was meinst du damit, *was auch immer ihn dazu bewogen hat, so etwas zu tun*? Er hat dir nicht gesagt, warum er hier ist?"

"Nein!", krächzte der Künstler und hustete noch einmal, bis sein Hals wieder einsatzfähig war. "Dieser Irre ist einfach hereingestürmt, begann Todesdrohungen auszustoßen und verlangte, ich solle gestehen, was ich getan hätte; dann begann er mich zu würgen!"

"Du Idiot", sagte Enric leise genug, damit allein Orrin ihn hören konnte. "Ihm mitzuteilen, was du ihm unterstellst ist das Mindeste, das du tun kannst, bevor du ihm die Luft abschnürst. Wo sind deine Manieren?", fügte er trocken hinzu. "Vran'el?", fragte er dann, ohne die Augen von Orrin zu nehmen, "Kannst du mir für unseren Freund hier einen goldenen Gürtel besorgen? Ich denke nicht, dass er derzeit in der Lage ist, vernünftig einzuschätzen, wie er seine beachtlichen Kräfte einsetzen soll."

"Selbstverständlich", bestätigte Vran'el und wandte sich ab.

"Könnte ich kurz mit dir sprechen, Elwoi?", rief Enric dann. "Zumindest verdienst du eine Erklärung für dieses unentschuldbare Verhalten, dem du gerade zum Opfer gefallen bist."

"Nichts, was du sagst, wird mich davon abhalten, ihn dafür bestrafen zu lassen", zischte der Künstler.

"Das liegt auch nicht in meiner Absicht. Ich stimme zu - es muss Konsequenzen für ihn geben. Wir können nicht zulassen, dass die Leute blindwütig durch die Straßen laufen und einer Eingebung folgend andere attackieren. Besonders nicht im Fall von Magiern."

"Natürlich nicht", erwiderte Elwoi mit rauer Stimme, offensichtlich misstrauisch ob Enrics Zugeständnis. "Dann sprich! Aber lass mich zuerst meinen Hals heilen, er brennt wie Feuer." Einige Zeit lang hielt er die Augen geschlossen. Als er sie wieder öffnete, wirkte er erheblich ruhiger. Seine Gesichtsfarbe war ebenfalls wieder zu einer gesünderen Schattierung zurückgekehrt.

"Ich höre", verkündete er hoheitsvoll und verschränkte die Arme, um seine Bereitschaft zu signalisieren.

Enric positionierte sich so, dass er Elwoi im Blickfeld hatte, aber gleichzeitig ein Auge auf Orrin haben konnte, der noch immer auf dem Boden lag und mit den Nachwirkungen des wuchtigen Schlags gegen seinen Brustkorb kämpfte.

"Ich gehe davon aus, dass du weißt, dass Orrin und seine Familie bei mir in der Aren Residenz wohnen?" Auf Elwois Nicken hin fuhr er fort: "Vor zwei Nächten gab es dort ein Feuer, das offenbar darauf abzielte, die Luft zu vergiften anstatt das ganze Gebäude niederzubrennen."

Überrascht blinzelte der Künstler, dann fragte er: "Wurde jemand verletzt?"

Enric begrüßte diese Frage, und zwar enorm. Auf jeden Fall zeigte sie die richtigen Prioritäten. "Niemand außer einer Katze. Die Sache ist, musst du wissen, dass sowohl Orrins Gefährtin als auch meine eigene schwanger sind. Das bedeutet, dass wir die Gefahr für die beiden und unsere ungeborenen Kinder nicht auf die leichte Schulter nehmen können."

Elwoi sah ihn verwirrt an, dann ereilte ihn die Erkenntnis. "Was? Er denkt doch wohl nicht, dass ich dieses Feuer gelegt habe?"

"Der Gedanke ist ihm offensichtlich gekommen", gestand Enric. "Da ist noch mehr. Als ich Vern aus seinem Zimmer holte, bemerkte ich, dass seine Tür verschlossen war und der Junge bewusstlos auf dem Boden lag, ohnmächtig von dem giftigen Rauch. Ich erreichte ihn gerade noch rechtzeitig. Seine Katze, die sich im gleichen Zimmer aufhielt, hatte weniger Glück. Sie hat nicht überlebt."

Die Augen des Künstlers traten aus ihren Höhlen. "Jemand wollte den *Jungen* töten?", flüsterte er entsetzt, dann wanderte sein Blick zu seinem noch immer liegenden Angreifer. "Und er denkt, dass ich das gewesen sein muss, weil ich eine Auseinandersetzung mit seinem Sohn hatte? Er denkt, ich wollte ihn umbringen? Zu welchem Zweck? Das würde die Künstler wohl kaum wiedervereinen. Ganz im Gegenteil - es könnte einen Aufruhr lostreten." Kopfschüttelnd zog er den nächstgelegenen Stuhl heran und ließ sich darauf nieder. "Wie schrecklich für euch alle!" Er sah Enric an. "Ich schwöre dir, dass ich damit nichts zu tun habe!"

"Das dachte ich auch nicht." Er wandte sich Vran'el zu, als er in die große Halle zurückkehrte, in einer Hand einen goldenen Gürtel. "Ich hätte eine Bitte. Ich erwarte nicht, dass du darauf besonders erfreut reagierst und hätte auch Verständnis dafür, falls du dich weigerst. Mir ist klar, dass du derzeit wahrscheinlich nicht in der Stimmung bist, mich zu unterstützen."

"Worum geht es?", fragte Elwoi argwöhnisch.

"Wärst du bereit, mir unter dem Einfluss eines Lügenfilters ein paar Fragen zu beantworten? Das würde dir zumindest Orrin vom Hals halten."

Der Künstler seufzte, dann nickte er. "Sicher, warum nicht? Das ist womöglich die bequemste Möglichkeit, eine Vorladung für ein Verhör vor dem Senat zu vermeiden."

Enric lächelte dankbar und nickte. "Ausgezeichnet. Würdest du mich für einen Moment entschuldigen? Ich wage zu behaupten, dass uns allen wohler zumute sein wird, wenn Orrin für den Augenblick seiner Kräfte beraubt ist." Er drehte sich um und ging auf Orrin zu. Dann nahm er Vran'el den goldenen Gürtel aus der Hand und ging in die Hocke, damit er ihn um die Taille des Kriegers befestigen konnte. "Wie geht es dir?", fragte er und ergriff den Unterarm des älteren Mannes, um ihn zurück auf die Füße zu ziehen.

"Benommen", knurrte er.

"Vran'el, sei so gut und sieh zu, dass er sich an etwas Stabiles lehnt. Und behalte ihn im Auge, während ich mit Elwoi rede", bat Enric.

"Sicher doch", nickte der Jurist. "Geh und zieh dein Ding durch."

Nun, da Orrin nicht länger eine Gefahr für seine Umwelt darstellte, schien sich die Stimmung in dem geräumigen Saal erheblich zu entspannen. Die Künstler hatten miteinander zu flüstern begonnen.

Enric kehrte zu Elwoi zurück und streckte seine Hand aus, damit der andere Mann sie ergriff. Sobald er einen schwachen, aber gleichbleibenden Strom an Magie losgelassen hatte, begann er:

"Ich danke dir, dass du dich damit einverstanden erklärt hast, Elwoi. Ich schätze deine Kooperation außerordentlich. Hattest du irgendeinen Anteil an dem, was in der Aren Residenz vorgefallen ist und das beinahe zu Verns Tod geführt hätte?"

"Nein, das hatte ich nicht."

"Hast du jemand anderen damit beauftragt, diese Aufgabe für dich auszuführen oder hast du eine Ahnung, wer dafür verantwortlich sein könnte?"

"Nein zu beidem."

"Hast du jemals mit dem Gedanken gespielt, Vern zu töten oder ihn von jemand anderem töten zu lassen?"

"Nein", antwortete der Künstler kühl. "Niemals. Die einzige Strafe, die ich mir im Zusammenhang mit ihm vor Augen geführt habe, war eine ordentliche Tracht Prügel."

"Gibt es sonst noch etwas, das du wissen möchtest, um dich von seiner Unschuld zu überzeugen, Orrin?", rief Enric in die Richtung, wo

Orrin mit geschlossenen Augen gegen eine Säule gelehnt stand. Der Krieger schüttelte nur den Kopf.

Daraufhin nickte Enric und gab die Hand des anderen Mannes wieder frei. "Ich danke dir. Es steht dir frei, Anklage gegen ihn zu erheben; ich werde meinen Einfluss nicht dafür nutzen, um ihn freisprechen zu lassen oder ihm die Bestrafung zu ersparen. Obgleich ich einschreiten werde, sollte ich der Ansicht sein, dass deine Forderungen in keinem Verhältnis zu seinem Verschulden stehen, wie ich anmerken möchte."

Elwois Blick wanderte nachdenklich zum Krieger hin, dann stand er von seinem Stuhl auf und ging langsam auf ihn zu. Vor Orrin blieb er stehen und wartete, bis der Kämpfer die Augen öffnete. Er wirkte besiegt und erschöpft.

"Es tut mir leid", hörte Enric seinen alten Lehrer murmeln. "Ich weiß nicht, was ich im Moment noch sagen soll; mein Kopf ist leer. Ich war ein Idiot. Ich war besessen davon, etwas zu unternehmen, irgendetwas. Und du schienst mir das einzig logische Ziel zu sein." Er schüttelte den Kopf. "Es tut mir leid", wiederholte er, dann verfiel er in Schweigen.

"Weißt du", meinte Elwoi mit gespitzten Lippen, "ich habe selbst zwei Kinder, beides Mädchen. Ich kann verstehen, wie ein Vater überreagieren mag, wenn er von Angst und Zorn beherrscht wird. Ich werde davon absehen, dich anzuzeigen. An deiner Stelle hätte ich womöglich ähnlich gehandelt, wenngleich mit weniger Kunstfertigkeit darin, meine Gefühle körperlich auszudrücken." Seine Augen verengten sich. "Ich bin jedoch zuversichtlich, dass wir uns hier in der Stadt allesamt sicherer fühlen würden, wenn ein Mann mit deiner beträchtlichen magischen Stärke und deinem Wissen um Kampftechniken in Zukunft mehr Beherrschung an den Tag legt."

Orrin blinzelte überrascht und benötigte augenscheinlich ein paar Augenblicke um zu verstehen, was er gerade gehört hatte. "Ich danke dir, Elwoi. Das… zeigt wahre geistige Größe."

Der Künstler lächelte matt. "Gut. Dann verbreite die Kunde. Ich könnte ein wenig vorteilhaftes Gerede vertragen, nachdem die Bewunderer deines Sohnes meinem Ruf geschadet haben." Damit drehte er sich um und ging davon, den Kopf hoch erhoben in der Gewissheit, dass er eine Situation gut gemeistert hatte.

Enric wandte sich um, als ihm Vran'el auf die Schulter tippte. "Schau, da ist noch ein Bote. Der ist ebenfalls außer Atem und kommt auf uns zu. Ich hoffe, es steckt nicht noch jemand in Schwierigkeiten."

"Enric von Haus Aren", keuchte der Kurier und bemerkte dann den Krieger. "Und Orrin, gut. Ich habe nach euch gesucht."

"Was ist los?", drängte Enric ungeduldig.

"Eryn von Haus Vel'kim schickt mich. Junar liegt in den Wehen."

Orrins Kopf schnellte nach oben.

Vran'el seufzte und schüttelte den Kopf. "Oh Mann, es scheint, als wäre das gerade eben der *ereignislose* Teil unseres Tages gewesen."

* * *

Eryn saß wutschnaubend auf dem Gang. Vern war bei ihr, ging aber lieber auf und ab anstatt sich hinzusetzen.

Beide wandten sich um, als Orrin, Enric und Vran'el um die Ecke bogen und auf sie zueilten.

"Wo ist sie?", verlangte der Krieger zu wissen.

Eryn, eindeutig verstimmt, zeigte auf eine Tür ein paar Schritte entfernt. "Dort drin."

"Was ist los?", wollte Enric wissen.

"Sie lassen uns nicht hinein!", rief sie aus und warf die Hände nach oben. "Ich meine - wir sind beide Heiler! Ich habe versucht, zu ihr zu gehen, aber sie sagen, dass sie davon abraten, dass Familie und Freunde während der Geburt als Heiler dabei sind. Was für ein Quatsch! Wären wir jetzt zuhause, würde *ich* mich um sie kümmern!" Sie warf Orrin einen verärgerten Blick zu. "Aber sie sagten, wir sollen *dich* hineinschicken, sobald du da bist. Warum genau soll das denn eine gute Idee sein? Ich meine, du bist kein Heiler und wirst wahrscheinlich bei all dem Blut und Geschrei in Ohnmacht fallen!"

Der Krieger wirkte blass und schluckte. "Blut und Geschrei? Und ich soll da hineingehen?"

"Ja." Vern nickte ernst. "Die haben hier etwas andere Gebräuche, wenn es um das Kinderkriegen geht. Es wird erwartet, dass der Vater der Mutter durch die Geburt hilft, indem er ihre Hand hält, sich anschreien lässt und eine Säule der Stärke ist."

Eryn schnaubte. "Dann geh schon hinein, Krieger. Ein wenig Blut und Geschrei sollten dir nichts ausmachen. Das ist sozusagen dein tägliches Geschäft."

Orrin warf ihr einen vernichtenden Blick zu, bevor er zu der Tür ging und zaghaft anklopfte. Kurz darauf wurde sie geöffnet, und ein energischer Arm zog ihn hinein.

Enric wandte sich an Vran'el. "Warst du bei Obals Geburt dabei?"

"Aber natürlich. Es ist eine mächtige, erhebende Erfahrung dabei zu sein, wie ein neues Leben auf die Welt gebracht wird. Etwas, bei dessen Zeugung du geholfen hast." Er lächelte schwach. "Aber ich werde dich nicht anlügen: Eine besonders ruhige, entspannte oder saubere Angelegenheit ist es nicht."

"Nicht wie das Herumschieben von Papieren in einem aufgeräumten Arbeitszimmer", grinste Eryn.

Enric sah zu ihrem gewölbten Bauch.

"Nervös, mein Freund?", grinste der Jurist. "Ich wette, du denkst gerade daran, was *dich* in ein paar Monaten dort in diesem Zimmer erwartet." Er nickte in Richtung des Zimmers, in dem Orrin verschwunden war.

Der blonde Magier nickte bedächtig. "Ich gebe zu, dass mir dieser Gedanke gekommen ist. Daran muss ich mich erst gewöhnen."

"Keine Sorge, sie können dich nicht zwingen dabei zu sein, wenn du es nicht willst. Es ist ein Brauch, aber es gibt auch Väter, die es vorziehen draußen zu bleiben. Stattdessen ersuchen sie jemanden anderen darum, der besser geeignet ist, der Mutter beizustehen. Und es gibt auch Mütter, die lieber ihre Schwester, beste Freundin oder Mutter anstatt ihres Gefährten bei sich haben möchten."

"Wenn ich mir dein Gesicht so ansehe, werde ich mich wohl ebenfalls nach jemand anderem umsehen müssen", seufzte Eryn.

"Nein", versicherte ihr Enric rasch, "ich werde dir beistehen. Wenn Orrin das schafft, kann ich es auch."

Vran'el schlug ihm lachend auf die Schulter. "Das ist die richtige Einstellung! Wettkämpfe sind eine wunderbare Sache, nicht wahr?" Dann sah er Eryn an. "Wie funktioniert das mit der Geburt im Alten Königreich? Väter spielen dabei offensichtlich keine allzu große Rolle."

Sie schüttelte den Kopf. "Nein, überhaupt keine. Das ist eine rein weibliche Angelegenheit. Der Vater bekommt den Nachwuchs mehr oder weniger nach der Geburt geliefert, damit er ihn inspizieren und entscheiden kann, ob es sich dabei um einen würdigen Familienzuwachs handelt. Sollte er der Ansicht sein, dass das Kind nicht stark oder gesund genug ist, dann weigert er sich, es als das seine zu akzeptieren."

Vran'el starrte sie entsetzt an. "Das ist absolut monströs!"

Vern verdrehte die Augen. "Ja, wenn es wahr wäre."

Eryn kicherte. "Meine Güte, wie kann man nur so leichtgläubig sein?"

"Nervensäge", murmelte ihr Bruder und wandte sich Vern zu. "Erzähl du mir davon."

Er zuckte mit den Schultern. "Der Teil, dass es eine Frauendomäne ist, stimmt. Die Väter laufen für gewöhnlich vor dem Zimmer auf und ab. Gelegentlich leisten ihnen dabei Verwandte Gesellschaft. Das Kind wird dann nach der Geburt in die Arme des Vaters gelegt, und er muss sich für die nächsten paar Stunden darum kümmern, damit die Mutter endlich schlafen und sich von der Geburt erholen kann. Dabei erweisen sich die Verwandten im Normalfall als hilfreich, weil sie dem frischgebackenen Vater erklären können, wie man richtig mit einem Baby umgeht, es badet und anzieht und wie man es hält, ohne dass der Kopf nach unten hängt. Solche Sachen eben."

"Haben wir eine Ahnung, wie lange das dauern wird? Macht es Sinn, dass ich uns etwas zu essen besorge?", fragte Enric.

Eryn nickte. "Es macht immer Sinn, etwas zu essen zu beschaffen, wenn du eine schwangere Frau dabeihast. Der Abstand zwischen ihren Wehen war bereits recht kurz, als ihr endlich klarwurde, was es damit auf sich hat. Zuerst dachte sie, es wären Krämpfe. Wie praktisch, dass sie bereits in der Klinik war. Das Wasser ist bereits abgegangen, also nimmt alles seinen angedachten Lauf."

"Endlich", seufzte Vern und lehnte sich zurück. "In den letzten paar Tagen war sie nicht gerade entspannt. Ich denke, sie hat die Schwangerschaft nicht wirklich genossen. Und wenn ich ehrlich bin, verstehe ich das sehr gut. Ständige Gelüste nach Essbarem, geschwollene Füße, das Herumschleppen einer schweren Last, die einem weitgehend die Fähigkeit nimmt, sich wie ein menschliches Wesen zu bewegen..."

"Vielen Dank", knurrte Eryn. "Ich denke, du hältst jetzt besser den Mund."

Der Junge lächelte entschuldigend. "Es tut mir leid. Ich wollte nur mein Mitgefühl für Junar ausdrücken."

"Sieh besser zu, dass du etwas Mitgefühl für mich zeigst. Junar kann dich nicht hören, und ich bin gefährlicher als sie."

Vern stand auf. "Warum gehe ich nicht los und hole uns etwas zu essen?"

"So gefällt mir das", nickte sie zufrieden. "Bring auch etwas Süßes mit. Aber nicht nur Obst. Etwas Sündiges. Mit dieser dunklen Creme, die sie hier zubereiten." Als Vern fort war, sah sie die beiden Männer an. "Erzählt mir etwas, das mich davon ablenkt, in diesem Gang herumsitzen und warten zu müssen. Etwas Lustiges, wenn möglich."

Enric sah ihren Bruder an, dann sie. "Nun, da gibt es durchaus etwas, das ich dir erzählen kann. Aber ich bin nicht sicher, ob du es besonders lustig finden wirst. Obwohl es durchaus etwas Komisches hatte, Elwoi von Orrins ausgestreckter Hand baumeln zu sehen."

Schockiert rang sie nach Luft, ihre Augen groß. "Was? Wirklich?" Dann nickte sie langsam. "Erzählt mir alles, jedes kleine Detail. Das sollte mich für eine Weile ablenken. Das hat nicht zufällig etwas damit zu tun, dass Orrin derzeit einen goldenen Gürtel trägt, oder?"

* * *

Enric war der Einzige, der noch wach war, als sich die Tür nach einer gefühlten Ewigkeit das nächste Mal öffnete. Für eine Zeitspanne von sieben Stunden war das wohl auch eine passende Bezeichnung, sofern man sie auf einem nur mäßig bequemen Stuhl sitzend und in Gesellschaft einer schwangeren, ungeduldigen Frau verbracht hatte.

Vran'el, Vern und Eryn dösten friedlich an Wände, Rückenlehnen und verfügbare Schultern gelehnt sitzend vor sich hin.

Er sah zu Orrin auf, der erschöpft und blass, aber glücklich wirkte. Müde lächelte er Enric zu.

"Es ist ein Mädchen", sagte er, seine Stimme am Versagen, aber eindeutig voller Stolz.

Der jüngere Mann schüttelte den Kopf und grinste spöttisch. "Das wusste ich bereits seit einiger Zeit, aber trotzdem danke für die Information. Ich schätze, es ist überstanden? Aus dem Raum hinter dir höre ich ein schreiendes Kind. Ich gehe davon aus, dass das deine Tochter ist?"

"Ja", antwortete er und nickte.

"Geht es Junar gut?"

"Ja, das tut es."

"Du siehst erledigt aus. Wirst du durchhalten?"

"Ja."

Enric seufzte. "Nun, ich verstehe ja, dass du gerade ein paar recht beschwerliche und wahrscheinlich aufreibende Stunden hinter dir hast, und ich will auch nicht schwierig erscheinen - aber du trägst nicht besonders viel zu dieser Unterhaltung bei."

Neben ihm bewegte sich Eryn und hob ihren Kopf von seiner Schulter. Sie öffnete die Augen und blinzelte noch immer halb schlafend zu Orrin empor. Dann richtete sie sich mit einem Ruck auf.

"Junar! Ist es vorbei?"

"Lass mich die Sache beschleunigen", bot Enric an. "Es ist noch immer ein Mädchen, Junar geht es gut, und Orrin ebenfalls."

Sie sah ihn verwirrt an. "Natürlich ist es noch immer ein Mädchen. Was für eine seltsame Bemerkung!" Dann stand sie langsam auf. "Kann ich sie sehen? Sind sie noch immer in diesem Raum?"

"Sie haben Junar schlafen geschickt und das Baby mitgenommen, um es zu baden und anzuziehen", erklärte der Krieger ermattet.

Jetzt begann sich Vern zu rühren.

"Ist es vorüber?", rief er aus.

Enric nickte in die Richtung, wo Vran'el noch immer leise neben Eryn vor sich hinschnarchte. "Sei so gut und weck ihn auf. Sonst müssen wir das Ganze noch zweimal durchgehen."

Vran'el streckte sich, als er von seiner Schwester wachgerüttelt wurde und lächelte Orrin an. "Ah ja, das ist der Anblick eines Mannes, der gerade einer Geburt beigewohnt hat. Eine erstaunliche Erfahrung, ist es nicht so? Und doch ist die beste Nachricht die, wenn sie dir sagen, dass es überstanden ist."

"Auf jeden Fall", bestätigte Orrin entschieden und lehnte sich an die Wand in seinem Rücken.

Eryn schnaubte. "Wenn du denkst, dass es für *dich* anstrengend war, versuch dich mal an Junars Stelle zu versetzen. Stell dir vor, du müsstest einen Kopf von dieser Größe durch eine Öffnung von dieser Größe pressen, dann..." Sie unterbrach sich und rollte mit den Augen, als alle vier Männer wie aufs Stichwort das Gesicht verzogen und sich mit einem gepeinigten Ausruf von ihr wegdrehten. "Ihr habt Glück, dass die väterlichen Pflichten erst beginnen, nachdem die schmerzhafte Arbeit erledigt ist. Sonst wäre die Menschheit schon vor langer Zeit ausgestorben."

"Diesbezüglich wirst du von mir keinen Widerspruch hören, Herzblatt", lächelte Vran'el und stand auf, um Orrin herzlich auf die Schulter zu klopfen. "Komm, mein Freund! Das ist ein Anlass zum Feiern! Nachdem sie uns deine frisch gewaschene Tochter gezeigt haben, werden wir ein paar Drinks zu uns nehmen, um dieses neue Leben, dass du so mannhaft erschaffen hast, ordentlich zu würdigen. Mit ein wenig Mithilfe meiner Schwester", fügte er grinsend hinzu.

"Danke, dass du das erwähnt hast", seufzte der ältere Mann.

"Großartig", murmelte Eryn. "Das bedeutet, dass ich euch Jungs dabei zusehen kann, wie ihr euch betrinkt und dann dafür sorgen muss, dass ich euch ins Bett schaffe, bevor ihr im Hauptraum umkippt. Glänzend, einfach brillant. Junar erledigt die ganze Arbeit, und ihr übernehmt das Feiern. Wo bleibt hier die Gerechtigkeit, frage ich euch?"

Vran'el tätschelte ihren Kopf. "Du bist bloß neidisch, weil du dich nicht gemeinsam mit uns betrinken kannst. Aber wenn Pe'tala oder Vern eines Tages ein Kind bekommen, kannst du mit uns so viel trinken, wie du möchtest." Er zwinkerte Enric zu. "Enric kann dann den Kinderdienst übernehmen. Immerhin darf er sich dafür heute Abend austoben. Und in einem glücklichen Lebensbund sollte sich ein Paar abwechseln, wenn es um solche Dinge geht."

Die Tür hinter ihnen öffnete sich ein weiteres Mal, und ein junger Mann trat heraus, in seinen Armen ein kleines rotgesichtiges Bündel, das in eine weiche braune Decke eingewickelt war. Das kleine Mädchen hatte die Augen in wohligem Schlaf geschlossen, als wäre es von der Geburt nicht weniger erschöpft als seine Mutter.

"Orrin? Darf ich dir deine Tochter präsentieren?"

Sie traten näher und sahen zu, wie der stämmige Kämpfer das zerbrechliche Paket vorsichtig entgegennahm.

Eryn musste zweimal hinsehen, als ihr Blick auf den winzigen Kopf fiel. "Wie ist das möglich?", flüsterte sie und sah zu Enric auf. "Das Mädchen hat braune Haare!"

"Ja, das war eine beachtliche Überraschung", stimmte der Heiler, der das Baby gebracht hatte, zu. "Ist es nicht erstaunlich, wie rasch die erste Generation bereits sichtbare Anzeichen von Veränderung zeigt, nachdem die Barriere in euren Gehirnen entfernt wurde?"

"Das ist der Grund für ihre Haarfarbe?", meinte Vern verblüfft. "Dann hatte Ram'an also recht, die Barriere war tatsächlich der Grund, warum wir zuhause keine anderen Haarfarben haben! Unglaublich!"

"Wie ist ihr Name?", fragte Vran'el und berührte behutsam mit seinem Zeigefinger eine perfekte kleine Faust.

Orrin seufzte und sah Eryn an. "Wir haben entschieden, sie Téa zu nennen."

Sie blinzelte und starrte ihn mit offenstehendem Mund an, doch es wollte kein Laut herauskommen.

"So etwas", staunte Vran'el, "sie ist wahrhaftig sprachlos! Mir war nicht klar, dass so etwas bei einer Aren überhaupt möglich ist!"

"Ihr habt sie nach *mir* benannt?", flüsterte sie schließlich bewegt. Dann lachte sie. "Erinnerst du dich an diesen einen Morgen, nachdem du von Junars Schwangerschaft erfahren hattest? Du bist in dein Schlafzimmer gestürmt und hast ihr erklärt, dass dieses Kind keinesfalls *Eryn* heißen würde, weil du das Schicksal nicht herausfordern wolltest!" Sie lehnte ihren Kopf an seine Schulter. "Und jetzt habt ihr sie doch nach mir benannt." Sie seufzte. "Weißt du, jetzt tut es mir beinahe leid, dass ich dich wegen deines Ungehorsams bestrafen muss, weil du diesen Künstler heute gewürgt hast, du verdammter Idiot."

355

KAPITEL 23

Orrins Strafe

"Das ist befremdlich. Ich will das nicht tun! Er wird einfach nur mit stolz erhobenem Kopf dastehen und mannhaft erdulden, was auch immer ich ihm antue. Ich werde mir wie eine Schurkin vorkommen, weil ich ihn für seinen Versuch, seinen Sohn zu beschützen, bestrafe!" Eryn rang die Hände, während sie im Schlafzimmer auf und ab ging. "Und diese Situation ist ohnehin vollkommen bescheuert! Ich soll ihn bestrafen? Ernsthaft? Ich meine, er ist fünfundzwanzig Jahre älter als ich! Das ist, als würde Obal *mich* für etwas bestrafen!"

Enric beobachtete ihre rastlosen Bewegungen von seiner bequemen Position auf dem Bett aus. Das Dilemma verstand er nur allzu gut. "Ich weiß. Ich erinnere mich daran, als ich in meine Position erhoben wurde und plötzlich gezwungen war, disziplinäre Maßnahmen meinen früheren Mitschülern und besonders Älteren gegenüber zu ergreifen. Aber das ist der Preis der Macht. Zuweilen musst du sie einsetzen, um die Struktur der Organisation zu erhalten, die sie dir gewährt."

Sie warf ihm einen irritierten Blick zu. "Das ist dein Argument? Wirklich? Ich wäre mehr als erfreut, von dieser Machtposition zurückzutreten, wenn diese verfluchte Institution mich bloß ließe! Ich sehe nicht, weshalb man von mir verlangen kann, ihre Strukturen aufrechtzuerhalten. Besonders, wenn wir dermaßen weit weg von besagter Institution sind! Warum kannst *du* dich nicht darum kümmern?" Aber die Antwort darauf kannte sie nur allzu gut. Es war mehr ein Ausbruch von Frustration als eine ernstgemeinte Frage.

Er lächelte dünn und beantwortete sie trotzdem. "Du betonst ständig, dass du nicht länger meinem Befehl unterstehst, seit meine Mitgliedschaft im Orden vorübergehend ausgesetzt wurde. Das bedeutet, dass du dich auch um die weniger angenehmen Aufgaben kümmern musst anstatt einfach nur die Freiheit auszukosten, dass du meinen Anweisungen nicht länger zu folgen hast."

"Du musst deswegen nicht so verdammt zufrieden aussehen!"

"Kleine Genüsse", meinte er schulterzuckend, dann wurde er wieder ernst. "Komm, so schlimm wird es schon nicht werden. Er wusste genau, worauf er sich einließ, als er sich deinem Befehl widersetzte. Und es ist nicht so, als gehörte er zu der Sorte, die nicht bereit ist, sich den Konsequenzen seiner Handlungen zu stellen. Er wird deine Strafe willig hinnehmen in dem Wissen, dass er sie sich aufgehalst hat, als er Vern beschützen wollte. Und er ist gerade Vater eines gesunden kleinen Mädchens geworden, dem ersten weiblichen Nachkommen in unserem Königreich, der nach Jahrhunderten über magische Fähigkeiten verfügt. Was auch immer du ihm antust, wird im Vergleich dazu verblassen."

Sie stöhnte. "Das macht es nur noch schlimmer! Er hat jetzt ein Baby, um das er sich kümmern muss, und ich bestrafe ihn! Das lässt mich wie die herzloseste Person überhaupt aussehen!"

Enric seufzte und stand auf. "Unsinn. Du wirst wie eine Närrin dastehen, wenn du nicht auf diese unverfrorene Befehlsverweigerung reagierst. Orrin selbst wäre der Erste, der dich deswegen zurechtweisen würde. Jetzt mach dich auf den Weg und lasse ihm zuteilwerden, was er verdient. Übrigens, was ist es denn nun, das du ihm auferlegen wirst, wenn ich fragen darf?"

Sie biss sich auf die Lippe. "Ich wollte ihn einen Monat lang in Gold fesseln. Hausarrest macht keinen Sinn, da er die Magier in magischem Kampf trainieren soll. Das bedeutet, dass er seine Bemühungen verstärkt auf Erklärungen anstatt Demonstrationen verlagern muss. Das sollte ihm seine Arbeit erheblich erschweren, würde ich meinen. Praktische Übungen profitieren immerhin von Demonstrationen. Oder ist das zu hart?" Unsicher sah sie ihn an und fügte dann rasch hinzu: "Nicht, dass ich dich um Hilfe bäte oder so. Ich bin nur neugierig."

"Natürlich nicht", erwiderte er leise lachend. "Eine mächtige Ordensmagierin wie du würde sich wohl kaum an einen Außenseiter wie mich um Hilfe wenden, oder?" Er hielt ihre Hand fest, als sie die Augen verdrehte und sich davonmachen wollte. "Nein, ich denke nicht, dass es zu hart ist. Ich denke, du hast eine angemessene Bestrafung gewählt, die weder zu grausam, noch zu nachsichtig ist. Gut gemacht."

Erleichtert atmete sie aus. "In Ordnung. Dann schätze ich, dass ich ihm die schlechte Nachricht mitteile, sobald er am Nachmittag hierher zurückkehrt."

Er zog seine Augenbrauen hoch. "Nicht, dass ich dein unfehlbares Urteilsvermögen kritisiere, aber ich empfehle doch dringend, das öffentlich zu erledigen. Er hat sich den heutigen Tag freigenommen, um ihn mit Junar und der Kleinen zu verbringen, aber morgen kannst du bei seiner Trainingsstunde auftauchen und dich darum kümmern.

Es schadet nicht, wenn er den heutigen Tag damit verbringt, sich zu fragen, was ihn wohl erwartet."

Ihr Blick verfinsterte sich. "Muss ich?"

"Nein." Er schüttelte den Kopf. "Du *musst* nicht. Ich teile dir nur mit, was ich an deiner Stelle täte. Du kannst dich ebenso gut für eine etwas... sanftere Herangehensweise entscheiden. Ich bin sicher, niemand zuhause würde dir unterstellen, du wärst zu milde mit Orrin umgegangen, weil er dein Freund ist oder weil du eine Frau bist..."

Sie warf ihm einen genervten Blick zu. "Schon gut, schon gut! Dann werde ich es eben auf die gnadenlose, bewährte Ordensweise tun! Ich kann doch wohl nicht zulassen, dass meine verehrten Kollegen zuhause meine unangemessene Barmherzigkeit belächeln. Besonders, wo doch weithin bekannt ist, wie sehr mir ihre Meinung am Herzen liegt!" Sie ergriff seine Hand. "Und jetzt sollten wir aufbrechen. Wir müssen zusehen, dass wir Junar und das Baby nach Hause bringen. Schlaflose Zeiten stehen uns bevor", fügte sie mit einer unheilvollen Miene hinzu.

Enric zuckte die Achseln und rieb ihr liebevoll über den Bauch. "Betrachte es als Probedurchgang. Es ist immerhin nicht so, als hätten wir dem noch viel länger als ein paar Monate aus dem Weg gehen können."

"Ich liebe es, wenn Leute in jeder Situation etwas Gutes finden", murmelte sie.

* * *

"Du musst den Kopf besser stützen", beharrte Orrin.

"Mach nicht so ein Aufhebens", knurrte Eryn, passte aber die Position ihre Armes leicht an, mit dem sie die kleine Téa hielt. "Ich weiß, wie man ein Kind hält!"

"Ich habe gesehen, wie du mit Kindern umgehst. Aus irgendeinem Grund versuchen sie dir so weit wie möglich aus dem Weg zu gehen. Bringt einen zum Nachdenken...", meinte der Krieger.

"In dem Dorf, in dem ich gelebt habe, brachte ich selbst Kinder zur Welt! Das schloss auch mit ein, sie hinterher zu halten, also lass mich zufrieden, ja?" Sie verdrehte die Augen. "Wirklich jetzt!"

Beide sahen auf das kleine, weiche, warme Menschlein hinab, als es zu wimmern begann, die Augen zusammengepresst, der winzige Mund weit offen, sodass er einen freien Blick auf das noch unversehrte Zahnfleisch und das Gaumenzäpfchen gewährte.

"Sieh nur, was du angestellt hast", schimpfte er sie sanft und nahm ihr seine Tochter ab.

"Was ich angestellt habe?" Eryn schüttelte missbilligend den Kopf. "Es ist wahrscheinlich nur Essenszeit. Kinder schreien hin und wieder; das bedeutet nicht, dass jemand daran Schuld tragen muss!"

"Sagt die Frau, die erst einmal ihr erstes Kind zur Welt bringen muss zu dem Mann, der bereits sein zweites aufzieht", entgegnete er trocken und drehte sich in Richtung des Hauptraums, um seine Tochter zu Junar zu bringen, die dort auf den Sitzkisten ruhte.

"Unglaublich", seufzte Junar und hielt ihre Arme hoch, um das Bündel entgegenzunehmen. "Kaum höre ich sie schreien, beginnt einen Moment später auch schon die Milch aus meinen Brüsten zu quellen. Ist das normal?"

"Vollkommen. Die Frequenz der Schreie löst im Körper der Mutter die Freisetzung gewisser Substanzen aus, die signalisieren, dass das Kind Nahrung benötigt und daraufhin die Milch fließen lassen", erklärte Vern mit einem ernsten Nicken und erntete daraufhin ein paar überraschte Blicke. "Was?", meinte er schulterzuckend. "Ich habe darüber gelesen. Und da ich zufällig eine Menge Zeit in der Klinik verbringe, habe ich dort ausreichend Gelegenheit, die Heiler mit Fragen zu so ziemlich allem zu belästigen, was mir so einfällt."

Junar öffnete den Gürtel, den sie trug, um eine Brust zu entblößen, sodass sie Téa anlegen konnte. Sie lächelte, als sich die winzigen Lippen gierig um die Brustwarze schlossen.

Eryn schluckte vor Rührung über den Anblick, den die beiden boten. Es war einer, der von seliger Harmonie, vertrauter Intimität und Zufriedenheit zeugte. Würde sie das in wenigen Monaten auf die gleiche Weise erfahren?

"Ich schätze, wir werden ein paar Jahre warten müssen, bis sich zeigt, ob eine Magierin aus ihr wird", gurrte Junar. "Ich hoffe, wir finden es nicht deshalb heraus, weil sie uns einen Blitz nachschleudert oder so etwas."

Vern und Orrin zogen beide die Augenbrauen hoch, und Eryn schüttelte verwirrt den Kopf.

"Warum?", fragte sie und sah Orrin an. "Haben sie euch das in der Klinik nicht mitgeteilt? Selbst wenn ein Kind noch nicht bewusst auf die Magie zugreifen kann, lässt sich dennoch sagen, ob der entsprechende Bereich im Gehirn aktiv ist oder nicht."

Junar sah auf, eindeutig überrascht. "Ach ja?"

Orrin nickte. "Ja, und sie haben herausgefunden, dass sie auf jeden Fall eine Magierin sein wird. Ich dachte, das hätte man dir ebenfalls gesagt?"

Die Schneiderin rollte die Augen himmelwärts. "Orrin, ich weiß nicht, ob du dich an die Geburt erinnerst, aber ich war hinterher ziemlich erschöpft und bin von der Anstrengung fast zusammengebrochen. Was auch immer sie mir gesagt oder nicht gesagt haben, ist nicht wirklich hängengeblieben, wenn du mir diese Unaufmerksamkeit verzeihen kannst." Nachdenklich blickte sie auf ihre Tochter hinab. "Dann bist du also wirklich eine Magierin." Ihr Blick fand Eryn. "Ich schätze, da du die einzige andere Frau mit dieser Fähigkeit bist, wirst du ein sehr wichtiges Vorbild für sie sein."

Orrin schluckte. "Fabelhaft."

"Zumindest ist Krieger nicht der einzige Beruf, der ihr zur Auswahl steht, wenn sie erwachsen ist", seufzte Junar.

Eryn lächelte. "Vielleicht tritt sie in den Fußstapfen ihres Bruders und tut etwas Nützliches. Wie eine Heilerin zu werden. Wäre das nicht lustig, wenn das Oberhaupt der Krieger zwei Kinder hätte, die beide Heiler wären?"

"Ja, irrsinnig witzig", erwiderte Orrin ausdruckslos.

Junars Miene wurde besorgt. "Sie ist nach so langer Zeit das erste Mädchen, das als Magierin geboren wurde. Was wird das auf lange Sicht für sie bedeuten?"

Ihr Gefährte erwiderte: "Dass sie für einige Leute zuhause eine Person von beträchtlichem Interesse sein wird. Und die traditioneller eingestellten Mitglieder des Ordens werden sie als Gefahr für die Strukturen betrachten, mit denen sie vertraut sind und die sie zu erhalten versuchen."

"Wohl kaum eine größere Gefahr als ich, würde ich meinen", schnaubte Eryn. "Und bislang wurden die Veränderungen unabhängig von deren Wünschen umgesetzt."

Orrin wandte sich ihr zu und sprach ruhig. "Manche durchaus, andere wiederum nicht. Und in einigen Fällen war das durchaus ein Kampf. Ich erinnere mich an die Ratsversammlungen kurz nach deiner Ankunft in Anyueel. Wir haben uns mehrmals getroffen, um zu diskutieren, ob der Versuch, dich in den Orden zu bekommen, vernünftig wäre. Viele waren dagegen. Das ist auch der Grund, weshalb es so lange dauerte, bis wir dich einluden, uns beizutreten."

Eryn nickte langsam. "Ich verstehe. Darüber habe ich mich damals gewundert. Ich meine, ihr habt mir das Kämpfen beigebracht, aber keinerlei Schritte gesetzt, damit ich euch beitrete."

"Das konnten wir nicht. Der Rat musste zuerst zustimmen. Aber was wir durchaus tun konnten, war, dich zu trainieren, damit du die Anforderungen für eine Ordensmitgliedschaft erfüllst, sobald die Zeit reif war. Als der König damals die Absicht vortäuschte, Kinder mit dir zu haben, setzte das Enric und Lord Tyront unter beträchtlichen Druck. Es stand ihnen noch nicht wirklich frei, dich damals zu einem Beitritt einzuladen, doch sie hätten es trotzdem getan, wäre da nicht dieser Schild in dir gewesen. Das war bequem, oder sie hätten den Rat verärgern müssen."

Sie seufzte. "Warum überrascht es mich überhaupt, dass du weißt, dass der König sich niemals mit mir fortpflanzen wollte?"

Er zuckte mit den Schultern. "Das war nicht schwer zu erraten. Wäre er daran interessiert gewesen, das Gesetz zu brechen, demzufolge kein Magier auf dem Thron sitzen darf, wäre er höchstwahrscheinlich an Pe'tala nach ihrer Ankunft in Anyueel herangetreten."

Vern schüttelte den Kopf. "Mein Vater, der politische Analytiker."

"Eine Fähigkeit, die sich wohl als nützlich erweisen wird, wenn es darum geht, Téa zu beschützen", meinte Junar leise.

Eryn nickte und betrachtete den Krieger nachdenklich. "Ja, du hast Recht. Ich schätze, wenn jemand dafür geeignet ist, dieses Mädchen aufzuziehen und zu beschützen, dann ist es wohl er."

"Ich wage aber zu behaupten, dass in den nächsten Jahren Téa kaum das einzige Mädchen bleiben wird, das im Königreich mit magischen Fähigkeiten zur Welt kommt", zeigte Orrin auf.

Vern nickte. "Jetzt, wo die Barriere entfernt wurde, würde ich dem auf jeden Fall zustimmen. Und zuhause gibt es immerhin einige junge Magier, die noch keine Familie gegründet haben. Ich wette, dass sie sicherstellen werden, dass zuvor die Barrieren ihrer Gefährtinnen entfernt wurden." Er schürzte seine Lippen. "Ich schätze, das bedeutet dann wohl, dass noch ein paar weitere Veränderungen im Orden anstehen, wenn mehr Mädchen beitreten. Ich meine, wir haben noch nicht einmal getrennte Umkleideräume für die Kampfstunden."

"Das ist eine Kleinigkeit, würde ich behaupten", lächelte Eryn. "Das Problem ist eher, dass die Jungs sich daran gewöhnen müssen, gemeinsam mit Mädchen unterrichtet zu werden. Und auch die Lehrer müssen sich entsprechend umstellen."

"Nun, in diesem Fall ist es ja nicht so schlecht, dass es unter denjenigen, die für die Umsetzung dieser Veränderungen zuständig sind, eine Frau gibt", grinste der Junge. "Das bedeutet, dass du eines Tages womöglich all den Aufruhr wert bist, den du immer wieder verursachst."

Ihre Augen verengten sich. "Ich hoffe stark, deine Schwester erweist sich als stärker als du und spielt dir ein paar üble Streiche. Unglücklicherweise bin ich zu alt und jetzt auch zu wichtig, als dass ich mich bei so etwas erwischen lassen dürfte."

Sie sahen auf, als Enric nach seiner Rückkehr von dem vorläufigen Arbeitsplatz, den Valrad ihm zur Verfügung stellte, den Hauptraum betrat.

"Bist du mit deiner Arbeit für heute fertig?", fragte Eryn und zog eine Augenbraue hoch, als er das Stillen mit einem gewissen Interesse beobachtete. "Ich hoffe, du richtest diesen Blick auf das Kind und nicht die Mutter, mein Freund", warnte sie ihn.

"Ich kann dir ehrlich sagen, dass der Anblick einer Mutter, die ihr Kind stillt, keine besonders erotische Anziehung auf mich ausübt, Liebste. Besonders, wenn sie nicht einmal zu mir gehören", versicherte er ihr feinsinnig. "Und nein, noch bin ich nicht ganz fertig für heute. Aber ich dachte, es würde euch vielleicht interessieren zu erfahren, dass wir morgen Nachmittag in unsere Residenz zurückkehren können. Die Reinigungsarbeiten werden bis dahin erledigt sein. Die paar Stellen, die aufgrund des schwarzen Rauchs wiederhergestellt werden mussten, sind übermalt. Die Reparatur der Tür von Verns Zimmer wird wohl noch eine weitere Woche in Anspruch nehmen, aber wir werden ihm einfach ein anderes Zimmer zuweisen. Es sind immerhin mehr als genug leere Gästezimmer vorhanden."

Eryns entspannte Stimmung wandelte sich zu Sorge. Das rief ihr wieder den Anschlag auf Verns Leben ins Gedächtnis. Nun war noch eine weitere Person da, die es zu beschützen galt. Eine absolut hilflose Person. Sie wollte Enric fragen, ob es bereits irgendwelche

Neuigkeiten von der durch die Triarchie angeordneten Untersuchung gab, unterdrückte aber den Impuls, dies vor Junar zur Sprache zu bringen.

Vern seufzte betrübt und sah zu Boden, seine Schultern gebeugt. Eryn griff nach seiner Hand und drückte sie. Die Erwähnung seines alten Zimmers hatte offensichtlich die Erinnerung an seinen vierbeinigen Freund, der darin verendet war, heraufbeschworen. Vielleicht war es nicht so schlecht, dass er nicht mehr in diesem Zimmer würde schlafen müssen.

Zumindest begannen die Verhandlungen für die Verträge von Haus Arbil in zwei Tagen. Sie hoffte, dass ihn das vom Verlust seiner Katze abzulenken vermochte. Bedauerlicherweise allerdings würde er diese Zeit mit dem Mann verbringen, nachdem die Katze benannt worden war, somit waren hier gelegentliche unangenehme Erinnerungen unvermeidbar.

"Wie gehen eure Vorbereitungen für die noble Mission der Rettung von Haus Arbil voran?", fragte sie.

"Gut soweit. Ich habe mittlerweile einen recht passablen Überblick gewonnen. Morgen treffen wir uns, um ein paar letzte Details zu besprechen, und am Tag danach werden wir sehen, wie kooperationsbereit die anderen Häuser wirklich sind. Zumindest die beiden, mit denen wir reden werden."

"Nur zwei?"

"An diesem Tag. In einer Woche stehen die nächsten beiden auf dem Programm, und ein paar Tage danach drei weitere", erklärte Vern. "Ich bin neugierig, wie das laufen wird. Ich kann mir nicht vorstellen, dass sie ganz so leicht zu gewinnen sind wie unsere Apotheker zuhause."

"Nein, wahrscheinlich nicht", stimmte Enric zu. "Und du solltest auch im Gedächtnis behalten, dass Haus Arbil sich freundschaftlich von ihnen trennen wird wollen, selbst wenn es zu keiner Übereinkunft kommen sollte. Sieh also besser zu, dass du ihnen mit Respekt begegnest."

"Kein Problem. Wenn sie sich zu benehmen wissen, werde ich es ihnen gleichtun. Und wenn sie das nicht tun - nun, dann verdienen sie es nicht besser."

Eryn schüttelte leise lachend den Kopf. "Zumindest ist Ram'an ein ordentliches Stück stärker als du. Solltest du für seinen Geschmack zu aggressiv vorgehen, kann er dich problemlos ausschalten."

"Er ist wesentlich zivilisierter als du, so etwas würde er nicht tun", kommentierte der Junge.

Nein, wahrscheinlich nicht, stimmte sie stillschweigend zu. Es war nicht wirklich sein Stil.

"Übrigens findet Intreas Veranstaltung in vier Tagen statt. Ich denke, wir sollten hingehen", schlug Enric vor. "Wir haben ihre Einladung bereits angenommen, und es wird uns guttun, ein wenig auszugehen und Spaß zu haben."

"Ich werde passen", lächelte Junar. "Mit Téa hier bin ich einem rigorosen Zeitplan unterworfen."

"Das bedeutet, dass wir auch nicht mit Orrin zu rechnen brauchen, denke ich", grinste Eryn und wandte sich an Vern. "Gut für dich, mein Junge. Du kannst also Alkohol trinken und dich amüsieren, ohne die wachsamen Augen deines Vaters auf dir ruhen zu haben."

"Diese Bemerkung zeigt, dass ich mich nicht darauf verlassen kann, dass du dort ein Auge auf ihn hast", knurrte Orrin. "Gut, dass Enric ebenfalls dort ist, oder ich müsste Kilan ersuchen, auf ihn aufzupassen."

"Das passt mir gut", lachte sie. "Ich habe keinerlei Absicht, dort den Babysitter für ihn zu spielen; dafür ist er etwas zu alt."

"Was für eine absonderliche Aussage, wenn sie von dir kommt", grinste der Krieger. "Die Frau, die von einer Schwierigkeit in die nächste stolpert, ist der Ansicht, dass ein halbwüchsiger Junge keinerlei Aufsicht bedarf."

"Wenn wir gerade von Absonderlichkeiten reden", warf sie mit einem boshaften Blick zurück. "Wer von uns beiden ist derjenige, der am Tag der Geburt seiner Tochter einen goldenen Gürtel angelegt bekam, weil er dachte, es wäre eine fabelhafte Idee, einen gewissen Künstler zu würgen - ungeachtet dessen, dass der Mann unschuldig war?"

Darauf antwortete Orrin nicht, sondern presste die Lippen aufeinander und sah in eine andere Richtung. Ganz offensichtlich war ihm mehr als bewusst, dass dies nicht zu seinen glorreicheren Momenten zählte.

* * *

"Und? Welche Neuigkeiten bringst du?", fragte sie, sobald sie die Tür zu ihrem Schlafzimmer hinter sich geschlossen hatte.

Enric hielt inne und zog eine Braue hoch. "Was lässt dich glauben, es gäbe welche?"

"Oh, bitte!", meinte sie augenrollend und schlenderte mit verschränkten Armen auf ihn zu. "Der große, mächtige Anführer von Haus Aren war nach fünf Tagen nicht in der Lage, irgendwelche neuen Informationen über das Feuer in seiner Residenz zusammenzutragen? Wirklich?"

Er lächelte auf sie hinab, zufrieden mit ihrem Vertrauen in ihn. "Nun, vielleicht gibt es da die eine oder andere Sache."

"Da ich derzeit die höchstrangige Ordensmagierin in den Westlichen Territorien bin, würdest du zu einer freundschaftlichen Beziehung zwischen dem Orden und dem Senat beitragen, wenn du solche Dinge mit mir teilst", betonte sie.

Einen Moment lang gab er vor, darüber nachzudenken. "Würde ich das? Nun, dann wäre es nachlässig von mir, diese Gelegenheit nicht zu ergreifen. Aber eine Beziehung besteht aus Geben und Nehmen, ist es nicht so? Was bietest du mir im Gegenzug?"

Sie grinste. "Was willst du denn, Aren? Ich schätze, die Tatsache, dass ich dein Kind unter meinem Herzen trage ist für diese Diskussion hier belanglos und zählt nicht als ausreichende Kompensation?"

"Vollkommen belanglos", bestätigte er. "Das würdest du auf jeden Fall tun, ganz egal, ob ich meine Informationen mit dir teile oder nicht. Wie wäre es mit absoluter und vollkommener Unterwerfung?"

In gespieltem Bedauern schüttelte sie den Kopf. "Die Chancen dafür stehen überhaupt nicht gut, fürchte ich. Du magst dir dessen nicht bewusst sein, aber wir Ordensmagier, nun, wir sind ein recht streitlustiger Haufen. Wir verbringen unsere Zeit mit Kampftraining, damit Ausländer wie du nicht die Oberhand über uns gewinnen können."

Er nickte ernst. "Weißt du, so etwas in der Art habe ich tatsächlich schon gehört. Mir wurde sogar gesagt, dass die Leute in deinem Land nicht einmal ihr eigenes Fleisch jagen, sondern es kaufen. Barbarisch!"

Sie lachte. "Unglaublich, oder?" Dann wurde sie wieder ernst. "Nun, erzählst du mir jetzt von den Ermittlungen oder nicht?"

"Aber natürlich. Die Triarchie ist nicht besonders angetan von meinen eigenen Bemühungen, der Missetäter habhaft zu werden. Aber ich denke, sie wissen einfach noch nicht, was sie von mir erwarten sollen, weshalb sie bislang davon abgesehen haben, meinen Bestrebungen ein Ende zu bereiten. Gleichzeitig waren ihre eigenen auch nicht besonders vielversprechend. Zumindest nach dem zu urteilen, was sie mir erzählen." Er nahm auf dem Bett Platz und begann seine Stiefel auszuziehen. "Zuerst bin ich Valrads Rat gefolgt und habe die Metallarbeiter kontaktiert um zu sehen, ob sie die Substanzen identifizieren können, die benutzt wurden, damit die brennenden Lappen diese giftigen Dämpfe abgeben. Sie waren recht hilfsbereit, und es scheint, als handle es sich bei der Flüssigkeit um eine Mischung verschiedener giftiger Substanzen, von denen sie aber nicht alle benennen konnten. Es hat sich allerdings herausgestellt, dass Künstler ebenfalls eine Anzahl der gleichen Chemikalien für das Anmischen, Konservieren und Rehydrieren ihrer Farben benutzen."

"Wir verdächtigen also wieder die Künstler?"

"Sie waren niemals wirklich frei von Verdacht, nur weil Elwoi sich als unschuldig erwiesen hat. Immerhin gibt es noch einige mehr von ihnen. Und dann gibt es auch noch ein paar Häuser, die womöglich mit den Entwicklungen ihrer Kunstwelt unzufrieden sind."

"Somit steht also grundsätzlich jeder unter Verdacht?", fragte sie, die Stirn in Falten gelegt. "Das engt die Sache nicht gerade ein."

Müde schüttelte er den Kopf. "Nein, das tut es wohl nicht. Meine Hoffnung ist, dass wir die Zusammensetzung herausfinden, mit der die stinkenden Lappen getränkt wurden und dann sehen können, wer mit Leuten in Verbindung steht, die so etwas zustande bringen. Das bedeutet, wir müssen uns sämtliche Berufe ansehen, die mit Chemikalien irgendeiner Art hantieren."

Resigniert seufzte sie. "Das bedeutet, du hast derzeit keine Spur, der du folgen kannst."

Er zuckte mit den Schultern. "Nichts allzu Vielversprechendes, muss ich leider sagen. Derzeit versuche ich einfach, Möglichkeiten auszuschließen."

"Das bedeutet, wir werden uns noch eine Weile auf den Schutz deiner Wachen verlassen müssen, wie es scheint."

"Ja, das lässt sich nicht vermeiden, fürchte ich. Aber ich bezahle sie, damit sie unauffällig vorgehen, also sollten sie keine größeren Veränderungen in deinem Tagesablauf verursachen. Haben sie sich etwa ungeschickt angestellt?"

"Nein, sie gehen recht behutsam vor", versicherte sie ihm. Aber das war auch nicht wirklich das Problem. Es war eher die Tatsache, dass sie in einer Situation steckten, in der Maßnahmen wie das Anheuern von Wachen überhaupt erforderlich waren.

* * *

Eryn atmete aus und straffte ihre Schultern. Es musste getan werden, es ließ sich nicht vermeiden. Weder Enric, Tyront noch Orrin selbst würden es schätzen, wenn sie sich vor dieser Pflicht drückte. Und doch war es besonders bizarr, dass der Krieger selbst keinen Einspruch dagegen erheben würde, bestraft zu werden. Sie schien die Einzige zu sein, die das verstörte.

Sie näherte sich dem niedrigen Gebäude, das man Orrin für seinen Unterricht in magischem Kampf zur Verfügung gestellt hatte. Seinen Erzählungen nach wurde es üblicherweise für Reitstunden verwendet und war somit geräumig genug für seine Zwecke. Sie fragte sich, ob die bedauernswerten Leute, die das Reiten erlernen wollten, nun für den Augenblick auf ihre Reitstunden verzichten mussten oder ob ihnen dafür eine andere Örtlichkeit angeboten worden war.

Entschlossen schob sie die Gedanken beiseite, die angenehmer waren als das, was ihr bevorstand. Um jegliche Überanstrengung zu vermeiden, griff sie auf ein wenig Magie zurück, um die schwere Schiebetür zu bewegen, die zu dem ausgedehnten Innenraum führte.

Ihr Blick fiel sofort auf Orrin, der gerade einen Blitz auf eine Frau Mitte Zwanzig abschoss und ihr dann anerkennend zunickte, als sie ihm mit einer geschmeidigen Bewegung auswich. Einige Köpfe drehten sich, als Eryn auf dem sandigen Boden näherkam.

Es gab keinen Grund, sich deswegen schlecht zu fühlen, ermahnte sie sich. Er hatte sehr genau gewusst, was er tat, als er sich diesem Befehl widersetzte, und er war mehr als bereit, die Konsequenzen zu tragen. In der Vergangenheit hatte sie bereits Leute zurechtgewiesen, angeschrien, sie zuweilen beleidigt, doch das hier war das erste Mal, dass sie tatsächlich eine Strafe austeilen musste. Der Umgang mit Rolan und ihren Heilern hatte so etwas bislang nie erforderlich gemacht. Welch ein Ärgernis, dass die erste Person, die sie zu disziplinieren hatte, jemand war, der ihr ziemlich nahe stand. Und doch ließ sich daran nichts ändern. Zumindest war es keine grausame Strafe, sondern bloß eine verdrießliche.

Ihre Augen auf Orrins Gesicht gerichtet, kam sie näher. Seine Miene war ruhig, aber ernst. Er wusste genau, weshalb sie hier war.

"Lady Eryn", sagte er formell und verbeugte sich, sobald sie vor ihm stand.

"Lord Orrin", nickte sie. "Ihr habt meinen Befehl, Elwoi nicht zu nahe zu kommen, missachtet und Gewalt gegen ihn angewandt. Mir ist klar, dass Ihr von starken Gefühlen geleitet wurdet und dem Drang, Eure Familie zu beschützen. Doch ein Mann in Eurer Position und mit solch beträchtlichen magischen Kräften, der zusätzlich noch über Kampffertigkeiten verfügt, muss in der Lage sein, sich unter Kontrolle zu halten." Sie sah, wie sein Mundwinkel kurz zuckte. Er wusste, dass diese Worte nicht für ihn, sondern für ihr Publikum gedacht waren und befürwortete sie offensichtlich.

"Wenngleich ich es sehr bedaure, diese disziplinären Maßnahmen ergreifen zu müssen, so weiß ich doch, dass Euch deren Notwendigkeit klar ist", fuhr sie fort und zog ein paar goldener Handfesseln aus ihrer Tasche. Es waren die breiten vom Spiel und würden nicht nur dazu dienen, seine Kräfte zu blockieren, sondern waren darüber hinaus auch gut sichtbar und als seine Strafe erkennbar. Immerhin sollte das hier ein öffentlicher Denkzettel sein.

Orrin nickte knapp und hob ohne Zögern seine Handgelenke, damit sie die Reifen befestigen und die Nähte mit Magie verschwinden lassen konnte, um die Blockade zu aktivieren und ihm das Abnehmen unmöglich zu machen.

"Ihr werdet diese Handfesseln einen ganzen Monat lang tragen. Wie Ihr bereits bemerkt haben werdet, blockieren sie Eure Kräfte nicht vollständig, sondern reduzieren sie nur erheblich. Das wird es Euch ermöglichen, Euch um kleinere Verletzungen und dergleichen zu kümmern, aber es wird nicht für magischen Kampf oder nennenswerte Verbesserung Eurer körperlichen Stärke reichen. Somit werdet Ihr Euer Training fortsetzen müssen, ohne eine Zeit lang auf den Vorteil von Demonstrationen zurückgreifen zu können. Das wird das Unterrichten Eurer Studenten zwar erschweren, doch für einen Mann mit Euren Ressourcen kaum unmöglich machen", erklärte sie, während sie jegliche Regung aus ihrem Gesicht verbannte.

"Gut gemacht", flüsterte er leise genug, damit sie ihn als Einzige hören konnte, und ließ seine Handgelenke wieder sinken.

Sie unterdrückte ein Stöhnen, drehte sich um und verließ die riesige Halle. Als wäre diese Situation nicht schon absurd genug. Jetzt hatte er ihr sogar noch ein Kompliment dafür ausgesprochen, wie sie ihm seine Strafe erteilt hatte. So viel zu angemessenem Verhalten zwischen Vorgesetzter und Untergebenem.

KAPITEL 24

Ein Tanz mit Folgen

Ruckartig bewegte sich Eryns Kopf, als sie die Eingangstüre hörte. Rasch schnappte sie sich das Buch, das neben ihr auf den Sitzkissen lag und gab vor, darin zu lesen. Enric, der ihr gegenübersaß, lächelte und schüttelte den Kopf über ihre vorgetäuschte Lässigkeit, unter der sie vor Neugier beinahe platzte.

Erst am Vortag waren sie in die Aren Residenz zurückgekehrt und hatten den ursprünglichen Zustand beinahe vollständig wiederhergestellt vorgefunden. Nur noch ein schwacher Geruch nach frischer Farbe hing in der Luft, doch er war nicht allzu streng. In ein bis zwei weiteren Tagen würde er sich zur Gänze verflüchtigt haben.

Erschöpft erschien Vern oben an der Treppe und begrüßte die beiden.

Eryn gab vor, ihn erst jetzt zu bemerken und sah von ihrem Buch auf, als wäre sie überrascht, ihn zu sehen.

"Oh, hallo. Schon zurück?", fragte sie, als hätte sie nicht bereits seit mehr als einer Stunde seiner Rückkehr entgegengefiebert.

"Offensichtlich", meinte Vern schulterzuckend und griff nach einem Glas, um es zu gleichen Teilen mit Wasser und Saft zu füllen.

"Und? Wie sind die Verhandlungen gelaufen? Hast du den Grundstein dafür gelegt, Haus Arbil wieder zu seiner vorherigen Pracht zu verhelfen?", erkundigte sie sich mit einem Anflug vermeintlich höflichen Interesses.

Enric lächelte und fragte sich, ob der Junge sie durchschaute und nur mitspielte, um sie zu necken. Oder war er tatsächlich so sehr in Gedanken versunken, dass ihm nicht auffiel, dass ihre Lässigkeit nur gespielt war?

"Ich bin nicht sicher. Ich war ein wenig verwirrt. Die ganze Zeit über wirkten sie unglaublich widerwillig, aber am Ende haben sie den

Vertrag dann doch unterzeichnet. Das hat mich überrascht, weil ich damit gerechnet hätte, dass sie sich Zeit nehmen, ihn später noch einmal durchzugehen, zu überdenken und zu analysieren, bevor sie dann wieder auf uns zukommen." Er rieb sich über das Gesicht. "Es kommt mir etwas leichtsinnig vor, einen Vertrag einfach an Ort und Stelle zu unterzeichnen, wenn ihr mich fragt."

"Das ist ein beträchtlicher Unterschied hier, kulturell gesprochen", erklärte Enric. "Ich erinnere mich, dass ich mich darüber gewundert habe, als ich damals vor einigen Monaten die Handelsvereinbarungen mit den Häusern verhandelte. Normalerweise kommen sie sehr gut vorbereitet zu ihren Verhandlungen, was bedeutet, dass sie all die Informationen dabeihaben, die sie benötigen. Das ermöglicht es ihnen, sich gleich vor Ort um sämtliche Angelegenheiten zu kümmern. Dir ist womöglich auch aufgefallen, dass sie dazu tendieren, stapelweise Dokumente und Bücher zu den Treffen mitzubringen."

Vern nickte. "Ja, das stimmt. Frühere Vereinbarungen, Bücher über Handelsrecht, Quoten, klimatische Bedingungen und so weiter. Jedes Mal, wenn eine Frage aufgeworfen wurde, waren sie in der Lage, die Antwort darauf innerhalb von Minuten zu überprüfen."

"Genau. Sie wollen nicht, dass sich diese Gespräche über längere Zeit erstrecken, sondern es rasch erledigt haben. Das bedeutet, dass sie im Normalfall willens sind, so lange in diesem Raum zu bleiben, bis ein Konsens erreicht wurde oder klar ist, dass es keinen geben wird. Ganz anders in unserem Land, wo Verhandlungen oftmals mehrere Treffen und somit einen längeren Zeitraum erfordern. Beide Herangehensweisen haben ihre Vor- und Nachteile, würde ich sagen", zeigte Enric auf. "Wie denkt Ram'an über das Ergebnis? War er zufrieden?"

Der Junge nickte. "Ja, er meinte, er sei sehr zufrieden. Als ich ihn darauf ansprach, dass unsere Verhandlungspartner so unwillig waren, sich auf irgendetwas festzulegen, nur um schlussendlich doch zuzustimmen und zu unterzeichnen, sagte er mir, dies sei eine übliche Vorgehensweise bei Verhandlungen. Wirklich seltsam", seufzte er.

Enric grinste. "Im Vergleich zu unserem eigenen Ansatz, der darin besteht, unsere Gesichter ausdruckslos zu halten und unsere Gedanken und Gefühle zu verbergen, meinst du?"

Vern schien kurz darüber nachzudenken, dann nickte er. "Ja, ich schätze schon."

"Ist es nicht erstaunlich, in welchen Bereichen kulturelle Unterschiede offensichtlich werden?", lachte das Oberhaupt von Haus Aren leise. "Aber dieses Verhalten kannst du auch morgens beobachten, wenn du die Straßen entlanggehst, wo die Straßenhändler am Werk sind. Sieh ihnen einfach nur zu, wenn sie mit ihren Kunden feilschen. Bei jedem Preis, der ihnen vorgeschlagen wird, geben sie vor, beleidigt zu sein. Würdest du jedoch den Preis, den sie verlangen, einfach so bezahlen, wären sie verblüfft, weil es nichts anderes als ein Ausgangspunkt und damit viel zu hoch und unverschämt ist."

Der Junge starrte ihn an. "Oh Mann, deshalb starren sie mich immer so an, wenn ich etwas kaufe! Es wird von mir erwartet, dass ich mit ihnen verhandle? Für alles?"

"Ja. Akzeptiere niemals den ersten Preis, den sie von dir verlangen." Enrics Grinsen wurde breiter. "Ich wage zu behaupten, dass du für viele Händler hier ein begehrter Kunde bist, wenn du einfach den ersten Preis bezahlst, den sie dir nennen. Das bedeutet dann wohl auch, dass du für all deine Einkäufe viel zu viel ausgelegt hast."

"Gut, dass er ein reicher Junge ist und sich das leisten kann", lachte Eryn.

Vern ließ seinen Kopf zurück in die Kissen sinken und verzog das Gesicht. "So viel dazu, dass man mich für ein Genie hält. Es scheint, als hätte ich mir in den letzten paar Wochen einen zweiten Ruf als leichtes Opfer erarbeitet."

"Keine Sorge, mein Junge", meinte sie schulterzuckend. "Das ist eine Frage der Anpassung, und das braucht Zeit. Und wenn du einen kompletten Narren aus dir gemacht hättest, hätte Ram'an dich heute nicht mitgenommen."

"Wisst ihr was?" Vern richtete sich wieder auf, in seinen Augen ein entschlossenes Funkeln. "Morgen werde ich dorthin zurückgehen und diesen Händlern zeigen, wie man dort, wo ich herkomme, verhandelt! Dann werden wir sehen, wer das bessere Geschäft macht." Er sprang auf und verschwand in dem Korridor, in dem sein Schlafzimmer lag.

"Du liebe Güte. Es scheint, als ob hier jemand drauf und dran ist, sich zur Geißel der hiesigen Händler zu mausern", seufzte Eryn.

Enric zuckte mit den Schultern. "Lass ihn. Das ist ein gutes Verhandlungstraining für ihn. Wenn er den Behauptungen standhalten kann, dass ihre Familien Hunger und Armut erleiden müssen, weil er nicht willens ist, einen überzogenen Preis für eine Ware zu bezahlen, werden die Häuser danach kaum noch ernstzunehmende Gegner für ihn darstellen. Er lernt schnell, und davon wird Haus Arbil erheblich profitieren."

Eryn nickte langsam. "Nun, solange er das nicht zuhause versucht... Ich stelle mir gerade das Gesicht des Bäckers vor, wenn Vern dort hineingeht und versucht, den Preis für die Brötchen zu senken indem er behauptet, seine arme kleine Schwester müsse Lumpen tragen, weil das gesamte Vermögen seiner Familie für Brot draufgeht."

"Ich könnte mir denken, dass so etwas nicht besonders gut funktionieren würde. Magier sind immerhin dafür bekannt, dass sie begütert sind", lachte Enric. "Keine Sorge. Lass ihn herumexperimentieren. Und wenn die Leute dazu übergehen, ihm Dinge nachzuwerfen oder sich zu verstecken, wenn er des Weges kommt, dann weiß er zumindest, dass er seine Sache recht ordentlich gemacht hat."

"Das habe ich bei dir auch gemacht! Und das war nicht als Hinweis darauf gedacht, dass du auf dem richtigen Weg warst!", protestierte sie.

"Ja, ja, die Botschaften, die wir aussenden…", lächelte er, als sie ihm einen dunklen Blick zuwarf.

* * *

Eryn bewunderte die Veränderungen, die Intrea im weitläufigen Hauptraum ihrer Familienresidenz vorgenommen hatte. Gedämpftes Licht, zahlreiche kleine Tische, die als Abstellflächen für Gläser und Teller dienten, viele kleine Sitzarrangements für Gruppen unterschiedlicher Größe und eine einzelne lange Tischreihe an einer Wand, auf der sich Getränke und kaltes Essen türmten.

Vran'el schlenderte auf sie zu. "Hallo, Herzblatt. Wo ist Enric? Sag mir nicht, dass du ohne ihn gekommen bist?"

Sie schnaubte. "Als ob er das zuließe! Er lässt mich nicht aus den Augen, wenn er es vermeiden kann, besonders, seit ich seine Brut in mir trage."

"Und doch stehst du hier unbeaufsichtigt herum", kommentierte er.

"Ich musste ihm versprechen, jeglichen Ärger zu vermeiden, solange er wegbleibt. Er ist dem Gastgeber gefolgt, um dessen Sammlung antiker Säbel zu bewundern. Ist das zu glauben? Als wäre ich ein Kind, das von einem Desaster ins nächste stolpert, wenn er nicht jede Minute des Tages ein Auge auf mich hat."

"Nun, um vollkommen ehrlich zu sein, hast du doch eine gewisse Tendenz dazu, dir Ärger einzuhandeln", strich er hervor.

"Dummes Geschwätz", entgegnete sie mit einem finsteren Blick.

"Eine kühne Behauptung, besonders von dir", meinte eine trockene Stimme hinter ihr.

Mit einer hochgezogenen Augenbraue drehte sie sich zu Ram'an um. "Eine noch kühnere Bemerkung von dir, wenn man bedenkt, dass du so ziemlich der Hauptgrund warst, weshalb ich hier damals Ärger am Hals hatte", warf sie zurück.

Vran'el nickte dem Neuankömmling knapp zu. "Eryn, möchtest du etwas trinken? Es gibt eine gute Auswahl an Fruchtsäften, die für deinen Zustand angemessen sind."

"Ja, das wäre fabelhaft, danke." Sie reichte ihm ihr leeres Glas. "Nicht den Grünen - mir sind die kleinen Dinger, die darin herumschwimmen, nicht geheuer. Und auch nicht den Roten auf der linken Seite - der ist zu bitter. Der Gelbe allerdings riecht gut. Aber ein wenig süß. Vielleicht könntest du gelb mit ein wenig rot mischen? Und noch einen Schuss Wasser hinzufügen?"

Ihr Bruder rollte mit den Augen. "So viel dazu, dass ich entgegenkommend sein wollte. Ich hätte es besser wissen müssen." Damit schlenderte er in Richtung des Getränketisches am hinteren Ende des Raumes davon.

"Wie geht es dir so, Theá? Verursacht das Kind irgendwelche Probleme? Es sollte sich bereits ein wenig bewegen, wenn ich mich nicht irre."

Überrascht sah sie ihn an. "Ich hätte dich nicht für einen Mann gehalten, der mit einer Frau diese Art von Gespräch führt."

"Und weshalb nicht, wenn ich fragen darf? Ich bin ein Mann mit vielen Interessen, und wie du weißt, haben schwangere Frauen in unserer Gesellschaft einen besonderen Stellenwert. Was wäre für einen Mann von Welt natürlicher, als sich mit ihnen und über sie zu unterhalten?"

Es klang vernünftig, wenn er es so formulierte, musste sie zugeben.

"Nun, dann werde ich meinem hohen Stellenwert Rechnung tragen und dir gnädigerweise antworten. Es geht mir gut, aber ich schätze, dass Magierinnen mit solchen Dingen im Allgemeinen weniger Probleme haben, besonders Heilerinnen."

Er lächelte. "Aus gesundheitlicher Sicht schon. Aber eine Tendenz zum Treten lässt sich nicht fortheilen. Sofern das Kind in dir also recht aktiv ist, mag das für dich immer noch lange, schlaflose Nächte zur Folge haben."

Sie schluckte. Das klang nicht allzu vielversprechend. Hoffentlich würde es sich als manierliches Kind erweisen. Wenn man sich allerdings seine Herkunft ansah, war das wohl eher unwahrscheinlich.

"Ich könnte es immer noch schlafen schicken, wenn es mich plagt, oder?"

Seine Miene drückte Missbilligung aus. "Nein, von dieser Vorgehensweise raten Heiler ausdrücklich ab! Daraus könnte eine Gewohnheit werden, und die würde der Entwicklung der geistigen Fähigkeiten des Kindes schaden. Morgen nach dem Mittagessen nehme ich dich zu einem Freund von mir mit. Er ist in diesen Dingen ein Experte, und es sieht so aus, als hättest du in dieser Hinsicht noch das eine oder andere zu lernen."

"Ich esse morgen mit dir zu Mittag?" Eine ihrer Augenbrauen wanderte nach oben. "Warum klingen deine Einladungen nie nach einer Anfrage, sondern stets wie Befehle?"

"Eine Anfrage, meine Liebe, stellt man dann, wenn man bereit ist, ein Nein in Kauf zu nehmen. Das bin ich nicht, also passe ich meine Formulierung entsprechend an."

"Dir ist schon klar, dass du nicht das Oberhaupt *meines* Hauses bist? Nur eine kleine Anregung, die deine Wahnvorstellung, ich müsste tun, was du sagst, in Frage stellen soll."

Er lachte. "Ich hege keinerlei Wahnvorstellungen in diese Richtung, glaube mir. Aber zufällig bin ich eine angenehme Gesellschaft, was bedeutet, dass es für dich keinerlei Grund geben sollte, dich nicht von mir verköstigen zu lassen. Und ich kenne die besten Plätze in der Stadt - zufällig besitze ich sogar ein paar davon."

"Meine Güte", grinste sie. "Was ist es doch für ein Vorteil, reiche Freunde zu haben."

"Interessante Worte von der Frau, die von zwei der reichsten Familien des Landes abstammt und noch dazu mit einem immens wohlhabenden Mann verbunden ist."

Sie zuckte die Schultern. "Genau wie du sagst, handelt es sich dabei um das Geld anderer Leute, nicht um meines. Ich erhalte vom Orden eine gewisse Summe für meine Dienste. Die ist recht großzügig, rechtfertigt die Bezeichnung reich aber nicht. Und da Reichtum nie ein Ziel in meinem Leben war, ist mir manchmal unwohl dabei, ständig von Luxus umgeben zu sein. Immerhin arbeite ich jeden Tag mit Leuten, die ein sehr niedriges Einkommen haben. Es kommt mir unanständig vor, dass wenige Leute so viel besitzen, während andere nahezu gar nichts haben."

"Was auch der Grund dafür ist, dass du medizinische Dienste für alle anbietest, Theá", meinte er sanft. "Hier waren diese mehr oder weniger den Häusern vorbehalten, da sie die hohen Preise bezahlen konnten. Eine Situation, auf deren Änderung das Haus deines Vaters erhebliche Mühen verwendet hat."

"Was soll ich sagen? Ich bin die Tochter meines Vaters." Zufrieden bemerkte sie, dass Ram'an vorsichtig genug war, dies nicht zu kommentieren.

"Und auch die Tochter deiner Mutter. Obwohl ich sehe, dass du das weder zugeben noch hören willst."

Eine schwere Hand landete auf seiner Schulter, und er drehte sich um. Ein junger Mann, der augenscheinlich bereits eine beträchtliche Menge an Wein genossen hatte, bedachte ihn mit einem breiten Grinsen und rief aus: "Ram'an, mein Freund! Ich hatte gehofft, dass ich dich heute hier zu fassen bekomme - wir müssen uns über diese Sache unterhalten, dass dein Haus meinen Schneidern nicht länger Stoffe verkauft."

"Darüber können wir sprechen, aber nicht hier. Komm morgen zu mir nach Hause. Nüchtern", erwiderte Ram'an scharf und begann sich zu Eryn zurückzudrehen. Doch die Erregung des Mannes nahm zu, und so auch die Lautstärke seiner Stimme.

Ram'ans Antwort ging in die Richtung, dass die Schneider des Mannes die Stoffe nicht rechtzeitig bezahlten und unrealistische Ansprüche stellten, die Waren beschädigten und sie dann ersetzt wollten. Sie sah auf und erspähte einen weiteren Mann, der neben ihr zum Stehen gekommen war. Fragend zog sie ihre Brauen hoch, als er sie anlächelte. Er war Mitte Zwanzig, sein langes, dunkles Haar zu einem Pferdeschwanz gebunden, der seinen Rücken hinabhing.

"Guten Abend. Darf ich dich um den nächsten Tanz bitten?"

Sie hörte, wie der betrunkene Mann hinter ihr noch immer mit Ram'an über Stoffe herumstritt, und Vran'el war noch immer damit beschäftigt, ihr Getränk zu mischen.

"Sicher, warum nicht?"

"Was? Nein! Was denkst du dir nur, Maltheá?", hörte sie Ram'ans Stimme, und sie spürte seine Hand auf ihrem Arm, die sie nach hinten zu ihm zog.

"Warum? Was sollte ich denn denken?", erwiderte sie vollkommen verwirrt. Hatte sie gerade irgendeinen Brauch verletzt, indem sie eine Einladung zum Tanz akzeptiert hatte? Das hatte sie schon zahllose Male zuvor getan, was also war dieses Mal das Problem?

Ungläubig starrte er sie an. "Zum Beispiel, dass es zu erheblichen Schwierigkeiten führen könnte, wenn du intimen Tänzen mit wildfremden Männern zustimmst?"

Sie blinzelte, dann sah sie ihn verständnislos an. "Aber… da war kein Glockensignal, das so etwas angekündigt hätte! Woher soll ich denn wissen, dass es einer von *diesen* Tänzen ist?" Finster blickend drehte sie sich wieder zu dem Mann um. "Was fällt dir überhaupt ein, dass du fremde schwangere Frauen zu dieser Art von Tanz aufforderst? Wirklich jetzt! Ich lehne ab!"

Neben sich hörte sie Ram'an verzweifelt den Atem ausstoßen, und der Fremde vor ihr betrachtete sie. "Du kannst nicht ablehnen, nachdem du bereits angenommen hast." Dann streckte er seine Hand aus, damit sie sie ergriff.

In diesem Augenblick kehrte Vran'el mit ihrem Glas zurück und zog die Stirn in Falten. "Was ist denn los?" Sein Blick fiel auf die ausgestreckte Hand des Mannes. "Oh Eryn, du hast doch nicht etwa zugestimmt, zu diesem Lied zu tanzen? Hast du das silberne Licht nicht bemerkt?"

"Silbernes Licht? Ich dachte, eine Glocke müsste dreimal läuten!", rief sie aus.

"Doch nur an öffentlichen Orten! In privaten Häusern ist es das silberne Licht! Bei dieser Lautstärke würde so ein Signal doch niemand hören! Hat dir das keiner erklärt?"

"Nein! Das ist das erste Mal, dass ich so etwas wie das hier besuche!" Sie bedeckte ihr Gesicht. "Hör zu", sagte sie zu dem Mann, der ihr noch immer seine Hand hinhielt, "ich werde mit dir nicht zu diesem Lied tanzen. Komm später für einen anderen Tanz zurück, in Ordnung?"

"Die Einladung wurde angenommen", beharrte er und sah sie verärgert an.

"Wo ist Enric?", verlangte Ram'an eindringlich zu wissen.

"Ich weiß es nicht! Irgendwo unterwegs, um sich mit Intreas Vater alte Waffen anzusehen", antwortete sie und schluckte. "Was soll ich denn jetzt tun? Muss ich wirklich mit ihm tanzen?"

Einen Moment lang schloss Ram'an die Augen. "Nein. Eines gibt es, das wir tun können. Aber ich bin nicht sicher, ob dir diese Alternative eher zusagt." Er nahm einen tiefen Atemzug, dann sah er den Mann an. "Ich beanspruche diesen Tanz für mich."

Eryn schnappte scharf nach Luft. "Bedeutet das nicht, dass…"

"Dass ich mit dir tanzen muss, nachdem ich Anspruch darauf erhoben habe. Vorausgesetzt, du ziehst mich ihm als Partner vor." Er sah sie angespannt an. "Du musst dich rasch entscheiden. Das Lied beginnt gleich."

Nicht gut, überhaupt nicht gut, dachte sie, während sich ihr Herzschlag beschleunigte. Enric würde davon nicht eben angetan sein, und anscheinend erging es Ram'an nicht anders. Vran'el wirkte ebenfalls nicht begeistert von der Situation.

"Ja oder nein?", verlangte der Mann entnervt zu wissen.

"Nein zu dir!", schoss sie verärgert zurück.

"Was dann wohl ja zu mir bedeutet", nickte Ram'an und ergriff ihre Hand, um sie auf die Tanzfläche zu führen. "Schaff Enric herbei", flüsterte er Vran'el zu, der mit einem kurzen Nicken und ohne ein weiteres Wort verschwand.

Einige weitere Paare hatten sich bereits in dem Zimmer versammelt, in dem die Musiker ihre Instrumente aufgebaut hatten. Im Gegensatz zu ihr und ihrem widerstrebenden Partner lächelten die anderen in Erwartung des anstehenden Nervenkitzels.

"Es tut mir leid", sagte sie und verzog bedauernd das Gesicht. "Du hattest Recht. Ich schaffe es offenbar nicht, mich von Schwierigkeiten fernzuhalten. Was wird jetzt passieren?"

"Das, meine Liebe, werden wir gleich herausfinden. Ich habe eine recht klare Vorstellung davon, was mit *mir* passieren wird", meinte er trocken. "Was dich betrifft… das wird sich zeigen. Es hängt davon ab, wie stark du dich körperlich zu mir hingezogen fühlst. Die Magie arbeitet mit dem, was vorhanden ist."

"Wenn ich dich also überhaupt nicht anziehend finde, werde ich keinerlei Auswirkungen verspüren?", fragte sie vorsichtig nach.

"Theá, meine Liebe", lächelte er schief, "du *wirst* Auswirkungen spüren. Da gibt es zumindest ein klein wenig Anziehung von deiner Seite, sonst hättest du mir nicht gestattet, dich zu küssen. Oder zumindest hättest du es nicht als angenehm empfunden."

Panik füllte ihre Augen. "Also können wir davon ausgehen, dass ich mich zumindest ein wenig zu dir hingezogen fühle, und du hast nach Enric geschickt, damit er uns zusieht?"

"Nicht zum Zusehen, sondern damit er hinterher für dich da ist."

"Was ist, wenn Enric während des Tanzes auftaucht? Kann er den Tanz für sich beanspruchen und einfach übernehmen?"

"Nein, nicht wenn er bereits begonnen hat und du zugestimmt hast, ihn mit mir zu tanzen", erklärte er geduldig und sah sich um, ob er den blonden Haarschopf irgendwo entdecken konnte. "Er hat nur noch ein paar Sekunden, um Anspruch zu erheben - die Musik beginnt gleich."

Sie spürte, wie sich die Haare auf ihren Unterarmen aufrichteten, als ein paar Sekunden später tatsächlich die ersten Noten der Musik an ihre Ohren drangen. Ein Blick auf Ram'an zeigte ihr, wie er tief einatmete, bevor er nähertrat und ihre Finger in seine Hand nahm. Der Kontakt schloss die Verbindung, fesselte sie aneinander solange die Musik andauerte.

Vielleicht konnte sie dieses Mal dagegen ankämpfen, rasten ihre Gedanken. Wie effektiv konnte die Magie mit dem falschen Partner sein? Aber wer entschied, welcher Partner der *falsche* war? Die Musik selbst? Musik war kein denkendes Wesen, sondern nur etwas, das Reaktionen auslöste, ein von Menschen geschaffenes Mittel zur Unterhaltung, ein Werkzeug.

Sie spürte, wie sich ihr Herzschlag beschleunigte, als seine Hand auf ihrer Hüfte zum Liegen kam und ihre Hand die Bewegung spiegelte. Langsam begannen sie sich zu drehen, ihre Blicke ineinander verfangen, beide mit angespannten Mienen. Würde es helfen, wenn sie sich vorstellte, er sei jemand anderer, jemand, den sie keineswegs attraktiv fand, sondern sogar abstoßend? Sie versuchte ein Bild von Loft heraufzubeschwören. Der Berater des Königs mit seiner plumpen Erscheinung, seinem kahlen Haupt und dem vor Ärger geröteten Gesicht, der hohen Stimme und dem herablassenden Lächeln.

Sobald das Bild vollständig war, löste es sich augenblicklich auf und wurde ersetzt durch Ram'an, dunkel und attraktiv, mit angespannten Kiefermuskeln und eindringlichem Blick. War das nur ihre Einbildung, oder lag ein angenehmer Duft in der Luft, der von seiner makellosen, gebräunten Haut auszugehen schien?

Seine Berührungen begannen kleine Funken durch ihre Muskeln zu senden. Der Abend, an dem er sie geküsst hatte, tauchte ungebeten aus ihrer Erinnerung auf. Wie er geschmeckt und gerochen hatte. Warm, nach süßem Wein, exotisch, nach parfümierter Seife... Sie versuchte, den Kopf zu schütteln, um ihn klar zu bekommen, schaffte es aber nicht. Es war keine Bewegung, die von der Musik vorgesehen war. Und das Denken wurde mit jedem Moment schwieriger. Auch dafür ließ die Musik keinen Raum.

* * *

Enric kam schlitternd zum Stehen, sodass Vran'el kaum zwei Schritte hinter ihm beinahe gegen ihn stieß. Er sah die anderen Paare nicht einmal, nur Eryn, und wie sie sich in perfekter Harmonie mit Ram'an bewegte. Ihr Gesicht wirkte nicht entspannt, sondern verkrampft, und die Lippen ihres Partners waren zu einem dünnen Strich aufeinandergepresst. Beide gefangen in der Magie eines Liedes, zu dem keiner von ihnen auf diese Weise hatte tanzen wollen.

"Was passiert, wenn ich dazwischentrete? Wenn ich den Tanz unterbreche oder Ram'ans Platz einnehme?", fragte Enric mit geballten Fäusten, seine Stimme ein leises Knurren.

Alarmiert sah Vran'el ihn an. "Das kannst du nicht! Sie müssen ihn beenden, die Magie wird sie sonst nicht loslassen. Und der Schock der Trennung könnte deinem Kind schaden."

"Was ist, wenn ich Ram'an ausschalte und den Tanz mit ihr fortsetze, damit sie ihn beenden kann?", erkundigte er sich eindringlich und sah zu, wie Ram'ans Hand an ihre Wange wanderte und sie sich in die Berührung lehnte.

"Sie kann ihn nicht mit *dir* beenden! Sie sind aneinander gebunden, bis das Lied vorüber ist! Glaube mir - wenn das Oberhaupt von Haus Aren das Oberhaupt von Haus Arbil in aller Öffentlichkeit niederstreckt, wird es Ärger geben! Jetzt hör mit diesen Fragen auf und sei einfach nur da, wenn es vorüber ist." Er nahm einen tiefen Atemzug und fügte dann hinzu: "Eine Sache noch. Ram'an fühlt sich stark zu ihr hingezogen, soviel ist schon seit einiger Zeit offensichtlich. Wenn der Tanz vorüber ist, wird er unter beträchtlichem Druck stehen."

Enric sah ihn alarmiert an. "Was versucht du mir zu sagen? Heraus damit!"

"Er wird sich von einem Teil dieses Drucks befreien müssen, sonst könnte er die Kontrolle über sich verlieren. Denk zurück an das erste Mal, als du herkamst, an den Tanz in diesem Musikhaus. Was war das Erste, das du getan hast, als die Musik vorbei war?"

Rasch sog er den Atem ein, als er sich erinnerte. "Er wird sie also küssen? Hier?"

"Ja, das ist sehr wahrscheinlich. Sei darauf vorbereitet und schreite nicht ein." Vran'el entließ den Atem, ratlos, was er sagen sollte, um Enric Zuversicht zu geben. "Mir gefällt das ebenfalls nicht. Du weißt, dass meine Familie über Ram'an nicht allzu glücklich ist. Aber indem er den Tanz für sich beansprucht hat, bewahrte er sie davor, von einem Fremden angefasst zu werden, der wohl keinerlei Zurückhaltung gezeigt hätte. Ram'an hat sofort nach dir geschickt, also kannst du davon ausgehen, dass seine Absichten ehrenhaft waren."

"Ich weiß", erwiderte Enric mit rauer Stimme. "Aber das macht es nicht einfacher, das hier mitanzusehen!"

Seite an Seite standen sie mit verschränkten Armen, ihre Augen auf das tanzende Paar fixiert.

* * *

Das sollte so nicht passieren, dachte sie fieberhaft. Als er sie dieses eine Mal geküsst hatte, war es anders gewesen. Keine Explosionen, keinerlei Spannung oder Verkrampfungen im Magenbereich. Warum waren ihre Muskeln gespannt wie ein Bogen, die Schläge ihres Herzens so rapide? Weshalb hegte sie Gedanken, ihn zu packen und ihn mit ihr machen zu lassen, was auch immer er wollte?

Sie scheute das Ende des Liedes und was es bringen würde.

Enric, dachte sie mit einem stummen Ächzen. Wie sehr sie hoffte, dass er das nicht mit ansah. Aber das war nicht besonders wahrscheinlich, oder? Ram'an hatte ihn rufen lassen, bevor er sie auf die Tanzfläche geführt hatte. Und dann nahm er wohl ihr Unbehagen auch durch das Geistesband wahr. Somit würde er also ihre Reaktion auf einen anderen Mann mit ansehen und ein schwaches Echo davon in seinem eigenen Kopf verspüren, während er dazu gezwungen war, einfach nur danebenzustehen und zu warten.

Aber die Gedanken an Enric wurden rasch verscheucht. Die Magie ließ sie nicht zu; er war nicht derjenige, an den sie inmitten dieser Verzauberung denken sollte.

Die Musik wurde langsamer und von Note zu Note leiser, veranlasste sie, sich gegenseitig mit ineinander verschränkten Fingern ins Gesicht zu schauen.

Sobald der letzte Ton verstummt war, spürte sie, wie sich seine Finger in ihrem Haar vergruben, bevor sich sein Mund einen Augenblick später auf ihren presste. Dieses Mal gab es kein sanftes Vorfühlen, sondern eine sofortige, kühne Eroberung, die ihr einen Moment lang den Atem raubte. Ihre Hände an seiner Brust ballten sich zu Fäusten, ihre Finger gruben sich in den Stoff seiner Tunika, als wollte sie so verhindern, dass er sie jemals wieder losließ. Explosionen. Dieses eine Wort erschien langsam in ihrem Kopf, als müsste es sich seinen Weg durch Nebel kämpfen. Es war wie eine mächtige Welle, gewaltsam, roh, unkontrolliert.

Sie wollte widersprechen, als er den Kuss abrupt beendete und stattdessen seine Stirn gegen ihre lehnte. Schwer atmend hielt er sie mit geschlossenen Augen noch immer an sich gepresst.

Als er sie erneut öffnete, wirkten sie wild und voller Gier - und starrten auf ihren Mund, als ob ihn nur rigorose Willenskraft davon abhielt, ihn erneut in Besitz zu nehmen. Er schluckte hart, trat einen Schritt zurück, nahm ihre Hand fest in seine und unterbrach jeden anderen Kontakt. Seine Augen suchten und fanden Enric unter den Zuschauern, und eilig drückte er Eryn's Hand in seine.

"Bring sie nach Hause. Sofort", befahl er heiser.

Enric nickte kurz und zog sie an sich. Sein Arm legte sich um ihre Taille, und er führte sie die Stufen hinab zum Ausgang der Residenz und hielt sie aufrecht, als sie wiederholt zu stolpern drohte.

* * *

Sie lag auf einer Seite und starrte blicklos geradeaus und zum Fenster hinaus, während stille Tränen der Schande, Hilflosigkeit und des Bedauerns ihr Gesicht hinabliefen, bis sie im Kissen an ihrer Wange versickerten.

Enric war sanft und bedachtsam gewesen; nicht ein Wort der Anklage, des Vorwurfs oder des Tadels war ihm über die Lippen gekommen. Er hatte sie mit Fürsorge, Zärtlichkeit und bedingungslosem Verständnis geliebt, und sie fühlte sich deswegen noch schlimmer. Es konnte ihm kein besonderes Vergnügen bereitet haben, damit das Verlangen zu stillen, das ein anderer Mann in ihr geweckt hatte.

Irgendein Anzeichen von Ärger von ihm hätte geholfen - etwas, das ihr das Gefühl gegeben hätte, dass sie bekam, was sie verdiente, doch da war nichts.

Er hatte sie eine Weile in seinen Armen gehalten, ihren Kopf gestreichelt, doch als ihre Tränen nicht versiegen wollten, war er aus dem Bett aufgestanden und fortgegangen. Ein Gefühl von Einsamkeit überkam sie, und trotz der warmen Abendbrise war ihr kalt.

Seit seinem Aufbruch war mehr als eine Stunde vergangen, als sie hörte, wie sich seine Schritte näherten. Sie schloss die Augen, stellte sich schlafend und hoffte, dass er zurückgekommen war, um mit ihr im gleichen Bett anstatt irgendwo anders zu schlafen.

Doch er legte sich nicht ins Bett, sondern hockte sich vor sie hin und berührte sachte ihre Schulter.

"Eryn? Komm und zieh dir etwas an. Valrad ist hier."

Sie schlug die Augen auf und starrte ihn verwirrt an. "Was? Warum? Ist etwas passiert?"

"Nein. Ich war bei ihm und bat ihn, mit mir herzukommen", meinte er besänftigend. "Komm."

Das war der Grund gewesen, weshalb er sie allein gelassen hatte! Um ihren… Onkel zu holen, nicht weil er böse oder enttäuscht war oder weil er ihr Elend satt hatte! Die Welle der Erleichterung war so mächtig, dass ihre Muskeln beinahe erlahmten, als die Anspannung wich.

Sanft zog er die Decke fort und ergriff ihre Hand, um ihr aufzuhelfen.

"Warum?"

"Um mit dir zu reden." Er reichte ihr ein Nachthemd mit langen Ärmeln und wartete, bis sie es übergezogen hatte, bevor er seine Finger mit ihren verschränkte und sie hinaus zum Hauptraum führte, wo Valrad auf den Kissen saß.

"Eryn", lächelte er. "Komm und setz dich zu mir. Du hast einen schwierigen Abend hinter dir, soweit ich gehört habe." Seine Miene wurde ernst. "Enric erzählte mir, dass du mit dieser Situation ein wenig überfordert bist. Ich möchte dir gerne helfen, all dies aus der richtigen Perspektive zu betrachten."

Eryn seufzte zittrig und schüttelte den Kopf. "Valrad, ich fühle mich geschmeichelt, dass du mitten in der Nacht gekommen bist, aber es gibt nicht viel, das du hier tun kannst."

Nachdenklich nickte er. "Vielleicht hast du Recht. Aber da mich dein Gefährte hier geweckt und den ganzen Weg hierher geschleppt hat, kannst du mich zumindest einen Versuch, wie vergeblich auch immer er sein mag, unternehmen lassen, bevor du mich zurück nach Hause schickst, meine liebe Eryn."

Nun fühlte sie sich schuldig. Er hatte natürlich Recht - ihm in dieser Sache entgegenzukommen war das Mindeste, das sie tun konnte. Sie setzte sich neben ihn auf die Kissen und spürte, wie sich Enric hinter ihr niederließ, sodass sie sich an ihn lehnen konnte.

"Nun, mein Mädchen, was bereitet dir solch große Sorgen, dass die Tränen nicht aufhören wollen zu fließen?"

Die Worte waren vorhanden, doch es war eine immense Belastung, sie laut aussprechen zu müssen, besonders in Enrics Beisein.

"Der Tanz mit Ram'an, er… hatte eine Wirkung auf mich."

Ihr Vater wartete, ob noch mehr kam, und zog seine Augenbrauen hoch, als sie nicht fortfuhr. "Aber natürlich hatte er das. Zu diesem Zweck wurde er auch komponiert, um genau diese Wirkung zu entfalten."

"Du verstehst nicht", beharrte sie. "Er hätte nicht diese Art von Auswirkung haben sollen. Ich liebe Enric. Oder zumindest dachte ich das…" Die Tränen kehrten zurück, und sie spürte, wie sie ihre Wangen hinabliefen und nasse Bahnen auf ihrer Haut zogen.

Valrad lehnte sich vor. "Ich würde dir gerne ein paar Einblicke in das Wesen von magischer Musik von einem medizinischen Standpunkt aus vermitteln. Ich denke, das sollte sich für eine Heilerin als interessantes Wissen erweisen."

Eryn setzte sich ein wenig aufrechter hin. Das war ein professioneller Blickwinkel, damit konnte sie umgehen. Seine Stimme hatte diesen Anflug von Mitgefühl verloren und klang stattdessen sachlich.

Die Andeutung eines Lächelns umspielte Enrics Lippen. Das war ein kluger Zug gewesen, entschied er. Mit Mitleid oder tröstenden Bestrebungen kam sie nicht gut zurecht, doch medizinischen Fakten würde sie allemal lauschen.

"Körperliches Verlangen, musst du wissen", fuhr Valrad fort, "ist etwas, das in unserem Gehirn lokalisiert ist und auf verschiedene Arten ausgelöst werden kann. Da wäre körperliche Stimulation, die wir kontrollieren, steuern und bei der wir aktiv entscheiden können, ob wir sie zulassen möchten oder nicht. Dann gibt es gedankliche Stimulation, die wir nur bis zu einem gewissen Grad kontrollieren können, da Gedanken zuweilen ungebeten auftauchen und eine Reaktion in uns auslösen, ob wir das nun wünschen oder nicht. Gedankliche oder körperliche Stimulation steht oft in Verbindung mit Gefühlen, was bedeutet, dass der gleiche Reiz bei verschiedenen Personen unterschiedlich wirkt. Bei einer Person löst ein Impuls eine Reaktion aus, bei einer anderen jedoch nicht. Das ist eine Frage der Vorlieben. Gefühle sind jedoch für solch eine Reaktion nicht immer erforderlich, wie du sicher weißt. Andernfalls hätten wir niemals sexuelle Begegnungen, wenn wir nicht zumindest verliebt sind." Er hielt inne und wartet darauf, dass sie zustimmend nickte.

"Und dann haben wir zusätzlich zu diesen beiden noch eine dritte Möglichkeit, Lust auszulösen: Magie. Die ist sehr mächtig. Und vollkommen außerhalb unserer Kontrolle. Allerdings gibt es ein paar Voraussetzungen, die dafür erfüllt sein müssen. Erstens müssen magische Fähigkeiten vorhanden sein, und zweitens auch ein gewisses Maß an körperlicher Anziehung." Eindringlich sah er seine Tochter an. "Verstehst du, was ich dir sage?"

Sie sah von ihm weg, zu einem der hohen Fenster hinaus. "Du sagst mir, dass ich mich zu Ram'an hingezogen fühle."

Er rollte seine Augen himmelwärts. "Aber natürlich tust du das, mein liebes Mädchen. Er ist ein gutaussehender Kerl, charmant und sehr geschickt darin, die Leute dazu zu bringen, dass sie ihn mögen.

Viele Frauen in dieser Stadt finden ihn anziehend, wie ich vermute. Aber du würdest dich ebenso zu einer Anzahl anderer Männer in dieser Stadt hingezogen fühlen. Und Enric ginge es nicht anders mit vielen Frauen hier, wenngleich jeder sehen kann, wie sehr er dir verbunden ist. Eryn, wir sprechen hier über körperliche Anziehung", beharrte er. "Die wird nicht einfach vollkommen ausgeschaltet und lässt dich für andere kompatible Sexualpartner blind und taub werden, sobald du eine emotionale Bindung zu einer Person aufbaust. Du bist einfach nur weniger bereit, danach zu handeln. Und die Musik treibt diese Bereitwilligkeit voran, ohne sich um deine Gefühle zu kümmern."

Gedankenverloren sah sie ihn an und überdachte seine Worte. Sie räusperte sich und meinte dann zögerlich: "Die Magie in der Musik funktioniert selbst dann, wenn es keinerlei emotionale Bindung zwischen den Tanzpartnern gibt?"

Enrics leises Lachen hinter sich spürte sie mehr als sie es hörte. "Ich erinnere mich sehr genau an eine bestimmte Nacht, als wir beide eine Maske trugen. Sofern du nicht gerade über die Fähigkeit verfügst, innerhalb von Minuten eine gefühlsmäßige Bindung zu maskierten Fremden aufzubauen, hast du bereits am eigenen Leib erfahren, wie gut das mit rein körperlicher Anziehung funktioniert."

Natürlich, dachte sie, und kam sich dämlich vor, weil sie nicht selbst daran gedacht hatte.

"Emotionale Bindung jedoch", fügte Valrad hinzu, "erhöht die Wirkung, die die Magie auf dich hat." Er lächelte. "Ihr beide habt dies vor einiger Zeit recht eindrucksvoll demonstriert, als ihr zum ersten Mal in unserer Stadt wart und Ram'an versuchte, mit dir zu tanzen. Eine sehr effektive Kombination aus magischer Stärke, einer engen Bindung zwischen euch und einem machtvollen Lied."

"Dieser Tanz mit Enric hatte eine stärkere Wirkung auf mich als derjenige heute Abend", meinte sie nachdenklich. "Aber der Tanz mit Ram'an war stärker als der erste, den ich zuhause mit Enric tanzte."

"Derjenige, wo er maskiert und anonym war?", versicherte sich Valrad.

"Ja. Muss ich davon ausgehen, dass ich mich jetzt stärker zu Ram'an hingezogen fühle als damals zu Enric?" Der bloße Gedanke bereitete ihr erhebliches Unbehagen.

"Mein liebes Mädchen, Gefühle sind in unserem Leben sehr mächtig und beeinflussen alles, was wir tun. Natürlich fühlst du dich zu einem Mann, den du nicht nur halbwegs attraktiv findest, sondern den du auch als Freund betrachtest, stärker hingezogen als zu jemandem, der dir wie ein vollkommen Fremder vorkam. Die wichtige Tatsache hier ist, dass die Magie in der Musik *zu diesem Zeitpunkt* größere Auswirkungen hat, wenn du dazu mit Enric tanzt als bei Ram'an." Er nahm ihre kühlen Hände zwischen seine größeren, warmen. "Du hast Enric in keiner Weise betrogen. Liebe, mein gutes Kind, besteht nicht in der Abwesenheit von körperlicher Anziehung zu jeder anderen

Person um dich herum, sondern in der bewussten Entscheidung, nicht danach zu handeln."

"Ich habe mich von ihm küssen lassen", sagte sie leise und konnte sich des Gefühls nicht erwehren, dass sie durchaus danach gehandelt hatte.

"Der Kuss nach dem Tanz ist die erste Chance, etwas von der Spannung loszuwerden, die sich in uns aufstaut. Ram'an ist ein mächtiger Magier, genau wie du selbst. Selbst wenn du dich dazu entschlossen hättest, dich nicht von ihm küssen zu lassen, gibt es nichts, das du tun hättest können, um ihn davon abzuhalten. Oder auch tun hättest sollen. Es gab auch in dir Druck, der freigegeben werden musste. Dies ist der Grund, weshalb *du* ihn ebenfalls küssen wolltest", erklärte ihr Vater geduldig.

"Ich bin also keine erbärmliche Person und Gefährtin, weil ich mich während dieses Tanzes zu einem anderen Mann hingezogen fühlte?", wagte sie sich behutsam vor, nur um wirklich auf der sicheren Seite zu sein.

"Nein, Mädchen, du müsstest wahrscheinlich tot sein, um das zu verhindern", antwortete er ironisch. "Was ein ernster medizinischer Zustand und wesentlich problematischer als das Vorhandensein eines aktiven Sexualtriebes wäre - der sowohl bei sämtlichen Tieren als auch bei uns natürlich und nicht primär an Gefühle gebunden ist."

Enric atmete erleichtert aus, als er spürte, wie sie sich entspannte.

Valrad lächelte beide an. "Gibt es noch weitere Fragen, oder kann ich jetzt zurück in mein Bett schlüpfen? Ich bin ein alter Mann und brauche meinen Schönheitsschlaf."

"Warum bleibst du nicht hier in einem der Gästezimmer? Du kannst nach dem Frühstück heimkehren", bot Enric an.

"Nein, ich bin ein Mann der Gewohnheit, fürchte ich. Wenn mein Bett zu nahe am Fenster steht oder die Sonne am Morgen von der falschen Richtung kommt, bin ich den ganzen Tag über schlecht gelaunt. Aber es war freundlich von dir, es anzubieten." Er stand auf und nickte ihnen zu. "Ich wünsche euch nun eine gute Nacht. Bleibt sitzen, ich finde den Weg auch allein."

"Danke, dass du gekommen bist. Ich stehe tief in deiner Schuld", meinte Enric ernst.

"Kein Problem, mein Freund. Es wärmt mein Herz, wenn ich sehe, dass du dich so gut um sie kümmerst; besonders, da sie so weit weg von hier lebt, wo ich im Normalfall keine große Hilfestellung leisten kann, wenn sie eine starke Schulter benötigt."

Sie hörten, wie seine Schritte auf dem glatten Steinboden mit zunehmender Entfernung leiser wurden und vollkommen verstummten, als die Tür im Eingangsbereich mit einem dumpfen Geräusch geschlossen wurde.

Eryn lächelte und schloss die Augen, als Enrics Hand über ihren gerundeten Bauch strich und er seine Lippen auf ihre Schläfe drückte.

"Ich bin froh, dass es dir besser zu gehen scheint, Liebste."

"Das tut es", bestätigte sie. "Aber ich habe ein schlechtes Gewissen wegen Ram'an. Du bist nicht böse auf ihn, hoffe ich? Er wollte es nicht tun. Er hat bis zum letzten Moment nach dir Ausschau gehalten, damit du den Tanz beanspruchen kannst."

"Ja, ich weiß. Vran'el sagte mir, dass er sofort nach mir geschickt hat. Ich bin ihm zu Dank verpflichtet. Und ich bewundere seine Zurückhaltung, mit der er dich nach dem Tanz freigab. Das muss ein Akt großer Willenskraft gewesen sein. Ich werde ihn morgen aufsuchen, um ihm angemessen zu danken."

"Ich werde dich begleiten", meinte sie und legte ihre Hand auf seine.

"Nein, Liebste. Ich denke nicht, dass dies ein weiser Zug ist. Er hängt noch immer an dir, und jetzt, wo er dich endlich aufgegeben hat, kommt er dir plötzlich näher als jemals zuvor. Das macht seine Tat sogar noch bewundernswerter, da er dies vorausgesehen haben muss, als er den Tanz beanspruchte. Lass ihm etwas Zeit um zu überlegen, wie er damit umgehen soll, bevor er dir gegenübertreten muss."

"Meine Sorglosigkeit hat ihm wehgetan", seufzte sie und schüttelte den Kopf über ihre eigene Dummheit.

"Dessen bin ich mir nicht so sicher", erwiderte Enric vorsichtig. "Die Situation kommt mir etwas seltsam vor. Ein Mann, der dich nie zuvor getroffen hat, kommt auf dich, eine offensichtlich schwangere Frau, zu und fordert dich zu einem magischen Verführungstanz auf. Und das, während sich dein Gefährte Waffen ansieht, dein Bruder dir etwas zu trinken holt und dein Gesprächspartner gerade mit jemand anderem spricht und dich somit nicht rechtzeitig warnen kann, bevor du deine Zustimmung erteilst."

"Was genau willst du damit sagen? Jemand hat das geplant?" Sie runzelte die Stirn und dachte nach. "Du glaubst also, jemand wollte, dass Ram'an in deiner Abwesenheit den Tanz für sich beansprucht? Warum?"

"Als er das letzte Mal versuchte, mit dir zu tanzen", sinnierte er, "schlug ich ihm so fest ins Gesicht, dass er über einen Tisch flog. Ich schätze, dass eine ähnliche Reaktion von mir erwartet wurde, nachdem ich mit ansah, wie du mit ihm getanzt hast und von ihm geküsst wurdest. Heute jedoch wären die Konsequenzen aus solch einem Angriff ganz andere."

Langsam nickte sie. "Ja, das stimmt. Damals warst du ein Ausländer, ein Fremder, dem man zugestand, die eine oder andere Regel zu verletzen, da es den Klatsch am Laufen hielt. Und wenngleich Ram'an ein Mitglied eines mächtigen Hauses war, versuchte er doch, deine Gefährtin zu stehlen. Aber jetzt seid ihr beide Oberhäupter von Häusern, und ihn zu schlagen hätte Haus Aren geschadet, da dein Ruf darunter gelitten hätte. Und von dir geschlagen zu werden hätte für Haus Arbil schlecht ausgesehen, da sich das Oberhaupt eines Hauses nicht dabei sehen lassen kann, wie es sich so etwas gefallen lässt. Seine Gegenwehr hätte eine Fehde zwischen euren Häusern heraufbeschworen. Das hätte auch Haus Vel'kim betroffen, da sie nach einem solchen Vorfall nicht weiterhin Geschäfte mit Haus Arbil tätigen könnten." Ihre Augen schimmerten mit neugewonnenem Verständnis. Sie drehte ihren Kopf, um ihn anzusehen. "Jemand hat versucht, mich für ein kleines Machtspiel zu benutzen, das unseren Häusern geschadet hätte! Ich will wissen, wer!"

"Ich ebenfalls. Ich habe einen Boten zu Vran'el auf die Veranstaltung geschickt, damit er die Identität des Mannes, der mit dir tanzen wollte, herausfindet. Sobald wir wissen, wer er ist, werden wir eine gemütliche kleine Unterhaltung mit ihm führen."

"Denkst du, das hängt irgendwie mit dem Feuer zusammen?", fragte sie und schluckte hart. Damit wäre diese ganze Geschichte eine Vendetta anstatt eines einzelnen Versuchs, ihnen Angst einzujagen oder sie zu verletzen. Und es bedeutete, dass Vern entgegen ihren vorhergehenden Vermutungen sehr wahrscheinlich nicht das einzige Ziel, sogar nicht einmal das Hauptziel war.

"Wir können es nicht ausschließen", antwortete er behutsam. "Wir werden uns darum kümmern, Liebste. Ich werde nicht rasten, bis ich herausgefunden habe, wer hinter all dem steckt."

Sie teilten ein stilles Lächeln miteinander, das jedoch nicht von Freude zeugte, sondern von grimmiger Entschlossenheit und dem Drang nach Gerechtigkeit beseelt war.

KAPITEL 25

Vergebung

Eryn saß in der Kantine und starrte blicklos auf den Tisch vor sich. Mit Ausnahme von ihr selbst war der große Raum um diese Tageszeit auf gespenstische Weise leer. Es war früher Nachmittag, und die Heiler waren entweder nach ihrer Schicht nach Hause gegangen oder nach dem Mittagessen zu ihrer Arbeit zurückgekehrt.

Seit mehr als einer Stunde saß sie nun schon hier und hielt sich an demselben Wasserglas fest, ohne daraus zu trinken. Sie war nicht ganz sicher, was sie nun zu tun hatte, doch nach der gestrigen Nacht war ihr klar, dass sie sich nicht länger verstecken konnte. Es war Zeit, sich der Angelegenheit mit Valrad auf die eine oder andere Weise zu stellen.

Sie blickte auf, als Iklans sittsam wirkende Assistentin die Kantine betrat und lächelnd an ihren Tisch trat.

"Malthéa? Iklan hat nun Zeit für dich. Sein Patient ist fort."

Eryn nickte und stand von den Kissen auf. Sie stellte ihr Glas auf dem Tisch ab, bevor sie der Frau zur Kantine hinaus, die Stufen empor und den Korridor entlang folgte, der zu den Behandlungsräumen der Heiler führte. Sie hatte bisher nicht gewusst, dass es von der Kantine eine Abkürzung dorthin gab. Bislang hatte sie immer den langen Weg zu seinem Zimmer genommen. Aber eine kürzere Route wäre ihr in der Vergangenheit auch nicht allzu verlockend erschienen, wenn man bedachte, dass die meisten ihrer Besuche unfreiwillig gewesen waren. Mit diesem hier verhielt es sich allerdings anders.

"Eryn", lächelte der Heiler, als er sie erblickte und von seinem Stuhl hinter dem Schreibtisch aufstand. "Komm herein. Ich war wirklich erfreut, als du um einen Termin mit mir ersucht hast. Ich bedaure, dass du warten musstest, aber ich verschiebe festgelegte Termine mit Patienten nur ungern, wenn es sich vermeiden lässt. Sogar für eine so wichtige Person wie dich", fügte er mit einem entschuldigenden Lächeln hinzu.

Sie winkte ab. "Das geht schon in Ordnung, das Warten hat mir nichts ausgemacht. Und meine Terminanfrage war immerhin recht kurzfristig. Ich bin dankbar, dass du mich heute überhaupt empfängst." Sie fragte sich flüchtig, ob seine Bereitschaft, sie noch am gleichen Tag zwischen anderen Terminen einzuschieben, etwas damit zu tun hatte, dass er es vermeiden wollte, Valrad zu verärgern. Wahrscheinlich.

Ungefragt nahm sie auf seinen Sitzkissen auf dem Boden Platz. Sie wusste, dass er daran keinen Anstoß nehmen würde.

"Hast du schon gehört, was gestern passiert ist? Die Zusammenkunft bei Haus Feral?", fragte sie ohne Einleitung.

Iklan holte zwei saubere Gläser und stellte sie vor ihr auf dem Tisch ab, bevor er einen Wasserkrug brachte.

"Ich gehe davon aus, dass wir hier über deinen Tanz mit Ram'an von Haus Arbil sprechen?", erkundigte er sich bedächtig.

Sie nickte. Gut. Zumindest ersparte der Klatsch es ihr, die gesamte Geschichte erzählen zu müssen.

"Liege ich richtig mit der Vermutung, dass deine Zustimmung zu diesem Tanz unbeabsichtigt war?"

"Ja, das tust du. Aber es ist nicht der Tanz selbst, über den ich sprechen möchte. Ich gebe zu, dass es eine verstörende Erfahrung war, so etwas mit einem anderen Mann als Enric zu tanzen, doch ich würde lieber darüber reden, was hinterher passiert ist." Dann runzelte sie die Stirn. "Warte, eine Sache gibt es da doch, die mich im Zusammenhang mit dem Tanz interessieren würde. So richtig. Ich wage zu behaupten, dass du mir diesbezüglich weiterhelfen kannst. Warum ist es nicht möglich, seine Meinung zu ändern, wenn man einem Verführungstanz einmal zugestimmt hat? Das birgt eine Menge Potential für Ärger. Zumindest in meinem Fall."

Iklan füllte ihre Gläser und reichte ihr eines davon, bevor er einen Schluck nahm.

"Die Zustimmung zu einem Verführungstanz ist gleichzusetzen mit dem Einverständnis, Intimität zu teilen, wie dir sicher bewusst ist. Solch eine Einladung sollte nicht achtlos ausgesprochen werden, und ebenso wenig sollte sie angenommen werden, sofern dahinter nicht die Absicht steht, es auch durchzuziehen." Er betrachtete sie gedankenvoll. "Ich kann verstehen, dass dies nicht einfach ist für jemanden, der noch immer dabei ist, sich mit all unseren Gebräuchen vertraut zu machen, dass diese Regeln in der Tat Schwierigkeiten verursachen mögen, wenn man sich der Konsequenzen nicht bewusst ist. Doch stell dir eine Person vor, die all ihren Mut zusammennimmt und dann um solch einen Tanz bittet, diese Einladung angenommen, aber kurz darauf wieder verweigert wird. Das wäre grausam."

"Ich hätte den Tanz nicht aus Boshaftigkeit verweigert, sondern weil mir nicht klar war, worauf ich mich einließ!", protestierte sie.

"Ja, ich weiß. Aber dies spielt in unserer Gesellschaft kaum jemals eine Rolle, da wir Einheimischen die Signale kennen. In der Vergangenheit haben sowohl Männer als auch Frauen auf die Taktik zurückgegriffen, zuerst einen Verführungstanz zu akzeptieren und ihn in der Folge zu verweigern, um öffentliche Schmach zu bereiten. In den meisten Fällen führte das zu Gewaltausbrüchen. Aus diesem Grund wurde vor einigen Jahrzehnten ein Gesetz beschlossen, das solchen Vorfällen vorbeugen soll. Und dann wäre da noch die Sache, dass wir es als Schande betrachten, sich von einer Vereinbarung zurückzuziehen. Ich habe gehört, dass geschäftliche und private Beziehungen im Alten Königreich nicht so eng miteinander verwebt sind wie hier, stimmt das?"

Eryn nickte. "Ja, das stimmt. Ich schätze, das erleichtert die Dinge zuhause wesentlich. Wir versuchen eine zu enge Bindung zu Geschäftspartnern oder Vorgesetzten zu vermeiden, da persönliche Gefühle nur im Weg stünden, wenn es darum geht, unsere eigenen Interessen zu schützen. Soweit ich das gesehen habe, ist das hier nicht möglich."

"In der Tat. Eine achtlose Verletzung der Höflichkeitsgebote in einem Musikhaus mag auf lange Sicht zum Zerfall der Allianz zweier Häuser führen. Geschäfte miteinander zu tätigen ist hier eine persönliche Angelegenheit, eine Vertrauenssache. Hätte uns dein Gefährte damals in seiner Funktion als Botschafter nicht einen Eindruck von Vertrauenswürdigkeit und Ehrenhaftigkeit vermittelt, wäre es zu keinerlei Handelsvereinbarungen gekommen", erklärte er. "Du siehst also, wozu eine öffentliche Beleidigung hier führen kann. Und eine persönliche, öffentliche Beschämung, indem man vortäuscht, einen Verführungstanz anzunehmen, nur um dann wieder davon zurückzutreten, lastet schwer auf der Person, die die Einladung ausgesprochen hat. Dies ist wesentlich schmerzvoller, als wenn die Einladung gleich zu Beginn abgelehnt worden wäre. Hoffnungen wurden geweckt und dann rücksichtslos zerschmettert. Und in Übereinstimmung mit den starken Gefühlen, die dadurch ausgelöst werden, war die Vergeltung oftmals recht schmerzhaft. Es ging dabei darum, den Zuschauern zu zeigen, dass dies keine akzeptable Vorgehensweise ist, besonders, wenn es sich dabei um Mitglieder der Häuser handelt, die bei ihren Handlungen darauf achten müssen, dass sie ihr Ansehen in der Gesellschaft aufrechterhalten."

"Somit ist dieses Gesetz also eine Maßnahme, die sicherstellen soll, dass eine Einladung zu einem Verführungstanz nur dann angenommen wird, wenn man keinerlei Absichten hegt, die Person dahinter der Lächerlichkeit preiszugeben und somit Missgunst und Schaden zu verursachen", nickte sie. "Das verstehe ich. Und doch hat sich diese Regel für mich als recht gefährlich erwiesen."

"Sie ist nicht unumstößlich", lächelte Iklan. "Kaum eines unserer Gesetze ist das, wenn man weiß, wie man es anpacken muss. Und soweit ich weiß, hast du von den Ausnahmen zu diesem Gesetz beide Male profitiert, als du unbeabsichtigt in den Tanz eingewilligt hast, ist es nicht so?"

Kurz dachte sie nach, dann wanderten ihre Brauen nach oben. "Die Möglichkeit, dass eine andere Person den Tanz für sich beansprucht?"

"Genau. Das ermöglicht der Person, die zum Tanzen aufgefordert wurde, unbeabsichtigte Fehler zu korrigieren. Habe ich deine Frage zu deiner Zufriedenheit beantwortet?", wollte er dann wissen.

"Ja, das hast du. Danke."

"Gut. Dann würde mich nun sehr interessieren, was dich heute zu mir geführt hat. Du erwähntest, dass es dabei um etwas geht, das nach dem Tanz geschah, wenn ich mich richtig erinnere?"

Eryn atmete aus, bis keinerlei Luft mehr in ihrem Brustkorb vorhanden schien, die sich herauspressen ließ. Das schaffte sie. Sie musste einfach.

"Ja." Sie veränderte ihre Position leicht, sodass sie Iklan nicht mehr direkt ins Gesicht sah. Vielleicht war es einfacher, wenn sie vorgab, mit sich selbst zu reden. "Der Tanz und meine unerwartete Reaktion auf Ram'an haben mich ziemlich verstört." Das war eine Untertreibung, aber sie verspürte keinerlei Wunsch, ihre Gefühle in dieser Sache mit ihm zu teilen. "Enric sorgte sich, deshalb ging er los und holte mitten in der Nacht Valrad, damit er ein Gespräch mit mir führte. Er kam. Und wir redeten. Zuerst wollte ich ihm zwar nicht wirklich zuhören, aber was er mir sagte, hat mir doch geholfen. Erheblich geholfen."

Der Heiler lächelte andeutungsweise. "Und jetzt fühlst du dich schuldig, weil er dir solch bedingungslose Zuneigung zeigte trotz deiner Weigerung, mit ihm über eure Familiensituation zu sprechen?"

Sie schloss die Augen und nickte. Ja, das war eine recht akkurate Zusammenfassung ihrer Haltung.

"Sorge dich deswegen nicht, Eryn", sagte Iklan sanft. "Valrad erwartet dafür keinerlei Gegenleistung, das verspreche ich."

Ihre Augenlider hoben sich, und sie sah ihn verwirrt an.

Leise lachte er. "Das überrascht dich nun, nicht wahr? Du hättest von mir einen Überredungsversuch dahingehend erwartet, dass du ihm seine Güte vergiltst, indem du dich mit ihm versöhnst, vermute ich. Es wäre eine Errungenschaft für mich gewesen, hätte ich dich dazu bewegen können, zu ihm zu gehen."

Sie biss sich auf die Lippe, und er lächelte über ihre schuldbewusste Miene.

"Ich muss mich wirklich wundern, dass du überhaupt zu mir kommst, wo du doch keinen besonders schmeichelhaften Eindruck von mir hast", bemerkte er milde.

"Es tut mir leid", seufzte sie und sah zu Boden. "Du hast natürlich recht. Ein Teil von mir scheint noch immer überzeugt, dass du eher in Valrads Interesse als in meinem handeln würdest."

"Doch der Teil, der dachte, dass dies womöglich nicht der Fall ist, war stark genug, um dich dennoch zu mir zu führen. Was willst du denn tun, Eryn? Vergiss, was andere von dir erwarten mögen, worauf Valrad hoffen mag, was Enric an deiner Stelle tun würde. Denk darüber nach, weshalb dir die aktuelle Situation zwischen euch beiden nach der gestrigen Nacht nicht mehr richtig erscheint", drängte er sie.

Nervös knetete sie ihre Finger, während ihr gequälter Blick wie auf der Suche nach Inspiration durch den Raum glitt.

"Ich weiß es nicht! Irgendwie ist es bloß... falsch. Ich fühle mich herzlos und kalt, weil ich ihn von mir stoße, während er gut zu mir ist. Du hast Recht - ich fühle mich deswegen schuldig. Aber das bedeutet nicht, dass ich denke, es stünde mir nicht länger zu, seinetwegen verärgert zu sein. Deswegen bin ich verwirrt und böse auf mich selbst! Und auf ihn!" Hilflos hob sie ihre Arme, um sie dann wieder fallenzulassen.

Er lehnte sich zurück und spitzte die Lippen, während er mit zur Decke gerichtetem Blick offensichtlich über etwas nachgrübelte. "Ich denke, wir sollten uns über die Natur der Vergebung unterhalten."

Sie stöhnte. "Meinst du nicht, dass es etwas voreilig ist, mich in meiner derzeitigen Gemütsverfassung dazu veranlassen zu wollen, dass ich ihm vergebe?"

"Ich habe nicht die Absicht, dich zu irgendetwas zu *veranlassen*, meine liebe Eryn", versicherte er ihr. "Ich möchte lediglich mit dir die Voraussetzungen für solch einen Schritt besprechen, und du kannst dann entscheiden, wo du stehst und ob dies überhaupt etwas ist, das du im Moment tun willst."

Widerwillig nickte sie. "Also gut. Erzähl mir etwas über Vergebung." Sie fragte sich, ob dies nun ebenso aufschlussreich werden würde wie sein kleiner Vortrag über Sicherheit zuvor.

"Vergebung, musst du wissen", begann er, "ist ein sehr intimer Vorgang, womöglich vergleichbar mit wahrhaftiger sexueller Intimität. Wir sprechen hier über einen Prozess, und zwar über einen, der Zeit erfordert, und nicht über einen einzigen raschen Schritt, nach dem alles vorbei ist. Und abgesehen von Zeit gibt es noch einen weiteren Aspekt, der erforderlich ist, um einer anderen Person zu verzeihen: Mut."

Sie runzelte die Stirn, sagte aber nichts. Bedeutete das, dass sie feige war, weil sie noch nicht bereit war, Valrad zu vergeben?

"Verzeihen erfordert, dass wir unsere innere Verteidigung, unsere Barrieren, abbauen. Dadurch machen wir uns verwundbar und geben gleichzeitig unseren eigenen Impuls auf, den anderen Menschen verletzen zu wollen. Das Risiko, dass wir erneut verletzt werden und erkennen, dass es ein Fehler war, einer Person zu vergeben, besteht immer. Dies ist der Grund, weshalb dieser Prozess Mut erfordert." Er hielt inne und wartete, ob sie darauf etwas erwidern wollte. Als sie ihn nur ansah, fuhr er fort.

"Der allererste Schritt ist es, den Auslöser des Ärgers anzusprechen, ihn an die Oberfläche zu bringen und über den Schmerz zu sprechen, der dadurch verursacht wurde. Der Schmerz muss eingestanden anstatt verleugnet oder unterdrückt zu werden, sonst kann der Prozess nicht beginnen. Die erste Frage, die du dir also stellen musst, ist: Bist du bereit, deinen Schmerz einzugestehen? Bist du bereit, ihn mit Valrad zu teilen?" Er hob eine Hand, als sie ihren Mund öffnete. "Nein, antworte nicht *mir*. Antworte dir selbst. Nimm dir Zeit dafür. Ich bin nicht derjenige, den du überzeugen musst." Dann sprach er weiter: "Da du eine Heilerkollegin bist, werde ich hier eine Heilmetapher heranziehen: Eine emotionale Verletzung bedarf der Behandlung, genau wie eine körperliche. Wenn du sie jedoch verbindest, ohne sie zuerst zu reinigen, wird sehr wahrscheinlich eine Entzündung entstehen. Bloßes Abdecken wird sie nicht verschwinden lassen; es wird nur so erscheinen, als wäre sie behandelt worden, doch das ist nicht der Fall. Das Gleiche trifft auf schmerzhafte Situationen zu. Wenn du ignorierst, was darunter liegt und einfach vorgeben willst, alles sei in Ordnung, ohne darüber zu sprechen, wird es unter der Oberfläche weiterschwelen und eines Tages mit mehr als der anfänglichen Stärke hervorbrechen." Er beugte sich vor und sah sie eindringlich an. "Das bedeutet, dass dich jedes Tabu davon abhalten wird, dich ordentlich darum zu kümmern; dass alles, worüber du dich zu sprechen weigerst, die Entwicklung zwischen euch beiden behindern wird. Es bedeutet auch, dass die Frage, ob du bereit bist, mit deinem Vater zu reden, keineswegs eine einfache ist. Hier darf es keine halben Maßnahmen geben. Entweder machst du es ordentlich, oder du nimmst dir mehr Zeit, bis du bereit dazu bist." Er lehnte sich wieder zurück und wartete darauf, dass sie sprach.

Einige Augenblicke lang sah sie ihn an, dann spitzte sie die Lippen. "Nehmen wir einmal an, die Antwort auf diese Frage würde *ja* lauten. Tun wir so, als wäre ich willens und bereit, ihm mit allem, was dazugehört, gegenüberzutreten. Ich sage nicht, dass dies der Fall ist, es ist nur eine rhetorische Frage. Was dann?"

"Dann wirst du ihm die Gelegenheit geben, über seine Beweggründe zu sprechen. Das war es, was er letztes Mal versuchte, als ihr beiden hier in genau diesem Raum wart, wenn du dich erinnerst. Er verspürt das Bedürfnis, gewisse Dinge mit dir zu teilen, und ihm gegenüberzutreten bedeutet, dass du ihm diese Erlaubnis erteilst und ihm ernsthaft zuhörst. Erst dann wird Vergebung möglich sein - wenn beide Seiten vollkommen ehrlich miteinander waren, sich in gleichem Maße verwundbar gemacht haben." Er lachte leise. "Theoretisch würde damit der Prozess enden, wäre zu diesem Zeitpunkt nicht noch ein erhebliches Hindernis zu überwinden."

Fragend zog Eryn die Augenbrauen hoch.

"Selbstgefälligkeit und moralische Überlegenheit. Jemandem etwas zu vergeben, wo wir das Gefühl haben, es wäre uns angetan worden, verändert auch unser Selbstbild."

Verwirrt schüttelte sie den Kopf. "Was?"

"Jemandem wahrhaftig zu verzeihen zwingt uns dazu, unsere moralische Überlegenheit aufzugeben. Von diesem Zeitpunkt an ist es erforderlich, einander auf Augenhöhe zu begegnen, anstatt auf die andere Person hinabzublicken."

"Ich habe nicht auf Valrad hinabgesehen", wehrte sie sich.

"Ach nein? Du warst kein einziges Mal verärgert über ihn, weil er sorglos handelte, seinen eigenen Bruder und sogar seine Gefährtin auf diese Weise betrog, scheinbar ohne jede Rücksicht auf jemanden oder etwas anderes als seine eigenen Triebe?" Er lächelte, als er ihre Reaktion darauf sah. "Ah ja, das kommt dir eindeutig bekannt vor. Spar dir den Versuch, es abzustreiten. Es hätte keinen Sinn. Hier geht es nicht darum, was ich über dich denke, sondern was du über Valrad denkst und ob du bereit bist, deine Sichtweise zu verändern." Er lächelte. "Aber ihm zu vergeben bringt auch dir selbst einen enormen Vorteil; die Wunde würde aufhören zu schmerzen und zu heilen beginnen, um zu unserer kleinen Metapher von zuvor zurückzukehren."

Erschöpft sah sie ihn an. "Ich verstehe. Das ist also die Theorie hinter dem Verzeihen. Ich hatte keine Ahnung, dass es dermaßen kompliziert ist."

"Das sind Gefühle generell", meinte er schulterzuckend. "Wir gestehen ihnen diese Komplexität nur einfach nicht zu, weil sie so spontan und ohne großen Aufwand von unserer Seite auftreten. Natürlich bleibt jetzt noch ein letzter Schritt, einer, der nicht von dir in Angriff genommen werden kann, sondern nur von deinem Vater. Er muss dich um Verzeihung bitten. Und sofern du nicht bereit bist, auf diese sehr intime und kritische Bitte positiv zu antworten, solltest du besser Abstand halten, bis du dazu in der Lage bist."

* * *

Enric nahm das gefaltete Blatt Papier entgegen, das ihm der Kurier reichte und schloss die Tür. Es war an Eryn adressiert. Er drehte es um und zog beide Augenbrauen hoch, als er auf der Rückseite das Vel'kim Siegel erblickte.

"War das ein Bote?", fragte Eryn vom oberen Ende der Treppe aus.

Er nickte. Offensichtlich hatte sie diese Nachricht also erwartet. Er erklomm die Stufen und reichte ihr die Sendung, sah zu, wie sie sie öffnete und dann las. Anscheinend empfand sie dabei ein wenig Erleichterung. Als sie zu ihm aufsah, bemerkte er Entschlossenheit, aber auch eine gewisse Scheu.

"Ich werde Valrad in seiner Residenz aufsuchen. Warte besser nicht auf mich. Ich weiß nicht, wie spät es werden wird."

"Valrad aufsuchen?", fragte er nach und blinzelte. "Jetzt?"

"Ja. Ich habe ihn gebeten, mich zu empfangen, und das war die Antwort."

"Aus welchem Grund?", erkundigte er sich vorsichtig.

"Um mit ihm zu reden. Um ein paar Dinge klarzustellen. Ich habe mich heute mit Iklan getroffen und, nun ja, er hat mir für die eine oder andere Sache die Augen geöffnet."

Enric nickte nur und verbarg seine Überraschung sowohl indem er seine Gefühle hinter einem Schild behielt als auch durch eiserne Kontrolle seiner Gesichtszüge. "Ich verstehe. Hättest du gerne, dass ich dich begleite?"

Mit der Andeutung eines Lächelns hob sie ihre Hand an seine Wange. "Nein, Enric. Ich hätte viel lieber, dass du hierbleibst und mich das allein tun lässt. Ich bin ein großes Mädchen, und es gibt Dinge, die ich ohne dich erledigen muss."

Er drehte seinen Kopf zur Seite, um die Handfläche an seinem Gesicht zu küssen, dann nickte er. "Natürlich. Aber mir gefällt der Gedanke nicht, dass du allein durch die Stadt gehst. Ich würde mich besser fühlen, wenn ich dich hinbringen und wieder abholen könnte. Ist das akzeptabel für dich?"

"Ja, das ist es." Sie konnte sich der Belustigung über diesen immens zivilisierten Austausch gerade eben nicht erwehren. Vor einem Jahr hätte er sehr wahrscheinlich einfach darauf bestanden sie zu begleiten, und sie hätte einen Wutanfall bekommen und ihm womöglich Geschirr nachgeworfen. War es nicht großartig, dass sie gemeinsam solch einen weiten Weg zurückgelegt hatten?

Gemeinsam stiegen sie die Treppe hinab und verließen flotten Schrittes die Residenz. Stück für Stück spürte sie ihre Überzeugung dahinschwinden, dass sie das Richtige tat. War sie voreilig zu dem Schluss gelangt, dass sie dafür bereit war? Hatte Iklan Recht - würde es noch größeren Schaden anrichten, wenn sie Valrad gegenübertrat, ohne dafür wahrhaftig und absolut bereit zu sein?

Nein, entschied sie und hob ihr Kinn. Sie würde das erledigen, sich darum kümmern. Heute Nacht. Das ging nun schon seit mehr als zwei Monaten so, es wurde Zeit, etwas zu unternehmen. Sie war bereit. Und stark genug. Oder doch nicht?

Erleichtert seufzte sie, als die Vel'kim Residenz in Sichtweite kam. Zumindest musste sie den Impuls zum Umdrehen und Zurückgehen nun nur noch ein paar Minuten lang bekämpfen.

Enric konnte ihr helfen, indem er sie ein wenig ablenkte.

"Hast du Ram'an heute wie geplant besucht?", fragte sie.

Er nickte. "Ja, das habe ich."

"Und?", forderte sie ihn auf, als nichts weiter kam. "Wie geht es ihm? War er von dem Tanz so mitgenommen, wie du erwartet hast?"

"Ja, ich denke schon", bestätigte er langsam. "Ich schätze, er wird ein wenig Zeit brauchen, um darüber hinwegzukommen. Er bat mich dir auszurichten, dass er eine Zeit lang etwas Abstand zu dir benötigt. Er hofft, du nimmst es nicht persönlich."

Ihre Schritte wurden langsamer, als sie einen Knoten in ihrem Brustkorb verspürte. Zog er sich jetzt etwa tatsächlich vor ihr zurück? Aber auch sie hatte der Tanz nicht eben kalt gelassen. Und im Gegensatz zu Ram'an war sie nicht verliebt in ihn. Sie fragte sich, ob er die Wirkung der Musik aufgrund seiner emotionalen Bindung sogar als noch stärker als sie empfunden hatte. Wenn sie an ihre eigene Reaktion auf den Tanz dachte, konnte sie sich vorstellen, dass es eine beträchtliche Belastung für ihn gewesen sein musste, damit umzugehen. Ihr kam ein weiterer Gedanke.

"Weißt du, ob er... du weißt schon... nachdem wir fort waren... ich meine..." Sie konnte es nicht einmal aussprechen. Aber Enric schien sie zu verstehen.

"Intrea ist eine recht rücksichtsvolle Gastgeberin, Liebste. Und sie war in der Vergangenheit bereits bei einigen Gelegenheiten mit Ram'an involviert, soweit ich gehört habe."

Sie schluckte und nickte. Zumindest hatte er die Nachwirkungen der Musik nicht allein ertragen müssen, sondern gemeinsam mit jemandem, den er kannte und mochte und der ihm dabei half, mit dieser rohen Erregung fertig zu werden, die der Tanz mit einer anderen Frau ausgelöst hatte. Genau wie Enric ihr beigestanden hatte.

"Sie sprachen erst vor kurzem davon, sich wieder einmal zu treffen", meinte sie leichthin. "Ich schätze, diese Gelegenheit war so gut wie jede andere."

Er drückte ihre Hand. "Ich denke nicht, dass es für sie eine allzu große Bürde war. Mach dir keine Gedanken."

"Ist er sehr verärgert meinetwegen?", fragte sie mit einer Grimasse.

"Nein, Liebste. Überhaupt nicht. Er braucht nur etwas Zeit."

Vor dem Tor zu dem Weg, der den Hügel hinauf zur Residenz führte, blieben sie stehen.

"Viel Glück." Er beugte sich vor, um sie auf die Stirn zu küssen. "Schick mir eine Nachricht, wenn du nach Hause kommen willst. Geh nicht allein in der Dunkelheit zurück", beharrte er.

"Das werde ich nicht. Versprochen."

Sie drehte sich um und ging zum Eingang hinauf, während sie sich selbst verfluchte, weil sie sich nach Ram'an erkundigt hatte. Nun hatte sie anstatt einer Sache zwei im Kopf, die ihr Sorgen bereiteten. Eine beachtliche Leistung.

Valrad öffnete die Tür noch bevor sie ihre Hand zum Klopfen erhoben hatte und lächelte sie an.

"Komm herein. Ich bin froh zu sehen, dass Enric dich hergebracht hat. Ich habe erst zu spät daran gedacht, dass es derzeit nicht ratsam ist, wenn du allein durch die Straßen marschierst. Aber ich bin zuversichtlich in meiner Einschätzung, dass dein Gefährte sein Möglichstes tut, um deine Sicherheit zu gewährleisten." Er reichte ihr ein feuchtes Handtuch und wartete, bis sie ihr Gesicht und ihre Arme abgewischt hatte.

"Er bestand darauf. Er sagte mir auch, ich solle nach ihm schicken, wenn ich zurückkehren will."

"Das wird nicht erforderlich sein. Vran'el oder ich werden dich begleiten", versprach er und ging ihr voraus die Stufen zum Hauptraum hinauf.

"Was darf ich dir zu trinken anbieten, Eryn?", fragte er, als sie auf den Kissen Platz genommen hatte.

"Diesen gelben Fruchtsaft mit ein wenig Wasser, sofern du welchen da hast."

"Natürlich." Er lächelte. "Wir haben stets welchen vorrätig, den trinkt Vran'el am liebsten."

Sie nahm das Glas entgegen und sah zu, wie er sich setzte. Er ging sicher, dass er nicht zu nahe bei ihr saß, aber auch nicht zu weit entfernt. Er wirkte ein wenig nervös, wie ihr auffiel. Genau wie sie selbst.

"Du siehst besser aus als letzte Nacht. Ich bin froh, dass du dich offenbar von deiner Erfahrung bei Haus Feral und den Auswirkungen davon erholt hast", meinte er ruhig.

Sie nickte steif. "Ich habe mich nicht für deine Hilfe bedankt." Warum fühlte sich das nur dermaßen absurd an? Es war wie eine sehr höfliche Unterhaltung zwischen zwei Fremden, die ungemein bedächtig vorgingen, um bloß kein falsches Wort zu äußern, das eine Kränkung zur Folge hätte.

"Lass mich dir versichern, dass dies nicht nötig ist." Nachdenklich betrachtete er sie. "Ich hoffe, du weißt, dass ich von dir nicht erwarte, dass du als eine Art Gegenleistung für meinen Besuch letzte Nacht mit mir sprichst?"

Langsam nickte sie. "Ja, das weiß ich. Iklan sagte mir bereits, du würdest keine Gegenleistung erwarten."

"Du warst heute bei Iklan?", fragte er interessiert.

"Ja. Ich bin überrascht, dass du darüber nicht Bescheid weißt. Mir wurde gesagt, dass du über alles, was in der Klinik vor sich geht, gut informiert bist."

"Ich musste heute früher weg, um ein paar Leute zwecks Begutachtung von Handelsvereinbarungen zu treffen. Ich hätte morgen davon erfahren", erklärte er. Dann richtete er sich auf. "Du hast geschrieben, dass du mit mir reden möchtest."

Sie schluckte und wünschte, sie könnte im Zimmer auf und ab gehen oder irgendetwas anderes tun, um die nervöse Energie loszuwerden, die ihr das Stillsitzen derzeit so erschwerte. "Das tue ich. Und ich bin auch hier, um dir zuzuhören."

Für einen Moment schloss er seine Augen, dann lächelte er. "Darüber bin ich froh. Bitte lass mich mit etwas beginnen, das ich dir nun schon seit einer Weile sagen möchte. Ich habe mit Iklan gesprochen, und er machte mir klar, dass meine Vorgehensweise, dich über deine... nun, Herkunft zu informieren, recht ungeschickt war. Ich habe eine sehr schwierige Situation noch schlimmer gemacht, indem ich so wenig Fingerspitzengefühl an den Tag legte. Ich hätte Malriel nicht mitkommen lassen dürfen, ganz egal, ob sie darauf bestand oder nicht. Außerdem hätte ich dich nicht einfach fortgehen lassen dürfen, ohne dir zu folgen. Ich hätte Iklan ersuchen sollen, herzukommen und uns durch all dies zu führen anstatt auf meine eigenen Instinkte zu vertrauen, dass ich dies ordentlich handhaben könnte. Das bedaure ich."

Sie schluckte hart und dachte zurück an den Tag ihrer Ankunft hier und an die unangenehme Enthüllung, die er mit sich gebracht hatte. Hätte es wirklich etwas geändert, wenn sie auf andere Weise davon erfahren hätte? Sie schüttelte den Kopf. "Mach dir deswegen keine Sorgen, ich sehe nicht, wie Iklans Anwesenheit die Sache besser gemacht hätte. Und Pe'tala war immerhin da, um mir nachzulaufen. Sie war großartig. Wirklich - ich war froh, dass sie da war. Und Malriel… ich schätze, man könnte sagen, dass sie es verdient hat, meine Reaktion auf all das mitanzusehen." Der Anfang war nicht so übel gelaufen, entschied sie. Er hatte sich für eine Kleinigkeit entschuldigt, sie hatte ihn diesbezüglich beruhigt. Noch hatten sie nicht über das zu sprechen begonnen, was sie hergeführt hatte, die Sache, die in den letzten zwei Monaten zu einer Kluft zwischen ihnen geführt hatte, doch es war ein geringfügiger Schritt aufeinander zu, eine kleine, vielversprechende Errungenschaft.

Ihr fielen Iklans Worte darüber ein, dass sie bereit sein musste, über ihren Schmerz zu sprechen. Er hatte darauf bestanden, dass dies unvermeidbar war, wenn sie sich ordentlich um diese Situation kümmern wollte. Sie war so sehr daran gewöhnt, ihn kühl und distanziert zu behandeln, dass die Aussicht darauf, sich ihm nun zu öffnen und ihren Umgang mit ihm so vollkommen zu ändern, furchteinflößend war.

Würde es helfen, wenn sie über ihren Schmerz auf kühle und unbeteiligte Art sprach? War das ein Widerspruch in sich? Würde es überhaupt glaubwürdig wirken?

Sie atmete tief ein, dann straffte sie ihre Schultern und sah Valrad geradewegs an. Das schaffte sie. Einer Herausforderung auszuweichen lag nicht in ihrer Natur. Was hatte Pe'tala damals gesagt? *Eine Aren zeigt niemals Furcht, und eine Vel'kim geht keiner unangenehmen Pflicht aus dem Weg.*

"Es gibt ein paar Dinge, die ich dir sagen muss. Mir wurde mitgeteilt, dass kein Weg daran vorbeiführt und ich sie mit dir teilen muss. Ich gehe davon aus, dass es für dich nicht viel angenehmer sein wird, sie dir anzuhören, als es für mich sein wird, davon zu sprechen." War das zu reserviert gewesen?

"Ich höre", meinte er ruhig und lehnte sich zurück. "Darauf habe ich nun schon eine Weile gewartet, und ich bin mir im Klaren darüber, dass es weder für dich, noch für mich einfach werden wird. Aber wir müssen uns darum kümmern, da es uns beide schmerzt."

Langsam ließ sie ihren Atem entweichen. "Iklan sagte, die Offenbarung, dass du mein… Vater bist, war die Letzte von mehreren großen Veränderungen in meinem Leben. Es hat mich so hart getroffen, weil ich plötzlich alles in Frage stellte, was ich über mich und meine Identität zu wissen glaubte. Es dauerte eine Weile, bis mir klar wurde, dass er Recht hatte." Sie sah auf ihre verkrampften Finger hinab und löste bewusst ihren Griff. Ihre Hände fühlten sich klamm an. "Das Wissen, dass ich Ved'als Tochter war, gab mir Sicherheit", fuhr sie fort. "Und er gab mir niemals einen Grund dafür, mir zu wünschen, es wäre anders. Er war großartig, und als ich ihn verlor, dachte ich, es wäre das Ende meiner Welt. Er war alles, was ich hatte." Sie hielt kurz inne, dann sprach sie weiter.

"Zu erfahren, dass es nicht stimmte, bewegte mich dazu, vieles in Frage zu stellen. Wer ich wirklich bin, wem ich noch vertrauen kann, welche anderen Fehler ich bei Einschätzungen gemacht habe, ohne mir dessen bewusst zu sein. Und ich war wütend darüber, dass von mir erwartet wurde, Ved'al als meinen Vater aufzugeben. Es fühlte sich... fühlt sich noch immer an, als würde ich ihn betrügen. Zuerst taten ihm Malriel und du so etwas an, und dann wende auch ich mich nun von ihm ab..." Sie schob den Stich von Schuld beiseite.

Aus dem Augenwinkel sah sie, dass er sich nach vorne beugen wollte, um ihre Hand zu ergreifen, doch sie schüttelte den Kopf.

"Bitte nicht", murmelte sie. "Noch nicht. Ich muss das zuerst beenden."

Sie war froh, dass Valrad keinerlei Einwand erhob oder darauf bestand, sie zu trösten, sondern ihren Wunsch respektierte, für den Moment jegliche körperliche Nähe zu vermeiden.

"Ich liebe dich, weißt du", sagte sie ruhig und starrte auf ihre Fingernägel. "Noch immer. Trotz allem, was passiert ist. Deswegen fühle ich mich schlecht, als wäre ich Ved'al gegenüber illoyal. Ich habe versucht, das Gefühl zu begraben, und gehofft, dass es helfen würde, dich wegzustoßen." Mit ihren Fingernägeln zupfte sie am Saum ihrer Tunika herum. "Es hat nicht geholfen. Ich habe dich provoziert, beleidigt, ignoriert und gekränkt, doch du hast im Gegenzug nichts getan, das mir dabei geholfen hätte, dich nicht länger zu lieben." Sie lächelte schwach. "Wie ungemein rücksichtslos von dir."

"Ich hatte den Eindruck, dass es dir überhaupt nicht zusagte, mit mir arbeiten und Iklan sehen zu müssen", bemerkte er.

"Nein, das tat es nicht. Aber Pe'tala warnte mich, dass du früher oder später etwas unternehmen würdest, dass du auf mich zukommen würdest, wenn ich mich von dir fernhielte. Und immerhin hast du damit bis nach meiner Prüfung gewartet."

Sie schob sich eine Haarsträhne hinter das Ohr und wünschte, sie hätte Enric mitgebracht, so wie er es angeboten hatte. Aber das hätte wohl etwas armselig gewirkt. Als wäre sie ohne ihn nicht in der Lage, sich starken Gefühlen zu stellen. Und doch wäre es in diesem Moment ein großer Trost gewesen, wenn er ihre Hand ermutigend gedrückt hätte.

"Als ich begann, Zeit mit Orrin zu verbringen, wurde mir nach ein paar Monaten klar, dass ich manchmal noch immer einen Vater brauchte. Und dass die Kleinigkeiten, die er tat, wie mich für Achtlosigkeit zu tadeln, mich für anderes zu loben, bedeuteten, dass er diese Rolle bis zu einem gewissen Grad übernommen hatte. Es fiel mir schwer, das zuzulassen, zu akzeptieren. Das mag seltsam klingen, wenn man bedenkt, dass ich zu dieser Zeit eine Gefangene war, aber Vern und Orrin wurden irgendwie zu meiner Familie. Dass du jetzt darauf bestehst, mein Vater zu sein, ist irgendwie beängstigend. Ich war fast mein halbes Leben lang allein und bin nicht sicher, wie ich damit umgehen soll." Ihre Stimme war zum Ende hin leicht schrill geworden. Sie nahm einen weiteren tiefen, beruhigenden Atemzug, um ihre Fassung zurückzuerlangen. "Als ich zum ersten Mal herkam, war es natürlich ein Schock, Malriel zu treffen. Aber dir und Vran'el zu begegnen ermöglichte es mir, mit all dem fertig zu werden. Plötzlich gab es da eine Familie, eine Verbindung zu meiner Vergangenheit, zu Ved'al. Heiler", lächelte sie bei der Erinnerung an ihre Freude darüber, dass dies sozusagen das Familiengeschäft war. "Zu entdecken, dass nicht Ved'al mein Vater war, sondern du, zerstörte plötzlich alles und erschütterte meine Welt einmal mehr. Keine dieser Enthüllungen passte zu dem Bild, das ich von dir hatte! Du warst vertrauenswürdig, liebevoll, rücksichtsvoll, gewissenhaft - kein Mann, der hinterrücks seinen Bruder betrügt. Es tat weh, dass dieses Vertrauen in dich verschwand. Mir wurde als Kind beigebracht, Menschen nicht zu vertrauen, dass es gefährlich sei. Und es schien, als hätte Ved'al Recht behalten: dir zu vertrauen hatte sich als schrecklicher Fehler erwiesen! Was bedeutete, dass es auch nicht vernünftig war, meinem eigenen Urteilsvermögen zu vertrauen. Das war wohl am schmerzhaftesten, dass ich mir selbst nicht mehr trauen konnte." Ihre Stimme war kaum mehr als ein heiseres Flüstern. Sie nahm einen Schluck von ihrem Saft, dann hob sie zum ersten Mal, seit sie zu sprechen begonnen hatte, ihren Blick zu ihm. Sein Gesicht deutete vage einen inneren Tumult an, und seine Lippen waren aufeinandergepresst. Seine Augen, ein Spiegel ihres eigenen Schmerzes, ruhten auf ihr.

"Es tut mir schrecklich leid, dass du all das durchmachen musstest, mein liebes Mädchen", sprach er sanft, während sich seine Finger öffneten und wieder schlossen, als müsste er sich davon abhalten, sie nach ihr auszustrecken.

Sie zwang sich zu einem Lächeln und schaffte es mit großer Mühe, die Feuchtigkeit hinter ihren Augenlidern im Zaum zu halten. "Das ist schon in Ordnung, ich arbeite daran. Sofern man Iklan glauben darf, stehe ich gerade kurz vor einem mächtigen Schritt nach vorne." Genug davon für den Augenblick, entschied sie. Sich auf diese Weise für ihn zu öffnen war schwierig gewesen, und jetzt benötigte sie eine Pause, in der das Augenmerk nicht länger auf ihr selbst lag.

"Als wir uns vor zwei Wochen in Iklans Arbeitszimmer sahen, hast du mir angeboten, mir zu erzählen, was vorgefallen ist. Ich denke, ich bin nun bereit, es mir anzuhören." Oder zumindest so bereit, wie sie es jemals sein würde.

Valrad beugte sich vor, hob sein Glas hoch und nahm einige große Schlucke. Einen Augenblick lang sah er zu Boden, als müsste er erst seine Gedanken ordnen und sich wappnen, bevor er zu sprechen begann. "Als Malriel geboren wurde, gab es einige Häuser, die an einer Kommitment-Vereinbarung mit der Tochter von Haus Aren interessiert waren. Unser Haus war dasjenige, dem es glückte. Ich war der ältere Sohn, was bedeutete, dass von mir erwartet wurde, eines Tages das Haus zu übernehmen. Da Malriel ebenfalls die Erbin von Haus Aren war, bestand die logische Wahl darin, sie für Ved'al vorzusehen anstatt für mich." Er starrte in die Ferne, als ob die Rückkehr in eine Zeit vor einigen Jahrzehnten ihn tatsächlich dorthin entführt hätte. "Malriel war von Anfang an eine Schönheit. Und voller rastloser Energie. So unglaublich intelligent und den anderen ihres Alters stets voraus. Sie war sechzehn, als ich Ved'al darum bat, sie zu meinen Gunsten aufzugeben und dafür eines Tages an meiner Stelle das Haus zu übernehmen. Er war aufgebracht und verärgert, und erst da erkannte ich, dass er ebenfalls in sie verliebt war und sie nicht bloß aus einer Pflicht heraus hofierte. Ved'al und ich benötigten lange Zeit, um darüber hinwegzukommen." Über den Bruch mit seinem Bruder zu sprechen war augenscheinlich schmerzhaft für ihn. Er wirkte noch gequälter als zuvor, und seine Augen sprachen von solch tiefem Kummer, dass sie am liebsten für beide von ihnen geweint hätte.

"Was ist mit Malriel? War sie in Ved'al verliebt?", fragte Eryn und biss sich dann auf die Lippe, unsicher, ob es angemessen war, Fragen zu stellen, oder ob sie ihn einfach auf seine eigene Weise davon erzählen lassen sollte. Andererseits war der vorwiegende Zweck hier nicht, dass er sich all das von der Seele reden konnte, sondern dass sie davon erfuhr.

"Es ist natürlich schwierig für mich, für sie zu sprechen, doch mein Eindruck war, dass sie ebenfalls Gefühle für ihn hatte." Er lächelte traurig. "Er war gutaussehend, verwegen und rebellisch, während ich zu der ruhigen, häuslichen, wenig aufregenden Sorte gehörte. Es war kaum eine Überraschung, dass sie ihn anziehender fand. Er entsprach ihrer eigenen Natur stärker, und sie war so jung, zu jung um zu erkennen, dass manche Gemeinsamkeiten zu Konflikten anstatt zu Harmonie führen können. Sie banden sich aneinander, als Malriel achtzehn Jahre alt war. Die Probleme begannen wenig später. Die Angelegenheit mit vorzeitig beendeten Schwangerschaften wurde zu einem Thema, und kaum ein Jahr später fanden sich die beiden auf unterschiedlichen Seiten dieser ganzen politischen Misere. Beide waren temperamentvoll, somit waren ihre Auseinandersetzungen hart und bitter, und mit der Zeit wurden sie immer häufiger. Zwei Jahre später war ihre Beziehung beinahe zerbrochen, doch sie entschieden sich zu einem letzten verzweifelten Versuch, indem sie ein gemeinsames Kind planten." Er lachte leise, seine Stimme bitter, als er fortfuhr: "Selbst wenn ein Lebensbund auseinanderbricht, wird er in unserer Gesellschaft immer noch als erfolgreich betrachtet, solange daraus Nachkommen hervorgehen. Ein Erbe für Haus Aren. Das war wichtiger als ein intakter Lebensbund. Ich habe den Verdacht, dass Malhora maßgeblich daran beteiligt war, ihre Tochter von dieser Herangehensweise zur Rettung ihres Lebensbundes zu überzeugen." Er sah Eryn an, versuchte in ihrem Gesicht zu lesen. "Malriel war so betrübt und zu jung, um all dies allein durchzustehen. Diese braunen Augen... in den letzten Wochen hast du mich sehr stark an sie erinnert, wann immer ich dich ansah. Die gleiche Traurigkeit, dieser

Unwille, irgendjemanden an dich heranzulassen und eine Schwäche zu zeigen, während du alles tief in dir vergräbst."

Voller Unbehagen wandte Eryn den Blick ab. Zu hören wie Malriel auf diese Weise beschrieben wurde - als verzweifelte junge Frau, die sich mehr Problemen gegenüber sah, als sie bewältigen konnte und die nun auch noch mit Eryn verglichen wurde - fühlte sich verstörend an. Sie war daran gewöhnt, dass ihr äußeres Erscheinungsbild mit Malriel verglichen wurde, aber nicht sie selbst als Person, nicht bei den Dingen, die sie zu dem machten, was sie war.

"Ich hatte die Verantwortung für ein paar Bereiche übernommen, um mich an die Position des Oberhaupts eines Hauses heranzutasten", fuhr er fort in dem Bewusstsein, welche Wirkung seine letzten Worte auf Eryn hatten und deshalb bestrebt, sie hinter sich zu lassen. "Und ebenso Malriel. Das bedeutete, dass wir einander ziemlich regelmäßig bei Senatsversammlungen begegneten, und auch bei den Handelsgesprächen, die wir beide für unsere Häuser übernommen hatten. Natürlich wusste ich von den Schwierigkeiten zwischen ihr und Ved'al, und nach einer Weile begannen wir zu reden. Am Anfang trafen wir uns gelegentlich in einem Teehaus und diskutierten Angelegenheiten, die unsere Häuser betrafen, doch nach und nach begannen sich die Themen unserer Unterhaltungen zu wandeln. Zuerst war es nur hin und wieder eine zwanglose Bemerkung, dann widmeten wir die letzten paar Minuten jedes Zusammentreffens privaten Angelegenheiten. Und nach ein paar Monaten begannen wir irgendwie, uns ohne jeglichen offiziellen Grund zu treffen und einfach nur zu reden." Er schloss die Augen und schüttelte kaum wahrnehmbar den Kopf. "Ich erkannte, dass ich noch immer in sie verliebt war - vier Jahre, nachdem ich meinen Bruder gebeten hatte, sie mir zu überlassen. Ich bin nicht sicher, ob Malriel jemals in mich verliebt war, doch ich weiß, dass es zwischen uns eine Verbindung gab, die über das rein Körperliche hinausreichte. Sie teilte ihren Kummer mit mir, und soweit es eine Aren betrifft, ist dies ein großes Privileg. Mir war nicht klar, dass sie und Ved'al übereingekommen waren, ein Kind miteinander zu haben, als ich sie in mein Bett nahm. Ich ging davon aus, dass sie sich schützte und war töricht genug, keinerlei Maßnahmen zu ergreifen. Drei Monate lang trafen wir uns im Geheimen, dann teilte sie mir mit, sie sei schwanger. Ich fragte sie, ob die Möglichkeit bestünde, dass ich der Vater sei. Doch sie lachte nur und meinte, das sei lächerlich. Sie wirkte so überzeugt, dass ich ihre Gewissheit nicht in Frage stellte. Danach trafen wir uns nicht mehr. Wir wussten beide, dass ihre höchste Pflicht nun in dem Versuch bestand, ihren Lebensbund zu reparieren und ihre schwierige Beziehung mit Ved'al in eine funktionierende Familie zu verwandeln." Sein Blick suchte Eryns, dann sagte er ernst: "Ich weiß, dass es falsch war. Dafür gibt es keine Entschuldigung. Ich war nicht stark genug, um ihrem Kummer zu widerstehen, ihrer Schönheit und der Liebe, die ich noch immer für sie empfand, obwohl sie die Gefährtin meines Bruders war, obwohl ich selbst an eine andere Frau gebunden war. Ich übernehme für all das die volle Verantwortung." Schwermütig lächelte er. "Mir ist klar, dass du es wahrscheinlich nicht hören möchtest, doch wenn ich dich heute ansehe, bedaure ich das Ergebnis nicht. Das Einzige, was ich bedaure, ist zu sehen, wie sehr es dich schmerzt, dass ich dein Vater bin. Es zerreißt mir das Herz. Ich wünschte, dies wäre nicht so eine Last für dich. Ich wünschte, du würdest nicht jedes Mal erschaudern, wenn mich jemand als deinen Vater bezeichnet."

Eryn blinzelte, als er sich vorbeugte und schließlich ihre Hand zwischen seine beiden nahm, bevor er einen Kuss darauf presste und dann gegen sein Herz drückte. Seine Hände fühlten sich kühler an als sonst, womöglich eine Reaktion auf die Situation, analysierte die Heilerin in ihr automatisch.

"Ich bedaure all den Schmerz, der dadurch ausgelöst wurde, den *ich* dir zugefügt habe. Ich möchte, dass wir all das hinter uns lassen und neu beginnen. Ich liebe dich. Und zwar sehr." Er sah ihr geradewegs in die Augen, fing ihren Blick mit seinem eigenen eindringlichen ein. "Eryn, bitte vergib mir."

Sie schluckte. Natürlich kam das nicht unerwartet. So verlief der Prozess. Zuerst galt es über den Schmerz zu sprechen, dann ihn und seine Gründe anzuhören, und schließlich bat er sie um Verzeihung. Und doch drohte es sie zu überwältigen.

Eine intime und kritische Bitte hatte Iklan es genannt. Sie wusste, dass von ihr erwartet wurde, sie zu akzeptieren, dass sie es einfach tun musste. Und doch... Sich an seine Liste zu halten war wohl kaum ein ausreichender Grund, wenn sie sich noch nicht dazu bereit fühlte. Niemand konnte sie dazu zwingen, ihm zu verzeihen, wenn sie es nicht wollte oder konnte. Und niemand hatte das Recht, sie dafür zu verdammen, falls sie ihm nicht verzieh.

Iklans Worte über die Notwendigkeit, ihre moralische Überlegenheit aufzugeben, damit aufzuhören, ihn für seine Taten als junger Mann vor beinahe dreißig Jahren zu verurteilen, kehrten zu ihr zurück. War sie dazu bereit?

Aber das schuldete sie ihm, nicht wahr? Er hatte sie nicht verurteilt, als er herausfand, dass sie indirekt den Tod seines einzigen Bruders verschuldet hatte, sondern hatte ihr beigestanden, sie beschützt, sie in seine Familie adoptiert. Genau wie eine leichtfertige Tat in ihrer eigenen Jugend sie nicht zu einem schlechten Menschen machte, sollte auch ihn das Folgen eines verbotenen Pfades nicht zu einem Bösewicht machen.

Sie dachte daran, wie er ihr in diesem Garten vom Kommitmentband dritten Grades erzählt hatte; wie er sofort ihrer Adoption zugestimmt hatte, damit sie Malriel und Ram'an entfliehen konnte; wie er sie alle nach dem Feuer bei sich aufgenommen hatte. Und wie er Enric erst letzte Nacht zurück zur Aren Residenz begleitete, als sie sich nach dem Tanz mit Ram'an elend und schuldig gefühlt hatte.

Er war ein guter Mann, und in der kurzen Zeit, seit der sie einander kannten, hatte er sie niemals wirklich als etwas anderes als eine Tochter behandelt, sogar bevor er davon wusste.

Sie atmete tief ein, nickte langsam und lehnte sich vor, um ihre Stirn gegen seine zu lehnen. "Natürlich."

Beinahe konnte sie die Erleichterung spüren, die ihn fast zusammensacken ließ. Er legte eine Hand an ihre Wange und küsste ihre Stirn, bevor er eine Träne fortwischte, die seine Wange hinablief.

"Endlich", seufzte er und schloss einen Moment lang die Augen. Dann zog er sie zu sich und in seine Arme, um sie an sich zu drücken, sorgsam darauf bedacht, keinen Druck auf ihren Bauch auszuüben.

Sie brachte ein schwaches Lächeln zustande. "Iklan hätte mir den Kopf abgerissen, wenn ich es nicht getan hätte. Er wies mich an, auf Abstand zu dir zu gehen, solange ich nicht willens war, dir zu verzeihen."

"Ich bin nicht ganz sicher, ob ich Iklan einen Tritt dafür verpassen soll, dass er dir sagte, du sollst Abstand zu mir halten, oder ihn umarmen, weil er dir geholfen hat, deinen Weg zu mir zu finden, egal, wie riskant seine Herangehensweise war", meinte mit einem leisen Lachen.

"Das hängt davon ab. Verträgt die Beziehung zwischen euren Häusern einen ordentlichen Tritt in sein Gesäß?", lächelte sie, als er sie wieder losließ.

"Ich denke, das würde sie wohl. Wenngleich es dazu führen könnte, dass andere Kollegen einen gewissen Widerwillen an den Tag legen würden, wenn ich in Zukunft wieder einmal jemanden um einen Gefallen bitte." Er hob sein leeres Glas und zog eine Augenbraue hoch. "Wirst du noch ein wenig Zeit mit mir verbringen, oder wäre es dir lieber, wenn ich dich nach Hause bringe? Ich muss dir sicher nicht sagen, was ich vorziehen würde."

Sie lehnte sich zurück und lächelte. "Weißt du, wir haben im Moment ein Baby zuhause, das sämtliche Aufmerksamkeit für sich beansprucht. Ich denke, ich werde noch ein wenig bleiben und dir erlauben, nett zu mir zu sein. Sind noch welche von Vran'els Lieblingsfrüchten da? Ich könnte jetzt wirklich etwas Süßes gebrauchen."

Sie beobachtete, wie er zur Küche ging und bemerkte, dass er plötzlich jünger wirkte, seine Schritte beschwingter, als wäre ihm eine enorme Bürde von den Schultern genommen. Was grundsätzlich auch der Fall war. Sie fragte sich, ob es auch in ihrer eigenen Haltung sichtbare Veränderungen geben würde, ob die Erleichterung, all dies hinter sich lassen zu können, ebenso offensichtlich wäre wie in Valrads Fall.

Als er ein paar Minuten später mit einem großen, mit Früchten beladenen Tablett zurückkehrte, sah sie ihn an. "Und jetzt? Wie geht es nun weiter?"

Er nahm ihre Hand in seine und hielt sie fest, als wollte er all die Zeit nachholen, in der er nicht gewagt hatte, sie zu berühren.

"Ich hätte gerne, dass du von mir als deinem *Vater* sprichst, mein liebes Mädchen", sagte er sanft und hob einen Finger, als sie widersprechen wollte. "Auf lange Sicht hätte ich auch gerne, dass du mich so ansprichst, doch ich sehe, dass dies im Moment ein wenig viel verlangt wäre. Sagen wir also, dass es sicherlich ein gemächlicherer Ansatz ist, um dich an den Gedanken zu gewöhnen, wenn du mich im Gespräch mit anderen Leute als deinen Vater bezeichnest. Würdest du das für mich tun, Eryn?"

Sie konnte sich des Gefühls nicht erwehren, dass dies eine recht kühne Bitte war.

"Ich werde darüber nachdenken", erwiderte sie ohne sich festzulegen.

"Tu das", nickte er, offensichtlich zufrieden, dass sie nicht rundheraus abgelehnt hatte. "Gibt es etwas, das ich im Gegenzug für dich tun kann, mein Kind?"

Sie konnte nicht anders als lächeln. "Verhandeln wir hier gerade die Bedingungen für unsere Vater-Tochter-Beziehung, Valrad?"

Nach einem kurzen Moment des Nachdenkens nickte er gutmütig. "Das könnte man wohl so sagen. Ich schätze, das ist eine Haltung, der man nicht entfliehen kann, wenn man die Interessen einer Familie schon so lange Zeit vertritt. Verhandlungen für die Familie wandeln sich nach einer Weile zu Verhandlungen *mit* der Familie."

"Du bietest mir also eine Gegenleistung dafür an, dass ich dich als meinen Vater bezeichne, wenn ich mit anderen Leuten spreche?"

"Das tue ich in der Tat."

"Meine Güte", seufzte sie. "Hätte ich gewusst, dass ich verhandeln muss, hätte ich Vern mitgebracht. Dann hättest du mir wahrscheinlich allerlei versprochen, ohne dafür eine nennenswerte Gegenleistung zu erwarten."

"Ich werde diese wenig schmeichelhafte Einschätzung nicht als Beleidigung meiner Verhandlungskünste auffassen, sondern diese Zuversicht Verns Fertigkeiten in diesem Bereich zuschreiben", scherzte er.

Sie spürte einen Tritt in ihrem Inneren und sah auf. Da gab es noch eine Kleinigkeit, die es anzusprechen galt.

"Mein Sohn... ich beabsichtige nach wie vor, ihn Vedric zu nennen. Und ich hoffe, dass dich das nicht betrübt, doch..."

"Ich verstehe", versicherte er ihr rasch und verschränkte seine Finger mit ihren. "Ich hätte dich nicht darum gebeten, davon Abstand zu nehmen. Wenn du es aus Respekt für Ved'al tust anstatt aus einem Wunsch heraus, mir wehzutun, kann ich dies ohne Probleme akzeptieren."

Sie nickte. Nun, ursprünglich war es durchaus ihre Absicht gewesen, ihn damit zu quälen, doch das hatte sich nun geändert. "Gut. Dann werde ich deine Zustimmung in dieser Angelegenheit als angemessene Entschädigung für die *Vater*-Sache erachten."

"Das freut mich zu hören", strahlte er.

"Entweder träume ich, oder ich habe Wahnvorstellungen", erklang Vran'els erstaunte Stimme hinter ihnen. Er umrundete die Sitzinsel und starrte auf sie hinab, auf ihre verschränkten Finger und ihre entspannte Haltung.

"Deine Schwester und ich haben einen Weg gefunden, unsere Probleme beizulegen", erklärte Valrad seinem Sohn.

Eryn lächelte. "Das haben wir. Nun scheinen wir in die Verhandlungsphase eingetreten zu sein."

Der Jurist schüttelte seinen Kopf, dann lachte er. "Ach ja? Worüber verhandelt ihr denn? Kann ich zufällig zu Diensten sein?"

"Das hängt davon ab, auf wessen Seite du dich in diese Gespräche einzuschalten gedenkst." Sie zog eine Augenbraue hoch. "Wenn es nicht meine ist, dann verziehst du dich besser oder hältst zumindest den Mund."

"Herzblatt, ich habe keinerlei Absicht, mich auf deine oder Vaters Seite zu stellen." Er grinste breit. "Ich bin meine eigene Seite. Und meine erste Forderung ist, dass wir für euch drei ein Lebensarrangement finden, das euch regelmäßig für mehrere Monate am Stück nach Takhan bringt."

Eryn starrte ihn bestürzt an. "Was? Bist du irre geworden? Das ist doch ein Scherz?"

Ihr Bruder schüttelte den Kopf. "Ich fürchte, das ist kein Scherz. Ich bin der Erbe des Hauses, und du bist dabei, uns meinen Nachfolger zu bescheren. Wir können ihn nicht so weit weg von hier aufwachsen lassen, ganz ohne regelmäßigen Kontakt, der ihm ermöglicht, sein Haus kennenzulernen. Er muss es eines Tages anführen, somit kann er nicht früh genug in sein Haus hineinwachsen."

Sie drehte sich zu Valrad und sah, wie er seinen Sohn anerkennend anlächelte. Nun, natürlich würde er gegen solch eine Idee keine Einwände haben. Wahrscheinlich war er mehr als froh, dass Vran'el derjenige war, der sie zur Sprache brachte.

"Ich habe das Gefühl, dass ich mich hier ganz leicht im Nachteil befinde, besonders da ich in der Unterzahl bin. Und ich bin ohnehin nicht in einer Position, um so einer Sache ohne Enric zuzustimmen. Euch ist schon klar, dass man von uns beiden erwartet, zum Orden zurückzukehren und wichtige Säulen der Gesellschaft in Anyueel zu sein? Was bringt euch auf den Gedanken, dass es realistisch wäre, uns alle paar Monate hin und her reisen zu lassen?" Sie schüttelte den Kopf. "Wirklich jetzt."

"Du hast natürlich Recht, Herzblatt", nickte Vran'el.

Sie zog eine Augenbraue hoch. Das war ungewöhnlich verständnisvoll von ihm.

"Ach ja?", äußerte sie.

"Sicher. Enric muss auf jeden Fall dabei sein, wenn wir das besprechen." Er lachte, als sie aufstöhnte. "Was dachtest du denn, was ich meinte?"

KAPITEL 26

Ram'an in der Falle

Eryn balancierte Téa auf ihrer Schulter, während sie im Hauptraum der Aren Residenz auf und ab ging in dem Versuch, das Baby sanft in den Schlaf zu schaukeln. Dies war das erste Mal, dass Junar und Orrin sie mit ihr und Enric allein ließen, damit sie zwei oder drei ungestörte, gemeinsame Stunden in einem Teehaus verbringen konnten.

Junar hatte Orrin beinahe an einem Ohr hinausziehen müssen, da es ihm aus irgendeinem Grund widerstrebt hatte, seine Tochter Eryns Obhut zu übergeben. Eryn selbst war über diesen Mangel an Vertrauen in sie nicht eben erpicht und hatte ihm gedroht, ihn dorthin zu treten, wo es am meisten wehtat, sofern er nicht mit seiner Gefährtin ausging.

Vor ihrem Aufbruch hatten sie das Baby gefüttert und gebadet und ihr ein sauberes und schläfriges kleines Mädchen übergeben.

Bislang waren keinerlei Probleme aufgetreten. Die winzige Kreatur, die noch immer leicht nach der teuren Seife roch, die Intrea ihnen geschenkt hatte, benahm sich manierlich und sah aus, als würde sie jeden Moment einschlafen.

Eryn verlagerte Téa von ihrer Schulter in ihre Armbeuge und betrachtete das kleine Gesicht, während sie wohl zum hundertsten Mal zu erkennen versuchte, welchem Elternteil sie stärker ähnelte. So ziemlich jeder hatte eine andere Meinung darüber. Orrin behauptete, das Mädchen hätte seine Nase und sein Kinn, was Enric in Abrede stellte. Seiner Ansicht nach war das Mädchen mit einer Ähnlichkeit zu seiner Mutter gesegnet. Vern und Vran'el bestanden darauf, dass Téa Orrins Augen hatte, aber nichts weiter. Und es war nicht so, als ließe sich über ihre Augen - abgesehen von deren Form - besonders viel

403

sagen. Sie waren noch immer blau, genau wie es in diesem Alter üblich war.

Sie ließ ihren Zeigefinger über das ungewöhnlich volle, seidige Haar mit seiner unüblichen Farbe gleiten. Sie erinnerte sich nicht, jemals so etwas so Weiches und Seidiges berührt zu haben.

Als sie ein leises Geräusch vernahm, hob sie ihren Kopf und sah Enric, wie er sie gegen die Wand gelehnt mit einem verträumten Gesichtsausdruck beobachtete.

"Du wirst doch wohl jetzt nicht ganz weich im Kopf, weil du mich mit einem Baby im Arm siehst, oder?", lächelte sie.

Er rollte mit den Augen und kam auf sie zu. "Den Ausdruck *weich im Kopf* weise ich von mir", murmelte er.

Sie zuckte mit den Achseln. "Dann eben rührselig. Sentimental. Benebelt."

Mit einem Seufzer blickte er auf das Bündel in ihren Armen hinab. "Man sollte meinen, dass einem Mann in meiner Situation ein wenig Sentimentalität zustünde."

"Tu dir keinen Zwang an", meinte sie schulterzuckend. "Übrigens, wo ist Vern? Ich bin ja daran gewöhnt, dass er uns abends nur mehr hin und wieder Gesellschaft leistet, aber ich kann nicht umhin zu bemerken, dass er in den letzten paar Tagen noch schwerer zu fassen ist als sonst."

Enric hielt seine Miene bedacht ausdruckslos. Er hatte eine recht genaue Vorstellung davon, wo Vern sich derzeit aufhielt, doch er bezweifelte, dass Eryn den neuentdeckten Zeitvertreib des jungen Mannes sehr schätzen würde.

"Er ist ein heranwachsender Junge, es ist vollkommen natürlich für ihn, ein wenig Spaß zu haben."

"Im Gegensatz dazu, einen ruhigen Abend mit uns betagten und ermüdenden Leuten zu verbringen?", grinste sie.

"Mit Ausnahme von dir selbst sind wir alle eine Generation über ihm, also gehe ich davon aus, dass seine Vorstellung von Vergnügen nicht unbedingt mit unserer konformgeht." Er hob seinen Arm, um ihr das Kind abzunehmen. "Lass sie mich eine Weile halten."

"Übst du für deinen Sohn?", lächelte sie und legte ihm das Baby in den Arm. Gegen seine hochgewachsene Gestalt wirkte sie sogar noch winziger.

"Nicht unbedingt, Liebste. Ich bin ein Naturtalent mit Kindern", meinte er grinsend und streichelte mit seiner Fingerspitze behutsam das Stückchen Haut zwischen den kleinen Bögen ihrer Augenbrauen. Wenige Augenblicke später gähnte Téa, kräuselte ihre Nase und zeigte das zahnlose, rosarote Innere ihres Mundes.

Eryn blinzelte. Sie hatte das Kind einige Minuten lang geschaukelt und gewiegt, damit sie einschlief. Er hatte nichts weiter getan, als sie auf seinen Arm zu nehmen und zwischen den Augen zu berühren, und schon war sie drauf und dran einzuschlafen, einfach so.

"Gut", grummelte sie. "Du hast dich soeben freiwillig gemeldet, deinen Sohn für die nächsten zwei Jahre nach seiner Geburt ins Bett zu bringen."

Ihre irritierte Miene brachte ihn zum Lächeln. "Du bist doch wohl nicht neidisch, oder etwa doch?"

"Sei nicht lächerlich. Das zweifelhafte Talent, Kinder durch deine bloße Nähe einzuschläfern ist sicher nicht wünschenswert. Wir können uns glücklich schätzen, dass du kein Lehrer bist. Stell dir den Mangel an Fortschritt vor, der die Konsequenz deiner schlaffördernden Präsenz wäre", spöttelte sie.

Er studierte sie einen Moment lang. Sie wirkte angespannt. "Was ist los, Liebste?", fragte er milde. "Dass sie nicht eingeschlafen ist, während du sie gehalten hast, überrascht mich kaum. Du strahlst Rastlosigkeit aus."

Sie warf ihm einen gequälten Blick zu. "Ich habe Ram'an heute eine Nachricht geschickt, in der ich ihn bat, morgen mit mir zu Mittag zu essen. Er hat abgelehnt. Äußerst höflich, versteht sich. Aber sehr bestimmt."

"Ich sagte dir schon, dass er etwas Zeit braucht, um den Tanz mit dir zu verarbeiten", erinnerte Enric sie.

"Ich weiß, und ich habe ihn jetzt mehr als eine Woche lang in Frieden gelassen! Ich meine, wie viel mehr Zeit braucht er denn noch? Und seit wann ist es vernünftig, mit seinen Problemen umzugehen, indem man seine Freunde ausschließt?"

Enric starrte sie an und schüttelte langsam den Kopf. "Ernsthaft? Habe ich das wirklich ausgerechnet *dich* gerade sagen hören?"

Sie verschränkte die Arme. "Nun, ich sollte es wohl wissen, oder nicht? Und habe immerhin aus meinen Fehlern gelernt. Aber von allen, die mich dazu drängten, mich zu öffnen, war er der Lauteste, und jetzt ist *er* derjenige, der sich zurückzieht! Er sollte es besser wissen."

"Du weißt nicht, ob er sich auch vor anderen versteckt. Soweit wir das beurteilen können, hält er derzeit womöglich nur dich auf Abstand", strich er hervor.

Sie funkelte ihn an. "Vielen Dank dafür! Sag mir bloß nicht, dass du dich mit ihm triffst?"

"Nicht seit ich bei ihm war, um mich für sein Einschreiten zu bedanken. Wie stehen die Dinge zwischen dir und Valrad?", wechselte er das Thema zu etwas Angenehmerem. Téa war zwischendurch in den Schlaf abgedriftet, nur ihre Lippen zuckten gelegentlich.

"Gut. Wir treffen uns jeden zweiten Tag zum Mittagessen in der Kantine."

"Ich bin froh, dass ihr es geschafft habt, all diese Probleme hinter euch zu lassen."

Sie nickte. "Das bin ich ebenfalls. Die Arbeit in der Klinik ist nun wesentlich angenehmer, und die Leute um mich herum sind nicht mehr dermaßen vorsichtig."

"Bist du Valrads Bitte nachgekommen?"

"Du meinst die, dass ich ihn als meinen Vater bezeichnen soll, wenn ich mit anderen über ihn rede? Teilweise. Ich bringe die Dinge immer wieder durcheinander und spreche abwechselnd von ihm als meinem Vater und dann als Valrad. Einmal nannte ich ihn versehentlich meinen *Onkel*."

"Also ein guter Anfang." Er sah auf das schlafende Mädchen hinab. "Gib mir einen Moment, ja? Ich lege sie besser in ihr Bett."

Sie nahm Platz und stürzte ein Glas Wasser hinab. Sie musste darauf achten, mehr zu trinken, besonders während ihrer Schwangerschaft. Es dauerte nicht lange, bis Enric zurückkehrte und sich neben ihr niederließ.

"Ich hatte gestern ein interessantes Gespräch mit Vran'el", erzählte er.

"Worüber?"

"Er will, dass wir regelmäßig hierher zurückkehren und unser Leben im Prinzip zu gleichen Teilen zwischen Anyueel und Takhan aufteilen."

"Oh nein", stöhnte sie. "Er sagte so etwas in dieser Art, als ich Valr… meinen Vater aufsuchte, aber ich hatte gehofft, dass es als Scherz gemeint war!"

"Dem entnehme ich, dass du nicht damit einverstanden bist?"

"Sag mir nicht, dass du zustimmst? Hast du eine Ahnung, was uns Tyront und der König antun werden, wenn wir ihnen solch einen Vorschlag unterbreiten? Und dann wird die Königin der Dunkelheit irgendwann von ihrer Mission zurückkehren, was bedeuten würde, dass ich gezwungen wäre, mehrere Monate am Stück in der gleichen Stadt wie sie zu verbringen!"

"Somit ist Malriel also der einzige Grund, weshalb du diese Idee ablehnst?"

"Das ist ein recht beachtlicher Grund, wie dir sehr wohl bewusst ist! Und wie sollten wir es organisieren, auf diese Weise in zwei verschiedenen Ländern zu leben? Was ist mit unseren Positionen im Orden? Mit unserer Arbeit? Wie soll das mit dem Unterricht für unser Kind funktionieren, wenn es ständig entwurzelt und woanders hin verfrachtet wird? Wir können ihn doch nicht mehrere Stunden täglich selbst unterweisen, weil er nie lange genug in einem Land verweilt, um dort den Unterricht zu besuchen."

Enric lächelte dünn. "Lass mich dir versichern, dass ich nicht beabsichtige, die Wünsche des Königs oder des Ordens in dieser Angelegenheit zu berücksichtigen. Und da beide Oberhäupter unserer Häuser darauf bestehen könnten, uns regelmäßig hierzuhaben, sehe ich nicht, wie unsere einflussreichen Vorgesetzten zuhause uns ihre Zustimmung verweigern könnten. Alles nur im Interesse der Diplomatie, versteht sich."

"Im Interesse der Diplomatie… ich verstehe. Sie haben hier einen ständigen Botschafter eingesetzt; sie brauchen uns nicht, um irgendwelche diplomatischen Pflichten zu übernehmen. Kilan stellt sich in seiner derzeitigen Funktion recht anständig an." Sie ließ ihre

Augen durch den Raum wandern, während sie nach Argumenten gegen diesen grotesken, diesen lächerlichen Vorschlag suchte. "Was ist mit deinen Geschäften zuhause?"

"Ich scheine ganz gute Arbeit zu leisten, sie von hier aus zu führen, wenn ich das so sagen darf. Da ich auch hier in Takhan Geschäfte tätige, gäbe es immer wieder etwas, wo ich zu weit weg wäre, um mich kurzfristig selbst darum zu kümmern. Ich würde darauf zurückgreifen müssen, auf beiden Seiten des Meeres zuverlässige Vertreter zu bezahlen, die in meiner Abwesenheit handeln."

"Du willst das wirklich versuchen?", meinte sie und verzog das Gesicht. "Warum? Ich kann verstehen, warum Valrad und Vran'el dafür wären, aber wo läge der Vorteil für *uns* beide?"

"Ich gebe zu, dass die Idee gewisse Anreize bietet. Sie würde uns mehr Freiheit einräumen. Der König hätte erheblich weniger Macht über uns. Wann auch immer wir hier sind, unterstehen wir niemandem außer den Oberhäuptern unserer Häuser."

"Was im Fall meines Hauses kein Problem wäre, aber soweit es dich betrifft, reden wir hier von der haarsträubenden Malriel vom verfluchten Haus Aren! Wie ist es nur möglich, dass du nicht siehst, welche Schwierigkeiten das nach sich ziehen könnte?"

"Was bringt dich auf den Gedanken, dass ihre Möglichkeiten, uns Probleme zu verursachen weniger gefährlich wären, wenn wir im Königreich blieben?", konterte er. "Dort hielten wir uns immerhin auf, als sie es schaffte, dass wir nach Takhan geschickt wurden."

"Du willst unseren Sohn also wirklich in die Position drängen, dass er eines Tages Haus Vel'kim übernimmt? Was ist, wenn er das nicht will? Ich werde nicht zulassen, dass du ihn dazu zwingst!"

Er nahm ihre verärgert gerunzelte Stirn in sich auf, und die Hand, die sie beschützend auf ihren Bauch gelegt hatte. "Ich würde ihn zu nichts zwingen, das er nicht tun möchte, das verspreche ich." Sie schien tatsächlich zu glauben, dass sie sein eigenes Kind vor ihm beschützen musste. Er unterdrückte seinen Verdruss darüber und fuhr im gleichen Tonfall wie zuvor fort: "Doch ebenso wenig will ich diese Option vollkommen für ihn ausschließen. Ganz egal, ob er seinem Onkel eines Tages nachfolgen will oder nicht, es würde ihm nicht schaden, das Haus, zu dem er gehört, kennenzulernen und dabei ein paar geschäftliche Fertigkeiten zu erlernen, indem er einen Einblick erhält, wie man ein Haus am Laufen hält."

"Du hast diese Entscheidung bereits getroffen, oder irre ich mich?" Misstrauisch kniff sie die Augen zusammen.

"Selbstverständlich nicht, Liebste", beschwichtigte er sie. "Ich würde es nicht wagen, so etwas ohne dich zu entscheiden. Ich wollte die Idee nur zur Sprache bringen und ein Gefühl für die Vor- und Nachteile bekommen. Wir haben noch ein paar Monate, bis wir eine Entscheidung treffen müssen."

Besorgt betrachtete sie ihn. Das war keineswegs der Eindruck, den sie gewonnen hatte. Ganz und gar nicht.

* * *

Eryn lächelte grimmig, als sie Ram'an unter den Senatoren erspähte, die nach Beendigung der Versammlung die Senatshalle verließen. Er unterhielt sich mit Uvel, Nevals Vater. Sie wartete darauf, bis er am unteren Ende der Treppe angelangt war, dann löste sie sich von der schattigen Wand, an der sie lehnte, und trat ihm in den Weg, als wäre sie überrascht, ihn zu sehen.

"Ram'an!", lächelte sie und sah, wie er bei ihrem Näherkommen schluckte. Unbeirrt von seinem Mangel an Enthusiasmus ergriff sie seine beiden Hände und zog ihn zu sich, damit sie seine Wangen küssen konnte. Seine Anspannung ignorierte sie.

Dann wandte sie sich Uvel zu und ließ ihn ihre Hand küssen.

"Eryn", sprach der ältere Mann und bedachte sie mit einem Lächeln. "Was führt dich zur Senatshalle? Die Versammlung ist vorüber, falls du unseren zweifellos faszinierenden Diskussionen lauschen wolltest."

"Ich war heute früher mit der Arbeit fertig, somit bin ich gekommen, um Enric abzuholen."

Sie sah, wie Ram'an eine Augenbraue hochzog. Offensichtlich war er nicht überzeugt davon, dass dies tatsächlich das Motiv hinter ihrem Auftauchen hier war.

"Es ist nett, dir hier über den Weg zu laufen, Ram'an", fuhr sie fort. "Ich habe mich gefragt, ob du Zeit für eine Tasse Tee mit mir hast oder ob du heute Abend gerne zum Essen zu uns kommen würdest?" Sie wartete auf seine Antwort und überlegte, ob er trotz des Zeugen ein weiteres Mal ablehnen würde. Sie hatte ihm nun noch eine weitere Woche Zeit gegeben, damit er sich seinen Themen stellte. Als sie ihm allerdings am Vortag eine weitere Nachricht zukommen ließ, lehnte er ebenso höflich ab wie bei den vorangegangenen Gelegenheiten.

"Ich würde deine Einladung liebend gerne annehmen, meine liebe Eryn", lächelte er wenig überzeugend, "doch unglücklicherweise erwartet man mich bereits, und ich kann nicht sagen, wie lange die Verabredung dauern wird. Ich werde ein anderes Mal auf dein Angebot zurückkommen. Ich melde mich, sobald sich eine günstige Lücke in meinem Terminplan ergibt."

Sie lachte leise und zog eine Augenbraue hoch, damit er merkte, dass sie die Ironie der Situation durchaus erkannte. Beinahe auf die gleiche Weise hatte sie ihn abblitzen lassen, als er versucht hatte, sie nach ihrer Ankunft in Takhan einzuladen.

"Ram'an, mein teurer Ram'an", seufzte sie, "ich fürchte, du wirst recht nachlässig, wenn es um die Pflege deiner gesellschaftlichen Beziehung mit den Häusern Aren und Vel'kim geht. Natürlich schreibe ich das deinem Arbeitspensum zu. Lass mich dir aus Heilersicht sagen, dass du auf jeden Fall zu viel arbeitest, wenn du dir nicht einmal die Zeit für ein Abendessen mit Freunden oder eine Stunde in einem Teehaus nehmen kannst."

"Wie ungemein rücksichtsvoll von dir, mich darauf hinzuweisen, Eryn", erwiderte er mit nur einem Anflug von Vorwurf.

"Eryn?", hörte sie Enrics Stimme und blickte die Stufen empor, wo er gemeinsam mit Valrad stand. Beide setzten ihren Weg fort, bis sie bei ihr ankamen. "Was machst du denn hier?"

Eryn lächelte. "Dich abholen, mein Lieber." Sie hatte seinen flüchtigen Blick zu Ram'an bemerkt, also war ihm sehr wohl klar, weshalb sie hier war.

"Nun, hier bin ich", merkte er an und nahm ihren Arm. "Einen guten Tag noch, meine Herren."

Ihr blieb nicht wirklich eine andere Wahl, als sich von ihm wegführen zu lassen.

"Sehr subtil", kommentierte er, als sie den Weg zurück zur Aren Residenz eingeschlagen hatten.

"Du hättest mir zumindest noch ein oder zwei Minuten geben können!", protestierte sie. "Womöglich hätte ich ihn soweit in die Ecke getrieben, dass er meine Einladung annimmt!"

"Wirklich, Eryn?", seufzte er und schüttelte den Kopf über sie. "So verzweifelt bist du? Man würde meinen, du erinnerst dich nicht an seine Versuche, sich mit dir zu treffen und wie sehr sie dich verärgert haben. Warum denkst du, dass diese Herangehensweise bei ihm funktionieren wird, wenn sie schon bei dir nicht geklappt hat?"

"Weil ihm der äußere Schein wichtiger ist als mir? Weil er ein Oberhaupt eines Hauses ist und ich nicht? Weil er weniger starrköpfig ist als ich?", schlug sie vor.

"Weniger starrköpfig? Wir sprechen hier von dem Mann, der sich weigerte, seinen Anspruch auf dich aufzugeben, obwohl du an einen anderen Mann gebunden warst!", meinte er augenrollend. "Meiner Ansicht nach zeugt das von einem hohen Maß an Starrköpfigkeit."

"Du sagst also, ich soll wer weiß wie lange darauf warten, bis er zu Sinnen kommt?", rief sie aus. "Das könnte Wochen, wenn nicht Monate dauern! Endlich vertrage ich mich mit beiden Männern, denen ich hier aus dem Weg gegangen bin, und jetzt ruiniert er es wieder! Das erlaube ich nicht!"

"Ich sage auch nicht, dass du das tun sollst. Was ich dir sage, ist, dass deine Strategie des Sendens von Nachrichten und deinen Versuchen, ihn in die Ecke zu treiben, sehr wahrscheinlich nicht funktionieren wird. Er ist ein Politiker, ein Rechtsgelehrter. Sich nicht von anderen in die Falle locken zu lassen gehört zu seiner Position."

"Was würdest du dann an meiner Stelle tun?", fragte sie schließlich, nachdem sie ein paar Augenblicke lang über seine Worte nachgedacht hatte.

"Es bestünde die Möglichkeit, ihn dazu zu bewegen, dass er zu dir kommt, doch das würde mehr Zeit und Aufwand erfordern, als du derzeit willens bist aufzuwenden. Der einfachste und rascheste Weg ist wohl, öffentlich Druck auf ihn auszuüben, damit er keine andere

Möglichkeit hat, als dir nachzugeben", lächelte er. "Immerhin hast du einen beträchtlichen Vorteil, den du gegen ihn einsetzen kannst: deine Schwangerschaft. Wir sind in einem Land, wo es als Affront betrachtet wird, wenn eine schwangere Frau nicht mit der größtmöglichen Vorsicht behandelt wird."

"Ich dachte, das hätte ich gerade getan?", fragte sie verwirrt. "In meiner Eigenschaft als hochgradig verehrte schwangere Frau habe ich ihn in Anwesenheit eines Zeugen zu einer Tasse Tee oder einem Abendessen eingeladen, und doch hat er abgelehnt."

"Größerer Maßstab, Liebste. Nicht ein Zeuge, sondern viele. Und eine Situation, wo ihm weder seine rhetorischen, noch diplomatischen Fertigkeiten irgendeinen Nutzen bringen."

"Wie zum Beispiel?" Das klang nun langsam doch interessant.

Er überlegte kurz. "Wie eine Aufforderung zu einem Tanz in einem Musikhaus. Wenn er sie annimmt, hast du damit eine brauchbare Gelegenheit, mit ihm zu reden. Fall er es nicht tut, nun ja, dann bliebe da immer noch die Strategie, die zuhause bei dem Dinner mit Malriel schon so gut funktioniert hat."

"Weinen?", meinte sie und verzog das Gesicht.

"Sicher, warum nicht? Du bist schwanger - das bedeutet, dass dir ein wenig irrationales Verhalten zusteht, auch wenn du eigentlich diese unbeugsame Aren bist. Und wenn er dich zum Weinen bringt, ohne hinterher den Versuch zu unternehmen dich zu trösten, würde ihn das in einem sehr schlechten Licht erscheinen lassen."

Sie kaute auf ihrer Unterlippe herum, während sie die Vorteile der mächtigen Waffe ihrer Schwangerschaft in Kombination mit Tränen zur Beeinflussung von Ram'an gegen die Peinlichkeit erneuten öffentlichen Weinens abwog.

"Ich heule nicht gerne!", jammerte sie.

Er lachte. "Ich erinnere mich genau, dass du dich an diesem Abend vortrefflich amüsiert hast." Er tippte sich gegen die Stirn. "Vergiss nicht, dass ich es aus erster Reihe miterlebt habe."

"Nun, vielleicht ein wenig", grinste sie. "In Ordnung, ich werde deiner Idee eine Chance geben. Ich schätze, ich kann Vran'el ersuchen, dass er mich informiert, sobald Ram'an zum Abendessen in einem Musikhaus auftaucht. Dann kann ich hingehen. Wirst du mich begleiten? Womöglich brauche ich einen starken, furchteinflößenden Mann an meiner Seite, der Ram'an wegen seiner Rücksichtslosigkeit zurechtweist, falls er nicht ganz so mitfühlend reagiert, wie er sollte."

"Aber sicher. Du weißt doch, wie sehr ich deine kleinen Vorstellungen genieße."

* * *

Orrin kehrte nach dem Bad, das er seiner Tochter verabreicht hatte, zurück und übergab sie an Junar für eine ihrer zahlreichen täglichen Mahlzeiten. Eryn staunte über die Routine, die sie nach weniger als einem Monat etabliert hatten.

Der Krieger trug noch immer seine Armreifen und musste damit noch zwei weitere Wochen leben, bis Eryn sie ihm wieder abnahm. Soweit sie es hören und sehen konnte, kam er ganz gut damit zurecht, kaum Magie zur Verfügung zu haben. Es erforderte natürlich von ihm, seinen Unterrichtsstil anzupassen und detaillierte mündliche Erklärungen abzugeben anstatt die Übungen einfach vorzuzeigen. Sehr wahrscheinlich verlangsamte ihn das etwas, doch sie war zuversichtlich, dass dies für ihn keinen gröberen Rückschlag bedeutete.

Genau wie sie es mit diesem öffentlichen Vollzug beabsichtigt hatte, wurde über seine Bestrafung geredet. Aber von ihr diszipliniert zu werden hatte seinem Ruf keinen Abbruch getan. Eher im Gegenteil. Die stoische Ruhe, mit der er die Auferlegung einer magischen Blockade akzeptiert hatte, wurde weithin diskutiert. Und der Vorfall, wo er Elwoi beinahe erwürgt hatte, verlieh Orrin eine Aura der Unberechenbarkeit, die fabelhaft mit dem Bild des furchtlosen Kriegers harmonierte, an dem sich einige Leute erfreuten.

Sein Hemd war noch immer feucht vom Bad seiner Tochter, und er roch nach Babyseife. Gefährlicher Krieger fürwahr, ging es ihr durch den Kopf. Sie fragte sich, wie die Menschen reagieren würden, sähen sie ihn mit seinem kleinen Mädchen, wie es sich wohl auf seinen Ruf auswirken würde. Nicht ungünstig, vermutete sie. In diesem Land war es kein Anzeichen für einen Mangel an Männlichkeit, wenn man als hingebungsvoller Vater wahrgenommen wurde.

"Vern ist wieder unterwegs, nehme ich an? Oder isst er zur Abwechslung wieder einmal mit uns zu Abend?", fragte sie.

Junar schüttelte den Kopf und zuckte zusammen, als Téa hungrig ihre Brustwarze kaute. "Er hat eine Nachricht geschickt, dass er auswärts isst und wir nicht auf ihn warten sollen. Er hat sich in einen ziemlichen Herumtreiber verwandelt. Es gibt Zeiten, da sehe ich ihn tagelang nicht."

Besorgnis zeichnete sich auf Eryns Gesicht ab, als sie Orrin ansah. "Sorgst du dich überhaupt nicht? Wer weiß, wo er sich herumtreibt? Noch dazu mit irgendwelchen finsteren Gestalten, denen er sich angeschlossen haben könnte?"

"Finstere Gestalten?", warf der Krieger zurück. "Was soll ich deiner Ansicht nach tun, ihn jeden Abend herbeordern, bevor es dunkel wird? Zuhause hat er sich kaum nach draußen gewagt; ich bin froh, dass er Leute getroffen hat, mit denen er Zeit verbringen will. Leute seines Alters. Das tut ihm gut. Und ich weiß, dass er hin und wieder hierher zurückkehrt, weil die Diener am Morgen seine schmutzige Kleidung mitnehmen."

"Ich bewundere deine Nachsicht", bekundete Eryn, doch ihr Ton verdeutlichte, dass dies keineswegs der Fall war.

"Ich bin froh, das zu hören", erwiderte Orrin mit einem breiten Grinsen. "Ich sehe, dass deine mütterlichen Instinkte zu erwachen scheinen. Oder ist es nichts weiter als Eifersucht, weil du nicht mehr seine einzige Freundin bist?"

"Sei nicht lächerlich!", schnaubte sie. Hatte er Recht? Lag darin das Problem? Nein, entschied sie, wohl kaum. Hin und wieder auszugehen war eine Sache, doch kaum jemals in die Residenz zurückzukehren, außer um frische Kleidung überzuwerfen, war für einen Jungen seines Alters wohl kaum angemessen.

"Ich gehe davon aus, dass ihm ein Wächter folgt?", fragte sie. "Nach dem Feuer würdest du ihn wohl kaum ohne jeglichen Schutz herumlaufen lassen?" Sie kniff die Augen zusammen, als sein Gesicht betont ausdruckslos blieb. "Das bedeutet, dass du sehr genau weißt, wo und mit wem er seine Zeit verbringt. Du sagst es mir bloß nicht, weil du dich daran ergötzt, dass es mich beunruhigt!", beklagte sie sich. "Das ist überhaupt nicht nett! Du sollst die schwangere Lady doch nicht quälen!"

Urban trottete durch die Terrassentür herein und hielt einen Moment lang inne, als sie Junar und das Baby bemerkte. Dann kam sie vorsichtig näher, während ihre Nase den Duft der Umgebung aufnahm.

Hinter ihnen blieb sie stehen, lehnte sich über die Rückseite der Kissen und beschnüffelte Téas Kopf.

Junar kicherte, als die langen Schnurrhaare sie am Hals kitzelten und schob den Kopf der Katze sanft zur Seite.

"Ich denke, sie mag den Geruch der Seife. Vielleicht solltest du sie hin und wieder damit waschen", schlug sie Eryn vor.

"Eine voll ausgewachsene Bergkatze waschen? Bist du wahnsinnig?"

Urban war in der Zwischenzeit weiter zu Orrin gewandert und schnupperte an seinen Händen, die ebenfalls nach der Seife dufteten, mit der er seine Tochter gewaschen hatte. Er streckte eine Hand aus und schüttelte den Kopf, als die Bergkatze begann, ihre Nase und Wangen an seiner Haut zu reiben, bevor sie beide Pfoten um seinen Arm schlang, damit er ihn nicht zurückziehen konnte.

"Du erinnerst dich schon daran, dass ich mehr oder weniger keine Magie habe, richtig?", wandte er sich argwöhnisch an Eryn. "Somit wäre es mir Recht, wenn du in meiner Nähe bleibst und mir hilfst, falls dein Biest hier mehr Enthusiasmus an den Tag legt, als ich wegstecken kann."

"Ängstige dich nicht, Krieger, ich werde dich beschützen, falls es erforderlich ist", lachte Eryn.

Enric betrat nach Absolvierung seines Arbeitspensums für diesen Tag den Hauptraum, da hörten sie ein Klopfen an der Eingangstür.

"Ich gehe schon - bleibt sitzen", rief er und lief flink die Stufen hinab.

Wenig später kehrte er zurück und wedelte mit einem Stück Papier. "Das ist von Vran'el. Ram'an nimmt gerade sein Abendessen in einem Musikhaus ein. Mach dich fertig!"

Rasch stand sie auf und eilte zu ihrem Zimmer, um sich etwas weniger Legeres überzuwerfen. Sie durchwühlte ihre Truhen und fluchte, als einige der eleganteren Tuniken, in die sie schlüpfte, um die Mitte herum zu stramm saßen. Schließlich fand sie eine, die gerade noch passte und hastete zurück in den Hauptraum, wo Enric bereits in sein übliches Schwarz gekleidet auf sie wartete.

"Wohin geht ihr?", verlangte Orrin vollkommen verwirrt zu wissen. "Du hast versprochen, dass du mich vor eurem Raubtier mit seinem Fetischismus für parfümierte Seifen beschützt!"

"Komm schon, Orrin!" Eryn rollte mit den Augen. "Sie zuckt zurück, wenn du ihr ein Kissen an die Nase wirfst, wie du sehr genau weißt. Mach kein Theater!"

Enric zog die Stirn in Falten und näherte sich, um dem Krieger die goldenen Fesseln abzunehmen.

"Was machst du da?", beschwerte sich Eryn. "Die muss er noch eine Weile tragen!"

"Nicht, solange kein anderer Magier in der Nähe und er mit seiner Gefährtin und seinem Kind allein ist. Wir haben noch immer nicht herausgefunden, wer das Feuer gelegt hat. Wenn wir zurück sind, legen wir sie ihm wieder an", erklärte er.

Sie ließ sich das kurz durch den Kopf gehen, bevor sie nickte. Das klang soweit vernünftig.

Bedacht darauf, keine Zeit zu verschwenden, winkten sie zum Abschied und machten sich auf dem Weg zum Musikhaus.

"In welchem Musikhaus ist er denn? Dasjenige, wo keines unserer Häuser einen dauerhaften Tisch hat?", fragte sie.

"Nein, glücklicherweise nicht. Das hier hält einen Tisch für Haus Aren frei."

Es dauerte etwa zwanzig Minuten, bis sie ihr Ziel erreichten. Bereits bevor sie den Vorhang beiseite geschoben hatten, um einzutreten, vernahmen sie aus dem Inneren des Gebäudes bereits die Musik vermischt mit den Geräuschen gedämpfter Stimmen und Gelächter.

Reichhaltige, würzige Aromen von Speisen, die vor nicht allzu langer Zeit serviert worden waren, durchzogen die Luft, und obwohl Eryn erst kürzlich gegessen hatte, sog sie gierig die Luft ein.

Extravagante Laternen verliehen den farbenprächtigen Sitzinseln auf dem Boden ein gemütliches, intimes Flair. Das Musikhaus war gut besucht, nur ein paar der Tische waren unbesetzt - sehr wahrscheinlich diejenigen, die für die Mitglieder bestimmter Häuser reserviert waren. So wie das von Enric.

Enric führte sie zu einem Tisch, der sich nahe an einem Fenster und weit genug von den Musikern entfernt befand, dass man die Klänge genießen konnte, ohne dass die Lautstärke einen störenden Einfluss auf Unterhaltungen hatte. Ein guter Fleck, entschied Eryn. Nicht im Zentrum der Aktivität, sondern ein wenig zur Seite ausgerichtet, sodass man halb-private Angelegenheiten besprechen konnte, ohne es Lauschern allzu leicht zu machen.

"Das ist der Aren Tisch?", fragte sie.

Er deutete auf ein Symbol, dass unaufdringlich in ein Tischbein geschnitzt war. Das Aren-Wappen.

"Hast du Ram'an gesehen?", murmelte sie und sah sich um.

"Ja. Vier Tische links von dir", nickte er. "Er hat uns ebenfalls gesehen, und sein Gesichtsausdruck ist nicht allzu angetan, soweit ich das sagen kann."

"Dann gehe ich wohl besser zu ihm, bevor er sich zum Aufbruch entschließt, um mir aus dem Weg zu gehen", überlegte sie. Ihr Blick glitt über die Tische, dann zur Tanzfläche.

Ihre Lider flatterten kurz, als sie eine vertraute Gestalt erkannte.

"Ist das Vern, der dort mit dieser Frau tanzt?"

Enric nickte langsam. Das war gar nicht gut. Kein idealer Abend für sie, um das Geheimnis von Verns nächtlichem Verbleib zu lüften. "Ja, das ist er."

"Wer ist diese Frau bei ihm? Kennst du sie?" Ihre Augen verengten sich. "Und liegt das am Licht, oder ist diese Person ein ganzes Stück älter als er?"

"Ich weiß es nicht. Ich habe sie noch nie gesehen. Und ja, sie wirkt einen Hauch älter als er. Was ist schon dabei?"

"Einen *Hauch*? Eher *erheblich* älter!" Kopfschüttelnd beobachtete sie die beiden. "Sie muss etwa in meinem Alter sein!"

"Er hat auch zuhause auf den Bällen mit älteren Frauen getanzt", betonte er.

Sie spitzte die Lippen. "Aber nicht auf diese Weise, würde ich meinen. Hast du gesehen, wie sie gerade seine Wange berührt hat?"

"Warum fragst du ihn später nicht einfach danach? Für heute Abend solltest du dich primär auf Ram'an konzentrieren. Wir warten nun schon seit drei Tagen auf eine Gelegenheit wie diese. Wenn du sie nicht ergreifst, könnte er es ab jetzt vermeiden auszugehen, nur um dir auszuweichen", drängte er sie.

"Schon gut, schon gut", brummte sie und stand auf, als das Lied zu Ende war. "Ich bin schon auf dem Weg."

Nach ein paar tiefen Atemzügen begann sie auf seinen Tisch zuzugehen. Die Änderung seiner Haltung zeigte ihr den genauen Moment, an dem er sich ihres Herannahens gewahr wurde. Er saß bewegungslos und folgte ihr mit den Augen.

Vor seinem Tisch hielt sie an und lächelte die aus sechs Leuten bestehende Gruppe an, bei der er saß. Die meisten davon kannte sie nicht, abgesehen von einem von Vran'els Kollegen, den sie einmal im Vorübergehen getroffen hatte.

"Guten Abend, Eryn", lächelte Ram'an angespannt. "Welch ein reizender Zufall, heute Abend hier auf dich zu treffen. Ich hoffe, du bist bei guter Gesundheit?"

"Guten Abend allerseits", erwiderte sie und nickte den Männern und Frauen um ihn herum zu. "Ich erfreue mich bester Gesundheit, danke. Ich hoffe, ich störe nicht. Ich wollte dich um den nächsten Tanz bitten."

Seine Miene verzog sich bedauernd. "Ich danke dir für das freundliche Angebot, meine Liebe, doch heute Abend musst du mich entschuldigen. Ich habe heute einen recht langen und ermüdenden

Tag hinter mir. Meine Darbietung würde dir im Moment nicht gerecht werden, fürchte ich. Das verstehst du sicher, Eryn."

Sicher, dachte sie mit dunkler Vorfreude, das verstand sie absolut. Sie schluckte betont hörbar und verlieh ihrer Stimme einen hohen und in Ansätzen gequälten Tonfall, während sie unglücklich lächelte und viel zu fröhlich reagierte, als wäre es ein recht tollpatschiger Versuch, ihre Enttäuschung zu überspielen.

"Sicher!", piepste sie. "Überhaupt kein Problem, wirklich..." Nachdem sie sichergestellt hatte, dass alle die Feuchtigkeit in ihren Augenwinkeln wahrnahmen, drehte sie sich um und ließ ihre Schultern leicht aber doch eindeutig erkennbar mit einem lautlosen Schluchzen erbeben.

"Ram'an!", hörte sie eine Frau an seinem Tisch zischen. "Was ist nur los mit dir?"

Sie verbarg ihr Lächeln. War Gruppenzwang nicht eine wunderbare Sache? Und mit Erwachsenen funktionierte er ebenso gut wie mit Halbwüchsigen und Kindern.

"Eryn", vernahm sie Ram'an hinter sich. Seine Stimme klang resigniert. Ohne sich umzudrehen hielt sie in ihrem Rückzug inne.

Kurz darauf spürte sie seine Hand auf ihrer Schulter, als er sie zu sich umdrehte. Er sah zu ihr hinab, seine Miene alles andere als erfreut.

"Du hast wirklich ein Talent zur Täuschung, wenn du es darauf anlegst, das muss ich dir lassen", murmelte er leise. "Dann komm schon. Du gewinnst - wir tanzen."

Er nahm ihre Hand in seine und führte sie auf die Tanzfläche. Sie ging an Vern vorbei, der gerade auf dem Weg zurück zu einem Tisch war, und nickte ihm kurz zu; ihr fiel auf, wie sich seine Augen weiteten, als er sie erkannte.

Nach ein paar Momenten des Wartens begann der nächste Tanz. Er enthielt keinerlei Magie, also musste sie sich auf die Schritte konzentrieren, die Vran'el ihr beigebracht hatte.

"Der gekonnte Einsatz deiner Tränen war ein hinterlistiges und doch simples Manöver", murmelte er. "Ich sehe schon, dass du dich recht gut darauf eingestellt hast, wie schwangere Frauen hier behandelt werden. Es bleibt dabei auf jeden Fall wenig Raum dafür, sie mit tränenverhangenen Augen fortgehen zu lassen." Er lächelte matt. "Damit hast du auch Malriel dazu bewegt, eine Woche eher abzureisen, habe ich Recht? Ich könnte mir denken, dass dies hier in dieser Stadt ohne deine Schwangerschaft nicht funktioniert hätte. Die Leute tendieren zu einem gewissen Misstrauen, wenn eine Aren so eines unscheinbaren Grundes wegen zu weinen beginnt."

"Ram'an", meinte sie und zog eine Grimasse, "ich tue das nicht, um dich zu quälen. Ich will nicht, dass die Dinge so zwischen uns stehen. Irgendwie scheint es, dass Friede zwischen uns beiden nie von langer Dauer ist. Irgendetwas kommt immer in die Quere. Ich will das nicht."

"Theá", seufzte er, und sie war überrascht über sich selbst und die Erleichterung, die sie darüber verspürte, dass er diesen Namen verwendet hatte, den sie so ablehnte. Das war seine Art einer intimen Anrede. "Die Ironie dieser Situation ist nicht an mich verloren. In der Vergangenheit war ich derjenige, der dich verfolgte, und jetzt, wo ich mich zurückziehen möchte, bist du diejenige, die es nicht zulässt."

"Was kann ich sagen? Da ich aufgrund deiner überlegenen Stärke nicht den Vorteil genieße, dich einfach mit einem Schild einsperren zu können, muss ich auf spitzfindigere Strategien zurückgreifen." Sie wurde wieder ernst. "Zieh dich nicht vor mir zurück, Ram'an. Bitte. Mein Aufenthalt hier wurde erst erträglich, als wir uns wieder verstanden. Wusstest du, dass du der Einzige bist, bei dem ich es toleriere, dass er mich mit diesem vermaledeiten Namen Theá anspricht?"

"Bin ich das?", lächelte er erschöpft.

"Ja. Wenn du es sagst, ist es wie ein Kosename, doch bei jedem sonst macht es mich wütend. Ich weiß, dass dieser Tanz eine schreckliche Belastung für dich gewesen sein muss", fuhr sie eindringlich fort, "doch für mich war es auch nicht gerade einfach. Ich fühlte mich schuldig, weil ich auf diese Weise auf dich reagiert habe, obwohl ich überzeugt war, dass ich Enric liebe."

Seine Stirn legte sich in Falten. "Das war nichts als eine körperliche…"

"Das weiß ich nun", unterbrach sie ihn. "Valrad erklärte mir, wie die Verzauberung funktioniert, und das hat mich etwas beruhigt. Es schmerzt mich, wenn ich sehe, wie du darunter leidest. Du hast mir geholfen, als dir eine weitere meiner sorglosen Handlungen Probleme verursacht hat, wenngleich du mich doch nur schützen wolltest." Sie sah auf in seine dunkelbraunen Augen, die ihr übliches humorvolles Glänzen verloren hatten und nun besorgt wirkten.

"Das ist nicht deine Schuld, Theá. Du wusstest es nicht besser. Enric sagte mir, dass er denkt, es war eine Falle, die uns dazu bewegen sollte, aufeinander loszugehen." Er schüttelte andeutungsweise den Kopf. "Ich bin froh, dass er sich dermaßen zurückgehalten hat. Ich halte mich nicht von dir fern, weil ich böse mit dir bin. Das verspreche ich. Ich muss mich nur etwas erholen. Seit ich es aufgegeben habe, dich für mich zu gewinnen, komme ich dir plötzlich näher als ich es jemals zuvor vermochte, sogar als du meiner Aufsicht unterstellt warst. Ich schaffte es, dich an diesem Abend zu einem Kuss zu bewegen. Und dann kam es, dass ich auch noch diesen Tanz mit dir tanzte. Als du das erste Mal hier warst, hätte ich dafür eine Menge gegeben. Aber jetzt war es eine mächtige Erinnerung daran, dass ich noch immer an dir hänge, und zwar ganz enorm. Der Kuss hinterher…" Seine Stimme verebbte, und er schloss einen Moment lang die Augen. "Er verfolgt mich. Er spukt mir zu den ungünstigsten Zeiten im Kopf herum, zum Beispiel, wenn ich mich auf Vertragsverhandlungen konzentrieren sollte. Ich bin froh, dass Vern mir dabei hilft, oder ich hätte die Dinge für mein Haus womöglich noch schlimmer gemacht."

"Es tut mir so leid, Ram'an", sagte sie und fühlte sich nun ebenfalls elend. "Es tut mir leid, dass ich dir das angetan habe. Ich möchte dir helfen, über all das hinwegzukommen." Konnte sie das überhaupt? Würde es die Sache für ihn noch schlimmer machen, wenn er sie sehen und Zeit mit ihr verbringen musste? Wie konnte sie ihn um ihres eigenen Seelenfriedens wegen darum ersuchen, ihr nicht länger aus dem Weg zu gehen, wenn es dafür eine größere Last für ihn bedeutete?

"Du bist mir wichtig", sagte sie langsam und vermied es, in sein Gesicht zu sehen. Stattdessen konzentrierte sie ihren Blick auf seine Schulter. "So richtig. Und wenn es eine Qual für dich ist, Zeit mit mir zu verbringen, dann werde ich das respektieren und dir den Raum geben, den du brauchst. Ich verstehe, dass es nicht fair von mir ist, dich zu einem Mittagessen oder Tee mit mir zu drängen, damit es mir besser geht, wenn du darunter leidest." Sie nahm ihre Hände von ihm und wandte sich ab, um die Tanzfläche zu verlassen. Doch er griff rasch nach ihr und zog sie zurück.

"Du hast mich doch wohl nicht wirklich zu einem Tanz mit dir genötigt, nur um mich dann für alle Leute sichtbar auf der Tanzfläche stehenzulassen?", seufzte er.

Sie schluckte. Eine weitere gedankenlose Tat, die seinem Ruf geschadet hätte. "Es tut mir leid. Du hast natürlich Recht."

"Jetzt bist du ganz steif und förmlich, liebe Theá." Schief grinste er sie an. "Weißt du, es ist seltsam. Jetzt, wo es scheint, als hättest du aufgegeben, bin ich plötzlich eher geneigt, deinen Wünschen nachzukommen."

Mit einem Blick zu ihm empor schüttelte sie den Kopf. "Du bist ein seltsamer Kerl, Ram'an."

"Auf jeden Fall, wenn es um dich geht, Theá."

"Was bedeutet das nun? Sind wir wieder Freunde, oder muss ich dich zwingen, dein Armband zu essen? Sofern ich es abbekomme, versteht sich."

"Wir haben niemals aufgehört, Freunde zu sein. Ich brauchte nur ein wenig Abstand, um mich von diesem Abend zu erholen. Oder zumindest dachte ich das."

"Bedeutet das, dass der Abstand nicht wirklich geholfen hat?"

"Deine Nähe fühlt sich jetzt gerade besser an als ohne dich zu sein, also hat er wohl nicht geholfen", gab er zu. "Es ist nicht ganz so schmerzhaft, wie ich erwartet hatte. Es scheint, als wäre der Gedanke an dich schlimmer, als tatsächlich Zeit mit dir zu verbringen."

Eine ihrer Augenbrauen wanderte fragend nach oben. "Soll das heißen, das Bild von mir in deinem Kopf ist verlockender als ich selbst? Sagst du mir damit etwa, ich könne nicht mit dem mithalten, was deine Vorstellungskraft erschaffen hat? Das finde ich etwas beleidigend!", beschwerte sie sich.

"Ich versichere dir, das ist nicht, was ich…", begann er, wurde aber unterbrochen.

"Versuch bloß nicht, schöne Worte zu finden, damit du diese wenig schmeichelhafte Bemerkung in eine Art Kompliment verwandeln kannst, du wortverdrehender Rechtsgelehrter", knurrte sie. "Darauf werde ich keinesfalls hereinfallen."

Eine Weile tanzten sie schweigend, dann schnappte er nach Luft, als sie ihm auf die Zehen trat.

"Das hast du mit Absicht getan", behauptete Ram'an. Es war keine Frage.

"Das habe ich nicht. Du weißt, dass ich nicht besonders geübt bin, wenn es um das Tanzen im Allgemeinen geht, und noch weniger mit euren Tänzen hier. Außerdem war ich in den letzten paar Wochen kaum oft genug unterwegs, um irgendwelche Schritte zu üben", verteidigte sie sich.

Ein nachdenklicher Ausdruck ergriff Besitz von seinem Antlitz, und sie folgte seinem Blick. Er betrachtete Vern und die Frau, bei der er saß, die gleiche Frau, mit der er zuvor getanzt hatte.

"Kennst du sie?", fragte sie neugierig.

Er konzentrierte sich wieder auf Eryn, und langsam breitete sich ein Lächeln auf seinem Gesicht aus. "Nicht besonders gut, aber ich weiß, wer sie ist, falls es das ist, was du wissen willst. Du bist also nicht mit ihr bekannt?"

Mit zusammengekniffenen Augen nahm sie seine augenscheinliche Belustigung zur Kenntnis. "Nein, sonst hätte ich dich kaum danach gefragt. Und aus irgendeinem Grund scheint dich das zu amüsieren. Heraus damit!"

"Vern hat sie dir also nicht vorgestellt oder dir von ihr erzählt?"

"Ich sagte dir doch gerade, dass ich sie nicht kenne, also ist diese Frage vollkommen überflüssig!", erwiderte sie, während ihr Verdruss mit jedem Moment wuchs. "Wie ist es nur möglich, dass ich herkam, um dir deinen Fehler klarzumachen und dich dazu zu bringen, dass du wieder Zeit mit mir verbringst, und jetzt ein Bedürfnis verspüre, dir eine zu verpassen?"

"Das muss an deiner streitsüchtigen Art liegen, würde ich sagen. Ich selbst bin ein sehr friedfertig veranlagter Mann." Er grinste, als sie ihre Augenbraue hochzog. "Iss morgen mit mir zu Mittag, Theá."

"Ich habe meine Meinung geändert. Sei wieder ausweichend. Mir ist gerade klargeworden, dass du in meiner Vorstellung wesentlich weniger mühsam bist als in Person", schoss sie zurück.

"Nein, ich bin charmant, und das weißt du auch. Aus diesem Grund kannst du mir auch nicht lange widerstehen. Wirst du einem Mittagessen mit mir zustimmen, wenn ich dir etwas über die Frau erzähle, mit der Vern unterwegs ist?"

Nach einem kurzen Moment des Nachdenkens nickte sie zögernd. "Also gut. Aber ich erwarte mehr als bloß ihren Namen."

"Natürlich. Sie heißt Alefer und ist eine Künstlerkollegin und Freundin von Intrea. Sie gehört zu denen, die sich von Elwoi abwandten, um der neuen Akademie beizutreten. Daher kennt Vern sie", erklärte er.

Sie drehte ihren Kopf in die entsprechende Richtung und beobachtete, wie Alefer über etwas lachte, das Vern von sich gegeben hatte.

"Offensichtlich verbringt sie gerne Zeit mit ihm", kommentierte sie.

"Davon würde ich ausgehen, wenn man bedenkt, dass sie eine Affäre haben", meinte Ram'an schlicht und grinste über ihre Reaktion darauf. Ihr Kopf schnappte zurück zu ihm, ihr Mund sperrangelweit offen.

"Er? Vern? Mein Vern? Mit dieser Frau? Aber... sie ist alt!", flüsterte sie außer sich.

"Sie ist ein oder zwei Jahre jünger als du, Theá", merkte er an.

"Womit sie ihm immer noch zehn Jahre voraus hat!", zischte sie. "Gibt es gegen so etwas kein Gesetz hier?"

"Ein Gesetz gegen zwei Menschen, die in beiderseitigem Einvernehmen eine erfüllende körperliche Beziehung pflegen? Nein, meine Liebe, solche Gesetze machen wir hier nicht", lachte er. "So etwas würden die Leute nicht besonders gut aufnehmen."

"Du weißt, was ich meine! Er ist siebzehn! Noch nicht einmal mündig!"

"Siebzehn ist reif genug für einen jungen Menschen, um so etwas zu tun. Ich war sogar noch jünger, als ich meine ersten Erfahrungen sammelte. Und es ist ein großes Privileg, das sich für ihn in den nächsten Jahren als enormer Vorteil erweisen mag, wenn eine reifere Frau ihr Wissen in diesem Bereich mit ihm teilt."

Böse starrte sie ihn an. "Wirklich? Dann kann ich also davon ausgehen, dass du hier aus Erfahrung sprichst?"

"Ja", antwortete er.

"Wenn du mir jetzt sagst, dass du einer der vielen jungen Männer warst, die das Privileg genossen haben, von Malriel in die Geheimnisse der Sexualität eingeweiht worden zu sein, werde ich schreien", stöhnte sie.

"Malriel?" Ram'an rümpfte die Nase und schüttelte den Kopf. "In Anbetracht der Umstände wäre das höchst unangemessen gewesen. Vergiss nicht, dass ich eines Tages einen Lebensbund mit ihrer Tochter eingehen hätte sollen."

Erleichtert atmete Eryn aus und überlegte flüchtig, weshalb dies so eine Belastung für sie gewesen wäre.

"Wie lange läuft das schon zwischen den beiden? Weißt du das?"

"Soweit ich informiert bin, wurden sie beobachtet, wie sie Intreas Gesellschaft spät nachts gemeinsam verließen. Das wäre nun etwas mehr als zwei Wochen her."

Mit offenem Mund starrte sie ihn ungläubig an. Ihr Vern, der Junge, der sie angebettelt hatte, ihm heimlich das Heilen beizubringen, der Kerzen für sie geschmuggelt hatte... jetzt hatte er tatsächlich eine Affäre mit einer Frau die so alt war wie sie selbst! Wie war das möglich? Warum fühlte sich das dermaßen falsch an?

Nachdem die Musik verklungen war, nahm Ram'an ihre Hand und führte sie zurück zu Enric. Sie folgte ihm wie in Trance.

"Was ist los?", fragte Enric besorgt, als er ihre bestürzte Miene sah.

"Sie hat soeben von Vern und Alefer erfahren", erklärte Ram'an. "Es scheint, als wäre sie darüber nicht besonders glücklich."

"Du hast ihr davon erzählt? Warum?", fragte Enric ernst.

"Im Austausch dafür, dass sie morgen mit mir zu Mittag isst."

Eryns Kopf zuckte nach oben, und sie starrte ihren Gefährten betroffen an. "Du wusstest die ganze Zeit über davon?" Sie schlug sich mit ihrer Handfläche gegen die Stirn. "Aber natürlich wusstest du es! Du lässt jeden von uns von einer Wache beschatten! Selbstverständlich wusstest du, wo er seine Nächte in letzter Zeit verbracht hat!"

Der blonde Magier schüttelte den Kopf über den Juristen. "Sie kam hierher, um sich mit dir zu versöhnen. Wie hast du es geschafft, die Sache dermaßen zu vermasseln, dass du sie bestechen musstest, damit sie mit dir essen geht? Noch dazu in so kurzer Zeit? Noch vor wenigen Minuten hätte sie sich darum gerissen, Zeit mit dir verbringen zu können!"

"Schwangerschaftsbedingte Stimmungsschwankungen?", schlug Ram'an vor, dann grinste er. "Wenn ihr mich nun entschuldigen würdet, ich muss zu meinen Freunden zurückkehren."

"Natürlich, zuerst verärgerst du meine Gefährtin, und dann machst du dich aus dem Staub", grollte Enric und hielt Eryns Hand fest, als sie wieder davongehen wollte.

"Warte, wohin willst du? Du willst doch Vern nicht etwa hier konfrontieren, hoffe ich?", fragte er eindringlich.

Finster sah sie zu ihm hinab. "Und warum nicht? Ich bin sicher, dass er begeistert sein wird über die Gelegenheit, sie mir vorzustellen."

"Wenn du schon mit ihm darüber reden musst, dann keinesfalls hier. Damit würdest du nur uns beide in Verlegenheit bringen. Warte hier."

"Warum? Was hast du vor?"

"Ich lasse Vern wissen, dass wir entzückt wären, wenn er den morgigen Abend zur Abwechslung einmal mit uns verbringt und gemeinsam mit uns speist. Da kannst ihn dann in der Abgeschiedenheit unserer Residenz tadeln, ohne ihn vor den Gästen hier der Lächerlichkeit preiszugeben."

Widerwillig nickte sie. "Fein. Und es passt mir überhaupt nicht, dass du Malriels Schlupfwinkel als *unsere* Residenz bezeichnest!", rief sie ihm eingeschnappt nach und verschränkte die Arme, während sie wie befohlen auf ihn wartete.

KAPITEL 27

Verns Affäre

Eryn sah, wie Ram'an ihr von seinem Platz auf den Sitzkissen des Teehauses aus zuwinkte. Als sie näherkam, stand er auf.

"Guten Tag, Theá." Er ergriff ihre Hände und küsste sie auf beide Wangen, bevor er ihr dabei half, sich auf den Kissen niederzulassen.

Eryn lehnte sich zurück und wischte ihre Stirn ab.

"Wird es immer heißer, oder liegt das an mir?", seufzte sie erschöpft.

Er schmunzelte. "Ich würde vermuten, dass deine fortschreitende Schwangerschaft diese Temperaturen besonders unangenehm für dich macht. Du solltest jetzt in deinem siebten Monat sein, stimmt das?"

Sie nickte. "Ja, obwohl es sich eher wie das zehnte anfühlt. Ich frage mich, wie viel runder ich noch werde. Ich erinnere mich, wie ich Junar gehänselt habe, wenn sie sich über ihre eingeschränkte Bewegungsfreiheit beklagt hat, also kann ich zuhause nicht jammern, oder sie wirft mir meine unsensiblen Worte von damals an den Kopf."

"Was vollkommen unverdient wäre", lachte er und reichte ihr ein Glas Wasser. "Bist du hungrig, meine Liebe?"

"Wann bin ich das dieser Tage denn nicht? Ich wusste nicht, dass Teehäuser Mahlzeiten servieren."

"Üblicherweise tun sie das nicht. Doch zufällig gehört mir das hier, und ich habe sie gebeten, etwas für uns zu besorgen. Tatsächlich finde ich Teehäuser wesentlich angenehmer als die Speiselokale. Zu dieser Tageszeit sind sie recht voll, und hier können wir nicht nur die reizvolle Aussicht über den Fluss genießen, sondern profitieren auch noch von den niedrigeren Temperaturen neben dem Wasser", erklärte er und hob eine Hand, um dem Kellner zu signalisieren, dass er sie nun bedienen konnte. "Hast du es schon geschafft, Vern in die Enge zu treiben?"

"Nein, gestern Nacht ist er nicht heimgekommen. Enric wies ihn an, heute Abend rechtzeitig zum Abendessen da zu sein."

Er verzog das Gesicht. "Ich schätze, er ist nicht allzu begierig darauf, dir gegenüberzutreten. Allerdings muss er gewusst haben, dass es nur eine Frage der Zeit ist, bis du von seiner neuen Freundin erfährst. Zu viele Leute wissen bereits davon, also ist es kaum ein Geheimnis."

Sie stöhnte. Warum fühlte sich das so wie damals nach ihrer ersten Nacht der Ungezwungenheit in der Stadt an, als jeder außer ihr selbst darüber Bescheid zu wissen schien, dass sie die Nacht mit Enric verbracht hatte? Warum war sie immer die Letzte, die irgendetwas erfuhr?

"Welche Leute?"

"Die Künstler natürlich. Ein sehr geschwätziger Haufen. Und somit weiß es auch jeder, der ihnen nahe steht."

Ihre Augen verengten sich. "So wie beispielsweise ihre Gefährten und dergleichen? Das bedeutet, dass Vran'el davon wusste und es mir nicht gesagt hat! Verflucht soll er sein!"

"Allerdings hat es dir dein Gefährte ebenfalls nicht mitgeteilt."

"Nein. Und genauso wenig Orrin. Und es scheint, als wäre ich die Einzige, die das nicht in Ordnung findet!", lamentierte sie.

"Wie alt warst du, als du zum ersten Mal mit einem Mann zusammen warst, Theá?", erkundigte er sich mit zaghafter Neugier.

"Ich sehe nicht, was das mit Vern zu tun hätte", schnupfte sie und verschränkte die Arme über ihrer Brust.

"Das ist keine Antwort auf meine Frage."

"Siebzehn", murmelte sie.

"Verzeihung? Das habe ich nicht ganz verstanden."

"Siebzehn!", rief sie aus. "Na und? Ich war in diesem Alter wesentlich reifer!"

"Weil du für dich selbst gesorgt und deinen Lebensunterhalt verdient hast?"

"So ist es!"

"Anders als Vern, der bislang noch keinen Tag gearbeitet hat, da eure Magier im Alten Königreich damit erst im Alter von einundzwanzig Jahren beginnen?"

Sie blitzte ihn an. "Hör auf damit!" Sie hasste es, wenn jemand Logik gegen sie verwendete, obwohl ihr Bauchgefühl ihr zu verstehen gab, dass die Dinge anders sein sollten.

Er seufzte. "Wie du wünschst. Ich kann sehen, dass dich das Thema aufregt. Hast du von der Nachricht gehört, die der Senat erhalten hat?"

"Nein. Ist sie von der Königin der Dunkelheit oder vom König zuhause?"

"Von Malriel", grinste er. "Sprichst du sie so auch an?"

"Bis jetzt noch nicht. Was schreibt sie denn? Wird sie in nächster Zeit heimkommen, damit wir nach Anyueel zurückkehren können?"

"Die Verhandlungen scheinen laut ihren Angaben im Moment gut zu verlaufen, obwohl sie nicht sagen kann, wie lange sie noch brauchen wird. Die scheinen dort ganz besonders gründlich zu sein und vertagen ihre Gespräche, sobald ein kleines Detail unklar ist, damit es vor der nächsten Gelegenheit ausgiebig recherchiert werden kann. Es mag also sein, dass ihr noch eine Weile bleiben müsst. Bist du noch immer so eifrig darauf bedacht zurückzukehren? Ich dachte, dass du deinen Aufenthalt hier nach deiner Versöhnung mit deinem Vater als angenehmer empfindest."

"Es ist nicht so, dass ich es hier unangenehm fände, aber die Hitze setzt mir derzeit arg zu. Und der Gedanke daran, dass jemand dort draußen versucht, uns Schaden zuzufügen, ist auch nicht besonders tröstlich. Besonders, wo wir jetzt ein Baby im Haus haben und ein weiteres auf dem Weg ist."

Ram'ans Miene zeigte Besorgnis. "Ja, das ist eine ernste Angelegenheit. Unglücklicherweise haben unsere Bemühungen bisher nichts Hilfreiches zutage gefördert."

Sie blinzelte. "*Unsere* Bemühungen? Mir war nicht klar, dass du dich auch an den Untersuchungen beteiligst."

Er warf ihr einen bedächtigen Blick zu. "Jemand hat versucht, uns dahingehend zu manipulieren, dass wir mit unserem Verhalten unseren Häusern beträchtlichen Schaden zufügen. Mich kümmert nicht, was die Absicht dahinter war, ob es dabei um Rache ging oder darum, euren Häusern oder meinem Schaden zuzufügen. Es passt mir überhaupt nicht, das Ziel solcher Handlungen oder deren Mittel zum Zweck zu sein. Ich will, dass diese Leute - wer auch immer sie sind und was auch immer ihre Stellung sein mag - aufgespürt und der Macht des Gesetzes unterworfen werden. Wir müssen das unter Kontrolle bekommen, bevor es eskaliert."

"Denkst du, dass es zwischen den beiden Vorfällen, dem Feuer und dem bei Haus Feral, eine Verbindung gibt?"

"Das kann ich nicht mit Sicherheit sagen. Natürlich besteht diese Möglichkeit."

"Es könnte aber auch ein Zufall sein?"

Er nahm vom Kellner zwei Schalen entgegen und reichte eine davon an Eryn weiter.

"Ich habe Leute schon behaupten gehört, sie würden nicht an Zufälle glauben. Ich gebe zu, dass ich ebenfalls nach Mustern suche, nach Verbindungen, doch sie dort zu sehen, wo keine vorhanden sind, wäre ebenso gefährlich wie sie zu ignorieren, wenn sie *doch* existieren. Ich bin darauf bedacht, beide Optionen im Hinterkopf zu behalten. Natürlich bedeutet das auch, dass wir unsere Suche in verschiedene Richtungen lenken müssen. Sollte es eine Verbindung geben, bedeutet das, dass Vern damals nicht das primäre, sondern ein bequemes oder zufälliges Ziel war. Sonst hätten sie sich das nächste Mal auf ihn anstatt auf dich oder mich konzentriert."

Sie nahm all das in sich auf und nickte dann. "Falls es sich dabei aber um zwei unabhängige Vorfälle handelt, würde das bedeuten, dass dein Haus ebenso gut das Ziel hätte sein können wie Haus Aren. Oder du höchstpersönlich. Oder sogar Haus Vel'kim." Sie rieb sich über das Gesicht.

"Ich stimme zu. Oder es hätte irgendeine Art von Rache an Orrin sein können. Oder die Absicht dahinter hätte sein können, dich zu verletzen." Er beobachtete, wie sie ihr Essen anstarrte und seufzte. "Aber wir verletzen hier gerade eine wichtige Regel: keine schwierigen Gespräche während einer Mahlzeit. Ich kann sehen, dass es deinen Appetit beeinträchtigt, und das können wir in deiner derzeitigen Situation nicht zulassen."

Eryn aß etwa die Hälfte, dann stellte sie die Schüssel beiseite und schüttelte den Kopf, als der Kellner sie wegräumen wollte.

"Nein, bitte lass das noch hier. Ich werde es später aufessen. Ich esse kleinere Portionen, aber davon eine Menge."

Mit einem verständnisvollen Lächeln zog sich der Kellner zurück.

"Dann haben du oder die Triarchie bislang überhaupt nichts herausgefunden? Absolut gar nichts?", fragte sie nach.

"Das Problem ist, dass die Lappen, von denen der giftige Rauch ausging, und der Mann, der dich an diesem Abend um den Tanz bat, unsere einzigen Hinweise sind. Die Erkundigungen bezüglich der Substanzen deutet auf die Künstler, doch Enric hat Elwoi persönlich von jeglichem Verdacht befreit. Sämtliche anderen Mitglieder beider Akademien wurden unter dem Einfluss eines Lügenfilters befragt. Alles ohne Erfolg. Wir denken, dass dem ein Vorsatz zugrunde liegen könnte, die Untersuchungen in die falsche Richtung zu lenken. Immerhin war es ungemein bequem, Elwoi zu verdächtigen."

"Ich gehe davon aus, dass der Mann, der bei Intrea im Haus war, noch nicht gefunden wurde?"

"Nein, das wurde er nicht. Wir sind noch immer auf der Suche nach ihm, aber da Vran'el, du und ich wohl die Einzigen sind, die ihn identifizieren können, ist das nicht so einfach."

"Ich dachte, nur geladene Gäste könnten solch einen Abend in einer privaten Residenz besuchen?"

"Normalerweise wäre das der Fall, doch es ist nicht üblich, Wachen um das Gelände zu postieren, um ungebetene Gäste abzuhalten. Sich während solch einer geselligen Veranstaltung hineinzuschleichen ist kaum eine große Herausforderung."

"Das klingt überhaupt nicht vielversprechend. Das bedeutet grundsätzlich, dass wir einen neuerlichen Versuch uns Schaden zuzufügen abwarten und dann hoffen müssen, dass unser Feind rücksichtsvoll genug ist, nützlichere Anhaltspunkte zurückzulassen", meinte sie mit einem finsteren Blick. "Vielleicht wäre ein wenig Provokation eine..."

"Nein!"

Sie blickte auf, verwundert über den scharfen Ausruf. Ram'ans Gesicht sprach von Entschlossenheit.

"Du wirst auf gar keinen Fall etwas Dummes tun, das dich in Gefahr bringt, um die Sache zu beschleunigen! Hast du mich verstanden?"

"Nun, ich hatte nicht die Absicht...", begann sie und unterbrach sich, als er näher zu ihr rückte und eine Hand zu ihr ausstreckte. "Was machst du da?"

"Du wirst mir versprechen, dass du davon Abstand nimmst, dich in Gefahr zu begeben, um denjenigen zu fassen, der hinter den Angriffen steckt. Mittels eines Kommitmentbandes ersten Grades."

Bestürzt sah sie ihn an. "Wirklich? So wenig Vertrauen hast du in mich?"

Er nickte mit einem nachsichtigen Lächeln auf den Lippen. "Ja. Mach schon." Er bewegte seine Hand zum Zeichen dafür, dass sie sie ergreifen sollte. "Ich warte."

Demonstrativ verschränkte sie ihre Arme. "Ich muss das nicht tun!"

"Damit hast du natürlich Recht. Ich überlasse dir die Wahl, Theá: Entweder tust du es mit mir, oder mit Enric oder Valrad. Egal, wem von beiden ich erzähle, was du soeben gesagt hast - er wird zweifelsohne darauf bestehen, dass du dieses Versprechen unter dem Einfluss eines Bandes abgibst."

"So meinte ich das nicht! Ich habe nur laut gedacht!", protestierte sie.

"Dann sollte das Versprechen auch kein Problem darstellen, würde ich meinen." Seine Augen verengten sich. "Deine Weigerung macht mich misstrauisch, Theá."

"Ich habe keinerlei Absicht, mich oder das Kind zu gefährden! Der einzige Grund, weshalb ich mich dagegen wehre, ist der, dass ich nicht von dir unter Druck gesetzt werden will!" Unsanft fasste sie nach seiner Hand. "Dann mach schon - bringen wir es hinter uns, wenn du darauf bestehst!"

Sie spürte, wie warme Magie von seiner Handfläche in ihre Hand floss.

"Versprichst du, dich nicht wissentlich irgendwelchen Risiken auszusetzen?"

"Das tue ich", knurrte sie und wollte ihre Hand wieder zurückziehen, doch er hielt sie fest.

"Versprichst du außerdem, dass du auch jedes mögliche Risiko vermeidest, indem du sämtliche Maßnahmen ergreifst, die zu deinem Schutz erforderlich sind?"

"Ich verspreche es", seufzte sie und bemerkte, wie der Strom an Magie verebbte, bevor Ram'an ihre Hand wieder freigab und sich augenscheinlich erleichtert zurücklehnte.

"Rüpel", schnappte sie nach ihm.

"Aren", lächelte er und zwinkerte ihr zu.

* * *

Vern saß mit seiner neugeborenen Schwester im Arm auf den Kissen und gab beruhigende Geräusche von sich, als sie leise zu wimmern begann.

"Was ist los?", fragte Enric und kam näher.

"Ich kann es nicht sagen", meinte der Junge und zuckte mit den Schultern. "Ich habe sie untersucht. Sie scheint keine Schmerzen zu verspüren oder unter Unpässlichkeiten zu leiden, alle ihre Körperfunktionen sind normal, keine Verdauungsprobleme oder etwas in dieser Art. Sie ist sauber und satt, also will sie womöglich nur Aufmerksamkeit."

"Das nenne ich eine gründliche Bestandsaufnahme", schmunzelte das Oberhaupt von Haus Aren und nahm neben den beiden Platz.

"Ja", bemerkte Orrin trocken, "man fragt sich, wie Nicht-Heiler es bloß fertigbringen, Kinder großzuziehen."

"Mit erheblich mehr Mutmaßungen, würde ich meinen", grinste Vern, dann sah er sich mit einem mulmigen Gesichtsausdruck um. "Wo ist Eryn? Ich hätte erwartet, dass sie mir hinter der Eingangstür auflauert und sie gleich nach meiner Ankunft mit einer Barriere blockiert."

"Bei Valrad", erklärte ihr Gefährte. "Er bestand darauf, noch eine weitere Untersuchung durchzuführen, und ich schätze, dass er sie hinterher zum Teetrinken ausgeführt hat. Er sieht zu, dass er so viel Zeit wie möglich mit ihr verbringt, jetzt, wo sie nicht länger vor ihm zurückscheut. Immerhin lässt sich nicht sagen, wie lange wir noch hier sein werden. Wenn Malriels Verhandlungen gut verlaufen, könnten wir in ein paar Wochen schon wieder auf dem Heimweg sein."

Verns Gesicht zeigte recht deutlich, dass diese Option aus seiner Sicht keineswegs wünschenswert war.

Enric äußerte sich dazu nicht. Das kam nicht ganz unerwartet, wenn man bedachte, dass der Junge hier erheblich mehr Möglichkeiten hatte als zuhause. Trotz seiner Jugend wurde er von Vertretern zweier Disziplinen bewundert und hatte jetzt auch noch die Wonnen entdeckt, die die Nähe einer Frau mit sich brachte. Somit galt es für ihn einiges aufzugeben.

Als sie die Eingangstür hörten, schluckte Vern. "Das ist sie dann wohl, schätze ich."

"Eine berechtigte Annahme, wenn man bedenkt, dass sie die Einzige ist, die noch fehlt", bemerkte Orrin.

Kurz darauf tauchte Eryn oben an der Treppe auf und nickte zufrieden, als sie sah, dass Vern sich tatsächlich an Enrics Anweisungen gehalten hatte, zumindest heute einmal mit ihnen zu Abend zu essen.

"Hallo allerseits", grüßte sie leichthin und nahm sich ein Glas aus einem niedrigen Schrank, bevor sie sich vom Orrin beim Hinsetzen auf die Kissen zur Hand gehen ließ. "Wo ist Junar?"

"Sie ist heute mit dem Kochen dran", informierte sie der Krieger.

Sie zog beide Augenbrauen hoch. "Junar muss kochen? Wirklich? Mir war nicht klar, dass sie sich mit euch abwechselt."

"Sie hat nichts dagegen", meinte er und hob die Schultern. "Ganz im Gegenteil; sie hat es selbst angeboten. Ich vermute, dass sie hin und wieder ein wenig Zeit für sich selbst braucht und froh ist, wenn sich jemand anderer eine Weile um Téa kümmert, damit sie wieder Erwachsenen-Dinge tun kann."

Eryn schürzte die Lippen. "Nur damit ihr es wisst - ich habe keinerlei Absicht, diese Pflicht in naher Zukunft zu übernehmen. Und sehr wahrscheinlich auch nicht, nachdem ich dieses Kind endlich geboren habe. Nur zur Warnung. Im Gegensatz zu Junar werde ich an meinen Schwangerschaftsprivilegien noch eine Weile festhalten. Obwohl wir sie dann wohl umbenennen werden müssen", sinnierte sie. "Mir gefällt *Mutterschaftsprivilegien*."

"Ein gefährlicher Begriff", meinte Enric und zog eine Augenbraue hoch. "Eine Mutter wirst du immerhin für recht lange Zeit bleiben."

Sie lachte. "Darum gefällt er mir ja auch! Theoretisch können die sich auf ewig hinziehen!"

"Unwahrscheinlich", murmelte Orrin und verdrehte die Augen. "Junar?", rief er dann, "Brauchst du Hilfe?"

"Ein zusätzliches Paar Hände zum Tragen wäre gut. Oder mehrere Paare", ertönte ihre Stimme aus der Küche.

"Also, Jungs, das war euer Stichwort", lächelte Eryn. "Vern ist entschuldigt, er hat die Hände voll."

Folgsam erhoben sich beide Männer, um beim Hereintragen von Essen und Geschirr behilflich zu sein.

Sie studierte Vern. Seine Aufmerksamkeit war auf das Baby gerichtet, während er es vermied, sie anzusehen. Seit ihrer Ankunft hatte er kein einziges Wort gesprochen. Das bedeutete, dass er beunruhigt war. Gut, dachte sie, das war auch gerechtfertigt. Sie würde warten, bis das Mahl vorüber war, dann würden sie *reden*.

Junar lehnte sich zufrieden zurück. In den paar Wochen seit der Geburt hatte sie ihre Figur beinahe vollkommen zurückgewonnen, und ihre Bewegungen waren nun wesentlich eleganter und leichter als zuvor.

"Sag", fragte Eryn, "kann ich einen Blick auf die Kleider werfen, die du seit deiner Ankunft hier getragen hast? Ich bin ein wenig größer als du, aber der Umfang sollte dem entsprechen, was ich jetzt brauche. Ich will keine neuen Kleider in Auftrag geben, die in ein paar Wochen ohnehin nutzlos wären."

Junar nickte. "Sicher, ich hole sie dir später. Du hast Glück, dass ich deine Bedürfnisse bei der Anfertigung berücksichtigt und den unteren Säumen ein wenig mehr Länge hinzugefügt habe, damit wir die Sachen an deine Größe anpassen können."

Eryn lächelte selig. "Du bist meine Heldin!"

Die Schneiderin lachte. "Es bedarf offenbar nicht viel, damit du mich verehrst. Bewahre dir diese Geisteshaltung."

Vern war der Einzige, der nicht aß, sondern wartete, bis jemand fertig wurde, damit er Téa übergeben konnte.

"Warum legst du sie nicht einfach auf einem Kissen neben dir ab und isst?", schlug Eryn vor.

"Sie jammert, wenn ich das mache", erwiderte er verlegen.

"Meine Güte", seufzte sie. "Das wird vielleicht ein verwöhntes Kind werden! Wie ich sehe, hat sie die Familie bereits vollständig unter ihrer Kontrolle."

Junar und Orrin tauschten nur ein wissendes Lächeln, als kämen sie schweigend überein, dass sie bald genug sehen würden, wie sie sich mit ihrem eigenen Kind anstellte.

Eryn stellte ihre halb-aufgegessene Portion beiseite und hob ihre Arme. "Dann gib sie mir schon. Ich brauche ohnehin noch eine Stunde oder zwei, bis ich all das aufgegessen habe."

Behutsam legte Vern ihr das Baby in die Arme und verschlang dann sein eigenes Essen in gerade einmal fünf Minuten.

Junar fragte nicht einmal, sondern füllte seine Schüssel nach, sobald sie leer war. Offensichtlich hatte sie sich gut an das Zusammenleben mit einem heranwachsenden Jungen angepasst.

Eryn wartete geduldig, bis Vern seine dritte Portion verspeist hatte. Die letzte Schüssel leerte er ungewöhnlich langsam, und sie vermutete, dass dies etwas mit dem Wissen zu tun hatte, was hinterher auf ihn zukam.

Schlussendlich stellte er seine leere Schüssel weg, straffte seine Schultern und sah Eryn geradewegs an. "Also gut. Bringen wir es hinter uns", ächzte er.

Eryn übergab Téa an Orrin neben ihr und verschränkte ihre Arme. "Ich habe gestern, als ich mit Ram'an zusammen war, von deiner Affäre erfahren", begann sie ohne Einleitung. "Mit einer erheblich älteren Frau. Damit bin ich nicht einverstanden."

Er blinzelte, dann bedachte er ihren Bauch mit einem nachdenklichen Blick, als würde er einschätzen, wie viel Schroffheit er sich in ihrem derzeitigen Zustand mit ihr erlauben konnte.

"Mir war nicht bewusst, dass ich deine Zustimmung für mein Liebesleben benötige", meinte er mit vorsichtig gewählten Worten.

"Das tust du nicht", entgegnete sie steif. "Doch als enge Freundin denke ich, dass es mir zusteht, dir meine Bedenken mitzuteilen." Sie bedachte Orrin und Enric mit einem anklagenden Blick. "Bedenken, die niemand sonst zu teilen scheint, wenn man in Betracht zieht, dass ich die Letzte war, die davon erfahren hat."

Der Junge schluckte, hielt aber den Blickkontakt aufrecht. "Welche Bedenken wären das, wenn ich fragen darf?"

"Nun, zum Einen ist diese Frau erwachsen, du aber noch nicht. Das erscheint mir nicht ganz einwandfrei. Dir ist aufgefallen, dass sie ungefähr in *meinem* Alter ist?"

Er nickte. "Ja, das ist mir nicht entgangen. Der Altersunterschied ist mir vollkommen bewusst. Wenn wir allerdings in Betracht ziehen, dass wir hier über zehn Jahre sprechen, während die Gefährtin meines Vaters zwanzig Jahre jünger ist als er, sehe ich da nicht wirklich ein Problem."

Seine Stimme war gefasst, und er war augenscheinlich entschlossen, diese Angelegenheit auf erwachsene Weise zu erörtern, soviel musste sie ihm lassen. Ihr wäre lieber gewesen, er hätte sich irrational, emotional und weniger reif gezeigt.

"Dein Vater und Junar sind beide erwachsen. Du bist siebzehn. Ältere Frauen tendieren dazu, jüngere Liebhaber... auszunutzen, sich ihre Unerfahrenheit, ihr Vertrauen und ihren Eifer zu gefallen zunutze zu machen. Ich würde nicht wollen, dass du dich in einer Situation wiederfindest, die dir über den Kopf wächst."

"Welche Situation zum Beispiel?", fragte er sanft.

"Nun, dass du dich in sie verliebst und dann herausfindest, dass du ihr bloß als Ablenkung, als Amüsement gedient hast. Oder dass du dich plötzlich als Vater eines Kindes wiederfindest. Zweifellos hat sie in ihrem Leben andere Prioritäten als du in deinem", erklärte Eryn.

"Ich verstehe", meinte er langsam. "Deine Bedenken basieren also vorwiegend auf der Angst, ich könnte eine unerwiderte Bindung zu ihr aufbauen oder einem Trick anheimfallen, damit ich Nachkommen zeuge, wenn ich das richtig verstehe."

Warum klang all das aus seinem Mund wesentlich anspruchsvoller als zuvor bei ihr? Wahrscheinlich tat er das, um sie zu verunsichern, indem er sich übermäßig reif gab; doch diese Wirkung hatten hochtrabende Worte nicht auf sie.

"Ja, gut gemacht", meinte sie mit einem sauren Lächeln.

"Dann lass mich deine Bedenken zerstreuen, indem ich dir versichere, dass meine Gefühle für sie rein freundschaftlicher Natur und noch nicht in die Gefilde der Romantik vorgedrungen sind, die du als solch große Bedrohung für mein Glück zu erachten scheinst", erklärte er, sein Ton vernünftig. "Was das andere Risiko betrifft, so bin ich, wie du dich sicher erinnerst, recht bewandert darin, ungeplante Schwangerschaften zu vermeiden. Bei der letzten Nacht der Ungezwungenheit haben wir einen ganzen Abend genau darauf verwendet."

"Was ist, wenn sie dir irgendeinen Trank verabreicht, um deine Schutzmaßnahmen außer Kraft zu setzen - so wie Malriel es bei mir tat?", warf sie ihm entgegen.

Er verzog das Gesicht. "Nicht jede Frau wird so wie deine Mutter von dunklen Motiven angetrieben. Manche wollen sich einfach nur amüsieren. Und nicht einmal Malriel hat ihre Liebhaber jemals ausgetrickst, nicht wahr?" Nach einem Moment des Nachdenkens berichtigte er sich. "Nun, wenn man einmal davon absieht, dass sie Valrad eingeredet hat, du seist seine Nichte. Aber du weißt, was ich meine."

"Was ist, wenn sie dich einfach nur benutzt, um dich an ihr Haus zu binden? Du bist hier immerhin eine Sensation und zählst drei Oberhäupter von Häusern zu deinen Freunden", legte sie nahe.

Er zog eine Augenbraue hoch. "Sie ist kein Mitglied eines Hauses."

Eryn runzelte die Stirn. War sie nicht? Das war eine Überraschung. Bislang schien es, als wäre sie stets nur Mitgliedern von Häusern vorgestellt worden; sie hatte sich sogar schon zu fragen begonnen, ob die zwölf Familien mehr oder weniger die gesamte Bevölkerung der Stadt stellten. Wie ironisch, dass sie dies im Moment nicht einmal wertschätzen konnte. Wenigstens war der Junge ganz eindeutig kein Snob.

"Was du tust, könnte gegen die Gesetze hier verstoßen!"

Seine Antwort war selbstbewusst. "Nein. Ich habe nachgesehen. Eine Person muss zumindest sechzehn Jahre alt sein, um Geschlechtsverkehr mit einer anderen Person zu haben. Sonst noch etwas?", fragte er höflich.

Verzweifelt suchte sie nach weiteren Argumenten gegen seine Leichtfertigkeit, dieses idiotische Verhalten, doch ihr wollte nichts mehr einfallen. Sie sah Orrin an.

"Und du hast überhaupt nichts dagegen? Wirklich nicht? Keinerlei Einwände von deiner Seite? Du siehst kein Problem in der Affäre deines Sohnes mit einer wesentlich älteren Frau, die wer weiß welche Pläne mit ihm haben könnte?", zischte sie, verärgert darüber, dass er in dieser Sache bislang keinerlei Solidarität gezeigt hatte.

Der Krieger bedachte sie mit einem müden Lächeln. "Was denkst du wohl, wie ein heranwachsender Junge reagiert, wenn ihm sein Vater verbietet, seine Geliebte zu sehen? Womöglich würde er losstürzen und in einen Lebensbund mit ihr eintreten, nur um mir zu trotzen. Wenn du mich fragst, ist ein junger Kerl, der alt genug ist, um einen Beruf wie den des Heilers auszuüben, auf jeden Fall auch alt genug, um sich seine Partnerinnen für sein Bett ohne mein Zutun auszusuchen."

"Du heißt es nicht gut, wenn er Alkohol trinkt, dafür jedoch erachtest du ihn als verantwortungsbewusst genug?" Sie starrte zur Zimmerdecke empor, als ob die Welt um sie herum plötzlich auf dem Kopf stand.

"Alkohol wird zu einer Falle, wenn man nicht Acht gibt. Das gilt nicht nur für junge Menschen." Er lächelte. "Ich erinnere mich dunkel daran, dass ich nicht nur ihn, sondern auch dich davor gewarnt habe. Und während Sex ein menschliches Bedürfnis ist, trifft das keineswegs auf das Trinken von Alkohol zu", betonte er.

Enttäuscht schüttelte Eryn den Kopf, dann sah sie Enric und Junar an. "Also sorgt sich keiner von euch deswegen, nicht einmal ein wenig? Ich bin die Einzige, die hier eine Gefahr sieht?"

"Ich fürchte ja, Liebste", antwortete Enric.

"Schau, Eryn", plädierte Vern und lehnte sich vor, "ich will deswegen nicht mit dir streiten. Wirklich. Du kannst mir nicht vorschreiben, mit wem ich ins Bett gehen kann, und ich weiß, dass du so etwas ebenso wenig von mir akzeptieren würdest. Ich weiß, dass du denkst, du müsstest mich beschützen, aber da gibt es das eine oder andere, vor dem du mich nicht schützen kannst. Selbst wenn alles in Ungemach enden sollte, so war es auf jeden Fall die Erfahrung wert."

Sie betrachtete ihn, die Bartstoppeln auf seiner Wange, die dort gewachsen waren seit er sich am Morgen rasiert hatte. Sein Haar war etwas länger, er hatte es schon seit mehreren Monaten nicht mehr geschnitten. Die hiesigen Kleider zeigten, dass er die breiten Schultern seines Vaters bekommen würde, auch wenn er nicht einmal annähernd so muskulös war wie der Krieger. Seine Gesichtszüge waren etwas kantiger geworden, klarer umrissen als zu der Zeit, als sie ihn vor einer gefühlten Ewigkeit zum ersten Mal getroffen hatte. Stück für Stück verwandelte er sich in einen Mann. Sie wusste, dass es falsch war, das nicht zu akzeptieren. Sogar sein Vater war darin besser als sie. Hatte er Recht? War es ihr Drang ihn zu beschützen, der sie Einspruch gegen seine Geliebte erheben ließ? Sie entsann sich einer Bemerkung vor nicht allzu langer Zeit, als man ihr vorgeworfen hatte, sie wäre eifersüchtig, weil sie nicht mehr seine einzige Freundin war. Stimmte das? Lag das Problem in Wirklichkeit darin, dass er in letzter Zeit jede Nacht mit dieser Frau verbrachte?

Sie schluckte hart und nickte dann langsam. "Also gut. Ich will auch nicht, dass wir deswegen streiten. Ich kann ohnehin nichts dagegen tun; und ich schätze, so soll es auch sein." Sie streckte ihre Hand nach ihm aus und fühlte sich schuldig, als sie die Erleichterung auf seinem Gesicht sah, mit der er sie ergriff und einen Kuss auf ihre Handfläche drückte. Eine erwachsene Geste der Zuneigung, mit der ein Mann einer Frau zeigte, dass sie ihm am Herzen lag. Eine, die er noch nie zuvor bei ihr verwendet hatte.

"Iss hin und wieder mit uns hier zu Abend, in Ordnung?", bat sie leise und schob die Traurigkeit beiseite, die den Ärger verdrängt hatte. Nun war es nur mehr eine Frage der Zeit, bis er wahrhaftig sein eigenes Leben führen würde. Ein Leben, das sie nicht mehr in dem Ausmaß einschließen würde wie bisher. "Ich vermisse dich."

Er lächelte und drückte ihre Finger. "Das werde ich. Ich verspreche es. Wie du weißt, ist die Aussicht auf ein Essen nahezu unwiderstehlich für mich." Dann stand er auf und setzte sich direkt neben sie. "Und jetzt lass mich einen Blick auf deinen Sohn werfen. Es ist schon eine Weile her, seit ich das letzte Mal einen Blick auf ihn geworfen habe. Er sollte bald voll entwickelt sein und sich auf das Wachsen konzentrieren, würde ich meinen."

Sie nickte und lächelte. Heilergespräche. Gut. Damit kam sie zurecht.

KAPITEL 28

Ein unerwarteter Gast

Die Tür wurde beinahe sofort nach Eryns Klopfen geöffnet, und ein breit grinsender Iklan ergriff ihre Hand, bevor er seine Finger mit Enric für den formellen Gruß zwischen Männern verschränkte.

"Kommt herein!", rief er jovial aus und deutete mit einer schwungvollen Geste auf die Sitzkissen auf dem Boden. Er zeigte keinerlei Anzeichen von Unbehagen, als Urban hinter ihnen in das Zimmer trottete und es sich unter seinem Schreibtisch bequem machte.

"Ich bin ungemein erfreut, dass ihr euch die Zeit nehmen konntet, das schätze ich wirklich!", strahlte er. "Ich gebe zu, dass ich etwas in Sorge war, ob du nach der eher aufreibenden Zeit, die wir hatten, noch willens bist, mit mir über das Geistesband zu sprechen."

Neugierig sah sie ihn an. "Ach ja? Ich gebe zu, dass es ein paar weniger angenehme Gelegenheiten gab, aber alles in allem hast du mir wirklich geholfen, obwohl ich es zu dieser Zeit nicht gutheißen konnte. Oder deine seltsame Behandlungsmethode ernst genommen habe."

"Und wie stehst du jetzt dazu?", fragte er mit einem Lächeln.

"Ich würde sagen, ich bin offen für die Möglichkeit, dass sie ihre Vorteile hat", meinte sie schulterzuckend.

"Das klingt nicht, als wärst du tatsächlich überzeugt", bemerkte Enric.

"Ich müsste zuerst sehen, ob die Wirkung, die sie auf mich hatte, ein Glücksfall war, oder ob es auch eine beständige Erfolgsrate mit anderen Patienten gibt. Und da ich nicht genau weiß, wie der Ansatz funktioniert, kann ich auch nicht wirklich sagen, ob ich ihn als effektiv erachte", erklärte sie nüchtern.

"Verständliche Skepsis, meine liebe Eryn", räumte Iklan ein. "Ich würde dich liebend gerne in die zugrundeliegenden Prinzipien einführen oder dir Bücher empfehlen, die du lesen kannst. Was die Erfolgsrate betrifft, hast du nun als vollständig zertifizierte Heilerin Zugriff auf alle Patientenakten hier und kannst dir meine Notizen ansehen, wenn du Interesse daran hast." Er nickte zu ihrem runden Bauch. "Obwohl ich mir vorstellen könnte, dass es bald genug vordringlichere Angelegenheiten gibt, die dich beschäftigen werden."

"Ja, das stimmt. Aber ich hätte gerne eine Liste von Büchern, die ich mit zurück nach Anyueel nehmen kann."

"Ich werde eine vorbereiten und sie dir geben, wenn ich dich das nächste Mal in der Kantine sehe", versprach er.

Er führte sie zu den Sitzkissen und fragte sie, was er ihnen zu trinken bringen konnte, bevor er sich zu ihnen setzte.

"Ich bin sehr begierig zu hören, wie genau ihr herausgefunden habt, wie ihr eure Emotionen voreinander abschirmen könnt." Er zog einen Notizblock zu sich. "Ich habe ein paar Fragen bezüglich der Art des Schildes, seine exakte Position, Größe, Wirksamkeit, wie lange ihr ihn für gewöhnlich aufrecht erhaltet, wie oft ihr ihn errichtet und unter welchen Umständen. Bislang waren wir hier nicht in der Lage, viele Informationen über Geistesbande zu sammeln, da die Paare, die eines entwickeln, es üblicherweise als Fluch erachten. Soweit ich weiß, wurde jedes einzelne der wenigen Geistesbande, die uns bekannt sind, durch das Auflösen des Kommitmentbands dritten Grades entfernt. Der Senat ist sehr verständnisvoll, wenn es darum geht, dies unter diesen Umständen zu bewilligen. Soll ich mit den Dingen beginnen, die ich weiß? Es wird nicht besonders lange dauern, und dann können wir uns auf euch beide konzentrieren."

"Unbedingt", nickte Eryn. "Klär uns auf."

"Erwartet allerdings nicht zu viel. Wie ich schon sagte, hatten wir nicht viel Gelegenheit, dieses spezielle Thema zu untersuchen, da sich die Leute des Geistesbandes in der Regel nach recht kurzer Zeit wieder entledigen."

"Hast du herausgefunden, welche Bedingungen die Wahrscheinlichkeit für die Entstehung solch eines Bandes erhöhen?", fragte Eryn.

"Noch nichts Schlüssiges, nur allgemeine Vermutungen. Es könnte etwas mit dem Grad an Zuneigung zwischen Gefährten zu tun haben, mit ihrer magischen Stärke, Charaktereigenschaften oder der Bereitschaft, sich einander zu öffnen. Wir wissen es nicht. Bislang gab es einfach zu wenige Gelegenheiten, an diesem Thema zu forschen." Er rieb sich die Hände. "Aber jetzt habe ich euch beide hier, und ich bin sicher, dass ich ein paar interessante Dinge von euch erfahren werde."

Eryn meldete sich rasch zu Wort, noch bevor er mit seiner Befragung beginnen konnte. Da gab es eine Sache, die sie zuerst wissen wollte. "Du hast erwähnt, dass die Auflösung des

Kommitmentbands auch dem Geistesband ein Ende bereitet. Wie funktioniert das?"

"Das ist recht unkompliziert. Zu dessen Auflösung bedarf es der gleichen Menge an Magie, die zur Errichtung des Bandes aufgewendet wurde. Das erfordert im Regelfall mehrere Personen. Sobald das Kommitment aufgehoben wurde, ist es eine Frage von Tagen, bis das Geistesband ebenfalls weg ist. Mir wurde erklärt, dass es kontinuierlich verblasst, bis nichts mehr übrig ist", erklärte er.

"Ist das auf irgendeine Weise schmerzhaft?"

"Nicht soweit ich weiß."

"Was passiert normalerweise mit den Paaren, die das Band loswerden? Bleiben die hinterher zusammen?"

"Das hängt vorwiegend davon ab, wie lange sie mit der Auflösung des Kommitments warten. Und wie stark es sie in Mitleidenschaft gezogen hat, ihre Gefühle miteinander zu teilen. Eine Gefahr besteht natürlich darin, dass eine Person erkennt, dass die Zuneigung der anderen Person nicht ganz so beträchtlich wie angenommen oder erhofft ist. Solch eine Erkenntnis führt natürlich im Allgemeinen dazu, dass Paare sich trennen. Wenn es nur um die üblichen, wenngleich ablenkenden Gefühle geht, ermöglicht die Entfernung des Geistesbands manchen, ihre Beziehung aufrechtzuerhalten und glücklich miteinander zu sein. Gibt es noch weitere Fragen, die du mir zu diesem Zeitpunkt stellen möchtest?"

Eryn schüttelte den Kopf und verbarg ihr Lächeln. Er wollte eindeutig seine eigenen Fragen loswerden.

"Dann erzählt mir über euren Schild. Was genau bewirkt er?" Iklan lehnte sich leicht vor, während sein Stift einsatzbereit über seinem Block schwebte.

Sie überlegte kurz. "Er schwächt die Intensität der Gefühle, die wir voneinander empfangen, erheblich ab. Das bedeutet, dass kaum mehr als ein Echo davon übrigbleibt. Wie du dir vielleicht vorstellen kannst, ist das erheblich weniger ablenkend als wenn man deren volle Wirkung abbekommt. Es hängt auch von deren Intensität ab. Im Fall von sehr starken Gefühlen dringt mehr durch den Schild. Wir haben noch nicht versucht, die Intensität des Schildes zu variieren, doch eine Erhöhung der Stärke mag es auch ermöglichen, Emotionen vollständig zu blockieren."

"Wer von euch errichtet den Schild? Du oder Enric? Oder beide zur gleichen Zeit? Verhindert der Schild nur, dass ihr Emotionen empfangt oder verhindert er auch das Aussenden eurer eigenen?", fragte er, während er auf das Papier vor sich kritzelte.

"Großteils übernehme ich das Errichten des Schildes", antwortete dieses Mal Enric. "Da ich der stärkere Magier bin, kann ihr Schild meine Gefühle nicht zurückhalten. Immerhin werden sie durch Magie übertragen. Mein Schild hält meine Emotionen zurück und verhindert auch, dass ich ihre empfange. Wenn wir beide gleichzeitig einen Schild errichten, können wir den Austausch beinahe vollständig unterbinden."

"Wo genau sitzt der Schild? Ich habe eine grundlegende Idee von dem Bereich, den ihr wohl abdecken werdet, doch ich würde das gerne nachprüfen, wenn es euch nichts ausmacht."

Eryn hob ihm ihre Hand entgegen. "Sicher, kein Problem. Ich zeige es dir." Sie wartete, bis sie einen warmen, suchenden Vorstoß an Magie von seiner Hand empfing. Dann schloss sie ihre Augen und platzierte den Schild um den Bereich, den Vern und sie als den Ursprung von Emotionen identifiziert hatten.

Iklan öffnete seine Augen wieder und nickte. "Ja, das ist so ziemlich das, was ich erwartet hatte. Ich habe auch einen guten Eindruck von der Art des Schildes gewonnen. Wie ich sehe, ist er komplexer als eine simple Barriere. Er muss durchlässig sein für sämtliche Flüssigkeiten und Impulse, jedoch die Magie blockieren. Ich bin beeindruckt, dass ihr in der Lage wart, so viel Arbeit an dem Schild in solch kurzer Zeit zu leisten. Es ist ein Glücksfall, dass zur Abwechslung einmal eine Entdeckerin damit fertig werden musste."

"Ja, Glück", grummelte sie.

Iklan lächelte. "Ich könnte mir denken, dass es zu Beginn keine besonders angenehme Situation war. Die Geschichte deiner Ohnmacht während ihr zusammen im Bett wart, wurde natürlich unter den Heilern diskutiert. Viele von uns waren begeistert, als wir erfuhren, dass ihr es geschafft habt, damit fertigzuwerden. Einige meiner Kollegen haben mich gebeten, meine Erkenntnisse mit ihnen zu teilen, sobald ich mit euch gesprochen habe."

"Ich bin froh, dass meine Eskapaden im Schlafzimmer euer professionelles Interesse wecken konnten", meinte sie und rollte mit den Augen.

"Oh ja, auf jeden Fall", bestätigte er heiter. Der Sarkasmus in Eryns Bemerkung war vollkommen verschwendet an ihn.

Sie sah Enric an, der nur grinste und mit den Schultern zuckte, als wollte er sagen *Was hast du erwartet?*

"Wie wurde euch klar, dass ihr ein Geistesband entwickelt hattet?", setzte er seine Befragung fort.

"Seekrankheit", erwiderte Enric. "Wir waren auf dem Rückweg nach Anyueel, und Eryn reagiert recht heftig auf das Schwanken und Schaukeln, während ich dagegen immun zu sein scheine. Ich empfand ebenfalls Übelkeit und bemerkte, dass sie verschwand, sobald Eryn schlief. Da vermutete ich zum ersten Mal etwas. Vran'el hatte die Möglichkeit vor der Zeremonie kurz erwähnt."

"Wie dachtet ihr darüber?"

Der blonde Magier lächelte still. "Ich fand es nützlich. Eryn hatte eine gewisse Neigung dazu, mir Dinge zu verheimlichen, und das Band erschwerte es ihr beträchtlich. Obwohl ich zugebe, dass es auch seine Nachteile hat. Es war eine enorme Ablenkung, als ich während ihrer Kampfstunden den Schmerz jedes Hiebes verspürte, den sie abbekam. Besonders, wenn ich mich eigentlich auf etwas konzentrieren oder bei einer Versammlung zuhören sollte."

Der Heiler nickte. "Ich verstehe. Normalerweise reagieren Leute nicht so positiv auf die Entdeckung eines Geistesbandes. Du jedoch scheinst es geschafft zu haben, die Vorteile für dich selbst dabei zu erkennen. Eryn, wenn ich dich ansehe, gehe ich davon aus, dass deine Haltung gegenüber dieser Entdeckung nicht ganz so... positiv war?"

"Das könnte man so sagen, ja", meinte sie langsam. "Ich betrachtete es eher als einen Fluch und weniger als Segen. Besonders im Hinblick auf... du weißt schon."

Iklan nickte verständnisvoll. "Ja. Ich erinnere mich daran, dass man mir sagte, Sexualität sei nichts, das man im Alten Königreich offen bespricht, also danke ich euch für euer Entgegenkommen, mit dem ihr all dies mit mir teilt. Ich könnte mir denken, dass Botschafter Sanafs Unvermögen, sich an diesen besonderen kulturellen Unterschied anzupassen, für euch alle sehr peinlich gewesen sein muss."

"Das fasst es ganz gut zusammen, ja", seufzte Eryn. "Obwohl ich vermute, dass er den Klatschbasen damit eine Freude gemacht hat."

"Und wie betrachtest du das Geistesband jetzt, wo ihr gelernt habt, so gut damit umzugehen?"

"Als weniger große Bürde", gab sie zu. "Es hat sich zuweilen als hilfreich dabei erwiesen, einander besser kennenzulernen. Aber es ist auf jeden Fall gewöhnungsbedürftig, besonders, da ich mich ständig daran erinnern muss, dass ich Enric nun mehr von mir preisgebe, als ich das sonst getan hätte. Und ich denke nicht immer daran, meine Emotionen abzuschirmen. Das führt dazu, dass Enric sich sorgt. Er stürmt dann immer heran, um sozusagen die Jungfrau in Nöten zu retten."

"Ihr erhaltet den Schild also nicht durchgehend aufrecht, sondern errichtet ihn nur dann, wenn die Situation es erfordert?"

"Nein, das tun wir nicht", bestätigte Enric. "Einen Schild aufrecht zu erhalten, der nicht mit unserer Lebenskraft verbunden ist, erfordert immerhin Konzentration. Das wäre eine konstante Ablenkung und würde viel Energie kosten. Das wäre zu viel Aufwand, wenn man bedenkt, dass wir den Schild nur hin und wieder benötigen. Nun ja, und natürlich auch im Bett", schloss er.

"Natürlich", wiederholte Eryn ausdruckslos mit einem Seitenblick auf ihn. Diese letzte Bemerkung hatte er sehr wahrscheinlich nur hinzugefügt, um sie zu hänseln.

Sie warteten, bis Iklan mit seinen Notizen fertig war und den Blick wieder zu ihnen hob.

"Eine letzte Frage hätte ich noch: Könnt ihr stets unterscheiden zwischen euren eigenen Gefühlen und denen, die ihr durch das Geistesband wahrnehmt? Wie wisst ihr, welche eure eigenen sind? Fühlen sie sich... *anders* an?"

"Die meiste Zeit über ist es vom Zusammenhang her offensichtlich", erläuterte Enric. "Wenn ich beispielsweise Belustigung empfinde, ohne dass ich irgendeinem Einfluss ausgesetzt wäre, der so etwas auslösen könnte, weiß ich, dass es nicht meine Emotion ist. Die Gefühle, die jeder von uns erlebt, unterscheiden sich nicht in ihrer Art, soweit ich das sagen kann. Es ist mehr die dahinterliegende Intensität, die verdeutlicht, ob es meine oder ihre sind. Meist erleben wir Situationen unterschiedlich. Das bedeutet, ich kann sagen, ob der Grad an Amüsement oder Ärger, den ich verspüre, aus meiner Sicht angemessen ist - und damit auch, von wem das Gefühl stammt."

Eryn pflichtete ihm mit einem Nicken bei. Genau so erlebte sie es ebenfalls.

"Was wirst du jetzt mit diesem neuentdeckten Wissen anstellen?", fragte sie und deutete auf seine Notizen.

Iklan spitzte die Lippen und lehnte sich zurück. "Ich habe in Erwägung gezogen, die Paare zu kontaktieren, die ihr Kommitmentband dritten Grades in der Vergangenheit auflösten. Zumindest diejenigen, deren Lebensbund noch immer aufrecht ist. Ich würde gerne versuchen, sie davon zu überzeugen, es noch einmal mit dem Geistesband zu versuchen und sie anweisen, wie sie ihre Gefühle abschirmen können. Selbstverständlich müsste ich den Leiter der Klinik zuerst um seine Erlaubnis bitten. Was ich hier vorschlage, sind immerhin Experimente an Menschen. Allerdings ist es solch bemerkenswertes Thema, das lange unerforscht geblieben ist. Ich frage mich, welche langfristigen Auswirkungen es gibt, wie das Band die Beziehungen über Jahre und Jahrzehnte hinweg beeinflusst. Und ob es irgendeinen Einfluss auf die nächste Generation hat." Sein Blick fiel auf ihren gerundeten Unterleib.

"Wie zuversichtlich bist du, dass du diese Erlaubnis erhalten wirst?", fragte Enric interessiert.

Iklan lächelte verschmitzt. "Ich gebe zu, dass ich *überaus* zuversichtlich bin. Ich bin überzeugt, dass ich in Valrad einen Verbündeten für solch ein Anliegen habe. Nicht nur ist seine Tochter eine der wenigen Personen, die solch ein Band entwickelt haben, sondern sie war auch diejenige, die damit solch revolutionäre Fortschritte verzeichnen konnte. Für das Oberhaupt eines Heilerhauses ist das etwas, worauf man stolz sein kann, da es das Ansehen von Haus Vel'kim dahingehend stärkt, dass es die unumstrittenen Heilerexperten in diesem Land hervorbringt."

Eryn lachte und schüttelte den Kopf. "Dann wirst du also an Val… an die Eitelkeit meines Vaters appellieren, damit er dir hilft?"

Der Heiler wiegte seinen Kopf hin und her. "Nicht ausschließlich, aber primär. Natürlich geht es immer noch darum, die Disziplin des Heilens voranzutreiben und damit den Leuten zu helfen, die von unserem Fortschritt profitieren, versteht sich", meinte er augenzwinkernd.

"Natürlich", gluckste sie.

* * *

Hand in Hand spazierten sie von der Klinik zurück zur Aren Residenz. Die Katze trottete voraus, dann hielt sie an und beschnüffelte eine Hauswand oder jagte einem Passanten Angst ein, bevor sie darauf wartete, dass die beiden sie wieder einholten. Dann begann sie das Spiel von neuem.

"Du wirkst müde", kommentierte Enric.

Erschöpft nickte sie. "Das bin ich auch. Dieser Tage schlafe ich nicht so gut. Mein Rücken tut weh. Und meine Knöchel sind geschwollen. Alles scheint so viel anstrengender als vorher - kleine Dinge wie das Treppensteigen oder Anziehen. Oder sogar das Aufstehen von den Sitzkissen. Ich weiß, das ist normal für mein Stadium, aber das erleichtert es nicht, es zu ertragen. Zumindest tritt mich dein Sohn derzeit nicht nachts. In dieser Hinsicht ist er wirklich rücksichtsvoll", schloss sie trocken.

"Nicht dass es einen großen Unterschied machen würde, da du ja ohnehin nicht gut schläfst", warf er ein.

"Doch, das würde es. Ich mag nicht besonders gut schlafen, aber zumindest schlafe ich eine Stunde oder zwei durchgehend."

"Wenn wir Glück haben, bleibt er so unkompliziert, nachdem er auf die Welt gekommen ist. Téa hat sich bislang als überraschend manierlich erwiesen."

"Natürlich - sie ist zufrieden", seufzte Eryn. "Junar richtet all ihre Aufmerksamkeit auf das Mädchen, und ebenso Orrin, sobald er am Nachmittag heimkommt. Ich fragte mich, ob sich das ändern wird, sobald die beiden wieder an ihre reguläre Arbeit zurückkehren. Ich schätze, dass Junar nicht so viel arbeiten wird wie bisher, aber sie hat immer noch ein Geschäft, um das sie sich kümmern muss. Und was uns beide betrifft..."

Enric drückte ihre Hand. "Ich werde im Orden wieder mächtig und einflussreich sein, und ich schätze, du wirst deine Arbeit als Heilerin wiederaufnehmen wollen."

"So ist es. Aus meiner Sicht gibt es hier nicht viele Möglichkeiten. Entweder heuern wir jemanden an, der unseren Sohn für uns aufzieht, oder ich gebe das Heilen für einige Jahre auf", meinte sie mit einem missmutigen Blick. "Keine dieser Optionen ist besonders ansprechend."

"Wir werden einen Weg finden", erwiderte er zuversichtlich. "Es mag sein, dass wir jemanden einstellen müssen, aber nicht um unseren Sohn aufzuziehen, sondern um uns ein paar Stunden pro Woche zu unterstützen. Du könntest ein paar Stunden pro Woche arbeiten - zwei oder drei vielleicht. Oder kosmetische Korrekturen übernehmen. Die Termine mit den Reichen und Eitlen könntest du dir so legen, wie sie für dich passen."

Statt einer Antwort überdachte sie seinen Vorschlag. Ein wenig zu arbeiten war besser als überhaupt nicht. So würde sie zumindest nicht den Anschluss an ihren Beruf und ihre Kollegen verlieren. Aber mehrere Jahre lang ausschließlich kosmetische Korrekturen? Das klang absolut unattraktiv. Vielleicht konnte sie eine Übereinkunft mit

Junar treffen, überlegte sie. Und dann war da auch noch Enric. Er hatte dieses Kind gewollt, also konnte er sich gefälligst auch einbringen, wenn es darum ging, es großzuziehen.

"Dir ist selbstverständlich bewusst, dass es sich hierbei nicht nur um *meinen* Sohn handelt", meinte sie mit einem zuckersüßen Lächeln.

Er sah sie an. "Natürlich", meinte er vorsichtig.

"Das bedeutet, dass du ebenfalls darüber nachdenken solltest, wie du deine Arbeitsgewohnheiten verändern kannst, um Rücksicht auf ein Kind zu nehmen. Großteils schiebst du ohnehin nur Papier auf einem Schreibtisch herum. Das kannst du auch nachts tun, oder wenn das Baby schläft."

Sie sah ihn schlucken und dann zögerlich nicken. Es schien, als müsste er sich erst noch an den Gedanken gewöhnen, dass ein Mann in das Aufziehen involviert war, solange das Kind noch ständiger Überwachung und Fürsorge bedurfte. Trotzdem lächelte sie. Er würde sich anpassen. Dafür würde sie sorgen.

Als die Residenz in Sichtweite kam, ließ sie erleichtert den Atem entweichen. Die Aussicht auf Schatten und etwas zu trinken veranlasste sie, ihre Schritte ein wenig ausladender zu setzen.

Enric öffnete die Tür, damit sie vor ihm eintreten konnte und zog beide Augenbrauen hoch, als sie mitten in der Bewegung erstarrte.

"Was ist?", fragte er.

"Shh", machte sie und hob einen Finger, um ihn zum Schweigen zu bringen.

Mit schiefgelegtem Kopf lauschte er und vernahm eine ältere, aber entschlossene Frauenstimme.

"Wer ist das?", fragte er leise.

Eryn schüttelte den Kopf. "Ich weiß es nicht. Die Stimme kommt mir vage bekannt vor, aber ich kann sie im Moment nicht zuordnen."

"Eryn?", hörte sie die Stimme von Junar, die daraufhin am oberen Ende der Treppe erschien. Sie wirkte etwas angespannt und offensichtlich erleichtert über den Anblick der beiden.

"Ja?", erwiderte sie und spürte langsam ein Gefühl des Argwohns in sich aufsteigen.

"Du solltest dich sputen. Wir haben eine Besucherin, die schon ungeduldig auf eure Rückkehr wartet", lächelte sie mit wächserner Miene.

Eryn wandte sich um, als Enric ihr auf die Schulter tippte und dann auf eine Sammlung von mittelgroßen Truhen und Paketen auf einer Seite des Eingangsbereichs deutete. Welche Art von Besucher reiste mit dermaßen viel Gepäck? Einer, der einen ausgedehnteren Besuch plante, legte der gesunde Menschenverstand nahe.

Enric runzelte die Stirn und ergriff Eryns Hand, um ihr die Stufen hinaufzuhelfen. Das verhieß nichts Gutes.

Als die den Hauptraum betraten, erstarrten beide beim Anblick der Frau, die sich allem Anschein nach in ihren frühen Sechzigern befand. Ihr dunkles Haar war zu einem festen Knoten an der Rückseite ihres

Kopfes gebunden, und ihre dunklen Augen unterzogen beide einer eingehenden Prüfung. Irgendwie schaffte sie es, den Eindruck zu erwecken, als wäre sie die Gastgeberin anstatt eines Gastes.

"Malhora", hauchte Eryn und starrte ihre Großmutter an, eine Hand fest um Enrics Finger gelegt, während die andere auf ihrem Bauch zum Liegen kam.

"Maltheá", erwiderte die andere Frau ausdruckslos. Nur ein kleines, wissendes Lächeln umspielte ihre Mundwinkel. Es schien, als wäre sie mit der Reaktion, die sie ausgelöst hatte, mehr als zufrieden. Ihr Blick erfasste Enric; beginnend bei seinem Kopf ließ sie ihn gemächlich bis zu seinen Füßen wandern. "Und das Oberhaupt meines Hauses. Enric von Haus Aren", verkündete sie mit stiller Genugtuung. Sie blinzelte nicht einmal beim Anblick der ausgewachsenen Bergkatze, die auf sie zu schlenderte und zuerst den Saum ihres Kleides und dann die furchtlos hingehaltene Hand beschnüffelte.

"Malhora", nickte er höflich. Er erinnerte sich noch gut an sie. Das einzige Mal, wo er ihr zuvor begegnet war, war auf dem Aren Anwesen während des Jadgausflugs gewesen, als er zwischen sie, Malriel und Eryn getreten war, um eine gewaltsame Eskalation des Streits zwischen ihnen zu verhindern. Damals war sie zornig davongestürmt, während Eryn bewusstlos über seiner Schulter lag und Malriel bewegungslos neben ihm stand, da er die Kontrolle über ihre Muskeln übernommen hatte. Er fragte sich, ob sie ihm seine Einmischung damals noch immer nachtrug. An diesem Abend lag jede Menge verletzter Aren-Stolz in der Luft.

Ohne seine Augen von den seltsam vertrauten Gesichtszügen abzuwenden, die sie als enge Verwandte von Eryn und Malriel kennzeichnete, trat er auf Malriels Mutter zu und ergriff ihre Hand, um einen Kuss darauf zu drücken. "Willkommen. Dein Besuch ist ein unerwartetes Vergnügen."

"Ist das so", erwiderte die alte Frau spöttisch, bevor sie ihre Enkeltochter musterte. "Du wirkst gesund. Gut. Dann kann ich wohl davon ausgehen, dass die Süßigkeiten, die du bekanntermaßen in dich hineinstopfst, nicht das Einzige sind, das du isst. Aber da dein Vater ein Heiler ist, stellt er zweifellos sicher, dass du gesunde Mahlzeiten einnimmst, wann auch immer ihr gemeinsam speist. Du hast etwas an Gewicht zugelegt, aber ich vermute, das wirst du bald wieder loswerden, wenn man bedenkt, dass euer Orden so großen Wert auf das Kämpfen legt."

Enric unterdrückte ein Lächeln über Eryns überraschte Reaktion. Offensichtlich war sie bestürzt darüber, dass diese Frau trotz ihrer Ansässigkeit im Hinterland dermaßen gut informiert war.

"Wirst du mich dieses Mal ordentlich begrüßen, oder muss ich annehmen, dass dein Gefährte in dieser Beziehung für Manieren zuständig ist?"

Eryn erwachte aus ihrer Erstarrung und gehorchte - zu verblüfft, um sich zu widersetzen. Zumindest bestand Malhora nicht auf dem intimeren Gruß, auf den Malriel so bedacht war.

Junar beobachtete die Szene aus sicherer Entfernung und lehnte an einer Wand neben der Terrassentür, als wollte sie sichergehen, dass sich ein Ausweg in Reichweite befand.

"Was führt dich hierher?", fragte Eryn schließlich. "Warum hast du uns keine Nachricht zukommen lassen, dass du einen Besuch planst?"

"Weil ich sichergehen wollte, dass ihr hier seid", entgegnete ihre Großmutter trocken.

"Ich habe unten Gepäck gesehen", beharrte die jüngere Frau. "Somit vermute ich, dass du länger in der Stadt zu bleiben gedenkst?"

"Gut gemacht. Ich sehe, dass man dich nicht umsonst lobt; du bist tatsächlich recht schlau. Logische Schlussfolgerungen sind ohne Zweifel deine Stärke", schmunzelte Malhora und setzte sich in Bewegung, um sich ein Glas aus einem niedrigen Schrank zu holen.

Enric blieb nicht verborgen, dass sie demonstrieren wollte, dass sie sich in diesem Haus nicht als bloßen Gast betrachtete. Er würde hier sehr behutsam vorgehen müssen, falls es erforderlich wurde, ihr Grenzen zu setzen.

"Warum bist du hier, Malhora?", wiederholte Eryn, während ihre Geduld mit jedem Moment schrumpfte.

"Ich bin hier, Maltheá, um einer Tradition in unserem Land Folge zu leisten, derer du dir eindeutig noch nicht gewahr bist, oder du würdest mir diese Frage nicht stellen. Lass mich dich aufklären, Kind." Sie ging zu den Sitzkissen, nahm Platz und sah zu den beiden auf. "Was ist los mit euch? Wollt ihr einfach nur herumstehen oder werdet ihr euch hinsetzen, damit wir eine zivilisierte Unterhaltung führen können?"

Eryn sah ihren Gefährten an, als wollte sie erkunden, ob er irgendeine Absicht hatte, etwas gegen dieses unverschämte Eindringen in ihren Lebensraum zu unternehmen. Doch Enric war von der dreisten Frau fasziniert, die einfach so aufgetaucht war, und zog Eryn mit sich, als er sich hinsetzte.

"Wenn eine Frau ihr erstes Kind bekommt, kommen ihr ihre erfahreneren und meist älteren weiblichen Verwandten mütterlicherseits zur Hilfe, um sie auf die Geburt vorzubereiten und ihr dann hinterher bei der Versorgung des neugeborenen Kindes zur Hand zu gehen. Unter normalen Umständen wäre deine Mutter hier bei dir, doch das ist offensichtlich nicht möglich. Außerdem hätte wohl ohnehin jeder Versuch ihrerseits in diese Richtung im Chaos geendet. Nun, wenn wir von dem ausgehen, was wir in dieser Familie heutzutage als *normal* erachten."

Eryn schüttelte langsam den Kopf. "Du hast bewiesen, dass du gut informiert bist, also bin ich ziemlich sicher, dass es deiner Aufmerksamkeit nicht entgangen sein kann, dass ich schon seit einer Weile kein Mitglied deiner Familie mehr bin." Der bloße Gedanke daran, diese abscheuliche Frau mehrere Monate lang hier zu haben ließ ihr die Haare zu Berge stehen.

"Unsinn", entgegnete Malhora im Brustton der Überzeugung. "Du magst rechtlich gesprochen nicht mehr zu meinem Haus gehören, doch du bist noch immer ein Teil der Familie. Oder gibt es irgendwo ein Schriftstück, versehen mit einem Siegel und vom Senat anerkannt, das festlegt, dass du nicht länger meine Enkeltochter bist?"

"Natürlich nicht", schnaubte Eryn, "aber darauf läuft es so ziemlich hinaus, meinst du nicht?"

"Das würde ich keinesfalls sagen, oder ich hätte mich kaum entschlossen herzukommen. Kümmern wir uns zuerst um das Wichtigste: Man zeige mir das Zimmer, das ich gegenwärtig nutzen kann. Seht zu, dass es einen Blick auf die Gärten hat."

Einige angespannte Augenblicke lang starrte Enric sie an, dann nickte er bedächtig. "Ich nehme an, dass dir das Hauptschlafzimmer als Unterkunft genehm ist?", fragte er dann, woraufhin Eryn neben ihm nach Luft schnappte.

"Ja, das ist es", nickte Malhora zufrieden.

"Ich werde deine Sachen gleich hinaufbringen lassen", versprach er.

Eryn schluckte hart und knirschte mit den Zähnen, während sie sich wünschte, sie hätte einen Moment allein mit ihm, damit sie ihm ordentlich die Meinung sagen konnte. Was dachte er sich bloß dabei? War er von allen guten Geistern verlassen?

"Hör zu, ich bin nicht sicher, dass das eine gute Idee ist", sagte sie mit so viel Zurückhaltung, wie sie aufzubringen imstande war. "Dein großzügiges Angebot bewegt mich, Malhora, doch es ist nicht erforderlich, dass…"

"Dann bin ich ja froh, dass das geklärt ist", fuhr ihre Großmutter fort und unterbrach, als hätte sie nicht einmal bemerkt, dass jemand mit ihr sprach. "Es hätte mir nicht gefallen, wäre die Stadt Zeuge davon geworden, wie ein früheres Oberhaupt von Haus Aren vom aktuellen mit Missachtung behandelt wird."

Enric lächelte dünn. "Natürlich nicht. Es gilt immerhin einen Ruf zu bewahren."

"Und ich könnte mir denken, dass ein zusätzliches Paar Hände ebenfalls nicht unwillkommen ist, wo es bald ein weiteres Kind im Haus geben wird", nickte sie. "Besonders, da es niemanden sonst gibt, wenn man berücksichtigt, dass Haus Vel'kim derzeit ebenfalls nicht gerade mit vielen reiferen Frauen aufwarten kann, die eng mit der Hauptfamilie verwandt sind."

Er betrachtete sie nachdenklich. "Ein zusätzliches Paar Hände wird zweifellos nett sein, doch ich hoffe, dass du uns von mehr als nur deiner Erfahrung in der Kinderpflege profitieren lassen wirst", meinte er langsam.

Malhora lehnte sich zurück und lachte herzlich, obwohl es in Eryns Ohren mehr nach einem Gackern klang. "Siehst du eine Chance, dich um den Widerstand zu kümmern, auf den du immer wieder stößt, Ordenslord?"

"Der Gedanke kam mir tatsächlich, ja", erwiderte er gelassen, vollkommen beirrt davon, dass sie sich nicht nur seiner

Schwierigkeiten mit den sozialen Aspekten seiner Leitungsfunktion bewusst war, sondern sich auch noch darüber lustig machte.

"Du bist gescheit, das muss ich dir lassen", nickte sie. "Lass uns nach dem Abendessen reden. Nachts bin ich geistig reger, eine Begleiterscheinung des Alters, fürchte ich."

"Danke", antwortete er und neigte seinen Kopf, bevor er aufstand, um sich um ihr Gepäck zu kümmern.

Eryn starrte ihm nach und fragte sich, was um alles in der Welt gerade vor ihren Augen passiert war. Sie sah zu Junar, die ebenso verstört wirkte von der Aussicht darauf, dass diese Frau, die so offensichtlich einige der weniger angenehmen Aren Charaktereigenschaften zur Schau stellte, bei ihnen leben würde.

Von dem Korridor, der zu Orrins und Junars Schlafzimmer führte, hörten sie ein schrilles Jammern.

"Wenn ihr mich kurz entschuldigen würdet", sagte Junar höflich und stieß sich von der Wand ab, an der sie gelehnt hatte.

"Nein", meinte Malhora simpel und nachdrücklich.

"Verzeihung?" Bestürzt starrte die Schneiderin sie an.

"Du wirst hierbleiben. Ich werde selbst gehen." Die alte Frau stellte ihr Glas zur Seite und kam mit überraschender Beweglichkeit und Eleganz auf die Beine. "Deswegen bin ich schließlich hier. Und soweit ich das sehen kann, hast du ebenfalls keine weibliche Verwandte hier, die dich unterstützt."

"Ist das zu glauben?", fauchte Eryn.

Junar schüttelte langsam den Kopf. "Kaum. Aber weißt du was?"

"Was?"

"Ich glaube, ich mag sie."

Die Heilerin stöhnte und ließ sich in die Kissen zurückfallen. "Du kannst sie nicht mögen! Das verbiete ich! Das ist Malriels Mutter, falls du das nicht mitbekommen hast!"

"Na und? Malriel ist *deine* Mutter, und das nehme ich dir ja auch nicht übel", meinte Junar und zuckte mit den Schultern. "Dieses Argument finde ich ein wenig heuchlerisch, wenn es von dir kommt."

"Sie ist herrisch, fordernd, rücksichtslos und glaubt, sie hätte hier das Sagen!"

"Genau wie *du*!"

"Eben!" Eryn rang die Hände. "Willst du zwei von dieser Sorte hier haben? Wirklich?"

Beide verstummten, als sie Schritte näherkommen hörten. Wenig später tauchte Malhora mit Téa auf dem Arm auf.

"Ich befürworte eure Wahl des Namens", verkündete sie majestätisch. "So benutzt ihn zumindest irgendjemand", fügte sie mit einem Seitenblick auf ihre Enkelin hinzu. "Ich war diejenige, die ihn für dich ausgewählt hat, falls du das nicht wusstest."

"Ich wusste es, danke", knurrte Eryn. "Die Königin der Dunkelheit hat mich freundlicherweise über dieses kleine Detail in Kenntnis gesetzt. Soll ich mich jetzt etwa für deine Mühe bedanken?"

"Königin der Dunkelheit", wiederholte die ältere Frau als würde sie den Klang testen. "Zumindest klingt es stattlich, wenn auch nicht besonders zugetan. Aber das ist wohl auch kaum deine Absicht. Wie nennst du mich hinter meinem Rücken?"

Die unerwartete Frage brachte sie aus dem Konzept. "Noch habe ich keinen Namen, aber ich beginne zu glauben, dass ich das korrigieren sollte..."

"Gut. Dann wird es dir keine allzu große Mühe bereiten, dich daran zu gewöhnen, mich Großmutter zu nennen", nickte Malhora und schloss einen Moment lang die Augen. "Téa ist weder hungrig, noch hat sie andere körperliche Bedürfnisse, um die es sich zu kümmern gilt. Derzeit reicht ein wenig Aufmerksamkeit." Sie nahm wieder auf den Kissen Platz und zog nicht einmal in Betracht, das Mädchen an Junar zu übergeben.

Junar stand eine Weile dort, ihr Gesichtsausdruck verblüfft, erholte sich aber rasch wieder. Dann ging sie langsam zu den Sitzkissen und sank neben Eryn nieder.

"Du sorgst dich doch wohl nicht, dass ich ihr Schaden zufügen könnte?", erkundigte sich Malhora sanft, wenngleich mit fragendem Blick.

Sie Schneiderin schüttelte den Kopf. "Du scheinst zu wissen, was du tust, also nein."

"Das tue ich. Ich habe mich schon lange vor deiner Geburt um Babys gekümmert."

"Ich werde dich nicht *Großmutter* nennen!", begehrte Eryn schließlich auf. "Warum sollte ich? Ich nenne Malriel auch nicht *Mutter*!"

"Das ist eine Sache zwischen dir und ihr. Wie du mich nennst, ist eine Angelegenheit zwischen uns beiden", tat Malhora kund und schaukelte die kleine Téa mit einer Zärtlichkeit, die in krassem Widerspruch zu ihrem barschen Ton stand. "Und ich verstehe nicht, weshalb du dich mir wegen solch einer Kleinigkeit entgegenstellst."

"Das tust du nicht? Ernsthaft? Kann es sein, dass du vergessen hast, wie wir uns zum ersten Mal begegnet sind?"

"An diesen *freudigen* Anlass erinnere ich mich sehr wohl, mein Mädchen", grollte sie. "Du warst respektlos und hochnäsig, aber das werde ich für den Moment großzügig beiseitelassen. Betrachte die Sache als verziehen."

"Verziehen?", rief Eryn aus, als Enric gerade in den Hauptraum zurückkehrte. "Du verzeihst *mir*? Du warst unmöglich und unfreundlich! Deine allerersten Worte an mich waren eine Beleidigung!"

"Du gabst vor, du wärst Malriel! Was für ein Mensch findet Vergnügen daran, eine alte Frau ohne Grund oder vorherige Provokation zum Narren zu halten, frage ich dich? Hättest du dir die Mühe gemacht, dich mir vorzustellen, so wie es sich gehört hätte, wäre unsere erste und in der Folge auch unsere zweite Unterhaltung vollkommen anders verlaufen", tadelte Malhora und bedachte sie mit einem finsteren Blick. "Verstehe ich das also richtig, dass die beiden großen Verfehlungen, weshalb du dich weigerst, mich mit dem mir zustehenden Titel anzusprechen, darin bestehen, dass ich erstens die Frechheit besitze, Malriels Mutter zu sein und ich zweitens verärgert reagiert habe, als du mich damals zum Narren gehalten hast?"

Eryn starrte sie weiterhin an und fand plötzlich keine Worte mehr. Wenn sie es so ausdrückte, klang es lächerlich und kindisch.

"Natürlich nicht!", protestierte sie in der Weigerung, sich als kleinlich und unvernünftig hinstellen zu lassen.

"Natürlich nicht *was*?", fragte Malhora spitz.

"Natürlich nicht, *Großmutter*", presste Eryn zwischen ihren aufeinandergepressten Lippen hervor. Sie ließ Magie in ihre Beine fließen und sprang richtiggehend von den Kissen auf. "Wenn ihr mich jetzt entschuldigen würdet, ich muss gehen und meinen Kopf gegen etwas Massives schlagen. Mehrmals", zischte sie und stürmte in Richtung ihres Schlafzimmers davon.

Enric und Junar starrten ihr beide hinterher, bevor sie sich Malhora zuwandten. Die alte Frau nickte zufrieden und lachte über ihr Erstaunen.

"Es ist einfach, bei dem Gedanken an die mächtige Malriel von Haus Aren zu erschaudern, doch die Leute vergessen ständig, dass sie jemand großgezogen hat. Und zwar ich. Ich bin mit einer heranwachsenden Malriel fertig geworden, also schaffe ich das auch mit ihr." Sie nickte in die Richtung, in die ihre Enkelin gerade geflohen war.

"Es braucht also eine Aren, um einer anderen Aren ebenbürtig zu sein?", fragte Enric leichthin.

"Haus Aren hat bei seinen Nachkommen stets Wert auf Stärke gelegt", erklärte die alte Frau sachlich. "Magische und körperliche Stärke. Und zusätzlich erziehen wir unsere Kinder noch dazu, Charakterstärke zu zeigen. Stärke ist etwas, das wir verstehen und respektieren. Wir bringen Anführer hervor, und wer *uns* anführen will, sollte uns besser beweisen, dass er stärker ist als wir, oder wir erkennen diese Überlegenheit nicht an, sondern beanspruchen die Position für uns selbst! Malthéa wurde nicht in diesem Geiste erzogen, dennoch trägt sie dieses instinktive Verständnis, dieses Bewusstsein dafür in sich. Ganz egal, welchen Anhänger sie nun trägt, sie ist ebenso Aren wie Malriel und ich selbst", fügte sie mit stolz erhobenem Kinn hinzu.

"Sie würde es überhaupt nicht schätzen, das zu hören", lächelte Enric.

"Natürlich nicht. Sie will nicht sehen, dass sie und ihre Mutter tief in ihrem Inneren verwandte Geister sind. Das Erfordernis, keinerlei Schwäche zu zeigen, hat Malriel dazu getrieben, sich ihrer Tochter so tollpatschig und dämlich wie nur möglich anzunähern. Wäre Malthéa nicht in einem Dorf mitten im Nirgendwo aufgezogen worden, sondern hier in dieser Stadt und hätte von klein auf gelernt, mit dem politischen System umzugehen, in das sie hineingeboren wurde, wäre sie ihrer Mutter sogar noch ähnlicher. Malriel lernte ihre Gefühle zu kontrollieren, damit sie überleben und erfolgreich sein konnte. Der Charakter ihrer Tochter ist ungeschliffener, näher an ihrer wahren Natur", beendete sie ihre Erklärung. "Und nun müsst ihr mich entschuldigen. Ich muss meine Sachen auspacken und mich dann im Garten umsehen. Ich muss nachsehen, ob noch ein paar von meinen Büschen hier sind, oder ob Malriel sie in der Zwischenzeit alle gefällt hat." Sie drückte Téa in Enrics Arme. "Hier. Die Übung wird dir guttun." Damit stand sie auf und ging in Richtung ihres Zimmers davon.

"Wie alt ist diese Frau?", flüsterte Junar.

"Mitte Siebzig", murmelte Enric.

"Sie ist also älter als Lord Poron?" Ihre Augen wurden groß, und ihr Kopf drehte sich dorthin, wo Malhora verschwunden war. "Ich muss mit Eryn unbedingt über dieses magische Verjüngungsprogramm reden…"

KAPITEL 29

Téas Potential

Ram'an half ihr dabei, sich auf den Kissen des Teehauses niederzulassen und nahm dann neben ihr Platz. Es war später Nachmittag, und dank der leichten Brise war die Hitze nicht ganz so drückend.

"Stimmt es wirklich? Malhora ist in eure Residenz eingezogen?", erkundigte er sich neugierig.

Eryn zog eine Grimasse. "Unglücklicherweise ja. Obwohl ich die Einzige zu sein scheine, die damit ein Problem hat. Junar ist begeistert, weil das alte Biest sie bei der Betreuung ihrer Tochter unterstützt, und Orrin erklärt sich mit allem einverstanden, solange Junar glücklich ist. Enric hat offenbar ein Faible für Aren Frauen, ganz egal, welcher Generation sie entstammen. Und Vern war seit gestern nicht mehr zuhause, ist aber dieser Tage zu viel unterwegs, um Einspruch zu erheben."

"Ich schätze, ihr kommt nicht besonders gut miteinander aus?", fragte Ram'an vorsichtig. "Immerhin verlief das einzige Mal, als ihr einander bisher begegnet seid, nicht besonders harmonisch, soweit ich mich erinnere."

"Sie behandelt mich wie ein starrköpfiges Kind, als müsste sie mir Manieren beibringen. Sie zwingt mich dazu, sie *Großmutter* zu nennen!", beklagte sie sich.

"Somit scheint sie deinen Austritt aus ihrem Haus nicht als ausreichenden Grund dafür zu erachten, von dir mit ihrem Namen angesprochen zu werden?"

"Nein, sie meint, ich mag zwar das Haus verlassen haben, aber nicht die Familie, und dass es kein offizielles Dokument gäbe, laut dem ich nicht mehr ihre Enkelin wäre", knurrte sie. "Du hast hier nicht zufällig irgendein juristisches Argument, das ich ihr bei nächster Gelegenheit entgegenhalten kann, oder?"

Er grinste. "Ich werde dich sicher nicht mit verbaler Munition gegen Malhora von Haus Aren versorgen! Wenn sie davon erfährt, bin ich meines Lebens nicht mehr sicher."

"Feigling! Existiert so eine Tradition überhaupt, wo ältere Verwandte zur Hilfe eilen, wenn ein Kind geboren wird, oder hat sie sich das nur ausgedacht, damit ich ihre Anwesenheit erdulde?"

"Es gibt auf jeden Fall ein paar Häuser, die diesen Brauch leben", nickte er. "Und Aren ist dafür bekannt."

"Und warum hat mich niemand gewarnt?", klagte sie. "Warum hast du nichts gesagt?"

Er zuckte mit den Achseln. "Woher sollte ich denn wissen, dass Malhora bereit sein würde, nach eurem holprigen Start die Pflichten ihrer Tochter zu übernehmen? Du bist immerhin nicht mehr Mitglied ihres Hauses. Obwohl sie das offensichtlich außer Acht lässt, da durch deine Adern das Blut der Familie fließt."

"Was ist damit, dass sie keiner unangenehmen Pflicht ausweichen? Ich dachte, das ist eine der Tugenden, für die das Haus bekannt ist? Das bedeutet, du hättest in der Lage sein müssen, ihr Eintreffen vorherzusagen", lamentierte sie und verdrehte die Augen.

"Das ist dein anderes Haus, wenn du dich erinnerst", grinste er. "Haus Vel'kim ist dafür bekannt. Aren ist dieser streitsüchtige Haufen, der sich auf Stärke und das Hervorbringen von Anführern konzentriert. Aber versuch es positiv zu sehen. Malhora ist eine fähige Frau, und mit zwei kleinen Kindern in einem Haushalt wirst du ihre Hilfe noch zu schätzen wissen, soviel darfst du mir glauben."

"Es dauert aber noch zwei Monate, bis es soweit ist!"

"Zwei Monate, die du darauf verwenden kannst, sie ein wenig besser kennenzulernen", schlug Ram'an vor. "Wusstest du, dass sie bei ihrem Test vor langer Zeit als Entdeckerin eingestuft wurde? Ich habe mir das heute angesehen, als ich hörte, dass sie hier ist. Das ist doch eine Gemeinsamkeit, würde ich meinen. Und dann gibt es noch etwas, das euch helfen könnte, zueinander zu finden: eure Schwierigkeiten mit Malriel."

"Sicher nicht! Das wäre geschmacklos. Ich führe hier keinen Feldzug gegen die Königin der Dunkelheit, ich will nur, dass sie mich und meine Familie in Frieden lässt!"

"Wie du willst. Ich sage dir nur, dass es klug wäre, Malhora für deine Seite zu gewinnen. Sie mag nicht mehr das Oberhaupt des Hauses sein, doch sie hat noch immer nützliche Kontakte; außerdem sind die Leute sehr darauf bedacht, sich bei ihr nicht unbeliebt zu machen."

Eryn verdrehte die Augen. "Ja, ich weiß. Weil sie vor wer weiß wie langer Zeit einen Weinkeller in die Luft gejagt hat."

Ram'an schürzte die Lippen. "Das hat zweifellos eine Rolle dabei gespielt, wie sie früher wahrgenommen wurde - und noch immer wird - doch lass mich dir sagen, dass sie mit dem Alter keineswegs weniger respekteinflößend geworden ist. Mein Onkel, Golir, sagte mir, dass Aren Frauen furchteinflößende Großmütter sind, und das glaube ich voll und ganz. Er sollte es wissen, er ist der Enkel einer von Malriels Großtanten."

"Ich gehe davon aus, dass mein Sohn das eines Tages bestätigen kann, wenn wir uns vor Augen führen, wer *seine* Großmutter sein wird", schnaubte sie.

Er lachte. "Und ich hege keinerlei Zweifel, dass eines Tages auch deine Enkelkinder in Furcht vor *dir* erzittern werden."

Sie lehnte sich vor. "Kannst du mir sagen, weshalb Aren Frauen so begehrte Gefährtinnen sind? Ist die Gelegenheit zum Schmieden oder Bewahren eines vorteilhaften Bündnisses zwischen den Häusern es wert, dass man sein Leben lang an eine eigenwillige, sprunghafte und gefährliche Frau gefesselt ist?"

Ram'an schüttelte den Kopf über sie. "Theá, fragst du das wirklich jemanden, der sich in dich verliebt hat, kurz nachdem er dich traf? Aren Frauen mögen nicht die unkompliziertesten Gefährtinnen sein, doch sie sind in der Regel leidenschaftlich, wunderschön, stark und wissen stets, was sie wollen. Sieh dir Malriel an. Die Tatsache, dass jüngere Männer bestrebt sind, ein paar intime Momente mit ihr zu teilen und dies auch noch als Privileg empfinden, hat nicht viel mit ihrem Status oder ihrem Reichtum zu tun."

"Eher mit ihrer Fähigkeit, wesentlich jünger zu erscheinen, als sie tatsächlich ist", knurrte Eryn.

"Nein, damit ebenfalls nicht. Du hast sie vor einigen Monaten im Senat gesehen, als ihre Erscheinung ihr tatsächliches Alter zeigte, oder zumindest eines, das ihm näher lag. Älter auszusehen hat sie nichts von ihrer Anziehung gekostet. Ich habe noch nie gesehen, dass eine junge Frau ein solches Selbstvertrauen und solche Entschlossenheit ausstrahlt. Sich jünger erscheinen zu lassen erfordert ein paar Falten weniger um ihre Augen, doch keinesfalls schmälert es ihr Charisma. Außerdem - das magst du nun glauben oder nicht - schafft es auch Malhora noch, dass sich Köpfe nach ihr umdrehen, auch wenn wir hier natürlich über eine andere Generation sprechen."

"Danke, dass du mir diese letzte Kleinigkeit mitgeteilt hast", schnupfte sie. "Ich beginne mich wirklich über die seltsamen Vorlieben der Männer in deinem Land zu wundern, wenn es um Frauen geht…"

"Was ist mit Orrin? Wie kommt er mit deiner Großmutter zurecht?"

Sie zog eine Augenbraue hoch. "Warum fragst du?"

"Er ist ein Mann, der es gewohnt ist, Stärke zu zeigen, wenn man seine Position im Orden und seinen Beruf betrachtet. Ebenso Malhora. Die Frage ist nun, ob beide willens sind, die Stärke des jeweils anderen zu respektieren, besonders, da sie für einige Zeit Mitglieder des gleichen Haushalts sein werden."

"Malhora ist erst gestern eingetroffen, also hatte ich bislang noch nicht viel Gelegenheit, ihren Umgang miteinander zu beobachten.

Aber das Essen gestern Abend verlief soweit zivilisiert. Ihm gefällt es, dass sie Junar mit seiner Tochter unterstützt, und ich denke, er ist erleichtert, dass jemand wie sie auch auf mich ein Auge hat. Malhora macht immer wieder provokante Bemerkungen über Orrin und Enric, doch die beiden reagieren bloß mit einem Lächeln."

"Ich habe nicht den Eindruck, dass du diese Strategie gutheißt?", erkundigte er sich behutsam.

"Nein, ich heiße sie keineswegs gut! Ich denke, sie sollten ihr lieber Grenzen setzen anstatt ihr alles durchgehen zu lassen. Das wird sie nur ermutigen."

"Sieh an, sieh an", grinste er. "Euch beide unter einem Dach zu haben wird zweifellos unterhaltsam werden. Ich könnte mir denken, dass Vern somit motiviert ist, noch mehr Zeit mit seiner Geliebten zu verbringen. Wo wir gerade von ihm sprechen - er erwähnte, dass er diesbezüglich ein Gespräch mit dir hatte. Er war allerdings nicht besonders angetan davon, dass ich dir davon erzählt habe, um dich zu bestechen."

"Ach ja? Wann hast du ihn denn getroffen?"

"Gestern, wir haben gemeinsam zu Mittag gegessen."

Sie blinzelte. "Wirklich?"

"Natürlich. Ich betrachte ihn als Freund. Außerdem hat er sich als wertvoller Geschäftskontakt erwiesen. Bei den Verhandlungen hat er seine Sache sehr gut gemacht, er hat Talent dafür. Besonders, da niemand wirklich damit gerechnet hatte, dass er dermaßen gut ist, wenn man bedenkt, dass er nicht nur ein Heiler und Künstler, sondern auch noch recht jung ist. Bedauerlicherweise hat es mittlerweile die Runde gemacht. Die Leute wissen nun, was sie zu erwarten haben, wenn sie ihn neben mir sitzen sehen. Nicht, dass ihnen das viel helfen würde", fügte er mit einem selbstgefälligen Grinsen hinzu.

"Was hat er dir von unserem Gespräch erzählt?", wollte sie wissen.

"Dass es besser lief, als er gehofft hatte, obwohl du ihm ein wenig niedergeschlagen vorkamst."

"Nicht niedergeschlagen. Eher resigniert", seufzte sie und spürte, wie die Erinnerung an das Gespräch ihre Stimmung trübte. "Plötzlich wirkte er so erwachsen. Ich wusste nicht, dass es so einen Einfluss auf den Jungen hätte, mit einer Frau ins Bett zu gehen. Er war immer reifer als die anderen seines Alters, ein bisschen mehr als gut für ihn war - lernbegierig, vernünftig, prinzipientreu. Aber an diesem Abend war da noch etwas; als hätte er einen weiteren wichtigen Schritt dazu getan, seine Kindheit hinter sich zu lassen. Ich weiß nicht, wie ich es besser ausdrücken soll."

"Bemühe dich nicht, ich weiß, was du sagen willst. Ich fürchte, du wirst einen Weg finden müssen, damit fertig zu werden - es lässt sich nicht aufhalten. Und so soll es auch sein. Stell dir vor, wir wären in der Lage, den Übergang des Erwachsenwerdens unserer jungen Leute aus sentimentalen Gründen aufzuhalten. Die Gesellschaft hätte bald eine Generation unreifer, nutzloser Leute auf dem Hals." Nachdenklich blickte er auf Eryns runden Bauch. "Wenn wir gerade von

Generationen sprechen - in den nächsten paar Jahren muss ich mich um einen Erben für mein Haus kümmern."

"Also gut", meinte sie langsam. "Was genau bedeutet das? Beginnst du dich in den Häusern nach irgendwelchen übriggebliebenen Töchtern für einen Lebensbund umzusehen?"

Er schüttelte den Kopf. "Nein, das ist nicht die Richtung, in der ich zu suchen gedenke. Bei den Häusern wären die Kinder Mitglieder des Hauses der Mutter, was in meiner Situation keinen Sinn ergäbe."

"Aber hier ließe sich doch sicher etwas verhandeln? Ich meine, Kinder wurden schon früher in das Haus ihres Vaters adoptiert. Ich selbst, zum Beispiel."

"Das ist richtig, doch ein Haus gibt den Anspruch auf seine Kinder nicht einfach ohne entsprechende Entschädigung auf. Und derzeit bin ich nicht in der Lage, so etwas anzubieten. Eine Gefährtin von außerhalb eines Hauses wird zwar nicht dazu beitragen, Allianzen aufrechtzuerhalten, doch das ist im Moment wahrscheinlich nicht erforderlich. Immerhin habe ich trotz allem, was bisher zwischen uns vorgefallen ist, starke Verbindungen zu Aren und Vel'kim. Ich denke, ich muss die Bereitstellung eines Erben für mein Haus zu meiner obersten Priorität machen."

Ihre Stimme zeugte von einer gewissen Ironie, als sie entgegnete: "Das klingt recht gefühlskalt. Wie eine korrekte Geschäftsvereinbarung."

"Und nicht viel mehr als das wird es in meinem Fall sein, Theá", seufzte er. "Ich kann es mir nicht leisten, darauf zu warten, dass ich mich wieder verliebe. Ich neige eher zu einer Vereinbarung wie der zwischen Intrea und Vran'el. Für die beiden funktioniert das recht gut - beide sind glücklich und unabhängig; es steht ihnen frei, ihren Wünschen nach Herzenslust zu folgen, ohne damit jemanden vor den Kopf zu stoßen."

"Das ist recht… vernünftig und pflichtbewusst von dir", meinte sie bedachtsam. Es klang unbeteiligt und herzlos, doch wenn es eine Person gab, die keinerlei Recht hatte, ihn hier zu verurteilen, dann war das sie selbst.

Er lächelte sie wissend an. "Das ist sehr diplomatisch von dir, Theá. Lass uns aber jetzt nicht länger darüber nachdenken. Sprechen wir doch über angenehmere Dinge."

Sie nickte und dachte kurz nach. "Junar und Orrin sind heute zur Klinik gegangen, damit sich die Heiler Téas magisches Potential ansehen können. Es wird interessant sein, wie stark unser erstes magisch begabtes Mädchen werden wird. Ich hoffe um ihretwillen, dass sie nicht zu schwach ist; immerhin muss sie sich in den kommenden Jahren gegen eine Menge Jungs behaupten."

"Mit einem älteren Bruder und Orrin als Vater erwarte ich in dieser Hinsicht keine allzu großen Probleme. Sagtest du mir nicht, dass Vern von den anderen Jungs in Frieden gelassen wurde, weil sein Vater recht furchteinflößend ist?"

"Ja, womöglich", gab sie zu. "Wie funktioniert es überhaupt, das magische Potential eines Babys festzustellen? Weißt du darüber Bescheid, oder soll ich lieber einen Heiler fragen?"

"Eventuell kann ich diese Frage zu deiner Zufriedenheit beantworten. Es geht darum, den Grad an Aktivität in dem Teil des Gehirns zu untersuchen, der für magische Fähigkeiten zuständig ist. Je höher diese Aktivität ist, desto stärker wird die Magie in einem Kind ausgeprägt sein, wenn es erwachsen ist. Es mag zu leichten Abweichungen kommen, aber die sind nicht gravierend. Das ist eine recht zuverlässige Vorhersagemethode. Die magische Stärke wächst mit dem Kind und erreicht ihren Höchststand mit etwa zwanzig Jahren, also ungefähr zu der Zeit, wo der Orden seinen Test durchführt."

Sie nickte langsam. "Das klingt ja recht einfach. Ich könnte mir vorstellen, dass wir diese Praxis zuhause übernehmen werden, wenn ich den Rat darüber informiere."

"Ich wäre überrascht, wenn sie sich nicht dazu entscheiden würden, es einzuführen, wenn man in Betracht zieht, dass eure Ränge von magischer Stärke abhängig sind. Ließe sich dies schon im frühen Kindesalter feststellen, würden damit ungünstige Überraschungen wie Enric weniger wahrscheinlich", sagte er und zwinkerte ihr zu.

"Du hast wirklich ein Talent dafür, Informationen über Leute zusammenzutragen, was?"

"Es ging immerhin darum, meinen Feind besser kennenzulernen. Natürlich versuchte ich, so viel wie nur möglich über ihn herauszufinden. Nicht, dass es mir besonders viel geholfen hätte."

"Der Orden unterteilt magische Stärke in Kategorien. Tut ihr das auch?"

"Natürlich. Ohne Referenzsystem wäre es sinnlos, magische Stärke festzustellen. Unseres ähnelt dem des Ordens, doch wir verwenden Zahlen, und im Gegensatz zu eurem System bezeichnet eine niedrige Zahl geringe Stärke."

"Was ist die höchste Zahl, die ihr habt?"

"Zwölf. Und derzeit gibt es hier nur einen einzigen Magier dieser Kategorie, wenngleich ich den starken Verdacht hege, dass wir daraus zwei machen können, solange sich Enric hier aufhält."

Das musste dann natürlich Golir sein, der Triarch, der es damals auf sich genommen hatte, Enric zu bewachen. "In welche Kategorie fällst du?"

"Eine solide Elf. Damit wärst du eine mittelstarke oder niedrige Elf, wenn man bedenkt, dass der Unterschied zwischen uns beiden nicht so ausgeprägt ist. Ich freue mich schon darauf zu entdecken, als wie stark sich dein Sohn erweisen wird."

"Es mag sein, dass er nicht einmal ein Magier ist", gab sie zu bedenken. "Intreas Bruder hat die Fähigkeit auch nicht geerbt, also lässt sich nicht sagen, ob das bei Vedric der Fall sein wird."

"Diese geringe Chance besteht natürlich, doch im Allgemeinen lässt sich sagen, dass bei Eltern mit stark ausgeprägten magischen

Fähigkeiten eine höhere Wahrscheinlichkeit besteht, dass sie an die nächste Generation weitergegeben werden. Was die Chancen, dass dein Sohn ohne Magie geboren wird, erheblich verringert", erklärte er. "Würdest du diese Möglichkeit vorziehen?"

"Ich weiß es wirklich nicht. Dass ich mit Magie geboren wurde, hat mir in der Vergangenheit erheblichen Ärger eingebracht."

"Das kann ich nachvollziehen. Doch da ist auch noch das magische Heilen, das sich eindeutig als Vorteil für dich erwiesen hat, oder etwa nicht?"

"Doch, das stimmt", lenkte sie ein. "Aber als Magier geboren zu werden schränkt die Auswahlmöglichkeiten doch enorm ein, zumindest in meinem Land."

Er lächelte. "Ich kann mir nicht vorstellen, dass du irgendwelche Grenzen dulden würdest, die der Orden oder irgendjemand sonst deinem Sohn auferlegte. Vergiss nicht, dass es immer noch die Möglichkeit gibt, ihn nach Takhan zu schicken. Er ist Mitglied eines Hauses. Ich weiß, dass Valrad und Vran'el davon begeistert wären."

"Darauf wette ich", erwiderte sie mürrisch. "Vran'el versucht uns dazu zu bringen, dass wir von nun an eine Hälfte jedes Jahres hier verbringen. Ist das zu glauben?"

Ram'an überlegte einen Moment lang, dann nickte er. "Das würde sicherlich Sinn ergeben. Dein Sohn ist der nächste in der Reihe, um nach Vran'el Valrads Position zu übernehmen. Er sollte das Haus kennenlernen. Ich hätte ebenfalls nichts dagegen, dich regelmäßig hierzuhaben, Theá. Bitte sieh mich nicht so an. Du hast gerade eben von den Einschränkungen gesprochen, denen Vedric im Alten Königreich unterworfen wäre, somit musst du einsehen, dass es seine Möglichkeiten erheblich erweitern würde, wenn er zumindest teilweise hier aufwüchse."

"Ich weiß!", stöhnte sie. "Aber die Königin der Dunkelheit! Kannst du dir vorstellen, dass ich freiwillig dermaßen viel Zeit in der gleichen Stadt wie sie verbringen möchte? Früher oder später würden wir uns gegenseitig umbringen!"

Ram'an winkte ab. "Unsinn. Womöglich schließt ihr beide sogar einen Waffenstillstand."

Sie rollte die Augen himmelwärts. "Im nächsten halben Jahrhundert sehe ich da wenig Chancen. Sie ist absolut böse!"

Nachdenklich betrachtete er sie. "Was hält Enric von dieser Idee?"

"Er sagt, sie hätte ihre Vorteile. Tatsächlich glaube ich, dass er sogar ernsthaft darüber nachdenkt. Aber ich glaube, dass es dabei jede Menge Widerstände zu überwinden gäbe, wenn er dem Orden und dem König solch einen Vorschlag unterbreitete."

Der Rechtsgelehrte lachte. "Nichts, womit er nicht fertig würde, da bin ich zuversichtlich."

Sie bedachte ihn mit einem finsteren Blick. "Es ist nett zu sehen, dass du dich in die Ränge seiner andächtigen Verehrer eingereiht hast."

"Nicht Verehrer, das keineswegs. Aber immerhin hat er mich überwältigt. Und wenn wir an diejenigen denken, die uns besiegt haben, würden wir sie dann nicht lieber als respekteinflößende Gegner anstatt als Menschen mit durchschnittlichen Fähigkeiten betrachten? Das macht die Niederlage wesentlich leichter erträglich."

* * *

Enric spürte, wie Eryn neben ihm auf den Kissen erstarrte und sah von seinem Buch auf. Malhora hatte den Raum soeben betreten und kam auf die Sitzkissen zu.

"Ich habe die Bestellung für diese Backwaren aufgekündigt, mit denen du dich ständig vollstopfst", verkündete die alte Frau.

Eryn schnappte nach Luft und durchbohrte sie mit Blicken. "Du hast *was*? Wie kannst du es wagen, du aufdringliche alte…"

"Gib bloß Acht", bellte Malhora scharf, ihr Blick warnend. "Du magst ein Kind erwarten, doch deswegen werde ich mir von dir sicher keine Frechheiten gefallen lassen. Du musst ordentliches Essen zu dir nehmen, nicht dieses Zuckerzeug. Du bewegst dich nicht annähernd genug, um all diese überschüssige Energie loszuwerden. Das macht dich nicht nur reizbar, sondern führt dazu, dass sich Fett ansetzt."

Die jüngere Frau warf ihr einen pointierten Blick zu. "Meine Reizbarkeit hat einen vollkommen anderen Grund. Es ist die Person, die mich gerade jetzt ansieht! Und ich werde überhaupt nicht fett!", fauchte sie.

"Sicher wirst du das. Hast du dir in letzter Zeit einmal deine Oberschenkel im Spiegel angesehen? Hier. Das wirst du von nun an essen, wenn du Hunger auf etwas Süßes hast." Damit warf sie eine ovale, dunkelrote Frucht dorthin, wo ihre Enkeltochter saß.

Ohne von dem Buch, dem er sich wieder zugewandt hatte, aufzublicken, ließ Enric seine Hand reflexartig hervorschnellen und fing die schwere Frucht auf, bevor sie seine Gefährtin an der Schulter getroffen hätte.

"Nicht gerade die Reaktion, die ich von jemanden erwartet hätte, der in unbewaffnetem Kampf unterwiesen wurde", äußerte Malhora. "Hoffen wir besser, dass sie dich nie in den Krieg schicken."

"Warum unternimmst du nichts? Sie reißt hier mehr oder weniger alles an sich!", knurrte Eryn Enric an und griff nach der Frucht in seiner Hand. Kurz zog sie in Betracht, sie ihrer Großmutter nachzuwerfen, entschied sich dann aber dagegen. Immerhin roch sie recht appetitanregend.

"Ich beuge mich ihrer Expertise, wenn es um Babies geht", meinte er achselzuckend. "Ich habe damit nicht viel Erfahrung."

"Was ist mit *meiner* Expertise? Ich bin eine verdammte Heilerin!"

"Das macht deine Ernährungsgewohnheiten nur zu einem noch größeren Missstand", erwiderte Malhora, ihr Gebaren unbeeindruckt. "Aber ich will dir zugestehen, dass deine Gelüste im Moment dein vernünftiges Denken unterdrücken", fuhr sie großzügig fort. "Darum ist es hilfreich, sich mit Leuten zu umgeben, die dazu in der Lage sind."

Enric sah erleichtert auf, als er die Eingangstür hörte. Das bedeutete, dass Junar und Orrin von der Klinik zurückgekehrt waren und er somit nicht länger mit den beiden Aren Frauen allein war. Eine willkommene Fügung.

Orrin wirkte besorgt, als er bei der Treppe auftauchte, während seine Tochter an seiner breiten Brust schlummerte.

"Schlechte Neuigkeiten?", fragte Malhora scharf, bevor Eryn den Mund öffnen konnte.

"Nein", meinte der Krieger langsam und schüttelte den Kopf. "Nicht schlecht als solches. Nur... unerwartet."

Junar betrat den Raum hinter ihm und sah in die Gesichter, die ihnen erwartungsvoll zugewandt waren. "Sie wird stark werden."

"Wie stark?", wollte Enric mit einem Stirnrunzeln wissen.

"Sie sagen entweder eine starke Zehn oder eine schwache Elf", informierte ihn die Schneiderin. "Ich bin allerdings nicht ganz sicher, was das bedeutet."

Enric blinzelte überrascht. Eryn schluckte und starrte das mit leicht geöffnetem Mund schlafende Kind an. "Meine Güte. Wer hätte so etwas gedacht?"

"Wie stark bist du?", fragte Junar dann und nickte Eryn zu.

"Ram'an sagt, ich bin eine mittlere Elf, und Enric ist sehr wahrscheinlich eine Zwölf."

Enric nickte. "Ja, das bin ich. Das Interessante daran ist allerdings", sprach er und sah Orrin nachdenklich an, "dass Orrin eine Neun ist. Was bedeutet, dass Téa beträchtlich stärker sein wird als er es ist. Somit wäre sie eines Tages die Nummer vier im Orden, wenn ich Lord Poron nicht mehr berücksichtige."

"Wie kommt es, dass du dich so gut mit den Kategorien hier auskennst und wie wir da alle hineinpassen?", fragte Eryn.

Verwundert zog er eine Augenbraue hoch. "Ich bin ein Krieger und ein Politiker, und strategische Informationen dieser Art sind für beide Funktionen nützlich. Natürlich habe ich mich darüber informiert."

"Wie ist es möglich, dass sie dermaßen stark ist?", flüsterte Eryn dann.

"Die Heiler in der Klinik waren deswegen auch sehr überrascht. Ihre Mutter ist immerhin keine Magierin. Sie überlegten, ob es etwas mit der Entfernung der Barriere in unseren Gehirnen zu tun hat", seufzte Orrin und ging zu den Sitzkissen. Dort ließ er sich nieder, behutsam, damit er sein kleines Mädchen nicht weckte.

Eryn zog die Stirn in Falten und musterte das Baby kritisch. "Aber sagte Ram'an nicht, dass die Barriere zwar die Anzahl der Magier im Königreich reduziert, dafür aber irgendwie bei den noch verbliebenen einen Anstieg der magischen Stärke bewirkt hätte?"

"Das war nichts als Spekulation, Liebste", grübelte Enric. "Und wir werden sehr wahrscheinlich bald herausfinden, ob er damit falsch lag. Zuhause werden in den nächsten paar Jahren mehr Magier geboren werden, sowohl männliche als auch weibliche. Die werden wir alle testen müssen. Oder eher *du*."

"Was ist, wenn sie alle so stark sind?", fragte Eryn mit aufkeimendem Unbehagen.

Enrics Lächeln zeugte nicht eben von Fröhlichkeit. "Dann werden wir entweder in den obersten Rängen des Ordens einen rasanten Generationenwechsel erleben, oder wir müssen unseren Ansatz betreffend der Legitimation von Anführerschaft überdenken."

"Mir war nicht einmal klar, dass ein Kind stärker sein kann als jeder der Elternteile", meinte Eryn und schüttelte verwirrt den Kopf.

"Dann solltest du vielleicht zur Abwechslung einmal versuchen, deinen Kopf zu benutzen", schnaubte Malhora ungeduldig. "Du bist immerhin stärker als Malriel und Valrad."

Eryn biss sich auf die Lippe. Das stimmte. Daran hatte sie noch nicht einmal gedacht. Ved'al war stärker gewesen als sie, doch auf Valrad traf das nicht zu. Sie wandte sich ihrem Gefährten zu. Es bestand die Möglichkeit, dass er darüber irgendwann einmal ein Buch gelesen hatte. Wie sich schon öfter gezeigt hatte, pflegte er die Gewohnheit, sich eingehend über Bereiche zu informieren, die sich eines Tages als nützlich erweisen mochten.

"Wie genau funktioniert die Vererbung von magischen Fähigkeiten? Hast du eine Ahnung?"

Er sah zur Decke, während er sich zu erinnern versuchte. "Ich erinnere mich gelesen zu haben, dass es mehr oder weniger eine Frage des Zufalls ist, als wie stark sich ein Kind genau erweist. Das hängt von mehreren Faktoren ab, wie der Stärke der Großeltern auf beiden Seiten, ob beide Eltern Magier sind und ob der Vater oder die Mutter stärker ist."

"Also nichts, das uns bei der Vorhersage, wie stark unser Sohn werden wird, helfen könnte?"

"Nein, nicht wirklich. Meine Eltern waren überhaupt keine Magier; in deinem Fall beide. Du und ich sind recht mächtig, also grundsätzlich ist alles möglich", meinte er und zog die Schultern hoch. "Aber das werden wir in drei Monaten wissen. Du solltest Tyront besser über Téa informieren. Darüber will er auf jeden Fall Bescheid wissen." Obwohl er von den Neuigkeiten kaum begeistert sein würde, doch dagegen ließ sich nichts machen, dachte er.

Sie seufzte und nickte. "Na schön, dann schicke ich dem König auch gleich einen Vogel. Dann fühlt er sich nicht ausgeschlossen, und ich erspare seinem Spion ein wenig zusätzliche Arbeit."

"Ungemein rücksichtsvoll von dir", murmelte Enric. "Wir werden doch noch eine Ordensmagierin aus dir machen."

"Falls das ein Kompliment sein sollte, hast du es vermasselt", schnappte sie nach ihm.

"Ich necke dich nur, Liebste."

"Wo ist Vern, wenn wir ihn brauchen? Er würde dir sagen, dass du die schwangere Lady nicht provozieren sollst." Sie biss in die Frucht, die Malhora ihr vor ein paar Minuten zugeworfen hatte. Sie hob einen

Finger, ihre Augen verengt. "Und ich will meine Brötchen zurück! Leg dich in dieser Sache nicht mit mir an, oder ich werde dir wehtun, ganz egal wie alt und furchterregend du bist!"

* * *

"Wir müssen sie loswerden", beharrte Eryn, als Enric die Tür zu ihrem Schlafzimmer geschlossen hatte.

Er lachte in sich hinein. "Weil sie deine Versorgung mit süßen Brötchen unterbunden hat? Ist das nicht ein wenig extrem?"

"Die Brötchen sind nur symbolisch! Sie sind stellvertretend für ihre Tendenz, sich in Dinge einzumischen, wo sie nichts mitzureden hat, und auch dafür, wie sie unser Leben durcheinanderbringt, nachdem sie hier einfach ungebeten und ungewollt auftauchte! Das ist jetzt dein Haus, also sieh zu, dass du sie loswirst!", forderte sie.

"Ich kann sie nicht einfach so hinauswerfen, Eryn. Damit würde ich sie mir zur Feindin machen. Und sie hatte Recht, als sie sagte, dass es mit der Führung von Haus Aren nicht ganz so glatt läuft, wie es sollte. Viele in der Familie akzeptieren mich nicht in dieser Position, somit wird mir Malhoras offene Unterstützung enorm helfen. Außerdem kann sie dich kaum davon abhalten, den Bäcker aufzusuchen und deine Brötchen dort zu verschlingen, oder? Es ist also nicht so, als hättest du keinerlei Möglichkeit mehr, sie dir zu besorgen. Ich weiß zudem, dass Ram'an sie auch in ein paar seiner Teehäuser liefern lässt", zeigte er auf.

"Ich sitze also mit ihr fest? Du weigerst dich einfach, deiner so richtig, *richtig* schwangeren Gefährtin diesen winzigen Gefallen zu tun?", winselte sie. "Warum bin ich jedes Mal die Verliererin, wenn du dich gegen eine Aren Frau behaupten sollst, egal gegen welche?"

"Das stimmt nicht", widersprach er.

"Ach nein? Wie war das noch einmal bei diesem Jagdausflug zum Anwesen? Ich war die Einzige, die du ausgeschaltet hast!"

"Das war eine politische Überlegung. Du warst die logische Wahl, da mich jede der anderen beiden sehr wahrscheinlich teuer dafür bezahlen hätte lassen, wenn ich sie schlafen geschickt hätte."

"Deine Gründe sind für mich im Moment vollkommen unerheblich - die Tatsache bleibt bestehen: Ich habe verloren."

Er ließ sich auf dem Bett nieder und fragte sich, ob es eine Möglichkeit gab, sie zur Einsicht zu bewegen. Und ob er zu dieser nächtlichen Stunde geistig noch rege genug war, um einen erfolgreichen Versuch zu starten. Wahrscheinlich nicht. Aber vielleicht reichte im Augenblick auch Ablenkung.

"Nicht verloren, Liebste. Die Tatsache, dass du von euch dreien die Einzige mit einem hingebungsvollen Gefährten bist, der den Boden unter deinen Füßen anbetet, sollte dich eher zur Gewinnerin machen, meinst du nicht?"

"Du betest den Boden unter meinen Füßen an?" Sie verdrehte die Augen und kämpfte sich aus ihrer Tunika heraus. "Wir müssen noch daran arbeiten, wie du diese Zuneigung unter Beweis stellst." Sie war im Begriff, sich ihr Nachtgewand über den Kopf zu ziehen, da fiel ihr Blick auf den bodenlangen Spiegel und wanderte an ihrem Körper entlang; sie drehte sich zur Seite, um ihr Profil zu betrachten, dann wieder zurück, um ihre Hüften und Oberschenkel einer kritischen Musterung zu unterziehen.

"Werde ich wirklich fett? Hat die alte Nervensäge Recht? Ich weiß, dass es normal ist, während einer Schwangerschaft zuzunehmen, warum also beschäftigt mich das überhaupt? Und warum passt Junar schon fast wieder in ihre alten Kleider? Das ist so ungerecht!"

"Komm ins Bett", regte er an und hob die Decke einladend hoch. "Und du wirst nicht fett. Du bist umwerfend. Atemberaubend. Fantastisch."

Das entlockte ihr ein Lächeln. "Bin ich das? Dann solltest du womöglich ein Gedicht über mich schreiben, um mich angemessen zu preisen. Über Orrin hast du immerhin auch eines geschrieben."

"Das ist wohl wahr", stimmte er zu. "Und damals mochte ich ihn noch nicht einmal. Aber ich bin nicht sicher, ob meine bescheidenen Fertigkeiten im Verfassen lyrischer Reime sich der kolossalen Aufgabe stellen sollten, deiner Pracht gerecht zu werden."

"Sag mir nicht, du bist plötzlich dem Laster der Bescheidenheit zum Opfer gefallen?", rief sie in gespielter Betroffenheit aus.

"Kann es wahrlich als Bescheidenheit betrachtet werden, wenn man im Angesicht wahrer Größe seine eigenen Grenzen eingesteht? Doch wohl nicht, denke ich", grinste er.

Eryn schmunzelte und kletterte schließlich zu ihm ins Bett. "Gut. Bewahre dir diese Haltung."

KAPITEL 30

Annäherung

Eryn gähnte laut und ungeniert, dann öffnete sie die Augen. Die Sonne begann bereits bei den Rändern der Vorhänge hereinzublinzeln. Enric lag nicht neben ihr - obwohl er vor einigen Wochen darauf bestanden hatte, dass sie gemeinsam aufstanden. So viel dazu.

Behutsam stand sie auf und schob die Vorhänge beiseite, um das morgendliche Tageslicht hereinzulassen. Die plötzliche Helligkeit ließ sie ihre Augen abwenden.

Als sie sich wieder zum Bett umdrehte, fand sie auf Enrics Kopfkissen ein gefaltetes Stück Papier und nahm es zur Hand. Langsam breitete sich ein Lächeln auf ihrem Gesicht aus. Es war ein Gedicht, niedergeschrieben in Enrics gestochener, eleganter Handschrift.

Als unbeugsam mag man dich kennen,
Jedoch mich fasziniert dein Mut.
Man mag dich furchteinflößend nennen,
Ich nicht, ich bin nun auf der Hut.
Auch herrisch hat man dich genannt,
Doch ich sah deiner Tränen Spur.
Auf viele wirkt dein Tun riskant,
Doch dich treibt Güte, rein und pur.

Du hast mir Abwechslung gebracht,
Hast mich errettet, ungefragt.
Auf Trab hältst du mich Tag und Nacht
Mit allem, was dich freut und plagt.
Standhaft sehe ich dich zähmen
Jedes Unheil neuerlich.
Und ganz egal, wohin wir kämen
Reicht niemand dort heran an dich.

Mir bleibt nunmehr nur ein Bestreben:
Bei dir zu sein mein ganzes Leben.

Sie starrte auf die Lobesworte, dann las sie sie noch einmal. Das war keine Ode, die sich auf glänzende Augen, wallendes Haar oder das Grübchen in ihrem Kinn, das er so liebte, konzentrierte. Kein Gedicht, das ebenso gut auf Malriel gepasst hätte, sondern etwas Persönliches über sie selbst - ihren Charakter, die Dinge, die wirklich zählten - die sie zu der Person machten, die sie war und damit zu etwas Besonderem für ihn.

Seine Worte berührten sie, ließen sie schlucken, als sie spürte, wie die Flut an Emotionen in ihrem Inneren dazu führte, dass sich Feuchtigkeit zwischen ihren Augenlidern aufstaute. Sie hoffte sehr, dass sie weniger anfällig für Tränen war, sobald dieses Kind auf der Welt sein würde. Sonst müsste er seinem Gedicht eine weitere Strophe über unaufhaltsame Tränendrüsen hinzufügen.

Sorgsam faltete sie das Blatt wieder zusammen und legte es in die kleine Schmuckschatulle, die ihre wenigen Schmuckstücke enthielt. Wie hatte er es fertiggebracht, so etwas einfach so zu schreiben? Erst letzte Nacht hatte sie ihn deswegen geneckt, und am nächsten Morgen hatte er ihr Verse zu ihren Ehren präsentiert, noch bevor sie überhaupt aufgestanden war. Funktionierte das so wie in Verns Fall, wo die Kunst immer dann aus ihm herauszufließen schien, wenn er es erlaubte?

Sie schlüpfte in eines von Junars Kleidern. Die hatte Wort gehalten und die Säume herausgelassen, sodass nun alles so passte, wie es sollte. Die Farben waren bunt und entsprachen mehr dem Stil der Schneiderin als ihrem eigenen, doch damit konnte sie ein paar Wochen lang leben. Und falls Vran'el irgendwelche Kommentare darüber von sich zu geben wagte, dass sie darin verwaschen aussah oder etwas in dieser Art, dann würde sie ihn entweder ignorieren, oder ihm eins überbraten. Je nachdem, was in dem Moment mehr Befriedigung versprach.

Sie spazierte in den Hauptraum und grüßte Junar, die nach der soeben erfolgten Fütterung ihrer Tochter die Vorderseite ihrer Kleidung zuschnürte.

"Ist Orrin schon zu seinem Training aufgebrochen? Heute wird er seine Fesseln los. Und was noch wichtiger ist - gibt es noch Frühstück?"

"Nein zu Ersterem; Orrin ist mit deiner Großmutter im Garten unterwegs. Und natürlich haben wir dir etwas übrig gelassen. Schwangerschaftsprivileg. Immerhin flüstern die Leute, dass Aren, schwanger und hungrig eine tödliche Kombination ist", lächelte Junar.

Eryn nickte und holte sich eine Schüssel mit Obst, bevor sie sich neben Mutter und Kind niederließ.

"Du wirkst ziemlich gut ausgeruht, wenn man bedenkt, dass du ein Kind hast, das alle paar Stunden gestillt werden muss", bemerkte Eryn. "Wie oft weckt sie dich in der Nacht?"

"Nur ein- oder zweimal. Ich lege sie nachts an, bevor ich ins Bett gehe, und mit etwas Glück weint sie nur einmal in den frühen Morgenstunden und dann erst wieder, nachdem wir aufgestanden sind. Nach dem zu urteilen, was ich von anderen Müttern höre, ist sie für ihr Alter recht gesittet", meinte die Schneiderin stolz und drückte ihrer Tochter einen sanften Kuss auf die Nase. "Aber du wirkst ein wenig ausgelaugt. Kein Wunder - ich erinnere mich daran, wie rastlos meine eigenen Nächte vor nicht allzu langer Zeit waren. Und ich möchte darauf hinweisen, dass ich davon Abstand nehme, dir deine eigenen Worte zurückzuwerfen. Aus Gründen der Rücksichtnahme und Solidarität."

"Was soll ich sagen?", seufzte Eryn und schob sich ein weiteres Stück Obst in den Mund. "Du bist ein Vorbild."

"Gut, du hast dich also endlich entschieden, uns mit deiner Gegenwart zu beehren", bellte Malhoras Stimme von der Terrassentür her, durch die sie und Orrin gerade eingetreten waren.

Eryn stöhnte. "Geh weg, alte Frau! Kann ich nicht einmal in Frieden frühstücken? Ist das zu viel verlangt? Komm zurück, wenn ich gegessen habe."

Orrin tauschte einen vielsagenden Blick mit seiner Gefährtin, dann trat er neben Eryn und räusperte sich.

"Ich bin froh, dass du wach bist. Ich muss in ein paar Minuten los, und wenn ich mich nicht irre, sind heute die vier Wochen meiner Bestrafung vorüber." Er hob seine Handgelenke mit den goldenen Handschellen. "Wärst du so gut?"

Sie nickte und hob eine Hand, um mit einer Berührung zuerst die eine Fessel zu lösen, dann die andere. Sie beobachtete, wie der Krieger die Augen schloss und sich seine Lippen zu einem vagen Lächeln verzogen. Offensichtlich genoss er das vertraute Gefühl, mit dem seine gesamte Kraft zu ihm zurückkehrte und ihm wieder zur Verfügung stand.

"Danke", meinte er mit einem Kopfnicken und trat auf Junar zu, um sie und Téa auf den Kopf zu küssen. "Auf Wiedersehen, meine Damen. Ich sehe euch am Abend." Damit ging er davon, seine Schritte merklich beschwingter.

"Dreh eine Runde mit mir", wies Malhora sie an.

"Was, jetzt? Ich bin gerade beim Frühstücken, falls es dir entgangen ist", jammerte Eryn.

"Die Portion, die du da hast, ist ohnehin zu groß. Dein Magen hat im Moment nicht so viel Platz. Du kannst das später aufessen."

"Hör auf, über meine Essensgewohnheiten zu meckern! Die gehen dich überhaupt nichts an!"

Malhora ignorierte diese Bemerkung, drehte sich wieder der Terrassentür zu und trat hinaus.

"Ist diese elende Frau zu fassen?", flüsterte Eryn zornig.

Junar lachte leise. "Geh und rede mit ihr, Eryn. Sie meint es gut."

Die Heilerin verdrehte die Augen, stellte aber ihre halbvolle Schüssel beiseite, um ihrer Großmutter hinaus in den Garten zu folgen.

"Mach schon, Maltheá! Ich werde hier draußen bei lebendigem Leibe gebacken", beklagte sich Malhora.

"Man nennt mich hier *Eryn*", erwiderte sie steif und folgte ihrer Großmutter die Stufen hinab in den Garten.

"Das magst du glauben, Mädchen", schnaubte Malhora. "So mögen sie dich in deiner Anwesenheit nennen, um dir einen Gefallen zu tun, aber wenn sie über dich sprechen, verwenden sie den Namen, den ich dir gab." Bei dieser Bemerkung klang mehr als nur ein wenig Genugtuung mit. "Und wie ich höre, wechselt auch Ram'an zwischen deinen beiden Namen, wie es ihm passt. Ich befürworte es, dass du wieder eine freundschaftliche Beziehung mit ihm unterhältst. Haus Arbil war stets ein zuverlässiger Verbündeter. Nicht, dass er es sich derzeit leisten könnte, uns oder Haus Vel'kim zu verärgern."

"Ich bin froh, das zu hören", murmelte Eryn. "Deine Zustimmung ist unverzichtbar für mich, wenn es um meine Freunde geht."

"Halt den Mund", befahl Malhora, doch es war keine wirkliche Schärfe dahinter. "Mir fehlt es im Moment an Geduld, um mich mit deinen Frechheiten abzugeben." Vor einer Reihe von Büschen, an die sich Eryn von ihrem ersten Besuch her erinnerte, hielt sie an. "Was siehst du hier?"

"Pflanzen, die dahingehend verändert wurden, dass sie die Eigenschaften von zwei Arten zu etwas Neuem kombinieren", erklärte die Heilerin. "Malriel zeigte sie uns und erzählte uns von dem Brauch, dass jede Aren Generation dem Garten etwas Neues hinzufügt. Die Büsche waren dein Beitrag, nicht wahr?"

Ihre Großmutter nickte, offenkundig zufrieden mit der Antwort. "Sehr richtig, die sind von mir. Ich habe lange daran gearbeitet, experimentiert, manches verworfen, von Neuem begonnen und hatte schlussendlich Erfolg. Wir verkauften die Samen sogar an ein anderes Haus und erhalten dafür einen Anteil an den Gewinnen", fügte sie stolz hinzu.

Ja, erinnerte sich Eryn dunkel, auch das hatte Malriel erwähnt.

"Warum hast du mich hergebracht?"

Malhora sah sie an, studierte sie eine kurze Weile, bevor sie antwortete. "Du bist aufgeweckt. Intelligent, obwohl sich dir der gesunde Menschenverstand zuweilen entzieht. Du bist nicht aus dem Stoff, aus dem klassische Anführer gemacht sind, das ist unverkennbar. Und deine Testergebnisse bestätigen es."

Eryn atmete tief und rang um Geduld. "Du hättest mich ebenso im Haus beleidigen können, anstatt mich herauszuzerren."

"Dich als intelligent zu bezeichnen ist wohl kaum eine Beleidigung, oder? Das trifft auch auf die Bemerkung zu, dass du keine geborene Anführerin bist. Ich habe nicht den Eindruck, dass du in diese Richtung zu gehen wünschst, also sehe ich nicht, was dich daran beleidigen könnte. Ich habe dich hergebracht, um dir zu zeigen, dass wir etwas gemeinsam haben. Ich bin ebenfalls mehr an Wissen interessiert - sowohl daran, es zu erarbeiten als auch zu vermehren. Ich war eine Zeit lang das Oberhaupt von Haus Aren, aber nicht länger als nötig war. Mir war es mehr als recht, dass sich Malriel als fähig und bereitwillig genug erwies, diese Verantwortung zu übernehmen - trotz ihrer Jugend. Dass sie die Position übernahm, ermöglichte mir zurückzutreten und sie zu beraten, wenn es erforderlich war - und meine Zeit anders zu nutzen."

Eryn hörte nun aufmerksam zu. Das *war* interessant.

"Dein Haus zu führen war also für dich offenbar nicht die Berufung, die es für Malriel zu sein scheint", meinte sie.

"Absolut nicht, nein. Und obwohl wir uns sehr viel auf unsere Fähigkeiten als Anführer einbilden, bringen wir nicht *nur* geborene Führer hervor. Versteh mich nicht falsch, Maltheá, ich habe mein Haus kompetent geführt. Ich wurde schon von klein auf dazu ausgebildet, diese Verantwortung zu übernehmen, und wandte einiges von dem an, was ich zu lernen hatte, während ich anderes verwarf. Ein Haus zu führen war bis zu einem gewissen Grad... ein Experiment für mich. Zwar achtete ich darauf, dabei weder das Vermögen noch das Wohlergehen der Familie aufs Spiel zu setzen, doch als die Zeit kam, wo ich das Gefühl hatte, dass ich mit dem Experimentieren fertig war, war es eine Erleichterung, dass meine Tochter bereit war, mich abzulösen." Sie lächelte wissend. "Du gehörst ebenfalls nicht zu der Sorte der Anführer. Was nicht bedeutet, dass du schlecht darin wärst, müsstest du es tun. Es wäre nur nicht deine Wahl, wenn du es vermeiden kannst. Dein Gefährte jedoch ist gut darin. Obwohl es ihm nicht immer zusagt, so zieht er es doch vor, andere zu führen anstatt sich ihren Befehlen zu beugen."

"Was treibst du dann jetzt so, wo du außerhalb der Stadt auf dieser Plantage lebst?", erkundigte sich Eryn.

"Mit allem herumspielen, was auch immer mein Interesse weckt. Ich experimentiere mit Pflanzen, versuche neue Kreuzungsvarianten zu schaffen, dann entwickle und verbessere ich Bewässerungssysteme. Hin und wieder lade ich Fachleute aus verschiedenen Disziplinen einen oder zwei Tage lang zu mir ein und spreche mit ihnen darüber, was sich in ihrem Spezialgebiet Neues tut."

Eryn betrachtete Malhora mit neu entfachtem Interesse. Sie hätte eher damit gerechnet, dass die alte Frau ihre Tage mit dem Herumliegen auf Kissen und dem Terrorisieren ihrer Diener verbrachte. Aber anscheinend war sie noch immer ein nützliches und produktives Mitglied ihres Hauses, das seine Fertigkeiten und Neigungen gewinnbringend einsetzte.

"Warum lebst du dann nicht hier in der Stadt? Wären das Wissen und die Experten, die du triffst, hier nicht leichter verfügbar?"

Malhora wirkte ein wenig, als würde ihr bei dem Gedanken grauen. "Es ist nicht ratsam, dass Malriel und ich in der gleichen Stadt leben. Versteh mich nicht falsch - ich liebe sie. Sie ist meine Tochter, und ich bin zufrieden damit, wie sie das Haus führt und sich darum kümmert. Die Vergangenheit hat uns jedoch gezeigt, dass wir einen gewissen Abstand zueinander aufrechterhalten müssen und nur gelegentlich aufeinandertreffen sollten, wenn wir mit einander auskommen wollen."

Eryn schluckte den Kommentar, dass sie selbst es sogar vorziehen würde, Malriel überhaupt nicht treffen zu müssen.

"Und die Leute sind wesentlich entspannter, wenn nur eine von uns in der Nähe ist", fuhr die alte Frau mit einem stillen Lächeln fort. Dann nickte sie ihrer Enkelin zu. "Viele von ihnen sind neugierig, wie wir beide nach dem Vorfall auf der Plantage miteinander auskommen. Du und ich haben mehr gemeinsam als jede von uns mit Malriel, und das will etwas heißen. Es sollte uns also möglich sein, uns zusammenzuraufen."

Die jüngere Frau blinzelte. "Versuchst du, deinen Frieden mit mir zu machen?"

Malhora rollte mit den Augen. "Das klingt, als würde ich mich auf das Sterben vorbereiten, also nein. Ich versuche zu entscheiden, ob ich dich zu mehr als einer reinen Familienverpflichtung machen will."

"Und? Was ist der aktuelle Status deiner Überlegungen?" Wahrscheinlich kein besonders schmeichelhafter, wenn man ihren Umgang miteinander in den letzten beiden Tagen betrachtete.

"Da bin ich noch nicht sicher. Du bist respektlos, aufbrausend und ungeduldig, aber für eine schwangere Aren ist das harmlos genug", sinnierte sie. "Du hast gelernt, dein Gehirn ordentlich zu benutzen, allerdings nicht gerade, wenn es um den Umgang mit Menschen geht. Aber das mag wohl daran liegen, dass du so lange Zeit in einem Dorf gelebt hast."

"Mein Vat... Ved'al hat mich dazu erzogen, Menschen zu helfen, und nicht, mich bei ihnen beliebt zu machen", erwiderte sie ausdruckslos.

"Meinetwegen musst du dich nicht ausbessern, Mädchen. Wem steht schon die Behauptung zu, du sollst den Mann, der dich aufzog, nicht als deinen Vater betrachten?"

Eryn starrte Malhora an. Ausgerechnet sie zeigte dafür Verständnis?

"Nun, zum einem dem Mann, der sich gegenwärtig als meinen Vater betrachtet", antwortete sie trocken.

"Ich würde meinen, dass sich eine Frau, die zwei liebende Väter hatte, glücklich schätzen kann. Wenn Valrad nun darauf besteht, dein Vater zu sein, macht das den Mann, der dich aufzog, nicht weniger dazu. Ganz im Gegenteil. Ved'al jetzt von dir zu weisen, nach allem, was er für dich tat, wäre undankbar."

Die jüngere Frau brachte ein dünnlippiges Lächeln zustande. "Das sehe ich genauso. Und doch erwartet man von mir, meinen toten Vater gegen einen mächtigen, reichen, lebendigen auszutauschen."

"Erwartungen", schmunzelte Malhora und schüttelte den Kopf. "Wenn du dich darauf beschränkst, anderer Leute Erwartungen zu erfüllen, machst du dich zu ihrer Sklavin. Bedenke ihre Wünsche nur, wenn sie für dich selbst nützlich sind. Und ich bin sicher, Valrad selbst würde ebenfalls nicht wollen, dass du die Erinnerung an seinen Bruder so einfach beiseiteschiebst. Von der Sorte ist er nicht. Und immerhin war er derjenige, der seinen Bruder betrog, nicht umgekehrt."

"Ich kann nicht fassen, dass du all das sagst", seufzte Eryn kopfschüttelnd. "Wo warst du vor zwei Monaten, als ich von Zweifeln aufgefressen wurde und mir meine Situation ausweglos vorkam?"

"Damit beschäftigt, die Zäune zu verbessern, damit die Plantage nachts nicht mehr von so vielen hungrigen Tieren heimgesucht wird", meinte Malhora achselzuckend. Dann wanderte ihr Blick zu Eryns rundem Bauch. "Versteh mich nicht falsch, ich freue mich über das Kind, das in dir heranwächst, doch da gibt es eine Sache, um die es sich zu kümmern gilt. Was gedenkst du wegen Malriel zu unternehmen?"

Verwirrt schüttelte die Heilerin den Kopf. "Ich fürchte, ich verstehe nicht genau, was du mich hier fragst. Was soll ich denn wegen Malriel unternehmen, abgesehen davon, ihr aus dem Weg zu gehen?"

"Indem sie dir diesen Fruchtbarkeitstrank verabreichte, hat sie eine Grenze übertreten. Das darf nicht ungesühnt bleiben."

Eryns Augen weiteten sich vor Neugier. Wie war es möglich, dass diese Frau davon wusste? Hatte Malriel sich etwa damit gebrüstet? Ihrer eigenen Mutter gegenüber, mit der sie nicht einmal auf freundschaftlichem Fuß stand?

"Wie kommst du zu dieser Annahme?", fragte sie wachsam.

"Ich sammle Informationen und ziehe logische Schlüsse. Als wir uns das letzte Mal trafen, hast du klargemacht, dass du keine Kinder wolltest, und doch wurdest du ein paar Monate später schwanger. Was zufällig mit dem Zeitpunkt von Malriels Besuch in deiner Heimat zusammenfällt. Und ich hörte davon, wie du sie begrüßt hast, nachdem du das Schiff verlassen hattest. Das legte gewisse Schlussfolgerungen nahe", schloss sie ihre Erklärung forsch. "Beleidige mich nicht, indem du es bestreitest. Ich wiederhole also meine Frage. Was gedenkst du ihretwegen zu unternehmen? So lässt sich eine Aren nicht behandeln, besonders nicht von einer anderen Aren. Wie sollen wir den Leuten klarmachen, dass sie uns mit Respekt zu behandeln haben, wenn wir ihn einander nicht einmal gegenseitig zeigen?"

Eryn atmete hörbar aus. Das war absurd! Erklärte ihr ihre Großmutter gerade allen Ernstes, dass sie Maßnahmen gegen ihre Mutter ergreifen musste? "Also gut, ich werde das offensichtlich nicht bestreiten. Ich habe keine Ahnung, wie ich es ihr heimzahlen soll. Ich habe überlegt, sie öffentlich zu beschuldigen und damit ihren Ruf zu schädigen, doch Enric war dagegen."

"Und das sollte er auch. Das wird deinem Sohn stärker schaden als deiner Mutter", meinte Malhora missbilligend. "Dann denk weiter nach. Und sieh zu, dass es sich auszahlt."

Beide drehten ihre Köpfe, als sie einen Mann auf die Terrasse treten sahen. Valrad. Er wirkte nicht eben entspannt, sondern eher, als hätte er sich auferlegt, eine unangenehme Pflicht in Angriff zu nehmen.

"Ah, ja", lächelte Malhora boshaft. "Da ist er ja. Ich habe mich schon gefragt, wann er auftauchen würde. Das wird unterhaltsam."

Valrad zwang sich zu einem Lächeln und kam auf die beiden zu, seine Schultern gestrafft, sein Blick abwartend.

"Guten Morgen", sagte er und küsste zuerst die Stirn seiner Tochter, dann Malhoras Hand.

"Und auch dir einen guten Morgen, Valrad", erwiderte die ältere Frau höflich. "Was führt dich um diese Tageszeit hierher? Soweit ich weiß, ist für heute keine Senatsversammlung angesetzt, also solltest du in der Klinik sein, um den Kranken und Leidenden zu helfen, würde ich meinen."

"Ich entschied mich dazu, mir den Tag frei zu nehmen und dich zu besuchen. Immerhin ist es schon eine Weile her."

Eryn erinnerte sich an den Ruf der Vel'kim, dass sie nie einer unangenehmen Pflicht auswichen, und musste lächeln. Er wirkte keineswegs entspannt, sondern grimmig entschlossen, das hinter sich zu bringen.

"Das ist es in der Tat", stimmte Malhora zu. "Ist das ein freundschaftlicher Besuch oder bist du hier, um mir davon zu erzählen, wie du meine Tochter geschwängert und damit die Kommitment-Vereinbarung verletzt hast, die ich mit deinem Haus schloss?", fragte sie dann ungezwungen, woraufhin er für einen Moment die Augen schloss.

Eryn lehnte sich gegen einen Baum in ihrem Rücken und beobachtete schadenfroh die Szene. Da war er also, der mächtige Anführer von Haus Vel'kim, Auge in Auge mit einer alten Frau, der er theoretisch nichts anderes als den Respekt schuldete, der ihr Kraft ihres Alters zustand. Und doch schien das irgendwie nicht auszureichen, wenn eine Aren im Spiel war. Besonders nicht, wenn sie womöglich den Eindruck gewonnen hatte, ihr wäre auf irgendeine Weise Unrecht widerfahren.

Valrad ließ langsam den Atem entweichen. "Es tut mir leid", meinte er verlegen.

"Tut es das. Was genau?", drängte Malhora gnadenlos. "Die Affäre selbst oder dass sie aufgedeckt wurde? Lass mich dir im Zusammenhang damit etwas sagen. Ich wusste vor dreißig Jahren Bescheid über Malriel und dich. Wenn meine Tochter sich regelmäßig mit einem Mann trifft, der nicht ihr Gefährte ist, dann ist das etwas, das sich im Auge zu behalten lohnt. Eine Zeit lang hatte ich mich sogar gefragt, ob das Kind tatsächlich von Ved'al war, doch sie versicherte mir, dies sei der Fall. Angesichts dessen, dass du ein ausgebildeter Heiler warst, und noch dazu ein sehr guter, schenkte ich ihren Worten Glauben. Ich hätte immerhin von dir erwartet, dass du Vorsichtsmaßnahmen ergreifst. Eine Annahme, die sich als bei weitem zu vertrauensselig erwiesen hat", fügte sie mit einem hämischen Lächeln hinzu.

Sowohl Valrad als auch Eryn starrten die alte Frau an, die sich augenscheinlich köstlich amüsierte.

"Du wusstest davon?", fragte er leise, seine Stirn in Falten gelegt. "Warum hast du nicht eingegriffen? Wie du schon sagtest, verletzten wir die Kommitment-Vereinbarung, die du geschmiedet hast."

"Weil ich sah, dass sie und Ved'al in ernsthaften Schwierigkeiten steckten. Ich hatte meine Zweifel daran, dass für die beiden auf lange Sicht eine realistische Chance bestand. Ich hatte darauf gehofft, dass ihr beide eure jeweiligen Lebensbünde auflöst und euch aneinander bindet. Keiner von euch beiden war damals Oberhaupt eines Hauses, und du hättest zurücktreten und die Position deinem Bruder überlassen können."

Verblüfft sah Valrad sie an, dann schüttelte er bedächtig den Kopf. "Das hätte ich auch. Ohne zu zögern. Ich bat Ved'al darum, sie mir zu überlassen, sogar noch bevor sie miteinander verbunden waren. Aber ich bezweifle, dass sie mir damals auch nur einen zweiten Blick gegönnt hätte."

"Ein paar Jahre später hat sie dir wesentlich mehr als nur einen Blick gegönnt", kommentierte Malhora bissig. "Was für ein Pech für euch, dass jeder von euch bereits ein Haus übernommen hatte, als ihr schließlich beide frei wart."

Eryn studierte ihren Vater mit sorgenvollem Blick. Hätte er Malriel tatsächlich zur Gefährtin genommen? Warum erschien ihr diese Möglichkeit völlig ausgeschlossen? Er war auf ruhige Weise einflussreich und übte seine Autorität nur dann aus, wenn es sich nicht vermeiden ließ. Ein Mann mit Prinzipien - nun, in der Regel. Jemand, dem Familie über alles ging. Ein Mann, der die Leitung der Klinik aufgegeben hatte, weil er sich der Arbeit widmen wollte, die ihm wirklich etwas bedeutete: dem Heilen.

Und dann war da Malriel, die ihre Position und die Autorität, die damit einherging, wie einen Hammer einsetzte. Ein vernichtender Blick hier, ein missbilligender Gesichtsausdruck dort, und die Welt war eiligst bestrebt, es ihr Recht zu machen, um den Konsequenzen zu entgehen. Eine hinterhältige Frau, die keine Skrupel hatte, für die Erreichung ihrer Ziele über andere hinwegzusteigen, nicht einmal bei ihrer eigenen Tochter.

Wie in aller Welt hätten diese beiden jemals glücklich miteinander sein können? Allein der Gedanke!

"Ich kann sehen, dass deine Tochter von dem Gedanken an eine Wiedervereinigung ihrer Eltern nicht allzu begeistert wäre", schmunzelte ihre Großmutter.

"Nein", gestand Eryn, "nicht wirklich. Ich kann mir nicht denken, dass sie einen Mann auf lange Sicht glücklich machen könnte. Sie scheint mir mehr der Typ für Affären als für einen Lebensbund unter Erwachsenen zu sein."

"Maltheá." Nachsichtig schüttelte Malhora den Kopf. "Ein paar Nächte der Leidenschaft mit einem Mann zu teilen und ihn dann nach ein oder zwei Monaten auszutauschen, erlaubt keinerlei Intimität. Es ist ein Mechanismus, um ihr zu entkommen, sich davor zu schützen. Das ist kein natürliches, gesundes Verhalten, sondern bloß ein

Ausgleich für das, was sie bislang nicht gefunden hat - einen Menschen, der zu ihr steht, nicht von ihr eingeschüchtert ist und der ihr, sofern es erforderlich ist, auch die Stirn bieten kann, ohne sich von ihr bedroht zu fühlen."

Eryn schluckte bei dem, was diese Worte nahelegten. Das klang nach einem einsamen und verwundbaren Leben, etwas, das sie nicht mit Malriel von Haus Aren assoziiert hätte. Es klang so seltsam, doch wenn man Malriels Vergangenheit betrachtete, mochte es doch einen Funken Wahrheit beinhalten, erkannte sie. Sie verspürte den Widerstand in ihrem Inneren, der es ihr so schwer machte, der Königin der Dunkelheit auch nur annähernd menschliche Gefühle und Motive zuzugestehen.

"Nun", hörte sie Malhora sagen, "zumindest wurde durch ihre Wahl eines Liebhabers damals nur der Kommitment-Vertrag gebrochen, nicht aber die Allianz zwischen den Häusern verletzt. Ein ausgesprochen rücksichtsvoller Verstoß."

"Solange wir bloß nicht den Silberstreifen am Horizont aus den Augen verlieren…", murmelte Eryn und blickte himmelwärts.

"Dir hätte ein wesentlich schlimmerer Vater beschert werden können, mein Mädchen", schnaubte ihre Großmutter. "Immerhin ist es sogar das gleiche Haus. Und noch dazu ein recht gutes."

Valrad wirkte nun erheblich weniger angespannt. Diese Worte waren ein klares Signal, dass die Beziehung zwischen Malhora von Haus Aren und ihm selbst frei von jeglichem Groll war.

"Ich danke dir", lächelte er und neigte seinen Kopf. "Und ich möchte dir sagen, wie sehr ich es schätze, dass du gekommen bist, um bei meiner Tochter zu bleiben. Trotz ihrer Entscheidung, sich meinem Haus anzuschließen. Ich hoffe, ihr beiden erkennt das Gute in der jeweils anderen, so wie es jede von euch verdient."

"Aus dem Mund eines jeden anderen Mannes hätte das ungemein zynisch geklungen", grinste Eryn.

"Dann bin ich ja froh, dass du mich so gut kennst", entgegnete er und zwinkerte ihr zu.

KAPITEL 31

Belastendes Material

Eryn saß auf den Kissen im Hauptraum und starrte ihre Füße an. Waren sie größer geworden? Waren ihre Knöchel dicker als letzte Woche?

Noch sechs Wochen, stöhnte sie innerlich. In diesem Klima hochschwanger zu sein war kein Spaß. Nun, ein pures Vergnügen wäre es wohl auch zuhause nicht gewesen, doch mit Sicherheit machte die Hitze alles noch schlimmer. In letzter Zeit führten selbst kleine Bewegungen dazu, dass ihr Sturzbäche an Schweiß die Wirbelsäule entlangliefen.

"Brütest du vor dich hin, Herzblatt?", fragte Vran'el sanft. "Du bist doch wohl nicht verstimmt, weil du heute Abend nicht an dem Spiel teilnehmen kannst?"

"Nein", seufzte sie, "nur begierig darauf, wieder zu meinen vorherigen Dimensionen zurückzukehren. Ich habe Frauen gesehen, die aufzublühen scheinen, wenn ein Baby in ihrem Bauch heranwächst. Sie behaupten, sie hätten sich noch nie in ihrem Leben besser gefühlt, wirken energiegeladener, vollkommen ausgeglichen und im Reinen mit sich selbst und der Welt um sie herum."

Ihr Bruder bemerkte ihr offenkundiges Unbehagen. "Was eindeutig nicht die Art von schwangerer Frau ist, die du bist..."

"Keinesfalls. Ich bin froh, wenn die Geburt ansteht. Ich bin ja für Teilen und all das, aber ich freue mich wirklich darauf, meinen Körper wieder für mich allein zu haben." Kleine Dinge wie das Erklimmen von Stufen ohne gleich außer Atem zu sein oder mehr als ein paar Bissen essen zu können, bevor sich ihr Magen weigerte noch mehr aufzunehmen, nur um dann ein paar Minuten später wieder Hunger zu signalisieren, erschienen wie purer Luxus.

Aber Vran'el konnte ihr zumindest ein wenig Ablenkung bescheren. Er war bereits für das Spiel, das in weniger als zwei Stunden beginnen würde, dunkel gekleidet.

"So, wie ich höre, bist du dieses Mal mit Enric in einem Team?", fragte sie nach.

"Ja, das bin ich. Da gibt es eine kleine Rechnung, die wir beide begleichen möchten", antwortete er mit einem grimmigen Lächeln.

"Mit Ram'an, wie ich annehme?"

"Ja. Ich bin froh, dass er es nicht geschafft hat, sich mit Orrin zusammenzutun, das wäre sonst zu einer beachtlichen Herausforderung geworden. Ich bin zuversichtlich, dass wer auch immer sein Partner sein wird, für Enric und mich kein allzu großes Hindernis darstellen wird. Nun, hauptsächlich für Enric", fügte er nachträglich hinzu.

"Ist es nicht ein wenig kindisch, an einem Oberhaupt eines Hauses Rache zu nehmen? Besonders wenn man bedenkt, dass ihr Verbündete seid? Ich hoffe, dass Enric in absehbarer Zeit von hier fort sein wird, doch du sollst eines Tages dein Haus übernehmen. Wäre es nicht nett, wenn dein Verbündeter keinen Groll gegen dich hegte?"

Er zuckte mit den Achseln und streckte sich träge. "Ich bin noch kein Oberhaupt eines Hauses, und Vater hat bislang keine Pläne für seinen Ruhestand erwähnt. Damit bleiben mir noch ein paar weitere Jahre zum Herumalbern und Spaß haben."

"Ich dachte, dass nicht nur die Handlungen des Oberhaupts Einfluss auf das Ansehen des Hauses haben, sondern auch die jedes Mitglieds?", betonte sie.

"Grundsätzlich ja. Aber ich tue nichts, das man als feindselig auslegen könnte. Ich werde ihn einfach nur aus dem Spiel befördern, so wie es meine Aufgabe ist."

"Jungs", schmunzelte sie. "Ich schätze, bei dieser Art von Aktivität ist es für euch nahezu unmöglich, euch wie Erwachsene zu benehmen."

"Ach ja? Ich entsinne mich, dass sich ein paar Frauen beim letzten Mal ebenfalls sehr gut amüsiert haben. Intrea war von einem recht befremdlichen Enthusiasmus ergriffen, mich gemeinsam mit deinem Gefährten zur Strecke zu bringen, und du hast es sogar die Stufen der Senatshalle hinaufgeschafft", konterte er. "Die Behauptung, dass allein Männer der Verlockung erliegen, durch die Straßen zu laufen und einander mit Blitzen zu beschießen, weise ich von mir. Stelle das Weibsvolk nicht reifer hin, als es tatsächlich ist, Herzblatt."

"Also gut, betrachte mich als zurechtgewiesen. Auf welcher Seite wirst du spielen? Ist Enric noch immer darauf bedacht, dass man ihn nicht als Angreifer, sondern als Verteidiger der Stadt sieht?"

"Ja, das ist er. Somit finde ich mich erneut als Intreas Gegner wieder. Orrin kann natürlich nicht auf der gleichen Seite wie Enric kämpfen. Niemand würde sich die Mühe machen, dem gegnerischen Team beizutreten. Wenn wir gerade von gegnerischen Teams sprechen, ich habe gehört, du und Malhora wurdet gemeinsam in der

Öffentlichkeit gesichtet, ohne dass zerbrechliche Objekte oder harsche Worte durch die Luft flogen. Das bedeutet dann wohl, dass ihr euch langsam füreinander zu erwärmen beginnt?"

Sie nickte. "Sonderbarerweise ja. Sie unterscheidet sich für mich genug von Malriel, dass so etwas möglich ist. Obwohl ich mir stets in Erinnerung rufe, dass ich es immer noch mit einer erfahrenen Politikerin und einer Aren zu tun habe. Ihr vollkommenes Vertrauen zu schenken wäre wohl überstürzt, doch im Moment kommen wir ganz gut miteinander aus. Und Enric ist froh, dass sie ihm bei ein paar Dingen bezüglich des Hauses unter die Arme greift. Es scheint, als hätte er es noch nicht geschafft, seinen vom Orden geprägten Führungsstil hinter sich zu lassen. Zumindest nicht in einem Ausmaß, das seiner neuen Familie hier zusagt."

"Ja, ich weiß. Das hat sich herumgesprochen. Aber sie wissen immerhin auch, dass Malriel zurückkehren wird. Somit sind viele von ihnen wohl der Ansicht, dass es wenig Sinn macht, sich auf ihn einzustellen."

"Womöglich. Weißt du, ob Vern am Spiel teilnehmen wird? Ich habe ihn schon ewig nicht mehr gesehen. Ich denke, er hält sich wegen Malhora von hier fern. Sie scheint ihm etwas Angst einzujagen."

"Ja, er wird teilnehmen. Mir wurde gesagt, dass er sich dieses Mal mit Iklan zusammentut. Er fürchtet sich vor Malhora?" Vran'el grinste. "Vortrefflich. Das kann ich nutzen, um ihn aufzuziehen."

"Oh nein, bitte nicht! Ich bekomme ihn in letzter Zeit so schon kaum zu Gesicht, und wenn du ihn mit etwas neckst, das ich dir erzählt habe, wird er uns noch weniger gern besuchen wollen."

Er seufzte theatralisch. "Also gut, kleine Schwester. Ich werde deinem Wunsch in dieser Sache entsprechen. Schwangerschaftsprivileg."

Enric kam aus der Richtung ihres Schlafzimmers und hob eine Hand in einem formlosen Gruß an Vran'el. Er hatte die Kleidung für das Spiel ebenfalls bereits angelegt.

"Bist du bereit, die Stadt gegen die Angreifer zu verteidigen, mein Freund?", fragte der blonde Magier und ging zur Sitzinsel, um sich zu ihnen zu gesellen.

"Selbstverständlich. Außerdem wird es dieses Mal interessant sein zu sehen, wer gewinnt. Ich gehe davon aus, dass es keine… vorherbestimmten Arrangements gibt?", fragte Vran'el behutsam.

"Nein, der Sieg wird heute Abend von nichts anderem als Überlegenheit in Strategie und Kampffertigkeiten abhängen."

"Ausgezeichnet. Obwohl es in diesem Fall eine schlechte Nachricht ist, dass ich Orrin als Gegner habe."

Enric seufzte und wirkte ein wenig geknickt. "Dir ist schon klar, dass ich in diesen Bereichen ebenfalls als Experte gelte? Ich gehe davon aus, dass ich mich nicht als allzu große Last erweisen werde", fügte er sarkastisch hinzu.

"Sag mir nicht, dass ich deinen Stolz verletzt habe? Lass mich dir versichern, dass es eine Ehre und ein Privileg ist, heute Abend an deiner Seite kämpfen zu dürfen. Ich bin zuversichtlich, dass unser primäres Ziel, Ram'an zu besiegen, zu einem erfolgreichen Abschluss kommen wird. Das Spiel zu gewinnen wäre einfach nur eine zusätzliche Zier", meinte Vran'el schulterzuckend.

"Gut. Eine Niederlage ist dieses Mal eine realistische Möglichkeit. Orrin ist fest entschlossen, es uns möglichst schwer zu machen, jetzt wo er weiß, dass ich mich nicht wie beim letzten Mal zurückhalten werde, um die Invasoren gewinnen zu lassen."

"Du bist besorgt", sagte Eryn leise und kleidete damit die Empfindung in Worte, die sie durch das Geistesband wahrnahm. "Warum?" Sie bemerkte seinen raschen Blick auf ihren Bauch und kniff die Augen zusammen. "Du brauchst mich nicht zu schonen, weil ich schwanger bin. Wenn du mich nicht informierst, werde ich mir bloß die ganze Zeit über Sorgen darüber machen, was wohl vor sich geht und wie schlimm es sein muss, dass du dich weigerst, es mir zu sagen."

Er nickte langsam. "Es geht um das Feuer vor sieben Wochen."

Beide Vel'kim Geschwister lehnten sich vor.

"Endlich etwas Neues!", hauchte Eryn. "Was hast du erfahren?"

"Heute Morgen wurden Lappen gefunden, die denen sehr ähnlich sind, die benutzt wurden, um den giftigen Rauch in unserem Haus freizusetzen. Der gleiche Stoff, der gleiche Geruch und somit sehr wahrscheinlich die gleiche Kombination aus Substanzen."

"Wo wurden sie gefunden?", fragte Vran'el begierig. "Das mag uns einen nützlichen Hinweis auf den Täter geben!"

Enric straffte seine Schultern und verzog das Gesicht. "Ganz so einfach ist es nicht, fürchte ich. Sie wurden in der Arbil Residenz gefunden."

"Was?", rief Vran'el aus.

Eryn riss die Augen auf und schlug eine Hand vor den Mund. Die andere kam auf ihrem Unterleib zum Liegen in der Geste, die sie sich in den letzten Monaten angeeignet hatte, wann auch immer sie beunruhigt war. Enric erinnerte sich, dass er damals den gleichen Reflex bei Junar bemerkt hatte.

"Warte", verlangte der dunkelhaarige Magier. Von einem Augenblick zum nächsten hatte sich sein Gebaren gewandelt. Er war in den professionellen Modus gewechselt, wie Enric zufrieden bemerkte. Das bedeutete, dass sie diese Angelegenheit nun ohne unbegründete Anschuldigungen und wilde Theorien diskutieren würden.

"Wer hat die Lappen gefunden?", fragte der Jurist.

"Ram'an."

"Wo?"

"In einem der Lagerräume."

"Wie kommt es, dass du davon weißt?"

Ah ja, dachte Enric mit einem dünnen Lächeln. Er konnte sich darauf verlassen, dass dieser Mann die richtigen Fragen stellte.

"Ram'an hat heute nach mir geschickt und mir davon erzählt."

Er sah, wie Eryn langsam ausatmete. "Damit sind die Chancen minimal, dass Ram'an in diese Sache verwickelt ist, wenn er sich entschlossen hat, dir davon zu erzählen, meinst du nicht?", fragte sie besorgt. "Aber andererseits könnte er es nur getan haben, um uns genau diesen Eindruck zu vermitteln…" Sie schloss die Augen und versuchte ihre Gefühle von den vorliegenden Fakten zu trennen. Der bloße Gedanke daran, dass Ram'an irgendwie darin verwickelt sein mochte, war schmerzlich - er ließ sie frösteln, führte dazu, dass sich die Härchen auf ihren Armen aufrichteten.

"Hat er zugestimmt, sich einem Lügenfilter zu unterziehen?", fragte Vran'el weiter.

"Ja, das hat er. Er bot es an. Bestand sogar darauf. Ich befragte ihn, und soweit ich das sagen kann, sprach er die Wahrheit. Wir denken beide, dass die Lappen dort platziert worden sein müssen, um sein Haus zu belasten."

Eryn hob eine Hand. "Das verstehe ich nicht. Wenn er dir unter dem Einfluss eines Lügenfilters davon erzählt hat, würde er damit kaum unter Verdacht geraten, oder?"

"Nicht direkt er", erklärte ihr Bruder, "aber sein Haus. Dass er persönlich keinerlei Kenntnis davon hatte, bedeutet nicht, dass niemand sonst in seinem Haus irgendwie daran beteiligt war."

"Und jetzt? Das hilft uns überhaupt nicht, nicht wahr?"

"Nicht unmittelbar, aber womöglich letzten Endes", sprach Enric. "Dieser Versuch Haus Arbil zu belasten zeigt uns, dass beide Bestrebungen - das Feuer und der Tanz bei Intreas Veranstaltung - sehr wahrscheinlich miteinander in Verbindung stehen und keine zufälligen Einzelangriffe waren. Und dass sie darauf abzielten, die Allianz zwischen Aren und Arbil aufzulösen, wobei eine Frage bestehen bleibt: Welches Haus ist das primäre Ziel? Aber nach der jüngsten Entwicklung zu urteilen scheint es, als würden wir nicht im Sinne derer handeln, die dahinterstecken. Unsere Häuser sind noch immer verbündet."

"Du denkst, all das würde ein Ende finden, sobald du mit Haus Arbil brichst? Und ihn für das Feuer verantwortlich machst?", fragte Eryn nachdenklich.

"Der Gedanke kam mir, ja", bestätigte Enric ruhig. Er war neugierig zu sehen, ob ihre Gedanken in die gleiche Richtung gehen würden wie seine eigenen.

"Dann schätze ich, wir sollten versuchen, der Öffentlichkeit genau diesen Eindruck zu vermitteln", meinte sie langsam und nachdenklich. "Das sollte weitere gefährliche Bemühungen uns zu schaden abwenden und uns vielleicht mehr Zeit geben, etwas herauszufinden, hoffe ich. Mit ein wenig Glück wird unser anonymer Übeltäter ein wenig zu selbstsicher und damit achtlos."

Enric nickte zufrieden. Genau das war seine Absicht gewesen. "In Ordnung, Liebste. Das werden wir tun. Ich wage zu behaupten, dass es eine recht hilfreiche erste öffentliche Demonstration einer bröckelnden Allianz ist, wenn Vran und ich Ram'an durch die Straßen von Takhan jagen."

"Nur noch eine Sache", meinte Eryn und legte die Stirn in Falten. "Wenn er nicht entschieden hätte, dich freiwillig über diese Lappen zu informieren, wie hätte dann irgendjemand davon erfahren? Ich meine, hätte das nicht öffentlich passieren müssen, damit es funktioniert?"

"Ah ja, da gibt es ein kleines Detail, das ich bislang versäumt habe zu erwähnen", nickte Enric. "Die Triarchie erhielt einen anonymen Hinweis, dass eine Durchsuchung der Arbil Residenz Licht auf die Sache mit dem Feuer werfen könnte. Sie haben eine Hausdurchsuchung angeordnet, die vor etwa einer Stunde durchgeführt wurde."

"Kleines Detail fürwahr", murmelte Vran'el. "Du sagtest, dass Ram'an sie am Morgen gefunden hat. Somit gehe ich davon aus, dass er sie in der Zwischenzeit entfernt hat? Bei der Durchsuchung wurde nichts gefunden?"

"Ganz im Gegenteil; er platzierte sie wieder dort, wo er sie entdeckte, damit die Fahnder darüber stolpern", erklärte ihm Enric.

"Das bedeutet, dass du und Ram'an bereits entschieden hattet, dieses kleine Spiel zu spielen, noch bevor ich es gerade eben vorschlug! Sonst hätte es keinerlei Sinn ergeben, es publik zu machen", klagte sie und verschränkte verärgert die Arme. "Was war das gerade eben? Ein klitzekleiner Test in politischer Strategie um zu sehen, ob ich mit einem vernünftigen Plan aufwarten kann?"

Ihr Gefährte lächelte entschuldigend. "Du hast die Herausforderung wunderbar gemeistert, Liebste, falls dich das tröstet."

"Kaum", knurrte sie. "Aus meiner Sicht war es einfach nur gönnerhaft."

"Dann entschuldige ich mich." Enric ergriff eine ihrer Hände und küsste ihre Fingerknöchel. "Wirst du heute um Mitternacht zur Senatshalle kommen und entweder Zeugin meines großen Triumphes über Orrin werden oder mitansehen, wie er mir eine vollkommene Niederlage bereitet?"

Ihr Lächeln war düster. "Oh ja, auf jeden Fall. Frag mich bloß nicht, welche Option mir im Augenblick eher zusagt."

* * *

Ungeduldig wartete Eryn vor der magischen Barriere, die den Spielbereich vom Rest der Stadt abtrennte. Malhora und Junar standen neben ihr, Téa schlief tief und fest in der Schlinge um den Brustkorb ihrer Mutter. Etwa sechzig Leute standen herum und warteten auf den Ausgang des Spiels.

"Wie lange noch bis Mitternacht?", fragte Eryn voller Ungeduld.

"Eine halbe Stunde", informierte Junar sie. "Du weißt schon, dass ein vorzeitiges Ende bedeutet, dass dein Gefährte das Spiel verloren hat?"

"Hin und wieder verdient er es zu verlieren; wie ich höre, soll das gut für den Charakter sein. Und ich brauche eine Toilette! Wie lang stehen wir hier nun schon?"

"Nicht länger als zehn Minuten", seufzte die Schneiderin. "Dann geh und such dir eine Toilette. Ich will dir sicher nicht die nächste halbe Stunde dabei zusehen, wie du dich drehst und windest. Die Bekanntgabe der Gewinner nicht miteingerechnet. Fort mit dir!"

Nach kurzem Zögern nickte Eryn und wandte sich in Richtung eines Teehauses, das sie am Ende der Straße erspäht hatte.

Eilig bewegte sie sich darauf zu und stöhnte, nachdem sie eingetreten war und die kurze Schlange vor dem besagten Raum erblickte. Zu ihrer Überraschung traten die drei Leute augenblicklich beiseite, als wäre es die normalste Sache der Welt. Kurz überlegte sie, ob man sie wohl als die frühere Aren Erbin identifiziert hatte, erinnerte sich dann aber daran, dass schwangere Frauen hier mehr oder weniger verehrt wurden. Wie praktisch.

Als sie zurückkehrte, war die wartende Menge verschwunden, nur Malhora und Junar standen noch dort und wirkten etwas ungeduldig.

"Beeil dich!", befahl Malhora. "Das Spiel ist vorbei."

Zu früh - was bedeutete, dass Enric verloren hatte, da er es nicht geschafft hatte, die Senatshalle bis Mitternacht zu verteidigen. Somit würde sie sehen, wie Orrin über ihren Gefährten triumphierte. Was in Ordnung war. Eine Niederlage würde dem mächtigen Ordenslord gut tun, entschied sie. Nun, dem früheren und zukünftigen, wenn auch nicht gegenwärtigen Ordenslord.

Einen Moment lang kehrte die Erinnerung daran zurück, wie Kilan ihr bei ihrem ersten Besuch hier vor einigen Monaten erklärt hatte, dass ein Sieg über Enric kaum mehr als ein kurzes Vergnügen sein konnte, da er rasch genug zurückschlagen und alles zu seinen Gunsten wenden würde. Das bedeutete dann wohl, dass man die Chance nutzen und diese Gelegenheiten umso intensiver feiern sollte, entschied sie. Wie bedauerlich, dass sie das bloß mit Saft anstatt Wein tun konnte.

Als sie beim Senatsplatz eintrafen, beobachteten sie, wie Golir Orrins Hand schüttelte, während Enric mit verschränkten Armen danebenstand.

Eryn empfing keinerlei Anzeichen von Ärger durch das Geistesband, also war er offenkundig nicht allzu betrübt darüber, dass er dieses Spiel verloren hatte. Und immerhin hatte er nicht einfach gegen irgendjemanden verloren, sondern gegen Orrin - einen Meister sowohl in der Kampfkunst als auch in Strategie. Das war sicherlich erträglich. Und doch war sie absolut sicher, dass Enric beim nächsten Mal seinen Sieg sicherstellen würde. Hier ging es immerhin um Stolz.

Ram'an stand ein wenig abseits, die Fesseln um seine Handgelenke schwarz. Vran'el neben Enric warf ihr einen kurzen Blick zu, sah dann zu Ram'an hin und zwinkerte ihr vielsagend zu. Das bedeutete zweifellos, dass ihr Bruder daran beteiligt war, ihren früheren Verehrer aus dem Spiel zu werfen.

Ihr Blick fiel auf Kilan, und sie lächelte, als er ihr zuwinkte. Er hatte wieder auf Enrics Seite gekämpft. Und somit das Spiel ein weiteres Mal verloren. Aber auch er schien das gut wegzustecken. Andererseits würde es sich bei seinem Status wohl kaum geziemen, wütend mit dem Fuß aufzustampfen oder wie ein unartiges Kind zu fluchen.

Ihre Aufmerksamkeit kehrte zu Orrin zurück. Er wirkte… absolut zufrieden. Er war nicht von der hämischen Sorte, doch die Genugtuung war in seiner Haltung und der Linie seines Mundes ersichtlich, der zu einem halben Lächeln verzogen war, als wäre er zu bescheiden, um daraus ein breites Grinsen werden zu lassen. Oder als wäre ein Sieg über Enric es seiner Ansicht nach nicht wert, solch ein Ausmaß an Selbstgefälligkeit zur Schau zu stellen.

Junar neben ihr strahlte mit unverkennbarem Stolz. "Mein Gefährte ist besser als deiner", sang sie und kicherte wie eine Halbwüchsige, während sie ihre Tochter in den Armen wiegte, die glücklich vor sich hin gurgelte als erfreute sie sich am Erfolg ihres Vaters.

"Ernsthaft? So tief sind wir gesunken? Wir vergleichen die Jungs und sehen zu, wer besser ist? Dir ist schon klar, dass mein Gefährte erheblich stärker ist als deiner, was bedeutet, dass er in naher Zukunft wieder zu seiner Position als Vorgesetzter deines Gefährten zurückkehren wird?"

Solch unbedeutende Kleinigkeiten schob die Schneiderin beiseite. "Ein Sieg von kurzer Dauer, aber dennoch ein Sieg."

Beide entdeckten Vern und die Frau, mit der Eryn ihn im Musikhaus tanzen gesehen hatte. Voller Zuneigung lag sein Arm um ihre Mitte, während er sich über etwas amüsierte, das sie von sich gegeben hatte.

Eryn schluckte und beobachtete das Paar. Sie konnte sich eines unbehaglichen Gefühls nicht erwehren, obwohl er Recht hatte: Die Gefährtin seines Vaters war ein gutes Stück jünger als Orrin, somit war der Altersunterschied zwischen ihm und seiner neuen Gespielin nicht das Hauptproblem. Damit würde sie sich abfinden müssen; daran führte kein Weg vorbei. Entweder das, oder sie würde Vern massiv verärgern. Und es war immerhin nicht so, als könnte sie etwas unternehmen, um die beiden auseinanderzubringen, selbst wenn sie es wollte. Ein Seufzer entrang sich ihrer Brust, als sie daran dachte, wie die beiden einen Lebensbund miteinander eingingen und schließlich Kinder bekamen. Das würde dann bedeuten, dass er für immer hierblieb, oder etwa nicht?

Doch all das war wohl etwas voreilig. Er war immerhin erst siebzehn Jahre alt. Kaum bereit und willens, sich niederzulassen und eine Familie zu gründen, wenn man bedachte, dass er selbst noch nicht vollständig erwachsen war. Sie betrachtete ihr Denkmuster, wenn es um ihn ging. Vern als mehr oder weniger erwachsenen jungen Mann zu betrachten, fiel ihr ungemein schwer; und nun war sie dazu übergegangen, sich ihn im anderen Extrem vorzustellen - als Familienvater mit einem Kind auf jedem Arm, wo er womöglich kaum mehr als ein wenig Spaß wollte. Sie selbst war genauso alt wie er gewesen, als sie damit begonnen hatte, körperliche Freuden mit anderen zu entdecken, und eine Familie war damals das Letzte gewesen, das sie im Sinn gehabt hatte. Komisch, wie sich die Dinge entwickelten, dachte sie mit einem kurz aufblitzenden Lächeln, dann berührte sie ihren Bauch, als sie einen weiteren Tritt verspürte.

Verns Blick kreuzte ihren, und er richtete ein paar Worte an seine Geliebte, bevor er ihr mit einem schiefen Grinsen entgegenkam.

"Hallo du", begrüßte Eryn ihn und deutete mit ihrem Kinn auf seine Fesseln. "Es scheint, als hättest du dieses Mal bis zum Ende des Spiels durchgehalten. Auf welcher Seite warst du dieses Mal überhaupt?"

"Invasoren. Ich würde doch meinem eigenen Vater gegenüber nicht illoyal erscheinen wollen. Nicht in einem Land, wo Familienbande dermaßen ernst genommen werden."

"Das war wahrscheinlich klug, besonders wenn man deinen wachsenden Kreis an Bewunderern in Betracht zieht. Du würdest doch in ihrem Ansehen nicht sinken wollen", lächelte sie.

Dramatisch seufzte er. "Was kann ich dazu sagen? Ruhm kann zuweilen eine Bürde sein."

"Und doch trägst du sie mit Fassung. Gut gemacht", lachte sie. "Ich sehe, dass Orrin sehr hart daran arbeitet, bescheiden zu bleiben."

Vern grinste breit. "Vergebens. Jetzt gerade ist er ungemein zufrieden mit sich selbst."

"Völlig zu Recht", warf Junar ein und wartete ungeduldig darauf, dass das offizielle Schulterklopfen ein Ende nahm, damit sie sich ihrem siegreichen Krieger nähern konnte.

Eryn warf ihr einen Blick zu. "Ich denke, ich habe es hier am Schlimmsten erwischt. Unabhängig vom Ergebnis muss ich sowohl mit dem Gewinner als auch dem Verlierer unter einem Dach leben. Und in diesem Fall auch noch mit der schadenfrohen Gefährtin des Gewinners", seufzte sie. "Ich bin nicht einmal das richtige Ziel dafür. Ich missgönne Orrin seinen ruhmreichen Sieg nicht! Ganz im Gegenteil; hin und wieder zu verlieren wird Enric schlussendlich guttun. Menschen können immerhin lernen, an neuen Erfahrungen zu wachsen."

"Das ist die Art von Unterstützung, die sich jeder Mann wünscht", erklang hinter ihr Enrics trockene Stimme. "Du bist doch nicht immer noch verstimmt wegen unseres Gesprächs am Nachmittag?"

"Das bin ich nicht", schnaubte sie. "Und selbst wenn das der Fall wäre, wäre es nicht ganz ungerechtfertigt. Ich meine ja nur." Dann grinste sie. "Aber lass dir versichern, dass ich deine Niederlage bedaure. Und zwar ganz enorm."

"Sehr glaubwürdig", seufzte er und schüttelte den Kopf. "Zumindest bist du zufrieden, weil du denkst, ich hätte bekommen, was ich verdiene. Ein Mann muss sich zuweilen mit nichtigen Erfolgen zufriedengeben."

Vern gluckste. "Besonders mit einer mürrischen Gefährtin in einem fortgeschrittenen Schwangerschaftsstadium."

"Ich mag schwanger sein, bin aber dennoch beträchtlich stärker als du, *mein Freund*", knurrte sie. Ihr Blick wanderte über die Menge, die sich in zahlreiche kleine Gruppen aufgespalten hatte, in denen die Vorkommnisse während des Spiels diskutiert oder an diejenigen weitergegeben wurden, die gekommen waren, um vom Ergebnis zu erfahren.

Sie sah Ram'an, der mit einem Mann, von dem sie wusste, dass es sich dabei um seinen jüngeren Bruder handelte, sowie drei Frauen, die sie noch nie gesehen hatte, beisammenstand. Er fing ihren Blick auf, dann wandte er sich ab.

Es dauerte einen Moment, bis sie sich daran erinnerte, dass sie einstweilen keinen öffentlichen Umgang miteinander pflegen sollten. Zumindest nicht in einer Art und Weise, die darauf hindeutete, dass zwischen ihnen alles in Ordnung war. Darüber verspürte sie einen Stich von Bedauern. Das bedeutete auch, dass sie nicht mehr miteinander zu Mittag oder Abend essen oder sich gelegentlich auf eine Kanne Tee treffen würden.

Nachdem sie es endlich geschafft hatten, diesen ganzen Wirrwarr zwischen ihnen in etwas wie eine beginnende Freundschaft zu verwandeln, mussten sie nun vorgeben, einander zu grollen, obwohl es nicht stimmte. Wer auch immer hinter all dem steckte, würde einen ordentlichen Tritt von ihr verpasst bekommen, sobald sie ihn gefunden hatten.

KAPITEL 32

Neuigkeiten aus dem Norden

Skepsis breitete sich auf Eryns Gesicht aus, als das Klopfen an der Tür ertönte. Sie hielt an ihrer Schale mit Essen fest. "Das sind definitiv schlechte Nachrichten, davon bin ich überzeugt. Leute, die Mahlzeiten unterbrechen, überbringen niemals frohe Kunde. Soviel kann ich euch sagen."

Orrin stellte seine Schüssel beiseite und stand auf um zu sehen, wer an der Tür war. Nur wenig später kehrte er mit einem gefalteten Stück Papier, adressiert an das Oberhaupt von Haus Aren, zurück.

Enric nahm es entgegen und überflog die wenigen Zeilen. Seine Augenbrauen wanderten nach oben.

"Worum geht es?", fragte Eryn nervös. "Ich wette, ich hatte Recht. Es sind schlechte Neuigkeiten, oder?"

"Das kann ich nicht wirklich sagen. Es ist ein Aufruf zu einer Senatsversammlung in einer halben Stunde. Ich würde sagen, dass ein dermaßen kurzfristig angesetztes Zusammentreffen noch dazu so spät am Abend sehr wahrscheinlich bedeutet, dass es ein Problem gibt", nickte er, bevor er mit gerunzelter Stirn zu ihr aufsah. "Golir ersucht mich, dich ebenfalls mitzubringen."

"Mich?" Sie schluckte einen zu großen Bissen und zog eine Grimasse, während sich der Klumpen schmerzhaft ihre Speiseröhre hinabkämpfte. "Und sonst steht da nichts weiter? Kein Hinweis?"

"Überhaupt nichts", antwortete Enric ruhig. Aber er hegte einen bestimmten Verdacht. Aus der Notiz ging hervor, dass dieses Zusammenkommen, anders als sonst, nicht für die Öffentlichkeit zugänglich war. Keine Zuseher. Das bedeutete, dass es sich um eine heikle Angelegenheit handelte, die aus irgendeinem Grund noch nicht allgemein bekannt werden sollte. Und die Tatsache, dass Eryn ebenfalls um ihre Anwesenheit gebeten wurde, wies wahrscheinlich darauf hin, dass sie persönlich davon betroffen war.

Die Kombination dieser beiden Gedankengänge führte zu einer logischen Schlussfolgerung - die Nachricht betraf Malriel und war vermutlich alles andere als ermutigend.

Er grübelte darüber nach, ob ihr wohl etwas zugestoßen sein mochte und hoffte inständig, dass dies nicht der Fall war. Aber was auch immer es war, es würde sie sehr wahrscheinlich noch eine Weile von der Heimkehr abhalten. Oder es erforderlich machen, dass er Eryn zurück nach Anyueel schickte, um sie und seinen Sohn zu schützen, weil ein Krieg erklärt wurde.

Diese Gedanken schob er beiseite. Das wäre der schlimmste aller Fälle, und darüber würde er sich nur dann sorgen, wenn es nicht anders ging.

Er bemerkte, dass Eryn ihn aus schmalen Augen beobachtete. Mittlerweile fiel es ihr leichter, Bruchstücke seiner Emotionen aufzufangen; in den Monaten seit ihrem Eintritt in das Kommitmentband dritten Grades hatten sie sich besser auf einander eingestellt. Eine Entwicklung, die er wahrhaftig würdigte, die aber in Situationen wie diesen ein wenig unbequem war. Er zog es doch vor, wenn er derjenige war, der ihre Geheimnisse enthüllte, nicht umgekehrt.

"Rede", sagte sie nur, der Unterton in ihrer Stimme eine Spur bedrohlich.

"Es ist nur Spekulation", meinte er und zuckte die Schultern. "Ich will dich nicht unnötig beunruhigen."

Sie stieß einen Seufzer aus und setzte ihr Mahl fort. Ihrer Erfahrung nach tendierten Enrics Vermutungen dazu, sich zu bewahrheiten. Aber er würde ihr seine Gedanken nicht mitteilen. Seine Lippen waren aufeinandergepresst. Nicht zu einer dünnen Linie des Zorns, aber doch genug, um seine Entschlossenheit zu signalisieren.

Beunruhigt beobachtete Junar die beiden. "Sollen ich oder Orrin euch zum Senat begleiten?"

"Ich fürchte, das wird nicht möglich sein", lehnte Enric das Angebot ab. "Die Öffentlichkeit ist von der Versammlung ausgeschlossen."

Malhoras Blick erstarrte und sie stand abrupt auf, um die anderen leeren Schüsseln auf dem Tisch zusammenzusammeln und in die Küche zu bringen. "Ich werde mitkommen." Enrics hochgezogene Augenbraue ließ sie nur grimmig lächeln. "Sie können verlangen, dass ich mich von der Senatshalle fernhalte. Aber ich bezweifle, dass irgendjemand von ihnen mutig genug ist, um es tatsächlich zu versuchen. Die meisten erinnern sich noch an die Zeit, als ich Senatorin war. Für einige davon sind das keine besonders angenehmen Erinnerungen."

Sie wechselte einen langen Blick mit Enric, der daraufhin langsam nickte. Malhora war sich offensichtlich ebenso wie er selbst im Klaren darüber, worum es bei den Neuigkeiten wohl ging.

"Iss auf, Maltheá", befahl ihre Großmutter kurzangebunden. "Wir müssen bald aufbrechen."

Eryn stellte ihre halb aufgegessene Mahlzeit zur Seite. "In Ordnung, ich bin ohnehin bereits voll. Wirf es aber nicht weg, ich werde das später aufessen", fügte sie hinzu, als Malhora ihre Schüssel wegnahm.

Enric half ihr auf die Beine, damit sie die Toilette aufsuchen konnte und wartete dann mit einen Schal auf sie, der ihre Schultern warmhalten sollte.

Wenige Minuten darauf waren sie auf dem Weg zum Stadtzentrum. Eryn beobachtete, wie beide schweigend mit besorgten Mienen neben ihr hergingen. Ein unangenehmes Gefühl beschlich sie. Beide bekümmert, keiner von ihnen bereit, mit ihr darüber zu reden...

Als es ihr klar wurde, blieb sie stehen, woraufhin Enric sich umdrehte, als ihre Hand seinem Griff entschlüpfte.

"Ihr denkt, dass Malriel etwas zugestoßen ist, nicht wahr?", beschuldigte sie die beiden.

"Das wissen wir nicht", erwiderte Enric ausweichend und warf Malhora einen warnenden Blick zu, als sie sagte: "Das wäre möglich."

Eryn knirschte mit den Zähnen und versuchte herauszufinden, warum ihr das Sorgen bereitete. Enric ergriff erneut ihre Hand, um sie mit sich zu ziehen. Lag es an dem Gedanken daran, dass sie hier mit Enric als Oberhaupt von Haus Aren festsitzen könnte, oder waren ihre Ängste eher persönlicher Natur?

Sie schluckte und entschied, sich mit dieser Frage erst zu befassen, falls sich herausstellte, dass die Neuigkeiten tatsächlich Malriel betrafen. Sich jetzt damit auseinanderzusetzen war unnötig. Der Grund für die Vorladung des Senats mochte immerhin ein vollkommen anderer sein. Es war nur ein dämlicher Zufall, dass ihr Gehirn im Augenblick nicht dazu in der Lage war, mit einem anderen plausiblen Szenario aufzuwarten.

Als sie um die nächste Ecke bogen, kam das majestätische Senatsgebäude mit seinem Kuppeldach in Sichtweite. Es war heller beleuchtet als sonst um diese Zeit.

Nur eine der drei Doppeltüren am oberen Ende der Stufen stand offen; zweifellos, um sicherzustellen, dass nur diejenigen eintraten, die zur Teilnahme an der Versammlung berechtigt waren.

Eryn sandte einen schwachen Energieimpuls in ihre Beine, damit die Stufen keine gar so große Herausforderung mehr darstellten. Sie wollte die Senatshalle nicht außer Atem betreten.

Wenngleich die Versammlung erst in etwa zehn Minuten beginnen sollte, waren beinahe alle Senatoren sowie die drei Triarchen bereits anwesend und unterhielten sich miteinander.

Genau wie Malhora vorhergesagt hatte, wurde kein Versuch unternommen, sie vom Eintreten abzuhalten. Ganz im Gegenteil - sie wurde mit einer Ehrerbietung behandelt, die ihre Enkelin dazu veranlasste sich zu ihr umzudrehen und zu flüstern: "Du musst eine recht furchterregende Senatorin gewesen sein. Sogar diejenigen, die zu jung sind, um dich selbst erlebt zu haben, müssen von dir gehört haben. Sie wenden ihren Blick ab!"

Die alte Frau lächelte selbstzufrieden. "Ich war als beachtliche Gegnerin bekannt."

Sie wandten sich der vertrauten männlichen Gestalt zu, die mit ernster Miene näherkam. Valrad.

"Eryn, mein liebes Kind, was tust du denn hier? Die Vorladung ist nur für Senatoren", meinte er stirnrunzelnd.

"Golir bat mich darum, sie mitzubringen", erklärte Enric.

Valrads Gesicht wurde von einem Augenblick zum nächsten ausdruckslos. "Ich verstehe."

Eryn schluckte. Sofortige Emotionslosigkeit war immer verräterisch, wenn es natürlicher gewesen wäre, mit Sorge oder Verwirrung zu reagieren.

"Du denkst also ebenfalls, dass es um Malriel geht", sagte sie. "Du brauchst meine Gefühle nicht zu schonen..." Nach kurzem Zögern und einem Blick auf die Leute in Hörweite fügte sie hinzu: "...Vater."

Kurz drückte Valrad ihre Schulter, bevor er zu seinem Platz neben Vran'el zurückkehrte, der ihr zuwinkte, nachdem er sie mit einem fragenden Blick bedacht hatte.

Sobald der letzte Senator eingetroffen war, wurden die Türen geschlossen, und Enric begab sich mit den beiden Frauen zu den Plätzen in der ersten Reihe, die für die Aren Senatoren reserviert waren. Ein Diener brachte rasch einen dritten Stuhl von den unbesetzten Reihen im rückwärtigen Bereich herbei.

Als alle Platz genommen hatten, erhob sich Torke'na von ihrem Sitz zwischen den beiden männlichen Triarchen, woraufhin sich augenblickliches Schweigen über den Saal senkte.

"Senatoren", wandte sie sich an die Anwesenden, dann fügte sie nach einem Seitenblick auf den Aren Tisch hinzu: "und Gäste. Wie euch aufgrund der Kurzfristigkeit der Vorladung zweifellos klar ist, gibt es wichtige Neuigkeiten zu besprechen. Wir haben Nachricht aus Pirinkar erhalten. Die Kunde ist bestürzend." In der kurzen Pause, die sie einlegte, wanderte ihr Blick zu Enric, Eryn und Malhora, bevor sie fortfuhr: "Die Verhandlungen sind zum Stillstand gekommen. Malriel wurde inhaftiert, und es wurde ein Verfahren gegen sie in die Wege geleitet."

Eryn schluckte hart und starrte die Frau auf dem Podium an. Malriel im Gefängnis? Das waren üble Nachrichten, ganz egal von welchem Standpunkt aus. Sie sah zu Enric.

Seine Kiefermuskeln waren angespannt, seine Augenbrauen zusammengezogen, seine Augen schmal, während er darauf wartete, dass Torke'na weitersprach.

"Welche Vorwürfe wurden gegen meine Tochter erhoben?", verlangte Malhoras scharfe Stimme zu wissen.

Dieses Mal sprach Golir. "Man beschuldigt sie, einen Mann aus einer bedeutenden religiösen Gemeinschaft in ihr Bett gezwungen zu haben."

Die Todesstille, die dieser Aussage folgte, war verstörend, so wie es vollkommene Ruhe in einem Raum voller Menschen zu sein pflegte.

Erneut war es Malhoras Stimme, die erschallte. "Malriel zeigte noch niemals besondere Zurückhaltung, wenn es darum ging, mit Männern ins Bett zu gehen, wie euch allen bewusst ist." Sie stand auf. "Doch was auch immer sonst man über Malriel von Haus Aren sagen mag", ihre klare Stimme wurde von den glatten Wänden und der Kuppel über ihnen zurückgeworfen, "*dumm* war sie niemals. Und ebenso wenig musste sie sich jemals darum sorgen, nicht genügend willige Bettpartner zu ihrer Verfügung zu haben. Ganz im Gegenteil." Mit erhobenem Kopf blitzte sie die versammelten Senatoren an, als wollte sie dazu herausfordern, ihr zu widersprechen. Keiner tat es. "Das ist eine Taktik, um die Verhandlungen zu stoppen. Um das zu erreichen, griffen sie auf ihre am besten bekannte Schwäche zurück. Sie wurde hereingelegt", schloss sie mit absoluter Überzeugung.

Golir betrachtete die alte Frau, bevor er ruhig nickte. "Ja, davon gehe ich ebenfalls aus. Nun ergibt sich die Frage, was wir diesbezüglich zu unternehmen gedenken. Was wir unternehmen können."

"Jemand muss dorthin reisen und Nachforschungen anstellen. Und die Verhandlungen fortsetzen, wenn es irgendwie möglich ist", meldete sich Uvel von Haus Tokmar zu Wort. "Wer auch immer dies geplant hat, beabsichtigt womöglich, einen Krieg zwischen unseren Ländern zu entfachen. Wir müssen rasch handeln."

Dies löste eine Welle besorgten Gemurmels unter den Senatoren aus.

Gebannt verfolgte Eryn die Vorgänge um sich herum, noch immer nicht ganz sicher, wie genau es ihr nach dieser Enthüllung erging. Malriel befand sich offensichtlich in Gefahr. Was war das Schlimmste, das man ihr dort antun konnte? Als wie gravierend wurde das Vergehen von erzwungener sexueller Interaktion dort erachtet? War es schwerwiegend genug für eine Todesstrafe, falls man sie für schuldig befand? Bei dem Gedanken zog sich ihr Magen zusammen.

Im Umgang mit ihrer eigenen Tochter hatte sich Malriel weder als rücksichtsvoll, noch als ehrenhaft erwiesen, hatte zuerst versucht, sie verurteilen und in Takhan unter Hausarrest stellen zu lassen, und sie dann noch mit einem hinterhältigen und verdammenswerten Trick geschwängert.

Und doch erkannte Eryn, dass sie Malriel nicht den Tod wünschte, wie verwerflich auch immer ihr Verhalten war. Damit wäre sie der Chance beraubt, sich dafür eines Tages an der Königin der Dunkelheit zu rächen.

Und da war auch noch Angst, wie ihr klar wurde. Angst um Malriel. Wie unverdient auch immer das zweifellos war.

Sie spürte, wie sich Enrics Finger um ihre Hand schlossen und sie beruhigend drückte.

Enric atmete langsam aus, wissend, dass sie keinesfalls mit dem einverstanden sein würde, was er im Begriff war zu tun. Doch es sah so aus, als gäbe es keine andere Wahl.

Das Geistesband vermittelte ihm nur allzu deutlich ihre Angst, den Schock und ihr Bedauern. Sie hasste ihre Mutter nicht. Oder zumindest nicht in einem Ausmaß, das die stärkeren Gefühle zu übermannen vermochte, die sie irgendwo in ihrem Inneren begraben hatte.

Enric ließ Eryns Hand los und stand langsam auf. Anstatt das Wort zu ergreifen stand er einfach nur ruhig dort und wartete darauf, dass die erregten Diskussionen um ihn herum verstummten.

Als dies schließlich eingetreten war, erhob er seine Stimme. "Ich werde gehen."

Drei simple Worte mit immensen Auswirkungen. Zahllose aufgerissene Augen starrten ihn an. Allein Malhoras waren geschlossen in einer Geste der Erleichterung, wie er vermutete.

Er spürte Eryns Aufruhr und vermied es, sie anzusehen. Ein mächtiger Strom an Ärger, Furcht, Schock und Entsetzen brach über ihn herein, mächtig genug, um ihm zu zeigen, dass sie es absichtlich vermied, ihre Emotionen abzuschirmen. Sie wollte, dass er spürte, was er ihr antat.

"Nein", erklärte ihre Stimme neben ihm überraschend kühl und beherrscht, "ich denke nicht, dass das eine gute Idee ist."

Eryn drückte sich aus ihrem Stuhl hoch und wandte sich an den Senat, ohne ihren Gefährten eines Blickes zu würdigen. Sie kämpfte darum, die Kontrolle zu behalten und vernünftig zu erscheinen. Man würde ihr nicht zuhören, wenn sie hysterisch und emotional wirkte, und sie musste dafür sorgen, dass diesem Irrsinn ein Ende bereitet wurde.

Als sämtliche Augen auf ihr ruhten, fuhr sie fort: "Ich beschwöre euch, die Auswirkungen in Betracht zu ziehen, die es nach sich ziehen könnte, einen Ausländer in ein Land zu schicken, mit dem ihr einen Krieg zu vermeiden versucht. Einen Krieger, der kaum genug Zeit in Takhan verbracht hat, um eure Kultur in einem Ausmaß zu verinnerlichen, das es ihm erlauben würde, euch angemessen zu repräsentieren."

"Sie hat Recht", ertönte eine weitere Stimme.

Sie sah zu Vran'el hinüber, dankbar für seine Unterstützung. Kurz verspürte sie Enrics Ärger auf ihren Bruder, doch dessen nächste Worte ließen sie nach Luft schnappen.

"Aus diesem Grund werde ich ihn begleiten. Ich weiß genug über unsere eigenen Gesetze und Handelsbelange, um in Übereinstimmung mit unseren Interessen zu verhandeln. Ich bin ein Senator, was mich zu einem ordnungsgemäßen Repräsentanten aus Takhan macht. Außerdem habe ich zumindest einen oberflächlichen Überblick über das Rechtssystem im Norden. Das mag sich als hilfreich erweisen, um Malriel aus ihren Schwierigkeiten herauszuhelfen."

Eryn starrte Valrad an, als könnte sie ihn mit bloßer Willenskraft zum Eingreifen bewegen. Sein Gesicht war blass, und er presste seine Lippen aufeinander. Offenkundig war er darüber alles andere als glücklich, hatte sich aber aus irgendeinem Grund dafür entschieden zu schweigen.

Plötzlich ergriff eine seltsame Empfindung Besitz von ihr, als hätte sich der Boden unter ihren Füßen zu bewegen begonnen. Sie spürte, wie Enrics Hand auf ihrem Arm sie behutsam zurück in ihren Stuhl drückte.

"Bitte bring sie nach Hause", hörte sie ihn zu Malhora sagen. Die nickte unverzüglich und erhob sich von ihrem Stuhl, um seiner Bitte nachzukommen.

"Nein." Eryn schüttelte den Kopf und klammerte sich so fest an die Armlehnen, dass ihre Knöchel weiß hervortraten. Einfach fortzugehen war keine Option; sie musste bleiben und den Senat davon überzeugen, wie absurd diese schreckliche Idee war, ihren Gefährten und ihren Bruder dorthin zu schicken und sie solch einer Gefahr auszusetzen. Es musste einen anderen, besseren Weg geben, etwas zu unternehmen. Da musste es noch andere Leute geben, die man entsenden konnte. Leute, die ihr nicht dermaßen nahe standen.

"Eryn, bitte", flehte er sie leise an. "Wir werden das zuhause bereden. Das verspreche ich."

Sie sandte einen bitterbösen Blick zu ihm empor. "Nein! Du wirst mich nicht einfach wie ein Kind nach Hause schicken! Ich werde meine Meinung in dieser Sache kundtun, und dann werden wir sehen, ob ich überhaupt noch mit dir reden will", fauchte sie.

"Ihr Argument bezüglich seines Status als Ausländer ist nicht ganz unberechtigt", warf Anfer von Haus Ulverd ein. "Das mag etwas seltsam anmuten, selbst wenn er einen von uns bei sich hat."

"Nicht irgendeinen von uns", bemerkte Vran'el, "sondern einen weiteren Senator und Erben eines Hauses. Ein Oberhaupt eines Hauses, auch wenn er ein Ausländer ist, und ein Erbe eines weiteren Hauses sollten ausreichend signalisieren, wie ernst wir diese Angelegenheit nehmen."

"Und für den Fall, dass etwas schiefläuft, könnt ihr immer noch behaupten, der Ausländer hätte nicht in eurem besten Interesse gehandelt", fügte Enric hinzu. "Ihr alle kennt mich, und zwar nicht nur in meiner aktuellen Funktion als Oberhaupt eines Hauses, sondern ihr hattet auch ausreichend Gelegenheit, mich in meiner vorherigen Funktion als Botschafter zu beobachten. Ihr habt gesehen, wie ich Verhandlungen durchgeführt, wie ich mich an eine fremde Kultur, der ich nie zuvor begegnet war, angepasst und wie ich mit den Schwierigkeiten umgegangen bin, denen meine Gefährtin und ich uns damals gegenüber sahen." Sein Blick sprang einen Moment lang zu Ram'an für den Fall, dass irgendjemandem nicht klar war, auf welche Art Ärger er sich bezog.

"Es besteht kaum ein Zweifel darüber, dass du qualifiziert bist, Enric", sprach nun Valrad, seine Stimme seltsam hohl. "Die Frage ist eher, weshalb du dermaßen versessen darauf bist. Malriel vermag sich möglicherweise allein aus ihren Schwierigkeiten zu befreien; es könnte sein, dass man sie freispricht." Er sah seine Tochter an. "Und deine Gefährtin wird in wenigen Wochen dein Kind gebären."

Einen Moment lang schloss Enric die Augen. Der Vorwurf in diesem letzten Satz war mehr als deutlich gewesen. Und das war die eine Sache, die es ihm so schwierig machte, dieses Angebot auszusprechen. Doch es waren seine Gefährtin und sein Sohn, für die er es tat.

"Ich werde innerhalb von ein paar Wochen zurückkehren; rechtzeitig, um meiner Gefährtin beizustehen, wenn sie unseren Sohn zur Welt bringt", erwiderte er milde. "Zudem weiß ich, dass sie in guten Händen sein wird, solange ich fort bin." Dann wandte er sich an die anderen Senatoren. "Ich möchte einen Krieg vermeiden, um unser aller willen. Ich mag kein Bürger eures Landes sein, doch meine Gefährtin hat hier Familie, und ich bin für den Schutz eines Hauses verantwortlich. Nach meinem Dafürhalten kann ich nützlicher sein, wenn ich an den Ort reise, wo ich mich direkt um die Bedrohung kümmern kann, anstatt darauf zu warten, dass wir ihr hier gegenüberstehen."

"Wer wird die Führung von Haus Aren übernehmen, solange du fort bist? Da diese Mission unschwer länger dauern mag als du denkst, wirst du ein vorübergehendes Oberhaupt bestimmen müssen", gab Legara von Haus Finran zu bedenken.

Eryn spürte, wie ein kalter Schauer sie durchzuckte bei den Worten, die sehr auffällig unausgesprochen blieben: dass ein anderes Oberhaupt für das Haus festgelegt werden musste, da die minimale Chance bestand, dass er nicht mehr zurückkehren würde.

Enric wandte sich zu Malhora um. "Wärst du willens, diese Verantwortung bis zu meiner Rückkehr auf dich zu nehmen, Malhora? Mir fällt niemand ein, der fähiger wäre, das Haus zu führen."

Die alte Frau warf ihm einen bedauernden, aber entschlossenen Blick zu. "Nein, das wäre ich nicht. Vor langer Zeit gab ich diese Funktion auf und fühle mich nun zu alt dafür, um die Bürde erneut auf mich zu nehmen." Sie ließ ihren vielsagenden Blick zu ihrer Enkeltochter wandern, bevor er zu Enric zurückkehrte.

Langsam nickte er. "Ich verstehe." Er wandte sich wieder Legara zu. "In diesem Fall überlasse ich Maltheá von Haus Vel'kim die Führung von Haus Aren, bis Malriel oder ich zurückkehren."

Eryns Kopf zuckte in seine Richtung, und sie starrte ihren Gefährten wutentbrannt an. Niemals hätte sie gedacht, dass sich diese Situation noch weiter zum Schlimmeren wandeln konnte. Sie öffnete den Mund, um ihn zu fragen, ob er von allen guten Geistern verlassen war, doch keine einzige Silbe wollte herauskommen. Ihr Hals war zugeschnürt und trocken. Sogar das Schlucken bereitete ihr enorme Mühe, vom Sprechen ganz zu schweigen.

Enric sah, wie einige der Senatoren wortlos nickten. Malriels Tochter verantwortlich für Haus Aren. So hätte es ohnehin sein sollen, also gab es keinerlei Einwände.

"Ich sage, wir stimmen gleich jetzt darüber ab. Uns läuft die Zeit davon, wir müssen rasch handeln", regte Voreld von Haus Ordel an.

Die drei Triarchen auf ihrem Podest wechselten ein paar Blicke, dann nickte Torke'na und stand auf. "Gibt es irgendwelche weiteren Fragen oder Beanstandungen, die besprochen werden müssen?" Ihr Blick wanderte von einem Senator zum nächsten, und als sich niemand meldete, nickte sie. "Dann rufe ich zur Abstimmung für oder gegen die Entsendung von Enric von Haus Aren und Vran'el von Haus Vel'kim nach Pirinkar auf, damit sie Malriel dabei unterstützen können, gegen die Vorwürfe anzukämpfen, die man gegen sie erhoben hat. Diejenigen von euch, die dafür stimmen, mögen nun ihren Arm heben."

Eryn schloss die Augen. Bitte nicht, beschwor sie das Schicksal, die Sterne oder welche anderen Kräfte auch immer das Ergebnis beeinflussen konnten. Als sie sich dazu zwang, die Männer und Frauen um sich herum anzusehen, unterdrückte sie ein Schluchzen. Die Anzahl der erhobenen Arme zeigten auch ohne zu zählen eine eindeutige Mehrheit zugunsten der Idee.

Sie sah, wie Valrad, beide Arme vor sich verschränkt, geradeaus starrte. Ram'ans Arm jedoch war erhoben. Sein Blick fing den ihren ein, und sie konnte darin sein Mitgefühl erkennen.

Die Vehemenz, mit der sie aufsprang, ließ den Stuhl nach hinten kippen und mit einem Knall auf dem Boden aufschlagen. So rasch wie es ihr gerundeter Bauch zuließ wirbelte sie herum und stürmte zur Senatshalle hinaus, dicht gefolgt von ihrer Großmutter.

Enric ließ langsam seinen Atem entweichen und errichtete einen Schild gegen ihre Emotionen, bevor er seine Stimme erhob. "Ich danke dem Senat für das Vertrauen, das er in mich setzt und werde mein Bestes geben, um mich dessen würdig zu erweisen. Ich werde in zwei Tagen aufbrechen." Dann wandte er sich der Triarchie zu. "Da gibt es noch eine Sache, die vor meiner Abreise erforderlich ist." Er holte tief Luft und spürte, wie sich alles in ihm gegen die Worte sträubte, die er im Begriff war auszusprechen. Die Mühsal, die es ihm bereitete, sie hervorzupressen, bereitete ihm beinahe körperliche Schmerzen. Nicht einmal in seinen schlimmsten Alpträumen hätte er sich vorgestellt, sie eines Tages von sich geben zu müssen, besonders nicht nach so kurzer Zeit.

"Ich erbitte hiermit die Erlaubnis, mein Kommitmentband dritten Grades mit Malthéa von Haus Vel'kim aufzulösen."

KAPITEL 33

Die Auflösung des Bandes

Enric saß auf den Kissen im Hauptraum und starrte blicklos vor sich hin. Es musste kurz vor Mitternacht sein. Eryn war bereits zu Bett gegangen, als er vom Senat zurückgekehrt war, und er musste zugeben, dass er darüber erleichtert war. Es bedeutete, dass er ihr noch nichts von dem Kommitmentband berichten musste.

Die Triarchie hatte die Auflösung ohne zu zögern genehmigt. Golir hatte ihm für seine Bereitschaft zu dem großen Opfer gedankt, um dem Senat zu dienen, und Enric wusste, dass es keine leeren Worte gewesen waren. Golir war bewusst, wie schwierig es für Enric gewesen war, Eryn damals zu überzeugen, dass sie das Band mit ihm einging.

Doch die Worte waren - wie aufrichtig auch immer sie gemeint waren - natürlich kaum ein Trost. Enrics Hände fühlten sich kalt an, und sein Magen hatte sich zu einem harten, massiven Knoten geformt.

Er schloss die Augen bei dem Gedanken daran, das Geistesband zu verlieren, diese enge Verbindung, die er als Segen und Geschenk erachtet hatte, selbst wenn sie nicht eben erbaut darüber gewesen war und es bislang gerade einmal tolerierte. Er würde die häufigen Anflüge von Ärger vermissen, die ihn stets neugierig machten, mit wem sie böse war, wer sie provoziert hatte. Oder Wellen an Vergnügen, wo er es kaum erwarten konnte, sie am Abend zu sehen, damit er sie fragen konnte, was sie ausgelöst hatte.

Allein in seinem Kopf zu sein würde einsam werden. Bereits die bloße Vorstellung vermittelte ihm das Gefühl, als sollte ihm ein Teil seiner Selbst entfernt, einfach entrissen, außer Reichweite fortgesperrt werden.

Er blinzelte. Aber war das tatsächlich erforderlich? Mit der Auflösung des Bandes wollte er ihr die Pein der Trennung von ihm ersparen, aus der das Band eine wahre Plage machen würde. Vergebens würde es immer weiter versuchen, sie zueinander zu ziehen. Und dann war da noch die Gefahr, dass man ihn in Pirinkar folterte oder ihm sonstige Schmerzen zufügte, falls die Dinge dort so richtig übel verliefen. Somit würde sie seine körperlichen Schmerzen und seine Verzweiflung miterleben. Davor wollte er sie bewahren. Sie jetzt zu verärgern und zu verletzen musste es wert sein, ihr später mögliche Agonien zu ersparen.

Das bedeutete aber nicht, dass er das Band ebenfalls aufgeben musste. Es konnte auch nur von einer Person entfernt werden. So war es in Malriels Fall geschehen. Eryns Vater - nun, Onkel - hatte den Rest seines Lebens mit einem intakten Band verbracht. Valrads Worte von früher kamen ihm in den Sinn. Dass es Ved'al einiges an Energie und Lebensfreude gekostet haben musste, sich außer Reichweite seines Gegenstücks zu befinden. Offensichtlich hatte der Mann es dennoch vermocht, mehrere Jahre lang ein guter Vater und mitfühlender Heiler zu sein.

Das bedeutete, dass er selbst in der Lage sein musste, diese Strapaze der Trennung ein paar Wochen lang zu erdulden. Im Austausch dafür würde er Eryns Gefühle bei sich haben. Gedankenverloren nickte er.

Als er ein leises Klopfen an der Tür hörte, stand er auf. Gut; darauf hatte er nun schon eine Weile gewartet. Er gewährte Ram'an Zutritt, dann drehte er sich wortlos um und führte seinen Besucher in sein Arbeitszimmer.

Enric setzte sich nicht, sondern trat ans Fenster, um in den Garten hinauszublicken. Es war eine herrliche Nacht mit einem hell leuchtenden Vollmond, der die mannigfaltigen Bäume, Büsche und Blumen in sanft schimmerndes Licht tauchte. Eine Nacht für einen romantischen Spaziergang, für verstohlene Küsse, für Versprechen ewiger Ergebenheit. Wie das Versprechen, das er Eryn am Ende ihres ersten Besuchs gegeben hatte und das zu halten ihm nun abverlangte, ihren Bund zu brechen.

Er wandte sich ab von dem gefälligen Anblick, der seine düsteren Gedanken zu verspotten schien.

Ram'an brach das Schweigen mit seinen leisen Worten. "Du wolltest mich sehen?"

Enric richtete sich auf. "Ja, das wollte ich. Danke, dass du um diese Zeit hergekommen bist. Aber wie du dir wohl vorstellen kannst, habe ich mich um einiges zu kümmern, und dafür bleibt mir vor meiner Abreise nur noch wenig Zeit." Sein Blick verließ das Gesicht seines Besuchers, um das Mitgefühl zu meiden, das er dort erkennen konnte. Er fuhr fort: "Ich möchte, dass du dich um Eryn kümmerst, solange ich fort bin. Sie wird das nicht gut aufnehmen. Du hast es bereits zuvor fertiggebracht, ihr ein Freund zu sein, als sie einen brauchte und niemand anderer zu ihr durchzudringen vermochte. Ich verlasse mich darauf, dass du für sie da sein wirst."

"Das werde ich", erwiderte das Oberhaupt von Haus Arbil ohne weiteren Kommentar. Der Tonfall seiner Stimme bezeugte, dass dies das Natürlichste der Welt für ihn war.

Enric nickte knapp. "Da ist noch mehr. Noch immer ist die Frage offen, wer hinter dem Feuer und dem Tanz bei Intreas Veranstaltung steckt. Ich will, dass du denjenigen findest, der dahintersteckt und sicherstellst, dass diese Person eine angemessene Bestrafung erhält. Dafür werden dir sämtliche finanziellen Ressourcen, die du benötigen solltest, zur Verfügung gestellt."

Er wartete auf Ram'ans Nicken, bevor er zum nächsten Punkt überging. "Es besteht die Möglichkeit, dass ich nicht zurückkehre", meinte er ruhig, als spräche er nicht von seinem eigenen Dahinscheiden, sondern einem Regenguss über dem Ozean. Er schob eine Akte auf seinem Schreibtisch in Ram'ans Richtung. "Hier im Hafen von Takhan liegen zwei Schiffe vor Anker. Ich habe nach einem dritten schicken lassen, das in zwei Tagen hier eintreffen sollte. Somit ist da ein Schiff für jedes Haus: Arbil, Aren und Vel'kim. Sollte es zu einer Kriegserklärung kommen und die Stadt kurz vor einem Angriff stehen, möchte ich, dass du das Kommando über die Schiffe übernimmst und sichergehst, dass sie alle in Sicherheit gebracht werden. Bring sie nach Anyueel." Sein Blick wanderte zu den Symbolen auf seinem Handgelenk. Morgen würden sie fort sein. Er ließ einen Finger darübergleiten, während er daran zurückdachte, wie er mit Eryn darüber diskutiert hatte, welche sie auswählen sollten.

"Für den Fall, dass ich nicht zurückkehre, möchte ich, dass du dich um Eryn kümmerst. Du hast einst gedroht, meinen Sohn als deinen eigenen aufzuziehen." Er hob den Kopf und starrte in Ram'ans Augen. "Darauf möchte ich jetzt zurückkommen. Sollte ich mein Leben verlieren, fallen all meine weltlichen Güter an Eryn. Ich habe Dokumente bei Lord Tyront hinterlegt, die eine vollständige Liste sämtlicher Unternehmungen in meinem Eigentum enthalten", schloss er und vernahm seine eigene Stimme wie durch dichten Nebel hindurch. Kam all das tatsächlich aus seinem Mund? Beauftragte er gerade wirklich den Mann, der erst vor einem Jahr versucht hatte, ihn seiner Gefährtin zu berauben, damit, seinen Sohn großzuziehen und die Kontrolle über seine Geschäfte zu übernehmen?

Er spürte, wie seine Knie schwach wurden und hielt sich mit Mühe aufrecht. Schwäche konnte er sich nicht leisten. Nicht jetzt.

Ram'an trat einen Schritt auf ihn zu, dann hob er eine Hand zu Enrics Nacken, um seinen Kopf heranzuziehen und seine Stirn gegen die des blonden Magiers zu legen.

"Ich werde ihre Sicherheit für dich gewährleisten, mein Freund. Verwende deine Energien darauf, dich auf deine Pflichten dort oben zu konzentrieren. Um Eryn brauchst du dich nicht zu sorgen. Möge dich deine Entschlossenheit zum Erfolg führen und deine sichere Rückkehr zu uns sicherstellen."

Ram'an ließ seine Hand wieder sinken, dann strafften beide Männer ihre Schultern, ihre Mienen entschlossen. "Allerdings würde ich dir raten, deine Energie eher auf die Erreichung deines Ziels zu richten, anstatt Maßnahmen für dein Scheitern zu ergreifen. Obwohl ich natürlich sehe, warum du auf beides vorbereitet sein musst." Er verbeugte sich. "Ich sehe dich morgen für die Entfernung des Bandes."

Enric nickte und sah zu, wie er hinausging und die Tür sorgsam hinter sich schloss, um niemanden zu wecken.

Die Entfernung des Bandes. Dies würde sich wahrscheinlich als der schlimmste Tag seines Lebens erweisen. Zumindest hoffte er das inständig. Für die Erduldung von etwas noch Qualvollerem fehlte es ihm an Stärke.

Eine plötzliche Eruption von Zorn und Abscheu vor sich selbst ließ ihn seine Faust so hart auf den Tisch hämmern, dass ein Abdruck auf der Oberfläche zurückblieb. Ram'an hatte Recht! Er musste sich seinen zukünftigen Erfolg vor Augen führen und dem Selbstmitleid Einhalt gebieten. Es war, als würde er sich auf seinen Tod vorbereiten anstatt darauf, einen Krieg zu vermeiden.

Genug davon. Es gab Arbeit zu erledigen.

* * *

Trotz der fortgeschrittenen Tageszeit lag Eryn noch immer im Bett. Das Frühstück hatte sie ausgelassen und Junar fortgeschickt, als sie einen Überredungsversuch gestartet hatte, um Eryn dazu zu bewegen, zumindest mit ihr und Orrin gemeinsam zu Mittag zu essen. Außer für ein paar kurze Ausflüge zum Badezimmer hatte sie den Raum nicht verlassen. Das Baby übte Druck auf ihre Blase aus.

Ein paar Mal war Enric aufgetaucht und hatte versucht, mit ihr zu reden, doch sie hatte ihn einfach ignoriert, bis er wieder fortgegangen war, um sich um all das zu kümmern, was auch immer noch vor seiner Abreise am folgenden Tag erledigt werden musste.

Sie starrte an die Zimmerdecke, während ihre Gedanken um das eine Thema kreisten, das sie seit ihrem Erwachen vor einigen Stunden beschäftigte: Enrics Entschlossenheit, Malriel zu folgen.

Schon seit einiger Zeit war sie beunruhigt darüber gewesen, dass Enric sich zu ihr hingezogen fühlen mochte. Malriel - gewandt, elegant und selbstsicher mit ihrer Vorliebe für jüngere Männer, deren Verlangen zu erwecken ihr keinerlei Mühe bereitete.

Träge überlegte sie, ob sie irgendwelche Gefühle dieser Art durch das Geistesband wahrnehmen hätte müssen, doch Enric hätte sich abschirmen können. Meist schaffte er es, den Schild rechtzeitig zu errichten, wenn er etwas für sich behalten wollte. Zuweilen konnte sie es an den kleinen verräterischen Anzeichen in seiner Mimik und Haltung erkennen, wenn er seinen Ärger oder seine Unruhe verbarg.

Sie fragte sich, wie sich sein Fortgehen auf sie beide auswirken würde. Würde das Geistesband daraus eine schleichende Folter für sie machen?

Worte, die sie vor langer Zeit zu Junar gesagt hatte, kehrten zu ihr zurück. Vor einem Spiegel stehend hatten sie sich damals für einen Ball zurechtgemacht, als sie Junar erklärt hatte, dass sie es überstehen würde, sollte Enric sich entschließen, mit einer anderen Frau wegzulaufen. Dass sie nicht von der eifersüchtigen Sorte wäre. Und dass sie ihn nicht dazu zwingen konnte, bei ihr zu bleiben, wenn es nicht das war, was er wollte. Worte, die in einer anderen Zeit, an einem anderen Ort, und, wie es jetzt schien, von einer anderen Person gesprochen worden waren.

Sie ignorierte das Klopfen an der Tür. Wahrscheinlich ein erneuter Versuch, sie zum Essen zu bewegen. Sie wusste, dass sie etwas zu sich nehmen musste, dass ihr Körper Nahrung benötigte, doch allein der Gedanke ließ sie erschaudern.

Die Tür wurde aufgedrückt, und Vran'el kam herein. Seine Miene zeugte von seiner Sorge.

"Herzblatt, du musst jetzt aufstehen", meinte er sachte.

Als sie darauf nicht reagierte, kam er näher und setzte sich neben sie. "Malhora sagt, sie wird kommen und dich an deinem Ohr in den Hauptraum zerren, wenn du nicht sofort dieses Bett verlässt", fügte er hinzu. "Ich weiß nicht, wie es dir geht, ob Aren Frauen einander vielleicht nicht fürchten, aber für mich klang die Drohung recht ernstzunehmend."

Eryn hegte keinerlei Zweifel, dass ihre Großmutter jedes Wort davon ernst gemeint hatte und tatsächlich auftauchen würde, um ihren Worten Taten folgen zu lassen. Langsam setzte sie sich auf, dann bedeutete sie ihrem Bruder, ihr eine ausgeleierte Hose und eine der wenigen Tuniken zu reichen, die ihr noch passten.

"Warum bist du hier? Sag mir nicht, dass ihr euch bereits verabschiedet", meinte sie kühl.

"Es sind ein paar Leute hier, um dich zu sehen", informierte er sie widerwillig.

Sie zog die Stirn in Falten. "Welche Leute?"

Er stand auf. "Komm und finde es heraus."

Ihre Augen wurden schmal. "Warum wirkst du so ernst? Was geht hier vor sich?"

Mit einem Kopfschütteln öffnete er die Tür, damit sie als Erste hinausgehen konnte. Einen misstrauischen Seitenblick auf ihn werfend ging sie an ihm vorbei in den Hauptraum.

Einige Augenpaare wandten sich in ihre Richtung, als sie eintrat. Golir, Ram'an, Enric, Orrin und Valrad erhoben sich, als sie ihrer gewahr wurden. Jedes einzelne Gesicht drückte Bedauern und Mitgefühl aus.

Abrupt blieb sie stehen und sah jeden von ihnen an. "Was soll das? Was macht ihr alle hier?"

Enric war derjenige, der das Wort ergriff. Seine Stimme war leise und sanft, doch seine Worte ließen sie dennoch erstarren.

"Die Triarchie hat meiner Bitte zugestimmt, unser Band dritten Grades aufzulösen, Liebste." Beschwichtigend hob er die Hände. "Dass soll dir dabei helfen, meine Abwesenheit besser auszuhalten. Es wäre sonst beinahe unerträglich, wenn das Band uns ständig zueinander ziehen würde. Damit will ich dich nicht belasten."

Ihr Blick war tödlich, und sie ballte die Hände zu Fäusten. "Du bist drauf und dran, mich hier allein zu lassen - nur ein paar Wochen bevor ich deinen Sohn zur Welt bringe. Noch dazu mit der Verantwortung, mich um ein Haus zu kümmern. Und jetzt beginnst du dir Sorgen darüber zu machen, dass du mich *belasten* könntest? Wie ungemein rücksichtsvoll von dir", zischte sie. "Nun, mein Freund, ich habe Neuigkeiten für dich: Ich stimme nicht zu." Herausfordernd verschränkte sie die Arme vor ihrer Brust. "Dass ich darunter sogar noch mehr leide als allein durch deinen heldenhaften Drang, Malriel zu retten, wird eine Bürde sein, die *du* zu tragen hast."

Enric wirkte nicht überrascht, wie sie bemerkte. Offensichtlich war er auf ihre Weigerung vorbereitet gewesen.

"Nein. Diese eine Sache kann ich für dich tun."

Sie fluchte, als sie den Schild bemerkte, den er errichtet hatte, um sie vom Verlassen des Raumes abzuhalten.

"Du willst das wirklich durchziehen?" Ungläubig schüttelte sie den Kopf. "Du wirst das Band wahrhaftig gegen meinen Willen entfernen?" Ihre Augen suchten Golir. "Steht nicht einfach nur da! Unternehmt etwas! Das kann wohl kaum mit euren Gesetzen hier konformgehen! Vran'el, sag es ihm!"

Golir seufzte. "Du hast Recht, Maltheá. Im Normalfall entfernen wir ein Band nicht, wenn nicht beide Partner zustimmen. Wir tun es nur dann, wenn ein triftiger Grund dafür vorliegt. Was hier eindeutig der Fall ist."

"Dann helft ihr ihm also dabei, mich einfach so zurückzulassen?", flüsterte sie.

Enric schirmte sich vor ihren Gefühlen ab, als er spürte, wie seine Entschlossenheit zu wanken begann. Er musste sich in Erinnerung rufen, dass sie später nur noch mehr leiden würde, wenn er sie jetzt nicht dazu nötigte.

"Ich lasse dich nicht zurück, Liebste", sagte er sanft und machte einen Schritt auf sie zu. "Ich werde zurückkehren, sobald ich kann. Dann werden wir das Band erneuern."

Ihre Augen schwammen in Tränen, als sie den Kopf schüttelte und einen Schritt nach hinten trat. Oder es versuchte, bevor der Schild sie aufhielt. Ihr Blick wanderte zu den Gesichtern um sie herum. Keiner von ihnen würde ihr helfen. Nicht einmal Orrin, für den Enrics höherer Rang in der Vergangenheit niemals eine Rolle gespielt hatte, wenn es darum ging, das Richtige zu tun.

Ein Schluchzer entrang sich ihrer Brust, und dann spürte sie, wie sich Enrics Finger um ihr Handgelenk schlossen und er sie behutsam zu der Sitzgelegenheit zog.

"Ich werde nicht kooperieren", flüsterte sie. Man brauchte sie dafür, oder etwa nicht? Für die Entfernung des Bandes war mindestens die gleiche Menge an Magie erforderlich wie für dessen Errichtung, wenn ihre Erinnerung sie nicht betrog. Von diesen fünf Leuten war Malriel abwesend, und sie selbst würde nicht mithelfen.

Doch dann erkannte sie, weshalb sechs von ihnen anwesend waren, alle von ihnen starke Magier. Sie hatten nicht damit gerechnet, dass sie es freiwillig über sich ergehen lassen würde und hatten sichergestellt, dass sie gemeinsam über genug Magie verfügten, um Malriels Abwesenheit und ihre eigene Weigerung auszugleichen.

Enric setzte sich und zog sie neben sich, bevor er ihr einen Arm um die Schultern legte. Sie versuchte sich freizukämpfen, etwas Abstand zwischen sie zu bringen, doch selbst zu ihren besten Zeiten und ohne ihren runden Bauch hätte sie keine Chance gegen ihn gehabt.

Valrad trat näher und ging vor ihr in die Hocke. "Eryn, ich werde dich jetzt schlafen schicken. Sonst könnte dein Widerstand Schaden anrichten. Wir müssen eine Menge Magie einsetzen, und das wäre zu gefährlich, wenn du dabei um dich schlägst."

Sie starrte die Hand an, die er langsam zu ihrer Stirn hob und drehte den Kopf weg.

"Lass sie langsam abdriften", bat Enric.

Der Heiler nickte und ergriff dann ihre Hand, um nun von dort aus die Magie in ihren Körper zu entsenden.

Beinahe augenblicklich spürte Eryn die Auswirkungen des warmen Stroms an Magie, der sich federleicht durch ihren Arm den Weg zu ihrem Kopf bahnte. Ihre Glieder wurden schlaff, ihre Atmung verlangsamte sich, ihre Augenlider wurden schwer und begannen sich zu senken.

Enrics Hand drehte ihr Gesicht zu ihm, damit er ihr in die Augen sehen konnte. Seine Stimme war weich, sein Blick eindringlich. "Eryn, ich liebe dich, mehr als alles andere. Ich will, dass du gut auf dich und unseren Sohn achtest, bis ich zurückkomme. Es schmerzt mich, dass ich dir das antun muss, doch es gibt keinen anderen Weg."

Seine Lippen auf ihren war das Letzte, was sie wahrnahm, bevor die Magie sie schlafen schickte.

Enric sah zu den Männern um sich herum auf, dann nickte er Golir zu. "In Ordnung, kümmern wir uns darum."

Alle fünf bezogen Stellung in einem Kreis um ihn und Eryn und platzierten ihre Hände auf seiner. Golir lenkte den Strom an Magie an den entsprechenden Ort und nickte den anderen dann zu.

"Es ist vollbracht. Sie ist von dem Band befreit. Nun du, Enric."

"Nein. Mein Band wird intakt bleiben", verkündete er und veränderte geringfügig Eryns Position in seinen Armen.

"Was?", brach es entsetzt aus Vran'el hervor. "Wovon redest du?"

"Enric", drängte Golir ihn, "ich rate dir dringend dazu, das noch einmal zu überdenken. Du bist dir darüber im Klaren, welche Auswirkungen dies womöglich während deiner Abwesenheit auf dich hat. Aus diesem Grund wolltest du deine Gefährtin von dem Band befreien. Wir brauchen dich stark und in der Lage dazu, dich auf deine Ziele zu konzentrieren, wenn du nach Pirinkar gehst. Niemandem ist geholfen, wenn du unter dem Band leidest."

Enric wirkte nur noch entschlossener. "Ich verstehe deine Bedenken, doch für mich wäre es wesentlich schlimmer, wenn ich nicht wüsste, wie es Eryn geht. Ich muss spüren, dass sie in Ordnung und wohlbehalten ist. Die Sorge um sie wäre eine noch enormere Ablenkung als vom Band zu ihr zurückgezogen zu werden. Ich kann damit umgehen. Ich weiß, dass ich es kann."

"Das wird sie nicht sein", stellte Orrin mit einem Blick auf die schlafende Gestalt fest.

"Verzeihung?", fragte Enric mit gerunzelter Stirn.

"In Ordnung und wohlbehalten. Das wird sie nicht sein. Du hast gerade ohne ihre Zustimmung das magische Kommitmentband von ihr entfernt und wirst sie zurücklassen, während sie mit deinem Kind hochschwanger ist. Ganz ehrlich, sie wird nicht in Ordnung und wohlbehalten sein. Und das wirst du spüren. Ist die Wahrnehmung ihrer Qual besser als keinerlei Gefühle zu empfangen, Enric?"

"Alles ist besser als Leere", erwiderte er leise. "Und ich kann mich immer noch vor den Gefühlen abschirmen, wenn eine Situation meine volle Konzentration erfordert."

"Ist das irgendeine fehlgeleitete Auffassung von Buße?", erkundigte sich Ram'an besorgt. "Denkst du, du müsstest den Schmerz teilen, den du ihr verursachst? Das wird die Sache für Eryn nicht leichter machen."

"Ich weiß. Und ich ersuche euch, ihr nichts davon zu sagen. Sie darf nicht darüber informiert werden, dass mein Ende des Bandes weiterhin intakt bleibt. Sie würde davon... nicht eben angetan sein", schloss er mit einem Seufzen.

"Darauf kannst du wetten", stimmte ihr Bruder zu und warf ihm einen ernsten Blick zu. "Und das verstehe ich auch. Es ist nicht richtig, Enric. Es ist, als würdest du ihre Gefühle ausspionieren."

Enric stand von seinem Platz auf, dann bückte er sich, um seine schlafende Gefährtin hochzuheben. "Ich verstehe deine Bedenken, Vran. Leider kannst du nichts dagegen unternehmen. Wenn ich mich weigere, das Band entfernen zu lassen, könnt ihr es nicht tun. Ohne meine Kooperation verfügt ihr nicht über genug Magie, um es zu tun." Seine Augen wurden schmal, als er Golir ansah. "Und ich denke nicht, dass ihr meine Bereitwilligkeit für diese Reise in den Norden hinauf riskieren wollt, indem ihr entgegen meinen Wünschen handelt."

Der Triarch hielt seinem Blick ungerührt stand, dann nickte er langsam. "Das wollen wir in der Tat nicht. Aber ich erachte dies ebenfalls nicht als weises Vorgehen."

"Das nehme ich zur Kenntnis. Und doch habe ich mich dafür entschieden."

Enric ging in Richtung des Schlafzimmers, das er in den letzten Monaten mit Eryn geteilt hatte und legte sie behutsam auf das Bett. Er stimmte mit Valrad überein, dass es am besten war, wenn sie seine Abreise verschlief. Aus diesem Grund war ihm wichtig, dass die letzten Worte, die sie aus seinen Mund vor seiner Abreise hörte, eine Zusicherung seiner Liebe und ein Versprechen seiner Rückkehr waren.

Als er sich umdrehte, um das Schlafzimmer wieder zu verlassen, sah er Vran'el, der mit verschränkten Armen gegen den Türrahmen gelehnt stand, seine Miene alles andere als zufrieden.

"Komm. Es gibt noch einiges zu erledigen, bevor wir morgen aufbrechen", bemerkte Vran'el, dann drehte er sich um und ging brüsk in Richtung Malriels Arbeitszimmer davon.

Enric spürte, wie seine Entschlossenheit ein weiteres Mal ins Wanken geriet. Nun war sein Reisegefährte verärgert. Das war keinesfalls ein guter Start für ihre gemeinsame Mission.

* * *

Gemächlich öffnete Eryn die Augen und ließ sie von der Zimmerdecke zum Fenster wandern. Nach der Sonne zu urteilen, musste es später Nachmittag sein. Sie fühlte sich ausgehungert.

Es dauerte mehrere Sekunden, bis ihre trägen Gedanken das Bild ihrer letzten wachen Momente zusammengefügt hatten. Fluchend schwang sie die Beine mit so viel Energie auf den Boden, wie es ihr derzeitiger Zustand zuließ. Sie trug ein Nachthemd, also hatte der Bastard sie ausgezogen, nachdem er das Kommitmentband gewaltsam entfernt hatte.

Sie riss die Tür auf und schrie seinen Namen. Da gab es einiges, das er sich nun anzuhören, Beschimpfungen, die er zu erdulden hatte. Und falls sie hinterher von einer besonders großzügigen Stimmung ergriffen wurde, gestattete sie ihm möglicherweise noch, einen Erklärungsversuch zu starten.

"Enric!", brüllte sie erneut, als keine Reaktion kam, und fügte ein wenig Magie hinzu, um die Reichweite ihrer Stimme zu erhöhen. Erst dann kam ihr der Gedanke, dass die kleine Téa womöglich schlief. Nun, jetzt wohl nicht mehr.

"Hör auf damit", erklang Malhoras Stimme aus dem Hauptraum. "Er ist fort. Komm und setz dich. Du musst etwas essen."

Eryns Atem stockte. Fort? Wo? Ganz bestimmt hatte er die Stadt noch nicht verlassen, oder etwa doch? Sie schluckte hart und ging langsam in den Hauptraum.

Malhora saß auf den Kissen, in ihren Armen Téa.

"Was meinst du mit *fort*?", fragte Eryn mit stechendem Blick.

"Er ist vor ein paar Stunden nach Pirinkar aufgebrochen", erklärte ihre Großmutter sachlich.

"Und das habt ihr mich einfach verschlafen lassen?", rief Eryn aus und starrte sie an. "Warum?"

"Er wollte es so", erwiderte die alte Frau schulterzuckend.

"Und dir hat es an Mut zum Ungehorsam gefehlt?", fauchte die jüngere Frau.

Malhora zuckte mit den Achseln und schaukelte das glucksende Kind. "Er war das Oberhaupt meines Hauses. Damit hat er ein gewisses Anrecht auf meinen Gehorsam."

Eryn stöhnte und ließ sich auf die Kissen sinken, dann schlug sie sich mit der flachen Hand an die Stirn. "Und jetzt bin ich das Oberhaupt des Hauses! Ich habe keine Ahnung, wie man sich um ein Haus kümmert! Was soll ich denn jetzt tun? Warum sollte irgendjemand auf mich hören? In eine Familie von Anführern geboren zu werden ist keine ausreichende Qualifikation, wenn man nicht von ihnen aufgezogen wurde." Sie blitzte ihre Großmutter an. "Du hast dich geweigert, als er dich darum bat! Warum tust du mir das an? Und warum haben sie alle Enric dermaßen bereitwillig bei der Entfernung des Bandes geholfen, obwohl ich ihnen sagte, dass ich dagegen sei?" Sie kämpfte sich erneut auf die Beine. In ihren Augen loderte der Zorn. "Sogar Orrin ist ihm zur Hand gegangen! Wie konnte er nur? Verdammt soll er sein, ich bin immerhin seine Vorgesetzte!"

"Dann gehe ich davon aus, dass du ihm befohlen hast, es nicht zu tun?"

"Was?" Eryn blinzelte, dann schüttelte sie den Kopf. "Nein, das habe ich nicht", sagte sie dann einfältig. "Und ganz sicher hätte das auch nicht nötig sein sollen!"

"Somit hat er grundsätzlich keine Befehle missachtet", erklärt Malhora gelassen, ihre Aufmerksamkeit noch immer auf das Kind in ihrem Arm gerichtet.

"Auf wessen Seite stehst du überhaupt? Ich hätte gedacht, dass eine Aren so behandelt zu sehen nicht gut für den einschüchternden Ruf ist, den ihr solange kultiviert habt", knurrte sie.

"Ah ja, ich verstehe. Somit betrachtest du dich schlussendlich doch als Aren?", schmunzelte Malhora unbeeindruckt. "Oder gilt das nur für den Moment, weil du es als Argument nutzen willst?"

"Wirklich? Das ist es, worauf wir uns jetzt konzentrieren?", bellte die jüngere Frau.

"Ich befürworte Ärger, wenn man mit einem schweren Schlag zurechtkommen muss - es zeugt von Stärke und ist nicht so armselig wie Selbstmitleid, Maltheá. Aber du machst das Mädchen nervös."

Und tatsächlich begann Téa einen Moment später, ihrem Unbehagen Ausdruck zu verleihen.

"Ich danke dir vielmals, dass du mir ein wenig Ärger zugestehst, nachdem mein Gefährte wegen einer anderen Frau davonläuft! Ich schätze, ich sollte jetzt ein Gebäude zum Einsturz bringen oder etwas in der Art?", spottete Eryn.

Malhora sah mit nachsichtiger Miene zu ihr auf. "Dummes Geschwätz. Er hat kein Verlangen nach Malriel."

"Was weißt *du* schon von Enric und seinem Verlangen? Du hast sie auf deinem Anwesen nur ein einziges Mal gemeinsam erlebt", schnaubte Eryn und verschränkte erzürnt die Arme. "Ich würde meinen, dass ein Mann, der loseilt, um eine Frau aus ihren Nöten zu retten, obwohl er bereits eine recht gepeinigte an seiner Seite hat, ein sehr deutliches Signal sendet."

"Junge Närrin", lachte Malhora leise. "Du hast von Malriel nichts zu befürchten. Nun, nicht im Hinblick auf deinen Gefährten. In allen anderen Bereichen würde ich in ihrer Nähe Vorsicht walten lassen. Das liegt an nichts anderem, als dass du dir in deinem aktuellen Zustand aufgebläht und plump vorkommst. Jetzt setz dich und iss etwas", befahl sie und deutete auf den Tisch, auf dem eine Schüssel voll mit Früchten stand. "Das ist nicht besonders viel, doch du hast in den letzten beiden Tagen nichts gegessen. Orrin wird bald zurück sein. Er ist heute Abend mit dem Kochen dran."

Eryns Blick verfinstere sich ob des Gefühls von Absurdität. Enric hatte die Stadt verlassen, um Malriel aus dem Gefängnis zu befreien und damit einen Krieg entweder auszulösen oder ihn zu verhindern, und diese Frau sprach mit ihr darüber, wer für das Abendessen zuständig war?

Erschöpft rieb sie sich über das Gesicht. "Ich brauche ein Bad."

"Zuerst musst du essen. Dann kannst du dein Bad nehmen. Und dann werden wir uns unterhalten."

"Ich muss nicht auf dich hören, alte Frau", schnappte Eryn. "Tatsächlich ist es sogar umgekehrt. Ich bin jetzt das Oberhaupt deines Hauses und brauche dich nicht, damit du mir sagst, was ich wann zu tun habe!"

Mitleidig schüttelte Malhora den Kopf. "Oberhaupt meines Hauses fürwahr", seufzte sie, als stellte diese Unterhaltung ihre Geduld auf die Probe. "Wenn du dich nicht augenblicklich hinsetzt und etwas isst, werden dich Orrin und ich festhalten und dich zwangsweise füttern. Das Kind in dir benötigt Nahrung!"

Schmollend setzte sich Eryn wieder hin und erinnerte sich vage an eine ähnliche Unterhaltung mit Orrin vor einigen Monaten, als sie ihm gegenüber betont hatte, dass er ihren Befehlen zu gehorchen hatte. Genau wie ihre Großmutter soeben hatte er sich geweigert und sie stattdessen dazu gebracht, das zu tun, was er wollte. Was darin bestanden hatte, sich zu waschen, eine Mahlzeit einzunehmen und ihm dann zu erklären, weshalb sie und sein Sohn bedeckt mit Staub, Holzsplittern und toten Spinnen in seinen Salon gekommen waren, nachdem sie einen Plan für das Heilergebäude gezeichnet hatten.

Es schien, als wäre ihre Autorität jetzt um nichts respekteinflößender als sie es damals gewesen war. Oder vielleicht musste sie sich für den Anfang nach Untergebenen umsehen, die sich müheloser beeindrucken ließen.

* * *

Aus dem Augenwinkel beobachtete Enric seinen Reisegefährten. Seit sechs Stunden waren sie nun bereits auf dem Weg, und Vran'el hatte seine Worte auf kurze Unterhaltungen bezüglich Richtung und Unterkunft beschränkt. Unverkennbar war er noch immer erbost über die einseitige Auflösung des Lebensbundes und damit des Geistesbandes. Und über Enrics Entscheidung, Eryn darüber im Dunkeln zu lassen.

Enric fasste den Entschluss, dass sie diese Reise nicht unangenehmer als nötig gestalten mussten. Der Jurist hatte nun jedenfalls genug Zeit zum Schmollen gehabt.

"Vran, rede mit mir", seufzte er. "Vier Tage unterwegs zu sein ist so schon eine lange Zeit. Mich zu ignorieren wird die Sache für keinen von uns leichter machen."

"Das ist auch nicht dazu gedacht, es dir leichter zu machen, Enric. Und was mich selbst betrifft, so bin ich ganz zufrieden mit meiner rechtschaffenen Entrüstung, vielen Dank", erwiderte der dunkelhaarige Magier steif.

"Ich weiß, dass du nicht einverstanden bist, wie ich damit umgegangen bin, aber ich habe getan, was ich für das Beste hielt. Das lässt sich nun nicht mehr ändern, also macht es keinerlei Sinn, böse mit mir zu sein. Ganz im Gegenteil. Wenn wir dieses Durcheinander ordentlich auflösen wollen, müssen wir als Team zusammenarbeiten, Vran."

"Das ist mir schon klar. Doch unsere Arbeit beginnt erst nach unserer Ankunft, also kann ich die Zeit bis dahin nutzen, um dir mein Missfallen zu demonstrieren", entgegnete Vran'el starrköpfig und starrte geradeaus.

Enric schluckte einen bissigen Kommentar und rückte die Kopfbedeckung zurecht, die er zum Schutz vor der gnadenlosen Sonne angelegt hatte.

Stechender Ärger, den er durch das Geistesband von Eryn empfing, brachten ihn gelegentlich ins Schwanken, und nun verschlimmerte Vran'els vorwurfsvolles Schweigen die Pein noch weiter. Und das alles, während sie endlose flache Weiten durchritten, die nur hin und wieder von ein paar besonders robusten Pflanzen unterbrochen waren, die der sengenden Hitze des Tages trotzten um dann den darauffolgenden Nachtfrost zu erdulden. Einfach umwerfend.

* * *

Eryn starrte auf die Papiere hinab, die quer über Malriels Schreibtisch verteilt lagen. An einem Punkt waren sie alle ordentlich gestapelt gewesen, aber seither hatte Malhora darauf bestanden, dass sie sich die wichtigsten Geschäftszweige von Haus Aren einprägte, ebenso wie die Namen aller größeren Familien, die damit verbunden waren und auch die Natur und Geschichte der Bündnisse mit anderen Häusern.

Sie hatte versucht, ihrer Großmutter klarzumachen, dass ein allzu tiefes Eintauchen in all das nutzlos war, da sie nur für ein paar Wochen einspringen würde. Doch im Gegensatz zu all den anderen Leuten um sie herum war Malhora von Haus Aren niemand, der unangenehme Wahrheiten beschönigte, um die arme Schwangere zu schonen.

Sie hatte einfach betont, dass es die realistische Möglichkeit gab, dass weder Enric noch Malriel aus Pirinkar zurückkehrten, was bedeutete, dass sie jahrzehntelang in dieser Position feststecken mochte.

Als Eryn sie als herzloses altes Weib bezeichnete, deutete Malhora nur wortlos auf den Papierstapel und kehrte dann in regelmäßigen Abständen in das Arbeitszimmer zurück, um Nahrung und Wasser zu bringen. Dann sah sie Eryn zu, bis sie alles aufgegessen hatte und zog sich wieder zurück.

Zumindest erwies sich das als hilfreiche Ablenkung davon, Enric zu vermissen und gleichzeitig zornig und enttäuscht zu sein. Sie fragte sich, ob darin Malhoras wahre Absicht lag, weshalb sie sie mit Aufgaben überschüttete, die ihre Gedanken beschäftigen sollten.

Als sich die Tür das nächste Mal öffnete, seufzte Eryn. "Ich bin voll, ich bringe keinen Bissen mehr hinunter. Geh weg."

"Da ist eine Nachricht für dich", sagte ihre Großmutter und legte ein kleines metallenes Nachrichtenröhrchen auf dem Papier ab, über dem sie gerade brütete. "Aus Anyueel."

Eryn stöhnte und hob das kleine Gefäß hoch. Der Deckel war mit dem königlichen Emblem geprägt. Der König schrieb ihr nur, wenn er einen Bericht verlangte, sie schalt oder ihr etwas abschlug.

Kurz fragte sich Eryn, ob er bereits über Enrics Abreise nach Pirinkar und ihre neue Position in Kenntnis gesetzt worden war. Zweifellos hatten entweder Orrin oder Kilan bereits geschrieben, um ihn und Tyront über die Neuigkeiten zu informieren.

Sie las die elegante Handschrift und schluckte. Der Monarch wusste in der Tat über alles Bescheid und war nicht glücklich darüber. Ungewöhnlich war, dass seine Worte weniger erzürnt als besorgt schienen. Das war untypisch. Sie hätte nicht einmal gedacht, dass diese Emotion überhaupt irgendwo in seinem Repertoire vorzufinden war.

Er drängte sie zur Vorsicht und auch dazu, ihre Suche nach dem Missetäter, der sie bedroht hatte, nicht zu vernachlässigen - trotz der doppelten Belastung ihrer fortgeschrittenen Schwangerschaft und der Übernahme des Hauses ihrer Mutter.

Ihre Augen gelangten bei seinen abschließenden Sätzen an. *Öffnet Eure Augen für die Gefahren des Hungers nach Macht und Status sowie den Zorn darüber, wenn beides entzogen wird, selbst wenn Ihr persönlich diesen Schwächen niemals anheimgefallen seid. Erinnert Euch daran, worüber wir während unseres letzten Tanzes vor Eurer Abreise sprachen!*

Ihr Herz schlug schneller. Das war eine Warnung, und zwar nicht von der Sorte, die er ihr normalerweise angedeihen ließ und die mehr oder weniger Drohungen waren, sich dem zu fügen, was er von ihr verlangte. Das hier war etwas anderes. Er wusste, wer hinter all dem steckte! Oder zumindest dachte er das. Aber er hatte sich in der Vergangenheit bereits nicht nur als ungemein gut informiert erwiesen, sondern auch als sehr fähig darin, die Stücke korrekt zusammenzufügen.

Sie ließ die Nachricht auf sich wirken und versuchte sich soweit zu beruhigen, dass sie an den Ball vor einigen Monaten zurückdenken konnte. Es war ein wirklich langer Abend gewesen, stundenlanges Tanzen… Damals hatte sie nicht mehr als ein paar Minuten mit ihm verbracht.

Und nun erwartete er von ihr, dass sie sich daran erinnerte, was er damals zu ihr gesagt hatte? Dachte er, dass seine Worte sich auf besondere Weise in ihrem Gedächtnis verankert hatten, bloß weil er der König war? Dass Aussagen, die der ruhmreiche Herrscher von sich gab, sich ihr zweifellos für die Ewigkeit einprägen würden? Er war gerade der Richtige, um über Status und Machthunger zu reden, dachte sie mürrisch.

"Was ist los?", wollte Malhora wissen.

Nachdenklich studierte Eryn ihre Großmutter für eine kurze Weile. Sie musste sehr sorgsam erwägen, wem sie ihr Vertrauen schenkte, doch die Chancen, dass diese Frau hier sie betrog, waren gering. Sie war ein ehemaliges Oberhaupt von Haus Aren und hatte die Position bereitwillig aufgegeben anstatt von ihrer ehrgeizigen Tochter abgedrängt worden zu sein. Und als Enric ihr die Gelegenheit geboten hatte, diese Macht erneut zu der ihren zu machen, hatte sie sie nicht ergriffen.

Somit würde Malhora wohl kaum irgendeine Verbitterung gegen Eryn hegen, weil sie nun, wie widerwillig auch immer, das Sagen hatte. Viel eher wäre sie daran interessiert herauszufinden, wer vermessen genug war, um sich auf solch ein gefährliches Spiel mit Haus Aren einzulassen. Eine stolze, energische Frau, die es nicht billigen würde, wenn andere damit davonkamen, ihrer Familie Schaden zuzufügen.

"Und?", lächelte Malhora wissend. "Genüge ich den Anforderungen?"

Zweifellos war ihr Verstand ebenso scharf wie ihre Zunge. Eigenschaften, die Eryn respektierte.

"Mein König gemahnt mich zur Vorsicht. Ich vermute stark, dass er weiß, wer hinter den jüngsten Angriffen steckt. Ich wünschte, er würde es mir einfach sagen anstatt mir Rätsel zu schicken", schnupfte sie und ließ den Papierstreifen auf den Schreibtisch fallen.

"Er wäre töricht, so etwas zu tun. Vögel werden zuweilen abgefangen, und wenn er ein wichtiges Mitglied der Gesellschaft beschuldigt, oder auch nur jemanden in Verbindung damit, würde es nicht gut ankommen." Sie deutete auf die Nachricht. "Darf ich?"

"Ich bitte darum."

Malhoras Augen wanderten die wenigen Zeilen entlang. "Ich gehe davon aus, dass die Frage sinnlos ist, ob du dich an das Gespräch erinnerst, auf das er sich bezieht?"

Eryn nickte, ihre Brauen frustriert zusammengezogen.

Ihre Großmutter spitzte die Lippen. "Das ist bedauerlich. Seine Worte grenzen die Zahl an Verdächtigen nicht gerade ein. Ganz im Gegenteil. Leute mit einer Gier nach Macht sind in dieser Stadt nicht schwer zu finden. Die Herausforderung besteht eher darin, jemanden zu finden, auf den das nicht zutrifft", bemerkte sie trocken.

Beide wandten sich um, als ein weiteres Klopfen ertönte. Junar trat ein, ihre Tochter mit einer farbenfrohen Stoffbahn um ihren Oberkörper geschlungen.

"Vogel von zuhause", verkündete die Schneiderin.

Eryn blinzelte. "Was, noch einer? Zwei an einem Morgen?"

Sie schraubte den Deckel ab und schüttelte eine weitere zusammengerollte Nachricht heraus.

"Die ist von Erbál", sagte sie. Als sie sie durchgelesen hatte, hob sie den Kopf und sah ihre Freundin an. "Junar, bitte geh und schließ die Tür hinter dir. Da gibt es etwas, das ich mit Mal... Großmutter besprechen muss", sagte sie.

Die Schneiderin nickte kurz und zog sich dann zurück. Weggeschickt zu werden, damit vertrauliche Angelegenheiten erörtert werden konnten, war ihr nicht fremd. Nicht mit einem Gefährten, der einen Sitz im Rat der Magier innehatte.

Sobald Junar fort war, warf Eryn das Papier auf den Schreibtisch, sodass es neben dem ersten zum Liegen kam. "Er schreibt beinahe genau das Gleiche wie der König! Er weiß es ebenfalls! Warum in aller Welt haben die zwei auf der anderen Seite des Meeres es geschafft, das herauszubekommen, während ich vollkommen ahnungslos bin!", rief sie händeringend aus. "Was übersehe ich nur?"

"Was genau schreibt der junge Erbál?", fragte Malhora geduldig.

"Er ist weniger förmlich als der König. Er meint, ich soll meine verdammten Augen öffnen und endlich damit anfangen, logische Schlüsse zu ziehen. Dass ich beinahe all die Informationen habe, die ich brauche, um die richtige Person festzunageln und mich ordentlich um die Sache zu kümmern. Er schreibt, ich solle nicht vergessen, dass eine gute Tat für eine Person großes Pech für eine andere bedeuten mag."

"Letzteres klingt ein wenig nach einer Binsenweisheit", grübelte Malhora.

"Kann ich irgendetwas tun, um diesen Schlamassel aufzulösen auch ohne diese kryptischen Nachrichten von zuhause verstanden zu haben? Soweit ich weiß, haben Enrics Untersuchungen bislang nicht wirklich etwas Nützliches aufgedeckt. Nach meinem Verständnis war es bislang eine Frage des Ausschließens von Möglichkeiten." Eryn seufzte und streckte sich müde. "Wie schade, dass ich im Moment nicht offen mit Ram'an reden kann. Wir müssen noch immer den

Eindruck aufrechterhalten, dass wir schlecht aufeinander zu sprechen sind. Ich hätte wirklich gerne mit ihm darüber geredet."

"Ja, ein gescheiter Kerl. Malriel traf eine gute Wahl, als sie die Kommitment-Vereinbarung mit seinem Haus unterzeichnete."

Die jüngere Frau bedachte ihre Großmutter mit einem vernichtenden Blick. "Du bist dir im Klaren darüber, dass uns diese Vereinbarung jede Menge Ärger beschert hat? Ich finde es recht geschmacklos, dass du dich auf so heitere Weise darauf beziehst."

"Geschmacklos?", gluckste die alte Frau. "In einer meiner geschmacklosen Stimmungen hast du mich eindeutig noch nicht erlebt. Meine Bemerkung war nichts anderes als die simple Wahrheit. Dass ich meine Anerkennung einem Mann gegenüber ausdrücke, indem ich ihn als einer Aren für würdig erachte, ist das höchste Lob, das ich aussprechen kann."

Eine Weile betrachtete Eryn ihre Großmutter stirnrunzelnd, dann seufzte sie. "Also schön, ich gestehe dir deine recht verdrehte Art und Weise zu, mit der du Komplimente aussprichst. Obwohl ich dich warnen muss, dass mich Sätze, die die Worte *Malriel* und *Kommitment-Vereinbarung* enthalten, zur Weißglut treiben."

"Alles in Verbindung mit deiner Mutter treibt dich zur Weißglut", bemerkte Malhora. "Für eine Aren ist das eine recht normale Reaktion. In der Regel kommen wir mit unseren Müttern nicht besonders gut aus."

"Ist das nicht recht bedauerlich? Es sollte dir etwas über die Wertehaltung solch einer Familie vor Augen führen."

"Das ist der Preis, den wir für das Bewahren unserer Stärke bezahlen. Unsere Mütter sind unsere beachtlichsten Gegnerinnen, von denen wir am meisten lernen. Und", fügte sie mit einem schiefen Lächeln hinzu, "wir gleichen diesen Mangel an engen Mutter-Tochter-Beziehungen aus, indem wir lernen, gut mit unseren Großmüttern auszukommen."

Das brachte Eryn zum Lachen. "Dann bin ich also doch eine Vorzeige-Aren?"

"Du bist eigensinnig, fordernd und kommst schlecht mit Niederlagen zurecht. Ich sehe nicht, dass irgendwelche Zweifel darüber bestünden, dass du so sehr Aren bist, wie man es nur sein kann. Auch wenn du etwas weiter gegangen bist als die Meisten, indem du deinem eigenen Haus entsagt hast, um dich des Zugriffs deiner Mutter zu entziehen. Darüber bin ich nicht besonders erfreut, doch Malriel riskierte mehr als klug war, indem sie diese Anschuldigungen gegen dich erhob. Und wir bekamen im Gegenzug Enric, was auch nicht eben ein schlechter Tausch war."

Eryn legte eine Hand auf ihren Bauch und zog die Stirn in Falten. "Wie kommen wir in der Regel mit unseren Söhnen zurecht? Sind diese Beziehungen ebenso problematisch?"

"Nein, üblicherweise nicht. Du weißt bestimmt, was man darüber sagt, dass es eine besondere Bindung zwischen Müttern und Söhnen gibt. Söhne von Aren Frauen rebellieren gewöhnlich gegen ihre Väter, da diese im Normalfall das schwächere Ziel sind."

Eryn verzog das Gesicht. Irgendwie wollte ein Szenario, in dem Enric das schwächere Ziel bot, so überhaupt nicht passen.

KAPITEL 34

Auf Reisen

Enric wischte sich mit dem Tuch um seinen Hals über das Gesicht, um den Sand loszuwerden, der sich unablässig seinen Weg in jede Lücke zu bahnen schien. Die Hitze war erdrückend, und seine Gedanken kreisten ständig um die Vorstellung, wie er ein kaltes Bad nahm. Ein dekadentes Bild mitten in der Wüste, eines, das er keinesfalls in Worte kleiden würde, wenn sie ihre Unterkunft für diese Nacht erreicht hatten.

Die Qualität des Lichts hatte sich vor einer Weile zu wandeln begonnen; der Tag näherte sich langsam seinem Ende.

Er warf einen Blick in Vran'els Richtung. Der wirkte recht unbeschwert auf seinem Pferd, allem Anschein nach unbeirrt von der brütenden Hitze. Enric fragte sich, weshalb ihn das überraschte. Der Jurist war immerhin ein Einheimischer, und das war kaum sein erster Ausflug in die Wüste.

Und doch wirkte er in der Stadt stets wie ein Kunstwerk, etwas, das Vern mit seinen Pinseln und Farben erschaffen haben mochte: jedes Detail seines Erscheinungsbildes einwandfrei, keine verirrte Haarsträhne, seine Haut stets makellos als wäre sie unempfindlich gegenüber alltäglichen Dingen wie Schmutz und Schweiß.

Enric vermutete, dass es ihn eine Menge Zeit kostete, diese optische Perfektion zu erreichen, doch nun überdachte er diese Unterstellung. Gewiss, Vran'el sah nicht mehr wie der reiche Rechtsgelehrte und Erbe aus, der er war; und doch wirkte er keineswegs zerzaust, klamm vor Schweiß oder als hätte ihn ihre alles andere als bequeme Reise auf dem Rücken eines Pferdes durch die Wüste sonst irgendwie in Mitleidenschaft gezogen.

Er schien einfach nur seine Stadtpersönlichkeit inmitten von unaufdringlichem Luxus für eine andere ausgewechselt zu haben, die besser zu seinem aktuellen Umfeld passte. Weniger perfekt zurechtgemacht, aber dennoch nicht einmal ansatzweise schlampig.

In den letzten paar Stunden hatten sie nicht viel gesprochen, und in Enric war die Sorge gewachsen, dass ihm sein Reisegefährte tatsächlich für den Rest der Reise die kalte Schulter zeigen würde. In solch einer harschen Umgebung wäre ein gelegentliches freundliches Wort zumindest ein kleiner Trost gewesen.

Vran'el hielt sein Reittier an und deutete am Horizont auf etwas, das nach einer Anzahl von spitzen Objekten aussah, die in den Himmel ragten.

"Dort. Das ist unser Ziel für heute. Dieser Stamm hat auf Golirs Anfrage hin zugestimmt, uns für heute Nacht zu beherbergen", erklärte er. "Im Allgemeinen sind sie nicht besonders glücklich darüber, wenn sie um einen Gefallen dieser Art gebeten werden; ihre Meinung von uns Stadtbewohnern ist keine besonders gefällige. Sie denken, wir seien verweichlicht und wären vom Weg unserer Vorfahren abgekommen. Ihre Sorgen beziehen sich nicht auf Angelegenheiten des Staates, sondern darauf, wie man hier draußen überleben kann, Sandstürme übersteht und rechtzeitig die nächste Wasserstelle erreicht. Sie ziehen es vor, dass man sie in Frieden lässt und wollen nicht zu viel mit unseresgleichen zu tun haben. Das ist nur eine Warnung, nicht zu viel Enthusiasmus von ihnen zu erwarten. Sie werden uns die Nacht über bleiben lassen und uns versorgen, doch sie werden uns keine Träne nachweinen, wenn wir morgen früh weiterziehen. Versuch es nicht als Beleidigung aufzufassen."

"Das werde ich nicht", versprach Enric. "Irgendetwas, worauf ich achten sollte?"

"Das eine oder andere. Betrachte ihre Frauen nicht zu unverhohlen. Anders als in der Stadt ist das kein Zeichen von höflichem Interesse, sondern wird als ungezogen erachtet und so interpretiert, dass du dir Freiheiten herausnimmst, weil du dich mit ihnen einlassen willst. Hier draußen werden Frauen nicht als gleichberechtigt betrachtet - sie werden hauptsächlich für die Kindererziehung und häusliche Pflichten eingesetzt. Unser System in der Stadt, wo eine Tochter die Macht des Hauses sichert, finden sie abscheulich. Vermeide es also zu erwähnen, dass du deiner Gefährtin die Verantwortung für Haus Aren übertragen hast. Was den Rest betrifft, solltest du einfach meinem Beispiel folgen. Tue was ich tue, gib Informationen nicht freiwillig preis, sondern nur, wenn du gefragt wirst."

Langsam nickte Enric, während er sich fragte, wie sich Menschen im gleichen Land dermaßen voneinander unterscheiden konnten, wenn es um ihren Lebensstil und ihre Werte ging. Immerhin waren sie nur einen Tagesritt von der Stadt entfernt. Und doch war es, als träfe er auf eine vollkommen andere Kultur.

Nun, zumindest würde es sich als hilfreiche Übung für das Anpassen seines Verhaltens erweisen. Zweifellos würde er genau das tun müssen, sobald sie ihr Ziel in Pirinkar erreichten.

Jeder von ihnen nahm einen langen Schluck von seinem Wasserbeutel, bevor sie sich wieder in Bewegung setzten. In dieser Monotonie mit ihren gelegentlichen Flecken bestehend aus ausgebleichten und halbverwelkten Pflanzen, die dem harten Klima trotzten, war es schwierig, Entfernungen einzuschätzen. Es würde wohl noch eine Stunde oder zwei dauern, bis sie die Zelte erreichten.

Enric heilte die Schmerzen in seinem Rücken und machte sich erneut auf. Er freute sich darauf, vom Pferd absteigen zu können, etwas zu essen zu bekommen und sich früh zur Ruhe zu begeben.

Er hoffte, dass er noch einen Blick auf das kleine Buch werfen konnte, das Ram'an ihm vor ihrer Abreise aus Takhan zukommen hatte lassen.

* * *

Eryn starrte den Vertragsentwurf vor sich an und fragte sich, wie in aller Welt sie entscheiden sollte, ob die Bedingungen darin für Haus Aren vorteilhaft waren oder nicht.

Waren zehn Prozent vom Umsatz zu viel, um dafür im Gegenzug Zugriff auf ein Verteilungsnetzwerk für Früchte zu erhalten? Wie viel bezahlten die anderen Häuser dafür? Machte es einen Unterschied, um welche Art von Früchten es sich dabei handelte?

Erschöpft seufzte sie und lehnte sich in ihrem Stuhl zurück. Danach würde sie Malhora fragen müssen. Wieder einmal.

Das Klopfen an der Tür war eine willkommene Ablenkung, und sie lächelte, als Vern eintrat und auf seiner Handfläche, die Finger gespreizt, ein Tablett mit Früchten balancierte.

"Hallo du. Deine Großmutter sagt, du musst das alles essen. Sie wird es überprüfen", grinste er und stellte das Essen vor ihr ab.

Sie lachte und griff mit zwei Fingern nach einem gelben Stück, um es sich in den Mund zu schieben. "Ich habe mich schon gefragt, wann die nächste Ladung fällig wird. Irgendwie kommt es mir vor, als würde ich den ganzen Tag damit verbringen zu verschlingen, was sie vor mich hinstellt."

Vern zuckte mit den Schultern. "Sie sorgt sich um dich und will sich um dich kümmern."

"Ich weiß. Sonst würde ich diese Frau und ihre herrische Art nicht dulden." Sie bemerkte ein Blatt Papier in Verns Hand. "Was hast du da? Ein weiteres Meisterstück, das ich mir aneignen sollte, bevor diese gierigen Heiler beginnen, horrende Preise dafür zu bieten?"

"Du bist einer dieser gierigen Heiler", erinnerte er sie gutmütig und hob das Blatt, damit sie einen Blick darauf werfen konnte.

Sie schnappte nach Luft. Die Zeichnung bildete das Gesicht eines Mannes ab - eines, das sie problemlos wiedererkannte. Es war derjenige, der sie bei Intreas Veranstaltung zu dem Verführungstanz aufgefordert hatte. Sie hatten die Suche nach ihm aufgegeben, da ihn nur Vran'el, Ram'an und sie selbst gesehen hatten. Jetzt, wo ihr Bruder fort war, und sie selbst und Ram'an einem Haus vorstanden, bestand wenig Hoffnung darauf, ihn irgendwie zu fassen zu bekommen. Oder zumindest hatte sie das gedacht.

"Wie ist das möglich?", stieß sie hervor und starrte das Bild an.

Ungebeten nahm der Junge Platz und lächelte grimmig. "Ram'an suchte mich heute Morgen in der Akademie auf. Er meinte, er wollte etwas ausprobieren. Dann beschrieb er das Gesicht des Mannes, so gut er sich erinnern konnte und bat mich, es zu zeichnen. Eine geraume Weile und viele gescheiterte Versuche und zahllose Korrekturen später war er zufrieden. Und wenn ich mir deine Reaktion gerade eben ansehe, ist das Abbild recht gut."

Sie nickte bedächtig. "Ja, das ist es tatsächlich. Was will er denn nun damit tun? Es überall herumzeigen und fragen, ob jemand diesen Mann gesehen hat?"

"Ja, das wäre der Plan. Er meinte, ich sollte dich zuerst einen Blick darauf werfen lassen und dann Änderungen vornehmen, falls du dich anders an das Gesicht erinnerst. Ich soll noch eine weitere Zeichnung mit kürzeren Haaren und eine oder zwei mit verschiedenen Bärten anfertigen, falls er sein Erscheinungsbild verändert hat, um unerkannt zu bleiben. Dann will er die Bilder Leuten zeigen, die viel mit Magiern in Kontakt stehen und sehen, ob sie sich an das Gesicht erinnern."

Eryn rieb sich über das Gesicht und seufzte. "Aber es müssen sich mindestens vierhundert Magier in der Stadt aufhalten! Und damit zähle ich die Besucher nicht mit, sondern nur die, die hier ansässig sind."

Vern nickte. "Das stimmt. Aber die Frauen können wir ausschließen, und auch alle Männer über und unter einem gewissen Alter. Ram'an sagt, wir suchen nach einem Mann mit ungefähr dreißig Jahren, etwa in seiner Größe, aber etwas stärker gebaut als er. Ich würde meinen, dass dies die Auswahl erheblich einschränkt."

Widerwillig nickte sie. Das klang plausibel, war aber wahrscheinlich wesentlich komplizierter als es klang. Der Mann würde gewiss versuchen, im Verborgenen zu bleiben. Sobald er herausfand, dass nach ihm gesucht wurde, mochte er sogar die Stadt verlassen, um der Gefangennahme zu entgehen. Und mit ihm würde dann auch die Chance verschwinden, diejenigen aufzuspüren, die dahintersteckten.

Er lächelte ihr beruhigend zu. "Keine Sorge. Ich habe das Gefühl, dass Ram'an weiß, was er tut." Dann nickte er zu dem Bild vor ihr. "Also? Gibt es noch etwas, das du ändern willst, oder kann ich die Variationen und Abzüge anfertigen, die er braucht?"

"Nein, das passt so für mich. Geh und mach deine Sache." Sie reichte ihm die Zeichnung. "Es ist wirklich nützlich, dich in der Nähe zu haben, mein Freund", lächelte sie anerkennend. "Könntest du Malhora zu mir schicken, wenn du sie siehst? Ich brauche hier etwas Hilfe."

Vern nickte. "Sicher, kein Problem. Sie erwähnte, dass sie Téa baden will, also schätze ich, dass es eine Weile dauern könnte." Er überlegte kurz, dann fügte er hinzu: "Ich mag es, wie sie mit meiner Schwester umgeht. Das macht sie weniger furchteinflößend."

* * *

Enric streckte sich auf der Matte aus, die er mitgebracht und auf dem mit Teppichen bedeckten Boden des kleines Zeltes ausgerollt hatte, das ihm und Vran'el zugewiesen worden war.

Genau wie Vran'el erwartet hatte, war ihnen kein besonders warmes Willkommen zuteil geworden. Sie waren begrüßt, mit Essbarem versorgt und dann sozusagen in ihr Zelt geschoben worden. Das war vielleicht nicht die herzlichste Behandlung, doch das kam ihnen beiden gerade recht, da es auf jeden Fall weniger anstrengend war, sich ohne großartige höfliche Konversation zur Ruhe begeben zu können als bei jedem Wort darauf achten zu müssen, nicht versehentlich seine Gastgeber zu beleidigen.

Enric zog das dunkelbraune Buch heraus, das Ram'an ihnen überlassen hatte. Es war ein Tagebuch, das er während seiner eigenen Reise in den Norden vor mehr als fünf Jahren geführt hatte. Ihm war gestattet worden, seinen Onkel, Golir, zu begleiten, als er sich zu einem der seltenen Besuche aufgemacht hatte, um über Handelsangelegenheiten zu sprechen.

Er klappte es auf der ersten Seite auf. Es begann mit Ram'ans ersten Eindrücken.

"Er schreibt, dass sie dort von Titeln besessen sind", murmelte Enric.

"Ist das so?", grinste Vran'el spöttisch. "Dann sollte es dir nicht allzu schwer fallen, dich dort einzufügen, nicht wahr, mein Lord?"

"Ich fürchte, bei denen übersteigt das sogar jenes Maß, das mein Land als angemessen erachtet. Sie bestehen darauf, bei jeder Gelegenheit mit ihrem vollständigen Namen und Titel angesprochen zu werden. Und soweit ich das hier sehen kann, dürfte das bei einigen Leuten bedeuten, dass wir eine Menge auswendig lernen müssen. Sie benutzen akademische Titel für alltägliche Anreden, und dann gibt es da noch einen weiteren, der den Rang in der Familie anzeigt, und schlussendlich fügen sie noch ihre berufliche Funktion hinzu."

Er deutete auf eine Anmerkung in Großbuchstaben, die doppelt unterstrichen war. Es war eine Warnung, niemals irgendjemanden mit einer abgekürzten Form des Namens anzusprechen, mit der die Person vorgestellt worden war, sofern man nicht ausdrücklich dazu aufgefordert wurde.

Der Jurist verzog das Gesicht. "Das bedeutet, dass wir uns all diese Informationen von jeder einzelnen Person merken müssen, die uns vorgestellt wird?"

"So sieht es wohl aus, ja", bestätigte Enric und blätterte ein paar Seiten weiter, bis er fand, worauf er gehofft hatte. "Hier ist ein

Überblick über das allgemeine System und die wichtigsten Titel, die sie benutzen. Sie haben drei verschiedene akademische Titel, die jeweils unterschiedliche Ebenen anzeigen. Davon ist *Lam* der gewöhnlichste; er wird nach dem Abschluss der Studien einer Disziplin verliehen. Dann gibt es noch *Etor*, der hohe akademische Würden kennzeichnet, und schlussendlich *Gistor*, der nur von denen geführt werden darf, die außergewöhnliche Leistungen in ihrem Fachbereich erbracht haben."

"Lam, Etor und Gistor", wiederholte Vran'el mit geschlossenen Augen, um sich die Titel zu merken. "In Ordnung. Ich schätze, dass mich meine Studien des Rechts, die ein halbes Jahrzehnt in Anspruch genommen haben, für den Titel *Lam* qualifizieren sollten. Was ist mit dir? Wirst du bei Lord bleiben?"

"Ja, das werde ich wohl. Ich bin nicht sicher, ob man mein Trainingsprogramm als ausreichende Qualifikation für einen akademischen Titel erachten würde. Es war eine Mischung aus verschiedenen Disziplinen, darunter Kampfkünste. Lord passt für mich." Er kehrte zum Buch zurück. "So, als nächstes kommen die Familientitel. Da wäre *Holm*, was bedeutet, dass man die Verantwortung für die Familie trägt. Wie das Oberhaupt eines Hauses, vermute ich. Der zweitwichtigste ist *Reig*. Das ist der Erbe für die Position des Holm. Höchstwahrscheinlich der älteste Sohn oder die älteste Tochter. *Legen* ist ein Kind ohne jeden Anspruch auf die Position des Familienanführers, ausgenommen unter besonderen Umständen."

"Wenn beispielsweise der Erbe unter unerklärlichen Umständen verstirbt?", schnaubte Vran'el.

"Womöglich." Enric blickte auf. "In deinem Fall ist das recht einfach - du bist eindeutig ein Erbe eines Anführers, somit ein Reig. Was mich betrifft… ich war ein Holm, als ich aufbrach, jetzt aber nicht mehr. Ich bin nicht sicher, ob es zutreffend wäre, mich als Erbe einer Position zu betrachten, die ich an meine Gefährtin übergeben habe."

"Ich wage zu behaupten, dass der Sinn der Sache weniger in der Genauigkeit liegt, sondern seine eigene Wichtigkeit klarzustellen. Ein Holm bist du im Augenblick eindeutig nicht, da du nicht länger das Sagen hast. Reig sollte passen. Du bist immerhin immer noch Malriels Erbe, sobald sie wieder in Amt und Würden ist. Was sagtest du war die dritte Sache, die sie an ihren Namen anhängen?"

"Den Beruf."

Vran'el nickte. "Das wird in deinem Fall dann ordentlich lang werden: Stellvertreter des Anführers des Ordens der Magier und Senator in Takhan. Bei mir reicht Jurist und Senator."

Enric schürzte die Lippen. "Wir wurden gewarnt, die Leute nicht an unsere magischen Fähigkeiten zu erinnern, wenn es sich vermeiden lässt. Sie misstrauen Magie. Somit mag es keine besonders schlaue Idee sein, den *Orden der Magier* zu erwähnen, besonders wenn sie mich jeden Tag mit der vollständigen Sammlung meiner Titel ansprechen."

"Dann eben nur Orden."

"Ja, ich denke, das wird wohl das Beste sein." Der blonde Magier lehnte sich zurück und schloss das Notizbuch. "So, damit wärst du Lam Vran'el, Reig von Haus Vel'kim, Jurist und Senator in Takhan. Und ich wäre Lord Enric, Reig von Haus Aren, Stellvertreter im Orden und Senator in Takhan. Das ist recht ausgiebig. Bescheidenheit bezüglich der Betonung der eigenen Wichtigkeit ist dort eindeutig keine Tugend, sondern führt dazu, dass man ignoriert wird."

"So scheint es wohl", meinte Vran'el und verzog das Gesicht.

"Erzähl mir von diesem Ort, Pirinkar. Ich gehe davon aus, dass du ein wenig darüber gehört hast, auch wenn der Kontakt zwischen den Ländern nicht wirklich recht eng zu sein scheint."

Der Rechtsgelehrte nickte. "Ja, ein wenig kann ich dir erzählen. Auch wenn es sich dabei größtenteils um Oberflächliches handelt, wie ich fürchte."

"Das geht schon in Ordnung. Was auch immer du mir an Information mitteilen kannst, ist mehr, als ich jetzt weiß."

Vran'el berichtete von einem Land, das sich von den Westlichen Territorien sogar noch stärker unterschied als das Alte Königreich.

Sie waren auf ihrem Weg an einen Ort, wo Magie im täglichen Leben wenig Platz hatte; es war eine Disziplin, die auf diejenigen beschränkt war, die sich der Religion verschrieben hatten, etwas, das praktiziert wurde, um unsichtbaren Gottheiten zu dienen. Es wurde toleriert, aber nur bis zu einem gewissen Grad. Und nur an wenigen speziellen Orten, nämlich in den Tempeln, die zu diesem Zweck errichtet worden waren.

Das bedeutete allerdings nicht, dass es in der Stadt keine mächtigen Magier gab. Diejenigen, die es an die Spitze der sogenannten Priesterkaste schafften, hatten beträchtlichen Einfluss auf einer menschlichen, einer persönlichen Ebene, da sie mehr oder weniger für die Beziehung der Menschen zu den Göttern verantwortlich waren. Und zweifellos war es auch ein wesentlicher Punkt zu ihren Gunsten, dass sie magische Heilung bereitstellten.

Darüber hatte er intensiv nachgedacht und mit Vran'el besprochen, wie sie sich verhalten sollten in einem Umfeld, in dem - anders als in ihren Ländern - Magie als Makel betrachtet wurde anstatt als etwas, das bewundert, gefördert und entwickelt werden sollte. Zudem würden die wenigen, denen trotz dieses Nachteils ein Aufstieg gelungen war, Fremdlingen mit vergleichbarem Einfluss und gleicher Stärke wohl kaum freundlich entgegentreten.

Magie war an diesem Ort ein Thema voller Widersprüche. Einerseits waren die Priester dort umso einflussreicher, je stärker ihre Magie war, doch Magier wurden im Allgemeinen davon abgebracht sich fortzupflanzen, damit sie ihren *Defekt* nicht weitervererbten.

Davon abgeraten wurde ihnen allerdings von den Politikern, die womöglich die Befürchtung hegten, ihren Einfluss an die Priester zu verlieren, falls es zu viele von diesen gab. Außerdem förderten sie

Fortschritt jeglicher Art, besonders in den Bereichen, wo die Priester am einflussreichsten waren.

Enric fragte sich nicht zum ersten Mal, ob es nicht eher unbedacht gewesen war, eine Magierin an diesen Ort zu schicken. Womöglich nicht viel unbedachter, als zwei weitere hinterherzuschicken, um der ersten zu helfen.

Eine Eigenschaft der Gesellschaft in Pirinkar war ein starker Fokus auf Technologien aller Art, da diese den Einfluss von Magie reduzieren sollten. Vran'el erzählte ihm, dass sie sich mit Freude der Erfindung und Entwicklung von Maschinen, Vorrichtungen und Gerätschaften aller Art widmeten und darin sehr versiert waren.

Wie nicht anders zu erwarten, waren die Priester ebenso wenig angetan davon, durch Technologie ersetzt zu werden wie es den Nicht-Magiern widerstrebte, von Magie abhängig zu sein. Ein fortwährender Konflikt, der unter der Oberfläche brodelte.

Vran'el erklärte weiterhin, dass der Kontakt mit Pirinkar in den letzten zweihundert Jahren nicht eben eng gewesen war. Die Kluft zwischen den Wertehaltungen war dermaßen eklatant, als dass sie einfach zu überwinden gewesen wäre, jedoch nicht gefährlich genug, um eine gröbere Auseinandersetzung auszulösen.

Die Nicht-Magier waren selbstverständlich nicht bestrebt darauf, mit einer Gesellschaft Umgang zu pflegen, wo Magie als Grundlage für politische Macht anerkannt wurde. Und dann bestand stets die Gefahr, dass die Priester mehr lernen mochten, als ratsam war. Es hätte sie womöglich auf *Ideen* gebracht.

Den Priestern selbst hatte es an politischem Einfluss gefehlt, um diesen Standpunkt erfolgreich anzufechten, was mit der Zeit dazu geführt hatte, dass sie ihren Magierkollegen in der Ferne mit Neid und Missgunst begegneten anstatt den Kontakt zu ihnen zu suchen.

Gelegentlich war es zu diplomatischen Interaktionen gekommen. Als Ram'an dort war, hatte er sich dagegen entschieden, seine magischen Fertigkeiten offenzulegen.

In Kar war kein ständiger Botschafter eingesetzt - es gäbe einfach nicht genug Arbeit für ihn.

Das Klima kam dem nahe, was Enric aus Anyueel kannte, wenngleich etwas schwüler. Die Berge, die die natürliche Grenze zwischen Pirinkar und den Westlichen Territorien bildeten, hielten die feuchte Luft vom Durchziehen ab und verhinderten somit die Entstehung von Wolken über der Wüste. Das bedeutete, dass die Wolken ihre feuchte Ladung abgaben und den südlichen Teil des Landes in einen üppigen, mannigfaltigen Urwald verwandelten. Weiter gegen Norden nahm er an Dichte ab und es erstreckten sich weitläufige Wiesen mit gelegentlichen Waldstücken dazwischen.

"Ich wünschte, wir hätten mehr Zeit gehabt, um uns vorzubereiten. Ich schätze, ich hätte von Ram'an noch das eine oder andere über die sozialen Bräuche dort lernen können", murmelte Enric.

Vran'el zuckte die Achseln. "Das bereitet mir in deinem Fall keine großen Sorgen. Das hast du bei deiner ersten Reise nach Takhan recht gut hinbekommen. Du hattest damals auch keine Ahnung, wie du dich in unserem Land zu verhalten hattest, doch du hast es fabelhaft gemeistert. Du hast uns sogar so stark beeindruckt, dass wir dich zu einem von uns gemacht haben", lächelte er.

Der blonde Magier grinste. Trotz der Drohung, dass er sein Missfallen während der gesamten Reise demonstrieren würde, hatte Vran'el dieses Versprechen nicht gehalten. Zu Enrics großer Erleichterung war er einfach nicht von der nachtragenden Sorte. Einem Mann mit Bitterkeit zu begegnen, den er eigentlich sehr mochte und der zudem sein einziger Reisegefährte durch weitgehend unbekanntes Gebiet war, lag ihm einfach nicht. Noch wäre es besonders klug gewesen.

"Nun, wenn du es so sagst... Und es ist immerhin nicht so, als hätten wir keine Erfahrung darin, eine Aren in einem fremden Land aus rechtlichen Schwierigkeiten zu befreien. Wir haben es einmal geschafft und werden es erneut hinbekommen."

Der Jurist seufzte. "Das hoffe ich sehr. Unglücklicherweise kenne ich mich dort nicht aus oder habe irgendwelche Ressourcen zur Verfügung, wie Bibliotheken oder wohlgesonnene Kollegen, die ich um Rat bitten könnte. Ich habe gerade einmal elementare Grundkenntnisse über ihre aktuellen Gesetze. Wenn irgendjemand dort so versiert in deren historischen Gesetzen ist wie Ram'an bei uns zuhause, wird es nahezu unmöglich sein, irgendwelche Tricks jener Art zu vereiteln, die er versuchte, um Eryn an sein Haus zu binden."

Enric nickte grimmig. "Dann lass uns hoffen, dass wir Malriels Unschuld rasch und ohne große Verwicklungen in deren Prozeduren und Gesetze beweisen können. Falls Malhora richtig liegt und sie tatsächlich hereingelegt wurde, sollte sich die Sache hoffentlich ohne große Probleme bereinigen lassen."

"Das wäre auf jeden Fall wünschenswert."

Ein weiterer Gedanke kam Enric. "Wissen wir, was ihre Einstellung bezüglich sexueller Orientierung ist?"

"Nein, das wissen wir nicht. Aber ich werde meine Vorlieben vorerst für mich behalten. Wir wollen uns nicht zusätzlichen Schwierigkeiten gegenübersehen, falls sie ebenso engstirnig sind wie..." Er brach ab und sah in eine andere Richtung, so als hätte er gerade eben ein interessantes Detail an der Zeltwand entdeckt.

"Wie mein Volk?", beendete Enric den Satz gutmütig.

"Es tut mir leid. Ich hatte nicht die Absicht, dich zu beleidigen", seufzte Vran'el.

"Das hast du nicht. Ich stimme dir zu. Ich befürworte ebenfalls eine Änderung des Bewusstseins in meiner Heimat und werde das aktiv vorantreiben, wenn ich wieder zurück bin."

"Ich weiß. Doch es ist ein Unterschied, ob *du* dein eigenes Land kritisierst, oder ob es ein Fremder tut, der noch niemals einen Fuß dorthin gesetzt hat", seufzte der Jurist.

"Das mag sein. Solange allerdings ich der Einzige bin, der es hört, musst du dir keine Sorgen machen, mein Freund. Es ist nicht nötig, dass du in meiner Gegenwart jedes deiner Worte abwägst. Obwohl wir darauf achten sollten, was wir in Kar von uns geben, solange uns keine schalldichte Barriere umgibt", warnte Enric.

"Ja, das ist eine vernünftige Vorsichtsmaßnahme."

Eine Weile sprach keiner von ihnen, dann fragte Vran'el vorsichtig: "Wegen Eryn… hast du, du weißt schon, irgendetwas von ihr aufgefangen? Weißt du, wie es ihr geht?"

Enric nickte. Das war das erste Mal, dass sie dieses Thema ansprachen. "Den ganzen Tag lang sind da schon angespannte Erwartung und Nervosität. Sie ist beschäftigt. Ich habe Malhora gebeten, ihr genug zu tun zu geben, damit sie abgelenkt ist von… du weißt schon."

Er hielt einen Moment lang inne und überlegte, ob er auch den Rest erwähnen sollte. Doch er hatte dem Mann soeben gesagt, er müsste nicht auf seine Worte achten, solange sie unter sich waren. Dies musste in beide Richtungen gehen, sonst konnte es zwischen ihnen kein Vertrauen geben.

"Nachts allerdings, wenn sie sich hinlegt, ist sie nicht mehr abgelenkt. Ich spüre, wie sehr sie sich sorgt. Ihren Schmerz. Sie fühlt sich verloren und verlassen. Und sie ist zornig auf mich."

Vran'el nickte einfach nur, ohne sich dazu zu äußern. Enric konnte sich des Eindrucks nicht erwehren, dass Vran'el sehr sorgfältig von der Bemerkung Abstand nahm, dass Letzteres auf jeden Fall mehr als gerechtfertigt war.

KAPITEL 35

Eine Spur

Kilan betrat das Arbeitszimmer, nachdem Eryn ihn hereingebeten hatte.

Sie stieß einen erschöpften Seufzer aus. "Hallo."

Der Botschafter schmunzelte. "Das ist keine besonders enthusiastische Reaktion auf meinen Anblick."

"Das liegt daran, dass du immer nur zu mir kommst, um mir Rügen oder Forderungen von Tyront und dem König zu überbringen oder mich dazu zu drängen, Berichte zu schicken", meinte sie und verzog das Gesicht.

"Glaube mir, ich würde dich viel lieber in einem Teehaus für eine nette Unterhaltung treffen, bei der ich keinen von beiden erwähnen muss, aber du weißt genau, dass die beiden regelmäßig von dir hören wollen. Und du ignorierst es auf eigene Gefahr. Solange du daran nichts änderst, wirst du es ertragen müssen, dass ich dir ihre Nachrichten überbringe", erwiderte er ohne Mitleid.

"Ihnen ist schon klar, dass ich beschäftigt bin, nehme ich an? Ich meine, Haus Aren führt sich nicht von allein."

"Zu deinem Pech, Eryn, ist ihnen beiden bewusst, dass du anscheinend genug Zeit hast, um Vyril, Plia und Pe'tala regelmäßig zu schreiben, ihnen aber nicht. Ich kann verstehen, warum das den Eindruck erwecken mag, dass deine persönlichen Freundschaften auf deiner Prioritätenliste höher stehen als ihre Angelegenheiten."

Sie nickte langsam und betrachtete ihn nachdenklich. "Du schreibst den beiden regelmäßig, nicht wahr?"

Er zog eine Augenbraue hoch. "Ja, das tue ich. Im Gegensatz zu dir versuche ich es zu vermeiden, dass mir meine Position entzogen wird."

Sie öffnete eine Schublade und entnahm ihr ein Siegel. "Hier. Von nun an wirst du dich für mich um diese ermüdende Pflicht annehmen.

Das ist ein offizieller Befehl von einer vorgesetzten Magierin. Ah ja, und dieses kleine Arrangement wirst du natürlich den glücklichen Empfängern deiner Briefe gegenüber nicht erwähnen."

Kilan starrte das Siegel, dann sie an. "Das ist wirklich dein Ernst? Du delegierst das tatsächlich an *mich*! Warum?" Verstimmt schüttelte er den Kopf. "Warum nicht an Orrin? Du bist auch seine Vorgesetzte!"

"Weil er es nicht tun würde. Er würde mich bloß auslachen", gestand sie. "Ich bin immer noch dabei, ihm klarzumachen, dass ich über die Autorität verfüge, ihm Befehle zu erteilen. Bedauerlicherweise erweist er sich als sehr widerspenstig dabei, das zu verinnerlichen."

"Was sollte mich davon abhalten, es ihm gleichzutun?", erkundigte er sich vorsichtig.

"Was du bereits zuvor erwähnt hast: dass du deine Position behalten willst, *Botschafter*. Versuch dich daran zu erinnern, was dem letzten Botschafter widerfahren ist, der mir auf die Füße trat."

Kilan seufzte besorgt. "Und was ist mit der andersartigen Handschrift? Soll ich etwa versuchen, deine nachzuahmen?"

"Das wird nicht erforderlich sein. Lass jemand anderen das Schreiben selbst übernehmen. Das wird aussehen, als hätte ich die Briefe an einen Assistenten oder etwas in der Art diktiert. Sei aber nicht zu ehrfürchtig. Das würde nicht zu mir passen. Und erinnere dich daran, Tyront ohne seinen Titel anzuschreiben. Wir würden doch nicht wollen, dass solch verräterische kleine Details uns alles zunichtemachen, oder?", meinte sie mit einem breiten Grinsen und war nun wesentlich besser gelaunt als noch vor ein paar Minuten.

"Meine Güte, nein", knurrte Kilan. "*Das* würden wir keinesfalls wollen."

* * *

Im Bett liegend starrte Eryn in der Dunkelheit an die Zimmerdecke ihres Schlafzimmers.

Ihre Tage waren so vollgestopft, dass sie kaum eine freie Minute hatte. In dieser Hinsicht war Malhora unnachgiebig. Und doch wäre sie ohne diese Frau verloren.

Heute hatten sie zwei Mitglieder von Haus Partém eingeladen, um an dem Vertragsentwurf für den Verkauf von Früchten zu arbeiten, über dem sie vor kurzem gebrütet hatte. Malhora hatte nur einen flüchtigen Blick darauf geworfen und abfällig geschnaubt. Dann hatte sie einen Stift zur Hand genommen, ein paar Paragraphen durchgestrichen und hier und dort ein paar Zeilen hinzugefügt.

Sie hatte ihre Enkelin davor gewarnt, dass man versuchen würde herauszufinden, wie weit man bei einem unerfahrenen vorübergehenden Oberhaupt eines Hauses gehen konnte. Malhora hatte ihr angeboten, während der Gespräche an ihrer Seite zu bleiben, sofern sie keine Bedenken hatte, sie könnte aufgrund der Verstärkung schwach wirken. Dieses Angebot hatte Eryn dankbar angenommen; sie war überzeugt, dass sich über den Tisch ziehen zu lassen einen wesentlich überzeugenderen Eindruck von Schwäche hinterlassen würde als ihre Großmutter bei sich zu haben.

Nach der Reaktion ihrer Besucher beim Betreten des Arbeitszimmers zu urteilen, hatten sie es nicht eben als angenehme Überraschung empfunden, sich bei den Verhandlungen zwei Aren Frauen gegenüberzusehen.

Die Erinnerung daran brachte sie zum Lächeln. Dann fragte sie sich, ob es ihnen wohl lieber gewesen wäre, mit Enric zu verhandeln.

Und es war schon wieder soweit. Ihre Gedanken kehrten zu ihm zurück, ganz egal, wie fest sie entschlossen war, an etwas anderes zu denken.

Ihre Gedanken wanderten zu der Mahlzeit, die Junar heute gekocht hatte. Wieder endete es damit, dass sie überlegte, ob Enric sie wohl genossen hätte.

Ihr Blick schweifte zum Fenster, durch das sie den vom Mond bestrahlten Garten sehen konnte. Und den Baum, unter dem sie mit Enric gesessen hatte. Verdammt noch eins!

Er war überall, an jedem Ort, an dem sie sich gemeinsam aufgehalten hatten, in jedem Gericht, dass sie aß, in jedem Duft oder Geräusch um sie herum. In jedem Tritt, den ihr Sohn ihr in ihrem Bauch verpasste.

Während des Tages, wo es sich um so vieles zu kümmern galt, war es verhältnismäßig einfach, diese schwierigen Gefühle im Zaum zu halten. Nachts allerdings... Es kam ihr vor, als würden sämtliche Gedanken, die sie beiseitegeschoben und bekämpft hatte, damit sie aus dem Weg waren, nun zurückkehrten, jetzt, wo es keine Ablenkung mehr gab. Als wollten sie sich dafür rächen, dass sie ignoriert worden waren, indem sie mit mehr Nachdruck erneut zum Vorschein kamen.

Malhora gegenüber hatte sie angedeutet, dass sie ein wenig Hilfe beim Einschlafen gebrauchen könnte, doch die alte Frau hatte nur barsch ein einziges Wort von sich gegeben: Unsinn.

Soviel also dazu. Vern hatte ihr erklärt, dass ein ungeborenes Kind mit Magie zum Schlafen zu bringen verpönt war. Es war einfach zu gefährlich. Zum einen musste man die Magiemenge richtig dosieren. Ein zu starker Impuls konnte Schaden anrichten.

Und dann bestand da noch die Gefahr, dass sich die Mutter daran gewöhnte, das Kind einfach auf diese Weise ruhigzustellen, wann auch immer es eine schlaflose Nacht oder andere Unannehmlichkeiten verursachte. Ein Kind, das im Mutterleib zu viel Zeit schlafend verbrachte, würde seine mentalen Kapazitäten nicht wie vorgesehen entwickeln. Externe Einflüsse, wie gedämpft sie auch immer sein mochten, trieben diese Entwicklung beträchtlich voran. Stimmen und andere Geräusche wie Musik führten zu ersten Assoziationen und ermöglichten dem Baby sogar, nach der Geburt vertraute Melodien und Menschen wiederzuerkennen.

Da es nicht möglich war, die Mutter schlafen zu schicken, ohne dass auch das Kind davon betroffen war, hatte sie sich damit abgefunden, die Nächte durchstehen zu müssen. Und die unangenehme Rastlosigkeit, die sie mit sich brachten.

Sorge erwachte in ihr, als sie Schritte vernahm, die sich in ihre Richtung bewegten. Sie klangen nachdrücklich. Einen Moment später ertönte ein vorsichtiges Klopfen.

Kurz darauf öffnete Eryn die Tür und sah sich Orrin gegenüber, den ihre zügige Reaktion eindeutig überraschte.

"Du siehst nicht so aus, als hätte ich dich gerade geweckt. Hast du noch immer Probleme mit dem Einschlafen?"

"Ja. Was ist los?"

Ein hartes Lächeln umspielte die Lippen des Kriegers, sein Blick stählern. "Sie haben den Mann gefunden, der dich zu dem Verführungstanz aufgefordert hat. Er wird gerade in der Arbil Residenz festgehalten. Ram'an befragt ihn jetzt in diesem Moment."

Sie spürte einen wonnevollen Schauer der Erwartung. Endlich!

"Einen Augenblick nur, ich bin gleich bereit."

Als sie sich umdrehen wollte, um sich anzuziehen, umfasste Orrins Hand ihren Arm.

"Bereit wofür? Du gehst dort sicher nicht hin! Ich werde gehen. Ich habe dich lediglich darüber informiert, weil du das Oberhaupt des Hauses und meine Vorgesetzte bist. Jetzt geh wieder ins Bett und versuch zu schlafen. Ich werde dir morgen darüber berichten."

Eryn starrte ihn an und fragte sich, ob er einen Schlag auf den Kopf oder etwas in dieser Art erlitten hatte.

"Glaubst du wirklich, dass ich dich dorthin gehen lasse, wo ein Mann festgehalten wird, der womöglich daran beteiligt war, deinen eigenen Sohn in Gefahr zu bringen, während ich selbst hierbleibe, um mich ins Bett zu legen?", fragte sie langsam und neigte ungläubig den Kopf. "Ich werde selbst zur Arbil Residenz gehen, und *du* gehst zurück ins Bett."

Er blinzelte, dann verschränkte er die Arme. "Nein."

"Orrin! Ich gebe dir einen direkten Befehl! Und selbst wenn du wolltest, könntest du mich nicht davon abhalten hinzugehen. Ich bin stärker als du, wenn du dich erinnerst."

"Und ich", meinte er und deutete mit seinem Daumen auf sich, "verweigere deinen Befehl. Ich werde dort hingehen, darauf kannst du dich verlassen."

Einige Sekunden lang starrten sie einander stumm an, bevor der Krieger nachgab. "Also gut, ich lasse dich mitkommen."

"Nein", korrigierte sie ihn mit einem eisigen Lächeln, "ich lasse *dich* mitkommen. Und wenn ich sehe, dass du unangemessene Härte einsetzt, werde ich dich ausschalten."

Seine Augen wurden schmal. "Was ist deiner Ansicht nach unangemessene Härte, wenn ich fragen darf?"

"Das wirst du in deinem letzten wachen Moment erkennen, wenn ich meine Hand hebe, kurz bevor du umfällst." Damit drehte sie sich zum Anziehen um und schlug die Tür vor seiner Nase zu.

* * *

Ram'an öffnete die Tür und trat dann beiseite, um die beiden eintreten zu lassen. Er ersparte sich, das übliche feuchte Handtuch anzubieten. Bei den nächtlichen Temperaturen froren die Leute eher als dass sie schwitzten.

"Wo ist er?", bellte Orrin ohne Gruß.

Eryn bedachte ihn mit einem warnenden Blick, dann wandte sie sich zu Ram'an, der ihre Hände ergriff und sie auf die Stirn küsste.

"Wir werden Orrin unter Kontrolle halten müssen", bemerkte das Oberhaupt von Haus Arbil besonnen. "Gewaltanwendung gegen einen Gefangenen wird hier nicht geduldet und schadet uns nur, wenn wir die Sache dem Senat präsentieren, ganz egal, ob er darin verwickelt war oder nicht."

"Wie hast du ihn aufgespürt?", fragte Eryn begierig, während sie die Stufen zum Hauptraum erklommen.

"Ich habe einige Kopien von Verns Skizzen anfertigen lassen. Meine Sorge war, dass er die Stadt verlassen könnte, sobald er von unseren Bemühungen Wind bekäme, also wollte ich das in möglichst kurzer Zeit durchziehen. Innerhalb einer Stunde, je kürzer desto besser. Ich habe fünfzig Leute zu… nun, sagen wir *weniger respektableren* Einrichtungen sowie zu ein paar weiteren sozial annehmbaren geschickt, um Erkundigungen einzuholen."

Eryn lächelte. Das war clever eingefädelt. Sie selbst hatte es ebenfalls beunruhigt, dass der Mann eine verfrühte Warnung erhalten mochte. Ram'an hatte sich sehr effektiv darum gekümmert. Sie würde sicherstellen, dass sämtliche Ausgaben, die das Aussenden solch einer großen Anzahl von Leuten zweifellos mit sich brachte, beglichen wurden. Von Haus Arbil konnte man nicht erwarten, dass es dafür aufkam, besonders nicht in seinen momentanen Schwierigkeiten.

Ram'an ging ihnen voran zu seinem Arbeitszimmer und betrat es als Erster. Zwei Männer standen in der Mitte des Raumes, zwischen ihnen auf einem Stuhl saß der Mann, der bei der Tanzveranstaltung an Eryn herangetreten war. Derjenige, den zu finden sie beinahe schon aufgegeben hatten, bevor Ram'ans Idee, Vern Zeichnungen seines Gesichts anfertigen zu lassen, sich als erfolgreich erwies.

Eryn erkannte einen von den beiden Wachen als Ram'ans jüngeren Bruder. Er lächelte schwach und nickte ihr zu. Sie waren einander noch nie formell vorgestellt worden, doch natürlich wusste er, wer sie war. Ihre Ähnlichkeit mit Malriel war zu offenkundig, als dass man sie für jemand anderen halten konnte.

"Was hast du bislang herausgefunden?", fragte sie Ram'an, ohne ihre Augen von dem Verdächtigen zu nehmen.

519

"Zwei Dinge. Er wurde von einem Mitglied eines der Häuser angeheuert. Und die Absicht war, dich persönlich zu bestrafen, indem jemand zu Schaden kommen sollte, der dir nahe steht."

Ihre Augen weiteten sich. Sie *persönlich*? Nicht Haus Aren?

"Warum?"

"Das habe ich noch nicht herausgefunden. Aber ich bezweifle ernsthaft, dass er sich dessen bewusst ist. Er ist nicht mehr als ein… nennen wir es Bereitsteller von Diensten, jemand mit dem die Leute lieber nicht in Verbindung gebracht werden wollen."

Bestürzt starrte sie auf den Mann hinab. Er erwiderte ihren Blick, und ihr fiel ein Hauch von Selbstgefälligkeit in seiner Haltung auf. Seit ihrem letzten Zusammentreffen hatte er sich einen Bart wachsen lassen. Gut, dass Ram'an diese Möglichkeit berücksichtigt hatte.

"Wir wissen also nicht, welches Haus ihn beauftragt hat?", knurrte sie.

"Ich denke nicht, dass es ein Haus als solches war, sondern bloß ein Mitglied", erklärte Ram'an.

"Er hat also das Feuer in der Aren Residenz gelegt? Oder eher die giftigen Dämpfe freigesetzt?"

"Ja, das hat er. Dann hat er versucht, die Tat meinem Haus anzuhängen."

"Du hast beinahe meinen Sohn getötet", sprach Orrin überraschend gelassen. "Du solltest froh sein, dass Wachen anwesend sind. Gäbe es hier drin nur dich und mich, würde ich dich für das bezahlen lassen, was du getan hast, die Leben, die du aufs Spiel gesetzt hast. Bitter bezahlen."

Das schien ihrem Gefangenen nun schließlich doch etwas Unbehagen zu bereiten. Orrin war immerhin in der gesamten Stadt bekannt.

Eryn trat auf den sitzenden Mann zu und umfasste sein Handgelenk, um Magie hineinfließen zu lassen.

"Was weißt du über deinen…" Wie nannte man jemanden, der Leute wie ihn beauftragte? Kunden? Auftraggeber? Arbeitgeber? Vertragspartner? "…Klienten?", entschied sie schließlich.

Sie sah zu, wie die Wahrheitssperre ihre Arbeit tat, als er widerwillig die Informationen preisgab, die er hatte.

"Nicht viel. Anonymität soll unnötigen Ärger vermeiden. Für beide Seiten."

Verdammt! Also wusste er es wirklich nicht. Das stellte eine beträchtliche Hürde für ihre Untersuchungen dar.

"Kannst du deinen Klienten beschreiben?", versuchte sie es als nächstes.

"Nicht wirklich. Wir haben uns immer an dunklen Orten in verschiedenen Stadtvierteln getroffen."

"Hast du dich mit einem Mann oder einer Frau getroffen?"

"Mit einem Mann."

"Kannst du sagen, wie alt er war?"

"Älter. In seinen Vierzigern oder Fünfzigern. Irgendwo in diesem Bereich."

Eryn fragte sich, ob diese Information überhaupt hilfreich war. Viele Magier hier wussten, wie sie ihre äußere Erscheinung verändern konnten, wenn es um das Alter ging.

"Wie klang seine Stimme?"

"Ich weiß es nicht. Wir haben immer nur geflüstert."

"Hast du irgendeinen Verdacht, aus welchem Haus er stammen könnte?"

"Nein."

Sie dachte darüber nach, was sie ihn sonst noch fragen konnte. Irgendetwas musste es geben, das er wusste und das ihnen helfen würde. Bedauerlicherweise würde er kaum freiwillig Informationen preisgeben, dazu konnte ihn nicht einmal die Wahrheitssperre zwingen.

"Womit genau hat dich dein Klient beauftragt?", fragte Orrin neben ihr. Seine Arme waren verschränkt, seine Hände zu Fäusten geballt, als bereitete es ihm enorme Mühe, sie bei sich zu behalten anstatt dem Missetäter etwas wahrhaft Unerquickliches anzutun.

"Ihr Schmerz zu bereiten."

"Warum?", fragte nun Ram'an.

"Rache", meinte er achselzuckend.

"Wofür?", verlangte Eryn zu wissen und beugte sich in ungeduldiger Erwartung vor.

"Das weiß ich nicht. Ich denke, es ging um etwas, das du ihm weggenommen hast, um es jemand anderem zu geben."

Ihr Atem stockte, als ihr eine bestimmte Zeile aus einer Nachricht aus Anyueel in den Sinn kam. Eine gute Tat für eine Person mochte ein Pech für eine andere bedeuten, wie Erbál geschrieben hatte.

Sie schloss die Augen. Und der König hatte sie vor der Gefahr des Hungers nach Macht und Status gewarnt. Da gab es einen Mann, auf den beides zutraf. Sie hatte ihn seines Status beraubt, um ihn stattdessen einem anderen Mann zu gewähren.

Wie hatte sie bloß dermaßen kurzsichtig und dumm sein können?

"Kann ich euch beide sprechen?", meinte sie mit erheblich mehr Gelassenheit als sie verspürte und nickte Ram'an und Orrin zu. "Draußen?"

Die beiden tauschten einen Blick miteinander, dann folgten sie ihr in den Korridor und dann den Hauptraum hinaus.

"Ich kann nicht glauben, wie blind ich war", murmelte sie und schüttelte den Kopf über sich. "Ich sollte öffentlich ausgepeitscht werden. Zum Glück verstößt Dummheit nicht gegen das Gesetz", fügte sie voll Bitterkeit hinzu.

"Rede!", befahl Orrin, sein Blick stechend. "Du weißt, wer ihn bezahlt hat, oder? Heraus damit?"

Ram'an wirkte ebenfalls angespannt und wartete darauf, dass sie ihre Erkenntnis mit ihnen teilte.

"Ich habe keinerlei Beweise. Es ist nichts weiter als ein Verdacht", warnte sie. Sie fühlte sich irgendwie unbehaglich dabei, jemanden ohne jegliche Beweise zu beschuldigen.

"Bring mich nicht dazu, es aus dir herauszuschütteln!", drohte Orrin mit rauer Stimme. Seine erzwungene Geduld neigte sich weiter ihrem Ende zu.

"Ein Mann, dem ich etwas weggenommen habe. Jemand, der sich zufällig in dieser Stadt aufhält, der nur ein paar Wochen nach unserer Ankunft nach Takhan zurückgekehrt ist."

Ram'an riss die Augen auf, als er erkannte, auf wen sie anspielte. "Sanaf von Haus Finran! Du denkst, er steckt dahinter, weil er seine Stelle als Botschafter verlor!"

Orrin blinzelte, dann runzelte er verwirrt die Stirn. "All das nur für eine verlorene Position?"

Das Oberhaupt von Haus Arbil atmete langsam aus. "Nicht nur irgendeine Position, Orrin. Es war seine einzige Chance, sich auszuzeichnen. Er war niemals besonders schlau, stark oder fleißig. In seinem Haus fielen ihm die Aufgaben zu, die keine besonderen Fähigkeiten erforderten, und niemals zuvor wurde er besonders respektiert oder als wichtig betrachtet. Dann, wie es das Glück wollte, war er das einzige verfügbare Mitglied eines Hauses, das nach Anyueel geschickt werden konnte, und plötzlich hatte er alles. Bis Eryn dafür sorgte, dass seine Inkompetenz Konsequenzen hatte."

Eryn schloss die Augen, als ihr plötzlich die Unterhaltung während des Balls einfiel, auf die der König in seiner Nachricht Bezug genommen hatte. Er hatte sie gewarnt, Sanaf im Auge zu behalten, und sie hatte darauf geantwortet, dass sie sich kaum in den gleichen Kreisen bewegen würden. Unvorsichtig hatte er sie genannt. Er hätte sie stattdessen lieber als Idiotin bezeichnen sollen. Vielleicht wäre ihr die Warnung im Gedächtnis geblieben, wenn er sie in eine ordentliche Beleidigung verpackt hätte.

"Aber", wagte sich Orrin vor, eindeutig unfähig, sich Sanaf in der Rolle des Schurken vorzustellen, nach dem sie auf der Suche waren, "dieser Mann ist ein vollkommener Tölpel. Wie hätte er mit so einem Plan aufwarten können? Ich meine, dieser Mann schafft es nicht einmal, ein Abendessen hinter sich zu bringen, ohne tollpatschige Beleidigungen von sich zu geben. Ich kann mir nicht vorstellen, dass er es vermag, irgendwelche üblen Taten zu planen, die irgendetwas Eigenwilligeres erfordern, als einen Stein durch ein Fenster zu werfen."

Ram'an lächelte ohne jede Wärme. "Was lässt dich glauben, er wäre derjenige, der dabei das Denken übernommen hat? Für solche Aufgaben lassen sich wendigere Gehirne als sein eigenes beauftragen. Und zufällig haben wir eines davon gerade jetzt in meinem Arbeitszimmer."

"Aber sein Haus ist mit Aren verbündet! Zweifellos war er sich darüber im Klaren, dass es im Fall einer Entdeckung Konsequenzen für sein Haus geben würde", argumentierte Orrin.

"Sein übermäßiges Vertrauen darin, nicht gefasst zu werden sowie sein Wunsch, Eryn leiden zu sehen, weil sie ihm seine einzige Chance gekostet hat, sich hervorzutun, mögen stärkere Anreize gewesen sein als die Folgen für sein Haus zu bedenken. Oder es kümmerte ihn schlicht und ergreifend nicht." Ram'an lehnte sich vor und sah Eryn an. "Ob er nun wahrhaftig dahintersteckt oder nicht, wir können es uns nicht leisten, diese Möglichkeit zu ignorieren. Handle, Oberhaupt von Haus Aren! Und zwar rasch!"

Sie nickte und raufte sich die Haare, wobei sie den Pferdeschwanz, der ihren Rücken hinabhing, zerzauste. "Aber wie? Was kann ich unternehmen, ohne das Bündnis mit Haus Finran zu gefährden, falls sich Sanaf als unschuldig erweist? Legara ist schon jetzt nicht besonders gut auf mich zu sprechen! Und Enric hat sich auch nicht eben beliebt gemacht bei ihr, als er ihre Warnung ignorierte und für die neue Künstlerakademie stimmte. Was würdest du an meiner Stelle tun?"

"Es ist gut, dass du die Auswirkungen bedenkst, die deine Handlungen auf die Allianzen zwischen den Häusern haben. Eine Option wäre, Legara um ein privates Treffen zu ersuchen und mit ihr über deinen Verdacht zu sprechen", schlug Ram'an vor.

Eryn nickte. "In Ordnung, das klingt vernünftig. Wird sie ein Einsehen haben?"

Sofort schüttelte Ram'an den Kopf. "Nein, das bezweifle ich stark", verneinte er mit absoluter Überzeugung. "Ein Mitglied ihres Hauses zu beschuldigen wird sie als persönliche Beleidigung auffassen. Sie hatte schon immer eine Tendenz dazu, Fehlverhalten zu ignorieren, wenn es um Leute geht, die mit ihr in Verbindung stehen. Bei Missetaten wegzusehen ist immerhin wesentlich einfacher, als jemanden zur Verantwortung zu ziehen."

"Warum schlägst du es dann überhaupt vor?", zischte Eryn. "Hast du noch irgendwelche anderen, brauchbareren Ideen oder willst du mich in den Wahnsinn treiben?"

"Ich helfe nur, dir deine Möglichkeiten vor Augen zu führen. Du bist schlussendlich diejenige, die sich für eine Richtung entscheiden muss. Eine Option wäre, diese Sache fernab der Öffentlichkeit zu regeln, aber wie ich dir schon sagte, rechne ich nicht damit, dass Legara darauf vernünftig reagiert. Eine Alternative wäre, den Senat von deinem Verdacht zu informieren und ihn um eine Vorladung von Sanaf zu ersuchen, damit er unter dem Einfluss eines Lügenfilters befragt werden kann."

"Dem würde der Senat zustimmen?"

"Wenn genug Senatoren dafür sind, dann ja." Er lächelte schwach. "Und ich denke nicht, dass es uns allzu schwer fallen wird, das fertigzubringen. Die Häuser Vel'kim und Arbil werden auf deiner Seite stehen, und wir werden dafür sorgen, dass unsere Verbündeten ebenfalls für die Befragung stimmen. Das wären die Häuser Turbar, Ordel und Ulverd von meiner Seite, und Feral und Tokmar, die so gut wie sicher mit Valrad stimmen werden. Partém ist noch immer mit beiden Häusern verbündet, also kannst du sie ebenfalls dazuzählen. Mit Aren haben wir somit sieben von zwölf Häusern. Sofern die Triarchen nicht alle dagegen stimmen - was eher unwahrscheinlich ist, da Abrak mit deiner Mutter befreundet ist und Golir und Torke'na beide solide Denker sind - sollte das kein Problem werden."

Eryn atmete langsam aus. "In Ordnung, dann also eine öffentliche Anschuldigung. Was ist, wenn sich herausstellt, dass Sanaf entgegen unseren Erwartungen nicht die Schuld an diesen Anschlägen trägt?"

Ram'an zuckte mit den Schultern. "Dann wirst du dich natürlich bei ihm und Legara entschuldigen."

Das Oberhaupt von Haus Aren verdrehte die Augen, und ihr Blick verfinsterte sich. "Natürlich."

Sie hoffte, dass sich die Schuld des Schwachkopfs nachweisen ließ. Sich bei ihm entschuldigen zu müssen würde eine wahre Bewährungsprobe für sie werden. Und ihre schauspielerischen Fähigkeiten auf die Probe stellen.

"Der König und Erbál haben mir Nachrichten geschickt, die auf ihn hindeuten. Sie wissen, wer der Übeltäter ist, daran zweifle ich nicht. Warum haben diese beiden Idioten in Anyueel erst so spät geschrieben? Warum haben sie ihre großartigen Einblicke nicht schon mit Enric geteilt?", hinterfragte Eryn.

Orrin zog die Schultern hoch. "Die Frage ist, wie lange sie bereits davon wussten. Vielleicht sind sie erst vor kurzem bei diesem Schluss angelangt. Oder sie haben darauf vertraut, dass Enric es rechtzeitig herausfindet und wollten ihn nicht verärgern, indem sie andeuten, dass er sich ohne Hilfe nicht darum zu kümmern vermag. Womöglich haben sie erst, wo Enric unverrichteter Dinge abgereist ist, erkannt, dass sie dich warnen müssen."

"Dann könnte es also sein, dass sie uns deshalb nicht geholfen haben, weil sie Enrics Stolz schonen wollten?" Erbittert knirschte sie mit den Zähnen, dann meinte sie nachdenklich: "Ich kann mir nicht helfen, aber diese Lösung erscheint mir zu einfach. Wenn Sanaf wirklich hinter all dem steckt, warum hat Enric diese offensichtliche Möglichkeit nie in Betracht gezogen? Er ist immerhin ein Meisterstratege."

Ram'an kam zu seiner Verteidigung. "Das mag er wohl sein. Und doch sollten wir ihm zugestehen, dass er auch nur ein Mensch ist. Keiner von uns zog in Betracht, dass du das Ziel sein könntest. Wir waren sicher, dass es entweder Haus Aren oder das Bündnis zwischen Aren und Arbil sein musste. Und Haus Aren zu führen war auf jeden Fall eine größere Herausforderung, als er erwartet hatte. Dann hatte er noch zwei schwangere Frauen zu beschützen, musste in seine neue Position als Senator hineinwachsen und, was wahrscheinlich am wichtigsten ist, seine Gefährtin war zurückgezogen und gramerfüllt." Ram'an zog seine Brauen hoch. "Ich würde meinen, dass wir dem Meisterstrategen eine Verfehlung verzeihen können. Es ist immerhin nicht so, als hätte irgendjemand sonst diese Verbindung hergestellt."

* * *

"Eryn, ich mache mir Sorgen um dich", verkündete Junar. Sie klang, als hätte sie für diese Aussage all ihren Mut zusammennehmen müssen.

Eryn blickte von Valrads Nachricht auf, die vor wenigen Minuten eingetroffen war. Junar war nicht die Einzige, der es so erging.

Ihr Vater hatte versucht, es nach einer ungezwungenen Erkundigung nach ihrem körperlichen und geistigen Wohlbefinden aussehen zu lassen, doch die Sorge hinter seinen Worten war offensichtlich.

Sie seufzte und beschloss, einen so gelassenen und entspannten Eindruck zu machen, wie es ihr möglich war, wenn sie ihn später bei der Senatsversammlung traf. Derzeit sorgte er sich um alle drei seiner Kinder. Pe'tala war zu weit weg für seinen Geschmack, Vran'el war auf dem Weg zu einem Ort, der sich als Feindesland entpuppen mochte, und sie selbst war rund mit einem Kind und von ihrem Gefährten zurückgelassen, um sich allein durchzukämpfen. Zusätzlich dazu war sie noch mit der Führung eines Hauses belastet.

Sie kehrte zum Hier und Jetzt zurück. "Es tut mir leid, das zu hören. Möchtest du dich setzen?"

Junar seufzte und warf ihr einen gepeinigten Blick zu. "Du benutzt deinen Oberhaupt-des-Hauses-Ton mit mir. Hör auf damit!"

Eryn zog beide Augenbrauen hoch. Tat sie das? Ihr war nicht einmal bewusst gewesen, dass sie solch einen Ton hatte. Es schien, als hätte sie kaum mehr als ein paar Tage gebraucht, um sich an ihre vorübergehende Position anzupassen.

"Verzeih mir. Ich hatte nicht die Absicht, einen speziellen Ton zu benutzen."

Die Schneiderin wirkte genervt. "Du machst es schon wieder. Es ist diese stille Resignation, mit der du dich jeglichen ärgerlichen Angelegenheiten widmest, die du dir anhören musst, diese künstliche Geduld. Das bist einfach nicht du!"

"Und das ist es, was du mir sagen wolltest? Das macht dir Sorgen?", fragte Eryn und überlegte, ob sie einen kleinen Trotzanfall zum Besten geben sollte, um ihre Freundin zu beruhigen und ihre Bedenken bezüglich dem, was sie als *künstliche Geduld* bezeichnete, zu zerstreuen.

"Nein", erwiderte Junar stirnrunzelnd und blieb stehen. "Ich bin gekommen um dir zu sagen, dass du es übertreibst. Seit du das Haus übernommen hast, sitzt du ungefähr zehn Stunden pro Tag hier, ohne dich hinzulegen, in den Garten hinauszugehen oder dich zumindest ein wenig zu entspannen. Wir müssen dich geradezu zwingen, deine Mahlzeiten gemeinsam mit uns einzunehmen, bevor du wieder hierher zurückkehrst. So kannst du nicht weitermachen, Eryn. Das ist weder für dich gut, noch für das Baby. Du musst auf euch beide besser achtgeben."

"Ich schätze deine Sorge. Das tue ich wirklich. Ehrlich, mir geht es prima. Und meinem Sohn ebenfalls; ich überprüfe das jeden Tag. Die Sache ist die, dass ich mich heute unbedingt um eine Angelegenheit kümmern muss, und ich bin zuversichtlich, dass die Dinge hier in Kürze weniger angespannt laufen werden."

"Das hat etwas mit der Senatsversammlung heute zu tun, ist es nicht so? Die Leute flüstern, aber niemand weiß etwas Genaues. Sie sagen, du wirst heute jemanden anklagen. Stimmt das? Weißt du, wer hinter all dem steckt?" Junar sah ihr in die Augen, suchte dort nach der Antwort.

"Ich habe einen Verdacht, aber bislang fehlen mir die Beweise. Also dränge mich bitte nicht. Die Versammlung heute ist öffentlich, also kannst du zur Senatshalle kommen und deine Neugier befriedigen."

Die Schneiderin nickte grimmig und verschränkt die Arme. "Das werde ich. Darauf kannst du dich verlassen."

* * *

Malhora ließ den Arm ihrer Enkelin los, sobald sie am Fuß der Treppe vor der Senatshalle ankamen.

"Man muss sehen, dass du ohne Hilfe hineingehst."

Der Hauch eines Lächelns umspielte Eryns Lippen, als sie erwiderte: "Bloß niemals Schwäche zeigen, was?"

"So ist es."

Beide Frauen setzten sich in Bewegung und erklommen die Stufen, um die Senatshalle durch die weit geöffnete Doppeltür zu betreten. Eryn hob ihr Kinn, als sie hineinging. Legaras feindseligem Starren begegnete sie unumwunden.

"Nicht wegsehen", flüsterte Malhora an ihrer Seite. "Warte, bis *sie* es tut." Dann nickte sie offenkundig zufrieden, als sich Legara nach fast einer Minute abwandte. "Gut. Unterschätze niemals die Macht eines starren Blickes. Es wird noch eine Weile dauern, bis du es schaffst, mich in Grund und Boden zu starren, doch ich kann sehen, dass es hier auf jeden Fall Potential gibt."

"Ich hatte nicht die Absicht, es zu versuchen."

"Du solltest nicht vor einer beachtlichen Gegnerin zurückscheuen, Theá. Solange du bereit bist, den Preis zu bezahlen, sind Niederlagen eine nützliche Möglichkeit zu lernen, vorwärts zu kommen, sich zu entwickeln. Zu wachsen."

Die jüngere Frau lachte leise. "Wie passt das zu dem Ruf der unbesiegbaren Aren, den ihr alle so sorgsam aufrechterhaltet?"

Malhora zuckte mit den Schultern. "Wir machen unsere Siege öffentlich und behandeln unsere Niederlagen vertraulich. Einfach, aber wirksam."

Eryn nickte. Es blieb abzuwarten, ob diese Zusammenkunft hier in die erste Kategorie oder die zweite fallen würde.

Sie lächelte, als sich Valrad näherte und sie in eine vorsichtige Umarmung zog, nachdem er ihr zu blasses Gesicht ein paar Augenblicke lang studiert hatte. Zu ihrer Erleichterung entschied er sich gegen eine Bemerkung.

"Zeig nicht zu viel Zuneigung", meinte sie leichthin. "Es lässt mich *menschlich* wirken."

"Wenn dein eigener Vater dich nicht umarmen kann, ohne dass du schwach wirkst, dann solltest du wohl deine Wahrnehmung von Stärke überdenken", grummelte er, gab sie aber wieder frei. "Ich nehme an, das bedeutet auch, dass ich dir nicht meinen Arm reichen kann, um dich zu deinem Platz zu begleiten?"

"Du kannst neben mir gehen, mich aber nicht stützen. Heute kann ich es mir nicht leisten, zerbrechlich zu wirken."

Er schmunzelte. "So wirkst du niemals. Selbst wenn du es bist." Dann warf er Malhora einen vorwurfsvollen Blick zu, der keiner Worte bedurfte, um die Bedeutung dahinter zu übermitteln.

"Du brauchst dich nicht zu sorgen, Junge. Ich kümmere mich gut um sie", bemerkte die alte Frau ohne jeden Groll und setzte ihre eigene Fähigkeit des Starrens ein.

Eryn unterdrückte ein Grinsen darüber, dass ein Mann in seinen Mittfünfzigern mit *Junge* angesprochen wurde. Aber dann kam es auch immer darauf an, wer ihn so bezeichnete. Für eine Frau, die alt genug war, um seine Mutter zu sein, war es keine dermaßen absurde Anrede. Besonders, wenn sie ihn auf seinen Platz verweisen wollte.

"Wer wird überprüfen, ob er die Wahrheit sagt?", fragte sie, um die Spannung zwischen den beiden zu brechen. "Ich?"

"Nein", widersprach Malhora und schüttelte den Kopf. "Und das wollen wir auch nicht. Es würde nur zu Anschuldigungen in Richtung Manipulation und verfälschter Zeugenaussage führen. Darauf würden wir dann entsprechend reagieren müssen. Nein; jemand, dessen Gebaren und Neutralität über jeden Zweifel erhaben sind, wird sich darum kümmern. Ich gehe davon aus, dass es einer der Triarchen anbieten wird. Nicht Abrak, allerdings - er ist zu eng mit Haus Aren verbandelt und hat es nie für nötig befunden, das zu verbergen, der Narr. Eines Tages wird ihn das seinen Sitz in der Triarchie kosten, darauf kannst du dich verlassen."

Eryn nickte und nahm Platz, während sie den beständigen Strom an Zusehern beobachtete, der die Halle betrat und sich nach vorteilhaften Plätzen umsah, von denen aus sie die Vorgänge mitansehen konnten. Die Kunde, dass heute etwas Interessantes passieren würde, hatte sich also verbreitet. Allerdings waren keine Einzelheiten im Umlauf, da die Senatoren verpflichtet waren, diese bis zur Versammlung für sich zu behalten.

Ihr Blick wanderte zu ihren Kollegen. Nevals Vater, Uvel von Haus Tokmar, nickte ihr kurz zu. Sie erwiderte die Geste mit der Andeutung eines Lächelns. Er hatte sich damals als große Hilfe erwiesen, als sie gezwungen gewesen war, sich gegen Malriels Anschuldigungen zu verteidigen, denen zufolge sie für Vedals Tod verantwortlich war.

Intreas Vater, das Oberhaupt von Haus Feral, neigte ebenfalls seinen Kopf, als sich ihre Blicke kreuzten. Vor einem Jahr hätte er zu ihren Gunsten stimmen sollen, akzeptierte jedoch eine Bestechung, um seine Meinung zu ändern. Eryn hatte ihn einmal damit aufgezogen. Wer hätte gedacht, dass sie sich eines Tages beide als Oberhäupter eines Hauses wiederfinden würden?

Eryn erhob sich gemeinsam mit den anderen Senatoren, als die Triarchen den Saal betraten und ihr Podest erklommen. Sie setzten sich, und die Senatoren taten es ihnen gleich.

"Beginnen wir mit der Angelegenheit, die uns hergeführt hat", ertönte Torke'nas Stimme. "Der Senat hat dafür gestimmt, Sanaf von Haus Finran in Verbindung mit den misslichen Umständen zu befragen, von denen Haus Aren in letzter Zeit heimgesucht wurde."

Legara, das Oberhaupt von Haus Finran, stand steif auf und wirkte kühl und stolz. "Ich ersuche um Erlaubnis zu sprechen."

"Gewährt", nickte Torke'na.

"Ich würde ungemein gerne wissen", knurrte Legara mit zusammengekniffenen Augen, "wie das *Oberhaupt von Haus Aren*", sie spie die Worte förmlich, "zu dem Schluss kommt, ein Mitglied meines Hauses hätte ihre Probleme verschuldet. Wenn ich so kühn sein darf, dir diese Frage zu stellen, Maltheá: Wo sind deine Beweise? Oder hält man sich mit solchen Dingen in deinem Land nicht auf?"

Alle Augen schwenkten zu Eryn, die die ältere Frau eine Weile betrachtete und sich müßig daran erinnerte, dass es sich hier um Malriels Cousine handelte. Das machte sie zu, was genau, einer Tante oder Cousine zweiten Grades oder so etwas in der Art? Nun, es war jedenfalls nicht die erste familiäre Beziehung in diesem Land, die ihr mehr Ärger als Freude einbrachte.

"Noch bin ich nicht dazu übergegangen, irgendjemanden zu beschuldigen, Legara", antwortete sie sanft, ihr Lächeln dünn. "Hier geht es darum, eine Untersuchung durchzuführen, wie dir bewusst sein muss. Untersuchungen als solche sind durch die Suche nach Beweisen gekennzeichnet und hängen somit nicht davon ab, dass diese von vornherein verfügbar sind. Die Bereitstellung von Beweisen würde erst im Fall einer Beschuldigung und des darauffolgenden Verfahrens erforderlich", fuhr sie mit einer Stimme fort, die nur einen leicht belehrenden Unterton aufwies. "Bislang wurde mir lediglich Hilfestellung gewährt, die mich in meiner Suche nach der Person weiterbringen soll, die das Haus zu schädigen versucht, dem ich vorstehe. Sanaf könnte in der Lage sein, mich hier zu unterstützen. Ich habe keinerlei Anschuldigung bezüglich einer mutmaßlichen Beteiligung gegen ein Mitglied deines Hauses erhoben."

Tatsächlich hatte sie sogar akribisch darauf geachtet, genau das zu vermeiden. Ram'an hatte sie nachdrücklich davor gewarnt, und Eryn war froh, dass sie seinen Rat befolgt hatte. Hätte sie das nicht getan, wäre sie nun in die Verlegenheit geraten erklären zu müssen, dass es nichts als eine bloße Vermutung von ihrer Seite war, aufgrund derer sie jemanden beschuldigte, ohne über solide Beweise zu verfügen.

Legara warf ihr einen letzten vernichtenden Blick zu, dann setzte sie sich und vermied jeden weiteren Blickkontakt.

Torke'na erhob ihre Stimme. "Sanaf von Haus Finran, tritt ein."

Wachen öffneten die Doppeltüren links von der Triarchie, und Sanaf kam herein. Er versuchte selbstbewusst zu wirken, doch seine zurückgezogenen Schultern und das gereckte Kinn vermochten seine Nervosität nicht zu verbergen. Seine Augen sprangen die Tischreihen entlang, nahmen die Senatoren in sich auf, dann die Zuschauer, blieben einen flüchtigen Moment lang bei Eryn hängen, bevor er sie wieder abwandte.

Eryn fragte sich, ob er wusste, weshalb genau man ihn vorgeladen hatte. Aber ausgehend von Ram'ans Beschreibung, hatte Legara ihm sicher davon erzählt, obwohl sie eigentlich verpflichtet gewesen wäre, ihren Mund zu halten.

"Frag, wer den Lügenfilter anwenden wird", murmelte ihre Großmutter leise genug, damit niemand sonst sie hören konnte.

"Wer wird die Antworten prüfen?", rief Eryn aus, ohne, wie Legara zuvor, um das Wort zu bitten.

"Das werde ich übernehmen", antwortete Golir gelassen und sah sie an.

Sie nickte knapp. "Gut. Ich willige ein."

Der Triarch zog ob dieser gewagten Bemerkung eine Augenbraue hoch, und sie verfluchte sich für diese Zurschaustellung von Übermut.

Sein Mund jedoch war zu einem kaum wahrnehmbaren Lächeln verzogen. "Ich bin froh, das zu hören. Es hätte mir unendlichen Kummer bereitet, hätte mich das Oberhaupt von Haus Aren nicht als vertrauenswürdig erachtet."

"Halt jetzt deinen Mund - keine geistreichen oder herausfordernden Anmerkungen mehr zu diesem Mann", fauchte Malhora. Aber dieser Anweisung hätte Eryn ohnehin nicht bedurft.

"Sanaf, du wurdest vor den Senat gerufen, um Maltheá von Haus Vel'kim, Oberhaupt von Haus Aren, bei ihrer Suche nach der Wahrheit behilflich zu sein", verkündete Torke'na. "Du wirst ihre Fragen wahrheitsgemäß beantworten, während ein Lügenfilter zur Anwendung kommt. Wie du soeben gehört hast, wird Golir derjenige sein, der ihn einsetzt. Hast du irgendwelche Einwände bezüglich seiner Unparteilichkeit in dieser Angelegenheit?"

Sanaf begann zu schwitzen. Eryn sah, wie seine Stirn glänzte und ein dünnes Rinnsal seine Schläfe, Wange und dann seinen Hals entlang hinablief, um schließlich vom Kragen seines gelben Hemds aufgefangen zu werden.

"Selbstverständlich habe ich keine Zweifel an Golirs Unparteilichkeit", versicherte er der Triarchie hastig. "Obwohl ich zugebe, dass ich mich dabei nicht wohlfühle, wie ein Krimineller behandelt zu werden. Genau das ist es nämlich, was der Einsatz eines Lügenfilters unterstellt", argumentierte er.

Golir erhob sich und kam langsam die wenigen Stufen herab, bis er dem ehemaligen Botschafter in Anyueel gegenüberstand.

"Wie Malthéa dem Oberhaupt deines Hauses soeben erklärt hat, geht es hier nicht darum, dich zu beschuldigen. Malthéa bat darum, dich vor den Senat zu holen, weil sie glaubt, dass du in der Lage bist, sie bei ihren Nachforschungen zu unterstützen. Der Lügenfilter ist also auch zu deinem eigenen Vorteil, da es keinerlei Zweifel darüber geben wird, dass deine Aussagen der Wahrheit entsprechen", erklärte er und fügte dann trocken hinzu: "Vorausgesetzt, du besitzt keinerlei Kenntnis über Umstände, die dich belasten, versteht sich."

An diesem Punkt schien Sanaf sogar noch nervöser zu werden. Womöglich hatte er gedacht, er könnte sich irgendwie aus dem Lügenfilter herausreden, überlegte Eryn, und sah, wie sein flehender Blick in Legaras Richtung wanderte.

Wenn das keine Zurschaustellung von Schuldbewusstsein war…

Das Oberhaupt seines Hauses schien zu einer ähnlichen Schlussfolgerung zu gelangen. Sie kniff die Augen zusammen und zog die Stirn leicht kraus.

Eryns Aufmerksamkeit kehrte zu Golir zurück, als er Sanafs Unterarm ergriff und den Ärmel hinaufschob, um direkten Hautkontakt zu ermöglichen. Hatte der Tölpel zu zittern begonnen, oder bildete sie sich das nur ein?

"Malthéa, deine Fragen bitte", wies Golir ruhig an.

Sie nickte und atmete tief durch, dann sah sie Sanaf direkt in die Augen. "Sanaf, ich gehe davon aus, dass du über die Probleme, denen sich Haus Aren in den letzten Monaten gegenübersah, Bescheid weißt?"

"Äh… ja, ja, das tue ich", stammelte er.

"Weißt du, wer das Feuer in der Aren Residenz gelegt hat?", fragte sie und hielt den Atem an.

"Nein, das weiß ich nicht", teilte ihr Sanafs leicht weinerliche Stimme mit.

Sie blinzelte. Was? Wie war das möglich? Sie presste die Lippen aufeinander und starrte ihn an. War er tatsächlich unschuldig? Aber wie passte dann seine Nervosität ins Bild? Was übersah sie bloß?

Ihn zu fragen, ob er wusste, wer die Anweisung zur Legung des Feuers gegeben hatte, war dann wohl sinnlos. Andererseits, was hatte sie zu verlieren? Die Dinge liefen bereits jetzt schief.

Sorgsam darauf bedacht, jegliche direkte Schuldzuweisung zu vermeiden, räusperte sie sich und formulierte die Frage um. "Weißt du, wer die Anweisung gegeben hat, die Aren Residenz anzuzünden?"

Vehement schüttelte Sanaf den Kopf. "Nein, das weiß ich nicht!", betonte er.

"Hast du eine Ahnung, wer den Anschlag auf Verns Leben verübt hat?", fragte sie mit erzwungener Ruhe. Etwas lief hier so richtig falsch.

"Nein, das habe ich nicht!"

Sogar Golir wirkte etwas überrascht, als er nickte. "Er spricht die Wahrheit."

"Hast du dafür gesorgt, dass ich bei der Zusammenkunft in der Feral Residenz den Verführungstanz mit Ram'an von Haus Arbil tanze?", wagte sie sich mit einem letzten verzweifelten Versuch vor.

"Nein." Sanaf wirkte nun selbstsicherer - noch immer aufgeregt, doch merklich ruhiger, als wäre ihm eine große Last von den Schultern genommen worden.

"Wir hatten Unrecht", flüsterte Eryn am Boden zerstört. "Er war es nicht."

Malhora antwortete nicht, sondern starrte Sanaf nur mit geschürzten Lippen und einem berechnenden Gesichtsausdruck an.

"Maltheá, würdest du mir gestatten, die eine oder andere Frage zu stellen?"

Sie sah in Richtung von Ram'ans etwas angespannter Miene auf der gegenüberliegenden Seite des Saals und nickte. "Nur zu."

"Sanaf, hast du jemanden beauftragt, Haus Aren im Allgemeinen oder Maltheá von Haus Vel'kim im Speziellen zu schaden?"

Eryns Augen weiteten sich, als sie beobachtete, wie der Mann versuchte, mit seinen Lippen Worte zu formen, während sein Mund unfähig war, sie zu artikulieren. Er versuchte zu lügen!

"Ich darf um Beantwortung der Frage bitten!", donnerte Ram'an, woraufhin die Hälfte der Anwesenden zusammenzuckte unter der unerwarteten Demonstration von Temperament seitens eines Mannes, der für seinen gelassenen Intellekt und seine entspannte Manier bekannt war.

"Ich... ich...", stotterte er und versuchte seinen Arm Golirs Griff zu entreißen. Der Triarch zog lediglich eine Augenbraue hoch und verstärkte ihn.

"Hast du denjenigen bezahlt, der hinter dem Feuer in der Aren Residenz steckt und damit das Leben zweier schwangerer Frauen und eines jungen Mannes gefährdet hat, der es kaum lebend herausgeschafft hat?", bellte Ram'an, woraufhin Sanaf auf die Knie sank.

"Sie hat mir alles weggenommen", keuchte der Mann dann, sein glasiger Blick auf den Boden gerichtet.

"Ich würde sagen, wir haben den Mann gefunden, der hinter diesen Vorfällen steckt", verkündete der Jurist sodann mit Nachdruck. Dann sah er Legara an. "Das ist eine Anschuldigung, falls du dich gefragt hast", fügte er beißend hinzu.

"Du!", kam ein Ruf scharf wie ein Peitschenhieb aus den Rängen der Zuseher. Eryns Kopf zuckte zu dessen Ursprung.

Orrin stand zwischen seinem Sohn und Junar, die ihre Tochter um ihren Brustkorb gebunden hatte. Seine Hand war anklagend ausgestreckt, sein Finger auf Sanaf gerichtet. Seine Haltung glich einer gespannten Bogensehne, die ihr Geschoss bei der kleinsten Provokation auf den Weg schicken würde. Womöglich sogar ohne jeden Auslöser.

Die Leute um ihn herum waren hastig ein paar Schritte zurückgetreten. Sie erkannten einen Magier am Rande eines

Gewaltausbruchs, wenn sie einen sahen. Und Orrin hatte in dieser Stadt einen gewissen Ruf erlangt, sogar bevor er den Künstler gewürgt hatte, den er im Verdacht hatte, seinem Sohn etwas angetan zu haben.

Dieses Mal fand er sich tatsächlich dem Mann gegenüber, der die Schuld daran trug, und es war offenkundig, dass niemand große Hoffnung hegte, dass der Krieger nun mehr Zurückhaltung zeigen würde, wo sein Zorn dieses Mal das richtige Ziel vor sich hatte.

Orrin bewegte sich bedrohlich langsam, so wie Urban, wenn sie sich auf der Jagd anpirschte. Seine Augen waren auf den Mann vor dem Podest gerichtet, seine Finger öffneten und schlossen sich, als könnten sie es kaum erwarten, sich um den Hals des Missetäters zu legen.

"Maltheá!"

Sie blinzelte und erwachte aus der seltsamen Trance entsetzter Faszination, in die Orrins Reaktion sie versetzt hatte. Sie sah Golir an.

"Halt ihn auf! Sofort! Wenn du es nicht tust, dann muss ich. Das würde nicht gut aussehen und würde unnötige Spannungen und Papierkram nach sich ziehen", zischte er ihr zu.

Eryn hielt sich am Tisch fest und zog sich so rasch auf die Beine, wie es ihr möglich war.

"Lord Orrin!", bellte sie in der Hoffnung, dass die Verwendung seines Titels ihm in Erinnerung rufen würde, welches Verhalten von ihm erwartet wurde. Vergebens - er ignorierte sie, sein Blick noch immer auf Sanaf konzentriert, während er sich näherte.

Sie fluchte und bewegte sich rasch vorwärts, sodass sie zwischen ihm und seiner - aus Ermangelung eines besseren Wortes - Beute stand. Ihn einfach mit einem Blitz zu Boden zu schicken, wirkte in dieser Situation schauderhaft unangemessen.

"Geh mir aus dem Weg", knurrte er leise ohne sie auch nur anzusehen.

"Reiß dich zusammen! Jetzt sofort! Das ist ein Befehl!", fauchte sie zurück.

"Wir sind jenseits von Befehlen angelangt", krächzte er, sein Blick fiebrig. "Er hat meine Familie in Gefahr gebracht."

Eryn nickte langsam und seufzte resigniert. Dann hob sie ihre Hand, legte ihre Finger um seinen Hals und sandte ihn mit einer Welle an Magie und einer noch größeren Woge an Bedauern ohnmächtig zu Boden.

Sie verabscheute es so richtig, wenn *sie* diejenige war, von der Vernunft erwartet wurde.

* * *

Eryn ließ sich im Aren Hauptraum tief in die Kissen in ihrem Rücken sinken. Es war vorüber. Sie hatten denjenigen festgenagelt, der für all diese Akte der Aggression verantwortlich war. Das bedeutete, dass sie die Untersuchung einstellen und die Wachen entlassen konnte, die seit einigen Wochen sämtliche Mitglieder des Haushalts im Auge behielten. Sie konnte endlich damit beginnen, wieder ein Gefühl von Sicherheit zu entwickeln.

Malhora kehrte von Orrins Schlafzimmer zurück, wo sie die leblose Gestalt abgeladen hatte. Eryn grinste vergnügt bei dem Bild einer Frau, die nach außen wie in ihren frühen Sechzigern wirkte, und die den bewusstlosen Krieger hochgehoben und wie ein Bündel Kleider über ihre Schulter geworfen hatte, als wiege er nichts.

Vern hatte sehr behutsam angeboten, seinen Vater zu tragen, doch Malhora hatte ihn nur angestarrt und ihm gesagt, er solle ihr aus dem Weg gehen, sofern er nicht über ihrer anderen Schulter landen wollte.

Eryn hatte versucht, zurückzubleiben und mit Ram'an zu reden, ihm zu danken und ihn vor allem zu fragen, weshalb Sanaf es fertiggebracht hatte, sie dermaßen überzeugend anzulügen, nicht aber *ihn*. Doch er hatte nur ihre Stirn geküsst, sie einen Moment lang an sich gedrückt und sie dann angewiesen, sich hinzulegen und sich zu entspannen. Er versprach, später vorbeizukommen, nachdem er sichergestellt hatte, dass alle Anwesenden sich über die rechtlichen Konsequenzen im Klaren waren, denen Sanaf sich nun zu stellen hatte.

Sie hatte genickt, immens erleichtert, dass nun alles vorbei war und sie nicht mehr vorgeben musste, Ram'an abzulehnen. Sie war noch nicht einmal dazu gekommen, Sanaf wegen seiner verabscheuungswürdigen Taten ordentlich zu hassen und zu schmähen. Dafür würde sie sich morgen eine Stunde Zeit nehmen. Oder Zwei. War Organisation nicht eine wunderbare Sache?

Sie spürte, wie ihre Glieder von einer angenehmen Schwere ergriffen wurden. All die Anspannung, die Erschöpfung der letzten paar Tage und der Nachtstunden, in denen sie einzuschlafen versucht hatte, aber entweder von ihrem ungeborenen Kind oder den gemischten Gefühlen beim Gedanken an Enric wachgehalten wurde, forderten nun ihren Tribut.

Einige Augenblicke lang kämpfte sie noch gegen das bleierne Gefühl, das nun auch ihr Gehirn erreicht hatte, und fragte sich, ob es nach allem, was sich gerade ereignet hatte, nicht recht ungewöhnlich war, mitten am Tag einzuschlafen. Dann entschied sie, sich keinen Deut um den äußeren Anschein zu kümmern und gab dem willkommenen Schlummer nach, der beinahe augenblicklich von ihr Besitz ergriff.

* * *

Sie regte sich, als der Duft von Essen sich seinen Weg in ihr Bewusstsein bahnte. Nur die Stille, die ihrer Bewegung folgte, ließ sie erkennen, dass zuvor in ihrer unmittelbaren Umgebung gemurmelt worden war, und sie öffnete die Augen.

Die Stimmen kamen von der Terrasse, wohin sich alle zurückgezogen hatten, offensichtlich, um sie nicht zu stören.

"Guten Abend, meine Liebe", lächelte Ram'an und ging zu ihr, um sie auf die Füße zu ziehen, vorsichtig darauf bedacht, nicht auf die Bergkatze zu steigen, die zwischen den Kissen und dem niedrigen Tisch auf dem Boden ausgebreitet lag. "Perfekter Zeitpunkt. Malhora ist gerade mit dem Kochen fertig und wird gleich das Essen servieren. Komm und setz dich zu uns."

Er nahm ihre Hand in seine und führte sie zur Terrasse, wo Junar, Vern, Valrad und Orrin im Schatten saßen.

Ihr Vater stand auf, damit er sie an sich ziehen und auf die Schläfe küssen konnte. "Ich kann dir nicht sagen, wie froh ich bin, dass diese Sache vorüber ist. Ein Punkt weniger, um den es sich zu sorgen gilt."

Ja, damit blieben nur noch ihr Bruder und ihr Gefährte und welchen Ärger auch immer sie sich einhandeln mochten, dachte sie, schwieg aber.

Sie blickte zu Orrin hinab, der eine Augenbraue hochzog. "Du hast meinen Hals gepackt und mich kaltgestellt." Es lag kein wirklicher Vorwurf in seinem Ton, es war eher die Feststellung einer Tatsache.

"Das stimmt. Du hast dich meinem Befehl widersetzt", erwiderte sie und wartete, was er dazu zu sagen hatte.

Er spitzte die Lippen und nickte ihr dann mit einem schiefen Grinsen zu. "Ich schätze, das habe ich wohl. Bedeutet das, dass wir nun quitt sind?"

"Das habe ich noch nicht entschieden. Aber lass es mich so sagen: Sofern ich zu der Ansicht gelange, dass wir es nicht sind, brauchen wir den Orden nicht einzuschalten. Du wirst einfach niedere Tätigkeiten für mich verrichten. Zum Beispiel das Massieren meiner Füße, wenn sie mir Schwierigkeiten bereiten."

Der Krieger seufzte. "Ich weiß ganz bestimmt, dass du das viel rascher mit ein wenig Magie erledigen könntest. Aber das wäre nicht ganz so befriedigend für dich, schätze ich."

"Du sagst es!", grinste sie und gestattete Ram'an, ihr beim Hinabsinken auf die Kissen behilflich zu sein.

Nachdem er sich neben ihr niedergelassen hatte, nahm sie seine Hand zwischen ihre beiden und drückte sie. "Ich habe mich noch nicht bei dir bedankt, mein Freund. Ohne dich hätte ich diese ganze Sache vermasselt. Vollkommen." Sie schüttelte den Kopf. "Und jetzt sag mir, weshalb er in der Lage war, mich anzulügen, nicht aber *dich*. Ich habe ihm die gleichen Fragen gestellt!"

Der Rechtsgelehrte lächelte. "Das hast du. Aber du warst zu spezifisch. Das Problem ist, dass er nicht in diesem Ausmaß in die Planung miteingebunden war. Die Ideen stammten nicht von ihm, noch war er an der Umsetzung beteiligt. Er stellte nur das Geld bereit, damit sich jemand auf eine Weise darum kümmerte, die ihn möglichst nicht miteinbezog."

Ihr fielen seine Worte ein, dass es fähigere Köpfe anzuheuern gab, als es Sanafs war.

"Dann hat er es mit Absicht so gemacht?"

"Wenn du meinst, dass er vermieden hat, zu viel über die Einzelheiten zu erfahren, damit er sich durch einen Lügenfilter schummeln konnte, dann ja. Aber er ist nicht der erste Kriminelle, der das versucht; ich habe in der Vergangenheit meinen Anteil an solchen Übeltätern verhört. Dass er geschwitzt und herumgezappelt hat, nur um dann über deine Fragen dermaßen erleichtert zu sein, war ein verräterisches Zeichen, dass hier etwas nicht stimmte", schloss Ram'an.

"Was wird jetzt mit ihm passieren? Wird es eine Verhandlung oder so etwas geben?", erkundigte sie sich. "Ich schätze, sogar Legara muss zugeben, dass er bestraft werden muss."

"Die Triarchie hat entschieden, dass sich Legara als Oberhaupt seines Hauses um die Sache kümmern wird", sprach Valrad. "Ich habe ein paar Worte mit ihr gewechselt, bevor ich die Senatshalle verlassen habe. Ich hoffe, sie ist clever genug um zu erkennen, dass ihre Bestrafung angemessen sein muss, wenn sie nicht mindestens drei Häuser gegen sich haben will. Ihre Verbindung mit Haus Arbil war niemals besonders eng, aber Aren und Vel'kim gegen sich zu haben wäre mehr, als sie sich leisten kann."

Eryn seufzte. Schon wieder Politik. Nun, dieses Mal diente sie zumindest ihren eigenen Interessen. Es ging wohl nur darum, die richtigen Leute zu kennen. Und in ihrem Fall derzeit auch darum, zu den richtigen Leuten zu *gehören*.

Malhora stieß zu ihnen, in ihren Händen eine große, dampfende Schüssel, die sie in der Mitte des Tisches abstellte. Dann setzte sie sich und lehnte sich zurück ohne irgendwelche Anstalten, das Mahl zu verteilen.

"Ich habe es gekocht, jemand anderer serviert es. Es kümmert mich nicht, ob das als höflich erachtet wird. Dafür bin ich zu alt", verkündete sie mit offenkundiger Befriedigung. Dann fiel ihr Blick auf Orrin, und sie grinste. "Krieger. Wie ich sehe, bist du wieder auf den Beinen. Hat dir irgendjemand erzählt, dass ich dich über meiner Schulter hierher zurückgetragen habe?"

Orrins Augen weiteten sich, und sein Mund stand offen. Sein Kopf zuckte zu Vern, und er verzog das Gesicht. "Wie konntest du das zulassen?"

Der Junge biss sich auf die Lippe und warf seinem Vater einen bedauernden Blick zu. "Es tut mir leid. Ich habe es versucht. Aber weißt du was? Sie ist einschüchternd, und zwar so richtig."

Malhora zwinkerte ihrer Enkeltochter zu. "Siehst du? So funktioniert das."

KAPITEL 36

Ein merkwürdiger Aren

Wortlos deutete Vran'el auf einen grünen Fleck. Enric kniff die Augen zusammen. Das sollte die Oase sein, zu der sie wollten? Die verheißungsvolle Zuflucht, die ihnen Schutz vor der Sonne gewährte, wo sie endlich den Luxus frischen Wassers anstatt des lauwarmen Inhalts ihrer Beutel genießen konnten? Die Worte des Juristen hatten irgendwie ein anderes Bild gezeichnet. Er hatte sich etwas ein wenig… nun, Größeres vorgestellt - erhofft - als dem allem Anschein nach aus etwa fünfzehn Bäumen bestehenden Grüppchen.

Sie hatten etwas durchritten, das Vran'el als leichten Sandsturm bezeichnet hatte. Enric spürte die feinen Körner überall, sei es zwischen seinen Zehen, unter seinen Armen oder in seinem Mund. Ein paar schienen es sogar zwischen seine Augen und Lider geschafft zu haben, wenn man nach dem leicht kratzigen Gefühl urteilen konnte. Sein Körper war entweder nicht in der Lage oder nicht willens, genug Tränenflüssigkeit zu erübrigen, um die fremden Objekte herauszuschwemmen und sein Sehvermögen vollständig wiederherzustellen.

Sein einziger Trost in diesem Moment war, dass es sich um die dritte und somit letzte Nacht handelte, die sie in der Wüste verbringen mussten. Er hatte das karge Ödland um sich herum, das nur minimale Ablenkung für die Augen und somit den Verstand bot, satt. Und die vielen beschwerlichen Stunden auf dem Rücken eines Pferdes unter der Sonne hatten seine Gedanken soweit verlangsamt, dass er jede externe Stimulation schätzte, die ihm aus dieser Eintönigkeit heraushalf.

Irgendwie hatte er sich den versprochenen grünen Fleck anders vorgestellt und fragte sich, ob Vran'el übertrieben, oder ob er sich etwas anderes zusammengereimt hatte. Er schalt sich für seine Undankbarkeit. Selbst wenn es sich hier um nichts anderes als ein kleines Grüppchen hoher Bäumen handelte, war es der Umgebung der letzten drei Tage immer noch maßgeblich überlegen. Und doch gab es da dieses Problem mit enttäuschten Erwartungen: Sie murrten und schmollten im Hintergrund vor sich hin.

Die Sonne hatte ihren Untergang bereits in Angriff genommen, doch sie würden die Oase rechtzeitig erreichen, damit sie ihnen in irgendwelchen Zelten die Nacht über Schutz vor dem sandigen Wind bot.

Enric vermisste den Komfort, den er in den letzten Monaten genossen hatte. Das letzte Mal, als er gezwungen war, eine Nacht in einer weniger einladenden Umgebung als einem herrschaftlichen Wohnsitz mit allem nur erdenklichen Luxus zu verbringen, war auf dem Schiff nach Takhan gewesen.

Er war verwöhnt, sinnierte er. Verhätschelt von seinem Lebensstil in den letzten eineinhalb Jahrzehnten, die er damit verbracht hatte, sich in Luxus zu suhlen.

Eryn würde das womöglich amüsant finden. Sie hatte in einem kleinen Landhaus gewohnt, für sich selbst gesorgt und war sogar auf diese elende Exkursion mit den Kräutersammlern gegangen, ohne dass es sie großartig gekümmert hatte, auf dem harten, kalten Boden schlafen, sich mit kaltem Wasser waschen und nur simple Kost zu sich nehmen zu müssen.

Eryn. Er seufzte. Er spürte, wie das Kommitmentband wie eine lange Leine an ihm zerrte, ihn drängte, dorthin zurückzukehren, wo sein Platz war: an ihre Seite. Er war zuversichtlich, dass es die richtige Entscheidung gewesen war, sie von dem Band zu befreien. Auch wenn sie nicht gerade im siebten Monat ihrer Schwangerschaft gewesen und mit der Führung eines Hauses belastet wäre, hätte er nicht gewollt, dass sie darunter leiden musste.

"Du wirkst bedrückt. Denkst du wieder an meine Schwester?" Vran'el zog die Stirn in Falten. "Ihr fehlt doch nichts, oder doch?"

Enric schüttelte den Kopf. "Nein, nicht soweit ich das sagen kann. Es ist nur das Band."

Der Jurist zog eine Augenbraue hoch. "Kein Mitgefühl von meiner Seite. Es war deine Entscheidung, deine Seite des Bandes intakt zu belassen. Ich habe dir davon abgeraten."

Der blonde Magier bewegte seinen Kopf in einem langsamen Nicken und entschied, dass es besser war, seinen Mund zu halten. Er wollte keinen Streit vom Zaun brechen. Dazu fehlte es ihm schlicht und einfach an Kraft. Und was hatte er auch erwartet? Mit Sicherheit keine Anteilnahme.

Schweigend setzten sie ihren Weg fort, lenkten ihre Pferde auf die Bäume zu. Beim Näherkommen blinzelte Enric verwirrt, als er einen weiteren grünen Fleck wesentlich weiter weg am Rande des Horizonts entdeckte.

"Was ist das? Noch eine Oase?"

Vran'el schmunzelte. "Nein, mein Freund. Es ist dieselbe. Ich sagte dir doch, dass sie recht groß ist."

Erst dann erkannte Enric, dass es eine Verbindung gab, die sich zwischen den beiden Punkten erstreckte und sich weit genug nach hinten bog, um beinahe außer Sichtweite zu sein.

"Ein langer, dünner Grünstreifen?"

"Ja, er ist wie ein Halbmond geformt. Seltsam schmal, aber überraschend ausgedehnt. Unsere Gastgeber für heute Nacht sind etwas weiter in Richtung der Mitte angesiedelt, wo die Vegetation breiter ist. Ein recht fruchtbarer Landstrich, aber für meinen Geschmack viel zu abgelegen. Ich war erst einmal zuvor als Junge mit Pe'tala und Vater hier."

"Warum hat er euch hierher gebracht?"

"Um uns reichen Stadtkindern zu zeigen, dass das Leben nicht für jeden dermaßen sorglos und unkompliziert ist. Dass die Leute hier draußen sich darum sorgen, wo die nächste Wasserquelle zu finden ist, wie man Sandstürmen trotzt und Unterschlüpfe errichtet. Es war auf jeden Fall lehrreich. Das Reiten durch die Sandstürme war damals alles andere als vergnüglich", erzählte Vran'el und schauderte bei der Erinnerung.

"Ich fand den vor ein paar Stunden auch nicht eben erbaulich", kommentierte Enric.

"Das war noch nicht einmal annähernd ein Sandsturm. Ich spreche hier von echten Stürmen, die dich dazu zwingen, sie durchzustehen, indem du dich und dein Reittier mit einem Schild - oder im Fall von Nicht-Magiern mit irgendetwas anderem - abschirmst, weil dir der Sand sonst die Haut abscheuert."

Enric schluckte. Das klang in der Tat nicht besonders angenehm. "Warum gibt es in Takhan keine Sandstürme? Liegt es am Standort der Stadt? Ist sie zu weit entfernt von diesen abgelegenen und sandigen Teilen deines Landes?"

"Ja und nein. Rund um Takhan gibt es weniger Wüste als Steppe, die in die Wüste übergeht, wie du gesehen hast. Aber hin und wieder gibt es größere Sandstürme. In solchen Fällen müssen wir die Stadt mit einem riesigen Schild schützen."

"Was?"

Sein verblüffter Gesichtsausdruck brachte Vran'el zum Lachen. "Komm schon, Ordenslord, sag mir nicht, dass dir das Prinzip des Errichtens weitreichender Schilde fremd ist?"

"Weitreichend, ja. Aber groß genug, um eine gesamte Stadt zu bedecken? Ich kann mir nicht vorstellen, dass ein einzelner Magier dazu in der Lage wäre, nicht einmal Golir in all seiner Macht. Ich gehe also davon aus, dass viele von euch zusammenarbeiten müssen, um so etwas zu errichten."

"So ist es. Etwa dreißig von uns kümmern sich darum, wenn es erforderlich wird. Jeder deckt einen Bereich entsprechend der jeweils verfügbaren Kräfte ab."

"Seit meiner Ankunft in Takhan habe ich nichts dergleichen beobachtet. Ich nehme an, dass es seither keinen Sturm gab?"

"Nein, es gab keinen. Wäre das der Fall gewesen, hätten wir dich höchstwahrscheinlich gebeten, uns zu helfen, da deine beträchtliche Stärke ein paar von den anderen überflüssig gemacht hätte. Du, Ram'an, Eryn und Golir könntet wahrscheinlich im Alleingang die halbe Stadt abschirmen."

Enric rutschte unbehaglich im Sattel umher. "Warum haben wir vorhin während des schwachen Sandsturms keinen Schild errichtet?"

Vran'el zuckte die Achseln. "Das erfordert zu viel Kraft, die du eher darauf verwenden solltest, dich trotz der Hitze stark und aufrecht zu halten. Oder dich zu heilen, sofern nötig. Energie für mehr Bequemlichkeit zu verschwenden ist nicht besonders vernünftig in einer rauen Umgebung wie dieser, wo du für einen Notfall jedes bisschen an Magie brauchen könntest."

Dankbar für den Schatten, ritten sie nun die Baumgrenze, die von dornig wirkenden Büschen unterbrochen war, entlang.

"Welche Art von Bäumen ist das hier?"

"Die übliche Art, der du an solchen Orten begegnen wirst. Sie können die Hitze ertragen, brauchen nur wenig Wasser und haben tiefe Wurzeln, die bis ins Grundwasser reichen. Das ist hier natürlich näher an der Oberfläche. Sobald wir unser Ziel erreichen, wirst du auch verschiedene Obstbäume vorfinden, die die Bewohner dort gepflanzt haben", erklärte Vran'el. Nach ein paar weiteren Minuten deutete er auf eine Ansammlung von niedrigen Steinstrukturen und hellen Zelten. "Hier sind wir schon. Und es scheint, als würden sie uns erwarten. Siehst du den Mann vor dem großen Zelt? Wenn ich mich nicht sehr irre, ist das Ganel, der Häuptling."

"Häuptling? Wie viele Leute leben hier? Ein ganzer Stamm?"

"Nicht wirklich, nein. Er ist ein erfolgreicher Händler und hat eine große Familie. *Häuptling* ist mehr oder weniger ein Spitzname, mit dem er sich gerne vorstellt. Es ist so etwas wie ein Scherz wegen seiner zahlreichen Nachkommen. So ist das nun einmal bei sechs Gefährtinnen."

Enrics Kopf wirbelte herum, und er starrte Vran'el an. "*Was?*"

"Ich sehe, dass dich das Konzept, mehr als eine Gefährtin zu haben, ein wenig aus der Bahn wirft, mein ansonsten unerschütterlicher Freund", lachte der andere Mann. "In den Städten wird es nicht länger praktiziert, aber hier draußen ist nicht immer ein Heiler verfügbar, wenn er benötigt wird. Somit sterben viele Kinder, bevor sie ihren dritten Geburtstag erleben. Mehr als eine Gefährtin zu nehmen ist eine Möglichkeit um sicherzustellen, dass die Stämme nicht aussterben. Was in Ganels Fall nicht wirklich eine Gefahr darstellt, wie ich gehört habe. Soweit ich weiß, hat er mittlerweile zweiunddreißig Kinder. Wenn er so weitermacht, kann er tatsächlich bald seinen eigenen Stamm gründen."

"Zweiunddreißig Kinder", flüsterte Enric und starrte den Mann an, dem sie bald nahe genug kommen würden, um ihn zu begrüßen. Es wurde Zeit, sich seine Manieren wieder in Erinnerung zu rufen, entschied er und formte seine Miene zu einem Ausdruck höflichen Interesses um.

"Ganel, ich grüße dich und danke dir für die Gastfreundschaft, die du uns erweist. Es ist ein großes Vergnügen, dich nach all diesen Jahren wiederzusehen. Es ist schon lange her", lächelte Vran'el und stieg ab, um seine Hand für den formellen Gruß auszustrecken.

Ganel musste in seinen späten Fünfzigern sein, doch bei einem Mann, der einen so großen Teil seines Lebens in der Wüste verbracht hatte, war das schwer einzuschätzen. Es mochte ebenso gut sein, dass er ein Jahrzehnt jünger war und einfach nur ein wettergegerbtes Gesicht hatte.

"Enric von Haus Aren", stellte er sich vor und reichte seine Hand für den formellen Gruß.

Leise lachend ergriff Ganel sie. "Natürlich. Malriel duldet es nicht, dass jemand anderer als ein Aren sie besiegt, nicht wahr?"

"Du bist mit Malriel bekannt?", erkundigte sich Enric.

Der ältere Mann grinste breit und entblößte zwei Reihen glänzender Zähne, viele davon weiß, einige davon golden.

"Bekannt? Auf jeden Fall. Ich bin einer von vielen Cousins. Mein voller Name lautet Ganel von Haus Aren, wenn du es wissen willst. Aber lasst uns hineingehen. Dort ist es wesentlich angenehmer, solange die Sonne noch nicht untergegangen ist. Außerdem könnte ich mir denken, dass ihr beiden vor eurem Bad sicher eine kleine Erfrischung zu euch nehmen wollt."

Bei dem bloßen Gedanken an ein erfrischendes, reinigendes Bad, mit dem er sich Schmutz und Schweiß abwaschen und das sandige Gefühl loswerden konnte, das jede seiner Bewegungen begleitete, wurden ihm die Knie weich.

Sie betraten ein geräumiges Zelt, dessen Boden mit farbenfrohen, teuer wirkenden Teppichen, in die eine Vielzahl von Mustern - sogar Bilder - eingewebt waren, bedeckt war. Zusätzliche Teppiche hingen an den Zeltwänden und tauchten das überraschend ausladende Innere in ein gedämpftes Licht, eine Erleichterung für Augen, die den ganz Tag über auf grelle Oberflächen gestarrt hatten.

Enric bemerkte die gleichermaßen eleganten Kissen auf dem Boden. Sie sahen unglaublich einladend aus, doch mit seiner staubigen, sandigen Kleidung widerstrebte es ihm, sich darauf niederzulassen.

"Setzt euch bitte", lud Ganel sie ein und fügte dann mit einem Blick auf Enric hinzu: "Sorge dich nicht um den Sand auf deinen Kleidern. Wenn du hier draußen lebst, lernst du ihn als etwas Unausweichliches zu betrachten."

Dennoch begannen beide Magier damit, ihre schlabbrige Kleidung abzuklopfen, um zumindest den gröbsten Sand loszuwerden, bevor sie sich auf die Kissen sinken ließen.

Vran'el seufzte zufrieden, bevor er ein hohes Glas entgegennahm, das mit etwas gefüllt war, das ihnen noch vor einer Stunde wie undenkbare Dekadenz erschienen war: kühles, klares Wasser.

"Ich kann dir nicht sagen, wie gut es sich anfühlt, auf etwas zu sitzen, das mich nicht mit jedem Schritt durchschüttelt. Selbst wenn ich in meinem Leben niemals wieder auf ein Pferd steigen müsste, wäre das noch immer zu früh", meinte er und verzog das Gesicht.

"Dann ist jetzt wohl der falsche Zeitpunkt, um dir vor Augen zu führen, dass du genau das morgen früh tun musst?", lächelte Enric und schloss die Augen, als sich der Sinneseindruck der frischen, kalten Flüssigkeit in seinem Mund ausbreitete. Nie in seinem Leben hatte Wasser süßer geschmeckt. Es war erstaunlich, wie kostbar einfache Dinge wie ein Glas Wasser an einem Ort wie diesem wurden, wo er in der Vergangenheit an so etwas keinen einzigen Gedanken verschwendet hätte.

Er würde seinen Sohn hierher bringen, sobald er alt genug war, entschied er. Um ihm zu zeigen, dass das Leben kein Spaziergang am Königsweg war für diejenigen, die nicht mit Reichtum geboren wurden oder sich aus irgendeinem Grund entschlossen hatten, ihn aufzugeben. Genau wie Valrad es mit seinen Kindern getan hatte. Eryn würde das sicher gutheißen und mochte sich sogar zum Mitkommen entschließen. Der Gedanke ließ ihn lächeln. Sie würde daran interessiert sein, die karge Vegetation zu analysieren und Proben von Wüstenpflanzen zu sammeln.

Als der dumpfe Schmerz stärker wurde, schob er diese Gedanken beiseite. Er fragte sich, wieviel davon wahrhaftig das Band verursachte, das ihn zurückzog.

"Du wirkst gedankenverloren, Enric von Haus Aren."

Enric blickte schuldbewusst auf, als die Stimme ihres Gastgebers ihn erkennen ließ, dass er in die Ferne gestarrt hatte, anstatt sich an der Unterhaltung zu beteiligen. Das war keine besonders höfliche Art und Weise, sich bei dem Mann für seine Gastfreundschaft zu revanchieren, besonders an einem Ort wie diesem, wo das Verweigern von Gastfreundlichkeit spielend den Tod bedeuten konnte.

"Ich entschuldige mich", erwiderte er rasch. "Ich gestehe, dass meine Gedanken in Takhan waren."

"Bei deiner Gefährtin, könnte ich mir denken. Malriel erzählte mir, dass sie bald Großmutter wird. Somit ist es also deine Familie, an die du denkst, wie ich vermute." Ganel lehnte sich zurück und musterte ihn. "Hat die kleine Theá schon entbunden?"

"Nein, sie hat noch ein paar Wochen Zeit. Ich hoffe, dass ich aus Pirinkar zurück bin, bevor unser Sohn zur Welt kommt." Enric fragte sich, wie die *kleine Theá* wohl darauf reagieren würde, so bezeichnet zu werden.

"Ah, das Wunder der Geburt. Ich selbst habe es bei den meisten meiner Kinder miterlebt. Nur als Zuseher, versteht sich", fügte er mit einem Lächeln hinzu. "Zuerst wirkt es wie unmenschliche Folter, absolut nicht zu akzeptieren bei einer Person, die einem so nahe steht. Aber dann, wenn du die winzige Kreatur in deinem Arm hältst und sie laut schreit, als protestierte sie dagegen, dass sie diesem geschlossenen, gemütlichen Umfeld des Mutterleibs entrissen wurde, weißt du, dass es all diese Qual wert war." Er lachte. "Nun, zumindest bis sie alt genug sind, um zu reden. Dann hörst du den ganzen Tag über nichts anderes als Forderungen. Dann fragst du dich, ob die wahre Qual nicht erst beginnt. Ich denke, Malriel erzählte mir, dass sie dir für die Dauer ihrer Abwesenheit die Verantwortung für Haus Aren übergeben hat. Wer hat diese Pflicht nun übernommen? Etwa die kleine Theá?"

"Doch, sie allein. Malhora war nicht bereit dazu, und ich ging davon aus, dass Malriels Tochter für die Mitglieder von Haus Aren sicherlich eine akzeptable Alternative ist."

"Malhora", meinte Ganel und wirkte nachdenklich. "Ich kann mich noch daran erinnern, als sie das Oberhaupt des Hauses war. Sie war nicht als solches auf irgendeine Weise grausam, doch nachdem sie den Weinkeller in die Luft jagte, wurden die Leute um sie herum recht vorsichtig und vermieden es, irgendwelche Forderungen oder auch nur Anfragen an sie zu richten, die man als respektlos betrachten mochte. Oh, sie hat uns alle auf Trab gehalten."

Enric zog beide Augenbrauen hoch. "Also war es mit Malriel einfacher?"

"So könnte man es wohl sagen, ja. Oder vielleicht ist es auch einfach eine Frage des Alters. Ich kenne Malriel, seit sie ein kleines Mädchen war, also wuchs ich nicht damit auf, sie zu fürchten. Sie ist zugänglicher und setzt ihre Macht subtiler ein, nicht wie eine ständig präsente Warnung, so wie in Malhoras Fall. Mich würde interessieren, als welche Art von Oberhaupt sich Malthreá erweisen wird. Aber ich gehe davon aus, dass dies nur eine vorübergehende Sache ist, da du zweifellos beabsichtigst zurückzukehren. Und Malriel mitbringen wirst."

"Grundsätzlich wäre das der Plan, ja", nickte Enric.

Als beide ihr Wasser ausgetrunken hatten, stand Ganel auf. "Nun kommt. Ich bin sicher, ihr seid ganz versessen darauf, all den Staub und Sand loszuwerden. Ich weiß, dass Stadtmenschen zumeist etwas züchtiger sind und sich nicht wohl dabei fühlen, im Wasserlauf zu baden. Also kann ich euch Wannen füllen lassen, wenn ihr das vorzieht."

"Für mich wird das nicht nötig sein", warf Vran'el rasch ein.

Enric nickte zustimmend. Seinen müden, verschwitzten, staubigen Kadaver in kühles, sauberes, fließendes Wasser zu tauchen… damit konnte das Bild einer Wanne nicht mithalten. Nicht einmal annähernd.

"Wie ihr wünscht. Ich werde euch zu dem Platz führen, den wir zum Baden nutzen. Eure Pferde werden versorgt, während wir hier reden, und eure Habseligkeiten sind bereits in dem Zelt, das für euch vorbereitet wurde. Wenn ihr eure Kleider neben dem Wasser zurücklasst, werden wir uns darum kümmern und sie werden bereit sein, damit ihr sie morgen vor eurer Abreise einpacken könnt."

Beide Magier nickten, ihre Augen auf die glänzende, blaue Oberfläche gerichtet, die zwischen den Bäumen sichtbar wurde. Ein schmaler, niedriger Wasserfall speiste den Strom. Es wirkte wie eine Szene aus einem fantastischen Traum.

Ganel sagte ihnen, sie sollten sich so viel Zeit nehmen, wie sie benötigten, dann verließ er sie. Vran'el sprang richtiggehend aus seiner Kleidung und tauchte in das Reservoir, das sogar groß genug war, damit man ein wenig darin schwimmen konnte.

Enric entkleidete sich langsamer und schüttelte den Kopf über solch ungestümes Verhalten. Sie wussten nicht einmal, wie tief das Wasser war. Vran'el hätte sich ebenso gut den Kopf am Grund verletzen können.

Aber der Jurist tauchte nur wenige Sekunden später wieder an der Oberfläche auf, auf seinem Gesicht ein Ausdruck purer Verzückung.

"Komm herein, Ordenslord! Kein Grund zur Scheu. Du fürchtest dich doch wohl nicht etwa davor, in meiner Gegenwart nackt zu sein?"

Enric lächelte schwach und ließ seine Gewänder fallen, bevor er umsichtig ins Wasser kletterte. "Kaum. Ich bin größer und stärker als du. Sollte ich der Ansicht sein, dass du dir irgendwelche Freiheiten herausnimmst, werde ich einfach deinen Kopf für eine Weile untertauchen."

Vran'el lachte. "Dann halte ich mich wohl besser zurück." Seine Miene wurde ernst. "Ich denke, dass Neval deswegen in Sorge ist. Es passte ihm nicht, mich mit dir fortreiten zu sehen."

"Er ist doch wohl nicht allen Ernstes eifersüchtig auf mich?"

"Nun, ich denke, es fällt ihm leichter, nicht eifersüchtig zu sein, wenn er dich mit Eryn sieht, aber der Gedanke an uns beide allein unter freiem Himmel sagt ihm nicht zu."

Enric kniff die Augen zusammen. "Du bist doch wohl nicht verliebt in mich oder etwas in dieser Art? Ich habe dein Flirten mit mir immer als eine Art freundliches Geplänkel gesehen, mit dem du dich amüsierst."

Der Rechtsgelehrte stieß einen Laut wahrer Belustigung aus. "Lass mich dich genau hier stoppen! Erspare mir die Rede, in der du mir erklärst, dass du mich wie einen Bruder liebst, dass es aber nie mehr zwischen uns geben kann, ich flehe dich an! Ich verspreche dir, dass sie nicht nötig ist. Wenn du dich dann besser fühlst, wiederhole ich dies unter dem Einfluss eines Lügenfilters."

Der blonde Magier schmunzelte. "Nein, vielen Dank. Wenn man bedenkt, welchen Ärger es dir einbrächte, einer Aren den Gefährten zu stehlen - besonders, da wir hier über deine eigene Schwester sprechen - bin ich geneigt, dir zu glauben."

Vran'el nickte zufrieden. "Gut. Ich würde nicht wollen, dass du dich in meiner Gesellschaft unwohl fühlst, Enric. Niemals. Du bist ein beeindruckender Mann, mit dem ich gerne Zeit verbringe, doch mein Herz gehört Neval."

Enric nickte und begann sich zu waschen. Was für eine unbehagliche Situation. Aber hinsichtlich all der Zeit, die sie zu zweit miteinander verbringen mussten, war es gut, dass sie es zur Sprache gebracht hatten. Womöglich war das der Grund, warum Vran'el es erwähnt hatte.

"Du sagst also, du findest mich nicht anziehend?", fragte er dann leichthin und grinste, als Vran'el die Augen verdrehte und stöhnte.

"Dir kann man es einfach nicht recht machen! Zuerst bist du besorgt, ich könnte dich im Geheimen begehren, dann bist du gekränkt, weil ich es nicht tue?"

"Was kann ich sagen, mein Freund? Ich bin ein Aren, oder etwa nicht? Wenn ich mich nicht sehr irre, sind wir dafür bekannt, dass wir nur schwer zufriedenzustellen sind."

* * *

Enric erwachte mit Kopfschmerzen und sah sich um. Er war mitten in dem riesigen Zelt, in dem sie am Vorabend empfangen worden waren, eingeschlafen. Vran'el lag auf den Kissen links von ihm, sein Gesicht in die Stoffe vergraben, während ein Arm schlaff auf den mit Teppichen bedeckten Boden hing.

"Vran?", krächzte er. Sein Hals fühlte sich wund an, als hätte er mit Sand gegurgelt. Als der andere Mann nicht reagierte, hob er seinen unglaublich schweren Arm, um damit einer leblosen Schulter einen Klaps zu geben.

Der dunkelhaarige Mann gab einen unartikulierten Laut von sich und drehte seinen Kopf zur Seite.

"Vran'el, wach auf", beschwor ihn Enric mit mehr Nachdruck und ging nun dazu über, die Schulter zu schütteln.

"Geh weg", kam ein gequältes Stöhnen von der liegenden Gestalt.

"Wir müssen uns fertig machen. Komm schon!" Enric kam wackelig auf die Beine und wartete ein paar Augenblicke, bis das Zelt zu schwanken aufhörte. Oder er selbst, je nachdem, wie man es sehen wollte.

Als Vran'el es schließlich fertigbrachte, seinen Kopf ein winziges Stück von den Kissen zu heben, auf seiner Wange ein leicht geröteter Abdruck des Stoffs, wurden die Vorhänge vor dem Zelteingang schwungvoll geöffnet. Beide Männer stöhnten mitleiderregend und wandten ihre Augen von der plötzlichen Helligkeit ab.

Ganel kam hereinmarschiert, klatschte laut in die Hände, warf einen Blick auf seine Gäste und lachte dann laut und mit offenkundiger Erheiterung. Und Schadenfreude.

"Stadtmänner! Kein Magen für einen kleinen Schlummertrunk! So große, starke Kerle wie ihr können mit einem alten Mann wie mir nicht mithalten?"

"Ja genau, Schlummertrunk", murmelte Vran'el. "Wie viele Flaschen haben wir letzte Nacht geleert?"

"Nur eine einzige, mein junger Freund. Nur eine", meinte Ganel unschuldig.

"Das ist nicht zufällig diese hier, oder?", fragte Enric und beugte sich vorsichtig nach unten, um mit einer Hand eine bunte Glasflasche aufzuheben. Sie war in etwa so lang wie sein gesamter Arm. "Dort, wo ich herkomme, entspräche das vier Flaschen. Mindestens."

Der ältere Mann zuckte mit den Schultern. "Und trotzdem immer noch nur eine Flasche, oder etwa nicht? Nun kommt und macht euch für das Morgenmahl fertig. Ich würde einen kurzen Sprung ins Wasser empfehlen. Das fördert den Ausnüchterungsprozess. Ich habe eure Bündel aus dem anderen Zelt mitgebracht, und hier ist eure Kleidung von gestern. Sie wurde gewaschen und getrocknet; ihr könnt sie nach eurem Bad anziehen. Und nun fort mit euch!"

Er warf ihnen ihre Bündel zu. Enric vermochte das seine ohne bewusste Mithilfe seines Gehirns aufzufangen. Nichts anderes als tiefsitzende Gewohnheit und verfeinerte Reflexe ermöglichten es ihm, das Geschoss aus der Luft zu greifen und eine Kollision mit seiner Schulter zu vermeiden.

Vran'el, dessen Fertigkeiten hinsichtlich Gewandtheit nicht gerade gut trainiert waren, wurde voll in den Oberkörper getroffen. Daraufhin stieß er einen undeutlichen Laut aus und wurde zurück in die Kissen geworfen, kaum dass er sich mühsam auf die Beine gekämpft hatte.

Enric lachte verhalten, hob aber rasch den Arm, um seine Augen zu schützen, als Ganel hinausging und erneut Sonnenlicht durch die Vorhänge hereinfallen ließ.

"Du lachst mich doch nicht etwa aus, Ordenslord?", schnappte Vran'el.

"Warum klingt es wie eine Beleidigung, wenn du mich so nennst?"

"Weil es genau so gemeint ist. Und zwar immer dann, wenn du steif auftrittst oder dich überlegen gibst."

"Wie nett. Das ist wie mit deiner Schwester, wenn sie mich *Lordling* nennt."

Vran'el zog die Stirn kraus und streckte seine Hand aus, um sich von Enric wieder zurück auf die Füße ziehen zu lassen. "Ich dachte, sie nennt dich *Bastard*, wenn du ihr Missfallen erregst?"

"Früher hat sie mich beides genannt, aber seit sie zu einer Lady des besagten Ordens gemacht wurde, bleibt sie weitgehend bei *Bastard*."

Der Jurist überlegte kurz. "Denkst du, Ganel ist ein Magier? Da er von Haus Aren abstammt, stehen die Chancen dafür recht gut. Wir könnten ihn darum bitten, dass er die Nachwirkungen unserer Zügellosigkeit fortheilt."

Der Gedanke irritierte Enric. "Das ist meiner Ansicht nach keine gute Idee. Wenn er deinem Vater auch nur ein klein wenig ähnlich ist, wird er es nicht tun, selbst wenn er es könnte. Außerdem erscheinen wir nur schwach und hilflos, wenn wir ihn darum bitten. Als wären wir unwillig, die Konsequenzen dessen zu tragen, was wir uns selbst eingebrockt haben."

"Dann werden wir also den ganzen Tag auf schaukelnden Pferden verbringen, an Übelkeit leidend und mit schmerzendem Kopf, können uns dabei aber zu unserer Belastbarkeit und Leidensfähigkeit gratulieren?"

"Genau. Bloß keine Schwäche zeigen. Daran kannst du dich jetzt schon gewöhnen. In Pirinkar können wir uns das sicher nicht leisten. Jetzt komm. Er hat Recht. Kaltes Wasser wird uns zumindest ein wenig helfen."

Sie machten sich auf dem Weg zur Badestelle, wobei sie zweimal nach der Richtung fragen mussten. Ihre unbeständige Erinnerung und ihre alles andere als stabilen Beine hatten sie wiederholt in die Irre geführt. Während sie etwas durchwanderten, das wie ein kleines Dorf anmutete, staunten sie über die Geschäftigkeit um sich herum. Es waren vorwiegend Frauen und Kinder, die Dinge herumtrugen, Früchte von Bäumen pflückten, Stoffe reparierten und in Zelte und steinerne Gebäude hinein und wieder heraus huschten.

"Warum haben sie Zelte *und* stabile Gebäude? Warum nicht nur Gebäude? Würden die nicht einen besseren Schutz vor den Elementen bieten?", fragte Enric.

"Hast du eine Ahnung, wie schwer es ist, hier draußen an Baumaterial heranzukommen? Somit benutzen sie es für Bauten zur Lagerung von Nahrung, für Schutzwände gegen schwere Sandstürme und dergleichen. Wie diejenige hinter Ganels Zelt. Und wenn du hineinblickst, ist es in diesen Steingebäuden recht dunkel und unbequem. Wenn du zu viele Fenster einbaust, kannst du ebenso gut draußen bleiben. Also ist es recht finster dort drin. Zelte sind geräumiger, heller, können relativ leicht errichtet und, falls nötig, auch versetzt werden."

Sie erreichten die Badestelle und entkleideten sich eher ungeschickt, bevor sie sich in das kalte Wasser gleiten ließen. Was am Vorabend pure Erfrischung gewesen war, glich nun einem Schock, der sie bis ins Knochenmark frösteln ließ.

Vran'el zitterte und schlang seine Arme um seinen noch trockenen Oberkörper. "Das hilft auf jeden Fall dabei, einen Mann zu wecken. Wahrscheinlich sogar einen Toten. So kalt kam es mir gestern aber nicht vor."

Enric holte tief Luft und verschwand vollständig im Wasser. Die Kälte presste ihm beinahe die Luft aus der Lunge.

Genau neben Vran'el richtete er sich wieder auf und schüttelte den Kopf, sodass der andere Mann in den Genuss eines Regens aus eisigen Tropfen kam.

"Hey! Hör auf damit, du Idiot!"

Enric packte ihn einfach im Nacken und tauchte ihn unter Wasser, wo er ihn ein paar Sekunden lang festhielt, während er sich wand und krümmte. Dann ließ er ihn wieder los.

"Gaaaah!", prustete Vran'el, als er wieder atmen konnte. Er kletterte aus dem Wasser, um rasch in seine Kleider zu schlüpfen, ohne sich vorher auch nur abzutrocknen. "Arens!", fluchte er. "Sie sind überall! Und jeder Einzelne von ihnen macht mir Ärger! Zuerst Eryn und Malriel mit ihrem Verfahren, jetzt Malriel, die es geschafft hat, dass man sie ins Gefängnis wirft, dann ihr charmanter Cousin, der mich abgefüllt hat, und als wäre all das nicht genug, bist da auch noch *du*! Du wurdest nicht einmal als Aren geboren, hast dich aber nahtlos an ihre beschwerliche Art angepasst. Ich gratuliere!"

Enric lächelte zu ihm empor und schwamm gemächlich herum, nur um den anderen Mann zu ärgern.

Vran'els Augen verengten sich zu Schlitzen, dann bückte er sich, hob das zweite Kleiderbündel auf und spazierte davon, während er vor sich hin pfiff.

"Hey!", rief Enric ihm nach, als er zwischen den Bäumen verschwand. "Das ist doch kindisch! Komm sofort wieder her! Lass mich hier nicht einfach so zurück!" Ein paar Augenblicke lang wartete er, doch der Jurist kehrte nicht um. "Vran'el?", versuchte er es noch einmal, seine Stimme nun leicht flehend und kaum noch fordernd. Keine Reaktion.

Enric schloss die Augen. Prächtig. Als wären ein schmerzender Kopf und ein gereizter Magen kein ausreichend mühsamer Start in den Tag. Nackt in frierend kaltem Wasser ohne griffbereite Kleidung festzusitzen trug auf jeden Fall zum Charme dieses aufreibenden Morgens bei.

* * *

Die beiden Männer ritten schweigend nebeneinander her, Vran'els Gesicht zu einem selbstzufriedenen Grinsen verzogen, Enric ein Bild der Verdrossenheit.

Enric vermutete, dass sein Sprint vom Bach zum Zelt den Oasenbewohnern noch eine Zeit lang Gesprächsmaterial liefern würde. Auf jeden Fall hatte er damit für Unterhaltung gesorgt. Da er seine Geschwindigkeit mit Magie erhöht hatte, wusste er, dass sein Publikum nicht viel von ihm gesehen haben konnte. Genug allerdings um zu erkennen, dass die Gestalt, die an ihnen vorbeigehuscht war, keine Kleider trug.

Ganel hatte mehrere Minuten benötigt, um sich von dem Anblick zu erholen, wie Enric mehr oder weniger mit einem Sprung durch die Vorhänge in das Zelt gehechtet war, bevor er sich das erste verfügbare Kissen geschnappt und damit seine Blöße bedeckt hatte. Dann hatte er Vran'el einen Blick zugeworfen, der bittere Rache versprach. Und womöglich in absehbarer Zukunft eine ernstzunehmende Dosis an Schmerz.

Der ältere Mann hatte so herzhaft gelacht, dass ihm die Tränen über die Wangen liefen, während er sich wiederholt auf die Schenkel klopfte. Schließlich war er nach diesem Heiterkeitsausbruch in glücklicher Erschöpfung in die Kissen gesunken.

Ganel ließ hin und wieder ein Kichern vernehmen, als sie gemeinsam eine Art Brei aus püriertem Getreide oder Früchten zu sich nahmen. Er hatte darauf bestanden, dass er die beiden für längere Zeit sättigen und ihnen Energie für die letzten paar Stunden verleihen würde, bis sie die Berge erreichten, die bereits am Vortag am Horizont aufgetaucht waren.

Während ihres Ritts blickte Enric nach vorne zu dem emporragenden Massiv. Er erinnerte sich, dass es nicht nur die natürliche Grenze zwischen den beiden Ländern bildete, sondern auch die Barriere war, die die Wolken von der Wüste fernhielt und die Menschen auf dieser Seite damit so abhängig vom Grundwasser machte.

Das zerklüftete Gebirge wirkte eindrucksvoll, das ließ sich nicht bestreiten. Die Farbe war ein Rot-Braun, etwas dunkler als der gelbe Sand, durch den ihre Pferde stapften.

Nach etwa zwei Stunden des Reitens begannen die ersten Gebüsche aus trockenem Gras den eintönigen Boden aufzulockern und nahmen an Häufigkeit zu, je weiter sie gegen Norden ritten.

Was für eine harsche, unwirtliche Gegend, dachte er nicht zum ersten Mal. Warum würde sich jemand freiwillig für ein Leben hier anstatt in der Stadt entscheiden?

Aber dafür hatte Ganel gestern Abend eine Erklärung geliefert, wie er sich undeutlich erinnerte. Er war einer von sehr wenigen Menschen, die die Stadt, in der sie aufgewachsen waren, hinter sich ließen, um der Politik, den Spielen, den Regeln und was er Unterdrückung nannte, zu entfliehen.

Enric musste zugeben, dass es wohl nicht viele Leute gab, die die Mühe einer Reise an diesen abgelegenen kleinen Flecken auf sich nehmen würden, um ihm seinen Willen aufzuzwingen.

Hier hatte er sich mehr oder weniger sein eigenes kleines Paradies geschaffen. Er hatte ihnen erzählt, dass er noch nie ein Freund von Treue in einem Lebensbund gewesen war. Eine einzige Frau hatte ihm einfach niemals gereicht. In der Stadt war er in einen Lebensbund eingetreten, der jedoch aufgelöst wurde, als er seinen Vorlieben für... Abwechslung gefolgt war. Das wilde und freie Leben hier draußen, wenn auch erheblich rauer und fordernder in mancher Hinsicht, dafür aber einfacher in anderer, sagte ihm bedeutend mehr zu. Und die Freiheit, sich so viele Gefährtinnen zu nehmen, wie es ihm beliebte.

Enric fragte sich, wie ihm selbst so ein Leben gefallen würde und verwarf die Idee beinahe augenblicklich wieder. Nicht, dass es eine realistische Wahl für ihn dargestellt hätte. Da gab es den Orden und Haus Aren, die Anspruch auf ihn erhoben. Beide hätten Einwände, wenn er sich von der Wüste verschlucken ließe, um ihnen zu entkommen.

Tyront würde vermutlich persönlich anreisen, um ihn an seinem Ohr nach Anyueel zurück zu schleifen. Dicht gefolgt von Malriel, die den Magier nur zu gerne vorausschicken würde, da es ihr selbst an der erforderlichen Stärke fehlte, um ihren Adoptivsohn zu irgendetwas zu zwingen, dem er nicht zustimmte. Der Gedanke ließ ihn lächeln.

"Hat sich deine Laune wieder gebessert?", erkundigte sich Vran'el vorsichtig.

"Ich arbeite daran", antwortete Enric. "Schmerzt dein Kopf noch?"

"Ganz entsetzlich", meinte der Rechtsgelehrte mit einer Grimasse.

Enric lächelte breit. "Weißt du, das hebt meine Laune so richtig."

Der andere Mann seufzte. "Wir benehmen uns wie Kinder. Ist das die Auswirkung, die es auf uns Männer hat, wenn wir frei von den Ketten der Zivilisation sind? Wir spielen einander Streiche und erfreuen uns am Unbehagen des jeweils anderen?"

"Ich würde nicht sagen, dass wir in der Stadt weniger anfällig dafür sind, die Freuden unserer Kindheit wiederzuentdecken. Denk zurück an das Spiel und wie gut es aufgenommen wurde. Das lässt mich glauben, dass wir diese Dinge immer noch tun wollen, aber nicht wagen es zuzugeben. Wenn wir es allerdings als Methode zur Verbesserung von Kampffertigkeiten rechtfertigen können, wird es plötzlich gesellschaftlich akzeptabel, durch die Stadt zu laufen, sich voreinander zu verstecken und Blitze aufeinander abzuschießen."

"Kühne Gedanken", seufzte Vran'el trübsinnig. "Ich schätze, dein Kopf ist dann wohl wieder zu seinem Normalzustand zurückgekehrt?"

"So ziemlich, ja."

"Was dann wahrscheinlich auch bedeutet, dass du all die anderen eigenwilligen Nachwirkungen unseres letzten Abends weggeheilt hast?"

"Genau das, ja", bestätigte Enric fröhlich.

"Außerdem gehe ich davon aus, dass meine Chancen auf deine Hilfe verschwindend gering sind, nachdem ich dir deine Kleider weggenommen habe und dich zwang, nackt durch eine recht große Menge an Frauen und Kinder zu rennen?", fragte Vran'el ohne große Hoffnung.

"Schon wieder richtig, mein Freund." War es nicht nett, sinnierte Enric, wie rasch sich Stimmungen wandeln konnten?

KAPITEL 37

Der Schandfleck

"Ich will, dass du mich Eryn anstatt Malthéa nennst", meinte Eryn, während sie mit ihrer Großmutter die Straße entlangspazierte und die abendliche Atmosphäre mit den herumlaufenden oder entspannt in Teehäusern verweilenden Menschen genoss.

Es war eine Stunde nach dem Abendessen, als sie von dem Drang ergriffen wurde, das Haus zu verlassen und sich ein wenig zu bewegen. Ursprünglich hatte sie gehofft, das allein tun zu können, doch dazu bestand keine Chance. Orrin hatte es schlicht und einfach an Ort und Stelle verboten. Bislang hatte er das Konzept, dass er nicht in einer Position war, die es ihm erlauben würde, seine eigene Vorgesetzte herumzukommandieren, noch nicht wirklich verinnerlicht. Sie fragte sich, ob sich das jemals ändern würde.

Eines Tages, in ihren Siebzigern, würde sie sich wahrscheinlich noch immer Frechheiten von einer grauhaarigen oder womöglich kahlköpfigen Version von Orrin Mitte Neunzig gefallen lassen müssen.

Ihn in der Senatshalle niederzustrecken hatte auch nicht wirklich dazu beigetragen, ihm in Erinnerung zu rufen, wer das Sagen hatte. Sie überlegte, was dazu wohl nötig war.

Malhoras amüsierte Stimme holte sie zurück ins Hier und Jetzt. "Ach, ist das wahr, mein Mädchen?"

"Es ist eine Bitte. Keine unvernünftige, wie ich meine. Ich habe mich deinem Wunsch gebeugt, dass du mit Großmutter angesprochen werden willst, was bedeutet, dass es erträglich für dich sein sollte, mir bei dieser Kleinigkeit entgegenzukommen, denke ich."

"Die Sache ist die, Malthéa: Ich *bin* tatsächlich deine Großmutter, während der Name, den Ved'al dir gab, nicht dein wahrer Name ist. Nachdem du meinem Haus entsagt hast, ist dein Name das einzige offizielle und offenkundige Zeichen dafür, dass du zu uns gehörst. Zu mir."

Eryn blinzelte. Das waren sehr wahrscheinlich die liebevollsten Worte, die sie jemals von Malhora zu hören bekommen hatte.

"Ich werde nicht aufhören, zu dir zu gehören, Großmutter, egal, wie du mich nennst", sagte sie leise.

Eine Weile setzten sie ihren Weg ziellos fort und sahen zu, wie die Zelte der Teehäuser abgebaut wurden, sobald das Sonnenlicht so gut wie vom Himmel verschwunden war. Die Laternen um sie herum wurden angezündet, und Decken wurden draußen auf den Sitzkissen platziert, damit die Gäste bei den sinkenden Nachttemperaturen nicht froren.

Eryn bog links ab, aus keinem anderen Grund, als dass sie noch niemals zuvor in dieser Richtung unterwegs gewesen war. Ziellos durch die Stadt zu streifen mit einer Person, die mehrere Jahrzehnte hier verbracht hatte und sich auskannte, war auf jeden Fall wesentlich weniger gefährlich als allein.

"Wohin gehen wir?", fragte Malhora stirnrunzelnd.

"Ich habe kein spezielles Ziel. Ich folge nur meinen Launen."

"Dann laufe ich dir also einfach hinterher, so wie deine Katze?", schnaubte sie und deutete auf Urban, die hinter ihnen her trottete und Gegenstände beschnupperte, die ihrer rege zuckenden Nase interessante Gerüche zu bieten schienen. Zuweilen dehnte sie ihre Aufmerksamkeit auf Passanten aus, die davon mehrheitlich unbeeindruckt blieben. Zwei von ihnen allerdings sah Eryn einen Schutzschild errichten. Mittlerweile hatte beinahe jeder von Urban gehört. Und dass sie recht harmlos war. Zumindest solange Enric oder Eryn dabei waren.

"Du hast darauf bestanden mitzukommen. Es steht dir jederzeit frei, wieder nach Hause zu gehen."

"Während du meinen Urenkel durch Straßen trägst, die du nicht kennst? Auf gar keinen Fall. Die Gegend, auf die du dich zubewegst, ist nicht gerade die ansprechendste. Bist du sicher, dass du in diese Richtung willst?"

Nicht die ansprechendste? Also *ärmere Bezirke*? Diese Bemerkung regte ihr Interesse eher noch mehr an anstatt sie davon abzubringen.

"Sicher, warum nicht? Ich kann wohl sagen, dass ich in so ziemlich jede prachtvolle Residenz in der Stadt eingeladen wurde und jedes wichtige und eindrucksvolle verschnörkelte Gebäude gesehen habe, das von irgendeinem kulturellen oder politischen Wert ist. Ich bewege mich immer in den gleichen Stadtteilen. Ich finde, es wird Zeit, dass ich mein Wissen um diesen Ort erweitere und auch das miteinbeziehe, was ihr euren Besuchern normalerweise nicht zeigt." Sie hob den Kopf. "Und wenn man die Tatsache bedenkt, dass ich jetzt auch noch eine verdammte Politikerin bin, sollte ich mir wahrscheinlich nicht nur ansehen, wo ausnahmslos die Mächtigen leben."

"Ich habe kein gutes Gefühl dabei", betonte Malhora.

"Wir sind beide mächtige Magierinnen, was soll uns also geschehen? Komm schon. Und ich hoffe noch immer, dass ich dich überreden kann, mich *Eryn* zu nennen."

"Und doch höre ich nicht, wie du mir im Gegenzug etwas dafür anbietest", erwiderte Malhora unumwunden.

"Ich muss dir wirklich eine Gegenleistung anbieten? Wo bleibt deine Sorge um mein Wohlbefinden? Sollten Großmütter ihre Enkelkinder nicht verwöhnen und ihnen nachgeben?"

Die alte Frau prustete nicht gerade elegant. "Nicht in dieser Familie, Kind."

"Offensichtlich nicht. Ich habe keine Ahnung, was ich dir anbieten soll. Gibt es irgendetwas Bestimmtes, das du willst?"

Malhora spitzte die Lippen. "Da gäbe es etwas, das ich als angemessene Entschädigung erachten würde. Es wird dir allerdings nicht gefallen. Zumindest zunächst nicht."

"Ich höre."

"Ich möchte, dass du Malriel mit *Mutter* ansprichst, sobald sie zurückgekehrt ist."

"Ich soll *was*?", brach es explosiv aus Eryn hervor, woraufhin sich einige Köpfe in ihre Richtung drehten. In unmittelbarer Nähe zweier Frauen der Aren Familie zu sein, die sich in einer Art Auseinandersetzung zu befinden schienen, wurde im Allgemeinen nicht eben als gesundheitsfördernd betrachtet.

"Du beliebst wohl zu scherzen? Warum sollte ich dem zustimmen? In deinem abgelegenen Anwesen weit weg mitten im Nirgendwo hast du das vielleicht nicht mitbekommen, aber ich habe euer Haus verlassen, um sämtliche Verbindungen zu Malriel zu kappen!"

"Beruhige dich, Mädchen. Du machst die Leute scheu. Komm, gehen wir weiter. Was ich dir vorschlage, ist, dass du Malriel mit dem gleichen genervten Tonfall ansprichst, jedes Mal, wenn du sie *Mutter* nennst - genau wie sie es bei mir tut. Es treibt mich zum Wahnsinn, und ich will ihr etwas von ihrer eigenen Medizin zu kosten geben. Das ist mein Angebot - nimm es oder lass es."

Eryn kniff die Augen zusammen. "Das macht dir wirklich dermaßen stark zu schaffen?"

"Ja, das tut es."

Die jüngere Frau setzte ihren Weg fort, während sie nachdachte. Wenn Malhora so gereizt darauf reagierte, wenn man sie auf diese Weise ansprach, dann bestand eine gute Chance, dass Malriel selbst damit auch nicht besonders glücklich wäre.

"Ich nenne sie mit einem genervten Tonfall *Mutter*, und du sprichst mich von nun an mit dem an, was ich als meinen wahren Namen betrachte? Eryn?"

"Du hast mein Wort", verkündete Malhora feierlich und hielt ihrer Enkeltochter ihre ausgestreckte Hand hin.

Eryn griff danach. Sie verschränkten ihre Finger, musterten einander ein paar Augenblicke lang eindringlich, dann lösten sie ihre Hände wieder voneinander.

Urban rieb ihren Kopf an Eryns Bauch und hielt eine Wange hin, um gekrault zu werden.

"Sie mag keine Auseinandersetzungen", murmelte Eryn. "Die machen sie nervös."

"Dann könnte ich mir denken, dass sie kein leichtes Leben hat", bemerkte Malhora trocken. "Mir ist aufgefallen, dass du dazu neigst, in einer Menge Auseinandersetzungen involviert zu sein."

Eryn zuckte die Achseln. Dazu ließ sich nicht viel sagen. Traurigerweise entsprach das durchaus der Wahrheit.

"Aber das soll dich nicht kümmern, Kind. Einen Konflikt zu vermeiden ist niemals das geringere Übel. Darauf müssen nur die zurückgreifen, die zu feige sind, um Probleme in Angriff zu nehmen. Wir Arens kümmern uns um das, was vor uns liegt. Das haben wir schon immer", fügte sie stolz hinzu. "Außerdem erinnern wir unser Umfeld gerne daran, dass mit uns nicht zu spaßen ist."

"Indem wir Gebäude zum Einsturz bringen?"

"Wenn es sein muss, ja. Und warum auch nicht? Es hat sich stets als zuverlässige Methode erwiesen, den Leuten in Erinnerung zu rufen, dass sie uns nicht verärgern sollten, wenn es sich vermeiden lässt. Oder sie bereit sind, die Konsequenzen zu tragen. Ich habe deine Mutter zu überzeugen versucht, dass sie den Leuten zeigt, was es ihnen einbringt, wenn sie sie provozieren, doch sie denkt, sie sei zu modern für diese Art von schamloser Demonstration. Altmodisch, barbarisch und dreist nennt sie es."

Fassungslos zog die jüngere Frau die Stirn in Falten. "Willst du mir damit etwa sagen, dass die wiederholten Einstürze unseres eigenen Heims und anderer zufällig griffbereiter Gebäude kein Verlust von Kontrolle zugrunde liegt, sondern dass sie nichts anderes als geplante Warnungen sind, um die Leute auf Trab zu halten?"

"In ein paar Fällen steckt genau das dahinter, ja. Und da Malriel meint, sie hätte keine Absicht, diese feine und so ungemein effektive kleine Familientradition aufrechtzuerhalten, setze ich meine Hoffnungen nun in *dich*."

"In mich?" Eryn verzog das Gesicht. "Ich weiß nicht. Ich bin nicht einmal mehr eine Aren - offiziell gesprochen."

"Du siehst aus wie Malriel und bist das Oberhaupt von Haus Aren. Das sollte für die meisten Leute offiziell genug sein, würde ich meinen. Ich erwarte nicht von dir, dass du auf das nächste verfügbare Gebäude zielst und es dem Erdboden gleichmachst. Denk einfach nur über meine Worte nach. Vielleicht ergibt sich eines Tages eine Situation, wo du einfach nur ein klein wenig mehr Nachdruck zum Ausdruck bringen kannst als du es normalerweise tätest. Nichts Extremes, etwas, das sich leicht reparieren lässt, wenn du ungern Schaden verursachst. Natürlich musst du sicherstellen, dass dabei niemand verletzt wird. Das würde auf uns zurückfallen. Die Leute müssen uns respektieren und vielleicht auch ein klein wenig fürchten, doch man darf uns nicht verachten, weil wir unschuldige Menschen verletzen."

"Warum nimmst *du* es dann nicht in Angriff? Du scheinst eine recht klare Vorstellung davon zu haben, was getan werden muss."

"Ich muss nicht unter Beweis stellen, dass ich jemand bin, den es mit Vorsicht zu behandeln gilt. Es kann dir nicht verborgen geblieben sein, wie mich die Leute hier behandeln, obwohl ich nicht mehr die Macht einer Anführerin ausübe. Es wird Zeit, dass die nächste Generation das Land daran erinnert, dass nicht nur die alten Arens respekteinflößende Gegnerinnen sind."

"Wirst du aufhören, auf mich einzureden, wenn ich dir verspreche darüber nachzudenken?", seufzte Eryn.

"Für den Augenblick ja."

Sie setzten ihren Spaziergang fort, und Eryn bemerkte neugierig, wie sich ihre Umgebung veränderte. Mit jeder Ecke, um die sie bogen, schienen die Straßen und nicht zuletzt die Gebäude baufälliger zu werden.

Sie hatte sich schon gewundert, wo all die armen Leute - diejenigen ohne Zugang oder Verbindungen zu den Häusern - lebten. Und weshalb sie nie in den wohlhabenden Gegenden der Stadt anzutreffen waren. Sie hatte sich sogar schon zu fragen begonnen, ob es möglich war, dass es an diesem Ort keine armen Leute gab, dass jeder genug besaß, um sich eine anständige Unterkunft und genug zu essen leisten zu können.

Naive Gedanken, wie sie jetzt erkannte. Die Kinder hier wirkten hohlwangiger als die, die sie sonst sah. Ihre Kleidung wirkte so abgetragen, dass sie höchstwahrscheinlich schon mehrfach weitergegeben worden war.

Eryn dachte zurück an Plia und wie sie ausgesehen hatte, als sie einander damals in der Seitengasse, in der sie von einer Gruppe von Kindern mit Steinen beworfen worden war, zum ersten Mal begegneten.

Diese Kinder hier wirkten nicht schlimmer als Plia es damals getan hatte - besser sogar, wenn man genauer hinsah. Doch sie hier zu sehen, nachdem sie in den letzten paar Monaten nur Kontakt mit den gut genährten, gut angezogenen und gut gewaschenen Sprösslingen der Oberschicht gehabt hatte, traf sie härter. Der Unterschied erschien ihr erheblich größer als zuhause, wo man ihnen überall begegnete. In Anyueel zumindest wurde armen Menschen und deren Kindern der Zutritt nicht auf einen bestimmten Stadtteil beschränkt, als wären sie fortgesperrt, limitiert auf ein Gebiet, wo ihr Anblick keine Beleidigung für die Augen vermögender Bürger darstellen konnte.

Mit aufeinandergepressten Lippen ging sie weiter und fürchtete sich vor dem, was es hier wohl noch zu entdecken gab.

Die Gebäude befanden sich in unterschiedlichen Stadien des Verfalls - klaffende Löcher in Wänden, schiefe Dächer, zerbrochene Fenster, bröckelnder Putz. Zusätzlich dazu verschlimmerte sich auch zusehends der Geruch von ungewaschenen Menschen und Unrat, der sich ansammelte anstatt verbrannt oder vergraben zu werden.

Ihre Finger waren zu Fäusten geballt, als sie ihren Weg voll grimmiger Entschlossenheit fortsetzte.

All jene, die zu den reichen Häusern gehörten, mit ihren Residenzen in all den wohlhabenderen Stadtteilen, mit den ausladenden Gärten, die kaum einem anderen Zweck dienten, als in einem Klima wie diesem den eigenen Reichtum zur Schau zu stellen, mussten wissen, dass es diesen Teil der Stadt gab.

Als sie um die nächste Ecke biegen wollte, spürte sie Malhoras Hand auf ihrem Oberarm.

"Es wird Zeit zurückzukehren. Es wird spät. In deinem Zustand solltest du nicht so weit gehen", meinte die alte Frau ruhig.

Eryns Augen wurden schmal. "Warum wirkst du plötzlich nervös? Was ist um die Ecke?"

"Nicht viel. Mehr Schmutz, Verwüstung und Trostlosigkeit, würde ich meinen. Sieh selbst."

Das tat sie auch. Eine weitere Gasse genau wie die anderen, die sie entlanggegangen waren. Furchtsame und gleichzeitig verbitterte Blicke folgten ihnen die ganze Zeit über. Sorgte sich Malhora, dass man sie attackieren könnte? Das schien eher unwahrscheinlich.

Eryn ging weiter und bog um eine weitere Ecke. Und erstarrte vor Entsetzen.

* * *

Enric zuckte zusammen. Soeben war ein mächtiger Schub an Verachtung, Ärger, Ungläubigkeit und ein Strudel an weiteren Eindrücken über ihn hereingebrochen. Er spürte Vran'els Hand auf seinem Arm.

"Was ist los? Ist es Eryn?"

Er nickte und versuchte festzustellen, ob in diesem Bündel an Emotionen auch Angst vorhanden war. Nein, keine Angst. Er genoss einen Moment der Erleichterung darüber, dass sie nicht in Gefahr zu sein schien.

"Ist sie verletzt? Was ist passiert? Rede mit mir!", drängte Vran'el ihn besorgt.

"Nein, da ist kein Schmerz. Zumindest kein körperlicher Schmerz. Sie ist... über irgendetwas traurig." Das war extrem gelinde gesagt, doch er wollte ihren Bruder nicht noch mehr beunruhigen.

"Bist du sicher?"

"Ja. Traurig und verärgert. Womöglich ein Streit mit Malhora", tat er es mit einem Achselzucken ab und versuchte sich selbst dazu zu bringen, es zu glauben.

"Kannst du weiterreiten, oder sollen wir eine Pause einlegen?"

"Nein, bleiben wir in Bewegung. Es wird schon dunkel, und wir sollten uns einen gut geschützten Platz suchen, an dem wir die Nacht verbringen können."

Vran'el nickte und ritt auf dem felsigen Pfad voran.

Vor einigen Stunden hatten sie die Wüste hinter sich gelassen und durchquerten nun das Gebirge. Wenn man bedachte, wie wenig oft er aufgrund des unregelmäßigen Kontakts zwischen den beiden Ländern auf beiden Seiten benutzt wurde, ließ sich auf dem Pfad überraschend gut reiten.

In der Ferne hörten sie ein Heulen und schluckten. Was auch immer das war, es klang hungrig.

Dann zeigte Enric auf einen Felsvorsprung nicht weit über ihnen. "Das sieht gut aus. Darunter sollten wir und die Pferde genug Platz finden."

Vran'el setzte zu einem Nicken an, doch dann zuckten ihre Köpfe in Richtung eines Mannes, der ihnen in der Mitte des Pfades stehend den Weg versperrte.

Noch niemals zuvor hatte Enric jemanden mit dermaßen roten Haaren oder rotem Bart gesehen. Der Mann wirkte stämmig, selbstbewusst und schien nichts Gutes im Schilde zu führen.

Als er sprach, waren die Worte, die aus seinem Mund kamen, seltsam und unverständlich und klangen, als formte er jedes einzelne davon mit seiner Zungenspitze und seinen Zähnen. Lippen schienen bei der Modulation dessen, was wohl die Sprache der Einheimischen in Pirinkar war, keine übergeordnete Rolle zu spielen.

Enric räusperte sich. "Ich fürchte, ich verstehe dich nicht", sagte er betont langsam.

Der rothaarige Mann nickte knapp, dann sprach er ein einzelnes Wort in ihrer Sprache. Durch seine sonderbare Aussprache war es seltsam verzerrt, aber für einen aufmerksamen Zuhörer dennoch entschlüsselbar.

Das Wort war *Überfall*.

*   *   *

Eryn starrte einfach nur auf das offene Areal vor sich, ihr Mund stand vor Verblüffung offen.

Es war eine Ansammlung von armseligen Baracken, die aus zufällig zusammengetragenen Materialien bestanden, die sich irgendwo plündern hatten lassen. Sie sah alte Handtücher und zerrissene Stofffetzen, die zu primitiven Strukturen zusammengebunden waren, die zumindest ein klein wenig Schutz vor den Elementen boten. Zerbrochene Töpferwaren, Steine und Bündel getrockneten Grases waren zur Errichtung von dünnen Wänden herangezogen worden, die so instabil wirkten, als könnte sie der nächste Windstoß umwerfen. Kaum irgendwo war ein Feuer sichtbar. Die Leute konnten es sich sehr wahrscheinlich nicht leisten, etwas zu verbrennen, um den Luxus von Licht zu genießen. Oder von Wärme.

Wie in Trance drehte sie den Kopf, um ihren Blick auf Malhora zu richten, die ihren Arm ergriffen hatte und versuchte, sie zurück in die Richtung zu ziehen, aus der sie gekommen waren.

Eryn entriss ihren Arm dem Zugriff und wanderte in das Meer aus notdürftigen Behausungen. Es mussten mehrere Hundert sein. Wie eine weitere Stadt schmiegten sie sich an Takhan, eine Stadt, die aus den Ausgestoßenen bestand - aus denjenigen, die man nicht wollte, nicht brauchte oder einfach vergessen hatte.

Wie gebannt starrte sie in von Elend gezeichnete Gesichter, die sie kurz prüfend betrachteten, bevor sie wieder hinter der provisorischen Unterkunft verschwanden, aus der sie sich hervorgewagt hatten.

Den Geruch, der hier noch beißender war, bemerkte sie nicht einmal, ebenso wenig wie Malhoras unterdrücktes Fluchen hinter ihr.

Die Leute kauerten in Furcht vor ihr, als hätten sie Angst, dass sie gekommen war, um sie für etwas zu bestrafen, um ihr Leben zu einer noch größeren Qual zu machen. Wovor konnten sich diese Menschen noch fürchten? Was hatten sie noch zu verlieren?

Ihr Leben. Die Menschen, die sie liebten.

Neben einer sehr jungen Frau blieb sie stehen. Kaum erwachsen, drückte sie drei Kinder gegen ihren zerbrechlichen Körper. Eryn konnte sehen, wie ihre Knochen bei den Schultern hervorstanden und spürte, wie sich unter ihren Lidern immer mehr Feuchtigkeit sammelte.

Sie bemerkte, dass sie beide Hände schützend auf ihren Bauch gelegt hatte. In einem Moment, der sich unendlich auszudehnen schien, begegneten ihre Augen denen der jungen Mutter. Ein Moment, der so eindeutig von Hunger, Krankheit, Durst, bitterer Kälte und Verzweiflung sprach, als hätte sie für die Beschreibung dieser Qualen auf Worte zurückgegriffen. Und da war auch ein Flehen. Ein bitterliches Flehen, ihr oder ihren hungernden Kindern kein Leid zuzufügen.

Eryn fiel das Atmen schwer, und mit tollpatschigen, zitternden Fingern durchsuchte sie ihre Taschen, um die drei Goldstreifen hervorzuziehen, die sie eingesteckt hatte. Die hielt sie der Frau hin, die sie nur bewegungslos und mit großen Augen anstarrte.

Eryn bückte sich, ergriff das Handgelenk der Frau und drückte ihr das Gold in die Hand, bevor sie auf ihrem Absatz herumwirbelte und zurück in die Richtung stapfte, aus der sie gekommen war. Etwas in ihrem Inneren verkrampfte sich, und in dieser seltsamen Distanziertheit, die sie in aufreibenden Situationen erlebte, fragte sie sich, ob es wohl ihr Magen war.

Malhora sprang ihr mit überraschender Beweglichkeit aus dem Weg, dann eilte sie hinterher.

"Eryn?"

Die jüngere Frau hielt schwer atmend inne, sobald sie bei den ersten richtigen Gebäuden der Stadt angelangt waren. Ihr war kalt, ihre Finger fühlten sich so unmöglich eisig an, als wären sie in einen Gebirgsbach getaucht worden. Die warme Abendluft spürte sie nicht. Da war nur... Kälte.

Malhora fasste sie mit einer Miene uncharakteristischer Besorgnis bei den Schultern. "Dein Gesicht hat jede Farbe verloren. Komm mit."

Eryn ließ sich vorwärts ziehen. Wohin sie ging, sah sie nicht, sie folgte einfach nur der Hand, die ihre eigene fest umschlossen hielt.

"So viele Kinder", murmelte sie und schüttelte den Kopf, als könnte sie noch immer nicht glauben, was sie gerade mit ihren eigenen Augen erblickt hatte.

Sie setzten ihren Weg einige Minuten lang fort. Wie durch einen Nebel erkannte Eryn, dass sich ihre Umgebung gewandelt hatte und sie sich wieder in den sauberen, hellen, gut gepflegten inneren Bezirken befanden, die ein vertrauter und willkommener Anblick hätten sein sollen, aber stattdessen in ihrem Überfluss plötzlich hässlich wirkten. Ihr Blick fiel auf die Decken auf den Sitzinseln, damit die Gäste es warm und gemütlich hatten. All das, während am Rand der Stadt Kinder in der gleichen Nachtluft froren.

Abrupt blieb sie stehen und befreite ihre Hand aus Malhoras Griff. Die Taubheit und der Schmerz in ihrem Inneren wichen nun etwas anderem, etwas, das sie wie einen verlorenen Freund willkommen hieß, das sie benutzen konnte, etwas in seiner Vertrautheit beinahe Tröstliches: Zorn.

"Da waren Kinder", knurrte sie und bedachte Malhora mit einem bösen Blick, als wäre sie allein dafür verantwortlich, und forderte sie damit heraus, diese Abscheulichkeit zu rechtfertigen.

"Es ist wahr. Viele von denen, die dort hausen, sind Kinder", nickte Malhora. Sie stand aufrecht und wartete geduldig auf das, was noch kam, was ihr sonst noch an den Kopf geworfen würde.

Eryn schloss die Augen und schüttelte den Kopf. "Ich müsste lügen, würde ich behaupten, dass Kinder zuhause in Anyueel so behandelt werden, wie es sein sollte, wie es sein muss, wie sie es verdienen." Sie hielt inne und öffnete ihre Augen wieder. "Aber zumindest haben sie ein festes Dach über dem Kopf und einen Schlafplatz. Ich gebe offen zu, dass sie nicht immer gut ernährt oder ordentlich gekleidet sind. Aber das…" Sie zeigte zurück in die Richtung, aus der sie gekommen waren. Sie spürte, wie sich ihre Muskeln vor Wut verkrampften und sie zu zittern begann.

"Soweit ich höre, sind die Kinder in deiner Stadt jetzt gut ernährt, gekleidet und werden unterrichtet", sagte Malhora gelassen.

Eryn starrte sie an. Was?

"Dafür hast du Sorge getragen, oder etwa nicht? Zumindest teilten mir das meine Quellen mit." In ihren Augen glänzte es herausfordernd.

"Ich? Ich habe nichts getan! Enric bezahlt mit seinem Geld dafür, und es ist die Zeit und Mühe anderer Leute, die all das ermöglicht! Was kann ich hier tun? Ich besitze überhaupt nichts, bin eine Fremde hier, nichts weiter als Klatschmaterial, ein Anlass für Belustigung und Unterhaltung, wenn mir etwas passiert! Ich kann nicht…"

"So beginnen wir in Haus Aren unsere Sätze nicht", unterbrach Malhora sie frostig.

"Darauf liegt im Moment unser Augenmerk?", zischte Eryn und ballte die Hände zu Fäusten. "Wie ich meiner Frustration Ausdruck verleihe, weil es nicht mit den Aren Regeln verfluchter Unbesiegbarkeit übereinstimmt?"

Sie spürte, wie die Handfläche der alten Frau unsanft auf ihrer Stirn auftraf.

"Nein, du dummes Mädchen! Mit *ich kann nicht* halten wir uns nicht auf, weil es ein Prinzip ist, das wir ablehnen, ein Konzept, das zu verstehen wir uns weigern." Malhora hob ihr Kinn. "Es gibt nichts, das eine Aren nicht tun kann! Du bist das Oberhaupt eines mächtigen, reichen Hauses! Was genau ist deine Entschuldigung für Tatenlosigkeit, Eryn?"

"Ich habe kein Geld!", rief Eryn aus und warf verzweifelt die Hände in die Luft. War das nicht offensichtlich? Was wollte diese Frau von ihr?

Sie bemerkte, dass sich Besucher von drei verschiedenen Teehäusern zu ihnen umgedreht hatten, ignorierte sie aber.

"Vollkommener Unsinn."

"Was? Nein, das ist *kein* Unsinn! Du wirst wohl kaum wollen, dass ich das Vermögen von Haus Aren für Wohltätigkeit ausgebe, einem Haus, zu dem ich nicht einmal gehöre! Ich habe kein Recht, Hand an dieses Gold zu legen, das weißt du besser als jeder andere", bellte Eryn. "Ebenso wenig werde ich das Geld meines Gefährten angreifen. Ich hatte keinen Anteil daran es zu verdienen, und sein Geld auszugeben, wo er bereits ein Waisenhaus in Anyueel unterstützt, steht vollkommen außer Frage."

Malhora sah sie mit einem leisen Lächeln an. Das erste Wort, das Eryn in den Sinn kam, um es zu beschreiben, war... *gemein*.

"Sofern ich mich nicht irre, hattest du noch keine Gelegenheit, dich an deiner Mutter für ihre Einmischung in deine Familienplanung zu rächen."

Hatte sich die alte Frau nun komplett von ihrem Verstand verabschiedet?

"Nein, die hatte ich nicht. Dass sie derzeit weit, weit weg ist, erschwert die Sache. Und um ganz ehrlich zu sein, steht diese Angelegenheit im Moment nicht gerade ganz oben auf meiner Prioritätenliste", erwiderte sie in ihrer besten für die Unterhaltung mit Kindern gedachten Stimme.

"Rede nicht mit mir, als wäre ich nicht ganz richtig im Kopf. Komm mit. Es wird Zeit, dir eine kleine Führung durch dein derzeitiges Zuhause angedeihen zu lassen. Oder eher darunter." Damit marschierte sie davon, offenkundig zuversichtlich, dass ihre Enkelin folgen würde.

Eryn starrte Malhoras davoneilendem Rücken ein paar weitere Sekunden lang nach, während sie sich fragte, was all das bedeuten sollte. Dann folgte sie, fest entschlossen, es herauszufinden.

* * *

Enric ließ seinen Blick über die Szene gleiten und stieß eine der sieben liegenden Gestalten mit seinen Fuß an.

"Sie sind alle bewusstlos", verkündete er dann. "Du kannst den Schild jetzt auflösen."

Vran'el gehorchte und ließ die Barriere verschwinden. Rotbart und seine sechs Banditenfreunde lagen ohnmächtig mit von sich gestreckten Gliedern auf dem harten Untergrund.

Nachdem der Mann, den Enric für den Anführer hielt, sie vom Weiterreiten abgehalten hatte, waren die anderen hinter verschiedenen Felsen neben dem Pfad und anderen Verstecken hervorgekrochen. Sie hatten lange, bedrohlich wirkende Schwerter dabei, Enrics eigener Waffe nicht unähnlich. Die Waffe, die er zurückgelassen hatte, da er nicht wie eine eindringende Macht, sondern eher wie ein Diplomat wirken wollte. Die Angreifer hatten ihre Waffen geschwungen, als wüssten sie sehr genau, wie man damit umging. Und als wären sie mehr als bereit dazu, sie einzusetzen.

Enric hatte Vran'el flink angewiesen, einen schwachen Schild zu errichten, um die Männer am Näherkommen zu hindern, dann hatte er starke Blitze hindurchgeschickt und damit einen erstaunten Angreifer nach dem anderen ausgeschaltet. Zum Glück hatte sich seine Annahme, dass es sich hierbei nicht um Magier handelte, als zutreffend erwiesen. Die basierte auf der Tatsache, dass sie Nahkampfwaffen mit sich geführt hatten, und auch auf dem, was er über die Bemühungen Pirinkars gelesen hatte, Magier in Tempeln einzusperren anstatt sie unbeaufsichtigt das Land durchstreifen zu lassen.

"Und jetzt? Was machen wir mit ihnen? Sollen wir sie einfach hier liegen lassen?", fragte der Jurist. "Mir wäre es wesentlich lieber, wir könnten sie aneinanderfesseln und mit nach Kar nehmen, aber ich sehe ein, dass uns das zu sehr bremsen würde. Außerdem würde ich nicht schlafen wollen, solange sich einer von denen in meiner Nähe aufhält."

"Ja, sie mitzunehmen ist keine Option. Allerdings lasse ich sie ebenfalls nur ungern so zurück. Entweder werden sie von irgendetwas aufgefressen - was grausam wäre - oder ihnen passiert überhaupt nichts, bis sie wieder zu sich kommen - was bedeutet, dass sie mit ihrem Überfall auf uns ungeschoren davonkämen", überlegte Enric. "Fällt dir irgendeine Bestrafung ein, die wir ihnen angedeihen lassen können, ohne sie damit zum Tode zu verurteilen?"

"Wir könnten ihnen ihre Kleidung wegnehmen."

"Es scheint, als hättest du eine neue Lieblingsbeschäftigung gefunden", schnaubte Enric.

"Sehr witzig, Ordenslord. Ich dachte mir lediglich, dass ihnen das hier draußen sicher einige Unannehmlichkeiten verursachen wird. Hast du irgendeine bessere Idee?"

Enric überlegte eine Weile, dann zuckte er mit den Schultern. "In Ordnung. Nehmen wir ihnen ihre Kleider weg. Und sie müssen irgendwo noch Reittiere haben. Die werden wir suchen und ebenfalls mitnehmen. Und natürlich auch sämtliche Waffen."

"Wie lange werden sie bewusstlos bleiben? Besteht die Chance, dass wir dort unter diesem Vorsprung eine friedliche Nacht verbringen können, oder müssen wir sie zuerst in einen tieferen Schlaf versetzen?"

"Letzteres, denke ich. Ich habe nur verhältnismäßig schwache Blitze eingesetzt, um bleibende Schäden zu vermeiden."

"Wie ungemein rücksichtsvoll von dir. Dann beeilen wir uns besser. Wir sollten sie hinter diesen Felsen dort schleppen, dann ihren Schlaf vertiefen und ihnen die Kleider vom Leib schneiden", instruierte der Rechtsgelehrte. "Danach brauche ich etwas zu essen und ein paar Stunden Schlaf. Was bedeutet, dass du die erste Wache übernimmst."

Enric seufzte, nickte aber. "Also schön. Und ich bin mir nicht sicher, ob ich besonders glücklich damit bin, wenn du das Kommando übernimmst."

"Komisch - ich könnte mir denken, dass meine Schwester genau das zuweilen auch zu *dir* sagt. Zum Glück gehöre ich nicht zu eurem Orden."

"Ich stimme zu", knurrte Enric missbilligend. "Eine rebellische Vel'kim im Orden und eine weitere in unmittelbarer Nähe ist womöglich das Höchstmaß dessen, was er im Moment aushält. Ich bin nur froh, dass du nicht noch weitere Schwestern hast. Sonst würden wir euch wahrscheinlich darum bitten, diese Barriere zwischen unseren Ländern wieder zu verstärken, dieses Mal allerdings zu *unserem* Schutz anstatt zu eurem."

Vran'el fasste einen ohnmächtigen Banditen unter den Armen und zog ihn vom Weg fort. "Sehr nett. Wer war noch einmal der Ansicht, es wäre eine gute Idee, dich nach Pirinkar gehen zu lassen, damit du dort unser Land repräsentierst und uns vor einem Krieg bewahrst?"

* * *

Eryns Augenbrauen wanderten nach oben, als Malhora nicht auf den Haupteingang der Residenz zusteuerte, sondern um eine Seite des Gebäudes ging und ihrer Enkelin bedeutete ihr zu folgen. Verschwörerisch presste sie ihren Zeigefinger gegen ihre Lippen, um sie zum Schweigen zu veranlassen.

Sie standen vor einer unauffälligen Tür, die ihr schon zuvor bei ihren Spaziergängen im Garten aufgefallen war. Sie hatte das für den Eingang zu einem Lagerkeller gehalten. Malhora fischte aus ihrer Tasche einen Schlüssel und steckte ihn in das Türschloss. Geräuschlos ließ er sich drehen.

Überraschenderweise schwang auch die Tür ohne jeden Lärm auf, und Eryn fragte sich, ob jemand darauf bedacht war, sie besonders sorgfältig zu ölen. Malhora entzündete eine Lampe, die neben der Tür stand, und Eryn sah ihren Verdacht bestätigt. Das war eindeutig ein Rübenkeller. Er war zur Hälfte gefüllt mit verschiedenen Kisten und Säcken unterschiedlichster Gemüsesorten, die sie vom Markt kannte und auch selbst zuweilen schon zubereitet hatte.

Die alte Frau schloss die Tür hinter ihnen und wandte sich dann den schweren Säcken zu.

"Was machst du da? Brauchst du Hilfe? Du hast mich doch nicht etwa zum Aufräumen hierhergebracht?"

Ihre Großmutter ignorierte sie, während sie die Säcke ohne erkennbare Mühe von der Wand fortzog, an der sie lehnten. Über Magie zu verfügen war wahrhaft nützlich.

Eryn riss die Augen auf, als sie sah, wie Malhora ein vom dem Rest der Wand nicht unterscheidbares Panel beiseiteschob und ein weiteres Schloss zum Vorschein kam. Erneut steckte Malhora den Schlüssel hinein, woraufhin sich ein Teil der Wand öffnete. Dahinter lag nichts als vollkommene Finsternis.

"Was ist das?", flüsterte die jüngere Frau.

Malhora hob die Lampe auf und stieg als Erste hinab, folgte einer weiteren Treppe, die zu einem engen Gang führte. Eryn tastete sich behutsam Schritt für Schritt mit den Zehen voran, besorgt, sie könnte ausrutschen und stürzen. Ihre Finger umfassten fest den Handlauf auf der einen Seite.

"Wohin bringst du mich?", fragte sie erneut und erhielt auch dieses Mal keine Antwort. Ihr fielen die Worte ihrer Großmutter bezüglich Rache an Malriel ein.

"Solltest du wollen, dass ich sie umbringe und hier unten vergrabe, dann muss ich dir sagen, dass ich das nicht tun werde. Wenn du sie loswerden willst, kannst du deine Drecksarbeit selbst erledigen. Was nicht bedeutet, dass ich dich dabei nicht unterstützen würde", fügte sie nachträglich hinzu. "Ich würde niemandem davon erzählen. Ich meine, Familie sollte immerhin zusammenhalten, oder wie siehst du das?"

"Sei still", entgegnete Malhora leise ohne sich umzudrehen. Schweigend setzten sie ihren Weg fort, bis sich der Gang wenig später zu etwas wie einer Höhle verbreiterte. Allem Anschein nach ließen sich von hier aus mehrere Räume betreten. Sechs, um genau zu sein. Alle davon waren mit Hilfe von schweren Metalltüren mit eindrucksvollen Schlössern gesichert.

"Bitte sag mir, dass das hier nicht eine Art von Familiengrab ist und wir nackt herumtanzen müssen, um irgendwelche lange vergessenen Vorfahren wiederzuerwecken?", flüsterte Eryn und sah sich unbehaglich um.

Ruhig drehte sich Malhora zu ihr um und schüttelte stirnrunzelnd den Kopf. "Manchmal frage ich mich wirklich, was in deinem Kopf vor sich geht. Was genau glaubt ihr Barbaren von jenseits des Meeres, was wir hier treiben?"

Eryn verzog das Gesicht. "Entschuldige. Meine Phantasie geht nur manchmal mit mir durch... Also, was für ein Ort ist das hier nun wirklich?"

"Hier, mein liebes Mädchen", erklärte Malhora mit gedämpfter Stimme, "ruht der Reichtum von Haus Aren." Sie entzündete zwei weitere Lampen in der Höhle, von denen sie eine an der Wand hängen ließ und die andere ihrer Enkelin reichte.

"Dieses Gewölbe enthält kostbare Familienerbstücke. Manche von ihnen sind unbezahlbar, aber die meisten sind einfach nur unverschämt teuer." Sie steckte ihren Schlüssel in das erste Schloss und drehte ihn. Daraufhin ertönte ein leises Knacken. Malhora zog die Tür auf, dann nickte sie Eryn zu. "Sieh hinein."

Das tat Eryn, vorsichtig, während sie die Lampe vor sich in die Höhe hielt. Entlang der drei Wände standen einige mächtige Schränke. Wahllos öffnete sie eine Tür. Dahinter befanden sich dicht aneinandergereiht mindestens einhundert Bücher. Behutsam berührte sie einen der Einbände, zog ihre Hand aber rasch zurück, als das Material beim Kontakt mit ihrem Finger trocken knisterte. Sie wirkten, rochen und fühlten sich alt an, so richtig alt. Aus Angst davor, etwas zu beschädigen, wagte sie es nicht, ein Buch herauszuziehen, um sich den Titel durchzulesen. Achtsam schloss sie die Tür wieder und ging zum nächsten Schrank, der nun Waffen, gefertigt aus verschiedenen Materialien und in unterschiedlichen Stilrichtungen, enthielt. Mit ihren Einlegearbeiten aus Edelsteinen und den gewundenen Gravuren wirkten sie unglaublich aufwändig gearbeitet. Der letzte Schrank enthielt eine gewaltige Anzahl an Dokumenten, allerlei Schmuckstücke, zerbrechlich wirkende Musikinstrumente sowie seltsam anmutende alte Vorrichtungen, die wohl irgendwann einmal für das eine oder andere Handwerk nützlich gewesen waren.

"Sehr eindrucksvoll", bemerkte Eryn pflichtbewusst. Diese Gegenstände waren freilich ein reizvoller Anblick, doch ihr war nicht wirklich klar, was genau daran dermaßen wichtig sein sollte, dass man sie hier nach unten brachte. Sie hätte es vorgezogen, Dinge um sich zu werfen und so ihren Zorn über die Entdeckung all dieser hungrigen Kinder Luft zu machen.

"Komm weiter", befahl Malhora und schloss die Tür zum ersten Gewölbe, nachdem Eryn es wieder verlassen hatte. Sie öffnete eine zweite Tür. Dieses Gewölbe war größer als das erste und gefüllt mit ungefähr vierzig dunklen, soliden Truhen, ähnlich denen, die sie zur Aufbewahrung ihrer Kleidung benutzte.

"Hör zu, Großmutter, ich schätze es…"

"Schau in eine hinein", unterbrach Malhora. "Such dir irgendeine aus. Es macht keinen Unterschied, welche."

Eryn gehorchte und bückte sich, um einen unverschlossenen Deckel anzuheben. Kurz darauf schnappte sie nach Luft. Das Licht ihrer Lampe wurde von einer solch erstaunlichen Menge an Goldstreifen strahlend reflektiert, dass sie sich nicht einmal annähernd dazu in der Lage fühlte, eine Schätzung abzugeben.

"Das… das ist Gold! Eine Menge!", rief sie aus und sah ihre Großmutter mit weit aufgerissenen Augen an. "Wie viel ist das?"

"Diese Truhe enthält fünftausend Goldstreifen."

Die jüngere Frau hob langsam ihren Blick zu den anderen Truhen um sie herum und spürte, wie ihr der Atem im Hals stecken blieb. "Wie viel Gold ist hier drin?"

"Zweihunderttausend Goldstreifen. Das ist das gesamte Gold, das Haus Aren besitzt. Unsere Anwesen und anderen Güter schließt das natürlich nicht mit ein."

"Natürlich nicht…", flüsterte Eryn, während sie noch immer auf die Truhen starrte. Dann drehte sie sich zur Tür um. "Warum zeigst du mir das? Ich sagte dir schon, dass ich kein Aren Gold angreife, ganz egal, welche unanständigen Mengen davon offensichtlich in eurem Besitz sind."

"Komm mit. Es gibt da noch etwas, das du dir ansehen solltest."

"Sicher doch. Warum auch meine Fragen beantworten, wenn du mich stattdessen herumkommandieren kannst?", murmelte Eryn, tat aber, wie ihr geheißen.

"Die drei Gewölbe auf der anderen Seite sind im Moment nicht wichtig. Dort bewahren wir die Dinge auf, die uns andere Häuser zur sicheren Aufbewahrung anvertrauen", erklärte Malhora und schloss die letzte der drei Türen auf dieser Seite der Höhle auf. "Dieses Gewölbe hier gehört dem Oberhaupt von Haus Aren." Sie trat zur Seite und ließ Eryn eintreten. Es war in etwa so groß wie das erste, in dem die Schränke standen.

Zehn Truhen von der gleichen Machart und Größe wie die im Gewölbe daneben standen an den Wänden. Langsam wandte sich Eryn ihrer Großmutter zu.

"Das gehört Malriel?"

"Es gehört dem Oberhaupt von Haus Aren, so wie ich es bereits sagte. Er oder sie hat das Recht, es aufzubewahren oder auszugeben für welchen als angemessen erachteten Zweck auch immer", erklärte Malhora.

Rasch zählte Eryn die Truhen. Zehn. "Das hier sind also Malriels private Ersparnisse? Fünfzigtausend Goldstreifen?"

"Solange sie sich im Gewölbe des Oberhaupts befinden, gehören sie nicht Malriel", betonte sie mit funkelnden Augen. "Aber der Betrag sollte korrekt sein, ja."

"Damit willst du also sagen…", begann Eryn und wagte es kaum in Worte zu fassen.

"Ich will überhaupt nichts sagen, Kind. Aber ich würde sehr gerne hören, was du zu sagen hast. Und es sollte besser nicht mit *Ich kann nicht* beginnen."

* * *

Eryn stöhnte leise, als ein zögerliches Klopfen an ihrer Schlafzimmertür sie viel zu früh weckte. Sie war erst weit nach Mitternacht zu Bett gegangen und war zur Abwechslung einmal so erschöpft gewesen, dass weder düstere Gedanken über Enric noch das Baby sie davon abhalten konnten, wenige Minuten, nachdem sie sich hingelegt hatte, einzuschlafen.

"Was? Wenn das nicht wichtig ist, dann werde ich dich hinaustreten, wer auch immer du bist!"

Die Tür öffnete sich und Orrin trat ein. Er wirkte besorgt, kam näher, setzte sich auf ihr Bett und sah auf sie hinab.

"Eryn, was genau hast du gestern Abend getrieben?", fragte er geduldig. "Mein Eindruck war, dass du bloß einen Spaziergang unternehmen wolltest. Ich hätte nicht gedacht, dass du es schaffst, irgendwelche Dummheiten anzustellen, solange deine Großmutter dabei ist, aber es scheint, als hätte ich dich unterschätzt."

Sie bedachte ihn mit einem stechenden Blick und verlagerte das Kissen hinter sich, damit sie sich aufsetzen konnte. "Was bringt dich auf den Gedanken, ich hätte eine Dummheit begangen?"

"Die vielen Leute, die verlangen, sofort mit dir zu sprechen. Sie wollen wissen, was genau du dir eigentlich denkst und dir sagen, du sollst damit aufhören, sofern du dir nicht mehr Ärger aufhalsen willst, als du bewältigen kannst."

Er schüttelte den Kopf, als sich langsam ein Lächeln auf ihrem Gesicht ausbreitete. "Warum glaube ich, dass es nicht gut ist, wenn sich Enric außer Reichweite befindet?"

"Weil du denkst, dass ich ohne den großen, starken Enric verloren bin und ich nichts allein hinbekomme. Jetzt geh mir aus dem Weg, ich sollte mich besser anziehen, bevor ich mit der Meute rede. Soweit ich hören kann, hast du sie ins Haus gelassen?"

"Sei vorsichtig, Eryn", warnte sie der Krieger. "Es befinden sich einige Oberhäupter von Häusern darunter. Während mir manche von ihnen eher neugierig als verärgert vorkommen, fühlen sich andere ganz eindeutig vor den Kopf gestoßen."

Sie lachte und schwang die Beine aus dem Bett. "*Du* erinnerst mich daran, diplomatisch zu sein? Irgendwie erscheint mir das nicht ganz angemessen, wenn man bedenkt, wie du den armen Elwoi fast erwürgt hättest und drauf und dran warst, Sanaf etwas Ähnliches anzutun. Sag ihnen, dass ich gleich bei ihnen sein werde."

Widerwillig nickte Orrin und verließ das Zimmer, damit sie sich anziehen konnte.

Eryn ließ sich Zeit; keinesfalls würde sie sich beeilen. Stattdessen würde sie die Besucher ein paar Minuten warten lassen. Sie waren unangekündigt und uneingeladen hier aufgetaucht, somit stand ihnen keine besonders freundliche Behandlung zu - ganz im Gegenteil. Sie ging davon aus, dass diese Begegnung wenig liebenswürdig verlaufen würde.

Erneut ging die Tür auf, dieses Mal ohne vorheriges Klopfen. Malhora trat mit einem grimmigen Lächeln ein.

"Lass dir Zeit, Mädchen. Das Oberhaupt von Haus Aren lässt sich nicht ohne guten Grund hetzen. Dass sie einfach so hier auftauchen, ist auf jeden Fall keiner."

"Die Absicht hatte ich auch nicht", erwiderte die jüngere Frau und grinste zurück. War es schlimm, dass sie sich auf die Konfrontation freute? Vielleicht. Aber andererseits war sie fest entschlossen, jede Gelegenheit zu nutzen, um sich zu amüsieren. Sie würde nicht erneut in diesem Loch versinken, in das sie nach ihrer Ankunft in Takhan mehr oder weniger hineingefallen war, als sie von ihrer wahren Verbindung zu Valrad erfahren hatte.

"Wirst du dort draußen bei mir bleiben?"

Malhora verneinte. "Nicht, wenn wir es vermeiden können. Ich werde mich in der Küche aufhalten. Sollte ich hören, dass du dich abmühst, werde ich zu dir kommen und dich unterstützen. Aber nicht vorher. Man sollte nach Möglichkeit sehen, dass du es schaffst, dich allein darum zu kümmern."

Ah, ja: Stärke zeigen, eine Aren sein. Eryn seufzte und schlüpfte in eine von Junars Tuniken. Sie war ein wenig eng um ihre Brüste, doch sie hatte derzeit kaum etwas anderes, das passte.

"Irgendwelche hilfreichen Ratschläge, bevor ich da hinausgehe?"

"Nicht viel. Erinnere dich einfach stets daran, dass du Recht hast und sie falsch liegen."

Eryn grinste spöttisch. "Grundsätzlich ist das ohnehin meine Sicht der Dinge."

Malhora nickte zustimmend und klopfte ihr auf den Rücken. "Das ist mein Mädchen."

*   *   *

Einige Minuten später sprangen sämtliche Augen zu dem Korridor, aus dem Eryn auftauchte. Die zahlreichen Stimmen hielten augenblicklich in ihrem geschäftigen Geplapper inne.

Ihr Blick wanderte durch den Raum und nahm die Gesichter in sich auf. Legara, Oberhaupt von Haus Finran. Belkim, Oberhaupt von Haus Turbar. Anfer, Oberhaupt von Haus Ulverd. Dann waren da noch einige weitere, die sie als Senatoren kannte, die aber keine Oberhäupter waren.

Valrad und Ram'an waren ebenfalls anwesend, aber sie vermutete, dass sie sie eher im Auge behalten und sichergehen wollten, dass hier nichts aus dem Ruder lief. Hätten sie ein Problem mit dem, was sie getan hatte, dann wären sie kaum als Teil eines verärgerten Mobs in ihrem Haus aufgetaucht. Stattdessen hätten sie eine private Unterredung gesucht.

"Euch allen einen guten Tag", verkündete sie ohne besondere Wärme. "Ich heiße euch in meinem Haus willkommen, auch wenn ich euch ersuchen würde, vorher eine Nachricht zu schicken, wenn ihr das nächste Mal auf einen Besuch vorbeikommen wollt. Ich habe eine lange Nacht hinter mir und hätte noch ein paar weitere Stunden Schlaf gebrauchen können."

"Ja, wir wissen Bescheid über deine *lange Nacht*", schnupfte Legara mit verschränkten Armen. "Wir sind immerhin diejenigen, die

die Konsequenzen zu tragen haben. Das ist der Grund, weshalb wir hier sind, wie du dir wohl vorstellen kannst."

"Die Konsequenzen", wiederholte Eryn bedächtig und ging zu den Sitzkissen, wo sie dankbar Valrads Hand ergriff, damit er ihr beim Hinsetzen behilflich war. "Welche schrecklichen Konsequenzen wären das denn, wenn ich fragen darf?"

"Du weißt *genau*, welche ich meine", knurrte Legara. "Als unsere Diener heute zu den Märkten gingen, war praktisch nichts mehr da, das sie kaufen konnten! All das Dank dem neuen Oberhaupt von Haus Aren, das es, wie man uns informierte, für angebracht hielt, sämtliche Händler mitten in der Nacht zu wecken, um alle ihre Güter zu erwerben, damit sie dann zu den Baracken geschickt werden konnten."

Eryn betrachtete sie kühl. "Deshalb bist du also so aufgebracht? Bist du etwa hungrig, Legara?"

"Das bin ich in der Tat! Es gab kein Frühstück, und ebenso wenig ist etwas vorhanden, das sich zu Mittag kochen ließe! Wenn wir Glück haben, schaffen wir es, genügend Güter von den Plantagen herzubringen, damit wir zumindest etwas zum Abendessen zusammenkratzen können! Was hast du dir nur dabei gedacht, Maltheá? Ich weiß, dass du neu bist in deiner gegenwärtigen..."

"Halt den Mund."

Dieser eine ruhig ausgesprochene Befehl verblüffte sie tatsächlich so sehr, dass sie verstummte.

"Ich sehe, weshalb ihr euch aufregt", begann Eryn und positionierte sich so, dass sie in so viele Augen wie möglich blicken konnte. "Lasst mich euch etwas über meinem gestrigen Abend erzählen. Ich ging hinaus, um einen angenehmen Spaziergang durch eure wunderschöne, sehr saubere Stadt zu unternehmen. Stellt euch meine Überraschung vor, als ich mich weiter in den Norden vorwagte als jemals zuvor."

Sie sah, wie ein paar von ihnen von der Erkenntnis ereilt wurden, was der Auslöser für Eryns Handlungen gewesen sein musste.

"Dabei hast du also die Baracken zum ersten Mal gesehen?", fragte ein Senator. "Ich kann verstehen, dass dies für jemanden, der nicht hier aufgewachsen ist, ein Schock sein mag, doch..."

"Ich habe sie gesehen", unterbrach sie. "Das hat mir einen recht garstigen Schock versetzt und mich unglaublich verärgert. Ich bin dann hierher in meine Residenz zurückgekehrt, zu dem Luxus, der mir offenbar zusteht, weil ich in die richtige Familie geboren wurde. Genau wie jede einzelne Person in diesem Raum. Und dann musste ich an die Kinder denken, die ich gesehen hatte. Mit Armen so dünn wie Zweige, verängstigte, hungrige Straßenkinder. Ich konnte den Gedanken nicht ertragen, mich in mein übergroßes, weiches, warmes Bett zu legen, während sie in kaum mehr als grobe Verschläge gequetscht sind, frierend und hungernd."

Sie bemerkte einige vielsagende Blicke auf ihren runden Bauch und gab ihnen genug Zeit, um zu dem Schluss zu gelangen, dass es nicht besonders vernünftig war, sich einer schwangeren Frau entgegenzustellen, wenn es darum ging, hungernde Kinder zu nähren. Besonders, wenn diese Frau als Aren geboren worden war, auch wenn sie sich umentschieden hatte, und sie zufällig uneingeladen in ihrem Hauptraum standen.

"Ihr seid gekommen, um eurer Frustration Ausdruck zu verleihen, eurer Unzufriedenheit darüber, dass ihr weniger als einen Tag lang nichts zu essen habt", fuhr sie fort. "Kein einziger von euch - ebenso wenig wie eure Kinder - läuft Gefahr, irgendwelche bleibenden Schäden davonzutragen, weil ihr ein paar Mahlzeiten versäumt. Und doch seid ihr hier aufgetaucht, um euch dem entgegenzustellen, was ihr zweifellos als große Ungerechtigkeit erachtet. Ich wette, nicht ein Einziger von euch hat daran gedacht, in diese prachtvollen, ausladenden Gärten hinauszugehen, die ihr alle besitzt, und euch ein Stück Obst von einem eurer Bäume zu pflücken oder ein paar Beeren zum Frühstück zu sammeln. Das liegt daran, dass das Essen in euren Gärten nur zur Zierde da ist, während andere so großen Mangel leiden, dass sie daran sterben. Oh, ich vergaß, dass ihr nicht daran gewöhnt seid, euer Frühstück selbst herzurichten. Das ist Arbeit für eure Bediensteten."

Belkim, Oberhaupt von Haus Turbar, hob beschwichtigend die Hände. "Also, Malthea. Wir haben Verständnis dafür, dass dich dein aktueller Zustand empfänglicher macht für das Leid von Kindern. Und natürlich bist du dafür bekannt, dass du eine Schwäche für sie hast, wenn wir uns deine Unterstützung für Waisenkinder in Anyueel ansehen. Noch dazu bist du noch nicht lange genug hier, um zu verstehen, wie unsere Gesellschaft…"

"Wie eure Gesellschaft funktioniert?", fiel sie ihm scharf ins Wort. "Oh, da irrst du dich aber, ich habe durchaus ein recht klares Bild davon, wie sie funktioniert. Wir, die Privilegierten - privilegiert durch unsere Geburt, nicht durch Leistung, wohlgemerkt - besitzen fast alles, und die, die das Pech hatten, in den Baracken geboren zu werden, sind dazu bestimmt zu hungern, tagsüber in der Hitze zu braten, nachts zu frieren und an Krankheiten, Verletzungen und Unterernährung zu sterben. Aber solange die Reichen ihre Besitztümer oder ihren Lebensstil nicht in Gefahr sehen, erkennen sie keinen Grund zum Handeln."

"Soll das heißen, du willst so weitermachen und alle Nahrung aufkaufen, um sie zu den Hütten zu schicken?", fragte ein junger Senator mit besorgter Miene. Er war eindeutig nicht sehr erbaut von der Vorstellung, in Zukunft ihretwegen Mahlzeiten auslassen zu müssen.

"Malriel wird dir das Fell über die Ohren ziehen, wenn sie zurückkehrt und sieht, wofür du das Aren Vermögen ausgibst", knurrte Legara. "Ich frage mich, weshalb Malhora hier nur untätig zusieht."

"Malhora ist nicht das Oberhaupt von Haus Aren, sondern ich", schnappte Eryn nach ihr. "Wir wissen nicht einmal, ob Malriel jemals wieder zurückkehrt. Es mag also sein, dass ich diese Position noch eine Weile bekleide." Bei Legaras Gesichtsausdruck musste sie ein Grinsen unterdrücken. "Außerdem habe ich das Aren Vermögen nicht angefasst, und das habe ich auch nicht vor. Nicht, dass dich das irgendetwas anginge, wohlgemerkt. Doch da du solche Sorge um das Wohlergehen meines Hauses zum Ausdruck gebracht hast, werde ich mich großmütig zeigen und euch diese eine Kleinigkeit mitteilen: Das Oberhaupt von Haus Aren verfügt über eigene Ersparnisse. Lasst mich euch sagen, dass die sich auf eine beträchtliche Summe belaufen. Ich könnte die Armen dieser Stadt womöglich *jahrelang* ernähren."

"Du hast Hand an Malriels Ersparnisse gelegt?", flüsterte Legara schockiert. "Ihre persönlichen Ersparnisse? Die sie sich beiseitegelegt hat, um sich für ihren Ruhestand ein Anwesen zu kaufen?"

Eryn verdrehte die Augen. "Ich sehe klar, wo deine Prioritäten liegen, Legara. Während der Gedanke, Haus Aren könnte seines hart verdienten Geldes beraubt werden, bei dir nur ein wenig Empörung hervorruft, ist es offensichtlich ein Frevel, Gold auszugeben, das einer einzigen Person gehört. Interessante Prioritäten. Aber mir wurde gesagt, dass ich dazu berechtigt bin, mit diesem Gold nach Gutdünken zu verfahren, solange es sich an dem Ort befindet, der dem Oberhaupt des Hauses zusteht."

"Vielleicht sollten wir nach einem Weg suchen, das in Angriff zu nehmen, was du als wichtig erachtest, der auch den Häusern noch ein paar Bissen übrig lässt?", schlug Ram'ans amüsierte Stimme vor.

"Aber sicher doch, Arbil, ich bin ganz Ohr", schnurrte Eryn. "Lass uns teilhaben an deinen Ideen, falls du welche hast. Wir können doch nicht zulassen, dass die Häuser verhungern, was?"

"Da es unsere Plantagen sind, die das Essen bereitstellen, das du so gerne kaufst und an die Armen verteilst, wage ich zu behaupten, dass es bis zu einem gewissen Grad durchaus Sinn macht, auch die Häuser zu versorgen", erwiderte er gutmütig. "Aber du hast nach meinen Ideen gefragt. Ich habe tatsächlich den einen oder anderen Vorschlag und wäre mehr als erfreut darüber, sie persönlich mit dir zu besprechen, bevor wir sie dem Senat vorlegen. Es geht dabei um die Verteilung überschüssigen Essens, eine Steuererleichterung für gespendete Güter und Dinge dieser Art."

Eryn blinzelte kurz und verbarg ihre Überraschung nur mit Mühe. Sie hatte den gleichen Fehler begangen, der ihr auch mit Orrin ständig unterlief. Jedes Mal, wenn der Krieger etwas von sich gab, das sie als ungewöhnlich klug erachtete, war sie darüber verblüfft, weil ihr Gehirn sich schlichtweg weigerte, die Begriffe *Kämpfer* und *intelligent* in einer Person zu vereinen. Und mit Ram'an verhielt es sich ähnlich. In seinem Fall schienen die gegenüberliegenden Eigenschaften *bescheiden* und *brillant* zu sein.

Sie musste wirklich an ihren Klischees arbeiten und sich von der Anschauung verabschieden, ein Kämpfer müsse geistig beschränkt und ein brillanter Mensch arrogant sein. Wenngleich es eine

Herausforderung darstellte, nicht zu dieser Sichtweise zurückzukehren, sobald sie etwas Zeit mit Sarol verbrachte.

"Ich wäre entzückt, mit dir darüber zu sprechen und zu sehen, ob sich deine Ideen mit dem vereinbaren lassen, was ich zu erreichen hoffe", gestand sie ihm würdevoll zu.

"Vielen Dank, Eryn", lächelte Ram'an und verbeugte sich.

"Gibt es sonst noch etwas, das ihr besprechen wollt? Ich muss sagen, dass ich selbst ebenfalls recht hungrig bin und beabsichtige, einen Spaziergang im Garten zu unternehmen und mein Frühstück persönlich zusammenzutragen."

Sie beobachtete, wie die Oberhäupter der Häuser und Senatoren zweifelnde Blicke wechselten. Sie waren gerade entlassen worden, soviel war eindeutig. Hatten sie erreicht, was sie bewirken wollten? Sie hatten ihr mitgeteilt, dass ihre Handlungen nicht auf Zustimmung stießen. Und dass man es nicht gut aufnähme, würde sie auf diese Weise weitermachen.

Doch wenn man ihre Reaktion betrachtete, war die Einschätzung der Situation nicht ganz so einfach. Zerknirscht hatte sie nicht gewirkt, und ebenso wenig hatte sie versprochen, es nie wieder zu tun. Genau genommen war sogar das Gegenteil der Fall. Sie hatte geradewegs einen Gegenangriff gestartet und mit Argumenten aufgewartet, die jeden, der ihr widersprach, gierig und herzlos erscheinen ließ. Aber andererseits war es auch nicht in Ordnung, sich auf einen Kampf mit einer so offensichtlich schwangeren Frau einzulassen, oder? Und dann war sie auch noch eine Aren. Man konnte niemals genau sagen, wozu eine verärgerte Aren imstande war, wenn man sie unter Druck setzte.

Langsam bewegten sie sich auf die Stufen zu, die zum Ausgang führten, und vermieden jeglichen Blickkontakt miteinander.

"Darüber reden wir noch bei der nächsten Senatsversammlung", verkündete Legara abschließend.

"Ja, das werden wir. Das sagte Ram'an doch gerade, oder etwa nicht?", erwiderte Eryn gereizt, was dem Oberhaupt von Haus Finran das eine oder andere nachsichtige Lächeln einbrachte.

Malhora kehrte aus der Küche zurück, nachdem alle bis auf Valrad und Ram'an das Haus verlassen hatten.

"Gut gemacht, Eryn. Wir werden doch noch ein Oberhaupt eines Hauses aus dir machen." Die alte Frau stellte eine Schüssel mit aufgeschnittenen Früchten vor sie hin. "Ich habe mir die Freiheit genommen, den Garten für dein Frühstück zu plündern. Wir können nicht zulassen, dass du hungerst. Iss auf und füttere deinen Sohn."

Eryn blickte zu ihrem Vater auf. "Gibt es irgendetwas, das du zu diesem ganzen Durcheinander sagen möchtest? Du warst die ganze Zeit über recht ruhig."

Valrad setzte sich neben sie, ergriff ihre Hand und drückte sie. "Ich war nicht hier, um mich den andern anzuschließen, sondern dir."

Für einen Moment lehnte sie ihren Kopf an seine Schulter. "Ich weiß. Das hast du für alle gut erkennbar gemacht, als du mir beim

Hinsetzen geholfen und dich dann hinter mich gestellt hast." Dann sah sie Ram'an an, der sich auf ihrer anderen Seite niedergelassen hatte. "Und du. Wann sind dir diese Dinge eingefallen?"

"Nachdem ich erfuhr, dass es auf keinem der Märkte Essen gab und den Grund dafür hörte, sperrte ich mich zwei Stunden lang in meinem Arbeitszimmer ein. Ich wusste, dass ich irgendetwas Greifbares brauchen würde, um entweder deine Besucher oder, nun ja - dich - zu beschwichtigen."

Eryn beugte sich vor, um seine Wange zu küssen und dann ihre Stirn einen Augenblick lang gegen seine zu lehnen. "Danke. Das ist mein Ernst. Ich bin froh, dass du auf meiner Seite stehst." Dann ließ sie sich zurücksinken und schüttelte müde den Kopf. "Warum hat niemals irgendjemand etwas dagegen unternommen, wie die Leute in dieser Siedlung von Elendshütten leben müssen? Offensichtlich wusstet ihr alle davon, also warum kümmert es niemanden?"

Ram'an und Valrad starrten einander eine Weile an, bevor Letzterer murmelte: "Wir wuchsen mit dem Wissen auf, dass manche mehr und andere weniger haben. So hat die Welt schon immer funktioniert."

Ram'an seufzte. "Ich schätze, zuweilen braucht es eine neue Perspektive, jemanden, der nicht dazu erzogen wurde, die Dinge auf die gleiche Weise hinzunehmen wie wir."

Eryn presste die Lippen aufeinander. Sie wollte nicht mit Anschuldigungen um sich werfen oder den beiden ein schlechtes Gewissen einreden. Oder sie verärgern. Dennoch konnte sie nicht anders als sich zu fragen, wie es möglich war, dass Menschen zu dem Glauben erzogen werden konnten, es sei akzeptabel, Kinder sozusagen auf ihrer Türschwelle verhungern zu lassen.

Ved'al war ebenfalls hier aufgezogen worden, und er hatte ihr beigebracht, dass man nicht einfach zusah oder es mit einem Achselzucken als unumstößlichen Lauf der Dinge abtat, wenn jemand weder Nahrung noch Unterkunft hatte.

Sie stellte sich vor, ihn in genau diesem Moment an ihrer Seite zu haben, gemeinsam mit ihm gegen die Ungerechtigkeit zu kämpfen, die abzulehnen er sie gelehrt hatte. Doch das war natürlich Unsinn. Selbst wenn Ve'dal noch am Leben wäre, hätten sie ihn eingesperrt oder ihn sogar hingerichtet, wenn sie es geschafft hätten, ihn zurück in die Westlichen Territorien zu bringen.

Sie vermisste ihn so sehr, dass es beinahe schmerzte. Diesen speziellen Stich hatte sie schon seit einer Weile nicht mehr verspürt. Er mochte nicht derjenige sein, der sie gezeugt hatte, doch auf jeden Fall war er ein verwandter Geist gewesen.

KAPITEL 38

Wohltätige Maßnahmen

Eryn ließ die Nachricht sinken und schüttelte ungläubig den Kopf, bevor sie das Blatt an Malhora weiterreichte.

Sie saßen auf der Terrasse, während die untergehende Sonne ihrer Umgebung ein sanftes oranges Glühen verlieh.

"Darauf muss ich morgen reagieren, denke ich. Oder soll ich ihr das durchgehen lassen, um die Allianz zwischen unseren Häusern zu schützen? Langsam beginne ich mich wirklich zu fragen, welche Art von Verbündete Legara eigentlich ist. Ganz sicher ist sie nicht von der hilfreichen Sorte", grummelte Eryn.

Die alte Frau nickte und lächelte, als Junar sich zu ihnen gesellte, nachdem sie ihre Tochter gebadet hatte.

"Worauf musst du reagieren?", fragte die Schneiderin. "Oder ist das eine geheime Angelegenheit des Hauses, von der ich nichts wissen darf?"

"Eine Angelegenheit des Hauses ist es, aber nicht gerade geheim", seufzte Eryn und zog eine Grimasse als sie in ihrem Inneren einen weiteren Tritt verspürte. "Legara hat Sanafs Bestrafung öffentlich bekannt gemacht."

"Ich gehe davon aus, dass du damit nicht einverstanden bist? Was ist das Problem? Ist es zu lasch oder zu harsch?"

"Sag du es mir. Sie erklärt, dass sie ihn für die nächsten fünf Jahre aus der Stadt fortschicken wird, damit er irgendwo eines ihrer Anwesen verwaltet. Die ersten drei Jahre lang wird ihm sein Lohn weggenommen und in das Gemeinwohl investiert."

Bestürzt starrte Junar sie an. "Was? Das ist alles? Eine Position auf einem verdammten *Anwesen*, wo er seine Tage damit verbringen kann, mit dem Finger zu zeigen und andere herumzukommandieren? Das ist doch wohl nicht dein Ernst!"

"Leider doch. Und jetzt muss ich entscheiden, ob ich diese Beleidigung schlucke, um die Reste der Allianz zwischen den Häusern zu bewahren, die nach Malriels Abreise noch übrig sind, oder ob ich bei der nächsten Senatsversammlung das Wort ergreife. Die zufällig morgen stattfindet." Eryn sah Malhora an. "Ich gehe davon aus, dass es irgendeine Bestimmung gibt, die es mir als der geschädigten Partei erlaubt, gegen die Bestrafung des Missetäters Einspruch zu erheben, wenn sie mir aus irgendeinem Grund nicht zusagt?"

"Die gibt es", nickte die alte Frau. "Ich empfehle, dass du davon Gebrauch machst. Die Allianz mit Haus Finran ist in ihrer derzeitigen Form ohnehin mehr Bürde als Vorteil. Offensichtlich können wir uns nicht länger auf sie verlassen. Ram'an wird auf deiner Seite stehen. Sein Haus wäre immerhin fälschlicherweise beschuldigt worden. Seine Freude darüber wird kaum größer sein als die deine."

Eryn ließ ihren Kopf zurücksinken und stöhnte. "Als würde diese verfluchte Versammlung morgen nicht ohnehin hitzig genug verlaufen mit dem, was ich dort vorschlagen werde. Jetzt muss ich mich auch noch mit dieser irritierenden Kreatur herumschlagen."

"Niemand hat jemals behauptet, es wäre einfach, ein Haus zu führen", entgegnete Malhora mit einem unbeeindruckten Schulterzucken. "Und ich hege den Verdacht, dass Legara herauszufinden versucht, wie weit sie bei dir gehen kann. Gegen Malriel hatte sie niemals wirklich eine Chance und hofft nun womöglich, dass sie es mit dir einfacher hat."

"Aber ich dachte, Malriel und sie wären Freundinnen?", meinte Eryn stirnrunzelnd.

"Jetzt schon. Legara fand recht rasch heraus, dass sie deiner Mutter nicht gewachsen war. Wir haben hier ein Sprichwort: Wenn du deine Gegner nicht besiegen kannst, versuch dich ihnen anzuschließen."

"Eine Freundschaft aus Gründen der Bequemlichkeit? Warum sollte Malriel so etwas wollen? Was ist mit dem Stolz der Aren? Oder kämpfen sie so hart gegen jede Niederlage, nur um dann auf heuchlerische Freundschaften hereinzufallen?"

Ihre Großmutter seufzte. "Mein Mädchen, da gibt es das Prinzip, dass man die Stimmen der anderen benötigt. Die momentane Stärke eines Hauses hängt sehr stark von seinen Verbündeten ab. Legara war nicht nur bequem, sondern auch leicht zu gewinnen. Sie kennen einander bereits seit jungen Jahren. Auch dass sie die einzigen beiden weiblichen Oberhäupter gleichen Alters waren, verband sie. Aber Malriel ist nicht dumm. Du darfst mir ruhig glauben, wenn ich dir sage, dass sie sehr genau weiß, wie weit sie Legara vertrauen kann."

"Dann wird es sie nach ihrer Rückkehr nicht einmal aufregen, wenn sie sieht, dass ich ihre Cousine herausgefordert habe?"

"Nein, ich könnte mir denken, dass sie davon kaum besonders überrascht sein wird", meinte Malhora achselzuckend, dann lächelte sie. "Es tut mir leid, aber den Nachteil, dass deine Mutter sich durch dein Vorgehen gegen Legara nicht provoziert fühlen wird, musst du wohl in Kauf nehmen."

* * *

Vran'el wollte sich gerade seine Ärmel hochschieben, hielt aber inne und stieß ein irritiertes Geräusch aus, als Enric ihn ermahnte: "Du weißt ganz genau, dass wir unsere Haut hier in diesem Teil von Pirinkar nicht entblößen sollen. Es gibt diese seltsame, schlaf-auslösende Insektenspezies, die hier heimisch ist. Wir wurden wiederholt davor gewarnt, jegliche Bisse zu vermeiden."

Der Jurist seufzte besiegt und zog die Ärmel wieder nach unten.

"Ich fühle mich, als würde ich in meinen Kleidern dahinschmelzen. Wie ist das möglich? In der Wüste ist es erheblich heißer, aber niemals in meinem Leben habe ich so profund geschwitzt wie hier! Sollte das Reiten im Schatten dieser Bäume nicht kühl und angenehm sein?"

"Nein, nicht mit all der Luftfeuchtigkeit hier. Die Hitze in der Wüste ist trocken. Das hier ist feuchte Hitze."

"Offensichtlich", schnaubte Vran'el. "Das ist vollkommen verdreht. Ich meine, auf einer Seite des Gebirges ist nichts, nur Sand und so gut wie keine Vegetation. Und hier, nur ein paar Stunden weiter im Norden, sind wir von dieser schwülen Üppigkeit umgeben. Unglaublich." Er hob einen Finger, als Enric den Mund öffnete. "Sofern du gerade zu einem Vortrag darüber ansetzen wolltest, dass die Berge hoch genug sind, um die feuchte Luft vom Eintreten in die Wüste abzuhalten und sich somit Wolken formen, die ihr Wasser auf dieser Seite abgeben, dann unterlass es bitte einfach. Du magst eine Unzahl an Büchern gelesen haben, aber wir versuchen unsere Kinder ebenfalls gründlich zu unterweisen."

"Das zu einem Bürger eines Landes zu sagen, das ihr als barbarisch und rückständig erachtet, ist seltsam", schmunzelte Enric.

"Nun, womöglich haben wir unsere Meinung darüber ein wenig geändert, nachdem wir ein paar von euch kennenlernten. Selbst wenn du es nicht vermocht hättest, uns darauf aufmerksam zu machen, dass dein Königreich womöglich nicht ganz so… unterentwickelt ist, wie wir dachten, hätte Vern das geändert. Ein unglaublich talentierter Junge."

Enric zog Ram'ans Notizbuch hervor und blätterte ein paar Seiten um. "Wir sollten bald aus diesem Wald herauskommen. Ram'an schreibt, dass es nicht mehr als einen Tag dauerte, ihn zu durchqueren, und ein paar Stunden haben wir bereits hinter uns."

"Gut. Nie im Leben hätte ich gedacht, dass ich eines Tages einen Überfluss an Wasser verfluchen würde. Hier durchdringt es sogar die Luft. Meine Kleider müssen mittlerweile mindestens doppelt so schwer sein wie zu dem Zeitpunkt, als ich sie anzog."

"Hör auf, dich zu beklagen, Vran. Glaube mir, es könnte schlimmer sein. Es könnte eiskalt sein."

"Das wäre keineswegs schlimmer! Gegen die Kälte könnten wir uns Kleidung anziehen, aber wir können nichts ausziehen, wenn wir diesen Insekten nicht zum Opfer fallen wollen."

Enric entschied, nichts darauf zu erwidern. Vran'el musste offenbar seiner Frustration über die unvertrauten Witterungsbedingungen freien Lauf lassen, und wenn es ihm half, störte es Enric nicht zuzuhören.

Durch das Geistesband empfing er Verdruss und lächelte. Es war keine intensive Empfindung, die Sorge in ihm wachrief, mehr ihre übliche Unzufriedenheit über kleine Dinge, die nicht so liefen, wie sie es geplant hatte.

Tagsüber kam sie bemerkenswert gut mit ihren Gefühlen zurecht, doch nachts spürte er, wie verloren und einsam sie sich fühlte, wie verlassen. Es zerriss ihm das Herz, und letzte Nacht hatte er zum ersten Mal einen Schild gegen die Gefühle errichtet. Sie hätten ihn sonst wachgehalten, und er benötigte seinen Schlaf und seine Stärke, wenn er sich so rasch wie möglich um die Aufgabe kümmern wollte, die vor ihm lag. Damit er wieder zu ihr zurückkehren konnte.

* * *

Eryn verzog das Gesicht, als sich ihr Rücken mit einem Stechen beschwerte, und entsandte ein wenig lindernde Magie, um den Schmerz loszuwerden. Das Baby wuchs und gedieh, doch die Last den ganzen Tag herumzutragen erwies sich für ihren Körper als Anstrengung.

Ram'an sah von seiner Frühstücksschale auf. "Ist alles in Ordnung, Theá, meine Liebe? Du wirkst unzufrieden."

"Nicht wirklich unzufrieden. Es ist eine Mischung aus Besorgnis, Scheu, gespannter Erwartung und Aufregung."

"Ein wenig widersprüchlich", bemerkte er.

Orrin und Vern beendeten ihr Frühstück gleichzeitig und lehnten sich beide vor, um ihre leeren Schüsseln auf dem niedrigen Tisch abzustellen.

"Du solltest diese Papiere vorläufig weglegen und fertig essen", instruierte sie der Krieger. "Wir müssen in weniger als einer halben Stunde aufbrechen, und du bist noch nicht einmal angezogen. Nun, zumindest nicht angemessen für eine Senatsversammlung", fügte er mit einem weiteren Blick auf ihre Aufmachung hinzu.

"Schwangerschaftsprivileg", meinte sie nur schulterzuckend, legte aber die Papiere beiseite. "Und dieser Tage kleckse ich beim Essen recht häufig, somit wäre es in meinem Fall vollkommen sinnlos, mich vor dem Frühstück anzuziehen."

"Was denkst du, wie der Senat auf deine Pläne reagieren wird?", fragte Vern neugierig.

"Lass es mich so sagen: Es ist sicher ein Vorteil, dass ich schwanger bin, andernfalls wäre der eine oder andere wohl versucht, mich mit einem Tritt zur Tür hinaus und die Stufen hinunter zu befördern."

"So schlimm?", meinte der Junge mit einer Grimasse.

"Ich rechne nicht mit viel Unterstützung, wenn ich ehrlich bin. Aber Ram'an meint, dass ich die nicht wirklich brauche. Da ich mehr oder weniger meine eigenen Mittel für einen Zweck einsetze, der nicht gegen das Gesetz verstößt, gibt es kaum etwas, das sie tun könnten, um mich aufzuhalten. Und dann habe ich noch mindestens zwei Oberhäupter von Häusern auf meiner Seite, also stehe ich zumindest nicht vollkommen allein da." Sie lächelte Ram'an an. "Es ist gut, mächtige Freunde zu haben, die Nachsicht mit mir zeigen." Sie stellte ihre Schüssel ab und ließ sich von Orrin auf die Füße ziehen.

"Wenn ihr mich nun entschuldigen würdet, meine Herren, ich sollte mich angemessen kleiden."

Als sie wenig später in den Hauptraum zurückkehrte, hatten die Männer bereits sämtliche Überreste des Frühstücks aufgeräumt und standen bei den Stufen, wo sie sich miteinander unterhielten, während sie auf sie warteten. Ram'an hatte ihre Notizen aufgesammelt und in die Akte zurückgesteckt, die sie erstellt hatte und die sie zu der Versammlung mitnehmen würde.

"Schläft Junar noch immer?"

"Ja. Téa hatte eine schlaflose Nacht, und soweit ich mich erinnere, ist Junar erst in den frühen Morgenstunden ins Bett gekommen", erklärte Orrin.

"Und Malhora? Ich hätte erwartet, dass sie geschäftig herumläuft und mich davor warnt, der Familie keine Schande zu machen, indem ich Schwäche zeige oder etwas in der Art. Sie schläft normalerweise nicht so lange. Zumindest nicht, soweit ich das seit ihrer Ankunft hier mitbekommen habe."

"Das hat sie auch nicht", bestätigte der Krieger. "Sie hat das Haus bereits verlassen, bevor du überhaupt aufgestanden bist und mich gewarnt, ich solle dich bloß rechtzeitig zum Senat schaffen."

"Wohin ist sie denn gegangen?"

"Sie hat irgendetwas vor sich hingemurmelt, dass sie ein paar Leuten Angst einjagen wollte, indem sie frühzeitig auftaucht." Er schüttelte den Kopf. "Die Frauen in dieser Familie sind tatsächlich recht... speziell", schloss er bedachtsam.

"Sehr richtig", grinste Eryn. "Und vergiss das bloß nicht."

"Wie könnte ich denn? Wir leben derzeit unter dem gleichen Dach."

Sie traten in die erfrischende Morgenluft hinaus und begaben sich auf den Weg in Richtung des Stadtzentrums. In den Straßen um sie herum ging es geschäftig zu.

Als sie das Senatsgebäude erreichten, hob Eryn ihren Blick zu den Stufen empor. Lag es an ihr, oder schienen die mit jedem Mal steiler zu werden?

Vern und Orrin boten ihr jeweils einen Arm, doch sie lehnte ab und schickte stattdessen ein wenig Magie in ihre Beinmuskeln.

"Das ist wirklich nett von euch beiden, aber das allmächtige Oberhaupt von Haus Aren kann sich nicht dabei sehen lassen, wie sie sich gleich einer Greisin in die Halle führen lässt. Ihr erinnert euch? Unbesiegbare Kriegerkönigin mit schreckenerregendem Temperament? An euren Armen zu hängen würde dieses Bild vollkommen zerstören. Und ich würde mir einiges von Malhora anhören müssen."

"Kriegerkönigin?", schmunzelte Vern und schüttelte den Kopf. "Das werde ich mir merken."

Der Saal war in etwa ebenso voll wie an dem Tag, als sie Sanaf befragt hatte. Die Leute vermuteten, dass sich womöglich etwas ereignen würde und wollten dabei sein, um es sich anzusehen. Sie wussten, dass es etwas mit den Armen zu tun hatte und mit dieser Frau, die zwar aufgrund ihrer Ähnlichkeit zu Malriel ein vertrauter Anblick war, sich in ihrem Verhalten aber wesentlich seltsamer zeigte.

Malhora hatte bereits auf einem der beiden für die Aren Senatoren reservierten Stühle Platz genommen und nickte ihrer Enkelin zu.

"Du hast auf jeden Fall Publikum. Wir werden sehen, ob sich das als Vorteil erweist", begann die alte Frau ohne jeden Gruß.

Orrin und Vern hatten einen Platz zwischen den Zuschauern gefunden, der ihnen einen guten Ausblick bot. Die Besucherstühle waren alle besetzt.

Sie drehte den Kopf, als sie Valrads Stimme hinter sich vernahm.

"Guten Morgen, Eryn. Wie geht es dir? Du siehst müde aus."

"Ich hatte ein paar lange Nächte, aber nach dem heutigen Tag hoffe ich, dass das Schlimmste vorüber ist." Sie überlegte kurz. "Oder es beginnt erst. Wir werden sehen."

Ihr Vater drückte ihre Hand und kehrte zu seinem Sitz zurück, als die drei Triarchen die Halle betraten und zu ihren Plätzen auf dem Podium marschierten. Sowohl die Senatoren als auch die Leute im rückwärtigen Bereich verstummten kurz darauf.

Torke'na war erneut diejenige, die sich erhob und das Wort ergriff. Eryn fragte sich flüchtig, ob sie als die offizielle Sprecherin der drei agierte, oder ob das nur eine Gepflogenheit war, die sich im Laufe der Zeit eingebürgert hatte, bevor sie sich wieder auf die gesprochenen Worte konzentrierte.

"Euch allen einen guten Morgen. Ihr wurdet von der Bestrafung in Kenntnis gesetzt, die Legara von Haus Finran für Sanaf von Haus Finran als angemessen erachtet nach seinem Geständnis vor dem Senat bezüglich der vorsätzlichen Gefährdung von fünf Menschen, darunter zwei schwangere Frauen und ein junger Mann, der in seinem Zimmer eingeschlossen nur knapp überlebte. Des Weiteren wurde dargelegt, dass er dafür bezahlte, die Sache fälschlicherweise Haus Arbil anzulasten, um eine langjährige Allianz zwischen den beiden Häusern zu zerrütten." Für einen kurzen aber vielsagenden Moment wanderte ihr Blick zu Eryn, bevor er zu den anderen Senatoren schweifte. "Gibt es irgendeinen Einwand gegen die Sanktionen, die Legara für diese Vergehen als angemessen erachtet? Nämlich die

Entsendung Sanafs zu einem der Finran Anwesen, wo er dann fünf Jahre lang die Administration übernimmt und ihm in den ersten drei Jahren sein Lohn genommen und zusätzlich zu den Steuern von Haus Finran übermittelt wird?"

Eryn fühlte Triumph in sich aufsteigen. Die Triarchin war mit dieser Bestrafung eindeutig alles andere als zufrieden und scheute sich auch nicht, das zu zeigen, wenngleich sie nicht in einer Position war, um Einspruch zu erheben, da sie sich nicht unter den geschädigten Parteien befand. Sie spürte Malhoras Schubs und räusperte sich.

Zu behaupten, sämtliche Augen wären plötzlich auf sie konzentriert, wäre falsch. Das waren sie bereits kurz nach Beginn von Legaras Ansprache gewesen. Selbst wenn sie sich gegen einen Einspruch und für das Akzeptieren dieser lächerlichen Strafe für Sanaf entschieden gehabt hätte, wäre es nun erforderlich gewesen, diesen Standpunkt zu überdenken. Schließlich erwartete jeder von ihr, das zu tun, worin Arens bekanntermaßen gut waren: sich an denen zu rächen, die ihre Ehre kränkten.

"*Ich* erhebe Einspruch gegen das, was Legara offensichtlich als angemessene Maßnahmen erachtet", sprach Eryn ruhig.

"Ich ebenfalls", meldete sich Ram'an von der anderen Seite des Raumes gleichermaßen gefasst zu Wort.

Kein einziges Gesicht zeigte ein Anzeichen von Überraschung, wie sie bemerkte. Nicht einmal Legaras.

"Was an diesen Maßnahmen stellst du im Speziellen zur Debatte?", fragte Torke'na, in ihren zusammengekniffenen Augen eine Spur von Zufriedenheit erkennbar.

"Die kurze Zeitdauer sowohl für die Einbehaltung seines Lohns als auch seiner Verbannung aus der Stadt. Und auch die Härte seiner Pflichten, die sie ihm übertragen will. Oder eher den Mangel an jeglicher Härte."

"Ram'an, wie lauten deine Einwände?"

"Ich stimme Maltheá vollinhaltlich zu und habe nichts weiter hinzuzufügen."

Torke'na nickte knapp, dann wandte sie sich an sämtliche Repräsentanten der Häuser. "Erkennt der Senat diese Einwände als gerechtfertigt und vernünftig an? Ich bitte um Handzeichen."

Eryn beobachtete, wie die meisten Senatoren ihre Hand ohne Zögern hoben. Sogar Haus Roal, ein wohlbekannter Gegner von Haus Aren, stimmte zu.

"Dies ist eine klare Mehrheit. Somit wird die Bestrafung von Sanaf von Haus Finran einer… Nachbesserung unterzogen", stellte Torke'na, die wieder zu ihrem üblichen unerschütterlichen Gebaren zurückgekehrt war, fest. "Maltheá, ich gehe davon aus, dass du diesbezüglich Vorschläge zu unterbreiten wünschst?"

"Ja, das tue ich." Einen Moment lang fragte sie sich, ob wohl von ihr erwartet wurde, sich dazu von ihrem Stuhl zu erheben, entschied sich aber dann dagegen. Sie war nicht dazu aufgefordert worden, und es ohne Veranlassung zu tun würde einen Grad an Ehrfurcht bekunden, der ihren Bemühungen eher schaden als helfen würde. Sie brachte hier keine Anfrage vor, sondern stellte eine Forderung.

"Dem Missetäter eine Position mit Macht über andere zuzuweisen, entspricht nicht meinem Verständnis von Bestrafung. Daher verlange ich eine bescheidenere Position für den Schuldigen, eine, die nicht aus Aufgaben besteht, um die er sich von einem bequemen Schreibtisch aus kümmern kann, sondern aus tatsächlicher körperlicher Arbeit auf dem Anwesen. Mein zweiter Einspruch betrifft die Dauer von fünf Jahren. Ich verlange stattdessen zehn, sowohl für die Ausübung der Aufgaben als auch für die Einziehung seines Lohnes zugunsten des Gemeinwohls. Mein dritter und letzter Einwand bezieht sich auf die Örtlichkeit der Bestrafung. Seiner Entsendung auf ein Finran Anwesen stimme ich nicht zu, da ich davon ausgehe, dass ihm dort mehr Nachsicht angedeiht, als ihm meines Erachtens zusteht. Das bringt mich zu meiner letzten Forderung, die nicht nur sicherstellen wird, dass seine Zeit weg von der Stadt keinesfalls in einen Urlaub ausartet, sondern Haus Aren zudem noch einen Ausgleich für den von ihm angerichteten Schaden beschert. Ich will, dass Sanaf von Haus Finran auf einem der Aren Anwesen arbeitet, und zwar auf dem unter Malhoras Verantwortung."

Die Reaktionen darauf waren gemischt, sowohl unter den Senatoren als auch den Zuschauern, wie sie bemerkte. Einige Grimassen zeigten Mitleid mit Sanaf, andere grinsten schadenfroh, ein paar flüsterten und nickten, während Legara sichtbar die Zähne aufeinanderbiss und sich ihre Lippen über ihren Zähnen spannten, bis nur mehr eine dünne, beinahe weiße Linie erkennbar war.

Torke'nas Blick ruhte einen Moment lang auf einer sehr zufrieden wirkenden Malhora, bevor er zu Ram'an wanderte. "Stimmst du diesen Vorschlägen zu, Oberhaupt von Haus Arbil? Es steht dir frei, darauf zu bestehen, dass ein Teil der Strafe auch auf einem deiner eigenen Anwesen verbüßt wird."

Ram'an lächelte und schüttelt den Kopf, während er Malhora ansah. "Ich stimme Maltheás Forderungen zu und habe nichts hinzuzufügen. Ich bin zuversichtlich, dass Malhora am besten zur Überwachung der Strafe geeignet ist."

Diese Aussage führte dazu, dass einige Hände eilig gehoben wurden, um grinsende Münder zu verbergen. Im Hintergrund ertönte aus verschiedenen Richtungen Räuspern und nervöses Husten, das wohl als Gekicher seinen Anfang genommen hatte.

Die Triarchin nickte und wandte sich dann an die anderen Senatoren. "Stimmt der Senat der Bestrafung zu, die Maltheá von Haus Vel'kim, Oberhaupt von Haus Aren und Ram'an, Oberhaupt von Haus Arbil fordern? Erachtet ihr die Maßnahmen, die sie vorschlagen, als gerecht und vertretbar?"

Eryn spürte, wie ein Teil der Anspannung aus ihren Muskeln wich, als sie sah, dass eindeutig mehr als die Hälfte der Senatoren die Hände hoben. Sogar die mit Finran verbündeten Häuser waren verstimmt darüber, wie Legara diejenigen mit Füßen trat, auf deren Seite sie stehen sollte.

Torke'na nickte. "Dann ist es hiermit offiziell genehmigt. Legara, du wirst Sanaf über die Bedingungen seiner Strafe in Kenntnis setzen. Da der Senat dafür gestimmt hat, liegt seine einzige Möglichkeit für einen Einspruch in einer Berufung vor der Triarchie."

"Wenngleich ich ihm an deiner Stelle mitteilen würde, dass er sich diese Mühe sparen kann. Um vollkommen ehrlich zu sein, wäre es eine Verschwendung seiner Zeit. Und unserer", fügte Golir mit einem dünnen Lächeln hinzu.

Legara nickte steif. "Wann wird er fortgeschickt?"

"Morgen. Sag ihm, er soll sich morgen früh für seine Eskorte bereithalten", antwortete Torke'na und notierte etwas auf einem Stück Papier vor sich, bevor sie den Kopf wieder hob. "Ich wurde darüber informiert, dass es eine weitere Angelegenheit gibt, die der Senat vorzubringen wünscht." Sie sah zu Eryn hinab. "Es betrifft gewisse, hmm… wohltätige Bemühungen, die Haus Aren neuerdings aufgegriffen hat."

Eryn nickte und stand auf, indem sie sich mit Hilfe der Armlehnen aus dem Stuhl drückte. "Ich bitte um Erlaubnis, vor den Senat treten zu dürfen."

"Die Erlaubnis sei gewährt."

Sie ging zur Mitte des Halbkreises, ließ sich dabei Zeit, damit die Anwesenden ihren Anblick in sich aufnehmen konnten. Im Gegenzug ließ sie ihren Blick wandern. Das erste Thema, Sanafs Bestrafung, hatte sie nicht direkt betroffen, das nächste tat das sehr wohl.

"Wie den meisten von euch mittlerweile bekannt ist, war meine Entdeckung der Barackensiedlung im Norden und Nordosten der Stadt vor zwei Tagen ein unschöner Schock für mich. Meine natürliche Reaktion auf den Anblick von unterernährten und frierenden Kindern war die, sie mit Nahrung zu versorgen."

Es wurde still in dem riesigen Saal, jeder wollte hören, was als Nächstes kam. Ihre Stimme war gefasst, ihr Sprechtempo gemächlich. Hier ging es nicht darum, jemanden zu beschuldigen, sondern ein Programm zu präsentieren, von dem sie hoffte, dass es die Nachlässigkeit der Vergangenheit zumindest teilweise wiedergutzumachen vermochte. Ihnen geradewegs Vorwürfe zu machen würde sie zur Gegenwehr veranlassen, und das wollte sie vermeiden.

"Allerdings hat meine Vorgehensweise eine gewisse Unruhe unter euch ausgelöst. Ich habe nicht die Absicht, mich dafür zu entschuldigen. Ich betrachte sie eher als ein Werkzeug, um uns alle aus unserem Schlummer zu reißen, uns bewusst zu machen, dass es ein Problem gibt, auch wenn die wohlhabenden unter uns dazu erzogen wurden, es als nichts weiter als eine dieser Gegebenheiten abzutun, die nun einmal so sind, wie sie sind", fuhr sie fort, stets darauf bedachte, sich selbst miteinzuschließen. Sie musste ihnen den Eindruck vermitteln, dass sie auf der selben Seite standen.

"Solche Auseinandersetzungen möchte ich in Zukunft vermeiden. Und genauso wenig habe ich vor, eure Familien in Zukunft erneut ihres Essens zu berauben, was euch sicher erleichtern wird." Ein paar lächelnde Gesichter. "Allerdings möchte ich auch klarstellen, dass ich diese abscheuliche Situation, wo Kinder ohne eigenes Verschulden hungern, nicht länger mitanzusehen beabsichtige." Sie hob ihr Kinn. "Es ist eine Schande für jede Gesellschaft, ihre Kinder auf solche Weise zu behandeln."

"Dann wirst du also all den armen Kindern genau die gleichen Privilegien zuteilwerden lassen, die deinem Sohn zustehen?", schnappte Legara mit verschränkten Armen. "Wie sonst beabsichtigst du diesen Zustand der Gleichheit zu erreichen, den du anzustreben scheinst. Ich vermute, dass der Junge, der sich in dir entwickelt, mit jeder Menge Luxus aufwachsen wird. Oder irre ich mich da?"

Umwerfend, dachte Eryn und kehrte zu ihren Atemübungen zurück, um die Ruhe zu bewahren. Nun hatte Legara die erste Gelegenheit ergriffen, es ihr heimzuzahlen: die Sabotage ihres Projekts. Aber dagegen ließ sich nun nichts tun. Sie hoffte, dass die Leute es als nichts anderes als Legaras Bedürfnis nach Rache erkennen würden.

"Ich spreche hier nicht über Gleichheit, Legara", erwiderte sie ohne jeden Groll. "Das wäre offensichtlich ein gigantischer Schritt fort vom Kampf ums Überleben. Wovon ich rede, ist die Erfüllung grundlegender Bedürfnisse wie Nahrung, Kleidung und - sofern wir nicht einer neuen Generation an Kriminellen vor unserer Tür beim Aufwachsen zusehen wollen - Bildung." Sie blitzte Legara an. "Selbstverständlich wird mein Sohn in Luxus aufwachsen; sämtliche Türen werden ihm offenstehen, sowohl hier als auch auf der anderen Seite des Meeres, das unsere beiden Länder trennt. Doch das bedeutet nicht, dass ich das Mitansehen des Leids anderer, die nur zufällig in das falsche - weil ärmliche - Elternhaus geboren wurden, als angemessenen Preis dafür erachte."

"Was schlägst du denn also vor? Nur um des Argumentierens willen", fragte ein Senator von Haus Uvel nachsichtig. "Wenn du all dein Gold dafür aufwenden willst, Nahrung zu den Hütten zu schicken, dann ist das allein deine Entscheidung. Aber wir müssten auf jeden Fall die Essensversorgung für die Stadt aufstocken."

Ja, dachte sie grimmig und spürte, wir ihr die Galle emporkam. Bei anderen ist es akzeptabel, wenn sie hungern, nicht aber bei dir.

"Nahrung hinzuschicken mag jetzt im Moment die unmittelbare Gefahr des Verhungerns abwenden, löst aber kaum die Probleme der Kälte und des Mangels an Bildung. Die meisten von euch haben von den Bemühungen in Anyueel gehört, damit obdachlose Kinder eine Zuflucht erhalten. Genau das will ich hier ebenfalls tun."

"Und wer soll für diese Zuflucht aufkommen, wenn ich fragen darf? Sowohl für die Errichtung als auch die laufenden Kosten solch einer Einrichtung?", fragte ein weiterer Senator mit einem zutiefst misstrauischen Stirnrunzeln, als fürchte er, dass seine kostbaren Steuergelder für solch einen Plan herangezogen werden könnten.

"Die Errichtung eines solchen Ortes werde *ich* finanzieren." Sie wartete, bis sich das Murmeln wieder legte. Die Worte *Malriels Ersparnisse* drangen einige Male an ihr Ohr. "Die alltäglichen Kosten, um ihn am Laufen zu halten, wird Haus Aren tragen, und zwar so lange, wie es leistbar ist." Sie drehte sich halb um und sah zu den drei Triarchen empor. "Im Austausch für die Steuererleichterung, die ich für mein Haus auszuhandeln hoffe." Sie sah, wie Golir seine Augenbrauen hochzog, bevor sie sich wieder an ihr Publikum wandte.

"Was genau hast du also nun vor - die Baracken abzureißen und ordentliche Häuser hinzubauen?", fragte eine weibliche Stimme aus den Reihen der Senatoren.

"Nein", erwiderte sie und kam sich vor, als würde sie gegen eine Wand argumentieren, "das ist nicht meine Absicht. Ich habe bereits ein Gebäude für diesen Zweck erworben. Gestern, um präzise zu sein."

Sie sah, wie Enkil, das Oberhaupt von Haus Feral nach Luft schnappte. Er war der Vorbesitzer.

"Was?", rief er aus. "Das kannst du doch nicht wirklich vorhaben! Es befindet sich in der Mitte des Handelsdistrikts!"

Eryn spürte Zorn in sich aufsteigen und schluckte, um die bitterbösen Worte auf ihrer Zunge für sich zu behalten. Sie hatten damit gerechnet, das Problem außer Sichtweite belassen zu können, weg von ihrer edlen, sauberen Umgebung, die nur von den Vermögenden genossen werden sollte.

Legara erhob sich nun von ihrem Platz und legte ihre Hände flach auf dem Tisch vor sich ab. "Du planst doch wohl nicht allen Ernstes, diese jungen Kriminellen in das Herz unserer Stadt zu bringen?"

"Junge Kriminelle? Mir war nicht bewusst, dass Armut hier als Verbrechen betrachtet wird", schnappte Eryn zurück und bemerkte, wie sich ihre Geduld ihrem Ende neigte. Sie fragte sich, wie lange konzentriertes Atmen sie noch vor dem Überkochen bewahren würde.

"Sie sind Diebe, verkaufen verbotene Substanzen und lassen sich für alle möglichen Verbrechen als Schläger und Handlanger anheuern!", rief Legara erbost aus.

"Wie der Handlanger, den Sanaf anheuerte, um sich an mir für seine eigene Inkompetenz zu rächen? Ich sehe hier nicht, wie das die moralische Haltung *gewisser* Häuser hier in großer Gefahr bringen könnte." Eryn sah, dass die Worte ihr Ziel wie Peitschenhiebe trafen.

"Wie kannst du es wagen! Du bist nicht einmal eine von uns!" Legara war erbleicht, während sich ihre Hände zu Fäusten ballten.

"Was natürlich allein meine Schuld ist, sehe ich das richtig? Weil ich es ganz einfach vermeiden hätte können, von meinem... von Ved'al von hier fortgebracht zu werden? Die Behauptung, ich wäre damals gerade einmal fünf Jahre alt gewesen, wäre dann wohl nichts weiter als eine dürftige Ausrede! Genau wie die Aussage, eine hungrige Person, die sich aller verfügbaren Maßnahmen bedient, um an etwas Essbares heranzukommen, sei ein Opfer der Umstände anstatt selbst daran schuld, so ist es doch?" Eryns Atem ging nun etwas schwerer, ihre Stimme war schrill geworden, und auf ihren Armen richteten sich die Härchen auf. Diese groteske, arrogante Idiotin, wie konnte ausgerechnet *sie* sich erdreisten? Sie spürte, wie der ungewohnte Drang, dieser Frau geradewegs ins Gesicht zu schlagen, ihr körperliche Pein zu verursachen und dann darin zu schwelgen ihre Fingerspitzen zum Kribbeln brachte.

"Sie würden mit unseren eigenen Kindern in Kontakt kommen, wären da, wenn wir auf dem Weg zur Arbeit oder zu Freunden sind! Welche Rechtfertigungen du auch immer für ihre Verbrechen haben magst, Kriminelle sind sie dennoch!" Legara war nun dazu übergegangen, ihre Antworten herauszuschreien.

"Ebenso wie dieses verdammte Mitglied deines Hauses, das beinahe meinen Freund umgebracht hätte!", krächzte Eryn zurück und spürte, wie sich etwas in ihrem Inneren verkrampfte. "Wie kannst ausgerechnet du es wagen, anderen kriminelles Verhalten vorzuwerfen! Du selbst hast ein Mitglied deines Hauses beschützt - nach allem, was er getan hat! Du hast einem entlarvten Kriminellen in deinen eigenen Rängen Zuflucht geboten! Schande über dich! Und all denen, die deiner mangelhaften Führung unterworfen sind, gilt mein vollstes Mitleid!" Es fühlte sich an, als würde Zorn in schwelenden, beinahe greifbaren Energiewellen von ihr ausgehen.

Den Tumult um sich herum bemerkte sie erst, als sich die Aufmerksamkeit der Leute auf die hohe gewölbte Decke und den Staub richtete, der von dort herabzurieseln schien.

"Ich will sehen, wie lange du an deiner moralischen Überlegenheit festhalten und eine gesetzestreue Bürgerin bleiben könntest in einer Stadt, die dir nichts gibt, wenn du hungerst und frierst! Ich will dich erleben, wenn die vordringlichste Frage die nach dem Überleben ist, wenn das Festhalten an diesen ach so noblen Prinzipien der Reichen und Mächtigen ein tödlicher Luxus ist, den du dir einfach nicht leisten kannst! Du bewahrst dir deinen Reichtum, indem du mehr nimmst, als dir zusteht und von denen stiehlst, die nichts haben!"

Sie spürte mehr als sie es sah, wie Golir von seinem Stuhl aufsprang und bellte: "Malthéa!"

Erst dann erkannte sie in ihrer glühenden Raserei, was um sie herum geschah. Die Menschen waren von ihren Plätzen aufgesprungen und eilten auf die drei Ausgänge zu, während die Luft mit ockerfarbenem Staub geschwängert war.

Ihre Augen schnellten zu der gewölbten Decke. Sie bröckelte ab. Einzelne Stücke lösten sich und stürzten herab, nur um dann mitten in der Luft innezuhalten. Sie starrte auf die schwebenden Mörtelbrocken, dann erkannte sie, dass dort jemand einen Schild errichtet haben musste, um die Leute im Saal zu beschützen. Golir.

War sie das etwa gewesen? Ihr Hals verengte sich. Hatte sie gerade eben wahrhaftig eine riesige Halle voller Menschen in Gefahr gebracht, weil sie die Kontrolle über ihren Zorn verloren hatte? Ihre in

Panik weit aufgerissenen Augen zuckten zu Malhora, die die bröckelnde Decke mit der Miene einer interessierten, jedoch unbeteiligten Zuschauerin beobachtete. Als wäre nicht gerade das Dach über ihrem Kopf im Begriff einzustürzen. Sie wirkte wie ein unwirklicher Ruhepol inmitten all der Menschen um sie herum, die panisch zur nächsten Tür hasteten.

Malhoras Blick fiel auf ihre Enkelin, dann lächelte sie schwach. Wenig später wurde ihr Gesichtsausdruck ernst, und sie stand auf, um zu ihrer Enkeltochter zu gehen und ihren Arm zu ergreifen.

Wie in Trance drehte Eryn den Kopf, als sie eine weitere Hand auf ihrem andren Arm spürte. Valrad.

"Komm, Eryn. Es wird Zeit zu gehen."

"Gehen? Wohin?", flüsterte sie verloren. Die Fähigkeit zum schlüssigen Denken schien ihr abhanden gekommen zu sein, als wären die Nachwirkungen ihrer Rage und die Ungeheuerlichkeit dessen, was sie soeben unbeabsichtigt entfesselt hatte, zu viel für ihr überstrapaziertes Gehirn.

"Zur Klinik, mein Mädchen", erklärte Valrad mit der ruhigen Ernsthaftigkeit eines professionellen Mediziners, der wusste, dass es niemandem helfen würde, wenn er sich nicht im Griff behielt. "Du hast soeben dein Wasser verloren."

Langsam blickte sie auf die Pfütze aus klarer, leicht rosa gefärbter Flüssigkeit hinab, in der sie stand.

"Das... es ist zu bald! Ich habe noch sechs Wochen!", rief sie aus.

"Nein, die hast du nicht. Du hast nur noch ein paar Stunden", korrigierte Valrad sie geduldig und setzte sich in Bewegung, seinen Arm nun um ihre Schultern gelegt, während er sie vorwärts manövrierte.

Neue Panik flackerte auf und raubte ihr fast den Atem. Das war zu früh! Und sie war noch nicht ausreichend darauf vorbereitet! Da gab es so vieles, das sie zuvor noch lesen wollte, Prozeduren, mit denen sie sich vertraut zu machen beabsichtigt hatte...

"Ich bin noch nicht mit all meinen Büchern durch!", heulte sie.

Valrad rieb ihr beruhigend die Schulter. "Das geht schon in Ordnung, mein Mädchen. Unsere Kollegen in der Klinik haben sie alle gelesen."

Sie hatten etwa die Hälfte der Stufen nach unten zurückgelegt, als sie hinter sich das ohrenbetäubende Donnern einer mehrere Tonnen schweren Kuppel vernahmen, die kontrolliert zum Einsturz gebracht wurde.

* * *

Enric pfiff durch die Zähne, als Kar, die Hauptstadt des Landes Pirinkar, in Sicht kam, nachdem sie die Wälder hinter sich gelassen hatten. Der Ritt dorthin würde immerhin noch etwa zwei Stunden dauern, somit hatten sie ausreichend Gelegenheit dazu, den eindrucksvollen Anblick in sich aufzunehmen.

Genau wie in Takhan, gab es auch hier keine Stadtmauer, um Schutz vor etwaigen Angreifern zu bieten. Hier jedoch war eine Mauer kaum erforderlich, da der ausladende See, der sich an die Grenzen der Stadt schmiegte, als natürliche Barriere diente.

Das allerdings ermöglichte es problemlos, den Wasservorrat der gesamten Stadt zu vergiften, analysierte der Stratege in Enric ohne nachzudenken. Er schob die grausige Vorstellung beiseite und konzentrierte sich wieder darauf, die Details in sich aufzunehmen, die aus der Ferne erkennbar waren.

Die Gebäude schienen sich in Größe und Form nicht so stark voneinander zu unterscheiden wie in Anyueel, noch waren sie so einheitlich gefärbt wie in Takhan. Er erkannte Blau, Rot, Gelb, verschiedene Brauntöne, Grün und Grau - wie ein Garten, der aus Gebäuden bestand.

Er dachte an das zurück, was er über diesen Ort gelesen hatte und an das Wenige, das Vran'el ihm erzählen hatte können. Plötzlich hielt er sein Pferd an und schloss die Augen.

"Was?" Vran'el ergriff seinen Arm. "Sag etwas!"

"Ärger", platzte es aus Enric heraus, und er errichtete rasch einen Schild, um diese brachiale Flut an Emotionen abzublocken. Er konnte sich nicht daran erinnern, jemals zuvor etwas so Intensives von ihr empfangen zu haben. "Und zwar eine Menge davon."

Wäre es Angst gewesen, hätte er sein Pferd auf der Stelle gewendet und wäre sofort nach Takhan zurückgekehrt. *Angst* von solcher Intensität hätte nur eines bedeuten können: Furcht vor dem herannahenden Tod.

Ihr Bruder nickte vorsichtig. "Also gut, Ärger ist nicht so schlimm, oder? Es bedeutet, dass sie nicht diejenige ist, die in Schwierigkeiten steckt, sondern eher, dass sie jemand anderem erhebliche Schererein bereitet."

Enric atmete aus, sobald er die Empfindung gedämpft hatte. Ganz abschotten konnte er sich nicht - die Barriere erhöhte nur die Schwelle, unterbrach die Verbindung aber nicht vollständig, wenn die Emotionen dermaßen heftig waren.

"Geht es dir besser? Möchtest du eine Pause einlegen?"

"Nein, mir geht es gut, lass uns weiterreiten. Ich komme jetzt besser damit zurecht. Ich spüre, wie ihr Zorn mit jedem Moment an Stärke verliert." Er atmete scharf ein, als ihn ein kurzer Eindruck von Panik heimsuchte. Was ging in Takhan bloß vor sich? War niemand bei ihr, um sich um sie zu kümmern? Warum sonst sollte sie sich dermaßen fürchten?

Er zwang sich zum Weiterreiten. Konzentriert auf die Gefühle, die er wahrnahm, war sein Blick nicht länger auf das eindrucksvolle Bild von Kar gerichtet, sondern auf den Boden.

Ein paar Minuten später ebbte die Panik ab, und er verspürte enorme Erleichterung. Was auch immer sie dermaßen beunruhigt hatte, schien nun vorüber zu sein.

Doch nur einen Augenblick später raubte ihm ein Gefühl glühend heißer Agonie, wie durch einen Messerstich verursacht, den Atem, sodass er nicht einmal einen Schmerzensschrei auszustoßen vermochte. Die Qual ließ ihn schwanken und zur Seite kippen, sodass er aus dem Sattel glitt und hart auf dem Pfad aus verdichteter Erde aufschlug.

www.ingramcontent.com/pod-product-compliance
Lightning Source LLC
Chambersburg PA
CBHW070537030726
47505CB00001B/74